KB240192

I

중국문학 속 상인 세계

지은이
소의평 邵毅平, Shao Yiping _ 복단대학 중문계 교수. 중국 고대문학 및 동아시아 비교문학을 전공했으며, 저서로는 『중국문학 속 상인세계(中國文學中的商人世界)』와 『문학과 상인－전통 중국 상인의 문학 속 표현(文學與商人－傳統中國商人的文學呈現)』 등 십여 종이 있다. 역서로는 『중국문학에 표현된 자연과 자연관(中國文學中所表現的自然與自然觀)』 등이 있으며, 편서로는 『동아시아 한시문의 교류와 창화연구(東亞漢詩文交流唱酬硏究)』가 있다.

옮긴이
박경남 朴京男, Park, Kyeongnam _ 고려대학교 민족문화연구원 HK교수
정광훈 鄭廣薰, Jung, Kwanghun _ 고려대학교 민족문화연구원 HK연구교수
신정수 申正秀, Shin, Jeongsoo _ 한국학중앙연구원 글로벌한국학부 조교수
김수현 金秀玹, Kim, Soohyun _ 고려대학교 중국학연구소 연구교수
우수치 吳姝琪, Wu, Shuqi _ 성균관대학교 동아시아 학술원 박사과정 수료

문화동역학라이브러리 26
중국문학 속 상인 세계

초판인쇄 2017년 5월 30일 **초판발행** 2017년 6월 5일
지은이 소의평 **옮긴이** 박경남 · 정광훈 · 신정수 · 김수현 · 우수치
펴낸이 박성모 **펴낸곳** 소명출판 **출판등록** 제13-522호
주소 서울시 서초구 서초중앙로6길 15, 1층
전화 02-585-7840 **팩스** 02-585-7848
전자우편 somyungbooks@daum.net **홈페이지** www.somyong.co.kr

값 65,000원 ⓒ소명출판, 2017

ISBN 979-11-5905-186-9 94800
ISBN 978-89-5626-851-4 (세트)

잘못된 책은 바꾸어드립니다.
이 책은 저작권법의 보호를 받는 저작물이므로 무단전재와 복제를 금하며,
이 책의 전부 또는 일부를 이용하려면 반드시 사전에 소명출판의 동의를 받아야 합니다.

이 책은 2007년 정부(교육과학기술부)의 재원으로 한국연구재단의 지원을 받아 수행된 연구임(NRF-2007-361-AL0013).

고려대학교 민족문화연구원
문화동역학 라이브러리 26

중국문학 속 상인 세계

Merchants Represented in Chinese Literature

소의평 저
박경남 · 정광훈 · 신정수 · 김수현 · 우수치 역

문화동역학 라이브러리 문화는 복합적이고 역동적인 구성물이다. 한국 문화는 안팎의 다양한 갈래와 요소가 상호작용하는 과정을 통해 끊임없이 변화해왔고, 변화해 갈 것이다. 고려대학교 민족문화연구원이 주관하는 이 총서는 한국과 그 주변 문화의 복합적이고 역동적인 양상을 추적하고, 이를 통해 한국 문화는 물론 인류 문화에 대한 새로운 통찰과 그 다양성의 증진에 기여하고자 한다. 문화동역학(Cultural Dynamics)이란 이러한 도정을 이끌어 가는 우리의 방법론적인 표어이다.

소명출판

ZHONGGUOWENXUE ZHONG DE SHANGRENSHIJIE by SHAO YIPING

Copyright © 2005, 2007, 2016 by SHAO YIPING
All rights reserved.
Original chinese edition published by Fudan University press
Korean translation rights arranged with Fudan University press
through BESTUN KOREA AGENCY.
Korean translation rights © 2017 Somyong Publishing Co.

이 책의 한국어판 저작권은 베스툰 코리아 에이전시를 통해
중국 저작권자와 독점 계약한 '소명출판'에 있습니다.
저작권법에 의해 한국 내에서 보호를 받는 저작물이므로
무단전재나 복제, 광전자 매체 수록 등을 금합니다.

일러두기

1. 이 책은 『中國文學中的商人世界』(第三版), 復旦大學出版社, 2016의 번역서이다.
2. 번역의 본문은 일반 독자를 위해 한글과 한자를 병기하였고, 주석은 한자만 노출하였다.
3. 역주는 꼭 필요한 부분에 한해서 간략히 달고, [역주]로 표시하였다.
4. 중국어 인명은 일부 현대인명을 제외하고는 한국 한자 발음으로 표기하였다.
5. 찾아보기는 가나다순을 따르되, 작품집 속의 작품명은 작품집 아래에 명기했다.

역자 서문

중국문학 속 상인세계를 다루고 있는 이 책은 선진先秦 시대부터 청대清代까지 중국문학 속에 형상화된 상인의 모습을 통사적으로 살핀 노작勞作이다. 시대마다 약간의 차이가 있긴 하지만, 각 장의 전반부에는 각 시대 상인계층의 현실 및 그들을 둘러싼 역사 문화적 배경을 설명한 후, 시가詩歌 · 사부辭賦 · 산문散文 등 장르별로 상인 형상이 두드러진 작품들을 개괄적으로 소개하고 있다. 또한 각 장의 후반부에서는 상인의 처지 · 상인의 소망 · 상인에 대한 태도 · 상인의 성애性愛 생활 · 사인士人과 상인의 관계 등 작품 속에 두드러진 중요한 상인 관련 소재 및 주제들을 심도 깊게 다루고 있다. 따라서 이 책은 중국문학 속 상인형상을 통시적 · 분석적으로 파악하기 위한 하나의 지침서이자 필독서로서 손색이 없다고 할 것이다.

하지만 또한 이 책은 독자들이 어떻게 읽느냐에 따라 건조한 통사 기술을 넘어 문학과 역사 속에 형상화된 상인의 모습을 통해 이익과 욕망을 추구하는 인간의 다양한 모습을 추체험하는 장이 될 수도 있다. 이 책은 이익을 위해 고난과 위험을 마다하지 않는 투철한 직업정신을 가진 다양한 상인 군상들을 소개하고 있으며, 성욕인지 사랑인지 구분하기 어려운 열정 속에서 불륜을 마다하지 않는 상인들의 사랑에 대해서도 많은 지면을 할애하고 있다. 또한 권력과 결탁하거나 스스로

가 권력자가 된 서문경이나 여불위와 같은 상인들에 주목하기도 한다. 따라서 독자들은 인간의 가장 기본적인 욕망들이 상인을 통해 어떻게 발현되고 실현되는지, 그 과정에서 개인과 사회에 어떤 문제를 야기하는지, 혹은 더욱 전향적으로 인간들을 위한 어떤 새로운 윤리적 기준이 필요한지를 재삼 음미하며 보다 역동적으로 이 책을 읽어 내려갈 수도 있을 것이다.

고려대학교 민족문화연구원 동아시아 문명과 한국 팀은 2015년 6월에 한국중국소설학회와 공동주최로 '동아시아 문학 속 상인의 형상 – 상인을 통해 인간을 묻다'라는 학술대회를 개최한 바 있으며, 이를 계기로 당시 발표자로 초청된 저자와의 협약 속에 본서의 한국어 번역본을 간행하기로 하였다. 이후 팀원들 중 이 주제에 관심이 있는 국문학(한국한문학) 연구자 · 중문학 연구자 · 비교문학 연구자 및 중국어 원어민으로서 동아시아 문학을 전공하고 있는 연구자가 번역팀을 결성하여 분담번역 및 상호 검토를 지속해 왔고 번역의 일부를 『중국소설연구회보中國小說硏究會報』 제100호와 제101호에 연재한 바 있다.

본서는 저자의 박사논문을 토대로 십여 년의 부단한 증보와 수정을 거쳐 2005년에 초판이 출간되었고, 이후 연구자들의 꾸준한 관심 속에 2007년 중판을 냈으며 2016년에는 수정개정판인 제3판이 출간되었다. 본 번역은 제3판을 저본으로 했으며 서론과 제3장은 정광훈, 제1장과 제2장은 신정수, 제4장은 우수치와 박경남, 제5장은 김수현, 결론은 박경남이 분담 번역하였다. 분담 번역 후에는 온오프 라인을 통해 번역자들이 함께 모여 번역된 원고를 강독하며 상호 검토 과정을 거쳤고, 번역상의 이견이 있거나 의심이 가는 부분은 각자 새로운 근거 자료를 제시하여 서로간의 합의에 도달하고자 노력했다. 또한 원문 자체가 모호하게 기술된 부분은 이메일을 통해 저자의 확인을 거침으로써 그 뜻을 분명히 하고 오류를 최소화하고자 했다. 그럼에도 불구하고 분담번역자와 공동 번역팀이 모두 지나쳐 버린 오류들이 없지 않으리라 생각된다. 또한 상호검토를 통해 최대한 문체의 통일성을 높이고 최종적으로 번역 용어상의 통일 등 최소한의 윤문을 거쳤지만 분담번역에서 오는 서술과 문체상의 차이가 느껴지는 것은 어쩔 수 없으리라 생각된다. 번역상의 오류에 대해서는 독자들의 질정을 바란다.

2017년 5월

역자를 대표하여

안암골에서 박경남

한국어판 저자 서문

대략 1990년대 초반부터 중국 사회는 광범위하고도 심각한 한 차례의 변화를 경험하게 되는데, 당시에는 이를 '하해下海'('해'는 '상품 경제의 큰 바다'를 가리킴) 또는 '온 국민의 비즈니스' 등으로 표현하곤 했다. 사반세기에 걸친 지속적 발전이 풍부한 성과를 가져오면서 중국의 상품 경제는 질적 변화를 겪었고 중국 사회는 번영의 시대로 접어들게 되었다.

1990년 바로 그해부터 나는 중국 사회에 이러한 변화가 일어나고 있음을 감지하면서 '중국문학에서 상인을 표현한 역사에 관한 연구中國文學表現商人的歷史的硏究'를 박사논문의 주제로 정했다. 나는 오랜 시공간의 범위 내에서 중국문학에 표현된 상인 형상의 역사를 '문학 형상학'의 연구 방법을 통해 밝히고, 아울러 상인에 대한 중국문학의 관념을 되돌아보며 현대 세계의 계시와 현대 사회의 충격에 대응하고자 했다.

이후 1992년부터 1998년까지 나는 한국의 한 대학에서 학생들을 가르치게 되었고 내 연구 또한 한국에서 계속 진행하게 되었다. 이 때 학위논문의 '부산물'로서 대중서인 『전통 중국 상인의 문학 속 표현傳統中國商人的文學呈現』을 1993년 상반기에 완성하여 그해 말 중국에서 출판하였다. 박사논문은 1994년 상반기에 완성되었으며, 그중 제1장 제1절 「선진 문학 속 상인에 대한 표현先秦文學對於商人的表現」, 제2장 「당오대 문학 속 상인에 대한 표현唐五代文學對於商人的表現」과 제5장 「청대 문학 속 상인에 대한 표현清代文學對於商人的表現」을 1996년부터 1997년 사이에 한국 학술지에 먼저 발표하였다. 중국과 한국 모두 당시 이 주제에 대한 연구는 거의 없었기 때문에 일종의 새로운 개척자의 역할을 했다고 스스로 생각하고 있다.

박사논문의 첫머리에서 나는 이렇게 밝혔다. "본서에서 다룬 것은 순전히 고대문학의 과제이지만, 이 과제를 선택하게 된 근본적인 동기는 현대 세계와 현대 사회가 가져다준 일깨움과 충격 때문이다." 여기서 말한 '현대 세계와 현대 사회가 가져다준 일깨움과 충격'은 당시 중국 사회에 닥친 변화뿐 아니라 한국의 요소 또한 그 안에 포함되어 있었다. 바로 한국에서 학생들을 가르쳤기 때문에 나는 상품 경제의 발달에 힘입은 한국 사회의 번영된 모습을 직접 볼 수 있었던 것이다.

나의 박사논문은 10여 년의 수정 과정을 거쳐 2005년 중국에서 『중국문학 속 상인 세계中國文學中的商人世界』라는 제목으로 정식 출판되었다. 중국 사회의 변화와 맞물려서 이 책은 출판 후 중국 학계의 인정과 함께 독자들의 환영까지 받아 10여 년 사이에 3판 8천 부 이상을 찍었다.

그러나 내 스스로는 항상 미진함을 느끼고 있어 이 책의 서론에서 나는 이 분야의 좀 더 발전된 연구를 기대하는 말을 남겼다. "상인과 관련된 과거의 관념을 놓고 말한다면, 이 책은 그 중 아주 작은 한 측면만을 언급했을 뿐이다. 이 외에도 많은 작업들이 아직 남아 있으며, 이를 위해서는 역사학, 사회학, 경제사, 사상사 등 각 분야 연구자들과의 협력이 필요하다. 뿐만 아니라 여타의 문학 전통에서 상인을 어떻게 표현했는지에 대해서도 우리는 이해가 많이 부족하다. 이 연구를 위해서는 또 외국문학과 비교문학 연구자들의 의견이 필요할 것이다. 우리는 상인 연구의 영역에서 갈수록 많은 연구 성과들이 나오기를 기대하며, 이 책에 들였던 얼마간의 노력이 그러한 성과들을 이끌어내는 역할을 조금이나마 할 수 있길 바란다." 여기서 말한 '여타의 문학 전통'에는 당연히 한국문학도 포함된다. 나는 오래 전부터 한국 학자를 포함한 각국의 학자들이 이 분야의 연구를 함께 진행할 수 있기를 기대해왔다. 그리고 지금, 고려대 민족문화연구원 박경남 교수가 이끄는 연구팀이 중국문학, 한국문학, 일본문학, 비교문학 등 각 분야의 학자들과 함께 '동아시아 문학 속 상인 형상 연구'를 활발히 진행하고 있어서 마치 내가 오래도록 꿈꿔왔던 일이 결실을 맺고 있다는 느낌이 든다. 게다가 나의 이 부족한 저서까지 번역해주어 그 기쁨이 더욱 크다. 20여 년 전 한국의 대학에서 학생들을 가르칠 때 이 책의 전신인 박사논문을 완성했던 점을 생각하면, 이 책과 한국 학계 사이에 어떤 기묘한 인연이 있는 것처럼 느껴진다. 수고로움을 마다 않고 기꺼이 이 책을 번역해준 박경남, 정광훈, 신정수, 김수현, 우수치 선생에게 진심으로 감사드린다!

졸저의 한국어판이 하나의 디딤돌이 되어 이 분야에서 더욱 훌륭한 연구 성과가 계속 나오길 기대한다!

소의평邵毅平

2017년 4월 9일

상해 원방각圓方閣에서

차례

서론

본서에서 다룬 것은 순전히 고대문학의 과제이지만, 이 과제를 선택하게 된 근본적인 동기는 현대 세계와 현대 사회가 가져다준 일깨움과 충격 때문이다.

우리가 살고 있는 현대 세계와 현대 사회에서 상업 무역의 위상과 역할은 갈수록 중요해지고 있다. 자급자족의 경제운영 방식은 각 가정, 각 마을, 각 지역의 규모에서 이미 과거가 되었을 뿐 아니라 한 국가의 규모에 있어서도 벌써 지난일이 되었다. 현대 세계와 현대 사회는 글로벌 무역의 새로운 시대로 접어든 지 이미 오래다. 어떤 국가나 지역도 이 조류 밖으로 벗어나 경제발전과 생활수준의 향상이라는 성과를 얻을 순 없다. 그리고 이러한 글로벌 무역의 비중에 따라 각 국가와 지역이 앞으로의 세계질서에서 차지할 위치가 결정될 것이다. 따라서 현대 세계와 현대 사회는 무역 전쟁의 새로운 시대로 들어섰다고

도 말할 수 있다. 이는 칼날의 그림자가 보이지 않는, 그러나 더없이 격렬한 전쟁이다. 이 전쟁의 승패가 곧 국가 혹은 민족의 운명을 결정지을 것이기 때문이다.

현대 세계와 현대 사회에서 현대의 상인은 자연스레 새로운 시대의 영웅이 되었다. 그들은 세상에서 가장 바쁜 사람으로 세계의 구석구석에서 활약한다. 그들은 작은 회사를 소유하고 있거나, 혹은 유명한 글로벌 대기업의 일원일 수도 있다. 그들에게는 몇 가지 공통점이 있는 듯하며, 그들의 공통적인 호칭은 바로 'businessman'이다. 바로 그들이 세계경제의 수레바퀴를 앞으로 나아가도록 하고 각 지역의 번영과 발전을 촉진한다고 여겨진다. 그야말로 현대 세계는 현대 상인의 세계, 즉 'businessman'의 세계라고 말할 수 있다.

이러한 현대 세계와 현대 사회에 사는 우리는 상인에 대한 관념을 새롭게 수정하고 만들어낼 수밖에 없다. 그리고 상인에 대한 우리의 관념을 새롭게 수정하고 만들어내기 위해서는 상인에 대한 과거의 관념을 돌아보고 종합할 필요가 있다. 본서에서는 바로 이런 생각으로 '중국문학 속 상인 표현의 역사'라는 과제를 택하여 상인에 대한 과거의 관념을 회고하고 종합해본 것이다.

우리의 부족한 식견에 따르면, 지금까지 몇몇 작품들을 대상으로 상인 혹은 상업의 특징에 대한 표현을 연구하거나 소개한 바가 있었지만, 중국문학 전체를 대상으로 상인을 표현한 역사를 연구하는 이 과제는 기존 학자들이 개척한 적이 없는 처녀지인 것으로 보인다. 이 현상의 원인은 다만 시기가 아직 성숙되지 않았기 때문일 것이다. 다시 말해 우리가 흥미를 느끼는 연구는 영원히 우리가 처한 시대의 제약을 받는다는 것이다. 그리고 우리가 지금 이 과제에 대해 흥미를 갖게 된 이유는 오로지 현대 세계와 현대 사회의 새로운 동향이 우리를 그렇게 이끌고 자극했기 때문이다. 이 분야가 지금까지 개척된 바 없는 처녀지인 이유로 우리의 연구는 많은 어려움에 봉착하게 될 것이지만, 그렇기 때문에 우리는 더욱 모색하고 타진해보면서 앞으로 나아갈 수밖에 없다.

우리가 활용하려고 하는 연구방법은 대체로 문학사 연구의 '형상학形象學' 방법에 속한다. 소위 '형상학'의 방법은 그 의미에 대한 이해가 통일되어 있지 않다. 이 책에서의 의미로만 말한다면, 일종의 '형상'(이 책에서는 '상인'의 형상)이 문학사에서 발전하고 변화하는 궤적을 추적함과 아울러 이러한 변화와 발전의 궤적을 통해 그 의미를 찾아낸다는 것이다. 중국문학사의 연구영역에서 중국과 외국의 적지 않은 학자들이 이미 몇 가지 '형상'(예를 들어 '협객俠客', '왕소군王昭君' 형상 등)에 대해 형상학의 방법을 사용하여 탁월한 연구성과를 내놓은 바가 있다. 그러나 상대적으로 형상학의 연구방법은 여전히 크게 유행하지는 않아서 비평이나 전기傳記 연구 같은 여타의 각종 연구방법에는 미치지 못한다. 특히 상인 형상과 관련된 연구의 측면에서 이 방법을 사용한 학자는 본 적이 없다. 다시 말해 이러한 연구방법을 활용한 것은 이 책이 처음이라고 할 수 있으며, 그렇기 때문에 여러 가지 어려움과 성숙되지 못한 측면이 없지 않을 것이다. 그러나 연구방법 그 자체는 고정된 형태가 없으며 대체로는 실제 연구상황에 따라 자주 그 모습을 수정하게 된다. 우리가 이 생소한 영역에서 과감히 시험을 해보려는 것도 바로 이런 이유 때문이다.

중국문학에서 상인의 형상이 출현하기 시작한 때는 대략 『시경詩經』의 시대로 보인다. 중국문학에서 상인을 표현한 역사가 바로 이때부터 시작되어 현대까지 이어졌으며, 이는 앞으로도 계속될 것이다. 그러나 이 책의 연구범위는 선진先秦 문학부터 청대清代 중기 문학까지의(즉 근대문학이 시작되기 전) 고대문학으로 한정할 것이다. 이렇게 범위를 정하는 이유는 우리의 전공과 능력 때문이기도 하고 또 고대문학과 근대문학의 상인 형상에 상당한 차이가 있기 때문이기도 하다. 중국 고대문학 속의 상인 형상은 수천 년 동안 변화 발전해오긴 했지만, 대체적으로는 하나의 통일된 면모, 즉 자본주의 이전의 특성을 보인다. 반면 근대로 접어들면서부터는 서양 문명의 동점東漸에 따라 자본주의의 특성을 지닌 매판買辦류의 신형 상인이 등장하기 시작한다. 이들은 고대의 상인과는 상당한 차이가 있다. 그들의 형상은 『신루지蜃樓志』에서 이미 그 실마리를 처음 보였고, 이후 근대문학에서도 빈번하게 출현하였다. 이러한 이유로 우리는 이 책의 연구범위를 고대문학의 상인 관련 표현 쪽에 한정하고, 근대문학과 현대문학의 상인 관련 표현은 다음 기회로 남겨두고자 한다.

문학과 상인의 관계에는 사실 두 가지 측면이 동시에 존재한다. 하나는 문학이 어떻게 상인을 표현하는지의 문제이고, 다른 하나는 상인이 어떻게 문학에 영향을 주는지의 문제이다. 이 두 측면은 사실 매우 밀접한 관계에 있다. 즉, 상인이 문학에 주는 영향이 크면 클수록 문학의 상인에 대한 표현도 갈수록 많아지며, 둘의 변화와 발전은 항상 보조를 맞춘다는 것이다. 그러나 다른 관점에서 보면, 이 두 가지 측면은 각자 독립적이기도 하며, 그래서 이에 대한 연구 역시 서로를 대신할 순 없다. 전자에 대한 연구는 문학 형상학의 범주에 속하고, 후자에 대한 연구는 문학 사회학의 영역에 속하는 것이다. 이 책에서는 문학이 어떻게 상인을 표현하는가의 문제만을 다룰 것이며, 상인이 어떻게 문학에 영향을 주는지의 문제는 전자와 관련된 부분만 언급하고, 아울러 이를 우리가 논할 내용의 거시적 배경 중 한 부분으로 간주할 것이다. 상인이 어떻게 문학에 영향을 주는지의 문제는 사실 또 다른 연구 주제가 될 수 있다. 그렇게 되면 문학은 어떻게 상인을 표현하는가의 문제가 일정정도 그 예증의 역할을 할 수 있다.

시대적으로 봤을 때 중국문학에서 상인을 표현한 역사는 선진 시대까지 거슬러 올라갈 수 있다. 그러나 당대唐代 이전까지 문학 속에서 상인은 잘 보이지도 않는 '엑스트라' 정도일 뿐이었고, 당오대唐五代 문학에서는 '엑스트라'에서 '조연'으로 올라가 절반 정도는 보이는 상태가 된다. 그리고 송원宋元 문학 이후, 특히 명청 문학에서는 상품경제의 번영으로 상인의 세력이 강해지고 문인들이 갈수록 이들에 주목하여 표현을 크게 늘리면서, 상인은 비로소 '엑스트라'와 '조연'에서 문학 속 '주인공'으로 급부상한다. 따라서 이 책은 비록 중국문학 전체에서 상인을 표현한 역사를 다루고 있지만, 실질적인 중점을 두고 대부분의 편폭을 할애하게 될 부분은 자연스레 송대 이후의 문학, 즉 소위 '근세문학'(혹은 '전근대문학')이 될 것이다. 그러나 송대 이후에 중점을 두더라도, 우리는 전체 문학사의 거시적 배경 그리고 그 이전 각 시대의 중요한 문학적 특징에도 함께 주의를 기울일 것이다.

송, 원, 명, 청의 문학 중에서도 우리가 가장 주안점을 둘 부분은 명대 중후기 문학이다. 이는 근세문학사뿐만 아니라 전체 중국문학사에서도 명대 중후기가 상인을 표현한 문학의 절정기이기 때문이다. 명대 중후기 문학에서는 '삼언이박三言二拍'을 대표로 하는 많은 단편 백화소설집이 출현했고, 그들 중 상당량의 작품이 상인의 생활을 표현하고 있으며, 또 중국문학사에서 상인 생활을 주요 제재로 삼은 유일무이한 장편소설 『금병매金甁梅』가 바로 이 시기에 출현하여 상인 계층의 일상생활에 대해 백과사전식 묘사를 보여주었다. 또한, 줄곧 보수적이었던 시문詩文의 영역에서도 상인을 표현한 작품들이 대량으로 출현하였고, 그중 일부는 상당한 문학적 가치가 있다. 그러므로 이 책에서는 이 시기의 문학에 중점 중의 중점을 두고자 한다.

이 책에서는 본래 주요 고대문학 작품 전체를 망라하여 관련 자료를 찾고자 했다. 그러나 실제로 연구를 진행하면서 짧은 시간 내에 이 작업을 완수한다는 건 거의 불가능하거나 비현실적인 것임을 깨닫게 되었고, 결국에는 우리의 '야심'을 잠시 줄일 수밖에 없었다. 그래서 현재 자료 조사의 주요 범위는 각 시대의 대표적 문학 양식으로 한정된 상황이다. 선진부터 당오대까지는 주로 시가, 산문, 문언소설文言小說을 대상으로 주요 작품을 거의 망라하였고, 송원 시대는 화본소설話本小說, 문언소설, 희곡을 대상으로 주요 작품을 거의 망라하였으며, 명청 시대는 백화소설, 문언소설, 시문을 대상으로 주요 작품과 중요 작품을 언급하였다. 이런 자료 수집 범위가 송원 이후의 시문이 중요하지 않거나 명대 이후의 희곡이 중요하지 않다는 것을 의미하지는 않는다. 이는 어쩔 수 없이 잠시 선택한 방법일 뿐이다. 이후 시간과 조건이 허락하면 우리는 계속해서 문학 사료를 수집하고, 새롭게 발견된 문학 사료에 근거하여 우리의 관점과 논의를 새롭게 고쳐나갈 것이다.

물론 이상의 각종 문학 양식을 종합적으로 고찰해보면, 이들 양식의 중요도가 동일한 층위에 있지 않음을 발견하게 될 것이다. 상인을 얼마나 잘 표현했는지를 기준으로 한다면 그 중요도는 대략 장편소설, 단편 백화소설, 희곡, 문언소설, 산문, 시가의 순서로 배열된다. 이 순서는 이들 문학 양식이 문학사에서 출현한 순서와 정반대이다. 이로써 상인 표현에 있어서의 발전이 곧 문학 양식의 발전과 궤를 같이 한다는 점이 증명된다. 바로 이런 의미에서 우리가 확정한 위의 자료 수집 범위가 스스로 합리성을 갖출 수 있을 것이다.

우리는 상술한 자료 수집의 범위 내에서 거의 모든 문학 사료를 모래 속에서 금을 캐는 식으로 찾고 골랐으며, 이 작업에 많은 힘을 쏟았다. 다만 원명元明 문인의 문집 중 일부 시문 작품은 이미 다른 연구자가 일부 찾아두었고, 또 당시 필자가 외국에 있으면서 자료를 이용하기가 쉽지 않았던 관계로 다른 연구자들의 논문에서 외람되이 일부를 재인용해 썼다.[1] 이전에 재인용한 곳은 모두 나중에 책을 수정하는 과정에서 원래 문헌에 근거하여 새롭게 대조하고 교정했다. 이 자리에서 그와 관련한 사정을 전체적으로 밝히면서 아울러 각 동료 연구자들께 감사의 말을 전한다.[2] 앞으로 시간과 조건이 허락한다면 우리는 송,

---

1 해당 논문은 다음과 같다. 陳建華, 「明代江浙文學論稿」, 復旦大學博士學位論文, 1988. 이 논문은 정식 출판하면서 『中國江浙地區十四至十七世紀社會意識與文學』(上海, 學林出版社, 1992)으로 제목을 바꾸었다. 陳廣宏, 「明代福建地區城市生活與文學」, 復旦大學博士學位論文, 1990, 미출판. 鄭利華, 「明代中期文學的發展與城市形態之關系」, 復旦大學博士學位論文, 1991. 이 논문은 정식 출판하면서 『明代中期文學演進與城市形態』(上海, 復旦大學出版社, 1995)로 제목을 바꾸었다. 위 논문 자료들을 인용한 장절은 대체로 제3장 제1절 1항, 제2절 8항, 제4장 제1절 1항과 2항, 제2절 7항, 제3절 1항과 6항의 첫 부분이며, 원명 문인의 문집 중 일부 시문 작품에만 한정된다.

2 한우충동汗牛充棟의 역사문헌 중에서 연구에 꼭 필요한 자료를 찾는 것은 대단히 많은 시간과 공력이 드는 작업이자 연구과정에서 수행하게 되는 창조적인 노동의 일환으로서 여기에는 '발견'과 '모방'의 구별이 확실히 존재한다. 따라서 "역사문헌은 모든 사람에게 공개되어 누구든지 보고 이용할 수 있는 자료이므로 그에 대한 인용 혹은 재인용에

원, 명, 청대 문인의 문집을 전면적으로 살펴보고 우리가 필요로 하는 해당 부분의 문학 사료를 새롭게 검정하여 관련 장절에 대해 좀 더 진전된 수정 내지 다시쓰기를 할 것이다.

이 책의 기본 구조는 앞뒤의 서론과 결론 외에 본문은 먼저 시대 순에 따라 중국문학에서 상인을 표현한 역사를 당 이전, 당오대, 송원, 명, 청의 다섯 시기로 크게 나누고, 각 시대를 하나의 장으로 설정했다. '송원' 시대에서는 사실 서하西夏, 요遼, 금金도 언급하고, '청'은 사실 청 중기까지만 있는데, 이에 대해서는 모두 설명이 필요하다. 이 다섯 시기는 각각 중국문학에서 상인을 표현한 역사의 맹아, 서막, 발흥, 고조, 여파의 시기로 간주할 수 있다. 그러나 이 역시 비유적으로 말한 것일 뿐이며, 구체적 상황은 상당히 복잡해서 뭉뚱그려 말할 수가 없다. 앞에서 언급한 대로 우리의 중점은 뒤의 세 장에 있고, 그 중에서도 중점은 명대 한 장에 있다. 그래서 편폭의 배분 역시 대체로 뒤의 세 장이 길고 그중에서도 명대 한 장이 가장 길다.

제1장을 제외하고 각 장에서는 다시 시간 순으로 서술하지 않고 주제별로 논의했다. 각 장은 대체로 세 부분으로 나뉘어 서술된다. 가장 먼저 역사와 문화적 배경에 대한 개설을 했는데, 이 내용은 각 장마다 있지는 않고 송원과 명대 두 장에만 있으며, 다른 장들은 간략하게만 언급하는 것으로 처리했다. 엄격히 말해 이 부분은 해당 장의 중점 부분이 아니라 뒤의 논의를 위한 거시적 배경일 뿐이다. 다음으로는 각종 문학 양식에서 상인을 표현한 상황에 대한 개설로서, 이는 문학양식 별로 관련 문학 사료를 적절히 소개함으로써 각 시기 각종 문학 양

'저작권' 문제는 존재하지 않는다"는 일부 사람들의 인식은 옳지 않다.

식의 상인에 대한 표현의 특징을 살펴보고 그 요점을 분명히 정리하기 위함이다. 엄밀히 말해 이 역시 해당 장의 중점 부분은 아니며, 뒤의 논의를 위해 문학 사료상의 기반을 제공하기 위함일 뿐이다. 마지막 부분이야말로 각 장의 중점이 된다. 각 시기의 문학이 상인을 어떻게 표현했는지에 대한 분석이 바로 그것이다. 이 부분에서는 문학 양식의 구분은 더 이상 관심의 대상이 아니고, 각 시기 내의 시간상 차이 역시 특별히 문제 삼지 않는다. 대신 이 시기 문학의 상인에 대한 표현의 특징을 앞뒤 시기 문학과 함께 비교하고, 그 원인과 결과, 발전과 한계의 측면을 탐구하여, 우리가 중요하다고 인식하는 몇 가지 측면으로 나누어 구체적인 논의와 분석을 진행할 것이다.

각 시기 문학의 상인에 대한 표현의 특징을 우리는 대략 다음의 몇 가지 측면으로 나누어 논하고자 한다. 첫째, 상인에 대한 태도이다. 이는 우리가 가장 먼저 서술해야 할 부분이다. 각 시기 문학의 상인에 대한 태도가 해당 시기 문학의 상인에 대한 표현의 기조까지 항상 제약하기 때문이다. 그러나 상인에 대한 태도는 직접적인 논평을 통해 표현될 수 있고 작품의 잠재적 경향성에서도 표현될 수 있으며, 서로 비교하면 사실 후자가 더욱 중요하다고 생각한다. 그러므로 우리는 전자에 대해 소개를 하면서도 후자에 대해서 역시 소홀하지 않을 것이다. 둘째, 상인의 정신세계에 대한 표현, 즉 상인이 상인으로서 갖는 기본적인 정신과 관련한 표현이다. 구체적으로 말하면 가치관념, 직업정신, 후계자 양성 등의 측면으로 나뉠 수 있다. 우리는 바로 이 점이 상인의 표현이라는 측면에서 가장 중요하다고 생각한다. 왜냐하면 이것이 상인 계층의 본질적 특성을 보여주는 동시에 각 시기 문학의 상인에 대한 이해 정도를 반영하기 때문이다. 셋째, 상인의 사회적 처지에 관한 표현이다. 이는 각 시기 상인 생활의 기본적인 환경을 보여주는 동시에 각 시기 문학의 상인에 대한 태도까지 간접적으로 밝혀준다. 넷째, 상인의 내적 욕망에 대한 표현이다. 이는 가치관과 직업정신 외에 상인의 비교적 전형적인 여타의 심리 활동까지 보여주며, 이러한 심리 활동을 통해 상인적 가치관과 직업정신을 서로 확인할 수 있다. 동시에 이 네 번째 측면은 해당 시기 문학이 상인의 심리를 통찰하는 수준을 보여주기도 한다. 다섯째, 상인의 성생활에 대한 표현이다. 우리는 이러한 표현이 상인 계층의 가장 본질적인 것을 드러내고, 동시에 각 시기 문학의 도덕관념도 드러내기 때문에 각 시기 문학의 발전 정도를 보여주는 일종의 시금석이 될 수 있다고 생각한다. 여섯째, 상인의 부인에 관한 표현이다. 이는 상인의 성생활에 관한 표현과 서로 보완이 된다. 일곱째, 사士와 상商의 관계에 대한 표현이다. 이 역시 상당히 중요한 측면이다. 그 이유는 사회 각 계층 중에 상인 계층과 사인 계층의 관계가 가장 복잡다단했을 뿐 아니라, 중국문학의 상인 형상이 문인의 손에 의해 문학 속에서 표현되고 이 문인이 상인 계층이 아닌 사인 계층인 이상, 그 형상은 필연적으로 문인의 편견이라는 안개에 둘러싸여 문인의 심리를 투영할 수밖에 없기 때문이다. 이러한 편견의 안개와 심리적 투영에 대한 지적은 중국문학 속 상인 표현의 역사를 진정으로 파악하기 위해 반드시 필요하다. 이상에서 언급한 바는 우리가 생각하는 몇 가지 주요 측면일 뿐이지 중국문학에서 상인을 표현하는 특징의 모든 측면은 아니다. 각 장에서 구체적으로 위의 측면들을 다룰 때는 역사의 연속성뿐만 아니라 각 시기의 구체적 상황까지 함께 고려할 것이기 때문에 각 측면의 순서, 혹은 편중되는 바가 달라질 것이다.

각 장의 주요 내용과 논점은 아래와 같다.

제1장 「당대 이전 문학 속 상인에 대한 표현」에서는 선진 문학, 한대 문학, 위진남북조 문학에서 상인을 표현한 양상과 특징에 대해 논하였다. 주요 논점은 다음과 같다. 중국문학 속 상인 표현의 역사 전체에서 봤을 때 당대 이전 1천여 년은 하나의 맹아기일 뿐이다. 이 시기에 상인은 문학 속 '엑스트라'에 불과했으며, 그들에게 관심을 가진 문인은 매우 적었다. 그래서 상인을 표현한 문학 작품의 수량 역시 그만큼 적었고, 상인에 대한 태도 역시 그다지 우호적이지 않았다. 이 시기 자체만 놓고 봤을 때도 상인에 대한 표현은 시대가 앞설수록 적었다. 그러나 어쨌든 상인에 대한 표현은 당시에 이미 시작되었고, 그중 몇몇 측면은 후대 문학에도 영향을 미쳤다.

제2장 「당오대 문학 속 상인에 대한 표현」에서는 당오대 문학에서 상인을 표현한 양상과 특징에 대해 논하였다. 주요 논점은 다음과 같다. 당오대 문학에서 상인을 표현한 작품은 크게 증가하였고, 상인을 표현한 범위 역시 더욱 확대되었다. 당대 이전 문학에서는 '엑스트라'였던 상인이 당오대 문학에서는 '조연'으로 일거에 도약하였고, 어떤 때는 '주연'이 되기도 했다. 따라서 중국문학 속 상인 표현의 역사는 당오대 문학에 와서야 정식으로 서막을 열고, 당대 이전 문학의 맹아적 요소들은 당오대 문학 속에서 비로소 뿌리를 내리고 꽃을 피웠다고 할 수 있다.

제3장 「송원 문학 속 상인에 대한 표현」에서는 송원 문학에서 상인

을 표현한 양상과 특징에 대해 논하였다. 주요 논점은 다음과 같다. 특히 시민사회가 발달하고 상인 계층이 활약하면서, 그리고 문인과 상인이 역사적으로 가까워지고, 백화소설과 희곡 등의 통속문학 양식이 갑자기 발전하면서 송원 문학의 상인에 대한 표현은 완전히 새로운 경지에 들어서게 되었다. 당오대 문학 속 '조연'이었던 상인은 송원 문학 속 '주연의 하나'로 일거에 뛰어올랐다. 송원 문학에서는 다채롭고 풍부한 상인의 형상이 출현하였고, 그중에는 정정당당한 긍정적 형상들도 많아 근대적 상인의 세계를 훌륭하게 구성하였다. 송원 문학 이후부터 이러한 근대적 상인 세계는 이전의 고전적 상인 세계를 대신하였고, 이로써 상인을 표현한 문학이라는 측면에서 더욱 중요한 존재가 되었다.

제4장 「명대 문학 속 상인에 대한 표현」에서는 명대 문학에서 상인을 표현한 양상과 특징에 대해 논하였다. 주요 논점은 다음과 같다. 명대 문학은 송원 문학의 전통을 계승하여 한층 더 장족의 발전을 이루었으며, 상인과 그들의 생활을 표현한 측면에서 중국문학사상 최전성기에 이르게 되었다. 송원 문학에서 '주연의 하나'였던 상인은 명대 문학에서는 '중요한 주연'이 되었다. 명대의 각종 문학 양식에서 상인의 형상을 대량으로, 매우 광범위하고 깊이 있게 표현했다. 어떤 시대의 문학도 명대 문학만큼 그토록 많은 상인의 형상을 생생하게 빚어내지 못했다. 상인 생활의 모든 측면들 중 명대 문학의 표현 범위 속에 들어가지 않은 것은 거의 없었다. 명대 문학의 상인에 대한 태도 역시 더욱 적극적이고 긍정적이었다.

제5장 「청대 문학 속 상인에 대한 표현」에서는 청대 전기와 중기 문학에서 상인을 표현한 양상과 특징에 대해 논하였다. 주요 논점은 다

음과 같다. 고전적이고 전통적인 의미에서 본다면 중국문학에서 상인을 표현한 역사는 명대 중후기에 최고조에 이른 이후 청대에 와서는 이미 끝자락에 가까워졌다. 몇몇 뛰어난 작품에서 상인에 대한 표현이 새로운 진전을 이루긴 했지만, 결국 이전의 전성기에 견주기는 힘들었고 상승기에나 볼 수 있는 일종의 기세라는 것도 없었다. 청대 후기 문학(근대문학)부터 고대의 상인 세계는 근대의 상인 세계에 자리를 물려주었다.

그밖에 「서론」에서는 이 책의 연구 동기, 연구 방법, 연구 범위, 연구 중점, 자료 수집 범위, 책의 구성 등에 대해 소개했다. 그리고 "결론"에서는 앞선 다섯 장의 논의를 총괄하며 중국문학 속 상인 표현의 역사를 돌아보고, 그 성과와 한계를 밝히고, 앞으로의 발전 방향까지 전망해보았다.

상인과 관련된 과거의 관념을 놓고 말한다면, 이 책은 그 중 아주 작은 한 측면만을 언급했을 뿐이다. 이 외에도 많은 작업들이 아직 남아 있으며, 이를 위해서는 역사학, 사회학, 경제사, 사상사 등 각 분야 연구자들과의 협력이 필요하다. 뿐만 아니라 여타의 문학 전통에서 상인을 어떻게 표현했는지에 대해서도 우리는 이해가 많이 부족하다. 이 연구를 위해서는 또 외국문학과 비교문학 연구자들의 의견이 필요할 것이다. 우리는 상인 연구의 영역에서 갈수록 많은 연구 성과들이 나오기를 기대하며, 이 책에 들였던 얼마간의 노력이 그러한 성과들을 이끌어내는 역할을 조금이나마 할 수 있길 바란다.

1장 | 당대唐代 이전 문학 속 상인에 대한 표현 |

상인의 역사는 유구해서 최소한 분업 사회가 시작된 후에는 상인이 이미 있었을 것이다. 그러나 상인이 문학에 등장한 시기는 그보다 훨씬 뒤이며, 빈번하게 그리고 대량으로 문학에 출현한 시기는 더욱 나중이 되어야 한다. 사실 문학에 상인이 아직 표현되지 않거나 아주 미미하게 표현될 때에도 상인의 존재와 활동은 여전했다. 그러나 상인이 문인의 흥미와 표현 욕망을 이끌어내려면 더욱 강하고 더욱 주목을 끄는 무언가로 발전해야만 했다. 문인 역시 '세勢'와 '이利'를 매우 중시했지만', 그들은 사회에서 '가치 있다'고 인정받는 것들에만 관심을 기울일 수밖에 없었다. 따라서 사회에서 공인된 상식을 감히 어겼던 소수의 문인들은 바로 이 때문에 사마천처럼 "권세와 이익을 숭상하고 빈천함을 수치로 여긴다崇勢利而羞賤貧"고 비난받았던 것이다.[3] 그러나 전체적인 추세는 상인이 문학 속에서 출현하고 표현되는 빈도가 갈수록 잦아졌다. 이 추세는 중국 상업의 발전 그리고 문학의 발전과 보조를 함께 할 것이다. 여러가지 요소들이 이 추세의 형성에 영향을 끼쳤고, 우리는 이에 대해 상세히 살펴볼 필요가 있다.

1. 선진先秦 문학 속 상인에 대한 표현

선진 시대는 중국 상업의 기초가 닦여진 시기라 할 수 있다. 중국에서 상인이 정식으로 출현한 것도 이때로 봐야 한다. 이 시기의 각종 사료에서 우리는 상인의 종적을 충분히 확인할 수 있다. 선진 시대는 중국문학의 기초가 확립된 시기이니 희곡과 소설을 제외한 시가, 산문, 서사문학 등 각종 문학 양식이 모두 이때에 형성되기 시작했다. 비록 후대에 많은 변화와 발전을 겪긴 했지만, 수천 년을 이어 온 문학전통이 바로 이 시기에 정초되었다고 보지 않을 수 없다. 따라서 중국문학에서 상인을 표현한 역사에 대한 서술은 마땅히 선진 시대부터 시작해야 할 것이다.

그러나 선진 시대에 이미 상업이 발달하고 상인 역시 상당히 활약했음에도 불구하고, 이 시기의 문학에는 상인에 대한 표현이 매우 적

3 司馬遷의 『史記』는 중국 '正史'의 비조이다. 그러나 그가 처음으로 상인을 포함시켰던 「貨殖列傳」은 班固에 의해 "崇勢利而羞賤貧"(『漢書』, 「司馬遷傳」)이라고 비난받았다. 뿐만 아니라 「貨殖列傳」은 『漢書』, 「貨殖傳」에서 왜곡된 채 남겨졌다가 이후의 '정사'에서는 아예 자취를 감추었다.

으며, 특히 상인을 긍정적으로 표현한 경우는 더욱 보기 힘들다. 우연히 문학 속에서 상인을 표현했다 하더라도, 대부분 다른 내용을 표현하기 위한 보조적 역할을 했을 뿐 그 자체가 독립적인 관심의 대상이 되거나 표현의 중심이 되진 못했다. 상인은 역사의 지평선 위로는 이미 모습을 드러냈지만, 문학의 지평선 위로는 아직 모습을 드러내지 못한 것으로 보인다.

1) 상인에 대한 문학적 표현

중국은 사학史學의 전통이 일찍 발달한 나라이자, 그에 따라 서사문학 역시 일찍 발달한 나라이기도 하다. 『좌전左傳』과 『국어國語』 등 뛰어난 역사 저작의 출현으로 선진 시기의 서사문학은 이미 상당한 수준에 이르렀다. 그러나 선진 시기의 서사문학 중 상인과 그 활동에 대한 서술은 매우 적으며, 유명 상인들의 그림자는 기본적으로 찾아볼 수가 없다. 어쩌다가 상인과 그들의 활동에 대해 언급했다 하더라도 대부분 상인 자체를 표현하기 위한 것이 아니라, 단지 다른 역사적 사건이 상인에게 영향을 미치면서 우연히 서사문학 속에 들어오게 된 것일 뿐이다. 『좌전』에서 우연히 상인을 언급한 몇 가지 이야기는 거의 모두 이런 식이다.

『좌전』, 「희공삼십삼년僖公三十三年」에 기록된 상인 관련 이야기를 보자.

(진秦의 군사가)활국滑國에 이르렀을 때, 정鄭나라 상인 현고弦高가 주周나라로 장사를 나갔다가 그들과 마주쳤다. 그는 먼저 넉 장의 소가죽을 바친 다음, 소 12마리로 군대를 위로하며 말하였다. "소인의 군주가 당신이 군대를 이끌고 폐국을 지나간다는 소식을 듣고 감히 군사들에게 음식을 대접하고자 합니다. 비록 변변치 못한 나라이나, 귀국의 군사들이 오래 동안 밖에 있었으므로 묵을 때는 하루의 식량을 준비하고 행군할 때는 하루 저녁의 호위를 맡으라고 하셨습니다." 이윽고 현고는 정나라에 급히 보고토록 했다. 정 목공穆公이 사람을 객관客館으로 보내 살펴보니, 이미 짐을 꾸리고, 무기를 갈고, 말에게 먹이를 준 상황이었다. 정 목공이 황무자皇武子를 보내 작별인사를 하도록 했다. "당신들이 폐국에 오래 머물면서 말린 고기, 식량, 가축이 바닥났습니다. 당신들은 곧 떠나려 하시는데, 정나라에는 (짐승을 기르는)원포原圃가 있고, 이는 진나라에 구유具囿가 있는 것과 마찬가지니, 당신들이 그곳에서 사슴을 잡아 폐국을 좀 쉬게 해주시는 게 어떨지요?" (이 말을 들은 진나라 장수)기자杞子는 제齊나라로 도망가고, 봉손逢孫과 양손揚孫은 송宋나라로 도망갔다. 맹명孟明이 말하였다. "정나라는 방비가 되어 있어서 가망이 없습니다. 공격해도 점령하지 못하고, 포위해도 후방과 이어지지 못하니, 우리는 돌아가는 것이 낫겠습니다." 그래서 활국을 멸하고 돌아갔다.[4]

---

4 (秦師)及滑, 鄭商人弦高將市於周, 遇之. 以乘韋先, 牛十二犒師, 曰 : "寡君聞吾子將步師出於敝邑, 敢犒從者. 不腆敝邑, 爲從者之淹, 居則具一日之積, 行則備一夕之衛." 且使遽告于鄭. 鄭穆公使視客館, 則束載, 厲兵, 秣馬矣. 使皇武子辭焉, 曰 : "吾子淹久於敝邑, 唯是脯資餼牽竭矣. 爲吾子之將行也, 鄭之有原圃, 猶秦之有具囿也, 吾子取其麋鹿以閒敝邑, 若何?" 杞子奔齊, 逢孫, 楊孫奔宋. 孟明曰 : "鄭有備矣, 不可冀也. 攻之不克, 圍之不繼, 吾其還也." 滅滑而還.

이 이야기는 역사적으로 매우 유명해서 선진과 그 이후의 많은 전적들이 이를 언급하거나 다시 서술했다. 『공양전公羊傳』, 「희공삼심삼년僖公三十三年」, 『여씨춘추呂氏春秋』, 「선식람先識覽 · 회과悔過」, 『사기史記』, 「진본기秦本紀」, 『회남자淮南子』, 「인간훈人間訓」, 「도응훈道應訓」, 「범론훈氾論訓」 등이 그 예이다. 이 이야기는 발생 시기가 기원전 627년으로 중국문학에서 상당히 이른 시기의 상인 관련 고사라고 할 수 있다. 정나라 상인 현고 역시 중국문학에서 상당히 이른 시기의 상인 형상이라 할 수 있으며, 이름이 있는 실재 인물의 상인 형상이기도 하다. 그는 정나라를 습격하려는 진나라 군대의 음모를 탁월한 용맹과 기지로 좌절시킴으로써 조국의 안전에 한마汗馬의 공로를 세워 사람들의 찬사와 존경을 받았다. 따라서 그는 철저히 긍정적인 상인 형상으로 볼 수 있으며, 중국문학사에서 보기 힘든 상인 영웅이기도 하다. 그러나 동시에 우리는 이 고사 외에 정나라 상인 현고에 대해서 전혀 알지 못한다는 것도 주의해야 한다. 우리는 그의 개인적 상황을 알지 못하며, 그의 상업 활동에 대해서도 아는 바가 없다. 저자가 이 정나라 상인을 서술한 이유는 진나라 군대가 정나라를 습격한 역사상의 사건이 발생한 그때, 이 정나라 상인이 역사적 사건의 현장에 있었고, 그 역사적 사건 자체에 영향을 미쳐 『좌전』에서 한 번 언급하지 않을 수 없었기 때문이다. 그러나 저자는 이 정나라 상인의 '상인'으로서의 존재에 대해서는 전혀 관심이 없었으며, 그래서 달리 주의를 기울이지도 않았다.

이번에는 『좌전』, 「성공삼년成公三年」에 기록된 상인 관련 이야기를 보자.

> 순앵荀罃이 초楚나라에 잡혀있을 때 정鄭나라 상인이 그를 큰 자루에 넣어 데리고 나오려고 했다. 이미 계획을 짜고 아직 실행하지 않은 차에 초나라 사람이 그를 돌려보냈다. 상인이 진晉나라에 갔을 때 순앵은 마치 자기를 정말로 꺼내준 것처럼 그를 좋게 대해주었다. 그러자 상인이 말했다. "저는 그런 공로가 없는데, 어찌 감히 실제의 공을 누릴 수 있겠습니까? 저는 소인이라 외람되게 군자를 속일 수는 없습니다." 이윽고 그는 제齊나라로 갔다.[5]

이 정나라 상인은 현고만큼 운이 좋진 않아서 이름도 남기지 못했다. 이는 당연히 그와 역사적 사건과의 관계가 현고만큼 깊지 않았기 때문이다. 그러나 현고와 마찬가지로 그 역시 긍정적인 상인 형상이다. 우선 그는 다른 사람이 위기에서 벗어나도록 기꺼이 도와주었고, 그러면서 자기는 공이 없다며 그만큼의 대우를 받길 원하지 않았고, 아울러 '군자'와 '소인'의 경계를 엄수하기까지 했다. 이런 점들로 인해 자연스레 저자의 높은 평가를 받게 되었고, 그래서 저자는 『좌전』에 그를 써넣은 것이다. 그러나 사정은 이렇게 분명하지만, 저자가 여기서 표현하려고 했던 것은 상인 자체나 그의 상업활동이 아니라 상인이 역사적 사건 속에서 역사 인물과의 관계를 통해 야기한 우연적인 모습일 뿐이다.

이번에는 『좌전』, 「소공십육년昭公十六年」에 기록된 상인 관련 이야기를 보자.

---

5 荀罃之在楚也, 鄭賈人有將寘諸褚中以出. 旣謀之, 未行, 而楚人歸之. 賈人如晋, 荀罃善視之, 如實出己. 賈人曰: "吾無其功, 敢有其實乎? 吾小人, 不可以厚誣君子." 遂適齊.

한선자韓宣子에게 옥가락지가 있었는데 다른 하나는 정鄭나라 상인에게 있었다. 선자가 정백鄭伯에게 그것을 달라고 청했으나 그의 재상인 자산子産은 주지 않으면서 이렇게 말했다. "그건 나라의 창고에서 보관하는 기물이 아니니 우리 임금께서도 알지 못하십니다." (…중략…) 한자가 상인에게 그것을 구하여 이미 거래가 성사되자 상인이 말했다. "반드시 대부께 아뢰어야 합니다." 한자가 자산에게 부탁하며 말했다. "일전에 제가 옥가락지를 청했을 때 집정執政께서 옳은 일이 아니라 하셔서 감히 다시는 청하지 못했습니다. 이제 상인에게 그것을 사는데 '반드시 아뢰어야 한다'고 합니다. 그래서 감히 부탁을 드립니다." 자산이 답했다. "옛날 우리 선군 환공桓公께서는 상인과 더불어 모두 주周나라를 떠나 이곳으로 오셔서 어깨를 나란히 하며 가래질로 잡초를 뽑고 쑥과 명아주를 베고서 함께 이곳에 거처하였습니다. 대대로 맹세하고 서로 믿으면서 '너는 나를 배반하지 말라, 나는 너의 물건을 억지로 사지 않을 것이고, 달라고 하거나 빼앗지도 않을 것이다. 네가 장사에서 이익을 남길 귀한 물건이 있어도 나는 그에 대해 알려하지 않을 것이다'라고 했습니다. 이런 맹세에 따라 서로를 지켜주면서 지금에 이를 수 있었습니다. 지금 당신께서는 좋은 뜻으로 와서 고생하시면서 폐국에게 상인의 물건을 강탈하라고 하십니다. 이는 폐국이 맹세를 저버리도록 하는 것이니 어찌 불가한 일이 아니겠습니까! 당신께서는 옥을 얻어도 제후를 잃게 되는 것이니 반드시 해서는 안 될 일입니다. 만약 대국에서 명령을 내리는데 모두 법도가 없이 한다면, 정나라는 (진晉나라의) 성읍이 되고 말 테니, 이 또한 그렇게 해서는 안 됩니다. 제가 만약 옥을 바친다 해도 성사되는 바가 무엇인지 모르겠습니다. 감히 사사로이 제 뜻을 말씀드립니다." 한자는 옥을 받지 않으며 말했다. "제가 비록 영민하지 못하나 어찌 감히 옥을 청해 두 가지 죄를 저지르겠습니까? 부디 사양코자 합니다."[6]

선진 시대, 특히 춘추春秋 시대에는 "공인과 상인은 나라의 녹을 먹는다工商食官"는 『국어國語』, 「진어사晉語四」의 기록처럼, 공인과 상인이 정부와 잠시라도 뗄 수 없는 관계에 있었다. 그러므로 『좌전』, 「정공사년定公四年」에서는 "왕손고王孫賈가 '만약 위衛나라에 어려움이 닥치면, 공인과 상인이 우환이 아닌 적이 없었으니 그들이 모두 떠나도록 해야 합니다'라고 했다. 임금이 대부에게 고하여 공인과 상인이 모두 떠나도록 했다"[7]고 썼다. 옛날에 정나라 상인과 정 환공이 함께 주나라에서 나온 것도 아마 같은 이유일 것이다. 서로 의지하고 창업에 동참함으로써 비로소 한쪽이 배반하지 않고 한쪽이 간섭하지 않는 맹세를 하게 되었고, 정나라 정부와 상인 사이는 줄곧 좋은 관계를 유지할 수 있었던 것이다.(『좌전』의 상인과 관련된 이상의 몇 가지 고사에서 상인이 모두 정나라 상인인 점은 정나라 상인의 활약을 확실히 보여준다. 그리고 지혜와 용기를 겸비한 현고가 정나라를 구하면서 자발적인 애국정신을 보여준 것도 이러한 측면과 무관하지 않을 것이다.) 위 이야기에서 애초에 한선자는 진나라의 사자로서 대국 출신임을 배경으로 삼아서 정나라 정부에 압력을 가하여 정나라 상인이

---

6 宣子有環, 其一在鄭商. 宣子謁諸鄭伯, 子産弗與, 曰:"非官府之守器也, 寡君不知."(…中略…) 韓子買諸賈人, 旣成賈矣. 商人曰:"必告君大夫." 韓子請諸子産曰:"日起請夫環, 執政弗義, 弗敢復也. 今買諸商人, 商人曰:'必以聞.' 敢以爲請." 子産對曰:"昔我先君桓公, 與商人皆出自周, 庸次比耦, 以艾殺此地, 斬之蓬蒿藜藋, 而共處之. 世有盟誓, 以相信也, 曰:'爾無我叛, 我無强賈, 毋或匄奪. 爾有利市寶賄, 我勿與知.' 恃此質誓, 故能相保, 以至于今. 今吾子以好來辱, 而謂敝邑强奪商人, 是敎敝邑背盟誓也, 毋乃不可乎! 吾子得玉而失諸侯, 必不爲也. 若大國令, 而共無藝, 鄭, 鄙邑也, 亦弗爲也. 僑若獻玉, 不知所成, 敢私布之." 韓子辭玉, 曰:"起不敏, 敢求玉以徼二罪? 敢辭之."

7 王孫賈曰,"苟衛國有難, 工商未嘗不爲患. 使皆行而後可." 公以告大夫, 乃皆將行之.

갖고 있던 옥가락지를 손에 넣으려 했던 것으로 보인다. 그런데 자산이 엄한 말로 거절을 하자 이번에는 상인에게 직접 압력을 가해 옥가락지를 강매強買하려 했을 것이다.(그렇지 않았다면 정나라 상인이 "반드시 대부에게 알려야 한다"는 핑계를 댈 리가 없으며, 이는 사실 정부의 도움을 얻어 강매를 거절하겠다는 뜻이다) 자산은 정나라의 존엄을 유지하고 상인의 이익을 보호하기 위해 두 번의 부탁 모두를 단호히 거절했다.[8] 따라서 앞의 두 고사와 달리 이 고사에서는 일종의 상업 분쟁을 표현한 것으로 보인다. 여기에 등장한 정나라 상인은 비록 이름은 남기지 않았지만, 그가 한 것은 바로 매매활동이었다. 그러나 우리는 이 점도 주의해야 한다. 즉, 한선자는 대국의 사자였으므로 그의 '강요'와 '강매'는 순수한 매매행위에 그치지 않았으며 일종의 소국을 압박하는 대국의 도발이었고, 자산의 '강요'와 '강매'에 대한 거절 역시 단순한 매매행위의 거절이 아니라 대국의 도발에 대한 소국의 응전이라는 것이다. 그러므로 본질적으로 이는 '외교' 분쟁이지 '상업' 분쟁이 아니었다. 그래서 이 고사에서 표현된 정나라 상인은 앞 두 고사의 정나라 상인에 대한 표현과 마찬가지로 서술의 중심이 아닌 이 외교 분쟁 속의 들러리일 뿐이었다. 저자가 이 고사를 통해 표현하려 했던 것 역시 상업 활동이 아니라 외교 활동에 대한 그의 흥미와 이해일 뿐이었다.

---

8 『韓詩外傳』 卷三에서는 子貢의 말을 인용하여 이렇게 썼다. "자산이 병으로 장차 죽으려 하자 나라 사람들이 모두 '누가 자산의 죽음을 대신할 수 있을까?'라며 탄식하였다. 자산이 죽음에 임박했을 때 사대부는 조정에서 곡하고, 상인은 저자에서 곡하고, 농부는 들판에서 곡하니, 자산을 위해 곡하는 것을 모두 부모의 상처럼 했다.[子產病將死, 國人皆吁嗟曰 : '誰可使代子產死者乎?' 及其不免死也, 士大夫哭之於朝, 商賈哭之於市, 農夫哭之於野, 哭子產者, 皆如喪父母]" 정나라 상인이 자산을 아낀 것은 바로 위의 사례처럼 자산이 상인의 이익 보호에 신경을 썼기 때문일 것이다.

위에서 서술했듯이 『좌전』에는 상인 관련 몇 가지 고사들이 보이거나, 혹은 다른 말로 바꾸어 말하면 몇 가지 고사들이 상인에 대해 썼다. 그러나 저자의 목적은 상인 자신 혹은 상업 활동의 묘사가 아닌 역사 사건 혹은 외교 사건을 더욱 잘 묘사하기 위해서였으며, 그중 후자는 곧 『좌전』의 원래 창작 목적이다. 따라서 『좌전』에 상인과 관련된 몇 가지 고사가 나온다 하더라도 『좌전』의 저자는 사실 다른 선진시대 저자와 마찬가지로 상인과 그들의 활동에 대한 관심이 여전히 부족했다.

『국어』와 『전국책』의 저자는 이러한 측면이 더욱 분명하다고 할 수 있다. 『국어』 중 「월어越語」는 월나라가 강성해지는 과정 그리고 여기서 범려范蠡가 어떤 역할을 했는지 상세하게 기록했지만, 범려가 나중에 상업을 통해 치부한 행적에 대해서는 한 글자도 언급하지 않았다. 나중에 『사기』, 「월왕구천세가越王句踐世家」에서 이에 대해 따로 싣지 않았다면 후대 사람들은 범려가 "막대한 재산을 쌓은貲累巨萬" 대상인이 되었다는 사실을 몰랐을 것이다. 이는 당연히 국가별 역사의 하나라는 『국어』의 성격이 범려 개인의 사적을 기록할 수 없게 했기 때문이다. 그런데 마찬가지로 월나라 역사를 기록한 『사기』, 「월왕구천세가」에서는 어떻게 나중에 범려가 장사를 통해 치부한 행적을 따로 기록할 수 있었을까? 이는 가치관의 차이에서 비롯된 것으로 보인다. 즉 『국어』의 저자는 사마천처럼 범려의 후기 행적에 기록할만한 가치가 있다고 보지 않은 것이다. 『전국책』에는 상인과 관련된 고사가 하나 밖에 없다. 「진책오秦策五」에 실린 여불위 고사가 바로 그것이다.

> 복양濮陽 사람 여불위呂不韋가 한단邯鄲에서 장사를 하던 중 진秦나라의 인질로 와 있는 왕자 이인異人을 만나고서 집으로 돌아와 아버지에게 물었다. "농사는 몇 배의 이익을 남길 수 있습니까?" "열 배이다." "주옥을 팔면 몇 배의 이익이 남습니까?" "백 배이다." "국가의 주인을 세우면 몇 배 이익이 남습니까?" "헤아릴 수 없다." 그러자 이렇게 말했다. "지금 힘들여 밭을 갈고 열심히 일해도 따뜻한 옷과 여분의 음식을 얻을 수 없습니다. 이제 나라를 세워 군주를 옹립하면 그 은택을 후대까지 남길 수 있습니다. 진나라의 이인이 조趙나라에 인질로 잡혀와 각(扁)성에 있으니 가서 그 일을 도모코자 합니다."[9]

이 대화는 상인으로서의 여불위의 면모를 매우 생동감 있게 표현했다고 볼 수 있다. 상인은 어떤 일이든 '투자의 효과와 이익'을 따지므로 장사를 그만두고 정치를 해도 결코 예외일 수가 없다. 안타깝게도 『사기』, 「여불위열전」에는 이 볼만한 대화가 실려 있지 않다. 그러나 『좌전』과 마찬가지로 『전국책』이 여불위의 고사를 실은 이유는 그가 대상인이고 그의 상업 활동에 흥미가 있어서가 아니라 여불위가 장사를 그만두고 정치를 시작하고자 진나라 군주에게 투자하고 진나라 정치에 참여하면서 역사의 표면으로 부상했기 때문이다. 이러한 이유로 여불위는 『전국책』의 관심을 받고, 이 선진 문헌 속에 실리게 된 것이다. 『사기』, 「화식열전」의 기록에 의하면 전국 시기에는 원래 유명한 상인이 적지 않았음에도, 『전국책』에는 여불위 외에 다른 어떤 상인에

9 濮陽人呂不韋賈於邯鄲, 見秦質子異人, 歸而謂父曰:"耕田之利幾倍?" 曰:"十倍." "珠玉之贏幾倍?" 曰:"百倍." "立國家之主贏幾倍?" 曰:"無數" 曰:"今力田疾作, 不得暖衣餘食, 今建國立君, 澤可以遺世. 秦子異人質於趙, 處於扁城. 願往事之."

대한 언급도 없다는 점이 이를 증명한다. 이는 물론 『전국책』의 성격과 관련이 있을 것이다. 즉, 이 책에 실린 내용이 주로 전국시대 책사들의 변론이라는 점이다. 그러나 전국시대에 상업이 그렇게 번성하고 상인이 그처럼 활약했음에도 왜 이 시대에는 그에 상응하는 서적이 등장하지 않았을까?[10]

선진 시대에 서사문학과 동시에 발달한 것으로 주로 사상과 견해를 표현한 산문도 있다. 선진 시대의 산문에도 상인에 대한 표현은 매우 적다. 상인 관련 우언이나 짧은 일화가 우연히 보이긴 하나, 그것 역시 상인 자체를 표현하기 위함이 아니라 이를 통해 도리를 설명하거나 각자의 사상과 학설을 위한 것일 뿐이었다. 상인은 그저 도구 중 하나로서 논증을 형상화해주는 들러리일 뿐이었다. 『장자莊子』, 「소요유逍遙遊」에서는 장자의 고향 송宋나라의 두 상인을 언급한다. 한 명은 장사를 잘해서 큰돈을 벌었고, 또 한 명은 실제상황에 몽매하여 본전을 잃어버렸다.

> 송宋나라 사람이 모자를 팔려고 월越나라에 갔는데, 월나라 사람들은 머리를 모두 자르고 문신을 하고 있어서 그것을 쓸 데가 없었다.[11]

> 송나라 사람 중에 손이 트지 않는 약을 잘 만드는 사람이 있었는데, 그는 대대로 무명 빠는 일을 업으로 삼았다. 한 빈객이 그 소식을 듣고 백금

10 『사기』, 「화식열전」의 기록에 따르면, 선진 시대의 비교적 유명한 상인으로 계연計然, 백규白圭, 자공子貢, 범려 등이 있었다. 그러나 그들의 상업 관련 사적은 선진 시대의 전적에는 대부분 보이지 않으며, 자공처럼 비록 언급을 했더라도 지극히 간략한 정도이다.

11 宋人資章甫而適諸越, 越人斷髮文身, 無所用之.

> 에 그 처방을 사고자 했다. 그는 가족들을 모아 상의하였다. "우리는 대대로 무명 빠는 일을 하면서 겨우 몇 금만을 벌어왔다. 지금은 하루아침에 백금을 받고 기술을 팔 수 있으니 그 방법을 주도록 하자." 빈객은 처방을 얻은 후 오왕吳王에게 가서 유세하였다. 월나라가 어려움에 봉착하자 오왕은 그를 장수로 삼아 겨울에 월나라 사람과 수전水戰을 벌여 월나라를 대패시켰다. 이에 땅을 나누어 그를 봉해주었다.[12]

모자를 파는 사람은 '문화'의 차이를 몰라서 결국 모자를 팔 수 없었다. 약을 오나라에 판 빈객은 손이 트지 않는 약의 용도를 알아서 결국 땅을 나눠 받고 후에 봉해졌다. 이 두 사례는 상당히 전형적이며, 모든 상인들에게 교훈적 가치가 상당히 많아서 잘 기억해둘 만하다. 동시에 이 두 가지 고사를 통해 장자가 최소한 자기 고향의 상인들에 대해서는 주의를 기울이고 관찰했음을 알 수 있다. 그렇지 않으면 이 두 사례를 거론할 수 없었을 것이다. 그러나 장자가 이 두 사건을 쓴 목적은 상인과 그 활동을 표현하여 어떻게 장사의 경험과 교훈을 줄 것인지가 아니라 자신의 상대주의, 즉 송나라 상황이 이렇다고 해서 월나라가 꼭 그렇지는 않음을 설명하기 위함이었다. "손이 트지 않게 할 수 있는 것은 같지만, 혹자는 이로 인해 분봉을 받고, 혹자는 무명 씻는 일에서 벗어나지 못하는, 즉 사용하는 바가 다름"[13]을 설명한 것이었다. 『장자』에서 이들의 역할은 곤붕鯤鵬, 조균朝菌, 쓸모없는

12 宋人有善爲不龜手之藥者, 世世以洴澼絖爲事. 客聞之, 請買其方百金. 聚族而謀曰: "我世世爲洴澼絖, 不過數金; 今一朝而鬻技百金, 請與之." 客得之, 以說吳王. 越有難, 吳王使之將, 冬與越人水戰, 大敗越人, 裂地而封之.

13 能不龜手, 一也, 或以封, 或不免於洴澼絖, 則所用之異也.

큰 나무, 다섯 석의 표주박 같은 것들과 마찬가지이며, 모두 장자가 자신의 상대주의를 표현하기 위한 예증에 불과하다.

한비자韓非子는 글을 쓸 때 우언을 잘 활용하였으며 『한비자』에도 상인과 관련된 몇 가지 우언이 있다. 그중 하나가 「설림하說林下」에 보인다.

> 송宋나라의 부유한 상인 중에 감지자監止子라는 자가 있었다. 그는 백금이나 나가는 박옥璞玉을 사려고 경쟁하면서, 일부러 실수한 척 그것을 훼손한 후 백금을 물어주고 그 훼손된 흠을 고쳐서 천 일溢을 벌었다.[14]

위에서 저자는 명석하면서도 교활한 송나라 상인의 모습을 매우 생동감 있게 표현하였다. 그러나 『한비자』의 다른 우언과 마찬가지로 이 우언 역시 "일을 실행에 옮겼다가 실패하더라도 그것을 하지 않은 것보다 현명한 경우가 있으니, 때에 맞춰 책임을 지는 것이 그러하다"[15]는 일종의 도리를 설명하기 위해 쓰였다. 이 도리 역시 상인이나 그들의 활동과는 별 관련이 없는 정치적 측면의 도리임을 알 수 있다. 「외저설우상外儲說右上」에도 이런 우언이 보인다.

> 송宋나라 사람 중에 술을 파는 사람이 있었다. 그는 술의 양을 매우 공평하게 하고, 손님을 매우 공손하게 맞고, 술도 매우 맛이 좋게 만들고, 깃발도 매

14 宋之富賈有監止子者, 與人爭買百金之璞玉, 因佯失而毁之, 負其百金, 而理其毁瑕, 得千溢焉.

15 事有擧之而有敗而賢其毋擧之者, 負之時也.

우 높게 걸었으나, 술은 쌓여만 가고 팔리지 않아 맛이 시어졌다. 그 이유가 괴이하여 이를 아는 자에게 묻고자 했다. 장자長者인 양천楊倩에게 묻자 양천이 말했다. "당신 개가 사나운가?" "개가 사납다고 술이 팔리지 않는 이유는 무엇입니까?" "사람들이 두려워하기 때문이오. 어린아이에게 돈을 갖고 술병과 항아리를 들고서 술을 사오라고 했는데 개가 마중을 나와 아이를 물어버리니, 그래서 이 술이 시어지고 팔리지 않는 것이오."[16]

술파는 상인에 관한 재미있는 우언으로, 저자가 거주하는 골목에서 일어난 일을 실제로 체험한 것으로 보인다. 그러나 저자가 마지막에 말한 도리는 이렇다. "무릇 나라에도 개가 있다. 도를 가진 선비가 치술治術을 갖고 그것을 만승의 군주에게 밝히려 해도 대신이 사나운 개가 되어 그를 맞아 물어버리니, 이것이 곧 군주가 속고 위협을 당하는 이유이자 도가 있는 선비가 쓰이지 않는 이유이다"[17] 이에 따르면, 저자가 이 우언을 쓴 이유와 관심 역시 여전히 정치에 있었지 상인의 측면에 있지 않았음을 알 수 있다. 「외저설좌상外儲說左上」에도 이런 우언이 있다.

초楚나라 사람 중에 정鄭나라에서 구슬을 파는 사람이 있었다. 그는 목련나무 궤짝을 만들고 계수와 산초로 향을 입힌 함을 만들어 여기에 보석을

16 宋人有酤酒者, 升概甚平, 遇客甚謹, 爲酒甚美, 縣幟甚高, 著然不售, 酒酸. 怪其故, 問其所知, 問長者楊倩, 倩曰: "汝狗猛耶?" 曰: "狗猛則酒何故而不售?" 曰: "人畏焉, 或令孺子懷錢挈壺甕而往酤, 而狗迓而齕之, 此酒所以酸以不售也."

17 夫國亦有狗, 有道之士懷其術而欲以明萬乘之主, 大臣爲猛狗迎而齕之, 此人主之所以蔽脅, 而有道之士所以不用也.

이어서 박고 장미를 장식하고 물총새 깃털을 촘촘히 붙여 넣었다. 정나라 사람은 그 함을 사면서 상자 안의 구슬은 돌려주었다. 이는 함을 잘 팔았다고 할 수는 있지만, 구슬을 잘 팔았다고 할 수는 없다.[18]

이것이 바로 유명한 '매독환주買櫝還珠' 우언으로, 지금은 안목이 없어 올바른 선택을 하지 못하는 '구매자'를 풍자할 때 쓰인다. 그러나 우언의 본래 의미는 지나친 포장으로 정반대 결과를 맞게 되는 '판매자'를 풍자하는 것이다. 하지만 구슬을 판 초나라 상인이든 그것을 산 정나라 상인이든, 이 우언 속에서는 모두 웃음이 나올 수밖에 없는 존재로 표현되어 있다. 그러므로 이 우언은 무의식중에 이중적인 풍자 효과를 내면서 구매자와 판매자 쌍방의 어리석고 가소로운 측면을 함께 보여준다고 할 수 있다. 따라서 이는 매우 성공적인 우언이라고 볼 수 있으며, 그중 구슬을 파는 초나라 상인에 대한 표현은 더욱 유머감이 넘친다. 그러나 작자가 이 우언을 쓴 이유는 역시 상인과 그 활동을 표현하기 위함이 아니라 다만 "지금 세상의 담론은 모두 그럴싸한 변설과 꾸미는 말만 하고 있으니, 군주가 그 꾸민 것만을 보고 유용한 것은 잊어버린다"[19]라는 비판을 이끌어내기 위함이다. 이는 화려한 언어의 포장을 버리고 유용한 도리로 직접 군주의 마음을 움직여야 한다고 주장하는 것이다. 저자가 이 우언을 쓴 진짜 목적은 바로 여기에 있다.

---

18 楚人有賣其珠於鄭者, 爲木蘭之櫝, 薰以桂椒, 綴以珠玉, 飾以玫瑰, 輯以翡翠. 鄭人買其櫝而還其珠. 此可謂善賣櫝矣, 未可謂善鬻珠也.

19 今世之談也, 皆道辯說文辭之言, 人主覽其文而忘有用.

『윤문자尹文子』, 「대도하大道下」에도 상인과 어느 정도 관련이 있는 우언이 보인다.

> 정鄭나라 사람들은 다듬지 않은 옥을 박璞이라 하고, 주周나라 사람들은 절여 말리지 않은 쥐를 박이라 한다. 주나라 사람이 박을 품에 안고 정나라 상인에게 물었다. "박을 사시겠소?" 정나라 상인이 말했다. "사겠소." 박을 꺼내 보니 바로 쥐라서 사절하고 받지 않았다.[20]

주나라와 정나라는 서로 이웃해 있었지만 방언이 달라서 이런 재미있는 오해가 생기게 되었다. 그러나 저자의 목적은 상인이나 그의 상업 활동에 대해 쓰려는 것이 아니라, 이를 통해 '명名'이 매우 중요함을 주장하려는 것일 뿐이었다. 즉 "명은 존비尊卑를 바로 하는 근거이자, 자랑스러워하거나 찬탈하는 마음을 낳는 이유이기도 해서"[21] 인仁, 의義, 예禮, 악樂, 법法, 형刑, 상賞과 함께 "오제삼왕의 치세술五帝三王治世之術" 중 하나였다는 말이다. 위의 우언은 바로 저자가 '명'의 바르지 않은 사용이 가져올 폐해를 형상적으로 설명하기 위한 예로 쓰였을 뿐이다.

선진 산문 중 일부 우언이나 일화는 상인이나 그들의 활동과 직접적 관련은 없어도 선진 시대 시장과 간접적으로 관련이 되어 당시 시장 무역의 상황과 당시 사람들의 시장에 대한 일정 정도의 관심을 보여주기도 한다. 그러나 동시에 우리는 이러한 시장과 간접적 관련이 있는 우언이나 일화들이 저자의 주장을 설명하기 위해 이용됨으로써

---

20 鄭人謂玉未理者爲璞, 周人謂鼠未腊者爲璞. 周人懷璞, 謂鄭賈曰: "欲買璞乎?" 鄭賈曰: "欲之." 出其璞, 視之, 乃鼠也, 因謝不取.

21 名者所以正尊卑, 亦所以生矜篡.

그러한 주장을 더욱 형상화해주는 도구로 쓰였을 뿐임에 주의해야 한다. 예를 들어 『열자列子』, 「설부說符」에는 다음과 같은 우언이 있다.(『여씨춘추呂氏春秋』, 「선식람先識覽 · 거유去宥」 참조)

옛날 제齊나라 사람 중에 금을 갖기를 바라는 사람이 있었다. 그는 새벽에 의관을 차리고 시장으로 가서 금을 파는 사람에게 다가가서는 금을 빼앗고 그곳을 떠났다. 관리가 그를 붙잡아 물었다. "사람들이 모두 있는데 너는 왜 금을 빼앗아 갔느냐?" 그가 답했다. "금을 가져올 때는 사람은 보이지 않고 금만 보였습니다."[22]

시장에서 생긴 흥미로운 고사로서 시장의 운영 실정에 대해 이해할 수 있도록 해주는 한편 사람들이 시장 때문에 갖게 되는 탐욕에 대해서도 알려준다. 『한비자』, 「외저설좌상」에는 이런 우언이 있다.

정鄭나라 사람 중에 신발을 사려는 사람이 있었다. 그는 먼저 자기 발을 끈으로 재고 그것을 자리에 두었다. 그리고는 시장에 가면서 그 끈을 가져가는 것을 깜박했다. 시장에서 이미 신발을 고르고는 이내 말했다. "내가 끈으로 잰 것을 깜빡 잊고 안 가져왔네!" 그는 집으로 돌아가 그것을 가져왔다. 다시 돌아와 보니 시장은 이미 파해서 결국 신발을 사지 못했다. 사람들이 말했다. "발로 신어보면 되지 않소?" 그가 말했다. "끈으로 잰 것을 믿을지언정 스스로는 믿지 못하지요."[23]

22 昔齊人有欲金者, 清旦衣冠而之市, 適鬻金者之所, 因攫其金而去. 吏捕得之, 問曰:"人皆在焉, 子攫人之金何?" 對曰:"取金之時, 不見人, 徒見金."

아마 "시장이 낮에 열렸다가" 해가 저물면 파하기 때문에 이 귀여울 정도로 꽉 막힌 사람은 시장을 왔다가 다시 돌아가면서 신발 살 시간을 허비했을 것이다. 그러나 저자가 시장에서 생긴 이 재밌는 이야기를 쓴 목적은 그 자체가 아니라 정치적 측면의 견해를 밝히기 위해서였다. 저자의 시장에 대한 진정한 흥미는 상업이 아닌 정치에 있었다. 아래의 고사가 이를 상징적으로 표현했다고 할 수 있다. 이 고사는 『안자춘추晏子春秋』, 「내편內篇·잡하雜下」에 나온다.(『좌전』, 「소공삼년昭公三年」, 『한비자』, 「난이難二」 등에도 보인다)

경공景公이 안자晏子의 집을 바꿔주려고 하면서 말했다. "당신의 집은 시장과 가까워 낮고 습하고 좁고 시끄럽고 먼지가 많아 살 수가 없습니다. 부디 시원하고 높고 건조한 집으로 바꾸도록 하십시오." 안자가 사양하며 말했다. "군왕의 예전 신하는 이를 받아들였으나, 신은 이를 그대로 따르기에 부족하여 신에게는 사치입니다. 그리고 소인은 시장에 가까이 있으면서 아침저녁으로 필요한 것을 얻을 수 있으니 소인에게는 이익입니다. 어찌 감히 마을사람들을 번거롭게 할 수 있겠습니까?" 경공이 웃으며 말하였다. "당신은 시장에 가까이 있으니 무엇이 비싸고 싼지 아시겠군요." 안자가 답했다. "이미 그것으로 몰래 이익을 보는데 어찌 알지 못하겠습니까?" 공이 말했다. "무엇이 비싸고 무엇이 쌉니까?" 당시에는 경공이 형벌을 자주 사용하여 용踊(월형刖刑을 당한 사람이 신는 신)을 파는 사람이 있을 정도였다. 그래서 이렇게 답했다. "용은 비싸고 신발은 쌉니다." 경공은 당황하

---

23 鄭人有且置履者, 先自度其足而置之其坐, 至之市, 而忘操之. 已得履, 乃曰: "吾忘持度!" 反歸取之. 及反, 市罷, 遂不得履. 人曰: "何不試之以足?" 曰: "寧信度, 無自信也."

며 얼굴빛을 바꾸었다. 경공은 이로 인해 형벌을 줄였다.[24]

시장에서의 상업 활동이 간언의 소재로 쓰였다. 그러므로 이 고사의 중심은 "소인은 시장에 가까이 있으면서 아침저녁으로 필요한 것을 얻을 수 있으니 소인에게는 이익입니다"라는 상업 활동이 아니라 "용은 비싸고 신발은 쌉니다"라는 정치적 풍자와 간언 행위에 있다. 이는 선진 시대의 사람이 어떤 부분에서 시장에 대한 흥미를 가졌는지를 상징적으로 보여주는 대표적 예라고 할 수 있다. 『한비자』, 「내저설상內儲說上」에도 시장과 관련한 두 편의 짧은 고사가 보인다. 이 역시 저자의 시장에 대한 정치적 흥미를 표현하고 있다.

상商나라 태재太宰가 젊은 가신에게 시장에 다녀오게 하고, 돌아온 것을 보고는 그에게 물었다. "시장에서 무엇을 보았느냐?" "아무 것도 보지 못했습니다." 태재가 말했다. "아무리 그래도 무엇이 보이지 않더냐?" "시장 남문 밖에 소달구지가 매우 많아 겨우 다닐 수 있을 정도였습니다." 태재가 그 사자에게 경고하기를 "내가 너에게 물었던 말을 다른 사람에게 알리지 말라" 하였다. 이윽고 시장의 관리를 불러 문책하였다. "시장 문 밖에 쇠똥이 왜 이렇게 많은가?" 시장의 관리는 태재가 그토록 빨리 알게 된 것을 괴상히 여기며 자신의 직분에 더욱 조심하였다.[25]

---

24 景公欲更晏子之宅, 曰: "子之宅近市, 湫隘囂塵, 不可以居, 請更諸爽塏者." 晏子辭曰: "君之先臣容焉, 臣不足以嗣之, 於臣侈矣. 且小人近市, 朝夕得所求, 小人之利也. 敢煩里旅?" 公笑曰: "子近市, 識貴賤乎?" 對曰: "旣竊利之, 敢不識乎?" 公曰: "何貴何賤?" 是時也, 公繁於刑, 有鬻踊者, 故對曰: "踊貴而屨賤." 公愀然改容. 公爲是省於刑.

25 商太宰使少庶子之市, 顧反而問之曰: "何見於市?" 對曰: "無見也." 太宰曰: "雖然, 何見也?" 對曰: "市南之門外甚衆牛車, 僅可以行耳." 太宰因誡使者: "無敢告人吾所問於汝." 因召市

위衛 사공嗣公이 어떤 사람을 과객으로 꾸미고 국경의 시장을 지나가도록 했다. 시장의 관리가 심하게 꾸짖자 그는 관리에게 금을 뇌물로 주었다. 그러자 곧 관리는 그를 풀어주었다. 사공이 관리에게 말했다. "언젠가 한 과객이 네가 있는 곳으로 가서 너에게 금을 주자 너는 그를 보내주었다." 관리는 크게 두려워하며 사공이 명민한 분이라고 생각하게 되었다.[26]

이 두 고사는 모두 당시 시장의 관리 상황을 언급하고 있어서 당시 시장 운영의 실상을 인식하는 데 도움이 된다. 그러나 이는 저자가 이 고사를 쓴 목적이 아니다. 저자의 목적은 통치자가 어떻게 권모술수와 속임수를 운용해야 하는지를 보여주는 데 있으며, 상술한 두 고사는 바로 그 예일 뿐이다.

선진 시대 서사문학과 산문에서 상인을 표현한 예가 매우 적다고 한다면, 선진 시대 시가는 그보다 더 적다고 할 수 있다. 귀족 문인의 개인적 감정을 토로한 초사는 말할 것도 없고 서민 생활을 광범위하게 표현했다는 『시경』에도 상인을 표현한 것 같은 시는 「위풍衛風·맹氓」 한 편뿐이다. 그러나 『시경』의 기준으로 보면 이 시는 장시長詩에 속한다.

어떤 남자가 실실 웃으며, 베를 안고 와 실로 바꾸려 하네. 실을 바꾸려고 온 것이 아니라, 나와의 혼담을 나누려고 온 것이지. 그를 보내며 기수를 건너고, 돈구까지 갔다네. 내가 혼기를 미룬 것이 아니라, 당신에게 좋은 중매

吏而誚之曰: "市門之外何多牛屎?" 市吏甚怪太宰知之疾也, 乃悚懼其所也.

26 衛嗣公使人爲客過關市, 關市苛難之, 因事關市以金, 關吏乃舍之. 嗣公謂關吏曰: "某時有客過而所, 與汝金, 而汝因遣之." 關市乃大恐, 而以嗣公爲明察.

인이 없었다네. 당신은 노여워하지 마시길, 가을이 좋은 시기가 될 것이니.

저 무너진 담에 올라, 당신 있는 복관을 바라보나, 복관의 당신은 보이지 않고, 눈물만 주룩주룩. 그러다 복관의 당신을 만나니, 웃으면서 말을 했지. 당신은 거북점 치고 점대 점쳐서, 괘에 나쁜 말이 없으니, 당신의 수레를 몰고 와, 내 혼수를 싣고 갔지.

뽕잎 아직 떨어지기 전, 그 잎은 싱싱하였네. 아! 비둘기야, 오디를 따먹지 마라. 아! 여자들이여, 남자에게 너무 빠지지 마라. 남자가 푹 빠지면, 그래도 벗어날 수 있지만, 여자가 푹 빠지면, 벗어날 수가 없으니.

뽕잎이 시들어서, 누렇게 말라 떨어지네. 나는 당신에게 가서, 삼 년이나 가난에 굶주렸네. 기수의 물은 넘실넘실, 수레의 휘장과 아랫자락을 적셨네. 나는 잘못한 것 없는데도, 당신은 행동이 달라졌지. 남자란 알 수 없는 것, 이리저리 마음이 흔들리네.

삼 년을 아내로 있으며, 집안일 쉴 틈이 없었네. 일찍 일어나고 늦게 잠들며, 편한 아침 누려본 적 없었지. 언약이 이미 이루어지자, 그대는 난폭해졌지. 형제들은 이를 알지 못하고, 나를 보고 웃기만 했네. 가만히 곰곰 생각해보니, 나 자신이 참으로 애달프다.

당신과 해로하길 바랐으나, 내 원망만 더해지는구나. 기수에도 언덕이 있고, 진펄에도 물가가 있다네. 어렸을 적 즐거울 때는, 웃으며 편안히 얘기하였고, 믿음과 맹세 진실하였던 그가, 이렇게 바뀔 줄은 몰랐네. 바뀐 것 생각지 않아도, 이미 다 끝난 일이지.[27]

---

27 氓之蚩蚩, 抱布貿絲. 匪來貿絲, 來卽我謀. 送子涉淇, 至于頓丘. 匪我愆期, 子無良媒. 將子無怒, 秋以爲期. 乘彼垝垣, 以望復關. 不見復關, 泣涕漣漣. 旣見復關, 載笑載言. 爾卜爾筮, 體無咎言. 以爾車來, 以我賄遷. 桑之未落, 其葉沃若. 于嗟鳩兮, 無食桑葚. 于嗟女兮, 無與士耽. 士之耽兮, 猶可說也. 女之耽兮, 不可說也. 桑之落矣, 其黃而隕. 自我徂爾,

이 시 속의 남자 주인공은 상인이다. 왜냐하면 그는 "베를 안고 와서 실로 바꾸는" 일을 하기 때문이다.[28] 비록 여주인공은 그가 "실을 바꾸러 온 것이 아니라"고 하지만, 이 역시 그가 장사를 핑계로 자신에게 사랑의 공세를 가하는 것일 뿐임을 의미한다. 이처럼 "베를 안고 와 실로 바꾸는" 상인은 교묘한 사랑의 공세로 여주인공의 마음을 얻고 결혼 승낙까지 받아낸다. 그러나 결혼한 지 3년 만에 이 상인은 마음이 변하여 여자를 버리고 만다. 그래서 여자가 슬프고 분한 감정에 가득 차 이 버림받은 여자의 노래를 부른 것이다.

남자가 여자를 "처음에 유혹했다가 결국 버리고 마는始亂終棄" 것은 항상 중국문학(어쩌면 세계문학)의 전통적인 주제였다. 그리고 상인이 "처음에는 유혹했다가 결국 버리고 마는" 것 또한 이 전통적인 주제의 중요한 갈래 중 하나였다. 후대 문인들은 그 이유를, 상인은 돈이 많아서 쉽게 여자를 '정복'할 수 있고, 여자를 쉽게 '정복'하기 때문에 역시 쉽게 마음이 변하고 질리는 것이라고 분석했다. 『시경』 그리고 선진의 시가 중 유일하게 상인과 관련이 있는 이 시는 "처음에는 유혹했다가 결국 버리고 마는" 상인을 주인공으로 삼고, 상인이 여인을 "처음에는 유혹했다가 결국 버리고 마는" 것을 주제로 삼고 있다. 결

三歲食貧. 淇水湯湯, 漸車帷裳. 女也不爽, 士貳其行. 士也罔極, 二三其德. 三歲爲婦, 靡室勞矣. 夙興夜寐, 靡有朝矣. 言旣遂矣, 至于暴矣. 兄弟不知, 咥其笑矣. 靜言思之, 躬自悼矣. 及爾偕老, 老使我怨. 淇則有岸, 隰則有泮. 總角之宴, 言笑晏晏. 信誓旦旦, 不思其反. 反是不思, 亦已焉哉.

28 桓寬의 『鹽鐵論』, 「錢幣」에서는 "예전에는 시장에 도폐刀幣가 없어서 각자 가지고 있는 것을 없는 것과 바꾸니 '베를 안고 와서 실로 바꿀' 뿐이었다. 거북등딱지 화폐나 금전을 서로 사용한 것은 나중 일이다[古者市朝而無刀幣, 各以其所有易無, '抱布貿絲'而已, 後世卽有龜貝金錢交施之也]"고 했다. 漢代의 儒者가 전한 말에서도 '抱布貿絲'를 장사하는 행위로 본 것이다. 다만 '布'는 사실상 고대 화폐의 일종이었는데 한대의 유자가 이 점에 대해서는 잊어버린 것 같다.

국 여기서도 상인을 부정적 형상으로 묘사함으로써 사람들은 이를 자못 심각하게 느끼게 되었다. 후대 문학에서 상인을 표현한 역사를 놓고 보면, 이는 마치 그다지 좋아 보이지 않는 표식처럼 이후 문학에서 상인이 갖게 될 불리한 처지를 예고한다.

전체적으로 보면 선진 문학에서는 초사든 『시경』이든, 산문이든 서사문학이든 모두 상인과 그들의 활동에 대한 긍정적 표현을 보기 힘들며, 어쩌다가 그런 표현이 있다 하더라도 그 목적은 흔히 다른 데 있다. 이런 상황은 당시에 상업이 충분히 발달하지 않았거나 상인이 충분히 활약하지 않았음을 의미하는 것이 아니라, 후대 문학이 상인의 가치에 대해 인식한 만큼 당시의 문학은 아직 상인에 대해 흥미가 부족했음을 말해주는 것일 뿐이다.

2) 상인에 대한 이해와 인식

선진 문학은 상인에 대한 흥미가 일반적으로 부족하고 상인과 그들의 활동에 대한 긍정적 표현도 적지만, 그렇다고 상인에 대한 이해와 인식이 전혀 없었다고 말할 수는 없다. 선진 시대 전적들에서 상인과 관련된 의론들을 쉽게 볼 수 있다는 점은 상인에 대한 이해와 인식이 어느 정도 있었음을 말해준다. 물론 상인과 관련된 이런 의론들은 때로는 다른 의론의 곁가지에 불과한 채로 방대한 문헌 속에 숨어 있어서 반드시 사람들의 주의를 끌진 못한다. 그러나 이 의론들을 통해서도 우리는 선진 시대의 문인들이 상인들을 어떻게 인식했는지 꽤 분명하게 파악할 수 있다.

선진 문인들은 다른 계층과는 달리 상인적 가치관이 이윤과 금전 중심임을 이미 인식하고 있었다. 『열자列子』, 「역명力命」의 기록이 확실히 이를 말해준다.

> 농민은 시기를 따르고, 상인은 이익을 따라가며, 장인은 기술을 추구하고, 관리는 세력을 좇으니, 이는 상황이 그렇게 만드는 것이다.[29]

즉, 농민은 농사 시기를 어기지 않고 작물을 심어 풍성하게 수확하기를 바라고, 이윤과 돈을 추구하는 상인은 장사를 통해 더 많은 돈을 벌고자 하며, 장인은 끊임없이 좋은 기술을 추구하여 정교하고 유용한 공예품을 만들고자 하고, 지위와 권세를 추구하는 관리는 그 지위와 권세가 높을수록 만족한다는 것이다. 그리고 이런 모든 바람은 각자의 직업적 특성이 결정하지 개인의 의지로 바뀌는 것이 아니다. 이렇듯 '사민四民'의 비교와 구별을 통해 상인적 가치관을 더욱 간단명료하게 말하고 있다. 『장자莊子』, 「덕충부德充符」에서도 매우 단호하게 말한다.

> 이익을 도모하지 않고 어찌 장사를 하겠는가![30]

이윤을 추구하지 않으면 장사를 할 필요가 없다는 것이다. 이처럼 물외物外에서 노닐었던 장자도 이윤과 돈을 추구하는 상인적 가치관에

---

29 農赴時, 商趣利, 工追術, 仕逐勢, 勢使然也.

30 不貨, 惡用商.

대해 매우 분명하게 인식하고 있었다. 따라서 그가 송나라의 두 상인을 예로 들어 생각의 상대성을 설명한 것은 어쩌면 우연이 아닐지 모른다.

선진 문인들 역시 상인들은 이윤과 돈의 추구를 위해 항상 천신만고를 마다하지 않으며 독특한 경영 정신을 갖고 있다고 인식했다. 『묵자墨子』, 「귀의貴義」의 내용이 그렇다.

> 상인은 사방으로 가서 두 배나 다섯 배 값으로 장사를 하면서 국경關梁을 통과하는 어려움과 도적의 위험이 있어도 반드시 그 일을 한다.[31]

'국경을 통과하는 어려움'은 관부에서 나오고(이에 대해서는 『한비자』, 「내저설상」과 「외저설좌상」의 고사를 참고), '도적의 위험'은 민간에서 나온다. 두 가지 모두 상인이 맞닥뜨리는 주요 난관이지만, 상인은 이윤과 돈을 위해 이런 난관은 무시할 수 있다. 『관자管子』, 「금장禁藏」의 기록을 보자.

> 무릇 범인의 마음은 이익을 보면 취하지 않을 수 없고 손해를 보면 피하지 않을 수 없는 것이다. 상인이 장사를 하면서 두 배나 빨리 길을 가며 밤낮으로 멈추지 않고 천 리를 멀다하지 않는 것은 이익이 앞에 있기 때문이다.[32]

---

31 商人之四方, 市賈倍蓰, 雖有關梁之難, 盜賊之危, 必爲之.

32 夫凡人之情, 見利莫能勿就, 見害莫能勿避. 其商人通賈, 倍道兼行, 夜以續日, 千里而不遠者, 利在前也.

사람들은 천 리를 멀다 하고 두 배의 속도로 길을 가는 것을 힘들어 한다. 그러나 상인은 이윤과 돈을 위해 멀리 여기지도 않고 힘들어 하지도 않는다. 『좌전』, 「소공원년昭公元年」의 기록은 이렇다.

장사로 이익을 내려 하면서 시끄럽게 떠드는 것을 싫어하겠는가?[33]

두예杜預의 주석에서는 이에 대해 "상인이 이익을 보려면 떠들썩한 소리를 싫어해서는 안 된다는 것을 비유한 말이다"고 했고, 공영달孔穎達은 "상인이 시장에서 장사를 할 때 시장 사람들은 매우 시끄럽게 떠든다"고 풀이했다. '시끄럽게 떠드는 소리'는 사람들이 모두 싫어하는데 상인은 오히려 이런 소리가 없어서는 안 되고, 이윤과 돈을 추구하기 위해 그것을 참고 받아들여야 한다. 『순자荀子』, 「수신편修身篇」을 보자.

좋은 상인은 손해를 본다고 장사를 그만두지 않는다.[34]

'절열折閱'은 손해, 즉 적자를 보는 것이다. 장사는 손해의 위험이 있지만 좋은 상인은 적자가 두려워 장사를 그만두지는 않는다는 의미이다.(훗날 한대漢代의 서간徐幹은 『중론中論』, 「수본修本」에서 "이익이 남거나 줄어든다고 해서 그 밑천과 재화를 포기하는 자는 좋은 상인이 아니다"[35]고 했다. 이는

33 賈而欲贏, 而惡囂乎.

34 良賈不爲折閱不市.

35 以利之有盈縮而棄其資貨者, 非良賈也.

순자의 위 글을 좀 더 자세히 말한 것이다) 이는 상인의 직업정신에 대한 또 다른 층위의 관찰이다. 위에서 언급한 관문과 다리의 난관, 도적의 위협, 천 리 먼 길, 적자의 위험과 같은 것들은 모두 상인의 시련이다. 그리고 좋은 상인, 직업정신을 가진 상인은 이러한 시련을 충분히 감내해낸다. 선진의 문인들은 바로 이 점에 대해 상당한 인식을 갖고 있었던 것이다.

또 선진의 문인들은 상인이 능히 사업에 성공하고 자본과 재산을 축적하는 것은 직업정신 외에 '화식의 술貨殖之術' 즉 장사의 기술과도 밀접한 관계가 있음을 인식했다. 물론 아래 『열자』, 「역명力命」의 기록처럼 모든 것이 '운명'에 의해 결정된다고 믿기도 했다.

> 그럼에도 농사에는 홍수와 가뭄이 있고, 장사에는 득과 실이 있고, 기술에는 성공과 실패가 있고, 벼슬에는 때를 만남과 그렇지 못함이 있으니, 이는 운명이 그렇게 만드는 것이다.[36]

그러나 공자가 말한 것처럼 장사의 성공 여부는 곧 '화식의 술'에 의해 결정된다는 것이 더욱 일반적인 관점이다. 『논어』, 「선진先進」에는 공자의 이런 말이 나온다.

> 단목사端木賜는 운명을 받아들이지 않고 재산을 증식했으니 시세를 가늠하면 거듭 적중했다.[37]

---

36 然農有水旱, 商有得失, 工有成敗, 仕有遇否, 命使然也.
37 賜不受命, 而貨殖焉, 億則屢中.

공자의 이 구절에 대해서는 지금까지도 해석이 분분하다. 그러나 일반적으로는 왕충王充 『논형論衡』의 해석이 공자의 본의에 가장 부합한다고 여겨진다. 왕충은 「솔성편率性篇」에서 "단목사는 운명을 받아들이지 않고 재산을 증식했으니賜不受命, 而貨殖焉"라는 구절에 대해 "단목사는 부자가 될 운명을 타고나서 재물을 축적한 것이 아니다. 그가 세상에서 부자가 된 것은 재산을 증식하는 기술을 터득했기 때문이다. 무릇 그러한 기술을 터득하면 부자가 될 운명을 타고나지 않았더라도 스스로 이익을 늘려 부유해질 수 있다"[38]고 했다. 그리고 「지실편知實篇」에서는 이렇게 말했다. "자공은 재물을 쌓는 것에 능하며 비싸고 싼 시기를 헤아려 자주 그 때에 맞췄기 때문에 재화가 많아지고 그 부가 도주공(범려)에 비할 만 하였다."[39] "자공은 생각을 잘 헤아려 재화의 이윤을 얻었다."[40] 『논형』의 해석에 따르면, 대체로 공자의 말은 자공이 사업에 성공한 것이 부귀의 운명에 의해서가 아니라 '재산을 증식하는 기술' 즉 장사의 기술에 의한 것일 뿐임을 의미한다. 구체적으로 말해 자공이 "시세를 가늠하면 거듭 적중했다"는 것, 즉 "비싸고 싼 시기를 헤아려 자주 그 때에 맞췄다"는 것이고, 이는 현대어로 말하면 시장 상황의 예측과 판단에 능했다는 의미이다. 선진의 다른 전적들에서도 이러한 '재산 증식 기술'의 중요성에 대해 언급했다. 『전국책』, 「조책삼趙策三」을 보자.

---

38 賜本不受天之富命所加, 貨財積聚, 爲世富人者, 得貨殖之術也. 夫得其術, 雖不受命, 猶自益饒富.

39 子貢善居積, 意貴賤之期, 數得其時, 故貨殖多, 富比陶朱.

40 子貢善意, 以得貨利.

무릇 좋은 상인은 다른 사람과 매매의 값을 다투지 않고 신중하게 때를 기다린다. 값이 내렸을 때 사면 비록 비싸게 사더라도 이미 싼 것이고, 값이 올랐을 때 팔면 비록 싸게 팔더라도 이미 비싼 것이다.[41]

『국어』, 「월어상越語上」의 기록은 이렇다.

신이 듣건대, 상인은 여름이면 가죽을 사들이고, 겨울이면 갈포를 사들이고, 가물면 배를 사들이고, 큰비가 내리면 수레를 사들여 그것이 부족할 때를 기다린다고 합니다.[42]

두 기록 모두 훌륭한 상인은 "시세를 살피고司時" "부족할 때를 기다리는待乏" 것, 즉 시장 상황의 예측과 파악에 뛰어나다는 점을 보여준다. 『논어』, 『국어』, 『전국책』에서 보이듯이 선진 문인들은 장사에 있어서 '화식의 술'의 중요성에 대해 상당히 구체적인 인식을 갖고 있었다.

선진 문인들은 상인들이 근면할 뿐 아니라 일반적으로 매우 검소하다는 것도 인식했다. 검소하지 않으면 재부를 쌓을 수 없고, 재부를 쌓을 수 없으면 장사의 규모를 늘릴 수 없기 때문이다. 『묵자』, 「귀의」에서는 이렇게 말했다.

상인은 1포의 돈으로 물건을 사면서도 감히 되는대로 대충 사지 않고 반드시 좋은 것을 고른다.[43]

---

41 夫良商不與人爭買賣之賈, 而謹司時. 時賤而買, 雖貴, 已賤矣, 時貴而賣, 雖賤, 已貴矣.
42 臣聞之, 賈人夏則資皮, 冬則資絺, 旱則資舟, 水則資車, 以待乏也.

절약하는 습관과 직업정신은 성공한 상인을 구성하는 두 측면이라고 말할 수 있다. 『묵자』의 이 말은 앞에서 인용한 상인의 직업정신 관련 언급과 함께 저자가 상인의 두 측면에 대해 인식하는 바가 있었음을 보여준다.

선진 문인들은 또 상인은 자본이 많을수록 사업을 할 때 더욱 크게 실력발휘를 할 수 있다는 것도 인식했다. 『한비자』, 「오두五蠹」에 다음의 기록이 있다.

> 속담에 이런 말이 있다. "긴 소매는 춤을 잘 추고, 많은 돈은 장사를 잘 한다." 이 말은 자본이 많으면 성과를 보기 쉽다는 것이다.[44]

능력 있는 상인에게 자본은 구르는 눈덩이가 불어나는 효과를 준다. 그래서 자본이 많으면 많을수록 이를 쉽게 운용하여 더 많은 금전과 이윤을 가져올 수 있다. 저자가 인용한 '속담'과 그에 대한 설명은 자본의 특성에 대한 상당한 인식을 보여준다.

그리고 선진 문인들은 장사 역시 다른 직업과 마찬가지로 특수한 직업 전통을 갖추어야 하며, 그 직업의 계승자를 양성하여 전통을 대물림해야 한다고 보았다. 『국어』, 「제어齊語」에서는 관중管仲의 말을 인용하며 이에 대해 확실하게 언급했다.

> 당신의 상인들로 하여금 한곳에 모여 살며 사시를 살피고 그 마을의 물

---

43 商人用一布市, 不敢繼苟而讐焉, 必擇良者.

44 鄙諺曰, "長袖善舞, 多錢善賈." 此言多資之易爲工也.

자를 관찰하여 시장의 가격을 알도록 하십시오. 지고 안고 메고 들고, 소달구지와 가벼운 마차를 몰고, 사방을 두루 다니며 이곳에 있는 것으로 없는 것을 바꾸고, 값싼 것을 사고 비싼 것을 팔며, 아침저녁으로 이 일에 종사토록 하십시오. 이렇게 해서 그 자제들을 가르쳐 서로 이익을 말하고, 득 본 것을 서로 보여주고, 물건을 서로 늘어놓아 가격을 알도록 하십시오. 어려서부터 이를 익혀 마음이 안정되면 기이한 물건을 보고도 마음이 움직이지 않을 것입니다. 그리하여 부형의 가르침은 엄하지 않아도 완성이 되고, 자제들은 힘들지 않아도 능히 할 수 있게 됩니다. 이런 까닭에 상인의 자식은 항상 상인이 되는 것입니다.[45]

관중은 상인으로 하여금 "군췌이주처羣萃而州處", 즉 함께 모여 살도록 하면(관중은 바로 위의 글에서 "처상취시정處商就市井"이라고 말하는데, 이는 상인들이 시정에 모이도록 하라는 의미이다) 상인 간의 교류 뿐 아니라 물자의 유통에도 유리하고, 상인 자제들의 교육과 사업 전통의 계승에도 유리하다고 말한다. 상인의 자제들은 어려서부터 습관적으로 듣고 보는 것이 모두 장사의 일이므로 자연히 사업의 전통을 받아들여 새로운 세대의 상인이 된다. 이른바 "상인의 자식은 항상 상인이 된다"는 것은 상인의 직업을 대대로 물려준다는 것이다. 이 관점이 타당한지는 일단 논외로 하더라도, 위에 인용한 관중의 말을 보면 그가 이 직업의 '직업성', 그리고 이 직업성이 요구하는 특수한 조건과 이에 부합하는 상인

45 令夫商, 羣萃而州處, 察其四時, 而監其鄕之資, 以知其市之賈, 負任擔荷, 服牛軺馬, 以周四方, 以其所有, 易其所無, 市賤鬻貴, 旦暮從事於此. 以飭其子弟, 相語以利, 相示以賴, 相陳以知賈. 少而習焉, 其心安焉, 不見異物而遷焉. 是故其父兄之敎, 不肅而成, 其子弟之學, 不勞而能. 夫是故商之子恆爲商.

을 어떻게 육성할 것인지에 대해 상당한 인식이 있었음을 알 수 있다. 이는 그가 젊을 때 장사에 종사했던 경력과 연관이 있지 않을까? 또 『장자』, 「서무귀徐無鬼」에서는 이렇게 말한다.

상인은 시정의 일이 없으면 즐겁지 못하다.[46]

여기서 '비比'는 화목하고 즐겁다는 뜻이며, 전체적 의미는 관중의 말과 비슷하다. 즉 상인은 시정의 생활을 통해서만(관중이 말한 "처상취시정處商就市井") 진정한 즐거움과 만족을 얻을 수 있다는 것이다. 선진 시대에 이러한 인식을 가졌던 사람이 관중 한 명에 그치지 않았음을 보여준다.

요약하면 선진 문인들은 상인적 가치관, 직업정신, 화식의 술, 절약의 습관, 직업의 전통 등에 대해 이미 상당한 이해와 인식을 갖고 있었다는 것이다. 그러나 동시에 우리는 몇 가지 측면에서는 이러한 이해와 인식이 여전히 제한적이라는 것도 인정해야 한다.

첫째, 상인과 관련된 이러한 의론들은 항상 저자가 말하는 의론의 중심이 아닌 곁가지일 뿐이라는 것이다. 예를 들어 『묵자』, 「귀의」에서 상인의 직업정신과 절약의 습관을 칭찬하는데, 이는 일종의 비유로서 사인士人은 가만 앉아 의를 논해서는 안 되며 신중하게 몸을 써야 한다고 비판하기 위해 가져다 쓴 것이다. 『좌전』, 「소공삼년」에서 상인은 이득을 구하기 위해 시끄러운 소리를 싫어해서는 안 된다고

---

46 商賈無市井之事則不比.

말한 것, 『순자』, 「수신편」에서 좋은 상인은 적자가 두렵다고 장사를 그만두진 않는다고 한 것, 『한비자』, 「오두」에서 자본이 많으면 많을수록 이를 운용하기 쉽다고 한 것은 모두 저자가 '정사正事'를 말하기 위해 했던 비유이다. 『논어』, 「선진」에서 자공이 장사에 능했다고 말한 것은 "자주 쌀독이 빈屢空" 안회와 비교하여 '천명'이 무상하고 가늠하기 어려움을 보여주고 인생에 대한 공자의 비관과 어찌할 수 없음을 나타내기 위함이었다. 『전국책』, 「조책삼」에서 좋은 상인은 시기를 잘 파악하지 가격의 싸고 비쌈에 급급하지 않는다고 칭찬한 것은 다만 이를 비유로 삼아서 건신군建信君이 시기를 보지 않고 여불위와 다툰 것을 비판하기 위해서였다. 『국어』, 「월어상」에서 상인이 사전에 방비를 잘 한다고 칭찬한 것은 이를 본보기로 삼아 군주가 편안할 때에도 위기를 생각하여 미리 참모와 용맹한 장수를 기르도록 충고하기 위해서였다. 이러한 예들은 모두 선진 문인이 상인에 대해 상당한 이해와 인식이 있었음에도 그 이해와 인식이 아직은 그들의 관심과 논의의 중심이 되진 못했음을 말해준다.

둘째, 많은 의론들이 상인을 충분히 정확하게 심지어 긍정적으로 대한 반면, 일부 의론들은 소극적으로 상인을 대하는 경향이 있어 후대 문학 속 비슷한 의론들의 선례가 되었다. 『순자荀子』, 「영욕편榮辱篇」을 보자.

> 상인과 도적의 용기가 있으니 (…중략…) 이익을 위해 일하고, 재화를 다투고, 양보함이 없고, 과감하게 떨쳐 일어나 맹렬히 탐하며 사납게 굴고, 탐욕스럽게 이익만을 바라보는 것, 이것이 상인과 도적의 용기이다.[47]

상인과 도적을 같은 곳에 놓고 함께 논하면서 그들이 "오직 이익만을 바라보는" 공통된 특징이 있고 그들의 용기는 일종의 '상인과 도적의 용기'라고 인식함으로써 사람들로 하여금 상인과 그들의 특징에 대해 증오의 감정이 들지 않을 수 없게 한다. 사실 나쁜 상인이 증오할 만한 것은 분명하지만, 그렇다고 나쁜 농민, 기술자, 선비라고 싫어하지 않을 수 있겠는가? 그러나 '농도農盜', '공도工盜', '사도士盜'라고는 말하지 않는다. 이는 저자가 자신 있게 말은 했지만 오히려 상인에 대해 편견이 없지 않았음을 보여준다. 또 『전국책』, 「조책삼」에서 노중련魯仲連은 조나라를 도와 진군秦軍을 격퇴한 후 공을 세우고도 상을 받지 않으면서 격앙된 어조로 말한다.

> 천하의 선비가 귀히 여기는 바는 사람됨이 우환을 없애고 어려움을 풀어주고 분란을 해결하면서도 취하는 바가 없는 것입니다. 만약 취하는 바가 있다면 그것은 장사하는 사람일 것이니, 저 노중련은 차마 그렇게 할 수 없습니다![48]

여기서 노중련은 '장사하는 사람'을 '천하의 선비'의 대척점에 놓고 '천하의 선비'의 '베풀면서도 대가를 받지 않는' 호방한 기개를 긍정하고, '장사하는 사람'의 '등가교역'의 상업 원칙을 부정한다. "차마 그렇게 하지 않는다"는 그의 말이 상인을 무시하는 의식을 여실히 드러내

---

47 有賈盜之勇者 (…中略…) 爲事利, 爭貨財, 無辭讓, 果敢而振, 猛貪而戾, 恈恈然唯利之見, 是賈盜之勇也.

48 貴於天下之士者, 爲人排患釋難解紛亂而無所取也, 卽有所取者, 是商賈之人也, 仲連不忍爲也!

고 있다. 그리고 이렇게 묘사한 저자의 사상과 감정 역시 자연히 노중련 쪽에 위치해 있다.

그러나 이러한 한계가 있긴 하지만 중국 역사에서 상인에 대한 최초의 이해와 인식이라는 점에서 상술한 상인 관련 의론들은 여전히 중요하게 봐야 한다. 뿐만 아니라 이 시기의 단도직입적인 의론들은 비록 이렇다 할 문학적 의의는 전혀 없지만, 후대 문학 속에서 시가, 산문, 소설, 희곡의 주제로 발전하여 상인의 생존 양상과 내심의 세계를 우리에게 보여주었다.

앞서 말했듯이 선진 시대는 중국 상업의 기초가 된 시기이자 중국문학의 기초를 닦은 시기로도 볼 수 있으며, 중국문학에서 상인을 표현한 역사 역시 선진 시대에 시작되었다고 할 수 있다. 그러나 우리가 본 것처럼 선진 시대에는 상업이 이미 발달하고 상인도 활약을 했지만, 이에 대한 선진 문학의 표현은 실제 모습과 전혀 부합하지 않는다. 그 이유는 무엇일까? 이러한 현상이 나타난 것은 당시 문학 작가의 신분과 관련이 있을 것이다. 선진 문학은 일종의 작가를 알 수 없는 문학, 혹은 집단 편집과 창작의 특징을 가진 문학이다. 지금까지 알려진 바로는 이들 무명작가의 신분은 대체로 궁정의 신하들 아니면 귀족 관료 혹은 실직한 사인士人들이었다. 당시 사회에서 이들의 지위는 매우 높거나 최소한 '노동력'과는 연관이 없었다. 때문에 그들의 눈에 상인이 들어오기는 쉽지 않았으며 특히 '상인'으로서의 상인은 더욱 그랬다. 그리고 그들의 붓은 자연히 상인을 표현하기 쉽지 않았으며 상인과 그들의 활동 자체는 더욱 그랬다. 이는 이해하기 어렵지 않은 상황이다.

그러나 이처럼 부수적인 표현, 곁가지 식의 의론이라 할지라도 상인에 대한 표현이 이미 시작되고 상인에 대한 인식이 이미 싹텄음을 충분히 보여줄 수 있다. 이러한 표현과 의론들은 비록 그 자체에 반드시 문학적 가치가 있는 것은 아니지만, 상인에 대한 표현의 역사를 열어젖혔다는 점에서 여전히 의미가 있다. 더구나 그중의 일부 표현과 의론은 상당한 재미까지 있는 것도 사실이다. 그렇기 때문에 중국문학에서 상인을 표현한 역사를 논할 때 선진 시대가 자연히 우리의 주목을 가장 먼저 끌게 되는 것이다.

2. 한대漢代 문학 속 상인에 대한 표현

한대는 중국 역사에서 처음으로 대통일의 시기였다.(진은 처음으로 중국을 통일하였지만 지속시킬 능력이 없어서 중국 역사에서 한 제국 통일 시대의 서막으로 여겨진다) 정치적으로 제국의 통일은 중국 상인들에게 좋은 조건을 제공하였다. 통일은 전국적인 거대 상업망과 해외무역에 의존하지 않는 자족적인 국내 시장을 형성하는 데 유리했다. 따라서 상인 계층의 생존에 더욱 적합한 환경을 제공하고 상인들이 활동하는 데 더욱 큰 무대를 제공하였다. 이와 동시에 정치적으로도 대통일은 중국문학의 발전에 좋은 조건을 제공하였다. 상업 방면의 상황과 마찬가지로 한대는 수도를 중심으로 하는 전국적인 문학 네트워크를 형성하고 문학 기풍이 수도를 중심으로 지방으로 전파되고, 또 지방에서 중앙으로 다시 돌아왔다. 이를 통하여 전국적인 문학 양식이 탄생되고 종합적인 문학 내용과 풍격이 형성되어서 거대한 시간과 공간 의식을 표현하고 최종적으로 사회가 문학 가치를 중시하고 중국에서 최초로 문인 계층이 등장하였다.[49] 이와 같이 한대 문학은 한 제국의 찬란한 문명을 빛나게 하였고 중국문학사에서 '경전經典' 시대를 형성하였다.

한대의 상업은 선진 시기보다 번성하고 한대 상인은 선진 시기보다 활발하였고 한대 문학은 선진 문학보다 성숙하였지만 문학에서 상인에 대한 표현은 약간의 예외와 다른 점을 제외하고 선진 문학에서 우리가 말한 것이 대체적으로 한대 문학에서도 해당된다. 한대 문학에서 사마천司馬遷의 『사기史記』 등과 같은 예외적인 작품과 약간의 국부적인 변화와 발전을 제외하고 총체적으로 말하면 상인에 대한 표현은 여전히 매우 적으며 상인에 대한 긍정적인 문학 표현은 더욱 적다. 상인은 한대의 사부와 시가에서 매우 적게 등장하며 사부와 시가에서 긍정적인 표현은 드물다. 상인은 한대 산문에서 빈번히 출현하지만 문학적인 표현 대상이 아니라 논의되거나 심지어 비판의 대상이 되는 정도이다. 몇몇 방면에서는 선진 문학과 비교할 때 한대 문학에서 상인에 대한 표현이 진일보하였음을 관찰할 수 있다. 그러나 전체적으로 한대 문학에서 상인 역시 '엑스트라'의 역할이라는 운명에서 벗어날 수 없었다.

---

49 졸고, 『漢代文學史序說』 참고. 원래 한국 울산대 『인문논총』 제8집(1995.6)에 실렸으며 후에 졸저, 『중국고전문학논집中國古典文學論集』(울산대 출판부, 1996, 12~36면; 上海 : 上海古籍出版社, 2013년 합집판, 15~40면)에 수록되었다.

1) 사부辭賦

사부辭賦는 한대 문학의 대표적인 문체이다. 이는 선진 문학에서 초사楚辭 전통의 산물이며 또한 한대 문인들이 자랑스러워하는 독창적인 문체이다. 특히 길게 펼치며 웅장함을 찬양하는 대부大賦는 방대한 한 제국의 문명에 상응한다. 수도를 제재로 삼은 사부는 한대 수도와 기타 도시의 번영하는 모습을 표현한 것으로 대부 중에서 비교적 전형적인 부류이다. 양梁 소통蕭統의 『문선文選』 제1권에 수록되어 있는 점이 그 대표성을 보여준다고 할 수 있다. 수도를 제재로 삼는 이러한 사부는 반고班固의 「양도부兩都賦」, 장형張衡의 「이경부二京賦」가 대표적이고 이밖에 양웅揚雄의 「촉도부蜀都賦」, 두독杜篤의 「논도부論都賦」, 장형張衡의 「남도부南都賦」 등이 있다. 한漢과 위魏의 교체기에는 유정劉楨의 「노도부魯都賦」, 서간徐幹의 「제도부齊都賦」 등이 있고 진晉에는 좌사左思의 「삼도부三都賦」와 「제도부齊都賦」 등이 있는데 모두 한대의 전통을 계승하였다.

수도를 제재로 삼는 위와 같은 사부는 한대에 가장 먼저 출현해서 서한의 수도 장안長安과 동한의 수도 낙양洛陽을 우선적으로 제재로 삼았는데, 이것은 우연이 아니다. 앞서 서술한 것처럼 서한의 수도 장안과 동한의 수도 낙양은 모두 당시 중국 더 나아가서 세계에서 가장 큰 도시 중의 하나였으며 화려하고 웅장한 궁전과 번화하고 활기찬 시장이 가득 모여 있었다. 선진 시기에 규모가 컸던 각국의 도시들은 이들과 비교하면 "작은 무당이 큰 무당을 만난小巫見大巫" 격이다. 대통일 제국은 거대한 도시를 출현시켰고 거대 도시의 사치와 환락은 일찌감치 한대 사람들의 마음을 현혹시켰다. 반고와 동시대의 왕충王充은 『논형論衡』에서 이렇게 썼다.

> 경도에는 곡식이 많고 수도의 시장에는 어깨가 부딪칠 정도로 사람이 많다.[50]

> 사람이 놀고자 하면 반드시 도시에 들어가고 싶어하는 것은 볼거리가 많기 때문이다. 도시에 들어가면 반드시 시장을 보려하는 것은 기이한 재화가 많기 때문이다. (…중략…) 도읍에서 노는 자는 흡족해하고 큰 시장을 보는 자는 마음이 풍족해 한다.[51]

왕충王充은 "옛날 척박한 땅古荒流之地"[52]이었던 남방 출신이며 젊었을 적에 낙양에 올라와 유학을 해서 "항상 낙양의 시장을 거닐며 서점에서 책을 읽었다常遊洛陽市肆, 閱所賣書"[53] 낙양의 거대하고 화려한 모습에 왕충은 분명히 경탄해 마지않았을 것이다. 위에서 서술한 두 단락은 아마 자신의 절실한 경험에서 나왔겠지만 확실히 한대 사람들의 마음을 대표하고 있다. 반고와 장형 등이 수도를 제재로 하는 사부 작품은 아마도 이러한 도시 생활의 자극에서 비롯되었을 것이다. 이와 동시에 한대 통치자들이 수도를 이처럼 웅장하고 화려하게 지은 것은 반고班固가 「서도부西都賦」에서 "근간을 튼튼히 하고 가지를 약화시켜서

---

50 帝都穀多, 王市肩磨.(『論衡』, 「自紀篇」)

51 人之遊也, 必欲入都, 都多奇觀也; 入都, 必欲見市, 市多異貨也 (…中略…) 遊於都邑者心厭, 觀於大市者意飽.(『論衡』, 「別通篇」)

52 『論衡』, 「須頌篇」.

53 『後漢書』, 「王充傳」.

수도를 융성케 하고 만국을 바라보고자 하는 것이다蓋以强幹弱枝, 隆上都而觀萬國也"라고 한 것처럼 천하 만방에 한 제국의 명성과 권위를 찬란하게 빛내고자 하는 것으로 한 제국의 총체적인 규모와 실력에 부합한다. 이러한 이유로 반고와 장형 등이 수도를 제재로 창작한 사부는 아마 한 제국의 찬란함에 감동하여 문학으로 더욱 미화하려고 했던 것일까?

이러한 종류의 수도를 제재로 삼는 사부 중에 우리의 주의를 가장 끄는 부분은 의심할 바 없이 시정 생활과 관련한 현장의 묘사이다. 시정 생활의 묘사는 이전 시대 문학 중에서 출현한 적이 없었다. 반고는 「서도부」에서 이렇게 묘사하였다.

> 성 안에는 크고 작은 길이 사방으로 통하고 여염집이 수천에 이르네. 아홉 개의 시장이 열리면 상품들이 길마다 늘어서네. 사람은 뒤를 돌아볼 틈이 없고 수레도 돌릴 수 없을 정도. 도성 안팎으로 사람이 온갖 종류의 상점이 늘어서 있고 흙먼지가 사방에 가득할 정도로 사람들이 모이고 시장 통의 연기가 끊어지지 않네.[54]

이른바 "아홉 개의 시장이 열린다九市開場"는 이선주李善注에 인용된 『한궁궐소漢宮闕疏』에 "장안에는 아홉 개의 시장이 있으며 여섯 개는 중앙대로의 서편, 세 개는 동편에 있다"[55]고 하였으니 장안의 동쪽과 서쪽의 유명한 시장을 통칭한다. "상품들이 길마다 늘어서네"는 곧 "아홉 시장이 상품의 '품목貨'에 따라서 구별하고 '리里' 안의 '수隧'(작은 길)에

54 內則街衢洞達, 閭閻且千. 九市開場, 貨別隧分. 人不得顧, 車不得旋. 闐城溢郭, 旁流百廛. 紅塵四合, 煙雲相連.(『文選』, 권1)
55 長安立九市, 其六市在道西, 三市在道東.

따라서 나누어 진 것을 말한다. 대체적으로 매 시장마다 사거리가 있어서 네 개의 리里로 나뉘며 매 리는 다시 많은 '수隧'가 있으며 '수隧'를 따라서 같은 종류의 물건을 파는 각종 상점이 나누어져 있다."[56] 이와 같이 드넓은 공간에 온갖 상품이 운집한 시장에는 왁자지껄한 사람들과 앞뒤로 길게 늘어선 수레들이 넘쳐난다. 이것은 시정 생활이 어떠한지를 보여주는 한 폭의 그림이 아닌가! 선진 문학에서 이미 시장을 언급했지만 이와 같은 직접적인 묘사는 보이지 않았다. 『전국책戰國策』, 「제책일齊策一」에서 소진蘇秦이 당시 임치臨淄의 번화한 모습을 과장되게 묘사한 부분은 이것과 큰 차이가 없지만 소진은 단지 "임치의 도로"를 언급하였고 임치의 시장을 직접 언급하지는 않았다. 따라서 반고가 「서도부」에서 상술한 묘사는 중국문학사에서 최초로 시장을 직접 묘사한 문장 중의 하나라고 할 수 있다. 묘사는 매우 간략하지만 위진남북조수당 등 후대에 시장을 주제로 삼은 사부와 심지어 송대의 〈청명상하도清明上河圖〉와 청대의 〈고소번화도姑蘇繁華圖〉 등과 같은 시장을 주제로 삼은 그림이 모두 반고의 「서도부」에서 묘사한 내용에서 연원하였다고 할 수 있다. 아마 반고의 소략한 묘사가 충분하지 못하다고 생각해서 후대의 장형張衡은 「서경부西京賦」에서 반고의 문장을 "계승하면서도 더욱 화려하게"해서 장안의 시장을 묘사하였을 것이다.

> 아홉 개의 시장이 열리면 저잣거리에 문들이 열리고 서로 통하네. 깃발이 꽂힌 오층 누정은 수많은 도로를 살펴보네. 주나라 제도에서는 대서大胥이고 지금의 장승도위長丞都尉라네. 진기한 재화가 사방에서 오는 것이 새와

56 楊寬, 『中國古代都城制度史研究』, 上海 : 上海人民出版社, 2003, 255면.

> 물고기가 모여드는 것 같다. 파는 사람이 두 배의 이문을 남겨도 찾는 사람이 끊이지 않는다. 수많은 상인 집안과 장사치 부부들이 좋은 것을 판다고 하면서 나쁜 것을 섞어서 팔고 변방에서 온 비루한 사람들을 속여서 판다. 이러하니 어찌 힘들게 노동 할 필요가 있는가? 사기로 이익을 얻으니 충분히 장사를 할만하다. 저 가게의 남녀들의 사치는 허황후許皇后와 사양제史良娣보다 심하다. 옹백翁伯, 탁씨濁氏, 질씨質氏, 장씨張氏 집안사람들은 종을 울리고 큰 솥을 늘어놓으면서 음식을 먹고 말 탄 사람들의 방문이 끊이지 않으니 낙양의 귀족들도 그 웅장함이 이보다 더할까?[57]

이른바 "깃발이 꽂힌 오층 누정은 수많은 도로를 살펴보네"는 "오층 누각으로 지어진 시장을 관리하는 관청이니 높은 곳에서 아래를 굽어보며 '리里'의 '백수百隧' 양 쪽에 개설된 상점의 매매 현황을 살펴본다는 뜻이다.", "주나라 제도에서는 대서이고 지금의 장승도위라네"는 "주대周代에 대서관大胥官을 임명해서 시장을 관리했는데 현재는 시장을 관할하는 삼보도위三輔都尉의 관할인 것을 말한다."[58] 이상의 네 구는 장안 시장의 운영을 묘사한 것으로 반고의 「서도부」보다 상세하다. 특히 앞의 두 구를 한대의 화상전畫像磚과 참고해서 보면 한대 시장의 규모를 더욱 명확하게 이해할 수 있다. 아래의 몇 구절을 보면 반고가 「서도부」에서 시끌벅적한 시장 구역의 일반적인 풍경에 치중했는데,

---

57 爾乃廓開九市, 通闤帶闠. 旗亭五重, 俯察百隧. 周制大胥, 今也惟尉. 瑰貨方至, 鳥集鱗萃. 鬻者兼贏, 求者不匱. 爾乃商賈百族, 裨販夫婦, 鬻良雜苦, 蚩眩邊鄙. 何必昏於作勞, 邪贏優而足恃. 彼肆人之男女, 麗美奢乎許史. 若夫翁伯, 濁, 質, 張里之家, 擊鍾鼎食, 連騎相過, 東京公侯, 壯何能加?(『文選』, 권2)

58 楊寬, 『中國古代都城制度史研究』, 255면, 118면.

반면 장형은 「서경부」에서 시장에서 교역하는 정경에 주안을 두었다. 시장에 진열된 상품은 수없이 많고 상인들은 어떻게 상품들을 판매하며 고객들은 어떻게 필요하다고 생각하는 상품을 찾으며 이 와중에 또한 교활한 상인과 불량품이 섞여 들어감을 피할 수 없음을 묘사하고 있다. 마지막 몇 구는 시장에서 성공한 상인들이 "종을 쳐서 큰 솥에 음식을 먹는" 사치스러운 생활을 묘사하고 있으니 반고의 「서도부」에서는 없는 내용이며 『사기史記』, 「화식열전貨殖列傳」과 『한서漢書』, 「화식전貨殖傳」에서 유래한 것이다. 반고의 「서도부」와 비교할 때 장형의 「서경부」는 시장의 묘사를 더욱 중시하고 시정市井 생활의 기운이 더욱 활기찬 것을 쉽게 알 수 있다. 시장 묘사에 대한 두 작품의 이러한 차이에서 한대 상품 경제가 부단히 발전했고 문인들의 시장에 대한 흥미가 끊임없이 증가했음을 볼 수 있다.

장형의 「서경부」와 반고의 「서도부」의 차이는 두 작품의 다른 곳에서도 표현되어 있다. 예를 들어 장안 교외의 정경을 묘사할 때 반고의 「서도부」는 이렇게 적고 있다.

> 사방의 교외를 바라보고 부근의 현읍을 돌아다녀보면, 남쪽으로 두릉杜陵과 패릉霸陵이 보이고 북쪽으로 오릉五陵이 보이네. 이름난 도성이 외성을 마주 대하고 마을의 거주지가 이어져 있네. 영웅과 준걸의 거처이며 고관대작이 흥성하는 곳으로 관리의 수레가 구름 같이 많네. 7인의 승상과 5인의 공경, 주군州郡의 호걸, 오도五都의 거상들 등 세 부류의 사람들이 칠릉七陵 지역으로 옮겨 가서 황릉의 제사를 받들었네. 이는 근간을 튼튼히 하고 가지를 약화시키려는 것이니 곧 수도를 융성케 해서 만국을 바라보고자 함이네.[59]

여기서는 귀족과 재상의 거처가 운집하고 호족의 주택이 가득 차 있음을 강조한다. 그러나 장형의 「서경부」는 이렇게 적고 있다.

> 도성 주위의 고을들이 풍족하네. 오도五都의 재화를 옮기고 상인들이 짐 실은 수레가 계속 이어지고 관리들이 서로 뒤섞여 왕래하고 옆으로 나란히 선 수레들이 끊이지 않네. 수도 지역 천 리의 땅은 경조윤京兆尹이 경영하네.[60]

여기서는 상업의 발달과 상인의 오고가는 모습을 강조한 것으로 「서도부」에서 유사한 곳의 묘사와 차이가 있다. 또 서도와 비교할 때 작자에게 긍정적으로 평가받는 동도는 반고의 「동도부東都賦」에서는 다음과 같이 묘사되면서 중농경상重農輕商의 전통 관념과 사치스러운 세태에 대한 질정이 표출되고 있다.

> 부도덕한 상공업을 억제하고 농잠업을 진작시켜서 천하가 지엽적인 것을 하지 않고 근본으로 되돌아오도록 하고 거짓된 것에서 벗어나 진실된 것으로 돌아가게 한다. 여자들은 피륙을 짜는 데 힘쓰게 하고 남자들은 밭가는데 밭가는 데 힘을 쏟게 한다. 그릇은 질그릇과 표주박으로 하고 옷은 소박한 색으로 하게 한다. 사치스러운 옷을 수치스럽게 생각해서 입지 않고 아름다운 것을 천시해서 귀히 여기지 않게 한다. 산에 황금을 버리게

---

59 若乃觀其四郊, 浮遊近縣, 則南望杜霸, 北眺五陵, 名都對郭, 邑居相承. 英俊之域, 紱冕所興, 冠蓋如云. 七相五公, 與乎州郡之豪傑, 五都之貨殖, 三選七遷, 充奉陵邑. 蓋以强幹弱枝, 隆上都而觀萬國也.

60 郊甸之內, 鄉邑殷賑. 五都貨殖, 既遷既引. 商旅聯槅, 隱隱展展. 冠帶交錯, 方轅接軫. 封畿千里, 統以京尹.

> 하고 값비싼 구슬을 연못에 던지게 한다. 그리하여 백성들이 흠을 닦고 때를 씻어서 거울처럼 지극히 맑아진다. 육신과 정신은 적막해지고 귀와 눈은 현혹되지 않아서 욕심의 근원이 사라지고 염치의 마음이 생긴다. 사람들의 마음이 여유롭고 낯빛이 온화하고 [언행이] 옥처럼 빛나고 음악이 연주되는 것 같이 아름답다.[61]

장형의 「동경부」 속에는 이렇게 엄격한 표현이 없다. 이후에 「사기」의 경우에서 제기하겠지만 상업과 상인에 대한 인식과 태도에서 반고는 사실 상당히 보수적이다. 아마도 이 점은 「서도부」에서 시장에 관한 묘사를 넣었지만 「동도부」에서 상업의 억제와 욕망의 억압을 주장했는지를 설명하는 데 도움을 준다. 장형에 대해 말하자면 보수적인 반고와 달라서 「이경부」에서 시장과 상업을 다루는 태도는 반고에 비하여 훨씬 개방적이고 유연하다. 이에 상응하여 「이경부」에서 시장과 상업과 관련 있는 묘사는 반고의 「양도부」와 확실히 다른 면이 있다. 반고의 「양도부」에서 후대 시장을 제재로 삼는 사부까지를 보면 시장 묘사에 대한 비중이 부단히 증가하고 따라서 시장에 대한 흥미도 계속 증가함을 볼 수 있다. 장형의 「서경부」는 그러한 과정에서 중요한 연결 고리와 같다고 할 수 있다.

그러나 우리가 위에서 제기했듯이 반고와 장형 등이 창작한 수도를 제재로 삼는 사부는 한대의 번화한 도시 생활에 자극을 받은 것이자

61 抑工商之淫業, 興農桑之盛務, 遂令海內棄末而反本, 背僞而歸眞. 女修織紝, 男務耕耘, 器用陶匏, 服尙素玄. 恥纖靡而不服, 賤奇麗而弗珍. 捐金於山, 沉珠於淵. 於是百姓滌瑕蕩穢, 而鏡至淸. 形神寂漠, 耳目弗營. 嗜欲之源滅, 廉恥之心生. 莫不優遊而自得, 玉潤而金聲.

문학으로 찬란한 한 제국을 더욱 아름답게 치장하려고 한 것이다. 마찬가지로 수도에 관한 부 작품에 보이는 시장과 상업에 대한 묘사는 시장과 상업 자체에 대한 그들의 흥미를 표현하는 것이자 번영을 구가하는 제국의 한 부분이라는 인식에서 말미암은 것이다. 바꾸어 말하면 제국의 수도에서 시장과 상업에 대한 묘사는 제국의 수도 묘사 전체의 한 부분일 뿐이며 그 자체가 반드시 독자적인 관심을 받아서 독립적인 묘사 가치로 인식된 것은 아니다. 이러한 면모는 후대 문학을 기다려야 한다. 이와 동시에 사부라는 문체 특히 한대 특유의 대부大賦는 방대한 한 제국의 문명과 함께 일컬어지지만 개인의 생활과 운명을 표현하기에는 적당하지 않다. 수도를 제재로 하는 이러한 종류의 사부에 시장, 상업과 관련된 묘사가 있으며 심지어 상인에 관한 약간의 묘사가 있다(장형의 「서경부」의 경우). 하지만 역시 거시적인 관점으로, 개인적 삶의 존재를 전혀 볼 수 없으며 상인의 개인적 삶의 존재는 더욱 말할 필요도 없다. 이는 아마도 사부의 작가들이 대제국 자체에 경도되어 개인의 존재에는 주의를 기울일 여력도 흥미도 없었기 때문이다. 이 점이 한대 사부의 한계일 수밖에 없다.

2) 시가詩歌

민간에서 연원한 악부시가樂府詩歌는 이러한 부족한 부분을 보충한다. 작품 중에 개인 운명에 대한 관심을 볼 수 있으며 제국은 인생의 무대와 배경으로 물러난다. 이러한 종류의 악부시가 중에서 우리는 상인의 절실한 목소리를 들을 수 있으니 이는 일반적으로 한대에 지어진 것으로 추정되는 악부고사樂府古辭「고아행孤兒行」이다.「고아행」에서 주인공은 어려서부터 부모를 잃고 형수와 함께 생활한다. 형수는 멀리 나가서 행상을 시키고 주인공은 이 때문에 큰 고생을 한다.

> 고아로 태어났네.
> 고아로 불우하게 태어나니,
> 운명이 유독 이리도 괴로운가!
> 부모 계실 적엔,
> 좋은 수레를 타고 네 마리 말을 몰았는데.
> 부모 떠나시니,
> 형수가 행상을 강요하네.
> 남쪽으로 구강까지,
> 동쪽으로 제와 노까지.
> 연말이 돌아와도,
> 감히 힘들다는 말 못하네.
> 머리에 이 들끓고,
> 얼굴은 먼지투성이.[62]

이 고아는 아마 상인 집안에서 출생해서 부모가 살아계셨을 때 "좋은 수레를 타고 네 마리 말을 몰았다가" 부모가 돌아가시고 '행상'을 하

62 孤兒生. 孤兒遇生, 命獨當苦! 父母在時, 乘堅車, 駕駟馬. 父母已去, 兄嫂令我行賈. 南到九江, 東到齊與魯. 臘月來歸, 不敢自言苦. 頭多蟣虱, 面目多塵.(『樂府詩集』, 권38)

지 않을 수 없었고 형과 형수는 가만히 앉아서 그 이익을 고스란히 누렸다. 형과 형수가 부모의 재산을 받았지만 바깥에서 행상을 하는 고된 일은 하려고 하지 않았다.[63] 이 악부시가는 아마 중국문학사에서 상인의 입으로 말한 첫 번째 시가이며 아마도 시가 형식에서 상인 활동의 고난을 정면으로 표현한 첫 번째 작품이다. 이 중에서 상인의 고된 활동에 대한 표현은 이러한 주제를 다루는 후대 작품의 선구가 되었다. 그러나 상인 일인칭의 입으로 표현하는 방식은 후대 시가에서도 매우 드물다. 이 악부시가와 선진先秦의 「위풍衛風·맹氓」과 비교를 하면 상인에 대한 표현이 훨씬 직접적이고 명확하다. 이것은 아마도 상인과 그들의 삶에서 선진 문학에서 한대 문학 사이에 이루어진 진전을 반영한다. 이밖에 이 악부시가는 한대 상인들의 활동범위를 반영하니 즉 "남쪽으로 구강까지, 동쪽으로 제와 노까지"이며 한 제국에서 상인들이 "천하를 두루 돌아다니는" 특징을 보여준다는 점에서 매우 흥미롭다.

한대 악부시가와 고시 중에는 행려行旅 생활의 고통을 표현한 작품이 적지 않다. 우리들은 현재 작품 속 주인공의 신분을 알 수 없지만 위에서 논의한 「고아행孤兒行」으로 볼 때 그 중에는 주인공이 상인인 작품도 있을 것이다. 만약 정말로 이와 같다면 한대에 상인 생활을 표

---

63 余冠英은 "한대 사회에서 상인의 지위는 낮아서 당시 상인중에 어떤 경우는 부유한 집안의 노복이었다. 형수가 고아에게 행상을 시킨 것도 그를 노복처럼 여겨서 시킨 것이다." (『漢魏六朝詩選』, 北京 : 人民文學出版社, 1978, 34면)고 했다. 그러나 한대 상인은 법적으로 지위는 낮았지만 생활면에서는 좋을 수 있었다. 설령 부유한 상인의 노복이라도 이와 같았다. 따라서 「孤兒行」에서 고아의 생활은 상인으로서 필연적인 결과가 아니라 형수의 억압과 착취의 결과이다. 그러므로 원한의 대상은 다만 행상 생활일 뿐이거나 주요하게는 나쁜 형수이다.

현한 시가는 실제로 이 작품 하나에 그치지 않을 테지만 현재로서는 확인할 방법이 없다.[64]

다만 설명 주인공의 신분이 상인일 수도 있는 이런 시가를 계산해 넣더라도 한대 시가 전체의 양에서 보면 상인을 표현하는 시가의 비율은 미미하다. 더구나 이러한 시가의 주인공의 신분이 반드시 상인은 아니며 우리가 현재 주인공이 상인이라고 확정할 수 있는 작품은 「고아행」 한 작품일 뿐이다. 이로 보면, 시가가 한대에 장족의 발전을 하였고 대통일을 이룩한 한 제국의 문명과 자못 어울리지만 시인이 보편적으로 상인의 존재에 관심을 가지고 또 시가에서 그것을 표현할 수 있게 된 것은 조금 더 시간을 기다려야 가능했고 한대에서는 그러한 기운이 아직 형성되지 않았다.

이밖에 좀 더 논의를 하자면 한대의 사부와 마찬가지로 한대 시가에도 도시 생활을 묘사한 작품이 출현하였다. 신연년辛延年의 「우림랑羽林郎」은 낙양 시장을 배경으로 한 것이고 송자후宋子侯의 「동교요董嬌饒」는 낙양의 동쪽 교외를 배경으로 한 것이고 고시古詩 「구거상동문驅車上東門」은 낙양성 바깥 묘지를 배경으로 한 것이고 고시古詩 「동성고차장東城高且長」은 도시 교외의 풍경을 배경으로 한 것이고 「맥상상陌上桑」 또한 도시의 뽕나무 숲을 배경으로 한 것이다. 양홍梁鴻의 「오희가五噫歌」에 우리는 낙양 궁궐에 대한 묘사를 볼 수 있다.

---

64 「豔歌行」 같은 작품은 상인과 관련이 있을 것이다. "형제 두세 명이 다른 지역에서 유랑하네."[兄弟兩三人, 流宕在他縣.](『樂府詩集』, 권39)에서 주인공의 신분은 아마 행상일 것이며 시의 주제 역시 행상 활동의 어려움을 표현한 것일 것이다.

저 가파른 북망을 오르네, 아!

제국의 수도를 돌아보네, 아!

궁궐은 높고 웅장한데, 아!

백성들의 노동은, 아!

멈추지 않는구나, 아![65]

이 작품은 동한東漢 장제章帝 때 양홍梁鴻이 낙양을 지나가면서 지은 작품이다. 장제가 이 작품에 심히 불만스러워 해서 양홍은 성과 이름을 바꾸고 제노齊魯 지방으로 피신해야 했다. 이 시는 비판 정신으로 낙양에 대하여 반고의 「동도부」와 다르게 묘사하고 있지만 배후에 숨어있는 한 제국의 수도에 대한 관심은 한대 수도를 제재로 하는 사부와 일치한다. 이밖에 한대 시가에는 도시 생활을 정면으로 표현한 시가가 있으니 고시古詩 「청청릉상백青青陵上柏」이 그러한 예이다.

푸르고 푸른 언덕 위 잣나무,

첩첩이 쌓인 계곡의 바위.

천지간에 태어나서,

홀연히 먼 길을 가는 나그네.

말술을 마시며 서로 즐기고,

도탑게 여기고 박정하지 않지.

수레를 몰며 둔마를 채찍질하며,

---

65 陟彼北芒兮, 噫! 顧瞻帝京兮, 噫! 宮闕崔巍兮, 噫! 民之劬勞兮, 噫! 遼遼未央兮, 噫!

완현과 낙양을 돌아다니며 즐기네.
낙양에서 마음은 어찌 울적한가?
관복을 입은 사람들 끼리끼리 어울리네.
대로에 작은 골목들이 늘어서 있고,
왕과 제후의 저택이 많기도 하구나.
두 궁궐이 서로 멀리서 바라보고,
한 쌍의 대궐문은 백 척이 넘네.
호화로운 연회를 즐기지만,
울적한 심사는 어디서 생기는 걸까?[66]

"완현과 낙양을 돌아다니며 즐기네"에서 '완宛'은 남양군南陽郡의 관청이 있는 완현宛縣이다. 한대에 '남도南都'라고 불릴 정도로 번화한 대도시로서 장형張衡이 「남도부南都賦」를 지은 바 있다. '낙洛'은 동한 수도 낙양이며 당시 세계에서 가장 번화한 도시 중의 하나였다. 이 시의 주제는 인생은 짧으니 때가 오면 즐기라는 것이며 시인이 선택한 행락 장소는 번화한 도시이다. 시인의 마음은 별처럼 흩어져 있는 거리와 마을, 호화로운 건축물에 끌려 있으며 그 심정은 위에 인용한 왕충王充의 『논형論衡』, 「별통편別通篇」의 말과 상통한다. 이러한 시가는 이전 문학에서는 출현한 적이 없었으며 한대의 번화한 도시 생활이 시가에 끼친 영향을 보여주며 또한 한대 문학에서 상인에 대한 표현과 간접적으로 관련이 있다.

---

66 青青陵上柏, 磊磊澗中石. 人生天地間, 忽如遠行客. 斗酒相娛樂, 聊厚不爲薄. 驅車策駑馬, 遊戲宛與洛. 洛中何鬱鬱? 冠帶自相索. 長衢羅夾巷, 王侯多第宅. 兩宮遙相望, 雙闕百餘尺. 極宴娛心意, 戚戚何所迫.

3) 산문散文

한대漢代는 중국 고전 산문의 성숙기이다. 각종 문체가 대부분 한대에 잉태되고 성숙하였다. 중국 산문사에서 한대 산문은 중국 고대사의 한 제국과 마찬가지로 모두 엄격한 의미에서 '고전시대古典時代'를 대표하기 때문에 양자는 서로 대응한다. 한대 산문에서 특히 정론문政論文은 상인을 자주 언급하기는 하지만 대부분은 상인에 대한 문학적인 표현이 아니라 상인에 대한 약간의 의론議論이나 견해이다. 이러한 의론이나 견해는 선진先秦 제자諸子의 『관자管子』, 『상군서商君書』, 『한비자韓非子』 등의 전통을 계승하여 대체로 상인에 대한 편견과 부정적인 태도를 표현하였다. 예를 들어 육가陸賈의 『신어新語』, 「보정輔政」, 가의賈誼의 『신서新書』, 「얼산자孽產子」, 『한서漢書』, 「가의전賈誼傳」에 기재된 황제에게 올린 소疏, 『한서漢書』, 「식화지食貨志」에서 조착晁錯이 황제에게 올린 말, 유안劉安의 『회남자淮南子』, 「설산훈說山訓」, 동중서董仲舒의 『춘추번로春秋繁露』, 「복제服制」, 환관桓寬의 『염철론鹽鐵論』, 『한서漢書』, 「공우전貢禹傳」에서 공우貢禹(기원전 44년 몰)가 황제에게 올린 글, 『후한서後漢書』, 「환담전桓譚傳」에서 환담桓譚이 황제에게 올린 소疏, 반고班固의 『한서漢書』, 「화식전貨殖傳」, 최식崔寔의 『정론政論』, 왕부王符의 『잠부론潛夫論』, 「부치浮侈」와 「무본務本」, 중장통仲長統의 『창언昌言』, 「손익편損益篇」 등에서 상인에 대한 비판적인 의견과 경시하는 태도를 볼 수 있다. 상술한 목록에는 사마천과 왕충 이외에도 한대 대부분의 우수한 산문과 대표적인 작품을 포함하고 있는데 상인에 대한 그들의 기본적인 태도가 이와 같았다. 이 역시 한대 문학사에서 상인에 대한 표현이 부족한 원인을 보여주는 하나의 측면일 것이다. 그 원인은 한대 문인들이 여전히 상인을 비교적 포용적으로 대하거나 이해할 수 없었기 때문이다. 이는 한대 산문의 한계라고 하지 않을 수 없다.

한대 산문 작가 중에서 왕충王充은 사마천司馬遷을 제외하고 비교적 상인을 관대하게 보고 이해한 사람 중의 한 명이다. 『논형論衡』의 "부유한 상인은 반드시 가난한 집안의 재물을 빼앗은 것이다富家之商必奪貧室之財"(「우회편偶會篇」)와 같은 말에는 상인에 대한 세속적인 관점을 표현하고 있지만 동시에 상인을 비교적 잘 이해하고 인식한 말도 적지 않음을 볼 수 있다. 이러한 말에는 일반 사람들과 다른 독특한 안목으로 표현되어 있다. 「시응편是應篇」에서 다음과 같이 말했다.

> 유자들은 태평스러운 시대에 상서로운 징후를 말하는데 (…중략…) 시장에 이중 가격이 없다고들 한다. (…중략…) 태평한 시대에 상인이 없으면 그 말이 맞겠지만 만약 있다면 반드시 이익을 내는 것을 업으로 삼을 것이다. 물건을 사는 데 어찌 싼 것을 찾지 않겠는가? 물건을 파는데 어찌 비싸게 하려고 하지 않겠는가? 비싸고 싼 것을 바라는 마음이 있기 때문에 반드시 두 종류의 가격이 있을 것이다.[67]

세상 물정에 어두운 서생의 견해와 비교할 때 왕충은 이익을 추구하는 상인적 가치관과 시장에서 매일 진행되는 거래의 배후에 숨어있는 가치 규율을 훨씬 더 잘 이해하고 있으며 이에 대한 편하나 비판은 보

67 儒者論太平瑞應 (…中略…) 市無二價 (…中略…) 太平之時, 無商人則可, 如有, 必求便利以爲業, 買物安肯不求賤? 賣貨安肯不求貴? 有求貴賤之心, 必有二價之語.

이지 않는다. 또 「사위편死僞篇」에서 말했다.

무릇 죽는 것은 사람들이 모두 한스럽게 여긴다. 지사는 의로운 일이 이루어지지 않음을 한스럽게 여긴다. 배우는 사람은 학문이 모자람을 한스럽게 여긴다. 농부는 밭을 갈아도 곡식이 쌓이지 않음을 한스럽게 여긴다. 상인은 재화가 불어나지 않음을 한스럽게 여긴다. 벼슬하는 자는 관직이 높은 곳에 이르지 않음을 한스럽게 여긴다. 용감한 사람은 능력이 우수하지 못한 것을 한으로 여긴다. 세상 사람들은 각자 하고 싶은 바가 있으니 그러면 각각 한스러워하는 바가 있게 된다.[68]

여기에서 "상인은 재화가 불어나지 않는 것을 한스럽게 여긴다商人則恨貨財未殖"는 말 역시 왕충이 상인의 정신세계를 이해하고 있음을 함축적으로 보여준다. 주목할만한 점은 상인을 다른 계층과 동일한 층위에 두어서 어떠한 폄하나 부정적인 의도가 보이지 않는다는 것이다. 또 「양지편量知篇」에서 말했다.

수중에 돈이 없는 채로 시장에 가면 "재물은 어디에 있는가?" 라고 상점의 주인이 물을 것이다. "돈이 없다"고 대답하면, 상점의 주인은 반드시 물건을 주려고 하지 않을 것이다.[69]

---

68 凡人之死, 皆有所恨 : 志士則恨義事未立, 學士則恨問多不及, 農夫則恨耕未畜穀, 商人則恨貨財未殖, 仕者則恨官位未極, 勇者則恨材未優. 天下各有所欲乎?然而各有所恨.

69 手中無錢, 之市, 使貨主問曰 : "錢何在?" 對曰 : "無錢." 貨主必不與也.

위에 보이는 시장의 거래에 대한 본질적인 인식은 「시응편是應篇」의 관점과 일치한다. 「사위편」에 표현된 상인을 "동등하게 보는 시각同視"은 「정재편程材篇」의 다음 단락에서도 나타난다.

농부와 농사를 논의하면 농부가 이기고 상인과 장사를 이야기하면 상인이 더 현명하다.[70]

가치관의 상대성에서 출발해서 도달한 이러한 결론은 필연적으로 상인 역시 독립적인 존재이며 존중을 받을 이유가 된다. 이는 상인을 멸시하는 관념과 상당히 거리가 있다. 상인이 장사를 하는 위험에 대해서도 왕충은 상당한 관심을 기울였다. 「화허편禍虛篇」에서 말했다.

혼란한 세상에는 재물의 이익 때문에 사람을 죽이는 자가 많다. 수레와 배를 같이 타고 천리 길을 오가며 장사를 하다가도 먼 곳에 이르러 동업자를 죽이고 재물을 빼앗는다. 시체가 버려져도 거두어 주지 않고 뼈가 드러나도 묻어주지 않는다. 물에서는 물고기와 거북이의 밥이 되고 땅에서는 땅강아지와 개미의 식량이 된다.[71]

---

70 從農論田, 田夫勝; 從商講賈, 賈人賢. 徐幹은『中論』「貴言」에서 다음과 같이 말했다. "그러므로 군자는 적당한 사람이 아니면 함께 말하지 않으며 함께 말하려고 하면 반드시 잘 아는 분야를 말한다. 농부는 농사일로 말을 하며 장인은 기술로 말을 하며 상인은 물건 값의 고하로 말을 하며 관리는 직책으로 말을 하며 대부와 선비는 법제로 말을 하며 유생은 학업으로 말을 한다."[故君子非其人則弗與之言, 若與之言必以其方 : 農夫則以稼穡, 百工則以技巧, 商賈則以貴賤, 府吏則以官守, 大夫及士則以法制, 儒生則以學業.] 이 말은 왕충의 말과 큰 차이가 없으며 모두 가치관의 상대성에 주목하고 있다.

71 倉卒之世, 以財利相劫殺者衆. 同車共船, 千里爲商, 至闊迥之地, 殺其人而並取其財, 屍捐不收, 骨暴不葬, 在水爲魚鱉之食, 在土爲螻蟻之糧.

상인이 바깥으로 장사하러 나가는 것을 "도적을 만날 위험盜賊之危"이라고 언급한 『墨子』, 「貴義」와 비교할 때, 상인 활동의 위험함에 대한 위의 표현은 훨씬 구체적이고 깊이가 있다. 위 인용문은 상인이 장사하러 나갔을 때 닥친 위험을 표현한 후대의 몇몇 문언 소설과 백화소설을 연상시킨다. 「禍虛篇」의 이 단락은 그러한 것들의 시초가 된다. 왕충은 또한 "농업과 상업을 혼란하게 하는煩擾農商" 정책을 설계한 사람을 "아첨꾼佞人"이라고 하였다. 「答佞篇」에서 말했다.

> 그릇된 계책을 올려서 농업과 상업을 혼란하게 하여 아랫사람의 것을 덜어서 윗사람이 이익을 보게 하여 백성을 근심스럽게 하고 임금을 기쁘게 한다. 윗사람의 것을 덜어서 아랫사람에게 주는 것은 충신의 말이며 아랫사람의 것을 덜어서 윗사람에게 주는 것은 아첨꾼의 말이다.[72]

윗글에서 농업과 상업의 이익을 존중할 것을 요구하는 정신은 후대 몇몇 소설 작가들에게 계승되었다. 상인이 장사를 해서 부를 축적하는 원인에 대하여 왕충은 '명정론命定論'의 관념에 바탕을 두어 항상 운명 속에 정해져 있다는 것을 강조하였지만(「명록편命祿篇」, 「우회편偶會篇」, 「초품편初稟篇」 등), 어떤 경우에는 자신의 '명정론'을 잠시 잊고 비교적 현실적인 말을 하고 있다. 「솔성편率性篇」에서 다음과 같이 말한다.

> 『논어』에 "자공子貢은 천명을 받지 못했지만 재물을 늘렸다"는 말이 있

72 誤設計數, 煩擾農商, 損下益上, 愁民說主. 損上益下, 忠臣之說也; 損下益上, 佞人之議也.

다. 자공은 본래 하늘이 부자가 되는 운명을 주지 않았다. 하지만 재물을 쌓아 세상의 부자가 된 것은 재물을 늘리는 기술貨殖之術을 터득했기 때문이다. 이 기술을 터득하면 비록 천명을 받지 못해도 오히려 스스로 더 부유해 진다.[73]

"재물을 늘리는 기술", 곧 화식지술貨殖之術이란 왕충이 먼저 명확히 제시한 개념이며 『논어』 원문에는 의미가 숨어 있어서 잘 드러나지 않는다. 즉 이러한 개념의 제시에서 알 수 있듯 왕충은 상인이 부를 축적한 '현실'적 원인을 이해하고 있다. 그것은 바로 상인이 장사를 통해서 부를 이룬 것은 이들이 사업하는 기술을 습득하였기 때문이라는 것이다. 이밖에 「양지편量知篇」의 다음 단락 역시 왕충의 같은 생각을 표현하고 있다고 할 수 있다.

> 베로 비단을 바꾸며 있는 것과 없는 것을 서로 바꾸어서 각자 원하는 것을 얻는다. (…중략…) 농업과 상업은 직업이 서로 달라서 쌓아 놓은 재화가 같을 수가 없다. 재화의 좋고 나쁨을 따져보고 수량을 헤아려서 이익을 내는 사람을 부자라고 한다. 부자로 사는 것을 사람들이 원한다.[74]

왕충은 소위 "부유한 사람富人"은 장사를 통해 이익을 비교적 많이 본 사람일 뿐이며 이익을 얻었다는 것 역시 공평한 가운데에서 실현된

---

73 "賜不受命, 而貨殖焉." 賜本不受天之富命所加, 貨財積聚, 爲世富人者, 得貨殖之術也. 夫得其術, 雖不受命, 猶自益饒富.

74 抱布貿絲, 交易有亡, 各得所願 (…中略…) 農商殊業, 所畜之貨, 貨不可同. 計其精粗, 量其多少, 其出溢者, 名曰富人. 富人在世, 鄕里願之.

것이기 때문에 자연히 상술이 남보다 한 수 높은 결과라고 인식한다. 주목할만한 점은 "부유한 사람富人"에 대한 폄하하는 뜻이 없으며 오히려 "사람들이 원하는鄕里願之" 흠모의 대상이다. 여기서도 왕충의 경향을 확인할 수 있다.

왕충이 『논형』에서 상인을 표현할 때 한대의 다른 산문과 약간 '다른 면모'를 보이는 것은 왕충 본인이 상인 가문 출신인 것과 관련이 있을 것이다. 「자기편自紀篇」에 따르면, 선조는 본래 "농사와 양잠을 업으로 삼았고以農桑爲業" 조부 범汎에 이르러 "상업에 종사하기以賈販爲事" 시작했으니 조부는 이미 상인이었다. 부친 송誦의 신분은 분명하지 않지만 역시 상인이었을 것이다. 왜냐하면 왕충이 자신의 집안이 "가난해서 몸을 맡길 땅이 없고貧無一畝庇身", "지위가 낮아서 한 말이나 한 섬의 녹봉이 없었다賤無斗石之秩"고 하였으니 농민이나 관리가 아니며 "자식으로서 부친의 일을 계승하였다면子承父業" 왕충의 부친 역시 장사 일을 계승하였을 것이다. 왕충 자신은 호학好學하여 학문의 길을 걸었으니 사실상 후세에 항상 보이는 '상인에서 유가가 된由商入儒' 경우이다. 왕충이 생계에 종사하지 않고 줄곧 학문에 뜻을 둔 것은 조부와 부친이 사업으로 경제적 기초를 쌓은 것과 관련이 있을 것이다. 또 왕충은 일생동안 "연줄이 없는 한미한 집안細族孤門"인 것에 대하여 열등감을 가지고 있었고(특히 자신을 반고班固 등의 사람과 비교할 때) 또 관로에서도 매번 장애에 부딪혀 순조롭지 못한 것은 아마 상인 집안 출신인 것과 관련이 있을 것이다. 왜냐하면 상인 출신은 당시 '낮고 천하게低賤' 여겨졌기 때문이다.[75] 왕충이 '명정론'이라는 관념을 견지한 것도 자신이 상인 집안 출신이어서 태생적으로 활동을 가로막았기 때문일 것이다. 아래의 「자기편自紀篇」에 실린 왕충을 조소하는 사람의 말은 상인 집안 출신이었던 왕충의 숙명을 암시하는 것으로 실제로 있었던 논의로 보아야 한다.

> 아름다운 덕행으로 이름난 조상이 없고 책으로 묶여져 전해지는 글이 없으니, 비록 [왕충 당신이] 훌륭한 논변을 저술하여도 물려받아서 의탁할 바가 없다. 결국은 높은 지위에 오르지 못한다. 기운이 점진적으로 차지 않고 갑자기 닥치는 것을 변變이라고 하고, 사물이 비슷한 종류가 없이 망령되게 생기는 것을 이異라고 하고, 항상 없다가 홀연히 등장하는 것을 요妖라고 하고, 무리와 달리 돌출하는 것을 괴怪라고 한다. 당신의 조상은 어떠했는가? 당신의 선조는 [역사서에] 기재되어 있지 않다. 하물며 묵가를 따라서 배우거나 유가의 문을 드나든 적이 없으면서 수천만언을 지어냈으니 마땅히 요변妖變에 해당될 것이다. 어떻게 이러한 문장들을 보석처럼 여기며 훌륭하다고 할 수 있겠는가?[76]

이런 조소는 왕충의 마음을 아프게 하고 왕충이 평생 자괴감과 절망

75 한대에 상인 출신으로 높은 관직에 오른 사람은 실제로 적다. 桑弘羊, 東郭咸陽, 孔僅 등이 鹽鐵法과 平准法으로 한 때에 출세하였다. 이밖에도 한초의 潁陰侯 灌嬰은 "수양현에서 비단을 팔던 사람이며"[睢陽販繒者也](『史記』「樊酈滕灌列傳」), 동한초의 李通은 "대대로 화식으로 유명한 집안이었다."[世以貨殖著姓](『後漢書』「李通傳」)고 역사서에 기록되어 있다. 그러나 이들은 모두 개국 공신이었기 때문에 예외적인 상황이라고 할 수 있다. 이밖에 "모친이 일찍이 비단을 팔던"[母嘗販繒爲業](『後漢書』「朱俊傳」) 동한의 朱俊 역시 효도와 봉양으로 이름이 알려졌다. 이는 벼슬로 입신양명한 것이라고 할 수는 없지만 어쨌든 상인이 역사의 표면에 부상한 것이라고 할 수 있다. 그러나 이러한 정황 역시 매우 적다.

76 宗祖無淑懿之基, 文墨無篇籍之遺, 雖著鴻麗之論, 無所稟階, 終不爲高. 夫氣無漸而卒至曰變, 物無類而妄生曰異, 不常有而忽見曰妖, 詭於衆而突出曰怪. 吾子何祖?其先不載. 況未嘗履墨途, 出儒門, 吐論數千萬言, 宜爲妖變, 安得寶斯文而多賢?

의 나락에서 헤어 나오지 못하게 만들었을 것이다. 그러나 모든 상황은 상대적이다. 왕충이 상인 가정의 출신이기 때문에 이러한 사상적 해방과 '상식을 뒤집는反常識' 논의를 펼칠 수 있었고 『논형』이라는 독특한 저작물을 완성할 수 있었을 것이다. 그리고 왕충은 상인 집안 출신이었기 때문에 『논형』에서 상인을 그토록 잘 이해하여 한대의 기타 산문 작가들과 확연한 대조를 이루었다.

한대 산문은 선진 산문과 달리 우언식의 표현이 없다. 그래서 상인과 관련된 선진 산문의 우언 고사가 한대 산문에서는 쉽게 보기 어렵다. 그러나 한대 산문 중 몇몇 작품 혹은 몇몇 작품의 어떤 부분들은 이미 후대 문언 소설의 맹아와 유사하며 그중에는 가끔 상인과 관련된 고사도 보인다. 응소應劭의 『풍속통의風俗通義』에는 다음과 같은 짤막한 고사가 있다.

> 임회군臨淮郡의 어떤 사람이 비단 한 필을 가지고 시장에 팔러 갔다. 노상에서 비를 만나 비단을 쓰고 있는데 나중에 온 사람이 함께 쓰기를 부탁해서 좁은 공간을 함께 하였다. 날이 개서 헤어지려고 할 때 서로 싸우며 각자 "내 비단"이라고 하였다. 두 사람은 관부에 가서 아뢰었다. 당시 태수였던 승상 설선薛宣이 진상을 조사하였지만 두 사람 모두 범죄를 인정하려고 하지 않았다. 설선이 말했다. "비단은 수백 전일뿐인데 어찌 이것으로 분분히 관청에 오는가?" 수행 관리를 불러서 비단을 자르고 각각 반을 주게 하였다. 그리고 뒤를 쫓아가서 하는 말을 듣게 하였다. 나중에 온 사람이 "은혜를 받았다"고 하였다. 먼저 온 사람을 잡아서 물었더니, 비단 주인은 원망을 멈추지 않았다. 설선이 말했다. "그렇다. 원주인이 당신임을 알겠

다.” 나중에 온 사람을 추궁하니 모두 승복하였다. 설선은 비단 모두를 본 주인에게 돌려주게 하였다.[77]

인용문에서 비단 주인의 신분은 소상인이거나 비단을 짜는 사람일 수도 있는데 여기서는 잠시 전자라고 하자. 백화소설에 익숙한 사람은 알아차리겠지만 이 일화는 후대 백화소설 중에서 자주 등장하는 재물 분규 사건과 매우 유사하며 종종 입화入話에 사용되어서 정화正話에서 서술하려는 이야기를 끌어내곤 했다.[78] 후대 시민사회에서 상품경제 생활이 보편화된 후에 이러한 종류의 재물 분규 사건은 항상 소설가들의 관심을 끌면서 백화소설과 문언소설에서 표현되었다. 『풍속통의』의 일화는 이러한 문학 전통의 시초이다. 『풍속통의』 중에는 부자가 죽은 뒤 유산으로 인한 분규도 쓰여 있는데 이 역시 후대 백화소설에 자주 보이는 제재이며 어떤 경우 상인과도 약간 관계가 있다.('부자'가 종사하는 직업을 보고 정해야 할 것이다) 역대로 『풍속통의』에는 '소설가'의 요소가 있다고 여겨져 왔으며 이러한 성격이 다른 한대 산문 작품과 구별되는 특징일 것이다. 이 책에는 일반 산문가들이 쉽게 주목하지 않는 서민들의 생활을 볼 수 있으며 그 중에는 재물이나 유산 분쟁과 같은 사건들도 있다. 사실성과 세속성의 방면에서 말하자면, 한대 산

77 臨淮有一人, 持一匹縑到市賣之. 道遇雨, 被戴. 後人求共庇蔭. 因與一頭之地. 雨霽當別, 因共爭鬥, 各云“我縑”. 詣府自言. 太守丞相薛宣劾實, 兩人莫肯首服. 宣曰: “縑直數百錢耳, 何足紛紛自致縣官?” 呼騎吏中斷縑, 各與半. 使追聽之. 後人曰“受恩”, 前撮之; 縑主稱冤不已. 宣曰: “然, 固知當爾也.” 因詰責之, 具服. 俾悉還本主.(『全後漢文』 卷38.) [역주] 원문의 “太守丞相薛宣”은 『太平御覽』 卷818에는 “丞相薛宣”으로만 되어 있다.

78 [역주] 화본소설의 구성 요소인 입화는 도입부의 짧은 이야기이며 뒤에 나오는 본 이야기 정화와 연관이 있는 경우가 많다.

문에서 이러한 종류의 일화는 선진 산문의 우언과 비교할 때 후세 문언 소설, 백화소설과 훨씬 직접적인 관계를 가지고 있음에 틀림없다.

개별적인 예외를 제외하고 총체적으로 말하면 한대 산문에는 상인에 관한 긍정적인 문학 표현이 비교적 적으며 선진 산문과 비교할 때 많이 진보하지는 않았다. 왕충의 『논형』, 「일문편佚文篇」에 실린 아래의 글은 그 원인의 상징적인 사례를 보여주는 듯하다.

> 양웅揚雄이 『법언法言』을 지었을 때 촉의 부유한 상인이 십만 전을 바치며 책에 실리길 원했다. 양웅은 듣지 않고 말했다. "부유한 상인은 인의의 행동이 없으니 울타리 속의 사슴이나 우리 안의 소 따위와 마찬가지이니, 어찌 망령되게 싣겠는가!"[79]

3. 『사기史記』 - 상인을 위한 비문碑文 혹은 전기

여러 가지 의미에서 볼 때 『사기』는 위대한 한 제국 문명의 산물로서 그 위대한 시대에 속해 있다. 그러나 이와 동시에 "하늘과 사람을 끝까지 궁구하려 한究天人之際" 위대한 기백, "고금의 변화를 통달한通古今之變" 거시적 시야, "일가의 말을 이룬成一家之言" 비판정신으로 『사기』는 단지 한대에만 국한되지 않고 한대를 훨씬 초월하여 중화문명의 지혜를 대표하고 전 중국과 전 인류의 것이다.

---

79 揚子云作『法言』, 蜀富人齎錢十萬, 願載於書, 子云不聽, 曰: "夫富賈無仁義之行, 猶圈中之鹿, 欄中之牛也, 安得妄載!"

상인에 관한 표현 방면에서도 그러하다. 중국의 역사서(특히 이른바 '정사正史') 중에 『사기』처럼 전문적으로 상인을 위해서 비석을 세우고 전기를 남긴 경우는 하나도 없다. 상인은 선진 시기의 역사서에서 가끔 그림자를 드러냈고 한대 다른 문학 작품에서도 크게 중시되지 않았다. 그러나 『사기』에는 상인에 관한 전문적인 전기 『화식열전』,[80] 대상인에 관한 전기 「여불위열전呂不韋列傳」, 「월왕구천세가越王句踐世家」에 덧붙여 전해지는 범려전范蠡傳, 대상인을 언급한 「사마상여열전司馬相如列傳」, 상업과 관련 있는 전문적인 의론 「평준서平準書」 등이 있다. 『사기』 이후에는 『한서漢書』가 『사기』를 답습하여 「화식전貨殖傳」을 남긴 것 외에 중국의 어떤 정사나 야사도 전문적인 상인 전기를 싣지 않았다. 『한서』, 「화식전」도 『사기』, 「화식열전」의 내용을 부분적으로 남기고 무제 이후의 거상에 대한 사료를 추가했지만 반씨班氏 부자와 사마천의 '도道'는 달랐다. 이들은 사마천의 상인관에 부정적이었기 때문에 「화식전」은 가치관과 정신에서 실질적으로 『화식열전』과 완전히 다르며 『화식열전』의 혁명적인 영혼은 일찌감치 가려지고 잘려져서 사라져 버렸다.[81] 이러한 이유로 『사기』는 한대 역사에서, 더 나

---

80 「貨殖列傳」은 치부를 이룬 사람과 치부의 방법을 다 기록하였으니 상인과 상술만 있는 것은 아니다. 그러나 상인과 상술이 가장 큰 비중을 차지하고 있기 때문에 「화식열전」은 한 편의 상인유전商人類傳으로도 볼 수 있다.

81 우리는 아래에 서로 관련이 있는 부분의 각주에서 『사기』와 『한서』의 「화식전」 내용을 비교 논평할 것이다. 한편, 『한서』에 남겨져 있는 「화식전」 역시 다음과 같이 후대 보수 인사들의 질책을 받았다. "화식의 일은 특히 시정의 하층민이 하는 바인데 어찌 더러운 것을 사서에 포함시키고 사마천은 특히 이를 기록까지 하였는가? 반고는 단지 사마천이 '권세와 이익을 숭상하며 빈천을 수치스러워 하게 한다'라고 비판하였지만 그 또한 「화식열전」이 『한서』에 반드시 있을 필요가 없는 것을 알지 못했다. 그래서 사마천을 답습하여 『한서』에 「화식전」을 두었다. 범엽 이후로는 모두 화식의 항목이 없으니 그 본체를 얻은 것이다."[若乃貨殖之事, 特市井鄙人所爲, 是何足以汙編錄, 而遷特記之乎! 班固徒譏遷之稱述'崇勢利而羞賤貧', 然亦不知其傳之不必立也, 是故襲而存之. 范曄而下, 皆無此

아가 중국 역사에서 유일하게 상인 전기를 남긴 역사서이다. 동시에 『사기』는 위대한 서사 문학 작품이기도 하기 때문에 『사기』 속의 상인 열전은 문학사적 의의를 가진다.

1) 「월왕구천세가越王句踐世家」 속 범려전范蠡傳

『사기』, 「월왕구천세가越王句踐世家」는 대체로 『국어國語』, 「월어越語」를 계승하였지만 『국어』, 「월어」와 같지 않다. 「월왕구천세가」는 월나라 군주의 행적을 기술한 다음에 갑자기 화제를 바꾸어서 범려가 공을 이루고 물러난功成身退 후에 사업을 해서 돈을 번 일을 기록하기 시작한다.

> 범려는 바다를 건너 제나라로 갔다. 이름을 스스로 치이자피鴟夷子皮로 바꾸고 해변에서 밭을 갈고 힘들게 일하면서 부자가 함께 재산을 모았다. 얼마 지나지 않아서 재산이 수십만 금에 달하였다. 제 나라 사람들이 범려의 현명함을 듣고 재상으로 삼으려 하자 범려가 탄식하며 말했다. "집안의 재산은 천금에 이르렀고 관직은 경상卿相에 이르렀다. 이것이 평민이 할 수 있는 최상이다. 오랫동안 명성이 높으면 길하지 않다." 이내 재상의 인장을 돌려주고 자신의 재산을 모두 털어서 친구와 마을 사람들에게 나누어 주고 자신은 귀중한 보물을 가지고 몰래 떠났다. 도陶(현 산동성 定陶 서북) 땅에 이르러 천하의 중심이니 교역의 길목이어서 장사로 부를 축적할 수 있을 것이라고 여겼다. 그리고 이때부터 스스로를 도주공이라고 하였다.

目, 得其體矣.](王若虛, 『滹南遺老集』 卷11, 「史記辨惑」 3, "取舍不當辨")

> 범려 부자는 다시 밭을 갈고 가축을 기르고 물건을 팔고 쌓아두면서 때를 기다려 물건을 바꾸면서 십 분의 일의 이윤을 남겼다. 얼마 지나지 않아서 재산이 억만금에 이르렀다. 천하 사람들이 도주공을 칭송하였다.[82]

여기서 어조는 「월왕구천세가」에서 월나라 군주의 사적을 서술한 앞부분과 전혀 다르게 기본적으로 범려를 성공한 상인으로 묘사한다. 「화식열전」에도 범려에 대한 소전小傳이 있는 것을 연관시켜보면, 내용은 이와 큰 차이가 없으니 '상인전기'로서 범려전의 의의는 더욱 분명하다.

> 범려가 회계의 치욕을 씻은 다음에 탄식하면서 말했다. "계연計然은 계책 일곱 가지 중에서 월나라에서 다섯 가지를 사용하여 뜻한 바를 이루었다. 나라에 베풀었으니 나는 이제 집안에 적용하려고 한다." 배를 타고 강호를 다니며 이름과 성을 바꾸었는데 제나라에 가서 치이자피鴟夷子皮라고 하였고 도陶에서는 주공朱公이라고 행세하였다. 주공은 도가 천하의 중심이어서 사방 제후국으로 통하고 재화가 교역되는 곳이라고 판단했다. 곧 재산을 관리하면서 물건을 저장하였다가 때에 맞추어 팔았으며 사람들을 책망하지 않았다. 그러므로 사업을 잘 하는 사람은 사람을 잘 선택하고 적절한 때를 알았다. 19년 중에서 세 번 천금을 모았고 두 번은 가난한 친구와 먼 친

82 范蠡浮海出齊, 變姓名, 自謂鴟夷子皮, 耕於海畔, 苦身戮力, 父子治產. 居無幾何, 致產數十萬. 齊人聞其賢, 以爲相. 范蠡喟然歎曰 : "居家則致千金, 居官則至卿相. 此布衣之極也. 久受尊名, 不祥." 乃歸相印, 盡散其財, 以分與知友鄕黨, 而懷其重寶, 間行以去, 止於陶, 以爲此天下之中, 交易有無之路通, 爲生可以致富矣. 於是自謂陶朱公. 復約要父子耕畜, 廢居, 候時轉物, 逐什一之利. 居無何, 則致貲累巨萬. 天下稱陶朱公.

척들에게 나누어 주었으니 이것이 바로 부유하면서도 덕을 베풀기 좋아한다는 말이다. 후에 나이가 들어서 [사업을 할 때] 자식들의 말을 귀담아 들었고 자손은 가업을 잘 이어서 재산을 증식하니 가산이 무려 만금에 이르렀다. 그러므로 부자를 말할 때면 사람들은 모두 도주공을 일컬었다.[83]

동일한 사람이어서 내용 또한 대체로 비슷하지만 부전附傳에서 다루고 유전類傳에도 포함시킨 것은 사마천이 범려의 사업 수완을 매우 중시하고 범려가 부를 이룬 행적에 매우 흥미가 있었음을 보여준다. 「월왕구천세가」에 부가된 범려전의 마지막에서 말했다. "그러므로 범려는 세 번 옮겨서 천하에 명성을 이루었다. 단지 떠났을 뿐만 아니라 머무는 곳마다 반드시 명성을 얻었다故范蠡三徙, 成名於天下, 非苟去而已, 所止必成名" 또 "태사공이 말하기를太史公曰" "범려는 세 번 옮겼는데 모두 명예를 얻었고 이름이 후세에 드리워졌다范蠡三遷皆有榮名, 名垂後世" 범려의 "삼도三徙" 혹은 "삼천三遷"이라 함은 첫 번째는 초에서 월로 옮겨가서 구천의 패업을 도운 것이고 두 번째는 월에서 제로 옮겨가서 "수십만금을 쌓은 것이고致產數十萬" 세 번째는 제에서 도로 옮겨 가서 "억만금을 쌓은 것이다致貲累巨萬" 명확하게 드러나는 바와 같이, 첫 번째 이사에서 '패업'을 성취하고 정치적인 명성을 이루었다. 이후 두 차례 옮겨가면서 '상업'을 성취하고 사업상의 명성을 이루었다. 그러나 사마천이 보기에 이 두 종류의 일은 똑같이 의의가 있으며 두 종류의 명성은

---

83 范蠡既雪會稽之恥, 乃喟然而歎曰 : "計然之策七, 越用其五而得意. 既已施於國, 吾欲用之家." 乃乘扁舟浮於江湖, 變名易姓, 適齊爲鴟夷子皮, 之陶爲朱公. 朱公以爲陶天下之中, 諸侯四通, 貨物所交易也. 乃治產積居, 與時逐而不責於人. 故善治生者, 能擇人而任時. 十九年之中三致千金, 再分散與貧交疏昆弟, 此所謂富好行其德者也. 後年衰老而聽子孫, 子孫修業而息之, 遂至巨萬. 故言富者皆稱陶朱公.

똑같이 위대하다. "신하와 군주가 이와 같다면 드러나지 않으려고 해도 그렇게 할 수 있겠는가臣主如此, 欲毋顯得乎!"라는 말은 범려가 사업에서 이룬 성공과 구천이 오를 멸망시키고 이룬 패업을 동등하게 본 것으로 더없이 선명하면서도 과장되지 않게 상인과 상업을 중시하는 사마천의 입장을 드러낸다. 흥미롭게도 「화식열전」의 뒤에 부기된 사마정司馬貞의 「색은술찬索隱述贊」은 월국의 흥망성쇠를 개술하였지만 범려가 사업에서 이룬 업적은 한 마디도 하지 않았으니 원저작 범려전의 의도를 완전히 이해하지 못한 것 같다. 이 점 역시 일반 사람들이 사마천의 위대함을 이해하지 못한 일례라고 할 수 있다.

한편, 이상에서 논의한 두 기록이 '상인' 범려의 업적에 관한 역사적인 서술이었다면 「월왕구천세가」에 부기된 범려전에 나오는 아래의 이야기는 '상인' 범려의 정신세계에 대한 문학적인 표현이다. 범려가 도 땅에서 사업으로 명성을 떨쳐서 천하에서 도주공이라고 하였을 때이다. 맑은 하늘에 날벼락 치듯이 예상치 못하게 범려의 세 아들 중 둘째 아들이 초나라에서 살인죄로 감옥에 들어가서 목숨이 경각에 달려 있었다. 도주공은 "사람을 죽이면 죽어야 마땅하지만 부자의 자식은 저잣거리에서 죽지 않는다고 들었다殺人而死, 職也. 然吾聞千金之子不死於市"라고 생각하였다. 그래서 셋째 아들이 황금 천 일鎰을 가지고 초에 가서 인정에 의탁해서 "뒷문으로 나오도록 하였다走後門" 그러나 장남은 자기는 안 보내고 동생을 보내는 것이 체면이 서지 않는다고 생각했다. 그래서 아버지에게 자신을 보내 달라고 강력하게 요구하며 심지어 자살하겠다고 위협까지 하였다. 도주공은 부득이하게 장남으로 바꾸어서 보낼 수밖에 없었다. 결과적으로 장남은 세상 물정을 잘 모르고 또 천금의 비용을 아까와 했다. 그래서 일이 잘 처리되지 못하고 결국 둘째는 초나라에서 죽임을 당했다.

> 주공의 장남이 결국 둘째 동생의 시신을 거두어 왔다. 시신이 이르자, 어머니와 마을 사람들이 몹시 슬퍼하였는데 주공만 혼자 웃으며 말했다. "나는 첫째 아들이 반드시 동생을 죽게 할 것이라고 알고 있었다. 동생을 사랑하지 않는 것이 아니라 돈을 아까워하여 버리지 못하기 때문이다. 큰 아이는 젊어서 나와 함께 고생하면서 어렵게 살아왔다. 그래서 재물을 함부로 버리지 않는다. 막내 아이는 나면서부터 부유하게 자라서 좋은 마차와 말을 타고 토끼 사냥이나 다녔으니 재물이 나오는 바를 어찌 알겠는가? 그래서 가볍게 쓰고 아까워하거나 인색해 하지 않는다. 전에 내가 셋째를 보내려고 한 것은 진실로 그가 재물을 버릴 줄 알았기 때문이다. 장남은 그렇지 않아서 동생을 죽게 하였으니 일이 그렇게 된 것은 마땅한 이치이며 슬퍼할 것이 없다. 나는 진정 밤낮으로 둘째의 시신이 오기를 기다렸다.[84]

이것은 자체로 하나의 완전한 이야기이며 문학성이 매우 강하다. 특히 도입부에서 독자를 궁금하게 하고 마지막에 설명하는 것은 상성相聲에서 이른바 "이야기보따리를 풀어놓은 것抖包袱"으로 극적인 효과가 강하다. 『사기』에서 이러한 이야기가 출현한 것은 중국 서사문학이 장족의 발전을 하였음을 보여준다. 또 이 이야기는 중국문학사에서 첫

---

84 朱公長男竟持其弟喪歸. 至, 其母及邑人盡哀之, 唯朱公獨笑, 曰: "吾固知必殺其弟也! 彼非不愛其弟, 顧有所不能忍者也. 是少與我俱, 見苦, 爲生難, 故重棄財. 至如少弟者, 生而見我富, 乘堅驅良逐狡兎, 豈知財所從來, 故輕棄之, 非所惜吝. 前日吾所爲欲遣少子, 固爲其能棄財故也. 而長者不能, 故卒以殺其弟, 事之理也, 無足悲者. 吾日夜固以望其喪之來也."

번째로 상인의 정신세계를 상당히 독립적으로 표현하였다는 점에서 더욱 중요하다. 이러한 예는 이전과 동시대의 문학 작품에서 볼 수 없다. 범려는 "사람을 죽이면 죽어야 마땅하다殺人而死, 職也"는 것을 명확히 알고 있었지만 "부자의 자식은 저잣거리에서 죽지 않는다千金之子不死於市"고 하였으니 금전의 힘이 심지어 죽을죄도 대신할 수 있다고 믿었다. 이는 전형적인 상인 심리를 반영한 것이다. 장남과 막내의 상반되는 금전관에 대한 분석에서 범려는 금전에 대한 사람들의 상이한 태도와 그러한 이유에 대한 원인을 통찰하고 있을 뿐만 아니라 이러한 서로 다른 금전관을 이용하여 각기 다른 목적을 성취하는 사람이었음을 알 수 있다. 또 이 이야기를 통하여 금전이 사람에 끼치는 영향 방식에 통달하고 상이한 상황에서 이를 이용하는 범려의 지혜를 가졌음을 볼 수 있다. 이 역시 성공한 상인만이 운용할 수 있는 '예술'이다. 상술한 이러한 종류의 믿음, 지혜, 능력을 가진 상인은 비즈니스라는 전장에서 싸우면 반드시 이길 것이다. 이 이야기는 범려전 전체 분량에서 2/3를 차지하며 위의 분석으로 생각해 볼 때 상인 관련 이야기는 사마천이 자신의 사상과 무관하게 한가할 때 쓴 글이 아니라 '상인' 범려의 진면목을 드러내 주는 전형적인 사례이다. 이러한 이야기를 『사기』에 포함시킨 사마천은 상인의 정신세계를 깊고 절실하게 이해하고 있었을 것이다.

2) 「여불위열전呂不韋列傳」

범려전이 표현한 것이 '정치를 그만두고 상업을 한棄政從商' 성공적인 사례에 관한 이야기라면 『여불위열전』은 '상업을 그만두고 정치를 한棄商從政' 성공적이 사례이다. 비록 범려와 여불위는 인생의 방향이 확연히 반대이지만 모두 정치와 상업에 재능을 가지고 있어서 하고 싶은 대로 자유롭게 두 영역을 넘나든다는 바로 이 점에서 본질적으로 공통점을 가지고 있다. 이들에 대하여 특별한 관심을 가지고 쓴 사마천은 상술한 이러한 인식에 기초하면서 이 두 사람의 상이한 인생의 궤적을 기록했을 것이다.

우리가 본문 제1절 제1항에서 제기한 바와 같이 『전국책』 중에는 이미 여불위의 사적에 대한 서술이 있다. 그러나 『전국책』에는 여불위와 관련된 사적이 분산되어 있고 단편적이다. 사마천의 『사기』에 이르러서야 비로소 여불위를 위한 독립적인 전을 지어 그의 사적을 집중적으로 서술하기 시작한다. 사마천이 이렇게 한 것은 우선 여불위의 정치적인 업적 때문이지만 동시에 이로 인해 상인과 관련된 한 편의 전문 전기가 출현하였다. 오로지 상인만을 위해 독립적인 전을 짓는 글쓰기는 이전 문학에서는 없었던 것이다.

물론 「여불위열전」이 주로 서술한 것은 여불위의 정치적인 업적이지만 그 중 여불위가 자초子楚를 옹립한 경위에 대한 서술에서 여불위의 상업적 투자 능력을 볼 수 있다.

> 여불위는 양적陽翟의 대상인이다. 돌아다니면서 싸게 사서 비싸게 팔아

집안에 천금을 쌓았다. (…중략…) 자초는 진의 서얼 왕손이기 때문에 조에 인질로 있으면서 마차와 재화가 충분하지 않았고 곤궁한 생활 속에 실의한 날들을 보냈다. 여불위는 한단에서 장사를 하다가 자초를 측은히 여기고 말했다. "이 자는 기이한 보물이니 가지고 있을 만하다." 그리고 자초를 보고 말했다. "내가 당신의 가문을 일으켜 줄 수 있소." 자초가 웃으며 말했다. "먼저 당신의 집안을 일으킨 다음에 나의 집안을 일으킬 수 있을 것이오." 여불위가 말했다. "그대는 잘 모르오. 우리 집안은 당신의 집안 다음에 일어날 것이오." 자초는 무슨 말인지 이해했다. 곧 자리를 함께 하면서 깊은 말을 나누었다. 여불위가 말했다. "진왕은 늙었고 안국군安國君이 태자가 되오. 안국군은 화양부인華陽夫人을 좋아해서 부인은 자식이 없지만 왕위 계승자를 정할 수 있는 사람은 화양부인뿐이라고 들었소. 지금 형제는 20여 명인데다가 그대는 또한 그 중에서 관심을 많이 받는 편이 아니고 오랫동안 조나라에서 인질로 있었소. 대왕이 죽고 안국공이 왕이 되면 그대는 큰 형이나 다른 형제들과 아침저녁으로 임금 앞에서 경쟁해도 태자 자리를 얻을 수 있는 기회는 거의 없소." 자초가 말했다. "그러하오. 어떻게 해야 하는가?" 여불위가 말했다. "그대는 가난해서 여기서 객지생활하면서 친척에게 선물을 주고 빈객들과 교제를 할 수 없는 형편이오. 나도 가난하지만 그대를 위하여 천금을 가지고 서쪽으로 가서 안국공과 화양부인을 섬겨서 그대를 후계자로 세우도록 해보겠소." 자초는 머리를 조아리며 말했다. "반드시 그대의 계책대로 된다면 진나라를 나누어서 그대에게 주겠소." 여불위는 오백금을 자초에게 주어서 이를 비용으로 삼아서 빈객들과 교제하도록 하고 다시 오백금으로 기이하고 좋은 물건들을 사서 서쪽으로 진나라에 가서 거기서 화양부인의 언니를 만나서 선물을 화양부인에게 바쳤다.

이 기회를 이용하여 자초는 현명하고 어질어서 제후, 빈객들과 교제 하면서 천하를 두루 다니며 "자초는 화양부인을 하늘처럼 여기며 아침저녁으로 안국공과 화양부인을 생각하며 웁니다"라고 항상 말한다고 전하였다. 화양부인이 크게 기뻐하였다. 여불위는 언니에게 부탁하여 화양부인에게 이렇게 말하게 하였다. "외모로 사람을 섬기는 자는 외모가 시들면 애정이 사라진다고 들었습니다. 지금 부인은 태자를 섬겨서 사랑을 받지만 자식이 없습니다. 이 때 서둘러 여러 자식들 중에서 어질고 효심이 있는 사람과 관계를 맺고 그 사람을 적자로 세워서 자식처럼 여기십시오. 지금 부인의 지체가 높으며 백년이 지나도 자식으로 삼은 자가 왕이 되어서 부인은 권세를 잃지 않을 것입니다. 이것이 이른바 한 마디의 말로 만세의 이익을 얻는다는 것입니다. 영화로울 때에 근본을 세우지 않으면 외모가 쇠하여 애정이 식은 후에 비록 한 마디 말을 하려고 해도 어떻게 가능하겠습니까? 지금 자초는 현명해서 스스로 장남이 아니고 순서상 적자가 될 수 없으며 어머니 역시 안국공의 사랑을 받지 못하는 것을 알아서 부인에게 기탁하려고 합니다. 부인이 진실로 이 기회를 삼아서 적자로 삼으면 부인은 세상이 다하도록 진나라에서 사랑을 받을 것입니다." 화양부인이 그렇다고 여기고 태자가 한가한 틈을 타서 조나라에 인질로 있는 자초가 현명해서 오가는 사람들이 모두 칭송한다고 은근히 말했다. 그러면서 눈물을 흘리며 말했다. "첩이 다행히 후궁이 되었지만 불행히도 자식이 없습니다. 원컨대 자초를 후사로 삼아서 첩의 몸을 기탁할 수 있도록 해 주십시오." 안국공이 이를 허락하였고 부인에게 자초를 계승자로 삼는다고 약조한 옥부玉符를 새겨 주었다. 안국공과 부인은 자초에게 예물을 후하게 보내면서 여불위를 스승으로 삼게 하였다. 자초는 이것으로 제후들 사이에게 명성이 높아졌다.[85]

이 단락은 단숨에 적어 내려가 물 흐르는 듯 거의 천 자에 육박하는데, 여불위의 투자 능력을 명백하게 보여준다. 여불위는 대상인으로서 시장의 변동에 익숙하고 진나라 정계의 내막에 대해서도 정통했다. 이는 범려의 경우와 마찬가지로 다시 한 번 정치와 사업 능력의 연관성을 보여준다. 여불위는 자신의 재력과 자초의 신분을 상호 보완해서 자초의 집안을 일으킴으로써 자신의 집안을 일으키려고 하였으니 일종의 전형적인 '정경유착', '관상결합'으로 정치권력과 금전 능력이 '서로 이익을 주면서 번창하는' 경우이다. 이러한 경우는 봉건 시대 상인 활동의 일반적인 행태이기도 하다. 여불위가 자초가 소유할만한 '기이한 재화奇貨'라고 생각하고 파산을 두려워하지 않고 '기이한 것을 낚겠다釣奇'고 한 것은 바로 상인이 잘 될 만한 사업을 보고 과감하게 투자하겠다는 표현이다. 금권의 힘을 이용하는 것, 중요한

---

85 呂不韋者, 陽翟大賈人也. 往來販賤賣貴, 家累千金 (…中略…) 子楚, 秦諸庶孼孫, 質於諸侯, 車乘進用不饒, 居處困, 不得意. 呂不韋賈邯鄲, 見而憐之, 曰 : "此奇貨可居." 乃往見子楚, 說曰 : "吾能大子之門." 子楚笑曰 : "且自大君之門, 而乃大吾門!" 呂不韋曰 : "子不知也, 吾門待子門而大." 子楚心知所謂, 乃引與坐, 深語. 呂不韋曰 : "秦王老矣, 安國君得爲太子. 竊聞安國君愛幸華陽夫人, 華陽夫人無子, 能立適嗣者獨華陽夫人耳. 今子兄弟二十餘人, 子又居中, 不甚見幸, 久質諸侯. 卽大王薨, 安國君立爲王, 則子毋幾得與長子及諸子旦暮在前者爭爲太子矣." 子楚曰 : "然. 爲之奈何?" 呂不韋曰 : "子貧, 客於此, 非有以奉獻於親及結賓客也. 不韋雖貧, 請以千金爲子西遊, 事安國君及華陽夫人, 立子爲適嗣." 子楚乃頓首曰 : "必如君策, 請得分秦國與君共之." 呂不韋乃以五百金與子楚, 爲進用, 結賓客; 而復以五百金買奇物玩好, 自奉而西遊秦, 求見華陽夫人姊, 而皆以其物獻華陽夫人. 因言子楚賢智, 結諸侯賓客遍天下, 常曰"楚也以夫人爲天, 日夜泣思太子及夫人". 夫人大喜. 不韋因使其姊說夫人曰 : "吾聞之, 以色事人者, 色衰而愛弛. 今夫人事太子, 甚愛而無子, 不以此時蚤自結於諸子中賢孝者, 擧立以爲適而子之, 夫在則重尊, 夫百歲之後, 所子者爲王, 終不失勢, 此所謂一言而萬世之利也. 不以繁華時樹本, 卽色衰愛弛後, 雖欲開一語, 尙可得乎? 今子楚賢, 而自知中男也, 次不得爲適, 其母又不得幸, 自附夫人, 夫人誠以此時拔以爲適, 夫人則竟世有寵於秦矣." 華陽夫人以爲然, 承太子閑, 從容言子楚質於趙者絶賢, 來往者皆稱譽之. 乃因涕泣曰 : "妾幸得充後宮, 不幸無子, 願得子楚立以爲適嗣, 以托妾身." 安國君許之, 乃與夫人刻玉符, 約以爲適嗣. 安國君及夫人因厚饋遺子楚, 而請呂不韋傅之, 子楚以此名譽益盛於諸侯.

사람을 골라서 뇌물을 바치는 것, 떡 주무르듯 정국을 좌지우지하는 것, 능수능란하게 인간관계에 대처하는 것 등은 대상인이 아니면 할 수 없는 대단한 능력이다. 만약 안국공이 좀 더 오래 살아서 단명한 자초가 왕이 될 시간이 없었다면 여불위 역시 하나도 얻는 것이니, 이 점 역시 '투자'의 위험성을 보여준다. 이러한 갖가지 모습이 사마천의 붓끝에서 나와 모두 생생하게 종이에서 뛰쳐나오는 듯하여 그 생동감은 『전국책』도 결코 미치지 못한다. 단지 안타깝게도 상인의 본래 면목을 생동감 있게 표현한 여불위와 부친 간의 대화가 『전국책』에 있지만 『여불위열전』에는 실려 있지 않다. 하지만 이는 아마도 사마천이 의도적으로 다른 길을 택해 자신의 창작 의지를 독자적으로 펼치고자 한 것이 아닐까?[86] 「여불위열전」을 창작한 초점이 앞서 인용한 자초를 옹립하는 과정에 있으며 이것이야말로 우리의 생각을 증명해 주는 것으로 바로 위에서 인용한 단락은 여불위의 투자 능력을 잘 보여준다. 문학적 각도에서 보자면 위의 묘사 역시 매우 성공적이며 특히 "가문을 크게 일으킨다大門"와 관련된 대화는 희극성戲劇性과 희극성喜劇性이 풍부해서 우리로 하여금 이야기하는 현장에 있다는 느낌을 갖게 한다.

---

86 『사기』 「呂不韋列傳」에 있는 司馬貞의 「索隱」에는 다음과 같이 기록되어 있다. "『전국책』에는 여불위를 濮陽人이라고 했고 또 사적을 기록한 것도 이 傳과 많이 다르다. 비록 반고는 태사공이 『전국책』의 내용을 취했다고 했지만, 이 전은 마땅히 사마천이 별도로 따로 보고 들은 것이 있어서 전적으로 『전국책』의 설에 의거하지는 않았거나, 혹은 劉向이 『전국책』을 편찬할 때 자기가 들은 다른 내용으로 『전국책』을 고쳐서 결국 『사기』와 일치하지 않게 되었을 것이다."[『戰國策』以不韋爲濮陽人, 又記其事跡亦多與此傳不同. 班固雖云太史公采『戰國策』, 然爲此傳當別有所聞見, 故不全依彼說. 或者劉向定『戰國策』時, 以已異聞改彼書, 遂令不與『史記』合也] 우리는 앞의 가설이 비교적 사실에 가깝다고 생각한다.

사마천은 여불위의 전을 지을 때 치중한 것은 정치 활동이지 상업 활동이 아니었는데 바로 이 점이 「범려전」과 다르다. 그러나 여불위의 정치활동을 서술할 때에도 역시 상인 신분으로서 정치에 개입하는 특징을 보여줌으로써 그의 상업적인 투기 능력을 묘사하고 있다. 바로 이 점 때문에 「여불위열전」이 여러 정치가 열전 중에서 모종의 이채로운 면모를 보여준다. 상인 출신인 것에 대하여 완곡한 비판을 거의 하지 않았다. 이 전의 마지막에서 "太史公曰"에서 "공자가 말한 '들었다'라는 사람이 여불위인가?孔子之所謂'聞'者, 其呂子乎?"라고 말하면서 공공연히 여불위를 '아첨군佞人'이라고 하였다. 이는 '상인' 여불위라기보다 '정객政客'으로서의 여불위를 비판한 것이다. 여불위에 대한 사마천의 이러한 비판을 범려에 대한 찬사와 비교하면 그 대비가 확연해서 음미할만한 가치가 있다.

3) 「사마상여열전司馬相如列傳」

범려의 전기와 「여불위열전」에서 묘사한 범려와 여불위가 모두 정치와 상업 두 방면에 재능 있는 대상인이라면 「사마상여열전」에 출현하는 탁문군卓文君의 부친이자 사마상여의 장인인 탁왕손卓王孫은 비교적 순수한 '장사꾼'生意人이라고 할 수 있다. 또한 무거운 역사 분위기로 가득한 범려와 여불위 고사와 달리 탁왕손 고사는 가정에서 일어나는 가벼운 희극적 분위기로 넘쳐난다. 후대 중국의 희곡과 소설 중에서 문인과 상인의 혼인은 항상 흥미로운 소재 중의 하나이며 「사마상여열전」은 그러한 최초의 사례이다.

탁왕손의 선조는 본래 조나라에서 제철업을 종사하는 거물이었다. 진나라가 조나라를 정벌한 후에 부자들을 촉 땅으로 이주시켰고 탁씨 또한 이 상황을 면치 못했다. 다른 사람들은 모두 고국을 멀리 떠나는 것을 원치 않아서 가맹葭萌(현 四川省 廣元市) 같은 가까운 지역에 머물기 바랬다. 탁씨만 멀리 내다보는 안목이 있어서 그곳이 좁고 척박해서 멀리 문산汶山 아래에 머무는 것보다 못하다고 생각했다. 문산은 토지가 비옥해서 죽을 때까지 굶지 않고 사람들 역시 시장에 대한 감각이 있어서 장사하기가 쉬웠다. 그래서 도리어 더욱 먼 지역으로 이사해서 임공臨邛에 가서야 비로소 크게 기뻐하고 자리 잡았다. 여전히 제철업을 하며 전촉滇蜀 일대를 왕래하며 장사하여 "부유함이 천 명의 시동을 거느릴 수 있고 사냥터에서 수렵하는 즐거움은 임금에 버금할富至僮千人, 田池射獵之樂, 擬於人君" 정도였다.[87] 탁왕손에 이르러서는 여전히 시동이 팔백 명이 되었고 임공의 거부 중 한 사람이었다. 이야기가 시작될 때 딸 문군은 이제 막 과부가 되어서 집에 있었다. 한나라 때의 부녀는 재가再嫁가 비교적 자유로워서 문군은 포동포동하게 살찐 한 덩이의 '고니 고기天鵝肉' 같은 존재라고 생각하는 것이 어렵지 않다.

사마상여는 촉군蜀郡의 성도成都 사람으로 탁씨와 넓게 보아서 동향이라고 할 수 있다. 문장에는 재능이 있었지만 재력이 없어서 「자허지부子虛之賦」를 짓고도 이름이 알려지지 않았다. 사부를 좋아하는 양梁

---

87 『사기』, 「화식열전」.

효왕孝王이 죽은 다음에는 생계 수단도 끊겨서 성도로 돌아와서 힘들게 지냈다. 다행히 친구 왕길王吉이 임공의 현령으로 임공 지역 부자들의 상황을 잘 알아서 탁문군이 과부가 된 일도 당연히 알고 있었다. 문군은 '재물이 있고 용모도 뛰어나서' 친구를 위해서 아름다운 혼사를 계획하고자 했다. 상여가 너무 가난해서 탁왕손의 눈에 들 리가 없었다. 문군을 손에 넣기 위해서는 이와 같은 방법뿐이었다.

양의 효왕이 죽어서 사마상여는 고향으로 돌아갔지만 집안이 가난해서 혼자서 생계를 꾸릴 수 없었다. 임공 현령 왕길王吉과는 사이가 본래 좋았다. 왕길이 말했다. "장경은 오랫동안 관직을 찾았지만 이루지 못하였으니 내게 오시오." 이때 상여가 가서 도정都亭에 기거하였다. 임공 현령은 짐짓 공경하면서 날마다 상여를 방문했다. 상여는 처음에는 기꺼이 만나다가 나중에는 병을 핑계로 하인을 통해서 왕길을 사절하였는데 왕길은 더욱 삼가하고 공손하게 대했다. 임공에는 부자가 많아서 탁왕손의 집안은 시동이 팔백 명이고 정정程鄭의 집안 역시 수백 명이었다. 두 사람이 서로에게 말했다. "임공 현령에게 귀객貴客이 있는데 부릅시다." 현령도 아울러 불렀다. 현령이 이르렀을 때 탁씨의 손님이 백 여 명이었다. 정오가 되어서 사마장경을 배알하였지만 장경은 병으로 갈 수 없다고 사양하였다. 임공의 현령은 감히 먼저 먹지 않고 직접 가서 상여를 맞이하였다. 상여는 어쩔 수 없이 억지로 가서 한 번 앉으니 분위기가 압도되었다. 술 분위기가 무르익자 임공 현령이 앞에 나와 거문고를 연주하며 말했다. "장경이 좋아한다고 들었으니 연주를 바라옵니다." 상여는 사양하다가 한두 곡을 연주하였다. 이때 탁왕손에게는 이혼한 지 얼마 안 되는 문군이라는 딸이 있었는데 음악을 좋아했다. 그래서 상여는 현령과 일부러 서로를 존중하고 상여는 거문고 연주로 문군의 마음을 감동시켰다. 상여가 말과 수레를 대동하고 임공으로 갈 때 거동이 조용하고 의젓하며 품위가 있어서 매우 훌륭했다. 상여가 탁씨에게 술을 대접하고 거문고를 연주할 때 문군은 몰래 문의 구멍으로 훔쳐보며 마음속으로 좋아하며 자신이 배필로 적당하지 못할까 걱정하였다. 술자리가 파하고 상여는 문군의 시녀에게 후한 선물을 주고 은근한 마음을 전달하게 하였다. 문군은 밤에 상여에게 도망갔고 상여는 그녀와 함께 성도로 급히 돌아갔다. 집은 사방에 벽만 쳐져 있었고 아무 것도 없었다. 탁왕손은 대노하여 말했다. "딸은 쓸 데가 없다. 차마 죽이지는 못하지만 한 푼도 나누어 줄 수 없다." 사람들이 혹 탁왕손을 타일렀지만 탁왕손은 끝까지 듣지 않았다. 문군은 오랫동안 힘들어하다가 장경에게 말했다. "장경, 함께 임공으로 가요. 형제들에게 돈을 빌리면 생계를 꾸릴 수 있어요. 어떻게 이렇게 힘들게 고생하며 지내요!" 상여는 함께 임공으로 가서 수레와 말을 다 팔아서 주점에서 술을 빚어서 팔았다. 문군은 화로에서 술을 팔고 상여는 스스로 잠방이 차림으로 잡일을 하면서 시장에서 그릇을 닦았다. 탁왕손이 이 소식을 듣고 치욕으로 여기고 두문불출하였다. 형제들은 다시 왕손에게 말했다. "아들 하나와 딸 둘 뿐이니 재산이 부족한 것은 아닙니다. 지금 문군이 이미 사마장경에게 몸을 망쳤지만 장경은 본래 각지를 유람해서 가난하지만 재주는 믿을 만합니다. 또한 현령의 손님인데 어떻게 홀로 이같이 박대하십니까!" 왕손은 부득이하게 문군에게 시동 백 명과 백만 전, 전에 시집 갈 때 마련했던 옷과 이불 그리고 재물을 주었다. 문군은 상여와 성도로 돌아가서 밭과 집을 사고 부자가 되었다.[88]

이 고사는 사전史傳이지만 희극성戲劇性과 희극성喜劇性을 놓고 볼 때 어떤 희곡이나 소설 작품보다도 결코 떨어지지 않으며 따라서 후대에 이 고사를 소재로 취한 희곡이나 소설이 많다. 고사 속에서 분명하게 표명하지는 않지만 '봉鳳이 황凰을 찾는' 전체 사건은 사마상여와 왕길 두 사람이 심혈을 기울여 계획한 '음모'이며 그 목적은 '재물을 도모하고 아내를 얻는 것謀財娶妻'이며 문군의 부녀는 그 술수에 넘어갔음을 쉽게 알 수 있다. 왕길이 "짐짓 공경하고繆爲恭敬", "더욱 삼가하고 공손한 것愈益謹肅"은 사마상여가 현령보다 지위가 높은 "귀객貴客"처럼 보이게 하기 위함이고 사마상여가 임공에 갔을 때 말과 수레가 "온화하고 의젓하며 여유 있고 품위가 있어서 매우 아름다우니雍容閑雅甚都" 재산이 매우 많은 부자처럼 보이게 하려 함이다. 문군이 음악을 좋아하는 것을 알고 의도적으로 북을 두드리고 거문고를 연주하면서 접근하는 것은 다재다능한 사람처럼 보이려고 한 것이다(상여는 당연히 실제로 그러하다). 이러한 모든 것은 먼저 속임수로 탁왕손의 신임을 얻어서 탁문군에게

88 會梁孝王卒, 相如歸, 而家貧, 無以自業. 素與臨邛令王吉相善, 吉曰: "長卿久宦遊不遂, 而來過我." 於是相如往, 舍都亭. 臨邛令繆爲恭敬, 日往朝相如. 相如初尙見之, 後稱病, 使從者謝吉, 吉愈益謹肅. 臨邛中多富人, 而卓王孫家僮八百人, 程鄭亦數百人. 二人乃相謂曰: "令有貴客, 爲具召之." 並召令. 令旣至, 卓氏客以百數. 至日中, 謁司馬長卿, 長卿謝病不能往, 臨邛令不敢嘗食, 自往迎相如. 相如不得已, 强往, 一坐盡傾. 酒酣, 臨邛令前奏琴曰: "竊聞長卿好之, 願以自娛." 相如辭謝, 爲鼓一再行. 是時卓王孫有女文君新寡, 好音, 故相如繆與令相重, 而以琴心挑之. 相如之臨邛, 從車騎, 雍容閑雅甚都; 及飮卓氏, 弄琴, 文君竊從戶窺之, 心悅而好之, 恐不得當也. 旣罷, 相如乃使人重賜文君侍者通殷勤. 文君夜亡奔相如, 相如乃與馳歸成都. 家居徒四壁立. 卓王孫大怒曰: "女至不材, 我不忍殺, 不分一錢也." 人或謂王孫, 王孫終不聽. 文君久之不樂, 曰: "長卿第俱如臨邛, 從昆弟假貸猶足爲生, 何至自苦如此!" 相如與俱之臨邛, 盡賣其車騎, 買一酒舍酤酒, 而令文君當壚. 相如身自著犢鼻褌, 與保庸雜作, 滌器於市中. 卓王孫聞而恥之, 爲杜門不出. 昆弟諸公更謂王孫曰: "有一男兩女, 所不足者非財也. 今文君已失身於司馬長卿, 長卿故倦遊, 雖貧, 其人材足依也, 且又令客, 獨奈何相辱如此!" 卓王孫不得已, 分予文君僮百人, 錢百萬, 及其嫁時衣被財物. 文君乃與相如歸成都, 買田宅, 爲富人.

접근할 기회를 얻고 이후에 다시 속여서 탁문군의 애정을 얻으려 함이다. 탁문군이 수중에 들어온 후에 또 고의로 임공현에 주점을 열어서 탁문군이 직접 "화로에서 술을 팔게 해서當爐" 탁왕손을 수치스럽게 하였으니 목적 뒤의 또 다른 목적, 즉 탁왕손의 재물을 얻으려 함이다. 목적은 마침내 이루어져서 "밭과 저택을 사서 부자가 되고買田宅, 爲富人", "탁씨와 결혼해서 재물이 풍족해졌다與卓氏婚, 饒於財" 이 이야기로 놓고 볼 때 한대 문인들은 부유한 상인과 결혼하는 것을 수치스럽게 여기지 않을 뿐만 아니라 이를 위하여 심지어 '수단을 가리지 않는' 측면이 있었으며 이러한 종류의 '수단을 가리지 않음'이 도리어 명예롭게 여겼다. 「사마상여열전」은 본래 사마상여가 스스로 써서 완성한 것으로 알려져 있으며 그리고 이러한 태도 역시 사마상여 본인의 태도라고 할 수 있고 사마천이 이를 그대로 사전史傳에 실은 것을 보면 사마천 역시 같은 태도를 가졌다고 할 수 있다.

속아 넘어간 탁왕손의 각도에서 말하면, 사마상여가 본래의 모습으로 나타났다면 결단코 딸을 시집보내지 않았을 것이다. 탁문군이 사마상여에게 속아서 도망갔을 때에도 여전히 "한 푼도 나누어 주지 않았다不分一錢" 탁왕손은 아마도 일찌감치 상여의 속셈을 알아차렸을 것이다. 가난한 문인은 본래 부유한 상인의 성에 차지 않음을 알 수 있다. 그러나 탁왕손의 약점은 관리를 보면 항상 움츠러드는 상인의 일반적인 고질병을 가지고 있었다. 그래서 왕길이 상여와 협력하자 탁왕손은 왕길에게 아부하다가 이들의 술수에 넘어갔다. 나중에 상여와 문군에게 부득이하게 돈을 나누어 줄 수밖에 없었다. 상여와 문군이 자신의 눈앞에서 주점을 열어서 체면을 잃었고 "형제친척昆弟諸公"의 권고를 들었기 때문이다. 상여는 확실히 현령의 친구였을 뿐 아니라("귀객"이라고 할 수는 없지만) '재능을 신뢰할만한 하여' 벼슬길에서 유망하였다. 나중에 과연 상여가 관직에서 현달하여 금의환향하자 탁왕손은 도리어 자신의 딸을 상여에게 너무 늦게 시집보낸 것을 후회한다. "천자가 그러하다고 여겨서 상여를 중랑장中郞將으로 삼고 부절을 세우고 사신으로 가게 하여 (…중략…) 촉에 이르자 촉의 태수 이하 모두가 교외에서 환영하였고 현령은 활과 화살을 매고 앞에서 인도하였고 촉 땅 사람들이 영광이라고 여겼다. 이때에 탁왕손과 임공의 공자들은 모두 문 아래에서 소와 술을 바치며 즐거워하였다. 탁왕손이 탄식하면서 딸을 장경에게 늦게 시집보냈다고 여기고 후하게 재산을 나누어서 주어서 아들과 동등하게 하였다."[89] 탁왕손의 전후 심리 상태는 모두 상여의 정치적 지위의 부침을 따라가면서 변한다. 이와 같은 탁왕손의 심리와 표현은 후대 문인과 상인의 통혼 고사에서 상투적으로 등장하며 이 고사는 이미 그러한 시초를 보여준다.

그러므로 이 고사는 직접적으로 상인의 상업 활동을 표현하거나 상인을 중심으로 이야기를 전개하지는 않았다. 그러나 문인과 상인의 통혼 고사의 기원을 성공적으로 열었으며 문인과 상인 쌍방의 심리변화를 전형적으로 묘사한다. 이 고사는 중국문학에서 상인을 표현한 역사에 있어서 중요한 위치를 차지하고 중시할 가치가 있다.

---

89 天子以爲然, 乃拜相如爲中郎將, 建節往使 (…中略…) 至蜀, 蜀太守以下郊迎, 縣令負弩矢先驅, 蜀人以爲寵. 於是卓王孫, 臨邛諸公皆因門下獻牛酒以交驩. 卓王孫喟然而歎, 自以得使女尙司馬長卿晩, 而厚分與其女財, 與男等同.

4) 「화식열전貨殖列傳」

—『한서漢書』「화식전貨殖傳」과 비교를 겸하여

상인을 위한 비석을 세우고 전을 짓는 관점에서 말하면, 범려전이건 「여불위열전」이건 「사마상여열전」이건 그 의의는 모두 「화식열전」에 미치지 못한다. 중국역사에서 「화식열전」은 상인의 비문을 세우고 전을 지은 최초의 유전類傳이기 때문이다.(어쩌면 유일한 작품일 수도 있다. 『한서』, 「화식전」은 별도로 논의해야 한다) 진실로 '화식열전'의 의의는 다만 상인열전을 가리키는 것이 아니라 기타 계층도 포함해서 재물을 벌고 부를 축적하는 일이기만 하면 된다고 본 것이다. 「화식열전」의 내용 또한 비교적 복잡하여 상인과 기타 부유한 사람들의 전기가 있고 각지의 물산과 풍속의 소개가 있고 또 작자의 경제 사상이 있다(그래서 반고가 『한서』를 지을 때 가운데 것은 「지리지地理志」에 귀속시키고,[90] 처음 것은 「화식전」에 수록하여 조리가 더욱 분명해졌다). 「화식열전」의 인물전은 대부분 문학작품이라고 하기에 문학색채가 너무 부족하여 확실히 범려전, 「여불위열전」, 「사마상여열전」 등의 재미에 미치지 못한다. 다만 그렇다고 하더라도 「화식열전」은 높이 평가받아야 하고 문학사의 각도에서 보아도 여전히 그러하다. 상인 열전을 짓는 일은 그 자체로 매우 의미가 있으며 상인을 표현한 후대 문학에도 영향을 주었기 때문이다.

사마천이 「화식열전」을 지은 동기는 명백히 상인들의 비를 세우고 전을 짓기 위한 것이었다. 이에 대해서는 「태사공자서太史公自序」에서

---

90 그러나 내용이 이미 많이 바뀌었고 시각이 사마천과 다르다.

분명하게 말하고 있다.

> 신분이 낮은 평범한 사람들 중에서 정치에 해가 되지 않고 백성들에게 방해되지 않으면서 시세를 이용해 이익을 취해 재산을 증식했으니, 지자智者는 이런 사람을 채록한다. 이에 제69편『화식열전』을 지었다.[91]

이러한 동기에 근거하여 사마천은 선진시대와 한대 대상인들의 전을 쓰고 이들의 상업 사상과 경제 업적을 기재하였다. 그 중에는 선진의 계연計然, 범려范蠡, 자공子貢, 백규白圭, 의돈猗頓, 곽종郭縱, 오씨烏氏의 나倮, 파巴의 과부 청淸 등이 있으며 한대의 탁씨卓氏, 정정程鄭, 공씨孔氏, 병씨邴氏, 조간刀閑,[92] 사사師史, 임씨任氏, 무염씨無鹽氏, 전씨田氏(전색田嗇, 전란田蘭), 율씨栗氏, 두씨杜氏 등이 있다. "이상의 사람들은 성취가 혁혁하여 모두 천하에 이름을 날린 거상과 부호들이다此其章章尤異者也" "만약 농업과 목축, 공업과 임업, 상업에 힘쓰고 이익을 취하여 부를 이룬 사람 중에서 크게 성공한 사람은 한 군에서 이름을 날리고 중간쯤 성공한 사람은 현에서 이름을 날리고 작게 성공한 사람은 향리에서 그러한 것은 셀 수 없을 정도로 많아서"[93] 일일이 기록할 수

---

91 布衣匹夫之人, 不害於政, 不妨百姓, 取與以時而息財富, 智者有采焉. 作貨殖列傳第六十九. 비교를 위해『漢書』,「敘傳」의 기록을 보이면 다음과 같다. "사민이 먹는 데만 힘쓰고 겸업을 하지 않으면 크게는 사치에 이르지 않고 작게는 부족함이 없으니 모두가 고루 가난하지 않아 왕의 법도를 따른다. 법도가 무너지면 백성들이 함부로 사람들을 속이면서 윗사람을 위협하고 아랫사람을 아울러서 부당하게 재물을 증식시켜 왕후의 옷을 입고 진미를 먹으며 풍속을 무너뜨리고 교화를 해치니, 이에「화식전」제61편을 지었다." [四民食力, 罔有兼業, 大不淫侈, 細不匱乏, 蓋均無貧, 遵王之法. 靡法靡度, 民肆其詐, 逼上並下, 荒殖其貨. 侯服玉食, 敗俗傷化. 述貨殖傳第六十一] 화식전을 쓰는 동기가 완전히 다름을 알 수 있다.

92 [역주] 성씨 刀의 음은 조(diao)이며 후세에 刁로 표기된다. 閑은 間과 같다.

없을 정도이다. 이러한 선진과 한대 대상인의 행적은 대부분 그 시대의 전적에 나타나지 않기 때문에(간혹 전적에 등장해도 상업 활동은 거의 실리지 않는다) 전적으로 『화식열전』에서 이들의 삶을 기록해 준 덕분에 후세 사람들이 이러한 부류의 사람들이 존재했음을 알았다. 이 점만 놓고 보아도 사마천의 관심이 이전 시대와 동시대의 문인역사가들과 크게 달랐음을 알 수 있다.

사마천은 이와 같이 맨손으로 집안을 일으킨 상인들을 존경할 가치가 있다고 생각하였다. 이들은 의지할 관직이나 가문이 없었고 법을 이용하여 간사한 방법으로 약탈하지도 않았으며 완전히 자신의 힘으로 부를 이루었기 때문이다. "이들은 모두 작읍이나 봉록을 가진 것도 아니고 법을 농단하여 간사한 방식으로 부유해진 것이 아니며 몽둥이로 사람을 때리거나 매장시켜서 물건을 빼앗는 것도 아니었다. 이들은 시세를 살펴서 이익을 얻고 말업末業으로 재물을 모아서 본업本業으로 지키고 무武로 한 번에 벌어들이고 문文으로 지켰는데 치부의 변화가 대략 이와 같았다."[94] 사마천은 이들을 "현명한 사람이 부유해진 것賢人所以富者"이라고 하면서 이들이 "화식의 술이 뛰어나서足術也" "지자가 기록할만하다智者有采焉"고 하였으니 이들의 사적을 기

93 若至力農畜, 工虞, 商賈, 爲權利以成富, 大者傾郡, 中者傾縣, 下者傾鄕里者, 不可勝數.

94 "皆非有爵邑奉祿弄法犯奸而富, 盡椎埋去就, 與時俯仰, 獲其贏利, 以末致財, 用本守之, 以武一切, 用文持之, 變化有概." 『한서』, 「화식전」은 이 단락과 앞뒤의 말을 삭제하였다. 반고는 근본적으로 이들이 "현명한 사람"이 아니라 반대로 "법도를 어기고 사치하며 분수를 모르는 악한"[陷不軌奢僭之惡]이라고 생각하며 이렇게 말한다. "촉의 탁씨, 완의 공씨, 제의 조간은 공공연히 산천, 동철, 어염, 시장의 수입을 독점하고 책략을 부려 위로는 왕과 이익을 다투고 아래로는 백성들의 생업을 빼앗아 버리니, 모두 법도를 어기고 사치하며 분수를 모르는 악한들이다."[至於蜀卓、宛孔、齊之刀閑, 公擅山川銅鐵魚鹽市井之入, 運其籌策, 上爭王者之利, 下錮齊民之業, 皆陷不軌奢僭之惡.]

록해서 "후세 사람들이 보고 취하게 하였다令後世得以觀擇焉." 그래서 이들의 사적을 기록할 때 상업 재능을 강조하고 직업정신이 두드러지도록 하였다. "계연의 일곱 가지 계책計然之策七"은 하나의 종합적 경영 이론이며 범려는 "시세에 맞추어 팔고 남을 탓하지 않았으며與時逐而不責於人", "사람을 잘 선택하고 적절한 때를 파악하였다能擇人而任時." 백규白圭는 "시세의 변화를 즐겨보면서 사람들이 팔면 사들이고 사람들이 사면 팔아버렸다樂觀時變, 故人棄我取, 人取我與." 또 "값싼 음식을 먹고 욕심을 자제하며 검소한 옷을 입었다. 일할 때는 시동, 노복들과 고락을 같이 하고 기회를 포착하면 맹수와 사나운 새가 순식간에 덮치는 듯하였다."[95] 오나烏倮는 높은 사람들과 잘 결탁하여 비정상적으로 재물을 모았다. 탁씨卓氏는 사람들이 가까운 곳에 살려고 할 때 먼 곳으로 이사하려고 하였으니 멀리 내다보는 탁견을 가지고 있었다. 공씨孔氏는 한가한 귀공자遊閑公子라고 불리면서 상업을 겸하였는데, 이익은 도리어 보통 상인들보다 많았다. 병씨邴氏는 "부형에서 자손들까지 집안사람들이 검약하여 땅을 보면 주울 것을 찾고 고개를 들면 취할 만한 것을 보았으니家自父兄子孫約, 俛有拾, 仰有取"" 절약 정신이 있었다. 조간刀閑은 사람들이 꺼리는 난폭한 노비들을 잘 부리는 외에도 안목과 수완이 좋았다. 사사師史는 "행상으로 고을과 나라를 돌아다니며

---

95 能薄飮食, 忍嗜欲, 節衣服, 與用事僮僕同苦樂, 趨時若猛獸鷙鳥之發. 『鹽鐵論』, 「貧富」에는 다음과 같은 대부의 말이 인용되어 있다. "백규가 싸게 사서 비싸게 판 일과 자공이 세 번 천금을 모은 것(저자 주: 범려라고 해야 맞다.)이 어찌 반드시 백성들에게 의지해서였겠는가? 육촌의 산가지를 운용하고 물건의 많고 적음을 살펴 물건 값의 높고 낮은 차익을 취한 것일 뿐이다."[夫白圭之廢著, 子貢之三至千金, 豈必賴之民哉? 運之六寸, 轉之息耗, 取之貴賤之間耳.] 이 뜻 역시 사람들의 경영상의 재능을 칭찬한 것이니, "어찌 반드시 백성들에게 의지해서였겠는가?"[豈必賴之民哉]와 "남을 탓하지 않았다."[不責於人]는 것은 같은 뜻이다.

이르지 않는 곳이 없었고賈郡國, 無所不至" 또 "여러 차례 고향을 지나면서도 집에 들르지 않았다數過邑不入門." 임씨任氏는 예견 능력과 안목이 남들과 달랐고 절약도 잘하였다. 무염씨無鹽氏는 다른 사람들이 감히 하지 않는 바를 하였다. 독자들이 이러한 등등의 사람들을 보면 이들이 능력이 있으며 배울만한 가치가 있다고 여길 것이다. 이러한 서술을 통해 사마천이 상인의 경영 재능과 직업정신을 매우 잘 이해할 뿐만 아니라 존중하고 있음을 볼 수 있다. 이 점 역시 이전 시대의 현인들에게서 찾아보기 힘든 면모이다.

중국의 전통 관념 속에서 상인들이 가장 비난을 받는 것 중의 하나는 그들의 지나친 '부富'이다. 이 '부'는 또한 항상 '불인不仁'과 연계되어 있다. '부유하면 어질지 않다爲富不仁'는 성어는 바로 이러한 관념을 반영한다. 앞에서 인용한 "부유한 상인에게는 어질고 의로운 행동이 없다富賈無仁義之行"는 양웅의 말 역시 이러한 관념을 반영한다. 그러나 사마천의 관점은 이와 다르다. 사마천이 보기에 상인의 '부'는 반드시 '불인'과 연관되지 않으며 도리어 아주 좋은 일일 수 있다. 상인들 개인으로 볼 때 '부'는 상인들이 좋은 생활을 할 수 있게 한다. 사회와 상인들에 대하여 말하면, '부'는 상인들이 많은 공헌을 할 수 있게 한다. 따라서 사마천은 「화식열전」에서 자주 상인들의 '부'에서 이상과 같은 두 가지 좋은 점을 꼽는다. 전자의 예는 오나烏倮가 목축으로 치부하여 "진시황이 나倮를 제후에 준하여 때마다 신하들과 조회에 참여한秦始皇帝令倮比封君, 以時與列臣朝請" 경우이다. 파巴 땅의 과부 청淸이 단사丹沙를 채굴하는 동굴로 부를 이룬 것에 대해서도 사마천은 "과부 청은 가업을 잘 지키고 재력으로 스스로 잘 보호해서 침탈을 당하는 일이 없었다. 진시황은 정숙한 부인이라고 여겨서 손님으로 대우하고 여회청대女懷淸台를 지어주었다."[96] 그래서 사마천은 감탄하며 이렇게 말했다. "나倮는 미천한 목축업자였고 청淸은 궁벽한 시골의 과부였지만 이들 모두 만승의 예에 필적하는 대우를 받았고 명성을 천하에 떨쳤으니 어찌 부유함 때문이 아니었겠는가?"[97] 또 탁씨의 경우는 "부유함은 시동 천 명을 거느릴 정도였고 사냥터에서 사냥하는 즐거움은 임금에 비견될 정도이다又如卓氏, "富至僮千人, 田池射獵之樂, 擬於人君." 임씨任氏는 "부유해져서 황제가 중시하였다富而主上重之" 종합하면, 이들은 모두 '부유함'으로 좋은 날을 보내고 '부유'하여 통치자의 존중을 받았고 '부유함'으로 일신의 안전을 이룰 수 있었다. 후자의 예에서 계연計然은 치부의 책략으로 월나라를 부흥시켰고 백규白圭는 경영 수완으로 나라를 부유하게 만들었으며, 범려는 "19년 중에서 세 번 천금을 모아서 두 번은 가난한 친구와 먼 친척들에게 나누어 주었으니 이것이 바로 부유하면서도 덕을 베풀기 좋아한다는 말이다."[98] 자공子貢이 부유함으로 "공자의 명성을 천하에 떨치게 한 것使孔子名布揚於天下"[99] 등은 모두 타인, 국가, 문화에 이익이 있

96 能守其業, 用財自衛, 不見侵犯. 秦皇帝以爲貞婦而客之, 爲築女懷淸台.

97 夫倮鄙人牧長, 淸窮鄕寡婦, 禮抗萬乘, 名顯天下, 豈非以富耶? 『한서』, 「화식전」에는 이 말이 삭제되었다.

98 十九年之中三致千金, 再分散於貧交疏昆弟. 此所謂富好行其德者也. 『한서』, 「화식전」에는 마지막의 "此所謂富好行其德者也"가 삭제되어 있다.

99 『사기』, 「화식열전」은 子貢과 原憲을 비교할 때 자공을 높이고 원헌을 낮게 평가하였다. "원헌은 술찌꺼기를 마다하지 않고 누추한 동네에 숨어 살았다. 자공은 네 마리 말이 끄는 수레를 타며 말 탄 무사들의 호위를 받으며 비단 예물을 가지고 제후들을 방문하였다. 가는 곳마다 임금이 뜰에서 내려와 자공을 자신과 동등하게 예우하였다. 공자의 명성이 천하에 알려진 것은 자공이 힘쓴 덕분이다. 이것이 세를 얻어 더욱 번창해진 경우가 아니겠는가?"[原憲不厭糟糠, 匿於窮巷. 子貢結駟連騎, 束帛之幣以聘享諸侯, 所至, 國君無不分庭與之抗禮. 夫使孔子名布揚於天下者, 子貢先後之也. 此所謂得執而益彰者乎?"] 『漢書』, 「貨殖傳」은 자공과 안연을 비교할 때 안연을 높이 평가하고 자공을 낮게 평하였다. "안연은 한 그릇 밥과 한 바가지의 물로 지내며 누추한 거리에 살았다. 자공은

도록 한 것이다.[100] 그래서 사마천의 관점에서 상인의 '부'는 좋은 일이지 나쁜 일이 아니며 이와 동시에 '부유한' 상인은 흠모와 존중을 받을

네 마리 말이 끄는 수레를 타고 말 탄 무사들의 호위를 받으며 비단 예물을 가지고 제후들을 방문하였다. 가는 곳마다 임금이 뜰에서 내려와 자공을 동등하게 예우하였다. 그러나 공자는 안연을 어질게 생각하고 자공을 나무랐다. '안연은 도에 가까웠지만 쌀독이 자주 비었다. 자공은 천명을 따르지 않고 재물을 불렸지만 생각하는 바가 자주 적중하였다.'"[而顔淵簞食瓢飮, 在於陋巷. 子贛結駟連騎, 束帛之幣聘享諸侯, 所至, 國君無不分庭與之抗禮. 然孔子賢顔淵而譏子贛, 曰 : '回也其庶乎, 屢空. 賜不受命, 而貨殖焉, 意則屢中.'] 사마천과 반고의 입장은 완전히 다르다. 그러나 「仲尼弟子列傳」에서 사마천은 다시 자공보다 원헌을 높이 평가하고 있다. "공자가 죽은 뒤에 원헌은 초야에 묻혀 지냈다. 자공은 위나라의 재상이 되어 네 필의 말이 끄는 수레를 타고 말 탄 무사들의 호위를 받으며 잡풀을 헤치고 누추한 집에 들어가 원헌을 만났다. 원헌은 초라한 의관으로 자공을 맞이하였다. 자공이 이를 창피해 하며 말했다. '그대는 어찌 병이 들었는가?' 원헌이 다음과 같이 말했다. '내가 듣기로 재산이 없는 것은 가난이라고 하며, 도를 배웠으나 행하지 못하는 것을 병이라고 한다. 나의 경우는 가난한 것이지 병이 든 것이 아니다.' 자공은 자신의 말을 부끄러워하며 달갑지 않은 기색으로 나갔다. 이후 평생토록 자신의 말이 지나쳤음을 부끄러워 하였다."[孔子卒, 原憲遂亡在草澤中. 子貢相衛, 而結駟連騎, 排藜藿, 入窮閻, 過謝原憲. 憲攝敝衣冠見子貢. 子貢恥之, 曰 : '夫子豈病乎?' 原憲曰 : '吾聞之, 無財者謂之貧, 學道而不能行者謂之病. 若憲, 貧也, 非病也.' 子貢慚, 不懌而去, 終身恥其言之過也.] 그러나 사마천이 여기서 비판한 것은 자공이 재산을 축적하며 갖게 된 오만한 태도였지 자공이 재산이 있다는 사실 자체를 비판한 것은 아니었으며, 재산과 부의 위력을 부정하려고 한 것은 더욱 아니었다. 그러므로 「화식열전」과 모순되지 않으며 반고의 입장과는 여전히 차이가 있다.

100 『鹽鐵論』, 「力耕」에서는 다음과 같이 대부의 말을 인용하고 있다. "장저, 걸익은 백금을 쌓아놓지 않았고 척과 교의 무리들은 염상 의돈과 같은 부가 없었다."(長沮、桀溺, 無百金之積; 蹠、蹻之徒, 無猗頓之富.) 「貧富」에서는 다음과 같이 대부의 말을 인용하고 있는데 그 관점이 대체로 『사기』, 「화식열전」과 같다. "자공은 축적한 재산으로 제후들 사이에서 유명해지고 도의 주공은 화식으로 당시에 존경을 받았으니, 부자들이 그들과 사귀려 하였고 가난한 사람들은 우러러 보았다. 그래서 위로는 임금에서 아래로는 평민에 이르기까지 모두 덕과 인을 칭송하였다. 원헌과 공급은 당시에 굶주림과 추위로 근심하였고 안회는 가난한 동네에서 자주 밥을 굶었다. 당시 그들은 토굴 같은 곳에서 생활하고 낡은 솜옷을 입었지만 간신과 영신에게 의지해 재물을 빌리는 일은 또한 할 수 없었다."[子貢以著積顯於諸侯, 陶朱公以貨殖尊於當世, 富者交焉, 貧者贍焉. 故上自人君, 下及布衣之士, 莫不戴其德, 稱其仁. 原憲、孔伋, 當世被饑寒之患, 顔回屢空於窮巷. 當此之時, 迫於窟穴, 拘於縕袍, 雖欲假財信奸佞, 亦不能也.] 「빈부」에서는 또한 文學의 말을 인용하여 다음과 같이 말하고 있으니 이는 이미 반고 관점의 첫 물길을 열어 놓은 것 같다. "공자는 '부유함을 구할 수 있다면 마부의 일이라도 하겠지만 구할 수 없다면 내가 좋아하는 바를 따르겠다'고 하였으니, 군자는 의로움을 추구하지 구차하게 부를 좇지는 않는다. 그러므로 공자는 자공이 천명을 따르지 않고 재산을 불렸다고 비판하였다."[孔子云 : '富而可求, 雖執鞭之事, 吾亦爲之; 如不可求, 從吾所好.' 君子求義, 非苟富也, 故刺子貢不受命而貨殖焉."]

수 있었다. 바로 이것이 그가 가장 뭇사람과 다른 지점이다.

사마천의 이러한 생각은 '부를 중시하는重富' 그의 사상에서 연원한다. 사마천은 '부를 쫓는 것求富'이 인간의 본성이며 "배우지 않고도 본래부터 원하는 바所不學而俱欲者也"라고 생각하였다. 모든 사람들의 모든 행위는 종국에 모두 "부유함으로 돌아간다歸於富厚"

> 이로 볼 때, 현자가 묘당에서 계책을 세우고 조정에서 논의하며, 죽음으로 신의를 지키고 암혈의 은자들이 명성을 얻고자 하는 목적은 어디에 있는가? 부유하고자 함이다. 이 때문에 청렴한 관리는 오래 재직하며, 오래 재직하면 더욱 부유해지며 정직한 상인은 결국에 부유해지니, 부라는 것은 사람의 본성이 배우지 않고도 본래부터 원하는 것이다.[101]

위에서 언급한 "현인賢人", "명성이 높은 사람名高者", "청렴한 관리廉吏", "정직한 상인廉賈" 외에 사마천은 관련해서 다양한 부류의 사람들을 예로 든다.

> 그러므로 군인들이 성을 공략할 때 먼저 오르려고 하고 진을 함락시켜 적을 격파하며 적장의 목을 베어 깃발을 탈취하며 화살과 돌을 무릅쓰고 전진하며 뜨거운 불과 끓는 물을 두려워하지 않는 것은 후한 상을 받으려고 하기 때문이다.
>
> 여항의 건달들이 강도질을 하고 몽둥이로 때려죽여서 땅에 묻는 것도,

---

101 由此觀之, 賢人深謀於廊廟, 論議朝廷, 守信死節隱居岩穴之士設爲名高者安歸乎?歸於富厚也. 是以廉吏久, 久更富, 廉賈歸富. 富者, 人之情性, 所不學而俱欲者也.

사람을 위협하여 악행을 일삼는 것도, 도굴하고 돈을 위조하는 것도, 임협들이 남의 재산을 강탈하거나 사귀는 것을 빙자해서 복수를 자행하며 숨어있는 사람을 쫓아가서 재산을 강탈하는 것도, 법으로 금한 것을 회피하지 않으면서 말달리듯 사지死地로 뛰어드는 것도 사실 모두 재물을 얻기 위함이다.

지금 조나라와 정나라의 미녀들이 얼굴을 곱게 단장하고 거문고를 타며 긴 소매를 휘날리고 뾰족한 신발을 사뿐사뿐 걸어가며 눈빛으로 유혹하고 천 리를 마다하지 않고 노소를 가리지 않는 것은 부를 좇기 때문이다.

한가한 귀공자들이 관과 검을 장식하고 마차를 끌고 다니는 것 역시 부귀하게 보이기 위함이다.

주살과 화살로 사냥하고 낚시질 하는 사람들이 새벽부터 밤까지 서리와 눈을 무릅쓰며 깊은 계곡을 들어가 맹수의 위험을 마다하지 않는 것은 좋은 고기를 얻기 위함이다.

박희博戱, 경마, 투계, 사냥개 시합에서 얼굴을 붉히고 서로 잘난 척하며 반드시 이기려고 하는 것은 내기에서 지는 것을 심각하게 받아들이기 때문이다.

의사 등 기술로 먹고사는 사람들이 혼신의 힘을 다하여 능력을 발휘하는 이유는 돈을 많이 벌기 위함이다.

관리들이 문장을 고치고 법을 농단하며 인장을 깎아서 문서를 위조하며 사형마저 두려워하지 않는 이유는 뇌물에 빠져 있기 때문이다.

농사꾼, 장인, 상인들이 저축하는 것은 부를 추구하여 재산을 늘리기 위함이다.[102]

사마천은 마지막에서 다음과 같이 총괄하여 말한다. "이들은 최선을 다하여 부를 좇으며 여력이 있어도 결코 재물을 양보하지 않는다此有知盡能索耳, 終不餘力而讓財矣." 사마천은 일찍이 다음과 같은 유명한 말(이 말은 사마천으로 인해서 더욱 유명해진다)을 해서 이러한 도리를 설명한다.

> 온 천하가 떠들썩하게 모든 사람들이 이익을 좇아서 오고 온 천하가 왁자지껄하게 모두 이익을 좇아간다天下熙熙, 皆爲利來; 天下壤壤, 皆爲利往[103]

동시에 사마천이 보기에 중국의 역사는 모두 사람들이 '부를 추구하는求富' 역사이다. 노자는 "이상적인 정치는[나라가 작아서] 이웃 나라들끼리 서로 볼 수 있어서 닭과 개의 소리가 들릴 정도이다. 사람들은 [자기 나라의] 음식을 맛있게 여기고 옷을 좋게 여기고 풍속에 편안해

---

102 故壯士在軍, 攻城先登, 陷陣卻敵, 斬將搴旗, 前蒙矢石, 不避湯火之難者, 爲重賞使也. 其在閭巷少年, 攻剽椎埋, 劫人作奸, 掘塚鑄幣, 任俠並兼, 借交報仇, 篡逐幽隱, 不避法禁, 走死地如鶩者, 其實皆爲財用耳. 今夫趙女鄭姬, 設形容, 揳鳴琴, 揄長袂, 躡利屣, 目挑心招, 出不遠千里, 不擇老少者, 奔富厚也. 遊閑公子, 飾冠劍, 連車騎, 亦爲富貴容也. 弋射漁獵, 犯晨夜, 冒霜雪, 馳阬谷, 不避猛獸之害, 爲得味也. 博戲馳逐, 鬥雞走狗, 作色相矜, 必爭勝者, 重失負也. 醫方諸食技術之人, 焦神極能, 爲重糈也. 吏士舞文弄法, 刻章僞書, 不避刀鋸之誅者, 沒於賂遺也. 農工商賈畜長, 固求富益貨也.

103 『한서』, 「화식전」에서는 이 속언을 인용하지는 않았다. 사실 사마천도 '이익'을 항상 숭상한 것은 아니다. 사마천은 단지 '이익'의 역량을 깊게 통찰하였고 이익을 말하는 것을 굳이 회피하지 않았을 뿐이다. '이익'의 부정적 영향에 대해서도 사마천은 실제로 깊이 이해하고 있었으니, 「孟子荀卿列傳」의 첫 단락에서 이러한 뜻을 밝히고 있다. "태사공은 말한다. '내가 『맹자』에서 양혜왕이 '어떻게 나라를 이롭게 하겠습니까?'라고 묻는 구절을 읽을 때마다 책을 덮고 탄식하며 말한다. 아, 이익은 진실로 혼란의 시작이다! 공자가 이익을 거의 말하지 않은 것은 그 해악의 근원을 막고자 함에 있었으니, 고로 '이익을 따라 행하면 원망이 많다'고 하신 것이다. 천자에서 서민에 이르기까지 이익을 좋아해서 생기는 병이 어찌 다르겠는가?"[太史公曰 : 吾讀『孟子書』, 至梁惠王問 '何以利吾國', 未嘗不廢書而歎也. 曰 : 嗟乎, 利誠亂之始也! 夫子罕言利者, 常防其原也. 故曰 : '放於利而行, 多怨.' 自天子至於庶人, 好利之弊何以異哉!']

하며 하는 일을 즐기며 죽을 때까지 서로 왕래하지 않는다"라고 하였지만,[104] 사마천은 노자의 말을 정면으로 반박한다. "이 말을 반드시 하려고 하면 지금 여항 사람들의 눈과 귀를 막으려고 하는 것이니 거의 행하여지지 않을 것이다必用此爲務, 挽近世塗民耳目, 則幾無行矣." 사마천은 사람들이 '부를 추구하는' 갈망에 대하여 세勢와 이利로 인도할 수 있을 뿐이며 억지로 막을 수 없다고 생각했다.

> 태사공이 말했다. "신농 이전의 일은 모르겠다. 『시경』과 『서경』에서 서술한 순 임금과 우 임금 이래로 눈과 귀는 좋은 색과 좋은 소리를 원하고 입은 맛있는 고기를 찾으며, 몸은 편안하고 안락하고자 하고 마음은 권세와 능력의 영화로움을 자랑하고자 한다. 이러한 풍속에 백성들이 물들은 지 오래되어서 집집마다 오묘한 논의를 설파해도 결국 감화시킬 수 없다. 그러므로 최선의 정치는 사람들을 따르는 것이고, 그 다음은 이익으로 인도하는 것이고, 그 다음은 가르치는 것이고, 그 다음은 규제하는 것이며, 가장 좋지 않은 것은 그들과 이익을 다투는 것이다.[105]

"신농 이전의 일은 모르겠다夫神農以前, 吾不知已"라고 한 것은 사실상 사람들이 '부를 추구하는' 본성에 위배되는 사회인 노자식의 모든 '이상사회'가 상고 시대에 존재했을 가능성을 부정한 것이다.[106] 중국

104 至治之極, 鄰國相望, 雞狗之聲相聞, 民各甘其食, 美其服, 安其俗, 樂其業, 至老死不相往來.

105 太史公曰 : 夫神農以前, 吾不知已. 至若詩書所述虞夏以來, 耳目欲極聲色之好, 口欲窮芻豢之味, 身安逸樂, 而心誇矜埶能之榮. 使俗之漸民久矣, 雖戶說以眇論, 終不能化. 故善者因之, 其次利道之, 其次教誨之, 其次整齊之, 最下者與之爭.

106 『漢書』, 「貨殖傳」의 관점은 이것과 완전히 상반된다. 반고는 '三代' 시대에는 사람들이 '직분을 편안하게 여기고 분수를 지키는'[安分守己] '이상사회'가 존재했다고 생각했다.

역사는 사람들이 '부를 추구하는' 역사이고 사회의 분업 역시 사람들이 '부를 추구하는' 본성에 따라서 자연스럽게 형성된 것으로 자연의 법칙과 '도'의 원리에 부합한다.

산서 지방에는 목재, 대나무, 닥나무, 노纑(麻의 일종), 모旄(기 장식용 소꼬리털), 옥석이 풍부하다. 산동 지방에는 물고기, 소금, 칠, 생사, 가희와 미녀가 많다. 강남 지방에는 녹나무, 가래나무, 생강, 계피, 금, 주석, 연連(정련되지 않은 납), 단사丹沙, 무소의 뿔, 귀갑, 진주, 상아, 짐승 가죽이 나온다. 용문龍門, 갈석碣石 북쪽에는 말, 소, 양, 털가죽, 동물의 힘줄과 뿔이 많다. 구리와 철이 나는 산은 바둑판에 놓인 돌처럼 천리에 여기저기 흩어져 있다. 이는 그 대강이니 모두 중원의 사람들이 좋아하는 바이며 풍속에 따라서 입고 먹으며 생계를 영위하고 장례를 치르는 물건들이다. 그러므로 농부가 있어야 먹을 수 있고 벌목공이 있어야 목재를 생산할 수 있으며 장인이 있어야 물건을 만들고 상인이 있어야 유통시킬 수 있다. 이것이 어찌 위에서 명령하고 가르치고 때를 계획해서 그런 것이겠는가? 사람들이 각각 자신의 능력에 맞추어 최선을 다하여 원한 바를 얻은 것이다. 그래서 물건이 싸면 비싸게 파는 곳으로 가서 팔고 물건이 비싸면 싸게 파는 곳을 찾아서 구매하니, 각각 자신의 직업에 힘쓰고 자신의 일을 즐기는 것이 물이 아래로 흐르며 밤낮으로 쉬지 않는 것과 같으니 부르지 않아도 저절로 오고 찾지 않아도 백성들이 알아서 생산한다. 어찌 도에 부합하는 바이자 자연스러운 결과가 아니겠는가?[107]

반고는 춘추시대에 진입하면서 특히 제 환공과 진 문공의 시대 이후에 "예의가 무너지고 상하가 충돌하며 국론이 분열되고 집집마다 풍속이 다르며 욕망이 다스려지지 않아 혼란함이 극에 달했다"[禮誼大壞, 上下相冒, 國異政, 家殊俗, 耆欲不制, 僭差亡極.]고 했다.

역시 바로 이점 때문에 사마천은 모든 직업 계층을 차별 없이 본다.[108] '부의 추구'는 사람의 본성이기 때문에 '부' 자체는 어떤 나쁜 것

107 夫山西饒材, 竹, 穀, 纑, 旄, 玉石; 山東多魚, 鹽, 漆, 絲, 聲色; 江南出楠, 梓, 薑, 桂, 金, 錫, 連, 丹沙, 犀, 玳瑁, 珠璣, 齒革; 龍門, 碣石北多馬, 牛, 羊, 旃裘, 筋角; 銅, 鐵則千里往往山出棋置 : 此其大較也. 皆中國人民所喜好, 謠俗被服飲食奉生送死之具也. 故待農而食之, 虞而出之, 工而成之, 商而通之. 此寧有政教發征期會哉?人各任其能, 竭其力, 以得所欲. 故物賤之征貴, 貴之征賤, 各勸其業, 樂其事, 若水之趨下, 日夜無休時, 不召而自來, 不求而民出之. 豈非道之所符, 而自然之驗邪?

108 「貨殖列傳」에서는 또 다음과 같이 말하고 있다. "『周書』에서 이르길, '농민이 생산하지 않으면 식량이 부족해지고 장인이 만들지 않으면 기구가 부족해진다. 상인이 유통시키지 않으면 삼보三寶(식량 · 도구 · 자원)가 끊어지며 산택山澤관리인이 일하지 않으면 자원이 부족해진다'고 하였으니, 자원이 부족하면 산림이 개발되지 못할 것이다. 이 네 가지는 백성들이 옷을 입고 밥을 먹는 원천이니, 원천이 크면 풍요롭고 작으면 빈곤하다. 이 네가지는 위로는 나라를 부강하게 하고 아래로는 집안을 부유하게 한다." [農不出則乏其食, 工不出則乏其事, 商不出則三寶絶, 虞不出則財匱少.' 財匱少而山澤不辟矣. 此四者, 民所衣食之原也. 原大則饒, 原小則鮮. 上則富國, 下則富家.] 이 말 역시 모든 직업계층을 차별 없이 보는 태도를 반영한다. 이를 '중농경상重農輕商'의 관점과 비교해 보면 자연히 '중상'의 경향이 드러난다. 이 점은 『鹽鐵論』, 「本議」에 인용된 대부의 말에 더욱 명확하게 표현되어 있다. "『管子』에서는 다음과 같이 말했다. '나라에 비옥한 땅이 많은데도 백성들의 먹을 것이 부족한 것은 농기구가 잘 갖추어져 있지 않기 때문이다. 산과 바다에 재화가 널려 있는데도 백성들의 재화가 부족한 것은 상업과 공업이 잘 갖추어져 있지 않기 때문이다.' 농서와 촉 지역의 단사丹砂 · 칠漆 · 모旄 · 우羽, 형주와 양주의 피혁 · 뼈 · 상아, 강남의 녹나무 · 가래나무 · 대나무 · 화살대, 연나라와 제나라의 물고기 · 소금 · 모직물 · 가죽옷, 연주와 예주의 칠漆 · 생사 · 가는 갈포 · 모시 같은 물건들은 산 사람을 부양하고 죽은 사람을 장사지낼 때 필요한 것들로, 상인의 힘을 빌려 유통되고 장인의 힘을 빌려 만들어진다. 그러므로 성인이 배와 노를 창안하여 강과 계곡의 수로를 통하게 하고, 수레와 가마에 마소를 매어서 언덕과 평지의 육로를 두루 통하게 해서 멀고 궁벽한 곳까지 이르게 했던 것은 재물을 교환하여 백성들을 편안하게 하고자 했기 때문이다.[國有沃野之饒而民不足於食者, 器械不備也; 有山海之貨而民不足於財者, 商工不備也. 隴蜀之丹漆旄羽, 荊揚之皮革骨象, 江南之楠梓竹箭, 燕齊之魚鹽旃裘, 兗豫之漆絲絺紵, 養生送終之具也, 待商而通, 待工而成. 故聖人作爲舟楫之用, 以通川谷; 服牛駕馬, 以達陵陸, 致遠窮深, 所以交庶物而便百姓.] 이 말은 「貨殖列傳」의 말과 유사하다. 다만 상업과 공업의 작용을 강조한 부분은 「貨殖列傳」에서 말하지 않은 것을 대신 말했다고 할 수 있다. 비록 모두 '중상'의 경향을 갖고 있기는 하지만 사마천이 중시한 것은 민간의 일반적인 상업이고, 대부가 중시한 것은 국가가 운영하는 독점적 상업이니 또한 둘 사이에 근본적인 차이가 있다. 『鹽鐵論』, 「輕重」에서 인용된 禦史의 말은 다음과 같다. "대부는 여러 모로 고려해서 국가 재정을 조달할 계획을 강구하였던바, 소금과 철과 같은 천하의 이익을 독점하여 부유한 상인들을 배척하였으며, 관직을 사서 죄를 속죄할 수 있게 하여 부유한 사람의 것을 덜고 부족한 사람에게 보태어 줌으로써 백성들을 구제하였다."[大夫各運籌策, 建國用, 籠天下鹽鐵諸利, 以排富商大賈, 買官贖罪, 損有餘, 補不足,

도 없다. 도리어 부는 사람이 좋은 방향으로 발전하는 데 도움이 되고 사람들에게 여러가지 좋은 점을 가져다준다.

그러므로 말한다. "창고에 물건이 쌓여야 예절을 알고 의식이 충분해야 명예와 수치를 안다." 예는 넉넉함에서 생기고 그렇지 못하면 폐해진다. 그러므로 군자가 부유하면 덕을 행하기를 좋아하고 소인이 부유하면 재력에 따라 행동한다. 연못이 깊어야 물고기가 생기고 산이 깊어야 짐승이 다니듯이 넉넉함에서 인의가 생겨난다. 부는 권세를 얻으면 더욱 번창하고 권세를 잃으면 식객들도 방문하지 않으며 즐겁게 어울리려고 하지 않는다. 이러한 현상은 오랑캐 지역에서 더욱 심하다. '천금의 자식은 저잣거리에서 죽지 않는다'는 말이 회자되니 틀린 말이 아니다. (…중략…) 천대의 전차를 소유한 왕, 만호의 봉읍을 소유한 후, 백가의 식읍을 가진 대부도 가난해질까 걱정하는데 하물며 필부와 같은 사람에 있어서랴![109]

개인뿐만 아니라 국가에 있어서도 '부'는 매우 좋은 일이니 나라를 세우는 근본이다.

태공망이 영구營丘에 봉해졌는데 그 땅은 습하고 염분이 많았으며 사람들이 적었다. 그래서 태공은 여자들에게 길쌈을 해서 정교한 직물을 만들

以齊黎民.] 이 말은 중상에 관한 두 사람의 관점이 차이가 매우 분명했음을 보여준다.

109 故曰 : "倉廩實而知禮節, 衣食足而知榮辱." 禮生於有而廢於無. 故君子富, 好行其德; 小人富, 以適其力. 淵深而魚生之, 山深而獸往之, 人富而仁義附焉. 富者得埶益彰, 失埶則客無所之, 以而不樂. 夷狄益甚. 諺曰 : "千金之子, 不死於市." 此非空言也 (…中略…) 夫千乘之王, 萬家之侯, 百室之君, 尙猶患貧, 而況匹夫編戶之民乎! 『漢書』, 「貨殖傳」에서는 이 말을 삭제하였다.

게 하고 [남자들에게] 물고기와 소금을 팔게 하니 사람들이 새끼줄이 꼬이듯 끊어지지 않고 바퀴 축으로 바큇살이 모이듯 밀려들어 왔다. 그리하여 제나라에서 만들어지는 관과 대, 의복이 천하에 성행하고 동해와 태산 지역의 제후들이 소매를 거두고 찾아와 조회를 올렸다. 이후 제나라가 중간에 쇠하였지만 관중이 물가를 다스리는 구부九府를 세우고 환공이 패자가 되어서 제후를 아홉 번 규합하여 천하를 평정했다. 관중 역시 삼귀三歸라는 호화로운 정원을 소유하였으니 신하의 지위였지만 군주보다 부유했다. 이리하여 제나라의 부강함은 위왕, 선왕에게까지 지속되었다.[110]

'부'가 사람들에게 이와 같이 중요하니 각자 스스로 할 수 있는 바에 최선을 다하여 부를 추구해야 한다.

그러므로 재물이 없는 사람은 힘을 쓰고, 약간 있으면 지혜를 다투고, 재산이 많으면 때를 다투니, 이것이 재산을 모으는 대원칙이다. 지금 생계를 도모하며 위태로움을 피하고 돈을 버는 것은 현명한 사람들이 힘쓰는 바이다.[111]

이와 같이 부를 추구하지 않고 빈천을 달갑게 여기는 사람은 사마천이 보기에 무용한 사람이며 본인 스스로 수치스러워 해야 한다.

---

110 故太公望封於營丘, 地潟鹵, 人民寡, 於是太公勸其女功, 極技巧, 通魚鹽, 則人物歸之, 繈至而輻湊. 故齊冠帶衣履天下, 海岱之間斂袂而往朝焉. 其後齊中衰, 管子修之, 設輕重九府, 則桓公以霸, 九合諸侯, 一匡天下; 而管氏亦有三歸, 位在陪臣, 富於列國之君. 是以齊富强至於威, 宣也. 『漢書』에서는 이 단락을 삭제하여 「地理志」에 편입시켰다. 또 『貨殖傳』에서 齊 桓公의 시대를 "예의가 크게 무너진"[禮誼大壞] 시대의 시초로 보았으니 관점이 『史記』와 차이가 난다.

111 是以無財作力, 少有鬥智, 旣饒爭時, 此其大經也. 今治生不待危身取給, 則賢人勉焉. 『漢書』, 「貨殖傳」에서는 이 말을 삭제하였다.

> 부모가 연로하고 처자식이 연약하며 때마다 제사상에 술을 올리지도 못하고 음식과 의복을 스스로 변통하지 못할 정도로 집안이 가난한데도 부끄러워하지 않는다면 그보다 쓸모없는 경우는 없을 것이다. (…중략…) 산림에 은거하며 뛰어난 선비로서의 행동이 없으면서도 빈천을 훌륭하게 여기고 인의를 말하기 좋아하는 것도 수치스러운 행동이다.[112]

이는 빈부의 정도가 다르기 때문이지만 사실은 사람 능력의 고하를 반영하고 있는 것이다.

> 이로 보면 부유해 지는 데에는 정해진 직업이 없고 재물에는 정해진 주인이 없다. 능력 있는 자에게는 재물이 모이고 그렇지 못한 자의 재물은 흩어진다.[113]

> 빈부의 도는 빼앗거나 줄 수 있는 것이 아니다. 영리한 사람은 이익을 남기고 아둔한 사람은 부족한 것이다.[114]

---

112 若至家貧親老, 妻子軟弱, 歲時無以祭祀進醵, 飮食被服不足以自通, 如此不慚恥, 則無所比矣 (…中略…) 無岩處奇士之行, 而長貧賤, 好語仁義, 亦足羞也. 『後漢書』, 「班彪傳」에는 班彪가 『사기』의 여러 가지 잘못을 논한 것 중의 하나가 다음과 같이 실려 있다. "「화식열전」을 서술하면서 사마천은 인의를 경시하고 가난함을 수치스러워 했다."[序貨殖, 則輕仁義而羞貧窮.] 李賢은 여기에 주석을 달면서 「화식열전」의 위 구절을 인용하여 반표의 말이 맞다고 여겼다. 또 『漢書』, 「司馬遷傳」에는 "「화식열전」을 서술할 때 세와 이를 숭상하고 빈천을 수치스러워 했다."[述貨殖, 則崇勢利而羞賤貧.]라는 『사기』에 대한 반고의 비평이 실려 있다. 이 말은 부친의 관점을 계승한 것이다. 모두 「화식열전」 전체에 대한 비평이지만 위의 인용문에 특히 자극 받은 것 같다.

113 由是觀之, 富無經業, 則貨無常主. 能者輻湊, 不肖者瓦解.

114 貧富之道, 莫之奪予, 而巧者有餘, 拙者不足. 『漢書』, 「貨殖傳」에는 이상의 두 어구가 삭제되어 있다. 『鹽鐵論』, 「貧富」에는 대부의 말이 다음과 같이 인용되어 있다. "그러므로 땅을 똑같이 나누어 주지만 현자는 이를 잘 지키며 재산을 똑같이 나누어 주지만 지혜로운 자는 잘 운용한다."[故分土若一, 賢者能守之; 分財若一, 智者能籌之.] "도는 하늘에 걸

사회 역학의 일반적 원리에 근거할 때 빈부의 차이는 인간관계의 역량을 더욱 가혹하게 결정한다.

> 서민들은 자기보다 열 배 부유한 사람을 만나면 몸을 낮추고 백 배 부유한 사람을 만나면 두려워하고 꺼린다. 천 배가 되면 부림을 당하고, 만 배가 되면 노비가 되니 이것이 세상의 이치이다.[115]

사마천은 관직이 없는 평민이 사업으로 성공해서 '봉읍을 가진 자封者'보다 부유할 수 있다고 생각했으니 이것이 그 유명한 '소봉素封'의 설이다. 이른바 '소봉'이라는 것은 "요즘 나라에서 봉록을 받거나 작위나 식읍은 없지만 즐거움이 그들과 견줄만한 사람들을 의미한다今有無秩祿之奉, 爵邑之入, 而樂與之比者, 命曰'素封'." "천금의 집안은 한 도시의 군주에 비견할 수 있고, 억만금의 부자는 왕과 같은 즐거움을 누린다千金之家比一都之君, 巨萬者乃與王者同樂"[116]는 또한 관작이 없지만 재력이 있는 평민이니 사마천은 그들을 매우 흠모했던 것이다.

> 봉읍을 가진 사람은 매년 한 가구당 대략 세금 이백 냥을 받는다. 천 호를 가진 군주는 이십만 냥이 된다. 조회에 참가하고 교제하는 비용도 여기에

려있고 자원은 땅에 흩어져 있다. 지혜로운 자는 이것으로 풍족해지고 어리석은 자는 곤궁해진다."[道懸於天, 物布於地. 智者以衍, 愚者以困.] 『鹽鐵論』, 「錯幣」에는 "지혜로운 자는 백 사람의 일을 하고 어리석은 자는 본전도 찾지 못하는 일을 한다."[智者有百人之功, 愚者不更本之事.]라는 대부의 말이 인용되어 있다. 이러한 말은 모두 사마천의 관점에 가깝다.

115 凡編戶之民, 富相什則卑下之, 伯則畏憚之, 千則役, 萬則僕, 物之理也. 『漢書』, 「貨殖傳」에는 이 말이 삭제되어 있다.

116 『漢書』, 「貨殖傳」에는 이 두 말이 없고 '素封' 역시 언급되지 않는다.

서 나온다. 농공상업을 하는 서민 역시 만 냥이 있으면 대략 이천 냥을 이자로 벌어들이니 백만 냥이 있는 집은 20만 냥이 된다. 이것을 요역과 전세를 대납하는 돈으로 납부하고도 마음껏 좋은 옷을 입고 맛있는 음식을 먹을 수 있다. (…중략…) 이런 사람들은 천 호의 식읍을 가진 군주와 같다. 그러해서 자산이 풍부하면 시정을 살피지도 않고 다른 도시를 돌아다니지도 않으면서 가만히 앉아서 돈 들어오기를 기다리니 처사의 의젓함을 갖추면서도 풍족한 생활을 즐긴다.[117]

각종 '치부致富'의 기술에서부터 그 속에 포함된 '직업' 정신, 기발한 생각과 지혜까지 거의 모두 사마천의 긍정적인 평가를 받았다.

아껴 쓰고 부지런히 일하는 것이 치생治生의 정도正道이지만 부유한 사람은 반드시 특별한 방법으로 성공하였다. 농사는 땅 파먹고 사는 일이지만 진양은 자기 고을에서 최고의 부자가 되었다. 도굴은 간사한 일이지만 전숙은 이것으로 성공하였다. 노름은 나쁜 일이지만 항발은 이것으로 부를 거머쥐었다. 행상은 남자가 하기에 천한 일이지만 옹의 낙성은 이것으로 부유해졌다. 화장품 파는 일은 창피한 일이지만 옹백은 이것으로 천금을 얻었다. 콩국을 파는 것은 하찮은 일이지만 장씨는 이것으로 천만을 벌었다. 칼을 가는 것은 단순한 기술이지만 영씨는 여기서 번 돈으로 온갖 미식을 즐겼다. 육포를 파는 일은 미천한 일이지만 탁씨는 기마를 대동하고 다

117 封者食租稅, 歲率戶二百. 千戶之君則二十萬, 朝覲聘享出其中. 庶民農工商賈, 率亦歲萬息二千, 百萬之家則二十萬, 而更傜租賦出其中. 衣食之欲, 恣所好美矣 (…中略…) 此其人皆與千戶侯等. 然是富給之資也, 不窺市井, 不行異邑, 坐而待收, 身有處士之義而取給焉. 『漢書』, 「貨殖傳」에는 "然是" 이하의 말이 삭제되어 있다.

닐 정도로 많이 벌었다. 수의사는 천한 직업이지만 장리는 음악 연주를 들으며 식사를 할 정도로 재산이 많았다. 이것은 모두 한 가지 일을 성심껏 추구하였기 때문이다.[118]

도굴이나 노름마저도 긍정적으로 평가해서 다른 직업들과 똑같이 "하나를 성심껏 하여誠壹" 부를 이룬 항목에 포함하였으니 '치부'의 기술에 대한 사마천의 긍정이 이미 거의 절대적 경지에 이르렀음을 볼 수 있다. '치부致富'의 각종 방법 가운데에서 사마천은 "농사로 이룬 부가 최고이며 상업으로 이룬 부가 다음이며 간악함으로 이룬 부가 최하이다本富爲上, 末富次之, 奸富最下"라고 생각해서,[119] 여전히 '중농경상重農輕商'의 경향을 가지고 있었다. 그러나 한편 실제 논의의 경우 '말부末富'가 '본부本富'보다 쉽게 추구할 수 있으며 따라서 훨씬 권할만한 것이라고 생각하였다.

---

118 夫纖嗇筋力, 治生之正道也, 而富者必用奇勝. 田農, 掘業, 而秦揚以蓋一州. 掘塚, 奸事也, 而田叔以起. 博戲, 惡業也, 而桓發用富. 行賈, 丈夫賤行也, 而雍樂成以饒. 販脂, 辱處也, 而雍伯千金. 賣漿, 小業也, 而張氏千萬. 灑削, 薄技也, 而郅氏鼎食. 胃脯, 簡微耳, 濁氏連騎. 馬醫, 淺方, 張里擊鍾. 此皆誠壹之所致. 『漢書』, 「貨殖傳」에는 상술한 내용을 고쳐 쓰면서 한편으로 엄격한 비난을 가했다. "그러므로 진양은 농업으로 고을에서 최고의 부자가 되었고 옹백은 화장품을 판 돈으로 마을을 좌지우지하였다. 장씨는 콩국을 팔아서 번 돈으로 과분한 사치를 했으며 질씨는 칼 가는 일을 하면서 풍족한 식사를 하였다. 탁씨는 육포를 팔아서 기마를 몰고 다녔고 장리는 수의사였지만 음악 연주를 들으면서 좋은 식사를 하였는데 모두 법도를 넘었다. 그러나 항상 사업을 잘 관리하고 이익을 모아서 점차 흥기하였다. (…중략…) 또 도굴하거나 도박을 일삼으며 범법 행위를 하며 부를 이룬 곡숙, 계발, 옹의 낙성 같은 무리들까지 오히려 앞의 사람들과 동열에 세웠으니 이는 교화를 무너뜨리고 풍속을 망치는 대란의 길이다." [故秦楊以田農而甲一州, 翁伯以販脂而傾縣邑, 張氏以賣醬而隃侈, 質氏以灑削而鼎食, 濁氏以胃脯而連騎, 張里以馬醫而擊鍾, 皆越法矣. 然常循守事業, 積累贏利, 漸有所起 (…中略…) 又況掘塚搏掩, 犯奸成富, 曲叔、稽發、雍樂成之徒, 猶復齒列, 傷化敗俗, 大亂之道也.]

119 『漢書』, 「貨殖傳」에는 이 말이 삭제되어 있다.

> 가난한 사람이 부를 추구함에 있어서 농업은 수공업만 못하고 수공업은 상업보다 못하다. "자수를 놓은 것이 시장에서 장사하는 것만 못하다"고 하니 이 말은 상업이 가난한 사람들에게는 부를 얻는 바탕임을 말한다.[120]

이제 한 바퀴를 돌아서 '중상重商'으로 되돌아오니 '중부重富' 사상이 곧 '중상' 사상의 기초이며 '중상' 사상이 곧 '중부' 사상의 논리적 결과임을 보여준다.

사마천의 '중부'와 '중상' 사상은 중국 역사에서 비교적 특이한 존재이며 그래서 '중부'와 '중상' 사상의 산물인 「화식열전」 역시 중국 역사에서 특이한 존재라고 할 수 있다. 후대 중국 역사에서 「화식열전」은 비난을 받거나 무시를 당했으며 진정으로 이를 계승한 전통이 없었다. 그러나 문학의 각도에서 말하면, 「화식열전」은 문학성 있는 전기에는 훨씬 미치지 못하지만 그 속에 녹아들어 있는 '중부'와 '중상' 사상은 후대 통속 문학에서 상인의 표현과 정신유형에 대하여 유력한 복선을 숨기고 있다. 원 잡극과 명청 소설의 상인 형상에서 우리는 「화식열전」 속 상인 선조들의 희미한 그림자를 볼 수 있다.

이상을 종합하면, 중국문학에서 상인을 표현한 관점에서 볼 때, 역사상 처음으로 상인 전기를 지은 『사기』 역시 완전하거나 성숙한 저작은 아니다. 범려전은 「월왕구천세가越王句踐世家」에 부속된 저작이고

---

120 夫用貧求富, 農不如工, 工不如商. "刺繡文不如倚市門", 此言末業貧者之資也. 『鹽鐵論』, 「力耕」에는 대부의 말이 다음과 같이 인용되어 있다. "그러므로 상인의 부가 혹 만금에 이른 것은 이익과 재물을 좇아서 그렇게 된 것입니다. 나라를 부강하게 하는데 어찌 반드시 농사를 근본으로 하고 백성을 풍족하게 하는데 어찌 반드시 정전법이어야 하는가?"[故乃商賈之富, 或累萬金, 追利乘羨之所致也. 富國何必用本農, 足民何必井田也.] 이 말 역시 '중상'의 사상을 가지고 있으며 「貨殖列傳」에서 상술한 정신과 상통한다.

「여불위열전呂不韋列傳」은 여불위의 정치 활동에 치중하고 있으며 「사마상여열전司馬相如列傳」에서 탁왕손은 단지 조연에 불과하고 「화식열전」에서 상인 군상들은 문학적 색채가 부족하다. 게다가 상인과 관련이 있는 전기는 『사기』 전체에서 차지하는 비중이 크지 않으며 상인에 관한 유전類傳인 「화식열전」 또한 『사기』의 마지막에 배치되어 있다. 이러한 등등의 예들은 모두 상인에 대한 관심이 여전히 충분하지 않으며 정치가, 전략가, 문학가 등을 중시한 정도에 미치지 못함을 보여준다. 그러나 우리가 상인 방면의 가치와 의의를 서술할 때 여전히 『사기』를 높이 평가해야 하는 이유는 상인을 서술할 때 표현한 용기, 독창성, 그리고 거기에 함축된 '중부', '중상' 사상 등이 후대 문학에 끼친 정신적 영향을 높이 평가하기 때문이다.

4. 위진남북조魏晉南北朝 문학 속 상인에 대한 표현

위진남북조 시대에는 전란이 빈번하여 중국 전체가 분열 상태에 빠졌다. 한 제국의 번영은 철 지난 국화꽃처럼 바람에 날려 떨어져 버렸지만 육조 시대에 장강 유역이 개발되면서 강남 지구는 전례 없을 정도로 크게 번영하였다. 특히 장강 중류와 하류 일대는 연안 무역이 발전하면서 항구 도시가 출현하고 풍요로운 시정 문화가 꽃을 피웠다. 이것은 이 시기에 출현한 새로운 현상으로 중국 역사에 새로운 생기를 불어넣었다.

바로 이 때문에 이 시기의 주류 문학은 살롱 문학, 집단 문학, 귀족

문학, 유미주의 문학이었으나 주류 문학 외에 악부시와 지괴소설 등과 같은 일부 영역에서 상인 생활에 관한 풍부한 표현이 전례 없이 나타났다. 작품의 수량과 표현 범위가 전대보다 증가하고 확대되었으며 선진 문학과 한대 문학과 비교하면 엄청난 진보를 이루었다. 그러므로 이 절에서 우리는 주로 당시의 비주류문학을 집중적으로 다루고 아울러 주류 문학을 겸하여 살펴볼 것이다.

1) 악부시가樂府詩歌

남조의 귀족문인들이 정기적으로 권력자의 집과 정원에 모여서 음주를 즐기고 아름다운 자연, 매력적인 여자, 인생무상을 노래할 때, 장강 중류와 하류의 항구도시에서는 도시 생활이 발전하면서 아름다운 시정 문학이 만개하였다. 신분이 한미한 젊은 남녀들은 작은 목소리로 짧고 경쾌하고 발랄하게 읊조리며 떨리는 마음과 강물처럼 요동치는 연정을 조금도 가식 없이 노래하였다. 또 상업을 포함한 시정 생활과 세속적이면서도 사람을 매혹시키는 그러한 삶의 광경도 노래하였다. 이러한 노래들 중에는 장강 하류 지역에서 유행한 '오성吳聲'과 장강 중류 지역에서 유행한 '서곡西曲'이 있다. 이와 같은 노래들은 후대에 귀족의 살롱과 군주의 궁정에까지 전해져서 그들이 모방하고 보존하고자 하는 열정과 바람을 불러 일으켰다.

이러한 민간 풍격의 노래 중에 일부분은 상인 생활과 관련이 있으며 그 중에는 심지어 상인 자신이 창작한 노래도 있다. 예를 들어 남조 시대에 지어진 「삼주가三洲歌」는 『악부시집樂府詩集』 권48에 인용된 『당서唐書』, 「악지樂志」에 따르면 "「삼주」는 상인의 노래이다三洲, 商人歌也"라고 하였고 또 여기에 인용된 『고금악록古今樂錄』에 따르면 "「삼주가」는 상인들이 자주 파릉과 삼강구로 오가는 길에 함께 이 노래를 지었다三洲歌者, 商客數遊巴陵三江口往還, 因共作此歌"라고 하였으니 이는 장강을 왕래하는 상인들이 자신들의 생활과 감정을 표현하기 위하여 스스로 창작한 가곡인 것이다. 이들은 연인과 이별하는 고통을 노래하면서 언제나 그렇듯 상대방의 말투를 사용하였다.

판교만에서 그대를 보내고서
삼산 꼭대기에서 기다립니다.
멀리서 수많은 돛단배를 바라보니
그저 바람 따라 흘러가는군요.

바람과 물결 잠시도 멈추지 않고
삼산에서 배가 사라지네.
원컨대 비목어比目魚가 되어[121]
그대 따라 천 리까지 헤엄쳤으면.

상동의 영록주를
광주산 용머리 술병에 담아

121 [역주] 比目魚는 전설상의 외눈박이 물고기로서 連理枝와 같이 사랑하는 두 남녀를 비유한다.

옥 술잔과 금장 그릇을 차려놓고

그대에게 쌍배를 올리네.[122]

돛과 노가 늘어선 항구에서 상인들은 좋은 술을 마시며 사랑하는 여인들이 부르는 이러한 노래를 들으며 비교할 수 없는 즐거움을 느꼈다. 또는 연인과 이별을 고한 후에 점점 멀어져 가는 항구를 바라보면서 이런 노래를 스스로 부르며 끝없는 애상에 잠긴다. 노래에서 우리는 원시적 활력, 시정 생활의 활기찬 맥박, 거칠지만 사람을 매혹시키는 세속적 사랑의 향기를 느낀다. 이것은 사료에 기재된 상인이 지은 첫번째 노래로서 중국문학사상 상인을 표현하였다는 중요한 의의를 갖는다.

이러한 노래가 궁정과 살롱에 전해져서 군주와 귀족의 관심을 불러일으키고 궁정 음악의 곡목으로 수록되었다. 『악부시집』 권48에 인용된 『고금악록古今樂錄』의 내용은 다음과 같다.

구사舊辭에 "울며 장차 이별하네啼將別共來"라는 말이 있다. 양梁 천감天監 11년(512) 무제가 낙수전樂壽殿에서 불법의 뜻을 말했다. 십대덕법사十大德法師를 머무르게 하여 음악을 연주하게 하고 사람마다 묻게 하였고 사람들은 경전을 인용하여 대답하였다. 다음으로 법사에게 물었다. "법사는 음률을 잘 안다고 들었는데 이 노래는 어떠한가?" 법운이 받들어 대답하였다. "하늘의 음악 같이 신묘해서 제가 들어본 적이 없습니다만 제가 생각하되

122 送歡板橋彎, 相待三山頭. 遙見千幅帆, 知是逐風流. 風流不暫停, 三山隱行舟. 願作比目魚, 隨歡千里遊. 湘東酃醁酒, 廣州龍頭鐺. 玉樽金鏤碗, 與郎雙杯行.(『악부시집』 권48)

옛 말이 지나치게 질박하니 바꾸는 것을 생각하는 것이 어떻겠습니까?" 황제가 명령을 내려 말했다. "법사가 읊는 대로 하게 하라" 이에 법운이 말했다. "즐거운 만남에는 응당 이별이 있습니다. "울며 장차 이별하네啼將別"는 "기쁘니 장차 즐겁네歡將樂"로 바꾸어 볼 수 있습니다." 그래서 노래마다 화답하여 말했다. "강어귀의 세 개 모래톱에서 강물이 끊기고 물이 아름다운 강가를 따라 흐르네. 기쁘고 즐거워 오랫동안 생각하네." 이전의 춤은 16인이었고 양나라에서는 8인이다.[123]

윗글을 통해 양 무제가 궁정에서 음악을 연주하게 하였는데 곡목 중에 이 상인의 노래가 있었다. 무제는 또한 법사의 반응에 매우 관심이 많았는데 법사가 "음률을 잘 안다善解音律"고 여겼기 때문이다. 법사는 "천상의 음악처럼 절묘하다天樂絶妙"고 상찬하고 또 '옛 가사'를 수정하였다(위 인용문으로 볼 때, 고친 부분은 가사의 합창 부분일 것이다). "옛 가사가 지나치게 질박하다古辭過質"라고 운운한 것은 바로 민가의 특색을 보여준다. 고친 뒤 가사는 기쁘고 길한 분위기를 추가하여 궁정의 요구를 반영하였다. 이를 통해 당시 궁정과 살롱에서 이러한 상인의 노래가 어떻게 환영 받았는지를 알 수 있다.

이와 동시에 아래와 같은 진후주陳後主의 모방작도 출현하였다.

123 其舊辭云:"啼將別共來." 梁天監十一年, 武帝於樂壽殿道義竟, 留十大德法師設樂, 敕人人有問, 引經奉答. 次問法云:"聞法師善解音律, 此歌何如?" 法云奉答:"天樂絶妙, 非膚淺所聞. 愚謂古辭過質, 未審可改以不?" 敕云:"如法師語音." 法云曰:"應歡會而有別離, '啼將別'可改爲'歡將樂.'" 故歌. 歌和云:"三洲斷江口, 水從窈窕河傍流. 歡將樂共來, 長相思." 舊舞十六人, 梁八人.

봄날 강가에서 멀리 바라보니,
가는 풀잎들이 긴 모래 섬에 퍼졌구나.
모래섬이 때때로 드러났다 사라지고,
화려한 배들은 자주 드나드네.[124]

여기에 귀족적 분위기와 서권기가 두드러진 것은 의심할 바가 없지만 원래 있었던 야성과 활력을 잃어버렸다. 군주가 상인의 감정을 이해하였는지는 알 수 없지만 양자의 거리는 무척 요원하였을 것이다. 그러나 여기서 주목할 점은 원래 상인이 불렀던 노래가 결국에 당시 군주에게 모작하고자 하는 열정을 일으켰다는 것이다. 이는 아마도 상인의 노래 속에 있는 특별한 매력이 전대와 당시의 주류 문학에 없었기 때문일 것이다.

이와 마찬가지로 남조 시대에 지어진 「장간곡長干曲」 역시 「삼주가三洲歌」처럼 상인 생활을 표현한 노래이다. "거센 파도는 항상 접하는 거라서 작은 배가 요동쳐도 두려워하지 않네. 제 집은 양자 강가라서 광릉의 파도를 가지고 놀았지逆浪故相邀, 菱舟不怕搖. 妾家揚子住, 便弄廣陵潮"라는 옛 가사만 보면,[125] 상인 생활과 어떤 특별한 관계가 있었는지를 찾을 수 없다. 그러나 장간 일대는 원래 상인들이 운집한 곳이었고 당나라 때에 동일한 제목의 시가 또한 상인과 관련 있는 내용을 노래하였기 때문에 「장간곡」 역시 상인 생활을 표현한 노래로 여겨진다.

남조 시대에는 상인들 자신이 노래를 지었을 뿐만 아니라 다른 사람

---

124 春江聊一望, 細草遍長洲. 沙汀時起伏, 畫舸屢淹留.(『악부시집』 권48)
125 『악부시집』 권72.

역시 상인을 위하여 노래를 창작하였다. 여기서 '다른 사람'은 군주까지 포함하니 이는 상인 생활이 사람들의 주목을 받았음을 보여준다. 제齊 무제武帝가 지은 「고객악估客樂」이 이러한 종류의 시가로서 그 주제 또한 상인 생활을 노래하는 것이다. 이 작품의 탄생배경과 관련하여, 『악부시집』 권48에 인용된 『고금악록』은 다음과 같다.

> 「고객악估客樂」은 제齊 무제武帝가 지은 것이다. 무제가 포의였을 때 번樊과 등鄧 지방을 돌아다녔는데 제위에 오른 뒤에 지나간 일을 회상하여 이 노래를 지었다. 악부령 유요劉瑤가 연주하고 가르쳐서 익히게 했지만 성과가 없었다. 어떤 이가 석보월釋寶月이 음률을 잘 아니 황제께서 연주해 보도록 하라고 하였다. 열흘 안에 만들었는데 음률이 조화로웠다. 노래 부르는 자에게 회상의 감정을 중시하도록 하니 세상에서 유행하였다. 보월이 다시 두 곡을 만들어 올렸다. 황제는 자주 용선을 타고 강에서 광경을 감상하였다. 용선은 홍월포紅越布로 돛을 만들고 녹시綠絲로 밧줄을 만들고 놋쇠로 상앗대끝을 만들었다. 상앗대잡이와 노젓는 이들은 모두 울림포鬱林布를 걸치고 담황색 바지를 만들었다. 대열을 이루고 있다고 강에서 옷을 입게 하였다. 오성五城에서 궁전은 아직도 남아있다. 제나라의 춤은 16인이고 양나라의 춤은 8인이다.[126]

126 估客樂者, 齊武帝之所制也. 帝布衣時, 嘗遊樊鄧. 登祚以後, 追憶往事而作歌. 使樂府令劉瑤管弦被之教習, 卒遂無成. 有人啓釋寶月善解音律, 帝使奏之. 旬日之中, 便就諧和. 敕歌者常重爲感憶之聲, 猶行於世. 寶月又上兩曲. 帝數乘龍舟, 遊五城江中放觀, 以紅越布爲帆, 綠絲爲帆纖, 鍮石爲篙足. 篙榜者悉著鬱林布, 作淡黃袴, 列開, 使江中衣, 出. 五城, 殿猶在. 齊舞十六人, 梁八人.

또『당서唐書』,「악지樂志」를 인용하여 "양대에는 제목을 바꾸어서 「상려행」이라고 하였다梁改其名爲商旅行." 번樊과 등鄧 일대는 장강 중류에 위치하며 당시에 상업이 매우 발달하였다. 제 무제가 일찍이 포의 시절에 여기를 지나다가 이곳의 정황에 깊은 인상을 받으며 상인 생활을 흠모해 마지않았다. 그래서 군주가 된 후에 회상을 해도 여전히 흥미진진하였다. 나중의 행동으로 볼 때 무제가 상인에게서 흥미를 느낀 것은 수상 생활의 즐거움이다. 무제는 군주로서 하고 싶은 대로 사치하는 것으로 위세를 부리지만 이는 우리 후인들이 보기에 상당히 우스꽝스러운 모방이었다.(아마도 후대 수隋 양제煬帝와 유사한 행동의 선구가 되었다) 무제가 지은 가사는 사실 상인 생활을 구체적으로 언급하지 않고 단지 지나간 일과 자신의 심정을 드러낸 것일 뿐이다.

옛날 번과 등을 지나며 일할 때,
매근저에서 조수에 가로막혔지.
감회에 젖어 옛일을 생각하니,
생각이 가득한데 말로 표현하지 못하겠네.[127]

무제의 가사는 상인 생활을 구체적으로 읊지 않았고 또 설령 무제의 모방 행위가 우스꽝스러울지라도 신분이 높은 군주가 자신이 본 상인 생활을 잊지 않고「고객악」과 같은 곡을 지은 사실은 우리에게 큰 흥미를 불러일으킨다. 뿐만 아니라 다시 생각해 보면 이는 중국시가사상, 한 발 더 나아가서 중국문학사상 전문적으로 상인을 가창의

127 昔經樊鄧役, 阻潮梅根渚. 感憶追往事, 意滿辭不敘.(『악부시집』 권48)

대상으로 삼은 첫 번째 작품이니 그 의의를 쉽게 무시할 수 없다. 이는 당시 사회에서 상인의 세력과 상업의 번영이 모두 상당한 정도에 도달해서 사람들이 상인의 존재에 관심을 갖게 되고 문학 작품에 그들을 표현하도록 재촉했음을 말해준다. 이점이 역사적 의미가 있는 하나의 변화이다.

「고객악」은 「삼주가」 등과 마찬가지로 첫시작부터 주로 상인의 이별과 상인 아내의 그리움이라는 주제를 표현하고 있다. 이는 아마도 사람들이 상인 생활을 표현할 때 상인들의 이동하는 생활과 이로 인해 발생하는 잦은 이별과 미묘한 심리적 변화가 먼저 그들의 주의를 끌었기 때문일 것이다. 가령, 석보월釋寶月의 작품은 다음과 같다.

그대가 십리를 가면,
나는 구리를 따라가리.
머리에 꽂은 비녀를 뽑아서,
그대의 여비에 보태고저.

소식을 전할 수 있으면 자주 편지를 보내고,
전할 수 없으면 마음속에 기억해 주세요.
우물에 떨어진 병처럼,
한 번 떠난 후 소식 끊지 마세요.

옥으로 장식한 높이 솟은 뱃머리,
양주로 가는 배는 어디 있나요?

배 위의 사람에게 물어보나니,

제가 찾는 남자를 보았는지요?

처음 양주로 떠날 때,

평진 나루터에서 출발했지.

상앗대가 대숲처럼 많이 서 있으니,

어디에서 그대를 만날 수 있을까요?[128]

이 작품에서 여주인공은 상인의 아내이며 작품에 드러나지 않는 남주인공도 상인일 것이다. 석보월이 이러한 내용으로 「고객악」을 지은 것 자체도 상인 노래의 영향을 받았을 것으로 보인다. 왜냐하면 상인 자신들이 부르는 노래와 대부분 동일한 내용이기 때문이다.

물론 「고객악」의 주제는 상인의 이별과 상인 아내의 그리움에 국한되지 않으며 후대 문인들의 손에서 각양각색으로 활용되었다. 이러한 사실은 「고객악」이 상인 생활을 표현하는 상당한 잠재력을 가지고 있었음을 보여준다. 진후주陳後主가 동일한 제목으로 지은 작품에는 상인들이 힘든 여정을 마다하지 않고 무리를 지어서 바깥으로 행상을 나가는 장면을 중요하게 표현하였다.

삼강에서 동료들을 만나서,

128 郎作十里行, 儂作九里送. 拔儂頭上釵, 與郎資路用. 有信數寄書, 無信心相憶. 莫作瓶落井, 一去無消息. 大艑珂峨頭, 何處發揚州? 借問艑上郎, 見儂所歡不? 初發揚州時, 船出平津泊. 五兩如竹林, 何處相尋博?(『악부시집』 권48)

만리 먼 길을 마다하지 않았지.

항상 익수를 장식한 화려한 배를 따라서

새벽 닭이 울면 자주 배를 띄웠지.[129]

유신庾信의 유사한 작품 「고객사賈客詞」 중에는 상선이 출항하는 정경에 대한 직접적인 묘사를 볼 수 있다.

상앗대를 밀어 배가 출발하니,

긴 돛을 펼치며 신포를 떠나지.

저멀리 강언덕 위 여인을 알아보고

강에서 힘차게 북을 두드리네.[130]

후대 당대 장적張籍의 「고객악賈客樂」 중에 이와 유사한 장면을 표현하였으니 유신의 이 시에서 영향을 받았다고 생각할 수 있다. 이와 같이 상인 생활에 대한 모든 묘사는 모두 이 시기 악부시의 새로운 요소이다.

「삼주가」, 「고객악」 등으로 볼 때 남조 시대에 상인을 가창의 대상으로 삼은 악부시는 현재 우리들이 알고 있는 것보다 더 많을 것으로 생각된다. 당시 '오성', '서곡'과 같은 부류의 악부시에는 이별, 그리움, 수상 생활 등 상술한 작품과 유사한 내용이 많이 포함되어 있기 때문이다. 그동안 우리는 작품 속 주인공이 누구인지 잘 몰랐지만 「삼주

129 三江結儔侶, 萬里不辭遙. 恒隨鷁首舫, 屢逐雞鳴潮.(『악부시집』 권48)
130 五兩開船頭, 長檣發新浦. 懸知岸上人, 遙振江中鼓.(『악부시집』 권48)

가」, 「고객악」 등과 연관 지워서 생각해 본다면, 아마도 그중 상당수의 남자 주인공은 상인이며 그 속에 표현된 적지 않은 부분이 역시 상인의 생활과 심리일 것이다. 특히 '오성', '서곡'과 같은 부류의 노래 대부분이 장강 중류와 하류 연안의 항구도시에서 생산되었다는 사실 또한 상술한 우리의 추측을 더욱 뒷받침한다. 만약 우리들의 생각이 일리가 있다면, 이른바 '오성', '서곡' 등의 악부시는 상당 정도 결국 장안 연안을 따라서 행해졌던 무역을 배경으로 하고 장강의 항구도시를 무대로 하며 상인을 주된 가창의 대상으로 하여 그들의 생활과 심리를 표현한 시가이지 않겠는가?

이러한 종류의 시가는 당시 주류 문학과 상관관계는 깊지 않지만 오히려 상당히 중요한 잠재적인 흐름이다. 특히 당오대 시가와 같은 후대 문학에 상당히 강렬한 영향을 주어 이와 유사한 주제를 가진 많은 작품들을 볼 수 있다. 한대 악부시에도 「고아행孤兒行」 같은 작품이 고된 상업 활동을 표현하고 주인공의 신분이 불분명한 악부시에도 행상의 어려운 사정이 표현되어 있지만 이러한 작품들은 극소수일 뿐이며 양과 질에서 볼 때 모두 남조의 악부시와 비교할 수 없다.

2) 지괴소설志怪小說

상인과 그 생활에 대해 흥미를 가진 것은 당시의 악부시가에 그치지 않는다. 당시에 매우 유행했던 지괴소설 등에서도 상인과 관련된 표현이 출현하기 시작했다. 비록 그 수와 양 모두 후대에 비할 순 없지만,

어쨌든 이전 시대보다는 확실히 나아졌다. 그리고 표현력에 있어서도 지괴소설은 동시대의 악부시가를 넘어선 것으로 보인다. 지괴소설에서는 초자연적인 표현방식을 쓰곤 하지만, 우리는 이 초자연적 표현방식의 외피를 통해서도 저자의 상인에 대한 흥미와 관심을 살펴볼 수 있으며, 이는 이전의 서사문학에서는 보기 어려운 것이다. 동시에 당시 지괴소설의 상인에 대한 표현은 제재에서 수법에 이르기까지 각 측면에서 뒤이은 당오대 문언소설에 영향을 주었다.

그러나 모든 지괴소설이 상인에 대한 흥미를 표현한 것은 아니다. 이 방면으로 상당히 특출한 예는 진晉 간보干寶의 『수신기搜神記』와 송宋 유의경劉義慶의 『유명록幽明錄』이다. 현재 볼 수 있는 상인 관련 지괴소설은 거의 대부분 이 두 지괴소설집에서 나온 것이다. 그러나 당시 지괴소설이 후대에 많이 일실된 것을 고려하면 이것이 역사의 원래 모습이라고 보기는 힘들다.

간보의 『수신기』에는 상인과 관련된 고사가 두 가지 있다. 「비계費季」와 「초호묘무焦湖廟巫」가 그것이다. 그중 「비계」는 사람을 불안하게 하는 상인 생활의 특징을 표현하고 있다.

오吳나라 사람 비계는 수 년 동안 객지에서 장사를 했다. 당시 길에는 강도들이 많아 아내가 항상 걱정했다. 비계가 같은 무리들과 함께 여산 아래 여관에 묵으면서 각자 집에서 떠난 지 얼마나 됐는지 물었다. 비계가 말하였다. "나는 집을 떠난 지 벌써 몇 해라오. 집을 떠날 때 아내와 헤어지면서 금비녀를 가져가겠다고 달라고 했소. 내게 그것을 줄 것인지 그 뜻을 보려는 것이었소. 비녀를 얻고서 문틀 위에 얹어놓았는데, 출발할 때 말한다는 것을 깜빡 잊어버렸다오. 그래서 이 비녀는 아직 그 문 위에 있을 것이오." 그날 밤 아내의 꿈에서 비계가 말했다. "내가 도중에 도적을 만나 죽은 지 벌써 두 해라오. 내 말을 믿지 못하겠거든, 내가 당신 비녀를 받아다가 가져가지 않고 문틀 위에 두었으니 가서 찾아보면 될 것이오." 아내는 잠에서 깨어나 비녀를 더듬어 찾아냈고, 이윽고 집안에서 장례를 치렀다. 1년 조금 더 지나 비계는 집으로 돌아왔다.[131]

이 고사의 초자연적인 색채는 상인 아내의 꿈에서 표현된다. 누가 그곳에서 못된 짓을 해서 이렇게 황당한 꿈으로 그녀에게 나타난 것일까? 이 외에도 이 고사에서 표현하고 있는 것은 악부시가와 유사한 주제, 즉 상인의 이별과 아내의 그리움이다. 그러나 소설 형식으로 표현이 되어 악부시가의 시의詩意는 전혀 없고 산문 성격의 사실적 묘사만 드러나 있다. 객상 생활의 불안함이 상인 본인과 그의 가정에 끼치는 여러 악영향들이 이 고사에 그대로 표현되고 있다. 그리고 더욱 중요한 건 이 고사의 냉혹한 서사적 외표外表를 통해 사실상 작가는 상인에 대한 관심과 동정을 우리에게 전달해준다는 것이다. 이러한 상인에 대한 관심과 동정은 후대 서사문학의 선구가 되었으며, 이는 이전의 문학에서는 볼 수 없는 것이다. 따라서 이 고사는 매우 평범해 보이면서도 일종의 새로운 정신을 내포하고 있다고 할 수 있다.

131 吳人費季, 客賈數年. 時道多劫, 妻常憂之. 季與同輩旅宿廬山下, 各相問去家幾時. 季曰: "吾去家已數年. 臨來, 與妻別, 就求金釵以行, 欲觀其志, 當與吾否耳. 得釵, 仍以著戶楣上, 臨發忘道. 此釵故當在戶上也." 爾夕, 妻夢季曰: "吾行遇盜, 死已二年. 若不信吾言, 吾取汝釵, 遂不以行, 留在戶楣上, 可往取之." 妻覺, 揣釵得之, 家遂發喪. 後一年余, 季行來歸還.(『太平廣記』 권316)

간보의 상인에 대한 관심과 동정의 촉각은 상인의 내심 세계 속 다른 측면들로도 이어진다. 예를 들어 「초호묘무」 고사에서 그는 상인의 꿈속 기이한 만남을 묘사한다. 그는 부귀한 가문과 혼인을 맺는 아름다운 꿈을 이루나 깨어나 보니 그것은 한바탕 꿈일 뿐이었다.

> 초호묘에 측백나무 베개가 하나 있었는데, 옥침이라고도 하는 이 베개에는 작은 틈이 있었다. 당시 단보현單父縣 사람 양림楊林이 객상으로 이 사당에 와서 기도를 드렸다. 사당의 무당이 "당신은 결혼을 잘 하고 싶습니까?"라고 하자, 양림은 "매우 바라는 바입니다!"라고 했다. 무당은 곧 양림을 베개 옆으로 보내 틈 속으로 들어가도록 했다. 이윽고 붉은 문에 옥방이 보이고, 조태위趙太尉가 그 안에 있었다. 그는 딸을 양림에게 시집보내 여섯 아들을 낳았는데 모두 비서랑이 되었다. 그로부터 10년이 지나도록 고향을 그리워하는 마음이 들지 않았다. 홀연 꿈에서 깨어난 것 같더니 여전히 베개 옆이었다. 양림은 한참이나 슬퍼하였다.[132]

이 고사는 마치 신화의 원형처럼 후대에 유사한 고사를 무수히 양산해냈다. 이런 유사한 고사들이 청출어람처럼 「초호묘무」보다 훨씬 더 유명하고 흥미로워지면서(예를 들어 「침중기枕中記」, 「남가태수전南柯太守傳」, 「앵도청의櫻桃青衣」 등) 오히려 「초호묘무」는 이름도 없이 묻히고 말았다. 그러나 주목할 점은 「초호묘무」의 주인공이 원래 상인이고, 「초호묘

---

132 焦湖廟有一柏枕, 或名玉枕, 有小坼. 時單父縣人楊林爲賈客, 至廟祈求. 廟巫謂曰: "君欲好婚否?" 林曰: "幸甚!" 巫卽遣林近枕邊, 因入坼中. 遂見朱門瓊室, 有趙太尉在其中, 卽嫁女與林, 生六子, 皆爲秘書郎. 歷數十年, 並無思鄕之志. 忽如夢覺, 猶在枕傍. 林愴然久之.(『太平寰宇記』 권126)

무」에서 표현한 것 역시 상인의 환상이라는 것이다. 그들은 부귀한 사족 집안과의 '좋은 결혼'을 통해 무시 받는 사회적 지위와 처지를 바꾸고 싶었다. 이러한 고사가 남조 때 출현했다는 것은 문벌을 숭상하는 당시 사회 분위기의 완곡한 반영이며, 당시에 사회적 지위와 처지가 불리했던 상인의 상황을 그대로 보여준다. 나아가 당시 사회뿐 아니라 이후의 사회에서도 상인의 사회적 지위와 처지는 대체로 큰 변화가 없었으므로, 남조 문학부터 청대 문학에서까지 양림 식의 '좋은 결혼'이라는 미몽美夢을 꾸게 되었으며, 「초호묘무」 고사가 반영한 사상士商 관계의 주제 역시 후대의 같은 주제의 선구가 되고 후대 문학 속에서 갖가지 표현으로 나타났다. 이런 의미에서 볼 때, 「초호묘무」 고사와 후대의 황량몽黃粱夢 고사는 상당히 차이가 있으며, 이 작품이 표현한 것은 상인의 내심 세계의 한 측면이다. 우리는 이를 통해 작자가 상인의 사회 지위와 처지를 예리하게 관찰하고 상인의 내심 세계에 깊은 이해가 있었음을 알 수 있다.

송대 유의경의 『유명록』에서는 이처럼 상인을 주목하고 동정하는 새로운 정신이 더욱 충분히 드러나도록 했다.

이 지괴소설집 중에서 「매분아買粉兒」, 「풍법馮法」, 「진선陳仙」 등의 세 고사가 상인 혹인 상인 생활과 관련이 있다. 그중 「풍법」과 「진선」 두 고사는 각각 서로 다른 측면에서 상인 생활의 불안한 특징을 표현하였다. 먼저 「풍법」을 보자.

진晉나라 건무建武 연간에 섬현剡縣의 풍법이 장사를 하다가 저녁때가 되자 억새 핀 연못가에서 묵었는데, 하얀 상복을 입고 몸집이 아담한 한 여인이 나타나 배에 태워달라고 부탁했다. 다음날 아침 배가 출발하려 할 때 그녀가 말했다. "잠시 뭍으로 가서 노자를 좀 가져오겠습니다." 그녀가 가고 나자 풍법의 비단 한 필이 사라지고 없었고, 여자는 꼴 두 다발을 안아다가 배 안에 놓았다. 이렇게 열 번을 뭍으로 올라가니 비단 열 필이 사라졌다. 풍법은 그녀가 사람이 아닐 것이라 의심하고 두 발을 묶어버렸다. 여자는 "당신의 비단은 앞쪽 풀 속에 있어요"라고 말하더니 큰 백로로 변했다. 그것을 삶아 먹었으나 고기 맛은 별로 좋지 않았다.[133]

이제 「진선」을 보자.

오吳나라 때 진선은 장사를 일로 삼고 있었다. 나귀를 몰고 길을 가다가 문득 빈집 하나를 지나게 되었다. 고대광실 붉은 문에 사람은 전혀 보이지 않았다. 진선은 나귀를 끌고 들어가 잠을 잤는데, 밤이 되자 말소리가 들렸다. "웬 놈이기에 겁도 없이 화를 자초하는가!" 곧이어 한 사람이 진선 앞으로 와서 꾸짖었다. "네놈이 감히 관사에 침입했구나!" 때마침 달빛이 어슴푸레 비쳐 그의 얼굴을 보니, 검은 사마귀가 깊고 눈에는 눈동자가 없고, 입술은 들려 이가 드러나고 손에는 황색 실을 쥐고 있었다. 진선은 곧장 뒷마을로 달려가 이 일을 자세히 말했다. 마을 노인은 "예전부터 악귀가 있었다"라고 했다. 다음날 집이 보였던 곳을 살펴보았더니 높은 무덤에 깊숙한 묘도가 있을 뿐이었다.[134]

---

133 晉建武中, 剡縣馮法作賈, 夕宿荻塘. 見一女子, 著縗服, 白皙, 形狀短小, 求寄載. 明旦, 船欲發, 云: "暫上取行資." 旣去, 法失絹一匹. 女抱二束芻置船中. 如此十上, 失十絹. 法疑非人, 乃縛兩足. 女云: "君絹在前草中." 化形作大白鷺. 烹食之, 肉不甚美.(『太平廣記』 권462)

134 吳時, 陳仙以商賈爲事. 驅驢行, 忽過一空宅, 廣廈朱門, 都不見人. 仙牽驢入宿. 至夜, 聞有

이 두 편의 고사는 모두 초자연적인 수법으로 혼란스러운 공포 분위기를 조성하고 있다. 그러나 이 황당한 이야기를 통해 오히려 우리는 여행길에 대한 상인의 두려움을 느낄 수 있다. 그들이 투숙한 숙소에는 무서운 계략이 숨어 있는 것 같고, 그들이 태워준 행인 역시 어떤 좋지 않은 악의를 품고 있는지 모른다. 그리고 작자로 하여금 이러한 상인의 공포심을 표현케 한 동기 역시 상인에 대한 관심과 그들을 동정하는 정신에서 온 것이다. 이런 방식의 표현은 훗날 당오대 문언소설에서 흔히 보이는 주제가 되었으며, 『유명록』이 그 선구적 역할을 했다고 볼 수 있다.

「매분아」는 『유명록』 중에서 가장 흥미로운 고사 중 하나이다. 이 작품에서 작자는 상인 계층의 애정생활에 대한 관심과 흥미를 보여준다. 이 작품은 한 소년과 호분胡粉을 파는 여자 상인의 깊은 사랑 그리고 이 사랑의 힘이 결국 죽음의 그림자까지 이겨내는 과정을 묘사한다.

> 매우 부유한 어떤 집에 아들이 하나만 있었는데 아끼고 방자한 정도가 너무 지나쳤다. 아들은 시장에 놀러 갔다가 호분을 파는 아름다운 한 여인을 보고 사랑에 빠졌다. 그러나 자신의 마음을 전할 방도가 없어 호분을 산다는 핑계로 매일 시장에 가서 호분을 사면 바로 가버렸다. 처음에는 아무 말도 않다가 그 일이 오래 반복되자 여자는 깊이 의심하게 되었다. 다음날 다시 오자 그에게 물었다. "당신은 이 분을 사다가 어디에 쓰려고 하

語聲 : "小人無畏, 敢見行災!" 便有一人, 徑到仙前, 叱之曰 : "汝敢輒入官舍!" 時籠月曖昧, 見其面上黶深, 目無瞳子, 脣褰齒露, 手執黃絲. 仙卽奔走後村, 具說事狀. 父老云 : "舊有惡鬼." 明日, 看所見屋宅處, 並高墳深塚.(『太平廣記』 권317)

십니까?" 그가 답하였다. "사랑하고 좋아하는 마음을 품었으나 감히 전달하지 못하였습니다. 그러면서도 항상 보고 싶어서 이를 핑계로 당신의 모습을 보려 한 것뿐입니다." 여인은 멍하면서도 감동된 바가 있어 마침내 몰래 만날 것을 허락하고 다음날 저녁으로 약속을 정했다. 그날 밤 남자는 방안에 편안히 누워 여자를 기다렸고, 어스름한 저녁이 되자 여자가 정말로 왔다. 남자는 희열을 주체하지 못해 여자의 어깨를 어루만지며 말했다. "오랜 숙원을 이제야 풀게 되었습니다!" 그렇게 기뻐서 날뛰다가 이내 죽고 말았다. 여자는 어찌된 영문인지 몰라 두려워서 바로 달아났다가 다음날 분 가게로 돌아왔다. 남자의 부모는 식사 시간이 되도록 아들이 일어나지 않는 것이 이상하여, 가서 보니 아들은 이미 죽어 있었다. 바로 시신을 관에 옮기려는데 상자에 백 여 꾸러미의 호분이 크고 작은 것대로 쌓여 있는 것이 보였다. 어머니가 말했다. "내 아들을 죽인 놈은 반드시 이 호분일 것이다." 시장으로 들어가 두루 돌며 호분을 샀는데, 그 여자에게 이르러 비교를 해보니 솜씨가 아들이 갖고 있던 것과 같았다. 곧바로 여자를 잡고 물었다. "어찌하여 내 아들을 죽였느냐?" 여자는 이 말을 듣고 오열하며 사실대로 모두 말해주었다. 부모는 이를 믿지 않고 관아에 고소했다. 여자가 말했다. "제가 어찌 목숨을 아까워하겠습니까? 다만 그 시신으로 한 번 가서 제 슬픈 마음을 다하고자 합니다." 현령이 이를 허락하자, 그녀는 곧장 가서 시신을 어루만지며 통곡했다. "어쩌다 이 지경에 이르렀단 말인가! 죽어서 혼령이 된다면 또 무엇을 한탄하겠는가!" 남자가 갑자기 다시 살아나더니 상황을 모두 말해주었다. 둘은 마침내 부부가 되고 자손들은 번성하였다.[135]

남조 지괴소설 중에는 인간 세상의 로맨스는 매우 적고 대부분이 저승에서의 로맨스이다. 그러나 위의 고사는 확실히 이와는 다른 예이고, 분을 파는 여자 상인을 여주인공으로 했다는 점에서 상당히 의미심장하다. 고귀한 집안의 여자는 출가 전에 대부분 "깊은 규방에서 자라 사람들이 알지 못하는데", 상인인 여인만이 생계를 위해서 얼굴을 드러낼 수 있어 인간 세상의 연애 전기고사를 표현한 여주인공이 될 기회를 갖게 되었다. 그리고 이 분을 파는 여자 상인은 성격도 매우 사랑스러워서 젊은이의 점점 과감해지는 사랑 앞에서도 매우 자연스럽고 대담하게 반응하는데, 이는 시정의 여자만이 가질 수 있는 청춘의 활력을 보여준 것이다. 남자 주인공이 나중에 죽었다가 다시 살아나는 것도 이러한 청춘의 활력이 승리했음을 상징한다. 이 고사의 풍부한 낭만성과 전기성은 훗날 각 시대 문인들의 사랑을 받아 각종 희곡과 소설로 부단히 개작되고 개편되었다. 이 이야기가 남송南宋 황도풍월주인皇都風月主人의 『녹창신화綠窗新話』에서는 「곽화매지모분랑郭華買脂慕粉郎」 고사로 다시 쓰여 남자 주인공 역시 "부유한 집안에 학문을 좋아하고, 명성을 구하고자 하나 이루지 못하여, 물건을 팔며 장사를 하는"[136] 상인으로 바뀐다. 원대元代 증서경曾瑞卿의 「왕월영원야류혜기

135 有人家甚富, 止有一男, 寵恣過常. 遊市, 見一女子美麗, 賣胡粉, 愛之. 無由自達, 乃托買粉, 日往市, 得粉便去. 初無所言, 積漸久, 女深疑之. 明日復來, 問曰:"君買此粉, 將欲何施?" 答曰:"意相愛樂, 不敢自達; 然恒欲相見, 故假此以觀姿耳." 女悵然有感, 遂相許以私, 剋以明夕. 其夜, 安寢堂屋, 以俟女來. 薄暮果到. 男不勝其悅, 把臂曰:"宿願始伸於此!" 歡踴遂死. 女惶懼不知所以, 因遁去, 明還粉店. 至食時, 父母怪男不起, 往視, 已死矣. 當就殯斂, 發篋笥中, 見百餘裹胡粉, 大小一積. 其母曰:"殺我兒者, 必此粉也!" 入市遍買胡粉. 次此女, 比之, 手跡如先. 遂執問女曰:"何殺我兒?" 女聞嗚咽, 具以實陳. 父母不信, 遂以訴官. 女曰:"妾豈復吝死? 乞一臨屍盡哀." 縣令許焉. 徑往, 撫之慟哭曰:"不幸致此! 若死魂而靈, 復何恨哉!" 男豁然更生, 具說情狀. 遂爲夫婦, 子孫繁茂.(『太平廣記』 권274)

136 家富好學, 求名不達, 遂負販爲商.

王月英元夜留鞋記」 잡극 등 희곡의 내용은 『녹창신화』의 이 고사에 근거하며, 명明 풍몽룡馮夢龍 『정사유략情史類略』 권10 「매분아買粉兒」, 권3 「선사녀扇肆女」 고사의 줄거리는 『유명록』에 더욱 가깝다. 다만 후자에서는 여주인공의 생업이 부채를 파는 것으로 바뀌었을 뿐이다.(본서 제3장 제2절 제1항의 관련 소개를 참고) 그러나 얼마나 개작되었든 상관없이 이 여자 상인의 낭만적 고사는 이후 1천여 년 동안 줄곧 광범위하게 전파되어 문인과 독자들의 사랑을 받았다. 이 모든 것들의 원인은 응당 『유명록』의 저자에게서 찾아야 할 것이다. 그가 상인의 애정 생활을 관찰하고 상인의 감정 세계를 잘 파악했을 뿐 아니라 수준 높고 열정적인 창작 기교와 태도로 이를 표현해냈기 때문이다.

3) 문인시가文人詩歌

제한적이고 이제 시작 단계이지만 악부 시가와 지괴소설이 본격적으로 상인을 표현하기 시작할 때, 주류문학인 문인들의 시문은 여전히 대부분 침묵하였으며 기본적으로 상인에 대한 본격적인 표현을 볼 수 없다. 당시 주류 문학의 성격과 작가의 신분과 지위를 고려할 때, 이 점 역시 그다지 이상해 보이지 않는다.

먼저 시가를 보자. 당시에 상인을 소략하게나마 언급한 문인 시가가 없는 것은 아니었다. 그러나 본격적으로 상인의 생활과 감정을 표현한 악부 시가와 달리 문인 시가는 주로 상인에 대한 문인의 태도와 관점을 표현하였다. 이 점에서 양자는 동일한 층차에 있지 않다. 그러나 상인을 소략하게 언급한 이러한 문인 시가를 전대와 비교할 때 이미 상인에 대한 문인의 태도와 생각을 투영하고 있으므로 그래도 약간이나마 주의를 기울일 필요가 있다. 더욱이 이 속에 반영된 몇몇 기본 관점은 후대 문학 중에서 유사한 생각의 선구가 되었다고 할 수 있다.

이전의 한대 시인과 마찬가지로 위진남북조 시인들 역시 대체적으로 상인들에게 관심을 갖지 않았다. 이들 중에서 개별 문인들이 상인에 관심을 가질 경우에도 태도는 각양각색이었다. 예를 들어 송宋 하승천何承天의 「무산고편巫山高篇」(이 작품은 악부이지만 민간 풍격의 다른 악부 시가와 달리 문인의 관점이 반영되어있다고 여겨진다)에는 상인을 동정하는 문인의 태도가 반영되어 있다.

> 높은 무산, 험준한 삼협.
> 천 길 푸른 절벽, 만 길의 깊은 계곡.
> 우뚝 솟은 영묘한 바위, 어둡고 깊은 숲.
> 산새 밤늦도록 지저귀더니 새벽엔 원숭이가 따라 우네.
> 거센 파도 휘돌아 치며 가다가 멈추다가.
> 처량한 떠돌이 상인들, 마음이 괴롭네.[137]

이 작품 이전에는 동일 제목이나 동일한 종류의 시가에서 "떠돌이 상인들"의 "처량함"이나 "괴로운 심정"에 관심을 갖지 않았다.[138] 이점

---

137 巫山高, 三峽峻. 青壁千尋, 深谷萬仞. 崇岩冠靈, 林冥冥. 山禽夜響, 晨猿相和鳴. 洪波迅澓, 載逝載停. 淒淒商旅之客, 懷苦情.(『악부시집』 卷19)

138 조조曹操의 「步出夏門行」에서 "여관을 정비하여 행상을 왕래하게 한다."[逆旅整設, 以通賈商.]라는 구절은 군주의 말로 생각을 표현한 것으로 오가는 행상을 위하여 편의를

에서 이 작품은 작가가 상인에 대하여 모종의 관찰을 했고 또 관찰할 때에 일정 정도의 동정심을 가졌다고 할 수 있다. 이러한 종류의 관찰과 동정은 결코 이 시의 주요 내용이 아니지만 관찰과 동정심의 출현은 또한 우연이 아니며 남조 시대 장강 유역에서 발달한 상업 활동을 반영하였을 것이다. 수많은 상인들이 장강 유역에서 활약했으며 험준한 곳에서 온갖 고생을 했을 것이다. 이와 같은 현실이 우연히 시인의 시야에 들어와서 시가 속에서 표현된 것이다. 이후 당오대의 시가에서 인도주의 정신이 고조되면서 상인의 위험한 생활을 동정하는 시가가 대량으로 출현하였으니, 이 시는 이러한 작품들의 선구라고 할 수 있다.

유신庾信 역시 상인을 눈여겨본 몇 안 되는 시인 중의 한 사람이다. 위에서 이미 상선이 출항하는 정경을 묘사한 유신의 작품을 소개하였다. 이러한 묘사는 상당히 냉정해서 감정을 동반하지 않은 것처럼 보인다. 그러나 다음에 소개할 「대주가對酒歌」(이 작품 역시 악부 시가이다)로 볼 때 유신은 자기 자신의 삶이 줄곧 상당히 여유로웠지만 상인의 사치스러운 생활을 어느 정도 흠모하고 있었기 때문에 상인에게 관심을 가졌다고 말할 수 있다.

봄날 강가에는 복숭아꽃이 멀리 보이고,
봄날 모래톱은 향초들로 가득하네.
거문고는 녹주에게 빌리고,

제공하는 것이니 그 관점이 당연히 이와 다르다.

술은 탁문군에게 받아와야지.
말을 끌고 위수의 다리로 향하는데,
해는 산꼭대기를 내리쬐고 있네.
산간은 흰 두건을 거꾸로 쓰고,
왕융은 마음대로 춤을 추네.
아쟁 소리 금곡원에서 들리고,
피리 소리 평양 강둑에서 울리네.
백 년의 인생,
즐거운 웃음은 서너 차례뿐.
어디서 돈더미를 찾아서,
낙양의 상인들처럼 살아보려나![139]

시인이 상인의 생활을 부러워하게 만든 것은 일종의 향락주의 인생관 때문이다. 상인은 엄청난 금전을 벌 수 있어서 사치스러운 생활을 할 수 있고 따라서 짧고 무상한 인생을 비교적 즐겁고 의미가 있도록 할 수 있으니 이것이 시인이 상인을 흠모하는 이유이다. 상인을 흠모하는 태도가 남북조 시기에 나타난 것은 의외가 아니다. 당시 인생관의 주류가 향락주의라고 할 수 있기 때문이다. 단지 흥미로운 점은 유신 같이 귀족 출신이고 생활이 줄곧 여유 있었던 사람도 상인의 생활을 흠모하였으니 이는 무척 의미심장한 일이다. 근세 상인의 귀족

139 春水望桃花, 春洲藉芳杜. 琴從綠珠借, 酒就文君取. 牽馬向渭橋, 日曝山頭脯. 山簡接䍦倒, 王戎如意舞. 箏鳴金谷園, 笛韻平陽塢. 人生一百年, 歡笑唯三五. 何處覓錢刀?求爲洛陽賈!(『악부시집』 卷27)

에 대한 우세는 아마도 이미 귀족이 여전히 전성기를 구가하고 있을 때 이미 싹텄던 것일까? 어떻게 해석하건 간에 상인에 대한 유신의 흠모는 특히 이후 상인 세력이 전성기였을 때에 많은 문인들의 공명을 일으켰고 유신 또한 이들의 선구자가 되었다.

포조鮑照 역시 상인에 관심을 가졌던 것 같다. 포조는 「매옥기자시賣玉器者詩」(병서並序)에서 옥기를 파는 상인과 한 번도 파는 데 성공하지 상행위에 주목하였다. 서문에서는 다음과 같이 말하고 있다. "옥기를 파는 상인을 보았는데 어떤 사람이 사려다가 옥돌珉이라고 의심해서 사려고 하지 않았다. 이 시를 지어서 결국 사지 않은 그 사람을 놀린다."[140] 당연히 작자가 이 시를 지은 목적은 그 상인을 표현하려는 것이 아니라 그 상인이 맞닥뜨린 상황을 빌려서 자신의 답답한 심경을 씻으려고 한 것일 뿐이다. 그러나 주목할 점은 포조가 자신의 감회를 표현할 때 상인의 상행위를 표현 수단으로 삼았다는 것이다. 이는 포조가 상인에 대한 관심이 이미 있었음을 암시한다. 비록 이 시에서 포조의 상인에 대한 태도는 우호적이라고 할 수 있지만 또 다른 시에서는 상인에 대한 엄격한 비판을 제기하였으니 그 시는 바로 「관포인예식시觀圃人藝植詩」이다.

> 유능한 상인은 누에치고 고기 잡는 이를 비웃고,
> 잘난 벼슬아치는 농사짓고 소치는 이를 하찮게 보지.
> 먼 곳의 이익을 찾아서 두루 시장을 돌아다니고,

---

140 見賣玉器者, 或人欲買, 疑其是瑉, 不肯成市. 聊作此詩, 以戲買者.(『先秦漢魏晉南北朝詩』宋詩 卷9)

큰 이익을 위해 바다와 육지를 누비지.
금장식이 달린 고삐를 잡고 수레에 올라,
화려한 옷을 입고 술집을 찾아가네.
살면서 편히 돌봐줄 몸종도 하나 없건만,
어찌 가만히 앉아서 맛좋은 음식을 먹겠는가?
다만 대대로 행복을 누리고,
정치는 평온하고 관리는 관대하기를 바랄 뿐.
봄에는 밭에서 때맞춰 김매고,
가을에는 마당에서 일찌감치 타작하네.
연못가에 수풀이 높이 우거지고,
산장에서는 열매가 잘 익어가네.
가래를 끌어안고 밭두둑에서 밥을 먹고,
초가지어 들에서 잠을 청하지.
공연히 스스로 순박함을 숭상하는 것을 알아 버렸으니,
어찌 번잡한 세속의 일을 알리오?[141]

위의 시에서는 상인과 농민의 생활을 대비시키고 둘 사이의 수고로움과 평안함, 가난과 부유함의 불균형을 지적하면서 농민의 생활방식을 긍정하고 상인의 생활방식을 비난하고 있다. 그 기본적인 관점은 전통적인 중농경상重農輕商의 관념을 반영한다. 이 작품은 아마도 이러

141 善賈笑蠶漁, 巧宦賤農牧. 遠養遍關市, 深利窮海陸. 乘軺實金羈, 當壚信珠服. 居無逸身伎, 安得坐粱肉? 徒承屬生幸, 政緩吏平睦. 春畦及耘藝, 秋場早芟築. 澤閱既繁高, 山營又登熟. 抱鍤壟上餐, 結茅野中宿. 空識已尚淳, 寧知俗翻覆.(『先秦漢魏晉南北朝詩』 宋詩 卷9)

한 관점을 표현한 최초의 시가이며 후대의 많은 시가들에게 영향을 주었다. 이 시에서 주목할 만한 또 다른 점은 시인이 농민은 아니지만 상인을 비난할 때 흔쾌히 농민과 자신을 동일시하면서 농민의 생활을 자신의 이상적인 삶의 참고물로 삼았다는 것이다. 후대에 많은 시인들도 상인의 생활을 비판할 때 이와 유사한 경향을 보여준다. 그 이면에는 일종의 삐뚤어진 '전원목가田園牧歌'의 심리가 작동하고 있다. 그러나 부인할 수 없는 또 다른 심리가 한 가지 있다. 그것은 바로 문인들이 종종 농민과 마찬가지로 상행위로 돈을 버는 데 능숙하지 못해서 자신을 농민과 동일하다는 생각을 좋아하는 것이다. "살면서 편히 돌봐줄 몸종도 하나 없건만, 어찌 가만히 앉아서 맛좋은 음식을 먹겠는가?居無逸身伎, 安得坐粱肉"라는 것은 바로 이러한 심리의 반영이 아니겠는가? 이들이 농민의 이야기를 하는 것은 사실 모두 농민을 빌려서 자신들의 불만을 털어놓는 것이다. 우리는 도연명같이 진솔한 몇 사람을 제외하고 문인들이 농민과 같은 생활을 더 원했다는 것을 반드시 진심으로 더 받아들일 필요는 없다. 그러나 "공연히 스스로 순박함을 숭상하는 것을 알아 버렸으니, 어찌 번잡한 세속의 일을 알리오?空識已尚淳, 寧知俗翻覆"라는 구절은 바로 일반적인 사회 현실은 거의 다 상인 계층 쪽으로 치우쳐져 있고 농민과 일반 문인을 중시하지 않았음을 설명해 준다.

조식曹植의 작품에서 비교의 대상은 비록 상고 시대의 은자이지만 이를 빌려서 상인의 옳지 않음을 드러내니 비평의 태도는 포조와 조금도 다르지 않다. "소보와 허유는 온 천하를 우습게 아는데 장사치들은 한 푼이라도 벌려고 다투지.[巢許蔑四海, 商賈爭一錢.]"[142] 문인들의 눈에 보이는 것은 '사해四海' 밖에 없어서 "한 푼이라도 벌려고 하는"(爭一錢) 장사치들은 당연히 무시한다.

당시 문인 시가 전체로 놓고 보더라도 상인을 조금이라도 언급한 시가는 이상에서 본 몇 편일뿐이니 상인을 본격적으로 표현한 시가는 더 말할 것도 없다. 따라서 당시의 문인들 사이에서 상인 생활을 시적으로 표현하는 것이 일반적인 분위기로 형성되었다고 볼 수 없다. 그러나 이전 시대 시가와 비교하면 당연히 진보한 면이 있다고 할 수 있다. 더욱이 작품 속에 표현된 상인에 대한 몇몇 태도는 이미 후대 시가의 선구가 되었다고 생각할 수 있다.

4) 산문散文

다시 산문을 보자.(여기서 산문은 변문과 사부를 포함하는 광의의 개념이다) 위진남북조 시대의 산문은 상인을 표현한 측면에서 당시의 문인 시가와 비교할 때 특별히 더 나은 것은 없다. 위진남북조 시기에는 산문 역시 비약적으로 발전하였고 특히 변문이 그러하였다. 그러나 상인을 표현한 측면에서는 전대 산문과 비교할 때 상대적으로 큰 진전이 없었고 상응할만한 성과가 나오지 않았다. 구체적으로 말하면 다음과 같다. 첫째, 이 시기에 지어진 산문이 엄청난 분량인 것에 비해 상인을 언급한 산문은 시가와 마찬가지로 거의 찾아보기 힘들다. 둘째, 어쩌다 상

142 『先秦漢魏晉南北朝詩』 魏詩 卷6에서 인용한 樂府의 斷句.

인을 언급한 산문도 대부분 심미적 문체가 아닌 실용적인 문체에 속하여 상인에 대한 문학적인 표현이 매우 적다. 셋째, 왕표지王彪之의 「정시교整市教」,[143] 부현傅玄의 「검상고檢商賈」,[144] 양梁 간문제簡文帝의 「이시교移市教」[145] 등과 같이 실용적 산문에서 상인을 언급할 때조차 그 태도와 입장이 또한 대부분 소극적이어서 그들을 이해하거나 동정하는 경우는 거의 없다. 총괄하면, 상인을 표현하는 측면에 있어서 위진남북조 산문과 문인 시가의 상황은 비슷하여 동시대의 악부시가와 지괴소설에 훨씬 미치지 못한다.

비록 상황은 이렇지만 자세히 살펴보면 미묘한 변화가 아예 없는 것은 아니다. 예를 들어, 한대에 수도를 제재로 한 대부大賦를 계승하여 좌사左思가 지은 「삼도부三都賦」에는 시장에 대한 묘사가 훨씬 생동감 있고 자세하여 시장에 대한 작자의 깊은 관심을 보여주며 이는 당시 다른 문체에서는 볼 수 없는 것이다. 그 중 삼국의 수도에서 시장의 교역과 상인의 생활을 묘사한 단락을 읽어보자.

> 다음으로 소성少城이 서쪽에 접해있는데 시전市廛이 모여 있는 곳으로 온갖 상인들이 드나듭니다. 수백 개의 골목길이 늘어서 있고 그 안에 수천 개의 상점들이 모여 있습니다. 재화가 산처럼 쌓여 있고 고운 비단들이 별처럼 빛납니다. 도시의 남녀들은 좋은 옷에 곱게 화장을 하였으며 사고파는 상품들이 종횡으로 뒤섞여 있습니다. 신기한 이국의 물건은 세상에서도

---

143 『全晉文』 卷21.
144 『全晉文』 卷47.
145 『全梁文』 卷9.

기이한 것들로 동화橦華로 만든 옷감과 광랑桄榔으로 만든 가루가 있습니다. 공죽邛竹으로 만든 지팡이는 대하大夏까지 전해지고, 구장蒟醬의 맛은 광동 지방까지 알려졌습니다. 수레와 가마가 뒤섞여 몰려오고 벼슬아치들도 섞여있습니다. 바퀴 자국 겹겹이 남겨져 있고 수레들이 어지럽게 늘어선 가운데 서로 밀어댑니다. 왁자지껄한 소리는 솥에 물이 끓는 듯하고 요란한 소리가 온 사방에 울립니다. 떠들썩한 소리와 먼지가 하늘을 뒤덮으니 밝은 태양을 뿌옇게 만들어 버립니다. 성문 안쪽으로 장인들이 거처하고 수많은 집들의 별실에서 베 짜는 소리가 들립니다. 조개 무늬 비단이 성도의 강물에 씻긴 듯 빛나고 죽통처럼 말린 황윤黃潤 비단은 금 한 상자보다 비쌉니다. 대부호 탁왕손卓王孫, 정정程鄭이 명성을 다투어 함부로 산과 강가를 차지해 집안 재물을 늘립니다. 수만 냥을 가지고 있으니 목수와 재단사가 끊임없이 물품을 가지고 옵니다. 또 막강한 재력과 위세가 주변 성읍까지 미칩니다. 삼촉三蜀의 부호들이 수시로 드나들며 도시 사람들과 사귀면서 무리를 짓습니다. 자지러지게 웃고 즐기면서 주목을 움켜쥐고 손뼉을 치기까지 합니다. 나갈 때는 여러 말들이 나란히 달리고, 돌아올 때는 백 대의 수레가 따라옵니다.[146](「촉도부蜀都賦」)

사람들은 즐겁고 흥겨움에 넘쳐 가마에 몸을 싣고 사방에서 들어

146 亞以少城, 接乎其西. 市廛所會, 萬商之淵. 列隧百重, 羅肆巨千. 賄貨山積, 纖麗星繁. 都人士女, 袨服靚妝. 賈貿墆鬻, 舛錯縱橫. 異物崛詭, 奇於八方. 布有橦華, 麵有桄榔. 邛杖傳節於大夏之邑, 蒟醬流味於番禺之鄉. 輿輦雜踏, 冠帶混並. 累轂疊跡, 叛衍相傾. 喧嘩鼎沸, 則哤聒宇宙; 囂塵張天, 則埃壒曜靈. 闤闠之里, 伎巧之家, 百室離房, 機杼相和. 貝錦斐成, 濯色江波, 黃潤比筒, 籯金所過. 侈侈隆富, 卓鄭埒名. 公擅山川, 貨殖私庭. 藏鏹巨萬, 鈲摫兼呈. 亦以財雄, 翕習邊城. 三蜀之豪, 時來時往. 養交都邑, 結儔附黨. 劇談戲論, 扼腕抵掌. 出則連騎, 歸從百兩.(『文選』 卷4)

옵니다. 물에는 배가 떠 있고 땅에는 마차가 지나다니니, 노 젓는 소리와 마차 소리가 새벽부터 하루 종일 끊이지 않습니다. 아침에 시장이 열리면 온갖 상품들이 들어와 성벽과 문 옆까지 물건들이 넘쳐납니다. 상품들과 상점들이 뒤섞여 있는 곳에 도시 사람과 시골 사람이 한 데 어울려 있습니다. 남자 여자 할 것 같이 물건을 고르고 상인들은 어울려 흥정합니다. 모시옷을 입은 사람과 갈포 옷을 입은 사람들이 뒤섞여 있습니다. 사람을 태운 가벼운 수레가 시장 길을 천천히 지나가고 바람에 실려 큰 배가 상점을 지나갑니다. 과일과 옷감들이 항상 몰려들고 멀리서는 유리, 가슬珂珹까지 들어옵니다. 잡동사니가 어지럽게 쌓여 있고 온갖 기물들이 넘쳐납니다. 금덩어리가 쌓여있고 난간 사이로 구슬들이 진열되어 있습니다. 도지죽桃枝竹 돗자리와 상아 돗자리가 죽통에 담겨있고 초갈蕉葛, 승월升越 같은 고운 베는 비단결 같습니다. 시끄럽게 떠들며 다투어 거래하고 왁자지껄 떠들며 사람들이 모여 있습니다. 소맷자락 휘날리며 사람들 오고가니 대낮에도 먼지가 자욱합니다. 일꾼들이 비 오듯 땀을 흘려서 길거리가 질척할 정도입니다. 비옥한 부중富中 땅의 백성들은 장사거리를 찾아 때맞추어 이익을 남겨 큰 재산을 모았습니다. 다른 지역과 경쟁하여 토지와 마을을 겸병하고 좋은 옷 입고 진기한 음식 먹으면서 사치스럽게 사는 것을 자랑합니다.[147] (「오도부吳都賦」)

147 於是樂只衎而歡飫無匱, 都輦殷而四奧來暨. 水浮陸行, 方舟結駟, 唱櫂轉轂, 昧旦永日. 開市朝而並納, 橫闤闠而流溢. 混品物而同廛, 並都鄙而爲一. 士女佇眙, 商賈駢坒. 紵衣絺服, 雜踏傱萃. 輕輿按轡以經隧, 樓船擧颿而過肆. 果布輻湊而常然, 致遠流離與珂珹. 緐賄紛紜, 器用萬端. 金鎰磊砢, 珠琲闌干. 桃笙象簟, 韜於筒中. 蕉葛升越, 弱於羅紈. 㶑譶㬧䢚, 交貿相競. 喧嘩喤呷, 芬葩蔭映. 揮袖風飄, 而紅塵晝昏; 流汗霡霂, 而中逵泥濘. 富中之甿, 貨殖之選, 乘時射利, 財豐巨萬. 競其區宇, 則並疆兼巷; 矜其宴居, 則珠服玉饌.(『文

아침, 점심, 저녁으로 시장이 들어서 상점들이 문을 열면 크고 작은 시장길이 사방으로 펼쳐집니다. 가게들이 줄지어 들어서 있고 담과 문이 띠처럼 둘러싸고 있습니다. 있는 건 내놓고 없는 건 사려고 한낮이 되면 모든 사람들이 몰려듭니다. 높이 솟은 시루市樓에서는 넓고 화려한 시장을 조망합니다. 시장통 작은 길에는 바퀴들이 부딪치고 마차들이 꼬리를 물고 끝없이 이어집니다. 마부가 수레 난간을 잡고 말을 채찍질하고 행인들의 소매가 겹쳐 장막을 이룹니다. 사방팔방의 물건이 다 같이 섞여 있으니 기이한 풍물을 모두 볼 수 있습니다. 매매 문서로 값을 맞추어 교역을 하고 도전刀錢과 포전布錢으로 많은 거래를 합니다. 재료를 가지고 공인이 만들면 상인들이 돌아다니며 파니 값비싼 물건들은 여기서는 매매하지 않습니다. 기물은 두루 사용되고 항상 필요한 것이며 상품들은 조잡하지 않고 견고하게 만들어집니다. 속여 팔거나 값을 예단하지 않으니 돈후한 풍속이 정착되어 있습니다. 백장白藏 창고는 물건들이 무수히 쌓여 있으니 장안의 큰 창고 대내大內에 필적할 정도로 세상의 온갖 보물이 있습니다. 사천에서 바친 비단이 쌓여있고 진귀한 구슬과 예물이 가득합니다. 저울을 적확하게 사용하고 세금은 신중하게 부과합니다. 창고에 비치된 연나라 활은 부드러우면서 강하고 마굿간의 기나라 말들은 튼튼하고 날랩니다.[148](「위도부魏都賦」)

選』卷5)

148 廓三市而開廛, 籍平逵而九達. 班列肆以兼羅, 設闤闠以襟帶. 濟有無之常偏, 距日中而畢會. 抗旗亭之嶢薛, 侈所覜之博大. 百隧轂擊, 連軫萬貫. 憑軾捶馬, 袖幕紛半. 壹八方而混同, 極風采之異觀. 質劑平而交易, 刀布貿而無算. 財以工化, 賄以商通. 難得之貨, 此則弗容. 器周用而長務, 物背窳而就攻. 不鬻邪而豫賈, 著馴風之醇醲. 白藏之藏, 富有無堤. 同賑大內, 控引世資. 賨賨積墆, 琛幣充牣. 關石之所和鈞, 財賦之所底慎. 燕弧盈庫而委勁, 冀馬塡廄而駔駿.(『文選』卷6)

「서경부西京賦」에 등장하는 유사한 묘사와 비교하면, 묘사의 순서, 구조, 어기 등에서 장형을 따르고 있으며, [장형을] "계승하면서 더욱 화려해진" 부분도 있다. 가령 묘사의 편폭이 늘어나고 어기가 강해지고 상품의 종류, 시장의 분위기, 상인의 사치 등의 묘사는 훨씬 더 정밀해서 핍진하고 현장감이 있다. 더욱이 「오도부」의 "물에는 배가 떠 있고 땅에는 마차가 지나다니니, 노 젓는 소리와 마차 소리가 새벽부터 하루 종일 끊이지 않습니다[水浮陸行, 方舟結駟, 唱櫂轉轂, 昧旦永日]"와 "사람을 태운 가벼운 수레가 시장 길을 천천히 지나가고 바람에 실려 큰 배가 상점을 지나갑니다[輕輿按轡以經隧, 樓船擧颿而過]" 등과 같은 표현은 강남 수상 도시에서 물가에 위치한 시장의 특징을 잘 묘사해서 후대의 송대 『청명상하도淸明上河圖』를 연상시키고 있으며 육조 시대 강남이 번성하기 시작하는 새로운 분위기를 잘 포착하고 있다.

그러나 「삼도부」 가운데 위에 서술한 시장에 대한 묘사는 한나라 수도를 제재로 하는 대부大賦의 연속선상에 있으니 '계승'을 위주로 하면서 후대에 '전승'하는 의의도 있다고 할 수 있다. 시장을 소재로 삼거나 유사한 제재를 쓴 이 시기에 출현한 다른 문체의 작품들, 예를 들어 성찬成粲의 「평락시부平樂市賦」, 성공수成公綏의 「시장잠市長箴」 등도 그러하다. 이들 작품들은 수도를 제재로 하는 사부에서 시장 부분에 초점을 맞추어 시장을 종속적인 위치에서 독립시켜서 새로운 제재로 발전시켰고 그렇게 해서 새로운 종류의 작품이 된 것 같다. 이러한 종류의 작품은 완전히 남아있지 않지만 단편적으로 남아있는 부분 중에서도 새롭고 신선한 분위기를 느낄 수 있다. 먼저 성찬의 「평락시부」를 읽어보자.

시장의 발흥은 염제로부터 비롯했으니 재화를 모아 이용하며 사사로운 이익은 추구하지 않습니다. 골목마다 수많은 상점이 늘어서 있고 온갖 부류가 모여 살며 거리마다 마주보며 용마루와 지붕이 이어져 있습니다. 상인들은 눈짓 하고 이마를 찡그리며 콧등을 씰룩이며 코를 막기도 하면서 짧은 순간에도 지혜를 발휘하여 티끌만한 이문도 놓치지 않습니다.[149]

사부의 나열해서 묘사하는鋪陳 수법을 사용해서 시장의 구석구석을 최대한 상세하게 묘사한 것으로 보인다. 이러한 문장은 이전 시대에는 없었다. 또 성공수成公綏의 「시장잠市長箴」을 보자.

있는 건 팔고 없는 건 사려고 곳곳에 시장에 생겼으니 사람들이 돈을 지불하여 물건을 순서대로 사서 교역이 끝나고 돌아오면 제각기 원하는 것을 얻습니다. 조참曹參(기원전 190년 졸)이 제나라의 재상이었을 때 의로움으로 깨끗이 다스려서 간사함으로 어지럽혀지지 않았고 맡기는 대로 보내면 되었고 시장의 아전들은 가게를 감독하며 관리자에게 보고하였습니다.[150]

'시장市長'은 시장을 관리하는 사람이다. 시장市長에 흥미를 느끼는 것은 시장市場에 흥미를 느끼는 것이기도 하니 시장을 소재로 한 사부의 파생물이라고 할 수 있다. 이러한 문장도 이전에는 없었다.

---

149 惟市之由興, 自帝炎之所創. 聚財貨以利用, 蓋私事之莫尙. 爾乃巷列千所, 羅居百族, 街衢相望, 連棟接屋. 則能目語額瞬, 動頞塞鼻. 談智於尺寸之間, 窺欲於分毫之利.(『全晉文』卷86)

150 貿遷有無, 市朝有處. 人以攸資, 貨以攸敘. 交易而退, 各得其所. 曹參相齊, 淸淨以義. 奸不可擾, 顧托有寄. 市臣掌肆, 敢告執事.(『全晉文』卷59)

시장을 소재로 삼는 이러한 작품들은 이후 당대에 유사한 작품들이 출현하는 데 직접적인 영향을 주었다. 유우석劉禹錫의 「관시觀市」, 이원李遠의 「일중위시부日中爲市賦」, 나은羅隱의 「시부市賦」 등이며 이들은 모두 완전한 형태로 남아있다. 비록 깊이 면에서 이전 시대의 작품은 당대의 작품들을 따라갈 수 없지만 시장에 깊은 관심이 있다는 공통적인 특징을 가지고 있다. 이는 상품 경제가 중세에 부단히 발전하면서 문인들이 시장에 점점 더 많은 관심을 가지게 되었음을 보여준다. 시장은 이미 문인들에게 독자적인 관심 대상이 되어서 독립적인 묘사 가치를 가진 것으로 여겨졌다. 당연히 이러한 작품들은 상인에 대한 직접적인 표현이라고 할 수 없지만 상인에 대한 직접적인 표현의 배경이 되기 때문에 이들의 존재와 발전은 주목할만한 가치가 있다.

좌사의 「삼도부」가 한대 수도를 제재로 하는 사부를 '계승'하였고 성찬의 「평락시부」 등이 당대 같은 부류의 작품들에 '영향'을 준 것으로 볼 때 위진남북조 문학이 상인을 표현하는 측면에서 교량 역할을 하였음을 알 수 있다.

그러나 총괄적으로 말하면, 상인을 표현하는 데 있어서 위진남북조 시대 문인들의 시문은 동시대의 악부시와 지괴소설에 훨씬 미치지 못했다. 이는 주류문학으로서의 시문 영역이 상인 계층에게 아직은 전면적으로 개방되지 않았음을 보여준다. 북위北魏 가사협賈思勰의 『제민요술齊民要術』은 "농사에서 시작해서 젓갈을 담는 데에 이르기까지 생계에 도움이 되는 일은 쓰지 않는 바가 없었다"(起自耕農, 終於醯醢, 資生之業, 靡不畢書)는 말처럼 경제와 민생에 도움이 되는 일들을 두루 기록하였다. 그러나 유독 상업만큼은 배제해서 다음과 같이 그 이유를 밝히고 있다. "근본을 버리고 말단을 좇는 일은 현인들이 배척하는 바이니 당장은 부유하지만 결국 가난해져서 굶주림과 추위가 다가온다. 그래서 상업은 제외하고 싣지 않았다."(舍本逐末, 賢哲所非, 日富歲貧, 饑寒之漸, 故商賈之事, 闕而不錄)[151] 이 말은 바로 상업에 대한 당시 문인들의 전형적인 태도이며 당시 시문에서 상인을 다루지 않은 이유를 매우 잘 보여주는 상징이다.

이상에서 서술한 바와 같이, 위진남북조 문학에서 상인에 대한 표현은 전대 문학에 비하여 상당한 진보를 이루었다. 당시 악부시가와 지괴소설 중에는 이미 본격적으로 상인을 묘사한 작품들이 출현하여 상인의 생활과 감정, 또 그들의 두려움과 소망을 표현하였다. 이러한 작품들의 수량은 전대보다 늘어났으며 그 표현 범위 역시 전대보다 확대되었다. 더욱이 상당히 많은 방면에서 후대 문학의 선구가 되었다. 그러나 상당한 진보를 이루었다 해도 당시 전체 문학으로 말하면 상인과 관련 있는 표현은 어떤 중요한 비중을 차지한다고 말할 수 없으며 주류 문학에서 상당히 벗어나 있을 뿐만 아니라 대부분 주류 문학에 묻혀서 드러나지 않았다.

5. 소결

중국문학 전체에서 상인을 표현한 역사로 말하면, 당대 이전의 일천여 년은 맹아기일 뿐이다. 이 시기에 상인은 문학 속에서 '단역'이었을

151 「齊民要術序」, 『全後魏文』 卷39.

뿐이며 이들에게 주의를 기울인 문인들도 매우 적다. 따라서 상인을 표현한 문학 작품의 수량 역시 상당히 적으며 상인에 대한 태도 역시 항상 그렇게 우호적이지는 않다. 이 시기 자체로만 볼 때에도 상인에 대한 표현은 앞선 시대일수록 더 적다. 하지만 어떻게 말하건 간에 상인에 대한 표현은 이미 시작되었고 그중 약간은 후대 문학에도 영향을 주었다. 따라서 중국문학에서 상인을 표현한 역사를 탐구할 때 이 시기는 제일 먼저 우리의 관심을 끌 이유가 있는 것이다.

2장 당오대唐五代 문학 속 상인에 대한 표현

당대는 한대 이후 중국역사에서 또 한 번의 전성기였다. 이 위대한 시대에 상업 역시 계속 발전하였다. 광활한 장강 유역은 수백 년 동안 남조가 개발하면서 중국 전체에서 부유한 지역 중의 하나가 되었다. 남북을 관통하는 대운하가 개통되면서 대규모로 남북 경제 교류를 촉진하였다. 장강과 운하 연안에 많은 상업 대도시가 출현하고 각지에서 온 상인들이 운집하였다. 양주揚州와 같은 경우 "이때에 사방이 태평하여 광릉(양주)은 풍류가 넘치는 땅이 되었고 수백이 넘는 대상인들이 활동하였다時四方無事, 廣陵爲歌鍾之地, 富商大賈, 動逾百數"[1] 또 당시 구강九江

1 『太平廣記』 卷290 「呂用之」. 또한 양주의 흥기는 중세의 일대 사건으로서 陳正祥이 지적한 대로 당오대의 경제 지도를 바꾸어 놓았다. "경제적 번영으로 인해 汴河와 山陽瀆 연안에는 揚州와 楚州 같은 큰 도시가 발달했다. 양주는 산양독의 남단에 있으며 초주는 산양독의 북단에 있다. 양주가 흥성한 주원인은 편리한 교통이었다. 양자강과 회하 수로의 요충지였고 또한 바다로부터 온 배가 정박할 수 있는 항구였다. 이처럼 더할 나위 없는 조건이어서 '천하에서 제일 부유한'[雄富冠天下] 대상업 도시가 되었다.(『新唐

일대의 강변에는 "여러 배들이 정박했는데 모두 대상인이었다[群舟泊者, 悉是大商]"[2] 당대에는 해외무역도 상당히 발달했다. 일본, 신라, 참파(林邑; 베트남 중부), 첸라(캄보디아), 자바, 슈리비자야(Srivijaya, 수마트라), 인도, 미얀마, 네팔, 스리랑카, 페르시아, 사마르칸트, 아랍 등 많은 국가의 상인들이 무역으로 왕래하였다. 당은 해상에서는 광주 등 동남 연해의 항구를 통하여 동북아, 동남아 국가들과 교류하였고 육지에서는 그 유명한 '실크로드'를 통하여 중앙아시아, 중동과 무역하였다. 당대 상인의 경제력과 사회적 영향력은 모두 전대보다 증가하였다. 또 유종원柳宗元이 「이상吏商」에서 지적한 대로 관리들마저 참여하여 "온 세상이 다투어 장사꾼이 되었다擧世爭爲貨商"[3] 이 역시 전대에는 없었던 현상이다.

당대는 중국문학사에서도 황금시대였다. 당대의 시가는 고전시가 방면에서 최고의 경지에 이르렀다. 당대의 문언소설은 중국고전소설의 기초를 완성하였다. 주목할 점은 위대한 당대 문학을 담당한 문인들의 신분이 전 시대의 귀족에서 일반적인 사인士人 혹은 사인 출신의

書』, 「高駢傳」 卷149에 보인다) 성도成都보다도 더 번영하여 "양주가 첫 번째, 익주가 두 번째"[揚一益二]라고 일컬어졌다. 李吉甫의 『元和郡縣志』에서는 "양주와 성도는 천하의 호화로운 도시로 불리며 揚益으로 병칭되었다."[揚州與成都, 號爲天下繁侈, 故稱揚益.] 劉晏은 鹽鐵轉運使가 되어 漕運을 정돈하며 양주를 治所로 삼았다. 王象之의 『輿地紀勝』은 다음과 같은 沈括의 말을 인용하고 있다. "회남의 서쪽에서부터 양자강 동쪽, 그리고 남쪽으로 五嶺과 蜀漢에 이르기까지 十一路와 온갖 고을을 오가는 상인들이 모두 양주에서 출발하였고 밤낮으로 배와 수레가 수도로 물자를 날랐는데 그 양이 천하의 7할을 차지하였다."[自淮南以西, 大江之東, 南至五嶺蜀漢, 十一路百州遷徙貿易之人, 往還皆出揚州下. 舟車日夜灌輸京師, 居天下之十七.](『中國文化地理』 第6篇 「長城和大運河」, 北京, 生活·讀書·新知三聯書店, 1983年版, 184면)

2 『太平廣記』 卷108 「元初」.

3 『全唐文』 卷586.

관료로 바뀌었다는 점이다. 그래서 우리의 관심을 끄는 서민성이 당대 문학에서부터 나타났다. 이전 시대의 귀족적인 문학과 다르니 당대 문학은 훨씬 서민적인 문학이라고 할 수 있다.

이와 같은 당대 사회와 문학의 각종 변화는 상인의 표현에서도 매우 유리하게 작용하였다. 상인 세력이 강해지면서 자연히 문인들의 관심을 받았고 문인들의 서민 의식 역시 상인의 존재에 관심을 갖도록 하였다. 그리하여 당대 문학에서 상인을 표현한 작품이 훨씬 많이 증가하고 상인을 표현하는 범위도 더욱 확대되는 것을 볼 수 있다. 상인은 이전 시기의 문학에서는 '단역'이었다가 당대 문학에서 '조연'으로 도약하였고 어떤 경우에는 '주연'이 되기도 하였다. 따라서 중국문학에서 상인을 표현한 역사는 당대 문학에 이르러 정식으로 서막을 열었다고 할 수 있다. 이전 문학에서 맹아기적 상태였다가 당대 문학에 오면 뿌리를 내리고 꽃을 피우기 시작하였다. 이와 동시에 당대 문학에서 상인에 대한 표현 역시 다소 제한적 부분도 있기는 하지만 각 방면에서 발전해서 상인을 표현한 후대 문학의 기초를 다져놓았고 또한 후대 문학에 지속적인 영향을 주었다.

오대五代 문학에서 상인에 대한 표현은 각 방면에서 모두 당대 문학의 연장선상에 있다. 따라서 여기서는 오대와 당대 문학을 함께 논의할 것이다.

1. 각종 문체에서의 상인에 대한 표현

당오대의 주요 문학 양식은 시가, 산문, 문언소설이며 각각 『전당시全唐詩』, 『전당문全唐文』, 『태평광기太平廣記』(당오대 부분) 등의 총집 혹은 전집에 수록되어 있다. 여기서는 위에서 언급한 총집과 전집에 대한 조사를 통해 당오대 각 장르에서 상인을 표현한 정황을 살펴볼 것이다.[4]

1) 시가詩歌

『전당시』(현대인이 새로 편집한 『전당시보유全唐詩補編』, 『전당오대사全唐五代詞』 포함) 등 당시 총집을 조사하면, 당오대 전체의 시가에서 상인을 표현한 시가가 차지하는 비중이 그다지 크지는 않지만 수량 자체로 보면 이전 시대의 상인 시가를 훨씬 넘어서서 비교할 수 없을 정도로 많았다. 더욱이 이전 시대 작품 대부분이 민간의 악부가곡이어서 시인의 이름을 알기 어려웠던 것과 달리 이러한 상인 시가는 대부분 작가의 이름을 알 수 있는 작품들이다. 더욱 주목할 점은 단지 당오대의 일반 시인들뿐만 아니라 이백李白, 유우석劉禹錫, 장적張籍, 백거이白居易, 원진元稹 등과 같은 대시인도 이러한 제재에 관심을 갖기 시작했다는 것이다. 게다가 이들은 상인을 간접적으로 표현하는 데만 머물지 않고 상인의 생활을 직접적으로 묘사하면서 그들에 대한 관점을 자주 표명하곤 했다. 일반 시인들의 작품 역시 상인에 대한 관심이 이전 시대를

4 성현, 이래종 역주, 『부휴자담론』, 소명출판, 2004, 66~68면.

훨씬 넘어서 관심의 범위도 상당히 광범위해졌다. 따라서 당오대 전체의 시가로 보면, 상인에 대한 흥미가 나타나고, 상인 및 상인의 생활이 이미 시가에서 중요한 제재가 되었으며 상인은 이제 정식으로 시가의 무대에 등장하기 시작하였다고 말할 수 있다.

『전당시』를 살펴보면, 상인을 표현한 시가 중에서 본격적으로 상인의 생활을 표현한 작품은 유우석劉禹錫의 「채릉행采菱行」(권356), 「야문상인선중쟁夜聞商人船中箏」(권365), 장적의 「고객악賈客樂」(권382) 등이다. 상인 생활의 위험을 표현한 작품은 이백의 「고객악估客樂」(권165), 유가劉駕의 「고객사賈客詞」(권585)와 「반고객악反賈客樂」(권585), 황도黃滔의 「고객賈客」(권704), 소증蘇拯의 「고객賈客」(권718), 유득인劉得仁의 「고부원賈婦怨」(권545) 등이다. 상인의 고달픔을 표현한 시는 오융吳融의 「상인商人」(권684) 등이다. 상인의 향수를 표현한 작품은 왕건王建의 「강남삼대사江南三臺詞」 4수 중 제1수(권301), 관휴貫休의 「조상객嘲商客」(권827) 등이다. 상인의 번뇌를 표현한 작품은 양릉楊凌의 「고객수賈客愁」(권291) 등이다. 상인 아내의 고통을 표현한 작품이 가장 많으니 이백의 「장간행長干行」 2수(권163), 유득인劉得仁의 「고부원賈婦怨」(권545), 이단李端의 「대기부답고객代棄婦答賈客」(권286), 장조張潮의 「강풍행江風行」(「장간행長干行」이라고도 함, 권114), 온정균溫庭筠의 「삼주사三洲詞」(권576), 왕건王建의 「조소령調笑令」(권890), 곽소란郭紹蘭의 「기부寄夫」(권799), 유채춘劉采春의 「나홍곡囉嗊曲」 6수(권802), 이백의 「강하행江夏行」(권167), 이익李益의 「강남곡江南曲」(권283), 백거이의 「비파행琵琶行」(권435) 등이다. 상인을 비판하는 작품은 장적의 「고객악賈客樂」(권382), 백거이의 「염상부鹽商婦」(권427), 원진元稹의 「고객악估客樂」(권418), 유우석의 「고객사賈客詞」(권354) 등이다. 이밖에

「전당오대사」에 상인과 상인 아내의 생활을 표현한 작품으로 손광헌孫光憲의 「죽지竹枝」(권6)와 돈황敦煌 곡자사曲子詞 「장상사長相思」(권7) 등이 있다.

비록 완전하지는 않지만 위에 열거한 작품의 수만 보더라도 이미 삼십여 수나 되어 이전 시대 동일한 제제의 시가보다 훨씬 많다. 그 제재와 내용의 범위 또한 이전 시대보다 훨씬 확대되었다. 또한 당오대의 시인들이 가지고 있었던 일부 관점들 또한 후대 상인 시가의 기본적 경향을 결정하였다. 따라서 기타 다른 제재와 여전히 비교할 수는 없지만 상인을 제재로 한 측면에서도 당오대의 시가는 여전히 찬란한 시대였다는 칭호를 받기에 부족하지 않다.

2) 문언소설文言小說

당오대의 문언소설은 개별 단행본 외에 주로 북송 태평흥국太平興國 연간에 편찬된 『태평광기太平廣記』에 남아 있다. 관련 학자의 고증에 따르면, 당대 사람이 지은 문언소설집은 대략 90부 정도이고, 그중 『태평광기』에 수록된 것이 60부, 즉 당대 문언소설 중 3/4을 우리는 지금도 볼 수 있다. 오대의 문언소설까지 더하면 그 수는 더욱 많아진다.

위진남북조 지괴소설 중 상인을 언급한 작품은 소수의 몇 편에 지나지 않는다. 그러나 당오대 문언소설에 오면 상인의 내용을 표현한 작품이 크게 늘어나며, 심지어 사람들의 주목을 끄는 정도도 당시보다 더하거나 최소한 당시보다 덜하지 않다. 『태평광기』에 대한 초보적 조사에 따르면, 그중 대략 60편 정도가 상인을 주인공으로 하거나 상인과 관련이 있다. 해당 작품은 다음과 같다. 「이각李玨」(권31), 「노산인盧山人」(권43), 「백낙천白樂天」(권48), 「여구자閭丘子」(권52), 「이객李客」(권85), 「노연귀盧延貴」(권86), 「두로빈杜魯賓」(권86), 「하로何老」(권107), 「하진何軫」(권108), 「원초元初」(권108), 「판해객販海客」(권108), 「심신沈申」(권124), 「최무은崔無隱」(권125), 「형숙邢璹」(권128), 「주화朱化」(권133), 「제주민齊州民」(권138), 「정덕린鄭德璘」(권152), 「최갈崔碣」(권172), 「유숭귀劉崇龜」(권172), 「유방우(劉方遇)」(권172), 「반장군潘將軍」(권196), 「강회매인江淮賈人」(권243), 「안중패安重霸」(권243), 「이굉李宏」(권263), 「주적처周迪妻」(권270), 「하씨賀氏」(권271), 「장섬張瞻」(권279) 「판교삼낭자板橋三娘子」(권286), 「여용지呂用之」(권290), 「제갈은諸葛殷」(권290), 「이주씨爾朱氏」(권312), 「염경閻庚」(권328), 「진도陳導」(권328), 「정소鄭紹」(권345), 「맹씨孟氏」(권345), 「청주객青州客」(권353), 「전달성田達誠」(권354), 「승민초僧瑉楚」(권355), 「광릉고인廣陵賈人」(권355), 「공파龔播」(권401), 「청니주青泥珠」(권402), 「경촌주徑寸珠」(권402), 「보주寶珠」(권402), 「수주水珠」(권402), 「이면李勉」(권402), 「수선자守船者」(권402), 「엄생嚴生」(권402), 「육병호鬻餅胡」(권402), 「옥청삼보玉清三寶」(권403), 「보골寶骨」(권403), 「자말갈紫羖羯」(권403), 「위생魏生」(권403), 「잠씨岑氏」(권404), 「구명국俱名國」(권420), 「유관사劉貫詞」(권421), 「조척趙倜」(권431), 「왕행언王行言」(권433), 「신라新羅」(권481), 「사소아전謝小娥傳」(권491), 「곽사군郭使君」(권499) 등. 내용상으로는 신선을 좋아하는 상인, 신선을 만난 상인, 신선이 된 상인, 상인의 해외무역, 상인의 해외에서의 기이한 만남, 상인의 위험한 여정, 나쁜 객점을 만난 상인, 화를 입은 상인, 상인의 착실함과 신용, 상인 아내의 착실함과 신용, 상인이 관리가 되는 꿈, 상인이 돈을

버는 꿈, 상인의 호색몽, 상인의 선행, 상인의 악행, 상인의 가정 변고, 상인의 재산 분쟁, 상인과 사인士人의 관계, 관부의 상인 박해, 상인의 기이한 행적, 상인의 기이한 만남, 호상胡商의 보물 인식, 상인 아내의 성적 고민, 상인 아내의 자기 희생, 상인 아내의 외도, 상인에 대한 비난 등이 있다. 상인과 관련된 이들 고사를 종합해보면 상인 소재의 문언소설집 한 권을 충분히 편찬할 만하다.

이상의 내용을 통해 당오대 문언소설의 작자에게는 시인과 마찬가지로 상인의 생활에 대한 흥미와 이를 표현하려는 욕망이 있었음을 알 수 있다. 그리고 표현의 범위 면에서는 동시대의 시가보다 훨씬 광범위하다고 말해야 할 것이다. 뿐만 아니라 문언소설은 시가에 비해 훨씬 많은 내용을 담고 있어서 더욱 구체적으로 상인의 생활을 표현할 수 있다. 따라서 당오대 문언소설에서 대량으로 상인을 표현한 것은 더욱 중요한 의미를 갖게 된다. 당오대 때 문언소설이 번영한 것은 문학사 자체의 발전을 의미할 뿐 아니라 동시에 상인을 표현한 문학의 역사도 발전하였음을 의미한다. 바로 이런 측면에서 우리는 당오대 문언소설을 높이 평가하고 싶은 것이다.

그러나 당오대 문언소설의 상인에 대한 표현에는 근본적 결함도 있다. 그것은 바로 여기에 표현된 상인의 형상이 대부분은 아직 일반적 수준에 머물러 있을 뿐 사람들에게 깊은 인상을 주는 역할은 없다는 것이다. 뿐만 아니라 편폭이 대부분 상당히 짧고 고사 자체도 충분히 생동적이거나 곡절이 있지 않다. 우리는 다음의 사실에 주의해야 한다. 즉, 우리가 알고 있는 당대 문언소설의 명편 중에서 상인을 주인공으로 하는 작품은 한 편도 없다는 것, 혹은 바꿔 말하면, 상인을 주인공으로 한 당오대 문언소설 중 인구에 회자된 명편은 하나도 없다는 것이다. 바로 이러한 이유 때문에 이들 작품은 여전히 『태평광기』라는 '창고'에 누워 있으면서 사람들의 주목을 거의 받지 못하고 있다. 상인 형상의 진일보한 발전은 아직 후대의 백화소설을 기다려야 했던 것이다.

그러나 이상에서 언급한 결함이 있다 하더라도 당오대 문언소설 속의 상인 제재 작품을 소홀히 하거나 경시해서는 안 된다. 이후의 송원명청 시대, 즉 백화소설과 희곡이 유행한 시대에 당오대 문언소설을 포함한 고대 문언소설이 백화소설과 희곡 작가의 소재 창고와 영감의 원천이 되었기 때문이다. 송말宋末 나엽羅燁의 『취옹담록醉翁談錄』 갑집甲集 권1 「설경서인舌耕叙引 · 소설개벽小說開闢」에서는 당시 설화인이 반드시 "어려서는 『태평광기』를 익히고, 자라서는 역대 사서를 공부해야"[5] 했다고 밝혔다. 그리고 송금원의 화본話本, 잡극雜劇, 제궁조諸宮調, 희문戱文 등은 항상 『태평광기』 고사에서 소재를 취하곤 했으며, 명 가정嘉靖 45년(1566) 무석無錫의 담개談愷 간본이 출현한 이후 『태평광기』가 더욱 광범위하게 유행하면서 명청 소설과 희곡 작가들은 대부분 이로부터 소재를 취했다. 그러므로 『태평광기』에 실린 상인 관련 각 고사들은 비록 그 자체의 문학적 성취가 반드시 높다고 할 순 없지만, 오히려 후대 희곡과 소설이 상인의 형상을 좀 더 발전된 모습으로 표현해내는 데 있어 대량의 소재와 영감을 제공해주었다. 이런 의미에서 볼 때, 중국문학에서 상인을 표현한 역사에서 이들 작품의 중요성은 당연히 무시할 수 없는 것이다.

---

5 幼習太平廣記, 長攻歷代史書.

3) 산문散文

『전당시』와 『태평광기』 등을 조사한 후에 우리는 동일한 목적으로 『전당문全唐文』을 조사하였다. 조사하기 전에 우리는 『전당시』, 『태평광기』 등을 조사할 때와 동일한 수확을 얻으리라는 상당한 자신감이 있었다. 그러나 조사 결과는 뜻밖에도 실망스러웠다. 『전당문』에 있는 수많은 작품 중에서 상인을 소재로 하는 작품은 불과 몇 편뿐이었다. 그리하여 우리는 일종의 다음과 같은 인상을 갖게 되었다. 즉 당대 산문가는 시인, 소설가처럼 상인과 그들의 생활에 깊은 흥미를 가지고 있는 것 같지 않으며 의식적, 무의식적으로 일종의 '침묵의 긍지'를 가지고 있었다.

이는 아마도 문체에 관한 고대 중국의 가치관과 관련이 있을 것이다. 고대 중국의 여러 문체 중에서 '문'은 도를 싣는 도구이며 교유의 수단이기 때문에 일반적으로 가장 중요하게 여겨졌다. 이는 시가 언지言志 외에 서정抒情의 기능이 있어서 훨씬 더 많이 자기의 감정을 표현할 수 있는 것과 다르며, 또한 문언소설이 단지 유희와 오락의 수단이어서 듣고 본 바를 자유롭게 표현하는 것과도 다르다. 아마 이러한 이유로 절대다수의 당오대 산문가들은 모두 의식적, 무의식적으로 상인에 대한 표현을 회피하였다. 상인은 이미 시가와 문인소설의 세계에 본격적으로 진입하였지만 산문의 세계에서는 그러하지 못하였다. 상인이 본격적으로 산문의 세계에 진입하기 위해서는 원명 시대까지 기다려야 했다. 왜냐하면 그때가 되어서야 상인의 세력이 훨씬 강해져서 문인과 상인의 왕래도 밀접해지고 문인의 가치관에도 상당한 변화가 생겼기 때문이다.

그러나 동시대의 시가와 문언소설에 비할 바는 아니지만 『전당문』에서 상인과 관련한 몇몇 작품을 보면 당대 문장가들은 초보적이기는 하지만 상인에 대한 관심을 가지기 시작했음에 틀림없다. 더욱이 산문의 대가 유종원柳宗元은 시가에서는 거의 상인을 표현하지 않았지만 산문에서는 상인을 표현한 작품이 상대적으로 비교적 많다. 「초해고문招海賈文」(권583)의 작법은 초사楚辭의 「초혼招魂」, 「대초大招」와 상당히 유사하지만 부르고자 하는 것은 '초나라 대부大夫'의 혼이 아니라 해외무역에 종사하는 상인의 혼이다. 이 변화는 자못 상징적 의의를 갖고 있어서 사람들로 하여금 중요한 시대 변화를 느끼게 한다. 그의 「편고鞭賈」(권586)은 한 편의 우언으로 "조정에서 자신의 기예를 팔려는 자들"(求賈技於朝者)을 '채찍 장수'(鞭賈)에 비유하여 사람을 속이는 그들의 재주를 폭로하였다. 이 작품의 의도는 당시 정치인들을 풍자하는 데에 있지만 상인의 행동에 대한 관찰도 탁월하다. "시장에서 채찍을 파는 자가 있는데 사람들이 가격을 물으면 단지 오십 냥의 값어치가 있는데 반드시 오만 냥이라고 한다. 오십 냥에 팔 수 있냐고 다시 물어보면 포복절도한다. 오백 냥을 부르면 조금 화내고 오천 냥이라고 하면 대노한다. 반드시 오만 냥이라고 한 뒤에야 판다고 한다."[6] 이는 사뭇 상인의 행위를 그린 한 폭의 소품 만화 같기도 하고 선진 제자의 우언과도 유사하다. 그러나 작품에 묘사된 생동감 있는 시정의 분위기는 선진 우언보다 훨씬 뛰어나다. 그의 「이상吏商」(권586)은 한 편의 탁월한 문장으

---

6 市之鬻鞭者, 人問之, 其賈直五十, 必曰五萬. 復之以五十, 則伏而笑; 以五百, 則小怒; 五千, 則大怒; 必以五萬而後可.

로 당시에 온 백성들이 모두 상행위를 하는 풍조가 관료 사회에까지 영향을 끼친 현상을 심각하게 묘사하여 지금까지도 경계할만한 의의를 지니고 있다. 유종원의 인물 전기는 매우 유명한데 그 중에 상인을 표현한 것으로 「송청전宋淸傳」(권592)이 있다. 작품에서 묘사된 주인공 송청은 "이익을 좇아서 처자를 먹여 살린"(逐利以活妻子) 약재상으로 이전의 인물 전기에는 일찍이 없었던 유형으로 일종의 새로운 시대적 분위기를 나타낸다. 유우석은 시가뿐만 아니라 산문에서도 상인 제재에 대한 관심을 표현하였다. 그의 산문 「관시觀市」(권608)는 이러한 관심을 표현한 것이다. 유우석과 유사한 관심을 가진 문인으로 이원李遠과 나은羅隱이 있다. 이원의 「일중위시부日中爲市賦」(권765)와 나은의 「시부市賦」(권894)는 모두 상인 활동에 대한 관심을 표현했다. 이밖에 심아지沈亞之의 「희자전喜子傳」(권738)은 주인에 대한 충정이 뛰어난 상인의 하녀에 대하여 썼으며 피일휴皮日休의 「조녀전趙女傳」(권799)은 아버지를 대신해서 죽고자했던 상인의 딸에 관한 이야기로 직접적으로 상인에 대하여 쓴 것은 아니지만 상인과 약간 관련이 있다.

당오대 산문 중에서 상인과 관련 있는 작품은 우리가 발견한 이상과 같은 몇몇 작품일 뿐이다. 당연히 약간의 작품을 더 찾을 수 있을지도 모르겠지만 전체적으로 이러한 기본적 사실을 바꾸지는 못할 것이다. 당오대 산문의 이러한 상황은 시가 및 문언소설의 상황과 선명하면서도 흥미 있는 대조를 이루니 우리는 이를 '침묵의 긍지'라고 칭하려고 한다. 왜냐하면 우리들 생각으로 당오대 문장가들은 상인을 잘 모르는 것이 아니라 대체적으로 문장으로 상인을 표현하는 것을 좋아하지 않았기 때문이다. 위에서 언급한 몇몇 예외적인 개별 작품들로 보건대 만약 문장가들이 상인에 대하여 표현하려고 작심하였다면 실제로 적지 않은 작품들을 쓸 수 있고 최소한 시가나 문언소설보다 뒤지지 않았을 것이다. 그러나 이들은 대체적으로 이러한 기회를 방기하여 원명청 문인들에게 넘겨주었다. 물론 위에 언급한 몇 편의 예외적인 작품으로 볼 때 보수적인 산문 영역에서조차도 미미하지만 새로운 바람이 불어오기 시작했음을 느낄 수 있다.

2. 당오대 문학에 표현된 상인의 특징

백 편이 넘는 당오대의 문학작품이 직접 혹은 간접적으로 상인을 표현하였다. 작품에서 상인을 표현할 때 그 특징은 대략 다음과 같다.

1) 상인과 상인 생활에 대한 예민한 감각

이전 시대 문학에서 상인에 대한 흥미는 맹아 상태였을 뿐이다. 선진, 양한 시대의 문인들은 상인에 거의 관심을 갖지 않았다. 위진남북조의 문인 역시 상인에 대한 관심이 매우 적어 단지 몇 편의 악부시가와 지괴소설에만 이러한 흥미가 어렴풋이 드러나 있다. 그러나 당오대 문학에 이르면 상인에 대한 문인의 관심이 현저히 증가하는 것을 볼 수 있다. 작품의 수량이 이전 시대를 넘어선 것은 이미 명백한 사실이며 실제 작품의 표현 자체에서도 이점이 잘 드러난다.

이백은 당대에서 가장 위대한 시인 중의 한 명이며 그의 시가에는 항상 상인과 관련 있는 내용이 등장한다. 어떤 학자의 연구에 따르면, 이백은 상인 집안 출신이며 나중에 문인 계층으로 진입하였다. 이것이 사실이라면 이백이 상인에게 흥미를 느끼고 시에서 읊은 것 역시 쉽게 이해가 된다. 이백은 「정도호가丁都護歌」에서 “운양에서 거슬러 올라가면 강 양편에 상인들이 넘쳐나네”(雲陽上征去, 兩岸饒商賈)라고 하면서 운하 양쪽에 상인들이 운집한 광경을 특별히 언급하였다.[7] 이러한 관찰은 이전 시대의 시가에서는 전혀 없었는데 상인 집안에서 태어난 시인이었기 때문에 이러한 안목을 가지고 있었던 것이 아닐까? 평범해 보이는 이 시구 속에 모종의 새로운 요소가 함축되어 있는 듯하니, 우리는 이를 상인과 상인 생활에 대한 예민한 감각이라고 부르려고 한다. 상인과 상인 생활에 대한 이러한 예민한 감각은 당오대 문학의 일종의 새로운 요소이며 또한 이 시기 문학에서 상인을 표현한 특징 중의 하나이기도 하다.

장적의 「고객악賈客樂」에서도 마찬가지로 상인과 상인 생활에 대한 예민한 감각을 볼 수 있다. 이 시는 당시 장강 중하류 일대 상인의 일상생활을 묘사하였는데 역시 이전 시대 시가에서 볼 수 없었던 작품이다.

> 금릉 서쪽으로 상인들이 많은데,
> 배에서 자라 풍파를 즐기네.

---

7 『全唐詩』 卷165.

출발하려고 배를 강어귀로 옮기고,
뱃머리에서 제사 올리며 저마다 술을 뿌리네.
술잔 내려놓고 모두 기나긴 여정을 말하니,
촉 땅에 들어 오랑캐 땅을 지나 먼 이별이라네.
무리 중 돈 많은 자가 상객이 되어,
밤마다 세금 걱정에 홀로 잠 못 이루네.
가을 강 초승달 보며 원숭이들이 울어댈 때,
외로운 돛단배 깊은 밤 소상의 강가를 떠나네.
뱃사공 노를 잡아 여울의 암초를 밀어내고,
산기슭 지나며 앞선 무리를 따라가네.[8]

이 작품에서 상인 생활에 대한 관찰과 묘사는 상당히 자세하고 구체적이며 통상적으로 보이는 폄하의 분위기가 없다. "금릉 서쪽으로 상인들이 많은데"라는 구절은 당 중엽 장강 중하류 지역에서 상업이 발달한 광경을 반영하고 있다. 이러한 관찰력은 이백의 「정도호가」와 비슷하다. "뱃머리에서 제사 올리며 저마다 술을 뿌리네"라는 출항 장면은 유신庾信의 「고객사賈客詞」의 묘사와 매우 비슷하지만 훨씬 더 분명하고 실감이 난다. "밤마다 세금 걱정에 홀로 잠 못 이루네"라는 구절은 상인의 내면 심리를 깊이 관찰하였으니 노륜盧綸의 「만차악주晩次鄂州」에서 묘사한 "상인들이 낮에 자니 파도가 고요한 줄 안다"(估客晝眠

8 金陵向西賈客多, 船中生長樂風波. 欲發移船近江口, 船頭祭神各澆酒. 停杯共說遠行期, 入蜀經蠻遠別離. 金多衆中爲上客, 夜夜算緡眠獨遲. 秋江初月猩猩語, 孤帆夜發瀟湘渚. 水工持楫防暗灘, 直過邊及前侶.(『全唐詩』 卷382)

知浪靜)[9]라는 구절을 떠올리게 한다. "무리 중 돈 많은 자가 상객이 되어"라는 구절은 상인들의 금전지상주의적 가치관을 반영한 것으로 후대 『박안경기拍案驚奇』 권1 「전운한우교동정홍 파사호지파타룡각轉運漢遇巧洞庭紅 波斯胡指破鼉龍殼」에 나오는 유사한 묘사의 선구가 되었고 또 『이각박안경기二刻拍案驚奇』 권37 「첩거기정객득조 삼구액해신현령疊居奇程客得助 三救厄海神顯靈」에서 휘주 상인이 고향으로 돌아갈 때 번 돈의 많고 적음으로 성공과 실패를 논하는 정신과 통한다.

상인과 상인생활에 대한 예민한 감각을 소유한 사람으로 또한 유우석劉禹錫을 꼽을 수 있다. 「채릉행采菱行」이라는 시에서 유우석은 당시 무릉武陵 백마호白馬湖 일대에 상인들이 운집한 정황을 특별히 언급하였는데 그 안목이 또한 이백, 장적과 유사하다.

> 돌아와 함께 시장의 다리 위를 걷지.
> 배에는 칡덩굴이 감겨있고 옷에는 물풀이 가득하네.
> 대로 짠 주루들은 큰길가에 늘어서 있고,
> 그 아래쪽에 줄지은 배들에는 상인들이 북적대지.
> 술잔을 들고 안주 건네며 한밤을 지새우다가,
> 만취한 채 대제大堤(호북성 양양현)를 거닐며 노래 부르지.[10]

'채릉采菱'은 이전 시대의 시가에서 이미 빈번하게 출현한 그다지 참

9 『全唐詩』卷279.
10 歸來共到市橋步, 野蔓繫船萍滿衣. 家家竹樓臨廣陌, 下有連檣多估客. 攜觴薦芰夜經過, 醉踏大堤相應歌.(『全唐詩』卷356)

신하지 않은 소재이지만 유우석은 오히려 이 제재를 시정 생활의 광경으로 끌고 왔으니 이는 이전 시대의 시가에서 나타나지 않았던 것으로 시정 생활에 대한 시인의 예민한 감각을 보여주는 동시에 당시 상업 활동의 발달과 번영을 함께 반영하고 있다. 유우석의 또 다른 시 「야문상인선중쟁夜聞商人船中筝」은 강서江西와 강중江中에서 정박한 양주 염상의 사치스럽고 호화로운 생활을 묘사하고 있다.

> 큰 배에는 백 척의 높은 돛이 달려있고,
> 새로운 곡조로 십삼 현을 빠르게 튕기네.
> 양주 저잣거리 상인의 여자들,
> 강서江西의 밝은 달밤을 다 차지했네.[11]

양주 염상이 소유한 큰 배와 사치스러운 생활은 시인에게 깊은 인상을 주었을 뿐만 아니라 또한 이를 시로 표현하게 했다. 이러한 안목과 표현은 역시 전대 시가에서는 보이지 않는다. 그의 또 다른 시 「고객사賈客詞」에서 염업을 하는 거상의 사치스럽고 호화로운 생활을 제재로 하여 쓴 것까지 보면 유우석은 또한 염상 생활을 상당히 주의 깊게 관찰했던 시인이었다는 느낌을 준다.

유우석의 상인 및 상인 생활에 대한 예민한 감각은 산문 작품에도 표현되어 있다. 그의 산문 「관시觀市」는 어느 날 시장에서 거래를 구경한 소감을 적은 것으로 상업 활동에 대한 지대한 관심을 표현하고 있으니 그의 상인 시가와 일맥상통한다.

---

11 大艑高帆一百尺, 新聲促柱十三弦. 揚州市裏商人女, 來占江西明月天.(『全唐詩』 卷365)

『주례』에 "명사(命士 : 관록을 받은 자) 이상은 시장에 들어가지 않는다"라는 말이 있다. 지금 둘러보니 다 이유가 있다. 원화2년(807) 원남沅南에 비가 오지 않았다. 늦봄부터 유월까지 작은 못까지 말라버릴 지경이었다. 백성을 위하는 마음으로 군수가 성심으로 기우제를 지내고 산천을 돌아다니며 사당에서 제를 올렸지만 비는 내리지 않았다. 얼마 후 시장을 성문 앞 큰 길로 옮겼으니, 내가 높은 누대에서 시장을 살펴볼 수 있었다.

장날이 서기로 한 날, 시적市籍을 가진 사람들이 모두 모여 대로를 따라서 차례대로 들어섰다. 전후좌우로 칸을 나누어 상점들이 섞여 있는 것이 시장의 제도를 제대로 갖춘 듯 했다. 구역 별로 늘어서 있는 패찰에는 가격과 품명이 게시되어 있는데 물건 등 중에는 외국 상품도 섞여 있고 말과 소가 묶여 있으며 종들이 쉬고 있다. 천으로 만든 상자 중에는 무늬 있는 것과 하얀 바탕의 것이 있으며 책장 중에는 화려하게 새긴 것과 질박한 것이 있으며 광주리 중에는 하얗고 검고 크고 얇은 것이 모두 있다. 음식 파는 사람은 밥과 술과 부침개를 먹음직스럽게 벌려놓고, 술을 빚는 사람은 깃발을 세우고 술잔과 사발을 반짝일 정도로 씻어 놓으며, 백정들은 도마 위에 돼지고기와 양고기를 놓고 솜씨 좋게 발라낸다. 온갖 초목과 물고기, 날짐승과 들짐승, 수산물과 토산물이 어지럽게 섞여 있으며 다양한 상품과 수많은 명물들이 길을 따라서 나누어져 있다. 잘 보관하면서 좋은 값을 기다리는 자, 물건을 들고 다니며 팔려고 하는 자, 때에 맞추어 잘 팔려는 자, 이익을 좇아 돌아다니는 자 등이 있다. 좌상은 굽실굽실하고 행상은 허둥지둥하며 이익을 좇으려니 마음은 불안하고 탐욕 때문에 눈도 깜박이지 않는다. 이에 중개업자들과 독점하려는 무리들이 서로 작당하여 값을 올려놓는다. 교묘한 언변으로 좋은 물건을 불량품으로 바꾸어 버리고 못된 손놀림으로 저울 눈금을 속인다. 사소한 차이에도 함부로 혀를 놀리고 서로 옳다며 고성을 지르며 더러운 짓거리를 마구 해댄다. 북소리가 시끄럽게 들리고 먼지가 자욱하며 노린내가 진동하는데 수없이 많은 사람들이 약속한 듯이 모으니 다른 길로 왔다가 함께 돌아갔다. 닭이 울면 앞다투어 시장에 가니 정오가 되면 많은 사람들이 모인다. 수많은 사람들이 한 마음으로 나보다 앞설까 염려한다. 매매가 끝나고 집으로 돌아갈 때면 해는 서쪽으로 기운다. 시장터는 그대로이고 도로가 처음과 같다. 그러한 가운데 텅 빈 시장터에 찾아오는 사람은 없고 개와 까마귀들만이 남아서 썩은 음식들을 먹어댄다.

이날 내가 수레에 타고 돌아보니 사람들이 가득 찼다가 텅 비는 것이 참 빠르다는 것에 크게 느낀 바가 있어 이 글을 지었다.[12]

의심할 바 없이 작자는 상인에 대한 편견을 가지고 있어서 처음부터 끝까지 문장의 어기가 상인을 경시하는 뜻을 함축하고 있다. 게다가 작자가 『주례』의 말을 인용한 것은 중국문화 속에 상인을 경시하는 전통이 있음을 그 자신도 모르고 있지 않았음을 보여준다.(『주례』의 이른

---

12 "由命士以上, 不入於市."『周禮』有焉. 由今觀之, 蓋有因也. 元和二年, 沅南不雨. 自季春至於六月, 毛澤將盡. 郡守有志於民, 誠信而雩, 遂遍山川方社, 又不雨. 遂遷市於城門之逵. 予得自麗譙而俯焉. 肇下令之日, 布市籍者咸至, 夾軌道而分次焉. 其左右前後, 班間錯跱, 如在闤闠之制. 其列題區別, 榜揭價名, 物參外夷之貨. 馬牛有牽, 私屬有閑. 在巾笥者, 織文及素焉; 在几閣者, 彫彤及質焉; 在筐筥者, 白黑巨細焉. 業於饔者, 列饔饎, 陳餅餌而苾然; 業於酒者, 擧酒旗, 滌杯盂而澤然; 鼓刀之人, 設膏俎, 解豕羊而赫然. 華寔之毛, 畋魚之生, 交蛩走, 錯水陸, 群狀夥名, 入隧而分. 韞藏而待價者, 負絜而求沽者, 乘射其時者, 奇贏以遊者, 坐賈禺禺, 行賈遑遑, 利心中驚, 貪目不瞬. 於是質劑之曹, 較固之倫, 合彼此而騰躍之. 易良苦於巧言, 斁量衡於險手. 杪忽之差, 鼓舌傖佇, 詆欺相高, 詭態橫出. 鼓囂嘩, 坌煙埃, 奮膻腥, 疊巾履, 嚙而合之, 異致同歸. 雞鳴而爭赴, 日午而駢闐. 萬足一心, 恐人我先. 交易而退, 陽光西徂. 幅員不移, 徑術如初, 中無求隙地, 俱唯守犬烏烏, 樂得腐餘. 是日倚衡而閱之, 感其盈虛之相尋也速, 故著於篇云.(『全唐文』卷608)

바 "명사命士 이상은 시장에 들어가지 않는다"는 것은 『회남자淮南子』, 「설산훈說山訓」의 해석에 근거할 때, "청렴함에 누가 될 수 있기 때문에 더욱 삼가 하지 않을 수 없다"[13]는 뜻이다) 그러나 주목할 만한 점은 작자가 시장이 들어서서 물건을 사고파는 전 과정을 하루 종일 관찰하였고 게다가 그 관찰이 상당히 자세하다는 것이다. 뿐만 아니라 그는 상당한 시간을 들여서 시장의 매매 과정과 정황을 생동감 있고 구체적인 문장으로 묘사한 것 같다. 이러한 흥미로운 관찰과 표현으로부터 우리는 상업 활동에 대한 작자의 예민한 감각을 발견할 수 있다.

유우석의 이 문장의 수준에는 미치지 못하지만 이원李遠의 「일중위시부日中爲市賦」와 나은羅隱의 「시부市賦」 역시 상업 활동에 대한 유사한 흥미에서 비롯된 산물인 것 같다. 특히 나은의 「시부」는 '정치'의 도리를 깨우치게 하려고 지었지만 시장이 들어서 물건을 사고파는 특징 역시 매우 자세하게 관찰하였다.

자기의 이익을 남보다 먼저 하면서 뇌물을 주고받을 뿐이니 이는 신의에 구속되지 않고 법령에 얽매이는 것도 아니다. 시장의 경계는 가까운 곳도 먼 곳도 없으며 시장의 개시는 이른 것도 늦은 것도 없다. 물건이 쌓이면 사람들이 몰려오고 물건이 사라지면 사람들도 사라진다. 현인과 우매한 자가 나란히 장사를 하며 좋은 물건과 나쁜 물건이 섞여 있다. 물건이 때를 못 맞추면 좋은 것도 나빠지고, 가공을 잘 하면 천한 것도 반드시 귀해진다. 호인胡人과 월인越人이 섞여 있고 아이들은 분주하게 돌아다닌다. 노인

13 爲其俗廉也, 積不可不愼者也.

을 부축해서 오기도 하고 아이들을 데리고 오기도 한다. 인형을 조각하고 진흙으로 코와 입을 만든다. 어린 아이는 물구나무를 섰다가 맨발로 돌아다니는데 머리가 내려와 어깨를 가린다. 노인들도 함께 나와서 재미있는 이야기를 이어가니 무슨 대본이 있겠으며 무슨 문자가 필요하겠는가? 만 무의 땅에서 난 촉의 비단과 만 대의 베틀로 만든 오의 비단도 여기에서 다 팔리니 모두 어디로 가는가? 동해의 생선과 소금, 남해의 보배와 패각이 여기에서 다 팔리니 그 누가 주재하는 걸까? 그대는 시장에 기예가 없다고 하지 마오. 노래 부르고 춤을 추는 사람들이 그 기예가 낮으면 헐값이고 높으면 가격이 하늘을 찌른다오. 그대는 시장에 문이 없다고 하지 마오. 남북으로 다 통하니 해와 달이 번갈아 뜨면 사람들이 모였다가 흩어진다. 시장의 무리들을 다 거론할 수 없으니 혹은 신선이 있기도 하며 시정잡배를 다 헤아릴 수 없으니 도적이 있기도 하다. 군자가 부득이하게 버려지면 즐길 뿐이며, 소인이 부득이하게 쫓겨나면 먹고 사는 것만 챙긴다.[14]

이 작품에서 마찬가지로 흥미로운 관찰과 표현을 볼 수 있으며 길게 나열해서 묘사하는 부체賦體는 바로 이러한 종류의 내용을 표현하는 데 적합한 체제이다.

상술한 바와 같이 시장을 제재로 하는 이러한 종류의 문장은 성찬成

14 先己後人, 惟賄與賂. 非信義之所約束, 非法令之所禁錮. 市之邊, 無近無遠; 市之聚, 無早無晩. 貨盈則盈, 貨散則散. 賢愚並貨, 善惡相混. 物或戾時, 雖是亦非; 工如善事, 雖賤必貴. 參雜胡越, 奔走孩稚. 扶策而來, 挈提而至. 剞劂形狀, 坊墁口鼻. 童頂而跣, 䩉肩而帔. 兼之以耆艾, 繼之以諧戲. 誰有帳籍, 詎假文字? 蜀桑萬畝, 吳蠶萬機, 及此而耗, 繄何所之? 東海魚鹽, 南海寶貝, 及此而耗, 其誰主宰?君勿謂乎市無技, 歌咽舞腰, 賤則委地, 貴則凌霄; 君勿謂乎市無門, 可南可北, 陰陽迭用, 人之消息. 市之衆, 不可以言, 或有神仙; 市之雜, 不可以測, 或容盜賊. 舍之則君子不得已之玩好, 撓之則小人不得已之衣食.(『全唐文』卷894)

粲의 「평락시부平樂市賦」, 성공수成公綏의 「시장잠市長箴」 등 동일한 제재로 쓰인 위진남북조 시대의 작품들을 계승하였다. 그렇지만 첫째, 이전 시대의 작품은 완정하게 남아있지 않으며 둘째, 표현의 심도에 있어서 당오대 작품이 이전 시대의 작품을 훨씬 능가하니 전대 작품의 계승과 발전이라고 볼 수 있다.

당오대의 사詞 역시 상인 및 상인 생활에 대한 예민한 감각을 볼 수 있다. 손광헌孫光憲의 「죽지竹枝」가 그러하다.

> 문 앞에 펼쳐진 봄날 물가의(죽지) 하얀 마름꽃(여아).
> 강가에 사람은 없고(죽지) 비스듬히 떠 있는 작은 배(여아).
> 상인의 부인 지나가는데(죽지) 강은 저물려 하고(여아).
> 남은 음식 뿌려서(죽지), 사당 주위 까마귀 먹이네(여아).[15]

남아서 집을 지키는 상인 아내의 의지할 데 없는 심경을 표현하였는데 예민한 감각과 세세한 관찰력은 이전의 유우석 등의 작품들과 견줄 만하다.

당오대 문인들이 상인에 대해 어떤 태도를 가졌든, 전체적으로 말하자면, 그들 자신의 상인에 대한 흥미와 상당한 정도의 예민한 감각을 볼 수 있다. 이는 전대 문인과 그들을 구별시켜주는 중요한 특징 중의 하나이자 당오대 문학이 상인을 표현하는 데 있어서 더 나아진 측면이기도 하다. 당연히 후대 문학과 비교할 때, 이러한 종류의 상인에 대한

---

15 門前春水(竹枝)白蘋花(女兒), 岸上無人(竹枝)小艇斜(女兒). 商女經過(竹枝)江欲暮(女兒), 散抛殘食(竹枝)飼神鴉(女兒).(『全唐五代詞』 卷6)

흥미는 여전히 초보적이며 게다가 지나친 편견에 사로잡혀 있는 듯하다. 그러나 상인 생활에 대한 흥미가 이 시대에 명확하게 나타났을 뿐만 아니라 바로 이것이 당오대 문학에서 상인을 표현하는 작품이 대량으로 출현하는 데에도 직접적인 영향을 끼쳤다. 그래서 우리는 이점에 충분한 관심을 가지려고 한다.

2) 상인의 사회적 처지에 대한 표현

이전 시대 문학에서 우리들은 이미 상인에 대한 동정심이 싹트고 있음을 볼 수 있었다. 예를 들어, 한대의 악부고사樂府古辭 「고아행孤兒行」에서 행상의 괴로움에 관한 묘사는 그 속에 확실히 상인을 동정하는 요소를 얼마간 함축하고 있다. 또 남조 송대 하승천何承天의 「무산고편巫山高篇」에서 나오는 "처량한 떠돌이 상인들, 괴로운 마음 가득하네[凄凄商旅之客, 懷苦情]"는 관찰자적인 신분으로서 행상의 고난에 대한 깊은 공감을 더욱 직접적으로 표현하였다. 또한 위진남북조의 지괴소설 역시 초자연적인 표현 수법을 통해 역시 상인생활에 대한 불안정성, 여행 중의 잠재적 위험, 사회적 지위에 대한 자괴감 등에 대한 작자의 공감을 엿볼 수 있다. 그러나 이전 시대의 문학에서 상인에 대한 공감을 표현한 작품은 상당히 적으며 표현 자체 또한 대부분 명확히 드러나지는 않는다. 따라서 이전 시대의 문학에서 상인에 대한 공감의 표현은 여전히 맹아 상태에 있었다고 생각된다.

당오대 문학에 이르면, 상인에 대한 공감을 표현하는 작품이 상당히 많이 출현하며 표현 수법도 매우 직접적이고 명확하며 공감의 범위 역시 상당히 광범위하다. 여러 측면에서 볼 때 이전 시기의 문학에서 상인에 대한 공감의 싹이 당오대 문학에 이르러 뿌리를 내리고 꽃을 피우기 시작했다고 생각할 수 있다. 이는 당오대 문학에서 상인을 표현한 또 다른 특징이라고 할 수 있으며 당오대 문학에서 당오대 문학에서 상인을 표현하는 데 있어서 또 하나의 진일보한 측면이라고 할 수 있다.

이러한 현상의 출현은 당오대 시기 인도주의 정신의 고양과 관련이 있는 것 같다. 인도주의 정신의 고양은 당오대 문학의 중요한 특징이다. 인도주의 정신으로 당오대 문인들은 보통 사람들의 운명과 생활을 광범위하게 주목하였고 보통 사람들을 위하여 말하고 외치는 작품을 다수 창작했다. 두보杜甫의 「삼리삼별三吏三別」, 백거이白居易의 신악부新樂府는 모두 그 전형적인 예들이다. 인도주의 정신으로 상인을 관찰하고 표현할 때 문인들은 자연스럽게 장사하는 상인들의 고난과 위험 및 그들이 겪는 갖가지 어려움에 주목하여 이 모든 것들을 문학 작품에 표현하였다. 이렇게 함으로써 당오대 문학은 상인을 표현하는 데 있어서 새로운 특징과 진보를 이루었다.

당연히 반드시 짚고 넘어가야 할 것은 당오대 문인의 상인에 대한 공감이 대부분 방관자적이며 높은 데서 아래를 내려다보는 방식이라는 점이다. 이는 대체적으로 좋은 환경에 있는 사람이 불리한 환경에 처한 사람을 동정하는 것과 유사하며 상대방을 존중하는 완전히 평등한 공감은 아니다. 따라서 상인에 대한 이들의 공감에는 종종 약간의 연민, 가련함, 책망 심지어 무시하는 태도가 동시에 섞여 있다. 고난과 어려움과 위험한 생활 방식을 선택하는 상인들의 가치관에 대해 이들은 자주 상당한 거리감과 이해하기 어려운 태도를 표현하였다. 바로 이러한 측면에서 당오대 문학의 한계가 드러나며 이것이 근세문학과의 차이를 이루고 있다. 송원명청의 근세문학에서는 많은 문인들이 상인에게 공감하고 나아가 상인들을 존중하고 그들의 가치관을 긍정하며 직업정신을 이해하는 것을 전제로 했기 때문이다.

상인의 생활은 유동성이 강한 생활이며 따라서 매우 불안정한 생활이기도 하다. 비록 어떤 이는 이러한 생활이 부러워할 만 하다고 생각하거나 혹은 부러움을 느끼는 정도가 불편함을 느끼는 정도보다 크지만 일반적인 관점에서 이러한 생활은 여전히 불안하고 힘들며 고생스러운 것이었다. 당오대 문학에서 문인이 동정하는 마음은 이러한 것에까지 미친다. 예를 들어 오융吳融의 「상인商人」은 다음과 같다.

> 백 척 장대 끝의 바람을 맞으니,
> 이 인생 어디를 가든 집이 아니겠는가?
> 북쪽에서 형악衡嶽을 떠나오니 남쪽에는 기러기 지나가고,
> 아침에 형양襄陽을 출발해서 저녁에 꽃을 보네.
> 발 디디고 싶어도 디딜 땅이 없고,
> 그리운 가족은 먼 하늘 끝에 있겠지.
> 바람 따라 파도 따라 해마다 이별하면서도,
> 팔월에 돌아올 거라 기약하며 웃음 짓네.[16]

상인은 "바람 따라 파도를 따라 다니며" 도처가 집인 생활을 하니 가족과 다시 만날 기약도 없다. 상인 생활의 이러한 측면을 걱정하는 시인은 상인을 동정하는 마음이 가득할 것이다. 관휴貫休의 「조상객嘲商客」은 고향을 떠나 생활하는 상인의 적막한 마음을 자세하고 생동감 있게 표현하였다.

갈대 잎 스산하고 바람 소리 소슬한데,
해 떨어진 강변에 어디서 온 나그네인가?
돛대에 기대어 사람도 부르지 않고,
오호五湖의 파도만 마음속에 일어나네.[17]

시제詩題에 "조嘲"자가 있어서 시인의 거만한 태도를 보여주지만 시가의 표현 자체는 상인에 대한 온후한 동정심이 넘쳐난다. 왕건王建의 「강남삼대사江南三臺詞」 네 수에서 첫 번째 시는 이와 유사한 주제와 정취를 표현하고 있다.

양주 다리 부근의 젊은 아내, 장간시의 상인 남편.
삼년 동안 소식조차 전할 수 없어 천지신명에게 각자 기도를 올리지.[18]

마찬가지로 약간의 조롱하는 어투 속에 불안정한 상인 생활에 대한

16 百尺竿頭五兩斜, 此生何處不爲家?北抛衡嶽南過雁, 朝發襄陽暮看花. 蹭蹬也應無陸地, 團圓應覺有天涯. 隨風逐浪年年別, 卻笑如期八月槎.(『全唐詩』 卷684)

17 葦蕭蕭, 風摵摵, 落日江頭何處客? 斜倚帆檣不喚人, 五湖浪向心中白.(『全唐詩』 卷827)

18 揚州橋邊小婦, 長干市里商人. 三年不得消息, 各自拜鬼求神.(『全唐詩』 卷301)

동정심을 보여준다. 양릉楊凌의 「고객수賈客愁」는 직접적으로 상인의 번뇌를 표현하고 있다.

> 산 넘고 물 건너 멀고먼 길, 여울을 만나면 나아가지 못하고.
> 서강 바람은 원하는 대로 불지 않으니, 어느 날 형주에 도착할까?[19]

시인은 동정심을 가지고 바람과 파도를 좇아다니는 상인의 생활이 번뇌와 초초함으로 가득 차 있으며 결코 그렇게 평안하고 낭만적이지 않음을 보여준다. 돈황 곡자사 「장상사長相思」는 앞에서는 올려주고 뒤에서는 누르는 방식先揚後抑으로 상인 생활을 몇 가지 전형적인 모습으로 요약하면서 결코 마음먹은 대로 되지 않는 상인 생활의 현실을 보여준다.

> 강서의 저 객상, 보기 드문 부자라네.
> 붉은 누각에서 하루 종일 춤추고 노래하며,
> 술잔을 채워대며 잔뜩 취하고 내키는 대로 금 술잔을 돌리네.
> 하루 종일 즐거움에 탐닉하고 쾌락을 좇지,
> 이것이 부유해 돌아오지 않는다는 것.
>
> 강서의 저 객상, 스스로 적막함을 알지.
> 흙먼지가 얼굴에 가득하고 하루 종일 사람들에게 무시당하지.

---

19 山水路悠悠, 逢灘即殢留. 西江風未便, 何日到荊州?(『全唐詩』 卷291)

아침마다 시장 문 서편에서 바람 맞으며 두 눈에 눈물 흘리네.

저 멀리 고향을 바라볼 뿐,

이것이 가난해 돌아오지 못한다는 것.

강서의 저 객상, 병들어 비좁은 방에 누워 있지.

소식을 살피러 갔더니 이미 세상을 떠난 것 같네.

마을 사람들이 길옆 서쪽으로 끌고 가지만 부모님은 모르고 있지.

몸 위에 명패를 올려놓으니,

이것이 죽어서 돌아오지 못한다는 것.[20]

"부유해 돌아오지 않는다는 것富不歸"과 선명한 대비가 되면서 "가난해 돌아오지 못한다는 것貧不歸"과 "죽어서 돌아오지 못한다는 것死不歸"이 훨씬 더 잔혹하게 느껴진다. 사詞에 함축되어 있는 상인에 대한 동정심은 당시의 시가와 비교해도 더하면 더했지 못하지 않다.

그렇지만 여러 가지를 비교해 볼 때 당시 문인들의 동정심을 가장 많이 불러일으킨 것은 역시 상인 생활의 위험함이었다. 그 위험함은 한편으로는 험난한 자연에서 오기도 하고 다른 한편으로는 인간 세상의 악인 때문이기도 했다. 유가劉駕의 「고객사賈客詞」를 읽어보자.

상인은 등불 아래서 일어나면서도 오히려 출발이 늦었다고 하지.

20 作客在江西, 富貴世間稀. 終日紅樓上, □□舞著詞. 頻頻滿酌醉如泥, 輕輕更換金卮. 盡日貪歡逐樂, 此是富不歸. 作客在江西, 寂寞自家知. 塵土滿面上, 終日被人欺. 朝朝立在市門西, 風吹淚點雙垂. 遙望家鄉長短, 此是貧不歸. 作客在江西, 得病臥毫厘. 還往觀消息, 看看似別離. 村人曳在道傍西, 耶娘父母不知. 身上綴牌書字, 此是死不歸.(『全唐五代詞』 卷7)

높은 산이라도 지름길 가로지르며 밤중에 가면서도 의심하지 않네.
도적들이 길에 숨어있고 맹수들이 쫓기다가
금은보화 사방으로 흩어지고 텅 빈 행낭 갈림길에 버려졌네.
양주에는 대저택이 있건만 백골은 돌아갈 땅이 없지.
젊은 아내는 바로 이날 거울 보며 꽃가지만 만지작거리네.[21]

여기서 상인은 이익만 좇고 위험을 가볍게 생각하다가 도적이나 맹수의 습격으로 예상치 못한 상황에 부딪힌다. 집에 있는 젊은 아내가 영문을 모르는 상황과 대비를 이루면서 상인의 비극적 운명은 더욱 불행하게 보인다. 이러한 대비 수법은 진도陳陶 「농서행隴西行」의 "가련하도다, 무정하無定河 주변에 뒹구는 해골, 봄날 여인이 꿈에 그리던 사람 이라네"와 유사하다.[22] 남자 주인공이 사병과 상인으로 신분이 다르지만 시인이 동정하는 마음은 마찬가지이다. 비록 그러하나 동정하는 마음 외에도 모두 모종의 비평을 포함하니 진도의 시는 전쟁에 대하여, 유가의 시는 행상에 대하여 비판하고 있다.

상인에 대한 동정심은 유가劉駕에게는 매우 강렬한 것이었다. 이러한 동정심으로 인해 전통적인 「고객악賈客樂」을 「반고객악反賈客樂」으로 바꾸기까지 했다. 유가는 "악부에 「고객악」이 있는데 지금 그 작품에 반대한다"(樂府有「賈客樂」, 今反之)라고 하였다. 이는 상인에 대한 동정심 방면에서 당오대 문학과 이전 시대 문학 사이의 차이를 보여주기

21 賈客燈下起, 猶言發已遲. 高山有疾路, 暗行終不疑. 寇盜伏其路, 猛獸來相追. 金玉四散去, 空囊委路岐. 揚州有大宅, 白骨無地歸. 少婦當此日, 對鏡弄花枝.(『全唐詩』 卷585)
22 可憐無定河邊骨, 猶是春閨夢裏人.(『全唐詩』 卷746)

에 충분한 하나의 상징적인 예일 것이다. 아래의 「반고객악」에서 시인은 상인 생활의 위험성을 보여줌으로써 전통적인 '고객악'의 화법에 도전한다.

상인이 즐겁다고 말하지 마라,
행상은 묘지가 없는 경우도 허다하니.
배를 타다가 풍랑을 만나면,
물고기 뱃속으로 들어가 버리지.
농부는 고생이 더 심해서,
상인들을 부러워한다네.[23]

시인은 실질적인 측면에서 농부가 상인을 부러워하는 이유는 그들이 훨씬 고생하기 때문이라고 지적한다. 바꾸어 말하면, 시인이 보기에 상인과 농부의 생활은 단지 고생의 정도가 다를 뿐 본질적인 차이는 없다. 이러한 관점은 농부와 상인의 대립을 강조하는 이전의 관점과 상당히 다르다. 통상적인 생각과 다른 시인의 이러한 관점을 통해 상인에 대한 시인의 동정심을 엿볼 수 있다. 물론 이러한 동정심은 여전히 한계가 있는데 왜냐하면 시인은 상대적으로 농부가 더 동정할 만하다고 생각하기 때문이다. 이점에서 이 시의 화자는 여전히 전통적 관념을 그대로 유지하고 있다.

당대에는 해외무역이 상당히 발달하여 많은 상인들이 해외무역에

23 無言賈客樂, 賈客多無墓. 行舟觸風浪, 盡入魚腹去. 農夫更苦辛, 所以羨爾身.(『全唐詩』 卷585)

종사하였다. 해외무역은 국내무역보다 이익이 더 많았지만 험난한 자연 조건과 제한적인 항해 기술 때문에 그 위험성이 국내 무역보다 더욱 컸다. 당오대 시인들의 동정심은 해외 무역에 종사하는 상인에게까지 미칠 때도 있다. 예를 들어 이백의 「고객악」이 그러하다.

> 바다 상인이 바람에 실려 배를 타고 먼 길을 떠나니,
> 구름 속의 새가 한 번 날아올라 종적을 감추는 듯하다.[24]

이 작품 이전에 진후주陳後主가 역시 동일한 제목으로 시를 썼다. 그러나 그는 "삼강에서 동료들을 만나서, 만 리 먼 길을 마다하지 않았지[三江結儔侶, 萬里不辭遙]"라며 장강 연안의 무역을 묘사했을 뿐이다. 반면 이백은 이 시에서 계절풍을 이용한 해외무역에 대해 쓰고 있다. 이러한 측면에서 볼 때 이전 시대보다 당대에 해외무역이 발전하였음을 알 수 있다. 시인은 표현에 있어서 자신의 감정을 드러내지 않고 있지만 우리는 그 속에 잠재된 시인의 동정심을 느낄 수 있다. 소증蘇拯의 「고객賈客」은 훨씬 더 복잡한 감정을 함축하고 있다.

> 긴 돛을 작은 배에 달았으니, 화살 같이 빠르기를 바랄 뿐.
> 세찬 바람으로 죽고 사니 생사에는 귀천이 없다네.
> 하늘이 돕지 않는다고 말하지 마라, 사람들 스스로 걱정을 하는 것이지.
> 바다 건너 이익이 크다고 말들 하지만, 이익이 큰 것이 적은 것만 못하네.[25]

---

24 海客乘天風, 將船遠行役. 譬如雲中鳥, 一去無蹤跡.(『全唐詩』 卷165)
25 長帆掛短舟, 所願疾如箭. 得喪一驚飄, 生死無良賤. 不謂天不祐, 自是人苟患. 嘗言海利

황도黃滔의 「고객賈客」 역시 유사한 견해를 보여준다.

> 큰 배는 많은 이익을 가져다주지만, 넓은 바다에 얕은 파도는 없지.
> 이익이 많으면 파도 역시 깊은 법, 그대는 결국 무엇을 원하는가?
> 고래가 이빨을 벌리고 길목에 있으니, 그곳은 지나가지 않는 게 어떠신가?[26]

상술한 시가들은 모두 해외무역에 종사하는 상인에 대한 불만과 동정을 동시에 함축하고 있다. 이들은 바다의 위험한 환경에 처한 상인을 동정하지만 이익을 얻고자 위험을 무릅쓰는 데에는 불만을 표시한다. 이는 위에서 말한 인도주의 정신과 사인의 가치관이 함께 혼재되어 있는 것으로서 시인이 상인의 모험 정신을 이해하고 긍정하는 데 영향을 미치고 있다.

해외무역에 종사하는 상인들에 대한 이러한 종류의 복잡한 감정은 당시의 시가뿐만 아니라 산문에서도 나타나는데 유종원柳宗元의 「초해고문招海賈文」이 바로 이러한 경우이다. 작품에서 해외무역에 종사하는 위험을 서술하면서 이들에 대한 동정심을 드러내지만 동시에 이익을 위해서 목숨까지 버리는 모험 정신에 대한 비평을 삽입하고 있다. 유종원은 먼저 "아, 바다의 상인이여, 그대는 어찌 생명을 이익과 바꿔 끝내 목숨을 버리는가?咨海賈兮, 君胡以利易生而卒離其形?"라고 말한 후에 바다의 험난한 파도, 요동치는 배, 바다 괴물의 공포, 무시무시한 암초

深, 利深不如淺.(『全唐詩』 卷718)

26 大舟有深利, 滄海無淺波. 利深波也深, 君意竟如何? 鯨鯢齒上路, 何如少經過!(『全唐詩』 卷704)

등의 위험 요소를 나열한다. 그리고 매 단락에서 "그대여 돌아오지 않으면, 아스라이 사라지는구나君不返兮逝恍惚", "그대여 돌아오지 않으면, 마침내 포로가 되리라君不返兮終爲虜", "그대여 돌아오지 않으면, 바다 괴물의 먹이가 되리라君不返兮以充饑", "그대여 돌아오지 않으면, 스스로 해치는구나君不返兮卒自賊", "그대여 돌아오지 않으면, 순식간에 가라앉으리라君不返兮砉沉顚", "그대여 돌아오지 않으면, 별자리도 어지러워지리라君不返兮亂星辰", "그대여 돌아오지 않으면, 그 혼은 어디에 머물겠는가?君不返兮魂焉薄" "그대여 돌아오지 않으면, 갈래갈래 찢어지리라君不返兮糜以摧" 등과 같이 모두 부르며 권고하는 말로 끝맺는다. 그러한 후에 육지에서 장사하는 장점과 비교하면서 상인에게 다시는 바다에 가지 말라고 권고한다.

아, 바다의 상인이여,
그대는 어찌 위험을 즐기고 평탄한 것을 싫어해서,
고민하고 근심하면서도 돌아갈 줄을 모르는가?
상당上黨은 평야라서 다니기 편안하고,
밟아도 땅이 단단하여 걱정이 없네.
갈림길이 사방으로 펼쳐져 온 천하에 이르고,
오고 가지 않는 물건들이 없다네.
세상을 다니며 멋대로 구경하니 마음이 여유롭고,
음악을 들으며 고기를 잡아먹으니 지극히 즐겁구나.
그대여, 돌아오지 않고 누구를 기다리는가?
교격膠鬲은 성인을 만나면 절인 고기를 대접하고,

범엽은 재상 자리를 버리고 도주공陶朱公에 만족했으며,
여불위는 장사를 해서 고孤를 왕으로 만들고
상홍양은 지략으로 큰 벼슬에 올랐고
제염업자와 대장장이가 경의 자리까지 올라
높은 벼슬자리를 얻고 국가 세금 담당하네.[27]
똑똑한 이들도 다투어 수레에서 달려 내려오고,
유유자적하며 마음대로 생활하니 세상 사람들이 부러워한다.
그대 돌아오지 않으니 어리석다는 오명을 얻으리라.
아, 바다의 상인이여,
장사도 할 만한 것이 아닌데 바다까지 나가려 하는구나.
죽어서는 흉한 귀신이 되고 살아서는 탐욕스러운 인간이구나.
또한 홀로 그 무슨 즐거움이 있겠는가?
돌아오라, 그대의 몸 편안해 지리니![28]

이 작품에서는 상인에 대한 작가의 불만을 표출하고 있다. 예를 들어, "세상을 다니며 멋대로 구경하니 마음이 여유롭고, 음악을 들으며 고기를 잡아먹으니 지극히 즐거운" 일반적인 상인들의 사치스러운 생활, "똑똑한 이들도 다투어 수레에서 달려 내려오고, 세상 사람

27 [역주] 제나라의 소금 장수 東郭咸陽과 남양의 대장장이 孔僅은 무제 때에 大司農丞이 되었다.

28 咨海賈兮, 君胡樂出幽險而疾平夷, 悯駭愁苦而以忘其歸? 上黨易野恬以舒, 蹈蹂厚土堅無虞. 歧路脈布彌九區, 出無入有百貨俱. 周遊傲睨神自如, 撞鍾擊鮮恣歡娛. 君不返兮欲誰須? 膠鬲得聖捐鹽魚, 范子去相安陶朱, 呂氏行賈南面孤, 宏羊心計登謀謨. 煮鹽大冶九卿居, 祿秩山委收國租. 賢智走諾爭下車, 逍遙縱傲世所趨. 君不返兮謚爲愚. 咨海賈兮, 賈尙不可爲, 而又海是圖. 死爲險魄兮生爲貪夫. 亦獨何樂哉? 歸來兮寧君軀!(『全唐文』 卷583)

들이 부러워할 만큼 유유자적하며 제멋대로 생활하는" 오만한 기세, "생명을 이익과 바꿔 끝내 목숨을 버리는" 가치관, "위험을 즐기고 평탄한 것을 싫어하는" 모험 정신 등에 대하여 모두 강렬한 비판과 불만을 표시한다. 그러나 전체 문장의 주제와 기조는 여전히 해외무역상에 대한 동정이다. "돌아오라, 그대의 몸 편안해 지리니!"라고 부를 때에는 작자의 따뜻한 동정심과 깊은 연민이 충만해 있다. 작품의 형식은 초사의 「초혼招魂」과 「대초大招」를 모방했지만 초혼의 대상을 사인士人에서 상인으로 바꾸면서 또한 마찬가지의 사실을 암시하고 있다. "장사도 할만한 것이 아닌데 바다까지 나가려 하는구나"라는 말은 해외무역상뿐만 아니라 상인 일반에게까지 온후한 동정심이 향하고 있음을 보여준다. 다만 해외무역에 종사하는 것이 훨씬 위험하기 때문에 전자에 대한 동정심이 더 큰 것일 뿐이다. 그러나 어떻게 말하든 작자는 상인의 가치관과 다르며 이것이 자연스럽게 공감의 깊이에 영향을 미쳐 결국 사람들이 동질감을 느끼지 못한다.[29]

---

29 중국 고대의 해외무역, 특히 당대의 해외무역은 대륙간 육상무역이었으며 특히 '실크로드'를 통한 육상무역은 역사가 가장 오래되었고 규모가 방대했다. 고대 중국인들의 생각에 육상무역은 해상무역에 비해서도 훨씬 안전했으며 상술한 당대 시문에 반영된 것이 곧 이러한 관념이다. 이러한 관념은 고대의 중국인뿐만 아니라 육상무역에 치중했던 다른 대륙 민족들 역시 가지고 있었다. 예를 들어 무역으로 이름난 페르시아 사람들 역시 이러하였다. 페르시아 문학에도 당대 시문과 거의 같은 표현이 있으며 해상무역에 대한 육상무역의 우월성을 주장한다. "일반적으로 말해서 서양인들은 해상무역의 가능성만을 믿었다. 이들이 보기에 육상무역은 모험에 가까운 사업이었다. 최근까지만 해도 대륙인들은 여전히 상반되는 견해를 가지고 있었다. 대륙인들이 생각하기에는 오직 정신착란이 있는 사람이라야 걸어서 갈 수 있는 곳을 무모하게 바다를 통해 간다. 아래에 인용한 페르시아의 시 두 줄은 대륙인들의 지혜를 개괄한다. '해상의 이익이야 이루 헤아릴 수 없지만, 살고 싶다면 해안에 있어야 목숨을 부지할 수 있지.'[海上的利潤不可勝數, 如果你想活命, 那麼只有在海岸才能得活命.]"(阿裏・瑪紮海裏Mazalleri A, 『絲綢之路：中國-波斯文化交流史』(La Route De La Soie), 耿昇 譯, 北京：中華書局, 1993년, 500면). 이 페르시아 시문의 뜻은 유종원의 「초해고문」, 黃滔의 「賈客」과 매우 유사하며 똑같이

이전 시대의 지괴소설에서 문인들은 초자연적인 수법을 사용하여 상인 생활의 불안정성과 행상의 잠재적 위험을 표현하면서 상인에 대한 동정심을 은연중에 드러내었다. 당오대 문언소설에서 문인들은 지괴소설의 이러한 전통을 계승하고 또한 동시에 인도주의 정신을 불어넣었다. 이로 인하여 상인이 처한 위험한 환경에 대한 묘사와 그에 대한 동정심은 당오대 문언소설에 이르면 새로운 단계에 도달하여 이 방면에 많은 작품들이 출현하였을 뿐만 아니라 표현 역시 훨씬 직접적이고 분명해졌다. 예를 들어 「노연귀盧延貴」,[30] 「최무은崔無隱」,[31] 「왕행언王行言」[32] 등에서는 험한 파도와 맹수로부터 비롯되는 위험을 표현하였으며 「사소아전謝小娥傳」[33]에서는 강도의 위험을 표현하였고 「하로何老」[34]에서는 나쁜 생각을 갖고 있는 동행자로부터 오는 위험을 표현하였고, 「형숙邢璹」[35]과 「판해객販海客」[36] 등에서는 해외무역 상인들이 악인에게 당하는 위험을 표현하였고, 「판교삼랑자板橋三娘子」[37]에서는 상인이 투숙하는 여관의 위험성을 상징적으로 표현하였다.(후대의 원대 기군상紀君祥의 잡극 「여피기驢皮記」는 이 이야기를 각색한 것이다) 이러한 작품들은 상인을 둘러싼 위험한 환경을 표현하는 동시에 모두 상인에 대한 모종의 동정심을 함축하고 있다. 상인에 대한 이러한 동정은 시

육상무역을 중시하는 '대륙의식'을 표현하였다. 참고를 위해 여기에 수록한다.

30 『太平廣記』 卷86.
31 『太平廣記』 卷125.
32 『太平廣記』 卷433.
33 『太平廣記』 卷491.
34 『太平廣記』 卷107.
35 『太平廣記』 卷126.
36 『太平廣記』 卷108.
37 『太平廣記』 卷286.

가와 산문에서와 같이 직접적으로 표출되는 것이 아니라 이야기의 행간에서 완곡하게 나타나지만 그 실질적인 정신에 있어서는 시가와 산문의 동정심과 일치한다.

행상의 고난과 위험 외에 당오대 문인들은 상인들이 부딪히게 되는 갖가지 어려움에도 주의를 기울였다. 이러한 어려움은 무뢰배, 탐관오리, 황제 등에게서 비롯되며 이 때문에 상인들은 신체적 박해, 재산상의 손실, 경영의 좌절, 심지어 죽음의 위험까지 겪게 된다. 상인이 부딪힌 각종 어려움을 표현할 때 당오대 문인들은 대부분 인도주의 정신에 기반을 두어 정서적으로 상인의 편에 서서 말을 하고 약자의 편을 든다. 예들 들어 「이굉李宏」이 그러하다.

당 이굉은 변주汴州 준의浚儀 사람으로 간악하고 인정이 없는 무뢰배였다. 매번 준마 위 높은 안장에 올라 상점들을 순방할 때마다 조용조租庸調의 세금을 운송하는 관리들을 협박하며 걸핏하면 수백 관의 돈을 챙겼다. 강제로 상인들에게 엄청난 돈을 강제로 빌리고 끝내 하나도 갚지 않았다. 이 때문에 상인들은 두려워하고 운송 담당자들은 마음을 졸였다. 임정리任正理가 변주자사가 되어 십여 일이 지나 부하를 보내 잡아와 죄상을 추궁하여 60대의 곤장형에 처했다. 이굉이 곤장을 맞다가 죽었는데 공인과 상인들은 술을 마시며 기뻐했다. 원근의 사람들이 이 소식을 듣고 모두 통쾌해하였다.[38]

---

38 唐李宏, 汴州浚儀人也. 凶悖無賴, 狠戾不仁. 每高鞍壯馬, 巡坊曆店, 嚇庸調租船綱典, 動盈數百貫. 强貸商人巨萬, 竟無一還. 商旅驚波, 行綱側膽. 任正理爲汴州刺史, 上十餘日, 遣手力捉來, 責情決六十, 杖下而死. 工商客生, 酣飮相歡. 遠近聞之, 莫不稱快.(『太平廣記』 卷263)

상인을 기만하고 억압하는 패악한 이굉을 처단한 것에 대하여, 작자는 상인들과 똑같이 통쾌함을 느낀다. 또 「규수수虯須叟」를 읽어보자.

> 여용지呂用之는 유양維揚에 있을 때 발해왕渤海王을 보좌하면서 권력을 휘두르며 사람들을 해쳤는데 「요란지妖亂志」에 기재되어 있다. 중화中和 4년 가을에 상인 유손劉損은 가족을 데리고 큰 배를 타고 강하江夏에서 양주揚州까지 내려갔다. 여용지는 공사를 막론하고 왕래하는 자를 만나면 모두 행동거지를 정탐하게 하였다. 유손의 처 배씨는 미모가 빼어나서 여용지가 음모를 꾸며서 배씨를 취하고 유손을 옥에 가두었다. 유손은 금 백 량을 바쳐서 죄를 면했다. 비록 뜻하지 않은 재앙에서 벗어나기는 했지만 또한 분하고 억울할 뿐이었다.[39]

이와 같이 여용지가 권력을 휘두르며 사람을 해치는 패악무도한 행동에 대하여 작자는 상인과 똑같이 분개하였다. 또 「안중패安重霸」는 다음과 같다.

> 촉의 간주자사簡州刺史 안중패安重霸는 끊임없이 재물을 탐하였다. 주민 중에 등鄧씨 성을 가진 기름 장수가 바둑을 잘 두었고 재산 역시 넉넉했다. 안중패는 그를 불러서 바둑을 둘 때면 꼭 선 채로 두게 하였다. 매번 한 수를 둘 때마다 서북 쪽 창가로 물러나 있게 했다가 자신의 수가 생각나면 그

39 陶宗儀,『說郛』卷11에 인용된 「燈下閑談」 참조. 편명은 王世貞이 편찬한 「劍俠傳」 卷3에 근거함. 呂用之在維揚日, 佐渤海王, 擅政害人, 具載於「妖亂志」中. 中和四年秋, 有商人劉損, 挈家乘巨舡, 自江夏至揚州. 用之凡遇公私往來, 悉令偵覘行止. 劉妻裴氏有國色, 用之以陰事構置, 取其裴氏, 劉下獄. 獻金百兩, 免罪. 雖脫非橫, 然亦憤惋.

때야 들어오게 하였다. 이렇게 하니 종일토록 십여 수밖에 두지 못하였다. 등생은 서 있는 것이 힘들고 또 배고픔을 감당할 수 없었다. 다음날 안중패가 등생을 다시 불렀다. 혹자가 등생에게 말하면서 깨우쳐 주었다. "안 자사는 뇌물을 좋아하니 본래 바둑을 두려는 것이 아닙니다. 차라리 뇌물을 바치고 바둑을 그만두세요." 등생은 그 말이 맞다고 여겨서 안 자사에게 금 세 덩어리를 바치고 바둑 두기를 면하였다.[40]

안중패와 같이 끊임없이 재물을 탐내는 탐관오리의 후안무치한 행동에 대하여 작자는 상인과 마찬가지로 비열하고 나쁘다고 여긴다. 또 「제갈은諸葛殷」은 다음과 같다.

주사유周師儒라는 대상인의 저택에 있는 꽃과 나무, 누각과 정자 등의 기이함은 광릉에서 제일이었다. 제갈은은 이것을 탐하였지만 주사유는 거절하였다. 어느 날 제갈은이 고병에게 말했다. "성안에 요괴가 나타났는데 그 요괴가 마음대로 행패를 부리면, 수해와 가뭄, 전쟁에 비할 바가 아닙니다." 고병이 물었다. "이를 어떻게 해야 하는가?" 제갈은이 답했다. "그 터 아래에 제단을 세우고 영관靈官이 지키게 하십시오." 제갈은은 주사유의 저택에 요괴가 있다고 하였다. 고병은 군사에게 명령하여 그 집안사람들을 쫓아내게 하였다. 이날 비와 눈이 내리쳐 온 땅이 진흙투성이였다. 일을 담당한 자가 채찍질 하며 재촉하여 주사유는 어른과 아이를 할 것 없이 다

40 蜀簡州刺史安重霸瀆貨無厭. 州民有油客者姓鄧, 能棋, 其家亦贍. 重霸召對敵, 只令立侍. 每落一子, 俾其退立於西北牖下, 俟我算路, 乃始進之. 終日不下十數子而已. 鄧生倦立且饑, 殆不可堪. 次日又召. 或有諷鄧生曰: "此侯好賂, 本不爲棋, 何不獻賂而自求退?" 鄧生然之, 獻中金三鋌, 獲免.(『太平廣記』 卷243)

데리고 나와 도로를 기어 다녔다. 이를 보고 경악하지 않는 사람이 없었다. 이후 제갈은은 자기 가족을 그 집으로 옮겨 살게 하였다.[41]

군벌의 횡포 속에서 박해를 당하는 상인에 대하여 작자는 보는 사람과 똑같이 놀라고 가슴을 아파한다. 또 「심신沈申」은 다음과 같다.

호남 통수統帥 마희성馬希聲은 재위 시에 매우 방종하였다. 심신沈申이라는 상인은 항상 번우番禺 사이를 왕래했는데 광주의 객주가 후하게 대접하면서 북쪽에서 보대寶帶를 구해오게 하였다. 심신은 낙양과 변량 사이에서 옥대玉帶 하나를 구입하였는데 매우 기이했다. 심신은 호남의 상담湘潭을 거쳐서 돌아오게 되었는데 희성이 이를 알고 심신을 관아로 초청하여 술과 음식으로 대접하고 밤이 되어서야 객점으로 돌려보냈다. 마희성은 미리 군사를 순찰하게 하다가 통행금지를 어겼다는 명목으로 그를 죽이니 상담 사람들이 이 소식을 듣고 슬퍼하지 않는 이가 없었다. 이 이후로 이 상인은 귀신이 되어 용마루에 있거나 난간에 있는 등 여기저기서 출몰하였고 오래지 않아 마희성이 갑작스럽게 죽었다. 그의 동생 희범希範이 자리를 계승한 뒤에 옥대玉帶를 광주의 객주에게 돌려주었다.[42]

---

41 有大賈周師儒者, 其居處花木樓榭之奇, 爲廣陵甲第. 殷欲之, 而師儒拒焉. 一日, 殷謂(高)駢曰 : "府城之內, 當有妖起. 使其得志, 非水旱兵戈之匹也." 駢曰 : "爲之奈何?" 殷曰 : "當就其下建齋壇, 請靈官鎭之." 殷卽指師儒之第爲處. 駢命軍候驅出其家. 是日雨雪驟降, 泥淖方盛. 執事者鞭撻迫蹙, 師儒攜挈老幼, 匍匐道路. 觀者莫不愕然. 殷遷其族而家焉.(『太平廣記』 卷290)

42 湖南帥馬希聲, 在位多縱率. 有賈客沈申者, 常來往番禺間, 廣主優待之, 令如北中求寶帶. 申於洛汴間市得玉帶一, 乃奇貨也. 因由湘潭, 希聲竊知之, 召申謁衙, 賜以酒食. 抵夜, 送還店. 預戒軍巡, 以犯夜戮之. 湘人俱聞, 莫不嗟憫. 爾後常見此客爲祟, 或在屋脊, 或據欄檻, 不常厥處. 未久, 希聲暴卒. 其弟希範嗣立, 以玉帶還廣人.(『太平廣記』 卷124)

잔혹한 군벌에게 죽임을 당한 상인에 대하여 작자는 상담湘潭 사람들과 똑같이 한탄하면서 가련하게 생각한다. 상인이 귀신으로 변해서 군벌에게 복수하는 것에 대하여 작자 역시 매우 통쾌하게 여겼을 것이다. 이와 같은 이야기들은 모두 상인에 대한 작자의 동정심을 함축하고 있으니, 이는 상인에 대한 작자의 인도주의 정신이 반영된 것이다. 이와 같은 작품들은 이전 시대 지괴 소설에서는 출현하지 않았으나 후대 문학에서는 문인들에 의해 훨씬 진일보한 형태로 이러한 정신이 발휘되곤 했다.

3) 상인의 소망에 대한 표현

당오대의 문인들은 상업 활동의 구체적인 정경, 상인이 겪는 번거로움, 어려움, 위험 등과 같은 상인의 외부 행위를 주의 깊게 살폈을 뿐만 아니라 상인의 내면세계까지 깊이 들어가서 그들의 바람과 환상, 직업 정신과 가치관을 관찰하였다.

후대 문학과 비교한다면 상인의 내면세계에 대한 관찰은 여전히 매우 초보적이라고 해야 할 것이다. 특히 상인의 직업 정신과 가치관에 대해서 당시의 문인들은 사실 여전히 잘 몰랐다. 그러나 이전 시대의 문학과 비교할 때 당오대의 문학은 이미 진보했다고 말하지 않을 수 없다. 왜냐하면 이전 시대의 문학에서는 상인에 대하여 표현하였더라도 기본적으로 내면세계에 대해서는 언급하지 않았기 때문이다. 다만 개별적인 경우로 「초호묘무焦湖廟巫」 같은 작품은 초자연적인 방식을 통하여 상인의 속마음과 소망을 암시하였는데 이러한 예는 매우 특별한 것이다. 하지만 당오대 문학에서 이러한 예는 매우 많이 출현하였다.

매우 간단한 사실 하나를 말하자면 상인이 장사를 하는 가장 근본적인 동기는 당연히 돈을 벌기 위해서라는 것이다. 특히 다른 직업에 비해 얼마나 돈을 버느냐가 상인의 성공 여부를 평가하는 기본 지표가 된다. 바로 이러한 이유로 "무리 중에 돈 많은 사람이 상객이 되고"(金多衆中爲上客)[43] 명대 휘주 지방에서 돈을 얼마나 버느냐로 상인의 성패를 논하는 현상이 나타나게 되었다.[44] 이 때문에 돈을 모으거나 큰돈을 버는 것이 상인의 가장 기본적인, 최소한 일반 사람들보다 더욱 기본적이고 강렬한 소망 중의 하나가 되었다. 상인의 이러한 소망에 대한 문학적 표현은 당오대 문학에서부터 볼 수 있다. 당시의 문언소설에서는 항상 초자연적인 수법으로 완곡하게 상인의 이러한 소망을 표현하였다. 그중의 한 부류는 상인이 우연한 기회로 신비로운 보물 하나를 얻어서 장사에서 이익을 보고 큰 재산을 모으는 과정을 묘사하는 것이다. 예를 들어 「공파龔播」가 그러한 경우이다.

공파는 협중峽中 운안군雲安郡 관할의 염상이었다. 처음에는 몹시 빈곤하여 채소와 과일을 팔면서 강가에 초가집을 짓고 살았다. 어느 날 비바람이 몰아치던 어느 날 밤 천지가 암흑에 휩싸였을 때 강의 남쪽에서 횃불이 보이고 배를 부르며 살려달라고 외치는 소리가 들렸다. 밤이 이미 깊어 사람

43 張籍「賈客樂」,『全唐詩』卷382.

44 『二刻拍案驚奇』卷37「疊居奇程客得助 三救厄海神顯靈」.

들은 모두 잠든 터라 공파는 혼자서 작은 배를 타고 비바람을 무릅쓰고 구해주러 갔다. 다가가서 보니 횃불을 든 자가 땅에 엎드려 있는데 살펴보니 사 척이 넘는 금인金人이었다. 공파는 그것을 싣고 돌아왔다. 이로 인해 그는 부자가 되었으니 장사를 했다하면 큰 이익을 남겨 십년이 지나지 않아 거금을 쌓고 마침내 삼촉三蜀 지방의 대상인이 되었다.[45]

여기서 상인은 금인을 얻어 큰 재산을 모으는데 이 금인을 얻는 방식은 완전히 초자연적이다. 초자연적인 표현 방식을 통해 우리는 이 고사를 큰돈을 벌고자 하는 상인이 꿈에 대한 표현이거나 혹은 더욱 정확하게 말하면 큰돈을 벌고자 하는 상인의 꿈을 문인들이 표현한 것이라고 할 수 있다. 또 다른 예로 「반장군潘將軍」이 있다.

도성의 호걸 반장군潘將軍은 광덕방光德坊에 살았다. 본가는 호북성 한수漢水 일대로, 늘 배를 타고 다니며 장사를 했는데 한번은 강가에 정박한 일이 있었다. 어떤 스님이 걸식을 하며 며칠을 머물렀는데 반장군이 성심으로 보살폈다. 스님이 돌아가면서 반장군에게 말했다. "당신의 생김새와 품성을 보니 여느 사람과 다르군요. 나중에 처자식까지 복을 누리겠습니다." 그리고는 옥으로 만든 염주 하나를 주면서 말했다. "잘 간직하고 있으면, 재물뿐만 아니라 나중에 관직까지 얻을 것이요." 그리고 장사를 몇 년 동안 하였는데 재물이 도주공 범려와 맞먹을 정도가 되었다. 그 후 관직이 좌광

45 龔播者, 峽中雲安監鹽賈也. 其初甚窮, 以販鬻蔬果自業, 結草廬於江邊居之. 忽遇風雨之夕, 天地陰黑, 見江南有炬火, 復聞人呼船求濟急. 時已夜深, 人皆息矣, 播卽獨棹小艇, 涉風而濟之. 至則執炬者伏地, 視之, 卽金人也, 長四尺餘, 播卽載之以歸. 於是遂富, 經營販鬻, 動獲厚利, 不十餘年間, 積財巨萬, 竟爲三蜀大賈.(『太平廣記』 卷401)

> 左廣에 이르러 도성에 저택을 짓고 살았다. 반장군은 항상 염주를 보물로 여겨 비단 주머니에 넣고 옥상자에 담아서 도량 안에 모시고 매월 초하루에 그것을 꺼내어 절을 하였다.[46]

여기서 옥으로 만든 염주는 바로 앞의 글의 금인에 해당하며 이 상인 역시 이로 인해 크게 재산을 모으고 꿈속에서도 바랬던 소원을 이룬다. 뿐만 아니라 염주 덕분에 관직을 얻어 사회적 지위까지 변하고, 마침내 권세와 재산이 있는 "반장군潘將軍"이 되었다. 게다가 "양림楊林" 식의 백일몽까지 더해져서 큰 부를 이루고 사회적 지위까지 바뀌는 더 이상 바랄 나위 없는 최고의 꿈을 이루었다. 아래의 「제주민齊州民」 역시 같은 경우다.

> 제주齊州에 유십랑劉十郎이라고 불리는 부옹富翁이 살았는데 식초와 기름을 팔았다. 스스로 말하길 젊었을 때는 매우 가난해서 아내와 절구질을 하며 입에 풀칠하였다고 하였다. 어느 날 밤에 일을 다 마치지 못 하였는데 절굿공이에서 갑자기 소리가 나서 살펴보니 가운데가 부러져 있었다. 부부는 서로 돌아보며 오랫동안 걱정에 잠겨 있다가 잠이 들었다. 새벽에 잠에서 깨어나 보니 새 절굿공이가 절구 옆에 있는데 어디서 온 것인지 알 수 없었다. 부부는 다가가서 보고 무척 놀라면서도 기뻐하였다. 이때부터 이것으로 땅을 파면 숨겨진 보물을 얻을 수 있었다. 부부는 절굿공이가 귀신

46 京國豪士潘將軍, 住光德坊. 本家襄漢間, 常乘舟射利, 因泊江壖. 有僧乞食, 留止累日, 盡心檀施. 僧歸去, 謂潘曰 : "觀爾形質器度, 與衆賈不同. 至於妻孥, 皆享厚福." 因以玉念珠一串留贈之. "寶之, 不但通財, 他後亦有官祿." 既而遷貿數年, 遂鏹均陶鄭. 其後職居左廣, 列第於京師. 常寶念珠, 貯之以繡囊玉合, 置道場內, 每月朔則出而拜之.(『太平廣記』 卷196)

이 선물한 것이라고 여기고 보물처럼 잘 보관하였다. 마침내 절구질을 그만두고 장사에 손을 대었다. 몇 년 만에 이익이 백배로 불어나 천금의 재산을 모았다. 부부는 그 절굿공이가 신묘하다고 여겨서 좋은 비단으로 싸서 문갑 속에 모셔 두었다가 때마다 제사를 드렸다. 이후로 부부는 풍족한 노년을 보냈다. 하지만, 두 부부가 죽은 다음에는 절굿공이의 신통력이 점차 줄어들어 지금은 자손들이 가난하게 되었다.[47]

앞의 두 이야기의 상인들은 적어도 어떤 일을 조금이라도 해서 그 행운으로 보물을 얻었다. 이 이야기 속 상인은 아무 일도 하지 않았는데 우연히 보물을 얻었다. 두 경우를 비교하면 큰 재산을 얻는 꿈 역시 좀 더 미묘한 것 같다. 재운財運이 아무 이유 없이 왔다가 또 아무런 이유 없이 사라졌으니 재운의 믿을 수 없는 면을 암시한 것 같기도 하다. 이 역시 상인 심리의 반영이라고 볼 수 있겠는데, 작자는 이 점을 민감하게 포착하여 표현하였다.

또 다른 이야기는 상인이 시장의 시세를 예측하는 능력을 얻어 사업이 항상 잘 되기를 갈망하는 심리를 표현하였다. 예를 들면, 「노산인盧山人」이 그러하다.

당나라 보력寶曆, 825~827 때에 형주荊州의 노산인盧山人은 생석회를 구워

47 齊州有一富家翁, 郡人呼曰劉十郎, 以鬻醋油爲業. 自云, 壯年時, 窮賤至極, 與妻傭舂以自給. 忽一宵, 舂未竟, 其杵忽然有聲, 視之, 已中折矣. 夫婦相顧愁歎, 久之方寐. 淩旦旣寤, 一新杵在臼旁, 不知自何而至. 夫婦前視, 且驚且喜. 自是因穿地, 頗得隱伏之貨. 以碓杵爲神鬼所賜, 乃寶而藏之. 遂棄舂業, 漸習商估. 數年之內, 其息百倍, 家累千金. 夫婦神其杵, 卽被以文繡, 置於匱匣中, 四時致祭焉. 自後夫婦富且老. 及其死也, 物力漸衰. 今則兒孫貧乏矣.(『太平廣記』 卷138)

팔면서 백복白洑 남쪽의 약초 시장을 왕래했다. 때때로 기이한 행적을 은밀하게 드러내었는데 사람들은 헤아리지 못했다. 상인 조원경趙元卿이 호기심이 많아 그와 교유하고자 했다. 그래서 자주 그의 물건을 사주면서 다과를 준비해놓고 돈을 불리는 방법을 물어 보았다. 노산인이 그것을 눈치채고 이렇게 말했다. "보아하니, 그대의 뜻은 물건을 사는 데 있지 않은 것 같은데 의도가 무엇입니까?" 조원경이 답했다. "저는 어르신께서 신분과 덕을 숨기고 있지만 어르신의 통찰력은 점술보다 뛰어나다는 것을 알고 있습니다. 원컨대 한 수 부탁드립니다." 노산인이 웃으며 말했다. "오늘 곧 경험하게 될 걸세."[48]

이 내용은 그 유명한 마이더스의 손 이야기와 매우 유사하다. 상인은 신인이 만져서 생기는 황금뿐만 아니라 돌을 황금으로 만들 수 있는 손을 원한다! 흥미롭게도 이 고사에서 상인이 "돈을 불리는 방법"을 얻는 수단은 "자주 그의 물건을 사는 것"으로, 이는 육조 시대의 작품 「매분아買粉兒」에서 소년이 분을 파는 아가씨의 마음을 얻는 방법과 동일하다. 노산인 역시 분을 파는 아가씨처럼 마침내 "그대의 뜻은 물건을 사는데 있지 않음"을 안다. 이는 작자가 의도적으로 이전 시대의 작품을 모방한 것인지는 모르겠다. 물론 당연히 모방이라고 하더라도 또한 일종의 패러디한 방식의 모방이다. 작자의 의도는 "돈을 불리는 방법"을 갈망하는 상인의 어리석은 마음이 사랑하는 사람을 쫓아다닐 때

---

48 唐寶曆中, 荊州盧山人, 常販燒樸石灰, 往來於白洑南草市, 時時微露奇跡, 人不之測. 賈人趙元卿好事, 將從之遊. 乃頻市其所貨, 設果茗, 訪其息利之術. 盧覺, 謂曰 : "觀子意似不在所市, 意何也?" 趙乃言 : "竊知長者埋形隱德, 洞過蓍龜, 願垂一言." 盧笑曰 : "今日且驗." (『太平廣記』 卷43)

의 어리석은 마음과 같다는 것을 알려주려는 데 있다.

이상과 같이 부자가 되려는 상인의 심리에 대한 표현, 유형, 주제, 관점은 모두 후대 문학에서 한두 번 반복되고 변주된다. 예를 들어, 『이견지夷堅志』의 많은 고사, 『박안경기拍案驚奇』 권1의 「전운한우교동정홍 파사호지파타룡각轉運漢遇巧洞庭紅 波斯胡指破鼉龍殼」 등은 후대 문학에서도 근세의 색채가 더욱 풍부하다.

장사라는 직업의 본질은 필연적으로 유동적인 생활을 해야 한다는 것이다. 상인들은 일 때문에 종종 동분서주해서 낯선 지방에서 긴 밤을 보내고, 다시 또 긴 밤을 지내야 한다. 상인들은 청루青樓에 가서 기녀를 만나기도 하겠지만 내면적 적막함은 끝내 사라지지 않으니 이 때 '미인을 만나려는豔遇' 바람이 자연스럽게 생겨난다. 이전 시대의 문학에서는 이러한 상인의 심리를 표현한 적이 없었지만 당오대에 이르면, 이에 관한 표현을 볼 수 있다. 「정소鄭紹」는 대표적인 사례 중의 하나로 작품에서 상인이 미인을 만나는 고사를 서술하고 있다.

상인 정소鄭紹는 아내를 잃은 후 다시 장가가려고 하였다. 화음현을 지나다가 객점에 머물렀는데 화산華山의 수려한 산세에 반하여 객점에서 남쪽으로 길을 떠났다. 몇 리쯤 갔을 때 어떤 하녀가 나타나 정소에게 말했다. "어떤 분께서 잠시 당신을 초청하고 싶다는 뜻을 전하라고 하셨습니다." 정소가 말했다. "어떤 분이신가?" 하녀가 말했다. "남쪽 저택에 사는 황상서皇尙書의 따님입니다. 저택의 누대에 올랐을 때 마침 당신을 보고 뜻을 전달하라고 하였습니다." 정소가 말했다. "아가씨께서는 아직 시집을 가지 않으셨는가? 어찌하여 이곳에 머무르시는가?" 하녀가 말했다. "아가씨께서는 좋은 배필을 찾고자 하십니다. 그래서 여기에 머물고 있습니다." 정소가 도착하였다. (…중략…) 여인이 금술잔에 술을 따르고 정소에게 바치면서 말했다. "소첩은 좋은 배필을 구하고 있는데 이미 삼 년이 지났습니다. 지금 당신 같은 군자를 만나니 어찌 기쁘지 않겠습니까? 첩이 부끄러워 말하지 못하겠사오나 감히 금술잔으로 합환合歡의 예를 올려 아내로서 당신을 받들고자 하는데 괜찮으신지요?" 정소가 말했다. "나는 일개 상인으로 남과 북을 오가며 잇속을 구할 뿐입니다. 어찌 감히 높은 관리 집안과 혼인을 맺을 수 있겠소! 당신의 호의를 받은 것은 삼가 영광이지만, 훗날 당신 가문에 누가 될까 두려울 뿐이요."[49]

'미인을 만나는豔遇' 이야기는 중국문학의 전통적인 주제 중의 하나로, 중국문학에서는 이런 고사들을 무수히 많이 볼 수 있다. 그러나 이 작품은 상인이 미인을 만나는 주인공으로 등장하는 첫 번째 고사다. 이 고사에서 작자는 "남북을 자주 돌아다니는" 상인의 성적 고민을 통해 미인을 만나고 싶어 하는 그들의 갈망을 표현하고 있다. 이러한 종류의 표현은 당연하게도 여전히 초자연적이며, 또한 완곡하고도 간접적이다. 하지만 여기서 주목할 점은 작자가 상인의 내면세계 속 미인에 대한 갈망에 관심을 가지고 있다는 것이다. 후대의 문학 작품중에서 가령 『이견지夷堅志』의 고사 중 「요양해신전遼陽海神傳」과 『이각박안

49 商人鄭紹者, 喪妻後, 方欲再娶. 行經華陰, 止於逆旅. 因悅華山之秀峭, 乃自店南行. 可數里, 忽見青衣, 謂紹曰 : "有人令傳意, 欲暫邀君." 紹曰 : "何人也?" 青衣曰 : "南宅皇尚書女也. 適於宅內登台, 望見君, 遂令致意." 紹曰 : "女未適人耶?何以止於此?" 青衣曰 : "女郎方自求佳婿, 故止此." 紹詣之 (…中略…) 女引一金罍獻紹曰 : "妾求佳婿, 已三年矣. 今旣遇君子, 寧無自得?妾雖慚不稱, 敢以金罍合巹, 願求奉箕帚, 可乎?" 紹曰 : "余一商耳, 多遊南北, 惟利是求, 豈敢與簪纓家爲眷屬也! 然遭逢顧遇, 謹以爲榮, 但恐異日爲門下之辱."(『太平廣記』 卷345)

경기二刻拍案驚奇』 권37의 「첩거기정객득조 삼구액해신현령疊居奇程客得助 三救厄海神顯靈」 등에는 유사한 주제가 훨씬 세속적으로, 혹은 아름답게 표현되어 있다.

부자가 되려는 심리와 미인을 만나고 싶어 하는 환상에 주목한 것 외에, 특히 중요한 점은 당시 문인들이 상인의 직업정신에도 주의를 기울였다는 것이다. 이른바 상인의 직업정신은 상인이 자기 직업의 가치를 인식하고 이를 위하여 끊임없이 노력하는 정신을 가리킨다. 사실 어떤 직업에 종사하든 직업정신이 있어야 하는데, 상인의 직업정신은 사람들에게 무시되었을 뿐이다. 이전 시대의 문학에서는 이러한 표현이 나타나지 않았으나 당오대 문학에서는 이러한 표현이 이미 싹트기 시작했다. 앞서 언급한 「정소」라는 고사에서, 정소가 아름다운 여인을 만난 후의 묘사는 다음과 같다.

> 한 달여가 지나 정소가 말했다. "잠시 나가서 남쪽과 북쪽의 재산을 정리해야겠소." 아내가 말했다. "인연을 맺어 화촉을 밝혔는데 한 달도 되지 않아서 이별한다는 말은 들어보지 못했습니다." 정소는 차마 떠날 수 없었다. 한 달여가 지나 정소가 다시 말했다. "나는 본래 상인이라서 강호를 떠돌며 여기저기 다니는 것이 일상이요. 비록 당신을 깊이 사랑하지만 오랫동안 바깥으로 나가지 않으면 이 역시 내 마음에 즐거운 바가 아니오." 바라건대 이 때문에 원망하지는 마오. 기한에 늦지 않게 돌아오겠소." 아내는 정소의 말이 간절하다고 여겨서 허락하였다. 드디어 정원에서 연회를 열어 송별하였고 정소는 짐을 꾸려 길을 떠났다.[50]

50 經月餘, 紹曰 : "我當暫出, 以緝理南北貨財." 女郎曰 : "鴛鴦配對, 未聞經月而便相離也."

"나는 본래 상인이오" 이하의 몇 구는 바로 상인 심리를 깊이 반영한 것이자 상인 직업정신의 전형적인 표현이다. 바로 이런 직업정신 때문에 이 상인은 아내의 열렬한 사랑에 '찬물을 끼얹고' 바깥으로 나가 장사하겠다는 요구를 한다. 물론 이 상인 역시 주저하거나 내면적 충돌이 없었던 것은 아니지만, 결국에는 그의 직업정신이 따뜻한 보금자리라는 유혹을 물리쳤으니, 이는 상인의 직업정신의 힘이 더욱 강했음을 보여준다. 그러나 풍자적인 의미가 드러나는 지점은 그 상인이 이듬해 봄날 다시 그 곳으로 돌아와 그 여인과 이전의 연분을 계속 이어가고 싶어 했으나 경물은 그대로지만 사람은 그대로가 아님을 알게 된다는 것이다. "붉은 꽃과 비췻빛 대나무, 흐르는 물과 푸른 산만 보일뿐 사람의 자취는 아득히 사라지고 없었다."[51] 이는 낭만적인 연애와 상인의 직업정신이 양립하지 못한다는 것, 그리고 상인이 이런 선택의 기로에서 필연적으로 선택하는 것이 함축하는 비극적 의미를 상징하는 것 같다. 이 모든 내용은 작자가 세심하게 구상한 것으로 상인의 직업정신에 대한 관찰과 인식을 표현한 것이다. 이러한 관찰과 인식은 이전 시대의 문학에서는 출현하지 않았지만 이후 근세문학에서는 자주 나타나니, 이 고사는 그러한 작품들의 시초가 된 것이다. 이밖에 「조척趙倜」의 경우는, 상인 조척을 가장한 사람이 조척의 말투로 그의 부인에게 "나는 바깥 생활이 습관이 된 상인이라, 집에 있으면 즐겁지도 않고 마음도 무료하다오. 내가 당신을 돌보지 않는다고 생각하지

紹不忍. 後又經月餘, 紹復言之曰:"我本商人也, 泛江湖, 涉道途, 蓋是常也. 雖深承戀戀, 然若久不出行, 亦吾心之所不樂者. 願勿以此爲嫌, 當如期而至." 女以紹言切, 乃許之. 遂於家園張祖席, 以送紹. 乃槖囊就路.

51 但見紅花翠竹, 流水青山, 杳無人跡.

말고 내가 나가서 친구 사귀는 것을 이해해 주시오"[52]라고 말한다. 이 역시 상인의 직업정신을 보여주는 의의가 있다.

4) 상인 아내에 대한 표현

상인 생활의 기본 특징은 유동성이다. 이러한 유동적인 생활의 영향을 가장 많이 받는 사람은 상인 자신을 제외하면 상인의 가정, 특히 그의 배우자이다. 위에 인용한 왕건王建의 「강남삼대사江南三臺詞」 네 수 중 제1수는 "양주 다리 부근의 젊은 아내, 장간 시장의 상인 남편. 삼 년 동안 소식조차 전할 수 없어 천지신명에게 각자 기도를 올리지"라고 묘사하고 있는데, 떨어져 있는 날들이 양쪽 모두에게 고통스럽고 힘겹긴 하지만, 이것이 또한 상인 가정생활의 기본적인 내용이라고 할 수 있다.

남조南朝 시대 최초의 '상인가商人歌'인 「삼주가三洲歌」와 '상인을 읊조린 노래'인 「고객악估客樂」에서 처음 나오는 내용과 주제가, 모두 상인의 이별과 상인 아내의 그리움을 표현했던 것도 아마 이러한 이유 때문이었을 것이다. 우리는 석보월釋寶月과 진후주陳後主가 모방한 작품도 모두 이러하다는 것을 알고 있다. '오성吳聲', '서곡西曲' 중의 수많은 익명의 작품들과 『수신기搜神記』, 「비계費季」 등도 모두 완곡하게 동일한 주제를 표현한 것이다.

---

52 我慣爲商在外, 在家不樂, 我心無聊, 勿以我不顧戀爾, 當容我卻出, 投交友.(『太平廣記』卷431)

이전 시대 문학 속의 이러한 현상은 상인에 대한 관심이 증가하면서 당오대 문학에 이르르면 그 표현이 더욱 분명해진다. 당시에 상인과 관련된 시가들을 살펴보면 이러한 주제를 표현한 작품이 가장 많으니 대략 전체의 1/3정도이다. 이중 남조 악부 구제舊題를 모방한 작품이 다수이며 몇몇의 경우는 문인들이 새롭게 창작한 것이다.

그러나 흥미로운 점은 똑같이 상인과 상인 아내의 이별을 표현하였지만, 당오대 시가에는 상인이 아내를 그리워하는 시가가 없거나 미미하며, 대개 상인 아내가 상인을 그리워하는 내용을 표현하고 있다는 것이다. 그 원인을 찾아보면 중국 애정시의 특수한 전통과 관련이 있는 것 같다. 동서양의 많은 학자들이 지적한 것처럼 중국의 애정시는 대체적으로 여자가 남자를 그리워하는 마음을 표현하고 남자가 여자를 그리워하는 경우는 매우 적다. '궁원宮怨'을 포함한 '규원閨怨'시의 발달이 바로 이러한 측면을 전형적으로 보여준다. 우리는 상인과 상인 아내의 이별에 관한 표현이 이러한 전통의 영향을 받았다고 생각한다. 그러나 바꾸어 생각하면 바로 이러한 특별한 애정시 전통이 있었기 때문에 당오대의 시인들이 더욱 흥미를 가지고 자신의 애정시에서 상인 아내를 택해 여주인공으로 삼았다고 생각할 수도 있다.

어떻게 말하든 상인 아내에 대한 흥미는 상인의 흥미에 대한 자연스러운 연장이라고 할 수 있다. 당오대에서 상인 아내를 표현한 작품의 증가는 당시 상인을 묘사한 작품의 증가와 대체로 함께 진행되었으며 또한 동일한 정신에 기반하고 있다고 할 수 있다. 따라서 우리는 또한 이를 상인을 표현한 당시 문학의 특징 중의 하나이며 또한 이전 시대 문학보다 상대적으로 진보한 측면이라고 말할 수 있다.

당오대에 상인 아내를 표현한 많은 시가들은 이전 시대의 악부 구제를 사용하여 전대前代 문학의 전통을 명백히 계승하였다. 예를 들어 온정균溫庭筠의 「삼주사三洲詞」가 바로 남조의 악부 구제를 사용한 작품이다.

> 만남을 파도에 비친 달처럼 여기지 마세요.
> 순수한 마음을 가지 위의 눈처럼 여기지 마세요.
> 달은 물결 따라 흔들려 부서지고,
> 눈은 매화가 지듯 곧 사그라져 버리지요.
> 열여섯 살 이씨 아가씨 검은 머리가 곱고,
> 화대畵帶의 한 쌍의 꽃은 님을 위해 묶어둔 것.
> 문 앞의 저 길로 훌쩍 떠나시면
> 돌아올 때 옛 향기가 사라질까 두려울 뿐.[53]

이 작품은 청춘이 파도 속의 달, 가지 위의 눈처럼 쉽게 부서지고 빨리 사라진다고 표현하고 있다. 그러나 상인은 소중한 것이 무엇인지 잘 알지 못해 젊은 아내의 청춘이 덧없이 흘러가게 내버려 둔다. 작품의 이미지와 분위기는 모두 남조의 색채가 있으며 만당晩唐의 기운도 있다.

마찬가지로 남조에 출현한 「장간곡長干曲」 역시 당오대 시인들에 의해 상인 아내의 그리움을 표현하는 주제로 사용되었다. 그 중에서 이

---

53 團圓莫作波中月, 潔白莫爲枝上雪. 月隨波動碎潾潾, 雪似梅花不堪折. 李娘十六靑絲發, 畵帶雙花爲君結. 門前有路輕別離, 唯恐歸來舊香滅.(『全唐詩』 卷576)

백의 작품 「장간행長干行」이 특히 잘 알려져 있다.

제 머리카락이 처음 이마를 덮었을 때 꽃 꺾어 문 앞에서 놀았지요.
그대가 죽마를 타고 오면 우물가 난간을 돌며 푸른 매실을 던지며 놀았지요.
장간리에 함께 살아 어려서부터 싫은 감정이 없었지요.
열네 살에 당신의 신부가 되었지만 수줍어 얼굴도 펴지 못 해요.
고개 떨구고 벽만 보며 천 번 불러도 돌아보지 못했지요.
열다섯 살에 비로소 웃으며 죽을 때까지 함께 하기로 했지요.
죽어도 변치 않을 맹세를 했지만 망부대에 오를 줄 어찌 알았겠어요?
열여섯 살 그대 먼 길 떠나 구당瞿塘의 염예퇴灩澦堆를 건너니
오월이라 암초에 부딪히지 마세요. 원숭이들 하늘가에 슬피 우네요.
문 앞에 행적이 드물어 하나둘 푸른 이끼가 생기더니
쓸지도 못할 만큼 무성해지고 이른 가을바람에 낙엽이 떨어지네요.
팔월이라 한 쌍의 나비 서원의 풀밭 날아다니니
첩의 마음 아파와 근심으로 붉은 얼굴 시들어가네요.
어서 삼파三巴에서 내려와 편지로 소식 알려주시면
먼 길 마다 않고 장풍사長風沙까지 바로 가겠어요.[54]

작품은 상인 집안 출신의 젊은 남녀가 어릴 때부터 자라면서 싹트고

54 妾頭初覆額, 折花門前劇. 郎騎竹馬來, 繞床弄青梅. 同居長干里, 兩小無嫌猜. 十四爲君婦, 羞顔尙不開. 低頭向暗壁, 千喚不一回. 十五始展眉, 願同塵與灰. 常存抱柱信, 豈上望夫台. 十六君遠行, 瞿塘灩澦堆. 五月不可觸, 猿鳴天上哀. 門前遲行跡, 一一生綠苔. 苔深不能掃, 落葉秋風早. 八月胡蝶來, 雙飛西園草. 感此傷妾心, 坐愁紅顔老. 早晩下三巴, 預將書報家. 相迎不道遠, 直至長風沙.(『全唐詩』 卷163)

발전한 우정과 애정, 결혼 후 남편이 먼 행상을 나서면서 남겨진 젊은 아내가 집에서 기다리는 어려움을 표현하고 있다. 이 시는 상행위를 직접 언급한 화제話題가 없기 때문에 사람들은 종종 상인 아내의 그리움이 작품의 진정한 주제라는 사실을 무시한다. 그러나 만일 다음 작품 「장간행長干行」과 대비하여 읽으면 우리는 작품의 진정한 주제가 무엇인지를 쉽게 알 수 있다. 다음 작품 「장간행」의 작자는 이백, 이익李益, 장조張潮 세 가지 설이 있지만 작자가 누구이든 상관없이 모두 위와 같은 주제를 표현하고 있는 훌륭한 시이다.

옛날을 생각하면 깊은 규방에서 연기와 먼지도 구별 못 하다가.
장간의 남자에게 시집가면서 강가에서 바람까지 살피게 되었지요.
오월 남풍이 일어나면 파릉巴陵으로 떠나갈 그대를 생각하고
팔월 서풍이 일어나면 양자揚子에서 출발할 당신이 그리워요.
오고 갈 때 슬픔이 어떠하신가요? 보는 날은 적고 떨어져 있는 날은 많군요.
상담湘潭엔 언제쯤 도착하나요? 저는 꿈속에서 바람과 파도를 넘고 있어요.
어젯밤 광풍이 일어나 강가의 나무 쓰러트리고,
아득한 어둠 속 끝이 없는데 떠도는 당신은 어디 있나요?
북쪽에서 삼공三公이 내려오니 붉은 관복이 강가에 가득한데
날 저물어 투숙하고 며칠이 지나도 동쪽으로 가려 하지 않네요.
명마 타는 호시절, 동쪽 물가에 난초 피는 계절에,
원앙은 강가에서 노닐고, 비취는 비단 절벽에 앉아 있네요.
열다섯 나이에 복사꽃 같은 붉은 얼굴이 홀로 서글픈데
상인의 아내가 되어 물을 걱정하다 또 바람을 걱정합니다.[55]

작품에서 여주인공은 하염없이 기다릴 뿐만 아니라 말 못 할 근심까지 있으니, 상인 아내가 된 운명에 대해 깊은 탄식을 금치 못하고 있다. 그러나 설령 그렇다고 해도 "며칠이 지나도 동쪽으로 가려하지 않는" "북쪽 나그네"는 여전히 그녀의 마음을 돌리지 못한다. 왜냐하면 그녀가 번민에 싸여 있지만 이 번민 역시 남편에 대한 애정에서 나오기 때문이다. 장조張潮는 「강풍행江風行」이라고도 하는 또 다른 「장간행」에서 남편에 대한 아내의 질투와 의심을 표현하고 있다.

가난할 때는 보물처럼 여기시더니, 부유해지니 티끌처럼 대하시네요.

가난할 때는 옛일 잊지 않는다 하더니 부유해지니 새로운 여자들이 많아지네요.

첩은 본래 부잣집 딸로 그대의 배필이 되어

애정이 하도 깊어 중문中門을 나간 적이 없지요.

제가 가진 비단옷은 금실 가득 수를 놓아 빛이 나는데

서방님은 가난하고 낮은 신분을 바꾸려 먼 지방으로 나갔지요.

삼천리 먼 곳에 있어도 당신을 향한 마음 사라지지 않고,

해 저물면 그리움 다시 일어나 멍하니 강물만 바라봅니다.

초여름 보리가 영글고 강가에는 남풍이 자주 불어오니,

상인들은 다들 돌아갔는데 당신은 아직도 파동巴東에 계시네요.

---

55 憶昔深閨裏, 煙塵不曾識. 嫁與長干人, 沙頭候風色. 五月南風興, 思君下巴陵. 八月西風起, 想君發揚子. 去來悲如何, 見少離別多. 湘潭幾日到, 妾夢越風波. 昨夜狂風度, 吹折江頭樹. 淼淼暗無邊, 行人在何處? 北客眞三公, 朱衣滿江中. 日暮來投宿, 數朝不肯東. 好乘浮云驄, 佳期蘭渚東. 鴛鴦綠浦上, 翡翠錦屛中. 自憐十五餘, 顔色桃花紅. 那作商人婦, 愁水復愁風.(『全唐詩』 卷114) 『全唐詩』 卷114에는 張潮의 작으로, 卷163에는 李白의 작으로, 卷283에는 李益의 작으로 되어 있다. 인용문은 張潮의 것을 따랐다.

파동에는 무산巫山이 있어 아름다운 신녀가 산다 하는데

이 산에서만 노니시는지 정말로 돌아올 줄 모르시네요.[56]

작품에서 상인 아내는 견디기 힘든 기다림뿐만 아니라 남편에 대한 근심을 더하면서 길가의 여자들이 남편의 귀향을 막을까 두려워한다. 이러한 종류의 질투와 의심은 타당한 것으로, 이는 다만 남편에 대한 깊은 애정에서 비롯된 것일 뿐이다. 위에 언급한 일련의 시가를 통해 볼 때, 아마도 「장간행」은 당오대 뿐만 아니라 작품이 창작될 당시에도 이미 상인 또는 상인 아내라는 주제를 표현하고 있었던 것 같다.

기타 다른 제목의 악부 시가에서도 우리는 동일한 주제의 표현을 볼 수 있는데, 가령 이익李益의 「강남곡江南曲」은 사람들 사이에서 회자되었던 걸작이다.

구당瞿塘의 상인에게 시집왔더니 아침마다 기다림을 저버리네요.

파도가 소식 전해줌을 일찍 알았더라면 뱃사람에게 시집갔으리.[57]

여주인공은 매번 기다림이 수포로 돌아가면서 말도 안 되는 상상을 한다. 그러나 말도 안 되는 이런 상상이 바로 그녀의 마음이 얼마나 초초한지를 잘 보여준다. 이백의 「강하행江夏行」 역시 이런 주제를 심각하게 표현하고 있다.

---

56 婿貧如珠玉, 婿富如埃塵. 貧時不忘舊, 富貴多寵新. 妾本富家女, 與君爲偶匹. 惠好一何深, 中門不曾出. 妾有繡衣裳, 葳蕤金縷光. 念君貧且賤, 易此從遠方. 遠方三千里, 思君心未已. 日暮情更來, 空望去時水. 孟夏麥始秀, 江上多南風. 商賈歸欲盡, 君今尙巴東. 巴東有巫山, 窈窕神女顔. 常恐遊此山, 果然不知還.(『全唐詩』 卷114)

57 嫁得瞿塘賈, 朝朝誤妾期. 早知潮有信, 嫁與弄潮兒.(『全唐詩』 卷283)

옛날을 생각하면, 젊고 아름다웠고 마음은 설렘으로 가득했어요.

시집을 가면 이 오랜 기다림도 면할 수 있다고 하던데

상인에게 시집가서 걱정하고 힘들어할 줄 누가 알았겠어요?

부부가 된 날부터 언제 고향에 머문 적이 있었나요?

작년에 양주揚州로 내려가실 때 황학루黃鶴樓에서 배웅했지요.

멀어지는 배를 보면서 마음은 강물 따라 흘러갔지요.

일 년만 기다리라 했지만 세 번이나 가을이 지났네요.

제 마음은 끊어지는데 여유로운 당신이 한스럽네요.

동쪽과 서쪽의 이웃 사람들 당신과 함께 출발해서

남쪽과 북쪽으로 다녀오는데 한 달이 걸리지 않았어요.

당신은 짐 싸들고 어디로 갔는지 알 수 없고

편지마저 끊어져 버렸지요.

서강西江의 배가 왔는지 물어보려고 남포南浦로 갔다가

곱게 화장한 젊은 주막집 여자를 보게 되었어요.

남의 아내가 된 나 같은 사람만 홀로 처량하게 슬퍼하면서

거울만 보면 눈물을 뚝뚝 흘리고 사람을 만나면 눈물만 나려 하네요.

차라리 한량의 여자가 되어 아침저녁으로 같이 지내는 것만 못하니

상인의 아내가 되어 긴 이별로 청춘을 보낸 걸 후회합니다.

지금이 같이 지내기 딱 좋을 때인데, 그대 없으니 예쁜 얼굴 누가 봐주겠어요?[58]

---

58 憶昔嬌小姿, 春心亦自持. 爲言嫁夫婿, 得免長相思. 誰知嫁商賈, 令人卻愁苦. 自從爲夫妻, 何曾在鄕土? 去年下揚州, 相送黃鶴樓. 眼看帆去遠, 心逐江水流. 只言期一載, 誰謂曆三秋? 使妾腸欲斷, 恨君情悠悠. 東家西舍同時發, 北去南來不逾月. 未知行李遊何方, 作個音書能斷絶. 適來往南浦, 欲問西江船. 正見當壚女, 紅妝二八年. 一種爲人妻, 獨自多悲

여주인공은 한없이 기다리는 시간을 보내면서 한량과 술집 여자의 삶조차도 자신과 비교해 부러워할 만하다고 느낀다. 이밖에도 유채춘劉采春의 「나홍곡囉嗊曲」 여섯 수 역시 같은 주제를 표현하고 있는데 지은이가 여성이기 때문에 더욱 실감이 난다.

> 진회秦淮의 강물 기쁘지 않고 강 위의 배를 보면 화가 나지.
> 나의 님 태우고 떠난 뒤, 한 해를 보내고 또 한 해를 보내지.
>
> 상인의 아내가 되지 마세요, 금비녀를 복채로 쓰게 되니
> 아침마다 강어귀에서 바라보며 몇 번이고 남의 배를 착각하네.[59]

여주인공은 끝없는 기다림 속에서 강물과 배마저도 증오하게 되었다. 하지만 증오하면서도 오히려 날마다 "바라보고望" "확인하지認" 않을 수 없다. 왕건王建의 「조소령調笑令」 역시 유사한 장면을 묘사하고 있다.

> 버드나무, 버드나무, 저녁 무렵 백사장 나루터,
> 배 앞의 강물 망연히 흘러가니 상인의 젊은 아내 마음이 찢어지는구나.
> 마음이 아파 창자가 끊어질 듯, 짝 잃은 자고새 한밤에 날아가는구나.[60]

淒. 對鏡便垂淚, 逢人只欲啼. 不如輕薄兒, 旦暮長相隨. 悔作商人婦, 青春長別離. 如今正好同歡樂, 君去容華誰得知!(『全唐詩』 卷167)

59 不喜秦淮水, 生憎江上船. 載兒夫婿去, 經歲又經年. 莫作商人婦, 金釵當卜錢. 朝朝江口望, 錯認幾人船.(『全唐詩』 卷802.)

60 楊柳, 楊柳, 日暮白沙渡口. 船頭江水茫茫, 商人少婦斷腸. 腸斷, 腸斷, 鷓鴣夜飛失伴.(『全唐詩』 卷890)

황혼은 기다리기 가장 두려운 때이고 황혼이 다시 또 다른 황혼으로 이어지니, 상인의 젊은 아내가 어찌 애가 타지 않겠는가? 유득인劉得仁의 「고부원賈婦怨」 역시 같은 주제를 표현하고 있다.

상인에게 시집가 머리는 하얗게 새려 하는데,
하루도 함께 다닌 적이 없네요.
그대 이익을 좇아 강과 바다를 가볍게 여겨도
바람과 파도는 저 같이 가볍게 여기지 마세요.[61]

여주인공은 근심과 걱정이 가득하지만 남편에게 여전히 무한한 관심을 가지고 있으며 마음에 늘 온정이 가득하다. 백거이白居易의 「비파행琵琶行」에서 상인의 부인 역시 똑같은 고민을 안고 있다.

이익만 중시하고 이별을 경시하는 상인이라
지난달 부량浮梁에 차를 사러 가버렸지요.
강나루 오가며 빈 배를 지키는데
밝은 달은 배를 감싸고 강물은 차가웠어요.[62]

이 시가 여타의 시와 다른 점은 실의와 무시의 정서가 상인 남편에 대한 실망과 관심을 이미 압도하고 있다는 것이다. 그래서 현재의 기다림과 고독은 오히려 과거 풍류 생활의 아름다움을 두드러지게 한다.

---

61 嫁與商人頭欲白, 未曾一日得雙行. 任君逐利輕江海, 莫把風濤似妾輕!(『全唐詩』 卷545)
62 商人重利輕別離, 前月浮梁買茶去. 去來江口守空船, 繞船月明江水寒.(『全唐詩』 卷435)

당오대에서 상인 아내를 표현한 시가 중에서 이 시는 독특한 존재라고 할 수 있으므로 뒤에서 좀 더 심층적인 분석을 할 것이다.

당대에는 다음과 같은 실제 있었던 이야기도 있다. 거상 임종任宗이 상湘 지방에서 장사하다가 몇 년 동안 돌아오지 못했다. 그의 아내 곽소란郭紹蘭이 기다리고 또 기다리다가 「기부寄夫」라는 시 한 수를 써서 제비 다리에 묶어 제비가 남편에게 전해주기를 바랐다. 그 시는 다음과 같다.

> 남편이 중호重湖에 가버렸으니
> 창문에 기대 피눈물로 편지를 쓰네.
> 몰래 제비의 날개에 실어서
> 박정한 남편에게 보낸다.[63]

이야기에 따르면, 남편 역시 박정한 사람이 아니었다. 당시 그는 형주에 있었는데 홀연 한 마리 제비가 자기 어깨 위에 앉자 제비 다리에 편지 한 장이 있는 것을 보았다. 열어서 읽어보니 자신의 아내가 보낸 것이었다. 말 위에 있던 그는 "감동하여 눈물 흘리며 집으로 돌아갔다"(感泣而歸)고 한다. 이 고사는 상인 아내의 그리움을 표현한 위 시에 실감나는 배경과 보충 설명을 제공해 준다고 할 수 있다.

요약하면, 상인 아내의 그리움을 표현한 당오대 시가는 대부분 남조 악부 시가의 전통을 계승하였고, 주로 그 아름다운 시의詩意의 한 측면

63 我婿去重湖, 臨窗泣血書. 殷勤憑燕翼, 寄與薄情夫.(『全唐詩』卷799)

을 표현하였다. 여주인공 대부분은 남편에 대한 애정을 가지고 있으며 이들의 귀환을 인내심을 가지고 기다린다. 설령 남편에 대한 원망이 있다고 하더라도 원망 역시 너무 사랑하기 때문에 생긴 것이며 그 표현 역시 절제되어 있다. 또 원망이라기보다는 차라리 근심이 더욱 많다고 할 수 있다. 왜냐하면 행상은 매우 험난하고 또 도처에 아름다운 여자들이 있기 때문이다. 바꾸어 말하면, 이러한 시가에서 여자주인공은 대부분 전형적인 '좋은 여인'이다. 이들은 남편과의 애정을 의심하지 않으며 기다림 자체의 가치를 의심하지 않는다. 따라서 규범을 벗어나는 행동을 하지 않고 유혹에 넘어가거나 편안함을 추구하지도 않는다. 이는 상인의 소망을 표현한 것이라기보다는 남자 시인으로서의 소망을 표현한 것이다. 이러한 작품들의 근본적인 한계는 바로 여기에 있다고 할 수 있다. 따라서 이러한 종류의 시가는 당오대에 이르러 정점에 올랐고 또한 마지막 단계까지 발전하였다고 할 수 있다. 근세문학에서는 '악'의 진실성이 도입됨에 따라 완전히 다른 상인 아내의 형상이 만들어져서 당오대 문학의 수준을 뛰어넘었다.

근세문학에서 상인 아내는 종종 기다리는 데 만족하지 않는다. 이들은 자신의 욕망을 누르려 하지 않고 좋은 시절이 그냥 지나가기를 원하지도 않았다. 그래서 이들은 수동적으로 또는 능동적으로 자신이 좋아하는 남자에게 몸을 맡겨서 스스로 '불륜'이라는 금지된 과일을 훔치기도 한다. 그런데 당대 문언소설 중에는 이미 이러한 표현의 시초가 되는 「맹씨孟氏」라고 하는 작품이 있었다. 작품은 상인 아내가 기다리는 고통으로 인하여 바람을 피우는 이야기인데, 이미 당오대 시가와 완전히 다른 근세적 분위기를 갖추고 있다.

유양維揚의 만정萬貞은 대상인으로 주로 외지에서 재물과 보화를 교역하며 장사를 했다. 그의 아내 맹씨孟氏는 원래 수춘壽春의 기생이었는데 용모가 아름답고 가무에 능한 데다가 책을 조금 읽어서 글을 지을 수 있었다. 맹씨가 홀로 집안의 정원에서 노닐다가 주위를 둘러보다가 이렇게 읊조렸다. "안타깝다 봄날이여, 외롭게 혼자 노니는구나. 까닭 없는 두 줄기 눈물, 한참 동안 꽃을 보며 흘리네." 시를 읊조리니 눈물이 흘러내렸다. 이때 홀연히 용모가 뛰어난 소년이 담을 넘고 들어와 맹씨에게 미소를 지으며 말했다. "왜 그렇게 슬피 시를 읊고 계신가요?" 맹씨가 크게 놀라며 말했다. "당신은 어느 집안의 자제인데 어떻게 이곳까지 들어와 함부로 말하십니까?" 소년이 말했다. "제 성품은 본래 호방하고 거리낌이 없으며 소리 높여 노래 부르고 크게 취하는 것을 좋아합니다. 마침 시를 읊조리는 것을 듣고 기쁜 나머지 담을 넘어 여기까지 오게 되었습니다. 저를 허락하여 꽃밭에서 담소를 나눌 수 있게 해주신다면 제가 곡조나 한 번 읊어 볼까요?" 맹씨가 말했다. "시를 읊어 보시려고요?" 소년이 다음과 같이 읊었다. "뜬 구름 같은 인생 잠깐 지나가니, 젊은 시절 얼마나 되겠는가? 화려한 꽃이 피어나니 시든 잎은 벌써 떨어지네. 인간의 근심이 어찌 천 가지뿐이겠는가? 또한 어찌 순간의 기쁨을 찾지 않는가?" 맹씨가 말했다. "저는 본래 만정이라는 남편이 있었으나 집을 떠난 지 수년째입니다. 한스러운 것은 이 아름다운 경치를 볼 때 남편은 먼 곳에 있는 것입니다. 어찌 아름다운 향초 탓이겠어요? 긴 이별이 슬플 뿐입니다. 그래서 스스로 몇 자 지어서 마음 속 심경을 말하던 중이었습니다. 뜻밖에 당신이 여기까지 왔는데 이는 어떤 연고입니까?" 소년이 말했다. "아까는 전아한 노래를 들었고 이제 아름다운 외모를 보았으니 진정 죽어도 여한이 없겠는데 그깟 꾸짖는 말이 어찌 큰 해가 되겠어요?" 맹씨가 종이를 가져오게 하여 시를 이어 지었다. "어느 집안의 자제인가? 마음속으로 내 자신을 속이지. 끝내 안 된다고 말하지 못하니 남편이 알까 두려울 뿐." 소년이 시를 얻고 화답하였다. "신녀神女는 장석張碩을 얻었고 탁문군은 사마장경을 만났지. 둘이 만나 마음 맞으니 다정한 사람이라 위로가 되네." 이때부터 맹씨는 그 소년을 몰래 만나 자기 집으로 데려왔다. 일 년이 지나자 남편이 바깥에서 돌아왔다. 맹씨가 걱정하며 우니 소년이 말했다. "울지 마세요. 우리 만남이 오래갈 수 없음을 알고 있었으니까요." 말이 끝나자 몸이 솟구쳐 올라 금세 사라져 버렸다. 그 소년이 어떤 요괴였는지는 끝내 알 수 없었다.[64]

사실 반드시 어떤 '요괴'라고 할 수도 없고, 밀애를 나눈 한 명의 소년일 뿐이다. 이런 '신이神異한' 표현 수법은 지나치게 직설적인 것을 피하기 위한 것으로, 근세문학의 사실적 묘사로 가는 과도기적 표현으로 볼 수 있다. 하지만, 이 이야기가 표현하는 주제는 이미 근세문학과 다를 바가 없다. 만일 당오대 시인들에게 이러한 제제를 다루게 한다

64 維揚萬貞者, 大商也, 多在於外, 運易財寶, 以爲商. 其妻孟氏者, 先壽春之妓人也, 美容質, 能歌舞, 薄知書, 稍有詞藻. 孟氏獨遊於家園, 四望而乃吟曰: "可惜春時節, 依然獨自遊. 無端兩行淚, 長只對花流." 吟詩罷, 泣下數行. 忽有一少年, 容貌甚秀美, 逾垣而入, 소위맹씨왈: "何吟之大苦耶?" 孟氏大驚曰: "君誰家子?何得遽至於此?而復輕言之也?" 少年曰: "我性落魄, 不自拘檢, 唯愛高歌大醉. 適聞吟詠之聲, 不覺喜動於心, 所以逾垣而至. 苟能容我於花下一接良談, 而我亦或可以强攀淸調也." 孟氏曰: "欲吟詩耶?" 少年曰: "浮生如寄, 年少幾何?繁花正妍, 黃葉又墜. 人間之恨, 何啻千端. 豈如且偸頃刻之歡也!" 孟氏曰: "妾有良人萬貞者, 去家已數載矣. 所恨當茲麗景, 遠在他方. 豈惟惋歎芳菲, 固是傷嗟契闊, 所以自吟拙句, 蓋道幽懷. 不虞君之涉吾地也, 何故?" 少年曰: "我向聞雅詠, 今睹麗容, 固死命猶拚, 且責言何害!" 孟氏卽命箋, 續賦詩曰: "誰家少年兒, 心中暗自欺. 不道終不可, 可卽恐郎知." 少年得詩, 乃報之曰: "神女得張碩, 文君遇長卿. 逢時兩相得, 聊足慰多情." 自是孟氏遂私之, 挈歸已舍. 凡逾年, 而夫自外至. 孟氏憂且泣, 少年曰: "勿爾, 吾固知其不久也." 言訖, 騰身而去, 頃之方沒. 竟不知其何怪也.(『太平廣記』 卷345)

면 이들은 아마 "시를 읊조리니 눈물이 흘러내렸다"까지만 쓰고 바로 끝맺을 것이니, 맹씨는 남편에게 충실한 '좋은 여자'의 모습을 잃지 않았을 것이다. 하지만 소설의 작자는 이 정도로는 충분하지 않다고 생각하여 상인 아내가 결국 바람을 피우는 다음 내용까지 쓰고자 했다. 담을 넘어 들어온 잘 생긴 젊은이는 '사악'한 유혹의 힘을 대표하며 상인 아내의 마음속에서 꿈틀대는 정욕을 상징하기도 한다. 이 소년은 일단 문학에서 출현한 후에 다시 "몸이 솟구쳐 올라 사라지지"는 않고, 줄곧 문학에 남아 상인 아내를 '실수'하게 만드는 모든 '나쁜' 남자들로 변신한다. 좋은 시절이 덧없이 흘러가는 것은 더이상 어쩔 수 없는 탄식의 대상이 아니라 오히려 대담한 행동의 동력이 되었다. 이것은 일종의 새로운 가치관이었기 때문에 새로운 상인 아내의 형상을 동반하게 되었고, 상술한 이 문언소설은 이러한 형상의 새로운 물길을 열었다고 고 할 수 있다.

「맹씨」가 당오대 문학의 개방적 경향을 대표한다면 또 다른 작품 「하씨賀氏」는 보수적 경향을 대표한다. 당오대 문학에서 상인 아내를 묘사하는 특징을 전면적으로 이해하고자 한다면 우리는 다시 또 다른 극단에 있는 「하씨」를 보아야 한다. 하씨는 자신을 희생하는 유형으로 남편과 떨어져 사는 생활을 한평생 인내하고 남편의 풍류생활에 대해서도 양보한다. 그녀는 전통적인 '현부賢婦'의 범위에 귀속시킬 수 있지만, 상인 아내로서 그녀는 일반 여인과는 다른 특징을 보여준다.

> 연주兗州의 민가에 하씨賀氏라는 여인이 있었는데 마을 사람들이 직녀織女라고 하였다. 부모는 농사를 지었으며 남편은 보부상을 하며 마을을 왕

래하였다. 결혼하여 처음 신부가 되었을 때 열흘이 지나지 않아서 남편은 바깥으로 나갔다. 매번 나가면 수년이 지나서 돌아왔으며 돌아오면 며칠 있다가 다시 나갔다. 자신이 번 돈은 다른 곳에 사는 또 다른 아내에게 썼으며 한 푼도 집안을 위해서 쓰지 않았다. 하씨는 그것을 알고서도 매번 남편이 돌아오면 즐겁게 받들고 성낸 기색을 내지 않았다. 남편은 창피하고 마음먹은 대로 되지 않으면 말도 안 되는 이유로 때리고 욕을 해대었지만 부인은 저항하지 않았다. 시어머니가 이미 연로하고 병이 들어 굶주려서 뼈가 다 보일 정도였다. 부인은 베를 짠 돈으로 시어머니를 봉양하고 자신은 추위와 배고픔으로 지냈다. 시어머니 또한 자애롭지 못해서 날마다 학대하였는데 하씨는 더욱 공경하고 기쁜 목소리로 대하며 끝까지 원망하지 않았다. 남편이 첩을 집안으로 데려왔을 때 하씨는 여동생이라고 부르며 조금도 성내지 않았다. 하씨는 20여 년간 시집살이를 했지만, 남편이 집에 있는 날은 반년이 되지 않았다. 그러나 하씨는 부지런히 시어머니를 봉양하며 처음부터 끝까지 한 번도 원망하지 않았으니 어질고 효성스러운 부인이라고 할 만한다![65]

윗글의 상인 아내는 남편의 장기간 부재, 방탕한 풍류생활, 명분 없는 구타와 욕설, 시어머니의 학대와 가난한 집안 살림 등 모든 불행을

---

65 兗州有民家婦姓賀氏, 里人謂之織女. 父母以農爲業. 其丈夫則負擔販賣, 往來於郡. 賀初爲婦, 未浹旬, 其夫出外. 每出, 數年方至, 至則數日復出. 其所獲利, 蓄別婦於他所, 不以一錢濟家. 賀知之, 每夫還, 欣然奉事, 未嘗形於顔色. 夫慚愧不自得, 更非理毆罵之, 婦亦不之酬對. 其姑已老且病, 凜餒切骨. 婦傭織以資之, 所得傭直, 盡歸其姑, 已則寒餒. 姑又不慈, 日有淩虐. 婦益加恭敬, 下氣怡聲, 以悅其意, 終無怨歎. 夫嘗挈所愛至家, 賀以女弟呼之, 略無慍色. 賀爲婦二十餘年, 其夫無半年在家, 而能勤力奉養, 始終無怨, 可謂賢孝矣! (『太平廣記』 卷271)

다 겪고 있다. 개인주의를 신봉하는 여인의 입장에서 보면, 모두 '바람을 피울만한' 이유가 될 것이다. 그러나 하씨는 이 모든 것을 감내했다. 작자는 그녀의 "어질고 효성스러운" 행위를 극도로 칭찬하는데, 바로 이러한 "어질고 효성스러운" 행위를 표창하는 것이 바로 작자가 이 고사를 쓴 애초의 의도였을 것이다. 이것으로 우리는 당오대 문인들의 보수적인 일면을 볼 수 있다. 이 작품에 나타난 보수성은 「맹씨孟氏」에서 형상화된 개방성과 선명한 대조를 이루며, 또한 당시 상인 아내를 표현한 낭만적인 시가와 비교해도 훨씬 더 심각하다. 왜냐하면 시가에서의 상인 아내는 최소한 남편과 사랑하고 있지만, 단지 외재적 이별로 인해 불행해지기 때문이다. 그러나 또 다른 각도에서 상인 아내의 결핍된 삶의 진실성을 표현한 측면에서 보면, 이 고사는 당시의 낭만적인 시가를 뛰어넘어 「맹씨」와 동일한 수준에 위치할 것이다. 이밖에 이 고사가 표현하고 있는 하씨의 피학증과 유사한 생활방식은 우리로 하여금 그녀가 일종의 정신적, 도덕적 우월감을 추구하고 있다고 생각하게 만든다. 그녀는 다만 이러한 정신적, 도덕적 우월감에 의존해서 상인 아내로서의 생활이 그녀에게 가져다준 각종 불행을 견딜 수 있었다. 그렇다면 이러한 의의에서 이 고사 역시 「맹씨」와 마찬가지로 결핍된 삶 앞에서 상인 아내가 어떤 삶의 방식을 선택하는지를 보여주는 데 의미를 두고 있다고 할 것이다. 비록 보수적인 작자가 하씨의 선택을 칭찬하더라도 현대인들은 그녀의 선택에서 비극성을 볼 것이다.

5) 상인에 대한 태도

이전 시대의 문학에서 이미 상인을 비난하는 의견이 출현하였다. 조식曹植의 "소보巢父와 허유許由는 온 천하를 우습게 아는데, 장사치들은 한 푼 이익에 다투지",[66] 포조鮑照의 「관포인예식시觀圃人藝植詩」[67] 등이 그러하다. 그러나 이러한 종류의 시가는 당시에 결코 많지 않았고 기본적으로 관심을 끌지도 못했으며 세상 사람들에게 영향력도 없었다. 이는 결코 이전 시대의 문인들이 상인을 좋아해서가 아니라 전반적으로 상인에 관심이 없었기 때문이다. 그러나 이전 시대의 문학에서 상인에 대한 이러한 비난은 산에 비가 오려고 할 때 누각에서 들리는 바람소리와 같으니 이미 상인이 후대 문학에서 받을 수 있는 대우를 예고한 것이다.

당오대 문학에 이르면, 특히 신악부 운동과 관련이 있는 문인들, 백거이白居易, 원진元稹, 유우석劉禹錫, 장적張籍 등의 작품 중에 상인을 비난하는 일련의 시가들이 집중적으로 나타날 뿐만 아니라 비난하는 어조도 상당히 엄격해서 사람들에게 깊은 인상을 남겼고 후세에도 심대한 영향을 끼쳤다. 그 원인을 고찰하면 상당히 복잡한 것 같다. 가령, 이러한 중당의 시인들은 대체로 유가 사상의 신봉자였으므로 전통적인 중농억상의 관념 역시 이들에게 깊은 영향을 끼쳤을 것이다. 그들이 항상 농민과 상인을 대비시키면서 농민의 힘든 생활로 상인의 편안하고 즐거운 생활을 비난한 것에서 우리는 이 점을 느낄 수 있다. 동시

66 『先秦漢魏晉南北朝詩』 魏詩 卷6에서 인용한 樂府의 斷句.
67 『先秦漢魏晉南北朝詩』 宋詩 卷9.

에 당대에 유행한 인도주의 사상은 문인들이 상인들의 어려움, 위험, 힘든 생활에 관심을 가지도록 했고, 또한 고생의 정도가 다른 농민과 상인의 계층적 차이에도 주의를 기울이도록 촉진하기도 했다. 더욱이 당 중엽에 발생한 신악부 운동은 민생의 어려움에 관심을 가지는 인도주의를 표방하였다. 이들은 책임감을 가지고 농민을 위하여 말을 하고 혹은 지나치게 사치하는 상인에 대하여 비난하였다. 이상의 두 측면에서 이들은 모두 포조鮑照 정신의 계승자일 것이다. 그러나 이외에도 간과할 수 없는 또 한 가지가 있으니, 당대唐代에 이러한 시가가 탄생한 것은 당시에 상인에 대한 흥미가 그 자체로 증가한 결과이다. 전대 포조의 시가와 비교할 때 상업 활동에 대한 묘사가 더욱 많다는 사실 자체가 이미 하나의 설득력 있는 증거이다. 예를 들면, 전대 문인들은 근본적으로 상인을 주의 깊게 보지 않았지만, 당대의 문인들은 상인에게 관심을 가졌으며 단지 어떤 경우에는 좋게 보지 않았을 뿐이다. 당대에 상인을 비난하는 이런 시가는 사상 관념이나 표현 수법에서 모두 후대 동일한 제재의 작품에 큰 영향을 끼쳤으니 이미 이러한 제재 중에서 '고전'이 되었다고 할 수 있다.

위에서 이미 말했듯 유우석劉禹錫은 상업 활동에 상당히 민감한 시인이었으며 많은 작품에서 상인 생활을 언급하고 있다. 다만, 상인에 대한 그의 태도는 사뭇 정통 유가의 입장이어서 종종 비난의 경향을 드러내었다. 그의 유명한 작품 「고객사賈客詞」에서 유우석은 주로 당시의 부유한 염상을 겨냥하여, 엄격하고 매서운 비판의 관점을 드러내었다. 시인詩引에서 그는 "사방의 상인들은 재물로써 자웅을 겨루는데 염상이 더욱 그러하다. 혹자가 '상인이 강해지면 농민이 피해를 본다'고

했는데 내가 이 말에 느낀 바가 있어 이 시를 짓는다"[68]라고 하였다. 그 시는 다음과 같다.

> 상인은 정처 없이 오직 이익만을 보고 돌아다니지.
> 좋고 나쁜 것을 섞어 세상을 현혹시키고 시세를 보고 싸게 사서 비싸게 팔지.
> 마음속으로 털끝만한 이익 따지고 숙련된 기술로 저울을 속이지.
> 사소한 이익도 버리지 않으니 날이 갈수록 재산이 가득해지네.
> 복을 구하려 바다 신에게 빌고 재물을 베풀어 돌아다니며 성을 쌓네.
> 아내에겐 금팔찌를 약속하고 딸에겐 진주 장식 걸어주네.
> 수많은 재산은 봉후에 비길만하고 기이한 물건들 고관에 버금가네.
> 시세를 좇을 때는 매처럼 생각하고 돈을 쌓아둘 때는 용처럼 서려 있지.
> 큰 배 타고 온 강을 떠다니며 높은 집은 기정旗亭에 버금가네.
> 어딜 가든 즐거워하며 관문에선 세금도 안내는 듯.
> 농부는 무엇하는 사람인가? 괴롭게 차가운 밭만 가네.[69]

시인은 또한 농민과 상인의 고락과 빈부의 현격한 차이에 주목하면서 "상인이 강하면 농민이 피해를 본다"는 전통 관념에 부응하여 이러한 목적으로 특별히 이 시를 지었다. 그러나 포조의 시와 비교할 때 이

---

68 五方之賈, 以財相雄, 而鹽賈尤熾. 或曰 : '賈雄則農傷.' 予感之, 作是詞.

69 賈客無定遊, 所遊唯利業. 眩俗雜良苦, 乘時取重輕. 心計析秋毫, 捶鉤侔懸衡. 錐刀旣無棄, 轉化日已盈. 邀福禱波神, 施財遊化城. 妻約雕金釧, 女垂貫珠纓. 高貲比封君, 奇貨通幸卿. 趨時鷙鳥思, 藏鏹盤龍形. 大艑浮通川, 高樓次旗亭. 行止皆有樂, 關梁似無征. 農夫何爲者, 辛苦事寒耕.(『全唐詩』 卷354)

시는 "상인의 세력"을 훨씬 더 부각시켰다. 이들은 이익만을 추구하며 치밀하게 계산하고 미미한 차이도 반드시 비교한다. 상인들은 막강한 경제력을 가지고 있으며 집안사람들은 사치스러운 생활을 즐긴다. 그들은 경제력을 바탕으로 권세 있는 자들과 사귀니 일반 관리들 역시 그들을 어떻게 하지 못한다. 이러한 묘사는 당대 시가의 특징이라고 할 수 있다. 농민들의 고달픈 생활과 대비되어 상인의 사치스러운 생활은 시인이 보기에 훨씬 더 '죄악'처럼 보인다. 시인은 전과 다름없이 농민을 대변하면서 농민 생활을 참조하여 상인의 '죄악'을 지적하고 동시에 농민을 통해 자기 마음속 불평을 내뱉는다. 시인의 또 다른 시 「야문상인선중쟁夜聞商人船中箏」은 강서江西의 강가에서 활동하는 양주揚州 염상의 사치스러운 생활을 묘사하였다. 시인은 또한 염상을 비난의 대상으로 삼았으니 염상의 생활에 상당한 관심을 가졌던 사람이라고 할 수 있다. 이러한 염상에 대한 관심과 비난하는 태도는 나중에 청대 오경재吳敬梓 등에게까지 연결된다.

각 방면에서 장적張籍의 「고객악賈客樂」은 모두 유우석의 이 시와 매우 유사하다. 이 시의 마지막 몇 구는 이러하다.

> 매년 이익을 좇아서 서쪽에서 다시 동쪽으로,
> 이름은 마을의 명부에 적여 있지 않지.
> 농부는 세금이 많고 고생이 심하니,
> 하던 일 버리고 보석 파는 일을 하려 하지.[70]

70 年年逐利西復東, 姓名不在縣籍中. 農夫稅多長辛苦, 棄業長爲販寶翁.(『全唐詩』卷382)

또한 상인과 농민을 비교하면서 농민의 고달픈 생활을 동정하고 상인의 편안한 생활을 비난한다. 이 시의 전반부 역시 마찬가지로 상인 활동에 대한 묘사가 풍부하다.

백거이의 사상은 한 마디로 설명하기 매우 어렵지만 상인에 대한 태도에서는 유가 사상을 매우 신봉하는 사람처럼 보인다. 앞서 이미 말했듯 그의 「비파행琵琶行」 속의 상인 아내는 당오대 시가의 상인 아내 형상에서 유일하게 상인 남편을 미워하고 무시하는 인물이다. 백거이가 이렇게 표현한 주된 이유는 뒤에서 다시 논의할 것이다. 하지만 상인을 비난하는 그의 태도가 이런 표현을 낳은 원인 중의 하나가 될 것이다. 잘 알려진 그의 시 「염상부鹽商婦」는 그 취지가 유우석劉禹錫의 시와 같지만 상인 아내의 시각에서 남편을 비난하고 있다.

> 염상의 부인, 금과 비단이 많아 농사나 잠업은 하지 않지.
>
> 동서남북 어딜 가든 집은 그대로이니 물과 바람이 고향이며 배가 곧 집이지.
>
> 본래 양주 가난한 집의 딸인데 서강의 대상인에게 시집갔지.
>
> 쪽진 푸른 머리에는 금비녀들이 꽂혀 있고,
>
> 은팔찌가 꽉 낄 정도로 하얀 팔뚝은 살이 쪘지.
>
> 앞으로 머슴을 부르고 뒤쪽으로 여종을 꾸짖으니,
>
> 묻노니 어떻게 이렇게 될 수 있는가?
>
> 남편은 소금 장수 십오 년, 주현이 아니라 천자에게 속해 있지.
>
> 매년 이익을 내어 관에 가면 관가에는 적게 내고 집에 많이 가져오지.
>
> 관가의 이익은 적고 자기 집은 후한데, 염철상서鹽鐵尙書는 멀리 있어 알

지 못하지.

게다가 강나루의 생선과 쌀은 싸니 붉은 회와 등황빛 향도미를 먹지.

배불리 먹고 화장하고 타루柁樓에 기대니 두 뺨은 붉은 꽃봉오리 터질 듯.

염상의 아내, 다행히 염상에게 시집가서 종일토록 좋은 음식, 일 년 내내 좋은 옷.

좋은 옷과 맛있는 음식은 이유가 있으니 또한 상홍양桑弘羊에게 부끄러워 해야 하리.

상홍양 죽은 지 오래되었지만 한나라 때만 아니라 지금도 있어야지.[71]

시인은 마찬가지로 염상 아내의 생활을 농부 아내의 생활과 대비시킨다. 염상 부인의 "많은 금과 비단"과 "농사나 잠업은 하지 않음"은 사치스러운 생활이 일종의 '죄악'인 것처럼 보이게 한다. 그러나 시인 역시 이것이 그녀의 잘못이 아님을 지적하는데 그녀는 단지 운이 좋아서 염상에게 시집을 간 것일 뿐이기 때문이다. 문제는 염상에게 있을 뿐이며 이들은 엄청난 이익을 챙기지만 국가의 재정에 주는 도움은 미미하다. 따라서 시인이 마지막에 외치는 것은 농민 생활의 이상이 아니라 상홍양桑弘羊과 같은 정치가이며 그들이 국가를 대신하여 소금 판매 이익을 통제하기를 희망한다. 이와 같이 이 시는 단지 개인의 불평이 아니며 실제적인 정치적 의의도 가지고 있다. 백거이 본인이 관료였

71 鹽商婦, 多金帛, 不事田農與蠶績. 南北東西不失家, 風水爲鄉船作宅. 本是揚州小家女, 嫁得西江大商客. 綠鬟富去金釵多, 皓腕肥來銀釧窄, 前呼蒼頭後叱婢. 問爾因何得如此? 婿作鹽商十五年, 不屬州縣屬天子. 每年鹽利入官時, 少入官家多入私. 官家利薄私家厚, 鹽鐵尙書遠不知. 何況江頭魚米賤, 紅膾黃橙香稻飯. 飽食濃妝倚柁樓, 兩朵紅腮花欲綻. 鹽商婦, 有幸嫁鹽商, 終朝美飯食, 終歲好衣裳. 好衣美食有來處, 亦須慚愧桑弘羊. 桑弘羊, 死已久, 不獨漢時今亦有.(『全唐詩』 卷427)

기 때문에 정치에 약간의 영향력을 발휘할 수 있었다. 아마 그의 마음 깊은 곳에서 자신이 상홍양과 같은 정치가라고 생각했던 것 같다. 만일 실력을 행사할 수 있는 위치에 있었다면 염상에게 불리한 조치를 취했을 것이다.

원진元稹은 백거이와 같은 생각을 가지고 있었다. 그의 「고객악估客樂」은 보기 드문 장편시인데 상인 생활의 각 방면을 거의 모두 언급하면서 그들의 '죄악'에 대해 전면적인 비난을 가했다. 남조 시대에 상인의 이별과 생활을 묘사한 것으로부터 이백이 해외무역에 종사하는 상인의 비장한 몰락에 대해 묘사한 것에 이르기까지, 그리고 장적이 상인 생활을 묘사하면서 다른 한편 그들을 비난한 것에 이르기까지, 마지막으로 원진이 이 시에서 상인을 전면적으로 비난한 것에 이르기까지 「고객악」은 그 작품이 시사하는 의미가 점점 더 극단적인 경향을 띠는 과정을 거쳐 왔다. 이런 점에서 「고객악」은 남조에서 중당 문학에 이르기까지 상인을 표현하는 경향성의 변화를 보여주는 하나의 축소판이라고 할만하다. 그 시는 다음과 같다.

> 상인은 정처도 없이 이익이 있는 곳만 찾아다니지.
> 바깥에 나가 동료를 찾고는 집에 와 부형께 떠날 인사 올리지.
> 부형이 당부하네. "이익을 추구하고 명예는 구하지 마라.
> 명예를 구하면 꺼릴 바가 있지만 이익을 구하는 건 못할 게 없지.
> 동료들과 담합해 가짜를 팔고 진짜를 팔지 마라.
> 관문에 뇌물 줄 땐 가짜는 주지 마라. 가짜를 주면 생기는 게 없으니"
> 이날 길을 함께 떠나며 같이 죽기로 맹세했네.

저잣거리의 말 다 알아들으니 고향에 대한 그리움도 없지.

놋쇠 두드려 팔찌 만들고 찹쌀 반죽 불어 목걸이 만드네.

마을로 와 물건을 팔려고 요란스레 꽹과리를 쳐대네.

동네 시골 아가씨는 가격을 따지지도 못하네.

들어간 돈은 백 전인데 이미 열 배의 이익을 남겼네.

얼굴빛은 훤해지고 음식도 달고 맛있다네.

이자와 본전 점점 불어나고 재물은 나날이 많아지네.

진주 구하려 바다로 달려가고 옥을 캐려 형산衡山에 오르네.

북에서 당항黨項의 말을 사고 서쪽에서 토번의 앵무새를 잡네.

염주의 불에 타지 않는 옷감, 촉 땅의 아름다운 비단,

월 땅의 여종은 피부가 곱고 어린 종놈의 눈동자는 빛나네.

먹고 입는 비용은 계산하지만 여정의 멀고 가까움은 생각하지 않지.

천하를 두루 다니며 장사하다 장안성까지 이르렀네.

성안의 동시와 서시에서 차례로 객상을 맞이하네.

객상을 맞아 설득하길 재물을 권세가에게 바치라 하네.

객상들은 본래 영리한데 이 말 듣고 깜짝 놀라네.

먼저 십상시十常侍를 문안하고 다음으로 공경公卿을 찾아가네.

제후의 집과 귀족의 저택들 모두 화려하게 빛나네.

집에 돌아와 비로소 편안히 앉으니 부유함이 왕과 견줄만하네.

시장의 병졸들에겐 술과 고기 먹여주고 현의 아전들에겐 집 한 채 마련해주지.

어찌 말을 못 하게 하고 분주히 사령을 재촉하는가?

큰 아이는 목재를 파니 들보와 기둥의 형태를 잘 알고,

작은 아이는 소금을 파니 주현의 군역에서 벗어났지.

온몸으로 시장의 이익을 구할 때는 바다 고래처럼 저돌적이네.

창을 내려놓지 못하니 내려놓으면 창이 내 입을 가로지르니

장사꾼으로 태어나 즐거움을 누리니 한평생 즐겼다 하지.

아들을 둘이나 두었으니 어느 세월에 돈이 다 마르겠는가?[72]

이 시는 상인 생활을 전문적으로 표현한 백화소설과 희곡이 나오기 전에 놀라울 정도로 상인 생활의 모든 면을 세밀하게 표현하고 있다. 이익에 따라 움직이며 일정한 거처가 없는 생활, 이익을 위해서라면 수단을 가리지 않는 태도, 이러한 태도로 인한 순박한 인간관계의 파괴, 가짜를 판매하고 환심을 사서 사람을 속이는 기술, 재력이 커지면서 오만해지는 성격, 눈덩이처럼 불어나는 문어발식 경영확장, 사람들로 하여금 돈 때문에 아첨하게 하는 권세, 세도가에게 뇌물을 주고 관리와 유착하는 방법, 시류를 살피면서 멋대로 처리하는 기세, 자식에게 사업을 물려주어 가업을 잇게 하는 전통 등 사업의 시작에서 성공까지의 모든 과정을 묘사하였으니 마치 한 편의 상인 성장사를

72 估客無住者, 有利身卽行. 出門求火伴, 入戶辭父兄. 父兄相敎示, 求利莫求名. 求名有所避, 求利無不營. 火伴相勒縛, 賣假莫賣誠. 交關少交假, 交假本生輕. 自玆相將去, 誓死意不更. 一解市頭語, 便無鄰里情. 鍮石打臂釧, 糯米吹項瓔. 歸來村中賣, 敲作金石聲. 村中田舍娘, 貴賤不敢爭. 所費百錢本, 已得十倍贏. 顏色轉光淨, 飮食也甘馨. 子本頻蕃息, 貨賂日兼並. 求珠駕滄海, 采玉上荊衡. 北買黨項馬, 西擒吐蕃鸚. 炎洲布火浣, 蜀地錦織成. 越婢脂肉滑, 奚僮眉眼明. 通算衣食費, 不計遠近程. 經營天下遍, 卻到長安城. 城中東西市, 聞客次第迎. 迎客兼說客, 多財爲勢傾. 客心本明黠, 聞語心已驚. 先問十常侍, 次求百公卿. 侯家與主第, 點綴無不精. 歸來始安坐, 富與王者勍. 市卒酒肉臭, 縣胥家舍成. 豈唯絶言語, 奔走極使令? 大兒販材木, 巧識梁棟形. 小兒販鹽鹵, 不入州縣征. 一身偃市利, 突若截海鯨. 鉤距不敢下, 下則牙齒橫. 生爲估客樂, 判爾樂一生. 爾又生兩子, 錢刀何歲平? (『全唐詩』 卷418)

보는 것 같다. 물론 시인은 이 모든 것을 비판적으로 표현하며 상인의 고난과 위험이나 직업 정신을 언급하지 않는다. 요약하면, 무릇 상인에게 긍정적인 면은 하나도 거론하지 않고 끝없는 불만과 비난만 제기할 뿐이다. 이 시에서도 상인과 농민을 대비시키지 않음으로써 상인 생활의 '죄악'이 그들의 생활 자체로부터 비롯된 것처럼 보이게 한다. 그러나 이런 시가가 출현한 후에 소설이나 희곡을 사용한 후대 문학에서 상인 생활을 표현하는 것이 더욱 순조롭게 이루어진 것 같다.

6) 사인士人과 상인 관계에 대한 표현

'사인 · 농부 · 공인 · 상인士農工商'은 이론상으로는 모두 '정당한 직업正業'으로 인정받았지만, 중국 전통사회의 각 계층 가운데 '상인'은 '사인'들처럼 통치계층으로 진입할 수 없었고, '농부'와 '공인工人'들처럼 국가 재정과 민생의 근본으로 여겨지지 않았다. 이 때문에 그들은 항상 '사민'의 가장 나중에 위치하였고, 어쩔 때는 심지어 '사민四民'의 대오에서 축출되기도 하였다. 오랜 기간 동안 불평등한 사회적 지위가 지속됨에 따라 여타의 사회 계층이 '상인'을 깔보는 분위기가 조성되었고, 특히 '사인'들의 '상인'에 대한 무시가 더욱 심했다.

물론 고대 중국의 전시기에 걸쳐 상인 계층의 지위는 다른 계층보다 낮았지만, 특히 근세이전 시대에는 이 점이 더욱 분명하게 표현되었다. 바로 이런 까닭에 근세이전 시대 '상인'에 대한 '사인'의 경시는 더욱 강렬했다.

중국문학에서도 당연히 상인과 다른 사회계층과의 관계를 묘사하고 있는데, 특히 '사인'계층과의 관계는 상인 관련 묘사의 하나의 중요한 측면이라고 할 수 있다. 흥미로운 점은 중국 문인들이 일반적으로 '사인' 계층에 속하고 있어서(물론 그들이 창작에 종사할 때는 완전히 '사인'계층과 같지는 않지만) 상인과 여타의 사회계층, 특히 '사인' 계층과의 관계를 묘사할 때는 확실히 '계층적 속성'의 영향을 받지 않을 수 없었다는 것이다. 중국전통사회의 각 계층, 특히 '사인' 계층은 줄곧 상인을 무시했기에 문인들도 자연히 이에 영향받지 않을 수 없었다. 또한 근세이전 사회에서 이러한 측면을 표현할 때, 근세이전 문인들 역시 자연스럽게 이런 외부의 영향으로부터 초연할 수 없었다. 이 때문에 당시 문학의 사인과 상인관계에 대한 묘사를 탐구할 때는 그 속에 함축된 문인들의 경향성에 세심한 주의를 기울일 필요가 있다.

귀족적인 위진남북조 사회에서 상인은 당연히 어떤 사회적 지위도 없었다고 할 수 있다. 진晋 간보干寶의 「초호묘무焦湖廟巫」 고사는 이미 초자연적인 방식으로 상인의 지위에 대해 우회적으로 표현하고 있다. 양림楊林이라는 상인의 일장춘몽黃粱美夢은 지위가 높은 사족 가문과의 혼인을 통해 자신의 사회적 지위를 바꾸는 것이었지만, 이는 당연히 실현될 수 없었다. 따라서 그는 꿈에서 깨어 다만 "오래도록 슬퍼하다" 떠나갈 수밖에 없었다. 이 고사는 아마도 사인과 상인 관계를 표현한, 혹은 암시한 첫 번째 작품일 듯한데, 이러한 측면에 대한 작자의 민감함과 그 관찰력은 탄복할 만하다. 하지만 이런 작품이 그 당시에 거의 없었던 것은 문인들이 대체로 상인에 대해 그다지 관심을 가지지 않았기 때문이다.

당대 사회는 이전 시대와 비교해 훨씬 더 평민화되긴 했지만 여러 측면에서 여전히 이전 시대의 연속이었다. 특히 가문이 높은 귀족적인 사대부들은 당연히 상인 나부랭이가 눈에 들어오지 않았다. 북송대 손광헌孫光憲의 『북몽쇄언北夢瑣言』(권4)과 남송대 마영경馬永卿의 『나진자嬾眞子』(권2) 황도풍월주인皇都風月主人의 『녹창신화綠窗新話』(권하卷下 「유가비불사아랑柳家婢不事牙郎」) 등에는 모두 대동소이한 이야기가 수록되어 있어 상인을 무시하는 당대 사대부들의 풍습이 얼마나 심했는지 설명해주고 있다. 아래에 『나진자』를 그 사례로 들어본다.

> 당대의 사대부들은 가법家法을 숭상했으니 유씨柳氏가 으뜸이었다. 공작公綽이 선창하고 중영仲郢이 화답했으며 그 나머지 명사들 또한 각기 몸가짐을 바로 하였다. 예로부터 이런 이야기가 전해진다. 유씨 집안의 여종 한 명이 팔려 나가 숙위宿衛 한금오韓金吾의 집에 이르렀는데, 계약서가 미처 완성되기 전에 주인이 대청에서 비단을 팔며 손수 그것을 가져다 비교하며 거간꾼과 값을 논하는 소리가 들렸다. 여종은 창틈으로 우연히 그 모습을 보고 짐짓 풍을 맞은 척하며 땅바닥에 엎드렸다. 그 집에서 이상하게 여겨 이유를 물었다. 여종은 "바로 내가 이 병 때문에 유씨 댁에서 팔려 나온 거에요"라고 말했다. 집밖으로 나오자 어떤 사람이 "너는 언제 이 병에 걸렸느냐?"고 물으니, 여종이 대답했다. "아니에요. 제가 일찍이 유씨 집안의 어른을 모셨었는데, 어찌 차마 비단 파는 장사꾼牙郎을 섬기겠어요?" 그 고매한 운치가 이와 같았다.[73]

---

73 唐世士大夫崇尙家法, 柳氏爲冠, 公綽唱之, 仲郢和之, 其餘名士, 亦各修整. 舊傳柳氏出一婢, 婢至宿衛韓金吾家, 未成券, 聞主翁於廳事上買綾, 自以手取視之, 且與駔儈議價. 婢於

당나라 때의 사대부들이 상인을 무시하는 풍습이 심지어 여종에게까지 파급되어 새 주인이 장사하는 모습을 보게 되자 그녀는 갑자기 쓰러진 척 한 것이다! 이 여종의 행위는 사람들에게 자못 골계미를 느끼게 하지만, 바로 이런 골계적 행위에 대한 묘사야말로 당시 상인들이 사대부들에게 무시 받고 있는 현실을 반영하고 있는 것이다.

당나라 때 만들어진 또 하나의 고사 「여구자閭丘子」 역시, 당대 사대부들의 몸에 밴 상인에 대한 무시를 매우 잘 표현하고 있다.

> 형양滎陽의 정우현鄭又玄은 명가名家의 자제로 (…중략…) 그 성품이 교만하고 가문이 높고 고귀한 자제였다. (…중략…) 동료인 구생仇生이란 자는 대상인의 자제로 나이는 스물인데 집안에 재산이 아주 많았다. 함께 모이는 날에는 우현이 거듭 돈을 받아 연회를 열었지만, 구생이 사족이 아니었기 때문에 그를 만날 때 예를 갖추지는 않았다. 어느 날 우현이 주연酒宴을 열었지만 구생이 참여하지 못했다. 술이 거나해지자 어떤 이가 우현에게 말했다. "구생은 자네와 동료인데 연회에 그가 참여하지 않았으니 어찌 죄가 없다고 하겠는가?" 우현이 부끄럽게 여겨 즉시 구생을 불렀다. 구생이 오자 우현은 술잔을 들어 그에게 마시라고 했다. 구생이 술잔 가득 술을 따라 마실 수 없어 사양하니 우현이 화를 냈다. "너는 저잣거리의 백성으로 작은 이익만을 따질 줄 알면서도 어찌하여 분수에 맞지 않게 관직을 받았는가? 내가 너의 동료인 것이 참으로 너에겐 행운일진대 또한 어찌 감히 술

窗隙偶見, 因作中風狀, 伏地. 其家怪, 問之, 婢云 : "我正以此疾故出柳宅也." 因出外舍. 問曰 : "汝有此疾, 幾何時也?" 婢曰 : "不然. 我曾伏事柳家郎君, 豈忍伏事賣絹牙郎也?" 其標韻如此.

을 사양하는가?” 우현이 옷깃을 털고 일어나 버리자, 구생은 몹시 부끄러워하며 고개를 숙이고 물러나와 관직을 버리고 두문불출하며 사람들과 왕래하지 않다가 몇 달이 지나 병들어 죽었다.[74]

“가문이 높고 고귀한” “명가의 자제”의 눈에는 “집안에 재산이 아주 많은” 거상의 자제가 설령 자신의 동료가 되었다고 해도 사실상 동등하게 보이지는 않았다. 또 자기가 자주 도움을 받았다고 해도 여전히 감사할 줄도 몰랐고, 오히려 자신이 그의 체면을 차려주는 일이라고 생각했으며 일단 기회가 생기면 그에게 갖가지 수모를 주려고 하였다. 이 이야기를 통해 우리는 상인에 대한 당시 사대부들의 무시가 매우 심각했음을 알 수 있다.

물론 모든 사대부들이 이정도로 과분하게 행동하지는 않았을 것이다. 가령 그 여종의 새로운 주인이나 정우현에게 권유했던 친구들 같은 사람이라면, 그 태도가 조금은 온화했을 것이다. 그렇긴 하지만 당시 사회에 상인을 무시하는 풍조가 있었음은 의심할 수 없는 사실이다.

사인과 상인 관계에 관한 당시 문학의 표현은 또한 어떠했는가? 마찬가지의 현상이 존재했으리라 생각하지만, 반드시 그렇게 분수에 넘치는 식은 아니었을 것이다. 가령 상인의 아름다운 여인과의 만남이라

---

74 有滎陽鄭又玄, 名家子也 (…中略…) 又玄性驕, 率以門望淸貴 (…中略…) 有同舍仇生者, 大賈之子, 年始冠, 其家資産萬計. 日與又玄會, 又玄累受其金錢賂遺, 常與宴遊. 然仇生非士族, 未嘗以禮貌接之. 嘗一日, 又玄置酒高會, 而仇生不得預. 及酒闌, 有謂又玄者曰 : “仇生與子同舍, 會宴而仇生不得預, 豈非有罪乎?” 又玄慚, 卽召仇生. 生至, 又玄以卮飮之. 生辭不能引滿, 固謝. 又玄怒罵曰 : “汝市井之民, 徒知錐刀爾, 何爲僭居官秩邪?且吾與汝爲伍, 實汝之幸, 又何敢辭酒乎?” 因振衣起. 仇生羞且甚, 俯而退, 遂棄官閉門, 不與人往來, 經數月病卒.(『太平廣記』 卷52)

는 주제를 표현하고 있는 「정소鄭紹」라는 작품에서 정소는 고귀한 출신 가문의 아름다운 여인이 자신과 혼인하고 싶어 한다는 말을 전해 듣고서 진실로 아래와 같이 황공함을 금치 못하고 있다.

> 나는 일개 상인으로 남북을 자주 오가며 단지 이익만을 추구할 뿐이니, 어찌 감히 높은 관료 집안의 따님과 혼인할 수 있겠습니까? 우연히 만난 것만으로도 삼가 영광이니 훗날 가문에 욕이 될까 두렵습니다.[75]

윗글에 반영된 상인의 심리는 분명 실제로 존재했을 것이지만, 이렇게 묘사하고 있는 작자 역시 상인에 대한 우월의식이 노출됨을 스스로 금하지는 못했다. 이와 반대로 만약 사인이 아름다운 상인 여자를 만나 혼인하고 싶었다면, 아래 「정덕린鄭德璘」에 표현된 바와 같이 그는 어떤 심리적 부담감이나 장애를 느끼지 않았을 것이다.

> 위씨韋氏는 어여쁘고 아름다웠다. 백옥 같은 얼굴에 머릿결은 윤기가 흘렀으며 연꽃에 영롱한 파문이 인 듯 이슬에 씻긴 무궁화의 자태인 듯 청초했고, 선명한 달빛아래 고운 빛을 내는 구슬처럼 아름다웠으니, 마치 물가에 있는 방의 창 속으로 낚시를 드리운 것 같았다. 덕린德璘은 그 모습을 엿보며 몹시 기뻐하였고 (…중략…) 마침내 그녀를 방으로 들어오게 하였다.[76]

---

75 女一商耳, 多遊南北, 惟利是求, 豈敢與簪纓家爲眷屬也!然遭逢顧遇, 謹以爲榮, 但恐異日爲門下之辱.(『太平廣記』 卷345)

76 韋氏美而豔, 瓊英膩雲, 蓮蕊瑩波, 露濯蕣姿, 月鮮珠彩, 於水窗中垂鉤. 德璘因窺見之, 甚悅 (…中略…) 遂納爲室.(『太平廣記』 卷152)

이는 진실로 두려워했던 정소의 마음과 정확히 선명한 대조를 이루고 있다.

또한 당나라 말기의 난세에 쓰여진 「곽사군郭使君」은 한 거상이 돈으로 관직을 사지만 운수가 좋지 않아 관리가 되고자 했던 꿈이 마침내 물거품이 된다는 이야기다.

> 강릉江陵의 곽칠랑郭七郎은 가산이 어마어마해서 초성楚城의 부자 중에서도 으뜸이었다. 양자강과 회하淮河 사이를 오가는 많은 무역상들이 그의 물건을 가지고 왕래하였다. 당唐 희종僖宗 건부乾符 초년(874년)에 수도 장안長安에 있는 어떤 상인이 오래도록 소식이 끊겨 곽씨의 아들[곽칠랑]이 그를 찾아 갔다. 만나서 그가 가진 것을 얻으니 오륙만 민緡일 뿐이었다. 곽생은 번화한 도시에서 향락에 탐닉하고 음주와 도박에 빠졌다. 삼사년이 지나니 절반 이상의 돈을 다 써버렸다. 당시는 당나라 말기로 조정이 문란했는데 곽생은 관직을 매매하는 자들에게 수백만금을 주어서 평민에서 횡주자사橫州刺史가 되었고 마침내 고향으로 돌아가기로 결심했다.[77]

그러나 부임지로 가는 도중 배가 침몰하고 '위임장'도 잃어버리며 어머니마저 이 소식을 듣고 놀라 세상을 떠난다. "홀몸에 가난한데다가 친지도 없어서 아침저녁으로 추위와 배고픔에 죽을 지경이 되었으니"[78] 부득이 남의 밑에서 일을 할 수 밖에 없었다. "저는 젊어서부터

---

77 江陵有郭七郎者, 其家資産甚殷, 乃楚城富民之首. 江淮河朔間, 悉有賈客仗其貨買易往來者. 乾符初年, 有一賈者在京都, 久無音信. 郭氏子自往訪之. 旣相遇, 盡獲所有, 僅五六萬緡. 生耽悅煙花, 迷於飮博. 三數年後, 用過太半. 是時唐季, 朝政多邪, 生乃輸數百萬於鬻爵者門, 以白丁易得橫州刺史, 遂決還鄕.(『太平廣記』 卷499)

본래 강호를 돌아다녀 지리와 풍수에 익숙합니다. 이에 왕래하는 배의 사공이 되어 생계를 유지하니 영주永州 사람들이 '삿대를 잡은 곽사군' 이라고 하였습니다. 이때부터 용모도 달라져서 여느 뱃사공의 무리와 구별이 안 되었지요."[79] 한 부유한 상인의 관리가 되는 꿈은 이렇게 '소득 없이' 끝나버린다. 우리는 이 고사에 통치 계층은 여전히 사인의 전유물이며, 돈의 힘을 빌려 상인이 침투하는 것을 절대로 허락하지 않겠다는 상인에 대한 사인의 경고가 함축되어 있음을 느낄 수 있다. 이러한 잠재적인 주제는 명대 능몽초凌濛初의 『박안경기拍案驚奇』 권22 「전다처백정횡대 운퇴시자사당소錢多處白丁橫帶 運退時刺史當艄」에서 더욱 명확하게 표현되었다.

백거이白居易의 「비파행琵琶行」[80]에서 우리는 똑같이 상인에 대한 사인의 잠재적 우월감을 느낄 수 있다. 이 시의 출처가 되는 고사에 대해 어떤 사람은 사실이라고 하고 어떤 사람은 허구라고 한다. 그러나 우리들이 논의할 측면에서 말하자면 이 문제는 중요하지 않다. 작품은 작가가 유배되어 있을 때 장안의 명기 출신이었던 상인의 아내를 만나 그녀의 신세를 동정하게 되고 아울러 이로 인해 유배된 자의 원망스런 마음까지 촉발시킨다. 이중에서 가장 주목할 점은 작품에 표현되어 있는 작자, 상인 아내, 등장하지 않는 상인이라는 세 인물 사이의 감정이다. 우리는 앞서 당대에 표현된 상인 아내와 상인의 이별을 주제로 한 시가에서 이 시가 유일하게 남편에 대한 상인 아내의 불만과 무시의

---

78 孤且貧, 又無親識, 日夕厄於凍餒.

79 生少小素涉於江湖, 頗熟風水間事, 遂與往來舟船執梢, 以求衣食. 永州市人呼爲'捉梢郭使君'. 自是狀貌異昔, 共篙工之黨無別矣.

80 『全唐詩』 卷435.

마음을 표현한 것이라고 말한 적이 있다. 여타의 시가에서 상인 아내는 가득한 사랑으로 남편이 돌아오기만을 기다리고 있다. 그러나 이 시에서는 사랑의 감정을 볼 수 없고 실의와 무시의 감정만 보일 뿐이다. 뿐만 아니라 이 상인 아내의 혼인조차도 어쩔 수 없이 이루어진 것으로 보인다. "나이 들어 얼굴도 빛을 잃어 상인의 아내로 몸을 의탁하게 되었으니[年長色衰, 委身爲賈人婦]" "동생들은 군에 들어가고 이모는 죽었으며 저녁이 가고 아침이 오면서 옛 얼굴도 잃어버렸지요. 문전에 찾아오는 발길 소원해지고 말 모는 소리도 들리지 않게 되어 늙은 이 몸은 상인에게 시집가게 되었습니다."[81] 따라서 상인 아내의 입장에서 보면 현재의 생활이 실제로 이전만 못하다. "젊어서는 즐겁게 지내다가 이제 영락하고 초췌해져서 시골 바닥을 전전하게 되었습니다."[82] "깊은 밤 문득 젊은 시절의 일을 꿈꾸다가 꿈에서 화장한 채로 눈물 흘려 범벅이 되었습니다."[83] 이것이 상인 아내와 상인 사이의 감정인데 그다지 아름답게 보이지 않으니 당시 시가와 다를 뿐만 아니라 백거이의 또 다른 시 「염상부鹽商婦」와도 다르다. 시인과 상인 아내 사이의 감정은 또 어떠한가? 시인은 처음부터 마지막까지 상인 아내에게 동정심을 느낀다. "내가 관직을 떠난 지 2년, 스스로 편히 지내고 있다가 이 여인의 말에 감동하여 오늘 밤 비로소 유배되어 있다는 생각이 들었다."[84] "내가 비파 연주를 듣고 탄식하였는데 다시 이 말을 듣고 더욱 슬퍼하네. 모두 하늘 끝에 떨어진 사람들, 이제 서로 만나게 되었으니

81 弟走從軍阿姨死, 暮去朝來顔色故. 門前冷落鞍馬稀, 老大嫁作商人婦.
82 自敍少小時歡樂事, 今漂淪憔悴轉徙於江湖間.
83 夜深忽夢少年事, 夢啼妝淚紅闌幹.
84 予出官二年, 恬然自安, 感斯人言, 是夕始覺有遷謫意.

어찌 전에 반드시 알았겠는가?”[85] “좌중에서 누가 눈물을 가장 많이 흘렸는가, 강주 사마의 푸른 적삼이 젖어 있구나.”[86] 상인 아내 역시 시종일관 시인을 지기知己로 여긴다. “축을 옮겨 현을 두세 번 튕기니, 곡이 채 끝나지 않아도 이미 정이 느껴지네. 현 하나하나를 누르니 소리마다 생각이 담겨 있어 평생 뜻을 이루지 못한 심경을 하소연 하는 것 같구나. 고개 숙여 손 가는 대로 쉬지 않고 타면서 마음속 이야기를 끝없이 풀어 놓네.”[87] “내 말에 감동해 오랫동안 서 있다가 문득 앉더니 급히 곡조를 바꾸네. 처량한 소리가 전의 소리와 다르니 자리를 메운 사람들 모두 눈물 흘리네.”[88] 이 시에 분명히 드러나듯 시인과 상인 아내, 상인 세 사람 사이의 감정에서 시인과 상인 아내는 서로 이해하고 동정하며 서로에게 지기가 되어 일종의 ‘동지’ 같은 친밀감을 느낀다. 자리에 없는 상인에 대해서는 모두 미움과 무시의 감정을 표현하며 “두 사람이 있는 강어귀”(兩個人的江口) 바깥으로 던져 버린다. 이 모든 것은 그게 사실이든 허구이든 시인의 손에서 나왔으니 시인의 상상력의 산물이라고 할 수 있다. 바로 이 점에서 우리는 상인을 무시하는 시인의 태도를 느낄 수 있다. 덧붙여 말하자면 바로 이 시에서 앞서 말한 여러 감정을 느꼈기 때문에 원대의 마치원馬致遠은 「강주사마청삼루江州司馬青衫淚」라는 잡극을 지어 시가에 잘 드러나 있지 않은 환상을 마음껏 현실화하였다. 작품 속 시인의 “다정한 마음”을 극화해 시인과 기

85 我聞琵琶已歎息, 又聞此語重喞喞. 同是天涯淪落人, 相逢何必曾相識.
86 座中泣下誰最多, 江州司馬青衫濕.
87 轉軸撥弦三兩聲, 未成曲調先有情. 弦弦掩抑聲聲思, 似訴平生不得意. 低眉信手續續彈, 說盡心中無限事.
88 感我此言良久立, 卻坐促弦弦轉急. 淒淒不似向前聲, 滿座重聞皆掩泣.

녀 배홍노裴興奴를 서로 사랑에 빠지게 한다. 부량浮梁의 차상 유일랑劉一郞은 돈으로 이들의 관계를 파괴하고 배홍노를 속여 자기와 혼인하도록 만든다. 하지만 결국에는 시인이 기녀의 조력자들과 함께 돈으로 무장한 상인을 격퇴시키도록 한다. 이 잡극의 이야기는 상당히 황당해서 「비파행」이라는 작품과 거의 관계가 없는 것 같다. 하지만 작가는 아마도 이러한 황당한 이야기를 통해 원래 시에서는 드러나 있지 않은 시인의 환상에 대한 자신의 생각을 표현하려고 했던 것 같다.

그러나 당시 문인들의 상인에 대한 무시는 심하지 않았다. 이들은 「여구자閭丘子」에서 명문가 자제가 보여준 방식에 동의할 수 없었다. 왜냐하면 그의 행동은 지나쳤기 때문이다. 그래서 그 작품의 결말에서 작자는 다시 초자연적 이야기 하나를 만들어서 약간의 심리적 균형을 구한다. 나중에 정생鄭生은 그가 학대한 구생仇生이 태청진인太淸眞人의 화신이었음을 알게 된다. "상제께서 네가 도기道氣가 있다고 여겨 나를 인간 세계에 태어나게 해서 너의 친구로 삼은 뒤 장차 신선이 되는 비결을 알려 주려고 하였다. 그러나 너의 오만한 성격으로 인해 마침내 그 도를 얻지 못했다. 아, 슬프구나."[89] 정생은 이때 '자신의 행동에 대한 대가'를 치른다. "정현은 또 사태를 깨닫고 심히 부끄러워하다가 마침내 근심 걱정으로 죽었다."[90] 이는 초자연적인 방식으로 정생의 행동에 대한 불만을 표시하고 사인의 모욕을 받은 상인을 대신해 노기를 표출한 것이다. 그러나 이러한 초자연적인 표현방식 자체는 상인에

89 上帝以汝有道氣, 故生我於人間, 與汝爲友, 將授眞仙之訣. 而汝以性驕傲, 終不能得其道. 籲, 可悲乎!

90 又玄旣寤其事, 甚慚恚, 竟以憂卒.

대한 직접적인 변호를 회피한 것이므로, 일종의 나약하고 철저하지 못한 변론에 머문 것이다. 상인은 결국 사인의 '도기道氣'를 시험하는 도구였으니 이 또한 상인계층의 지위가 낮음을 반영하고 있다.

아마도 당시 문인들이 보기에는 「염경閻庚」의 사인과 상인 관계가 비교적 이상적이었던 것 같다. 이 작품에서 공부하기를 좋아하는 한 상인은 가난한 사인과 교유하며 그를 잘 돌봐주었고, 이 가난한 사인이 나중에 성공한 후에는 반대로 자신의 상인 친구를 이끌어 준다.

> 장인단張仁亶은 어릴 때 가난하여 항상 동도東都 북시北市에 살았다. 염경閻庚이라는 사람은 말중개인 염순자閻荀子의 자식이었는데 선행을 좋아하였다. 인단의 덕을 흠모하여 아버지 돈으로 몰래 의복과 음식을 몇 년째 사 주었다. 염순자는 매번 아들인 경에게 화를 내며 말했다. "너는 상인의 부류이고 인단은 사인의 집안이다. 그가 너에게 뭐길래 가산을 축내면서까지 받들어 모시느냐?" 인단이 그 말을 듣고 염경에게 말했다. "나 때문에 자네가 힘들겠네." (…중략…) 그 후 수년이 지나 인단은 시어사侍御史, 병주장사幷州長史, 어사대부지정사御史大夫知政事가 되었고, 염경은 후에 여러 차례 인단이 끌어 주어 마침내 한 주를 다스리는 데까지 이르렀다.[91]

염경의 부친은 계층 간의 장벽으로 상인과 사인은 서로 통할 수 없다고 생각해서 '투자'를 해도 회수할 수 없기 때문에 자식과 사인의

---

91 張仁亶, 幼時貧乏, 恒在東都北市寓居. 有閻庚者, 馬牙荀子之子也, 好善自喜. 慕仁亶之德, 恒竊父資, 以給其衣食, 亦累年矣. 荀子每怒庚云: "汝商販之流, 彼才學之士, 於汝何有, 而破産以奉?" 仁亶聞其辭, 謂庚日: "坐我累君!" (…中略…) 其後數年, 仁亶遷侍御史並州長史禦史大夫知政事, 後庚累遇提挈, 竟至一州.(『太平廣記』 卷328)

교유를 허락하지 않았다. 그러나 염경은 이러한 장벽을 초월하여 전과 다름없이 사인을 도와주고 마지막에는 마침내 보답을 받아 통치 계급의 일원이 되었다. 이 고사는 사실 사인과 상인 쌍방의 바람을 반영하고 있다. 상인이 잠시 몰락해 있는 사인을 도와줌으로써 사인이 출세한 후 자신에게 보답하기를 바라지 않았다고 볼 수는 없다. 그리고 사인, 특히 몰락한 사인 역시 힘들 때 경제력 있는 상인의 도움을 바라지 않았다고 볼 수는 없다. 염경과 장인단과 같은 관계가 바로 앞서 말한 사인과 상인이 바라는 이상적 관계를 체현한 것이다. 그러나 우리가 반드시 주목할 점은 이러한 상호 호혜의 이상적 관계 역시 사인은 대체로 항상 높은 자리에 있고 상인은 대체로 낮은 자리에 있는 불평등한 관계에 기반하고 있다는 것이다.

사상관계에 대한 당시 문인들의 시각을 종합하면, 이들은 대부분 유가의 사회적 계층 관념, 즉 '사농공상'의 '사민四民' 관념을 가지고 있어서 대체로 '사인'의 지위가 '상인'보다 높고 각각의 방면에서 '사인'이 '상인'보다 우월하다고 생각한다. 이러한 계층적 질서를 타파하려는 행위에 대해 이들은 마음껏 조롱하곤 했다. 하지만 이러한 계층적 질서를 승인하는 전제하에서는 그들 역시 사인과 상인 사이의 바람직한 호혜 관계를 유지하는 것을 환영한다. 지나치게 상인을 천시하는 행위에 대해서는 이들 역시 동정에서 나온 비판을 가할 것이다. 대체로 이들은 거의 천성적으로 상인에 대한 우월감을 가지고 있으며 이러한 종류의 우월감은 당시 사회 구조 자체에서 비롯된 것으로 볼 수 있다.

당오대 문인들의 이러한 기본 관념에 근거해 상인에 대한 당시 문학의 표현을 다시 한 번 되돌아보면, 상인에 대한 관찰이든 비평이든, 동정이든 비난이든, 모두 '위에서 내려다보는 거만함'과 '거리를 두려는' 태도를 발견할 수 있다. 이는 한 계층이 또 다른 어떤 계층에 대해 묘사한 것이지, 같은 계층 내에서 서로를 표현한 것이 결코 아니다. 당오대 문학이 상인을 묘사할 때의 특징과 한계는 모두 여기에 있다고 말할 수 있다.

사인과 상인 관계의 기본 구조는 중국 전통 사회에서 기본적으로 안정적으로 유지되었다고 말할 수 있다. 따라서 두 계층의 관계에 대한 당오대 문학의 표현은 후대 문학에서도 항상 호응을 얻을 수 있었다. 그러나 근세에 진입한 이후 상인 세력이 성장하고 시민 계급이 발흥함에 따라 사상 관계에 얼마간 변화가 일어나고 사인과 상인의 신분 이동 현상 역시 상당히 활발해졌다. 따라서 사상 관계와 관련한 근세문학의 표현 역시 당오대 문학과 달라지게될 것이다.

3. 소결

어떻게 말하든 상인에 대한 당오대 문학의 표현은 이전 시대 문학에 비해 크게 진보하였다. 양적 측면에서뿐만 아니라 질적 측면에서도 그러하였다. 상인은 이미 이전 시대 문학 속의 '엑스트라' 역할을 벗어나 당오대 문학에서는 '조연'이 되었으며 어떤 경우에는 '주연'까지 되었으니, 이는 이들이 장차 문학에서 '주인공'이 될 것임을 예견하고 있다. 상인에 대한 표현에 있어서의 이러한 진보는 그 자체로 당오대 상인 세력의 성장과 불가분의 관계에 있으며 당오대 문인의 평민적 성격과 예민함과도 분리될 수 없다. 당오대 문학의 상인에 대한 표현은 진보의 측면이건 한계의 측면이건 상관없이 모두 중국문학 전통의 한 부분을 이루며 후대 문학에 직간접적인 영향을 끼쳤다.

3장 | 송원宋元 문학 속 상인에 대한 표현 |

1. 역사와 문화 배경

1) 도시 발전과 시민 계층의 발흥

당대唐代 사회와 비교할 때, 송원 사회의 가장 큰 특징은 시민 계층의 발흥과 활약이다. 시민계층의 구성은 매우 복잡해서 상인, 수공업자, 각종 서비스직 종사자, 정부의 말단 직원 등이 여기에 포함되며, 그중에서도 특히 상인의 활약이 가장 두드러졌다. 송원 시대부터 중국 사회는 근세의 단계로 진입했다고 볼 수 있으며, 시민계층의 발흥과 활약이 이러한 현상을 보여주는 가장 주요한 지표 중 하나이다.

시민계층의 발흥과 활약은 당시 도시 발전과 밀접한 관련이 있다. 송원 시대에 특히 동남 해안과 강으로 이어진 지역에는 국내와 해외무역이 발전하면서 상업적 성격의 대도시가 다수 출현했다. 이런 대도시들은 모두 당시 상업 활동의 중심이자 시민 계층의 활약이 가장 두드러진 곳이었다. 북송의 수도 변경汴京은 인구 백만이 넘는 국제적 대도시였다. 이 도시 생활의 생기발랄함은 「청명상하도清明上河圖」에서 어느 정도 확인할 수 있다. 남송의 수도 임안臨安 즉 항주杭州는 송의 황실이 남쪽으로 옮기면서 대규모의 상업 도시로 급속히 발전하였다.

양송兩宋 대에는 해외무역이 상당히 발달하여 통상 국가와 지역이 동북아, 동남아, 중동, 근동 등 50여 개에 달하였고 무역 상품도 수백 종에 이르렀다. 예를 들어 고려와의 무역은 11세기 후반에 시작하여 얼마 지나지 않아 상당히 번성하게 되었다. 당시 매년 여름이면 송의 상인들이 남동 계절풍을 타고 황해와 동중국해를 건너서 고려와의 무역을 진행하였다. 각 상단의 인원은 많으면 수십에서 수백 명에 이르렀다. 『고려사高麗史』의 기록에 따르면, 고려 의종毅宗이 재위한 24년(1146~1170) 동안에만 남송에서 고려로 온 상인이 32상단 1,771명에 달했다.

송대에 해외무역에 종사한 상인들이 대체로 동남 연해의 각 항구를 근거지로 삼으면서 동남 연해는 일련의 항구도시가 신속히 발달하였다. "이전에는 이 바닷길이 북쪽으로 회계會稽까지만 통하고, 남쪽으로 광주廣州에서 끝났다. 이때부터는 더 먼 곳까지 가서 이익을 취하고 외국 상선이 오고 갔다."[1] 명주明州, 정해定海, 온주溫州, 수주秀州, 강음江陰, 복주福州, 천주泉州, 광주가 모두 이런 식으로 발전한 도시들이다. 그중에서도 특히 광주는 해외무역의 중심 항구가 되었다. 남송 소흥紹興 10

1 按前此海道, 北僅通會稽, 南惟訖廣州, 至是利涉益遠, 且招徠番舶.(乾隆『福州府志』 권13 「海防」)

년(1140) 광주 시박사市舶司의 조세 수입은 110만 관貫에 달했다. 홍적洪適, 1117~1184의 『번우조소番禺調笑』, 「해산루海山樓」에서는 광주 해산루 일대의 번화한 상업 풍경을 생동감 있게 묘사하였다. "(시詩)백 척의 높은 누각들이 성을 감싸고, 강렬한 바람이 스쳐 소매가 시원해지네. 구름이 산을 감싸더니 아침비가 급히 내리고, 바다의 파도가 해안을 덮치더니 저녁에 조수가 밀려오네. 누대 앞에서는 피리와 북 소리가 어우러지고, 빽빽하게 돌아오는 배들이 수차례 방향키를 조정하네. 관리가 청렴하여 진주조개가 돌아오니, 멀리 산처럼 기이한 보화가 쌓이겠네."[2] "(사詞)진기한 물건, 돌아오는 배는 지나가고, 북소리와 피리 소리 서로 어우러지네. 누대 앞은 높은 파도 바람에 솟구치고, 한 자락 어부의 노랫소리 산 왼편에서 들려오네. 호상胡床에 앉아 가벼운 구름 위 흘러가는 달빛을 바라보고, 옥주玉麈를 털며 신나는 이야기로 좌중을 놀라게 하네."[3] 명주는 "비록 도시는 아니지만 바닷길이 모이는 곳이었다. 그래서 남쪽으로는 복건과 광주, 동쪽으로는 왜인, 북쪽으로는 고구려 상선들이 왕래하며 물건과 재화가 넘쳐났다."[4] 북송 중엽부

---

2 高樓百尺邇嚴城, 披拂雄風襟袂清. 雲氣籠山朝雨急, 海濤侵岸暮潮生. 樓前簫鼓聲相和, 戢戢歸檣排幾柁. 須信官廉蚌蛤回, 望中山積皆奇貨. [역주] 위의 내용은 後漢 때 孟嘗의 고사와 관련이 있다. 맹상은 合浦의 태수로 부임한 후 탐관이었던 전임 태수와 달리 선정을 펼친다. 전임 태수가 사람들의 진주를 갈취하여 진주조개가 다른 지방으로 옮겨갔으나, 맹상이 이 폐단을 없애자 진주조개가 다시 합포로 돌아오게 되었다. 韓愈의 시 「送鄭尙書赴南海」에 "바람이 고요하니 바다새는 떠나고, 관리가 청렴하니 조개가 돌아오네"[風靜鶢鶋去,官廉蚌蛤回]라는 구절이 있다.

3 奇貨, 歸帆過, 擊鼓吹簫相應和. 樓前高浪風掀簸, 漁唱一聲山左. 胡床邀月輕雲破, 玉麈飛談驚座.(唐圭璋, 『全宋詞』, 北京 : 中華書局, 1965, 1369쪽) [역주] '胡床'은 이민족들이 사용하던 접이식 간이의자이며, '玉麈'는 옥으로 된 손잡이가 달린 먼지떨이로 청담을 나누는 이들이 즐겨 사용하였다.

4 雖非都會, 乃海道輻湊之地, 故南則閩廣, 東則倭人, 北則高句麗, 商舶往來, 物貨豐衍.(乾道, 『四明圖經』 권1 「分野」) 이때 '고구려'는 이미 없어지고 '고려'만 있었으므로, 옛 명칭을 그대로 썼거나 아니면 둘을 확실히 구분하지 못한 것으로 보인다.

터는 천주가 급속히 발전하여 "외국 상선들이 넘쳐나고 온갖 재화가 산처럼 쌓이고"[5], "많은 배들이 고려를 왕래하며 물건을 사고파는"[6] 번화한 항구가 되었다. 남송 때 임안의 봉황산鳳凰山은 국내외 무역에 종사하며 부를 이룬 각 지역 '강상해고江商海賈'의 저택들로 가득했다. 그래서 이 산은 '객산客山'이라 불렸고, 당시 수도의 '고급주택가'였다.[7]

원대元代에 이르면 통치자의 중상重商 정책으로 상업 활동이 더욱 활발해지고 상업 도시 역시 크게 발달한다. 송말에 잔혹한 전쟁을 치르고도 항주는 바로 생기를 회복하였다. 이탈리아 여행가 마르코 폴로가 본 항주는 세계적 규모의 대도시였다. "항주는 동남부의 도시로서 사람들이 재주가 많고 장사를 잘 하며 마치 물고기 비늘처럼 도시의 구역이 서로 이어져 있었다."[8] 교길喬吉, 1280~1345(자 夢符)의 「두목이 시를 짓고 술 마시며 양주의 꿈을 꾸다杜牧之詩酒揚州夢」에서 언급한 것처럼 당시 양주는 "재화를 쌓아놓은 120개 상점이 늘어서 있고, 8만 4천 호의 윤택한 집에서 사람들이 풍류를 즐기는"[9] 곳이었다. 이는 작가가 살았던 시대의 양주를 묘사한 말일 것이다. 양주는 운하 노선의 남쪽 거점도시였기 때문에, 이 도시의 발전은 운하 무역과 밀접한 관련이 있다. 원대에는 실크로드가 다시 열렸고, 원의 상인들은 아랍大食, 페르시아波斯, 중앙아시아, 유럽과 교역했다. 원대에는 해외무역과 연해 해운 역시 상당히 발달했다. 원 왕대연汪大淵의 『도이지략島夷志略』에서는 원

5 有蕃舶之饒, 雜貨山積.(『宋史』 권330 「杜純傳」)
6 多有海舶入高麗往來買賣.(蘇軾, 『蘇軾文集』 권30 「乞令高麗僧從泉州歸國狀」)
7 吳自牧, 『夢粱錄』 권18 '恤貧濟老' 조목.
8 杭爲東南一都會, 其民率多藝, 善貨殖, 市區相屬如鱗次.(黃溍, 『金華黃先生文集』 권38 「養齋蔣君墓誌銘」)
9 列一百二十行經商財貨, 潤八萬四千戶人物風流.(臧懋循, 『元曲選』, 北京 : 中華書局, 1958)

나라가 교역했던 근 100곳의 해외무역 지구를 열거하였는데,[10] 이러한 지역들이 동남 연해 항구도시의 발전을 촉진시켰다. 예를 들어 원대에 천주항은 광주항의 자리를 대신하여 동남 연해의 최대 항구도시 중 하나가 되었다. 또 복주항은 원말 명초 시인의 눈에 이런 모습으로 비춰졌다. "삼산三山에 해가 떠 연무가 걷히면, 범궁梵宮의 누각이 산 주위를 두르네. 어룡의 배가 땅에 닿으니 강물이 출렁이고, 무소뿔 상아 실은 외국배들이 바다에서 들어오네."[11] 또 정해항은 "땅이 바다에 접하여 배가 정박하기에 적합한 곳이어서 바다 건너 상인과 외국과 왕래하던 장사치들이 여기서 교역을 하곤 했다."[12] 그리고 유가항劉家港은 바다에 인접한 남방의 해운 거점도시로서 원대에 신속한 발전을 이루었다. 당시 시인은 유가항을 이렇게 묘사했다. "옥봉산 앞 푸른 바닷가, 남풍에 바닷배들이 구름처럼 몰려오네. 큰 배는 용처럼 솟구쳐 만 곡의 곡식을 실어오고, 작은 배는 별처럼 줄지어 가을하늘에 늘어섰네. 키 잡는 망루에서 북치니 모래 포구에 가까워지고, 뱃사람들은 노래 부르고 노 젓는 소리 울려 퍼지네. 바닷가 인가에서는 술을 들어 맞이하며, 작년에 왔던 부상들을 다투어 대접하네. 외국사람 배를 대고 저마다 초청하니, 하얀 면포 머리를 감싸 눈처럼 목에 드리웠네. 산호는 밝게 빛나고 무늬 무소뿔 차갑고, 여지는 향기롭고 사탕수수액 시원하구나……."[13] "오동吳東의 고을 누강婁江 동쪽에, 백성의 초막들은 벌집같

---

10 汪大淵, 『島夷志略校釋』(蘇繼廎 校釋), 北京 : 中華書局, 1981.

11 日出三山煙霧開, 梵宮樓閣繞崔嵬. 魚龍大地江濤轉, 犀象諸蕃海舶來.(藍智, 『藍澗詩集』 권3 「懷三山舊遊」 其一)

12 其地當海舟泊步處, 而絶海之商, 通蕃之賈, 往往貿遷於此.(戴良, 『九靈山房集』 권23 『鄞游稿』 第9 「玄逸處士夏君墓誌銘幷序)

13 玉峰山前滄海濱, 南風海舶來如雲. 大艘龍驤駕萬斛, 小船星列羅秋旻. 舵樓撾鼓近沙浦,

이 오밀조밀. 관아의 수레와 빈객의 말이 어지러이 교차하고, 흙먼지 날리며 네거리를 질주하네. 닭 우는 소리에 시끌벅적 시장이 빽빽이 펼쳐지고, 진주 무소뿔 비취 상아가 길거리에 늘어서네. 수많은 오월吳越의 배들이 뱃머리를 쳐들면, 거대한 흰 돛들이 산이 무너지듯 펼쳐지네. 뱃사람의 문신한 허벅지는 사내들의 굳센 모습, 만족蠻族과 요족獠族의 말소리는 북방 말처럼 어눌하네."[14] 이 외에도 소주蘇州, 곤산昆山, 상주常州, 가정嘉定, 상해上海, 오강吳江 등의 신흥 도시들이 부상하기 시작하여 국내와 해외 무역의 네트워크를 연결했다. 상업의 번영으로 인한 도시 생활의 생기발랄함은 이 시기의 중요한 사회적 특징이자 시민 계층의 발흥과 활약을 위한 최고의 온상이 되었다.

장사로 부를 이룬 상인 계층은 시민 계층 중에서도 가장 활약이 컸다. 그들은 막대한 경제력으로 좀 더 강한 사회적 힘을 갖기 시작하여 사회생활에 더욱 큰 영향을 미치고 사회의 분위기와 유행까지 바꾸었다. 정치적 힘은 태생적으로 부족했지만, 그 밖의 다른 측면에서 그들은 이미 무시할 수 없는 집단이 되어 있었다. 그중에서 우리가 가장 주목할 측면은 바로 그들이 문화 활동에 이미 참여하기 시작했다는 점이다. 이는 예전에 볼 수 없는 새로운 현상이었다.

黃帽唱歌鳴健艣. 海口人家把酒迎, 爭接前年富商賈. 蕃人泊舟各邀請, 白氎纏頭雪垂領. 珊瑚光映文犀寒, 荔子香生蔗漿冷…….(馬玉麟,『東皐先生詩集』권2「海舶行送趙克和任市舶提擧」)

14 吳東之州婁東江, 民廬矗矗如蜂房. 官車客馬交馳横, 紅塵軋投康與莊. 雞鳴鬧市森開張, 珠犀翠象在道傍. 吳艎越艦萬(首)驤, 大帆雲落如山崩. 舟工花股百夫雄, 蠻音獠語如吃羌……."

2) 백화소설 및 희곡의 탄생과 번영

시민 계층의 발흥과 활약은 문학의 변화와 발전도 촉진했다. 전통적인 시문詩文과 문언소설 외에 백화소설과 희곡이 탄생하고 번영하기 시작했다. 최초의 백화소설과 희곡은 모두 읽기 위한 예술이 아니라 보고 듣기 위한 예술이었다. 이 예술의 연출 장소는 대체로 '구란勾欄', '와사瓦肆'[15]로 불리는 도시 속 오락 장소였다. 구란, 와사를 경영하는 사람은 상인이 자금을 대는 문화 경영인들이었을 것이다. 그들은 배우와 창작자를 조직하고, 이야기와 극본을 만들고 공연했다. 연출자 중에는 심지어 상인도 포함되었다. 이와 관련하여 오노에 가네히데尾上兼英는 이렇게 지적했다. "『동경몽화록東京夢華錄』에 실린 『오대사五代史』의 설화인 중에는 윤상매尹常賣라는 이름이 있다. 『운록만초雲麓漫鈔』 권7에는 시골과 저잣거리를 순회하며 잡다한 물건을 파는 사람에 대한 기록이 있는데, 그는 '스스로를 상매常賣라고 하였다.' '상매'는 소주 방언으로 이곳저곳을 돌아다니는 상인을 말한다. 그는 행상 일을 그만두고 설화인說話人으로 직업을 바꾸었고, 성이 윤인 남자였으므로 '윤상매'라고 불린 것으로 보인다. 그렇지 않으면 본래 겸직을 했을 것이다."[16] 구란, 와사의 주요 서비스 대상은 문화 수준이 높지 않으면서 시간과 돈은 많이 남아 오락과 소비를 갈망하는 보통 시민이었으며, 그중에서

---

15 [역주] '勾欄'은 송원 대에 상업적 성격의 각종 공연이 행해지던 특별 장소 혹은 극장이며, '瓦舍', '瓦子'라고도 하는 '瓦肆'는 송원 대에 도시 속 오락 장소가 집중된 지역을 말한다. 와사 안에는 공연을 하는 구란 뿐 아니라 음식, 약재, 의복 등을 파는 점포도 들어가 있었다.

16 前野直彬 등, 『中國文學概論』(洪順隆 譯), 臺北 : 成文出版社, 1980, 298면. 『雲麓漫鈔』 권7의 해당 원문은 다음과 같다. "朱勔之父朱沖者, 吳中常賣人. 方言以微細物博易於鄉市中自唱曰常賣."

도 가장 환영 받는 고객은 당연히 재력도 있고 통이 큰 상인들이었을 것이다. 그래서 비록 서양보다는 한참 늦었지만, 백화소설과 희곡 역시 상품 경제의 자극을 통해 소비와 오락 생활의 욕구에 따라 사대부들은 눈길도 주지 않는 오락 장소에서 저속하지만 부유한 공상업자의 갈채를 받으며 중국문학사의 무대로 오르기 시작한 것이다.

이는 전통 시문과 문언소설과는 상당히 다른 두 가지 문학양식이다. 이들 사이에는 두 가지 근본적인 차이가 있다. 첫째는 서비스 대상이 사대부와 보통 시민으로 다르다는 것이고, 둘째는 서비스 방식이 책상머리의 독서용과 극장 연출용으로 다르다는 것이다. 이 때문에 전통 시문이나 문언소설과 달리 백화소설과 희곡은 내용과 형식도 시민성과 시민이 즐기고 좋아하는 형식을 갖출 수밖에 없었다. 소위 시민성이란 이들 작품이 대체로 동란과 전쟁, 영웅호걸, 악당과 무뢰배, 신선과 귀신, 사람들 사이의 분쟁, 남녀 연애, 간통과 모살, 원한과 날조 사건 등 시민들이 흥미로워하는 내용을 표현하고 있다는 의미이다. 이들 내용은 보통 두 가지 경향을 보인다. 하나는 시민의 일상생활과 흔히 관련된다는 것이고, 다른 하나는 회색빛 시민생활에 자극을 더해준다는 것이다. 소위 시민들이 즐겨 듣고 보는 형식이라 함은 당시의 오락 장소에서 이런 내용을 표현할 때 설서說書, 강창講唱, 춤, 공연 등의 형식을 가져다가 문화 수준이 높지 않은 보통 시민들도 손뼉을 치고 발을 구르며 흥미진진하게 감상할 수 있게 해준다는 것을 의미한다.

이런 문학양식이 갓 흥기할 때는 상인의 생활을 대량으로 표현하진 않았다. 공상업자라 하더라도 그들 역시 신기하고 진귀한 이야기와 공연을 듣고 봄으로써 스스로 무료한 일상생활로부터 잠시 벗어나기를 바랐기 때문이다. 그러나 이런 문학 양식이 계속 발전하고 상인 세력의 힘이 계속 강해지면서, 그들 역시 일종의 욕구, 즉 자신의 생활을 백화소설과 희곡에서도 보고 싶은 욕구가 생기는 건 당연했다. 그리고 오락 장소의 경영자는 청중과 관중을 부단히 끌어들이기 위해 "위로는 하늘 끝까지 아래로는 황천까지上窮碧落下黃泉" 자극적이면서도 사람들을 감동시킬 수 있는 새로운 제재를 찾아 나섰다. 그들은 "어려서는 『태평광기』를 익히고, 자라서는 역대 사서를 공부하여",[17] 문학과 사학의 전통 뿐 아니라 매일 연출되는 시민들의 일상생활에서도 소재와 영감을 찾곤 했다. 이렇게 해서 상인의 일상생활을 포함한 보통 시민의 일상생활은 필연적으로 백화소설과 희곡 속에서 갈수록 빈번하게 출현하게 되었다.

문학 양식의 차이로 인해 백화소설과 희곡에 출현한 상인의 형상은 전통 시문과 문언소설에서 출현한 모습과 상당히 달라질 수밖에 없었다. 백화소설이든 희곡이든 이 두 가지 양식이 전통 시문과 문언소설에 비해 인생과 인성을 전면적으로 표현하기에 더욱 적합한 것은 의심의 여지가 없다. 이렇게 해서 문학 양식의 발전은 곧 상인에 대한 표현에 있어서도 발전을 가져왔다.

---

17 幼習太平廣記, 長攻歷代史書.(羅燁, 『醉翁談錄』 甲集 卷1 「舌耕叙引 · 小說開闢」)

3) 문인과 상인 관계의 역사적 변화

시민계층의 발흥과 활약으로 문인과 상인의 관계에서도 역사적 변화가 일어났다. 과거의 문학사에서 문인은 항상 상인과 멀리 떨어져 있었다. 선진양한 시대 문학으로 시종侍從하는 신하부터 위진남북조의 귀족 관료와 당오대 관료 사대부에 이르기까지, 대체로 그들은 상인과 왕래하지 않았다. 그래서 상인을 아예 무시하거나 곱게 보지 않았으며 최소한 그들과 한 층 정도는 떨어져 있었다. 그러나 남송 때부터 이러한 현상에 변화가 온다. 정치와 사회의 변동으로 시민화된 문인 혹은 문인화된 시민이 출현한 것이다. 원대에 이르면 원 통치자의 문화교육 정책으로 문인은 정치 활동에서 배제되어 지위가 거지 수준으로 떨어진다. 이로 인해 문인들은 재야 뿐 아니라 세속으로까지 들어가 보통 시민들과 함께 섞인다. 이처럼 원대 문인들은 상인들과 접촉할 전화위복의 기회를 갖고, 이를 계기로 시야가 트이고 새로운 세계를 마주하게 된다. 이러한 과정이 그들의 창작활동에 깊은 영향을 주었음은 물론이다.

원대에 수준이 비교적 높았던 문인들은 문예활동에 열심인 부상富商이 주관하는 문예 살롱에 출입하면서 작품을 발표할 장소와 기회를 갖게 되었을 뿐 아니라 경제상의 이점까지 직간접적으로 얻을 수 있었다. 이렇게 해서 상인 계층의 가치관 자체가 부지불식간에 그들에게 스며들어 영향을 주게 되었고, 상인의 생활환경을 직접 경험함으로써 문인들은 더욱 쉽게 전통적인 편견에서 벗어날 수 있었다.

부상의 문예 살롱에 출입하지 않더라도 일반적으로 수준이 상당히 높은 문인들은 당시에 발달한 문예 소비시장을 통해서 그리고 문예 작품을 직접 소비하는 보통의 시민들에게서도 물질적인 이득과 정신적 만족을 얻을 수 있었다. 일반 상인을 포함한 보통 시민들은 문예 작품의 주요 소비자 중 하나였다. 예를 들어 양유정楊維禎이 편찬한 『서호죽지사西湖竹枝詞』와 『속렴집俗奩集』은 모두 시정의 상점에서 간행되었으면서도 "수많은 사람들에게 전해졌으며爲萬口播傳", 그 독자들 중에는 설난영薛蘭英과 설혜영薛蕙英처럼 상인 집안 출신의 여성도 있었다(실제로 『서호죽지사』에는 상인 마직馬稷의 작품도 수록되었다).[18] 양유정, 왕면王冕, 예찬倪瓚 등 원대의 많은 문인들이 모두 소비시장에서 시詩, 서書, 화畵 같은 문예작품을 팔면서 꽤 풍요로운 생활을 유지할 수 있었다. 이런 이유 때문에 원대 문인들이 접촉한 사람들 중에는 대체로 일반 시민이 많이 포함되고 그 중에는 당연히 상인도 있었다.

원대의 이러한 환경 속에서 사실 많은 문사들이 이미 상인으로 '몰락'하거나 사士와 상商의 이중 신분을 갖게 되었다. 고영顧瑛과 예찬 같은 이들은 그중에서도 특출한 이들이었다. 황진黃溍의 말이 그 특징을 잘 보여준다. "오호라! 사민四民이 그 업을 잃은 지 오래인데 사士만큼 심한 것은 없다. (…중략…) 느릿느릿, 빈둥빈둥, 편안히 살면서 배불리 먹고, 재주나 팔아먹는 데 온 힘을 쏟는 이가 또한 어찌 적다고 하겠는가!"[19] 이러한 사상士商 간의 직접적 관계는 자연히 문인의 관념 그리고 문학의 관념에 은연중 영향을 미치게 되었다.

---

18 楊維禎, 『鐵崖先生復古詩集』 권6(『古樂府』 卷16 「俗奩集幷序」. 陸容의 『菽園雜記』 권13 '西湖竹枝詞' 조목 참고.)

19 嗚呼, 四民失其業久矣, 而莫士爲甚 (…中略…) 彼施施焉, 于于焉, 逸居飽食, 而肆其力於負販技巧者, 亦豈少哉!(黃溍, 『金華黃先生文集』 권3 「送葉審言詩後序」).

그리고 뜻을 이루지 못한 문인들은 종종 구란, 와사로 섞여 들어가 예인들의 공연용 화본話本이나 극본을 써주곤 했다. 그들은 시정 사회로 들어가 보통 시민의 생활을 접하고 상인의 생활도 접했다. 이러한 경력과 체험이 자연스레 그들의 관념에 영향을 미치고 화본과 극본에 체현되면서 보이지 않는 새로운 문예사조가 되었을 것이다.

결론적으로 말해, 원대 문인의 사회적 지위가 낮아진 점이 바로 그들에게 예전에는 없었던 하나의 기회를 제공하여 시민 사회와 접촉하고 상인 계층과 접촉하고 상인의 생활을 이해할 수 있게 해주었다. 이 점이 반드시 문인과 상인과의 일치된 소통을 보장해주진 않지만, 최소한 둘은 그 이전 시대만큼 거리가 멀진 않게 되었다.

문인과 상인의 이러한 역사적 접촉은 전통문학과 통속문학 두 측면에서 모두 그 영향이 나타났다. 통속문학에서는 문인과 상인의 접촉으로 둘 사이의 거리가 좁혀졌다. 문인은 상인의 존재에 더욱 주의를 기울이면서 통속문학 속에 그들의 생활과 감정을 표현했다. 동시에 문인이 통속문학의 창작에 뛰어들면서 백화소설과 희곡은 수준이 높아지고 상인 형상을 표현하는 기교도 나아졌다. 전통문학의 측면에서 보면, 비록 형식적으로는 별다른 변화가 없었지만 사상과 감정에 있어서는 이미 상인에 대한 동정과 긍정을 훨씬 명확하게 드러냈으며, 동시에 상인을 더욱 주목하고 더욱 자주 표현하게 되었다.

모든 관계는 쌍방향이다. 문인이 상인에게 접근하기 시작할 때, 사실 상인도 문인에게 접근하기 시작했다. 원대 특히 원대 후기의 부상들은 문인과는 무관했던 기존의 전통을 뒤집어 자신의 경제력과 문학예술에 대한 흥미를 기반으로 문인들과 가까워지기 시작했다. 그 주된 방식은 바로 문예 살롱의 조직, 문예활동 자금 지원, 문인 예술가 후원, 나아가 문예 창작활동의 참여에까지 이르렀다. 고영과 진보생陳寶生 등이 바로 대표적 인물들이다. 그밖에도 희문戲文『배월정拜月亭』의 작가 시혜施惠는 "오산의 성황묘 앞에 살면서 상점을 운영하고, 눈은 크고 수염은 멋졌으며 담소를 즐겼다. 종사성鍾嗣成이 조군경趙君卿, 진언실陳彦實, 안군상顔君常 등과 함께 시혜의 집으로 가서 매번 돈을 받고 고담준론을 나누었고, 시를 짓고 술을 마시면서 틈만 나면 사를 짓고 곡에 화답하는 것을 일삼았다.『고금체화古今砌話』라는 책을 엮고, 남희南戲『유규기幽閨記』[20]를 지어 세간의 찬사를 받았다."[21] "그가 지은 곡曲으로『배월정』전기傳奇가 지금 있는데, 이는 원명 시대 4대 전기 중 하나이다", "일찍이 범거중范居中, 황천택黃天澤, 홍공洪珙과 함께 잡극『숙상구鷫鸘裘』[22]를 지었으나 안타깝게도 전하지는 않는다.『태화정음보太和正音譜』에서 그의 사곡을 걸작으로 평했다."[23] 즉 시혜는 상인의 신분으로 문학 창작에 종사했던 것이다. 이러한 활동을 통해서 상인들은 문인 유사儒士의 숲에 몸담았을 뿐 아니라 그들의 문예 활동에도 영향을 미쳤다. 그들의 생활 방식과 가치관은 어디서든 문인의 정신에 영향을 주어 창작 활동에 반영되었다. 그들 스스로가 문예 창작에 종사할 때는 부유한 상인으로서의 사상과 감정이 자연스레 작품 속에서 표현될 수 있었다. 이 모든 것들이 당시의 문학에 은연중 영향을 미치게 되었다.

20 즉『拜月亭』을 말함.
21 隋樹森,『全元散曲』, 北京: 中華書局, 1964, 537면.
22 施惠가 제2절을 지음.
23 莊一拂,『古典戲曲存目彙考』, 上海 : 上海古籍出版社, 1982, 7면, 369면.

2. 각종 문체에서의 상인에 대한 표현

송원 시대의 주요 문학 양식에서는 사람들의 주목을 가장 많이 받는 것으로 전통 시문과 문언소설 외에 백화소설과 희곡도 출현하였다. 상인을 표현하는 측면에 있어서는 의심의 여지없이 후자가 더욱 중요하다. 따라서 우리는 앞에서의 논의 방식을 바꾸어 이 후자에 주의를 집중할 것이며, 물론 전자에도 여전히 관심을 가질 것이다.

그러나 송원 대의 백화소설과 희곡은 지금까지 전하는 작품의 수가 매우 적은데다 대부분 후대 문인들의 개작을 거쳤기 때문에 이를 전면적으로 인식하기란 상당히 어려운 일이다. 현재 우리가 근거할 수 있는 작품들은 대부분 후대의 판본이거나 당시의 문헌에 기록된 것들이다. 따라서 우리는 두 가지 한계를 가질 수밖에 없는데, 하나는 사료 자체의 부족이고, 다른 하나는 사료가 원래 모습에서 상당히 멀어졌다는 것이다. 그러므로 우리는 송원 문학의 상인에 대한 표현을 고찰함에 있어 신중하고 유보적인 태도를 취할 수밖에 없다.

1) 송 잡극雜劇과 금 원본院本

중국의 희곡은 양송兩宋과 요금 시대에 이미 기본적으로 형성되었는데, 남방에서는 이를 잡극이라 하고 북방에서는 원본이라 칭했다(요나라 때는 잡극이라고도 했다). 당시의 원본과 잡극 극본은 대부분 전하지 않거나 일부만 남아있다. 그러나 사실 이 극본들은 완전히 사라지진 않고 많은 부분이 후대의 원 잡극과 명 전기傳奇에 흡수되었다. 당시와 그 이후의 희곡 목록을 통해 당시 희곡이 성행했던 상황을 볼 수 있다. 송말 원초에 활동했던 주밀周密의 『무림구사武林舊事』 권10에는 송대 관본官本 잡극 280편의 목록(전부 전하지 않음)이 기록되어 있고, 원말 도종의陶宗儀의 『남촌철경록南村輟耕錄』 권25에는 금 원본 694종의 목록이 있다. 담정벽譚正璧의 고증에 따르면 여기서 제재를 취한 원대와 명대의 잡극이 158종에 이르니,[24] 이전의 작품들이 모두 실전失傳된 것은 아니었음을 알 수 있다.

280종의 송대 관본 잡극 목록 중 현재 그 내용을 고찰할 수 있는 것은 55종뿐으로 전체의 약 1/5에 해당한다.[25] 내용으로 볼 때 그중 상인의 생활을 표현한 것은 매우 적어서 「부구전영성쌍浮漚傳永成雙」과 「부구모운귀浮漚暮雲歸」만이 상인의 이야기를 표현하고 있다. 이 작품에서는 젊고 아름다운 한 부인을 같은 마을 사람이 흠모하여, 그가 부인의 남편과 함께 장사를 나갔다가 남편을 강물에 빠뜨려 죽인 후 고향으로 돌아와 부인을 차지하는 이야기가 나온다. 훗날 무심결에 새 남편이 진상을 발설하자 대의를 따르기로 결심한 부인은 새 남편을 고발하여 전남편의 원수를 갚아준다. 이는 송대의 실제 사건에 근거하여 이야기를 엮은 것으로, 그 본사本事는 바로 여하경呂夏卿의 「회음절부전淮陰節婦傳」에서 나온 것이다. "우리 집 고서 중에 진숙縉叔 여하경의 문집이 있었는데, 거기에 실린 「회음절부전」에서 이렇게 말했다. (…중략…)

24 譚正璧, 「宋雜劇金院本與元明雜劇」, 『話本與古劇』(重訂本), 上海 : 上海古籍出版社, 1985, 263~269쪽에 실림.

25 譚正璧, 「宋官本雜劇段數內容考」, 『話本與古劇』(重訂本), 171면.

이 책의 여씨는 이미 없고 우리 집안사람들도 병화에 뿔뿔이 흩어져 성씨를 모두 기억하지 못하는 터라 일단은 그 대략만 쓴다."[26] 동시대의 문언소설 「장객부구張客浮溝」와 「회음장생처淮陰張生妻」 이야기의 본사 역시 같다. 이를 통해 상인 가정에서 발생한 사건이 당시 희곡과 소설 작가들의 주목을 받았음을 알 수 있다. 이 잡극에서 공연한 이야기는 후대의 희곡과 백화소설에도 큰 영향을 미쳤다. 예를 들어 원대 작자미상의 「주사담적수부구기硃砂擔滴水浮漚記」 잡극, 명대 서호어은주인西湖漁隱主人의 『환희원가歡喜冤家』 제3회 「이월선할애구친부李月仙割愛救親夫」와 제7회 「진지미교계편다교陳之美巧計騙多嬌」, 『포룡도판백가공안包龍圖判百家公案』 제53회 「의부위전부보구義婦爲前夫報仇」(『용도공안龍圖公案』 권4 「악주도嶽州屠」와 같다) 등[27] 그리고 명대 육용陸容의 『숙원잡기菽園雜記』 권3에 인용된 「하마전蝦蟆傳」, 뇌변雷燮의 『기견이문필파총좌奇見異聞筆坡叢脞』 권1 「지와설원록池蛙雪冤錄」, 작자미상의 『윤회성세輪回醒世』 권12 「모처보謀妻報」 등이[28] 모두 이 잡극의 줄거리와 같거나 흡사하다. 현재 내용을 고찰할 수 있는 55편의 송대 관본 잡극 중 상인 생활과 관계있는 것은 이 두 편뿐이지만, 실전되거나 상세한 내용을 알 수 없는 것들이 너무 많기 때문에 상인 생활을 표현한 송대 관본 잡극은 우리가 지금 알고 있는 것보다 훨씬 많았을 수도 있다.

694종의 금 원본 중 내용을 고찰할 수 있는 것은 150여 종에 불과하여 전체의 1/4이 안 된다.[29] 그중에서도 상인의 생활을 표현한 것은 「조

26 余家故書, 有呂縉叔夏卿文集, 載「淮陰節婦傳」, 云(…中略…) 此書呂氏旣無, 而余家者亦散於兵火, 姓氏皆不能記, 姑敘其大略而已.(莊綽, 『鷄肋編』 卷下)

27 譚正璧, 「宋官本雜劇段數內容考」, 『話本與古劇』(重訂本), 183면.

28 작자 미상, 『輪回醒世』, 北京 : 中華書局, 2008, 程毅中 '前言' 6면.

쌍점調雙漸」 한 편 뿐으로 매우 적다. 이 극에서는 연인인 쌍점과 소경蘇卿이 상인의 손아귀에서 벗어나 마침내 부부가 된다는 내용을 묘사한다. 여기서 상인은 부정적 역할을 맡고 있다. 자료에 따르면 쌍점은 실제로 있었던 인물이었다. 송 장뢰張耒의 『명도잡지明道雜誌』, 주필대周必大의 『이노당잡지二老堂雜誌』 등에서 모두 이 일을 기록하였고, 명 능적지凌迪知의 『만성통보萬姓統譜』 권3 '송宋 · 쌍점雙漸' 조목에서는 "여강廬江 사람으로 경력慶曆 때 진사가 되었으며 박학하고 글을 잘 지었다"[30]라고 했다. 『영락대전永樂大典』 권2,405에서 인용한 송말 나엽羅燁 『취옹담록醉翁談錄』의 '연화기우煙花奇遇' 「소소경蘇小卿」 일문에 따르면 그 본사는 이렇다. 소경은 여강閭江 지현의 딸로 서생 쌍점과 몰래 사랑을 나눈다. 훗날 그녀는 아버지가 죽은 후 양주로 돌아와 기녀로 전락하고 상인에게 시집가게 된다. 그러다가 강에서 쌍점을 만나게 되어 몰래 배를 건너와 함께 수도로 가서 마침내 부부가 된다. 또 명대 매정조梅鼎祚의 『청니연화기青泥蓮花記』 권7 「소소경」에서는 이렇게 썼다.

> 소소경은 여주廬州의 기녀이다. 서생 쌍점과 가까이 지냈는데 그 사랑의 정이 매우 깊었다. 쌍점이 타지로 나가 오래도록 돌아오지 않았으나 소경은 수절하며 그를 기다리고 다른 사람과 잠자리도 갖지 않았다. 기생어미는 몰래 강우江右의 차 상인 풍괴馮魁와 짜고 이 상인에게 그녀를 팔아버렸다. 소경은 차를 실은 배에서 달밤에 원망 가득한 비파를 탔다. 금산사를 지나다가 쌍점이 볼 수 있도록 벽에 이런 시를 적어두었다. "생각해보니 그

---

29 譚正璧, 「金院本名目內容考」, 『話本與古劇』(重訂本), 191～192면.
30 廬江人, 慶曆進士, 博學能文.

해 우리가 헤어지고서, 지금은 둘 다 소식이 아득하네요. 죽을 때까지 관리의 부인 되지 못하면, 땅속에서나마 급제한 당신 찾아야지요. 팽택彭澤의 새벽안개에 지난밤 꿈은 아련하고, 소상瀟湘의 밤비에 그리운 애간장 끊어집니다. 새로 시를 지어 금산사에 써놓고, 구름 돛대 높이 걸고 예장으로 갑니다." 쌍점이 훗날 이름을 날리고 소송을 통해 앞서의 일을 따져 둘은 다시 부부가 되었다.

사인, 기녀, 상인의 삼각관계 고사임을 알 수 있다. 이러한 이야기는 송원 시대의 희곡에 매우 많았다. 이런 종류의 고사에서 상인은 항상 사인과 기녀의 낭만적인 연애를 깨뜨리는 자로서 부정되는데, 이는 당시의 희곡과 사회에서 늘 보이던 일종의 경향을 보여준다. 이 고사는 당시뿐 아니라 후대에도 널리 퍼졌다. 예컨대 송대 방호方壺『취화음醉花陰』의 투수套數[31]에는 「주소경走蘇卿」이 있고, 금대金代 동해원董解元의 『서상기제궁조西廂記諸宮調』에서는 『쌍점예장성제궁조雙漸豫章城諸諸宮調』를 인용하였으며, 『수호전水滸傳』 제51회에서는 백수영白秀英의 설창說唱 「예장성쌍점간소경豫章城雙漸趕蘇卿」 이야기의 본사를 언급하였고, 원대는 왕실보王實甫의 「소소경월야판차선蘇小卿月夜販茶船」(다른 제목은 「신안왕단몰판차선信安王斷沒販茶船」이며 모두 「판차선販茶船」으로 간략히 부른다), 유천석庾天錫의 「소소경(시주)여춘원蘇小卿(詩酒)麗春園」, 기군상紀君祥의 「신안왕단복판차선信安王斷複販茶船」, 작자미상의 「간소경趕蘇卿」, 「예장성인월양단원豫章城人月兩團圓」, 「소소경쌍점판차선蘇小卿雙漸販茶船」 등의 잡극과

31 [역주] 고대 희곡이나 산곡에서는 여러 종의 曲牌를 서로 이어 붙여 首尾가 있는 한 세트를 만들었는데, 이를 '套數'라 한다.

「소소경월야범차선蘇小卿月夜泛茶船」 희문戲文이 있으며, 명청대는 「쌍점기雙漸記」, 「차선기茶船記」 등의 전기와 이옥李玉의 『천리주千里舟』 전기 등이 있다. 그밖에 명말 단편소설집 『석점두石點頭』 제2권 「노몽선강상심처盧夢仙江上尋妻」는 "노씨의 아내 이묘혜가 속아서 남에게 팔려가다가 금산사에 시를 적은 일을 서술한 것으로 소소경이 지은 시구를 그대로 따르고 있으니"[32] 이 또한 「소소경」을 각색한 것으로 보인다. 이 고사가 매우 광범위하게 유행했으나 그 원류는 송금宋金 때에 시작되었음을 알 수 있다. 그중 '나쁜 상인'의 형상과 사인 · 여인 · 상인의 삼각관계 역시 송금 때에 시작되었을 것이다.

이 외에 『변류칠찬變柳七爨』은 류영柳永이 계략을 꾸며 명기 주소섬周素蟾을 차지한 일을 서술했을 것이다. 주소섬이 원래 사랑한 사람은 '원외'로서 아마 상인이었을 것이며, 주소섬은 그와 사이가 좋아 류영의 구애를 받아들이려하지 않은 것이다. 나중에 류영은 계략을 꾸며 둘 사이를 갈라놓고 '원외'로부터 주소섬을 빼앗아온다.[33] 이 역시 사인 · 여인 · 상인 사이의 일종의 삼각관계 이야기로 보인다. 이 이야기가 매우 광범위하게 퍼진 것에 대해서는 송원 희문 부분의 소개를 참고하면 된다.

또 「감곽랑憨郭郎」이 있는데, 이는 아마 곽화郭華가 연지를 산 고사일 것이다. 이 이야기 역시 널리 퍼졌는데, 남송 황도풍월주인皇都風月主人의 『녹창신화綠窗新話』에 「곽화매지모분랑郭華買脂慕粉郎」이 있고, 송대

32 譚正璧, 「金院本名目內容考」, 「宋元戲文三十三種內容考」, 『話本與古劇』(重訂本), 206~207면, 204면에 수록; 莊一拂, 『古典戲曲存目彙考』, 89면.

33 譚正璧, 「金院本名目內容考」, 『話本與古劇』(重訂本), 217쪽에 수록; 莊一拂, 『古典戲曲存目彙考』, 45면.

화본에 「분합아粉合兒」가 있으며, 원 잡극에는 증서경曾瑞卿의 「왕월영원야유혜기王月英元夜留鞋記」, 증서曾瑞의 「재자가인오원소才子佳人誤元宵」, 주경鄒經의 「연지여자귀추문胭脂女子鬼推門」이 있고, 희문에는 작자 미상의 「곽화매연지郭華買胭脂」(「왕월영월하류혜王月英元夜留鞋」라고도 한다)이 있으며, 명 전기傳奇에는 동양중童養中의 「연지기胭脂記」, 서림徐霖의 「유혜기留鞋記」가 있고,[34] 문언소설로는 풍몽룡馮夢龍 『정사유략情史類略』 권10 「매분아買粉兒」, 권3 「선사녀扇肆女」 등이 있다. 이 고사의 여주인공은 상인의 딸이며, 이상의 희곡과 화본들은 모두 그녀의 연애 고사를 이야기하고 있다. 이 고사의 원형은 본서 제1장 제4절 제2항에서 밝혔듯이 남조 송대 유의경의 『유명록幽明錄』에 실린 「매분아買粉兒」이다. 송대에 이 고사가 환영을 받고 개작된 것은 송대 시민생활의 발전과 무관하다고 볼 수 없을 것이다.

위에서 금 원본 중 상인과 관련된 몇 가지 희곡을 소개하였는데, 현재 밝혀진 150여 종의 금 원본 중에서 이 작품들이 차지하는 비중은 매우 적다. 그러나 내용을 전혀 알 수 없는 금 원본이 500종이나 더 있다는 사실을 잊어서는 안 된다. 따라서 실제로는 상인의 고사를 이야기한 금 원본의 수가 지금 우리가 알고 있는 수보다 훨씬 많았을 것이다.

34 譚正璧, 「金院本名目內容考」, 『話本與古劇』(重訂本), 218~219쪽에 수록; 莊一拂, 『古典戲曲存目彙考』, 23면.

2) 송원 희문戲文

금원 잡극이 중국 북방에서 유행했던 바로 그 시기에 송원 희문 역시 중국 남방에서 유행했다. 그런데 원 잡극은 후대 문인들의 소장과 출판을 거쳐 지금까지도 적지 않은 작품이 유행하는 반면(명 장무순臧懋循의 『원곡선元曲選』과 현대 학자인 수수삼隋樹森의 『원곡선외편元曲選外編』에 보임), 송원 희문은 후대의 명 전기가 이를 대신하거나 흡수하는 바람에 기본적으로는 이미 사라지고 말았다. 현재 우리가 알 수 있는 송원 희문은 주로 『영락대전永樂大典』에 수록된 희문 33종에 근거하고 있으며, 「환문자제착입신宦門子弟錯立身」 같은 몇몇 희문 잔편들에서 언급한 희문의 목록이 또 29종 가량 된다. 이 두 목록을 더하면 62종이고, 여기서 중복되는 10종을 제하면 총 52종이 된다. 그밖에 장일불莊一拂의 『고전희곡존목휘고古典戲曲存目彙考』에서는 211종의 송원 희문 목록을 고증해냈다. 이 211종의 희문 목록 중 현존하는 것은 8~9종과 몇몇 잔편뿐이다.

현재 알려진 이들 송원 희문 중에 상인 생활과 관련이 있는 것은 역시 매우 적다. 예컨대 「소소경월야범차선蘇小卿月夜泛茶船」은 원래 『영락대전』 권13,975 '희문戲文' 11에 실렸는데 이미 전하지 않는다. 『남사서록南詞敘錄』, 「송원구편宋元舊篇」에서도 이에 대해 기록하고, 『구궁정시九宮正始』에서는 「소소경蘇小卿」 혹은 「쌍점雙漸」으로 제목을 썼는데 모두 "원 전기이다"라고 주석을 달았다. 『송원희문집일宋元戲文輯佚』본에는 잔편 열 마디가 남아 있다.[35] 이 고사는 매우 널리 전해졌는데, 이에 대해서는 금 원본 부분의 소개를 참고하면 된다.

「포대제판단분아귀包待制判斷盆兒鬼」는 원래 『영락대전』 권13,982 '희문' 18에 실렸는데 이미 전하지 않는다. 비슷한 시기에 작자미상의 원 잡극 「정정당당분아귀玎玎璫璫盆兒鬼」가 있었는데, 명대 사람이 이 고사를 다시 『포룡도판백가공안包龍圖判百家公案』과 『용도공안龍圖公案』에 집어넣었고, 청대 석옥곤石玉昆은 이 고사를 『용도이록龍圖耳錄』(『삼협오의三俠五義』)에 편입시켰으며, 경극 「오분기烏盆記」 역시 이 고사를 연출했다.[36] 이 역시 매우 널리 유행한 이야기로서, 상인 양국용楊國用이 와교촌瓦窰村의 한 객점에서 묵던 중 동이를 만드는 객점 주인 조씨에게 살해되고 그 시체는 불태워져 동이를 만드는 데 사용된 이야기를 묘사하고 있다. 상인이 장사하면서 맞게 되는 위험을 주제로 한 것이다.

「유기경시주완강루柳耆卿詩酒玩江樓」는 원래 『영락대전』 권13,980 '희문' 16에 실렸는데 이미 전하지 않는다. 『남사서록』, 「송원구편」에는 「유기경화류완강루柳耆卿花柳玩江樓」로 되어 있으며, 『구궁정시』에서는 「유기경柳耆卿」 혹은 「완강루玩江樓」로 제목을 썼는데 모두 "원 전기이다"라고 주석을 달았다. 『송원희문집일』 본에는 잔편 열세 마디가 남아 있다. 이 이야기의 본사는 송대 시화詩話와 『취옹담록醉翁談錄』에서 가져온 것이다. 이 작품과 같은 소재로 금 원본 「변류칠찬變柳七爨」, 송원 화본 「유기경시주완강루기柳耆卿詩酒玩江樓記」, 대선보戴善甫와 양눌楊訥의 원 잡극 「유기경시주완강루柳耆卿詩酒玩江樓」, 명대 단편백화소설 「중명희춘풍조류칠衆名姬春風吊柳七」 등이 있으니,[37] 이 고사가 얼마나

35 莊一拂, 『古典戲曲存目彙考』, 89면.

36 譚正璧, 「宋元戲文三十三種內容考」, 『話本與古劇』(重訂本), 244쪽에 수록; 莊一拂, 『古典戲曲存目彙考』, 561~562면.

37 譚正璧, 「宋元戲文三十三種內容考」, 『話本與古劇』(重訂本), 243쪽에 수록; 莊一拂, 『古

널리 유행했는지 알 수 있다. 명대 단편백화소설을 제외하고 기타 송원 화본, 희문, 잡극의 내용은 대동소이하며 모두 상인과 기녀와 사인의 삼각관계를 묘사하였다. 그러나 주목할 만 한 점은 기녀가 원래는 상인과 사이가 좋았다가 사인의 계략으로 둘의 관계가 깨졌고, 상인 또한 부정적 형상이 아니라서 동일한 소재의 기타 작품들과 다른 경향을 보여준다는 것이다. 이와 관련하여 장일불은 다음과 같이 말했다. "류기경이 월선을 기적妓籍에서 빼내 황수재黃秀才와 부부가 되게 해주는 내용의 희곡 잔편이 남아 있는데, 『고금소설古今小說』 '조류칠吊柳七'에 삽입된 주월선周月仙 고사와 같은 것으로 보인다."[38]

「하추관착인시何推官錯認屍」는 원래 『영락대전』 권13990 '희문' 26에 실렸는데 이미 전하지 않는다. 『남사서록』, 「송원구편」에서도 이에 대해 기록했으며, 『구궁정시』에서는 「하추관」으로 제목을 쓰고 "원 전기이다"라는 주석을 달았다. 『송원희문집일』 본에는 잔편 네 마디가 남아 있다. 『한산당곡보寒山堂曲譜』에서는 「귀판하추관전鬼判何推官傳」이라고 인용했는데, 이 극과 동일한 것인지는 알 수 없다. 이 극의 내용과 관련하여 장일불은, 현모 이씨가 서자 양사조楊謝祖를 구하는 내용인 원대 왕중문王仲文의 잡극 「구효자현모불인시救孝子賢母不認屍」와 줄거리가 비슷하다고 했다.[39] 그런데 담정벽譚正璧은 이 극을 원대 화본 「착인시錯認屍」와 그것을 개작한 명대의 「교언걸일첩파가喬彥傑一妾破家」와 동일한 고사로 보았다.[40] 만약 담정벽이 말한 대로라면 이 희

典戲曲存目彙考』, 45면.

38 莊一拂, 『古典戲曲存目彙考』, 45면.

39 莊一拂, 『古典戲曲存目彙考』, 37면.

40 譚正璧, 「宋元戲文三十三種內容考」, 『話本與古劇』(重訂本), 249쪽에 수록.

문은 순전히 한 상인 가정의 고사가 된다. 항주 상인 교준喬俊은 첩을 들인 후 동경東京으로 장사를 갔다가 여러 해가 지나도록 돌아오지 않는다. 첩은 하인과 사통하고 또 그 하인이 교준의 딸과도 사통하도록 유인한다. 교준의 아내는 사실을 알게 된 후 교준의 첩에게 같이 하인을 죽일 것을 종용한다. 사건이 밝혀진 후 교준의 부인과 첩, 딸은 모두 옥중에서 쇠약해져 죽는다. 장사에서 돌아온 교준은 집안이 다 망하고 가족들까지 죽어버린 것을 알고 강물에 몸을 던져 자살한다. 이 고사는 송원 대의 전체 희문 중에서도 가장 완전한 상인 제재 작품이므로 중요하게 살펴볼 필요가 있다.

「곽화매연지郭華買胭脂」(일명 「왕월영월하류혜王月英月下留鞋」)는 이미 전하지 않는다. 『남사서록』, 「송원구편」에서 이에 대해 기록했으며, 『구궁정시』에서는 「곽화郭華」 혹은 「유혜기留鞋記」라는 제목을 쓰고 "원 전기이다"라는 주석을 달았다. 『전기휘고표목傳奇彙考標目』 별본에는 작자 미상의 「왕월영연지기王月英胭脂記」라는 제목으로 되어 있다. 「환문자제착입신宦門子弟錯立身」에서 "곽화가 이 때문에 연지를 사주었다郭華因爲買胭脂"라고 언급한 것이 바로 이 극을 가리킨다. 『송원희문집일』 본에는 잔편 여섯 마디가 남아 있다.[41] 이 고사는 매우 널리 퍼졌는데, 이에 대해서는 금 원본 부분의 소개를 보면 된다.

「난혜연방루蘭蕙聯芳樓」는 이미 전하지 않는다. 이 극은 관련 기록이 보이지 않는데, 『구궁정시』에서는 "원 전기이다"라고 주석이 달려 있다. 『송원희문집일』본에 잔편 네 마디가 남아 있다. 『남사서록』에서는 명조明朝 전기 목록에 이 작품을 넣고 "교방본教坊本이다"라는 주석

41 莊一拂, 『古典戲曲存目彙考』, 23면.

을 달았다.[42] 이 이야기의 본사는 『전등신화剪燈新話』 권1의 「연방루기聯芳樓記」이며, 쌀장사 설薛 아무개의 두 딸 난영蘭英과 혜영蕙英이 상인 정생鄭生을 몰래 연모한 일에 대해 쓰고 있으니, 상인 계층에서 발생한 연애 고사라 할 수 있다. 「전등신화」가 명대 초기 작품이므로 이 극이 만약 소설을 개작한 것이라면 응당 '명 전기'라 해야 할 것이고, 만약 소설이 여기에 근거한 것이라면 응당 '원 희문'이라 해야 할 것이다. 이에 대해서는 더 고찰이 필요하다.

「비파정琵琶亭」은 이미 전하지 않는다. 이 극은 관련 기록이 보이지 않는데, 『구궁정시九宮正始』에서는 "원 전기이다"라고 주석이 달려 있다. 『송원희문집일』본에 잔편 두 마디가 남아 있다. 비파정에 대해서는 『덕화현지德化縣志』에서 "성 서쪽 빈강濱江에 있다. 당 사마 백거이가 손님을 전송하던 중 상인 아내의 비파 타는 소리를 듣고서 「비파행」을 짓고 그곳에 정자를 세웠다"[43]라고 썼다. 이 극이 바로 「비파행」 고사를 연출한 것이다. 남송의 황도풍월주인皇都風月主人 『녹창신화綠窓新話』의 「백공청상부비파白公聽商婦琵琶」, 원 마치원의 잡극 「강주사마청삼루江州司馬靑衫淚」, 청대 조식증趙式曾의 「비파행琵琶行」과 돈성敦誠의 「비파정」 잡극(돈성의 잡극은 양종희楊鍾羲의 『설교시화雪橋詩話』에 보인다)이 모두 이 고사를 서술하였다.[44] 잡극을 보면 이는 곧 백거이의 장시 「비파행」을 사인, 상인, 여인 사이의 삼각관계 고사로 만들어 사상士商 관계에 대한 당시 문인의 인식과 이상을 표현한 것이라 할 수 있다.

「지성주관귀정안志誠主管鬼情案」은 이미 전하지 않는다. 이 극은 관련

---

42 莊一拂, 『古典戲曲存目彙考』, 91면.
43 同治 『德化縣志』 권7 「地理志 · 古迹 · 琵琶亭」.
44 莊一拂, 『古典戲曲存目彙考』, 65면.

기록이 보이지 않는데, 『한산당곡보寒山堂曲譜』에는 "이는 『옥곡금앵玉穀金鶯』에서 뽑은 것으로 세상에 온전한 판본이 보이지 않는다"라고 주석이 달려 있다. 『옥곡금앵』이 전하지 않으므로 이 극의 본사는 알 수 없다. 『전기휘고표목傳奇彙考標目』 별본에는 서신徐㽣 이름 아래 「경직장지성鯁直張志誠」이라는 제목이 있는데 바로 이 작품을 말하는 것으로 보인다.[45] 그 줄거리 역시 상인의 점포에서 발생한 연애고사로서 '송원화본소설' 「지성장주관」과 같은 소재일 것이다.

「조백명착감장曹伯明錯勘贓」은 원래 『영락대전』 권13974 '희문' 10에 실렸는데 이미 전하지 않는다. 『송원희문집일』본에 잔편 두 마디가 남아 있다. 『우창집雨窗集』에 「조백명착감장기曹伯明錯勘贓記」가 있고 같은 제목의 원 잡극으로 정정옥鄭廷玉, 무한신武漢臣, 기군상紀君祥의 작품이 있는데, 모두 동일한 고사를 서술하거나 연출한 것으로[46] 조주曹州 동관리東關里 객점 주인 조백명 집안의 혼사를 둘러싼 사건을 내용으로 하고 있다.

「왕상와빙王祥臥冰」은 원래 『영락대전』 권13,967 '희문' 3에 「왕상행효王祥行孝」라는 제목으로 실렸는데 이미 전하지 않는다. 『남사서록』, 「송원구편」에 관련 기록이 있으며, 『구궁정시』에는 "원 전기이다"라는 주석이 달려 있다. 『송원희문집일』본에 잔편 81마디가 남아 있다. 『곡해총목제요曲海總目提要』 권35 「와빙기臥冰記」의 제요에는 이렇게 기록되어 있다. "제13출出에서는 왕상의 모친이 왕상에게 해주海州로 명주를 팔러 가라고 했는데 왕상이 도적에게 약탈을 당하니 왕람王覽이 구

45 莊一拂, 『古典戲曲存目彙考』, 34면.
46 莊一拂, 『古典戲曲存目彙考』, 56면.

하러 가겠다고 나선다. 이는 여러 이야기를 가져다가 지은 것이다."[47] 이 극에서도 장사의 상황을 묘사했음을 알 수 있다.

「원앙기鴛鴦記」는 이미 전하지 않는다. 『남사서록』, 『원산당곡품遠山堂曲品』, 『금악고증今樂考證』에 모두 관련 기록이 있다. 이에 따르면 "왕방신王邦臣이 형초荊楚 땅으로 장사를 나갔다가 한 기녀를 선물로 받아 떠돌이 생활을 면하게 된다. 나중에는 결국 관찰사가 기녀의 화禍를 해결해주어 마침내 그의 첩이 된다. 이 고사는 『원산당곡품』에 보인다."[48] 사인과 상인과 여인의 삼각관계를 묘사한 고사로 보인다. 아마 명대 초반의 작품일 것이다.

이상의 개괄을 통해 알 수 있듯이, 송원 희문 중에는 상인과 관련된 작품이 많지 않고, 그것도 대부분 같은 시대의 잡극, 화본과 밀접한 관계가 있었다. 이들 작품은 상인의 생활과 심리를 표현하는 측면에 있어서 이미 어느 정도의 폭과 깊이를 보여주며, 순전히 상인을 주인공으로 하거나 상인이라는 제재를 전적으로 표현한 작품도 등장했다. 이 점은 주의 깊게 살펴볼 필요가 있다.

3) 원 잡극雜劇과 산곡散曲

'송원화본소설'에 비해 원 잡극의 상황은 조금 나은 편이다. 원대인지 명대인지 불분명한 소수 작품을 제외하고 현존하는 원 잡극 대부분

47 莊一拂, 『古典戲曲存目彙考』, 25면.
48 莊一拂, 『古典戲曲存目彙考』, 134면.

은 원대에 생산된 것이 분명하므로 두루뭉술하게 시대가 불분명한 칭호를 쓸 필요가 없다. 동시에 명대부터 문인학자들이 원 잡극에 편집을 가하기 시작했기 때문에 이 잡극들은 '송원화본소설'처럼 구분이 힘든 채로 다음 시대의 작품 속에 섞이지도 않았다. 이는 원 잡극의 또 하나의 행운이다.

그러나 '송원화본소설'의 또 한 가지 난제는 '송원화본소설'이 당시의 원래 모습을 간직하고 있는지, 아니면 후대 문인학자 특히 명대 문인학자의 손을 거쳐 개작되었는지의 여부이다. 이 난제는 원 잡극에도 그대로 적용된다. 물론 원 잡극의 또 다른 행운은 바로 원대의 간본刊本이 그대로 남아 있어 원대 당시의 모습을 알 수 있다는 것이다. 그러나 원대 간본과 명대 간본을 비교해보면 둘이 매우 다르다는 사실, 즉 전자는 너무 간략해서 읽기 어려운 반면 후자는 매우 정돈되어 있고 분명하다는 것을 발견할 수 있다. 때문에 우리는 원대 이후 간본 중의 '원 잡극' 역시 그것이 연출되던 당시의 원래 모습이 아니라 후대 사람들의 손을 거쳐 가공되고 개편된 것이라고 의심하지 않을 수 없다. 그러므로 소위 '원 잡극'이라도 현존하는 많은 명 간본에 대해 말할 때는 역시 인용부호로 표시해주야 할 것이다. 이는 중국만의 현상이 아니다. 예를 들어 셰익스피어 극본의 복잡한 판본과 각종 판본 간의 심한 차이 역시 셰익스피어를 공부하는 학자들이 매우 골머리를 앓는 문제이다. 물론 이처럼 신중하고 유보적인 태도를 견지할 수만 있다면 우리는 이 작품들을 원대의 작품으로서 활용해도 될 것이다.[49]

---

49 원 간본과 명 간본 중에서 우리는 먼저 원 간본을 이용하고 다음으로 명 간본을 이용할 것이다.

관련 학자는 이렇게 언급했다. "매우 불완전한 통계에 따르면, 백 년이 안 되는 원대의 시기 중에 이름을 알 수 있는 잡극 작가는 백 여 명이며, 서면상의 기록에서 볼 수 있는 잡극 목록은 600~700종이다. (…중략…) 만약 이름을 알 수 없는 '서회재인書會才人'과 수많은 민간 예인까지 포함한다면 당시 잡극 작가는 현재 알려진 수보다 두 배, 세 배 이상일 것이며, 작품의 수량 역시 적게 잡아도 천 종 이상일 것이다."[50] 이 작품들 중 현존하는 것은 대략 160여 종이며, 그중 상인을 묘사하거나 상인과 관련이 있거나 상인의 형상이 출현한 작품은 대략 20종 정도이다.

원 잡극 중 상인의 형상을 표현한 작품으로 가장 유명한 것은 진간부秦簡夫의 「동당노권파가자제東堂老勸破家子弟」[51]이다. 이 작품에서는 한 부유한 상인이 친구가 죽기 전에 남긴 부탁에 따라 친구의 아들에게 각성을 권하는 고사를 묘사하였다. 이 극은 상인 형상의 표현을 위주로 할 뿐 아니라 좋은 상인의 형상을 긍정적으로 표현하고 있는데, 이는 이전 시대 희곡 뿐 아니라 문학 전체에서도 없던 일이다. 이는 원대에 상인 세력이 이미 무시하지 못할 정도에 이르러 문인들이 그들의 존재를 진지하게 대할 수밖에 없었으며, 따라서 희곡에서도 이를 객관적이고 진실하게 표현하였음을 보여준다. 무한신武漢臣의 「산가재천사노생아散家財天賜老生兒」[52]와 작자미상의 「방거사오방래생채龐居士誤放來生債」[53] 속 상인은 다른 가치관의 영향 때문에 돈이 최고라는 자신

50 隋樹森, 『元曲選外編』, 北京 : 中華書局, 1959, '編校說明' 1면.
51 『元曲選』.
52 徐沁君, 『新校元刊雜劇三十種』, 北京 : 中華書局, 1980년판.
53 『元曲選』. 이 잡극은 『元曲選』에 저자의 이름이 적혀 있지 않은데, 莊一拂은 『古典戲曲存目彙考』 390쪽에서 이 작품의 작자가 劉君錫(명초 洪武 연간에 아직 생존해 있었음)일

의 과거 원칙에 대해 강렬한 참회의식을 보여주고, 아울러 평소와 달리 가산을 베풀어주는 행동을 함으로써 상인의 금전지상주의 원칙과 기타 원칙의 충돌을 보여주고 상인의 마음속 갈등을 훌륭하게 표현하였다. 가중명賈仲名의 「형초신중대옥소기荊楚臣重對玉梳記」,[54] 마치원馬致遠의 「강주사마청삼루江州司馬青衫淚」,[55] 무한신의 「이소란풍월옥호춘李素蘭風月玉壺春」,[56] 작자미상의 「정월련추야운창몽鄭月蓮秋夜雲窗夢」[57] 등은 모두 상인과 기녀와 사인의 삼각관계를 주제로 하여 '사랑의 장'에서 경제력을 가진 상인의 사인에 대한 위협 그리고 사인의 상상 속에서 벌어지는 상인에 대한 보복과 승리를 표현하였다. 관한경關漢卿의 「산신묘배도환대山神廟裴度還帶」[58]와 작자미상의 「동소진의금환향凍蘇秦衣錦還鄕」[59]은 영웅을 알아보는 혜안을 가진 상인이 사인을 곤경에서 구해주고 도와준다는 고사로 상인과 사인이 서로 도움을 갈망하는 심리를 표현하였다. 작자미상의 「주사담적수부구기硃砂擔滴水浮漚記」와 「정정당당분아귀玎玎璫璫盆兒鬼」[60]는 상인의 위험을 주제로 하여 상인

것이라고 했다. 그러나 武漢臣의 「散家財天賜老生兒」에서는 이미 「龐居士誤放來生債」를 언급하였다. 즉, 이 극은 「散家財天賜老生兒」 이전에 출현했고 「散家財天賜老生兒」는 이미 원 간본이 있었던 것이다. 그러므로 이 극이 정말로 유군석이 지은 것이라 하더라도 명초가 아닌 원말에 지어졌다고 봐야 할 것이다. 따라서 여기서는 역시 원대의 작품에 넣는다.

54 『元曲選』. '賈仲名'은 '賈仲明'이라고도 하며 원말명초 때 사람이다(1342~1422년 이후). 여기서는 『元曲選』에 따라 원대 작품으로 넣었다.

55 『元曲選』. 송원 희문 부분의 소개를 참고할 것.

56 『元曲選』. 莊一拂은 이 극을 원말명초 사람인 賈仲名이 지은 것으로 보았다. 그의 『古典戲曲存目彙考』 385쪽 참고. 여기서는 『元曲選』에 따라 원대 작품으로 넣었다.

57 『元曲選外編』.

58 『元曲選外編』. 莊一拂은 이 극을 원말명초 사람인 賈仲名이 지은 것으로 보았다. 그의 『古典戲曲存目彙考』 152쪽과 383쪽을 참고. 여기서는 『元曲選外編』에 따라 원대 작품으로 넣었다.

59 『元曲選』.

60 두 작품 모두 『元曲選』에 보인다. 전자는 송 잡극 부분의 소개를 참고하고, 후자는 송원

이 타지로 장사를 나갔다가 나쁜 사람들에게 죽임을 당하는 고사를 묘사하였다. 작자미상의 「장천체살처張千替殺妻」[61]는 상인 아내의 외도를 주제로 하여 상인이 돈 벌러 나간 사이 아내가 남편의 의동생을 유혹했다가 결국 그의 손에 죽는 고사를 묘사하여 상인 집안의 갈등과 은원을 표현하였다. 맹한경孟漢卿의 「장정지감마합라張鼎智勘魔合羅」[62]는 털실 장사를 하는 상인과 생약포를 운영하는 상인 사이의 갈등 그리고 호색의 마음이 어떻게 한 상인으로 하여금 또 다른 상인을 살해하게 만드는지를 묘사하였다. 손중장孫仲章의 「하남부장정감두건河南府張鼎勘頭巾」[63]은 돈을 빌려주고 이자를 받아먹는 고리대 상인이 아내의 정부에게 살해당하는 고사를 묘사했는데, 이 역시 상인 가정의 갈등과 은원을 반영한 것이다. 양경현楊景賢의 「마단양도탈유행수馬丹陽度脫劉行首」와 작자미상의 「월명화상도류취月明和尙度柳翠」[64]는 모두 도인이 기녀를 탈속시켜주는 데 있어 세속 생활의 상징인 상인이 장애가 된다고 보면서 역시 상인적 가치관과 종교적 가치관의 충돌을 표현하였다. 증서경曾瑞卿의 「왕월영원야류혜기王月英元夜留鞋記」[65]는 연지를 파는 상인의 딸 왕월영과 서생 곽화의 생사를 넘나드는 사랑을 묘사하면서 사상士商 집안 간의 경계를 초월하는 새로운 의식을 표현하였다. 작자미상의 「소장도분아구모小張屠焚兒救母」[66]는 상인이 속임수로 장사

희문 부분의 소개를 참고할 것.

61 『新校元刊雜劇三十種』.

62 『新校元刊雜劇三十種』.

63 『元曲選』.

64 두 작품 모두 『元曲選』에 보인다.

65 『元曲選』. 이 극은 『元曲選』 본에 曾瑞卿이 지은 것으로 되어 있으나 莊一拂은 『錄鬼簿續編』에 근거하여 작자미상으로 보았다. 그의 『古典戲曲存目彙考』 547쪽을 참고. 금 원본 부분의 소개를 참고할 것.

66 『新校元刊雜劇三十種』.

를 해서 나중에 천신이 그의 아들을 태워 죽이는 고사로서 상인에 대한 노골적인 반감을 표현했다. 작자미상의 「도화녀파법가주공桃花女破法嫁周公」[67]에서도 한 젊은 상인의 형상이 등장하였다.

그밖에 이미 실전된 원 잡극 중에도 상인과 관련된 몇몇 작품이 있을 것이다. 예컨대 정정옥鄭廷玉의 「일백이십행판양주一百二十行販揚州」와 굴원영屈元英의 「일백이십행」 원본院本(모두 『녹귀부錄鬼簿』에 기록됨)은 제목을 보면 양주 상인과 관련이 있다고 생각된다.

당오대 문언소설 「판교삼낭자板橋三娘子」와 비슷한 소재로 보이는 기군상紀君祥의 「여피기驢皮記」(『녹귀부』에 기록이 있으나 원래 제목은 알 수 없다)에서는 상인이 여정 중 겪게 되는 검은 객점黑店에서의 공포를 묘사하였다.

왕정수王廷秀의 「염객삼고장鹽客三告狀」(『녹귀부』에 기록이 있으며 「삼고장三告狀」으로 간략히 부른다)[68]은 제목을 보면 염상과 관련이 있다고 생각된다.

증서曾瑞의 「재자가인오원소才子佳人誤元宵」(『녹귀부』에 기록이 있으며 「誤元宵」로 간략히 부른다), 주경鄒經의 「연지여자귀추문胭脂女子鬼推門」(『녹귀부속편錄鬼簿續編』에 기록이 있으며 「귀추문鬼推門」으로 간략히 부른다)은 "본사를 알 수 없는데, 아마 곽화와 왕월영의 고사로서"[69] 응당 분을 파는 여자에 관한 이야기로, 금 원본 부분의 소개를 참고하면 된다.

왕실보王實甫의 「소소경월야판차선蘇小卿月夜販茶船」(「신안왕단몰판차선信安王斷沒販茶船」이라고도 하며, 둘 다 「판차선販茶船」으로 간략히 부른다), 유천석庾天錫의 「소소경(시주)여춘원蘇小卿(詩酒)麗春園」, 기군상의 「신안왕단복

67 『元曲選』. 이 극은 『元曲選』에 작자 이름이 없다. 莊一拂은 원대 사람 王曄이 지은 것으로 보았다. 그의 『古典戲曲存目彙考』 354쪽을 참고.
68 莊一拂, 『古典戲曲存目彙考』, 274면.
69 莊一拂, 『古典戲曲存目彙考』, 319 · 361면.

판차선信安王斷複販茶船」(모두 『녹귀부』에 기록이 있다), 작자미상의 「간소경趕蘇卿」(『곡록曲錄』에 기록이 있다), 「예장성인월량단원豫章城人月兩團圓」(『녹귀부속편』에 기록이 있다),[70] 「소소경쌍점판차선蘇小卿雙漸販茶船」(『영락대전』에 기록이 있다) 모두 상인, 기녀, 사인의 삼각관계 고사를 이야기하고 있다. 이에 대해서는 금 원본 부분의 소개를 참고하기 바란다.

유천석庾天錫의 「중랑장상하천마주中郎將常何薦馬周」(『녹귀부』에 기록이 있다)는 본사가 정사正史에 근거를 두고 있는데 『태평광기太平廣記』에도 관련 고사가 보인다. 이 작품은 떡 파는 상인의 딸이 혜안으로 영웅을 알아보는 고사이다. 『유세명언喩世明言』 권5 「궁마주조제매추온窮馬周遭際賣䭔媼」이 원래 이 고사에서 온 것이다.[71]

포천우鮑天祐, 양눌楊訥의 「탐재한위부불인貪財漢爲富不仁」(『녹귀부』와 『녹귀부속편』에 기록이 있다)은 본사를 알 수 없는데 아마 상인과 관계가 있을 것이다.

정정옥鄭廷玉의 「조백명부감장曹伯明復勘贓」, 무한신·기군상의 「조백명착감장曹伯明錯勘贓」(모두 『녹귀부』에 기록이 있다) 모두 지금은 전하지 않는다. 『영락대전』 권20,745 '잡극雜劇' 18에 수록되어 있으나 작자가 누구인지는 모른다. 이 작품들 모두 조주曹州 동관리東關里의 객점주인 조백명 집안의 혼인을 둘러싼 변고에 대해 이야기하고 있다. 송원 희문 부분의 소개를 참고하면 된다.

대선보戴善甫, 양눌楊訥의 「유기경시주완강루柳耆卿詩酒玩江樓」(『녹귀부』와 『녹귀부속편』에 기록이 있다)는 상인, 기녀, 사인의 삼각관계 고사를 이야기

70 莊一拂, 『古典戱曲存目彙考』, 184·221·264·644·664면.
71 莊一拂, 『古典戱曲存目彙考』, 215면.

한다. 이에 대해서는 송원 희문 부분의 소개를 참고하기 바란다.

상술한 상인 제재의 원 잡극을 전체적으로 살펴보면 몇 가지 특징을 발견할 수 있다. 첫째, 고작 몇 편에 머물렀던 전 시대의 희곡과 달리 작품의 수량이 훨씬 늘어났다(물론 여타의 희곡은 사료의 한계로 인해 그 원래 모습을 이미 알 수 없게 되었다). 둘째, 많은 작품들이 상인 생활을 주로 표현하였고 제재와 내용도 상당히 충실하고 풍부하다. 셋째, 그중에서는 긍정적인 '좋은 상인' 형상도 출현하였는데, 이는 일부 극작가가 이미 상인의 존재를 긍정적으로 바라보고 상인적 가치관을 일정정도 이해하게 되었음을 보여준다. 넷째, 사상士商 관계를 표현하는 데까지 이르면 작가는 여전히 상인에 대한 편견을 드러낸다. 이러한 특징이 나타난 것은 상인을 표현하는 데 있어서 원 잡극이 가진 진보적 측면과 한계를 함께 보여주는 것으로, 이는 원대 상인 세력의 성장과 불가분의 관계에 있다.

그밖에 우리는 수수삼隋樹森이 편찬한 『전원산곡全元散曲』을 모두 살펴보았으나 상인 혹은 그들의 생활과 직접 관련된 것은 찾을 수 없었다. 이를 통해 원대 산곡 작가는 상인에 대한 표현에 전혀 흥미가 없었음을 알 수 있다.

4) 송원 화본소설話本小說

송대는 중국 화본소설의 형성기로서 대량의 화본소설이 이 시기에 출현했다. 송말 나엽羅燁의 『취옹담록醉翁談錄』 갑집甲集 권1 「설경서인

舌耕叙引·소설개벽小說開闢」의 기록에 따르면 소설 한 부문만 108종이나 될 정도로 많았다. 담정벽譚正璧의 고증에 의하면 "108종의 화본 중 현재 남아있는 작품이 18종, 내용을 알 수 있는 작품이 대략 24종, 애매모호한 작품이 28종이며, 나머지는 좀 더 연구가 필요하다."[72] 현존하거나, 내용을 알 수 있거나, 애매모호한 이들 송대 화본소설 중 상인과 관련 있는 작품은 둘 뿐이다. 하나는 「십조룡十條龍」, 즉 후대의 「만수낭구보산정아萬秀娘仇報山亭兒」[73]이고, 다른 하나는 「분급아粉給兒」로서 이는 금金 원본院本 「감곽랑憨郭郎」 등과 같은 이야기이다. 그러나 상인과 관련된 이야기가 이 둘 뿐이라 하더라도, 원래 존재했던 송대 화본소설이 이들 고증할 수 있는 작품보다 훨씬 많고 심지어 108종보다도 훨씬 많은 이상, 그중 상인 관련 이야기는 우리가 상상하는 것보다 훨씬 많았을 것이다.

명 가정嘉靖 때 조율晁瑮의 『보문당서목寶文堂書目』과 현대 학자들의 각종 고증을 참고하면, 이 외에도 많은 화본소설이 명대 이전의 작품임을 알 수 있다. 다만 그것의 생산 시기가 송대인지 아니면 원대인지에 대해 지금도 확실한 결론을 내리지 못해서, 사람들은 '송원 화본소설'이라는 두루뭉술한 용어로 대략 남송에서 원말에 걸쳐 출현한 이들 화본소설을 개괄하고 있다. 송대인지 원대인지의 문제도 아직 확실한 결론을 도출하지 못했을 뿐 아니라, 그 중 일부 작품이 송원대에 생산되었는지 아니면 명대에 생산되었는지, 혹은 생산은 송원대에 이루어졌어도 판각은 명대에 된 것인지 또 편집자의 개편을 거친 것인지와 같은

72 譚正璧, 「宋官本雜劇段數內容考」, 『話本與古劇』(重訂本), 171면.
73 『警世通言』 권37.

문제들에 대해서도 아직은 분명히 알 수가 없다. 그 이유는 소위 '송원 화본소설'의 현존 최고最古 판본이 원말元末과 약 2백여 년 떨어진 명 가정 연간의 것이고, 어떤 것은 그보다 더 늦은 명 만력萬曆과 천계天啓 연간의 판본이기 때문이다. 명 만력 연간 장무순臧懋循이 편찬한 『원곡선元曲選』 속 원 잡극의 면모가 원 간본刊本 '삼십종곡三十種曲' 중의 원 잡극과 상당히 다른 점을 보면 전자가 편집자의 가공과 개편을 거쳤음은 분명하다. 그리고 역대 문인, 특히 명대의 문인들이 시문과 달리 소설과 희곡은 마음대로 고치는 습관을 갖고 있었음을 고려하면, 설사 이들 작품을 '송원 화본소설'이라 부른다 하더라도 여전히 여기에 인용부호를 붙일 수밖에 없다. 명대의 선본 속에 보존된 이들 '송원 화본소설'에 대해 우리는 보류의 태도를 신중하게 가질 필요가 있다. 물론 신중한 태도를 유지할 수 있다면 우리는 그것들을 이용해도 무방할 것이다.[74]

현재 우리가 볼 수 있는 '송원 화본소설'은 대략 60~70종 정도이다. (서로 다른 학자의 서로 다른 고증에 의함) 이들 현존 '송원 화본소설' 중 상인을 주로 묘사한 작품, 혹은 상인과 관련이 있는 작품, 혹은 상인의 형상이 출현하는 작품은 약 20여 편으로 전체의 1/3 가량이다. 나엽의 『취옹담록』 갑집 권1 「설경서인·소설개벽」에 실린 송원 화본소설의 목록과 비교할 때 이 비율은 적다고 말할 수 없다. 이 역시 화본소설에서 상인을 표현한 상황이 이전보다 나아졌음을 보여준다고 할 수 있다.

74 예를 들어 『淸平山堂話本』과 '三言'에 모두 실린 화본인 경우, 일반적으로 우리는 『淸平山堂話本』을 우선 사용하고 '三言'을 참고로 함으로써 이 몇 편의 작품들이 馮夢龍의 개작을 거쳤다는 의심에서 어느 정도 벗어날 수 있다. 또 보통 『京本通俗小說』은 위서로 인식되지만 여기에 실린 화본 작품의 제목은 송원대의 옛 제목이라서 우리는 송원대의 옛 제목을 쓰면서 텍스트는 '三言'의 것을 쓰게 된다.

아래에서는 구양건歐陽健과 소상개蕭相愷가 편찬한 『송원화본소설집宋元話本小說集』[75]의 기록을 통해 이들 '송원 화본소설' 중 상인 관련 부분을 살펴보고 그 내용을 간단히 소개하고자 한다. 「낙양삼괴기洛陽三怪記」[76]의 주인공은 "금은방을 운영하는" 상인으로, 이 소설은 그가 교외로 봄나들이를 가서 겪은 일을 묘사한다. 「백낭자영진뇌봉탑白娘子永鎭雷峰塔」[77]의 주인공 허선許宣은 약재상을 운영하는 상인의 아들이자 자기도 다른 약재상을 관리하는 인물이다. 소설에서는 그와 백낭자의 낭만적인 이야기를 묘사한다. 「지성장주관志誠張主管」[78]의 주인공 장승張勝은 전포錢鋪를 관리하는 사람으로, 소설에서는 그와 전포 주인 딸의 얽히고설킨 감정을 묘사한다. 「문경원앙회刎頸鴛鴦會」[79]의 주인공 장숙진蔣淑珍은 상인의 아내이다. 소설에서는 남편이 장사 때문에 "밖에 있는 때가 많고 안에 있을 때는 적어" 아내가 다른 사람과 간통하다가 살해되는 이야기를 묘사한다. 「유기경시주완강루기柳耆卿詩酒玩江樓記」[80]에서는 부유한 상인이 등장인물 중 한 명이다. 소설에서는 그와 기녀와 사인士人의 삼각관계를 묘사한다. 「계지아기戒指兒記」[81]의 주인공은 한 상인의 자제로서, 소설에서는 그와 부귀한 집 딸과의 감동적인 사랑이야기를 묘사한다. 「악소사병생멱우樂小舍拼生覓偶」[82]의 주인공 악화樂和는 잡화점 상인의 자제로서, 소설에서는 그와 한 소녀

75 歐陽健・蕭相愷, 『宋元話本小說集』, 鄭州 : 中州古籍出版社, 1987.
76 『清平山堂話本』 권2.
77 『警世通言』 권28.
78 『京本通俗小說』 권13. 『警世通言』 권16에는 「小夫人金錢贈年少」로 되어 있다.
79 『清平山堂話本』 권3. 『警世通言』 권38에는 「蔣淑珍刎頸鴛鴦會」로 되어 있다.
80 『清平山堂話本』 권1.
81 『雨窓集』 권상. 『喩世明言』 권4에는 「閑雲庵阮三償冤債」로 되어 있다.
82 『警世通言』 권23.

와의 생사를 오가는 사랑을 묘사한다. 「뇨번루다정주승선鬧樊樓多情周勝仙」[83]의 남주인공 범이랑范二郎은 술집을 운영하는 상인의 형제이고, 여주인공 주승선은 해외 무역을 하는 상인의 딸이다. 소설에서는 비극으로 끝나는 둘의 사랑이야기를 묘사한다. 「신교시한오매춘정新橋市韓五賣春情」[84]의 주인공 오산吳山은 상인의 자제이면서 자신도 상인이다. 소설에서는 그와 기녀 사이의 사랑이야기를 묘사한다. 「착참최녕錯斬崔寧」[85]의 여주인공 이저二姐는 학업을 그만두고 장사에 나선 상인의 아내이고, 남주인공 최녕은 실을 파는 소상인이다. 소설에서는 원한 관계에 빠지는 둘의 이야기를 묘사한다. 「착인시錯認屍」[86]의 주인공 교준喬俊은 3만에서 5만 관貫 정도의 자본을 가진 행상으로, 소설에서는 그가 출타한 사이에 집안에서 벌어진 사건을 묘사한다. 「계압번금만산화計押番金鰻產禍」[87]의 주인공 계안計安은 주점을 운영하는 소상인으로, 소설에서는 그의 딸에게 벌어지는 일들을 묘사한다. 「심소관일조해칠명沈小官一鳥害七命」[88]에는 몇 명의 상인이 등장한다. 소설에서는 그중 한 명이 억울하게 죽고, 다른 두 명이 그의 원한을 풀어주는 이야기를 서술한다. 「송사공대뇨금혼장宋四公大鬧禁魂張」[89]의 등장인물 중 한 명인 금혼장은 "대대로 전당포를 운영하는積祖開質庫" 상인이다. 소설에서는 그가 무뢰배에게 큰 고통을 당하는 이야기를 쓰고 있다. 「임효자열성위신任孝子烈性爲神」[90]의 주인공 임규任珪는 사천과 광동에서

83 『醒世恒言』 권14.
84 『喩世明言』 권3. 나중에 『金瓶梅』 98, 99회에서 이 이야기를 가져다 쓴다.
85 『京本通俗小說』 권15. 『醒世恒言』 권33에는 「十五貫戲言成巧禍」로 되어 있다.
86 『雨窓集』 권상. 『警世通言』 권33에는 「喬彦傑一妾破家」로 되어 있다.
87 『警世通言』 권20.
88 『喩世明言』 권26.
89 『喩世明言』 권36. 원대 陸顯의 화본 「好兒趙正」을 개작한 것이다.

약재상을 운영하는 상인의 동료이다. 소설에서는 그와 충실하지 못한 아내 사이의 얽히고설킨 감정을 묘사한다. 「조백명착감장기曹伯明錯勘贓記」[91]는 조주曹州 동관리東關里 객점 주인 조백명 집안의 혼인을 두고 벌어지는 사건을 서술한다. 「왕신지일사구전가汪信之一死救全家」[92] 속의 장씨張氏는 태호太湖 염상의 딸로서 왕신지의 아들에게 시집간다. 소설에서는 그녀의 남다른 총명함과 식견을 묘사한다. 「만수낭구보산정아萬秀娘仇報山亭兒」[93]의 주인공 만수낭은 찻집을 운영하는 상인의 딸로서, 소설에서는 불만을 가진 동료에게 그녀가 박해 받는 이야기를 묘사한다. 「양온란로호전楊溫攔路虎傳」[94]에서도 상인 인물 한 명을 언급한다. 이상의 불완전한 통계에서 보더라도 '송원 화본소설' 속에 표현된 상인의 삶은 이미 대단히 풍부하고 다채로운 수준에 이르렀음을 알 수 있다. 그중에서도 특히 상인의 생활을 직접적으로 표현한 것은 더욱 주목할 만한 특색을 보인다.

5) 송원 문언소설文言小說

당 전기의 절정기를 거친 후 송원 문언소설은 다소 소강상태에 접어든 것으로 보인다. 이는 주로 수적인 측면이 아니라 질적인 측면에서 그렇다는 것이다. 수량으로만 따지면 송원 문언소설은 당 전기에 뒤지

90 『喩世明言』 권38.
91 『雨窓集』 권상.
92 『喩世明言』 권39.
93 『警世通言』 권37.
94 『淸平山堂話本』 권3.

지 않는다. 그러나 질적인 측면에서는 틀에 박힌 사인士人의 습성으로 인해 상상력은 당 전기만큼 풍부하지 못하고, 작품 속 의론 역시 당 전기보다 훨씬 엄격하고 냉정했다. 그러나 송원 시대에 시민사회가 발전하면서 송원 문언소설에도 새로운 요소가 출현하였다. 상인과 관련된 표현의 증가가 바로 그중의 중요한 한 가지 측면이다.

북송의 문언소설을 보면, 지괴로는 서현徐鉉의 『계신록稽神錄』, 오숙吳淑의 『강회이인록江淮異人錄』, 장군방張君房의 『승이기乘異記』, 장사정張師正의 『괄이지括異志』, 섭전聶田의 『조이지祖異志』, 진재사秦再思의 『낙중기이洛中紀異』, 필중순畢仲詢의 『막부연한록幕府燕閑錄』 등이 있고, 전기로는 악사樂史의 「녹주전綠珠傳」, 「양태진외전楊太眞外傳」, 유부劉斧의 『청쇄고의靑瑣高議』에 수록된 몇몇 작품, 예컨대 진순秦醇의 「조비연별전趙飛燕別傳」(前集 卷3), 「담의가譚意歌」(別集 卷2), 「온천기溫泉記」(前集 卷6), 전역錢易의 「월낭기越娘記」(別集 卷3), 장실張實의 「유홍기流紅記」(前集卷五), 작자미상의 「장호張浩」(別集卷四) 등이 있고, 그밖에 작자미상의 「대업습유기大業拾遺記」, 「수양제해산기隋煬帝海山記」, 「양제개하기煬帝開河記」, 「수양제미루기隋煬帝迷樓記」 등이 있다. 남송의 문언소설을 보면, 지괴로는 곽단郭彖의 『규차지睽車志』, 홍매洪邁의 『이견지夷堅志』, 심모沈某의 『귀동鬼董』 등이 있고, 전기로는 황도풍월주인皇都風月主人의 『녹창신화綠窗新話』, 그리고 이헌민李獻民의 『운재광록雲齋廣錄』, 왕명청王明淸의 『척청잡설摭靑雜說』(원서는 이미 전하지 않는데, 일부 내용들이 『설부說郛』에 주로 남아 있다), 나엽羅燁의 『취옹담록醉翁談錄』, 도종의陶宗儀의 『설부』 등에 전하는 일부 작품들이 있다. 원대의 문언소설로는 도종의의 『설부說郛』 등에 전하는 일부 작품 그리고 작자미상의 중편 문언소설 「교홍기嬌紅記」 등이 있다.

이들 송원 문언소설 중에서 특히 중요한 변화와 진보를 보여주는 것은 홍매의 『이견지』이다. 시정 민중들의 생활, 특히 상인 계층의 생활을 대량으로 표현한 것이 변화와 진보의 중요한 측면 중 하나이다. 대략적인 통계만 따르더라도 현존 『이견지』[95]에서 상인과 그들의 생활을 직접 표현한 고사는 70여 편에 이르며 간접적으로 이를 언급한 고사는 부지기수다. 이 숫자는 『태평광기』에 수록된 당오대 상인 소재 소설의 수를 훨씬 뛰어넘는다. 이 점에서 보면 『이견지』는 『태평광기』를 이어 송원 문언소설을 대표하는 가장 중요한 작품 중 하나로 볼 수 있다.

상인과 그들의 생활을 직접 표현한 작품 중에 해상海商이 해외에서 맞닥뜨리는 상황을 묘사한 것으로는 「도상부인島上婦人」(甲志 卷7), 「창국상인昌國商人」(甲志 卷10 아라비아숫자), 「천주양객泉州楊客」(丁志 卷6), 「해왕삼海王三」(支甲 卷10), 「귀국속기鬼國續記」(支癸 卷3), 「여관음余觀音」(三志 己卷2), 「귀국모鬼國母」(志補 卷21), 「성성팔랑猩猩八郎」(志補 卷21), 「해외괴양海外怪洋」(志補 卷21) 등이 있고, 상인의 소망을 표현한 것으로는 「석씨녀石氏女」(甲志 卷1), 「벽란당碧瀾堂」(甲志 卷16), 「포장가布張家」(乙志 卷7), 「미장가米張家」(乙志 卷11), 「온주풍재溫州風災」(丙志 卷6), 「장객기우張客奇遇」(丁志 卷15), 「오민방선吳民放鱔」(丁志 卷16), 「남릉미부인南陵美婦人」(支乙 卷8), 「해산이죽海山異竹」(支丁 卷3), 「독각오통獨脚五通」(支癸 卷3), 「보숙탑영寶叔塔影」(支癸 卷3), 「의성객宜城客」(三志 辛卷2), 「풍악루豐樂樓」(志補 卷7), 「화정도인華亭道人」(志補 卷12) 등이 있으며, 상인이 장사하면서 겪는 위험을 표

95 『이견지』는 원래 420권이나 될 정도로 방대했는데 지금은 원서의 절반 정도인 207권만 남아 있다. 그러나 이 정도 편폭도 상당한 것이라 송원 시대 說部 문학 중에서도 특출하다고 할 만하다.

현한 것으로는 「방객우도方客遇盜」(甲志 卷4), 「금강영험金剛靈驗」(甲志 卷8), 「포성도점승浦城道店蠅」(乙志 卷3), 「장락해구長樂海寇」(丙志 卷13), 「강릉촌쾌江陵村儈」(支景 卷1), 「정사객鄭四客」(支景 卷5), 「왕칠륙승가王七六僧伽」(支丁 卷8), 「진공임陳公任」(支戊 卷1), 「진태원몽陳泰冤夢」(支癸 卷5), 「영객육청寧客陸青」(三志 辛卷10), 「주옹부자周翁父子」(志補 卷6) 등이 있고, 색을 좋아하는 상인을 표현한 것으로는 「승씨의옥乘氏疑獄」(甲志 卷18), 「왕팔랑王八郎」(丙志 卷14), 「옥란옥동王蘭玉童」(志補 卷6) 등이 있으며, 상인의 부인을 묘사한 것으로는 「반군용이潘君龍異」(甲志 卷11), 「비도추費道樞」(丙志 卷3), 「안씨원安氏冤」(丙志 卷7), 「서지유西池遊」(丁志 卷9), 「왕언태가王彦太家」(支乙 卷1), 「적팔저翟八姐」(支乙 卷1), 「회음장생처淮陰張生妻」(支丁 卷9), 「정사처자鄭四妻子」(支癸 卷4), 「추구처감씨鄒九妻甘氏」(三志 壬卷10), 「해칠오저解七五姐」(三志 壬卷10), 「장객부구張客浮漚」(志補 卷5) 등이 있고, 사상士商 간의 관계를 표현한 것으로는 「임적음덕林積陰德」(甲志 卷12), 「기숙후綦叔厚」(丙志 卷14), 「형산객저荊山客邸」(丁志 卷7), 「황안도黃安道」(丁志 卷16), 「무녀이질武女異疾」(支庚 卷5), 「오임균吳任鈞」(志補 卷2), 「증노공曾魯公」(志補 卷3) 등이 있으며, 상인과 관련된 기타 소재의 작품으로는 「종립본소아宗立本小兒」(甲志 卷2와 三志 己卷3에 중복됨), 「신고방神告方」(甲志 卷2), 「황평국黃平國」(甲志 卷5), 「진승신모陳承信母」(甲志 卷7), 「사시도인査市道人」(甲志 卷7), 「거소십가괴璩小十家怪」(三志 己卷2), 「신사맹은伸師孟銀」(三志 辛卷8), 「문인방화聞人邦華」(志補 卷5), 「호주강객湖州薑客」(志補 卷5), 「직당풍박直塘風雹」(志補 卷7), 「부도인傅道人」(志補 卷12), 「계림수재桂林秀才」(志補 卷20), 「의부복구義婦復仇」(再補), 「묘신주빈사廟神周貧士」(三補) 등이 있다. 이상의 작품을 모두 합하면 대략 70여 편이 된다.

『이견지』 중 상인 관련 고사는 후대의 문언소설집에 자주 편입되었다. 예를 들어 풍몽룡馮夢龍의 『고금담개古今譚概』 권18 「임안민臨安民」은 「풍악루豐樂樓」를 가져왔고, 『정사유략情史類略』 권9의 「귀국모鬼國母」는 「귀국모」를 가져왔으며, 권10의 「추증구처鄒曾九妻」와 「해칠오저解七五姐」는 「추구처감씨鄒九妻甘氏」와 「해칠오저解七五姐」를 가져왔고, 권16의 「염이랑念二娘」은 「장객기우張客奇遇」를 가져와 마지막에 "『이담耳談』에도 이 고사가 있다"고 밝혔다. 또 권21의 「해왕삼海王三」과 「성성猩猩」은 「해왕삼」과 「성성팔랑猩猩八郎」을 가져왔다. 『지낭智囊』 권27의 「영가주자永嘉舟子」는 「호주강객湖州薑客」을 간략히 줄여서 지은 것으로 내용은 모두 같다.

그러나 더욱 중요한 것은 이 고사들이 후대의 단편백화소설에도 자주 편입되었다는 점이다. 예컨대 「임적음덕林積陰德」은 『박안경기拍案驚奇』 권21 「원상보상술동명경 정사인음공도세작袁尙寶相術動名卿 鄭舍人陰功叨世爵」의 입화에 편입되었고, 「왕팔랑王八郎」은 『이각박안경기二刻拍案驚奇』 권6 「이장군착인구 유씨녀궤종부李將軍錯認舅 劉氏女詭從夫」의 입화에 편입되었으며, 「장객기우張客奇遇」는 『경세통언警世通言』 권34 「왕교란백년장한王嬌鸞百年長恨」의 입화에 편입되고, 「호주강객湖州薑客」은 『박안경기拍案驚奇』 권11 「악선가계잠가시은 한복인오투진명장惡船家計賺假屍銀 狠僕人誤投眞命狀」으로 부연되었으며, 「왕란옥동王蘭玉童」은 『박안경기』 권30 「왕대사위행부하 이참군원보생전王大使威行部下 李參軍冤報生前」의 입화로 편입되고, 「풍악루豐樂樓」는 『이각박안경기』 권36 「왕어옹사경숭삼보 백수승도물상쌍생王漁翁舍鏡崇三寶 白水僧盜物喪雙生」의 입화로 편입되었으며, 「의부복구義婦復仇」는(支景卷三, 「왕무공처王武功妻」를 더하여)

『청평산당화본淸平山堂話本』 권1 「간첩화상簡帖和尙」, 즉 『유세명언喩世明言』 권35 「간첩승교편황보처簡帖僧巧騙皇甫妻」에 편입되었다.(그러나 후대의 백화소설과 각종 희곡에서는 스님이 환속 후 장사하는 과정을 더 이상 언급하지 않았다) 이를 통해 볼 때 『이견지』의 상인 관련 고사는 단편백화소설 중 유사한 제재의 고사에 상당한 영향을 미쳤을 것이다. 그밖에 적지 않은 희곡 작품 또한 이 책에서 제재를 가져왔는데, 그중에는 물론 상인 관련 제재도 포함되었다.

『이견지』 외에 송원 대의 다른 문언소설집에도 상인 관련 작품이 적지 않다. 예컨대 유부劉斧의 『청쇄고의靑瑣高議』 전집前集 권5의 「원연기遠煙記」는 상인 자제의 생사와 이별 이야기를 묘사하고 있다. 황도풍월주인의 『녹창신화』 권상의 「진길사범웅소낭陳吉私犯熊小娘」, 「덕린취동정위녀德璘娶洞庭韋女」, 「곽화매지모분랑郭華買脂慕粉郎」, 권하의 「백공청상부비파白公聽商婦琵琶」 등은 모두 상인 아내 혹은 상인 딸의 처지와 감정을 표현하였으며, 그중 어떤 고사는 당시 혹은 후대 희곡의 소재가 되기도 하였다. 예를 들어 명대 심경沈璟의 「홍거기紅蕖記」는 「덕린취동정위녀」에서, 원대 마치원馬致遠의 「강주사마청삼루江州司馬靑衫淚」는 「백공청상부비파」에서 소재를 가져왔으며, 또 수많은 희곡이 「곽화매지모분랑」 등에서 소재를 가져왔다.

나엽羅燁 『취옹담록醉翁談錄』 갑집甲集 권1의 「설경서인舌耕敍引 · 소설개벽小說開辟」에서는 이렇게 말했다. "무릇 소설은 비록 말단의 학문이라 하지만 특히 견문을 넓히는 데 힘쓴다. 범속하고 얕은 지식의 부류가 아니라 넓게 보고 널리 통하는 이치가 있다. 어려서는 『태평광기』를 익히고 장성해서는 역대 사서를 공부하였다. 아름다운 사랑 이야기는 평소 가슴 속에 간직하고, 기방에서의 음풍농월은 모름지기 알면서도 입 밖으로는 내지 않는다. 『이견지』는 보지 않은 것이 없고, 『수형집琇瑩集』에 실린 고사에도 모두 정통하다. 동초動哨와 중초中哨에서는 『동산소림東山笑林』의 이야기 아닌 것이 없고, 인탁引倬과 저탁底倬에서는 반드시 『녹창신화綠窗新話』로 돌아간다."[96] 송원 이전의 문언소설에 정통한 것이 화본소설을 창작하기 위한 전제였음을 알 수 있다.

6) 장편소설 – 『수호전水滸傳』

장편소설 『금병매金瓶梅』의 출현은 후대 명대문학 동시에 중국문학 전체에서 상인에 대한 표현의 절정을 상징한다. 그리고 그 전주로서 원말에 탄생한 『수호전』을 언급하지 않을 수 없다.

『수호전』은 비록 원말에 탄생했지만 사실 남송부터 원말까지의 긴 과정을 거쳐 형성된 것이므로 송원 문학의 대표로 볼 수도 있고 송원 시민 문화의 정수로 볼 수도 있다.

『수호전』은 당연히 시민 계층의 미적 정취를 대표하므로 시민 계층의 사상과 의식이 충만해 있다. 그 속에서는 광활한 시정 생활의 장면이 묘사되고 상업 활동과 상인의 생활이 자주 언급되곤 한다.[97]

---

96 [역주] 動哨와 中哨는 이야기꾼이 본격적인 이야기를 시작하기 전, 혹은 이야기 중간에 들려주는 '우스운 이야기'를 의미한다. 그리고 引倬과 底倬은 본 이야기를 시작하기 전이나 본 줄거리를 이야기하는 가운데 인용하는 관련된 짧은 이야기를 말하는 것으로 보인다.(이시찬 역, 『醉翁談錄』, 지만지, 2011, 27면, 주석7과 9 참고)

97 이와 관련하여 陳建華는 이렇게 말했다. "소설에서 대량으로 출현하는 주점과 여관은 원말 강절 지역의 상업 발달이 현실적 근거가 되었으며, 각종 유형의 주점을 아주 분명하

그러나 『수호전』은 주로 상인을 묘사한 소설이 아니라 '호걸'을 묘사한 소설이다. 호걸을 주인공으로 삼아 긍정적으로 묘사하기 때문에 여기서 표현된 상인 관련 정경들은 항상 호걸들의 눈을 통해 보게 되고, 여기에 반영된 관점은 늘 호걸들의 관점이지 상인들의 관점이 아니다. 비록 호걸의 관점이 작자의 관점과 완전히 같진 않지만, 여전히 이 관점은 상당히 강렬하게 반영되고 있다.

『수호전』의 호걸 중에는 상인 출신도 몇 명 있다. 예컨대 금모호錦毛虎 연순燕順은 원래 양과 말을 파는 객상이었는데 밑천까지 손해 보는 바람에 녹림을 떠돌다가 강도짓을 하게 되었고(제32회), 귀검아鬼臉兒 두흥杜興은 "지난해에 장사하러 계주薊州에 왔다가 단숨에 동료 객상을 때려죽여 고발을 당하고 계주부에 갇힌"[98] 인물이었다.(제47회) 108명의 호걸 중에서 상인 출신은 많지 않았으며, 설사 상인 출신이라도 특별히 본분에 맞는 역할을 하는 것도 아니었다. 그래서 『수호전』 호걸들의 심리 속에서 상인들은 별다른 주목을 받지 못했다.

상인들은 별다른 주목을 받지 못했을 뿐 아니라 호걸들의 주된 작업 중 하나가 바로 오가는 객상들을 습격하는 것이었다. 호걸들은 이렇게 돈과 재물을 빼앗아 "큰 저울로 금은을 나누고, 큰 대접으로 술과 고기를 먹는"(제12회) 삶의 이상을 실현했다. 호걸들의 입회 의식 중 하나는

게 구분하고 양산의 영웅들이 이러한 장소에서 갖가지 흥미롭고 놀라운 이야기들을 만들어내는 것이 행상 경험이 있는 시민들에게는 매우 친밀하게 느껴졌을 것이다. 물론 이는 행상 생활에 대해 작자가 얼마나 익숙했는지도 함께 보여준다 (…중략…) 또 한 가지 디테일한 측면, 즉 양산의 영웅들 대부분이 곤봉을 잘 사용하고 밖에서 다닐 때도 곤봉을 휴대하는 것 역시 행상 습관이 반영된 것으로 보인다."(『中國浙江地區十四至十七世紀社會意識與文學』, 63면)

98 上年間做買賣來到薊州, 因一口氣上打死了同夥的客人, 吃官司監在薊州府里.

바로 직접 상인을 노략질하고 죽이는 것이었고(제11회), 호걸의 영웅적인 행태 중 하나는 바로 떼거리로 상인을 덮쳐 "금과 비단 따위의 재물을 빼앗는"(제20회) 것이었으며, 양산의 호걸들이 운영하는 검은 객점黑店은 투숙한 객상들을 해치는 일을 전문으로 하였다.(제11, 27, 36회) 쾌활림快活林 같은 시정의 땅은 호걸들이 다투어 차지하려 한 일종의 구역이었다. 이곳에 운집하는 각 지역의 객상들은 호걸들의 착취 대상이었다. 무송이 시은施恩을 도와주고 바로 이 구역을 차지하려고 장문신蔣門神과 싸움을 벌인 것이다.(제29회)

요컨대 『수호전』에서 상인은 주로 호걸들이 못살게 구는 대상이자 노략질에 죽이기까지 하는 대상이었다. 호걸들의 마음속에서 상인은 늘 아무런 존재도 아니었던 것이다.

호걸들은 어두운 사회의 반항자이기 때문에 소설 속에서는 영웅이 된다. 그러나 이 말이 그들이 행하는 모든 일들이 옳다는 의미는 아니다. 폭력을 이용해 폭정에 반항할 때 그들 역시 무고한 백성들을 자주 해치곤 했다. 예컨대 대명부大名府를 공격할 때 시진柴進이 오용吳用을 찾아 "양민들을 죽이지 말라는 명령을 내리게 했을 때는 성 안의 백성 중 태반이 다친"(제66회) 상황이었다. 여기서 '태반'은 대략 어느 정도였을까? "죽은 자가 5천여 명에 다친 자는 부지기수였던"(제67회) 것이다. 이들 모두가 호걸들의 원수나 그 가족인 것은 아니었으며, 만약 두령이 급히 명을 내려 제지하지 않았다면 나머지 5천여 명도 비명에 죽고 말았을 것이다. 이 외에도 『수호전』에는 무고한 백성들을 마구 죽이는 장면이 적지 않다. 위에서 말한 상인에 대한 약탈과 살해는 호걸들의 폭력 행위 중 일부에 지나지 않았던 것이다.

그런데 이러한 극단적인 행동 방식이야말로 시민의식을 제대로 반영한 것일 수도 있다. 호걸들은 통쾌한 반항과 복수에 빠져있어 정의와 불의의 경계를 자세히 구분할 틈이 없었던 것이다. 혹자는 양산의 호걸과 로빈 후드를 이렇게 구분하기도 한다. 즉, 전자는 재물을 빼앗아 자기들끼리만 나눈 반면, 후자는 "부자에게 재물을 빼앗아 빈자를 도왔을" 뿐 자기 주머니에는 절대 넣지 않았다는 것이다. 아마도 로빈 후드가 '신사적인' 영웅이라는 바로 그 이유 때문에 양산의 호걸들을 '시민적인' 영웅으로 볼 수 있을 것이다. 신사적인 영웅이 마치 바깥에서 온 구원자와 유사하다면, 시민적인 영웅은 바로 시민 자신이기 때문에 사람들이 그들에게 요구하는 바도 서로 다른 것이다.

호걸들의 관점은 당연히 일정 정도 작자의 관점을 대표한다. 그러나 서사문학의 관례에 따르면 작자의 관점이 호걸들의 관점과 완전히 같을 수는 없다. 『수호전』에서 작자는 상인에 대한 호걸들의 약탈과 살해를 묘사하였으나 우리는 작자가 호걸들의 행위에 전적으로 동의한다고 보진 않는다. 차라리 그의 태도는 모순적이라고 말해야 할 것이다. 즉 호걸의 입장에서 상인들에 대한 약탈과 살해는 늘 있는 대수롭지 않은 일인 반면, 피해자인 상인의 입장에서 보면 상인들의 불행한 처지는 확실히 동정할 만하기 때문이다. 그러므로 우리는 작자가 한편으로는 흥미진진하게 호걸의 죄행을 묘사하면서도 다른 한편으로 그들의 행동이 너무 지나칠 때는 은연 중 비판을 가하고 있다고 생각한다.

이러한 모순된 심리는 시민 의식의 반영이기도 하다. 시민들의 성분과 의식은 매우 복잡하기 때문에 그들은 때로는 호걸처럼 법도 하늘도 없기를 갈망하면서 때로는 자신들도 보호가 필요한 약자라고 의식하기도 한다.

호걸들의 처지가 정말로 동정을 불러일으키고 그들의 행위 역시 정말로 통쾌한 느낌을 주기 때문에 우리는 항상 자기도 모르게 그들의 생각에 이끌려 보통의 상인들을 포함한 평범한 백성들이 그들에게 불행을 당하고 있다는 사실을 간과한다. 동시에 우리는 작자의 생각과 호걸의 생각 간의 차이 그리고 호걸의 행위에 대한 작자의 모순적인 태도와 은근한 비판을 간과하게 된다.

『수호전』의 상인에 대한 표현은 바로 이렇게 이해할 필요가 있을 것 같다. 우리는 이 작품을 복잡한 시민의식의 반영이라고 본다. 바로 이 점이 상인을 표현한 문학 속에서 『수호전』이 가지는 독특한 가치를 결정한다.

더구나 『수호전』에서는 서문경西門慶 같은 이런 '나쁜 상인'의 형상도 만들어내었으니 이는 중국 장편소설 중에서 최초였다.

> 원래는 양곡현陽谷縣의 질이 나쁜 부자로 현청 앞에서 생약포를 운영하고 있었다. 어려서부터 사람이 간사한데다 주먹도 꽤나 쓰고 다녔다. 요즘 들어서는 갑자기 운이 트였는지 현의 공사를 맡아보며 사람들을 괴롭히거나 마구 잡아들이곤 했는데, 그때마다 중간에서 돈을 받아먹고 관리들까지 걸고 들어갔다. 그래서 현 안의 사람들 모두가 그를 함부로 대하지 못했다.(제24회)

이 '나쁜 상인'은 호걸들과는 대립되는 인물로 등장하기 때문에 결국은 호걸의 손에 사라지고 만다. 그러나 어쨌든 그는 이 장편소설의 유일한 상인 형상으로서 송원 화본과 잡극 속의 수많은 상인 형상과 호응하며 상인 세력이 급성장한 송원 시대 문학 속에서 출현하고 있으니, 이 점 자체가 이미 의미심장한 것이다. 또 『수호전』에서 서문경의 형상과 그의 생활은 부수적인 존재에 불과하지만 명대 후기, 즉 『수호전』이 유행하기 시작한 때에 이름 없는 한 문인이 그의 고사를 『수호전』에서 빼낸 다음 훨씬 큰 편폭의 『금병매』로 만들어 상인 생활의 광활한 장면들을 표현했으니, 그 의미는 더욱 무시할 수 없는 것이다. 바로 이 점에서 본다면 상인을 표현하는 측면에 있어 『수호전』 또한 응당 주목을 받아야 할 것이다.

7) 송원 시문詩文

송대는 사詞의 전성시대였다. 당규장唐圭璋의 『전송사全宋詞』와 공범례孔凡禮의 『전송사보집全宋詞補輯』의 통계에 따르면 현존하는 작품만 총 1,300여 작가에 2만여 수에 달한다. 그러나 대략적인 조사 결과 송사 전체 중 상인과 그들의 생활을 직접적으로 묘사한 작품은 거의 없었다. 상인과 조금이라도 관계있는 것을 억지로 포함시킨다 해도 유영柳永의 「야반악夜半樂」(“행상들 서로 부르는 소리 다시 들리고更聞商旅相呼”)이나 하주賀鑄의 「옹비음擁鼻吟 · 오음자吳音子」(“우뚝 솟은 큰 배에는 월 땅의 상인과 촉 당의 장사꾼이네大艑軻峨, 越商巴賈”) 등 여행 중에 만난 상선을 언급한 몇 수, 그리고 유영의 「망해조望海潮」(“시장에는 보주가 늘어서고 집에는 비단이 넘쳐나 호화롭고 사치스러움을 경쟁하네市列珠璣, 戶盈羅綺, 競豪奢"), 홍적洪適의 『번우조소番禺調笑·해산루海山樓』("진기한 물건, 돌아오는 배는 지나가고, 북소리와 피리 소리 서로 어우러지네奇貨, 歸帆過, 擊鼓吹簫相應和") 등 도시 상업의 번화함을 묘사한 몇 수 정도뿐이다. 이것이 전부이다![99] 따라서 당시 송사의 지위가 시문에 미치지 못했음에도(북송 때에 사詞 별집別集은 일반적으로 개인 문집에 들어가지 않았다), 처음부터 갖고 있었던 귀족성과 고상한 측면 때문에 그리고 작자의 신분이 대부분 문인 사대부였다는 점 때문에 송사는 송원 문학 중에서도 상인과 가장 인연이 없었고 송대 사 작가들은 기본적으로 상인을 주목하지 않았다고 말할 수 있다. 이것이 우리가 『전송사全宋詞』와 『전송사보집全宋詞補輯』을 조사한 후 이끌어낸 대체적인 결론이며, 이는 우리가 당초에 예상했던 바와 상당히 다른 것이었다.

송원 시문은 하나하나 조사할 수 없을 만큼 그 수가 너무나 많기 때문에 일단은 부족한 상태로 둘 수밖에 없다. 그러나 원말의 상황은 이미 약간의 연구가 있기 때문에[100] 이에 근거하여 간략하게 소개할 수 있다.

원말 문인은 상인과 가까웠으므로 그들의 시문 중에도 새로운 현상이 출현했다. 중국문학사에서 상인을 적극적으로 긍정하는 작품이 처

---

99 상인을 언급한 몇 안 되는 사 중에서 절반은 유영이 지은 것이다. 이는 그가 시정에서 오랫동안 생활하여 시민성이 몸에 배어있던 것과 관련이 있을 것이다. 유영은 바로 이런 이유 때문에 번화한 도시 생활을 즐기고 우연히 길에서 만난 행상들에게 주의를 기울일 수 있는데, 이런 현상은 일반적인 송대 사 작가들에게서는 거의 찾아볼 수 없다.(賀鑄는 또 하나의 예외가 될 수 있을 것이다)

100 陳建華의 『中國江浙地區十四至十七世紀社會意識與文學』 第一編이 하나의 예가 되며, 이하의 인용문은 이 자료를 참고했다.

음으로 출현한 것이 그 예가 된다. 원화袁華의 「송주도원귀경사送朱道原歸京師」가 바로 전형적인 예이다. 이 시에서는 주도원이라는 거상을 매우 추앙하고 상인이 장사를 하는 가치에 대해 적극적으로 긍정한다. "가슴에 만 권의 책을 품은 채 배고픔도 잊으니, 누가 공업과 상업을 말단의 기예라 했는가. 주군, 주군 이 보기 드문 사람은, 재화에 힘쓰고 이익을 좇아 머나먼 곳까지 간다네. 지금의 태사는 서까래같이 큰 붓으로, 죽간을 말려 화식貨殖에 대해 쓴다네"[101]라고 한 것은 원말 문인의 이러한 새로운 가치관을 반영하고 있다. 또 등아鄧雅의 「봉전외구지양양奉餞外舅之襄陽」 역시 "여섯 개의 화살은 남아의 일이요, 천금은 객상의 재물이다"[102]라는 말로 장사 나가는 상인을 매우 호방하게 묘사하였는데, 여기에도 새로운 가치관이 드러나 있는 듯하다.

상인을 적극적으로 긍정하면서 원말에는 상인을 주인공으로 하는 전기도 적지 않게 출현했다. 양유정楊維禎의 「포효자지鮑孝子志」와 「나참전羅塹傳」[103]이 대표적이다. 일찍이 당대에는 상인을 전기의 주인공으로 한 유종원柳宗元의 「송청전宋清傳」 같은 작품이 나왔다. 그러나 이는 개별적인 현상일 뿐인데다 작자가 상인의 전을 쓴 목적 역시 자신의 생각을 알리기 위한 것일 뿐 전주傳主의 생애에 대한 서술은 오히려 그 다음이었다. 그러나 원말의 상인 전기는 진정한 인물전기로서 전주의 생애와 활동 자체에 대해 상당한 흥미를 드러내고 상인적 가치관에

101 胸蟠萬卷不療饑, 孰謂工商爲末藝 (…中略…) 朱君朱君不易得, 務財逐利通絶域. 只今太史筆如椽, 汗簡殺青書貨殖.(袁華, 『耕學齋詩集』 권7. '朱道原'이 王彝의 『王征士集』 권2 「送朱道山還京師序」에는 '朱道山'으로 되어 있는데 누군지 알 수 없다.)

102 六矢男兒事, 千金賈客貲.(鄧雅, 『鄧伯言玉笥集』 권6)

103 楊維禎, 『鐵崖文集』 권1 · 권2.

대해서도 꽤 깊은 이해가 있었다. 이는 후대 명대문학에서 상인 관련 전기가 대량으로 출현하는 데 있어 역사적인 선구가 되었다.

원말 시인의 상인에 대한 공감 역시 새로운 단계로 도약했다. 예를 들어 고영顧瑛의 시 「삼이년래상려난행외도다극정이위탄서군헌이설경반차도구제관기풍설재도불능무척연야수위지부운三二年來商旅難行畏途多棘政以爲歎徐君憲以雪景盤車圖求題觀其風雪載道不能無戚然也遂爲之賦云」[104]에서 상인의 괴로움에 대한 상세한 묘사와 상인에 대한 깊은 동정은 유사한 주제의 당대 시가를 훨씬 뛰어넘는다. 이는 작자 본인에게 장사 경험이 있어 간접적인 느낌이 아닌 스스로의 체험으로부터 공감의 마음이 일었기 때문일 뿐 아니라 원대 시가 전체의 상인에 대한 태도가 이미 상당한 정도로 과거를 뛰어넘었기 때문이기도 하다.

원말 시인들은 긍정과 공감 외에 상인의 생활에 대해서도 상당히 부러워하는 모습을 보여준다. 예컨대 장우張羽의 「고객악賈客樂」[105]과 양유정의 「해객행海客行」[106] 등은 모두 상인 생활의 부러운 점을 표현했는데, 이러한 점들은 이전 시대 시인들에게는 아마 상인을 비난하는 이유가 되었을 것이다. 이는 원말 시인들의 생활 관념이 이전 시대 시인들과는 달라졌기 때문으로 볼 수 있다.

원말 시인들은 상업 활동에 대한 관심이 이전 시대 시인들을 훨씬 넘어섰고 또 상업 활동에 대한 의미에도 상당한 이해를 갖고 있었다. 예컨대 당오대 시가 중에서 해외 무역은 이미 시가의 제재 중 하나가

---

104 顧瑛, 『玉山璞稿』, 「至正甲午稿」.
105 張羽, 『靜居集』 권2.
106 楊維禎, 『鐵崖先生古樂府』 권4.

되었으나, 여기서 시인은 항상 해외 무역의 위험성에 관심을 가지면서 상인들에게 그 일을 하지 말도록 권했다. 이백李白의 「고객악估客樂」, 소증蘇拯의 「고객賈客」, 황도黃滔의 「고객賈客」, 유종원柳宗元의 「초해고문招海賈文」 등이 모두 이러한 작품이다. 그러나 원말의 시문에서는 오히려 해외 무역을 긍정하는 경향이 나타나 더 이상 해외 무역의 위험만을 강조하진 않게 되었다. 예를 들어 황개黃玠의 「참사신가參沙神歌」에서는 "바다 상인의 옛길이 여기부터 시작하니, 백성들은 즐겁고 하늘은 기뻐한다네"[107]라고 했고, 정동鄭東의 「중수영자궁비重修靈慈宮碑」에서는 "바다는 천하를 이롭게 하니 그 공과 쓰임이 가장 크도다. 배 모는 일에 능통하여 험하고 먼 곳까지 건너가 재화와 자금을 옮기니, 설사 땅이 진秦이나 월越보다도 멀고 수고롭게 수레에 올라 말을 몰지 않아도 열흘도 안 되어 가만히 앉아 목적지에 이른다"[108]고 했는데, 이는 모두 해외 무역을 긍정하는 것으로 당오대 문인의 태도와는 선명한 대비가 된다. 이는 당시 해외무역과 연해 해운의 발달이 상인들에게 많은 재부를 가져다주고 연해 항구 도시의 발전을 촉진시켜 사람들의 관념에 변화를 일으켰기 때문일 것이다. 또 마옥린馬玉麟의 「해박행송조극화임시박제거海舶行送趙克和任市舶提擧」,[109] 곽익郭翼의 「곤산요송우인昆山謠送友人」,[110] 황개黃玠의 「해대선海大船」[111] 등의 시에서도 시인들은 해외무역과 연해 해운의 발달이 곤산昆山 유가항劉家港이라는 신흥

---

107 海行故道從此始, 民情快樂天心喜.(黃玠, 『弁山小隱吟錄』 권2)
108 海之利天下, 其功用爲最大. 通舟楫, 濟阻遠, 遷貨資之重, 雖地之相遠秦越, 無乘車禦馬之勞, 不逾旬日, 可坐而至矣.(朱珪, 『名跡錄』 권2)
109 馬玉麟, 『東皐先生詩集』 권2.
110 郭翼, 『林外野言』 卷下.
111 黃玠, 『弁山小隱吟錄』 권2.

항구도시에 가져다 준 번영의 모습을 묘사했다. 고계高啓의 「사우인혜두라피가謝友人惠兜羅被歌」에서는 해외무역을 하는 상인이 나라밖에서 가져다 준 진귀한 선물에 진심으로 기뻐하는 감정을 이렇게 드러내고 있다. "해상이 돛을 날리며 만 리를 가서, 곤륜국의 시장에서 얻어온 것이네. 돌아와 내게 주며 먼 곳의 정을 보여주니, 원앙합환鴛鴦合歡의 비단처럼 애지중지해야지."[112] 이러한 시들을 통해 시대가 이미 변했음을 알 수 있다. 해외무역은 더 이상 위험한 일만은 아니었으며 매력으로 충만한 직업이기도 했다. 해외무역을 하는 상인 역시 이제는 이익을 위해 몸을 버리고 목숨까지 내놓는 사람들이 아닌 시민사회의 영웅이 되었다.[113]

원말 시가 중에서 가장 주목할 만한 것은 역시 상인 계층의 손에서 나와 상인의 감정을 직접 표현한 작품들이다. 이런 시가는 비록 그 수는 많지 않지만 매우 진귀한 것이다. 상인 계층의 사상과 감정을 직접 표현했을 뿐 아니라 서로 다른 계층 사이의 '한 단계 떨어져 있는' 느낌도 없기 때문이다. 바로 이러한 시가의 출현이 근세 문학에 새로운 바람을 불러일으켰다. 예컨대 소주蘇州 미곡상의 딸 설란영薛蘭英과 설혜영薛蕙英 자매의 시가 중에 이러한 작품들이 있는데, 그중 「소대죽지사蘇臺竹枝詞」 제6수에서는 이렇게 묘사했다. "억새는 싹을 틔우고 멀구슬 꽃 피는데, 복어의 석수石首는 언제나 오려는지. 아침부터 비린내가 온

112 海客揚帆遊萬里, 得自昆侖國中市. 歸來遺我見遠情, 重似鴛鴦合歡綺.(高啓, 『高青丘集』 권9)
113 사실 송원 문학의 해외무역에 대한 표현은 문체가 시문에 한정되지 않고 문언소설로 확장된다. 이로 인해 표현의 범위가 확대되고 표현의 내용도 더욱 풍부해지며 표현의 태도 역시 이해와 공감의 측면이 많아지는데, 이는 송원 문학이 당오대 문학보다 확실히 진보했음을 보여준다. 송원 문언소설과 관련한 사황은 본 절 제6항에서 『夷堅志』의 내용에 대해 소개한 부분과 본 장 제3절 제1항에서 해외무역을 배경으로 큰돈을 벌기를 바라는 내용의 「海山異竹」 소개 부분을 참고하면 된다.

도시에 가득하니, 낭군이 해구海口에서 물고기를 사 오셨나."[114] 이 시의 정조는 남조 악부민가와 흡사하지만, 근세 시정생활의 이런 독특한 '비린내'는 남조 악부민가에 없던 것이었다. 이 자매가 상인 가정 출신이어서 상인 생활을 이토록 건강하고 새롭게 표현할 수 있지 않았을까? 유감스러운 점은 이런 작품들의 수가 너무 적다는 것이다. 만약 상인을 표현한 중국문학 중에 이러한 작품이 좀 더 많았다면 그 문학적 면모는 분명히 달라졌을 것이다. 그러나 바로 이런 작품들이 있었기 때문에 근세문학의 새로운 바람이 귓가를 스칠 수 있었던 것이다.

물론 원말에 상인을 비난하는 목소리가 없었던 것은 아니다. 예컨대 장욱張昱의 「고객估客」,[115] 양유정의 「염상행鹽商行」[116]은 염상의 사치스러운 생활을 꾸짖은 것으로 그 경향은 당오대 시가와 다를 바가 없다. 그러나 그들이 비난한 주요 대상은 염상이지 일반적인 평범한 상인이 아니었다. 평범한 상인에 대해 그들은 오히려 동정하는 측면이 더 많았다고 해야 할 것이다.[117] 그러나 이 역시 중국문학의 한 가지 기본적인 특징이다. 즉, 상인 세력이 상당히 강한 시대나 문인이 상인을 긍정하는 시대까지 포함하여 어떤 시대라도 상인을 비난하는 목소리를 들을 수 있다는 것이다. 이전 시대 문학에 비해 원말 시문에서는 상인을 긍정하는 목소리가 많아지고 상인을 비난하는 목소리는 상대

---

114 荻芽抽筍楝花開, 不見河豚石首來. 早起腥風滿城市, 郎從海口販鮮回.(『宋元詩會』 권100 '薛蘭英')

115 張昱, 『可閑老人集』 권3.

116 楊維禎, 『鐵崖先生古樂府』 卷5.

117 예를 들어 楊維禎의 『鐵崖先生古樂府』 중의 「鹽車重」(卷5), 「牛商行」(卷5), 「商婦詞」2수(卷9, 그 중 제1수는 『鐵崖先生複古詩集』 卷3에도 보인다), 『鐵崖古樂府補』 중의 「상인처商人妻」(卷3), 「서제호鼠制虎」(卷4), 「賣鹽婦」(卷4) 등은 모두 상인 혹은 상인 아내에 대한 동정을 표현했다.

적으로 줄었으므로 그 자체가 이미 일종의 진보라고 말할 수 있다.

위에서 우리는 원말 시문의 상인에 대한 표현에 대해 간략한 소개하였다. 앞으로 시간과 조건이 허락한다면 우리는 송원 시문 전체에 대해 전면적인 조사를 진행하여 꼼꼼한 문학 사료를 기초로 이 부분에 대한 논의를 다시 전개할 것이다.

3. 송원 문학 속 상인에 대한 표현의 특징

송원宋元 문학 속 상인에 대한 표현은 한편으로는 당오대唐五代 문학의 전통을 계승하면서도 다른 한편으로는 새로운 요소와 특징을 발전시켰다. 아래에서는 문언소설, 백화소설, 희곡을 중심으로 송원 문학 속 상인에 대한 표현이 어떤 특징을 갖고 있는지 살펴보고자 한다.

1) 상인의 소망에 대한 표현

당오대 문학과 마찬가지로 송원 문학도 상인의 내면 세계에 계속 관심을 가지고 상인의 소망과 환상을 표현하였다. 그러나 당오대 문학과 비교하여 송원 문학은 초자연적 색채가 훨씬 줄어들고 현실과 세속적 색채는 더욱 풍부해져 송원 문학의 근세적 특징을 구체적으로 보여주었다. 이 측면에서는 관련 고사들이 상당수 포함된 『이견지夷堅志』가 대표적이다.

부의 축적에 대한 갈망은 여전히 상인 환상의 주요 내용이자 상인 제재 고사의 중요 주제였다. 당오대 문학은 항상 상인이 어떤 기회와 인연으로 인해 신비한 보물을 얻어 순조롭게 장사하고 큰돈을 벌어들이는 모습을 표현하고 있다. 「제주민齊州民」, 「반장군潘將軍」, 「공파龔播」 등이 모두 이러한 유형의 고사들이다. 그러나 송원 문학에 오면 신비로운 보물은 조용히 사라지고, 이를 대신하여 (신선을 포함한)타인에게 잘 대하는 것 등의 더욱 현실적 요소가 돈을 벌어들이는 원인이 된다. 따라서 송원 문학에서 표현된, 상인이 부자가 되는 꿈은 당오대 문학에 비해 훨씬 현실적이고 세속적인 특징을 갖는다고 할 수 있다.

가장 먼저 잘 대해주어야 할 대상은 당연히 신선이다. 신선은 신통력이 뛰어나고 제멋대로 남을 귀찮게 하지도 않으며, 만일 남을 귀찮게 한다면 그것은 부득이 그렇게 하거나 아니면 고의로 당신을 시험해 보는 것이다. 당신이 신선을 돕거나 혹은 그 시험을 견뎌내면 나중에 그에 상응하는 보답이 반드시 있게 된다. 예를 들어 「독각오통獨脚五通」의 신안新安 상인은 자기 사당을 수리해달라는 오통신五通神[118]의 요청을 들어주어 의외의 재물을 얻게 되는데, "새벽에 일어나 보니 돈꿰미가 가득해 있었고 매일 그것이 더 많아져 곧 화려한 집을 지었다. 이사를 가던 날 밤에 배가 금으로 가득한 전룡錢龍 두 마리를 대청에서 잡았다. 이후 이것을 모두 써서 널리 밭을 사들였고" "겨우 몇 년 만에 재물운이 갑자기 일더니 거의 억만장자가 되었다."[119] 「화정도인華亭道

118 [역주] 五通神 : 강남 지역 민간에서 믿었던 악신이며 다섯 명의 형제로 구성된다고 전해진다.

119 "淩晨起, 見緡錢充塞, 逐日以多, 遂營建華屋. 方徙居之夕, 堂中得錢龍兩條, 滿腹皆金. 自後廣置田土, 盡用此物" "才數歲, 資業頓起, 殆且巨萬."(『夷堅志』 支癸 권3)

人」에서는 화정의 객상이 여동빈呂洞賓을 자기 배에 태워주자 여동빈은 "자기를 태워준 것에 감사하며 2만 이상의 돈으로 당신에게 보답하겠다"[120]고 한다. 더욱 주목할 만한 것은 「석씨녀石氏女」이다. 여기서는 상인의 딸이 여동빈의 계속된 시험을 견뎌내 결국 장수長壽와 적지 않은 재물을 보상 받는다.

수도의 백성 석씨石氏가 찻집을 열어 어린 딸에게 차를 팔도록 했다. 일찍이 광증에 걸린 어떤 거지가 더러운 누더기 행색을 하고 곧장 가게로 들어와 마실 것을 달라고 한 적이 있었다. 딸은 정중하게 마실 것을 주면서 돈은 요구하지 않았다. 그렇게 한 달이 넘도록 매일 아침 좋은 차를 골라서 그를 대접했다. 이 모습을 본 아버지는 그를 좇아내지 않는다고 화내며 딸을 회초리로 때렸다. 딸은 조금도 개의치 않고 더욱 공손하게 차를 대접했다. 또 며칠이 지나 거지가 다시 찾아와서 딸에게 말했다. "너는 내가 남긴 차를 먹을 수 있겠느냐?" 딸은 불결한 것을 무척 싫어하여 땅에 조금 붓고는 곧 독특한 향을 맡으며 재빨리 마셨다. 그러자 정신은 맑아지고 몸에 힘이 붙는 게 느껴졌다. 거지가 말했다. "나는 여옹呂翁이다. 네가 비록 내 차를 모두 먹지는 못했지만, 그래도 너의 소원을 들어줄 수 있다. 부귀든 장수든 모두 가능하다." 딸은 미천한 집안 출신이라 무엇이 귀한 것인지는 알지 못하고 다만 장수하면서 재물이 부족하지 않기만을 바랐다. 그가 떠나고 나서 딸은 부모에게 모두 말하였다. 부모가 놀라서 그를 찾았으나 벌써 사라지고 없었다. 딸은 혼인할 나이가 되어 군영을 관리하는 한 지휘사에

120 謝汝載我, 使汝多得二十千以相報.(『夷堅志』志補 권12)

게 시집을 갔다. 나중에는 오연왕吳燕王 손녀의 유모가 되어 읍호를 받았다. 젖을 먹인 여아는 고준약高遵約에게 시집가서 강국康國의 태부인에 봉해졌다. 석씨는 120세까지 살았다.[121]

여동빈의 시험은 하나씩 이어진다. 먼저 그의 겉모습은 광증에 걸렸고 지저분하고 더럽다. 다음으로는 찻값을 지불하지 않은 채 시일을 보낸다. 마지막에는 무리한 요구로 도전이 극에 이른다. 상인의 딸이 모든 시험을 통과하고 나서야 그는 본모습을 드러내고 본의를 말해주며 그녀에게 상당한 보답까지 해준다. 사실 이 역시 상인이 부자가 되는 꿈의 변형된 표현이다. 상인에게 험난한 시험은 돈을 벌기 위한 필수 전제이고, '적은 돈으로 큰돈을 버는' 것이야말로 그들의 가장 큰 바람이기 때문이다. 이러한 '시험' 고사의 원형은 오래 전으로 거슬러 올라가 진한 교체기의 장량張良 같은 이를 생각나게 한다. 그는 다리 위에서 신비한 노인의 시험을 거쳐 결국에는 『태공병법太公兵法』이라는 비적을 얻고, 이에 근거하여 유방이 천하를 차지할 수 있도록 보좌했다. 그러나 이제 시험은 귀족에서 상인(그들 주변의 인물도 포함)쪽으로 방향을 바꾸었고, 시험을 견뎌낸 상인은 상당한 보답을 받게 된다. 그리고 나중에는 『박안경기拍案驚奇』 권4 「정원옥점사대상전 십일낭운강

121 京師民石氏, 開茶肆, 令幼女行茶. 嘗有丐者, 病癲, 垢汙藍縷, 直詣肆索飮. 女敬而與之, 不取錢. 如是月餘, 每旦擇佳茗以待. 其父見之, 怒不逐去, 笞女. 女略不介意, 供伺益謹. 又數日, 丐者復來, 謂女曰 : "汝能啜我殘茶否?" 女頗嫌不潔, 少覆於地, 卽聞異香, 亟飮之, 便覺神淸體健. 丐者曰 : "我呂翁也. 汝雖無緣盡食吾茶, 亦可隨汝所願, 或富貴或壽, 皆可." 女小家子, 不識貴, 止求長壽, 財物不乏. 旣去, 具白父母, 驚而尋之, 已無見矣. 女旣笄, 嫁一管營指揮使. 後爲吳燕王孫女乳母, 受邑號. 所乳女嫁高遵約, 封康國太夫人. 石氏壽百二十歲.(『夷堅志』 甲志 권1)

종담협程元玉店肆代償錢 十一娘雲岡縱譚俠」 같은 명대의 단편 백화소설에서도 유사한 원형의 변주가 거듭 출현하게 된다. 이 단편 백화소설 속의 여자 협객 역시 한 차례 시험을 준비해 놓고, 상인이 이 시험을 통과한 후에야 그가 곤경에서 벗어날 수 있도록 적극 도와준다.

「포장가布張家」는 「석씨녀」보다 근세적 색채가 훨씬 풍부한데, 이 작품 속 상인은 한 사형수를 잘 대해주어 나중에 의외의 재산을 얻게 된다.

> 형주邢州의 부자 장옹張翁은 본래 작은 장사치들의 베를 받아서 생계로 삼았다. 어느 날 저녁, 찻집의 문을 닫았는데 밖에서 누군가가 아프게 신음하는 소리가 들렸다. 나가서 살펴보았더니 바로 낮에 시조市曹[122]에서 매를 맞고 죽은 사형수였다. 사형수가 말했다. "기절했다가 다시 정신이 들었습니다. 물만 좀 주시면 살 수 있겠습니다. 순찰하는 자들에게 발각되면 다시 죽게 될지도 모릅니다." 장옹은 그를 집안으로 끌고 들어와 포박을 풀어주고 부축해서 편안한 평상에 내려놓은 다음 자리를 깔아주며 잠을 자도록 했다. 아내와 함께 조심스레 그를 보살피며 죽을 먹여주면서도 아들과 며느리조차 알지 못하게 했다. 두 달이 지나서 옆구리 상처가 모두 가라앉아 걸을 수 있게 되었다. 장옹은 여비를 주면서 날이 아직 밝지 않은 때 직접 그를 성 밖으로 전송해주면서도 그의 고향과 이름은 묻지도 않았다. 10년의 세월이 지나 큰 손님 한 명이 말을 타고 무리를 따르게 하고는 옷감 5천 필을 가지고 시장으로 들어왔다. 큰 거간꾼들이 다투어 맞이하자 그가 말했다. "장씨 중개인 계시오? 내가 물건을 팔려고 하오." 사람들이 비웃으며 장씨

122 [역주] '市曹'는 고대 시장에서 상업이 집중된 지역을 말하며 범인을 처형하는 장소로도 쓰이곤 했다.

에게 오라고 하자 장씨가 사양하며 말했다. "제가 가진 재산은 수만 전도 못 됩니다. 큰 거래이니 돈 많은 다른 분을 찾으시길 바랍니다." 객이 말했다. "저는 꼭 어르신께 부탁을 드리고 싶습니다. 그저 좋은 가게를 찾아 외상으로 물건을 드리는 것이니, 계약서를 저에게 주시면 제가 고향에 갔다가 돌아와서 돈을 받아도 늦지 않을 것입니다." 장옹은 마지못해 그의 말대로 했다. 그렇게 며칠을 머문 후 객이 장옹에게 말했다. "술자리를 좀 마련해 주시지요, 다른 손님은 부르지 마시고요." 그가 오자 그의 처까지 불러 함께 술을 마셨다. 술이 거나해지자 자리에서 일어나 말했다. "어르신께서는 저를 기억하시겠습니까? 10년 전 침상 밑에서 보살핌을 받았던 사람입니다. 평생 도둑으로 노략질을 하며 10여 군을 왕래하면서도 한 번도 실패한 적이 없었는데, 형주에 와서는 밖에 나서자마자 바로 붙잡히고 말았습니다. 어르신 덕분으로 다시 살아나게 된 후 문을 나서 하늘을 보고 맹세했습니다. '이제 다시는 사람을 죽이지 않을 것인데, 딱 크게 한 탕만 해서 그것으로 장옹의 은혜를 갚고 다시는 도둑질을 하지 않겠다.' 이후 태항산太行山에 막 오르자마자 혼자 길을 가는 사람을 만났습니다. 그래서 바로 천여 꿰미의 돈을 빼앗고 상인이 되어 장사를 시작했습니다. 지금은 진晉 땅 강현絳縣에 땅과 집이 있으며, 일부러 이 베를 가지고 어르신과 부인의 은혜를 갚으러 왔습니다. 원래 어르신께 드리려고 한 것이니, 모두 밑천으로 삼아 장사를 하시면 됩니다. 저는 다시 오지 않겠습니다!" 그리고는 작별의 인사를 올리고 떠났다. 장씨는 덕분에 부를 쌓아 재물이 억만에 이르렀으며, 형주 사람들은 그를 '포장가布張家'라고 불렀다.[123]

123 邢州富人張翁, 本以接小商布貨爲業. 一夕, 閉荼肆訖, 聞外有人呻痛聲, 出視之, 乃晝日市曹所杖殺死囚也. 曰: "氣絶複蘇, 得水尙可活. 恐爲邏者所見, 則復死矣." 張卽牽入門, 徐

진위를 구별하기 힘든 신선을 잘 대해주는 것보다 우연히 만난 범인凡人을 잘 대해주는 것이 상인에게는 훨씬 쉽고 현실적이다. 그러나 설령 훨씬 쉽고 현실적이라 하더라도 이러한 이야기는 여전히 상인이 돈 버는 꿈을 표현한 것이다. 현실의 삶에서 이토록 미묘한 일은 없고 우연적인 선행이 반드시 거액의 보답을 가져다주는 것은 아니기 때문이다. 이 이야기는 훗날 『박안경기』 권8 「오장군일반필수 진대랑삼인중회烏將軍一飯必酬 陳大郎三人重會」 같은 명대 단편 백화소설에 직접적인 영향을 준다. 이 단편 백화소설에서도 상인은 우연하게 한 해적을 잘 대해주어 나중에 그 해적의 도움으로 잃어버린 가족들과 모두 재회하고 엄청나게 큰 횡재를 얻는다. 그리고 이 단편 백화소설의 입화入話 이야기는 한 도적떼가 약탈한 물건을 왕생王生에게 주어 왕생이 놀랍고도 기쁜 뜻밖의 일을 맞는다는 내용이다. 여기서도 「포장가」의 그림자를 볼 수 있다.

「보숙탑영寶叔塔影」은 '몬테크리스토 백작' 식의 이야기이다. 여기에 등장하는 부상은 같은 감옥에 있던 사형수와 "말이 통하고 죽이 맞아" 사형수가 숨겨두었던 거액의 재산을 뜻밖에 얻게 된다.

解縛, 扶置臥榻上, 設薦席令睡, 與其妻謹視之, 飼以粥餌, 雖子婦弗及知. 經兩月, 脅瘡皆平, 能行. 張與路費, 天未曉, 親送之出城, 亦未嘗問其鄉里姓名也. 過十年久, 有大客乘馬從徒, 賫布五千匹入市, 大駔爭迎之, 客曰: "張牙人在乎? 吾欲令貨." 衆嗤笑, 爲呼張來, 張辭曰: "家貲所有, 不滿數萬錢, 此大交易, 願別擇豪長者." 客曰: "吾固欲煩翁, 但訪好鋪戶賒與之, 以契約授我, 待我還鄉, 復來索錢未晚." 張勉如其言. 居數日, 客謂翁: "可具酒飲我, 勿招他賓." 既至, 邀其妻共飲, 酒酣, 起曰: "翁識我否? 乃十年前床下所養人也. 平生爲寇劫, 往來十餘郡, 未嘗敗, 獨至邢, 一出而獲. 荷翁再生之恩, 旣出門, 卽指天自誓云: '今日以往, 不復殺人, 但得一主好錢, 持報張翁, 更不作賊.' 才上太行, 便遇一人獨行, 劫之, 正得千餘緡, 遂作賈客販賣. 今於晉絳間有田宅, 專以此布來償翁嫗恩. 元約復授翁, 可悉取錢營生產業. 吾不復來矣!" 拜訣而去. 張氏因此起富, 貲至十千萬, 邢人呼爲'布張家'. (『夷堅志』 乙志 권7)

충훈랑忠訓郞 왕량좌王良佐는 임안臨安의 관교觀橋 아래에 산다. 처음에는 빈천한 백성으로 기름 파는 일을 맡아 했다. 나중에는 집안 사정이 좀 나아져 문 앞에 가게를 열고 왕오랑王五郞이라 불렀다. 부부가 불교를 신봉하여 하루도 빠짐없이 재齋를 올렸다. (…중략…) 혹자가 말했다. "왕생이 젊었을 때 시장에서 싸움을 하다가 사람을 다치게 해서 인화현의 감옥으로 잡혀 들어갔는데, 마침 거기서 중죄를 지은 죄인과 함께 갇혀 서로 말이 통하고 죽이 맞게 되었지. 그래서 사형수가 몰래 말했어. '내가 평생 장사만 해오다가 지금은 이런 꼴이 되었소. 사람 죽인 죄를 생각해보면 살아날 방도는 전혀 없으니 마음속 깊이 담아두었던 일을 그대에게 털어놓으리다. 내가 예전에 부자의 재물을 약탈한 적이 있는데, 그때 수많은 금은을 손에 넣어 보숙탑寶叔塔 왼쪽 아래에 묻어놓았소. 땅속으로 몇 자만 들어가면 모두 파낼 수 있다오. 내가 법대로 처형되면 내 해골을 수습하여 높고 평평한 땅에 묻어주시오. 그런 다음 널리 불사를 행하여 초탈할 수 있게 해주고, 기일마다 승려들에게 음식을 먹이고 불경을 염송하여 회향을 확실히 해준다면 나는 죽어 눈을 감아도 여한이 없겠소.' 왕씨가 감옥에서 나와 알려준 대로 탑 아래로 가서 구멍을 파자 과연 보물이 있었어. 그 값이 만 꿰미나 나가 부자가 되었지."[124]

124 忠訓郞王良佐, 居臨安觀橋下. 初爲細民, 負擔販油. 後家道小康, 啓肆於門, 稱王五郞. 夫婦好奉釋氏, 齋施無虛日 (…中略…) 或云:"王生少年日, 因在市門毆傷人, 捕系仁和縣獄, 適與一重囚同牢, 語話款洽. 因密言:'我一生做經紀, 今焉獲敗. 念殺人負罪, 決無生理, 切有心腹之事, 爲君陳之. 我昔年曾掠富室之物, 得金銀甚多, 埋於寶叔塔之下左方, 入地若干尺, 可悉掘取. 俟我伏法了, 幸爲收拾骸骨, 瘞之高原. 仍廣作佛事, 以資超脫. 遇忌日時節, 宜飯僧誦經, 分明回向, 則我瞑目不憾矣.' 王出獄, 悉如所戒, 往塔下啓穴, 果得物, 可直萬緡, 因此致富."(『夷堅志』 支癸 권3)

흥미로운 점은 이 이야기도 앞의 이야기와 마찬가지로 상인이 횡재할 수 있도록 해준 자가 사형수이고, 이유는 "말이 통하고 죽이 맞아서"일 뿐이며, 뒷일을 잘 처리하는 게 그에 대한 의무라는 것이다. 이 역시 적은 돈으로 큰 이문을 남긴 장사나 마찬가지며 부자가 되는 미묘한 꿈 이야기이기도 하다.[125]

송원 대에 해외무역이 번성하고 발전함에 따라 송원 문학도 해외무역을 배경으로 부자가 되는 꿈 이야기가 출현하여 신선한 근세의 기운을 갖게 되었다. 그중에서 흔히 보이는 것은, 상인이 해외에서 우연히 보물을 습득하고도 자기는 그 가치를 모르는데, 물건을 알아보는 사람(대부분 호상胡商)이 고가로 그것을 구매하면서 의외의 횡재를 얻는다는 내용이다. 예를 들어 「해산이죽海山異竹」이 그렇다.

> 온주溫州의 거상 장원張願은 대대로 바다에서 장사를 하며 수십 년을 오가는 동안 적당한 때를 놓친 적이 없었다. 소흥紹興 7년에 큰 바다를 건너다가 폭풍을 만나 배가 표류하면서 어디로 가는지 알 수 없었다. 5~6일이 지나 어느 산에 이르렀는데, 긴 대나무가 구름에 닿아 멀리 시선이 끝나는 곳

---

125 그밖에 동물을 잘 대해주어 부자가 되는 경우도 있다. 예를 들어 「吳民放鱓」에서 가난한 백성 갑은 방생을 해주어 뜻밖의 재물을 얻는다. "이날 밤에 또 수십 명의 사람들이 이렇게 말하는 꿈을 꾸었다. '네가 돈을 손에 넣어 장사하고자 하니 아무 길로 20리 정도를 가면 얻을 수 있을 것이다.' 잠에서 깨어난 갑은 그들이 알려준 곳이 사람들이 흔히 가는 곳이 아님을 기억하고는 그곳으로 한 번 가보았다. 20리 정도를 가니 덩굴풀이 빽빽한 가운데 어떤 물건이 있는 것 같았다. 가서 살펴보니 오랫동안 숨겨져 있었던 듯한 옛날 개원통보 2만 전이었다. 그는 기쁜 마음으로 절하며 돈을 받고 집으로 지고 돌아와 본업에 그 돈을 사용해서 결국 집안이 살만해졌다."[是夜, 別夢數十人言 : '汝欲圖錢作經紀, 盍往某路二十里間當可得.' 旣寤, 憶所指非人常行處, 試往焉. 約二十里, 草蔓蓬密, 中似有物, 視之, 得舊開元通寶錢二萬, 如宿藏者. 欣然拜受, 負以還, 用爲本業, 家遂小康.](『夷堅志』 丁志 권16) 이 고사는 당연히 '불상생'의 불교관념을 표현하려는 것이지만, 상인이 부자가 되는 꿈의 변형된 표현으로도 볼 수 있다.

까지 뻗어 있었다. 이에 언덕으로 올라가 대나무 열 그루를 잘라 상앗대로 쓰고자 했다. 일을 마칠 즈음 흰옷을 입은 한 노인이 보였다. 노인이 말했다. "여기가 어떤 세상인데, 그대가 머물러서는 안 되는 곳이니 더 늦기 전에 어서 돌아가시오." 뱃사람이 예를 올리고는 말했다. "저희가 이미 길을 잃어 물고기 밥이 될지도 모릅니다. 어떻게 마을에 이를 수 있는지 선옹仙翁께서 가르쳐주실 수 있으신지요?" 노인이 동남쪽을 가리켜주어 무사히 돌아올 수 있었다. 대나무 열 그루 중 아홉 그루는 이미 여기저기 써버렸다. 배가 언덕에 다다를 즈음 왜인倭人 객과 곤륜노가 돛대를 바라보고 가슴을 치며 연신 '아, 저 아까운 것들을'이라고 외쳤다. 배를 대고 닻줄을 묶고 나자 사람들은 배 안을 유심히 살펴보았다. 대나무 하나가 아직 있는 것을 보고는 "나는 가격도 안 물어봐"라면서 다투어 그것을 사려고 하였다. 장원은 그들이 갖고 싶어 한다는 것을 알아차리고는 2천 꿰미의 돈을 시험삼아 요구해봤다. 그러자 일제히 "좋소"라고 답하고는 가까이 와서 돈을 꺼내며 값을 치르겠다고 했다. 장원이 말했다. "이 물건이 더 없는 보물이라 잠시 장난을 쳐본 것뿐이오. 5천 꿰미가 아니면 다시 흥정할 생각은 마시오." 곤륜은 특히 기분이 좋은지 액수대로 돈을 수레에 싣고 와 그에게 주고 난 다음 계약을 맺었다. 계약을 마친 후 장원이 물었다. "이 대나무는 거래를 이미 마쳤으니 나중에 후회가 되어도 이를 번복하진 못하오. 그런데 나는 이것이 대체 어떤 보물이기에 당신들이 이렇게 사려고 하는지 모르겠소. 내게 얘기를 좀 해주시겠소?" 곤륜이 답했다. "이건 보가산寶伽山의 취보죽聚寶竹이오. 이 대나무를 큰 연못 속에 세워놓기만 하면 그때마다 보물들이 모으지 않아도 절로 모여든다오. 내가 평생토록 배를 타고 다니면서 집채만 한 파도가 느닷없이 하늘을 때리는 광경도 보았는데, 이 대나무는 이름만 알았지 눈으로 본 적은 없었소. 수천만의 값이었어도 아끼지 않았을 것이오." 장원은 그제야 탄식하며 그것을 주었다.[126]

이러한 유형의 부자가 되는 꿈 이야기는 전대 문학의 영향을 받은 것으로 보인다. 당오대 문언소설에서는 '호상이 보물을 알아보는' 고사가 상당히 많이 보인다. 「청니주青泥珠」, 「경촌주徑寸珠」, 「보주寶珠」, 「수주水珠」, 「이면李勉」, 「수선자守船者」, 「엄생嚴生」, 「육병호鬻餅胡」, 「옥청삼보玉淸三寶」, 「보골寶骨」, 「자말갈紫靺羯」, 「위생魏生」, 「잠씨岑氏」, 「유관사劉貫詞」 등이 그 예이다. 그중에서도 「위생」은 특히 위의 고사와 가장 가깝다. 다만 당오대 문언소설에서는 주인공이 대체로 사인士人이 아니면 귀족이지만, 이 고사에서 주인공 장원은 바다 상인이며, 당오대 문언소설 속에서 보물은 어떤 지방에서 우연히 발견되는데, 이 고사에서는 머나먼 바다의 버려진 섬에서 그것을 가져온다. 이 점은 해외무역이 이 소설의 구상 그리고 이러한 유형의 부자가 되는 꿈 이야기에 잠재적 영향을 미쳤음을 보여준다. 동시에 이 이야기는 훗날 명대 단편 백화소설의 선구가 되기도 했다. 예를 들어 『박안경기』 권1의 「전

126 溫州巨商張願, 世爲海賈, 往來數十年, 未嘗失時. 紹興七年, 涉大洋, 遭風漂其船, 不知所屆. 經五六日, 得一山, 修竹戛雲, 彌望極目. 乃登岸, 伐十竿, 擬爲篙棹之用. 方畢事, 見白衣翁云: "此是何世界, 非汝所當留, 宜急回, 不可緩也." 船人拱首白曰: "某輩已迷失路, 將葬魚腹. 仙翁幸教如何可達鄉閭?" 翁指東南方, 果得善還. 十竹已雜用其九. 臨抵岸, 有倭客及昆侖奴, 望桅檣, 拊膺大叫"可惜"者不絶口. 旣泊纜, 衆凝睇船內, 見一竹存, 爭欲輟買, 曰: "吾不論價." 願度其意必欲得, 試需二千緡, 衆齊聲答曰: "好." 卽就近取錢以償. 願曰: "此至寶也, 我適相戲耳. 非五千緡勿復議." 昆侖尤喜, 如其數, 輦錢授之, 而後立約. 約定, 願問之: "此竹旣成交易, 不可翻悔, 然我實不識爲是何寶物, 而汝曹競欲售如此. 盍爲我言之?" 對曰: "此乃寶伽山聚寶竹, 每立竹於巨浸中, 則諸寶不采而聚. 吾畢世船遊, 視鯨波拍天如平地, 然但知竹名, 未嘗獲睹也. 雖累千萬價, 亦所不惜." 願始嗟歎而付之.(『夷堅志』 支丁 권3) [역주] 원문의 "爭欲輟買"에서 '輟'이 呂胤昌 교정본에는 '求'로 되어 있으며 위의 번역에서는 이 의견을 따랐다. 『夷堅志』, 何卓 點校本, 中華書局, 1981년, 제3책, 987면 참고.

운한우교동정홍 파사호지파타룡각轉運漢遇巧洞庭紅 波斯胡指破鼉龍殼」에서 도 해외무역을 배경으로 부자가 되는 꿈 이야기를 펼치고 있다.

당오대 「노산인盧山人」에서 표현한 것처럼 시장 상황을 정확하게 예측해서 큰돈을 버는 것 역시 당연히 상인이 부자가 되는 꿈의 주요 내용 중 하나이다. 송원 문학에도 유사한 작품이 있다. 「벽란당碧瀾堂」 속 '자고신紫姑神'이 바로 이런 초자연적 능력을 갖고 있다.

> 남강南康 건창현建昌縣의 민가에서는 자고신이 매우 영험하다며 섬겼다. 매번 일에 앞서 이익을 알려주면서 강 하류에는 차가 비싸니 팔 만하다고 말하거나, 모처에는 쌀이 부족하니 싣고 갈 만하다고 말하곤 했는데, 반드시 그 말과 같아서 큰 이익을 얻었다.[127]

그러나 이런 작품이 그다지 많지 않은 것을 보면 크게 중시된 것 같지는 않다. 현실 속 송원 문인에게는 이러한 초자연적 능력을 믿는 것이 심리적으로 다소 어렵지 않았을까? 마찬가지로 이 작품을 보면 나중에 '자고신'의 진의가 밝혀지는데, 이는 상인의 손을 통해 자고신의 영험함을 보여준 것일 뿐 특별히 상인을 추켜세운 것이 아님을 말해준다. 이것이 「노산인」과 이미 달라진 부분이다.

송원 문학 중에는 상인이 부자가 되는 꿈 이야기와 동시에 출현한 것으로 상인의 끝없는 욕심을 풍자한 이야기도 있다. 「풍낙루豐樂樓」가 그 예이다.

---

127 南康建昌縣民家, 事紫姑神甚靈. 每告以先事之利, 或云下江茶貴可販, 或云某處乏米, 可載以往, 必如其言, 獲厚利.(『夷堅志』 甲志 권16)

임안臨安 시민 심일沈一은 술집을 운영한다. 관리의 골목에 거주하며 스스로 술집을 열고, 또 전당문錢塘門 밖 풍낙루 창고를 매입하여 매일 가서 장사를 돌본 후 저물녘이 다 되어 집으로 돌아왔다. 때는 순희淳熙 초, 봄에서 여름으로 넘어가는 시절에 많은 사람들이 술을 마시러 왔다. 그러던 어느 날 집으로 돌아가지 못하고 창고에서 잤다. 2경이 될 무렵 갑자기 큰 배가 호수 언덕에 정박하더니 귀공자 다섯 명이 여남은 무리의 여자들을 끼고 누각 아래로 곧장 와서는 술집 하인을 불러 누가 여기에 있는지 물었다. 하인이 심씨라고 알려주자, 객들은 매우 기뻐하며 그를 불러다가 서로 인사하고 술을 많이 가져오도록 했다. 심일은 한 명 한 명 그들을 받들어 모셨다. 누각에서 마음껏 술을 마시는데 가동과 무녀에 음악까지 시끌벅적해지니 어느덧 백 잔이나 비우게 되었다. 술자리가 파하고 이미 밤이 깊어져 술값을 치르고 정중하게 감사의 말을 올렸다. 심일은 탐욕스럽고 교활한 마음이 생겼다. 그래서 그들이 각자 꽃모자를 머리에 쓰고 비단 도포에 옥대를 차고 용모와 행동이 여유롭고 세간의 대부와 같지 않은 것을 보고는 그들이 오통신五通神임을 알게 되어 곧 두 손을 모아 다가가 절하며 말하였다. "제가 평생 장사를 하면서 작디작은 이익을 좇아 지금은 그저 입에 풀칠할 정도입니다. 뜻밖에도 하늘이 행운을 주시어 존신들께서 왕림해주셨으니 그야말로 전생의 만남이 이루어진 것입니다. 부디 제게 작은 부귀를 주시어 여생이 영화로울 수 있도록 해주십시오." 객이 웃으며 말했다. "그건 무척 쉬운 일이나 그대의 뜻이 어떤 것을 원하는지 모르겠소." 심일이 답하였다. "시정의 천한 놈이라 선물이나 좀 하사해주시길 바랄 뿐입니다!" 객이 웃으며 고개를 끄덕이더니 날랜 병졸을 한 명 불러 한참 동안 귓속말을 했다. 병졸이 떠났다가 잠시 후 자루 하나를 메고 와서는 심일에게 주었다. 심일은 다시 절을 올리고 받았다. 그 안을 손으로 뒤져보니 모두 은으로 된 술그릇이었다. 심일은 그것을 가지고 성에 들어가면 사람들이 캐물어볼까 걱정되어 자루를 풀지도 않은 채 모두 때리고 치고 차고 밟아 소리가 나지 않도록 했다. 잠시 후 닭 우는 소리가 들리자 객들은 첩을 데리고 말에 올라 등롱을 밝힌 작은 길로 나는 듯 떠나갔다. 심일은 다시 잠을 청하지 않고 아침까지 기다렸다가 그것을 지고 집으로 돌아와, 아내는 아직 일어나지도 않았는데 연신 호들갑을 떨며 말했다. "빨리 저울을 가져와 봐요, 내가 횡재를 했다니까!" 아내가 놀라며 말했다. "어젯밤 궤짝에서 이상한 소리가 나서 일어나 살펴보니 아무 것도 없었어요. 그래서 괴상하다 생각했는데 바로 이거네요!" 자물쇠를 열고 가서 살펴보았더니 텅텅 비어 있었다. 대개 날마다 두 곳에서 쓸 것들을 모두 그 속에 모아두는데, 신들이 그의 욕심이 지나치다고 보고 놀려준 것이었다. 심일은 기술자를 불러 찌그러뜨린 것들을 다시 둥글게 펴도록 하였는데, 그 일에만 수만의 비용이 들었다. 그리고 같은 무리들에게 창피하여 열흘이 지나도록 밖으로 나오지 못하였으며, 이 이야기를 들은 사람들은 그 일을 전하면서 웃음거리로 삼았다.[128]

---

128 臨安市民沈一, 酒拍戶也. 居官巷, 自開酒壚, 又撲買錢塘門外豐樂樓庫, 日往監沽, 逼暮則還家. 淳熙初, 當春夏之交, 來飲者多. 一日, 不克歸, 就宿於庫. 將二鼓, 忽有大舫泊湖岸, 貴公子五人, 挾姬妾十數輩, 徑詣樓下, 喚酒僕, 問何人在此, 僕以沈告, 客甚喜, 招相見, 多索酒, 沈接續侍奉之. 縱飲樓上, 歌童舞女, 絲管喧沸, 不覺罄百樽. 飲罷, 夜已闌, 償酒直, 鄭重致謝. 沈生貪而黠, 見其各頂花帽, 錦袍玉帶, 容止飄然, 不與世大夫類, 知其爲五通神, 卽拱手前拜曰: "小人平生經紀, 逐錐刀之末, 僅足糊口. 不謂天與之幸, 尊神賜臨, 眞是夙生遭際, 願乞小富貴, 以榮終身." 客笑曰: "此殊不難, 但不曉汝意問所欲何事?" 對曰: "市井下劣, 不過欲冀錢帛之賜爾!" 客笑而頷首, 呼一駛卒至, 耳邊與語良久. 卒去, 少頃, 負一布囊來, 以授沈, 沈又拜而受. 摸索其中, 皆銀酒器也, 慮持入城, 或爲人詰問, 不暇解囊, 悉槌擊蹴踏, 使不聞聲. 俄耳雞鳴, 客領妾上馬, 籠燭夾道, 其去如飛. 沈不復就枕, 待旦, 負持歸, 妻尙未起, 連聲誇語之曰: "速尋等秤來, 我獲橫財矣!" 妻驚 "昨夜聞櫃中奇響, 起視無所見, 心方疑之, 必此也!" 啓鑰往視, 則空空然. 蓋逐日兩處所用, 皆聚此中. 神以其

앞에서 인용한 이야기의 오통신과 달리 이 이야기에서 오통신은 그다지 호의적이지 않다. 신선이 비록 자기를 도와준 사람에게 상당한 보답을 줄 수는 있지만, 그들의 보답 역시 무제한적이거나 무조건적인 것은 아니기 때문이다. 어떤 의미에서는 신선도 그들과 왕래한 상인과 마찬가지로 계산적이고 이것저것 따진다고 봐야 할 것이다. 그리고 상인의 입장에서 볼 때 이 이야기는 현실이 그렇듯 "작은 돈으로 엄청난 이익을 얻는" 장사는 거의 없으므로 돈 버는 꿈을 적당한 선에서 멈추고 그것을 탐욕의 구실로 써서는 안 된다는 것을 깨우쳐주려는 듯하다. 바로 이 측면에서 이 이야기는 합리적 사고를 내포하고 선명한 근세의 분위기가 넘쳐나며, 당오대 문학 속 유사한 이야기와 비교했을 때 상징적 의미가 충만한 아이러니이자 『이견지』 중에서도 상인을 표현한 명작이라고 볼 수 있다.[129]

송원 문학에서도 상인의 뜻밖의 사랑에 대한 환상은 계속 표현된다. 그러나 당오대 문학과 다소 다른 점은 송원 문학에서의 상인은 더욱 재물을 탐하고 여색을 좋아한다는 것이다. 그래서 이러한 이야기 역시 시민성이 더욱 풍부해졌다. 「남릉미부인南陵美婦人」이 그렇다.

貪癡, 故侮之耳. 沈喚匠再團打, 費工直數十千, 且羞於徒輩, 經旬不敢出, 聞者傳以爲笑耳.(『夷堅志』 志補 권7)

129 사실 앞서 인용한 「華亭道人」의 후반부에도 비슷한 의미가 표현되어 있다. "다음날 성으로 들어간 상인은 중안교를 지나 시장에서 생강을 팔고 있는 이 도인을 만나 그에게 읍하고 말했다. '알고 보니 여선생님이셨군요. 당신은 능히 황금을 만들 줄 아실 테니 저에게 많이 주셔도 되겠습니다.' 도인이 웃으며 말했다. '이 생강을 지키고 있으면 바로 가게로 돌아가 금을 가져오겠네.' 저물녘까지 꼼짝 않고 지켰는데도 다시 오지 않자 수레에 생강을 모두 싣고 돌아왔다. 상인은 우매한 사람이라 더 이상 이를 한스러워하지 않았다. 사람들은 그 일을 듣고 크게 한숨을 쉬었다."[明日, 商入城, 過衆安橋, 逢此道人賣薑於市, 揖之曰: "你原來是呂先生, 想能化黃金, 可多與我." 道人笑曰: "爲我守薑, 今還店取金來." 癡守至暮, 不復來, 乃盡輦薑歸. 商, 庸人也, 不復懊恨. 聞者爲之太息]

선宣 땅의 남릉南陵은 한漢나라 때 춘곡현春谷縣이었던 옛 고을이다. 백성인 아무개 생生이 고을 치소治所의 대문 안에 주점을 열었다. 일찍이 달밤에 집을 나섰다가 아름다운 부인을 만났다. 그녀는 대갓집에서 온 것 같았는데 생을 보고는 웃으면서 말을 걸었다. 당시에 동평東平의 곽요고숙郭堯高叔이 재상이라서 생은 그 희첩이 자유분방하다고 생각하며 감히 응하지 못했다. 그러자 부인은 앞으로 다가가 그의 손을 잡고 곧바로 주점으로 들어갔다. 생은 원래 시정에서 고기 잡고 술파는 사람이라 여색에 푹 빠져 그녀를 데리고 잤다. 아침에 갔다가 저녁에 다시 오기를 몇 개월이나 그렇게 했다. 매번 올 때마다 선물을 주었는데, 처음에는 돈만 주었다가 오래 지나니 은 술잔을 가져왔고 점차 술병과 술독까지 가져와서 얻는 것이 더없이 많아졌다. 그래서 주인의 물건을 훔친 것이 아닌가 의심되었으나 재물을 탐하고 연애에 푹 빠져 더는 걱정하지 않았다.[130]

"여색에 빠지는" 것은 "시정의 백정과 술파는 자들"의 본색이며, "재물을 탐하고 연애에 푹 빠지는 것"은 상인의 심리에 대한 묘사이다. 여기에 케케묵은 도덕성은 보이지 않으며, 있는 것이라곤 내키는 대로 저지르는 저속함과 탐욕일 뿐이다. 나중에 이 아름다운 부인이 사실 귀신이었음을 알고 나서야 상인은 "놀라고" "매우 두려워하며" 손을 뗀다.

또 「장객기우張客奇遇」에서 상인 장객은 담이 매우 크다. "장사를 하려고 고을로 들어가 여관에서 묵던 중 어떤 부인이 고운 옷에 화려한

130 宣之南陵, 在漢爲春穀縣, 古邑也. 民某生者, 就邑治大門之內開酒店. 嘗以月夜出戶, 逢美婦人, 若自宅堂而來, 見生卽與笑語. 時東平郭堯高叔爲宰, 生謂姬妾浪遊, 不敢應. 婦前執其手, 徑趣店中. 生固市井屠沽兒, 迷於色, 便留之寢. 旦而去, 他夕復至, 如是數月. 每至, 必有贈餉, 初但得錢, 久而攜銀盞, 浸浸及於甁罍, 所獲不勝多. 益疑爲竊主家物, 然貪財溺愛, 不以爲虞.(『夷堅志』 志乙 권8)

장식을 하고 잠자리를 청하는 꿈을 꾼다. 꿈에서 깨어나 보니 부인이 정말로 옆에 있었고 날이 밝고 나서야 비로소 떠났다. 다음날 저녁 문을 닫고 등불은 아직 끄지 않은 차에 또 그 앞에 서 있어서 다시 함께 잤다. 그녀는 자기가 어디서 왔는지 밝히면서 '저는 이웃집 여식이니 더는 말하지 마십시오'라고 했다." 이후 장객은 부인이 목매달아 죽은 원귀인 줄 알고도 오히려 여색을 탐해 "그녀와 더욱 살갑게 지내며 두려워하지도 않았다." 뿐만 아니라 백금 50냥을 위해 부인의 청을 들어주며 자기 고향집까지 그녀를 데리고 간다. "객점 사람이 장씨에게 귀신의 기운이 이미 심하여 반드시 길에서 죽게 될 것이라고 했으나, 장씨는 전혀 의심하지 않고 매일 길을 가면서 함께 있지 않은 적이 없었다." 집에 도착한 후 "장씨가 사실대로 모두 말해주자 아내는 받은 돈이 탐이 나서 더는 묻지 않았다."[131] 마지막에 부인이 원한을 갚고 떠나는데, 장객은 비록 놀라기는 하지만 일말의 손해도 입지 않는다. 재물을 탐하고 여색에 빠져 귀신도 두려워하지 않는 상인의 형상은 역시 매우 깊은 인상을 남겨주고 있다.

이와 유사한 이야기로 「의성객宜城客」이 있다.

> 양양襄陽 의성의 유삼객劉三客은 본래 부자에 글공부도 했다. 경원慶元 3년 8월에 수천 꿰미에 달하는 재화를 가지고 서촉西蜀으로 장사를 떠났다. 관문 아래 5리 정도에 이르러 그 산림이 매우 빼어나고 아름다운 것이 마음

131 因行販入邑, 寓旅舍, 夢婦人鮮衣華飾, 求薦寢. 迨夢覺, 宛然在旁, 到明始辭去. 次夕方闔戶, 燈猶未滅, 又立於前, 複共臥. 自述所從來, 曰:"我鄰家子也, 無多言."(…中略…) 與之狎, 弗畏懼 (…中略…) 邸人謂張鬼氣已深, 必殞於道路, 張殊不以爲疑, 日日經行, 無不共處. 到家後, 張盡以實對, 妻貪所得, 亦不問.(『夷堅志』丁志 권15)

에 들었다. 그는 신선이 사는 곳이 아닐까 의심하며, 비록 장사꾼임에도 청허함을 숭상하는 뜻이 매우 절실하여 그곳으로 깊숙이 들어가 여기저기 둘러보다가 행장은 밖에 두고 종 다섯 명을 데리고 갔다. (…중략…) 다시 몇 리 남짓 들어가서 17~18세 되는 여자를 만났다. 소박한 옷을 입고 곱고 우아한 얼굴을 하고서 절구를 한 수 읊는데 그 소리가 애절하였다. "어젯밤 쉬이 가버리더니, 잠깐 사이 오늘 아침 되었네. 헛되이 갖고 있는 젊은 얼굴, 누구라서 아교와 짝을 맺으려나?" 유씨는 이 여인이 분명 남편을 잃어 제사를 치르며 참으로 슬프게 원통한 노래를 부른다고 마음속으로 생각하고서 그 까닭을 여러 차례 물었으나 모두 답해주지 않았다. 유씨가 말했다. "필시 양가집 규수라 시도 잘 읊고 글에도 능통할 것이야." 그에 화답하는 시 한 수를 골라 전하였다. "밤마다 차가운 베개에 깃들고, 아침마다 사늘한 이불을 만지네. 눈앞의 풍경 참 좋은데, 누가 한마음으로 말을 해줄까?" 여인이 크게 웃으며 물었다. "귀객께서는 성이 무엇이신지요?" 유씨가 "성은 유, 이름은 휘, 자는 자소라 하오"라고 답하자, 여인은 "제가 평소 마음에 두었던 분이시군요"라고 말했다. 이윽고 산등성이를 돌자 큰 저택이 나왔다. 대들보와 기둥은 넓고 크고 주렴과 휘장은 화려하고 깨끗했으며, 계집종들이 보기 좋게 줄을 맞춰 술상을 차려놓고 대작하고 있었다. 종 다섯을 별채로 데리고 오도록 하니, 차린 음식이 또한 후하고 성대하였다. 술 몇 잔이 돌고 하늘이 어두워지기 시작하자 여자가 말했다. "원앙 이불은 오래도록 적막하고 봉황 베개는 긴 세월 비어있었는데, 오늘밤 유낭군을 모시게 되어 참으로 다행입니다. 하룻밤 부부의 좋은 인연을 맺어도 될지요?" 유씨가 답례하며 말했다. "참으로 원하던 바라오." 이에 손을 잡고 방으로 들어가 지극한 즐거움을 나누었다. 날이 밝을 즈음 술이 깨보니 어느 무덤 위 풀무더기 안에 누워있었고, 종은 바위 틈 작은 구멍에 웅크리고 있었다. 여우 귀신에게 홀렸으나 다행히 목숨은 부지했음을 그제야 알게 되었다.[132]

이 이야기에는 당오대 문언소설 「유선굴游仙窟」의 그림자가 보인다. 그러나 이번에는 주인공이 사인士人이 아닌 도처에 장사하러 다니는 상인이다. 이 변화는 상당히 의미심장하다. 그는 숲속 깊숙이 들어가기 전에 나무꾼으로부터 "오래된 무덤에 여우 귀신이 있다"는 경고를 이미 받았다. 하지만 이 상인은 듣는 둥 마는 둥 "확실치도 않은 것 같아 믿을 수가 없다"며 산에 호랑이가 있음을 알고도 호랑이산으로 향하여 의심스런 여자와의 '하룻밤 사랑'의 약속을 위해 흔쾌히 떠난다. 결국 그는 "원하는 바를 이루어" 정말로 여우 귀신에 홀리는데, 여기에는 사랑을 위해 제 몸도 돌보지 않는 의미도 상당히 들어가 있다. 그러나 이상의 이야기 속 상인은 매우 운이 좋아서 결국에는 몸도 아무런 피해를 입지 않는다.

송원 화본소설 역시 상인의 뜻밖의 사랑에 대한 환상을 표현하였으

132 襄陽宜城劉三客, 本富室, 知書. 以慶元三年八月往西蜀作商, 所齎財貨數千緡. 抵關下五里間, 喜其山林秀粹, 疑爲神仙洞府, 雖身作賈客, 而好尙淸虛之意甚切, 欲深入遊眺, 置橐裝於外, 挾五僕皆往 (…中略…) 又進數里許, 與十七八歲女子遇, 服布素之衣, 顔容嫺雅, 誦一絶句, 音聲悲切雲: "昨宵虛過了, 俄爾是今朝. 空有靑春貌, 誰能伴阿嬌?" 劉默念, 此女必亡夫婿, 在彼醮祭, 怨詞可傷, 從而問故, 至於再三, 皆不答. 劉曰: "料必良人家女子, 旣能吟詠, 想深通文墨." 隨和一詩挑之雲: "夜夜棲寒枕, 朝朝拂冷衾. 眼前風景好, 誰肯話同心?" 女郎大笑, 問曰: "上客高姓?" 答以: "姓劉, 名輝, 字子昭." 女曰: "是我個中人也." 遂邀轉山背, 得大宅, 梁棟宏偉, 簾幕華潔, 婢妾佳麗成行, 置酒對飮. 命引五僕於別舍, 饌具亦腆盛. 數酌之後, 天色斂昏, 女曰: "鴛衾久寂, 鳳枕長虛, 今宵得侍劉郞, 眞爲天幸, 請締一夕夫婦之好可乎?" 劉謝曰: "正所願." 於是攜手入室, 歡合極意. 酒醒遲明, 乃臥一墓上草叢內, 僕跧伏石畔小穴中. 方知正墮狐祟, 賴性命不遭傷害耳.(『夷堅志』 三志新 권2)

며 그 내용 역시 시민성이 더욱 풍부해진다. 「낙양삼괴기洛陽三怪記」[133]와 「백낭자영진뇌봉탑白娘子永鎭雷峰塔」[134] 등이 모두 이러한 고사들이다. 주목할 점은 이러한 유형의 요괴 고사는 그 기원이 상당히 오래 전이며, 그중 여주인공의 형상은 무섭고 남주인공의 신분은 대부분 상인이 아니라는 것이다. 그러나 특히 「백낭자영진뇌봉탑」에 와서는 남주인공의 신분이 이미 상인으로 확실해질 뿐 아니라(허선許宣은 약재상을 운영하던 상인 집안 출신으로, 나중에는 다른 약재상에서 일을 하고 스스로도 약재상을 연 적이 있다) 여주인공의 형상도 비교적 사랑스럽게 변한다. 바로 이 두 측면의 변화를 통해 송원 문학의 상인에 대한 경도, 그리고 이 고사가 상인의 뜻밖의 사랑을 표현한 특징을 확인할 수 있다. 물론, 사랑의 환상에 대한 이 이야기는 사람을 감동시킬 만큼 아름답지만, 고사 원형의 영향을 너무 깊이 받아서 요괴의 그림자와 공포를 완전히 벗어날 순 없었다. 혹은 이 이야기는 상인의 모순 심리를 상징적으로 표현하였다고도 볼 수 있다. 그들은 뜻밖의 사랑이 이루어지길 마음속으로 바라면서도 그에 따른 위험에 대해서도 걱정하지 않을 수 없었다. 혹은 반대로 상인은 위험이 따를 것을 두려워하면서도 마음속으로는 사랑이 이루어지길 항상 바랐다고 말할 수 있다.(이 점에 있어서 이 이야기는 상술한 송원 문언소설과 다를 바가 없다) 허선의 사랑의 특징을 이런 식으로 이해한다면 우리는 이 이야기에 대해 새로운 인식을 가질 수 있을 것이다.

부자가 되는 것과 뜻밖의 사랑에 대한 상인의 환상을 표현한 것 외

---

133 『清平山堂話本』 권2
134 『警世通言』 권28

에 송원 문학에서는 타인의 도움에 대한 상인의 환상도 표현하기 시작했다. 「온주풍재溫州風災」가 그 예이다.

> 소흥紹興 32년 7월 13일, 온주에서는 큰 바람이 땅을 흔들면서 사람들과 집, 강 주변의 배들까지 수도 없이 바람에 흔들리고 물에 떠다니고 빠져버렸다. 비구니절인 정거사淨居寺는 삼전三殿이 우뚝하였는데, 그 중 두 전이 무너지고 천경관의 종루까지 쓰러져버렸다. 오직 강 한가운데 있는 강심사는江心寺는 산꼭대기의 두 탑이 매우 높아서 홀로 아무런 해도 입지 않았다. 그보다 이틀 전에 한 거상이 절 아래에 배를 댔는데 꿈에서 신이 나타나 말했다. "모레 큰 비바람이 불어 그 피해가 작지 않을 것이니 어서 배 안의 물건들을 다른 곳으로 옮기도록 하라. 나는 오늘 밤 마행麻行의 수륙회에 갔다가 모임이 끝나면 바로 절에 와서 탑을 지킬 것이다." 상인은 그가 알려준 대로 했다. 마행은 마을 안의 지명으로 그곳에 가서 탐문해보니 정말로 그날 밤 수륙회를 연 적이 있었다.[135]

우리는 신명神明이 무슨 이유로 이 거상에게 풍재風災를 미리 알려주었는지 알 수 없다. 그가 제사를 매우 후하고 정성스럽게 치러주었을까? 그러나 이 이야기에서 최소한 우리는 상인이 천재와 인재에서 벗어날 수 있도록 도움 받기를 갈망한다는 것을 알 수 있다. 당오대 문학에서는 이런 작품이 보이지 않으나 후대의 문학에서는 자주 보이게 된다.

---

135 紹興三十二年七月十三日, 溫州大風震地, 居人屋廬及沿江舟楫, 吹蕩漂溺不勝計. 淨居尼寺三殿屹立, 其二壓焉, 天慶觀鍾樓亦仆. 唯江心寺在水中央, 山顚二塔甚高峻, 獨無所損. 先是兩日, 有巨商檥舟寺下, 夢神告曰:"後日大風雨, 爲害不細, 可亟以舟中之物它徙. 吾今夕赴麻行水陸會, 會罷, 卽來寺後守塔矣." 商人如其戒. 麻行者, 村中地名也, 繼往偵問, 果有設水陸於玆夕者.(『夷堅志』 丙志 권6)

이상의 논의를 종합하면, 송원 문학에 표현된 상인의 희망과 환상은 당오대 문학에서 표현된 그것과 상당히 달려졌고, 전반적으로 봤을 때 현실성, 세속성, 근세적 색채가 더욱 풍부해져 각 측면에서 후대 문학의 선구가 되었다는 것이다.

2) 상인의 정신세계에 대한 표현

(1)

상업 활동의 본질은 곧 상품을 유통시켜 최종적으로 그 가치를 실현함으로써 인류사회에 행복을 가져오는 것이다. 상품을 유통시키기 위해서는 상인이 물건 없는 곳에 물건을 운반하고 사방을 다니며 장사를 해야 한다. 이 과정에서 사회는 자기가 필요한 물건을 얻고 상인은 돈을 벌게 된다. 상인은 주관적으로는 자신을 위해 이익을 도모하고 객관적으로는 사회를 위해 행복을 가져오며, 사실 이 둘 사이에 모순은 없다. 그렇다면 이론적으로 봤을 때, 수단이 정당하기만 하면(사실 "수단이 정당하다"는 것은 정의를 내리기가 매우 힘들다) 상인이 사회에 가져다주는 행복이 많을수록 그 자신도 많은 돈을 벌게 되고, 그가 버는 돈이 많으면 많을수록 사회에 가져다주는 행복도 커지게 된다. 따라서 장사라는 직업의 목표를 구체화한다면 그것은 바로 돈은 많이 벌수록 좋다는 것이고, 이는 또한 상인 계층의 기본적인 가치관이 되었다. 그리고 바로 이 가치관에 따라 "돈이 많으면 무리들 중에서 상객上客이 되고金

多衆中爲上客",[136] 명대 휘주徽州 지방처럼 돈을 얼마나 버느냐에 따라 상인의 성패를 논하는 현상이 출현하게 된 것이다.[137]

그러나 인류의 다른 모든 행위와 마찬가지로 상업 활동 중에도 갖가지 모순적 요소가 포함되어 있다. 이기적 동기와 이타적 효과의 비중, 수단의 정당함 혹은 부정당함의 경계, 상인 개인의 경영 수준의 높고 낮음 등등이 모두 서로 엉킨 채 섞여 있어 단순하게 평을 내놓기는 힘들다. 상업 활동과 상인에 관한 각종 역사적 논의들은 모두 이러한 당혹스러움의 표현으로 봐도 될 것이다.

중국문학만 놓고 보면, 상인적 가치관에 대한 표현도 부단한 변화의 과정을 거쳤다. 선진양한의 문학에서는 기본적으로 상인적 가치관에 대한 표현이 나타나지 않았다. 이는 당시 문학이 기본적으로 상인에 관심을 두지 않은 사실과 일치한다. 위진남북조 문학에서는 상인적 가치관에 대해 약간의 표현이 보이기 시작한다. 앞서 인용한 포조鮑照의 「관포인예식觀圃人藝植」 시에서 "성공한 상인은 양잠과 고기잡이를 비웃고善賈笑蠶漁" "후한 이익을 위해 바다와 육지 끝까지 간다네深利窮海陸"[138]라고 언급한 것이 그 예이다. 즉 시인은 소위 성공한 상인('선고善賈')은 "위로는 하늘 끝까지 아래로는 황천까지上窮碧落下黃泉" 재부를 추구한다고 인식한 것이다. 또 앞에서 인용한 조식曹植 시에서도 "소보巢父와 허유許由는 온 세상을 업신여기고, 장사꾼은 한 푼의 돈을 다투네巢許蔑四海, 商賈爭一錢"[139]라는 언급으로 한 푼이라도 쟁취하고 쟁탈하는

136 張籍, 「賈客樂」, 『全唐詩』 권382.
137 『二刻拍案驚奇』 권37 「疊居奇程客得助 三救厄海神顯靈」.
138 『先秦漢魏晉南北朝詩』 宋詩 권9.
139 『先秦漢魏晉南北朝詩』 魏詩 권6에서 인용한 樂府 구절.

것이 바로 상인이 본질임을 인식했다. 사실상 그들은 상인적 가치관에 대해 이미 인식하면서도 애초부터 이러한 가치관을 무시하고 있었던 것이다. 이것이 곧 (포조처럼) "자신의 몸만을 바르게 한다獨善其身"거나 (조식처럼) "천하를 함께 바르게 한다兼善天下"는 그들 자신의 가치관이 상인적 가치관과 전혀 다른 이유이다. 당오대 문학에서 상인적 가치관에 대한 표현은 이전 시대 문학보다 훨씬 많아졌다. 그러나 이 가치관이 비판을 받는 정도 또한 이전 문학보다 더욱 심해졌다. 예를 들어 유우석劉禹錫의 「고객사賈客詞」, 장적張籍의 「고객악賈客樂」, 백거이白居易의 「염상부鹽商婦」, 원진元稹의 「고객악估客樂」 등은 "이익만을 추구하는惟利是求" 상인적 가치관과 이익을 위해서라면 수단과 방법을 가리지 않는 그들의 행위를 매섭게 비판한다. 상인을 비판만 하지는 않지만 그들의 가치관에 대해 많든 적든 불만을 표하는 시도 있다. 예를 들어 소증蘇拯의 「고객賈客」, 황도黃滔의 「고객賈客」, 유종원柳宗元의 「초해고문招海賈文」 등은 해외 무역에 종사하는 상인이 겪는 위험을 동정하면서도 "이익 때문에 목숨을 바꾸는以利易生" 그들의 모험정신에 대해서는 매우 어리석은 행위라며 불만을 표시한다. 이를 통해 우리는 그들의 가치관이 매우 다르고 서로 간에 기본적으로 소통이 될 수 없었음을 알 수 있다. 그러나 당시 문언소설에서는 초자연적 표현 수법을 통해 오히려 상인적 가치관에 대해 일정 정도 이해하는 모습이 보인다. 예를 들어 「제주민齊州民」, 「반장군潘將軍」, 「공파龔播」, 「노산인盧山人」에서는 상인의 마음속 은밀한 갈망을 표현했다. 뜻밖에 어떤 신비한 보물을 획득한다거나, 시장의 상황을 예측할 수 있는 신비한 능력을 가진다거나, 스스로 경영을 순조롭게 하여 큰돈을 벌어들이는 경우 등이다. 주목할 점은 이 작품들에서는 당시의 시문詩文처럼 이러한 상인의 은밀한 갈망을 비웃지 않는다는 것이다. 그러나 한계는 여전히 존재한다. 초자연적 요소에 대한 관심이 상인의 실제 활동에 대한 관심을 넘어서기 때문에 상인적 가치관을 표현하는 데 있어서 간접적이고 모호한 인상을 줄 수밖에 없다. 다만 「정소鄭紹」 같은 개별 작품에서만 "저는 일개 상인일뿐으로 남북을 자주 다니며 오직 이익만을 추구합니다"[140]라는 상인적 가치관과 직접 접할 수 있다. 그러나 저자는 여전히 정소로 하여금 대가를 치르게 한다. 즉 그는 자신의 가치관을 실현하기 위해 천재일우의 사랑의 기회를 잃게 되는 것이다. 이는 상인적 가치관과 낭만적인 사랑이 둘 모두 완벽할 순 없음을 상징하며, 동시에 상인적 가치관에 대한 저자의 비판적 태도를 암시한다.

그러나 송원 문학, 특히 송원 통속문학으로 오면 상인적 가치관에 대한 표현에 완전히 새로운 국면이 나타난다. 과거에는 상인적 가치관에 대해 무시하고 비판하거나 이해할 수 없다는 태도를 보인 것과 반대로, 송원 문학에서는 상인적 가치관에 대한 긍정적 표현이 보인다. 송원 문학 전체가 그렇다고 말할 순 없지만, 설령 그 사례가 많지 않다 하더라도 이미 공전의 발전이라고 할 수 있다.

진간부秦簡夫의 「동당노권파가자제東堂老勸破家子弟」[141]는 이러한 측면에서 뛰어난 대표작이라고 할 수 있다. 이야기 속 주인공은 노년의 부유한 두 상인으로 한 명은 조국기趙國器, 한 명은 이실李實(동당노)이다. 그들은 모두 동평부東平府 사람으로 장사를 위해 양주로 와서 같은

---

140 余一商耳, 多遊南北, 惟利是求.(『太平廣記』 권345)
141 『元曲選』.

골목에 거주하였다. 그들은 평생 장사하여 성공을 거두었고 노년에 이르러서는 모두 양주의 큰손이 되었다. 조국기는 "양주에서 둘째가면 서러운 부자揚州點一點二的財主"로 그의 재산은 "성곽 주변으로 1천 경頃의 밭이 있고, 성 안에는 기름집과 전당포가 있었으며負郭有田千頃, 城中有油磨坊解典庫", 이실의 재산 또한 "넘쳐날 정도로松寬的有" 매우 많았다. 이전 시대 문학에서 이런 부유한 상인들은 주인공으로는 아예 등장하지 않았으며, 설사 등장한다 해도 부정적인 인물로 묘사되었다. 그러나 이 잡극에서 그들은 주인공일 뿐만 아니라 긍정적인 인물로 표현되기까지 했다. 이 사실 자체가 이미 문제를 분명히 설명해주는 것이다.

또 작자는 그들의 일반적인 생활을 묘사했을 뿐 아니라 그들의 근본적 측면 즉 그들의 가치관까지 표현하고자 했으며, 더 나아가 그들의 가치관을 표현할 때 작자는 오롯이 그들의 입장에 서서 그들을 이해하고 긍정했다. 이러한 입장과 태도는 과거의 문인들과는 완전히 다른 것이다. 이는 아마 송원 시대의 역사 문화적 배경 아래에서 문인과 상인의 위치가 더욱 가까워진 결과일 것이다.

이전 시대에는 상인적 가치관에 대해 대체로 부정적 태도를 견지했으나 이 잡극에서는 긍정적 태도를 보였다. 동당노의 이 한 마디 말은 상인 가치관의 선언으로 보이며, 그는 이를 당당한 어조로 말하고 있다.

> 나는 부유함도 나의 능력이며 가난함도 운명과는 관계가 없다고 생각한다![142]

142 我則理會有錢的是咱能, 那無錢的非關命.

이 구절이 내포하고 있는 '혁명적' 의미는 아무리 생각해도 지나치지 않다. 돈을 버는지 그렇지 않은지 그리고 얼마나 버는지는 곧 상인의 성공 여부를 판단하는 근본 표지이다. 돈을 벌 줄 알거나 많이 벌면 성공한 상인이고, 돈을 벌지 못하거나 적게 벌면 실패한 상인이다. 돈을 버는지 그리고 얼마나 버는지는 상인 자신에 의해 결정되며, 이는 운명과는 전혀 무관하다. 한 걸음 더 나아가 성공한 상인은 곧 성공한 사람이기도 하며, 실패한 상인은 곧 실패한 사람이기도 하다. 이렇게 해서 인생 자체의 성공 여부가 돈을 버는지 그리고 얼마나 버는지와 바로 연관된다. 이로써 상인적 가치관은 상인에게 완전히 정당한 것이 될 뿐 아니라 모든 사람에게도 완전히 정당하게 된다. 그 이전의 문학작품에서 이처럼 명쾌한 선언으로 장사를 통한 축재의 정당성을 긍정한 경우는 없었으며, 오히려 대부분 그 반대였다고 해야 할 것이다. 이를 통해 우리는 이 선언의 '혁명성'을 확인할 수 있다. 이는 이전 문학 속의 모든 전통 관념에 대한 도전이자 상인의 목표가 곧 돈을 버는 것임을 큰 소리로 선포한 것이다. "한 푼이라도 더 벌고爭一錢" "많은 이익을 위해 바다와 육지 끝까지 가고深利窮海陸" "밤마다 돈꿰미를 세느라 늦도록 잠들지 않고夜夜算緡眠獨遲" "좌상은 굽실굽실하고 행상은 허둥지둥하며 이욕을 좇으려니 마음은 불안하고 탐욕 때문에 눈도 깜박이지 않으며坐賈禹禹, 行賈遑遑, 利心中驚, 貪目不瞬", "바다에서의 큰 이익海利深"과 "후한 이익深利"을 바라고, "이익으로 목숨을 바꾸고以利易生" "살아서는 탐부貪夫가 되고生爲貪夫" "오로지 이익만을 추구하며惟利是求" "이익을 중시하고 이별은 가볍게 여기며重利輕別離" "이익이 있어야만 함께 노닐고所遊唯利並" "해마다 이익을 좇아 동서를 오가며年年逐利西復東" "이익이 있는 곳으로 몸을 움직이고자有利身卽行" 했다.(이상은 모두 당오대 시문에서 인용) 더구나 이처럼 돈을 버는 목적은 완전히 정당하여 비난도 받지 않았다! 이는 상인 가치관에 대한 인식의 역사적 전환이었다.

상인적 가치관이 긍정적으로 받아들여지면서 치부라는 목표의 실현을 위해 상인이 보여주는 직업정신 또한 이해되고 인정되었다. 예를 들어 조국기는 장사를 해온 자신의 과거를 회고하며 그동안 겪었던 고생을 떠올리며 아래와 같이 감개무량해진다.

> 이 늙은이는 어렸을 때부터 장사를 시작해 아침 일찍 일어나고 저녁 늦게 자면서 이 가업을 이루었다오.[143]
>
> 이 늙은이는 평생 부지런히 일하고 고생하며 이렇게 많은 재산을 불려왔다오.[144]

동당노의 회고와 감개는 더욱 생생하다.

> 내가 생각하기엔 이 돈 또한 쉽게 벌어들인 것은 아니었지. 창唱 장사 하면서 속여도 보고, 호미와 쟁기로 농지를 개간하여 넓히기도 했고, 강과 수로를 막아 고기 잡고 나무 캐는 일을 정비하기도 하고, 산에 굴을 파서 불 땔 석탄을 캐기도 했지. 그런데 그 녀석은 장사하면서 이익과 명예를 어떻게든 모두 차지하고 싶어 하면서도, 결국 한단지몽에 떨어질 줄은 전혀 생각지도 못했어.[145]

---

143 想老夫幼年間做商賈, 早起晚眠, 積儹成這個家業.
144 老夫一生辛勤, 掙這銅鬥兒家計.

> 내가 어릴 적 혈기왕성할 때를 생각해보면 어떻게든 한 푼이라도 더 벌려고 했지. 아, 지금 내 몸에 남은 것이라곤 이런저런 잔병뿐이야. 나는 호랑이, 이리 굴로 들어가면서 여생을 돌보지도 않았네. 밤이든 낮이든, 비가 오든 맑은 날이든 전혀 따지지 않았지. 이익과 명예가 있는 곳이면 다투어 찾아갔으니 편히 쉰 날이 하루라도 있었겠는가? 십년 하고도 다섯 해를 더 노력하여 내가 이렇게 분에 넘치는 부자가 되었으니 이 또한 천신만고 끝에 이루어낸 것이지. 지난날이 놀랍기만 하네![146]

이전 시기 문학에서는 상인의 이런 직업정신을 묘사한 적이 없다. 설사 있다 하더라도 상인을 비난하기 위한 구실일 뿐이었다. 이전 시대 문인들이 상인적 가치관을 이해하지도 긍정하지도 못했다면, 당연히 그들은 이러한 상인의 직업정신 역시 이해하지도 긍정하지도 못했을 것이다. 그들은 좋게 볼 때는 "이익을 위해 목숨까지 바치는" 상인의 직업정신을 동정하고 안타까워했으며, 나쁘게 볼 때는 "이익을 위해서라면 뭐든지 다하는" 사람들로 생각하며 상인에 대한 풍자와 비판을 가했다. 「동당노권파가자제」와 같은 작품에 이르러서야 상인 스스로의 입을 통해 상인의 직업정신을 명확하게 이해하고 긍정한 것이다. 이 작품에서 상인이 돈을 벌기 위해 행한 모든 노력은 더 이상 부끄럽거나 어리석은 행위가 아닌 영웅적인 기개와 사업에 대한 야망을 상징

---

145 我想這錢財也非容易博來的. [唱]做買賣, 恣虛囂; 開田地, 廣鋤鉋; 斷河泊, 截漁樵; 鑿山洞, 取煤燒. 則他那經營處, 恨不的占盡了利名場, 全不想到頭時剛落得個邯鄲道.

146 想著我幼年時血氣猛, 爲蠅頭努力去爭. 哎喲, 使的我到今來一身殘病. 我去那虎狼窩不顧殘生. 我可也問甚的是夜甚的是明, 甚的是雨甚的是晴. 我只去利名場往來奔競, 那里也有一日的安寧?投至得十年五載我這般松寬的有, 也是我萬苦千辛積儹成. 往事堪驚!

하는 것이 되었다. 이전 시대 문학과 비교하면 이 또한 하나의 역사적 전환이자 진보이다.

이런 직업정신을 가진 인물은 조국기와 동당노에 국한되지 않는다. 원 잡극에 등장하는 다른 상인들도 이러한 직업정신을 갖고 있었다. 예를 들어 맹한경孟漢卿의 「장정지감마합라張鼎智勘魔合羅」[147]에 등장하는 상인 이덕창李德昌이 장사를 위해 남창南昌으로 떠나려 하면서 부인에게 건네는 이별의 말에도 이런 직업정신이 내포되어 있다.

> 남자라면 모름지기 최선을 다해야 하니 이제 타향에 가서 장사를 해보려 하오. 당신 얼굴에 눈물이 가득할 것이나 이익만 얻으면 바로 돌아 올테니 길어야 반년도 안 될 거요.[148]

나중에 길에서 악당들을 만나 다시는 부인의 곁으로 돌아오지 못한 것을 생각하면, 그의 말이 내포하고 있는 비극적 의미가 더욱 분명해진다. 또 무한신武漢臣의 「산가재천사노생아散家財天賜老生兒」[149] 속 상인 유우劉禹는 만년에 장사를 해 온 자신의 지난날을 돌아보면서 돈을 벌기 위해 갖은 고생을 마다하지 않은 전반의 생애에 대해 동당노와 같은 감회를 표현하고 있다.

> 그래 나는 이 돈 때문이었어! [창]이것이 반평생 나를 바쁘게 하고 10년 동안 정신없이 밤낮을 가리지 않고 힘들게 일하도록 한 거야. 내 마음을 즐

---

147 『新校元刊雜劇三十種』.
148 男子爲人須掙揣, 如今向他鄉做買賣. 你則管淚盈腮, 多不到半載, 但得利便回來.
149 『新校元刊雜劇三十種』.

겹게 해주며 항상 곁에 있는 이 귀한 돈을 위해 길가 사당이라도 어떻게든 하나 짓고 싶구나. [창]그때는 나이도 어리고 돈도 없어 남의 돈을 강탈해야 했으니 어찌 붉은 두건을 쓴 채 검을 잡고 칼을 들지 않을 수 있었겠어. 죽을 것 같은 괴로움 속에서 부모와 이별하고, 두 눈 부릅뜬 채 처자식을 버렸지. 농사짓는 그 땅에는 가지도 않고, 도적의 소굴에서 겨우 목숨만 부지했지.(계속 말하길)돈아, 너 때문이었어! [창]호랑이가 바람처럼 울어대는 태산 꼭대기를 3천 번이나 지나고, 용이 파도를 내뿜는 장강을 2백 번이나 오갔지. 넋이 흩어지고 혼이 사라질 정도였다는 말밖에 못하겠구나![150]

주인공은 돈을 벌기 위해 고향을 떠나 사지로 들어가기도 하고 갖은 고초를 겪으며 모든 기지를 발휘했다. 그래서 사람들은 그가 겪은 일에 조금씩 동정심을 갖게 되고, 그가 "이익을 위해 도모하지 않은 바가 없었다고" 비난하지는 않는다. 그가 전반의 생애에서 겪은 경험에도 상인의 직업정신이 포함되어 있는 것이다.

상인이 치부의 목표를 실현함에 있어 직업정신이 이처럼 매우 중요했기 때문에 직업정신을 가졌는지의 여부는 곧 상인으로서 성공할 수 있는지 그렇지 못한지를 결정하는 관건이 되었다. 동당노의 아래와 같은 말이 바로 이 의미이다.

150 俺子爲這錢呵![唱]引的我半生忙, 十年鬧, 無明夜攘攘勞勞. 爲這快心如意隨身寶, 恨不的蓋一座通行廟. [唱]那時節正年少, 爲錢少, 恨不得去問人强要, 則爭不戴著一頂紅頭巾仗劍提刀. 痛殺殺將父母離, 眼睜睜把妻子抛. 卻是那田地里不到, 可賊盜窟里把性命潛逃. (帶云)錢呵, 爲你呵![唱]去那虎嘯風泰山頂過到三千遍, 去那龍噴浪長江里走迭二百遭. 但說著呵魄散魂消!

장사하는 사람들 중에 어떤 부류는 앞으로 나아가 기꺼이 눈바람을 무릅쓰고 추위를 감내하는 도박을 한다. 어떤 부류는 비바람을 겁내며 문밖에 나서지도 않는다. 그래서 공자 문하의 3천 제자 중에 자공만이 화식貨殖에 능한 큰 부자가 되었다. 이는 사람으로 인한 것이지 어찌 운명 때문이겠는가! [창] 그래서 나는 부유함도 나의 능력이며 가난함도 운명 때문이 아니라고 본다네. 우리도 이 장사를 잘 계획해서 능수능란하게 해내야지. 빈궁과 부귀가 생전에 정해진다고는 하나, 그렇다고 우리가 안정된 자리의 편안함만 누려서야 되겠는가.[151]

이는 상인 직업정신의 표명으로 볼 수 있으며, 여기에 표현된 관점은 대부분의 상인, 특히 성공한 상인들의 신조일 것이다. 그것은 바로 장사의 성공 여부는 사람 때문이지 운명 때문이 아니며, 직업정신을 가진 상인만이 성공할 수 있고, 직업정신이 갖춰지지 않은 상인은 성공할 수 없다는 심지어 한 상인으로서의 자격도 갖지 못한다는 것이다. 여기서 우리는 '천명'에 대한 상인 직업정신의 도전을 볼 수 있으며, 그 배후에 내포된 상인 가치관의 표현까지 볼 수 있다. 즉 자공이 공자의 제자들 중에서 학문에 가장 뛰어나진 않았지만 상인의 눈에는 그가 유일하게 성공한 사람이었다는 것이다.

동당노와 같은 중국문학 속 최초의 진정한 상인들은 스스로가 상인적 가치관과 직업정신을 견지할 뿐 아니라 어떻게든 그 다음 세대에게

151 那做買賣的, 有一等人肯向前, 敢當賭, 湯風冒雪, 忍寒受冷; 有一等人怕風怯雨, 門也不出. 所以孔子門下三千弟子, 只子貢善能貨殖, 遂成大富. 怎做得由命不由人也! [唱]我則理會有錢的是咱能, 那無錢的非關命. 咱人也須要個幹運的這經營. 雖然道貧窮富貴生前定, 不俫咱可便穩坐的安然等.

이를 전수해주어 다음 세대가 자신의 재산 뿐 아니라 자신의 사업까지 계승할 수 있기를 바랐다. 조국기라는 상인이 죽기 전에 가장 불안해 한 것은 바로 변변치 못한 아들 양주노가 상인적 가치관과 직업정신을 전혀 이해하지 못할까 하는 것이었다. 그래서 그는 믿을 만한 친구 동당노에게 "아들을 맡김으로써" 자기가 죽은 후에도 아들 양주노를 구제하고 개조하는 사명을 이어가도록 했다. 실제로 동당노는 친구의 부탁을 저버리지 않고 결국 양주노를 구제하고 개조했다. 동당노가 양주노라는 이 방탕아를 구제·개조하고, 그를 상인 계층의 믿을 만한 계승자로 키우는 방법도 바로 양주노가 가장 곤궁하게 되었을 때, 가장 작은 장사부터 시작해보도록 함으로써 처음부터 장사의 고초와 고난을 몸소 겪어 상인적 가치관과 직업정신을 점차 길러가도록 하는 것이었다. 동당노와 양주노의 아래 대화는 마치 상인 교육의 졸업시험을 보는 것 같다.

> [(정말正末-남자주인공)계속 말하길] 양주노야, 오늘 얼마나 벌었느냐? [양주노가 말하길]본전이 한 꿰미였는데, 하루를 팔아서 또 한 꿰미를 벌었습니다. [정말의 창] 너는 이 5백 전으로 녹두가루를 좀 사서 부엌으로 가거라. 그리고 기름, 소금, 장도 좀 사는 게 어떨까? [양주노가 말하길] 무슨 배때기라고 또 기름, 소금, 장을 먹겠습니까? [정말이 말하길] 아이고, 얘야, 그럼 이 팔다 남은 채소나 먹자. [양주노가 말하길] 먹어버리면 본전이 깎입니다. 찬물을 가져다가 좀 뿌려준 다음 또 팔면 되잖아요! [정말의 창] 네 놈의 그 오장육부 신도 오늘이 오기 전에 진작 고기를 잡아먹었을 게다. [말하기를] 양주노야, 구운 양고기를 좀 사다가 먹으란 말이다. [양주노가

말하길] 저는 감히 못 먹겠습니다. [정말이 말하길] 물고기나 사다가 좀 먹어라. [양주노가 말하길] 아저씨, 본전이 얼마나 된다고 또 물고기를 사다 먹습니까? [정말이 말하길] 고기라도 좀 사다 먹어라. [양주노가 말하길] 그것도 감히 사서 먹지 못하겠습니다. [정말이 말하길] 아무 것도 못 사먹겠다면, 뭘 먹겠다는 것이냐? [양주노가 말하길] 아저씨, 저는 저 창고의 좁쌀을 사놓고도 티끌만큼이라도 떨어져 나갈까봐 찧지를 못합니다. 팔다 남은 저 채소 이파리나 주어다가 푹 삶아 소금에 절이거나 장을 바를 필요도 없이 그저 밍밍한 죽이나 한 그릇 먹으면 됩니다.[152]

양주노의 대답은 그가 이미 상인적 가치관과 직업정신을 완전히 깨닫고 있었다는 것, 즉 그가 이미 상인 계층의 일원이 될 조건을 갖추고 있었음을 보여준다. 이런 때가 오고 나서야 동당노는 그에 대해 안심하고 조국기가 남긴 양주노의 원래 재산을 돌려주며 스스로의 경영으로 재산을 더 키워보도록 했다. 여기서는 "고생 속 고생을 겪어보지 않으면 사람 위의 사람이 되기 힘들다"는 옛말이 다른 특별한 함의를 더할 필요도 없이 상인의 육성이라는 측면에서 해석되어야 할 것이다. 우리가 「동당노권파가자제」를 살펴본 진정한 의의는 이 작품이 상인적 가치관과 직업정신을 직접적으로 긍정했을 뿐 아니라 이러한 가치

152 [(正末)帶云] 揚州奴, 你今日覓了多少錢? [揚州奴云]是一貫本錢, 賣了一日, 又覓了一貫. [正末唱]你就着這五百錢買些雜面你便還窯去. 那油鹽醬旋買也可是零沽? [揚州奴云]甚么肚腸, 又敢吃油鹽醬哩！[正末唱]哎, 儿也, 就着這賣不了殘剩的菜蔬. [揚州奴云]吃了就傷本錢. 着些涼水儿洒洒, 還要賣哩！[正末唱]則你那五臟神也不到今日開屠. [云]揚州奴, 你只買些燒羊吃波. [揚州奴云]我不敢吃. [正末云]你買些魚吃. [揚州奴云]叔叔, 有多少本錢, 又敢買魚吃? [正末云]你買些肉吃. [揚州奴云]也都不敢買吃. [正末云]你都不敢買吃, 你可吃些甚么? [揚州奴云]叔叔, 我買將那倉小米儿來, 又不敢舂, 恐怕折耗了, 只揀那賣不去的菜叶儿, 將來煨熟了, 又不要蘸鹽攠醬, 只吃一碗淡粥.

관과 직업정신의 전수의 중요성을 강조하고 그것을 전수하는 구체적인 방법을 보여줬다는 데 있다. 이 잡극이 상인 계층의 선언서이자 상인 자제의 교과서가 되기에 손색이 없음을 여러 측면에서 확인할 수 있다. 이 작품이 송원 시대 문학에서 출현한 것은 당시 문학이 자랑할 만한 지점 중 하나로서 당시 문학의 상인에 대한 표현에 있어서의 발전을 체현한 것이기도 하다.

(2)

그러나 만약 송원 문학에서 상인적 가치관과 직업정신을 직접적으로 표현하고 긍정한 것이 상인을 표현한 진보성 중의 하나라면, 상인 가치관의 모순과 충돌을 표현한 것은 상인 표현에 있어서의 한계를 그대로 보여준다고 말할 수 있다. 이전 시대 문학에서 상인적 가치관은 거의 중시되지 못하고 오히려 경시 받는 경향이 더욱 많았다고 할 수 있으나, 송원 문학에서 상인적 가치관은 이미 어느 정도 중시를 받게 되었다. 그러나 상인적 가치관이 정면으로 표현되고 긍정되었다고 해서 다른 전통적 가치관이 바로 역사의 무대에서 사라진 것은 아니었다. 그래서 상인적 가치관은 다른 가치관의 도전까지 받게 되었다. 다른 가치관의 도전에 직면하여 상인들이 어떻게 그 도전을 받아 응전하는지가 상인 계층의 성숙도를 측정하는 중요 표지였다. 상인적 가치관 및 그것과 다른 가치관과의 모순과 충돌 그리고 상인이 가치관의 모순과 충돌에 직면했을 때의 심리적 반응이 송원 문학의 중요한 특징이었으며, 이는 송원 문학의 진보성과 한계를 동시에 표출하는 것이기도 했다.

무한신의 「산가재천사노생아散家財天賜老生兒」에서는 성공한 상인 유우가 등장한다. 조카가 돈을 빌려 장사에 나서려 하자 그는 조카에게 독서와 장사의 이점과 폐단을 아래와 같이 비교한다.

> 독서하는 사람은 뜻과 기상이 높고 장사하는 사람은 도량이 작으니 이는 각각의 사람들이 좋아하는 바이다. 고난을 감내하며 경쟁하는 것은 마치 부지런히 공부하는 것과 같다. 장사하는 사람은 작은 돈을 큰 자본으로 바꾸고, 독서하는 사람은 흰 옷을 자주색 도포로 바꾸지만, 이를 좋아하는 자가 즐거움을 위해서 하는 것이라고 말하진 말라. 관리가 되는 것이 장사하는 것보다 더 출세하게 된다. 만약 공명이 이루어지면 마음은 원망이 없어질 것이나, 아무리 장사를 해도 결국 땀도 못 식힐 정도라면 이는 헛수고일 뿐이다![153]

유우의 경향은 의심의 여지없이 독서 쪽에 기울어져 있다. 독서해서 성공하면 관리가 될 수 있어 장사보다 전도가 유망하기 때문이다. 다시 말해, 상인적 가치관과 벼슬길의 가치관 사이에서, 설사 성공한 상인이라 하더라도 유우는 역시 벼슬길의 가치관에 더욱 기울어져 있다는 것이다. 이는 물론 상인 계층의 실제 처지를 보여주기도 하지만, 동시에 그들 스스로의 자신감 부족을 보여주기도 한다. 그러나 여기서 주목할 점은 상인적 가치관이 단지 둘을 비교만 한다면 확실히 벼슬길의 가치관만 못하지만, 그 자체로서는 부정되지 않고 오히려 긍정되었

153 讀書的志氣高, 爲商的度量小, 是各人所好. 便苦做爭似勤學. 爲商的小錢翻作大本, 讀書的白衣換了紫袍, 休題樂者爲樂, 則是做官比做客較裝腰. 若是那功名成就心無怨, 抵多少買賣歸來汗未消, 枉了劬勞!

다고 봐야한다는 것이다. 비교는 둘의 긍정적 가치관 사이에서만 진행한 것이다. 바로 이 지점에서 작품은 송원문학의 새로운 시대정신을 보여주는 것이고, 이는 이전 시대 문학과는 확연히 다른 부분이다. 그리고 마지막의 핵심적인 비교는 "만약 (…중략…)"이라는 가정의 상황에서 나온 것이다. 그러나 "만약" 공명이 이루어지지 못한다면? 당연히 장사에도 미치지 못하게 된다. 이것이 바로 관한경關漢卿의 「산신묘배도환대山神廟裴度還帶」[154]에서 상인 왕원외王員外의 아내이자 배도의 이모인 여자의 생각이다.

> 배도야, 생각해보면 너는 부모님이 돌아가신 후에 달리 이룬 바도 없으면서 장사라도 좀 해서 생계를 꾸릴 생각도 않고 매일 책만 읽었다. 내 아무리 생각해봐도, 그렇게 주린 배를 참아가며 공부하는 게 무슨 소용이 있단 말이냐? 어느 세월에나 뜻을 이룰 수 있단 말이냐?[155]

> 재주가 있다면 재주가 있다면, 네 밥이라도 배불리 먹을 수 있어야지.[156]

> 너는 공연히 뱃대지에 글만 가득 찼겠지만, 너는 우리 장사하는 사람만큼 쓸모가 있지 않다.[157]

---

154 『元曲選外編』.

155 裴度, 想你父母身亡之後, 你不成半器, 不肯尋些買賣營生做, 你每日則是讀書. 我想來, 你那讀書的窮酸餓醋, 有甚麼好處? 幾時能勾發跡也?

156 懷才懷才, 你且得頓飽飯吃者.

157 你空有滿腹文章, 你則不如俺做經商的受用.

> 배도야, 네 이모부에게서 장사를 좀 배워라. 본전이 없으면 내가 본전을 좀 줄 테니, 이득이 될 만한 것을 찾아 해봐야 기개가 있는 것 아니겠느냐? 억지로 너처럼 공부하지 말거라, 무슨 좋은 점이 있단 말이냐?[158]

위의 예들은 유우가 조카에게 충고해준 말과 선명한 대조를 이룬다. 한쪽은 조카에게 공부해서 관리가 되도록 권하고 장사하는 상인은 되지 말라고 한다. 다른 한쪽은 외조카에게 상인이 되어 장사를 해야지 공부해서 관리가 되지 말도록 권한다. 그러나 사실상 이 둘은 상통한다. 만약 공부로 성공하지 못하면 상인이 되어 장사하는 것만 못하고, 공부로 성공한다면 당연히 장사하는 것보다 낫다. 이는 당시 상인계층의 일반적 관점이자 당시 상인이 실제로 처했던 사회적 상황의 반영이라고도 할 수 있다. 그 속에는 진보성도 표현되어 있고 한계성도 표현되어 있다.

마찬가지로 무한신의 「산가재천사노생아」에서도 상인 계층의 자기 가치관에 대한 자신감 결여의 또 다른 표현이 보인다. 여기서 늙은 부상 유우는 상인적 가치관만 알고 다른 것은 전혀 모르는 상인이었으며 이 가치관을 위해 그는 죽도록 노력하여 큰돈을 벌었다. 그러나 안타깝게도 그에게는 아들이 없었으므로 아무도 그의 재산을 물려받을 수 없었다. 당시의 종교관념에서는 아들이 없는 것이 모종의 '원업冤業'과 관련 있다고 여기고, 또 모종의 사회관념에서는 장사 역시 '원업'의 일종으로 간주했다. 그래서 유우는 강한 '참회의식'이 생겨서 자기에게

158 裴度, 你學你姨夫做些買賣. 你無本錢, 我與你些本錢, 尋些利錢使, 可不氣概? 不强似你讀書, 有甚麽好處?

아들이 없는 것이 일찍부터 장사를 한 것과 관련이 있다고 보았다. 이로 인해 그는 '원업'을 없애기 위해 재산을 베풀어주는 일반적이지 않은 행동을 하게 된다.

당신이 부지런히 집안의 재산을 모으고 절약하며 집을 다스렸지만, 이 때문에 하늘은 사람들로 하여금 우리가 자식도 없이 돈에만 신경 쓰는 사람들이라 여기도록 했지요. 이제부터는 돈과 재물은 줄이고 자손은 더해 가족들을 기쁘게 하고 남들이 싫어해도 신경 쓰지 않으면 하늘이 대대로 덧없는 재물을 싫어하게 하겠지요.

나는 집안 재산을 다스리는 데만 유독 신경 쓰고, 나는 또 재물을 구하느라 후손도 끊겼어. 원래 인색하면 질투를 부르니 자비가 재앙을 낳는다고 생각진 말아야지. 나는 오늘 부질없는 재산을 버리고, 마을과 성 안팎을 향해…….

나는 세상에 60년을 살고 30년 부자 노릇을 하면서 밤낮 가리지 않고 이해만 따졌어. 눈을 부릅뜨고 재산만 구하다가 내 후손이 끊어졌으니, 지금부터는 집안의 가장으로서 의를 베풀고 재물은 멀리 해야지.

[정말이 말하길] 여보, 우리는 단지 이 돈 몇 푼 때문에 생사도 돌보지 않았네. 가산이 쌓일 때까지 노력했으나 우리에게 자식은 또 없지 않나! 베풀지 않고 아들을 바란다고? [창]우리 같은 장사치들이 어찌 하늘의 도에 맞겠는가? 어찌 남들과 잘 사귀겠는가! 예전에 나는 뇌물을 좋아하고 재물을

탐하였으나 이제는 그 뿌리를 싹 잘라버리려네. 왜 돈을 뿌려 궁한 백성들을 구제하느냐고? 바로 참회의 죄를 신령에게 고하는 것이지. 아들 하나로 바꿔주기를 하늘에 청하면서 아이를 길러 노년을 대비하길 바라는 것이지.[159]

위에서 우리는 상인적 가치관과 종교적 가치관, 상인적 가치관과 사회적 가치관 등 서로 다른 가치관의 충돌을 볼 수 있다. 서로 다른 가치관의 충돌 때문에, 그리고 상인적 가치관에 대한 스스로의 믿음이 부족했기 때문에 유우는 예전부터 신봉해왔던 가치관을 부정하고 종교와 사회적 가치관에 의존하게 되었다.

유우는 재산을 나눠주겠다고 결심할 때 자기가 따를 만한 본보기가 있다고 말했다. 그것은 바로 "방거사가 내세의 빚을 갚으려고 재산을 나누어주는" 이야기이다. 이 역시 원 잡극 「방거사오방내생채龐居士誤放來生債」[160]에 바탕을 두고 있으며, 이 잡극은 지금도 볼 수 있다. 잡극에서 방거사는 본래 "조상 대대로 쌓아 둔 재산이 만 관貫도 넘는"[161] 대상인이면서 남에게 돈을 빌려주고 이자를 받는 방법으로 재산을 불리기까지 했다. 그러나 역시 종교적 가치관의 영향 때문에 과거에 신봉하던 상인적 가치관에 대해 '죄의식'을 갖게 되고, 마찬가지로 재산

159 子您治家勤, 齊家儉, 因此上惹得人見我這子孫缺少子被錢財占. 從今後錢物減, 子孫添, 且得內人喜, 一任外人嫌, 因此上將轉世浮財厭. 我爲治家忒分外, 我爲求財絶後代. 元來慳吝的招嫉妒, 休想慈悲生患害. 我今日舍浮財, 向村城里外 (…中略…) 我塵世六十年, 做富漢三十載, 則是無明夜擔著利害. 眼睜睜因財把我絶後代, 從今後爲頭兒仗義疏財. [正末雲]婆婆, 咱爲人子是這幾文錢上, 死生不顧. 投至積得家緣成, 咱又無孩兒!不散呵, 要子末?[唱]俺這做經商的那一個合神道?甚的是善與人交!往常我好賄貪財, 今日卻除根剪草!因甚散錢把窮民濟?便是悔罪把神靈告 : 則是問天博換一個兒, 卻指望養小防備老.

160 『元曲選』.

161 祖宗以來, 所積家財, 萬貫有餘.

을 나눠주어 스스로 '속죄'하고자 한다. "저 하늘 북쪽의 장사는 다시는 하지 않으리, 나는 저 강 남쪽의 장사꾼도 다시는 되지 않으리."[162] "나는 꼭 주머니를 다 털어 사람들에게 줄 거야, 반드시 땅을 다 나눠서 사람들에게 돈으로 줄 거야."[163] "우리집에는 큰 배가 열 척, 작은 배가 백 척 있어. 우리집에 있는 금은보화와 옥기와 노리개를 저 작은 배들에 싣고 큰 배에 옮겨, 내일 우리 가족은 동해로 가서 배를 가라앉힐 거야."[164] 방거사는 이런 행동을 통해 자신이 종교적 구원을 받기를 바랐다. 종교적 가치관에서는 상인적 가치관을 '만악의 근원'으로 여기기 때문이다.

이상의 몇 가지 예들은 모두 당시 사회에서 상인적 가치관이 다른 가치관으로부터 받은 도전 그리고 이러한 도전 앞에서 스스로 무너진 상인 계층의 스스로에 대한 믿음의 결핍에 대해 설명하고 있다. 위 예들과 「동당노권파가자제」를 함께 보면, 상인적 가치관이 비록 성장하고 있지만 그 성장의 과정이 지난한 것이었음을 알 수 있다. 그리고 이 모든 것들을 표현한 위의 문학작품들은 작자의 모순적 태도도 함께 반영한다. 즉 그들은 때로는 상인적 가치관을 확실히 긍정하면서도 어떤 때는 그 가치관을 파악하지 못하는 것 같다. 이 점은 당시 문학이 상인을 표현하는 데 있어 진보성과 한계성을 함께 갖고 있었음을 보여준다.

그러나 상인적 가치관을 부정하는 것 같은 이상의 작품들도 그 배후에서는 여전히 상인 가치관의 영향을 강하게 보여준다. 상인이 재산을

---

162 再不做那天北的這經商, 我也再不做那江南的賈客.

163 我恨不的罄囊兒舍與人些錢, 恨不的刮土兒可便散與人些銀.

164 咱家中有十只大海船, 一百小船兒, 將咱家中金銀寶貝玉器玩好, 著那小船兒搬運在那大船上, 俺一家兒明日到東海沉舟去也.

버려서 재앙을 없애고 복을 바라는 행위 안에도 마찬가지로 금전의 작용에 대한 굳건한 믿음이 있기 때문이다. 이는 금전을 차지함으로써 행복을 추구하고자 하는 의식과 정신적 측면에서는 사실상 근본적인 차이가 거의 없기 때문이다. 상인적 가치관을 신봉하는 사람만이 금전이 이처럼 막대한 힘을 갖고 있고 그것을 차지하거나 혹은 버림으로써 행복을 얻을 수 있다고 믿기 때문이다. 이 점을 함축적으로 암시하는 작가들은 상인계층의 정신세계에 대한 깊은 통찰 그리고 상인적 가치관에 대한 다면적 인식을 보여준다.

또 한 가지 흥미로운 점은 유우가 원래 자기에게 한동안 '실종'된 첩 소매小梅 소생의 아들이 하나 있음을 알고 나서 바로 "재산을 나눠주는" 방법을 그만두고 "이 재산을 아이들 몫으로 삼등분하고把這潑家緣三分兒分" "(이 재산을) 딸에게 한 몫, 조카에게 한 몫, 내 아이에게 한 몫씩這家私, 女孩兒一分, 侄兒一分, 我孩兒一分" 주었으니 방거사처럼 철저하게 자신의 재산을 버린 것은 아니다. 이를 통해 그가 원래 집안 재산을 사람들에게 나눠주었던 방법은 다만 다른 가치관념에 '오도된' 일시적 감정의 충동에서 비롯된 행위였을 뿐이었고, 마지막에는 결국 상인적 가치관을 부정하지 않았음을 알 수 있다. 뿐만 아니라 풍자적 의미를 담고 있는 것은 그가 이전에 재산을 나눠주면서 상인의 가치를 부정하려 한 것이 사실은 아들을 얻어 재산을 그에게 남겨줌으로써 가업을 이을 수 있도록 하기 위함이었다는 것이다. 이 역시 전형적인 상인의 이념으로서 조국기, 동당노와 다를 바가 없다. 이야기 자체로 보면, 유우가 최종적으로 아들을 얻게 된 것 역시 재산을 나눠준 행위와는 무관한 것이며 집안의 모순이 해결된 결과이다. 이 점은 재산을 나눠준 것이 근본적으로 불필요했다는 인상을 사람들에게 준다. 따라서 일찍이 상인적 가치관을 비판했던 이 작품은 결국에는 도리어 상인적 가치관을 부정한 것이 아니게 된다.

3) 상인의 사회적 처지에 대한 표현

인도주의 정신의 고취에 따라 당오대 문학에서는 상인을 동정하는 작품이 다수 출현하였다. 이 작품들은 상인 생활의 불안함을 동정하기도 하고, 상인들이 장사를 하면서 겪게 되는 여러 위험을 동정하기도 하고, 상인에게 닥치는 갖가지 번거로움을 동정하기도 한다. 이처럼 상인을 동정하는 작품은 당오대 문학에서 상인을 표현하는 또 한 가지 특징을 구성하였다.

송원 시대 문학에 이르면, 백화소설과 희곡이 등장하고 문인과 상인이 역사적으로 가까워지고 상인 세력이 사람들의 이목을 더욱 끌게 되면서 상인에 대한 동정 역시 새로운 특징을 보인다. 전통적인 시가, 산문, 문언소설과 비교하여 백화소설과 희곡은 상인의 처지와 그에 대한 동정을 형상적이고 생동적으로 표현하기에 더욱 적합했을 것이다. 문인과 상인의 역사적 접근 또한 송원 문인들이 상인의 생활을 더욱 가까이에서 관찰할 수 있도록 해주며, 이를 통해 그들의 동정 역시 위에서 굽어보거나 한 걸음 벗어나있는 특징이 더욱 적어졌다. 그리고 송원 문학에서 상인을 표현한 범위가 확대됨으로써 상인에 대한 동정의 범위도 확대되었다. 더욱 주목할 만한 점은 송원 문학에서 불공정한 사회 환경에 적극적으로 반기를 드는 새로운 상인의 형상들이 출현했다는 것이다. 이러한 측면들이 모두 송원 문학의 상인 표현에 있어서의 새로운 특징을 구성하며, 이는 이전 시대 문학과 비교되는 새로운 진전이기도 하다.

물론 송원 문학이 상인을 동정하는 측면에 있어서도 어느 정도 한계는 존재한다. 문학 양식 자체의 성격 때문인지 어떤 작품들에서는 작가의 태도가 애매모호하여 도대체 그가 어떤 측면으로 기울어있는지 파악하기 쉽지 않다. 뿐만 아니라 자신의 권리를 적극 보호하고 불공정한 사회 환경에 도전하는 상인 형상 또한 너무 적게 보인다. 그러나 어쨌든 더욱 형상적이고 생동적인 문학 양식과 더욱 평이하게 인물(상인)에게 접근하는 창작 태도를 통해 우리는 상인의 처지를 더욱 전면적으로 이해할 수 있다. 이 자체가 곧 송원 문학의 진전이라고 확실히 말할 수 있다.

(1)

당오대 문학처럼 송원 문학에도 상인이 장사를 하면서 겪는 위험과 상인에 대한 문인의 동정을 표현한 작품이 적지 않다. 게다가 당오대 문학과 비교하면 그 표현은 더욱 구체적이고 사실적이며, 그 동정은 동등한 입장에서 더욱 절실하게 표현된다.

이러한 제재의 작품은 주로 송원 문언소설에서 보인다. 『이견지夷堅志』에는 이런 부류의 작품들이 적지 않다. 「방객우도方客遇盜」, 「금강영험金剛靈驗」, 「포성도점승浦城道店蠅」, 「장락해구長樂海寇」, 「강릉촌쾌江陵村僧」,

「정사객鄭四客」, 「왕칠륙승가王七六僧伽」, 「진공임陳公任」, 「진태원몽陳泰冤夢」, 「영객륙청寧客陸青」, 「주옹부자周翁父子」 등이 이에 해당한다. 「금강영험」에는 사람을 죽이는 무시무시한 객점이 등장하는데 많은 상인들이 여기서 목숨을 잃는다.

> 청주青州 사람 시주柴注는 수춘부壽春府의 옥리이다. 도적들이 갇힌 감옥에서 심문을 하던 중 한 죄수가 말했다. "성 밖 30리에 여관이 있는데, 짐을 가지고 혼자 묵는 손님이 오면 대부분 죽여서 백사하白沙河 강물에 시체를 던져버립니다. 지금까지 몇 명이나 그랬는지 모릅니다."[165]

위 내용은 『수호전』의 사내들이 운영하는 사람 죽이는 객점을 생각나게 한다. 다만 이 객점은 인육 만두를 팔지 않을 뿐이다. 「포성도점승」에서는 사람을 죽이는 또 다른 객점에 대해 묘사한다. 이 객점은 상인을 여자로 유혹하고 재산을 빼앗고 목숨까지 앗아간다. 범인은 완전무결하게 일을 처리했다고 생각했지만 파리에 의해 '천기天機'가 누설되리라고는 생각지도 못했다.

> 포성浦城 영풍永豐의 경계에서 촌민이 객점을 운영하였는데, 엄주의 객이 비단 한 짐을 팔러 와서는 그곳의 방을 빌려 묵었다. 며칠을 머무르자 주인의 부인이 성품이 음탕하여 그와 간통했다. 얼마 후 남편에게 말하길 "이 객은 갖고 있는 물건이 적지 않은데다 혼자서 길에 나왔으니 일을 꾸며볼

---

165 青州人柴注, 爲壽春府司理. 因鞫劫盜獄, 一囚言 : "離城三十里間, 開旅邸, 每遇客攜囊槖獨宿, 多殺之, 投屍於白沙河下, 前後不知若幹人."(『夷堅志』 甲志 권8)

만 해요." 남편은 곧 술을 취하게 하여 밤중에 칼로 그를 베었다. 객이 살려 달라고 큰 소리로 외치자 그 소리가 이웃에까지 미쳤다. 그곳은 사는 사람이 적어서 이웃의 늙은이 한 명만 서둘러 왔다. 부인은 달려가 문에 서서 오른손으로는 그가 들어오지 못하게 막고 왼손으로는 객의 비단을 한 줌 건네주었다. 늙은이는 기뻐하며 돌아갔고 객은 곧 죽고 말았다. 부부는 함께 시체를 수레에 싣고 백보 밖 산자락에 묻었는데, 갑자기 겁이 나서 구덩이를 아주 얕게만 파놓고도 주인은 발각될 리가 없다고 스스로 생각했다. 몇 달이 지나 객의 아들은 아버지가 오래도록 돌아오지 않는 것이 의아하게 생각되었다. 그래서 이전에 아버지를 따라 장사하며 길에서 묵었던 곳을 모두 잘 알고 있어 그 여정을 따라 직접 찾아 나섰다. 이 객점에 이르러 자취가 끊기자 물건들을 풀었다. 한낮에 우울하게 앉아있는데 큰 파리 한 마리가 날아와 팔에 붙었다. 손으로 쫓아도 다시 오기를 대여섯 번이나 반복했다. 아들은 아버지를 그리워하는 마음이 간절하여 이를 매우 괴이하게 생각하며 파리에게 빌었다. "천지신명께서 너에게 뭔가를 알려주라고 한 것이구나? 나를 그쪽으로 데려만 가다오." 이윽고 파리가 날아오르자 아들은 그 뒤를 따랐다. 파리는 마치 말을 하듯 앵앵거리며 객이 묻힌 곳까지 곧장 날아갔다. 그곳에는 파리가 수도 없이 많았다. 아들이 고개를 뻗어 살펴보니 시신은 그대로 남아있었다. 마을 관아로 가서 고발하니 범인을 잡아 현으로 보냈다. 이웃 노인의 잘못도 드러나 증거로 삼았다. 객점의 부부는 모두 사형 당하고 노인은 장형에 처해졌으며, 관아에서는 범인의 집을 폐허로 만들었다.[166]

166 浦城永豐境上村民作旅店, 有嚴州客人齎絲絹一擔來, 僦房安泊. 留數日, 主婦性淫蕩, 挑與奸通. 旣而告其夫雲 : "此客所將貨物不少, 而單獨出路, 可圖也." 夫卽醉以酒, 中夜持刃

그중 파리가 비밀을 누설하는 부분은 마치 공포영화의 한 장면 같아 저절로 모골이 송연해진다. 당오대 때 「판교삼낭자板橋三娘子」와 달리 송원 문언소설 속의 사람 죽이는 객점은 그 묘사가 더 이상 상징적이지 않고 매우 구체적이고 사실적이다. 이처럼 구체적이고 사실적으로 묘사된 객점은 후대 문학 특히 명청대 백화소설에서 더욱 자주 출현한다.

무서운 것은 사람 죽이는 객점만이 아니다. 시장의 거간꾼이라도 순간 재물에 눈이 어두워 판단력을 잃게 되면 무서운 살인자가 될 수 있었다. 그래서 객상들이 묵는 그들의 집까지 갑자기 상인의 황천길이 되곤 했다. 「왕칠륙승가」의 왕칠륙이 바로 거간꾼 부부의 집에서 죽임을 당한다.

> 여수麗水 상인 왕칠륙은 항상 구주衢州와 무주婺州 사이에서 비단과 물건을 판매했다. 소희紹熙 4년에 구주에 갔다가 거간꾼인 조십삼趙十三의 집으로 갔다. 왕씨가 가져온 물건의 값어치가 30만 냥이나 되었는데 조씨는 그것들을 모두 억지로 가져다 써버렸다. 왕씨는 오래 머물도록 배상을 못 받자 틈만 나면 화를 냈고 그때마다 조씨는 번지르르한 말로 차일피일 미루기만 했다. 어느 날 저녁 조씨는 그를 술 취하게 한 다음 아내와 함께 목을 졸라 죽이고 큰 대나무상자 안에 시체를 넣었다.[167]

斫之. 客大叫救人, 聲徹於鄰. 彼處居者甚少, 僅有一鄰叟奔而至. 婦走立於門, 以右手遮拒使勿入, 左手持客絲一把與之, 叟喜而去, 客遂死. 夫婦共輿屍, 埋於百步外山崦里, 倉卒荒怖, 坎土殊淺, 主人自意無由泄露. 經數月, 客之子訝父久役不返, 向時固相隨作商, 凡次舍道途, 悉所諳熟, 於是逐程體訪. 到此店跡絶, 因駐物色. 正晝悶坐, 一蠅頗大, 飛著於臂, 揮之複來, 至於五六. 子念父心切, 極疑焉, 祝之曰: "豈非神明使爾有所告乎?但引我行." 遽飛起, 此子從其後. 蠅營營如語, 徑飛至客窆處, 群蠅無數. 子伸首探之, 屍儼然存. 走報里伍, 捕凶人赴縣. 鄰叟之過亦彰, 遂爲明證. 店夫婦並伏誅, 叟坐杖脊, 官毁凶室爲墟.(『夷堅志』 乙志 권3)

놀라운 것은 거간꾼의 아내까지 모살에 가담했다는 것이다! 「주옹부자」 속 '외주상고外州商賈' 역시 자기가 묵었던 집 주인에게 살해를 당한다.

> 애초에 본 부의 비단집 주인 주옹의 큰아들은 불효막심하여 항상 술에 찌들어서 패륜을 일삼고 걸핏하면 칼을 들고 이렇게 말했다. "저 짐승 같은 노인네를 죽이고 말 거야!" 아버지는 두려움을 이기지 못하였다. (…중략…) 그 집 부자는 원래 하늘이 맺어준 골육 관계가 아니라 잘못된 업보로 빚어진 원한 관계였다! 그 아들은 본래 타지의 상인으로 30년 전에 재물을 가지고 주씨 집으로 왔었다. 주씨는 젊은이가 혼자 다니는 것을 보고 그 재물이 탐나 젊은이와 함께 배를 띄우고 도성을 나가서는 배가 뒤집어진 것처럼 꾸며 그를 물에 빠뜨려 죽이고 몰래 그의 재물을 숨겼다. 그렇게 해서 생활이 갈수록 나아지게 되었지만 사람들은 그 이유를 아무도 몰랐다. 젊은이는 저승의 판관에게 가서 이승에서 원한을 갚을 수 있도록 그의 아들로 태어나게 해달라고 청하였다.[168]

비록 인과응보로 살인자를 징벌하는 내용이지만 이는 상상 속 복수일 뿐이다. 「진태원몽」 속의 고리대금업자 진태의 주인과 하인은 모두 탐욕으로 가득한 거간꾼의 손에 죽임을 당한다.

---

167 麗水商人王七六, 每以布帛販貨於衢婺間. 紹熙四年至衢州, 詣市駔趙十三家, 所賫直三百千, 趙盡侵用之. 王久留索償不可得, 時時忿罵, 趙但巽詞遷延. 一夕, 醉以酒, 與妻扼其喉殺之, 納屍於大篰內.(『夷堅志』 支丁 권8)

168 初, 本府絲帛主人周翁, 長子不孝, 常常酗酒凶悖, 每操刀宣言 : "會須殺死老畜生!" 父不勝憂懼 (…中略…) 彼家父子, 原非天性骨肉, 蓋宿冤取債爾!其子本外州商賈, 三十年前挾貲到周家. 周見少年獨行, 心利其財, 因與泛江出郭, 陽爲舟覆, 溺殺之, 而隱沒所賫. 故生計日進, 更無人知. 少年前詣冥司, 乞注生爲子, 見世索報.(『夷堅志』 志補 권6)

무주撫州의 백성 진태는 옷감을 팔아 집안을 일으켰다. 새해가 되면 항상 본전을 내어 숭인崇仁, 낙안樂安, 전계全溪의 채무자에게 돈을 빌려주었으며, 길주吉州의 속읍에 이르기까지 각 지역마다 그 일을 주관하는 거간꾼이 있었다. 6월이 되면 직접 돈을 받으러 나서 대략 늦가을 경에 돌아오기를 오랜 세월 반복하였다. 그러던 중 순희淳熙 5년에 유독 늦어져 10월이 다 가도록 돌아오지 않았다. 아내가 이 일을 심히 걱정하던 차에 그가 꿈에 나타나 머리를 풀어헤치고 피를 흘리며 말했다. "내가 이번 길에 불행히도 낙안의 증씨 집에 이르러 죽임을 당했는데 왜 빨리 내 원한을 풀어주지 않으시오!" 아침에 사람들에게 말하자 모두들 "마음이 불안하면 망령이 생기는 법이니 괘념치 마십시오"라고 했다. 다음날 저녁에도 같은 꿈을 꾸자 곧바로 군의 태수 왕효王曉에게 알렸다. 사간형명事干刑名에게 말하자 꿈에 의지해 심리하는 것을 괴이하게 여기며 그녀를 밖으로 내보냈다. 아내가 집으로 돌아와 울고 있는데 밤에 문밖에서 손가락으로 똑똑 두드리는 소리가 났다. 아내가 빌면서 말하였다. "내 남편에게 혼령이 있다면 이 소리가 방 안으로 들어오겠지." 잠시 후 침상과 베개가 흔들리기를 그치지 않았다. 아내는 슬프고 두려운 나머지 다음날 다시 관아로 가서 하소연하며 울면서 절을 올렸다. 태수는 이를 측은히 여겨 현령 장송張松에게 그 일을 맡기며 중개인들을 모두 모아 샅샅이 조사토록 했다. 증소륙曾小六이라는 자가 여러 사람들 사이에서 현령에게 아뢰었다. "여기 사람들 모두 진씨의 은혜를 입어 어떻게 그 은혜를 갚을지 모르는데 누가 감히 그런 큰 악행을 저지른단 말입니까? 이미 모일에 모처를 떠났습니다." 장씨는 더 이상 힐문하지 않았다. 닷새 후 이정里正이 "엄타촌 길옆에 시체가 누워있습니다"라고 보고해 왔다. 첩위牒尉가 자세히 살펴보는데 증씨가 대표로 먼저 가서는 "그 사람이 아닙니다"라고 했다. 다시 닷새 후 혹자가 증씨와 평소 원한이 있어 그가 진태를 죽여서 집 뒤쪽 대숲에 묻었다고 고발했다. 이에 증씨를 잡아 감옥에 넣고 힐문하자 곧바로 승복하며 털어놓았다. "처음에 그의 돈 50만 냥으로 집을 짓고 물건을 모아 지금은 천 필의 옷감을 쌓아두었습니다. 그가 혼자 오자 망령되게 옳지 않은 생각이 들어 술로 그를 취하게 했습니다. 따라온 종복이 한 명뿐이라 주인의 명이라고 속여, 먼저 돌아가서 '빚 받는 일이 아직 끝나지 않아 시간이 좀 더 필요하다'고 부인에게 말하도록 했습니다. 종복이 떠나고 얼마 되지 않아 바로 그를 산 아래에서 죽였습니다. 이전에 검사한 길옆의 시신이 바로 그 종복입니다. 그런 다음 진씨를 목 졸라 죽이고 땅에 묻었습니다. 감히 더는 숨기지 못하겠습니다." 범죄사건이 성립되어 그를 사형에 처했다.[169]

「강릉촌쾌」 속 객상 역시 은권銀券을 너무 많이 휴대하여 마을의 중개인이 "술을 취하게 해서 그를 죽인다."[170] 이러한 제재의 이야기는 당오대 문학에서는 보이지 않는, 송원 문학에서 새롭게 등장한 유형으

169 撫州民陳泰, 以販布起家. 每歲輒出捐本錢, 貸崇仁、樂安、全溪諸儈戶, 達於吉之屬邑, 各有駔主其事. 至六月, 自往斂索, 率暮秋乃歸, 如是久矣. 淳熙五年, 獨遲遲而來, 盡十月不反. 妻頗以爲念, 夜夢其披發流血告曰:"我此行不幸, 到樂安曾家, 爲所戕殺, 盍亟爲我雪此冤!" 且與人言, 皆曰:"心疑生妄, 勿信也." 次夕, 夢如初, 遂訴於郡太守王曉浚明. 謂事幹刑名, 怪其憑夢申理, 扶之出. 還家啜泣, 夜聞戶外剝剝彈指聲. 祝之曰:"吾夫有靈, 此聲當入室." 俄頃, 撼床枕不已. 妻悲怖, 翌日, 再詣公庭哀訴, 且拜且泣. 守惻然, 爲下其事縣宰張松茂老, 悉集諸駔驗究. 有曾小六者在數中, 白宰言:"擧室受陳氏恩, 未知所報, 那敢作此大惡?旣以某日離某家去矣." 張無以詰. 後五日, 里正報:"嚴陁村道側有臥屍." 牒尉檢視, 曾以甲首往會, 曰:"非也." 又五日, 或與曾素仇, 告其實殺陳泰, 埋於舍後竹林中. 於是捕送獄, 才鞫問, 卽承伏雲:"初用渠錢五百千, 爲作屋停貨, 今積布至千匹. 因其獨來, 妄起不義之心, 醉以酒. 隨行只一僕, 詐主人之命, 使先歸語妻雲:'掊索未就, 尙須小淹.' 僕去少時, 遂斃之於山下, 前所驗道側之屍是已. 續乃縊陳而埋之. 不敢複隱." 獄成, 坐誅死. (『夷堅志』 支癸 권5)

170 醉以酒而殺之.(『夷堅志』 支景 권1)

로 후대 문학에서는 자주 보이는 편이다. 이는 송원 시대 상업의 발달이 문학에 영향을 주어 상업 활동 중에 상인들이 마주하는 위험이 더욱 광범위하게 표현되었음을 보여준다.

물길에서의 해적선 역시 매우 두려운 존재이다. 「방객우도」는 무호蕪湖에서 살해된 한 염상이 아내의 꿈속에 나타나 강도를 잡고 시신을 찾게 되는 이야기이다.

> 방객方客은 무원 사람으로 염상이다. 그는 무호에서 강도를 만났는데, 먼저 그의 하인을 결박하고 칼로 배를 찌른 다음 강물에 던졌다. 다음으로 방객의 차례가 되자 그는 살려달라고 애걸복걸했다. 도적이 말했다. "네 놈의 하인을 죽인 이상 살려줄 수는 없다." 방씨가 말했다. "한 마디만 하고 죽겠습니다." 그 까닭을 묻자 이렇게 답했다. "저는 어려서부터 향 피우기를 좋아하여 지금 상자 안에 아직 수침향 몇 냥이 있습니다. 상자에서 그것을 꺼내 천지신명께 감사의 향을 피운 후 죽어도 늦지 않을 것입니다." 도적은 그렇게 하도록 허락했다. 시간이 지나 향이 다 닳자 도적이 말했다. "너를 불쌍히 여겨 칼로 찌르지는 않겠다." 이윽고 손과 발만 줄로 묶고 큰 돌을 달아 강물에 던졌다. 당시는 집을 나선 지 이미 몇 달이 지난 터라 집에서는 소식이 없어 의아해하고 있었다. 어느 날 방씨가 갑자기 돌아오자 아내가 그를 탓하며 말했다. "이미 돌아오셨군요. 왜 먼저 편지를 보내지 않으셨어요?" 방씨가 말했다. "여보 놀라지 마오. 내가 모일에 무호에 갔다가 도적에게 죽임을 당하였는데 그 시체가 지금 모처에 있소. 도적은 아무개이고, 지금은 모처에 있소. 어서 관아에 알려 주시오." 아내가 목 놓아 울자 남편은 곧 사라졌다. 이 일을 태평주의 관아에 모두 고하였고, 그의 말

대로 도적을 사로잡았다.[171]

꿈으로 어떤 일을 보여주는 경우는 현실에서 일어날 수 없다. 이 고사에서 말한 바는 일종의 '백일몽'일 뿐이라는 것이다. 「장락해구」에서는 바다의 해적선에 대해 묘사하고 있는데, 선원들이 동시에 강도이기도 해서 수십 명의 상인들 중 누구도 살아남지 못했다.

소흥紹興 8년, 단양丹陽 소문관蘇文瓘은 복주福州의 장락령長樂令으로서 해적 26명을 잡았다. 이보다 앞서, 광주廣州의 상인과 운송을 맡은 관리 총 28명이 배 하나를 함께 빌렸다. 상앗대와 키를 잡는 뱃사람의 수는 대략 비슷했으나, 하나같이 힘이 세고 거칠고 질이 나빠 손님들이 가진 물건이 예사롭지 않음을 보고는 몰래 그것을 차지할 계획을 꾸몄다. 그렇게 7~8일이 지나 서로 술을 마시다 잔뜩 취하자 손님들을 모두 죽인 다음 거꾸로 묶어 바다로 던져버리고 하인 두 명만 남겨 밥 짓는 일을 시켰다. 장락의 경계에 이르렀을 때 노 두 개가 부러지자, 도적의 우두머리는 두 명을 시켜 남대에 가서 노를 사도록 하고 배는 포구에 정박시켜 놓고 기다렸다. 그들은 틈만 나면 뭍으로 올라 도적질을 하여 그곳에 살던 부녀자들을 배로 잡아와 하루도 술에 취하지 않는 날이 없었다. 그러다가 하인 중 한 명이 달아나 곧

171 方客者, 婺源人, 爲鹽商. 至蕪湖遇盜, 先縛其僕, 以刃刲腹, 投江中; 次至方, 方拜泣乞命. 盜曰:"旣殺君僕, 不可相舍." 方曰:"願一言而死." 問其故, 曰:"某自幼好焚香, 今篋中猶有水沉數兩, 容發篋取之, 焚謝天地神祇, 就死未晩." 許之. 移時, 香盡, 盜曰:"以爾可憫, 奉免一刀." 只縛手足, 縋以大石, 投諸水. 時方出行已數月, 其家訝不聞耗. 一日, 忽歸, 妻責之曰:"爾旣歸, 何不先遣信?" 曰:"汝勿恐, 我某日至蕪湖, 爲賊所殺, 屍見在某處; 賊乃某人, 今在某處. 可急以告官." 妻失聲號泣, 遂不見. 具以事訴於太平州, 如其言擒盜.(『夷堅志』 甲志 卷4)

장 현의 관아로 가서 알렸다. 현위가 마을로 들어가 돌아오지 않아서 문관이 순찰병을 꾸려 직접 데리고 그곳으로 갔다. 90리를 가서 도적들과 맞닥뜨렸는데 마침 술에 취해 있어서 그들을 모두 결박했다. 다시 뱃길을 따라가다보니 작은 배가 앞에서 노 두개로 가고 있는 모습이 보였다. 뱃사람에게 물어도 대답을 못하자 붙잡아서 계속 가던 길을 갔다. 한 사람도 빠짐없이 일망타진한 것이다. 당시 대장이었던 급사 장자전張子戩(치원致遠)은 배를 가져다가 수색을 하도록 명했다. 키의 끝 쪽에 온갖 것들이 똘똘 감겨 있는 것 같아 물속으로 들어가 자세히 살펴보니 죽인 시체들이 그 아래에 모여 있었는데 뻣뻣이 굳은 채 부패하지도 않고 물고기에게도 손상을 입지 않은 상태였다. 장공은 기막힌 일이라고 탄식하며 극진하게 장례를 치러주었다. 도적들이 물건을 강탈한 지 겨우 사흘째라 물건은 아직 쓰지 않은 채였다.[172]

이 이야기는 당오대의 「판해객販海客」, 「형숙刑璹」, 「사소아전謝小娥傳」 등을 계승한 것으로 아래로는 명대 이후 비슷한 내용을 소재로 한 소설의 선구가 되었다.

원 잡극에서도 마찬가지다. 예를 들어 작자를 알 수 없는 「주사담적

---

172 紹興八年, 丹陽蘇文瓘爲福州長樂令, 獲海寇二十六人. 先是, 廣州估客及部官綱者凡二十有八人, 共僦一舟. 舟中篙工、柁師人數略相敵, 然皆勁悍不逞, 見諸客所賷物厚, 陰作意圖之. 行七八日, 相與飲酒, 大醉, 悉害客, 反縛投海中, 獨留兩僕使執爨. 至長樂境上, 雙櫓折, 盜魁使二人往南台市之, 因泊浦中以待. 時時登岸爲盜, 且掠居人婦女入船, 無日不醉. 兩僕逸其一, 徑詣縣告焉. 尉入村未返, 文瓘發巡檢兵, 自將以往. 行九十里, 與盜遇, 會其醉, 盡縛之. 還至半道, 逢小舟雙櫓橫前, 叱問之, 不敢對, 又執以行, 無一人漏網者. 時張子戩給事致遠爲帥, 命取舟檢索. 覺柁尾百物縈繞, 或入水視之, 所殺群屍並萃其下, 僵而不腐, 亦不爲魚鱉所傷. 張公歎異, 亟爲殮葬. 盜所得物才三日, 元未之用也.(『夷堅志』 丙志 권13)

수부구기硃砂擔滴水浮漚記」[173]에서는 한 상인이 '피를 보는 재앙'을 피하기 위해 남창南昌으로 장사를 떠난다. 그래서 장사는 상당히 성공을 거두지만 '피를 보는 재앙'은 결국 피하지 못하고 돌아오는 길에 강도에게 살해되고 재물도 뺏기고 만다. 아무리 해도 강도의 손을 피지 못하는 모습을 보면서 우리는 일종의 악몽을 꾸는 느낌을 받게 된다. 유사한 주제의 이야기로 작자 미상의 「정정당당분아귀玎玎璫璫盆兒鬼」[174]와 맹한경孟漢卿의 「장정지감마합라張鼎智勘魔合羅」[175]도 있다. 그중의 상인 주인공들은 역시 '피를 보는 재앙'을 피하기 위해 타지방으로 가서 장사를 하지만 결국 그곳에서 다시 돌아오진 못한다. 「정정당당분아귀玎玎璫璫盆兒鬼」에서는 강도 '분관조盆確趙'가 사람 죽이는 여관을 열어 투숙한 객상들만을 골라 죽이고 재물까지 뺏는다.

> 또 객점을 한 군데 열어서 남북을 오가는 객상들을 맞이하여 쉬게 했다. 만약 본전이 적으면 그만두고, 본전이 많으면 그의 재산 심지어 그의 목숨까지 가져가버렸다![176]

이 재수 없는 상인 양국용은 객점에서 살해당하고 불에 태워지기까지 하여 재가 되어 질그릇으로 만들어지고 만다! 이들 잡극에서 표현하는 상인 활동의 위험성은 그 공포의 정도가 당오대 문학보다 훨씬

---

173 『元曲選』.

174 『元曲選』.

175 『新校元刊雜劇三十種』.

176 又開着一座客店, 招接那南來北往的經商客旅, 在此安歇. 若是本錢少的, 便罷; 若是本錢多的, 我便圖了那廝的財, 致了那廝的命!

심하다. 작자는 평론을 더하지 않고도 우리에게 위험한 상인 생활의 위험한 진면목을 전달해주고 아울러 상인에 대한 인도주의적 동정까지 보여준다.

이처럼 송원 문학 중 위와 같은 이야기들은 사악함과 공포로 가득 차 있다. 그리고 송원 문인의 상인에 대한 연민과 동정 또한 이야기의 묘사 속에 넘쳐나고 있다. 뿐만 아니라 당오대 문학과 비교하여 송원 문인의 이러한 연민과 동정에는 방관적이거나 무시하는 태도는 적고 오히려 평등적이거나 이해하는 태도가 강한 편이다.

(2)

그러나 송원 문학에서 상인 활동의 위험성보다 더 관심을 갖고 동정한 것은 역시 상인이 처한 불공정한 사회 환경 그리고 이 불공정한 사회 환경에서 상인이 겪게 되는 갖가지 역경들이다. 이는 상인에 대한 동정을 표현하는 측면에 있어서 송원 문학이 표현해 낸 새로운 특징이다.

사람들의 주목을 끄는 점은 송원 문학에서는 비록 불명확하게 처리되긴 하지만 상인과 상업에 대한 황권의 영향 문제까지 다룬다는 것이다. 「왕신지일사구전가汪信之一死救全家」[177]의 입화入話 부분에서는 깊은 의미가 담긴 두 이야기가 나온데, 이 이야기들은 상인과 상업에 대한 황권의 영향과 이에 대한 저자의 불만을 이해하는 데 좋은 시사점을 제공해줄 것이다. 그 중 하나는 남송 효종孝宗이 등극하고 고종이

177 『喩世明言』 권39.

태상황에 봉해졌을 때 이야기이다. 효종은 항상 고종을 극진히 모셔 용주龍舟를 타고 서호西湖에 가서 노닐었다. 한 번은 고종이 어느 주점의 어죽 맛을 좋아하여 사람들의 반향을 크게 불러일으켰고, 이 때문에 주점의 주인은 돈방석에 앉게 되었다.

> 서호 위에서 장사하는 건 전혀 금지를 하지 않았다. 그래서 백성들은 황제가 유람을 나오는 때를 잘 이용하여 장사하는 경우가 많았다. 술파는 가게만 해도 백여 군데가 넘었다. 그중 한 술집의 할미는 성이 송이고 다섯째라서 송오수宋五嫂라고 불렀다. 그녀는 원래 동경東京 사람인데 어죽을 기막히게 만드는 것으로 도성에서 제일 유명했다. 건염建炎, 1127~1130 연간에 어가를 따라 남쪽으로 내려와 지금까지 소제蘇堤에 기탁하여 사람들이 모이는 곳에서 장사를 해왔다. 하루는 태상황이 서호로 놀러와 소제 아래에 배를 세웠는데, 어디서 동경 사람의 말투가 들려 내관을 시켜 불러와보니 바로 나이가 많은 노파였다. 늙은 태감이 그녀가 바로 변경 번루 아래에 사는 송오수로 어죽을 잘 끓인다는 것을 알고서 태상황에게 그대로 아뢰었다. 태상황은 옛일이 생각난 듯 슬픈 감상에 젖어서 어죽을 만들어 바치도록 명했다. 태상황이 맛을 보니 정말로 그 맛이 좋은지라 바로 금전 1백문을 하사했다. 이 일이 순식간에 임안부臨安府 전체에 퍼지면서 왕손과 귀족의 자제들, 부자와 세력가들이 저마다 찾아와 송오수의 어죽을 사먹었다. 이로 인해 노파는 거부가 되었다. 다음의 시가 이를 말해준다. "어죽 한 그릇은 얼마나 할까? 옛 도성의 방식대로 만들어 용안을 움직였네. 사람들이 값을 배로 주고 다투어 사먹으니, 반은 임금의 은혜를 사고 반은 좋은 맛을 산 것이네."[178]

또 다른 이야기에서 고종高宗은 산책을 나가서 운치 있는 어느 주점을 지나다가 「풍입송風入松」이라는 사詞를 한 수 보고는 바로 몇 글자를 고친다. 이것이 사람들의 큰 반향을 일으켜 이 주점의 주인 또한 돈방석에 앉게 된다.

> 그 술집 병풍에 어필御筆을 더하자 놀러 나온 사람들이 다투어 보러 와서 술까지 마셔 그 집은 역시 큰 부자가 되었다. (…중략…) 그 술집을 찬탄한 시는 이렇다. "어필로 친히 고쳐주어 먹물이 아직 마르지도 않았는데, 온 성안에서 소식 듣고 다투어 보러 왔네. 보통의 술집이 값어치가 폭등했으니, 황가의 큰 은혜를 비로소 믿겠구나."179

이 두 이야기의 공통점은 황제가 상업 행위에 살짝 발만 담갔는데도 엄청난 반향을 불러일으켜 상업 활동에 강한 영향을 미쳤다는 것이다. 두 이야기에서 표현된 영향은 모두 상인 당사자들에게 유리한 것이었고, 그 결과 그들은 다른 상인들보다 훨씬 큰 행운을 갖게 되었다. 그러나 만약 황권의 영향이 상인들에게 불리했다면 어땠을까? 당연히 상인 당사자들에게는 견디기 힘든 압박이었을 것이다. 아래에서 저자가 바로 이 점을 매우 예리하게 지적하고 있다.

---

178 湖上做買賣的, 一無所禁. 所以小民多有乘著聖駕出遊, 趕趁生意. 只賣酒的也不止百十家. 且說有個酒家婆姓宋, 排行第五, 喚作宋五嫂, 原是東京人氏, 造得好鮮魚羹, 京中最是有名的. 建炎中隨駕南渡, 如今也僑寓蘇堤趕趁. 一日太上遊湖, 泊船蘇堤之下, 聞得有東京人語音, 遣內官召來, 乃一年老婆婆. 有老太監認得他是汴京樊樓下住的宋五嫂, 善煮魚羹, 奏知太上. 太上題起舊事, 淒然傷感, 命制魚羹來獻. 太上嘗之, 果然鮮美, 卽賜金錢一百文. 此事一時傳遍了臨安府, 王孫公子, 富家巨室, 人人來買宋五嫂魚羹吃. 那老嫗因此遂成巨富. 有詩爲證: "一碗魚羹值幾錢?舊京遺制動天顔. 時人倍價來爭市, 半買君恩半買鮮."

179 那酒家屛風上添了禦筆, 遊人爭來觀看, 因而飮酒, 其家亦致大富 (…中略…) 又有詩贊那酒家雲: "禦筆親刪墨未幹, 滿城聞說盡爭看. 一般酒肆偏騰湧, 始信皇家雨露寬."

당시 남송 승평承平 연간에는 은연 중 조정의 은택을 받은 이들이 얼마나 많았는지 모른다. 동시에 문무를 겸비한 유명한 호협들은 때를 만나지 못해 소인들에게 모함을 당하고 큰 재앙까지 미쳐 나중에는 영문도 모른 채 웃음거리가 되고 말았다. 이것은 명命인가? 때인가? 운인가? "때를 만나 순풍이 불어주면 등왕각滕王閣에 오를 수 있으나, 운수가 나쁘면 천복비薦福碑에도 벼락이 떨어진다네"가 바로 그 의미이다.[180]

비록 저자가 위에서 가리키는 것은 정화正話 속 왕신汪信의 이야기이지만, 상인에게도 이러지 않은 적이 언제 있었던가? 황권의 간섭 하에서 상인들의 운명은 때로는 "때를 만나 순풍이 불어주면 등왕각에 오를 수 있기도" 했고, 때로는 "운수가 나쁘면 천복비에도 벼락이 떨어지곤" 했다. 입화 부분에서 말한 고사들은 모두 전자에 해당되나, 현실생활에서는 오히려 후자의 경우가 많다. 전자가 됐든 후자가 됐든 모두 '명'과 '시'와 '운'이 아닌 황권의 막강한 힘에서 기인하다. 그들은 막강한 황권으로 상인들을 자기 손바닥 위에서 가지고 놀고, "한편에서는 즐겁게, 또 한편에서는 두렵게" 만들어 상인들이 독립적이고 자주적인 기회를 전혀 가질 수 없도록 했다. 작가가 황권의 영향을 반영한 두 고사를 황권이 영웅호걸을 괴롭히는 정화 고사 앞에 배치한 것은 당연히 남다른 의도가 있는 것이다. 비록 정화 고사와 상인은 무관하지만, 정화와 입화 사이의 대비 그리고 이러한 대비가 보여주는 함의

180 那時南宋承平之際, 無意中受了朝廷恩澤的不知多少; 同時又有文武全才, 出名豪俠, 不得際會風雲, 被小人誣陷, 激成大禍, 後來做了一場沒撻煞的笑話. 此乃命也?時也?運也?正是:"時來風送滕王閣, 運退雷轟薦福碑."

는 오히려 황권 지배 하의 상인의 운명에 대한 암시와 형상화로 볼 수 있는 것이다. 정화 고사와 정화 앞쪽 작가의 평론을 통해 볼 때, 작가가 서민과 상인 쪽에 서서 황권의 간섭에 대해 함축적인 비판을 가하고 있음은 의심의 여지가 없다.

동시에 작가는 이 두 고사에서 황권이 상인과 상업 활동에 영향을 주는 또 하나의 특징을 함축적으로 보여준다. 그것은 바로 황권이 관여하는 상업 행위가 흔히 부등가 교환의 비非상업 원칙의 방법을 쓴다는 것이다. 첫 번째 고사를 보면 고종은 어죽을 사먹으면서 '금전 1백 문'이라는 상금을 하사한다. 이는 원가의 몇 배가 될지 모를 정도이다. 여기서는 등가교환의 상업원칙이 적용되지 않고 부등가교환의 비상업원칙이 적용되었다. 이 고사의 상황에서 상인은 바로 이런 원칙으로 인해 큰 이득을 보았다. 그러나 상황을 바꿔보면, 즉 황권이 이러한 원칙을 이용하여 매우 저렴한 가격에 상품을 구입하거나 아예 교묘하게 상품을 빼앗아버렸다면, 상인은 당연히 큰 피해를 볼 수밖에 없게 된다. 역사적으로 보면 후자의 상황이 훨씬 보편적이었으며 상인과 상업에 대한 위해 역시 막대했다. 당대 백거이의 「매탄옹賣炭翁」이 바로 이런 상인에 대한 황권의 압박과 약탈을 폭로하고 있다. 그러므로 작자는 사실 이 점에 있어서도 의식적으로나 무의식적으로 상인의 입장을 대변한다고 볼 수 있다.

상술한 고사가 상인과 상업에 대한 황권의 영향을 간접적으로 표현한 것일 뿐이고 그 표현도 모두 사람들을 즐겁게 하는 것이라면, 아래의 고사들에서 작자는 황권의 흉악한 면모를 우리에게 직접 보여줌과 아울러 함축적인 방식으로 소리 없이 이를 폭로하고 있다. 예를 들어

「심소관일조해칠명沈小官一鳥害七命」[181]에서 상인 이길李吉은 화미조를 한 마리 샀다가 살인 사건에 휘말린다. 대리시大理寺 조사관은 시비곡직을 따지지도 않고 바로 그가 살인자라고 판결하며, 황제 본인이 사형의 명령에 서명한다.

> 몇 번이나 고문하고 때려서 피부가 찢어지고 살이 터질 정도였다. 이길李吉은 참을 수 없는 고통에 "화미조가 너무 예뻐서 순간 심수를 죽이고 머리를 내버렸다"고 그간의 상황을 자백할 수밖에 없었다. 이윽고 이길을 감옥으로 보내 감시토록 했다. 대리시의 관리가 문서를 갖추어 조정에 아뢰자 이렇게 성지가 내려졌다. "이길이 심수를 살해한 게 분명하고 화미조가 증거로 남아 있으니 법에 따라 참형에 처하라." 화미조를 심욱沈昱에게 돌려주고 공문을 하달하여 원적을 회복시켜주었다. 이길은 저자의 처형장으로 끌고 가 참수하였다. 그야말로 "늙은 거북을 삶아도 문드러지지 않아, 마른 뽕나무로 재앙을 옮긴" 꼴이었다.[182]

무고한 상인이 이처럼 몽매한 관부와 황제에게 보내져 개미 한 마리만도 못하게 죽고 말았다. 훗날 그의 동료가 진범을 잡아 원통함을 풀어주자, 황제는 자기만은 끝까지 옳다는 듯 대리시 조사관에게 그 책임을 물었다.

181 『喩世明言』 권26.

182 再三拷打, 打得皮開肉綻. 李吉痛苦不過, 只得招做"因見畫眉生得好巧, 一時殺了沈秀, 將頭抛棄" 情由. 遂將李吉送下大牢監候. 大理寺官具本奏上朝廷, 聖旨道 : "李吉委的殺死沈秀, 畫眉見存, 依律處斬."將畫眉給還沈昱, 又給了批回, 放還原籍. 將李吉押發市曹斬首. 正是 : "老龜煮不爛, 移禍於枯桑."

곧바로 표表를 갖추고 자세히 아뢰어 이길이 억울하게 죽은 사정을 상주하였다. 성지에 따라 형부와 도찰원에 명하여, 이길을 조사했던 대리시 관리를 철저히 심문한 후 곧바로 평민으로 낮추어 영남嶺南으로 보내 안치시켰다. 이길은 무고한 사람이 억울하게 죽은 사정이 가긍하여 관원에게 명해 전錢 1천 꿰미를 상으로 주고 자손의 차역을 면제해주었다.[183]

물론 '성지'는 영원히 옳다. 그러나 이러한 성지 아래에서 한 상인은 아무 이유도 없이 목숨을 잃고 말았다. 죽은 사람이 부활할 리도 없는데 '전 1천 관'을 누구에게 상으로 준다는 것인가? 작자는 전혀 동요 없이 이 장면을 묘사하였지만 행간에서 그의 불평이 요동치고 있음을 느낄 수 있다. 이는 황권에 대한 소리 없는 성토이자 상인에 대한 침통한 애도이기도 하다.

거의 똑같이 억울한 사건이 「착참최녕錯斬崔寧」의 비단장수 최녕과 (유귀劉貴의)첩에게도 일어난다. 두 사람이 살인 사건에 말려들어, "조사관은 자세히 따져보지도 않고 대충 일을 마무리해서 첩과 최녕이 영문도 모른 채 억울하게 죽도록" 했다. 그리고 사형 판결문에 서명을 한 이는 바로 황제 본인이었다.

심문 한 번에 가련한 최녕과 첩은 형벌을 버티지 못하고 자백할 수밖에 없었다. 순간 돈을 보고 나쁜 마음이 일어 남편을 죽이고 15꿰미의 전을 훔쳐서 외간남자와 도망간 것이 사실이라는 말이었다. 이웃집 사람들 모두

---

183 隨卽具表申奏, 將李吉屈死情由奏聞. 奉聖旨, 著刑部及都察院, 將原問李吉大理寺官好生勘問, 隨貶爲庶人, 發嶺南安置. 李吉平人屈死, 情實可矜, 著官給賞錢一千貫, 除子孫差役.

> 가 손가락으로 열십자를 그리고, 둘은 큰 형틀에 묶여 사형수의 감옥으로 보내졌다. (…중략…) 부윤은 여러 장의 문안을 만들어 조정에 아뢰었다. 관부에서 다시 상세히 보고하였으나 도리어 이런 성지가 내려왔다. "최녕은 도리를 어기며 남의 처와 간통하고 재물을 차지하고 목숨까지 빼앗았으니, 법에 따라 참형에 처하라. 진씨는 도리를 어기며 외간남자와 간통하고 남편을 죽여 대역무도한 짓을 저질렀으니, 능지처참으로 사람들에게 보여주도록 하라." 즉시 판결문을 읽고 감옥에서 두 사람을 꺼내 그 자리에서 한 사람은 '참斬'자로, 한 사람은 '과剮'자로 판결한 후 저자의 처형장으로 끌고 가 사람들 앞에서 형을 집행했다. 두 사람은 온몸으로 말하고 싶었으나 결국 진상을 말할 수 없었다.[184]

나중에 두 사람의 억울함이 밝혀져 원래 심문관은 처벌을 받으나 황제 본인은 끝까지 잘못이 없다.

> 도리어 이렇게 성지가 내려왔다. (…중략…) 원래 심문관은 실상과 어긋난 판결을 하였으므로 관직을 삭탈하고 평민이 되도록 하라. 최녕과 진씨는 억울한 죽음이 불쌍하니 유사는 그들의 집을 방문하여 삼가 긍휼히 살피도록 하라.[185]

184 拷訊一回, 可憐崔寧和小娘子受刑不過, 只得屈招了. 說是一時見財起意, 殺死親夫, 劫了十五貫錢, 同奸夫逃走是實. 左鄰右舍都指劃了十字, 將兩人大枷枷了, 送入死囚牢里 (…中略…) 府尹疊成文案, 奏過朝廷. 部覆申詳, 倒下聖旨說 : "崔寧不合奸騙人妻, 謀財害命, 依律處斬. 陳氏不合通同奸夫, 殺死親夫, 大逆不道, 淩遲示衆." 當下讀了招狀, 大牢內取出二人來, 當廳判一個斬字, 一個剮字, 押赴市曹, 行刑示衆. 兩人渾身是口, 也難分說.

185 倒下聖旨來 (…中略…) 原問官斷獄失情, 削職爲民. 崔寧與陳氏枉死可憐, 有司訪其家, 諒行優恤.

작자는 심문관의 어리석음은 분노하며 타일렀지만 황제 본인은 당연히 꾸짖을 수가 없었다. 그러나 "도리어 성지가 내려왔다"는 말을 앞뒤에서 쓴 것을 통해 그가 황제 또한 사람의 목숨을 너무 가볍게 여겼다고 비난하고 있음을 알 수 있다. 위의 두 고사는 당시의 암흑 같은 사법제도 하에서 위로는 황제로부터 아래로는 관리에 이르기까지 사람의 목숨을 얼마나 가볍게 여겼는지 그리고 일반 서민과 상인들은 얼마나 불행한 운명을 맞게 되었는지를 형상적으로 보여준다.

(3)

송원 문학에서는 상인이 처한 불공정한 사회 환경을 상당히 광범위하게 표현하였다. 앞서 서술한 것처럼 위로는 황제 본인으로부터 아래로는 다음에 이야기할 영웅호걸까지 모두 상인을 아무 것도 아닌 존재로 보거나 심지어 멋대로 죽이기까지 했다. 상인이 호걸에게 무시 받고 피해를 입는 측면에서 보자면 『수호전』은 가장 생동감 있게 형상을 묘사한 교재 중 하나일 것이다. 『수호전』에서 호걸들이 패거리에 가입하는 의식 중 하나는 바로 실제로 사람을 죽여서 물건을 뺏는 행위이며, 그 대상은 항상 길을 가는 상인이다. 임충林冲이 왕륜王倫에게 양산박의 패거리가 되게 해달라고 부탁했을 때 임충이 왕륜에게 받은 제안은 아래와 같았다.

> 패거리에 들려면 어느 호걸이라도 모두 '투명장投名狀'을 내야 하오. 당신이 산을 내려가 한 사람을 죽여서 머리를 바쳐야 왕륜이 의심을 하지 않는

> 다는 것이오. 이것을 바로 '투명장'이라 하오.
>
> 당신에게 사흘의 기한을 주겠소. 만약 사흘 안에 '투명장'을 가져오면 패거리에 들게 해주지만, 사흘 안에 가져오지 못하면 그때 가서 나를 탓하진 마시오.[186]

이에 임충은 "외지고 조용한 작은 길에서 행인이 지나가길 기다린다." 그러나 첫날은 운이 좋지 않아 "아침부터 저녁까지 하루 종일 기다려도 혼자 지나가는 행인이 한 명도 없었다." 둘째 날도 운이 좋지 않아 "한낮까지 숨어 있자 한 무리의 행인들이 나타났는데 대략 3백여 명이나 되는 자들이 꼬리를 물고 오는 터라 임충도 감히 손을 쓰지 못하고 그냥 지나가게 했다. 그 후로 또 한참을 기다렸는데 날이 저물 때까지 한 사람도 지나가지 않았다." 세 번째 날은 운이 좋아서 마침내 혼자 지나가는 행인을 만나 비록 그의 머리는 얻지 못하지만 메고 있던 재물은 빼앗는다.(제11회) 이것이 바로 호걸들의 패거리 가입 절차로, 이는 사람을 죽이고 재물을 빼앗는 그들의 결단력과 능력을 시험하기 위함이자 인명을 살상함으로써 돌아올 수 없는 길을 가게 하기 위함이었다. 그러나 희생양이 돼버린 길 가는 상인에게는 이것이 또 무슨 의미이겠는가? 상술한 묘사에서 작자는 호걸의 시각에서 상인이 살해당하는 상황의 진상을 보여준 것이다.[187]

---

186 但凡好漢們入夥, 須要納'投名狀'--是教你下山去殺得一個人, 將頭獻納, 他便無疑心, 這個便謂之'投名狀'. 與你三日限. 若三日內有'投名狀'來, 便容你入夥, 若三日內沒時, 只得休怪.(제11회)

187 『寧客陸青』의 다음 묘사는 '투명장'식 강도짓의 구체적인 장면을 보여준다. "순희 16년, 공주 영객의 상인이 형남에 갔다가 돌아오면서 한천을 지나 악저의 양태래점이라는 곳에 이르러 앞쪽 갈대숲 가를 지나는데 어떤 사람 하나가 안에서 몽둥이를 들고 달려 나와

『수호전』의 뒤쪽 묘사를 보면 길 가는 상인을 죽이는 것은 왕륜 한 사람의 특별한 방식이 아니라 양산박 호걸들 전체의 일반적인 수법임을 알 수 있다. 임충이 왕륜을 죽이고 조개晁蓋를 산채의 새로운 두령으로 내세우자 양산박에서는 다시 뜻을 모은 후 두 가지 '희사喜事'를 벌여 한편으로는 관병을 물리치고 다른 한편으로는 바로 객상에게 강도짓을 해서 많은 돈과 재물을 손에 넣는다.

한창 술을 마시던 중에 갑자기 졸개 하나가 보고를 해왔다. "산 아래 주朱두령이 산채로 사람을 보내왔습니다." 조개가 불러와 물었다. "무슨 일이냐?" 졸개가 답했다. "주두령이 알아본 바로는 대략 십여 명 정도 되는 객상들이 한 곳에 모여 있는데 오늘 밤 틀림없이 뭍에 올라 길을 지나간다 하여 일부러 와서 보고 드립니다." 조개가 말했다. "마침 돈과 비단이 다 떨어졌는데 누가 사람들을 데리고 한 번 가보겠소?" 완씨 삼형제가 말했다. "저희 형제들이 가보겠습니다." 조개가 말했다. "우리 형제들, 부디 몸조심하고 속히 갔다가 빨리 돌아오게. 나는 유당劉唐을 시켜서 뒤따라 그대들과 호응토록 하겠네." 삼형제는 곧 취의청聚義廳에서 내려와 옷을 갈아입고 요도를 차고 단도, 작살, 갈고리를 들고 백여 명을 뽑은 후 취의청으로 다시 올라와 여러 두령에게 인사하고 산을 내려왔다. 이윽고 금사탄으로 가서 배를 잡아타고 주귀의 주점으로 건너갔다. 조개는 삼형제가 감당치 못할까 걱정되어 다시 유당으로 하여

무참히 때려죽이고는 갈대숲 속으로 끌고 들어가 그가 가진 재물을 빼앗았다. (…중략…) 그 도적은 육청이라 하는데 악주 후군 군영의 병사로 한양문 아래에서 목재 운반 비용을 주관했다.[淳熙十六年, 贛州寧客商販往荊南, 回經漢川, 路到鄂渚, 地名楊太萊店, 前過葦林畔, 一人從內持棒走出, 痛毆之死, 曳入葦叢, 而掠其資貨 (…中略…) 其賊曰陸青, 鄂州後軍寨兵也, 主漢陽門下般運木値]."(『夷堅志』 三志辛 권10)

금 백여 명을 뽑아 산 아래로 가서 호응토록 하면서 이렇게 당부했다. "금은과 비단 같은 재물만 잘 빼앗아 오고 객상들의 목숨은 해치지 말게." 유당이 자리를 떴다. 조개는 삼경이 되도록 소식이 없자 다시 두천, 송만에게 오십여 명을 이끌고 산을 내려가 호응토록 했다. 조개는 오용, 공손승, 임충과 날이 밝을 때까지 술을 마셨다. 졸개가 들어와서 기쁜 소식을 알려주었다. "삼형제 두령께서 금은보화 20여 수레와 나귀와 노새 사오십 필을 빼앗았습니다." 조개가 또 물었다. "사람을 죽이진 않았겠지?" 졸개가 답했다. "그 많은 객상들이 우리 기세가 사나운 것을 보고 수레며 나귀며 짐들까지 모두 버리고 도망가 버려 한 사람도 죽이지 않았습니다." 조개가 매우 기뻐하며 말했다. "우리가 이제 막 산채에 왔으니 사람을 죽여서는 안 된다." 이윽고 백은 한 덩이를 졸개에게 상으로 주었다. 네 사람은 술과 안주를 가지고 산을 내려가 바로 금사탄으로 갔다. 두령들이 수레를 언덕으로 끌어올리고 다시 뱃사람들을 시켜서 말을 싣는 중이었다. 두령들은 크게 기뻐하며 술을 다 마시고 사람을 보내 주귀를 산 위에서 벌이는 잔치에 불러오도록 했다. 조개를 비롯한 두령들은 모두 산채의 취의청으로 올라와 둥그렇게 빙 둘러앉았다. 그런 다음 졸개를 시켜 빼앗은 재물들을 취의청으로 지고 와서 한 보따리씩 풀게 하고는 색깔 있는 비단과 옷은 한 쪽에 쌓아두고, 그 밖의 물건들을 또 한 쪽에 쌓아두고, 금은보화는 앞쪽에 쌓아두도록 했다. 두령들은 훔쳐온 재물이 워낙 많아서 기분이 무척 좋아졌다. 그래서 창고를 관리하는 작은 두목을 시켜 각 물건마다 절반을 창고에 보관하여 나중에 쓰도록 했다. 그리고 다른 절반을 둘로 갈라 취의청의 두령 11명이 골고루 나누고, 산 위와 산 아래 사람들이 균등하게 나눠 가졌다.[188]

지휘가 잘 된 이 전투는 관병이 아닌 상인을 처리하기 위한 것이었다. 두령들이 기뻐한 날은 바로 객상들이 가슴 아파하며 눈물을 흘린 날이었다. 산채의 신임 두령으로서 조개가 왕륜과 다른 점은 수하에게 물건만 뺏고 사람은 죽이지 말도록 한 것뿐이었으니, 이를 통해 일반적으로는 사람도 죽인다는 것을 알 수 있다. 그리고 조개에게 있어 이는 "처음 산채로 온" 때의 행동일 뿐 이후로는 어떻게 될지 보장할 수 없다. 뿐만 아니라 조개 이외에 다른 형제들이 "물건은 뺏되" "사람을 죽이지는" 않는 것에 주의할 지는 전혀 알 수가 없다. 물론 재물은 결국 뺏어야하는 것이다. 그렇지 않으면 호걸들은 무엇으로 살아가겠는가? 호걸들의 이러한 '장쾌한 행동'이 있는 한 상인들이 길에서 무슨 안전을 바랄 수 있겠는가?

당오대 문언소설 「판교삼낭자板橋三娘子」에서는 사람까지 죽이는 무시무시한 여관과 이곳에 투숙한 객상이 맞게 되는 불행을 초자연적 수

---

188 正飲酒之間, 只見小嘍囉報道："山下朱頭領使人到寨." 晁蓋便喚來問道："有甚麽事?" 小嘍囉說道："朱頭領探聽得有一起客商, 約有十數人, 結聯一處, 今夜晚間必從旱路經過, 特來報知." 晁蓋道："正沒金帛使用. 誰可領人去走一遭?" 三阮道："我弟兄們去." 晁蓋道："好兄弟, 小心在意, 速去早來. 我使劉唐隨後來策應你們." 三阮便下廳去換了衣服, 跨了腰刀, 拿了樸刀、欖叉、留客住, 點起一百餘人, 上廳來別了衆頭領, 便下山去, 就金沙灘把船載過朱貴酒店里去了. 晁蓋恐三阮擔負不下, 又使劉唐點起一百餘人, 教領了下山去接應. 又分付道："只可善取金帛財物, 切不可傷害客商性命." 劉唐去了. 晁蓋到三更不見回報, 又使杜遷、宋萬引五十餘人下山接應. 晁蓋與吳用、公孫勝、林沖飲酒至天明. 只見小嘍囉報喜道："三阮頭領得了二十餘輛車子金銀財物, 並四五十匹驢騾頭口." 晁蓋又問道："不曾殺人麽?" 小嘍囉答道："那許多客人見我們來得勢頭猛了, 都撇下車子、頭口、行李逃命去了, 並不曾傷害他一個." 晁蓋見說大喜："我等初到山寨, 不可傷害於人." 取一錠白銀賞了小嘍囉. 四個將了酒果下山來, 直接到金沙灘上. 見衆頭領盡把車輛扛上岸來, 再叫撐船去載頭口馬匹. 衆頭領大喜, 把盞已畢, 教人去請朱貴上山來筵宴. 晁蓋等衆頭領都上到山寨聚義廳上, 簸箕掌、栲栳圈坐定. 叫小嘍囉扛抬過許多財物在廳上, 一包包打開, 將彩帛衣服堆在一邊, 行貨等物堆在一邊, 金銀寶貝堆在正面. 衆頭領看了打劫得許多財物, 心中歡喜, 便叫掌庫的小頭目, 每樣取一半, 收貯在庫, 聽候支用; 這一半分做兩分, 廳上十一位頭領均分一分, 山上山下衆人均分一分.(제20회)

법으로 묘사했다. 송원 문언소설 「금강영험金剛靈驗」, 「포성도점승浦城道店蠅」, 원 잡극 「정정당당분아귀玎玎璫璫盆兒鬼」 등에서도 객상만을 계획적으로 살해하는 여관을 묘사했다. 『수호전』에서도 여러 호걸들이 운영하는 사람 죽이는 여관에 대해 묘사했다. 그들은 손님을 당나귀로 만들 순 없어서 아예 불에 태워 그 재로 질그릇을 만들거나 살가죽을 벗긴 다음 인육만두로 빚기도 했다. 가령 양산박의 '산 아래 주두령'인 한지홀률旱地忽律 주귀朱貴는 양산박이 산 아래에 둔 눈과 귀였다. 그가 경영하는 사람 죽이는 여관은 호걸들이 길에서 강도짓을 할 수 있도록 객상들에 대한 정보를 제공해주었다. 뿐만 아니라 객상들의 살을 취하여 인육만두 장사까지 했다.

> 소인은 왕두령 수하에서 눈과 귀 노릇을 하는 사람으로 성은 주, 이름은 귀입니다. 원래는 기주 기수현 사람입니다. 산채에서 저더러 이곳에서 술장사를 한다는 핑계로 오가는 객상들을 염탐하도록 했습니다. 그래서 돈이나 재물이 있으면 바로 산채로 가서 보고합니다. 그러나 손님이 혼자서 재물도 없이 이곳으로 오면 그냥 가도록 내버려둡니다. 재물이 있는 자가 이곳으로 오면 마취약으로 쓰러뜨리거나 심하면 그 자리에서 요절을 내어 살코기는 포를 뜨고 비계는 기름으로 짜서 불을 밝힙니다.[189]

산채의 주인이 바뀌면 그는 또 새로운 주인을 위해 일했다. 위에서

189 小人是王頭領手下耳目, 小人姓朱名貴. 原是沂州沂水縣人氏. 山寨里教小弟在此間開酒店爲名, 專一探聽往來客商經過. 但有財帛者, 便去山寨里報知. 但是孤單客人到此, 無財帛的, 放他過去; 有財帛的, 來到這里, 輕則蒙汗藥麻翻, 重則登時結果, 將精肉片爲羓子, 肥肉煎油點燈.(제11회)

말한 것처럼 산채의 새 주인은 "금은과 비단 같은 재물을 빼앗는" 큰 전과를 올렸는데, 그 정보는 '산 아래 주두령'이 제공해준 것이었다. 그 밖에 채원자 장청과 모야차 손이랑 두 호걸 또한 맹주도孟州道에서 사람 죽이는 여관을 경영하며 인육만두 장사를 하고 있었다. 재물을 갖고 왕래하는 객상은 살아서 이 여관을 나갈 생각은 아예 하지도 말아야 한다.

> "큰 나무 옆 십자고개를 어느 객이 감히 지나겠는가! 살찐 자는 잘라서 만두소를 만들고, 마른 자는 잡아다가 개울에 처박는데." (…중략…) 사실 객상이 지나가기만을 기다렸다가 눈에 들어오는 자가 있으면 바로 마취약을 먹여 죽입니다. 육질이 좋은 큰 고깃덩이는 소고기로 잘라 팔고, 자잘한 부스러기 고기는 소로 만들어 만두를 빚습니다. 저는 매일 그것들을 마을로 가져가 팔면서 하루를 보냅니다.[190]

이 외에 최명판관催命判官 이립李立의 여관도 인육 만두 장사를 겸했으며, 송강이 바로 그에게 포를 뜨일 뻔 했다.(제36회) 호걸들의 이 살인 여관에서 얼마나 많은 상인들이 재물과 목숨을 잃고 만두소 혹은 '소고기'가 되었는지 모른다. 이상의 세 살인 여관은 소위지小尉遲 손신孫新과 모대충毋大虫 고대수顧大嫂의 살인 여관과 함께 나중에 양산박의 동서남북 네 주점이 되어 "정보를 캐내고 손님들을 끌어들이는" 일을 전문으

190 "大樹十字坡, 客人誰敢那里過! 肥的切做饅頭餡, 瘦的卻把去填河." (…中略…) 實是只等客商過往, 有那入眼的, 便把些蒙汗藥與他吃了, 便死. 將大塊好肉切做黃牛肉賣. 零碎小肉, 做餡子包饅頭. 小人每日也挑些去村里賣, 如此度日.(제27회)

로 한다. 살인 여관의 주인들 또한 양산박의 주요 두령이 된다.(제71회) 그들이 인육만두 장사를 계속했는지는 알 수 없지만 재물이 많은 객상에게 계속 강도짓을 한 것은 의심의 여지가 없다.

그밖에 금안표金眼彪 시은施恩 같은 호걸은 산적이 되기 전부터 이미 어느 지역에 자리 잡아 상인을 착취하며 살았다.

> 이 동생은 어려서부터 강호의 사부에게서 창술과 봉술을 몸에 익혀서 맹주 땅 사람들은 저에게 금안표라는 별명을 지어줬습니다. 제가 있는 곳 동문 밖에 쾌활림快活林이라는 장터가 하나 있습니다. 산동, 하북의 객상들이 모두 와서 장사를 하니 큰 객점만도 백여 곳이 넘고 투전방과 환전소도 수십 군데입니다. 예전에 저는 창술과 봉술을 배운 적이 있는데다 또 군영에서 명령을 어긴 죄수 팔구십 명까지 잡아, 그들을 데리고 그곳으로 가서 술집을 열어 여러 가게와 투전방, 환전소에 나눠 보냈습니다. 떠돌아다니는 기녀들도 일단 그곳으로 오면 반드시 저한테 인사를 하고 나서야 다른 곳에서 벌어먹을 수 있게 했습니다. 그래서 가는 곳마다 매일 남는 돈을 이자로 받고 월말에도 수백 량의 은자를 따로 받아서 돈벌이가 쏠쏠했습니다.[191]

완곡하게 말한 것이지만, 사실 따지고 보면 결국 자신의 무력을 믿고 또 도망친 죄수들을 데리고 상인과 기녀들에게 '뒤를 봐주는 비용'

---

191 小弟自幼從江湖上師父學得些小槍棒在身, 孟州一境起小弟一個諢名, 叫做金眼彪. 小弟此間東門外有一座市井, 地名喚做快活林. 但是山東、河北客商們, 都來那里做買賣, 有百十處大客店, 三二十處賭坊、兌坊. 往常時, 小弟一者倚仗隨身本事, 二者捉著營里有八九十個棄命囚徒, 去那里開著一個酒肉店, 都分與衆店家和賭錢兌坊里. 但有過路妓女之人到那里來時, 先要來參見小弟, 然後許他去趁食. 那許多去處, 每朝每日都有閑錢, 月終也有三二百兩銀子尋覓, 如此賺錢.(제29회)

을 강제로 내게 한 것이니, 오늘날 범죄 조직의 행태와 다를 바가 없다. 그의 아버지도 "재물과 이익을 탐한 것이 아니라 사실 이 장관인 맹주 땅에 호걸의 기상을 더해준 것"(제29회)이라며 그를 칭찬한다. 나중에 그는 쾌활림이라는 이 살찐 고깃덩이를 놓고 다른 호걸(장문신)과 싸우게 되고 결국에는 무송 덕분에 이를 되찾아온다. 그는 다시 쾌활림의 우두머리가 된 후 "장사치들에게 예전보다 3~5푼의 이자를 더 받고, 각 가게들과 투전방, 환전소에서도 이자를 더해서 남은 돈을 시은에게 바쳤다." 이는 바로 상인에 대한 착취를 가중한 것일 뿐이었다.

위에서 소개한 것처럼 『수호전』은 상인이 호걸에게 당한 강도짓, 착취, 살해를 광범위하게 표현하여 당시에 상인이 처한 불공정한 사회 환경의 또 한 측면을 보여줌으로써 상인을 표현한 하나의 특징을 형성하였다. 그러나 호걸들의 행위에 대해 『수호전』의 저자는 또 어떤 태도를 취하였는가? 어떤 때는 애매모호하긴 하지만 그의 태도 자체는 호걸들과는 다르다고 생각된다. 그가 자신이 묘사한 호걸들을 지나치게 동정했을 때 호걸들의 상인에 대한 약탈과 살해는 영웅의 거사처럼 묘사되고, 상인이 처한 불행한 운명은 보이지 않게 된다. 그러나 그가 호걸들과 어느 정도 거리를 둘 수 있을 때는 마음속으로 분명 호걸들의 이러한 행위를 찬성하지 않았으며, 그래서 항상 비판적인 태도를 은연 중 표출했다. 예를 들어 '투명장' 제도에 대해서는 확실히 왕륜의 비열한 짓 중 하나로 묘사하고, 임충이 어쩔 수 없이 이 일을 했다는 것에서도 상인에 대한 작가의 동정을 엿볼 수 있다. 조개와 왕륜의 서로 다른 방식에 대해 포폄을 달리한 것에서도 "두 가지 해를 따져보고 더 덜한 것을 취하는" 그의 경향성을 볼 수 있다. 양산박 영웅들의 자리를 배치한 후 약탈의 대상에 명확한 규정을 두는데 여기에서 상인은 제외시켰다.

양산박 호걸들은 한가할 때면 산을 내려갔는데, 그때마다 인마를 데리고 가기도 하고 두령 몇 명만 각자의 길을 취해 가기도 했다. 도중에 머무를 때 객상의 수레와 인마를 만나면 그대로 지나가도록 했지만, 만약 부임하러 가는 관원을 만나 상자에서 금은을 찾아내면 온 집안사람들을 남김없이 몰살했다. 빼앗은 재물은 산채의 창고로 보내 함께 쓰도록 하고, 나머지 자질구레한 것들은 그 자리에서 나눴다. 수십 리든 수백 리든, 재물을 산처럼 쌓아두고 백성을 해치는 부호가 있으면 바로 사람들을 끌고 가 대놓고 털어서 산 위로 가지고 왔으니 누가 감히 그들을 막을 수 있었겠는가? 또 벼락부자가 선량한 사람들을 못살게 굴며 재산을 쌓아놓고 있다는 소식을 듣기만 하면 원근을 불문하고 모조리 빼앗아 산으로 가져오도록 했다. 이런 크고 작은 일이 무려 천 번도 넘었다.[192]

이는 양산박 호걸들의 '정치적 소양'이 높아졌음을 보여준다. 그러나 한편으로는 이를 저자 자신의 경향성이 표현된 것으로 보지 않을 수 없다. 왜냐하면 원래부터 저자는 객상의 물건을 약탈하거나 그들을 해치는 것을 찬성하지 않았기 때문이다. 만약『수호전』의 상인에 관한

192 原來泊子里好漢, 但閑便下山, 或帶人馬, 或只是數個頭領, 各自取路去. 途次中若是客商車輛人馬, 恁從經過. 若是上任官員, 箱里搜出金銀來時, 全家不留. 所得之物, 解送山寨納庫公用. 其餘些小, 就便分了. 折莫便是百十里, 三二百里, 若有錢財廣積害民的大戶, 便引人去, 公然搬取上山, 誰敢阻當?但打聽得有那欺壓良善暴富小人, 積攢得些家私, 不論遠近, 令人便去盡數收拾上山. 如此之爲, 大小何止千百餘處.(제71회)

표현을 이렇게 인식한다면, 비록 호걸들은 계속 상인의 물건을 약탈하거나 그들을 살해한다고 해도, 소설 자체는 결국 상인에 대한 동정을 표현한 것으로 볼 수 있다. 그리고 이는 송원 문학에서 상인을 표현한 전체적인 경향성에도 부합한다.

(4)

송원 문학에서 상인이 처한 불공정한 사회 환경 그리고 불공정한 사회 환경에 처한 상인들에 대한 동정을 표현했을 뿐 아니라 새로운 상인의 형상까지 처음으로 표현되었다는 점은 매우 높이 평가해야 할 것이다. 그들은 자신의 지혜와 능력으로 불공정한 사회 환경에 교묘하게 저항하여 결국 일정 정도의 승리를 쟁취해냈다. 비록 이러한 형상은 송원 문학에서 아주 적게 나타나지만 도리어 한 줄기 빛처럼 사람들의 의기를 불러일으킨다. 「심소관일조해칠명沈小官一鳥害七命」에 이런 새로운 상인 형상이 보인다. 생약을 파는 상인 이길李吉은 대리시 조사관의 몽매함으로 인해 살인범으로 몰려 사형에 처해지는데, 사형 판결서에 서명한 이는 역시 황제 자신이었다. 그러나 이길의 동료인 다른 두 명의 생약 상인은 그가 억울한 누명을 썼고 관부와 황제의 판결이 틀렸음을 잘 알고 있었다. 그들은 이런 불공정한 일에 나서 이길의 원통함을 풀어주고 싶었다. 그러나 그들은 관부라는 곳이 자기들 말은 듣지도 않고 오히려 누명까지 씌울 수 있다는 것도 잘 알고 있었다. 그래서 그들은 자신들이 직접 나서기로 결정하고는 진짜 살인범을 찾아 사실로써 친구의 억울함을 씻어주고 관부의 잘못을 확인해주었다.

당시에 마침 이길과 함께 해녕군海寧郡으로 와서 장사한 두 객상은 발만 동동 굴렀다. "이런 억울한 일이 있는가? 화미조는 분명 돈을 주고 산 것인데! 우리가 지금 이길의 억울함을 풀어주고 싶지만, 화미조를 판 놈의 얼굴은 어떻게든 알아보겠지만 그 이름과 성은 모르는데다 또 그가 항주에 있는 터라 원통함을 풀기는커녕 우리까지 누명을 뒤집어쓰면 어떻게 빠져나가겠는가? 빌어먹을 새 한 마리 때문에 억울한 생명만 하나 날아갔네! 우리가 항주를 안 가면 모를까, 만약 간다면 반드시 그 자와 진상을 샅샅이 밝혀야 하네!"[193]

나중에 그들은 정말로 항주에 가서 살인범을 찾아 관부에 고발하여 합당한 처벌을 받도록 했으며, 그 어리석은 대리시 조사관은 관직을 잃었다. 이렇게 해서 이길은 마침내 억울함을 깨끗이 씻고 그의 가족 또한 위로와 보상을 받게 된다. 억울하게 죽은 동료는 다시 살아날 수 없게 되고 황제 본인 역시 항상 옳게 여겨졌지만, 두 평범한 상인의 부단한 노력이 결국에는 통쾌한 결말을 이끌어낸 것이다. 이 두 평범한 상인의 생각과 행동 속에는 일종의 귀중한 정신, 즉 관부와 황제의 잘못된 결정에 굴복하지 않고 관부와 황제에 대해 환상을 품지 않은 채 자신의 판단과 능력을 믿고 신중하고 지혜롭게 일을 처리하는 정신이 체현되어 있다. 그들은 표면적으로는 관부에 정면으로 대항하지 않았지만 실제적으로는 관부와의 힘겨루기에서 승리하여 확실히 자신들의

193 當時恰有兩個同與李吉到海寧郡來做買賣的客人, 踝蹬不下 : "有這等冤屈事, 明明是買的畫眉! 我欲待替他申訴, 爭奈賣畫眉的人雖認得, 我亦不知其姓名, 況且又在杭州, 冤倒不辯得, 和我連累了, 如何出豁?只因一個畜生, 明明屈殺了一條性命! 除我們不到杭州, 若到, 定要與他討個明白!"

역량을 보여주었다.

> 소인 둘은 불의를 참을 수 없어 특별히 이길의 억울함을 풀어주고자 합니다. (…중략…) 대리시大理寺 관원이 어리석어 화미조만을 증거로 삼은 채 자세한 내력은 알아보지도 않고 이길을 억울하게 죽인 것이 분명합니다. 소인들은 길에서 이 불의한 일을 보고 특별히 이길의 억울함을 풀어주고자 한 것입니다![194]

그들은 살인범들을 향해 억울함을 풀고자 했고, 관부를 향해서도 억울함을 풀고자 했고, 더욱이 황제를 향해서도 억울함을 풀고자 했다! 그들은 자신의 동료를 위해 억울함을 풀고, 자신의 계층을 위해서도 억울함을 풀었다. 이처럼 송원 문학은 굴복하지 않는 평범한 두 상인의 형상을 묘사함으로써 이전 시대 문학에서는 없었던 이채로운 빛을 뿜어내고 있다. 이 점은 곧 상인에 대한 표현에 있어서 송원 문학이 이전 문학보다 진보한 측면이자 자부심을 가질 만한 특징 중 하나이다.[195]

---

194 小人兩個不平, 特與李吉討命 (…中略…) 大理寺官不明, 只以畫眉爲實, 更不推詳來曆, 將李吉明白屈殺了. 小人路見不平, 特與李吉討命!

195 주목할 점은 이 소설은 상인이 중심이나 같은 소재의 다른 작품, 예를 들어 明代 郎瑛의 『七修類稿』 권45 「沈鳥兒」에서는 상인이 중심이 아니라는 것이다. 이는 상술한 견해의 방증으로 볼 수 있다. 또 小野四平은 이 소설에서 “경솔한 판결에 항의하고 합리적 판결을 시종 요구하는 서민의 형상이 출현한” 것에 가장 먼저 주목했는데, 상술한 우리의 견해는 이러한 관찰의 도움을 받은 것이다.(『中國近代白話短篇小說研究』, 施小煒 · 邵毅平等 譯, 上海 : 上海古籍出版社, 1997, 69쪽)

4. 상인의 성애性愛 생활에 대한 표현

당오대 문학에서는 상인의 성애 생활을 표현한 경우가 매우 적어서 기껏해야 단편적인 몇몇 부분을 표현한 정도이다. 예를 들어 장조張潮의 「장간행長干行」(일명 「강풍행江風行」)에서는 "파巴 땅 동쪽의 무산, 아리따운 신녀의 얼굴. 이 산에서 노닐까 늘 걱정되더니, 과연 돌아올 줄 모르는구나"[196]라는 말로 상인 아내의 의심과 걱정을 표현한 바가 있다. 이 의심은 매우 불분명하고 함축적이며, 상인이 타지에서 풍류생활을 즐긴다고 확정하진 않았다. 「정소鄭紹」에서는 상인이 미모의 여인을 만나는 환상을 표현하였는데, 이는 「유선굴游仙窟」에서 문인이 미모의 여인을 만나는 환상을 표현한 것과 흡사하다. 이는 상인이 타지에서 장사를 하며 겪게 되는 적막한 생활을 우회적으로 반영한 것이자 상인이 기생집을 드나들었음을 함축적으로 표현한 것이다. 「하씨賀氏」에 이르러서는 "이익을 남긴 것으로 외지에 또 다른 부인을 두고서 집에는 한 푼도 보태지 않았다"[197]처럼 상인 아내의 남편이 타지에서 누리는 풍류생활을 명확하게 언급했다. 그러나 여기에 표현된 것은 주로 상인 아내의 희생정신이며, 상인의 풍류생활에 대해서는 간략하게 언급하는 정도이다. 「유숭귀劉崇龜」만이 상인의 풍류생활을 정면으로 표현한 듯하나 여기서도 주인공은 상인의 자제이지 상인 본인이 아니다. 따라서 당오대 문학에서는 아직 상인 생활의 성적 사랑에 대한 측면을 기본적으로 표현하지 않았다고 말할 수 있다. 그 원인은 아무래도 상인에 대한 흥미

196 巴東有巫山, 窈窕神女顔. 常恐遊此山, 果然不知還.(『全唐詩』 권114)
197 其所獲利, 蓄別婦於他所, 不以一錢濟家.(『太平廣記』 권271)

가 아직 이 측면까지는 이르지 않았기 때문인 것으로 보인다.

그러나 송원 문학에서는 상인 생활의 이러한 측면에 대한 표현이 대량으로 출현하게 된다. 상인의 기방 출입, 상인의 전아한 풍류, 호색으로 망가진 상인이 송원 문학의 중요한 제재가 되어 상당히 광범위하게 표현되었다. 이러한 현상의 출현은 당시의 역사문화적 배경과 관련된다고 볼 수 있다. 상인 계층의 세력 확대로 사람들은 그들의 생활을 더욱 주목하고, 통속문학의 번영으로 문학은 상인 생활을 더욱 광범위하게 표현하고, 시민계층은 자신의 미적 정취에 따라 상인들의 이러한 행적을 즐겨 듣고, 문인은 상인과 가까워지면서 상인의 이러한 생활을 더 깊이 이해하게 된 것이다.

상인의 위와 같은 측면을 표현할 때 당시 문학은 어떤 성향을 보여주었는지 주목할 만하다. 당시 문학은 상인의 풍류를 생생하게 묘사하면서도 한편으로는 상당히 보수적인 태도로 이를 비판했다. 호색의 주인공들은 대체로 결말이 좋지 않아서 패가가 아니면 망신이었으며, 아무리 못해도 중병에 걸리거나 두려움에 벌벌 떨어야 했다. 이는 저자의 도덕적 입장을 명확하게 표명한 것으로 사회의 다른 한 편에 서서 이러한 행위를 반대한 것이다.

그러나 이처럼 대량으로 표현된 것 자체가 오히려 저자와 독자의 그에 대한 편애를 보여주고 새로운 사회 분위기와 도덕관념이 형성되고 있었음을 암시한다. 더구나 상인 자제의 사랑을 이야기한 일부 작품은 더욱 적극적이고 긍정적인 태도로 이를 표현하고 있다. 이는 새로운 시대적 분위기가 이미 무르익었음을 보여주는 것이자 상인에 대한 표현에 있어서 송원 문학의 새로운 면모를 보여주는 것이기도 하다.

(1)

송원 문학에서 상인은 대체로 여색을 좋아하고 수시로 기방을 드나드는 단골손님으로 표현된다. 기방에서 그들을 반기는 이유는 돈이 있기 때문이고, 바로 이 때문에 그들은 쾌락과 웃음을 살 수 있다. 예를 들어 「승씨의옥乘氏疑獄」에서 부상 부자傅子는 "그해 예주에 비단을 팔러 갔다가 어느 기생과 눈이 맞아 몇 해가 지났다. (…중략…) 부자는 기쁘면서도 아내가 질투하며 허락하지 않을까 걱정되어 외지에 집을 마련했고",[198] 심지어 이 기생이 사실은 이미 죽은 사람이고, 나중에 만나게 된 이 기생이 사실은 귀신이었음을 알고 나서도 "사랑에 끌리고 여색에 푹 빠져 미혹된 채 반성할 줄을 몰랐다."[199] 「왕팔랑王八郎」에서 부상 왕팔랑은 "그해 강회로 큰 장사를 하러 갔다가 어느 기녀에게 푹 빠져버려 집에 돌아오면 항상 아내를 미워하며 어떻게든 쫓아내려고 했다. (…중략…) 왕생이 또 밖에 나갔다가 마침내 기생을 데리고 와서는 가까운 마을의 여관에 머물게 했다."[200] 「왕란옥동王蘭玉童」에서 부상 왕란은 "장사로 집안을 일으켜 많은 재산을 쌓았는데 (…중략…) 계집질을 참 좋아하여 마을로 들어갈 때면 아내에게 말이 새나갈까 걱정되어 종을 달고 가지도 않았다. 여관에서 묵더라도 어느 곳인지 알리지도 않았다."[201] 「착인시錯認屍」에서 상인 교준喬俊은 "자본

198 歲販羅綺於棣州, 因與一倡狎, 累年矣 (…中略…) 傅子喜, 慮妻妒不容, 爲築室於外.
199 然牽於愛, 溺於色, 迷不省.(『夷堅志』 甲志 권18)
200 歲至江淮爲大賈, 因與一倡綢繆. 每歸家, 必憎惡其妻, 銳欲逐之 (…中略…) 王生又出行, 遂攜倡來, 寓近巷客館.(『夷堅志』 丙志 권14)
201 以賈販起家, 積資頗厚 (…中略…) 酷好冶遊, 每入郡, 不攜親僕, 畏其泄語於妻也. 雖館逆旅, 亦不報所在.(『夷堅志』 志補 권6)

이 3~5만 관이나 되어서 장안長安과 숭덕崇德에서 명주실을 거둬다가 동경(개봉開封)에 가서 팔고, 대추, 호두, 잡화를 사다가 집으로 돌아와 파느라 1년에 반은 집에 있지 않았다."[202] 그는 "호색음탕하여" "동경에서 명주실을 팔던 중 이름난 기생 심서련沈瑞蓮과 교제하고 그의 집에서 죽치며 돈을 써댔다. 이리하여 그녀에게 푹 빠져서는 집안의 처첩은 나 몰라라 하고 기방만 연연하며 세월 좋게 쾌락을 즐겼다."[203] 「신교시한오매춘정新橋市韓五賣春情」에서 상인 오산吳山 역시 "이름은 모르는 창기" 한오에게 푹 빠진다. 이 창기가 오산을 꼭 붙들고 놔주지 않은 이유는 오산이 "집 안에서 명주실을 걷고 빚을 놓는 신교 시장에서 이름난 부자"로 "집 앞에는 실과 면화 가게를 열고, 집 안에는 빚을 놓아 받은 곡식이 가득 쌓여 있어, 과연 금은보화가 상자에 가득하고 곡식이 창고에 가득할" 정도였기 때문이다. 비록 "오산이 그들에게 걸려든 것이 안타깝긴 하지만, 사실은 계획을 이미 잘 꾸며놓아서 덫에 걸리기만 하면 누구도 빠져나갈 수가 없는 것이었다." 창기는 계획대로 오산을 낚은 후 속으로 기뻐하며 혼잣말을 했다. "이번에는 돈 꽤나 있는 놈을 제대로 물은 것 같구나."[204]

---

202 看來有三五萬貫資本, 專一在長安、崇德收絲, 往東京賣了, 販棗子、胡桃、雜貨回家來賣, 一年有半年不在家.(『雨窓集』 卷上)

203 在東京賣絲, 與一個上廳行首沈瑞蓮來往, 倒身在他家使錢. 因此留戀在彼, 全不管家中妻妾, 只戀花門柳戶, 逍遙快樂.(『警世通言』 권33에서의 제목은 「喬彦傑一妾破家」이다)

204 家中收絲放債, 新橋市上出名的財主 (…中略…) 門首開個絲綿鋪, 家中放債積穀, 果然是金銀滿篋, 米穀成倉 (…中略…) 卻恨吳山偶然撞在他手里, 圈套都安排停當, 漏將入來, 不由你不落水 (…中略…) 今番纏得這個有錢的男兒, 也不枉了(『喻世明言』 권3) 당시에는 상인들이 기녀를 끼고 장사에 나서는 경우도 있었다. 예를 들어 「翟八姐」의 내용을 보자. "강회와 민초 사이의 상인들은 멀리까지 장사를 나서는 터라 긴 날을 보내야 하는 자는 대부분 여자를 끼고 함께 길을 나서 부엌일 따위를 맡기고 밤에는 마치 첩처럼 같은 침상에서 잤다. 이들을 일컬어 '嬸子'라 하였고 대체로는 모두 창기들이었다.[江淮閩楚間商賈, 涉歷遠道, 經月日久者, 多挾婦人俱行, 供炊爨薪水之役, 夜則共榻而寢, 如妾然,

송원 문학에서 표현된 상인들은 기방만 출입하는 것이 아니라 남의 여자라도 마음에 들기만 하면 다른 일은 전혀 개의치 않고 구애를 하곤 하는데, 이는 매우 강한 개인주의적 경향을 보여준다. 예를 들어 「백낭

謂之'孃子', 大抵皆猥娼也.]"(『夷堅志』 支乙 권1) 이렇듯 상인이 기녀를 좋아하는 건 호색 이외에 객지생활을 돌봐줄 수 있다는 현실적인 고려 때문으로도 볼 수 있다. 그밖에도 송원 문학에서는 창기에 대한 상인의 기만과 박정함도 자주 보인다. 예컨대 「벽란당」에서 상인의 모습은 이렇다. "젊어서부터 본디 부잣집 아들이라 한 창기와 평생의 약조를 했으나 부모님이 허락하지 않을까 두려워 결국 여자를 데리고 달아났다. 이후 곤궁한 생활이 날로 심해지고 또 일이 잘못될까 걱정되자 오흥에 이르러 벽란당에서 놀다가 취한 김에 창기를 물에 던져버린 후 이름을 숨기고 도망 다니며 거지 행세를 했다.[少年時本富家子, 與一倡有終身之約, 憚父母不容,遂挾以竄. 已而窘窮日甚, 又慮事敗, 因至吳興, 遊碧瀾堂, 乘醉推倡入水, 遂亡命行丐.]"(『夷堅志』 甲志 권16). 또 「張客奇遇」에서 창기는 이렇게 말한다. "손님 양소와 평소 사이가 좋아 양씨가 내 재산 2만을 가져다가 나와 결혼하기로 약조했으나 3년이 지나도록 약속대로 하지 않았어요. 나는 근심이 병이 되고 살 길이 막막해진데다 집안사람들까지 점점 싫어하여 그 분함을 이기지 못하고 목매달아 죽었어요.[與客楊生素厚, 楊取我貲貨二百千, 約以禮昏我, 而三年不如盟. 我悒悒成瘵疾, 求生不能, 家人漸見厭, 不勝憤, 投繯而死.]" 그런데도 이 상인은 도리어 "요주 저자의 입구로 옮겨 가서 장가들고 여관까지 차려 마음껏 삶을 누렸다.[移饒州市門, 娶妻開邸, 生事絶如意.]"(『夷堅志』 丁志 권15) 또 「翟八姐」에서 상인 王三客은 "교활한 거간꾼이었는데, 비록 (창기 적팔저의) 용모는 추하게 보면서도 그 재산에 마음이 혹해서 꼬드겨 아내로 삼았고, 적팔저는 갖고 있던 물건을 모조리 그에게 주었다. 그러던 어느 날 강을 건너려고 전날 밤에 여관에서 함께 잤다. 그는 새벽이 되기 전에 먼저 일어나서는 짐꾸러미를 끌고 배에 올라 급히 닻줄을 풀었다. 적팔저가 물가에 이르렀을 때 그는 이미 멀리 떠난 후였다. 한동안 슬퍼하다가 이러지도 저러지도 못해 곧바로 물에 뛰어들어 죽었다. 왕삼객은 멀리서 그 모습을 바라보고는 자기 계획대로 잘 됐다고 생각했다. 이윽고 고향으로 돌아와 생업을 일으키고 저택을 지어 거하면서 예전보다 더 사치스럽게 먹고 마시며 살았다.[狡詐大駔也, 雖醜鄙其色, 而以財貨動心, 誘之爲妻, 翟罄囊中物畀付. 他日, 將渡江, 先一夕, 同宿旅舍. 未旦先起,挈裝齎登舟, 趣解纜. 及翟至水濱, 其去已遠. 悲慟移時, 念進退無門, 徑赴水死. 王遙望見, 良自以爲得策. 遂歸故里, 治生業, 建第宅以居, 奉養侈於其舊."](『夷堅志』 支乙 권1) 그러나 결국 이 상인들도 대부분 결말은 좋지 않아서 창기의 귀신에 들려 패가망신하게 된다. 이 역시 이러한 상황에 대한 송원 문학의 경향성을 보여준다. 그러나 어떤 상인은 도움을 얻은 후에도 창기를 배반하지 않아 모두가 기쁜 결말을 맞이하기도 했다. 예컨대 「潘君龍異」에서의 창기는 "가산을 털어 반군을 도와주면서도 돈의 출입에 대해서는 묻지도 않았으며(傾家貲濟之,不問其出入)", "반군은 덕분에 상인이 되어 큰 이득을 얻고 재산이 수천만이 넘게 되자 그 창기를 아내로 삼아 돌아왔다. 나중에 낳은 아들은 진사에 급제하여 군수에 이르렀다. 그 집안은 지금도 부자라고 한다.[潘藉以爲商, 所至大獲, 積財逾數十百萬, 因娉倡以歸. 生子, 擢進士第, 至郡守. 其家至今爲富室云.]"(『夷堅志』 甲志 권11) 그러나 이러한 상황은 많지 않은 편이다.

자영진뇌봉탑白娘子永鎭雷峰塔」에서 상인 이극용李克用은 "나이가 무척 많은데도 오로지 여색만 좋아했다. 경국지색 백낭자를 본 그는 그야말로 '삼혼三魂이 제 몸에 붙어있지 않고 칠백七魄이 남의 몸에 가 있는' 지경이 되었다. 그 원외(이극용)는 눈동자를 고정한 채 백낭자만 바라보았다." 이극용은 물론 그녀가 허선許宣의 여자임을 잘 알고 있었다. 그런데도 어떻게든 기회를 보아 백낭자를 갖고 싶어 했다. "원래 이극용은 이를 잡아먹어도 뒷다리는 남겨둘 정도로 인색한 사람인데 백낭자의 용모를 보고는 일을 꾸미고자 술자리를 크게 마련했다. 저마다 권커니 잣거니 하다가 술기운이 한창 오르는데 도리어 자리에서 일어나 옷을 벗고 용변을 보러 갔다. 사전에 이원외는 한통속인 유모에게 이렇게 말해둔 것이었다. '만약 백낭자가 변소에 가거든 막 들어가려 할 때 어멈이 따로 뒤쪽의 조용한 방으로 데리고 오게.' 이원외는 일을 다 꾸며놓고 먼저 뒤쪽에 가서 숨어 있었다."[205] 또 「문경원앙회刎頸鴛鴦會」에서 상인 주병중朱秉中 역시 상인 장이관張二官의 처 장숙진蔣淑珍을 "틈만 나면 희롱하고(時來調戲)", "남편이 집에 없음을 알고서 부인의 집으로 찾아가 명절 인사를 하고 술까지 서너 잔 마시고는 몰래 수작을 부리려 애쓰더니",[206] 결국 장숙진을 꼬드기는 데 성공한다. 또 『수호전』에서 서문경西門慶은 우연히 반금련과 맞닥뜨렸다가 그녀의 미색에 푹 빠져 "발걸음을 멈춘 후 한 바탕 화를 내려고 돌아보았는데, 요염함이 넘쳐나는 여자라서 먼저 정신이 반쯤은 풀리더니 노기까지 저 멀리 달아나버리고 얼

205 原來李克用吃虱子留後腿的人, 因見白娘子容貌, 設此一計, 大排筵席. 各各傳杯弄盞, 酒至半酣, 卻起身脫衣淨手. 李員外原來預先分付腹心養娘道: "若是白娘子登東, 他要進去, 你可另引他到後面僻靜房內去." 李員外設計已定, 先自躲在後面.(『警世通言』 권28)

206 且說朱秉中因見其夫不在, 乘機去這婦人家賀節. 留飮了三五杯, 意欲做些暗昧之事.

굴에는 절로 웃음꽃이 피었다 (…중략…) 두 눈으로는 여인의 몸만 바라볼 뿐이었다. 발걸음을 옮기면서도 일고여덟 번이나 고개를 돌려보며 비틀비틀 팔자걸음으로 걸어갔다."[207] 그는 반금련이 유부녀임을 알면서도 "춘심이 절로 일어나서(惹起春心不肯休)", "여자를 희롱하는 데 온 정성을 쏟아"(死下工夫戲女娘) 마침내는 그녀를 품에 넣게 된다.

송원 문학에서 상인들이 여색을 쫓을 때 사용하는 가장 강력한 무기는 역시 돈이다. 돈은 그들이 가진 자신감과 힘의 원천이었다. 『수호전』의 서문경은 유부녀 반금련에게 홀딱 반하고도 금세 손에 넣을 방도가 없어 돈으로 왕할멈을 움직여서 다리를 놔주도록 한다. "할멈, 기왕 중매를 잘 선다고 하니 나한테도 다리를 좀 놔주시게. 이 일만 잘 성사되면 섭섭잖게 보답하리다." "서문경은 허허 웃으면서 은자 한 냥을 품에서 꺼내 왕할멈에게 주었다 (…중략…) 서문경이 말했다. '내가 지금 마음속에 걸리는 일이 하나 있는데 무슨 일인지 할멈이 알아맞히면 은자 닷 냥을 주겠소.' (…중략…) 서문경이 말했다. '할멈이 이 일을 확실히 성사만 시켜준다면 나중에 할멈 관 값이라도 하라고 은자 열 냥을 바로 주리다.'"[208] 은자는 과연 효력을 발휘하여 왕할멈이 중매를 위해 애쓰도록 해준다. 무한신武漢臣의 「이소란풍월옥호춘李素蘭風月玉壺春」 속 상인은 "서른 수레의 양털 모직과 고급 비단", 가중명賈仲名의

---

207 立住了脚, 正待要發作, 回過臉來看時, 是個生的妖嬈的婦人, 先自酥了半邊, 那怒氣直鑽過爪窪國去了, 變作笑吟吟的臉兒 (…中略…) 那一雙眼, 都只在這婦人身上. 臨動身, 也回了七八遍頭, 自搖搖擺擺踏著八字脚去了.(『水滸傳』 제24회)

208 "干娘, 你既是撮合山, 也與我做頭媒, 說頭好親事, 我自重重謝你." "西門慶笑將起來, 去身邊摸出一兩來銀子遞與王婆 (…中略…) 西門慶道 '我有一件心上的事, 干娘若猜的著時, 輸與你五兩銀子.' (…中略…) 西門慶道 '干娘端的與我說得這件事成, 便送十兩銀子與你做棺材本.'"(『水滸傳』 제24회)

「형초신중대옥소기荊楚臣重對玉梳記」 속 상인은 "스무 수레의 면화", 마치원馬致遠의 「강주사마청삼루江州司馬青衫淚」[209] 속 상인은 "3천 묶음의 고급 차茶"를 가진 자들로 모두가 자신의 재력으로 기녀의 마음을 사고자 했으니, 이 역시 금전의 힘을 믿는 심리를 반영한 것이다.

따라서 상인을 표현하는 측면에서 송원 문학은 새로운 소재를 예리하게 포착하고, 또 이 소재를 깊이 파고들어 상인에 대한 문학의 표현에 있어서 새로운 영역을 개척했다고 볼 수 있다.

그러나 송원 문학에서는 상인의 호색에 대한 태도를 상당히 보수적으로 표현하였다. 여색을 좋아하는 상인들 모두가 결말이 좋지 않기 때문이다. 예를 들어 부자傅子는 동생과 아내에 의해 뜻밖에 죽임을 당하고, 왕팔랑과 창기는 회남에서 죽으며, 왕란은 밖에서 폭사하나 아무도 그 사실을 모른다. 그리고 서문경은 반금련의 시동생 무송의 손에 죽고, 주병중은 장숙진의 남편 장이관의 손에 죽으며, 이극용은 백낭자의 본래 모습에 놀라 반쯤은 죽은 사람이 되고, 오산은 육욕에 빠졌다가 거의 죽을 뻔하며, 주준은 패가망신하여 자살하고, 허선은 의혹과 공포 속에서 하루하루를 보낸다. 이처럼 아무도 좋은 결말을 보지 못한 것이다.

아마도 이는 작자가 모종의 교훈을 통하여 상인의 호색에 반대하는 도덕적 입장을 표명하려는 의도일 것이다. 실제로 「신교시한오매춘정新橋市韓五賣春情」에서는 이렇게 말한다. "저는 오늘 한 젊은이 이야기를 할 겁니다. 그는 색욕을 경계하지 않고 한 여자에게 푹 빠져 6척의 당

---

209 『元曲選』.

당한 몸을 망치고 그 많던 재산까지 잃어버렸지요."[210] 「착인시錯認屍」에서도 교준이 패가망신한 이유를 스스로가 "호색탐음好色貪淫"한 결과, 특히 첩을 집안에 들이고 기녀와 놀아난 결과라고 보았다. 「백낭자영진뇌봉탑」에서도 허선이 놀라움과 공포에 사로잡힌 이유가 호색 때문이라고 보았다. "세상 사람들 색을 좋아하지 마시길, 색을 좋아하는 사람은 색에 미혹되기 마련이니. 마음이 바르면 삿된 것이 어지럽힐 리 없고, 몸이 단정한데 어찌 악한 것이 속이려 들겠는가? 그런데도 허선은 색을 좋아하여, 소송에 연루되어 시비를 야기했네. 노승이 구해주지 않았다면 백사가 남김없이 삼켜버렸겠지."[211] 『수호전』의 관점도 마찬가지다. 서문경이 여색 때문에 죽게 되었다고 보는 것이다. "괴이하게도 미친 남자가 들꽃에 푹 빠져, 여색을 탐하다 큰 해를 입었네. 자기 몸 망친 것 모두가 이 때문이고, 사업 망치고 돈 쏟아 부은 것도 모두 그 때문이지. 한때의 풍류 무슨 득이 있으리, 평소의 재미도 뽐내선 안 되거늘. 훗날 조용한 담장 안에서 재앙이 일어나니, 피범벅된 영혼이 참으로 개탄스럽구나!"[212] 「지성장주관志誠張主管」[213]에서 실 가게의 상인 장사렴이 만년에 송사에 얽힌 것도 모두 여색을 탐하여 젊은 유부녀를 취했기 때문이다. "나이가 예순이 넘어 수염과 머리털은 하얗게 셌다. 그런데도 늙음에 불복하며 여색만 탐하다가 집안

---

210 自家今日說一個青年子弟, 只因不把色欲警戒, 去戀著一個婦人, 險些兒壞了堂堂六尺之軀, 丟了潑天的家計.

211 勸世人休愛色, 愛色之人被色迷. 心正自然邪不擾, 身端怎有惡來欺? 但看許宣因愛色, 帶累官司惹是非. 不是老僧來救護, 白蛇吞了不留些.

212 可怪狂夫戀野花, 因貪淫色受波查. 亡身喪己皆因此, 破業傾資總爲他. 半晌風流有何益, 一般滋味不須夸. 他時禍起蕭牆內, 血汚遊魂更可嗟!(『수호전』 제25회)

213 『京本通俗小說』 권13; 『警世通言』 권16 「小夫人金錢贈年少」.

살림 탕진하고 갈 곳 없는 귀신이나 마찬가지가 되었다."[214] 결론적으로 작자는 상인의 호색 행위를 반대하며 이것이 그들에게 액운을 가져올 것이라고 보는 것이다.

그러나 상인의 호색에 대한 당시 문학의 비난 속에는 사실 상인을 생각해주는 의미도 함축되어 있다. 많은 작품들에서 상인은 여색에 빠졌다가 생명이 위태로워질 뿐 아니라 '수많은 재산'까지 잃어버리곤 한다. 작자들이 보기에 이 많은 재산은 상인들이 힘든 장사를 통해 얻은 것이므로 호색을 위해 재산을 버리는 건 전혀 수지가 맞지 않는 일이었다. 그래서 당시 문학의 보수적인 태도 속에는 상인 계층의 일종의 합리적 정신이 내포되어 있는 것이다. 이는 당시의 역사·문화적 배경의 산물로서 보수성 속의 시민적 요소를 보여주는 것이기도 하다.

(2)

송원 문학에서는 상인 자제와 관련된 연애 고사만이 확실히 긍정적으로 표현되었다. 상인 자제들의 연애 고사에서 우리는 상인 계층의 사랑에 대한 긍정, 대담하게 사랑을 추구하는 상인 자제들에 대한 동정, 그리고 사랑에 충실한 남녀 주인공들에 대한 애정을 볼 수 있다. 바로 여기서 비극은 대부분 희극으로 대체되고 근대 문학 특유의 새로운 분위기가 흘러넘치게 된다.

「계지아기戒指兒記」[215]에서는 정이 깊은 한 상인 자제가 사랑을 위해

214 年逾六旬, 須發皤然. 只因不伏老, 兀自貪色, 蕩散了一個家計, 幾乎做了失鄉之鬼.
215 『雨窓集』 卷上; 『喩世明言』 권4 「閑雲庵阮三償冤債」.

자신의 목숨까지 바치는 이야기를 묘사한다. 주인공 완삼阮三은 상인 집안의 자제이다.

> 각설하고, 총명하고 영민한 한 젊은이가 토연항 안에 살고 있었으니, 성은 완, 이름은 화요, 항렬이 세 번째라 완삼랑이라 불렸다. 그의 형 완대阮大는 아버지와 함께 양경兩京에서 장사에 전념한 터라 둘째 완이阮二가 집안 살림을 도맡았다. 완삼은 나이 열여덟에 용모가 준수하고 시사와 노래에도 모두 능하고 금과 퉁소 연주에도 뛰어나 좋은 집안의 자제들과 사귀면서 매일 기루에서 노래하고 연주하며 종일토록 한가하게 풍류를 즐겼다.[216]

맞은편 진태위 집의 딸은 "품격 넘치는 음악音韻標格"에 반하여 적극적으로 그에게 구애한다. 완삼 또한 진소저를 본 후 춘심을 금하지 못하고 바로 사랑에 빠진다. 그러나 서로 왕래할 방법이 없고 만날 기약도 없어 마침내 상사병에 걸리고 만다.

> 그날 이후로 진소저의 모습이 한 시도 머릿속에서 떠나지 않았다. 게다가 소식을 전할 심복도 없고 규방 깊은 곳에 숨어 있는 터라, 집에 있든 출타를 하든 그 반지만 보면 가슴이 미어졌다. 다시 만날 기약이 없으니 그리움만 더해 갔다. 완삼은 비록 고관의 자제에 비하진 못해도 부잣집의 영민한 아들임은 분명했는데, 상사병이 오래되니 점차 사지에 힘이 빠지고 수

216 話說一個聰明伶俐的才郎, 家住兎演巷內, 姓阮名華, 排行第三, 喚做阮三郎. 那哥哥阮大與父專在兩京商販, 阮二專一管家. 那阮三年方二九, 一貌非俗, 詩詞歌賦, 般般皆曉, 篤好琴簫, 結交幾個豪家子弟, 每日向歌管笑樓, 終朝喜幽閑風月.

척해져 잠도 못 자고 먹는 것도 잊을 정도였다. 그렇게 두 달 남짓이 훌쩍 지나면서 울적함은 병이 되고 말았다. 부모가 여러 번 캐물어도 도무지 입을 열지 않았다.[217]

한 상인 자제의 솔직한 모습과 사랑에 열중하는 그의 정신이 생생하게 묘사되어 있다. 나중에 친구의 도움으로 그는 결국 진소저와 남몰래 만나게 된다. 그러나 몸이 허약해진데다 순간의 애욕에 탐닉하다 뜻밖에도 진소저의 배 위에서 죽고 만다.

완삼은 오래 병을 앓아온 사람이고 이 여자 때문에 칠정이 상하고 몸이 허약해졌는데도 만나자마자 욕정이 솟아올라 자신의 생명도 돌보지 않았다. 여자는 이전에는 만나고 싶어도 못 만나다가 이제야 서로 만나게 되었다는 생각에 자신의 몸에 온 마음을 담아 사랑의 정을 남김없이 쏟아냈다. 그러나 즐거움이 극에 달하면 슬픔이 찾아온다 했던가. 서로 몸을 엉키며 쾌락에 빠졌다가 그것이 흉한 징조가 될지 어찌 알았겠는가. 마음껏 사랑을 불태우다 남근이 손상되어 양기를 잃어버릴 줄 생각이나 했겠는가. 순식간에 기운은 몸에서 빠져나가고, 칠백七魄은 흩어져 날아가 버리고, 영혼은 필시 저승으로 가버린 것이었다.[218]

---

217 自此, 想那小姐的像貌, 如今難舍. 況無心腹通知, 又兼閨閣深沉. 在家內, 出外, 但是看那戒指兒, 心中十分慘切. 無由再見, 追憶不已. 那阮三雖不比宦家子弟, 亦是富室伶俐的才郎, 因是相思日久, 漸覺四肢羸瘦, 以致廢寢忘餐. 忽經兩月有餘, 懨懨成病. 父母再四嚴問, 並不肯說.

218 那阮三是個病久的人, 因爲這女子, 七情所傷, 身子虛弱, 這一時相逢, 情興酷濃, 不顧了性命; 那女子想起日前要會不能得會, 今日得見, 全將一身要盡自己的心, 情懷舒暢. 不料樂極悲生, 倒鳳顚鸞, 豈知吉成凶兆, 任意施爲, 那顧宗筋有損, 一陽失去, 片時氣轉離身, 七魄分飛, 魂靈兒必歸陰府.

욕정 때문에 몸을 버린 일을 묘사하고 있지만 여기에 비난의 의미는 들어있지 않으며, 오히려 이는 일종의 상징처럼 받아들여진다. 즉, 정이 많은 한 상인 자제가 사랑하는 여인을 위해 자신의 생명도 아끼지 않았다는 것이다! 이는 작자가 완삼의 사랑에 대해, 그리고 사랑에 깊이 빠져드는 정신에 대해 긍정하고 있음을 보여준다. 완삼과 진소저가 단 한 번의 사랑으로 남긴 자식은 둘의 아름다운 사랑의 결정이자 다시 태어난 완삼의 상징인 것이다.

이와 비슷한 주제를 표현한 것으로 「악소사병생멱우樂小舍拼生覓偶」[219]도 있다. 여기서 상인 자제 악화樂和 또한 마음속 연인을 위해 자신의 목숨까지 아끼지 않는다. 다만 그는 큰 난관에도 죽지 않고 결국에는 사랑을 쟁취한다. 악화는 잡화점을 하는 상인의 아들로 생김새도 깔끔하고 총명하여 사람들의 사랑을 받았다. 그는 어려서부터 이웃집 희장사喜將仕의 딸 순낭順娘과 함께 공부하면서 순진무구한 사랑을 키워왔으며, 둘은 나중에 부부가 되기로 몰래 약조하였다. 장성한 이후에 서로 헤어지게 되었을 때도 악화는 여전히 순낭만 생각했다. 그는 희씨 집안과 결혼을 시켜달라고 부모에게 청했으나 아버지는 집안이 서로 어울리지 않는다며 결혼을 승낙하지 않았다. 악화는 크게 실망하면서도 자나 깨나 그녀를 잊지 못했다. 그의 연정은 마치 봄날의 대자연처럼 순수하고 사랑스러웠다.

악화는 크게 실망하여 밤새도록 몰래 한숨만 쉬었다. 다음날 아침 종이

219 『警世通言』 권23.

로 위패 하나를 만들어 그 위에 "親妻喜順娘生位" 일곱 자를 적고는 매일 세 끼니마다 꼭 마주보고 밥을 먹었다. 밤에는 베개 옆에 그것을 조심히 놓고 낮은 소리로 세 번을 부른 다음에야 잠자리에 들었다. 매년 3월 3일 청명, 9월 9일 중양절, 단오절 용주龍舟 경기, 8월의 조수潮水 놀이처럼 큰 대회가 있으면 항상 머리를 가지런히 빗고 용모를 단정히 하고 화려한 옷을 입고 사람들 사이를 비좁게 오갔다. 순낭이 외출하면 요행으로 한 번 만날지도 모른다는 생각에서였다. 동료 장사꾼 중 딸이 있는 자들은 악소사가 장성하자 저마다 와서 혼사에 대해 이야기했다. 부모는 몇 번이나 응낙하려 했으나 악화는 도무지 그럴 생각이 없었다. 희순낭이 출가한 후에야 마음을 접고 혼사를 계획하리라 맹세한 것이다.[220]

어느 해 8월 조수 놀이를 하던 중 두 사람은 마침내 만남을 이루게 된다. 그때 순낭이 불행히도 물에 빠지자 악화는 뒤도 돌아보지 않고 그녀를 따라 물속으로 뛰어든다.

순간 순낭이 발을 헛디뎌 강물에 빠져버리는 것이 아닌가. 손 쓸 틈도 없이 깜짝 놀랄 일이 갑작스레 일어나서 순낭이 물에 빠지자마자 악화의 시선은 그녀를 따라 물로 향하고 발걸음도 절로 움직여 풍덩 물에 뛰어들어서는 파도에 이리저리 휩쓸렸다. 그가 어찌 헤엄이나 칠 줄 알았겠는가. 그저 사랑 때문에 목숨도 돌보지 않은 것이다.[221]

---

220 樂和大失所望, 背地里歎了一夜的氣. 明早將紙裱一牌位, 上寫"親妻喜順娘生位"七個字, 每日三餐, 必對而食之. 夜間安放枕邊, 低喚三聲, 然後就寢. 每遇清明三月三, 重陽九月九, 端午龍舟, 八月玩潮, 這幾個勝會, 無不刷鬢修容, 華衣美服, 在人叢中挨擠. 只恐順娘出行, 僥幸一遇. 同般生意人家有女兒的, 見樂小舍人年長, 都來議親. 爹娘幾遍要應承, 倒是樂和立意不肯. 立個誓願, 直待喜家順娘嫁出之後, 方才放心, 再圖婚配.

이는 이것저것 고려치 않고 오직 사랑만을 추구하는 정신이며, 이 정신이 바로 상인의 자제를 통해 나타난 것이다. 이후 악화와 순낭은 사람들에게 구조되고, 그 뒤로 매우 희극적인 장면이 이어진다.

> 두 집안 사람들이 한쪽은 딸 이름을 부르고 한쪽은 아들 이름을 불렀다. 대략 한 시간쯤 부르니 점차 눈이 떠지고 숨이 이어지고 사지도 겨우 가눌 정도가 되었다. 악공樂公이 말했다. "아들아, 어서 정신 좀 차려봐라. 장사공將仕公이 순낭을 너한테 주기로 이미 허락했단 말이다……." 악공의 말이 끝나기도 전에 악화가 두 눈을 번쩍 뜨고 말했다. "장인어른, 나중에 다른 말 하시면 안 됩니다!" 곧바로 번쩍 몸을 일으키더니 장인, 장모에게 감사의 예를 올렸다.[222]

이는 한 편의 사랑 노래이자 청춘의 송가이다. 상인의 자제 악화는 자신의 사랑에 충실하여 생사에 아랑곳 않고 일념으로 사랑을 좇아 시간과 공간, 고난과 죽음까지 이겨내고 마침내 사랑하는 사람과 한 가족이 되었다. 소설에서는 마지막에 이렇게 노래한다. "어려서 푹 빠진 사랑으로 커서는 더욱 미쳐갔지만, '정情'이라는 한 글자가 조수의 왕을 감동시켰네. 가슴 깊도록 사랑에 푹 빠지면, 생사도 풍파도 어찌하지 못한다네."[223] 악화의 사랑에 대해 매우 높은 평가를 하고 있는 것이다.

---

221 忽見順娘跌在江里去了. 這驚非小, 說時遲, 那時快, 就順娘跌下去這一刻, 樂和的眼光緊隨著小娘子下水, 脚步自然留不往, 撲通的向水一跳, 也隨波而滾. 他那里會水, 只是爲情所使, 不顧性命.

222 兩家一邊喚女, 一邊喚兒. 約莫叫喚了半個時辰, 漸漸眼開氣續, 四只胳膊, 兀自不放. 樂公道 : "我兒快蘇醒, 將仕公已許下, 把順娘配你爲妻了 (…中略…) "說猶未畢, 只見樂和睜開雙眼道 : "嶽翁休要言而無信!" 跳起身來, 便向喜公喜母作揖稱謝.

청춘의 활력으로 충만한 이런 사랑에 대한 추구가 또 한 쌍의 상인 자녀에게서도 보인다. 「뇨번루다정주승선鬧樊樓多情周勝仙」에서의 범이랑과 주승선이 바로 그 주인공이다. 범이랑은 술집을 운영하는 범대랑의 동생이고, 주승선은 해외 무역을 하는 상인의 딸이다. 그들은 봄에서 여름으로 넘어갈 무렵의 어느 날 금명지에서 우연히 만나 한 눈에 사랑에 빠지나 서로를 알 방도가 없었다. 그러다가 주승선이 한 가지 꾀를 내어 먼저 스스로를 소개하고, 범이랑 역시 마음속에 통하는 바가 있어 바로 구실을 만들어 스스로를 소개한다. 이 장면에 대한 묘사는 그야말로 신필神筆이라 할 만하다.

> 정情과 색色은 본래 내 맘대로 되지 않는 법. 그녀가 찻집에 있는 동안 두 눈이 서로 마주쳐 정분이 생기게 되었다. 그녀는 속으로 기뻐하며 생각했다. "저런 자제분에게 시집간다면 얼마나 좋을까! 오늘 이렇게 얼굴을 마주하고도 기회를 놓쳐버리면 언제 또 그를 만나겠어?" 또 한술 더 떠 "어떻게 그에게 말을 건네 볼까? 결혼은 했는지 물어볼까?" 라고 생각했다. 함께 온 계집종과 유모도 도무지 아는 것이 없었다. 그런데 때마침 밖에서 물통 소리가 들렸다. 여자는 눈썹 끝을 살짝 올리더니 좋은 꾀라도 생긴 듯 곧바로 물장수를 불렀다. "물장수 아저씨, 달콤한 설탕물 좀 따라주세요!" 물장수는 설탕물 한 잔을 놋그릇에 부어 여자에게 주었다. 그녀는 물을 받아들어 입에 대고 한 모금 마시나 싶더니 바로 놋그릇을 휙 공중에 던지며 소리쳤다. "이봐요! 저한테 무슨 속셈이라도 있는 건가요? 내가 누군지 알아

---

223 少負情癡長更狂, 卻將情字感潮王. 鍾情若到眞深處, 生死風波總不妨.

요?" 범이랑이 그 소리를 듣고 생각했다. "무슨 말을 하는지 더 들어봐야겠다." 여자가 말했다. "나는 조문曹門 안에 사는 주대랑의 딸이고, 어릴 때 이름은 승선 아씨, 나이는 열여덟이에요. 지금까지 한 번도 누구에게 넘어가본 적이 없는데吃人暗算, 지금 당신이 나한테 수작을 걸려고 하는군요! 나는 시집도 안 간 아가씨란 말이에요!" 범이랑이 속으로 생각했다. "어째 말이 좀 이상한 게 분명 나한테 들으라고 하는 소리구나." 물장수가 말했다. "아가씨, 소인이 무슨 수작을 부리겠습니까?" 여자가 말했다. "이게 수작 부리는 게 아닌가요? 물속에 풀잎이 한 가닥 있잖아요." 물장수가 말했다. "이게 아가씨를 해치기나 한답니까?" 여자가 말했다. "목구멍이 다칠 뻔 했잖아요. 아버지가 지금 집에 안 계셔서 망정이지 만약 계셨다면 당장 당신을 고발했을 거예요." (…중략…) 맞은편에 있던 범이랑이 말했다. "그녀가 은근히 나한테 말을 건넸으니 어떻게 화답을 한다?" 이윽고 그 역시 물장수를 불렀다. "이보시오 물장수, 달콤한 설탕물 한 잔만 따라주시오!" 물장수는 설탕물 한 잔을 따라 범이랑에게 건네주었다. 범이랑은 잔을 받아들고 한 입 들이킨 다음 역시 잔을 하늘로 던지며 크게 소리쳤다. "아니, 무슨 속셈이로 나한테 이런 짓이오? 내가 누군지나 아시오? 우리 형은 번루樊樓에서 주점을 하는 범대랑이고 내 이름은 범이랑이란 말이오. 나이 열아홉이 되도록 나는 한 번도 남에게 해코지를 당해본吃人暗算 적이 없소. 나는 활도 잘 쏘고 공치기도 기가 막히게 하는데다 아직 결혼도 안 했소." 물장수가 말했다. "이런 미친 사람이 있나! 그게 무슨 말이야? 좀 알아달라고 하는 소리요? 중매라도 서 드릴까? 어서 관아에 고발하시오. 나 같은 물장수가 무슨 속셈이 있단 말이야?" 범이랑이 말했다. "이게 몰래 속셈이 있는 게 아니라고? 내 사발에도 풀잎이 한 가닥 있단 말이오." 여자는 그 말을 듣고 속으로 무척 기뻐했다. (…중략…) 여자가 자리에서 일어나며 말했다. "이제 그만 돌아가서 좀 쉬죠." 그러면서 물장수를 보며 말했다. "설마 따라오려는 건 아니겠죠?" 범이랑은 생각했다. "나한테 따라오라고 하는 말임에 틀림없구나."224

아마 상인 집안 출신의 여자 정도는 돼야 유모 한 명만 데리고 혼자서 외출할 수 있었을 것이다. 그리고 바로 상인 집안 출신이었기 때문에 주승선은 대담하게 자기가 첫눈에 반한 사람에게 적극적으로 구애하고 발랄한 기지로 자신에 대한 정보를 건넬 수 있었을 것이다. 마찬가지로 상인 집안 출신의 범이랑도 상대의 의도를 영리하게 알아차렸으니, 그야말로 그 총명함이 막상막하인 천상배필이었던 것이다. 청춘의 분위기로 가득한 이 희극에는 쾌활하고 명랑한 정조가 흘러넘친

224 原來情色都不由你. 那女子在茶坊里, 四目相視, 俱各有情. 這女孩兒心里暗暗地喜歡, 自思量道:"若是我嫁得一個似這般子弟, 可知好哩! 今日當面挫過, 再來那里去討?" 正思量道:"如何著個道理和他說話? 問他曾娶妻也不曾?" 那跟來女子和奶子, 都不知許多事. 你道好巧, 只聽得外面水桶響. 女孩兒眉頭一縱, 計上心來, 便叫:"賣水的, 你傾些甛蜜蜜的糖水來!" 那人傾一盞糖水在銅盂兒里, 遞與那女子. 那女子接得在手, 才上口一呷, 便把那個銅盂兒望空打一丟, 便叫:"好好!你卻來暗算我! 你道我是兀誰?" 那范二聽得道:"我且聽那女子說." 那女孩兒道:"我是曹門里周大郎的女兒, 我的小名叫作勝仙小娘子, 年一十八歲, 不曾吃人暗算. 你今卻來算我! 我是不曾嫁的女孩兒!" 這范二自思量道:"這言語蹺蹊, 分明是說與我聽." 這賣水的道:"告小娘子, 小人怎敢暗算!" 女孩兒道:"如何不是暗算我? 盞子里有條草." 賣水的道:"也不爲利害." 女孩兒道:"你待算我喉嚨, 卻恨我爹爹不在家里, 我爹若在家, 與你打官司." (…中略…) 對面范二郎道:"他旣暗遞於我, 我如何不回他?" 隨卽也叫:"賣水的, 傾一盞甛蜜蜜糖水來!" 賣水的便傾一盞糖水在手, 遞與范二郎. 二郎接著盞子, 吃一口水, 也把盞子望空一丟, 大叫起來道:"好好! 你這個人眞個要暗算人! 你道我是兀誰? 我哥哥是樊樓開酒店的, 喚作范大郎, 我便喚作範二郎, 年登一十九歲, 未曾吃人暗算. 我射得好弩, 打得好彈, 兼我不曾娶渾家." 賣水的道:"你不是風! 是甚意思? 說與我知道? 指望我與你作媒? 你便告到官司, 我是賣水, 怎敢暗算人?" 范二郎道:"你如何不暗算? 我的盂兒里, 也有一根草葉." 女孩兒聽得, 心里好歡喜 (…中略…) 女孩兒起身來道:"俺們回去休." 看著那賣水的道:"你敢隨我去?" 這子弟思量道:"這話分明是敎我隨他去."

다. 다만 나중에 이 희극은 비극으로 바뀌고 마는데, 불쌍한 주승선은 아버지가 범이랑과의 결혼을 허락하지 않자 기절해 죽고 만다. 이후 그녀는 도굴꾼이 파내 주어 죽었다가 살아나지만, 범이랑을 찾으러 갔다가 귀신으로 오인한 그의 손에 그만 맞아죽고 만다. 주승선은 죽기 전에 이렇게 말한다. "제가 두 번 죽은 것은 모두 도련님 때문이에요." 그녀의 사랑은 이토록 맹목적이었으며, 사랑을 위해 그녀는 자신의 목숨까지 바쳤다. 그러나 결국 범이랑은 생사에 아랑곳 하지 않은 악화와 달리 매우 '무정'한 사람일 뿐이었다. 그래서 작가는 이렇게 탄식했다. "정 많은 남자와 정 많은 여자 모두가 정에 미치고, 그 정 때문에 사연은 기이하고 또 기이하구나. 만약 무정과 유정을 비교한다면, 무정이 오히려 더 낫겠네." 주승선에 대해 깊은 안타까움을 표한 것이다. 그러나 희극이 비극으로 바뀌긴 했지만, 이 이야기는 여전히 한 편의 사랑 노래이자 청춘의 송가이며, 작가 역시 죽음도 마다 않는 주승선의 사랑을 높이 평가하고 있다.

이상의 몇 가지 고사는 모두 한 가지 공통점을 갖고 있다. 바로 마음속 대상을 만나면 상인의 자제들은 모든 것을 뒤로 한 채 그 사랑을 추구하고 예법의 구속도 거의 받지 않으며 시비와 이해도 따지지 않는다는 것이다. 그들에게는 청춘의 활력과 건강한 숨결과 서민의 정신이 넘쳐난다. 이러한 형상이 송원 문학에서 출현한 것은 송원 문학의 상인 표현에 있어서 새로운 특징 중 하나로서 전대 문학보다 더욱 진보한 측면을 보여준다고 할 수 있다.

이처럼 송원 시대의 문인들은 상인의 호색은 그토록 어둡고 음침하게 그리면서도 상인 자제의 사랑에 대해서는 매우 아름답게 묘사하는

데, 이 역시 '정情'은 인정하나 '욕欲'은 인정하지 않는 그들의 도덕적 경향을 반영한 것으로 볼 수 있다. 그리고 이는 당시의 사상적 배경과도 관련이 있을 것이다. 그러나 어떤 측면으로 묘사를 하든, 송원 문학은 상인을 표현하는 공간을 확장하여 우리에게 상인 생활의 다층적 측면들을 보여주고 있다. 그리고 이 특징은 이후 명대 문학에서 더욱 충분하게 발휘되었다.

5) 상인 아내에 대한 표현

송원 문학은 상인의 성애 생활에 상당한 관심을 기울인 만큼 상인 아내의 성애 생활에 대해서도 상당히 관심이 많았다.

상인의 성애 생활과 비교했을 때 중국문학에서 상인 아내의 성애 생활에 주목한 시기는 그보다 훨씬 앞선다. 일찍이 위진남북조 악부시가에서 상인 아내의 그리움에 대한 묘사가 이미 보인다. 비록 성애 생활에 대한 표현이라고 할 수는 없지만 그들의 성적 고민과 관련한 요소가 이미 포함되어 있는 것이다. 당오대 문학에서는 상인 아내의 그리움을 주제로 한 시가가 대량으로 출현하여 상인 소재를 표현한 당시 문학의 특징 중 하나가 되었다. 이러한 시가들은 상인 아내의 성애 생활을 직접 표현하진 않지만 역시 그들의 성적 고민과 관련한 정서로 가득하다.

그러나 당오대 시가 속 상인 아내의 세계는 시적 정취가 넘치는 아름다운 세계다. 여주인공은 보통 남편에 대한 사랑으로 그들이 오기를 인내하며 기다린다. 그들은 남편과의 사랑을 추호도 의심하지 않으며 기다림 자체의 가치를 조금도 의심하지 않는다. 그래서 규범을 벗어난 행동으로 유혹에 넘어가거나 안위를 추구하지 않는다. 「맹씨孟氏」 같은 일부 소설에서는 기다림에 지친 상인 아내의 외도라는 주제를 처음으로 표현하고 있지만, 당오대 문학에서 이런 부류의 작품은 이 사례 하나뿐이며 그 표현 자체도 상당히 조심스럽고 함축적이다. 상인 아내의 외도는 수동적이고 그녀를 유혹한 것은 초자연적인 '요괴'이므로 그만큼 책임은 크게 경감된다.

송원 문학에도 「맹씨」 같은 성격의 작품이 있다. 「왕언태가王彦太家」가 그 예이다.

> 임안臨安 사람 왕언태王彦太는 집안이 매우 부유하여 화려한 집을 가지고 턱 끝으로 사람들을 부렸다. 그러던 중 홀연 남해로 배를 타고 나가 장사를 할 생각을 했다. 배의 장비들은 이미 갖춰졌으나 아내 방씨方氏가 묘령에 용모도 아름다워 차마 쉽게 떠날 수가 없었다. 그렇게 한참을 지나서야 비로소 출발하게 되었다. 그는 1년이 지나도록 돌아오지 않고 소식도 끊겨버렸다. 봄날이 되어 항주 사람들이 호수와 산으로 나들이를 가는데 방씨는 평소 단정하고 조용한 성격이라 밖으로 나가려하지 않고 집 뒤쪽의 작은 뜰에서 산보하며 묵은 근심을 풀었다. 그녀는 흐드러진 꽃 사이를 지나다 한 젊은이를 만났다. 그는 붉은 비단치마를 입고 낮은 금모자를 썼는데 분을 바른 듯한 피부에 부드럽고 여유로운 용모와 행동으로 은밀한 곳에서 몰래 엿보다 가지고 있던 새총을 그녀에게 쏘려 했다. 방씨가 그를 욕했다. "나는 양가의 여자로 1년 남짓 남편이 출타한 동안 집밖을 나서지 않았다.

그런데 너는 웬 놈이기에 내 후원에 마음대로 들어와 새총으로 나를 쏘려 한단 말이냐! 어찌 이리 무례한 게냐!" 젊은이는 부끄럽고 두려워 새총을 버리고 손을 모아 사죄의 예를 올렸다. 방씨가 정색하며 그를 꾸짖자 어느새 사라져버렸다. 방씨는 급히 돌아와 계집종들에게 알렸으나 정신이 어지럽고 피곤하여 버티기가 힘들었다. 한밤중이 되자 젊은이는 곧장 당으로 올라왔다. 방씨가 급히 피하려 하자 팔을 뻗어 그녀의 옷자락을 잡았는데 팔의 길이가 몇 길은 되었다. 계집종들이 온 힘을 다해 방씨를 빼내려 했으나 당해내지 못했다. 결국 젊은이는 방씨를 안고 침상으로 올라가 관계를 가졌다. 이때부터 느즈막이 돌아갔다가 저물녘이면 다시 찾아오니 그 손아귀를 벗어날 방도가 없었다. 마음속으로 갖고 싶은 물건이 있으면 말하지도 않았는데 순식간에 방씨 앞에 와 있었다. 방씨는 남편 언태에 대한 생각이 간절해져 친지들에게 사실을 알리고 도사를 불러다 오뢰법五雷法을 행하고 망루를 설치했다. 또 승려 스무 명을 골라 요가 도량을 만들었으나 하나같이 긴 팔에 이리저리 두들겨 맞아 그 기예를 당해내지 못했다. 몇 달이 지나 젊은이가 애처로운 소리로 다급히 말했다. "당신의 남편이 바다에서 곧 돌아올 것이오. 집에 와서 만나면 절대 내 일은 발설하지 마시오. 만약 이를 어기면 반드시 당신을 죽일 것이오! 나의 신통함을 당신도 알지 않소? 물불처럼 닥쳐오는 군대라 할지라도 터럭만큼도 나를 건드릴 수 없소." 얼마 지나지 않아 과연 왕생이 돌아왔다. 방씨는 눈물을 흘리며 말했다. "첩이 씻지 못할 큰 죄를 저질렀으니 당장 제 목을 베어 친지들께 사죄해 주세요." 놀란 왕생이 까닭을 묻자 낱낱이 알려주었다. 왕생이 말했다. "이건 산에 사는 나무귀신에 틀림없으니 내 손으로 반드시 죽여 버리겠소." 이윽고 예리한 검을 숨겨 놓고 그가 오기를 기다렸다. 어느 날 저녁 그가 당당하게 찾아오자 왕생은 칼을 뽑아 바짝 뒤쫓아 가서 등을 찔렀다. 그러자 금옥처럼 '쟁쟁' 소리가 나더니 한 줄기 흰 빛이 되어 몇 길을 훤히 밝히면서 허공으로 사라졌다. 그 후 금옥 소리는 모두 사라지고 왕씨 부부는 예전처럼 지내게 되었다.[225]

이 이야기는 「맹씨」와 매우 흡사하다. 여기서도 상인 아내는 수동적으로 외도를 하고, 그녀를 유혹한 것도 초자연적인 '요괴'여서 상인 아내의 책임은 크게 경감된다. 다른 점은 「왕언태가」에서는 다음의 내용까지 썼다는 것이다. 즉, 방씨가 남편에 대한 생각이 맹씨보다 간절하여 남편의 용서를 얻고, '산 속의 나무귀신'까지 제거한 후 예전처럼 사이가 좋아졌다는 것이다. 그러나 이처럼 도덕화된 표현의 배후는 여전히 상인 아내의 성에 대한 고민의 상징적 발산인 것이다.[226]

---

225 臨安人王彦太, 家甚富, 有華室, 頤指如意. 忽議航南海, 營舶貨. 舟楫旣具, 而以妻方氏妙年美色, 不忍輕相舍. 久之, 始決行. 曆歲弗反, 音書斷絶. 當春月, 杭人日遊湖山, 方氏素廉靜, 獨不肯出, 散步舍後小圃, 舒豁幽悶. 經花陰中, 逢少年, 衣紅羅裳, 戴甓金帽, 肌如傅粉, 容止儒緩, 潛窺於密處, 引所攜彈弓欲彈之. 方氏罵之曰: "我是良家, 以夫出年多, 杜門屛處. 汝爲何等人, 擅入吾後圃, 且將挾彈擊我, 一何無禮如是!" 少年慚懼, 擲弓拱手, 揖而謝過. 方正色叱之, 恍然不見. 方奔歸, 呼告群婢, 覺神宇淆亂, 力憊不支. 迨夜半, 少年直登堂, 方趨走欲避, 則伸臂挽其裾, 長數丈餘, 群婢盡力援奪不能勝, 遂擁升榻, 與款接. 自是晩去暮來, 無計可脫. 心所欲物, 未嘗言, 不旋踵輒至. 方念彦太殊切, 報於親故, 招道士行五雷法, 乃設醮, 又擇僧二十輩, 作瑜珈道場, 皆爲長臂搖擊, 莫克盡其技. 後數月, 少年慘蹙語方曰: "汝良人自海道將歸矣, 如至家, 相見時切勿露吾事. 苟違吾戒, 必害汝! 汝知吾神通否?雖水火刀兵, 不能加毫末於我也." 未幾, 王生果歸. 方垂泣曰: "妾有彌天之罪, 君當卽斬我以謝諸親." 王驚問故, 具言之. 王曰: "是乃山精木魅, 吾必殺之." 乃藏貯利劍, 以俟其來. 一夕, 儼然而至, 王拔刀躡逐, 中其背, 鏗鏗若金玉聲, 化爲白光, 熠煜亘數丈, 沖虛去. 其後聲滅響絶, 王夫婦相待如初.(『夷堅志』 支乙 권1)

226 상인 아내의 성에 대한 고민의 상징적 발산은 이밖에도 몇 가지 표현 방식이 있다. 예컨대 「解七五姐」에서 남편을 그리워하는 상인 아내는 남편이 보낸 편지를 "다 읽은 후 얼굴을 묻고 울면서 그날로 아무 것도 먹지 않아 폐병에 걸린 듯 야위어가더니 여덟달 만에 죽었다."[女觀畢掩泣, 卽日不食, 奄奄如勞瘵, 以八月死](『夷堅志』 三志壬 卷10) 남편 생각에 음식을 끊고 죽음에 이른 것은 이미 적막함을 감내하는 전통적인 상인 아내의 형상

그러나 송원 문학에서 더욱 주목을 끄는 점은 또 다른 부류의 작품이 출현했다는 것이다. 여기서 상인 아내의 세계는 더 이상 시의詩意로 가득한 아름다운 세계가 아니다. 상인의 부인들은 남편을 사랑하면서도 얌전하게 기다리고 있지 않는다. 그들은 스스로의 정욕을 억누르지도 않고 그토록 좋은 시절을 헛되이 보내고 싶어 하지도 않는다. 그들은 항상 자기가 좋아하는 남자에게 몸을 맡기고 외도라는 금단의 열매를 몰래 맛본다. 주목할 점은 이러한 고사가 「맹씨」나 「왕언태가」와 비교해도 상당히 다르다는 것이다. 이러한 고사들에서 상인의 부인은 항상 자신을 위로해줄 상대를 주도적으로 찾아 나서며, 그 대상은 초자연적인 '요괴'가 아닌 주변의 보통 남자들이다. 그리고 그들은 외도를 결심했을 때 그것이 초래할 결과를 미리 알고도 자신의 목숨까지 걸면서 정욕의 만족과 짧은 행복을 추구한다. 어떤 경우 그들이 이러한 행동을 할 수 있게 해주는 잠재적 동력은 불공평한 사회제도, 즉 남자가 밖에서 외도하는 건 허용하면서도 여자에게는 같은 권한을 허락하지 않는 사회제도에서 나온다. 각각의 측면에서 볼 때 송원 문학에서 상인 아내의 세계는 이전 시대 문학보다 훨씬 '악한' 세계이자 훨씬 '육욕'이 넘치는 세계이며, 그래서 훨씬 더 진실한 세계이다. 이에 따라 시의로 넘쳐나는 고전적 아름다움의 세계는 붕괴되고 '악한' 진실성의 근세적 세계가 그 자리를 대신한다. 그리고 '악한' 진실성이 도입되면

이 아니며 '언외의 의미'를 진하게 함축하고 있다. 또 「鄒九妻甘氏」에서는 상인의 부인이 남편에 대한 그리움을 참지 못하고 밖으로 나가 도처에서 남편을 찾다가 결국 "저잣거리의 기생 담서의 꼬임에 넘어가 절개를 잃고"[爲市倡譚瑞誘留, 遂流落失節], "기댈 데 없는 외로운 신세라 잠자리에서 몸을 팔며 하루하루를 보낸다."[孤單無倚, 不免靠枕席度日](『夷堅志』 三志壬 卷10) 이 역시 상인 아내의 성적 고민이 변형된 모습으로 반영되었다고 할 수 있을 것이다.

서 송원 문학 속 상인 아내의 형상은 더욱 풍부해지기 시작하고, 형상이 풍부해지기 시작하면서 그들은 '선'과 '악' 같은 도덕관념을 초월하여 독특한 예술적 생명력을 얻게 된다.

그러나 유감스럽게도 송원대 문인들은 상인의 성애 생활에 대한 표현과 마찬가지로 외도하는 상인 아내들도 마음에 들어 하지는 않은 것 같다. 그래서 항상 그들을 어두운 화면과 불행한 결말 속에 배치하고, 그들도 대부분은 자신의 정욕을 위해 목숨을 희생해야 했다. 이는 송원 문학의 한계 중 하나로 보아야 할 것이다. 후대의 명대 문학, 특히 만명晩明의 문학과 비교하면 이 점이 더욱 두드러진다. 그러나 어쨌든 송원 문학은 새로운 상인 아내의 세계를 보여주면서 후대 문학 속 상인 아내의 세계에 직접적인 영향을 주었다.

남송 황도풍월주인皇都風月主人의 『녹창신화綠窓新話』 권상卷上에는 「진길사범웅소낭陳吉私犯熊小娘」이라는 상인 아내의 외도 이야기가 실려 있다. 여기서 상인의 부인은 수동적이지 않고 적극적이다. 그녀는 기나긴 기다림을 참지 못하고 적극적으로 정욕의 만족을 추구한다.

> 노숙헌盧叔憲은 용모가 빼어난 웅원판熊院判의 딸에게 장가들었다. 그는 장사로 큰 부를 이루어 씀씀이가 사치스럽고 가만 앉아 재산을 허비하고 있었다. 하루는 그가 아내에게 말했다. "사천 땅으로 다시 가볼 생각이오. 2년이면 돌아올 수 있고 수만 이상은 벌 것이오." 웅씨는 만류할 수 없었다. 노숙헌은 팔 물건을 다 사 모으고 나서 진길陳吉을 보내 집을 지키고 집안 심부름을 하면서 행랑 아래 묵도록 했다. 노씨가 떠난 지 두 달이 지났다. 어느 달 밝은 저녁 웅씨는 계집종 혜노惠奴를 데리고 주렴 앞으로 나가 달구경을

하다가 진길에게 물었다. "자느냐?" 또 물었다. "지난번 나리를 따라 사천에 갔을 때 나리가 누구와 만날 약조를 하더냐?" 진길이 답했다. "모릅니다." 웅씨는 방으로 들어와 밤새도록 잠을 이루지 못했다. 다음날 밤 그녀는 혼자 대청 앞으로 나오더니 행랑을 따라 가다가 진길의 숙소에 이르러 "나리가 사천 땅에 있으면서 누구랑 약조를 하더냐?" 고 몇 번이나 물었다. 진길이 어쩔 수 없이 답했다. "명기 새관음賽觀音과 잘 지내셨습니다. 지금은 돌아오시지 않을 것 같습니다!" 이에 웅씨는 들어가서 진길을 껴안고 "나도 더는 못 참겠다"하고는 진길과 관계를 가졌다. 사통한 지 오래 되어서는 방으로 들어가 함께 잤다. 의복과 두건, 신발 따위를 모두 자기가 지어주면서도 남편이 돌아올 까만 걱정했다. 그녀는 가산을 진길에게 모두 주고 빈털털이가 되었다. 다음해 노숙헌이 물건을 가득 싣고 돌아오자 웅씨가 먼저 새관음의 일로 그를 탓했다. 노씨는 다른 뜻이 있음을 눈치 채고는 그녀가 간통한 상황을 면밀히 알아보고 관아에 고발했다. 웅씨, 진길, 혜노는 모두 감옥에 보내져 자세히 심문을 받고 처분되었다.[227]

오랜 기간 밖에서 장사를 하는 상인은 성에 굶주리게 된다. 그러나 그들은 보통 기방에서 이 문제를 어느 정도 해소할 수 있다. 상인 아내

227 盧叔憲娶熊院判之女, 姿色絶群. 盧因爲商致富, 費用奢侈, 家資坐耗. 一日, 謂其妻曰 "意欲再往川蜀, 兩年可歸, 本息不下數萬." 熊氏不能留. 盧遂買貨物畢集, 遣陳吉看守門戶, 祗候宅中使喚, 宿於廊下. 盧旣去, 越兩月. 一夕, 月明, 熊氏領妮子惠奴出簾前看月, 問陳吉: "睡也未?" 又問 "你前隨官人入蜀, 知他與誰有約?" 吉曰: "不知." 熊氏遂入, 一夜睡不著. 次夜, 獨出廳前, 巡廊而行, 至吉臥所, 再三詰吉 "官人在蜀, 與何人期約?" 吉不得已, 言 "與名妓賽觀音歡好. 今殆不回矣!" 熊氏乃進抱吉曰: "我也不能管得." 遂爲吉所淫. 私通旣久, 入房共寢. 衣服巾履, 皆熊氏爲之. 惟恐其夫之歸也. 家資爲吉傳遞, 孑然赤立. 明年, 盧厚載而歸, 熊氏首以賽觀音事責之. 盧疑其有異志, 因侍察其奸狀, 投牒於官. 熊氏, 陳吉, 惠奴並送獄, 鞠勘斷遣.(出『聞見錄』)

들도 이를 알지만 예교는 그들에게 같은 권리를 허락하지 않으며 심지어 항의할 자격도 주지 않는다. 이러한 상황을 잘 아는 상인 아내의 불평과 복수의 심정이 바로 웅씨의 물음과 행동에 표현되어 있다. 그러므로 그녀의 외도 행위는 남편의 방탕한 행동이 불러일으켰다고 할 수 있다. 이는 이전 시대의 문학에서는 표현되지 않은, 상인의 행위가 야기한 '응보'를 보여주는 것이다. 그러나 이 이야기는 또 한 가지 느낌을 우리에게 준다. 상인 아내는 단지 남편이 밖에서 저지른 방탕한 행동만을 구실로 삼아서 더 이상 정욕을 참지 못하고 외도를 하려는 자신의 행위에 동력을 제공하고 있는 것으로 보인다. "나도 더는 못 참겠다"는 말은 정욕을 오랫동안 눌러 온 후에 폭발한 것이다. 따라서 이 이야기의 새로운 의미는 상인 아내가 주도적으로 정욕의 만족을 추구했다는 데 있다. 이는 후대에 유사한 주제를 보여주는 각종 문학작품의 선구가 된다. 그리고 여기서 상인 아내의 외도 대상은 곁에 있던 평범한 남자로서 「맹씨」의 "알 수 없는 요괴"나 「왕언태가」의 "산 속 나무귀신"과는 다르다. 이 점 역시 유사한 주제의 후대 작품들이 계승하고 있는 바이다.

남송의 문언소설집 『이견지』에도 상인 아내가 주도적으로 외도를 하는 고사가 적지 않다. 예를 들어 「비도추」에서는 홀로 장사를 하는 상인 과부가 끓어오르는 욕정을 참지 못해 적극적으로 손님의 품에 안긴다.

> 비추는 자가 도추이고 광도 사람이다. 선화 경자 년에 수도로 들어와 장안으로 가던 중 연지파 아래 여관에 묵었다. 짐을 풀 때는 해가 이미 산 너

머로 저물고 있었다. 주인집 부인은 웃는 얼굴로 문에 기대고 있다가 손님을 보고 싱긋 미소 지으며 수고했다는 말을 건넸다. 한밤중이 되자 그녀는 혼자 다가와서 말했다. "당신의 풍모를 몰래 사모했습니다. 잠시의 즐거움이라도 받들고 싶은데 허락해 주시겠어요?" 비추가 깜짝 놀라며 말했다. "무슨 짓이오? 뭐 때문에 이러십니까?" 부인이 말했다. "제 아버지는 수도의 비단가게 주인입니다. 집은 모처이고 저를 이 여관으로 시집보내셨지요. 지금 남편은 죽었고 가난해서 돌아갈 수도 없는 처지에 독수공방을 참지 못하여 부끄러움을 무릅쓰고 당신께 왔습니다." 비추가 말했다. "나는 예법에 어긋나는 짓을 범하고 싶지 않소. 당신 마음은 내가 잘 알겠으니 마땅히 당신 아버지를 찾아가서 사람을 보내 당신을 받아주라고 해야겠소. 부디 원망치 마시오." 부인은 부끄러워하며 마지못해 자리를 떴다.[228]

이 상인 과부의 행동은 매우 대담하고 '부끄럼이 없다'. 욕정의 만족을 위해 아무 것도 돌보지 않는 그녀의 용기는 『녹창신화』 속 여인 웅씨와 흡사하다. 「서지유西池遊」에서 이웃집 사람과 사통하려던 상인 아내는 죽은 후에도 포기하지 않고 마침내 그 이웃을 차지하게 된다.

선화 연간에 경사京師의 서지西池에서 봄나들이 할 적에 내주고內酒庫 관리 주흠周欽이 선교仙橋의 난간에 기대어 물고기에게 먹이를 주고 있었다.

---

228 費樞, 字道樞, 廣都人. 宣和庚子歲入京師, 將至長安, 舍於燕脂坡下旅館, 解擔時日已銜山. 主家婦嫣然倚戶, 顧客微笑, 發勞苦之語. 中夜, 獨身來前, 曰 : "竊慕上客風致, 願奉頃刻之歡, 可乎?" 費愕然曰 : "汝何爲者? 何以得至此?" 曰"我父京師販繒主人也, 家在某里, 以我嫁此店子. 夫今亡, 貧無以歸, 不能忍獨宿, 冒恥就子." 費曰 : "吾不欲犯非禮, 汝之情吾實知之, 當往訪汝父, 令遣人迎汝, 汝勿怨." 婦人羞愧不樂去.(『夷堅志』丙志 권3)

물고기들이 오가며 헤엄치니 사람들은 뒤섞여 이를 구경했다. 한참 시간이 흘러 모두들 흩어졌으나 유독 부인 한 명이 남아 주흠의 옷자락을 끌며 말을 걸어왔다. 누군가 하고 보니 예전에 이웃에서 약을 팔던 낙생駱生의 처였다. 이사 간 이후로는 소식을 서로 모르던 터였다. 그녀를 만나니 무척 반가워 바깥양반은 잘 계시냐고 물었다. 그녀가 얼굴을 찌푸리며 말했다. "당신이 이웃이었을 때 그 사람은 저더러 애비 없는 년이라고 했어요. 당신이 이사를 간 다음에는 저를 때리고 욕한 게 한두 번이 아니었어요. 저는 더 이상 참지 못하고 그 사람과 헤어졌지요. 지금은 이모 집에서 얹혀살고 있어요. 당신이 이미 상처했다고 들어서 중매쟁이를 보내 앞일을 의논해 보려던 차에 뜻밖에도 여기서 만나게 되었네요." 기분이 더 좋아진 주씨는 곧바로 그녀를 술집으로 데리고 들어와서는 간단히 혼인계약을 마치고 아내로 받아들였다.[229]

이 상인 아내의 이웃집 남자에 대한 욕망은 생사의 경계를 넘어설 정도였으니 그 힘이 얼마나 강렬했던 것인가! 그러나 안타깝게도 이 고사는 비극적으로 끝나고 만다. 주흠이 그녀가 귀신이라는 사실을 알게 된 후 두려워서 집에 돌아가지 못하다가 결국 밖에서 뜻밖의 사건에 연루되어 감옥에서 죽고 만다. 「안씨원安氏冤」에서 상인 아내 안씨는 다른 사람과 사통한 후 결국 남편까지 살해한다. 죽은 남편은 안

229 宣和中, 京師西池春遊, 內酒庫吏周欽倚仙橋欄檻, 投餅餌以飼魚. 魚去來遊泳, 觀者雜遝, 良久皆散. 唯一婦人留, 引周裾與言, 視之, 蓋舊鄰賣藥駱生妻也, 自徙居後, 聲跡不相聞. 見之喜甚, 問良人安在. 顣頞曰: "向與子鄰時, 彼謂我私子. 子旣徙去, 猶屢棰辱我. 我不能堪, 與之決絶. 今寓食阿姨家. 聞子已喪偶, 思欲遣媒妁言議而未及, 不料獲相逢於此." 周愈喜, 卽邀入酒肆, 草草成約, 納爲妻.(『夷堅志』 丁志 권9)

씨의 입을 빌려 이렇게 말한다. "저는 본래 촉 땅 사람으로 장사를 업으로 삼았습니다. 안씨는 제 아내인데, 제가 나간 틈에 외간남자와 대놓고 간통을 하더니 제가 돌아오기를 기다렸다가 몰래 계략을 꾸며 저를 죽였습니다."[230] 이는 이전 문학에서는 볼 수 없었던 송원 문학의 새로운 표현 경향인 것이다.

작가를 알 수 없는 원대 잡극 「장천체살처張千替殺妻」[231]에도 유사한 주제의 고사가 보인다. 그중 한 상인은 타지로 빚을 받으러 간 사이에 '20년 부부'였던 그의 부인이 집에 가만있지 못하고 남편의 의형제 장천을 주도적으로 유혹한다. 그러나 장천은 오히려 의를 중시하고 색을 좋아하지 않아 부인의 유혹을 매번 거절한다.

> (형수!)도리에 어긋나는 건 미친 짓이니 다시 도리를 행해야 현명하지요. 형수는 마치 미모를 뽐내며 남자를 유혹하는 여자 같아요. (…중략…) 술을 잔뜩 먹고 몸을 바짝 붙이며 눈물을 뚝뚝 흘리는데도, 그는 쓸데없는 짓 그만두라고 하네.[232]
>
> 남들이 보지 않을 때 제단 옆에서 껴안기까지 하니 이 여자의 색욕은 하늘만큼이나 대담해서 버드나무 뒤에서 사람이 보고 있는 건 상관치도 않는구나. 미치지 않고서야 지난날 행실이 바랐던 여자가 어찌 이리 나쁜 짓만 해대겠는가.[233]

---

230 "我本蜀人, 以商賈爲業. 安氏, 吾妻也, 乘吾之出, 與外人宣淫, 伺吾歸, 陰以計見殺."(『夷堅志』 丙志 권7)

231 『新校元刊雜劇三十種』.

232 更道是顚, 更做道賢, 恰便似賣俏女嬋娟 (…中略…) 吃得來醉醺醺又將咱來纏, 眼溜涎, 他道是休停莫俄延.

233 不睹時摟抱在祭台邊, 這婆娘色膽大如天, 卻不怕柳外人瞧見. 又不是顚, 往日賢, 卻做了

우리 형님이 절서浙西로 간 지 반년도 되지 않았는데 형을 생각하면 그립지도 않으세요? 자, 형이 행상 길로 먼 곳에 간 것도 아닌데 당신은 나쁘고 못된 짓에 양심에 어긋나는 짓만 하면서 결국 지조도 안 지키려 하네요.[234]

봄이 되어 꽃과 버들이 고운 향을 풍기고, 나비가 날아다니고, 제비가 하늘을 돌고, 퉁소와 피리소리 전해오니, 춘정이 잔뜩 달아올라 형수께서는 짐짓 머뭇머뭇하시네요. 허나 이 장천은 바람대로 따라주진 않을 겁니다.[235]

나중에 상인이 집에 돌아왔을 때 부인은 장천에게 남편을 죽여 달라고 요구하나 분노한 장천은 오히려 부인을 죽여 버린다. 이 잡극은 남자의 심리를 표현한 것임에 틀림없다. 즉 장천은 남편이라는 남자의 입장에서 형수의 외도, 그리고 남편을 죽여 달라는 무정하고 옳지 못한 행동을 용인할 수 없었던 것이다. 그러나 이 상인 아내가 외간남자를 주도적으로 유혹하고 또 그 사람에게 남편을 죽여 달라고 요구한 과정에서 가졌을 감정상의 파동과 변화는 매우 강렬하고 거대한 것이었음에 분명하다. 다만 안타깝게도 현존하는 잡극이 전체가 아니어서 우리가 그녀의 심리까지 완전히 이해하기는 힘들다. 이처럼 욕정과 '죄악'으로 가득한 상인 아내의 형상은 이전 시대 문학에서 보이는 아

鬼胡延.

234 俺哥哥往浙西不到半年, 想兄弟情怎無思念?你看路人又不離地遠, 你待爲非作歹, 瞞心昧己, 終久是不牢堅.

235 遇著春天, 花柳芳妍, 粉蝶翻翩, 紫燕飛旋, 簫管聲傳, 情素熬煎, 因此上喬爲作殢殢涎涎, 虧張千難從願.

름답고도 시의가 풍부한 상인 아내의 형상과 그 거리가 이미 멀어진 것이다.[236]

송원 백화소설에서 상인 아내의 주도적인 외도는 더욱 사실적이고 생동적으로 표현되었다. 「문경원앙회刎頸鴛鴦會」[237]에서 장숙진은 상인 장이관에게 시집가서 "낮에는 어깨를 나란히 하여 앉고 밤에는 다리를 포개 잠자니 마치 물고기가 물을 만난 듯하고 옻에 아교를 붙인 것 같았다."(日則並肩而坐, 夜則疊股而眠, 如魚藉水, 似漆投膠) 그러나 "장이관은 행상이라 밖에 있는 경우가 많고 안에 있는 때가 적었기"(張二官是個行商, 多在外, 少在內) 때문에, 장숙진은 성적 갈망으로 인한 괴로움을 감내할 수밖에 없었다.

> 이 부인은 오래도록 마음이 황폐해진 사람이라, 이미 좋은 짝을 만나고도 회포를 다 풀지 못한 채 홀로 독수공방하는 신세가 되어 참으로 힘든 나날을 보내고 있었다.[238]

이때 그녀의 귀에 나무꾼의 노랫소리가 들려왔다. "꽃 같은 얼굴도 언젠가 빛이 바라면, 두 손으로 낭군을 불러도 낭군은 오지 않겠지."(有朝一日花容退, 雙手招郎郎不來) 이에 그녀는 외도할 생각을 갖게 되고, 얼마 후 맞은 편 가게 상인 주병중과 바람을 피우게 된다. 이후 그들의

---

236 이 잡극은 역시 西湖漁隱主人의 『歡喜冤歌』 제8회 「鐵念三激怒誅淫婦」, 陸人龍의 『型世言』 제5회 「淫婦背夫遭誅 俠士蒙恩得宥」 같은 명말의 몇몇 백화소설에도 영향을 미친 것으로 보인다. 그러나 이 작품들에서 주인공의 신분은 더 이상 상인과 상인 아내가 아니다.

237 『清平山堂話本』 권3. 『警世通言』 권38에는 「蔣淑眞刎頸鴛鴦會」로 되어 있다.

238 這婦人是久曠之人, 既成佳配, 未盡暢懷, 又值孤守岑寂, 好生難遣.

애정 행각은 장이관에게 발각되고, 장이관은 두 사람을 죽여 버린다. 그러나 장숙진은 욕정의 만족을 위해 진작부터 목숨을 버릴 준비가 되어 있었다.

> 당신은 아내가 있지만 저는 남편이 없는걸요? 당신은 제가 원앙의 만남을 준비한 뜻을 전혀 모르는군요. 무릇 이 두 마리 새는 날고 지저귀고 자고 먹을 때 항상 서로를 지켜주지요. 당신과 나는 살아서 한 쌍이 되지 못하니 죽어서라도 짝이 되어야지요.[239]

위 내용은 남편이 밖으로 장사를 나간 사이에 잠시의 외도로 시간을 보내는 경우가 이미 아니며, 완전히 자신의 목숨을 걸고 마음이 내키는 대로 외도를 하는 것이다. 이처럼 강렬한 욕정과 함께 목숨을 건 외도를 하는 상인 아내의 형상은 이전 시대 문학에서는 전혀 보이지 않는다.

「착인시錯認尸」[240] 속의 주씨周氏 또한 이처럼 주도적으로 욕정을 추구하는 상인 아내의 형상으로 볼 수 있다. 주씨의 남편 교준은 "1년 중 반은 집을 비우는" 행상이다. 한 번은 타지로 장사를 나간 남편이 오래도록 돌아오지 않자 주씨는 외로움을 참지 못하고 한 젊은 하인과 바람을 피우게 된다.

> 뜻밖에도 주씨는 동소이를 집으로 들인 후부터 그에게 마음이 끌렸다.

---

239 你道你有老婆, 我便是無老公的? 你殊不知我做鴛鴦會之主意 : 夫(此)二鳥, 飛鳴宿食, 鎮常相守; 爾我生不成雙, 死作一對. 괄호 안의 '此'자는 『警世通言』 권38 「蔣淑眞刎頸鴛鴦會」에 근거하여 채워 넣었다.

240 『雨窓集』 卷上. 『警世通言』 권33에는 「喬彦傑一妾破家」로 되어 있다.

어떤 때는 남편이 돌아오기라도 한 것처럼 뜨거운 국과 밥을 가져다주었다. 소이는 집에 다른 사람이 없는 것을 알고는 더 부지런히 일을 했다. 그때마다 주씨는 은근한 눈빛을 그에게 보냈고, 소이 역시 마음은 있었으나 감히 다가가지 못할 뿐이었다. 때는 12월 30일 밤 (…중략…) 저녁이 되자 주씨는 소이에게 대문을 걸어 잠그도록 했다. (…중략…) 주씨가 부드러운 소리로 소이를 불렀다. "방으로 들어와서 뭘 좀 먹지 그래." (…중략…) 이때 주씨는 소이를 침대 앞으로 부르면서 말했다. "소이야, 이쪽으로 좀 와 봐, 우리 오늘밤 술 몇 잔 마시고 같이 부부가 한 번 되 보는 게 어때?" 소이가 말했다. "제가 어찌 감히!" 주씨는 "바보 같은 놈"하며 두세 번 꾸짖고는 두 팔로 소이를 감싸 안아 침대 쪽으로 끌어당겨 (어깨를 붙이고)옆에 앉혔다. (…중략…) 주씨가 말했다. "네가 밖에서 쉬니 나는 방 안에서 쉬는데도 차갑고 썰렁하기만 하구나. 네가 지금 복이 없어서 그렇지 내 하인이나 할 사람은 아니다!" 소이가 무릎을 꿇고 말했다. "아씨께서 마음을 주시니 그저 감사드릴 뿐입니다. 소인도 오래도록 마음이 있었지만 감히 말씀 드리지 못했습니다. 오늘 아씨께서 소인을 이렇게 대접해 주시니 그 은혜는 죽어도 잊지 못할 것입니다." 두 사람은 말을 마친 후 옷을 훌러덩 벗어던지고 함께 부부의 정을 나누었다. 그날 밤의 즐거움은 더 말할 필요도 없으리라.[241]

---

241 不想周氏自從安了董小二在(家), 到有心看上他. 有時做夫回家, 熱羹熱飯搬與他吃. 小二見他家無人, 勤謹做活. 這周氏如常涎鄧鄧的眼引他. 這小二也有心, 只是不敢上前. 一日, 正是十二月三十日夜 (…中略…) 到晚, 周氏叫小二關了大門 (…中略…) 周氏輕輕的叫小二道: "你來房里來, 將些東西去吃." (…中略…) 此時, 周氏叫小二到床前, 便道: "小二, 你來你來, 我和你吃兩杯酒, 今夜就和你做了夫妻, 好麽?" 小二道: "不敢!" 周氏罵了兩三聲 "蠻子", 周氏雙手把小二抱到床邊, (挨肩)而坐 (…中略…) 周氏道: "你在外頭歇, 我在房內也是自歇, 寒冷難熬. 你今無福, 不依我的口!" 小二跪下(道): "感承娘子有心, 小人亦有意多時了, 只是不敢說. 今日娘子抬擧小人, 此恩殺身難報!" 二人說罷, 解衣脫帶, 就做了夫

이 때문에 단란했던 한 가정은 많은 풍파가 일어나 하루아침에 망하고 만다. 그러나 이것이 어찌 주씨 한 사람만의 잘못이란 말인가! 그때 교준도 동경에서 주지육림에 기방을 연연하며 한 번 가서 2년 동안 돌아오지 않다가 장사 밑천까지 다 날리고 만다. "그곳에만 마음을 두고 집안의 처첩은 안중에도 없이 기방이나 찾아다니며 세월 좋게 향락을 즐기고"[242] 있었던 것이다. 따라서 주씨의 외도와 그 이후의 비극 역시 교준 자신의 풍류생활에 대한 응보이며, 주씨 개인의 풍류는 오히려 그 다음이라고 말할 수 있다. 외도하기 전에 주씨는 "종일토록 문에 기대 멀리 바라보아도 남편은 돌아오지 않고",[243] "펑펑 내리는 눈을 보며 문을 닫고 집안에서 목 놓아 울기도"[244] 했기 때문에 비로소 다른 사람에게 사랑을 주고 소이의 몸에서 위안을 찾게 된 것이다. 그래서 작자 역시 이렇게 교준에게 책임을 돌렸다. "꽃 같은 처첩은 옥중에서 죽고, 호랑이 같던 교준은 호수에서 죽었네. 양심에 어긋나는 일을 저지른 까닭에, 일만 관의 가산까지 왕에게 귀속되었네."[245] 또 한 편으로는 "교준의 일가 사람들 참으로 안타깝구나!"[246]라며 그들의 처지를 동정하기도 했다.

이상의 이야기들에서 상인의 부인은 대부분 남편이 오랫동안 집을 비워 끓어오르는 욕정을 참을 수 없거나 남편이 외지에서 보낸 풍류생

妻. 一夜快樂, 不必說了.

242 留戀在彼, 全不管家中妻妾, 只戀花門柳戶, 逍遙快樂.

243 終日倚門而望, 不見丈夫回來.

244 周氏見雪下得大, 閉門在家哭泣.

245 如花妻妾牢中死, 似虎喬郎湖內亡. 只因做了虧心事, 萬貫家財屬帝王.

246 這喬俊一家人口, 深可惜哉.

활에 격분하여 주도적으로 외도를 한다. 그 이면에는 두 가지 중요한 요소가 담겨 있다. 첫째, 상인 아내들의 인생관이 대체로 개인주의적이라는 것이다. 그들은 개인의 행복을 이른바 절조보다 더 귀한 것으로 보았다. 둘째, 그들의 행위 역시 흔히 남편에 대한 보복 심리에서 비롯한다는 것이다. 이는 남편들이 외지에서 자유롭게 풍류를 즐기는 동안 상인 아내들은 집안에서 독수공방할 수밖에 없었기 때문이다.

또 일부 고사에서 상인 아내는 남편이 밖으로 장사를 나가지 않았는데도 현격한 나이 차이로 인한 욕구 불만 때문에 다른 남자를 찾아 주도적으로 외도를 한다. 「장객부구張客浮漚」가 그런 예이다.

> 악주鄂州와 악주岳州 사이의 주민 장객은 이곳저곳 다니면서 비단과 명주 파는 일을 업으로 삼았다. 그의 하인 이이는 열심히 일을 익히고 천성 또한 충직하고 순박한 사람이었다. 장씨는 나이가 오십인데 젊은 아내는 그의 반도 안 되는 나이에 예쁘고 음탕하기까지 하여 건장한 이이와 매번 불륜을 저질렀다. 순희 연간에 주인과 하인이 행상을 나가 파릉의 서호만을 지나는데 황량하고 적막한 땅이라 쉴 만한 여관도 거의 없었다. 마침 넓은 들판과 긴 언덕에서 백주대낮에 소나기를 만난 차에 저만치 길 왼편 수풀 사이로 사당이 하나 보여 급히 들어가 잠시 쉬었다. 사방에 아무도 없자 이이는 갑자기 흉악한 마음이 일어나 큰 벽돌로 장씨의 머리를 내리쳤다. 장씨는 숨이 턱 막혀 넘어지더니 연신 살려달라고 소리를 질렀다. 처마에서 물이 뚝뚝 떨어지는 곳에 물거품이 일었다 사라지는 모습을 보고서 장씨는 더 이상 살 수 없겠다 생각하고는 이렇게 말했다. "내가 종놈에게 죽게 되었구나. 훗날 네놈이 나서서 내 억울함을 풀어주게 될 것이다." 이이는 비

웃었고 장객은 곧 죽었다. 집으로 돌아온 이이는 장객의 아내를 속이며 말했다. "나리께서 마을 사당에서 병이 나 돌아가셨습니다. 마님이 저에게 시집을 오라는 유언을 임종 전에 남기셨어요." 아내 또한 자기가 바라던 대로 되었다며 그대로 따랐다. 대략 3년 만에 아들 둘을 낳아 부부의 정은 더욱 깊어졌다. 한 번은 같이 밥을 먹는데 마침 비가 내려 물거품이 이는 것을 보고 이이가 웃었다. 아내가 물었다. "왜 웃으셔요?" 이이가 말했다. "그 멍청한 장공이 나한테 맞아죽으면서도 거품을 가리키며 증거가 될 거라고 하였으니, 얼마나 웃기는 일인가?" 아내는 이 말을 듣고 깜짝 놀라면서도 별일 아닌 척했다. 그런 다음 이이가 나가기를 기다렸다가 마을의 보정保正에게 급히 고발하여 관아로 잡아가도록 했다. 그는 해골이 묻힌 곳을 찾아 사실이 밝혀지자 더 이상 저항하지 못했다. 그러면서 "귀신이 내 입을 찢어내 스스로 말하게 했구나"라고 하고는 결국 순순히 중형을 받아들였다.[247]

나이차가 비극을 일으킨 도화선이 된 것이다. 그러나 마지막에 가서는 도덕성이 우세해진 상인 아내가 차마 옛사랑을 저버릴 수 없어 남편을 위해 복수함으로써 자신의 과오를 부분적으로 씻을 수 있게 되었다.

---

247 鄂嶽之間居民張客, 以步販紗絹爲業. 其僕李二者, 勤謹習事, 且賦性忠樸. 張年五十, 而少妻不登其半, 美而且蕩, 李健壯, 每與私通. 淳熙中, 主僕行商, 過巴陵之西湖灣, 壤地荒寂, 旅邸絶少. 正當曠野長岡, 白晝急雨, 望路左有叢祠, 趨入少憩. 李四顧無人, 遽生凶念, 持大磚擊張首, 卽悶仆, 連呼乞命. 視簷溜處, 浮漚起滅, 自料不可活, 因言:"我被僕害命, 只靠你它時做主, 爲我伸冤." 李失笑, 張遂死. 李歸, 紿厥妻曰:"使主病死於村廟中, 臨終遺囑, 教你嫁我." 妻亦以遂己願, 從之. 凡三年, 生二子, 伉儷之情甚篤. 嘗同食, 値雨下, 見水漚而笑. 妻問之:"何笑也?" 曰:"張公甚癡, 被我打殺, 卻指浮漚作證, 不亦可笑乎?" 妻聞愕然, 陽若不介意, 伺李出, 奔告里保, 捕赴官. 訪尋埋骸, 驗得實, 不複敢拒. 但雲:"鬼擘我口, 使自說出." 竟伏重刑.(『夷堅志』 志補 권5) 이 고사의 기원과 영향에 대해서는 본 장 제2절 제1항의 관련 내용을 참고할 만하다. 또 「淮陰張生妻」의 두 번째 고사는 『徐中車集』을 인용하여 한 가지 사건을 실었는데, 살해당한 자의 신분을 밝히지 않은 것만 다를 뿐 그 줄거리가 위의 고사와 상당히 흡사하다.(『夷堅志』 支丁 권9)

이번에는 「정사처자鄭四妻子」의 예를 들어보자.

복주福州 회안현懷安縣 진포방津浦坊의 백성 정사鄭四는 양을 팔아 생계를 유지했다. 나이 예순이 넘도록 자기 나이의 절반 밖에 안 되는 아내 한 명만 두고 있었다. 한 번은 아내가 남편에게 말했다. "당신은 늙도록 자식도 없는데 행여 병이라도 들었다가 장사까지 안 되면 어디에 의지하겠어요? 지금 동쪽 이웃집의 아들 나이가 열일곱인가 열여덟인가 그런데 부모가 없어 제가 양아들로 삼고 싶어요. 당신 생각은 어때요?" 정사는 아내와 이 아이가 그렇고 그런 사이임을 잘 아는 터라 처음에는 청을 받아주지 않았다. 다른 날 아내가 다시 말을 꺼내자 결국 거절하지 못할 거라는 생각이 들고 또 사납고 포악하게 굴까 걱정되어 억지로 그 말에 따랐다. 함께 살게 되자 여자는 대놓고 간통을 저지르며 남편은 그저 지나가는 사람처럼 취급했다. 정씨는 참을 수 없으면서도 또 이웃사람들의 웃음거리가 될까 두려워 스스로 목매달아 죽었다.[248]

이 이야기 속 상인 아내는 도덕성이라고는 눈곱만큼도 없이 오로지 욕정에만 빠져 헤어 나오지 못하다가 결국 남편을 불귀의 객으로 만들고 말았다.

「지성장주관志誠張主管」[249]에서도 이러한 제재를 표현했다. 어린 부

---

248 福州懷安縣津浦坊民鄭四, 以鬻羊爲生. 年六十餘, 唯一妻, 而年方及半. 嘗告其夫曰 : "汝老而無子, 脫有病, 若做經紀不得時, 何所賴? 今東家兒十七八歲, 上無父母, 我欲求之爲義男, 汝意何如?" 鄭頗知妻與此子相染著, 初未然其請. 他日再告, 度終不可輟, 且慮其狠悍肆虐, 勉從之. 旣同居, 公爲奸通, 視夫如路人. 鄭不能堪, 又畏鄰里恥笑, 自縊以死.(『夷堅志』 支癸 권4)

249 『京本通俗小說』 권13. 『警世通言』 권16에는 「小夫人金錢贈年少」로 되어 있다.

인은 늙고 약한 남편이 싫어서 가게의 젊은 점원을 적극적으로 유혹한다. 비록 성공하진 못했지만 주도적으로 사랑을 추구하는 이 정신은 상술한 상인 아내들과 다를 바가 없다. 이 여자는 원래 왕초선의 첩이었으나 나중에 실가게 주인 장원외에게 시집간다. 그러나 장원외는 나이가 이미 예순이 넘은데다 몸까지 좋지 않아서 어린 부인은 처음부터 매우 실망했다.

> 붉은 면사포를 걷어 올린 어린 부인은 원외의 수염과 눈썹이 하얗게 샌 것을 보고 몰래 원망했다. 신혼 첫날밤이 지나고 장원외의 마음은 기뻤으나 여자는 즐겁지가 않았다.[250]

> 어린 부인은 "나 같은 사람이 혼수도 많이 갖추고 저런 흰머리 늙은이한테 시집가다니!"라고 혼자 생각하며 화를 삭이지 못했다.[251]

한정된 생활권 안에서 늙은 남편 외에 그녀가 접촉할 수 있는 남자는 한 명은 늙고 한 명은 젊은 점원 둘 뿐이었다. 이에 어린 부인은 젊은 점원이 마음에 들어 자주 그를 유혹했다. 그녀는 늙은 점원에게는 은전 10문을 주고, 젊은 점원에게는 금전 10문을 주었다. 또 그날 밤에 사람까지 보내 옷과 은자를 젊은 점원에게 선물해주었다. 젊은 점원 장승은 효자여서 어머니 말을 따라 가게에 나가지 않고 부인을 피했

---

250 小夫人揭起蓋頭, 看見員外須眉皓白, 暗暗地叫苦. 花燭夜過了, 張員外心下喜歡, 小夫人心下不樂.

251 小夫人自思量 : "我恁地一個人, 許多房奩, 卻嫁一個白須老兒!" 好不生惱.

다. 부인은 왕초선의 집을 떠나면서 108알의 서역 구슬을 훔쳤다가 훗날 추궁을 견디지 못하고 스스로 목매달아 죽는다. 그러나 그녀는 여전히 장승을 포기하지 않았다. "어린 부인이 여러 차례 장승에게 구애를 한 것은" "생전에 장승에 대한 마음이 너무나 간절하여 죽은 후에도 여전히 그를 따르려 했기 때문"이다. 이 이야기는 「서지유」와 흡사하면서도 그 기조는 훨씬 절망적이다. 행복과 사랑을 추구하는 어린 부인의 대담함과 적극성은 상술한 상인부인들과 판에 박은 듯 비슷하지만, 이 부인이 위의 상인 아내들보다 더욱 불행한 점은 그녀가 사랑한 대상이 바로 위의 이야기들에서 나오는 호색한이 아니라 장생이라는 "심지 굳고 성실한" 군자였다는 것이다. 그래서 그녀는 죽어서도 소원을 이룰 수 없었다.

송원 문학에서 상인 아내의 세계는 특히 성애 생활의 측면에서 이처럼 불행으로 가득하여 또 한 번 사람들에게 슬픈 느낌을 준다. 그들에 대한 더욱 많은 동정과 이해는 역시 후대의 문학에서 기대해야 할 것이다.[252]

---

252 주목할 점은 송원 문학에서도 새로운 상인 아내의 형상들이 출현했다는 것이다. 그들은 자포자기해서 '남편에게 버려지는' 처지가 되지 않고 역할에 충실치 못한 남편으로부터 자신의 권익을 쟁취하였다. 예를 들어 「王八郎」에서 상인 아내는 기녀에게 빠져 집안은 아예 돌보지 않는 남편에 대해 한편으로는 어린 딸을 위해 치욕을 참아내고 부담을 안으면서 또 한편으로는 몰래 재산을 챙겨 모든 것을 잘 안배한 후 남편과 완전히 갈라선다. 용기만 있고 생각은 없었던 남편은 그녀에게 상대도 되지 못해 결국 재산까지 모두 잃고 타향에서 우울하게 죽고 만다.(『夷堅志』 丙志 권14) 이처럼 능력과 지략을 갖춘 부인의 형상은 지금 시대에도 전혀 손색이 없을 정도이다. 부인의 뛰어난 장사 수완이 노련한 상인을 넘어선 경우도 있다. 「翟八姐」에서 상인 아내는 "비록 여자지만 몸도 튼튼하고 손도 크고 근력이 보통 사람 이상이었다. 그녀는 붉게 그을린 어깨와 굳은살 박힌 발로 길에서 짐을 지고 수레를 밀면서도 힘들다고 생각하지 않아 건장한 남자도 못 당해낼 정도였다. 본성 또한 영리하여 열에 하나의 이익을 낼 수 있게 장사를 잘 하고 싸게 사들여 비싸게 내다팔아 왕씨는 이익을 남겨서 더욱 부유해졌으며, 사소한 것이라도 다 거둬들였으니 사적으로 쌓은 재산이 또한 천 민을 넘고 황금과 백은은 가득 찰 정도로 많았다." [雖爲女婦, 身手雄健, 膂力過人. 其在途, 荷擔推車, 頳肩繭足, 弗以爲勞, 壯男子所不若也.

6. 사인士人과 상인 관계에 대한 표현

중국 전통사회 전체에서 사인과 상인의 관계는 기본적으로 안정된 구조를 갖고 있었다고 할 수 있다. 그러나 상인의 세력이 강해지고 시민 계층이 흥기하고 문인과 상인이 역사적으로 가까워지면서 송원 문

性又黠利, 善營逐十一, 買賤貿貴, 王獲息愈益富, 錙銖收拾, 私所蓄藏, 亦過千緡, 密布黃白.](『夷堅志』 支乙 권1) 난세에 불행한 신세가 되고도 결국 총명한 기지로 화를 복으로 만들어 큰 이득을 본 경우도 있다. 「淮陰張生妻」 속 상인 아내 卓氏는 불행히도 남하한 금군 夷酋에게 사로잡힌 후 주동적으로 이추를 데리고 가서 자기 남편을 약탈하도록 하여 신임을 얻는다. "이추는 기분이 더 좋아져서 탁씨가 자기를 사모하는 줄 알고 약탈한 금은보화를 모두 그녀에게 맡기면서 진짜 부부처럼 지냈다. 얼마 후 完顔亮이 죽고 군대가 돌아가자 탁씨는 이추에게 잔뜩 술을 먹여 취해서 누워있는 틈을 타 칼로 그의 목을 찌르고 재물까지 모두 챙겨 말을 몰고 장생에게 돌아갔다. 장생은 이전의 일을 언급하며 수차례 책망하고는 완전히 갈라서려고 했다. 탁씨는 가져온 재물을 그에게 주면서 말했다. '당시에 이 계책을 꾸미지 않았다면 그자가 저를 믿었을 리 없어요. 제가 재물에 가까이가려고 미리 계획을 해서 오늘의 수확이 있는 거예요.' 이에 소식을 전해들은 사람들은 그녀를 칭찬했다."[酋益喜, 以爲卓氏慕己, 凡是行鹵獲金珠盡委之, 相與如眞夫婦. 俄亮死軍回, 卓痛飲酋酒, 醉臥之次, 拔刀刺其喉, 悉囊其物, 鞭馬複訪張. 張話前事, 責數, 欲行決絶. 卓出所攜付之, 曰:'當時不設此計, 渠必不肯信付我. 今日之獲, 乃張本於逼銀耳!' 於是聞者交稱焉.](『夷堅志』 支丁 권9) 또 상인의 잠재적 능력을 미리 알아보는 혜안을 가지고 적극적으로 자신의 행복을 추구하여 결국 바라던 결과를 얻은 경우도 있다. 「潘君龍異」 속 기녀가 그런 예이다. "진운의 부자 반군은 어려서 가난했다. 한 번은 성 안으로 물건을 팔러 나갔다가 날이 저물고 큰 비까지 내려 급히 길 옆의 인가로 피했다. 결국 그는 집에 돌아가지 못하고 하룻밤 신세를 지게 되었는데 그곳이 기녀의 집인 지는 몰랐다. 기녀가 밤에 용이 문 왼편을 감싸는 꿈을 꾸어 아침에 일어나 살펴보니 마침 반씨가 처마 아래에 누워 있었다. 그녀는 이상한 일도 있다고 생각하고는 그를 데리고 들어와 후하게 대해주고 같이 잠을 자려 했다. 반군이 스스로 가난한 신세를 잘 알아 거듭 사양해자 억지로 해볼 수도 없었다. 어느 날 술에 취해 둘은 함께 잠자리를 가졌다. 이때부터 그녀는 가산을 털어 그를 도와주면서도 돈의 출입에 대해서는 묻지도 않았다. 반군은 덕분에 상인이 되어 큰 이득을 얻고 재산이 수천 만이 넘게 되자 그 기녀를 아내로 삼아 돌아왔다. 나중에 낳은 아들은 진사에 급제하여 군수에 이르렀다. 그 집안은 지금도 부자라고 한다."[縉雲富人潘君少貧, 嘗貿易城中, 天且暮, 値大雨, 急避止道傍人家, 不能歸, 因丐宿焉, 不知其倡居也. 倡夜夢黑龍繞門左, 旦起視之, 正見潘臥簷下, 心以爲異, 延入, 厚禮之, 欲與之寢. 潘自顧貧甚, 力辭至再三, 强之不可. 一日, 醉以酒, 合焉. 自是傾家貲濟之, 不問其出入. 潘藉以爲商, 所至大獲, 積財逾數十百萬, 因娉倡以歸. 生子, 擢進士第, 至郡守. 其家至今爲富室云."](『夷堅志』 甲志 권11) 송원 문학에 등장하는 이러한 상인 아내의 새로운 형상은 아직 주류적 존재라고 할 순 없지만 후대 문학 속 유사한 형상의 선구가 된다는 점에서 주목할 만하다.

학에 표현된 사상士商 관계는 당오대 문학 속 사상 관계와 상당히 다른 모습이 되었다.

당오대 문학에서 표현된 사상 관계는 '사'가 절대적 우세에 있어서 '상'과는 기본적으로 교류하지 않았고, '사' 가문과 '상' 가문의 경계가 허물어지는 것이 허용되지 않았으며, '사'는 '상'에 대해 위에서 내려다보는 태도를 견지하였음을 보여준다. 이는 당시 사회현실의 반영이자 문인의 경향성이 투영된 것이다.

그러나 송원 문학에서 표현된 사상 관계는 기본적인 구조는 변하지 않는다는 전제 하에 그 구조가 다소 느슨해지는 변화의 흔적이 출현하기 시작한다. 사상 간의 신분 이동 현상이 출현하여 갈수록 활발해져서, 순수한 사랑은 항상 가문의 편견을 이기고, 낙백한 사인은 상인의 도움을 바라고, 기방에서는 상인이 사인보다 훨씬 더 환영받는 고객이 된다. 이러한 현상이 출현한 원인은 시민 계층이 더욱 강해지고 상인 세력 역시 더욱 힘이 세졌기 때문일 것이지만, 특히 원대에 사인의 지위가 갑자기 추락했기 때문일 수도 있다. 동시에 문인과 상인이 역사적으로 가까워지면서 서로 교류하고 이해하고 상인을 보는 문인의 눈빛 역시 위에서 내려다보는 것이 아닌 더욱 평등하고 자연스러운 눈빛이 되었기 때문일 것이다. 요컨대 사상 관계를 표현하는 측면에서도 송원 문학은 이전 시대 문학보다 진보했음을 보여준다고 할 수 있다.

물론 여전히 한계는 존재한다. 기본적인 사회 현실이 변하지 않았고 문인 역시 사인 계층에 계속 속해 있었기 때문이다. 사랑이 가문보다 중요하지만, 가문이 조금이라도 귀한 것은 항상 더 좋은 것이다. 유자를 버리고 상인이 되는 것은 내리막길을 가는 것이라 당연히 상인에서 유자가 되는 것에 비할 수 없다. 낙백한 사인을 돕는 상인은 확실히 존경할 만하지만 결국은 진정한 영웅적 사인에는 비할 수 없다. 기방에서 상인의 돈은 적수가 없을 만큼 막강했지만, 문인은 기녀들로 하여금 사인의 재주를 더 좋아하게 만들었다. 요컨대 송원 문학 속 사상의 관계는 여전히 전통적인 기본 구조를 잃지 않았다는 것이다.

송원 문학과 비교할 때 훗날의 명대 문학은 사상 관계에 대한 표현에 있어서 일종의 돌파구를 열어 한층 더 발전된 모습을 보여준다. 그러므로 이 부분에 있어서 송원 문학은 여전히 명대 문학에 미치지 못한다. 그러나 명대 문학의 더욱 진전된 모습은 송원 문학의 기초 위에서 발전한 것이며, 몇 가지 기본적 측면에 있어서는 전후 시대가 서로 이어진 흔적을 명확하게 볼 수 있다.

(1)

송원 대의 많은 문학 작품에서 사상 간의 신분 이동 현상을 묘사하였다. 어떤 때는 사인이 유자의 길을 버리고 장사에 나서고, 어떤 때는 상인(혹은 그들의 자제)이 상인으로부터 유자의 길로 들어서기도 한다. 이러한 사상 간의 신분 이동 현상은 이전 시대 사회에서 거의 찾아볼 수 없고 이전 시대 문학에서도 거의 찾아 볼 수 없다.

예를 들어 「악소사병생멱우樂小舍拼生覓偶」[253]의 낙씨 집안은 본래 "조상이 7대에 걸쳐 벼슬을 한" "명문가"였으나, 훗날 "가세가 기울면

253 『警世通言』 권23.

서” 어쩔 수 없이 유자를 버리고 상인이 되어 “잡화상을 열었다.” 또 「착참최녕錯斬崔寧」[254]에서 유귀劉貴는 “조상이 원래 뼈대 있는 탄탄한 집안이었으나 군천(유귀)에 이르러 때가 어그러지고 운이 막혀버렸다. 원래는 독서를 했으나 나중에는 전망이 없다고 보고 장사로 업을 바꾸었다.” 또 작자 미상의 「방거사오방내생채龐居士誤放來生債」[255]에서 이효선李孝先은 “유학에서 뜻을 이루지 못하고” “상인이 된다”. 그리고 작자 미상의 「동소진의금환향凍蘇秦衣錦還鄕」[256]에서 왕장자王長者 역시 유학을 그만두고 상인이 된 사람으로 “어려서는 유학을 배워 시서를 잘 알았으나 나중에는 장사에 나서 1할의 이익만 쫓아다녔다.” 위의 예들이 모두 유자의 길을 버리고 상인이 된 경우이다. 물론 상인에서 유자가 된 경우도 있다. 예컨대 「악소사병생멱우」에서 악화樂和는 원래 상인의 자제였다가 나중에 사인의 딸에게 장가를 든다. 그의 장인은 “악화의 총명함을 알고 이름난 스승을 집으로 불러 공부를 가르치도록 한다. 나중에 그는 과거에 연이어 급제한다.”

어떤 부상富商들은 더욱 총명하여 아들들로 하여금 각각 서로 다른 일에 종사하여 각 방면에서 모두 이득을 확보할 수 있도록 했다. 예를 들어 「무녀이질武女異疾」에 등장하는 악주鄂州의 부상 무방녕武邦寧은 “큰 가게를 열어 비단을 팔았는데 장사가 잘 되어 군에서 으뜸이 되었다. 그의 차남 강민康民은 공부해서 사인이 되도록 하고 장남은 가업을 잇도록 했다.”[257] 이러한 부상 가정은 근세에 상당히 많이 보인다. 어

254 『京本通俗小說』 권15. 『醒世恒言』 권33에는 「十五貫戲言成巧禍」로 되어 있다.
255 『元曲選』.
256 『元曲選』.
257 『夷堅志』 支庚 권5.

떤 사인은 남보다 뒤떨어지기 싫어서 사인와 상인 사이를 오가며 마침내 성공을 거둔다. 「황안도黃安道」에 등장하는 번양番陽 사인 황안도가 그 예이다.

『시경詩經』을 공부했으나 여러 번의 시험에서 불합격하여 과거를 그만두고 장사를 하려고 했다. 수도와 섬서 사이를 오가며 돈을 좀 번 터라 이익을 좇겠다는 마음이 결국 굳어지게 되었다. 바야흐로 수도에서 물건을 가지고 서쪽으로 가려는데 마침 과거시험 조령이 내려와 도성에 있던 고향 사람들이 그를 나무라며 말했다. "그대는 부모님을 봉양하면서 스스로 어려움을 감내하지 못하고 장사꾼이 되겠단 말인가?" 부득이하게 같은 사찰에 함께 머물게 되었다. 한밤중 꿈에 어떤 사람이 신선의 옷을 입고 책상에 기대에 앉았는데 그 앞에는 명부名簿가 있었다. 그가 황안도를 불러 말했다. "이건 같이 급제한 사람들의 명단이네." 황안도는 그가 신선이라 생각하고는 재배하며 예를 표한 후 성명을 여쭈었다. 신선이 "당신은 뉘 댁의 자식이며, 어디 사람이오?"라고 물어 자세히 대답해 주었다. 이윽고 신선은 명부를 열어 몇 장 넘기더니 '황알黃戛'이라는 글씨를 가리키며 말했다. "당신이오." 황안도가 말했다. "성은 맞지만 이름이 다릅니다. 제가 아닌 것 같습니다." 신선이 말했다. "맞소." 여러 번 맞다고 하자 황안도는 비로소 깊이 생각하고는 말했다. "그렇다면 이름을 바꿔서 시험을 봐야겠습니다." 감사 인사를 올리고 물러났다. 신선이 또 말했다. "「전典」, 「모謨」, 「훈訓」, 「고誥」 문제가 나올 때 당신이 급제할 것이오." 황안도가 잠에서 깨어나 고향 사람들에게 말해주며 공부한 경전이 또 다르다고 주저하자 혹자가 경전을 아예 바꿔보라고 했다. 마침내 '알'이라는 이름으로 『상서尚書』에 응시하였다. 곧 과거

> 시험에 참여하려고 남성南省(상서성)으로 갔는데 두 번째 문제로 「전典」, 「모謨」, 「훈訓」, 「고誥」, 「서誓」, 「명命」의 문장을 물었다. 과연 그는 시험에 합격하였다.[258]

꿈에서 신선이 나와 어두운 길을 이끌어주는 건 물론 한 편의 '백일몽'일 뿐이다. 그러나 이 '백일몽' 속에서 우리는 당시 사인들이 기꺼이 유자를 버리고 상인이 되어 이익을 좇으려 하지는 않았음을 알 수 있다. 그리고 이 점은 상인이 유자가 되는 것이 유자가 상인이 되는 것보다 낫다고 당시 사람들은 생각했음을 보여준다.

송원 문학에서는 사인과 상인의 신분 이동 현상에 주목하고 작품에서도 이를 표현하였는데, 이것 자체가 이미 전대 문학보다 진보한 것이다. 이와 동시에 사상 간의 신분 이동에 대한 송원 문학의 태도를 보면 기본적으로 유자를 버리고 상인이 되는 것이 내리막길을 걷는 것이고 상인에서 유자가 되는 것이 더 높은 곳으로 올라가는 것이라고 인식했음을 알 수 있다. 이는 송원 문학의 한계를 드러내는 측면이다.[259]

---

258 治詩, 累試不第, 議欲罷擧爲商. 往來京洛關陝間, 小有所贏, 逐利之心遂固. 方自京齎貨且西, 適科詔下, 鄕人在都者交責之曰: "君養親, 忍不自克而爲賈客乎?" 不得已, 同寓一寺. 夜夢人著道服仙衣, 據案坐, 前有簿書, 呼語之曰: "此先輩榜." 黃意其神也, 再拜哀禱, 求知姓名. 仙問: "汝誰氏子?何許人?" 具以對. 乃啓簿累葉, 指一"黃戛"示之, 曰: "君也." 對曰: "姓是名非, 恐必不然." 仙曰: "是矣." 至於再三. 黃始沉思曰: "然則當易名應之耳." 謝而且退. 仙又曰: "典謨訓誥, 是汝及第時." 黃寤, 與鄕人語, 疑所治經複不同, 或勸使並改經. 遂名'戛', 而以『書』應擧. 卽預薦, 到南省, 第二道義題, 問典謨訓誥誓命之文. 果登第.(『夷堅志』 丁志 권16)

259 원말이 되면 유자의 길을 버리고 상인이 되는 것을 긍정하는 논의가 출현한다. 예컨대 楊維禎의 「鮑孝子志」에서는 전의 주인공 鮑興이 '轉化'(유자의 길을 버리고 상인이 됨) 한 것을 "스스로를 보전할 수 없는[不能周身]" 벼슬길에 드는 것보다 나은 "어진[仁]" 행동이라고 칭찬했다.(『鐵崖文集』 권1) 이는 시대가 변화함에 따라 문인들의 관념이 진보했음을 보여준다.

그러나 유자에서 상인이 되든 상인에서 유자가 되든 송원 문학은 두 경우 모두 딱히 비난할 수 없는 자연스러운 것으로 보았으며, 이에 대해 표현할 때도 전자의 경우를 무시하는 현상은 없다. 이 점 역시 주목할 만하다.

(2)

송원 시대에 사상 간의 가문의 경계는 여전히 분명했으며, 이 점은 송원 문학에서도 그대로 표현되었다. 예컨대 「증노공曾魯公」에서 증노공은 사상 가문의 경계를 엄격히 지키기 위해 "의로움을 위해 용감히 뛰어드는" 행동을 보인다.

> 선정宣靖 증노공은 아직 벼슬이 없을 때 경사에 갔다가 저자에서 묵은 적이 있었다. 밤중에 이웃 사람이 매우 슬프게 우는 소리가 들려 아침이 되자 그쪽으로 가서 물어보았다. "혹시 상을 당하셨습니까? 왜 이토록 슬피 우십니까?" "아닙니다." 그 이웃은 매우 참담해하며 말을 꺼내려는데 얼굴에는 부끄러워하는 기색이 보였다. 공이 말했다. "마음속 울분 때문에 눈물까지 흘리시니 참으로 괴로우시겠습니다! 차근차근 말씀을 해보시면 어진 사람을 만나 풀어질 수도 있지 않겠습니까. 그렇지 않고 울기만 하시면 피눈물이 되어 득 될 바가 없습니다." 이웃사람은 좌우를 살핀 후 한참을 흐느끼더니 말했다. "더 숨기지 않겠습니다. 예전에 어떤 일 때문에 관전官錢을 좀 빌린 적이 있었는데 담당 관리의 재촉에도 돈을 못 갚아 죄를 받게 되었습니다. 온 집안을 둘러보아도 돈 나올 구석은 없었습니다. 아내와 상의

한 끝에 시집갈 나이가 된 딸을 상인에게 팔아 40만 전을 받았습니다. 이제 떠나면 기약 없이 부모와 이별하는데 차마 그리 못할 것 같아 이리 슬퍼하는 것입니다." 공이 말했다. "상인에게 주지 마십시오. 따님은 제가 거두겠습니다. 상인은 거처가 일정치 않고 의리도 없어서 장차 따님이 강호에서 떠돌면 분명 돌아오지 못할 것이며, 일단 얼굴이 전만 못해져 사랑이 식으면 천한 계집종처럼 대할 것입니다. 저는 강서의 사인으로 학문을 해서 의리를 잘 압니다. 만약 당신 따님을 얻는다면 마땅히 제 자식처럼 보살필 것이니 집 떠나온 아이를 상인과는 비교도 안 되게 잘 대해줄 것입니다! 숙고해 보시지요." 이웃이 무릎을 꿇고 감사해했다. "평생 일면식도 없는 저에게 뜻밖에도 이런 후의를 베풀어주시니 설사 돈 한 푼 못 받더라도 나리의 뜻을 받들고자 합니다. 다만 이미 계약서를 쓰고 돈까지 받았으니 어떡합니까?" 공이 말했다. "돈은 돌려주고 계약서는 태워버리세요. 그가 안 된다고 하면 관아에 고발하겠다고 하세요. 그러면 두려워서라도 필시 당신 말을 따를 것입니다." 이윽고 백금 40만 전 가량을 꺼내 그 집에 두고는 말했다. "저는 장차 배를 탈 것입니다. 사흘 후에 딸을 데려오십시오. 수문 밖에서 기다리고 있겠습니다." 공은 떠나고 상인이 왔다. 이웃이 앞의 말대로 거절하자 과연 상인은 더 따지려하지 않았다. 약속한 때가 되자 부모가 아이를 데리고 증수재曾秀才라 부르는 사람의 배로 찾아갔으나 배는 보이지 않았다. 옆쪽 배의 사람에게 물어보자 이미 떠난 지 사흘째라고 말해주었다. 딸은 나중에 사인의 아내가 되었다. 공의 행장과 비명에서 이 일을 모두 기록했다. 공은 벼슬이 재상에 이르고 여든까지 살았다. 그의 아들은 추밀원에 들어가고 그의 증손자 또한 재상에 이르렀으니, 아마 그가 남긴 음덕 덕분일 것이다.[260]

"상인은 거처가 일정치 않고 의리도 없어서 장차 따님이 강호에서 떠돌면 분명 돌아오지 못할 것이며, 일단 얼굴이 전만 못해져 사랑이 식으면 천한 계집종처럼 대할 것입니다"와 "저는 강서의 사인으로 학문을 해서 의리를 잘 압니다. 만약 당신 따님을 얻는다면 마땅히 제 자식처럼 보살필 것이니 집 떠나온 아이를 상인과는 비교도 안 되게 잘 대해줄 것입니다"라는 선명하게 대비되는 증노공의 말은 경상중사輕商重士의 의식을 잘 드러내고 있다. 그리고 돈을 마련하여 딸을 상인으로부터 벗어나게 해준 행동은 목숨을 구해준 음덕으로 여겨지기까지 한다. 이런 예들을 통해 당시 사람들 특히 사인들이 가문을 중시하는 관념을 갖고 있었음을 알 수 있다.

또 예를 들어 「계지아기戒指兒記」[261] 속의 진태상陳太常은 관직이 전전태위殿前太尉까지 올랐는데, 그는 하나뿐인 딸 옥란을 보물처럼 여겨 그녀의 결혼에 대해서도 무척 기대가 컸다.

진태상은(…중략…) 항상 부인과 한가로이 앉아 딸의 혼사에 대해 이야

---

260 曾宣靖魯公, 布衣時遊京師, 舍於市. 夜聞鄰人泣聲甚悲, 朝過而問焉, 曰:"君家有喪乎? 何悲泣如此?" 曰:"非也." 其人甚凄慘, 欲言, 有慚色. 公曰:"憂憤感於心, 至於泣下, 亦良苦矣!第言之, 或遇仁心者, 可以救解. 不然, 徒泣, 繼以血, 無益也." 其人左右盼視, 欷歔久之, 曰:"僕不能諱. 頃者因某事負官錢若幹, 吏督迫, 不償, 且獲罪. 環視吾家, 無所從出. 謀於妻, 以笄女鬻商人, 得錢四十萬. 今行有日矣, 與父母訣而不忍焉, 是以悲耳." 公曰:"幸勿與商人, 吾欲取之. 商人轉徙不常, 又無義, 將若女浪遊江湖間, 必無還理, 一旦色衰愛弛, 將視爲賤婢; 吾江西士人也, 讀書知義, 倘得君女, 當撫之如己出, 視棄與商人相萬矣! 可熟計之." 其人跪謝曰:"某平生未嘗有一日之雅, 不意厚貺若此, 雖不得一錢, 亦願奉君子. 然已書券受直, 奈何?" 公曰:"但還其直, 索券而焚之. 彼不可, 則曰訴於官, 彼畏, 必見聽矣." 遂出白金約四十萬, 置其家, 曰:"吾且登舟矣, 後三日中以女來, 吾待於水門之外." 公去而商至, 用前說卻之, 商果不敢爭. 及期, 父母載女來訪所謂曾秀才者舟, 不見, 詢之旁舟人, 言其已去三日矣. 女後嫁爲士人妻. 公行狀碑銘, 皆載此事. 公至宰相, 年八十, 及見其子入樞府, 其曾孫又至宰相, 蓋遺德所致云.(『夷堅志』 志補 권3)

261 『雨窓集』 卷上. 『喩世明言』 권4에는 「閑雲庵阮三償冤債」로 되어 있다.

기하곤 했다. 태상이 말했다. "나는 지극히 고귀한 신하가 되었고 집에는 쓰고, 입고, 먹을 재산이 수도 없이 많은데, 하나 뿐인 딸아이가 재주와 미모까지 겸비했으니 만약 재주와 용모와 명성이 서로 맞는 사내를 찾지 못한다면 조정의 대신이 무슨 소용이겠소." 진태상이 매파에게 말했다. "우리 집 딸아이는 세 가지를 모두 갖추었으니, 만약 하나라도 부족하면 헛수고만 될 거라고 당신이 좀 말해주시오. 첫째는 지금 조정 신료의 아들이어야 하고, 둘째는 재주와 용모가 출중해야 하고, 셋째는 과거에 급제한 사람이어야 한다는 것이오. 이 세 가지를 갖추어야 사위로 받아줄 수 있소."[262]

그래서 그는 나중에 딸이 상인의 아들에게 반한 것을 알고 나서 크게 분노할 수밖에 없었다. "소식을 듣지 않았을 때는 만사태평이었으나 듣고 나니 노기가 가슴에서 치고 올라온"[263] 것이다. 왜냐하면 그의 마음속에 상인은 아예 없었기 때문이다.

상인은 남들에게 무시당할 뿐 아니라 그들 스스로도 자괴감이 있었다. 예컨대 「악소사병생멱우樂小舍拼生覓偶」에서 악화樂和는 혼인으로 인해 문제가 발생한다. 낙씨 집안은 "조상이 7대에 걸쳐 벼슬을 하였으나 근래에는 가세가 기울어 전당문 밖으로 옮겨와 거주하면서 잡화상을 열게 되었다."[264] 즉 사인에서 상인으로 신분을 바꾼 집안이었던

---

262 那陳太常 (…中略…) 常與夫人閑坐, 說著那小姐的親事, 太常曰 : "我做到極貴之臣, 家財受用的、穿的、吃的, 不可勝數, 止生得這個女兒, 況兼有這般才貌, 我若不尋個才貌名目相稱的兒郎, 枉做了朝中大臣." 陳太常與媒氏言曰: "我家小姐, 有三樣全的, 你可來說; 如少一件, 徒自勞力. 我一要當代臣僚的子, 二要才貌相當, 三要名登黃甲. 有此三者, 立贅爲婿."

263 不聽說萬事俱休, 聽得說了, 怒從心上起.(「戒指兒記」에는 이 결미 부분이 빠져 있는데, 여기서는 『喩世明言』 권4 「閑雲庵阮三償冤債」에 근거하여 채워 넣었다.)

264 祖上七輩衣冠, 近因家道消乏, 移在錢塘門外居住, 開個雜色貨鋪子.

것이다. 그리고 악화의 연인 희순랑의 집안은 반대로 부잣집에서 처음 벼슬길로 들어선 낮은 직책의 관료집안이었던 것이다. 그래서 결혼을 희망한 이 한 쌍의 연인 사이에 결국 가문으로 인한 장벽이 생기고 말았다. 악화의 아버지는 자기 집안이 상대에 못 미친다고 생각하여 희씨 집안과 혼약을 맺겠다는 악화의 요구를 단호하게 거절한다.

> 집으로 돌아온 악화는 매파에게 부탁하여 희순랑과의 혼사를 의논하도록 어머니에게 말했다. 어머니 안씨는 부녀자라 일의 경중도 모른 채 바로 악공에게 그 일을 종용했다. 악공이 말했다. "혼인이라는 건 모름지기 집안이 서로 맞아야 하오. 우리 집안은 비록 7대에 걸쳐 벼슬을 하였으나 지금은 가세가 기울어 장사로 먹고살고 있소. 희장사는 이름난 부잣집인데 그의 딸이 설마 결혼하자는 사람이 없어서 우리 집안과 혼인을 맺으려 하겠소?" 매파에게 가서 말해달라고 해봤자 도리어 비웃음만 살 것이오." 아버지가 허락하지 않자 악화는 또 어머니로 하여금 외삼촌에게 부탁해서 혼사가 이루어지게 해달라고 했다. 그러나 외삼촌 안삼로가 하는 말도 악공과 마찬가지였다.[265]

어른들이 악화의 짝으로 생각하는 여자는 모두 "함께 장사하는 집안의" 딸들이었다. 이를 통해 상인 계층이 혼사에 있어서 자괴감이 얼마나 깊었는지 알 수 있다. 나중에 악화와 희순랑이 한 바탕 위험한 일

---

265 (樂和)回家對母親說, 要央媒與喜順娘議親. 那安媽媽是婦道家, 不知高低, 便向樂公攛掇其事. 樂公道: "姻親一節, 須要門當戶對. 我家雖曾有七輩衣冠, 見今衰微, 經紀營活. 喜將仕名門富室, 他的女兒, 怕沒有人求允, 肯與我家對親? 若央媒往說, 反取其笑." 樂和見父親不允, 又教母親央求母舅去說合. 安三老所言, 與樂公一般.

을 겪은 후에야 양가 부모는 둘의 결혼을 승낙한다. 희씨 집안이 결혼을 승낙한 이유 중 하나가 바로 낙씨 집안의 조상들이 "7대에 걸쳐 벼슬을 했다"는 것이었으니, 이를 통해 가문의 관념이 끝까지 작용했음을 알 수 있다.

상인 계층은 혼사에 있어서 스스로 자괴감을 가졌을 뿐 아니라 때로는 서로를 무시하며 더욱 고귀한 가문으로 오르기를 바라기도 했다. 「오임균吳任鈞」의 오임균이 바로 그런 예이다.

> 정화政和 연간에 학교가 한창 성황을 이루면서 모든 주州의 사대부 자제들이 학교로 모여들었는데 그들은 외출할 때 반드시 관대를 착용했다. 여간현餘干縣의 모자 장인 오옹吳翁이 요성饒城으로 이사 와 그가 만든 모자는 '오사모吳紗帽'로 불렸다. 그는 매일 학생들과 접하면서 그들의 바르고 단정한 모습이 마음에 들어 아들 임균에게도 글공부를 시켰다. 임균은 어려서부터 두각을 나타내 경학에 있어 남보다 훨씬 총명하게 성과를 이루었다. 이웃인 사노史老는 오옹과 사이가 좋았는데, 비록 시정의 장사꾼이긴 했으나 유학도 중시하여 딸을 임균에게 시집보내고 싶어 했다. 결혼을 이미 약속한 후 임균은 추천을 받고 수도로 들어갔다. 거기서 시장에 갔다가 한 도인을 만났다. 그는 푸른 윤건을 쓰고 품이 넓은 하얀 갖옷을 입어 의관이 매우 위엄 있었고 손에 든 큰 부채에는 '선상善相'이라는 글자가 쓰여 있었다. 그가 임균을 부르며 말했다. "수재는 부지런히 공부하면 장차 벼슬을 하시겠소!" 임균은 속으로 기뻐하며 이렇게 생각했다. '만약 그의 말대로 된다면 수도의 귀한 집안이나 향리의 부귀한 집에서 좋은 짝을 찾아 부모님을 기쁘게 해드릴 수 있는데 한낱 평민의 딸에게 연연할 필요가 있겠어?'

하지만 아버지가 이미 약조를 하였고 의리에 어긋날까 걱정되기도 하여 결정을 하지 못했다. 다른 날 다시 그 도인을 만났을 때 도인이 말했다. "그대는 신의를 저버린 일이 있지 않았소? 이전에 내가 봤던 관상과 좀 달라졌소!" 임균이 말을 막으며 "그런 일 없습니다"라고 했다. 도인이 말했다. "제가 남의 마음을 알 수는 없습니다만, 대체로 사람의 골상과 기운을 볼 때는 음덕陰德의 결을 우선으로 합니다. 지금 그것이 이미 흩어져버려 다시 볼 수 없으니 어찌 앞날에 형통한 이치가 있겠습니까?" 그가 말을 마치자 임균은 숙소로 돌아와 깊이 뉘우치며 자책했다. 그날 밤 임균은 뜰아래에서 향을 받들고 고개 들어 하늘에 아뢰었다. "저 임균은 지난번에 망령된 생각을 하여 마땅히 죄를 받고 잘못을 뉘우치고자 합니다. 요행히 이름을 날리게 된다면 곧바로 사씨 집안의 사위가 되어 옛 약속을 어기지 않겠습니다." 아홉 번 머리를 조아리고 사죄한 후 잠자리에 들었다. 열흘이 지나 또 사람들 속에서 도인을 만났다. 도인이 기뻐하며 말했다. "틀림없이 등과를 하신게군요. 이전 얼굴색이 숨어버려 적지 않게 변했습니다. 이 때문에 뜻을 이룬 것이지요!" 이윽고 다른 사람들에게 인사를 하더니 간다는 말도 없이 떠나버렸다. 그해 임균은 정말로 과거에 급제하여 집안을 일으켰고, 벼슬은 제거강서상평에까지 이르렀으며, 사씨는 그와 백년해로하였다. 임균은 매번 사람들에게 이 이야기를 들려주며 이처럼 한순간이라도 나쁜 마음을 가져서는 안 된다고 알려주었다.[266]

---

266 政和間, 學校方盛, 諸州士子坌集泮宮, 出必冠帶. 餘干縣帽匠吳翁, 徙居饒城, 謂之'吳紗帽'. 日與諸生接, 觀其濟濟, 心慕焉, 教子任鈞使讀書. 鈞少而警拔, 於經學穎悟有得. 其比鄰史老, 與吳翁相好, 雖爲市賈, 亦重儒術, 欲以女歸鈞. 結約旣定, 鈞被貢入京. 因適市, 遇道人, 戴碧綸巾, 著寬白布裘, 衣冠甚偉, 持大扇, 書'善相'字, 迎謂曰: "秀才勉旃, 行作官人矣!" 鈞心喜之, 自念如其言, 豈不能於京華貴家及鄉里富室擇佳婚, 奉二親甘旨, 顧惓惓一民女哉?但以父所約, 又畏義, 弗能決. 他日, 複遇其人, 語之曰: "君得無有負心事乎?吾前相

오임균은 시정의 자제에 불과하여 원래 상인의 가문과 짝이 맞는다. 그런데 듣기 좋은 말 한마디에 헛된 몽상에 빠져들어 상인 집안과의 혼약을 어기고 사인 집안(혹은 부귀한 집안)의 높은 가지를 잡고 오르려 한 것이다. 비록 결과는 원하는 대로 되지 않았지만 상인을 싫어하고 사인을 좋아하는 그의 심리는 이미 명백히 드러난 것이다.

또 「뇨번루다정주승선鬧樊樓多情周勝仙」[267]에서 주승선의 아버지 주대랑은 해외무역에 종사하는 상인으로서 그는 딸과 범이랑의 혼인을 절대 반대했다. 그 이유는 더 높은 가문으로 상승하고자 하는 자신의 생각과 달리 범이랑의 집안은 비록 규모가 작진 않지만 어쨌든 주점이나 운영하고 있을 뿐이었기 때문이다..

> 주씨 부인이 주대랑에게 위의 일을 말해주었다. 주대랑이 묻자 부인이 답했다. "결정했다니까요." 이 말을 들은 주대랑은 두 눈을 부릅뜨고 부인을 보며 욕했다. "이런 후려 맞을 할망구가 누구 말을 듣고 멋대로 결혼 얘기를 한 거야! 그 자는 잘 봐줘도 기껏 술집이나 하는 집안이야. 내 딸이 어디 대갓집과 결혼을 못해 그런 놈을 받아주겠다고? 당신은 자존심도 없이 이런 일을 벌였으니 남들이 비웃는 건 상관도 안하는구먼!"[268]

有變矣!" 鈞抵言"無之", 道人日:"吾非能知人心, 大抵觀人骨法神氣, 要以陰德紋爲先. 今已散漫, 不複可觀, 前程豈有亨理." 語畢, 鈞歸館, 痛自悔責. 逮夜, 捧香於庭下, 控首告天曰:"任鈞向起妄念, 宜受罪罰, 願洗心改過. 幸得名成, 當走馬爲史氏婿, 不渝舊約." 九頓首謝過, 乃就寢. 經旬, 又見道人於衆中, 喜而言曰:"君必登科無疑, 前者之色隱起不少變, 由此得志矣!" 從而叩其他, 不告而去. 是歲鈞果以貢士起家, 仕至提擧江西常平, 史氏遂偕老. 鈞每爲人言, 使知一念之間不宜欺心者如此.(『夷堅志』志補 권2)

267 『醒世恒言』 卷14.

268 周媽媽與周大郎說知上件事. 周大郎問了, 媽媽道:"定了也." 周大郎聽說, 雙眼圓睜, 看著媽媽罵道:"打脊老賤人, 得誰言語, 擅便說親! 他高殺也只是個開酒店的. 我女兒怕沒大戶人家對親, 卻許著他? 你倒了志氣, 幹出這等事, 也不怕人笑話!"

주대랑이 말한 '대갓집'이 꼭 사인 계층의 집안을 가리키진 않겠지만 사인 계층의 집안이 그 안에 포함될 것은 분명하다. 동료 상인 집안에 대한 무시는 그의 머릿속에 얼마나 깊은 자괴감이 박혀 있는지 보여준다. 이상의 몇 가지 예를 통해 당시 사회 현실에서 사인과 상인 가문 사이에 장벽이 존재했음을 알 수 있다.

그러나 상술한 백화소설의 의의는 이 작품들이 당시 사회의 가문 관념을 표현했을 뿐 아니라 이러한 가문 관념에 대한 젊은 세대들의 도전 및 그들이 때때로 이루어낸 의외의 승리까지 표현했다는 데 있다. 이것이야말로 송원 문학의 시대적 의의를 진정으로 보여주는 부분으로서, 이는 이전 시대 문학에서 출현하지 않은 그리고 동시대의 문언소설에서도 결여된 부분이다. 예를 들어 「악소사병생멱우」에서 악화는 희순낭을 진심으로 사랑한다. 아버지가 가문이 서로 어울리지 않는다며 혼인을 허락하지 않는데도 그는 초심을 바꾸지 않고 오로지 순낭만을 기다린다. 나중에 그는 순낭을 구하기 위해 물에 뛰어들어 '목숨까지 바치는' 의지를 보여준다. 그들의 사랑에 감동한 양가 부모가 결국 혼인을 승낙함으로써 사랑에 빠진 이 남녀는 마침내 한 가족이 된다. 이는 가문에 대한 사랑의 승리이자 새로운 시대정신의 반영이다. 소설가 역시 젊은이의 사랑이라는 편에 섰는데, 이 또한 그가 가문 관념을 초월하고 사인과 상인 간의 높은 장벽을 초월했음을 보여준다. 예컨대 「계지아기」에서 한 쌍의 젊은 남녀는 가문의 차이에 아랑곳하지 않고 서로를 매우 사랑한다. 훗날 둘은 서로 만나 사랑할 기회를 마침내 갖게 되고, 이 때 진소저는 완삼의 아이를 갖는다. 일이 여기까지 이르자 자존심 강한 진태상도 할 수 없이 완원외라는 이 상인 집안과 서로 왕래하게 된다. 이 역시 가문에 대한 사랑의 승리이자 새로운 시대정신의 반영이다. 비록 완삼은 사랑으로 인해 죽지만 소설가는 결코 그를 탓하지 않는다. 또 「뇨번루다정주승선」에서 주승선은 상인의 자제 범이랑을 진심으로 사랑하지만 아버지의 반대로 인해 충격을 받고 기절해 갑자기 죽고 만다. 이는 죽음으로써 아버지의 가문 관념에 저항하겠다는 결의를 상징한다. 비록 그녀는 성공에 이르진 못하지만, 마찬가지로 그녀의 행위 속에는 사랑이 가문을 이기는 정신이 함축되어 있는 것이다. 소설가가 그녀의 이러한 정신을 동정하고 있음은 의심의 여지가 없다. 따라서 이상의 몇몇 소설을 통해 소설가는 한편으로는 사회적인 가문 관념을 표현하면서도 다른 한편으로는 그에 도전하는 젊은이들의 사랑을 표현했으며, 사랑과 가문의 대립 속에서 소설가는 당연히 사랑의 편에 섰다고 말할 수 있다. 이것이 바로 이전 시대 문학보다 더욱 발전한 송원 문학의 새로운 요소인 것이다.

물론 당시 사회의 '상식'을 조금이나마 반영하기 위해 소설가는 의식적 혹은 무의식적으로 가문과 사랑 사이의 봉합을 시도하기도 했다. 「계지아기」에서 소설가는 완삼의 유복자가 "19세에 과거시험을 보고 연이어 급제하여 장원까지 되게" 만든다. 이는 과거로 이름을 날리는 방법을 통해 진태상에게 남아있던 미련을 채워준 것이다. 「악소사병생멱우」에서 소설가는 악화가 사인士人이 될 수 있도록 해준다. 즉 "희장사는 악화의 총명함을 알고 이름난 스승을 집으로 불러 공부를 가르치도록 했고, 나중에 그는 과거에 연이어 급제하는" 것이다. 이렇게 하여 둘의 혼인은 가문 상으로도 흠결 없이 완벽하게 된다. 가문과 사랑을 봉합하는 이러한 작법은 소설가의 한계를 보여줌과 동시에 그들의 모순된 심경까지 암시해준다.

(3)

당오대 문학에서도 「염경閻庚」 같은 작품에서는 이상적인 사상士商 관계를 표현한 적이 있다. 상인이 몰락한 사인을 도와주었다가 그 사인이 출세한 후 보답을 받는 것이다. 송원 문학에도 이런 내용들이 표현되어 있다. 그러나 당오대 문학과 비교하면 송원 문학 속 상인 형상은 더욱 주도적이고 호기로워서 무슨 보답을 바라지도 않는다. 그래서 이런 작품 속에는 사인이 상인의 도움을 바라는 요소가 상인이 사인의 도움을 갈망하는 요소보다 더욱 많이 표현된 것으로 보인다.

원대의 몇몇 잡극에도 일부 부유한 상인들이 출현한다. 그들은 동정심이 많고 영웅을 알아보는 혜안까지 가지고 있어 잠시 몰락해있는 사인을 도와준다. 예를 들어 관한경의 「산신묘배도환대山神廟裴度還帶」[269]에서 배도의 이모부 왕원외가 바로 이런 상인이다. 비록 그는 장사의 가치를 믿어서 외조카가 독서에만 매진한 채 "객상으로 장사에 나서려 하지 않는" 것을 못마땅하게 여기지만, 한편으로는 조카를 자극하고 다른 한편으로는 몰래 자금지원을 해주어 조카 배도가 출세의 목적에 이를 수 있도록 도와준다.

> 내가 왜 배도를 우리 집에 머물지 못하게 했냐고? 바로 그가 공명에 빠질까봐 걱정되었기 때문이야.[270]

---

269 『元曲選外編』.

배도가 장원급제한 후에야 왕원외는 저간의 사정을 말해주어 배도를 감격하게 만든다. 왕원외 같은 상인 형상은 틀림없이 수많은 몰락한 사인들의 환영을 받았을 것이다. 작자 미상의 「동소진의금환향凍蘇秦衣錦還鄉」 속 왕장자 역시 이런 상인이다. 소진은 출세하기 전에 왕장자의 객점에서 편안히 머물렀다. 왕장자는 소진이 "고금의 일들에 박식하여 진정으로 장상將相이 될 만한 인재"임을 알아보고는 부족한 건 없는지 수시로 물어보며 극진히 보살펴주었다. 게다가 그는 좋은 계책을 알려주고 여비까지 주면서 소진이 공명을 취할 수 있도록 했다.

> 지금 6국에서 어질고 현명한 인재를 뽑고 있으니 선생께서는 가슴 속 범 같은 책략과 뱃속의 용 같은 계책에 의지하여 한 나라에 몸을 바치기만 하면 반드시 천하에 이름을 날릴 것입니다. 당장 드릴만한 것이 없어 봄옷 한 벌, 안장 올린 말 한 필, 백은 두 덩이를 일단 여비로 드리니 기꺼이 받아주시길 바랍니다.[271]

이것이야말로 몰락한 사인이 만나기를 갈망하는 조력자의 형상이라고 할 수 있다.

송원 문학에서 이러한 상인 형상이 출현한 이유는 아마도 당시 사회에 실제로는 이와 반대되는 상황이 존재했음을 암시하는 듯하다. 「기숙후綦叔厚」에서의 묘사가 그런 예이다.

---

270 我爲何不留裴度在我家里住?我則怕此人墮落了功名.

271 見今六國選用賢良, 先生仗胸中虎略, 憑腹內龍韜, 但若投於一國, 必然名揚天下. 在下無物相贈, 有春衣一套, 鞍馬一副, 白銀兩錠, 與先生權爲路費, 望乞笑納.

상서尙書 기숙후(기숭례綦崇禮)가 과거에 급제한 후 말을 빌려 타고 인사를 드리러 나설 때였다. 어느 거리를 지나다가 약을 파는 한 노인과 마주쳤다. 시렁은 화려하기 그지없고 그 위에는 하얀 도자기 수십 개가 죽 늘어섰는데 그 안에서 약을 달이고 있었으니 새로 깨끗하게 장식해서 내놓은 것 같았다. 말이 놀라 부딪쳐서 노인은 넘어지고 도자기는 거의 절반이 깨져 버렸다. 기숙후가 말에서 내려 정중히 사과했다. 노인은 가볍고 오만한 시정 사람이라 사정은 묻지도 않은 채 그의 옷깃을 붙잡고 수차례 꾸짖었다. "자네는 여기에서 태사가 출입하는 모습을 본 적이 있나? 소리 지르며 따르는 사람들이 백 명이나 되고, 거리의 병졸들이 몽둥이를 들고 앞에서 야단을 치면, 양쪽 언덕에 앉아 있던 사람들이 모두 기립하고, 행인들은 뿌연 먼지를 보며 몸을 피한다고. 또 대윤이 나오는 모습을 본 적은 있나? 무사와 옥졸들이 물러나라고 계속 소리를 질러대면 우리 같은 사람들은 그 부절만 보고도 냅다 달아나기 바쁘지. 지금 자네는 홀로 보잘 것 없는 말을 타고 갑자기 들이닥쳐서 쓸데없이 나를 피하게 만드는가?" 꾸짖는 말 수백 마디에 불량해 보이는 젊은 구경꾼들이 가득 모여들었다. 기숙후는 평소에도 말을 잘 하는 터라 얼굴색 하나 변하지 않고 천천히 그에게 답했다. "어르신의 꾸짖음은 지당하십니다! 제가 큰 죄를 지었습니다! 말이 피곤에 지쳐 어쩔 수가 없었습니다. 그러나 인생의 부귀는 스스로 때가 있으니 저라고 어찌 재상이 되길 바라지 않겠습니까? 어찌 대윤이 되길 바라지 않겠습니까? 허나 이제 막 관직을 얻은 차에 어찌 감히 그런 자리를 탐내겠습니까? 어르신께서는 정자井子라는 유씨 집 약방을 보셨습니까? 높은 대문이 혁혁하고 정면으로 일곱 칸이나 되는 큰 집이니 제가 아무리 말타기가 서툴러도 단마單馬를 몰고 들어가 실수로 기물을 건드릴 일은 없었을 거요."

> 구경꾼들은 잘한다고 하면서 큰 소리로 웃었다. 노인 또한 부끄러운 듯 기가 죽어 시정의 말로 "됐네, 됐어." 하고는 기숙후를 그냥 가게 해주었다. 정자는 유씨가 거처하는 경사의 큰 약방이었기 때문에 기숙후가 이것으로 대답한 것이다.[272]

이처럼 오만한 한 약장수가 새로 진사가 된 사람을 감히 안중에도 두지 않는 모습을 통해 당시 사회 분위기가 얼마나 빈자를 싫어하고 부자를 좋아했는지 알 만하다. 이는 당오대 시대와는 상당히 달라진 점으로, 「여구자」에서 표현된 바와 비교하면 격세지감을 느끼게 할 정도이다. 특히 원대에 이르면 상인 중심의 시민 계층의 활약이 더욱 커지고 사인은 오히려 궁벽함 속에서 헤매다가 실의에 빠지기까지 한다. 따라서 이전의 송대에 비해 원대 사회는 부유한 시민이 궁벽한 사인을 무시하는 분위기가 더욱 커졌다. 「동소진의금환향」에서 말한 바가 바로 그렇다.

> 지금 저잣거리에 사람들이 있는데, 그자들이 우리 수재들에게 궁상맞게 배나 곯으면서 언제 출세할 수 있겠냐고 말합니다.[273]

---

272 綦叔厚尙書崇禮登第後, 僦馬出謁. 道過一坊曲, 適與賣藥翁相値. 藥架甚華楚, 上列白陶缶數十, 陳熟藥其中, 蓋新潔飾而出者. 馬驚觸之, 翁伏地, 缶碎者幾半. 綦下馬愧謝. 翁, 市井人也, 輕而倨, 不問所從來, 捽其裾, 數而責之曰 : "君在此, 嘗見太師出入乎? 從者唱呼以百數, 街卒持杖前訶, 兩岸坐者皆起立, 行人望塵斂避; 亦嘗見大尹出乎? 武士獄卒, 傳呼相銜, 吾曹見其節, 奔走不暇; 今君獨跨敝馬, 孑孑而來, 使我何由相避?" 凡侮誚數百言, 惡少觀者如堵. 綦素有諧辨, 不爲動色, 徐徐對之曰 : "翁翁責我甚當, 我罪多矣!爲馬所累, 顧無可奈何. 然人生富貴自有時, 我豈不願爲宰相? 豈不願爲大尹? 方得一官, 何敢覬望? 翁不見井子劉家藥肆乎? 高門赫然, 正面大屋七間, 吾雖不善騎, 必不至單馬撞入, 誤觸器物也." 惡少皆大笑稱善. 翁亦羞沮, 以俚語謂綦曰 : "也得, 也得." 遂釋之. 井子者, 劉氏所居, 京師大藥肆也, 故綦用以爲答.

또 관한경의 「산신묘배도환대」에서는 이렇게 말한다.

> 근자에 여항을 떠도는 시정의 무리들이 갑자기 세력이 커져서 망령되게 스스로를 높이며 부자를 좇고 가난한 자들은 무시합니다.[274]

> 가난함을 싫어하고 부유함을 좋아하는 그런 무리들은 우리 같은 가난한 사람들을 무시하고 부자들만 바짝 좇으니 어떤 자가 고아를 불쌍히 여기고 과부를 생각해주며 인의를 지키려 하겠습니까? 부귀에만 의지하며 천만 가지 나쁜 일을 저지르는 무리들이 있고, 이런 짓을 두고 잘한다고 부추기는 무리들도 있습니다.[275]

> 그는 배불리 먹고 따뜻하게 입는 것을 뽐내며 주도면밀하고 영리하다고 자랑한다. 그가 이야기를 거짓으로 꾸며 되는대로 답하고 억지로 지지하는 것을 어찌 듣고 있겠는가. 시정 출신으로 위세를 뽐내는 것은 명사들을 초청해서 작은 은혜나 베풀며 득을 좀 보려는 요량이다.[276]

이처럼 갑자기 부상한 시정의 무리들 중에는 물론 상인 계층도 포함되었다. 그들의 세력이 커진 후 궁벽한 사인들은 정신적 압박을 받게 되었다. 이런 정신적 압박을 통감했기 때문에 문인들은 상술한 작품들

---

273 如今街市上有等小民, 他道俺秀才每窮酸餓醋, 幾時能勾發跡?

274 近者有一等閭閻市井之徒暴發, 爲人妄自尊大, 追富傲貧.

275 有那等嫌貧愛富的兒曹輩, 將俺這貧傲慢, 把他那富追陪, 那個肯恤孤念寡存仁義? 有那一等靠著富貴, 有千萬喬所爲, 有那等誇强會.

276 他顯耀些飽暖衣食, 賣弄些精細伶俐. 怎聽他假文談, 胡答應, 强支持. 出身於市井, 便顯耀雄威. 則待要邀些名譽, 施些小惠, 要些便宜.

을 지어 이상적인 상인 형상을 만들어냈다. 그러므로 사상 간의 이상적인 관계를 표현했다는 점에서는 비록 동일하다고 하더라도, 송원 문학 속에서 사인에 대한 상인의 비중은 당오대 문학 속의 그것보다 더 컸다. 이는 당시 사회 현실의 복잡한 투영이자 문인 심리의 함축적 표현이다.[277]

---

277 비교적 이상적인 것은 당연히 사인과 상인이 서로를 도울 수 있는 경우이다. 습득한 재물을 감추지 않는 것만으로도 아주 좋은 일이다. 『이견지』에는 여기에 딱 들어맞는 두 고사가 있다. 먼저 사인이 상인의 재물을 습득하고도 감추지 않은 경우인 「林積陰德」을 보자. "임적은 남검 사람이다. 그는 젊었을 때 경사로 들어가다가 채주에 이르러 여관에서 쉰 적이 있다. 침상 틈에 있는 어떤 물건이 등에 거슬려서 자리를 들어 살펴보니 베로 된 자루가 하나 있고, 그 안에 비단 자루가 있고, 또 그 안에는 北珠 수백 알로 가득 찬 무명 자루가 있었다. 다음날 주인에게 물었다. '지난밤 누가 여기에 묵었습니까?' 주인이 사실대로 알려주니 그는 바로 거상이었다. 임적이 주인에게 말했다. '제가 잘 아는 사람이니 만약 다시 오면 경사의 학교로 찾아와달라고 해주십시오.' 그러고는 방에 '모년 모월 모일 검포의 임적이 여관에서 묵다'라고 잘 보이게 붙여놓고 그곳을 떠났다. 상인은 경사에 가서 구슬을 꺼내 팔려다가 이미 없어진 것을 알게 되었다. 급히 왔던 길을 더듬어가며 여기저기서 구슬을 찾아보았다. 채주의 여관에 이르러 벽에 걸어놓은 글을 발견하고는 다시 돌아와 경사의 학교로 임적을 찾아갔다. 임적이 상인에게 '구슬은 전부 그대로 있으나 그것을 바로 가져갈 수는 없고 관아로 문서를 보내 모두 보고한 후에야 돌려드릴 수 있겠습니다'라고 하니 상인은 그의 말을 따랐다. 임적은 관아로 가서 구슬을 전부 상인에게 주었다. 부윤이 구슬을 똑같이 나누라고 하자 상인은 '참으로 원하던 바입니다'라고 했다. 그러나 임적은 이를 마다하며 '저에게 가지라고 하시나 예전에 이미 제가 가져봤던 것입니다'라고 하고는 단 하나도 취하지 않았다. 상인은 더 이상 고집할 수 없어 수만 전을 불사로 보내 大齋를 열게 하고 임군을 위해 복을 빌어주었다. 임적은 나중에 등과하여 중대부에 이르렀다. 아들 又를 낳았는데, 그는 자가 德新으로 이부시랑이 되었다."[林積, 南劍人. 少時入京師, 至蔡州, 息旅邸. 覺床笫間物逆其背, 揭席視之, 見一布囊, 中有錦囊, 又其中則綿囊, 實以北珠數百顆. 明日, 詢主人曰: '前夕何人宿此?' 主人以告, 乃巨商也. 林語之曰: '此吾故人, 脫複至, 幸令來上庠相訪.' 又揭其名於室, 曰 '某年某月日劍浦林積假館', 遂行. 商人至京師, 取珠欲貨, 則無有. 急沿故道, 處處物色之. 至蔡邸, 見榜, 卽還, 訪林於上庠. 林具以告, 曰: '元珠具在, 然不可但取, 可投牒府中, 當悉以歸.' 商如教. 林詣府, 盡以珠授商. 府尹使中分之, 商曰: '固所願.' 林不受, 曰: '使積欲之, 前日已爲己有矣.' 秋毫無所取. 商不能强, 以數百千就佛寺作大齋, 爲林君祈福. 林後登科, 至中大夫. 生子又, 字德新, 爲吏部侍郎.](『夷堅志』 甲志 권12) 상인들은 당연히 이처럼 조금도 구차하지 않은 사인을 좋아했다. 이번에는 사인의 물건을 줍고도 감추지 않았던 「荊山客邸」의 상인을 보자. "한수는 명주 사람으로 이곳저곳을 떠돌다가 남쪽으로 와서 신주 익양현의 대림촌에 깃들어 살게 되었다. 혼자 현 동쪽 20리 형산이라는 곳에 가서 주점과 여관을 열었다. 건도 7년 늦겨울에 남방의 擧人들이 省試를 보러 가느라 왕래하는 사람들

(4)

유사한 사회 현실과 문인 심리를 표현한 것으로 그 자체가 또 하나의 계통을 이룬 잡극이 있는데, 이 작품들 속에서는 대체로 다음과 같은 한 가지 비슷한 구조가 보인다. 재능이 넘치는 사인과 아름답고 다정한 기녀가 서로 사랑에 빠지고, 사인은 재물을 탕진한 후 기생어미의 핍박을 받기 시작한다. 이때 변변찮은 상인 하나가 돈을 들고 나타

이 무척 많았다. 瓊州의 黎秀才가 이 여관에서 묵었는데 아침에 길을 나서면서 작은 자루를 방에 깜박 놓고 왔다. 객점의 하인이 한수에게 그것을 가져다주자 한수가 말했다. '잘 간수해두었다가 그 분이 와서 찾으면 자세히 말씀드리겠다.' 여생은 이미 역참 하나를 지나 아두암까지 가고 나서야 생각이 났다. 서둘러 한수의 객점으로 돌아와서 곧장 침실 안으로 들어가 자리를 들춰보았으나 아무 것도 보이지 않았다. 그는 얼굴빛이 검게 변하고 눈은 휘둥그레지고 입은 부들부들 떨려 말도 나오지 않았다. 한수가 말했다. '틀림없이 물건을 잃어버리신 게군요?' 여생이 풀이 죽어 말했다. '집은 바다 밖이라 여기서 5천 리나 떨어져 있습니다. 변변찮은 재물로 여비나 충당하려 했는데 하룻저녁에 몽땅 잃어버렸으니 저는 이제 길바닥에서 죽어 뼈마디라도 고향에 돌아가긴 틀렸습니다!' 한수가 웃으며 말했다. '당신을 위해 잘 챙겨 두었으니 걱정하실 필요 없습니다.' 하인에게 명하여 자루를 가져와 돌려주도록 했는데 봉인 표시도 처음 그대로였다. 자루를 열어 살펴보니 모두 합해서 은 44량, 금 5량, 금비녀 한 쌍이었다. 여씨는 은 5량을 사례로 주었으나 한수는 받지 않았다. 여씨는 감격하여 눈물을 흘리고는 그곳을 떠났다. 다음해에 이곳저곳을 떠돌던 范萬頃이 이 일을 알게된 후 이런 시를 벽에 남겼다. '돈주머니를 잃어버려 망연자실하였는데, 객사의 마음 좋은 사람이 모두 돌려주었네. 이로부터 익양에 고사가 더해지니, 음덕이 연산에만 있는 것은 아니지.' 또 발문에서는 이렇게 말했다. '세간에서 이익을 좋아하며 소인처럼 행동하는 자는 도처에 깔려 있다. 이들이 한자의 풍모를 듣고나면 어찌 부끄럽지 않겠는가? 한수는 지금도 살아있다고 한다."[韓洙者, 洺州人, 流離南來, 寓家信州弋陽縣大郴村. 獨往縣東二十里, 地名荊山, 開酒肆及客邸. 乾道七年季冬, 南方擧人赴省試, 來往甚盛. 瓊州黎秀才宿其邸, 旦而行, 遺小布囊於房. 店僕持白洙, 洙曰:'謹守之, 俟來取時, 審細分付.' 黎生行至丫頭岩, 旣一驛矣, 始覺. 亟回韓店, 徑趨臥室內, 翻揭席薦, 無所見而出, 面色如墨, 目瞠口哆, 不能複言. 洙曰:'豈非有遺忘物乎?' 愀然曰:'家在海外, 相去五千里, 僅有少物, 以給道費, 一夕失之, 必死於道路, 不歸骨矣!' 洙笑曰:'爲君收得, 不必憂.' 命僕取以還, 封記如初. 解視之, 凡爲銀四十四兩, 金五兩, 又金釵一雙. 黎奉銀五兩致謝, 拒不受. 黎感泣而去. 明年, 遊士範萬頃詢知其事, 題詩壁間曰:'囊金遺失正茫然, 逆旅仁心盡付還. 從此弋陽添故事, 不敎陰德擅燕山.' 又跋雲:'世間嗜利爲小人之行者, 比比皆是, 聞韓子之風, 得無愧乎?' 洙今見存.](『夷堅志』 丁志 권7) 사인들 역시 조금도 구차하지 않은 이런 상인을 당연히 좋아했을 것이다. 문인들도 이런 고사를 이야기하면서 감회에 젖지 않았을까?

나 금세 '돈만 밝히는' 기생어미의 환심을 산다. 그들은 서로 작당하여 불운한 사인을 쫓아내고 상심한 기녀는 상인에게 시집보내진다. 쫓겨난 사인은 훗날 열심히 공부하여 진작 가졌어야 했을 공명을 마침내 얻게 된다. 사인이 벼슬에 올라 그 위세로 반격을 가하자 기생어미와 상인은 급히 도망을 가고, 끝까지 지극정성이었던 기녀는 다시 그의 품으로 돌아오게 된다.[278]

예컨대 무한신武漢臣의 「이소란풍월옥호춘李素蘭風月玉壺春」[279]이 바로 이런 내용의 잡극이다. "시사詩詞와 가부歌賦, 바느질과 길쌈 등 어느 것 하나 못하는 바가 없고 참으로 미모가 빼어났던" 가흥의 명기 이소란과 "어려서부터 유학을 익혀 가화 땅까지 공부하러 온" 서생 이빈은 청명 때 교외로 답청을 나갔다가 우연히 마주쳐 첫 눈에 사랑에 빠진다. 두 사람이 1년 넘게 같이 사는 동안 이빈이 돈을 모두 써버리자 기생어미가 그를 쫓아내려고 한다. 바로 그때 양모와 고급 비단을 파는 상인 심사가 출현한다. 그는 자신의 경제력을 믿고 이소란의 환심을 사려고 한다.

> 나는 서른 수레의 양모와 고급 비단을 싣고 이 가흥부에 와서 장사를 하오. 이곳에 있는 이소란이라는 명기가 참으로 미모가 빼어나다 하여 내 그녀와 한때나마 짝을 맺고자 하오.[280]

---

278 잡극에서 위와 같은 제재를 가장 먼저 언급한 글은 정진탁의 「論元人所寫商人士子妓女間的三角戀愛劇」이다. 이 글은 『文學季刊』 제1권 제4기(1934.12)에 최초로 실렸고 나중에 그의 여러 문집에도 실렸다. 졸저 『傳統中國商人的文學呈現』(深圳, 海天出版社, 1993년판; 上海 : 上海古籍出版社, 2010년 수정판, 수정판은 제목을 『文學與商人 : 傳統中國商人的文學呈現』으로 바꿨다) 제5장에서도 이에 대해 언급했다.

279 『元曲選』.

그가 기생어미의 마음을 움직인 것도 역시 자신의 경제력이었다.

어멈, 내 은자 20냥을 찻값으로 쳐드리리다. 딸아이를 제게 시집보내 주시면 내 양모와 고급 비단 서른 수레를 모두 어멈께 예물로 드리리다.[281]

내가 양모와 고급 비단 서른 수레를 모두 어멈께 주려는 건 어멈의 큰 딸을 아내로 삼고 싶어서요.[282]

그는 경제력이 있었기 때문에 가난한 서생 이빈을 아예 무시했다.

이런 무례한 가난뱅이를 봤나! 네가 먼저 그 집을 왕래한 건 맞다만 어찌 내 양모와 고급 비단 서른 수레에 비하겠느냐![283]

나는 돈까지 있는데 네가 무슨 수로 나에게 비한다는 것이냐![284]

너는 가난뱅이에 불과하지만 나는 지금 양모와 고급 비단이 서른 수레나 있다고![285]

---

280 我裝三十車羊絨潞紬, 來這嘉興府做些買賣. 此處有一個上廳行首李素蘭, 生得十分大有顏色, 我有心要和他做一程兒伴.

281 奶奶, 我與你二十兩銀子做茶錢, 你若肯將女孩兒嫁與俺, 我三十車羊絨潞紬, 都與奶奶做財禮錢.

282 我有三十車羊絨潞紬, 都與媽媽, 則要娶你個大姐.

283 這窮廝無禮! 你雖然先在他家走, 怎比的我有三十車羊絨潞紬!

284 我又有錢, 你怎生比的我!

285 你這等窮廝, 我見有三十車羊絨潞紬哩!

이빈은 이빈대로 자기는 글재주가 있다고 심사를 무시했다. 자신의 글재주는 벼슬길을 보장해주지만 심사의 경제력은 걸핏하면 뜻밖의 변고가 생긴다고 그는 생각했다.

> 네가 비록 만 관의 재산이 있다 하나 어찌 내 글 짓는 재주만 하겠어. 둘 중 어느 것이 명성이 더 클까? 너의 그 재물은 항상 호랑이 입과 같은 위험한 길을 다니다 세상 속으로 사라져 버리지만, 나의 이 재주는 등용문만 넘으면 위로 황금 궁전까지 쭉 펼쳐진다고.[286]

그는 이소란이 자기를 마음에 둔 이유도 벼슬길에 들면 그녀에게 행복한 미래를 가져다줄 수 있을 것이기 때문이라고 생각했다.

> 그녀는 내가 이 자색 비단도포와 상아로 만든 홀과 황금 요대를 갖도록 해주었지. 나는 네 마리 말이 끄는 마차를 타고 시끌벅적한 이 기방으로 곧장 들어가서는 오색 말을 잡고서 이제 기녀의 신분을 벗어버리라고 말해줘야지.[287]

이 사인과 상인의 기녀 쟁탈전에서 이소란은 사인 쪽에 확실히 섬으로써 사인의 '재능'에 대한 굳건한 믿음을 보여주고 이빈에게 끝까지 두 마음을 갖지 않았다. 심사는 잠시나마 이 쟁탈전에서 승리하는 듯

---

286 你雖有萬貫財, 爭如俺七步才. 兩件兒那一件聲名大? 你那財常踏著那虎口去紅塵中走, 我這才但跳過龍門向金殿上排.

287 他守我那紫羅襴、白象簡、黃金帶. 我直著駟馬車鼎沸這座鶯花陣, 我將著五花誥與他開除了那面煙月牌.

했지만 이빈이 갑자기 관리가 되면서 결국 그에게 패하고 만다. 심사는 기녀를 얻지 못할 뿐 아니라 "곤장까지 40대를 맞고 관아 밖으로 쫓겨난다."

가중명賈仲名의 「형초신중대옥소기荊楚臣重對玉梳記」[288] 역시 이러한 내용의 잡극이다. 송강부의 기녀 고옥향은 양주부의 수재 형초신과 연인이 된다. 형초신은 2년 동안 사귀면서 은자 수십 덩이를 써버려 점점 돈이 궁하게 된다. 이때 강력한 도전자가 한 명 등장하는데, 그는 바로 "면화 스무 수레를 싣고 송강부로 와서 장사하던" 동평부 상인 유무영이었다. 그 역시 경제력을 믿고 형수재와 한 바탕 자웅을 겨루게 된다.

> 먼저 은자 50냥을 드리니 어멈 찻값이나 하시오. 면화 스무 수레 또한 한 푼도 남기지 않고 드릴 작정이오.[289]

> 아가씨, 소인이 싣고 온 면화 스무 수레를 아가씨께 모두 드린다면 저 궁상맞은 가난뱅이보다는 낫지 않겠습니까?[290]

> 풍류를 아는 자제인데다 돈까지 많으니 그 형수재보다는 낫지 않겠니?[291]

이 때문에 기생어미는 형초신을 내쫓아버린다. 그러나 고옥향은 "내 어찌 돈만 밝히고 사람은 나 몰라라 하겠어요"라고 하며 여전히 수

---

288 『元曲選』.
289 先留五十兩銀子, 與奶奶作茶錢; 料著二十載綿花, 也不到的剩一分回去.
290 大姐, 小人二十載綿花都與大姐, 不强如那窮身破命的?
291 這等風流子弟, 又有錢, 不强似那荊秀才?

재를 잊지 못한다. 자신의 치욕스런 처지를 벗어나기 위해 형초신은 고옥향에게 아픈 이별을 고한 후 상경하여 시험을 본다. 고옥향은 끈질기게 달라붙는 유무영을 끝까지 거부한다. 형초신은 수도에서 "일거에 장원급제하여 구용현 현령을 제수받는다." 한편 고옥향이 몰래 도망을 나오자 유무영은 그녀를 뒤쫓는다. 유무영이 막 폭력을 쓰려던 순간 마침 이미 관리가 된 형초신과 맞닥뜨리고, 이에 형초신은 고옥향을 구하고 유무영을 체포한다.

작자 미상의 「정월련추야운창몽鄭月蓮秋夜雲窓夢」[292]도 이러한 내용의 잡극이다. 변량의 기녀 정월련은 수재 장균경張均卿과 잘 지냈다. 그러나 장수재는 돈을 다 써버려 기생어미에게 쫓겨나고 만다. 그러자 차 파는 상인 이모李某가 금은과 재물로 정월련의 환심을 사려 한다.

> 저는 성이 이이고 강서 사람입니다. 배 몇 척에 차를 사다가 변량으로 와서 팔지요. 이곳에 정월련이라는 유명한 기생이 있는데 용모가 아주 출중하다 하여 마음속으로 무척 좋아하고 있습니다. 허나 그녀가 장수재와 찰싹 달라붙어 있어 손을 쓸 수가 없으니 (…중략…) 이 금은과 재물이면 필시 그녀에게 다가갈 수 있겠지요.[293]

그러나 정월련은 "그자가 돈이 있어도 나는 받지 않고 수재만 잘 보필할 거야"라고 할 정도로 '재능才'만 좋아하고 '재물財'은 좋아하지 않았다. 그녀는 기생어미에게 이렇게 말한다.

---

292 『元曲選外編』.

293 小子姓李, 江西人氏. 販了幾船茶, 來汴梁發賣. 此處有個上廳行首鄭月蓮, 大有顏色, 我心中十分愛他. 爭奈他和張秀才住著, 插不的手 (…中略…) 憑著我金銀財物, 定然挨了他.

어머니는 강회의 차를 파는 배 몇 척이 좋겠지만, 저는 천지를 뒤흔들 만한 시 백 편이 좋아요. 어머니는 차 파는 허가증 3천 장이 좋겠지만, 저는 문장 수백 편이 좋아요.[294]

장수재는 기방에서 더 이상 몸을 의탁할 수 없게 되자 굳은 결심으로 상경하여 과거 시험을 보고 일거에 장원급제하여 낙양 현령을 제수받는다. 그때 마침 정월련이 낙양의 기방으로 팔려오니 장수재가 그녀를 구해주어 둘은 마침내 부부가 된다.

비록 줄거리는 다르지만 기본 정신에 있어서는 마치원馬致遠의 「강주사마청삼루江州司馬青衫淚」[295] 역시 상술한 잡극과 유사하다. 내용상으로는 전혀 상관이 없지만 이 잡극은 백거이의 「비파행」에서 영감을 얻은 것임에 분명하며, 사실상 그 정신에 있어서 「비파행」에서는 잘 드러나지 않는 환상을 현실화했을 수도 있다. 백거이와 배흥노는 서로 사귀며 반년 동안 왕래하였다. 그러다가 뜻밖에 백거이가 강주사마로 좌천되면서 두 사람은 슬픈 이별을 할 수밖에 없었다. 둘은 서로 배신하지 않겠다고 맹세했고, 배흥노는 정말로 그 맹세를 어기지 않았다. 즉 "백시랑이 떠난 후 우리 홍노는 화장도 안 하고 사람도 안 받고 방에만 조용히 앉아 있었던"[296] 것이다. 바로 그때 강서의 차 상인 유일랑이 나타나 경제력을 무기로 배흥노에게 적극 달려든다.

---

294 你愛的是販江淮茶數船, 我愛的是撼乾坤詩百聯. 你愛的是茶引三千道, 我愛的是文章數百篇.

295 『元曲選補編』.

296 自從白侍郎去了, 孩兒興奴也不梳妝, 也不留人, 只在房里靜坐.

따님의 큰 이름을 오래전부터 들어온 터라 소인이 3천 인引의 좋은 차를 가지고 사내노릇이나 좀 하려고 일부러 왔습니다.[297]

아씨께 인사 올립니다. 소인은 아씨의 큰 이름을 오래도록 흠모하여 3천 인의 차를 드려 아씨를 모시고자 합니다. 우선 백은 50냥을 인사비로 드리겠습니다.[298]

어머님이 얼마를 요구하시든 소인은 모두 낼 수 있습니다.[299]

제가 돈도 많고 잘생기기까지 했는데 당신은 저와 사귀지 않고 도리어 저런 사람과 짝이 되려 하십니까?[300]

그러나 배홍노는 '3천 인의 좋은 차'에 넘어가지 않고, 상인의 돈과 사인의 재능 사이에서 후자를 확실히 선택하고 전자를 단호하게 거부한다.

저는 시랑의 고매한 인품과 넘치는 재능을 믿고 제 평생을 맡길 거예요. (…중략…) 그 차 장사는 강서 사람으로 3천 인의 차를 가져와 함께 자달라고 했어요. 저는 이미 시랑의 사람이니 절대 그 차 장사를 따르진 않을 거예요.[301]

---

297 久聞令愛大姐大名, 小子有三千引細茶, 特來做一場子弟.
298 大姐拜揖, 小子久慕大名, 拿著三千引茶, 來與大姐焐脚. 先送白銀五十兩, 做見面錢.
299 隨老媽要多少錢, 小子出的起.
300 小子金銀又多, 又波俏, 你不陪我, 卻伴那樣人?

기생어미는 할 수 없이 유일랑과 꾸미고 백거이가 이미 죽었다는 가짜 편지를 한 통 써서 배홍노가 믿지 않을 수 없도록 한다. 그런 다음 기생어미가 나서서 유일랑에게 그녀를 팔아넘겨 강서에 따라가도록 한다. 어느 날 저녁, 차를 실은 배가 강주江州에 이르렀을 때 배홍노는 강변에서 우연히 백거이와 만나 「비파행」과 흡사한 장면을 연출한다. 그런 다음 유일랑이 잠든 사이에 배홍노는 백거이를 따라 몰래 도망간다. 이 일이 황제의 귀에까지 들어가 황제는 친히 이렇게 판결을 내린다. "백거이는 옛 관직을 회복시켜주고 배부인은 함께 영광을 누리게 하라. 늙은 기생어미는 장 60대에 처하고 유일랑은 먼 곳으로 유배를 보내도록 하라."[302]

현존하는 위의 네 잡극 외에 목록과 여기저기 인용된 글을 통해서도 원대에 이러한 잡극이 다수 등장했음을 알 수 있다. 예를 들어 왕실보王實甫의 「소소경월야판차선蘇小卿月夜販茶船」(일명 「신안왕단몰판차선信安王斷沒販茶船」, 줄여서 「판차선販茶船」이라 한다), 유천석庾天錫의 「소소경(시주)여춘원蘇小卿(詩酒)麗春園」, 기군상紀君祥의 「신안왕단복판차선信安王斷復販茶船」, 작자 미상의 「간소경趕蘇卿」, 「예장성인월양단원豫章城人月兩團圓」, 「소소경쌍점판차선蘇小卿雙漸販茶船」 등의 잡극과 「소소경월야범차선蘇小卿月夜泛茶船」, 「비파정琵琶亭」 등의 희문戲文이 모두 흡사한 내용을 연출하는 희곡 작품들이다. 그밖에 이상 몇몇 잡극에서 언급한 전고典故를 통해서도 당시에 이러한 종류의 극본들이 지금 알려진 것보다 훨씬 많았음을 알 수 있다. 명대 초반에 들어선 이후에도 이러한 제재의 잡극은 여

301 妾見侍郎人品高, 才華富, 遂有終身之托 (…中略…) 這茶客是江西人, 拿著三千引茶, 要來伴宿. 妾因侍郎分上, 堅意不從他.

302 白居易仍複舊職, 裴夫人共享榮光. 老虔婆決杖六十, 劉一郎流竄遐方.

전히 출현했는데, 주유돈朱有燉의 「유반춘수지향낭원劉盼春守志香囊怨」, 「난홍엽종양연화몽蘭紅葉從良煙花夢」 등이 그 예이다. 당시 이러한 부류의 잡극을 쓰는 것이 일종의 유행이었음을 알 수 있다.

위에서 언급한 잡극들은 대부분 원대 문인들의 환상의 산물로 당시 사회의 현실과는 정반대의 것이었다. 극중에서 희화화된 상인에 의해 표현되었듯이 당시 사회 현실에서 상인은 금전을 믿고 거리낌 없이 기방을 오가고 가난한 사인을 쉽게 압도하며 우위를 차지할 수 있었다. 이러한 계통 이외의 송원 문학 작품에서는 대부분 당시 사회현실의 진짜 모습을 반영하였다. 예를 들어 양경현楊景賢의 「마단양도탈유행수馬丹陽度脫劉行首」[303]에서는 전당포 상인 임성林盛과 기녀 유천교劉倩嬌 간의 좋은 관계를 이렇게 묘사했다. "나는 일념으로 그녀를 아내로 삼으려 했고, 그녀는 내게 시집 올 마음이 있었지. 허나 마누라가 집에 있으면서 아들 하나, 딸 하나까지 낳아주었으니 설득하기가 쉽지 않겠지. 얼마 전 유소저가 그러더군. '당신이 오면 제가 당신께 물어봐서, 저를 아내로 맞겠다고 하실 때 당신께 시집가면 되지요!' 내 가만 생각해보니 이토록 마음씨 좋은 여자를 어찌 져버릴 수 있겠는가? 그녀를 아내로 데려와서 밖에 나와 사는 것이 좋지 않겠나?"[304] 상인이 기녀의 환영을 받는 고객이었음을 알 수 있다. 작자미상의 「월명화상도류취月明和尙度柳翠」[305]에서도 같은 내용을 썼다. 「신교시한오매춘정新橋市韓五賣春情」[306]의 기녀 역시 "이번에 돈 많은 이 남자를 제대로 낚았

---

303 『元曲選』.

304 我一心待要娶他, 他有心待要嫁我. 爭奈有老婆在家, 和我生了一兒一女, 我因此不好說得. 前日劉大姐道 : '你來, 我問你, 肯娶我時, 我嫁了你罷!'我仔細想來, 他有這等好意, 怎生辜負了他?不若娶將他來, 則在外面住, 豈不美哉?

305 『元曲選』.

어!"[307]라고 하며 부유한 상인 오산吳山을 홀린 것을 기뻐했다. 그리고 「착인시錯認尸」[308]에서는 상인과 기녀 사이에도 사랑의 감정이 생길 수 있음을 보여주었다. 상인 교준은 기방에서 은자를 모두 써버려 기생어미에게 몇 번이나 쫓겨나고 고향으로 돌아갈 여비도 없게 되었는데, 오직 그와 사이가 좋았던 기녀만이 그에게 돈을 좀 마련해주었다. "심서련은 교준이 눈물 흘리는 모습을 보고 자기도 울면서 말했다. '나리, 이 몸이 나리를 이렇게 만들었네요! 예전에 모아둔 용돈을 좀 드릴 테니 돌아갈 여비로 쓰세요. 생각이 나시면 집에 도착해서 돈을 좀 가져다가 다시 한 번 들러주시고요.' 교준은 크게 기뻐하며 그날 밤으로 옛 의복을 수습하고 행장을 꾸렸다. 심행수는 3백 관의 돈을 꺼내 교준의 짐 속에 넣어주었다. 기생어미에게 인사하고 (…중략…) 서련과도 작별하니, 두 사람은 차마 헤어지기 힘들었다."[309] 「유기경시주완강루기柳耆卿詩酒玩江樓記」[310]에서의 기녀는 먼저 한 '원외'와 사귀고 있던 터라 유영의 구애를 받아들이려 하지 않았다. 다만 유영이 둘의 관계를 깨뜨리려는 계획으로 인해 '원외'는 그녀를 빼앗기게 된다. 상술한 몇몇 백화소설과 희곡에서 묘사한 상황이야말로 송원 시대 상인의 기방에서의 실제 모습이라고 생각된다. 당시에 사인의 재능이 반드시 기녀의 환심을 살 수 있었던 것은 아니었으며, 상인의 금전 역시 자신

---

306 『喩世明言』 권3.

307 今番纏得這個有錢的男兒, 也不枉了!

308 『雨窓集』 권상. 『警世通言』 권33에는 「喬彦傑一妾破家」로 되어 있다.

309 那沈瑞蓮見喬俊淚下, 也哭起來, 道 : '喬郎, 是我苦了你!我有些日前趲下的零碎錢, 與你做盤纏, 回去了罷. 你若有心, 到家取得些錢, 再來走一遭.' 喬俊大喜, 當晚收拾了舊衣服, 打了一個衣包. 沈行首取出三百貫文, 把與喬俊打在包內. 別了虔婆 (…中略…) 又辭了瑞蓮, 兩個不忍分別.

310 『清平山堂話本』 권1.

의 신분을 감추기 위한 도구만은 아니었다. 게다가 이러한 잡극이 빈번하게 출현한 원대에 사인은 "아홉 번째가 유생, 열 번째가 거지"인 처지에 있었으므로, 과거에 응시해 관리가 되는 것이 마치 천일야화나 헛된 꿈과 같아서 대부분 극중의 사인처럼 상인에 대해 최후의 승리를 얻을 수 있는 것은 아니었다. 그러므로 우리는 상술한 종류의 잡극들이 모두 문인 환상의 산물이라고 생각한다. 이러한 잡극의 빈번한 출현은 거꾸로 상인이 기방에서 강한 힘을 가졌다는 것 그리고 이 때문에 문인들은 문학에서 위안과 보상을 찾을 수밖에 없었다는 것을 증명해준다. 문인들은 이를 빌려 현실 생활에서는 이루기 힘들었던 상인에 대한 승리를 획득하고 현실생활에서 상인에게 항상 패했던 상실감을 보상받았으며, 문학적 상상을 통해 자신들을 늘 압도했던 상인에게 보복을 가했다. 이러한 잡극 속 상인 형상은 앞서 서술했던 기꺼이 사인을 돕는 상인 형상과는 정반대지만, 오히려 그들은 비슷한 사회현실과 문인심리의 산물이었던 것이다. 상인은 이미 사인들이 경배하거나 혹은 골머리를 썩일 만큼 힘 센 존재가 되어 있었던 것이다.

그러므로 사인과 상인의 관계를 표현하는 데 있어서 송원 문학은 한 편으로는 사회현실에 대한 굴절된 반영을 통해, 다른 한 편으로는 문인심리에 대한 함축적 표현을 통해 이전 시대 문학보다 진보적이면서도 근본적인 한계를 갖는 그 자신만의 특징을 동시에 표현하고 있다.

4. 소결

종합해보면 송원 문학의 상인에 대한 표현은 당오대 문학과 비교하여 새로운 발전을 이루었다고 말할 수 있다. 당오대 문학에서 '조연'이었던 상인은 송원 문학에서는 이미 '주연 중 한 명'으로 도약했다. 주로 백화소설과 희곡 등의 통속문학 형식이 발전하면서 송원 문학의 상인에 대한 표현은 완전히 새로운 경지로 진입하였다. 우선은 풍부하고 다채로운 상인 형상이 출현했다는 것이다. 여기에는 정정당당한 긍정적 형상도 매우 많이 포함되어 있다. 그들은 변경汴京, 항주杭州, 낙양洛陽, 양주揚州, 송강松江, 소주蘇州, 진강鎭江, 남경南京, 양양襄陽, 동평東平, 청하淸河, 가흥嘉興, 평양平陽, 부량浮梁 등 전국 각지의 상업도시에서 활약하면서 (…중략…) 행상을 통해 비단, 포백, 양모, 명주, 면화, 돗자리, 모시, 보주寶珠, 생약, 남방의 특산품, 소와 양, 찻잎, 쌀과 소금 등을 팔거나 (…중략…) 전당포, 사설 은행, 금은포, 실 가게, 차 가게, 생약포, 잡화점, 모자 가게, 주점, 객점 등의 점포를 운영했다. 그들은 자신의 가치관에 충실한 채 강렬한 직업정신을 갖기도 했고, 큰 기개와 도량으로 영웅을 알아보기도 했으며, 넘치는 정의감으로 동료의 원한을 씻어주기도 하고, 풍류와 여색을 좋아해 패가망신하기도 했으며, 의지할 곳 없이 고생만 하고 갖가지 불공평한 일을 겪기도 했다. 상인 외에 그들의 자제, 처첩, 동료들도 상인 계층의 인물 전시관을 풍부하게 했다. 그들은 넘치는 청춘의 활력으로 대담하게 사랑을 추구하거나, 담장을 뛰어넘어 욕정의 만족을 추구하거나, 주인에게 충성을 다하며 눈앞의 미색에 미동도 하지 않거나, 남몰래 연정을 품고 주인마님과 사랑을 나누기도 했다. 이러한 다채로운 상인의 형상이 송원 문학 속의 근세적 상인 세계를 구성하였다. 그리고 이 근세적 상인 세계를 표현하는 문인들은 비록 근본적으로는 또 다른 계층에서 온 사람들이었지만, 상인 세력의 성장과 사인 지위의 하락으로 인해 그리고 이것이 계기가 된 상인과의 역사적 접근 기회로 인해 이전 시대 문인들처럼 위에서 아래를 내려다보는 태도가 아닌 훨씬 익숙하고 이해하는 태도로 상인들을 볼 수 있게 되었다. 송원 문학 이후 이러한 근세적 상인 세계는 이전의 고전적 상인 세계를 대신하여 문학에서 상인을 표현하는 측면에 있어 더욱 중요한 존재가 되고 후대 명청 문학의 상인에 대한 표현에까지 계속 영향을 주게 되었으며, 송원 문학이 상인을 표현할 때 드러난 여러 한계 역시 후대 명청 문학에서 더욱 진일보한 모습으로 초월되고 극복될 것이었다.

4장 | 명대明代 문학 속 상인에 대한 표현 |

1. 역사와 문화배경

1) 시민사회와 상인계층의 쇠락과 부흥

송원宋元 시대에 발흥하기 시작한 시민 계층과 상인 세력은 명대 초기에 한 차례 심각한 좌절을 겪고 타격을 받았다. 통치 계급의 '중농억상重農抑商' 정책으로 인해, 바닷가에 인접한 지역의 해운이 봉쇄되었고 상인에 대한 차별과 억압 정책이 실행되어 이전 시기 번영했던 연해 지역의 상업 활동이 상당히 심각한 손상을 입게 되니, 이전 시대의 풍요로운 광경이 갑자기 사라지게 되었다. 명대 중기의 왕기王錡, 1432~1499가 묘사한 원말명초元末明初 이후 오중吳中(蘇州) 지역의 변화에 대해서는 매우 잘 알려져 있다. 다음은 그 첫머리다. "오중은 본래 번화하다고 일컬어졌다. 장씨張氏(張士誠, 1321~1367)의 점거로 인해 천자明 太祖의 군대가 파병되니 비록 무참히 죽임을 당하지는 않았지만 백성들은 삼도三都(南京·鳳陽·北京)로 옮겨가게 되었고, 변방을 지키던 병사들이 잇따라 들어오면서 관적官籍이 기원妓院에 속한 이도 함께 이르렀다. 이에 마을은 쓸쓸해지고, 생계를 책임지는 사람의 수는 많이 줄어들었으며 지나가는 뜨내기만 늘어났다."[1] 오관吳寬도 일찍이 다음과 같이 언급한 적이 있다. 명대 초기 오중 지역에서는 "부자들이 일시에 이사하거나 죽거나 해서 하나도 남김없이 종적이 사라졌다."[2] 해진解縉, 1369~1415은 홍무洪武 연간에 상인에게 부과하는 세금이 과중함을 언급했다. "생산하는 땅에도 세금을 내고, 지나가는 나루터에도 세금을 내니 백성들의 이익을 뺏는 것이 어찌 이리도 치밀한가?"[3] 원나라 때 한동안 번영했던 복건성福建省 연해 지역의 천주泉州도 또한 원말元末의 전쟁으로 파괴되었다. 게다가 명대 초기의 '중농억상' 정책으로 시민계층과 상인세력은 전대미문의 타격과 손실을 입게 되었다.

그러나 시민계층과 상인세력은 결코 완전히 무너지지 않았고 그들은 모든 기회를 이용해 계속 생존과 발전을 모색했다. 당시의 운하 연안 지역은 주요하게는 남방의 곡창 지대와 북방의 정치 중심지를 연결하는 무역 활동으로 인해, 오히려 상업적 성격의 시진市鎭이 상당히 번영하였다. 영락永樂 21년(1423), 산동 순안山東巡按 진제陳濟, 1364~1424는 "회안淮安·제령濟寧·동창東昌·임청臨清·덕주德州·직고直沽에는 상인들이 모이고, 지금의 수도인 북평北平(北京)에는 온갖 상품이 옛날보

---

1 吳中素號繁華. 自張氏之據, 天兵所臨, 雖不被屠戮, 人民遷徙實三都, 戍遠方者相繼, 至營籍亦隸教坊. 邑里瀟然, 生計鮮薄, 過者增感.(王錡, 『寓圃雜記』 卷5 "吳中近年之盛"條)

2 一時富室或徙或死, 聲銷景滅, 蕩然無存.(吳寬, 『匏翁家藏集』 卷51, 「跋桃源雅集記」)

3 旣稅於所産之地, 又稅於所過之津, 何其奪民之利至於如此之密也.(『明史』 卷147, 「解縉傳」)

다 두 배나 많아졌다"[4]고 보고했다. 이 시진市鎭들은 명초에 강절지역江浙地區(江蘇·浙江省)보다 압박을 적게 받았고, 또 영락 시기 정치의 중심이 북쪽으로 이동하는 혜택을 받아 그 회복이 더욱 빨랐을 것이다. 영남嶺南 지역에서 번박番舶(중국과 교역하는 외국 상선)의 진출이 허가되었던 유일한 항구인 광주항廣州港은 여전히 그 번영상태를 지속했다. 복건성 연해 지역에서는 복건포정사福建布政司가 있는 장락항長樂港이 명초의 천주항泉州港을 대신하여 당시 중국 동남 해안의 큰 항구가 되었다. 정화鄭和, 1371~1433가 장락의 태평항太平港에서 배를 건조할 때 장락항에는 "무역하는 이들이 구름처럼 많았다貿易如雲"[5] 또한 장강長江 하류 지역에 있는 태창주太倉州의 유가항劉家港은 지는 해가 남은 빛을 발산하듯 명초 정화가 서양으로 원정 갈 때 출발하는 항구가 되었다. 남경南京의 용강관龍江關은 명초에 남경이 수도가 되자 번영하기 시작했다. 이 세 항구가 바로 명초 해운의 삼대 거점이다. "바다로 운항하는 길은 세 가지다. 하나는 남경 용강관에서, 하나는 복건포정사가 있는 장락항에서, 하나는 태창주 유가항에서 출발한다."[6] 정부의 억압 아래에서도 명초의 상업이 획득했던 이와 같은 보존과 발전은 명대 중기 상업의 전면적 회복에 바탕이 되었다.

명대 중기의 성화成化·홍치弘治·정덕正德·가정嘉靖 연간에 이르면, 사회가 전면적으로 다시 번영하기 시작했고 시민 계층과 상인 세

---

4 淮安·濟寧·東昌·臨淸·德州·直沽, 商販所聚. 今都北平, 百貨倍往時.(『明史』 卷81, 「食貨志 五」)

5 王應山, 『閩都記』 卷26, 「郡東長樂勝跡·太平港」.

6 海運之道有三, 一自南京龍江關, 一自福建布政司長樂港, 一自太倉州劉家港.(陳全之, 『蓬窗日錄』 世務 卷1) 福建의 상황은 陳廣宏, 『明代福建地區城市生活與文學』, 復旦大學博士學位論文, 1990, 8면 참조.

력도 새롭게 활약하기 시작했으며, 각 지역도시에는 번영하는 모습과 풍요로운 광경이 다시 나타났다. 소주蘇州의 변천은 그 중 하나의 전형이라고 할 수 있다. 왕기는 윗글에 이어 다음과 같이 말하고 있다. "정통正統·천순天順 연간에 나는 도성에 들어간 적이 있는데, 모두들 옛날을 조금 회복했다고 하였다. 하지만 여전히 예전처럼 번영한 것은 아니었다. 성화 연간에 나는 삼사년에 한 번씩 항상 도성에 들어갔는데 완전히 다른 곳처럼 보였다. 지금은(弘治 연간) 더욱 더 번성해졌다. 대문과 처마가 있는 기와집이 모여드니 지붕에는 만 개의 기와가 비늘처럼 쌓여 있고 성곽과 해자, 누정과 여관들이 늘어서 빈틈이 하나도 없다. 사람들은 수레를 몰고 가다 서로 환담하며 술상을 차려 놓고 놀다가 다시 네거리를 가로질러 달려갔다. 물길 골목水巷은 채색 불빛으로 눈이 부셨으며 산수를 유람하는 배와 기생을 태운 배들은 푸른 물결과 붉은 누각 사이를 물고기 꿰듯 줄지어 지나갔고, 음악과 노래와 춤이 시장 사람들의 목소리와 함께 섞여 나왔다. 무릇 윗사람에게 바치는 비단, 문구, 꽃과 과일, 진귀한 음식 및 기이한 물건들이 해마다 증가했다. 자수刺繡와 나전칠기 같은 것은 남송 이래 그 공예가 오래도록 쇠퇴하다가 지금은 모두 정교해졌다. 인성은 갈수록 약삭빨라지고 물산은 더욱 풍부해졌다."[7] 당시 도시 상공업의 신속한 발전은 장한張瀚, 1510~1593의 『송창몽어松窗夢語』와 육찬陸粲, 1494~1551의 『경이편庚巳篇』에

7 正統, 天順間, 余嘗入城, 咸謂稍復其舊, 然猶未盛也. 迨成化間, 余恒三四年一入, 則見其迥若異境. 以至於今(著者註 : 弘治間), 遙益繁盛. 閭簷輻輳, 萬瓦甃鱗, 城隅濠股, 亭館布列, 略無隙地. 輿馬從蓋, 壺觴罍盒, 交馳於通衢. 水巷中, 光彩耀目, 遊山之舫, 載妓之舟, 魚貫於綠波朱閣之間, 絲竹謳舞, 與市聲相雜. 凡上供錦綺, 文具, 花果, 珍羞, 奇異之物, 歲有所增. 若刻絲累漆之屬, 自浙宋以來, 其藝久廢, 今皆精妙. 人性益巧而物產益多.(王琦, 『寓圃雜記』 卷5 "吳中近年之盛"條)

서도 그 흔적을 찾아볼 수 있다. 또한 복건 연해 지역에서는 새로운 항구 도시들이 번영하기 시작했다. 그 중 전형적인 예는 장주漳州의 월항月港이다. "당대唐代 이전에는 개척되지 않은 황량한 땅이었는데 송대에는 해변가 갈대와 억새 사이로 한두 군데 마을이 생겼다."[8] 해외 무역이 흥기하고 발전함에 따라 명대 중엽의 성화·홍치 연간에는 "양안兩岸에 상인들이 집결하여 하나의 큰 시진이 되니"[9], "성화·홍치 무렵 작은 소주와 항주杭州로 불릴 곳은 월항일 것이다."[10] 정덕 연간에는 "부유한 백성이 개인적으로 큰 배를 만들어 다른 나라에 가서 외국인과 무역했다."[11] 가정 연간에 이르면, 월항에는 이미 "산을 등지고 바다가 보이는 곳에 수 만 호의 백성들이 살고 있었으며, 각 지역의 귀한 물건들이 집집마다 산처럼 쌓였다. 동쪽으로는 일본과 접해 있고, 서쪽으로는 태국과 인접하고 남쪽으로는 포르투갈과 말레이시아 등 여러 나라와 통했다. 백성들이 모두 비단 옷에 진주로 장식한 신발을 신지 않는 이가 없었으니 복건성 남단의 큰 도시가 된 것이다."[12] 이런 까닭에 융경隆慶 원년元年(1567)에 이르러 해금海禁 정책을 푼 후에는 자연스럽게 중국 상선商船들이 유일하게 오고 갈 수 있는 항구로 지정되었다.[13]

---

8 唐以前則洪荒未辟之境也, 在宋則蘆荻中一二聚落.(崇禎『海澄縣志』, 卷首, 王志道「海澄縣志序」)

9 兩涯商賈輻輳, 一大市鎭也.(嘉靖『龍溪縣誌』卷1,「地理」"月港"條)

10 成弘之際, 稱小蘇杭者, 非月港乎?(崇禎『海澄縣誌』卷11「風土志·風俗考」)

11 豪民私造巨舶, 揚帆他國, 以與夷市.(崇禎『海澄縣誌』卷11,「風土志·風俗考」)

12 負山枕海, 民居數萬家. 方物之珍, 家貯戶峙. 而東連日本, 西接暹球, 南通佛郎, 彭亨諸國. 其民無不曳繡躡珠者. 蓋閩南一大都會也.(朱紈,『甓餘雜集』卷3,「增設縣治以安地方事(嘉靖二十七年六月二十七日)」.

13 月港의 상황은 黃盛璋,「明代后期海禁開放后海外貿易若干歷史問題」참조. 이 논문은 원래『海交史研究』1988년 제1기에 실렸고, 나중에는『中外交通與交流史研究』, 合肥 : 安

명대 전기에 타격을 받았던 상인계층은 명대 중엽부터 점차 원기를 회복하기 시작했다. 명대 중엽의 부유한 상인들은 이미 충분한 경제력을 바탕으로 다시 시민 사회에 주목받는 사람들이 되었다. 가령 오중 지역의 부유한 상인 왕연철王延喆, 1483~1541은 "몇 년간 벌어들인 재산이 헤아리지 못할 정도로 많아, 돈을 빌려주고 받는 이자가 대장간과 여관 같은 곳에 가득 차고 넘쳤다. 서성西城 아래의 큰 집을 기점으로, 전당前堂에는 배우들과 타악기, 관현악 연주자들이 늘어서 있고, 후정後庭의 수십 개 즐비한 방에서는 곱고 가냘픈 여인들이 춤추고 노래하는 소리가 들렸다. 왕연철은 이렇게 하루가 다 가도록 오락을 일삼았으며 때때로 집을 나와 좋은 손님들과 함께 내키는 대로 연회를 즐기면서 말 수레를 타고 휘파람을 불며 도로를 종횡하기도 하였다. 귀한 집 자제들은 왕군을 보려고 행렬의 옆에서 숨을 멈추고 감히 빨리 달리지도 못했는데, 왕연철은 이들을 없는 것처럼 무시했다"[14]고 했으니, 그 화려하고 사치스런 생활의 정도가 원말元末 상인에 못지않은 것 같다. '부유한 오중'의 또 다른 거상 장충張沖은 의상을 만들어 패션의 원류이자 선두가 되니 일반 백성들은 앞 다투어 그를 모방했다.[15] 이로 보면, 그 당시 시민 사회에 대한 상인계층의 영향이 얼마나 컸으며, 이미 상인들이 당시 도시 풍속과 유행을 선도하는 사람이 되었음을 충분히 짐작할 수 있다.

徽敎育出版社, 2002, 464~487면에 수록되었다.

14 數歲中, 則致産不訾, 諸貫貸子錢, 若罏冶邸店, 所在充斥. 起大第西城下, 前堂列優笑, 鍾鼓, 管弦, 後庭比房數十, 歌舞靡曼, 窮日夕爲娛樂. 時出, 從所善客馳騁宴遊, 輿馬鼓吹縱橫道中, 貴遊子弟望見君, 側行屏氣, 不敢疾驅, 君視之亡如也.(陸粲, 『陸子餘集』 卷3 「前儒林郎大理寺右寺副王君墓誌銘」)

15 皇甫汸, 『皇甫司勛集』 卷51 「張季翁傳」. 吳中의 상황은 陳建華, 『中國江浙地區十四至十七世紀社會意識與文學』, 336면; 鄭利華, 『明代中期文學演進與城市形態』, 201면 참조.

명대 후기의 융경·만력萬曆·천계天啓·숭정崇禎 연간에 이르면, 시민 사회는 마침내 전성기에 도달할 정도로 발전했고, 심지어 약간의 '자본주의적 맹아'들이 출현하여 찬란한 시민 사회의 영화로운 꽃을 피웠다. 상인 계층은 이런 사회 변화를 배경으로 황금시대를 맞이하기 시작했다.

위에 서술한 명대 시민 사회와 상인 계층의 발전은 명대 문학 내지 문화의 발전과정과 조응하며 후자를 결정 지웠다. 본 장에서 인용한 절대 다수의 문학 사료는 실제로 명대 후기 문학과 관련이 있다. 이 때문에 앞서 서술한 명대 시민 사회와 상인 계층의 성쇠와 변천과정은 우리가 명대 문학 속 상인에 대한 표현을 이해하기 위한 기본적인 배경이 되며, 또한 참조할 만한 의의가 있다.

2) 더욱 긴밀해진 문인과 상인 관계

송원 시대부터 문인과 상인 관계에 역사적인 변화가 일어나기 시작했지만, 특히 명대 중후기에 한 걸음 더 진전된 발전을 이루었다. 두 계층의 긴밀한 정도가 과거 어느 때보다도 훨씬 심화되어 그 이후의 시대도 이에 미치지 못하였다. 이러한 발전은 주요하게는 명대 중후기 시민 사회 및 상인 계층의 흥성에 기인한다. 상인들은 정력과 여가가 생기면 문인들의 문학 활동에 참여하게 되었고, 명대 문인은 시민적 속성으로 인해 자연스럽게 상인과의 인연을 지속하였다. 문인과 상인 관계가 한 층 더 긴밀해지자 자연히 명대 문학에 깊은 영향을 주었다.

특히 상인에 대한 표현에서 명대 문학이 끼친 직간접적인 영향은 더욱 사람들의 눈길을 끌었다.

송원 시대의 상인, 특히 원말의 상인은 종종 자신의 경제력에 의지해 문예 살롱을 조직했다. 곤산昆山 고영顧瑛, 1310~1369의 옥산초당玉山草堂은 잘 알려진 예이다. 복주福州에서는 "남주南洲 거상" 곽생郭生과 같은 부상富商도 민중시파閩中詩派의 시인들과 함께 시를 짓고 술을 마셨다.[16] 또한 천주泉州의 진보생陳寶生과 같은 거상이 강소성江蘇省·절강성浙江省의 문인들과 광범위하게 교유한 것도 잘 알려진 사례다. 하지만 설령 이러한 예들이 아주 잘 알려져 있다고 해도 결코 보편적인 현상이라고는 말할 수 없다. 가령 오관吳寬, 1435~1504은 일찍이 다음과 같이 말한 적이 있다. "원나라 말 오중吳中 지역에는 부유한 집안이 많아서, 경쟁적으로 사치하며 서로 높아지고자 하였다. 하지만 문장을 좋아하고 손님이 오는 것을 기뻐하는 이로 고옥산顧玉山만한 이는 없었다. 백 여 년이 지나서도 소주蘇州 지역 사람들은 아직도 그의 성대함을 말한다"[17]라는 말에서 볼 수 있듯 대다수 상인들은 다만 "사치함으로 서로 높아지고자"할 뿐이었고, 반드시 문학에 대한 흥미와 취미가 있었던 것은 아니었다.

명대 중후기 이후에도 개별 사례로 말하면 원나라 말의 고영처럼 문채와 풍류로 한 시대를 비출 수 있는 상인은 아마도 한 사람도 없을 것이다. 하지만 문학 활동에 관심이 있는 상인들은 오히려 그 수가 현저히

16 周玄,『宜秋集』권7,「宜秋堂移構平山之南至後具觴爲歡是日不至之賓過半終席賦長句以紀合並之難」

17 元之季, 吳中多富室, 爭以奢侈相高; 然好文而喜客者, 皆莫若顧玉山. 百餘年來, 吳人尙能道其盛.(吳寬,『匏翁家藏集』, 卷51「跋桃源雅集記」)

증가해서 일종의 유행을 이루는 풍조가 형성되어 전국적인 현상을 이루었다. 예컨대 주휘周暉는 이렇게 말한 적이 있다. "봉주공鳳洲公, 王世貞: 1526~1590이 동도東圖 첨경봉詹景鳳, 1532~1602과 와관사瓦官寺에 함께 있었는데, 봉주공이 문득 '신안新安 상인은 소주蘇州 문인을 마치 썩은 고기에 쉬파리가 끓는 것처럼 본다'고 하였다."[18] 왕세정의 발언은 풍자적 의미가 없지 않지만, 그래도 당시 신안 상인이 문인들의 아취로운 기풍을 떠받쳐주고 있음을 반영하고 있다. 이광진李光縉, 1549~1623은 상인 증우천曾友泉이 문예 살롱을 주관하며 문인들을 후원했음을 밝히면서 "재산을 다 털어 선비를 도왔으니" "유협의 풍모가 있다"[19]고 기록하고 있다. 안평安平 상인인 황유규黃維珪는 "동남 해안의 오吳·월越·오粵·교嶠 지역을 왕래하면서 유명한 선비를 두루 사귀며" "구구하게 돈이 남거나 모자라거나 많거나 적음"[20]을 신경 쓰지 않았다. 이를 통해 복건 상인도 똑같이 문인들을 후원하는 풍기가 있었음을 알 수 있다.

상인들은 비단 문예 살롱을 조직하거나 혹은 문인 학사와 왕래했을 뿐만 아니라, 스스로도 종종 시문을 짓는 것을 좋아하여 많은 이들이 또한 자신의 문집을 간행했다. 휘상徽商 호진胡鎮의 『몽초당고夢草堂稿』 간행이 그 한 예다. 심사沈仕, 1488~1586는 그 서문에서 "『몽초당시집夢草堂詩集』은 나의 벗 호근당胡近塘이 지은 것이다. 근당은 비록 상인이지만 그 마음이 섬세해서 사람들을 함부로 대하지 않았고, 육경六經에 마음을 쓰고 독실하게 시를 지었다. 나는 이를 몹시 기쁘게 생각해 때때로

18 鳳洲公同詹東圖在瓦官寺中, 鳳洲公偶云: "新安賈人見蘇州文人, 如蠅聚一膻."(周暉, 『二續金陵瑣事』 上卷 "蠅聚一膻"條)

19 傾貲延士, (…中略…) 蓋有儒俠之風焉.(李光縉, 『景璧集』 卷18, 「祭曾友泉文」)

20 往來吳越粵嶠間, 遍交名士, (…中略…) 區區盈絀多寡.(乾隆 『泉州府志』 卷60, 「明篤行五」)

그와 더불어 토론하기도 했다."[21] 용유龍遊의 서상書商인 동패童珮, 1524~1578는 독서를 좋아해서 "밤이나 낮이나 쉬지 않았고", "시를 지을 줄 알았는데 시가 맑고 준수해서 칭송할 만하였다. (…중략…) 오래되니 시로 더욱 명성이 있었다." 일찍이 저명한 문인인 귀유광歸有光, 1507~1571에게 학문을 배웠고, 왕세정, 왕치등王穉登, 1535~1612도 전傳을 지어 그를 칭송했다. 저서로 『동자명집童子鳴集』이 있다.[22] 휘주徽州 상인 정작鄭作의 문집은 『방산자집方山子集』인데 이몽양李夢陽, 1473~1530이 그 서문을 썼다. "방산이 처음 나를 만났을 때, 나는 그의 시가 솔직하고 평이함을 규범으로 삼았다고 했다. 이에 그는 깊이 생각하고 고심하여 시를 쓰고는 다시는 붓을 함부로 놀리지 않았다. 시가 수 천 편인데 내가 이백여 편을 선별하여 서문을 써서 세상에 전한다."[23] 휘주 상인 사존수佘存修와 사육佘育 부자는 둘 다 시 짓는 것을 좋아했다. 사존수는 시집 『부음缶音』이 있는데 이몽양이 서문을 썼고, 사육도 시를 좋아하니 이몽양이 그의 전을 지어 칭송했다. "산인山人은 송宋(현 商丘 일대)·양梁(현 開封 일대) 지역에서 장사할 때 송시宋詩를 배웠다. 내가 양梁에서 그를 만나서 '송대에는 시가 없다'고 말했다. 산인은 이에 송시를 포기하고 당시唐詩를 배우기 시작했다."[24] 휘주 상인 정원리程元利는 시집이 있는데 왕세정이

---

21 玆『夢草堂詩集』者, 予友胡近塘之所著也. 近塘雖在商賈中, 其志纖不狃於其間, 乃遊心六籍, 篤攻詩. 予深嘉之, 因與時相討論.(『四庫全書總目』 卷180 「夢草堂稿」 提要; 沈仕, 『沈青門詩集·青門山人文』의 「夢草堂稿序」)

22 錢謙益, 『列朝詩集小傳』 丁集中 「童書賈珮」; 歸有光, 『震川先生集』 卷9 「送童子鳴序」; 王世貞, 『弇州山人續稿』 卷72 「童子鳴傳」; 王穉登, 『金昌集』 卷4 「童君傳」; 『四庫全書總目』 卷178 『童子鳴集』 提要.

23 方山初見空同, 空同規其詩率易. 乃沉思苦吟, 不復放筆塗抹. 詩數千百篇, 空同選得二百餘, 序而傳之.(李夢陽, 『空同先生集』 卷50 「方山子集序」; 錢謙益, 『列朝詩集小傳』 丙集 「方山子鄭作」)

24 山人商宋、梁時, 猶學宋人詩. 會李子客梁, 謂之曰: "宋無詩." 山人, 於是, 遂棄宋而學唐.

서문을 썼다.[25] 휘주 상인 오덕부吳德符도 역시 시집이 있는데 호응린胡應麟, 1551~1602이 서문을 써 주었다.[26] 복건 상인 "북강옹北岡翁" 역시 시가를 좋아하여 저서로 『북강만고北岡漫稿』가 있는데 오문화吳文華, 1521~1598가 서문을 썼다. "그때 나의 선친인 헌부공憲副公은 대참大參 유소석공游少石公과 시어侍御 왕십죽공王十竹公과 함께, 청명하고 화창한 날씨면 말에 올라 북강北岡에 모여 시회를 열었는데, 북강옹도 또한 차운하며 수창했다. 이로부터 현달한 이들과 시인묵객들이 때마다 왕래하며 아름다운 자취를 좇아 수창하니 마침내 성황을 이루었다."[27] 진중秦中 상인의 아들인 곡회穀淮도 강남의 문인들과 교류했다. "무석無錫 고기륜顧起綸, 1517~1587이 그의 시를 『국아國雅』에 실었다."[28] 약재상인 정백양程伯陽은 "흥이 넘치는 시가 많은데, 심사숙고한 것들은 절로 시법에 입문했다는 평을 들었다."[29] 오중吳中 거상 양순보楊順甫는 "성품이 시 짓는 것을 좋아하여 조호시사漕湖詩社를 결성했다."[30]

이처럼 상인들이 시문을 짓는 것을 좋아해서 문인과 왕래하며 창화唱和하는 것이 이미 명대의 하나의 풍조가 되었으니, 그 보편성에서는 전시대를 훨씬 초월했다. 그들의 작품은 아마도 문학적 가치가 없을 수도 있지만 그들이 문학 활동에 참여하는 것 자체가 문인들과의 관계

(李夢陽, 『空同先生集』 卷51, 「缶音序」 卷47, 「潛虯山人記」)

25 王世貞, 『弇州山人四部稿』 卷69, 「吳(저자 주 : 原文은 이와 같다)汝義詩小引」; 卷96, 「程君汝義墓碣銘」.

26 胡應麟, 『少室山房集』 卷81, 「吳生德符詩序」.

27 時餘先大夫憲副公與少石大參遊公, 十竹侍禦王公, 淸和命駕, 燕集岡上, 輒有吟詠, 而翁亦取次酬之. 自是達人騷客, 時復往來, 追躡芳躅, 倡和遂盛.(吳文華, 『濟美堂集』 卷3, 「北岡漫稿序」)

28 錢謙益, 『列朝詩集小傳』 閏集, 「穀淮」.

29 錢謙益, 『列朝詩集小傳』 丁集中, 「程伯陽」에서 王寅의 말을 인용한 부분.

30 顧璘, 『息園存稿』 卷6, 「長洲楊處士順甫與其配呂儒人墓表」.

를 적극적으로 촉진시켰을 뿐 아니라, 문인들이 자기도 모르게 변화하는데 일정한 영향을 끼쳤을 것이다.

한편으로는 상인들이 문인들의 아취로운 기풍에 이끌려 문단에 참여하고, 한편으로는 문인들이 시정市井에 출입하며 상인들과 교제하는, 이 두 가지 현상은 이전 시기보다 명대 중후반에 더 흔히 볼 수 있다. 주휘周暉의 언급에 따르면, 왕세정은 "신안 상인이 소주 문인을 마치 썩은 고기에 파리 끓는 듯 본다"고 말했고, 이후 첨경봉詹景鳳, 1532~1602도 "소주 문인 또한 신안 상인을 마치 썩은 고기에 파리 끓는 듯 본다"[31]고 말했다. 이는 상인들이 문인들에게 다가가려고 노력할 뿐만 아니라 문인들도 상인에게 접근하려고 애를 쓰고 있음을 드러내고 있다. 비록 위 인용문에도 문인을 풍자하는 뜻이 똑같이 포함되어 있지만, 그 속에는 또한 어떤 동기에서였는지는 몰라도 어쨌든 상인에 대한 당시 문인들의 흥취가 엿보인다. 명대 중후기에는 보통의 문인뿐만 아니라 저명한 문인도 마찬가지로 서로 교유할 정도로, 문인과 상인의 교유는 상당히 보편적인 현상이었다. 문인들은 그것을 꺼리지 않았을 뿐만 아니라 도리어 공공연하게 영광으로 생각했다. 이는 바로 당시 상인 세력이 강대해졌음을 반영하며, 그와 동시에 또한 상인에 대한 문인들의 의식이 변화되었음을 반영하고 있다.

예컨대, 금릉金陵 문인 고린顧璘, 1476~1545은 남호南濠의 어염魚鹽 대상인 진몽陳蒙과 "벗이 된지 거의 삼십년"[32]이라고 했고, 오중 문인 원질袁袠, 1502~1547은 오상吳商·오봉吳封과 형제처럼 친밀했다.[33] 축윤

---

31 新安賈人, 見蘇州文人, 如蠅聚一膻. (…中略…) 蘇州文人, 見新安賈人, 亦如蠅聚一膻.(周暉, 『二續金陵瑣事』 上卷, '蠅聚一膻'條.)

32 友幾三十年.(顧璘, 『息園存稿』 卷3, 「壽梅南君序」.)

명祝允明, 1460~1527은 어렸을 때부터 오중의 거상인 탕湯씨 집안의 자제와 관계가 밀접해서, "어릴 때 같이 글 지으며, 대문을 마주하며 살았고" 자라서 이름이 알려진 후에도 여전히 그들과 친밀한 관계를 유지하며 "아침저녁으로 왕래했다."[34] "일찍이 「벗을 그리며懷友」라는 시를 지었는데, 온 나라의 명류들이 탕은군湯隱君이 일등"[35]이라고 하였다. 문징명文徵明, 1470~1559은 집안이 대대로 상인이었던 주영朱榮과 "왕래하며 날로 친분이 쌓여", "서너 해를 하루 같이"지냈고, 오중 거상 진악陳鑰과도 자주 시와 술을 주거니 받거니 하였다.[36] 이개선李開先, 1502~1568은 장구章丘에 살았는데 장구의 대상인인 왕운봉王雲鳳과 "이십여 년 동안 교유했으며" 또 다른 장구 상인인 원숭면袁崇冕과는 "사십년간 서로 교유한 정이 있다" 원숭면 또한 문학을 좋아해서 "평소에 금원사金元詞를 잘 지어" 이개선과 함께 항상 품평하였다.[37] 이몽양은 변중汴中에 머물 때 개봉開封의 여러 상인들, 가령 휘상徽商 정작鄭作, 사존수, 사육, 포보鮑輔, 포필鮑弼, 포윤형鮑允亨, 왕앙汪昂, 포상蒲商 왕현王現, 변상汴商 구호丘琥 등과 왕래하며 사이좋게 지내면서 상인들에게 시 짓는 법을 지도했다. 그는 정작을 "문하에 초대해서 시를 토론하고 활쏘기를 겨루면서 서로 왕래하지 않은 날이 없었다[招致門下, 論詩較射, 過從無虛日]"[38]

---

33 袁袠, 『胥台先生集』 卷16, 「吳圻父墓志銘」.

34 髫髦共筆硏, 居第門相對. (…中略…) 旦暮過從.(祝允明, 『懷星堂全集』 卷17, 「守齋處士湯君文守生壙志」)

35 袁袠, 『胥台先生集』 卷17, 「湯隱君傳」.

36 往來日稔, (…中略…) 數年猶一日.(文徵明, 『文徵明集』補輯 卷31, 「朱效蓮墓志銘」; 卷29, 「陳以可墓志銘」)

37 交與二十餘年.(李開先, 『李中麓閑居集』 文7, 「處士王治祥墓志銘」), 有四十年相交之情.(李開先, 『李中麓閑居集』 文6, 「賀袁西野七十三壽序」; 文7, 「豫作鄉賓西野袁翁墓志銘」)

위에 말한 것처럼 상인과 왕래하며 즐겨 교유했던 문인들은 이 밖에도 더욱 많았으니 이는 명대 문학계의 하나의 보편적 현상이라 할만하다. 명대 문인과 상인의 광범위한 교유는 상인이 문인에게 문학 지도를 받고, 문인은 상인에게 경제적 지원을 받는 것처럼 당연히 서로에게 이익과 혜택을 주는 일이었다. 하지만 문학에 대한 상인의 영향은 여기에 그치지 않는다. 문인들이 알지 못하는 사이에 상인의식이 문인들에게 전이되고 감화되어 끼친 영향, 이것이야말로 더욱 중요하고 주목할 만한 것이다.

명대 문인이 상인과 광범위하게 교유한 이유는 그들 본래의 시민적 속성과도 관련이 있다. 명대 문인 중 적지 않은 사람들이 본래 상인 집안 출신으로, 태생적으로 상인과 혈연관계여서 상인의 사상과 의식을 받아들이기 쉬웠다. 상인 집안 출신의 이런 명대 문인들이야말로 명대 문단의 하나의 돌출적인 현상으로 전례가 없었을 뿐만 아니라, 그 이후에도 이런 예가 없었다.

예컨대 북방 지역에서 이몽양이 상인 가정에서 태어난 것은 이미 잘 알려진 사실이다. 그의 조부인 이충李忠은 "소상인"에서 "중등상인"에까지 올랐고, 그의 형제인 이맹화李孟和도 장사를 잘했다.[39] 안휘安徽 지역에서는 십악산인十嶽山人 왕인王寅의 아버지가 휘상徽商으로 회북淮北에서 장사했다.[40] 왕야王野는 휘상 출신으로 "어렸을 때 시를 익혔는

38 李夢陽, 『空同先生集』 卷43, 「梅山先生墓志銘」, 「處士松山先生墓志銘」; 卷44, 「明故王文顯墓志銘」; 卷47, 「潛虯山人記」; 卷50, 「方山子集序」; 卷52, 「缶音序」; 卷55, 「贈豫齋子序」; 卷56, 「汪子年六十鮑鄭二生繪圖壽之序」; 卷57, 「鮑允亨傳」; 錢謙益, 『列朝詩集小傳』 丙集, 「方山子鄭作」.

39 高叔嗣, 『蘇門集』 卷7, 「大明北墅李公墓表」.

40 錢謙益, 『列朝詩集小傳』 丁集中, 「十嶽山人王寅」.

데 조금 자라자 과거 공부를 포기하고 형을 따라 장강長江과 회하淮河 일대에서 장사했다. (…중략…) 오래되자 시로 더욱 유명해지니 (…중략…) 스스로 시를 가려 뽑아 한권으로 간행했다."[41]

강소江蘇와 절강浙江 지역에서는 저명한 문인을 포함한 다수의 문인들이 모두 상인 집안 출신이다. 예컨대, 고렴高濂의 아버지는 어렸을 때 일찍이 선비를 그만두고 상인이 되었다.[42] 당인唐寅은 주점을 경영하는 상인 집안에서 태어났다.[43] 왕총王寵의 가정환경도 당인과 비슷하니 "집안이 원래 술을 팔아 시장에서 나고 자랐다."[44] 육심陸深의 아버지 육평陸平은 "이재理財에 밝은" 상인이었다.[45] 장봉익張鳳翼·장헌익張獻翼 형제는 "대대로 장사하여 재산을 불린 것으로 유명한" 상인 세가 출신이다. 그의 아버지 장충張沖은 "재산을 잘 모으고 저축해서" "오중 지역 상인만큼 부유했다."[46] 황성증黃省曾의 아버지는 "이자를 잘 운용해서 만 금의 재산을 이루었다善操其息, 立致萬金產."[47] 하량준何良俊의 아버지 세대는 재산 증식을 잘해서 "이자 받는 곳을 점점 넓혀收息漸廣", "이자 수익으로 마침내 전보다 열 배를 더 벌었다生息遂十倍於昔."[48] 전여성田汝成은 "밭도 갈고 장사도 하는 자산이 자못 넉넉한力田服賈, 頗有餘貲"

41 兒時習爲詩, 稍長, 棄博士業, 從其兄賈江淮間 (…中略…) 久之, 詩益有名 (…中略…) 自選刻其詩一卷.(錢謙益, 『列朝詩集小傳』 丁集下, 「王山人野」)

42 汪道昆, 『太函集』 卷47, 「明故征仕郎判忻州事高季公墓志銘」.

43 唐寅, 『六如居士全集』 卷5, 「與文徵明書」; 祝允明, 『懷星堂全集』 卷17, 「唐子畏墓志並銘」.

44 家本酤徒, 生長廛市.(王寵, 『雅宜山人集』 卷10, 「山中答湯子重書」)

45 陸深, 『儼山文集』 卷81, 「敕封文林郎翰林院編修先考竹坡府君行實」.

46 世服賈, 以貨殖聞 (…中略…) 善治產積 (…中略…) 富埒吳中.(皇甫汸, 『皇甫司勳集』 卷53, 「明文林郎浙江台州府推官張公墓志銘」; 卷51, 『張季翁傳』; 李攀龍, 『滄溟先生集』 卷20, 「張隱君傳略」)

47 皇甫汸, 『皇甫司勳集』 卷54, 「黃先生墓志銘」.

48 何良俊, 『何翰林集』 卷24, 「先府君訥軒先生行狀」; 顧璘, 『息園存稿』 卷5, 「華亭何隱君墓志銘」.

농사와 장사를 겸하는 집안에서 태어났다.[49] 이 밖에도 진속陳束, 도륭屠隆, 심명신沈明臣, 왕도곤汪道昆, 고헌성顧憲成 및 탁징보卓徵甫 등도 그 아버지 세대가 대부분 다 상인이었다.[50] 왕오王鏊, 고린顧璘, 황보방皇甫汸, 고원경顧元慶 등도 또한 다소의 차이는 있지만 상인 친척들이 있다.[51]

복건 지역에서도 비슷한 현상을 발견할 수 있다. 많은 일류 문인들이 상인 집안에서 태어났다. 예컨대, 이지李贄는 1대조부터 5대조까지가 모두 천주泉州 거상으로 연해沿海 무역에 종사했을 뿐만 아니라 해외 무역에도 종사했다.[52] 비록 이지의 조부 대에 이미 상업에 종사하지 않게 되었지만 그 집안에는 여전히 상업에 종사하는 사람이 많았다. 서통徐熥, 서발徐𤊹, 서표徐熛 삼형제는 "집안 대대로 장사를 했는데家世受賈", 그들의 아버지 서앙徐棉 때부터 상인에서 선비가 되었다.[53] 조학전曹學佺도 상인 세가 출신으로 그의 조부가 어린 나이에 선비를 포기하고 장사를 하게 되었지만, 만년에는 "매일 손자들에게 독서 과제를 주어日課孫曹讀書" 그들로 하여금 상인에서 선비가 될 수 있게 하였다.[54] 다른 지방 출신의 문인들도 동일한 현상이 있을 것으로 믿어진다.

상인 집안 출신의 문인은 자신이 이미 사인 계층에 진입했더라도 정

49 田汝成,『田叔禾小集』卷5,「答陳約之書」.

50 李開先,『李中麓閑居集』文之10,「後岡陳提學傳」; 王世貞,『弇州山人續稿』卷93,「屠丹溪公墓志銘」; 屠隆,『由拳集』卷22,「先君丹溪公誄並序」; 王世貞,『弇州山人四部稿』卷92,「漁江沈君墓志銘」; 卷96,「明故贈通議大夫兵部右侍郎汪公神道碑」; 汪道昆,『太函集』卷43,「先大父狀」; 王世貞,『弇州山人續稿』卷92,「處士南野顧翁墓志銘」; 王世懋,『王奉常集』卷16,「見齋卓君傳」.

51 王鏊,『震澤先生集』卷23,「先世事略」; 顧璘,『息園存稿』卷6,「祭祖母太孺人文」; 皇甫汸,『皇甫司勳集』卷57,「談安人行略」; 錢謙益,『列朝詩集小傳』丁集中,「大石山人顧元慶」.

52 「鳳池林李宗譜」.

53 徐熥,『幔亭集』卷18,「先考永寧府君行狀」; 鄧原嶽,『西樓全集』卷14,「徐子瞻令君傳」.

54 徐熥,『幔亭集』卷17,「曹東渠隱君八十壽序」.

신적으로는 여전히 상인 계층과 관계를 유지하기 때문에 상인 계층에 접근하기가 비교적 용이하고, 상인 계층의 사상 감정도 쉽게 이해할 수 있었다. 비록 그들이 반드시 직접적으로 상인을 표현하는 것은 아니지만, 위에서 말한 여러 가지 속성을 몸에 지니다 보니 상인을 표현하는 문학 작품을 더욱 쉽게 받아들이고, 그들 자신도 상인을 표현하기에 적합한 문학 환경과 분위기의 일부분이 되기도 했다. 상인에 대한 그들의 더 많은 이해와 공감은, 명대 문학이 상인을 긍정적으로 표현하는데 직간접적인 영향과 작용을 끼쳤다. 또한 그들이 직접 상인과 관련된 문학 작품 창작에 종사할 때면 자연스레 이전 시대 문학과 다른 경향성이 드러나기도 하였다.

총괄하면 문인과 상인의 관계는 명대에 한 층 더 밀접하게 되어서, 명대 문인들이 더욱 더 상인의 존재에 주의를 기울이고, 상인의 생활에 더 많은 관심을 갖고 상인의 상업활동의 가치를 더욱 인정해주며, 상인의 사상과 감정을 더 잘 이해할 수 있게끔 해주었다. 이에 따라 상인을 표현하는 문학 작품을 더욱 흥미롭게 받아들이고 창작하게 되었다. 구체적인 개별적 사안들은 천차만별이고 개별적인 관계 및 영향도 잘 드러나지 않아 판단하기는 어렵다. 하지만 총체적으로 말하면, 명대 문인과 상인의 관계가 더욱 밀접하게 된 것은 명대 문학이 상인에 대해 더 많이 표현하게 된 것과 완전히 궤를 같이한다.

3) 전통문학과 통속문학의 새로운 동향

명대 문인의 시민성 속성으로 인해 전통 문학 영역에서도 약간의 주목할 만한 변화가 생겼다. 첫째, 저자 집단이 확대되고 신분이 평민화되었다. 둘째, 작품 수량이 급격히 증가하여 상대적으로 질이 떨어졌다. 셋째, 작품 내용이 똑같이 평민화되면서 상당히 농후한 시민의식이 표현되었다. 이런 변화들은 전통문학의 상인에 대한 표현에 있어서도 직간접적인 영향을 끼쳤다. 그중 가장 뚜렷한 현상은 상인을 표현하는 작품의 수가 증가하고, 동시에 상인에 대한 태도도 더욱 더 동정적이고 긍정적이게 되었다는 점이다.

전통 문학과 비교하면 통속 문학의 변화는 더욱 더 주목할 만하다. 명대 전기에 잠깐 침체기를 거친 후 명대 중기에 이르면 백화소설과 희곡이 다시 활발해지고 명대 후기에 가면 마침내 절정기에 도달하여 꽃들이 만발한 화려한 국면이 펼쳐지며 송원 시대를 멀리 초월했고 청대도 이에 미칠 수 없었다.

더욱이 명대의 통속 문학은 송원대 통속 문학의 단순한 중흥에 그친 것이 아니라 몇 가지 새로운 특징까지 보여주었다.

첫째, 통속 문학이 구비 문학에서 기록문학으로 발전함에 따라 시청을 위한 예술에서 독서를 위한 예술로 변화되었다. 이러한 변화는 주로 명대에 종이 제조업 및 각자업刻字業과 출판업이 발달해서 통속 문학을 기록하는데 물질적인 바탕과 기술 수단을 제공해 준 것에 기인한다. 또한 명대의 평민 교육의 보급 덕택에 글자를 아는 사람들이 많아져서 일반 시민과 공상업자들 조차도 독서를 통해 즐거움을 느낄 수 있게 됨에 따라 기록화된 통속 문학의 소비 시장이 육성되었기 때문이다. 이는 통속 문학의 발전에 중대한 의미를 지닌다. 왜냐하면 기록문학으로서의 통속 문학은 구비 문학으로서의 통속 문학보다 인물을 형상화하고 생활을 표현하는데 있어서 활용의 폭이 더욱 넓기 때문이다. 구술에서 기록으로의 변화는 또한 작품의 보존과 유전流傳에 더욱 더 용이하다. 우리가 오늘날 볼 수 있는 통속 문학 작품은 실은 대부분 명대 이후의 판본이다. 그 중에는 명대 문인과 이전 시대 문인의 작품도 포함되어 있다. 이는 명대 문학에 있어서도 또한 우리 후대인들에게 있어서도 더할 나위 없는 행운이다.

둘째, 통속 문학의 영역에 명대 문인들이 빈번하게 진출해서 정리와 창작 방면에서 주목할 만한 성과를 냈다. 장무순臧懋循은 원대의 잡극雜劇을 수집 정리했고, 홍편洪楩·웅룡봉熊龍峰·풍몽룡馮夢龍은 송원·명대의 백화소설을 수집·정리했으며, 풍몽룡·능몽초淩濛初 등은 다수의 백화소설을 창작했다. 이밖에도 또한 많은 문인들이 각종의 장편소설을 개작하거나 편집, 창작했고 다수의 문인들이 많은 분량의 희곡 작품을 창작했다. 명대 문인이 통속 문학의 영역에 진출함에 따라 원래 민간에서 입으로만 전해져 유행하며 전통 문학의 무시와 배척을 받았던 통속 문학은 정식으로 문단의 출판계에 진입하여 그 지위와 수준이 올라갔고, 전통 문학과 병행하고 대류對流하면서 서로를 환하게 비추며 함께 발전하여 중국문학사의 새로운 한 페이지를 열었다. 이러한 현상의 출현은 통속 문학에 대한 당시 시민 사회의 수요 및 이런 수요에 대한 문인들의 인식과 밀접히 관련된다. 동시에 더욱 깊은 층위에서는 명대 문인들이 자신들의 시민적 속성에 기인하여 통속 문학을 경시하는 구래舊來의 태도를 바꾼 것과도 관련이 있다.

통속 문학에는 본래 상인을 표현하는 전통이 있었기 때문에 명대 문인들이 통속 문학에 대한 경시 태도를 바꾸어 열정적으로 그 방면에 진출하게 되자 통속 문학의 수준이 높아지게 되었다. 또한 통속 문학이 구술에서 기록으로 바뀌며 인물과 생활에 대한 표현력을 더욱 더 확충하게 되자, 명대 통속 문학의 상인에 대한 표현은 필연적으로 새로운 단계에 진입하게 되었다. 명대 통속 문학에서 상인의 형상과 생활이 빈번하게 출현하고 그 표현력도 풍부해진 상황은 송원 시대를 훨씬 초월했을 뿐 아니라 후대에도 여기에 미치지 못했으므로 하나의 전성기에 이르렀다고 충분히 말할 수 있다. 이 사실은 위에 서술한 명대 통속 문학의 변화와 관계가 없지 않다.

2. 각종 문체에서의 상인에 대한 표현

명대의 여러 주요한 문학 양식 중 상인을 표현하는 데 있어서 비교적 중요한 부분은 확실히 백화소설과 희곡이기 때문에 우리는 여전히 여기에 주의를 집중할 것이다. 하지만 명대 문인과 상인의 밀접한 관계로 인해 전통 시문에서도 상인을 표현한 많은 작품들이 출현했으므로 우리는 시문 방면에도 주의를 기울이고자 한다.

1) 단편백화소설(상)

명대는 단편 백화소설의 전성기다. 송원 시대에 오직 이야기꾼의 입으로만 전해지던 화본소설은 명대에 이르러 편집 정리되어 판각 출판되기 시작했다. 동시에 명대 문인도 비슷한 스타일의 백화소설을 대량으로 창작하여 이야기꾼의 입을 거치지 않고 곧바로 독자 앞에 드러냈고, 이 두 종류의 소설이 하나로 합해져서 단편 백화소설집의 형태로 출판되었다. 가장 활발했던 출판 시기는 명대 중후기의 백여 년간이다. 그 중 '송원 화본소설'을 많이 수록한 『육십가소설六十家小說』(잔본殘本은 현재 『청평산당화본淸平山堂話本』이라는 이름으로 전하고 있다)은, 가정嘉靖 중기(약 1541~1551) 쯤에 판각되었고, 『웅룡봉사종소설熊龍峰四種小說』은 만력萬曆 중기(약 1592~1603) 쯤에 판각되었으며 '송원 화본소설'과 명대인들의 '의화본擬話本 소설'이 반반을 차지한 『유세명언喩世明言』·『경세통언警世通言』 및 『성세항언醒世恒言』은 천계天啓년간(1621~1627)에 판각되었고 명대의 '의화본소설'인 『박안경기拍案驚奇』와 『이각박안경기二刻拍案驚奇』는 숭정崇禎 초년(1628~1632)에 판각되었다. 이밖에도 명말에 출현한 단편 백화소설집으로 『환희원가歡喜冤家』(약 1640년에 판각), 『석점두石點頭』(숭정년간 판각), 『형세언型世言』(약 1634년 판각), 『서호이집西湖二集』(숭정년간 판각), 『탐흔오貪欣誤』(명말 판각)와 『취성석醉醒石』(명말에 쓰기 시작해 청초에 완성) 등 여러 종이 있다. 특히 '삼언이박三言二拍'을 대표로 하는 이들 단편 백화소설이 함께 모여 중국 고전 단편 백화소설 창작의 하나의 절정을 이루었다.

이 절정의 특징 중 하나는 명대의 단편 백화소설 속에 상인의 생활이 대량으로 광범위하고도 심각하게 표현되어 많은 수의 상인 형상이 창작되었다는 것이다. 이는 송원 화본소설류의 특징을 계승한 결과이기도 하고 또한 명대 단편 백화소설 자체의 발전의 산물이기도 하다. 게다가 송원 화본소설의 판본이 명확하지 않은 것에 비해 명대 단편 백화소설의 판본은 매우 명백하므로 우리가 명대 상인의 생활을 이해하는 데 더욱 중요한 의의를 지니고 있다.

여기서 우리는 먼저 '삼언이박'을 예로 삼아 그중 상인 소재인 작품에 대해 간단한 순례를 할 것이다. 먼저 상인이 주인공이고 상인의 생활을 주로 표현한 작품을 보자.

『유세명언』: 「장흥가중회진주삼蔣興哥重會珍珠衫」(권1)의 주인공은 젊은 상인 두 명과 그들의 부인으로, 그들의 성애性愛 및 감정상의 갈등을 다루고 있다. 「양팔로월국기봉楊八老越國奇逢」(권18)의 주인공은 섬서陝西와 복건福建·광동廣東을 왕래하는 행상으로, 그가 두 지역에 있는 두 가정과 겪게 되는 슬픔과 기쁨, 이별과 만남을 다루고 있다. 「이수경의결황정녀李秀卿義結黃貞女」(권28)의 주인공은 상인 집안에서 태어난 한 쌍의 남녀로, 그들 각자의 부친이 연로하여 장사를 그만두거나 병사病死하는 상황에서 사업의 중임重任을 잘 이어받으며 서로 진정한 사랑을 싹틔운다는 내용이다.

『경세통언』: 「여대랑환금완골육呂大郎還金完骨肉」(권5)의 주인공은 무명 옷감을 파는 상인으로, 그가 돈을 습득하지만 탐내지 않고 돌려주는 의로운 일을 함으로써, 일련의 보답을 받는 기이한 만남을 갖게 된다는 내용이다.

『성세항언』: 「양현령경의혼고녀兩縣令競義婚孤女」(권1)의 주인공중 한 명은 은혜를 알고 보답하려 하는 상인으로, 그의 어진 마음과 도움으로 어떤 양갓집 아가씨가 보살핌을 받는다는 내용이다. 「매유랑독점화괴賣油郎獨占花魁」(권3)의 주인공은 기름 파는 소상인으로, 그가 가슴 벅찬 진실한 감정으로 끝내 명기名妓의 마음을 얻는다는 내용이다. 「전수재착점봉황주錢秀才錯占鳳凰儔」(권7)의 주인공중 한 명은 부유한 곡물 상인으로, 그의 끈질긴 노력으로 마침내 딸이 마음에 들어 하는 서생에게 시집간다는 내용이다. 「유소관자웅형제劉小官雌雄兄弟」(권10)의 주인공은 불행한 일을 당하는 한 쌍의 젊은 남녀로, 부지런함과 신용으로 사업에 성공한다는 내용이다. 「장정수도생구부張廷秀逃生救父」(권20)의 주인공들은 상인 집안에서 태어난 몇 명의 젊은 남녀로, 그들이 재산 분쟁으로 인해 영원한 이별을 겪게 된다는 비극적 내용이다. 「황수재요영옥마추黃秀才徼靈玉馬墜」(권32)의 주인공 중 한 명은 상인 집안의 아가씨로, 자신의 지혜와 용기로 결국 재능과 용모를 겸비한 남편을 얻는다는 내용이다. 「서노복의분성가徐老僕義憤成家」(권35)의 주인공은 의로운 결기에 장사를 하게 된 늙은 종으로, 주인에게 많은 돈을 벌어줄 뿐만 아니라 자신도 '의로운 종'이라는 아름다운 이름을 얻게 된다는 내용이다.

『박안경기』: 「전운한우교동정홍 파사호지파타용각轉運漢遇巧洞庭紅 波斯胡指破鼉龍殼」(권1)의 주인공은 늘 불운한 상인이지만, 기상천외한 기적으로 사람들이 부러워할만한 벼락부자가 된다는 내용이다. 「요적주피수야수 정월아장착취착姚滴珠避羞惹羞 鄭月娥將錯就錯」(권2)의 주인공은 빈곤한 상인 집안의 며느리로, 가난하고 굴욕적인 생활에 만족하지 않아서 기이한 소란을 여러 장면 연출하고 있다. 「정원옥점사대상전 십일낭운강종담협程元玉店肆代償錢 十一娘雲岡縱譚俠」(권4)의 주인공은 장거리 도매하는 상인으로, 한순간의 호의로 뜻밖에 검객 십일낭十一娘을 만나 그녀의 도움을 받는다는 내용이다. 「오장군일반필수 진대랑삼인중회烏將軍一飯必酬 陳大郎三人重會」(권8) 입화入話의 주인공은 한 명의 젊은 상인으로, 세 번 집을 떠나 장사하는데 세 번이나 똑같은 도적들에게 강탈을 당하지만 끝내 좌절하지 않고 마침내 온전한 상인이 된다는 내용이다. 정화正話의 주인공도 소상인으로, 한 번의 기이한 만남으로 큰 해적을 사귀게 되어 나중에 그 해적의 도움으로 흩어진 가족과 한 자리에 모이게 되고 뜻밖의 횡재를 하게 된다는 내용이다. 「한수재승란빙교처 오태수연재주인부韓秀才乘亂聘嬌妻 吳太守憐才主姻簿」(권10)의 주인공 중 한 명은 전당포를 운영하는 휘주 상인으로 운명의 장난으로 인해 어쩔 수 없이 딸을 가난한 서생에게 시집보내는데 그 서생이 나중에는 도리어 성공하게 된다는 내용이다. 「위조봉한심반귀산 진수재교계잠원방衛朝奉狠心盤貴産 陳秀才巧計賺原房」(권15)의 주인공 중 한 명은 해포解鋪[55]를 운영하는 휘주 상인으로, 그의 탐욕과 못된 마음으로 인해 다른 사람의 보복을 받는다는 내용이다. 「이공좌교해몽중언 사소아지금선상도李公佐巧解夢中言 謝小娥智擒船上盜」(권19)의 주인공은 상인 집안의 딸로, 살해당한 가족을 위해 복수하려는 의지가 매우 강하여 흔들리지 않고 노력해서 마침내 살인범을 법망에 걸리게 한다는 내용이다. 「전다처백정횡대 운퇴시자사당소錢多處白丁橫帶 運退時刺史當艄」(권22)의 주인공은 수백만의 재산이 있는 대상인으로 관리가 되는 즐거움을 얻고자

55 [역주] 해포解鋪 : 동산이나 부동산을 담보로 돈을 빌려주는 가게.

전심전력하여 결국 소원을 이루게 되었을 때, 운명의 장난으로 오히려 실패하여 뱃사공이 되는 지경에 처해진다는 내용이다. 「점가재한서투질 연친맥효여장아占家財狠婿妒侄 延親脈孝女藏兒」(권38)의 주인공은 "하늘을 찌를 듯한 재산을 가진" 큰 부자인데 유산을 상속할 아들이 없어 골치를 썩이다가 뜻밖에 아들 하나를 얻는다는 내용이다.

『이각박안경기』: 「허찰원감몽금승 왕씨자인풍획도許察院感夢擒僧 王氏子因風獲盜」(권21)의 주인공중 한 명은 도거리와 계산에 밝은 소금 상인으로, 지나치게 색욕을 밝히다가 비명횡사해서 그의 유산을 운반하여 고향으로 돌아가는 과정에서 하나의 희한하고 기괴한 사건에 휘말리는 내용이다. 「서다주승료겁신인 정예주명원완구안徐茶酒乘鬧劫新人 鄭蕊珠鳴冤完舊案」(권25)의 주인공은 상인 집안의 딸인데, 신혼 당일에 악당에게 잡혀 가서 여러 가지 고난을 겪는 내용이다. 「정조봉단우무두부 왕통판쌍설불명원程朝奉單遇無頭婦 王通判雙雪不明冤」(권28)의 주인공은 여색을 밝히는 휘주徽州 상인으로 남녀간의 불화로 말미암아 억울한 누명을 쓰고 죄에 연루되는 내용이다. 「증지마식파가형 힐초약교해진우贈芝麻識破假形 擷草藥巧諧眞偶」(권29)의 주인공은 타지에서 장사하는 상인으로 젊은 여인을 사랑하게 되어 낭만적이고 기이한 만남을 가지게 되는 내용이다. 「첩거기정객득조 삼구액해신현령疊居奇程客得助 三救厄海神顯靈」(권37)의 주인공은 운수가 좋지 않은 휘주 상인이지만, 요양遼陽 해신의 도움으로 낭만적인 연애를 하게 될 뿐만 아니라 많은 재물을 얻게 된다는 내용이다.

이상 상인이 주인공이거나 혹은 주로 상인 생활을 표현한 것은 대략 25편이다. 이 밖에도 상인이 조연으로 나오거나 가끔 상인을 언급하거나 혹은 입화入話에 상인을 표현한 것도 적지 않은데, 이는 다음과 같다.

『유세명언』: 「진어사교감금채전陳禦史巧勘金釵鈿」(권2)의 입화에서는 어떤 상인이 돈을 주워도 자기 것으로 탐내지 않는 이야기를 묘사했다. 「궁마주조제매퇴온窮馬周遭際賣䭔媼」(권5)은 혜안과 식견을 가진 영웅적인 객점客店 주인의 이야기다. 「중명희춘풍조류칠衆名姬春風吊柳七」(권12)에서는 상인 두 명 및 그들이 기생과 선비와 겪게 되는 갈등을 묘사하고 있다. 「범거경계서사생교範巨卿雞黍死生交」(권16)에서는 신의를 중시하는 상인을 묘사하고 있다.

『경세통언』: 「소지현라삼재합蘇知縣羅衫再合」(권11)에서는 다른 사람을 기꺼이 도와주는 휘주 상인을 묘사하고 있다. 「김영사미비수수동金令史美婢酬秀童」(권15)의 입화는 전당포를 운영하는 탐욕적인 상인을 묘사하고 있다. 「송소관단원파전립宋小官團圓破氈笠」(권22)에서는 주인공이 나중에 한때 상업에 종사하는 일을 묘사하고 있다. 「옥당춘낙난봉부玉堂春落難逢夫」(권24)에서는 어떤 상인과 기생의 갈등 및 그 상인의 슬픈 결말을 묘사하고 있다. 「계원외도궁참회桂員外途窮懺悔」(권25)에서는 주인공이 한 때 장사하다가 실패한 일을 묘사하고 있다. 「두십랑노침백보상杜十娘怒沉百寶箱」(권32)에서는 어떤 상인이 자신의 이기적인 욕망으로 한 쌍의 아름답고 원만한 연인 사이를 갈라놓는 일을 묘사하고 있다. 「왕교란백년장한王嬌鸞百年長恨」(권34)의 입화는 어떤 상인이 기생의 신의를 저버린 이야기다.

『성세항언』: 「육오한경류합색혜陸五漢硬留合色鞋」(권16)는 어떤 상인의 자식이 금전의 힘으로 재앙에서 벗어나는 이야기를 묘사하고 있다. 「장숙아교지탈양생張淑兒巧智脫楊生」(권22)은 한 명의 보통 상인의 형상을 묘사하고 있다. 「채서홍인욕보구蔡瑞虹忍辱報仇」(권36)에서는 약한 여자를 속여서 차지한 나쁜 상인의 형상을 묘사하고 있다. 「두자춘삼입장안杜子春三入長安」(권37)의 주인공 두자춘杜子春의 신분은 소금 상인으로, "억만의 재산과 수천 마지기의 논밭을 소유하고 있다."

『박안경기』: 「악선가계잠가시은 한복인오투진명장惡船家計賺假屍銀 狠僕人誤投眞命狀」(권11)에서는 한 명의 마음씨 착한 소상인의 형상을 묘사하고 있다. 「도가옹대우유빈 장진경편언득부陶家翁大雨留賓 蔣震卿片言得婦」(권12)에서는 두 명의 보통 상인의 형상을 묘사하고 있다. 「원상보상술동명경 정사인음공도세작袁尙寶相術動名卿 鄭舍人陰功叨世爵」(권21)에서는 어떤 부유한 상인이 잃어버렸던 구슬을 되찾는 이야기를 묘사하고 있다. 「염관읍노마매색 회해산대사주사鹽官邑老魔魅色 會骸山大士誅邪」(권24)의 입화는 어떤 상인이 절에서 죽임을 당하는 이야기를 묘사하고 있다. 「조사호천리유음 소소연일시정과趙司戶千里遺音 蘇小娟一詩正果」(권25)에서는 한 명의 어리석은 어잠於潛 지역 상인을 묘사하고 있다. 「금광동주담구적 옥허존자오전신金光洞主談舊跡 玉虛尊者悟前身」(권28)에서는 요행으로 기이한 만남을 가지게 되는 상인을 묘사하고 있다. 「왕대사위행부하 이참군원보생전王大使威行部下 李參軍冤報生前」(권30)의 입화는 양을 파는 상인이 다른 사람의 속임수에 걸려드는 이야기를 묘사했다.

『이각박안경기』: 「이장군착인구 유씨녀궤종부李將軍錯認舅 劉氏女詭從夫」(권6)의 입화는 강호江湖에서 큰 상인이 된 부자와 기생과 부인 사이의 복잡하게 얽힌 혼란한 삼각관계를 묘사하고 있다. 「조오호합계도가흔 막대랑입지산신간趙五虎合計挑家釁 莫大郎立地散神奸」(권10)에서는 한 명의 소상인의 형상을 묘사하고 있다. 「한시랑비작부인 고제공연거랑서韓

侍郎婢作夫人 顧提控掾居郎署」(권15)의 입화는 어떤 휘주 상인이 사람을 구하는 좋은 일을 해서 결국 보답을 받는다는 이야기를 묘사하고 있고, 정화에는 여색을 밝히고 벼슬하기를 좋아하는 한 휘주 상인의 형상이 출현한다. 「왕어옹사경숭삼보 백수승도물상쌍생王漁翁舍鏡崇三寶 白水僧盜物喪雙生」(권36)의 입화는 끝없이 욕심을 부리는 상인이 신선에게 희롱당하는 이야기를 묘사하고 있다.

이상은 모두 상인이 조연이거나 혹은 가끔 상인을 언급한 것으로 대략 26편이다.

위에 언급한 불완전한 통계에 따르면, '삼언이박' 중의 명대 작품만으로도 상인의 생활을 주요하게 표현하거나 혹은 이따금 상인의 생활을 언급한 것이 각각 25・26편으로 도합 51편이나 되며, 만약 '삼언이박'에 수록된 '송원화본소설' 가운데 상인과 관련된 15편을 더하면 모두 66편이나 된다. 이는 '삼언이박'에 수록된 전체 200편 소설의 3분의 1정도에 해당하니 그 비율이 매우 높다고 말하지 않을 수 없다.

'삼언이박' 외에도 명말에는 많은 단편백화소설집이 출현해서 '삼언이박'과 함께 명말 단편백화소설의 절정을 이루었다. 이 단편백화소설집중에서도 상인과 관련된 적지 않은 작품이 나왔고, 그 중 어떤 작품은 아주 높은 예술적 수준에 도달하여 '삼언이박' 중의 명작에 버금간다.

이들 중 특별히 성취가 있다고 여겨지는 것은 『환희원가歡喜冤家』이다. 『환희원가』의 성취는 결코 '삼언이박'에 뒤지지 않지만, 사람들은 오히려 이 작품에 크게 주의를 기울이지 않았다. 『환희원가』의 여러 편이 상인과 관련된 고사일 뿐만 아니라, 아주 좋은 상인 이야기이다. 예컨대, 「이월선할애구친부李月仙割愛救親夫」(제3회)의 남자 주인공은 상인인데, 타지에 나가 장사하는 동안 그의 처가 그의 의붓동생과 외도하였다. 의붓동생은 오랫동안 상인의 처를 차지하려는 목적을 달성하기 위해, 마침내 직접 상인을 해치는 악독한 일을 마다하지 않고 그를 살해하려고 했다. 상인의 처는 이러한 속사정을 알게 된 후 결연히 관청에 정인情人을 고발함으로써 여전히 사랑하고 있는 남편을 구출했다. 소설 속에서 상인 아내 이월선李月仙의 형상은 아주 높은 예술적 수준에 도달해서 '삼언'의 삼교아三巧兒에 못지 않다. 「향채근교장간명부香菜根喬裝奸命婦」(제4회)는 명대 공안소설에도 같은 이야기가 있는데, 보석상인 구계수邱繼修는 일이 발각되면 생명이 위험하다는 것을 뻔히 알고 있으면서도 도리어 어떤 벼슬아치의 부인을 유혹하여 간통한다. 이 소설은 남녀 주인공이 정욕에 살고 정욕에 죽는 인생관을 아주 잘 표현하고 있다. 「괴이관편락미인국乖二官騙落美人局」(제9회)은 가벼운 희극 같은 이야기다. 탐욕적이면서도 우둔한 늙은 상인이 이웃집 젊은 상인의 돈을 사취詐取하려고 마침내 자신의 젊고 예쁜 부인을 부추겨 여색으로 유혹하도록 하였다. 그런데 결국 그 부인의 가짜 사랑이 진짜 사랑으로 변하여 도리어 젊은 상인을 사랑하게 되니, 늙은 상인은 마치 손권이 형주를 빼앗으려다 누이만 유비에게 바치는 꼴이 되었다. 여기서 우리는 '청춘과 사랑'이 '노년과 탐욕'에 대해 승리했음을 볼 수 있다. 「왕감생탐재취과부汪監生貪財娶寡婦」(제12회)에서는 어떤 상인이 자신의 사회적 지위를 바꾸려는 생각을 가지고 한결같은 마음으로 가망 없는 아들을 공부시켜 과거를 보게 하는 내용이 묘사되고 있는데, 이를 통해 상인의 심리에 대한 저자의 인식을 엿볼 수 있다. 「목지일진탁처기자木知日眞托妻寄子」(제19회)는 타지에 나가 장사하는 한 상인의 처가 다른 사람의 유혹으로 간통하게 되는 이야기로 상인 아내를 생동감 있게 묘사하고 있다. 소설은 정조貞操와 정욕情欲 사이에서 배회하는 상인 아내의 내적 갈등 및 남편과 정부에 대한 모순적이고도 복잡한 그녀의 정서를 아주 잘 표현하고 있다. 「황환지모색수관형黃煥之慕色受官刑」(제22회)은 한 젊은 휘주 상인과 몇 명의 비구니 사이에서 벌어진 스캔들을 묘사하고 있는데, 비록 나중에 상인이 약간의 억울한 일을 당하긴 하지만, 결국은 행복하고 원만한 결말로 끝을 맺고 있어 정욕과 청춘의 편에 선 저자의 입장이 반영되어 있다. 『환희원가』에는 모두 24편의 소설이 수록되어 있는데, 상기한 6편은 상인의 생활을 묘사하면서도 또한 새로운 경지를 개척했다는 점에서 확실히 중시할 만하다.

『석점두石點頭』에서도 몇 편의 소설이 상인 생활을 묘사하는 데 있어서 비교적 높은 예술적 수준에 도달했다. 특히 훌륭하게 여겨지는 작품은 「구봉노정건사개瞿鳳奴情愆死蓋」(제4권)로, 남녀 주인공이 모두 상인 집안 출신이다. 여색을 좋아하는 한 젊은 상인이 먼저 한 상인의 미망인을 유혹하여 간통한 후, 영원히 연인으로 살아가기 위해 또한 그 미망인의 딸인 구봉노瞿鳳奴와도 같이 살게 된다. 후에 친족들이 상인 아내인 그 미망인 집안의 재산을 탐내 그녀들이 다른 사람과 음란한 일을 벌였다고 고발하니, 관부에서는 그들의 관계를 끊어 버리고 구봉노도 강제로 또 다른 남자에게 시집보낸다. 하지만 구봉노는 이미 그 젊은 상인을 사랑하게 되어 절대 다른 사람과 살지 않겠다고 맹세한다. 그 젊은 상인도 구봉노의 진정한 사랑에 감동하여 진실함을 표시하기 위해 자신을 거세한다. 이리하여 흔히 볼 수 있는 상인의 간통 이야기가 바로 이처럼 순수하고 진실한 낭만적인 비극으로 각색되었다. 이로 인해 이 소설은 상인의 간통을 묘사한 평범한 이야기에서 벗어나 한층 높은 경지로 도약하게 되었다. 이 밖에도 「탐람한육원매풍류貪婪漢六院賣風流」(제8권)는 상인을 속이고 억압하는 관리를 표현하고 있는 것으로 흔하지 않은 좋은 작품이다. 「노몽선강상심처盧夢仙江上尋妻」(제2권)는 강서江西의 어떤 소금 상인이 첩을 한 명 들였는데 그 첩이 본 남편을 여전히 사랑하여 소금 상인과 함께 사는 것을 원치 않으니, 소금 상인이 그 첩의 괴로운 심경을 이해하고 오히려 너그러운 도량으로 그녀의 소원을 이루어준다는 내용이다. 소설 속의 소금 상인의 모습에 이상화된 색채가 없지 않지만, 상인도 인정미 넘치는 행동을 할 수 있다는 것을 아마도 소설가는 우리들에게 알려주고 싶었던 것으로 보인다. 「곽정지방전인자郭挺之榜前認子」(제1권)는 선비이면서 또한 상인인 주인공의 행위를 묘사하고 있다.

『형세언型世言』(『환영幻影』, 『형세기관型世奇觀』 및 『삼각박안경기三刻拍案驚奇』라고도 한다)에서도 적지 않은 이야기가 상인의 생활을 표현하고 있는데, 어떤 작품은 수준도 꽤 높다. 가령 「한부계거상고 효자생환노모悍婦計去孀姑 孝子生還老母」(제3회)는 비록 그 사상이 매우 진부하고 보수적이며 결말의 처리도 전통적인 관념을 따랐지만, 작품 속에 표현된 상인 가정 고부 갈등의 진실하고도 상세한 묘사는 오히려 사람들에게 깊은 인상을 주고 있어 상인 생활을 표현하는데 하나의 공백으로 남겨졌던 부분을 보충하고 있다. 「완령절빙심독포 전고추냉운천추完令節冰心獨抱 全姑醜冷韻千秋」(제6회)의 사상도 마찬가지로 진부하고 보수적이지만, 상인의 호색과 애정지상주의를 표현하는 방면에서는 그런 종류의 유사한 재제를 다루고 있는 명말의 소설과 견줄 만하다. 「백강동심교의절 쌍저입몽사원명白鏹動心交誼絶 雙豬入夢死冤明」(제23회)은 상인이 장사하며 겪게 되는 위험이라는 전통적 주제를 다루고 있다. 「오랑망의원중화 간곤교시운리수吳郎妄意院中花 奸棍巧施雲里手」(제26회)도 상인의 애정지상주의와 그로 인해 겪게 되는 고생스러움을 표현하고 있다. 「서안부부별처 합양현남화녀西安府夫別妻 郃陽縣男化女」(제37회)는 기괴하고도 이상한 일들을 통해 상인들의 사랑의 특징을 반영하고 있다. 「요호교합양연 장랑종해항려妖狐巧合良緣 蔣郎終偕伉儷」(제38회)는 『이각박안경기』 권29의 「증지마식파가형 힐초약교해진우贈芝麻識破假形 擷草藥巧諧眞偶」를 개작한 작품으로 객지에서 장사하는 상인의 성적인 고민과 이로 인해 발생하는 미모의 여인과의 만남豔遇에 대한 환상을 반영하고 있다.

『취성석醉醒石』은 상인의 생활을 표현하는 데 또한 그만의 특색이 있다. 「병송균열녀유방 도려질치아수화秉松筠烈女流芳 圖麗質癡兒受禍」(제4회)는 포악하고 강한 사람을 두려워하지 않고 권세와 이익을 따지지 않는 정직한 상인의 형상을 묘사하고 있다. 그는 한결같은 마음으로 딸을 어떤 선비에게 시집보내려고 하다가 이 때문에 권세 있는 가문과 원한을 맺게 되는 것도 마다하지 않는다. 비록 그의 소원에는 상인으로서의 열등감이 자연스레 표출되고 있긴 하지만, 권세 있는 가문에 저항하는 그의 행위는 그의 인품이 존경할만함을 증명하고 있다. 「제궁도협사연금 중보시현신취의濟窮途俠士捐金 重報施賢紳取義」(제10회)는 선비와 상인간의 이상적인 공조 관계를 표현하고 있다. 선비가 곤궁함에 처했을 때는 돈 많은 상인이 의기롭게 돈을 기부하고, 선비가 뜻을 이룬 후에는 지위가 없는 상인이 또한 사인士人의 도움을 받는다. 「목경저착인유정랑 동문보왕주부은귀穆瓊姐錯認有情郎 董文甫枉做負恩鬼」(제13

회)는 어떤 상인이 치정관계인 기생의 기대를 저버리는 슬픈 이야기를 묘사하고 있는데, 사람들이 지닌 이기적이고 옹졸한 인성을 표현하고 있어, 읽으면 절로 놀라움을 금치 못하게 된다.

이밖에도 『탐흔오貪欣誤』의 「유열녀劉烈女」(3회)는 한 상인 자제가 남의 여자를 보고 음욕이 일어나 만남을 도모하다 오히려 그 여자의 자살을 초래하는 이야기다. 「팽소방彭素芳」(4회)은 한 상인 자제의 혼인을 둘러싼 소란을 묘사하고 있는 이야기다. 『서호이집西湖二集』의 「조통제현령구가祖統制顯靈救駕」(권29)는 문무를 겸비한 한 선비가 상인을 돕는다는 이야기다. 「주성황변원단안周城隍辨冤斷案」(권33)은 어떤 좋은 관리가 상인을 위해 사건을 해결해주는 이야기로, 이 작품들은 다 상인 관련 소재를 표현하고 있다.

이제까지 소개한 바에 따르면, 명대 단편백화소설 속에 표현된 상인 세계는 확실히 풍부하고 다채로와 보석이 가득 차 눈부신 격이라고 할 수 있다. 만약 송원 화본소설과 비교해 보면 그 진전된 점들을 명백히 알 수 있다.

2) 단편백화소설(하)

명대 단편백화소설에서 상인 소재를 다룬 작품이 이처럼 많이 출현했던 것은 상인 및 그들의 생활에 대한 명대 소설가들의 깊은 관심과 분리될 수 없는 것이다. 만약 우리가 각도를 달리해서 명대 단편백화소설과 기타 동일 소재 작품들의 같고 다른 점을 비교한다면 이 점은 아마 더욱 분명해질 것이다.

많은 명대 단편백화소설 속에는 상인 및 그들의 생활과 관련된 내용이 적지 않게 증가되었는데, 이는 기타 동일 소재 작품들에는 없는 것이다. 이 점은 명대 소설가가 상인을 표현하는데 흥미를 가지고 있었음을 가장 잘 보여준다.

예컨대 '송원 화본소설'에는 「서호삼탑기西湖三塔記」,[56] 「낙양삼괴기洛陽三怪記」,[57] 「서산일굴귀西山一窟鬼」[58]등 남자가 교외郊外에서 우연히 여자 귀신을 만나는 내용을 전문적으로 다룬 고사들이 있다. 이런 화본소설의 주인공은 군관軍官의 아들이거나 수재秀才, 혹은 소상인 등 그 신분은 비록 다르지만 위험한 경험을 한다는 점에서는 대체로 비슷하다. 명대에 이르면, 「공숙방쌍어선추전孔淑芳雙魚扇墜傳」[59]이라는 동일 소재의 작품이 한 편 출현한다. 이 작품의 주인공은 상인으로 여자 귀신을 두 번 만나는데, 한 번은 교외에서 답청踏青할 때이고, 한번은 장사하고 돌아올 때이다. 이 방면의 묘사와 서술은 '송원 화본소설'과 별 차이가 없지만 눈길을 끄는 것은 소설가가 장사하는 과정에 대한 묘사를 삽입하고 있다는 점이다. 예를 들면 주인공이 처음 귀신을 만난 후 얼마 안 있어 부모가 또 그에게 장사하러 나가라고 재촉하는데, 이 대목에 이어 꽤 긴 단락으로 장사 과정에 관한 묘사가 아래와 같이 펼쳐진다.

---

56 『清平山堂話本』 卷1.
57 『清平山堂話本』 卷2
58 『京本通俗小說』 卷12.
59 『熊龍峰四種小說』.

어느덧 몇 달이 지나 대천大川이 아들에게 장사하러 나가라고 재촉하니, 아들은 모아 놓은 은전으로 비단과 견사絹紗 등을 사 임청臨淸에 물건을 팔러 갔다. 종에게 신궁교新宮橋 옆에 배를 띄워 화물을 실으라고 하고 길일을 택해 출발했다. 비바람을 무릅쓰며 고생을 마다하지 않고 뱃길로 천천히 나아가 그 곳의 동문東門에 이르러 멈추고 쉬었다. (…중략…) 그 곳엔 마침 물건이 부족해 도시가 쓸쓸했는데 화물貨物이 도착했다는 소식을 듣자 사람들이 일제히 뛰어나와 모였다. 경춘景春은 서너 배의 이익을 얻자 기뻐서 얼굴에 웃음이 가득했다. (…중략…) 뱃길을 따라 배고프면 밥 먹고 목마르면 물마시고 밤에는 자고 아침에는 이동하여 배가 항주杭州에 도착하니 종에게 먼저 돌아가 부모님께 소식을 알리라고 했다. 집에서는 아들이 나간 지 오래 되자 신령님께 빌고 점을 보느라 안 가본 데가 없었다. 금동琴童이 어느새 중당中堂에 나타나니 부모가 보고 기뻐 어찌할 줄 모르며 아들의 장사에 대해 물어보았다. 종이 "서너 배의 이익을 얻은 후 배는 신궁교 옆에 정박해 놓고 저더러 먼저 돌아가라고 하셨습니다"라고 하니 대천이 더욱 기뻐했다. 다음 날 아침, 경춘이 짐 보따리를 정돈해 하인들의 어깨에 매고 돌아오니 부모가 보고 여러 차례 수고했다고 위로하며 술과 안주를 준비해 주어 다 마셨다. (…중략…) 물건을 팔아 얻은 이익이 매우 많아 부모가 두 손을 이마에 대고 읍하며 경축하니 기쁨이 비할 바가 없었다. 친척과 친구와 이웃들이 모두 와서 그를 맞이했다.[60]

---

60 倏忽數月, 輳積銀兩, 置買絲綿段絹等樣, 往臨淸貨賣. 命僮僕于新宮橋側泊船裝載, 吉日起程. 冒雨迎風, 不辭辛苦, 一路迤邐, 徑抵彼處東門停歇 (…中略…) 彼處正缺貨物, 都市蕭條, 聞知貨到, 一齊奔湊. 景春得利數倍, 喜笑盈腮 (…中略…) 沿途飢餐渴飮, 夜住曉行. 舟抵杭州, 命僕先歸, 報知父母. 其家見子出外日久, 求神問卜, 无所不至. 不覺琴童直至中堂, 父母見之, 喜不自胜, 問子經商之事, 僕言 : "獲利數倍, 泊舟新宮橋側, 令我先歸." 大川愈喜. 次早, 景春整頓行李, 使人挑回. 父母見了, 慰諭再三. 備酒饌, 飮畢 (…中略…) 貨甚

이 단락의 묘사는 소설 속에서 스스로 한 단락을 이루고 있지만 전체 이야기 맥락과는 조금도 관계가 없다. 이어 장사하는 과정에 관한 두 번째 묘사가 나오는데, 주인공이 두 번째로 여자귀신을 만나는 장면 앞에 삽입되어 있다.

어느덧 세월은 쏜살같이 지나가 베틀의 북처럼 해와 달이 오가는 사이에 반년이 지나가니 부모가 아들에게 장사하러 나가라고 구박했다. 경춘이 방에 돌아와 아내에게 알리자 아내가 괴로움을 참지 못하고 눈물을 줄줄 흘렸다. 이틀을 더 지내고 잡화를 사 준비를 끝내고 배를 세내어 화물을 실었다. 부모님과 아내와 작별하고 장안長安·숭덕崇德을 지나 배로 상주常州에 도착해 물건을 판매하니 이익이 아주 많았다. 쌀과 보리를 사서 돌아오니 장부의 항목들이 모두 분명했다. 다음 날 아침 배를 타고 북신관北新關 장극양張克讓의 집에 도착해 쌀과 보리를 맡기며 확실하게 장부에 물건 값을 계산해주고, 금동琴童에게는 먼저 짐보따리를 매고 집으로 돌아가라고 했다. 부모가 듣고서 몹시 기뻐 며느리 이씨李氏에게 소식을 알리자 이씨가 말했다. "어제 밤에 등불에 꽃술이 맺히고 오늘 아침엔 까치가 처마에서 즐겁게 지저귀었어요. 남편이 장사해서 백배의 이익을 남겼다고 하니 정말 하늘이 준 행운이겠지요."[61]

得利, 父母以手加額, 欣幸无比. 親朋鄰盡來探訪.

61 不覺光陰似箭, 日月如梭, 又經半載之期, 父母逼子經商. 景春歸房告知妻子, 妻子苦勸不住, 淚下兩行. 又住了兩日, 收買雜貨完備, 雇船裝載. 作別父母妻子, 徑過了長安, 崇德, 舟抵常州. 搬賣貨物, 十分得利. 收買米麥而回, 帳目俱以清楚. 次早開船, 徑至北新關張克讓家, 交托米麥, 明白交割帳目. 又令琴童先挑行李回家. 父母聞之甚喜, 報知媳婦李氏. 李氏說: "昨夜燈花結蕊, 今朝喜鵲噪簷. 且說丈夫經商, 百倍利息, 十分天之幸也!"

이 단락의 장사 과정에 대한 상세한 묘사는 전체 이야기 맥락에서 보면 완전히 불필요한 것이다. 위 두 단락의 장사 과정에 대한 묘사를 소설에서 삭제해 버려도 이야기의 맥락과 구조의 완정성에 손상을 주지 않을 뿐만 아니라 소설의 전개가 오히려 더욱 깔끔해진다.

'송원 화본소설' 「낙양삼괴기」의 주인공도 상인이긴 하지만 이와 같은 류의 장사하는 과정에 대한 묘사는 없다. 또한 왕고로王古魯에 따르면 "전여성田汝成의 『서호유람지여西湖遊覽志餘』 권26(「유괴전의幽怪傳疑」의 마지막 조목임)에도 이 고사가 실려 있는데 남녀의 성명이 같다. 하지만 소설(「공숙방쌍어선추전孔淑芳雙魚扇墜傳」)에서는 후반부가 증가되어 있다"[62]고 한다. 소설 속에서 증가된 이 후반부는 바로 주인공이 두 차례 장사하는 과정과 두 번째로 여자 귀신을 만나는 것에 대한 묘사이다. 이로 보면 소설 후반부의 장사 과정에 대한 묘사는 이보다 전에 나온 똑같은 소재의 소설뿐만 아니라 대략 같은 시기의 원형 고사原始素材와 비교해 보아도 소설의 저자가 일부러 추가한 것임을 알 수 있다.

하지만 특별히 추가한 장사 과정에 대한 묘사는 전체 이야기 맥락에서 보면 확실히 군더더기다. 그렇다면 왜 작자는 군더더기가 확실한 묘사를 특별히 추가했는가? 우리가 생각하기에 가능한 대답은 오직 하나인데, 바로 작가가 이런 묘사에 관심이 있고 또 독자도 이에 대해 관심이 있을 거라고 작가가 생각했기 때문이다. 그들 모두가 이에 대해 관심이 있는 것은 바로 당시 상업이 비교적 번성해서 '장사'라는 주제가 사람들에게 흥미진진하게 여겨졌기 때문이다.

62 王古魯, 蒐錄 校注, 『熊龍峰四種小說』, 上海 : 上海古籍出版社, 1987年 新一版, 70면. 注1.

문인들은 이 소설에 대해 비록 높이 평가 하지 않았지만 이 소설은 당시에 아주 유행했다. 『서호유람지여西湖遊覽志餘』 권20의 「희조락사熙朝樂事」 제33조에는 다음과 같이 언급되어 있다. "「홍련紅蓮」, 「유취柳翠」, 「제전濟顚」, 「뇌봉탑雷峰塔」, 「쌍어선추雙魚扇墜」 등의 기記는 모두 항주의 기이한 일이거나 혹은 근세에 모방하여 지은 것이다"[63] 조율晁瑮, 1507~1560의 『보문당서목寶文堂書目』에는 이 소설이 「공숙방기孔淑芳記」라는 이름으로 수록되어 있다. 「유세명언서喩世明言敍」에서도 일찍이 "「완강루玩江樓」, 「쌍어추기雙魚墜記」 같은 작품들은 모두 비속하고 천박하니 입에 담기에 향기롭지 않다"[64]고 언급하고 있다. 본래의 사건은 홍치弘治년 간에 발생해서 도진陶眞이라는 예인이 곧 소재로 삼았고 다시 소설로 쓰여져 가정 년간에 완성, 판각되었다. 그리고 위에 서술했듯 제가諸家의 서목과 문장에서 자주 언급되니 당시에 크게 환영받았음을 알 수 있다. 소설에서 장사 과정에 관한 묘사는 아마도 당시의 독자와 영합하기 위하여 예민한 소설가들이 일부러 추가한 것 같다. 그리고 이런 묘사를 추가해 '당대'의 색채를 자못 많이 지니게 되어 일반 독자의 환영을 널리 받았는지도 모른다. 그러나 또한 이와 같은 묘사를 억지로 삽입했기 때문에 전체 이야기 서사구조의 완결성에 손상을 입히기도 하였다. 나중에 나온 '삼언'의 저자가 이 소설을 비판한 것도 이런 종류의 예술상의 졸렬함이 아마도 하나의 중요한 원인이었을 것이다.

또한 해외 무역에 관한 소재는 비록 당·오대 문학부터 표현되어 왔

63 若『紅蓮』,『柳翠』,『濟顚』,『雷峰塔』,『雙魚扇墜』等記, 皆杭州異事, 或近世所擬作者也.
64 然如『玩江樓』,『雙魚墜記』等類, 又皆鄙俚淺薄, 齒牙弗馨焉.

지만 대부분 해외 무역에 종사하는 위험 등만을 묘사했고, 해외 무역의 과정과 디테일을 구체적으로 묘사한 것은 별로 없었다. 송원대의 문학에서도 해외 무역에 대한 묘사가 있었지만 대부분 여전히 시문이나 문언소설의 형식을 이용했고, 묘사된 부분도 일반적인 개괄로서 형식 자체의 한계 때문에 작가가 자신의 역량을 마음껏 발휘할 수 없었다. 명대의 단편백화소설에 이르러서야 비로소 해외 무역의 과정과 디테일에 관한 더욱 구체적인 묘사가 출현했다. 우리는 이것 역시 상인과 그들의 생활에 대한 명대 소설가들의 관심을 드러낸다고 생각한다. 예컨대, 「전운한우교동정홍 파사호지파타용각轉運漢遇巧洞庭紅 波斯胡指破鼉龍殼」[65]에는 해외 무역의 과정과 디테일이 상당히 구체적으로 묘사되어 있다. 예를 들면 해외 무역에 종사하는 상인들이 아래와 같이 항상 짝을 구해 동행하고 있다.

> 어느 날 화물을 싣고 바다로 떠나는 이웃들이 우두머리로 삼은 자는 다름 아닌 장대張大, 이이李二, 조갑趙甲, 전을錢乙 등 같은 반 사람들이었다. 총 사십 여명이 패거리를 이루어 출발하려고 한다.[66]

이 안에는 항상 전문가가 있다.

> 원래 이 장대라는 사람은 이름이 장승운張乘運인데 전문적으로 해외에서

65 『拍案驚奇』 권1.

66 一日, 有幾個走海泛貨的鄰近, 做頭的無非是張大, 李二, 趙甲, 錢乙一班人, 共四十餘人, 合了夥將行.

장사를 했다. 진기한 보배를 볼 줄 알고 성격도 호쾌하며 선량한 사람을 잘 도와주어서 마을 사람들이 장식화張識貨라고 별명을 지어 불렀다.[67]

그들은 항상 계절풍에 의지한다. 계절풍이 그들을 어딘가로 향해 출항하도록 하면 그들은 어딘가로 가서 장사를 한다.

배를 타고 점점 항구를 벗어나 (…중략…) 삼일이나 오일간 바람을 따라 표류하며 바닷길을 얼마나 지나왔는지 모르겠는데 어느덧 한 곳에 도착했다. 배에서 바라보니 인가가 모여 있고 성곽이 우뚝 솟아있어 어떤 도읍지에 도착했음을 알게 되었다. 뱃사공이 배를 저어 바람과 파도를 피할 수 있는 소항구로 들어가 말뚝을 박고 닻을 내려 잘 묶어 놓았다. 배안에 있는 사람들이 해안가로 올라가 둘러보니 이름은 길영국吉零國으로 원래 와 봤던 곳이었다.[68]

이 무역 상대국들은 완전한 시설과 대책을 다 갖추어 놓고 외국 객상을 대접하고 매매와 교역에 종사한다.

사람들은 대부분 교역한 적이 있어서 저마다 잘 아는 거간꾼, 객점, 통역 등이 있었다. 각자 물건 팔 곳을 찾아 뭍에 올라가서 (…중략…) 거간꾼을

67 元來這個張大, 名喚張乘運, 專一做海外生意, 眼裏認得奇珍異寶, 又且秉性爽慨, 肯扶持好人, 所以鄉裏起他一個混名, 叫張識貨.

68 開得船來, 漸漸出了海口 (…中略…) 三五日間, 隨風漂去, 也不覺過了多少路程. 忽至一個地方, 舟中望去, 人煙湊聚, 城郭巍峨, 曉得是到了甚麽國都了. 舟人把船撐入藏風避浪的小港內, 釘了樁橛, 下了鐵錨, 纜好了. 船中人多上岸, 打一看, 元來是來過的所在, 名曰吉零國.

> 배에 데리고 와서 물건을 팔았다. (…중략…) 사람들은 뭍으로 같이 올라가 가게에 도착하여 확실히 물건을 건네주며 서로 매매하였다. 대략 반 달 정도 걸려 (…중략…) 일을 다 마치고 사람들이 일제히 배에 올랐다. 신의 화상이 그려진 종이를 태우고 술을 마시며 바다를 향해 배를 띄웠다.[69]

중국에 도착해서도 또한 이와 같이 완전하게 일을 처리하는 시스템이 있었다.

> 배를 타고 며칠이 안 되어 또 한 곳에 도착하니 복건 지방이었다. 배를 정박하자 곧 바다 손님을 능숙하게 잘 대하는 한 무리의 작은 거간꾼들이 배가 들어오는 곳에 모였다. 어떤 사람은 장가네가 좋다고 하고 어떤 사람은 이씨 집이 좋다고 하며 잡거나 끌어당기며 멈추지 않고 소리를 질렀다. 선상에 있던 사람들은 원래부터 잘 아는 사람을 택해 따라갔고 남겨진 이들은 머물러 기다리고만 있었다.[70]

그리고 바로 단골 고객을 찾아 가격을 흥정하고 물건을 주었다. 위에 서술한 해외 무역의 과정과 디테일에 대한 묘사는 오늘날의 시각으로 보면 당연히 별 게 없고 실제로 상당히 엉성하지만 이전 시대의 문학과 비교하면 진일보한 흔적을 쉽게 발견할 수 있다. 이는 문학 자체

69 衆人多是做過交易的, 各有熟識經紀, 歇家, 通事人等, 各自上岸找尋, 發貨去了 (…中略…) 衆人領了經紀主人到船發貨 (…中略…) 衆人一起上去, 到了店家, 交貨明白, 彼此兌換. 約有半月光景 (…中略…) 衆人事體完了, 一齊上船. 燒了神福, 吃了酒, 開洋.

70 開船一走, 不數日又到了一個去處, 卻是福建地方了. 才住定了船, 就有一夥慣伺候接海客的小經紀牙人攢將攏來, 你說張家好, 我說李家好, 拉的拉, 扯的扯, 嚷個不住. 船上衆人揀一個一向熟識的跟了去, 其餘的也就住了.

의 발전을 반영할 뿐만 아니라 상인 생활을 표현하는 것에 대한 명대 소설가들의 관심의 증가를 반영하고 있다.

상인 묘사에 관심을 보이는 것은 비단 위 몇 편의 소설뿐만이 아니다. 명대의 단편백화소설과 동일한 소재의 다른 작품들을 비교해 보면 자주 같은 현상을 발견할 수 있다. 예컨대, 「범거경계서사생교范巨卿雞黍死生交」[71]의 범거경은 상인집안 출신으로 자신도 상인이다.

> 집안 대대로 원래 상인인데 (…중략…) 근래에 장사를 그만두고 낙양洛陽에 올라가 과거에 응시했다. (…중략…) 형제들과 이별한 후 집에 돌아오니 처자식을 먹여 살리기 어려워 상업에 몸을 던졌다. 속세의 세찬 흐름과 바쁜 세월 속에 어느덧 일 년이 지났다. 지난 날의 벗과 다시 만날 약속을 마음에 두고는 있었지만 근래에 작은 이익에 매달려 만날 날을 잊어버렸다.[72]

원래의 이야기 소재에는 이런 내용이 없었고 범거경의 신분도 태학생일 뿐이었으니 위 인용문의 서술은 명대 독자의 구미에 맞게 모두 소설가가 추가한 것이다. 특히 뜻하지 않게 약속한 기일을 어기는 이유가 장사에 바빠서이니 이런 디테일한 묘사는 틀림없이 일반 독자들에게 친근감을 주었을 것이며, 소설 속 인물과 독자와의 거리를 가깝게 했을 것이다.

---

71 『喩世明言』 권16. 『欹枕集』 상권의 「死生交范張雞黍」도 내용이 대부분 같지만 시작부분의 앞 세 페이지가 빠져 있다. 여기서 인용한 문장도 "世本商賈 (…中略…) 近棄商賈, 來洛陽應擧"라고 되어 있는데 『喩世明言』에 근거하면 그 나머지 부분도 두 소설이 완전히 똑같다.

72 世本商賈 (…中略…) 近棄商賈, 來洛陽應擧 (…中略…) 自與兄弟相別之後, 回家爲妻子口腹之累, 溺身商賈中. 塵世滾滾, 歲月匆匆, 不覺又是一年. 向日雞黍之約, 非不掛心; 近被蠅利所牽, 忘其日期.

「여대랑환금완골육呂大郎還金完骨肉」[73]의 앞부분은 『휘주신담揮麈新譚』[74]에 있는 한 이야기와 비슷하므로 학자들은 후자를 이 소설의 원형 고사 중 하나로 간주한다. 하지만 후자에 나오는 주인공의 신분은 감생監生이고, 이 소설은 상인을 주인공으로 삼아 상인의 슬픔과 기쁨, 이별과 만남을 묘사하고 있어 상당히 큰 거리가 있다. 이로 보면 이 소설의 작자가 설령 소설을 쓰기 전에 원형 고사의 영향을 받았다고 해도 실제로 창작할 때는 여전히 한 편의 상인 이야기를 쓰려고 한 것이지 마음이 착하면 복을 받는다는 일반적인 이야기를 쓰려고 한 것은 아니다.

「소지현나삼재합蘇知縣羅衫再合」[75]에는 소윤蘇尹이 휘주상인 도陶아무개에게 구해져 삼가촌三家村에 머물러 글을 가르치며 먹고 살게 되는 중요한 대목이 하나 있다. 그런데 이 소설의 뿌리가 되는 문언소설에는 이 대목이 없었고 다른 사람을 기꺼이 도와주는 휘상의 이미지도 없었다. 소설가가 일부러 추가한 것이 분명하니 이를 통해 상인에 대한 작자의 호감을 엿볼 수 있다.

「양현령경의혼고녀兩縣令競義婚孤女」[76]에는 어질고 의로운 상인 한 명이 등장하는데 그는 돌아가신 현령이 목숨을 살려준 은혜를 보답하기 위해 온 정성을 쏟아 고아가 된 딸의 생활을 보살펴준다. 이보다 앞선 동일 소재의 작품 중에는 모두 이러한 상인의 종적이 보이지 않으니 소설가가 특별히 추가한 것이 분명하다. 만약 상인에 대한 관심과 호감이 없었다면 소설가는 분명 이렇게 하지는 않았을 것이다.

---

73 『警世通言』 권5.

74 褚人獲 『堅瓠廣集』 권5 「還銀得子」引.

75 『警世通言』 권11.

76 『醒世恒言』 권1.

「한시랑비작부인 고제공연거랑서韓侍郎婢作夫人 顧提控掾居郎署」[77]에는 여자와 관직을 을 좋아하는 휘상이 한 명 등장하는데, 소설은 그의 행위를 매우 과장되게 그리면서 휘상이 사인士人과 영합하는 주제와 돈으로 사랑을 사는 데 익숙한 품성을 강조하고 있다. 하지만 소재가 된 육연지陸延枝의 『설청說聽』에는 "상인에게 딸을 팔아 (…중략…) 아무개 상인에게 의지해 딸을 길러 상공에게 첩으로 시집을 보냈다"[78]고 간단히 한 구절만 언급되고 있을 뿐이다. 소설가가 이 대목에 특별히 흥미를 가지고 각별한 주의를 기울였음을 알 수 있다.

「서다주승료겁신인 정예주명원완구안徐茶酒乘鬧劫新人 鄭蕊珠鳴冤完舊案」[79]은 축윤명祝允明, 1460~1527의 『야기野記』 권4에 근원한다. 상인이 길을 가며 겪게 되는 위험에 관한 것으로 원래는 간단하게 언급했을 뿐인데 백화소설에서는 오히려 상인의 역량이 크게 발휘되고 있다.

「전수재착점봉황주錢秀才錯占鳳凰儔」[80]는 주인공의 상인적 배경을 특별히 소개하고 있지만, 동일 소재인 『정사유략情史類略』 권2의 「오강전생吳江錢生」은 단지 그가 부자라는 것만을 암시하고 있다.

> (소주蘇州 동정洞庭 동·서) 두 산의 사람들은 화식貨殖를 잘해 상인이 되어 사방팔방을 돌아다니니 세상에는 "하늘을 가로지른 동정상인"이라는 구호까지 생겼다. 그 중 오직 서동정西洞庭을 대표하는 어떤 부자는 성이 고高씨고 이름이 찬贊인데 젊었을 때 호광湖廣지역을 다니며 곡물을 판매

77 『二刻拍案驚奇』 권15.
78 鬻女於商 (…中略…) 賴某商以女畜之, 嫁充相公少房.
79 『二刻拍案驚奇』 권25.
80 『醒世恒言』 권7.

했다. 나중에는 집이 부유해져 전당포를 두 개 열어 네 명의 점원에게 맡겨 관리하고 자신은 그냥 집에서 돈을 받아 쓰기만 했다.[81]

여기서 작자는 고찬이라는 이 부자의 재부의 원천을 분명하게 설명하고 있는데, 이는 소설가가 상인 및 그의 재부에 대해 특히 민감함을 드러낸 것이다. 더욱 주목할 것은 이 두 작품의 편찬자가 같은 사람인데도 두 작품의 묘사는 도리어 이처럼 차이가 난다는 점이다. 이는 당시 소설가의 안목으로는 단편백화소설이 문언소설보다 상인 소재를 표현하는데 더욱 적합했음을 보여준다.

비슷한 현상이 「왕교란백년장한王嬌鸞百年長恨」[82]에도 보인다. 왕교란이 편지를 전달하기 위해 부탁한 사신중의 한 명은 소주蘇州에 가서 물건을 부리고 수습하는 상인인데, 그 상인을 '성실한 선비志誠之士'로 묘사하고 있다. 이는 『정사유략情史類略』 권16 「주정장周廷章」에는 없는 부분으로 이 소설에서 특별히 추가한 것이다.[83] 상인이 편지를 전달하

81 話說兩山之人, 善於貨殖, 八方四路, 去爲商爲賈. 所以江湖上有個口號, 叫做"鑽天洞庭". 內中單表西洞庭有個富家, 姓高名贊, 少年慣走湖廣, 販賣糧食. 後來家道殷實了, 開起兩個解庫, 托著四個夥計掌管, 自己只在家中受用.(『醒世恒言』 권7)

82 『警世通言』 권34.

83 이러한 소설 전개는 마땅히 문언소설에서 먼저 출현한 후 나중에 비로소 백화소설에 출현하는데, 풍몽룡의 경우는 백화소설에 활용하는 것을 좋아한 반면 문언소설에 사용하는 것을 좋아하지 않은 것 같다. 예를 들면 『剪燈新話』 권3의 「翠翠傳」에는 "취취 집에 옛 하인 한 명이 있는데 상업을 업으로 삼았다"[翠翠家有一舊僕, 以商販爲業]고 제시되어 있고, 나중에 그 하인이 취취와 金定의 편지를 고향으로 전해준다. 하지만 풍몽룡은 『정사유략』 권14 「劉翠翠」에 이 이야기를 인용하고는 있지만 오히려 이 대목을 삭제하면서 다음과 같이 말하고 있다. "나중에 또한 취취 집안의 옛 하인이 상인으로 道場山을 지나다가 취취 부부를 만나 부모님에게 편지를 전했다. 취취 아버지가 배를 사서 가 보았지만 두 개의 무덤만 보였고, 밤에 다시 꿈에서 취취를 보았다고 되어 있다. 하지만 소설가의 문투가 많아 지금 삭제한다.[後尙有翠翠家舊僕以商販過道場山, 遇翠翠夫婦, 寄書於父母, 父買舟來訪, 徒見二墳, 夜復夢翠翠雲雲, 似涉小說家套數, 今刪之]." 이로 보면

는 사신의 역할을 하는 것은 육조시가에서 가장 처음 보이는데, 가령 양원제梁元帝 소역蕭繹의 「별시別詩」 두 수중 두 번째 시에 "삼월의 복사꽃은 곱게 화장한 듯하고, 오월의 새 기름은 지짐 태깔이 좋지요. 때가 와도 편지 한 장 없으면서, 강가에 상인이 없다고 거짓말 마세요"[84]라고 되어 있다. 하지만 소재로서 백화소설에 응용된 것은 명대에 이르러서야 비로소 나타난 현상인 듯하다. 만약 상인에게 편지를 부탁하는 일을 잘 알지 못했다면 소설가가 일부러 이 대목을 추가하지 않았을 것이고, 편지를 상인에게 부탁하는 일이 사회적으로 유행하지 않았다면 소설의 독자도 이 대목에 흥미를 느끼지 못했을 것이다.

어떤 때는 반드시 상인 형상뿐만 아니라 시정 생활에 대한 묘사를 추가하여 마찬가지로 상업 활동에 대한 흥미를 표현했다. 가령 「궁마주조제매퇴온窮馬周遭際賣䭔媼」[85]에는 행상들이 머무는 여관商旅客店을 묘사한 대목이 있는데, 각종의 원형 고사에는 없었던 부분이다.

> 신풍新豐은 줄곧 관내關內 지역이어서 시장이 밀집해 아주 북적거렸다. 상인들을 위한 여관만 해도 얼마나 많은지 모른다. (…중략…) 흙먼지 날리며 수레와 말들이 뒤섞여 오면 많은 장사치들이 화물을 싣고 삼삼오오 여관으로 들어가 쉰다. 여관 주인 왕공王公은 손님들을 맞이하려 황급히

풍몽룡이 문언소설과 백화소설의 '소설성'을 달리 인식하고 있음을 알 수 있을 듯하다. 반면 淩濛初(1580~1644)는 『이각박안경기』 권6 「李將軍錯認舅 劉氏女詭從夫」에 이 대목을 남겨놓고 있다. 만약 풍몽룡이 이 문언소설을 백화소설로 개작했다면 아마도 「王嬌鸞百年長恨」에서처럼 이 대목을 분명히 남겨 두었을 것이다.

84 三月桃花含面脂, 五月新油好煎澤. 莫復臨時不寄人, 謾道江中無估客.(『先秦漢魏晉南北朝詩』 梁詩 권25)

85 『喩世明言』 권5.

식솔들을 보내 짐을 풀어 놓는다. 손님들은 일행을 따라 각자 자리를 잡은 후 술을 요구하고, 점원들은 주마등처럼 바삐 움직이며 물건을 옮긴다.[86]

이러한 묘사는 단지 상업적인 배경을 부각시키기 위할 뿐이지, 본래 이야기 전개와는 아무런 관계가 없다. 하지만 바로 이런 곳에서 상업 활동에 대한 작자의 관심을 엿볼 수 있다.

대부분의 경우 모두 상인과 상업 활동에 관한 묘사를 추가하지만 가끔 예외적인 경우도 있다. 소재가 된 다른 이야기 속에서는 상인이었던 것이, 소설에서는 오히려 상인이 아닌 경우이다. 예를 들면 「오아내린주부약吳衙內鄰舟赴約」[87]의 남자 주인공은 벼슬아치의 자제인데, 종성鍾惺, 1574~1624의 『명원시귀名媛詩歸』 권28의 「오씨녀吳氏女」와 풍몽룡의 『정사유략』 권3의 「강정江情」에서는 도리어 상인 자제로 나온다. 또 「도가옹대우류빈 장진경편언득부陶家翁大雨留賓 蔣震卿片言得婦」[88]의 남자 주인공은 소설가가 특별히 '유가儒家 자제'라고 밝히고 있지만, 그 소재의 원천인 축윤명의 「야기野記」 권4에는 "두 명의 객상과 함께 강남에서 장사하는"(與二客同賈江南) 상인이었다. 하지만 총괄하여 말하면 이런 사례는 비교적 드물고 앞에서 말한 사례들은 비교적 많이 보인다.[89]

---

86 這新豐總是關內之地, 市井稠密, 好不熱鬧. 只這招商旅店也不知多少 (…中略…) 但見紅塵滾滾, 車馬紛紛, 許多商販客人, 馱著貨物, 挨三頂五的進店安歇. 店主王公迎接了, 慌忙指派房頭, 堆放行旅. 衆客人尋行逐隊, 各據坐頭, 討漿索酒, 小二哥搬運不迭, 忙得似走馬燈一般.

87 『醒世恒言』 권28.

88 『拍案驚奇』 권12.

89 백화소설과 문언소설 간에는 항상 차이가 있다. 예컨대 『성세항언』 권36 「蔡瑞虹忍辱報仇」의 '나쁜 상인'은 말에 신용이 없다. 하지만 이 소설의 모본인 축윤명의 『야기』 권4에서는 도리어 원한을 품은 여자를 위해 복수하는 '착한 상인'이었다. 또 『拍案驚奇』 권15 「衛朝奉狠心盤貴產 陳秀才巧計賺原房」의 좋고 나쁜 배역들은 같은 소재인 풍몽룡의

이상에서 우리는 거칠게 비교했을 뿐이다. 하지만 만약 더욱 자세히 비교한다면 분명 더 많은 사례를 발견할 수 있을 것이다.

3) 공안公案소설

명대에 백화소설이 크게 유행하였는데, 그 중 중요한 한 부류가 바로 공안소설公案小說이다. 송원 화본소설 중에도 설공안(說公案 : 재판이나 협객담을 주로 다룬 소설)이 있었지만 현재 볼 수 있는 것은 많지 않다. 게다가 그것들 대부분이 이미 명대 문인의 각색을 거쳐 명대 사람이 편찬한 소설집에 수록되어 있어서 어떤 부분이 원형을 보존한 것이고 어떤 부분이 명대 사람이 바꾼 것인지에 대해 도무지 알 수가 없다. 다만 명대에 이르러 많은 공안소설이 나타나 마침내 공안소설의 전성시대를 맞이하게 된 것은 분명하다.

현재 알려져 있는 명대의 공안소설에 대해 말하자면, 대략 『포룡도판백가공안包龍圖判百家公案』(일명 『포공전包公傳』), 『용도공안龍圖公案』(일명 『용도신단공안龍圖神斷公案』·『포공칠십이건무두기안包公七十二件無頭奇案』), 『황명제사염명기판공안전皇明諸司廉明奇判公案傳』, 『황명제사공안皇明諸司公案』(일명 『속염명공안續廉明公案』), 『곽청라육성청송록신민공안郭青螺六省聽訟錄新民公案』, 『해강봉선생거관공안海剛峰先生居官公案』, 『고금율조공안古今律條公案』, 『국조헌태절옥소원신명공안國朝憲台折獄蘇冤神明公案』, 『국조명공신단상정공안國

『智囊』 권27 「文科」에서는 그 배역과 맞바꾸어져 있다. 두 경우 모두 '착한 상인'을 '나쁜 상인'으로 고친 예이지만, 이야기 전개상 개별 사안에 따라 결정된 것이지 상인에 대한 소설가의 전체 경향성과는 무관한 듯하다.

朝名公神斷詳情公案』, 『국조명공신단상형공안國朝名公神斷詳刑公案』, 『명공안단법임작견名公案斷法林灼見』, 『명공신단명경공안名公神斷明鏡公案』 등 십여 종이 있는데, 이 공안소설들은 명대에 집중적으로 출현해 당시 백화소설의 특징 중 하나가 되었다.

눈길을 끄는 것은 이 공안소설 중에서 상인과 관련된 이야기가 상당한 비율을 차지한다는 점이다. 우리의 불완전한 통계에 따르면 『포룡도판백가공안包龍圖判百家公案』의 18편, 『용도공안龍圖公案』의 17편, 『황명제사염명기판공안전皇明諸司廉明奇判公案傳』의 2편, 『황명제사공안皇明諸司公案』의 3편, 『곽청라육성청송록신민공안郭青螺六省聽訟錄新民公案』의 8편, 『해강봉선생거관공안海剛峰先生居官公案』의 4편, 『고금율조공안古今律條公案』의 9편, 『국조헌대절옥소원신명공안國朝憲台折獄蘇冤神明公案』의 1편, 『국조명공신단상정공안國朝名公神斷詳情公案』의 1편, 『국조명공신단상형공안國朝名公神斷詳刑公案』의 12편, 『명공안단법임작견名公案斷法林灼見』의 5편, 『명공안단명경공안名公案斷明鏡公案』의 1편의 이야기가 모두 상인과 관련이 있다. 이를 합하면 약 80편 정도가 되니 상당히 많은 숫자이다. 명대 이전 백화소설에서 상인이 출현한 비율이 낮은 것을 생각하면 이 숫자는 사람들에게 깊은 인상을 남기기에 충분하며, 게다가 상인 관련 이야기가 명대 단편 백화소설집에서 차지하는 것과 비교해도 그 비율이 상당하다. 이것은 당시 공안소설을 편찬한 저자가 단편 백화소설을 편찬한 저자처럼 상인 및 그들의 생활에 상당히 깊은 흥미를 가지고 있었음을 설명해 주고 있다.

이들 공안소설 중 상인 관련 이야기는 그 내용이 대체로 다음과 같은 방면에 집중되어 있다. 첫째, 상업 활동 중의 상인의 위험. 둘째, 상인이 도둑질을 당함. 셋째, 상인이 여색을 좋아해서 화를 초래함. 넷째, 상인이 나가 있는 동안 집안에서 변고를 당함. 다섯째, 상인의 아내가 쓸쓸함을 참기 어려워 외도를 함. 여섯째, 상인 집안 내부의 경제 분쟁. 일곱째, 상인과 다른 사람과의 관계 등 주요하게는 이 일곱 가지 내용으로 크게 분류된다. 그리고 이중 특히 '재물을 얻으려다 목숨을 해치는 것'과 '여색을 좋아해서 화를 초래'하는 두 가지 내용이 가장 많다.

공안소설에 이렇게 많은 상인 관련 이야기가 포함된 까닭은 공안소설 자체의 성격과 관련이 있다고 생각한다. 공안소설은 원래 '신문 사회면'적인 측면이 있고, 신문 사회면의 핫 이슈는 치부와 호색 및 인명 피해사건에 항상 집중되어 있다. 상인들은 돈이 많아 사람들에게 해를 당하기 쉬우며 풍류를 즐기고 여색을 좋아하는 등의 특징 때문에 특별히 공안소설의 주목을 받아 공안소설 속 주인공 중의 한사람이 되기 쉬었다.

하지만 공안소설이 한때 유행했던 까닭은 확실히 독자들이 그 내용에 흥미를 느꼈기 때문이다. 독자들이 흥미를 느끼는 중요한 부분 중 하나는 바로 상인의 생활 및 미모의 여인과의 만남이다. 이 역시 당시 사회에서 상인이 늘 주목받는 대상임을 보여주고 있다. 이는 상인 계층의 세력 확대와 지극히 밀접한 관계가 있다.

공안소설 속 많은 이야기는 상인 관련 고사를 포괄하고 있으며, 또는 그것이 항상 반복해서 출현하거나 혹은 아예 서로 베껴 적기도 한다. 이는 공안소설의 질을 떨어뜨리는 하나의 원인이긴 했지만, 서로 베껴 적고 거듭 중복되는 이야기가 소설가와 서상書商들에게 여전히 이익을 가져다 줄 만했다는 것이므로, 이 또한 당시 상인 고사에 대한 관심이 얼마나 많았는지를 충분히 설명해 주고 있다. 소설가와 서상들은 치부와 호색 및 인명 피해사건이 문화 수준이 높지 않은 도시민들의 관심을 끌 수 있으며 그들에게 흥미진진한 화제가 될 수 있다는 사실을 잘 알고 있었기 때문에 이런 작품을 기꺼이 편찬하고 출판했던 것이다.

공안소설의 통속성은 그 형식에도 표현되어 있다. 『포룡도판백가공안包龍圖判百家公案』, 『황명제사염명기판공안전皇明諸司廉明奇判公案傳』, 『황명제사공안皇明諸司公案』, 『고금율조공안古今律條公案』, 『국조명공신단상정공안國朝名公神斷詳情公案』, 『국조명공신단상형공안國朝名公神斷詳刑公案』, 『명공신단명정공안名公神斷明鏡公案』 등 많은 공안소설들이 모두 책 상단에 그림을 그리고 하단에 문장을 적는 형식을 취했고, 『해강봉선생거관공안海剛峰先生居官公案』에는 삽화가 많다. 이는 확실히 문화수준이 높지 않은 일반 독자를 위해 특별히 배려한 것이며 동시에 일반 서민들의 상인 고사에 대한 관심을 반영한 것이다.

이 밖에 『두편신서杜騙新書』는 각종 사기 사례를 수집하여 공안소설과 유사한 부분이 있고 그 중 적지 않은 이야기가 상인과 관련되어 있으므로 여기서 한번 같이 언급해 둔다.

4) 장편소설 『금병매金甁梅』

명대 역시 장편 소설이 번영한 시대로 각양각색의 장편 소설이 끊임없이 나왔다. 그중에서 가장 주목할 만한 작품은 장편 소설 『금병매』라고 할 것이다. 이 작품은 중국문학사에 서 보통사람의 일상생활을 소재로 삼은 첫 번째 장편 소설이자 동시에 상인을 주인공으로 삼아 상인의 생활을 표현한 첫 번째 장편 소설이다.

『금병매』 이전에는 상인을 주인공으로 삼아 상인의 생활을 주로 표현한 장편 소설이 아직 없었다. 원대 말에 이루어진 『수호전水滸傳』에 이미 상인 서문경西門慶의 형상이 출현하고 있지만, 『수호전』에서 서문경과 같은 상인 및 그의 일상생활은 모두 여전히 부속물과 같은 존재일 뿐이었다. 게다가 『수호전』 속에 나오는 서문경의 형상은 그가 상인으로 표현되었다기보다는 악당으로서의 모습에 편중되어 표현되었다고 할 수 있다. 그렇게 생각할 수 있는 근거는 서문경과 관련된 부분에서 그가 처음 소개될 때 한 사람의 상인이라고 언급된 것 외에는 그 밖의 다른 곳에서 그의 상업 활동이 언급된 적이 전혀 없기 때문이다. 뿐만 아니라 『수호전』은 전적으로 호걸의 관점이어서 상인의 관점과는 그 거리가 매우 멀다. 이 때문에 서문경과 같은 인물은 여색을 좋아하지 않는 호걸 형상의 대립자로 거의 악당 일변도의 이미지여서 어떤 긍정적인 요소도 포함되어 있지 않았다.

하지만 부인할 수 없는 사실은 서문경과 같은 형상이 『수호전』에 처음 나왔을 때 중국 문학사상 그는 완전히 새로운 인물이었다는 점이다. 비록 그 인물 형상 자체에 여러 한계가 있다고 해도 그의 출현은 어떤 가능성, 즉 장편소설로 상인을 표현할 수 있고 또한 더욱 광범위하게 상인의 생활을 표현할 수 있는 가능성을 보여준 듯하다. 이런 잠재적 가능성은 상인 세력이 명대 중후기에 급격히 성장하고, 시민 사회 및 시민 문화가 명대 중후기에 전례 없이 번영하면서 상인에 대한 사람들의 흥미가 증가하고 상인을 표현하는 문학을 갈구하게 되자 민감한 감수성을 지닌 한 소설가를 통해 발현되었다. 그는 서문경의 이야기를 『수호전』에서 독립시켜 『금병매』라는 장편 소설로 확대하여 대작을 만들었다. 그리하여 명대 문학, 나아가 중국문학 전체에서 상인 생활을 표현한 전무후무한 한 편의 장편 소설이 탄생했다.

우리는 지금까지도 『금병매』의 저자가 누구인지 모른다. 정확히 말하면 『금병매』의 저자인 '난릉소소생蘭陵笑笑生'이 누구인지 모른다. 난릉소소생의 진짜 신분과 성명에 대해서는 지금까지 이미 수십 가지의 견해와 추측이 있어 왔다. 이 가운데 개인적으로 가장 참고할 만한 가치가 있다고 생각하는 것은 『금병매』와 동시대인인 원중도袁中道, 1570~1623의 견해이다.

> 옛날에 경사京師의 서문西門 천호千戶가 소흥紹興의 늙은 선비 한 분을 집으로 초대했다. 늙은 선비는 할 일이 없어 날마다 그 집안의 음탕한 풍류사를 기록했는데, 서문경으로 집주인을 빗대었고 나머지는 그의 여러 첩을 빗대어 말했다. 사소한 생활 속에 무한한 곡절이 있으니 또한 지혜롭지 않은 사람이 아니면 할 수 없는 것이다.[90]

위 인용문 속의 구체적인 이름과 본관이 반드시 어떤 의미가 있지는 않을 것이다. 윗글에서 의미가 있는 것은 다만 그것이 다음과 같은 사실을 암시한다는 점이다. 『금병매』의 작자는 지위가 낮고 미천한 보

---

90 舊時京師, 有一西門千戶, 延一紹興老儒於家. 老儒無事, 逐日記其家淫蕩風月之事, 以(西)門慶影其主人, 以餘影其諸姬, 瑣碎中有無限煙波, 亦非慧人不能.(『遊居柿錄』 卷9)

통의 문인으로, 몇 십 만 명의 과거시험 예비군 대열 속에 있었긴 하지만, 각종 유파가 즐비했던 기세등등한 문학 조류의 바깥에 멀리 떨어져 있어 죽을 때까지 평생 아무도 그의 이름을 아는 사람이 없었던 것 같다. 하지만 동시에 그는 생활에 실패한 '지혜로운 사람'으로, 과거시험 예비군 속 허다한 걸출한 인물들처럼 자신의 신념과 혜안이 있었으니 온필고溫必古[91] 같은 그런 비루한 수재秀才는 아니었을 것이다.

중국 문학사상 가장 중요한 몇 편의 장편소설을 생각해 보면, 그 작자들은 당시 거의 이름이 알려져 있지 않고 신분적 지위도 그다지 높지 않으며 당대의 문학 조류와도 거의 관계가 없는, 즉 저명한 문인 그룹에 속하지 않는 사람들이다. 『금병매』를 포함한 몇 편의 유명한 장편소설은 그 소재와 주제 면에서 거의 모두 어느 정도 혁명성과 독창성을 지녔으며, 설령 시대정신에 있어서 서로 통하는 점이 있다고 해도 모두 당시 문학 조류에 대한 일종의 반란이자 초월이었다. 특히 『금병매』에 묘사된 자질구레하고 비속한 일상생활 장면과 세부 묘사같은 것은 확실히 눈코 뜰 새 없이 바쁘고 득의만만한 저명한 문인들이 여가와 흥취로 주의를 기울일만한 것은 아니었다. 이런 까닭에 우리는 『금병매』의 저자가 당시의 저명한 문인은 아닐 것이며, 현대의 대다수 학자들이 추측하는 것과 같지도 않을 것이라고 확신한다.[92] 우리가 이

91 [역주] 溫必古 : 『金瓶梅』에 나오는 몰락 문인으로, 과거에 응시했으나 실패한 후 西門慶의 도움으로 생계를 유지하면서 그 집안의 서기 역할을 하는 인물이다.

92 夏志淸도 『금병매』의 저자가 "지위가 높고 출세한 인물은 아니며 전국에서 다 아는 저명인사에 속하지는 않을 것"이라고 생각한다. 그 이유는 당시의 董其昌, 袁宏道·袁中道 형제와 같은 저명 문인들까지도 『금병매』의 저자 이름을 아는 사람이 거의 한 명도 없기 때문이다.(『中國古典小說史論』, 胡益民 等譯, 陳正發 校, 南昌 : 江西人民出版社, 2001, 173면) 하지만 『금병매』에 나오는 서문경의 서기이며 남색을 좋아하는 가난한 秀才 溫必古 역시 비웃음을 당하는 역이므로, 『금병매』의 저자는 소위 "소홍의 늙은 선비"나 혹

렇게 생각하는 것은 어떤 증거에 의거해서이기보다는 오직 우리의 직감과 문학사의 상식에 기인한다. 결론적으로 말하면 저자가 누군지는 실은 중요하지 않고 배경이 얼마간 모호하더라도 위대한 작품은 어쨌든 위대하다는 것이다.

『금병매』의 가장 위대한 점은 중국 문학사상 처음으로 지극히 평범한 회색빛의 상인의 생활을 장편소설의 형식으로 묘사하는 데 가치를 발견했다는 것이다. 이는 역사와 전기 위주의 주류적 장편소설에 대한 하나의 혁명적인 반란이자 초월일 뿐만 아니라 당대를 풍미했던 복고주의나 반복고주의 문학 조류에 대한 일종의 반란과 초월이었다. 또한 동시에 당대의 단편백화소설에 보이는 상인에 대한 표현을 확대 보충하고 계승 발전시킨 것이라고 말할 수 있다.[93] 하지청夏志清은 이 점을 다음과 같이 지적하고 있다. "소재적인 측면에서 보면, 『금병매』는 의심할 바 없이 중국 소설 발전사상 하나의 이정표이다. 이 작품은 역사와 전기의 영향을 벗어나 자신에게 속한 창조적 세계를 독립적으로 처리하였다. 소설 속 인물들은 모두 세속의 남녀로 그 어떤 영웅주의나 고상한 기백도 없는 중산층 환경에 있는, 진정한 한 사람의 생활인이다. 비록 색정소설色情小說이 일찍부터 쓰여 지긴 했지만, 이 작품이 한 중국 가정의 비속하고 더러운 일상의 자질구레한 일들을 이토록 참을성 있게 묘사한 것은 실로 하나의 혁명적인 진전으로 후대의 중국 소설 발전과정에도 없었던 것이다"[94]고 밝혔다. 특별히 주목할 점은 이

은 그와 유사한 인물일 가능성도 별로 크지 않다.

93 『금병매』 제98회 「陳經濟臨淸開大店 韓愛姐翠館遇情郎」과 제99회 「劉二醉罵王六儿 張胜忿殺陳經濟」는 『喩世明言』 卷3의 「新橋市韓五賣春情」이라는 宋元 話本小說을 母本으로 한다. 이는 하나의 상징적인 예가 되기에 충분할 것이다.

와 같은 하나의 '혁명적인 진전'이 오히려 상인 소재 방면에서 완성되었다는 점이다.

이런 장면을 하나 상상할 수 있다. 한 명의 이름 없는 문인이 당대를 풍미했던 문학조류와 그런 유파가 난립하여 시끄러운 문단에서 멀리 떨어져 폭발적으로 성장한 상인들의 생활을 묵묵히 관찰하면서 매일 꾸준히 게으름을 피우지 않고 글을 써서 마침내 하나의 '혁명적'인 거작을 완성한다. 생전에 거의 명성이 없었고 또 어떤 명성도 추구하지 않았던 그가 이런 거대한 작품을 완성한 것을 보면, 그는 자신이 하는 일의 가치에 대해 자신감이 충만했을 것이며 동시에 당시의 시끄럽고 기세등등한 문학 조류에 대해서도 마음속으로 경멸의 비웃음을 보내지 않았다고 할 수 없다.

또한 그가 충분히 자신감을 가질 수 있었던 것은 바로 당시의 상인 세력이 강대하여 상인들의 생활을 묘사하면 문학적 가치가 있을 뿐만 아니라 인생의 가치도 있을 것이라고 여겼기 때문이다. 이는 하나의 새로운 시대적 풍조로, 많은 사람들은 이미 단편백화소설이나 공안소설에서 상인을 형상화하고 있었지만, 장편 소설에까지 상인을 형상화하는 것에 생각이 미친 사람은 없었다. 『금병매』의 저자는 바로 이러한 시대적 부름에 앞장서서 호응했던 것이다.

그리하여 하나의 위대한 상인 생활사가 출현했으며, 화려한 보석들로 가득 찬 상인들의 세계가 출현한 것이다. 『금병매』에 묘사된 상인 생활과 상인 세계의 풍부함은 거의 백과전서와 같은 정도에 이르렀다. 소설 속에는 몇 백 명의 인물이 묘사되고 있는데 그들 모두가 많든 적

94 夏志淸, 『中國古典小說史論』, 胡益民 等譯, 陳正發 校, 171면.

든 상인과 관련이 있다. 그 속에는 짧지만 시끌벅적한 상인의 일생이 묘사되어 있는데, 거기에는 출세한 후부터 절정에 도달하여 쇠망에 이르기까지의 역사가 있다. 또한 경영 활동에서부터 일상생활에 이르기까지 상인 생활의 거의 모든 부분이 묘사되어 있다.

서문경이란 인물은 명대 문학, 나아가 중국문학 전체에서 가장 충만한 상인 형상이라고 할 수 있다. 이 상인 형상에 대한 저자의 불필요한 평가를 제외하면 그것은 이미 일반적인 선악을 초월하여 하나의 '원형인물圓形人物'[95]의 수준에 도달했다고 말할 수 있다. 한 상인이 가질 수 있는 거의 모든 면모가 서문경 자신을 통해 체현되었던 것이다.

많은 사람들이 자주 『수호전』과 『금병매』 속 서문경을 혼동하여 한 몸으로 취급하지만 둘은 실제로 상당히 다르다. 전자는 한 명의 악당에 더욱 가깝고 후자는 한 사람의 상인에 더욱 가깝다. 두 책 속에 있는 서문경에 관한 소개의 말이 하나의 상징적 예가 될 수 있다. 먼저 『수호전』에 있는 내용을 보자.

> 이 대관인大官人은 본 현의 물주로 지현知縣이나 상공相公도 그와 왕래하니 이름은 서문대관인西門大官人이라고 한다. 수 만관의 재산이 있고 현 앞에 생약生藥 가게를 열고 있다. 집안의 돈은 북두칠성에 닿고 쌀은 창고에서 썩어 나갈 정도이다. 찬란한 것은 금이요 흰 것은 은이며 둥근 것은 진주이고 빛나는 것은 보석으로, 또한 물소 뿔도 있고 코끼리 상아도 있다. (제24회)[96]

95 Forster. E.M.의 『小說面面觀(Aspects of the Novel)』, 廣州 : 花城出版社, 1981, 55~64면.
96 這個大官人, 是這本縣一個財主, 知縣相公也和他來往, 叫做西門大官人. 萬萬貫錢財, 開

위 인용문에는 생약포 외에 그가 '물주'라는 측면이 강조되어 있다. 하지만 『금병매』에는 이 단락의 소개(제3회)외에도 또 다른 소개 단락이 있어서 그가 경영을 잘한다는 측면이 강조되어 있다.

> 현의 문 앞에 사는 서문 나리西門大老爹는 지금까지 제형원提刑院에서 천호千戶의 형벌을 관장하고 있다. 집안 재산으로 관리들에게 빚을 놓으며 비단 가게, 생약 가게, 명주 가게, 털실 가게 등 네다섯 군데의 점포를 운영하고 있다. 밖으로는 화물선으로 강물을 왕래하며 양주揚州에 염인鹽引을 판매하고 동평부東平府에 향초를 바치니, 점원 및 책임자가 대략 수십 명이나 된다. 동경東京의 채태사蔡太師는 그의 의붓 할아버지고 주태위朱太尉는 그의 호위대장이며 적관가翟管家는 그의 사돈이다. 순무巡撫·순안巡按들이 대부분 그와 교분이 있으니 지부知府·지현知縣은 말할 필요가 없다. 집안의 논밭은 끊임없이 이어지고 쌀은 창고에서 썩어나갈 정도이다. 찬란한 것은 금이요 흰 것은 은이며 둥근 것은 진주이고 빛나는 것은 보석이다.(제69회)[97]

물론 서문경은 다만 한 사람의 보통 상인이 아니라 관청과 결탁한 상인이다. 그러나 바로 관청과 결탁한 이런 상인 형상이야말로 봉건사회에서 상업이 기형적으로 발전한 진면목을 반영하고 있으므로 일반

著個生藥鋪在縣前. 家裏錢過北門, 米爛陳倉, 赤的是金, 白的是銀, 圓的是珠, 光的是寶. 也有犀牛頭上角, 亦有大象口中牙.(第24回)

97 縣門前西門大老爹, 如今見在提刑院做掌刑千戶, 家中放官吏債, 開四五處鋪面：段子鋪, 生藥鋪, 綢絹鋪, 絨線鋪, 外邊江湖又走標船, 揚州興販鹽引, 東平府上納香蠟, 夥計主管約有數十. 東京蔡太師是他幹爺, 朱太尉是他衛主, 翟管家是他親家, 巡撫, 巡按多與他相交, 知府, 知縣是不消說. 家中田連阡陌, 米爛成倉, 赤的是金, 白的是銀, 圓的是珠, 光的是寶.(第69回)

적인 보통 상인 형상과 똑같이 사회와 시대를 드러내는 전형성을 지니고 있다. 즉 위의 예에서도 볼 수 있듯,『금병매』속의 서문경은『수호전』속의 서문경과 실제로 근본적으로 다른 것이다.

『금병매』에서 서문경은 다섯 개의 점포를 소유하고 있는 대상인이다. 생약 가게의 자본금은 은 오천 냥이고 명주 가게의 자본금도 은 오천 냥으로, "하루에도 은전 20냥을 벌어들인다."(제77회) 털실 가게의 자본금은 은 육천오백 냥인데, "가지각색의 털실을 파니 하루에도 은자 수 십 냥 어치를 판다."(제33회) 전당포의 자본금은 은 이천 냥이니 "의복과 머리장신구, 고동서화, 애완품들이 들어와 하루에도 매우 많은 은자가 지출된다."(제20회) 가장 큰 점포는 비단 가게로 교대호喬大戶와 동업을 해서 자본금 은 5만 냥 중에 서문경이 2만 냥을 내었으니 "가령 십의 이익을 남기면 서문경이 다섯, 교대호는 셋, 나머지는 한도국韓道國・감출신甘出身과 최본崔本 세 사람이 똑같이 나눠 가진다."(제58회) 점원 한도국은 비단 가게 때문에 항주에 가서 물품을 구입하는데 한 번에 "은 만 냥 가량의 비단"(제58회)을 장만해서 "짐을 포함해 모두 20대의 큰 수레"(제60회)에 싣고 와서 "그 날 새로운 물건을 펼쳐 놓고 팔았는데 점원이 장부를 계산해 보니 은자 오백여 냥이나 되었다."(제60회) 이 밖에도 서문경은 고리대업을 하고 있다. 그가 임종하는 날 저녁이 바로 그의 경영이 절정에 다다른 시기인데, 임종 시 그가 사위 진경제陳經濟에게 남긴 말을 통해 그의 경영 활동의 일부를 볼 수 있다.

> 내가 죽은 후 비단 가게는 오만 냥의 은자가 본전이니, 자네의 친가인 교喬 어른에게 본전과 이자가 얼마이든 다 찾아 드리게. 부傅 지배인에게는 물건

을 하나 팔 때마다 물건 값을 가져 오게 하고 다 팔면 가게 문을 닫도록 하게. 분사賁四의 털실 가게는 본전이 은 육천 오백 냥이고 오이구吳二舅의 명주 가게는 오천 냥이니 물건을 다 팔아서 모두 집으로 거둬들이게. 그리고 이삼李三이 도매로 사온 것도 써 버리지 말고 응이숙應二叔에게 부탁해 다른 집에서 가져가도록 하게. 이삼과 황사黃四가 원금 오백 냥과 이자 백오십 냥을 빌리고 아직 못 갚았으니 이것을 받아 내서 내 장례를 치르게. 자네는 부傅 지배인과 함께 우리 집안의 이 두 가게를 지키면 그만이지. 비단 가게는 은 이만 냥, 생약 가게는 오천 냥쯤 되지. 한韓 지배인과 내보來保가 송강松江에서 배로 사천 냥 어치 물건을 싣고 오면, 자네는 일찍 일어나 강가로 가서 배를 맞이하게. 두 사람을 집에 데리고 와서 물건을 팔아 돈이 들어오면 자네 어머니들에게 노자돈으로 드리게. 앞에 사는 유학관劉學官은 나한테 이백 냥을 더 줘야 하고, 화주부華主簿는 오십 냥, 성문 밖 서사徐四의 가게도 본전과 이자를 합쳐 삼백사십 냥을 돌려줄 게 있지. 모두 계약서가 있으니 서둘러 사람을 보내 재촉하게. 시간이 좀 지나면 건너편 사자가獅子街에 있는 집 두 채를 다 팔아 버리게. 자네 어머니들이 관리하기에는 벅찰테니까.(제79회)[98]

서문경은 평생토록 화류계를 찾아다니며 먹고 마시고 놀았지만, 임종시 그의 유언은 그가 진정으로 관심이 있었던 것, 그의 마음을 차지

98 我死後, 段子鋪是五萬銀子本錢, 有你喬親家爹那邊多少本利, 都找與他. 教傅夥計把貨賣一宗交一宗, 休要開了. 賁四絨線鋪, 本銀六千五百兩; 吳二舅綢絨鋪, 是五千兩, 都賣盡了貨物, 收了來家. 又李三討了批來, 也不消做了, 教你應二叔拿了別人家做去罷. 李三, 黃四身上, 還欠五百兩本錢, 一百五十兩利錢未算, 討來發送我. 你只和傅夥計守著家門這兩個鋪子罷. 段子鋪占用銀二萬兩, 生藥鋪五千兩, 韓夥計, 來保松江船上四千兩. 開了河, 你早起身往下邊接船去. 接了來家, 賣了銀子交進來, 你娘兒們盤纏. 前邊劉學官還少我二百兩, 華主簿少我五十兩, 門外徐四鋪內還本利欠我三百四十兩, 都有合同見在, 上緊使人催去. 到日後, 對門並獅子街兩處房子, 都賣了罷, 只怕你娘兒們顧攬不過來.(第79回)

한 것이 실제로는 여전히 자신의 경영활동이었음을 드러내고 있다. 이는 그가 본질적으로 한 사람의 상인이었음을 드러낸 것이다.

『금병매』 속의 서문경은 영리한 상인이다. 장사를 할 때 두뇌가 명석하며 판단이 정확해서 실패하는 경우가 드물다. 환락을 찾아 즐기는 사이에도 가끔 지시를 내릴 때면 총명하고 유능한 면모를 보여준다. "이천 냥은 최본崔本에게 주어 호주湖州에 가서 비단을 사오게 하고, 사천냥은 자네(저자 주: 한도국韓道國)가 내보來保와 함께 송강松江으로 가서 베를 산 후에 새 해 첫 배를 타고 돌아오게."(제67회)[99] 하룡계夏龍溪가 서문경의 털실 가게 지배인 분사賁四를 빌려 자기 가족의 상경上京 길에 같이 보내려고 하니, 서문경은 털실가게가 휴업하는 것을 원치 않았기 때문에 동의하려고 하지 않았다. "이틀 동안 문을 닫으면 장사에 지장이 되고, 명절도 가까워져서 비단과 털실이 잘 나가고 있는데 어찌 가게 문을 닫겠는가?"(제76회)[100] 이는 전형적인 상인의 사고방식을 반영하고 있다. 호주湖州의 한 상인 하관아何官兒가 은 오백냥 어치의 비단실을 급하게 팔려고 하니 서문경이 기회를 틈타 사백 오십 냥까지 값을 깎았다.(제33회) 또 한 번은 "문 밖의 한 객상이 오백 포의 무석無錫쌀을 가지고 와서 강이 얼어 빨리 팔고 집에 가려고 하니"(제77회)[101] 서문경은 "내가 공연히 그걸 왜 사! 강물이 얼어도 살 사람이 없으니 강물이 풀리고 배가 뜰 때까지 갈수록 값이 떨어질 건데"(제77회)[102]라고

---

99 兌二千兩一包, 著崔本往湖州買綢子去. 那四千兩, 你與來保往松江販布, 過年趕頭水船來.(第76回)

100 關兩日阻了買賣, 近年節, 綢絹絨線正快, 如何關閉了鋪子?(第76回)

101 門外客人有五百包無錫米, 凍了河, 緊等要賣了回家去.(第77回)

102 我平白要他做甚麼! 凍河還沒人要, 到開河船來了, 越發價錢跌了.(第77回)

하면서 필요 없다고 했으니 그의 안목이 남보다 훨씬 뛰어남이 드러난다. 몇 사람의 천광川廣 객상이 세공품을 많이 가져와 서문경의 가게에 전당잡히려고 하면서 은 백냥에 계약하고 나머지는 8월 중순에 찾아가겠다고 했다. 지배인과 주관主管이 모두 수지맞는 거래라고 생각했는데 서문경은 도리어 한 수 위다. "너희들이 이 오랑캐賊蠻奴의 재주를 몰라서 그래. 시세 가격이 더디게 오르고 물건은 팔 데가 없으니 겨우 찾아와 다른 사람에게 저당 잡히고 반년이나 삼 개월 늦게 돈을 찾아가는 거야. 만약 시세가 좋으면 그들은 돈을 올릴 거야. 청하현淸河縣을 통틀어 우리만큼 가게가 크고 물건이 많은 곳이 또 있는지 얼마든지 물어 보라 그래. 그들이 나를 찾으러 오지 않아도 겁낼 거 없지!"(제16회)[103] 이 모두가 다 서문경의 경영수단을 보여준다.

하지만 서문경은 또한 일개의 보통 상인이 아니고 관청과 결탁한 상인이다. 그는 뇌물로 관직을 하나 사서 그걸 이용해 자기 장사를 보호했고, 일반 상인이 쉽게 당하는 기만과 억압에서 면제되었으며, 동시에 일반 상인이 쉽게 언을 수 없는 특권을 얻었다. 그가 가진 가장 큰 특권은 아마도 관청과의 관계를 통해 다른 상인보다 항상 적은 세금을 납부하는 것일 터이다. 가령 그의 지배인은 상품을 호송하여 임청臨淸에 도착하면 항상 사람을 청하淸河에 보내 서문경에게 서신을 구해서 세관을 담당하는 관리에게 전달해 많은 세금을 절약하였다. 채경蔡京 문하의 총아로 새로 장원급제한 채온蔡蘊과 특별한 친분이 있어서, 채온蔡蘊은 어사가 된 후 곧바로 서문경에게 "내가 다른 상인보다 한 달

103 你不知賊蠻奴才, 行市遲, 貨物沒處發脫, 才來上門脫與人, 遲半年三個月找銀子; 若快時, 他就張致了. 滿淸河縣, 除了我家鋪子大, 發貨多, 隨問多少時, 不怕他不來尋我!(第16回)

일찍 당신의 소금을 수취하겠다"(제49회)[104]고 응답하기도 했다. 그는 또한 자신의 관계官界 네트워크에 기대어 궁궐에 진상하는 장사를 독점할 수 있었다.

> 응백작應伯爵이 이삼李三을 데리고 서문경을 찾았다. (…중략…) 이삼李三이 말했다. "오늘 조정의 동경행東京行에서 내린 문서에 의하면, 전국 열세 개 성省에서 매 성마다 은 만 냥어치의 골동품을 사들인답니다. 우리 동평부東平府에도 이만 냥이 할당되었는데 공문이 순안처巡按處에 있고 아직 내려오지는 않았어요. 지금 큰 거리에 있는 장이관張二官이 은자 이백냥을 써서 이를 비준 받아 장사해서 은 만 냥의 이익을 보려고 합니다. (…중략…) 나리께서 만약 하시려거든 장이관張二官이 오천 냥을 내고 나리께서 오천 냥을 내서 두 집이 합자하여 매매를 하시면 됩니다. (…중략…)" 서문경이 다 듣고 말했다. "다른 사람과 같이 하느니 우리 혼자 하는 게 낫지. 내가 은자 일이만 냥을 못 낼까봐 그러나!" (…중략…) 서문경이 "공문은 어디 있어?"라고 또 물으니, 이삼이 "아직 순안巡按이 가지고 있고 공포하지는 않았어요"라고 대답했다. 서문경이 말했다. "잘 되었네. 그럼 내가 지금 사람을 시켜 편지 한 통과 예물을 보내서 송송원宋松原에게 부탁해 구해오면 되겠군." 이삼은 "나리께서 부탁하실 거면 지체하시면 안 됩니다. 자고로 병사를 부릴 때는 귀신처럼 빨라야하고, 밥을 먼저 짓는 사람이 밥을 먼저 먹는 법이지요. 혹시라도 늦으면 문서가 부府까지 도착해서 다른 사람이 가로챌 수도 있어요." 서문경이 웃으며 말했다. "걱정 말게. 설령 부府까지 갔

104 我比別的商人早掣取你鹽一個月.(第49回)

더라도 내가 송송원宋松原에게 다시 가져가도록 하면 돼. 호부윤胡府尹도 내가 다 아는 사이야."(제78회)[105]

나중에 과연 서문경의 예상대로, 비록 공문이 이미 부府까지 내려갔지만 송송원宋松原이 서문경의 편지와 편지 속에 끼워 놓은 은단(銀單 : 은으로 교환할 수 있는 영수증)을 보고 곧바로 부府에서 공문을 다시 가져와 서문경에게 주었다.(제79회) 이는 관부와의 지속적인 관계를 통해 서문경이 얼마나 특권을 누릴 수 있는 지를 잘 설명해 주는 하나의 전형적인 예다. 이와 같은 상인 형상은 봉건 사회에서 흔히 볼 수 있는 기형적인 모습이다.

경영활동 혹은 기타 합법적·불법적으로 벌어들인 대량의 금전을 통해 서문경은 쾌락을 찾아 즐기는 향락 생활을 유지할 수 있었다. 그는 여러 명의 부인을 얻을 수 있었을 뿐만 아니라 기생집에서 환영받는 단골손님이었고, 청결한 음식과 사치스럽고 화려한 생활을 좋아해 사교계에서도 존중받는 인물이었다. 『금병매』는 바로 위에 서술한 여러 종류의 향락을 즐기는 장면을 더욱 많이 묘사함으로써 당시 상인 생활에 대한 깊은 인상을 남겼다.

---

105 應伯爵領了李三見西門慶 (…中略…) 李三道 : "今有朝廷東京行下文書, 天下十三省, 每省要萬兩銀子的古器. 咱這東平府, 坐派著二萬兩, 批文在巡按處, 還未下來. 如今大街上張二官府, 破二百兩銀子, 幹這宗批要做, 都看有一萬兩銀子尋 (…中略…) 老爹若做, 張二官府拿出五千兩來, 老爹拿出五千兩來, 兩家合著做這宗買賣 (…中略…) " 西門慶聽了, 說道: "比是我與人家打夥兒做, 不如我自家做了罷, 敢量我拿不出這一二萬銀子來!" (…中略…) 西門慶又問道 : "批文在那裏?" 李三道 : "還在巡按上邊, 沒發下來哩." 西門慶道 : "不打緊, 我這差人寫封書, 封些禮, 問宋松原討將來就是了." 李三道 : "老爹若討去, 不可遲滯. 自古兵貴神速, 先下米的先吃飯, 誠恐遲了, 行到府裏, 乞別人家幹的去了." 西門慶笑道 : "不怕他, 設使就行到府裏, 我也還教宋松原拿回去就是. 胡府尹我也認的."(第78回)

서문경의 생활 방식에 대해 저자는 비록 겉으로는 자주 비평을 가하지만 실제로는 도리어 좋아하고 즐기며 긍정하는 태도를 가졌으니 이는 사람의 욕망을 긍정하는 당시의 시대 조류와 상응하는 것으로, 이 점은 많은 연구자들이 이미 지적한 바 있다. 그런 까닭에 『수호전』의 서문경에 관한 묘사는 호걸의 관점이지 상인의 관점은 아니었다고 말할 수 있는 반면, 『금병매』의 서문경에 대한 묘사는 완전히 상인의 관점을 유지하고 있다고 말할 수 있다. 『금병매』처럼 "영웅주의와 숭고한 기색이 전혀 없는 중간 계급의 환경 속에서" 마음이 넓고 인색하지 않은 서문경은 상대적으로 사람들이 가장 좋아할만한 인물로 간주되었기에, 『수호전』에서처럼 그렇게 부정일변도의 인물은 아니었다. 저자가 자주 서문경에게 멋대로 가한 그런 억지스러운 비평의 언사를 제쳐두고 소설에 형상화된 서문경이라는 인물 자체로 말한다면 그는 정말 시민 계층 속 한 사람의 '시대적 영웅'이라고 할 수 있다. 왜냐하면 저자가 그를 한편으로는 자신의 모든 가능성을 이용하여 각종 욕망을 실현하는 영리하고 능력 있는 사람으로 묘사했고, 또 다른 한편으로는 이런 모습이 시민 사회의 실태임을 저자가 인정하고 부정하지 않았기 때문이다. 또한 더 넓은 범위와 각도에서 보면, 서문경의 형상은 이미 상인 계층에 국한되지 않고 우리네 모든 보통 사람의 하나의 상징이 되었다. 그는 우리가 하고 싶은 대로 할 수 있는 능력이 있을 때 우리들이 무엇을 할지 그리고 자신이 하고 싶은 대로 할 수 있는 능력을 가지기 위해 우리가 또한 무엇을 할지를 우리에게 드러내 보여주었다. 바로 이점에서 그의 형상은 우리로 하여금 고통과 잔혹함을 느끼게 할 정도로 보편적이며 진실하다.

바로 이상의 원인들로 인해 『금병매』가 출현함에 따라 중국문학에서 상인 관련 소재의 작품은 이미 가장 높은 수준에 도달해서 어떤 다른 소재의 작품과도 어깨를 나란히 할 만하게 되었다. 중국문학 속 상인 세계는 드디어 호걸 세계, 영웅 세계, 유림 세계 혹은 재자가인 세계에 못지않게 되었고, 중국문학 속 상인 형상도 마침내 호걸 형상, 영웅 형상, 유생 형상 혹은 재자가인 형상에 뒤떨어지지 않게 되었다. 이는 마땅히 대서특필할 만 한 것이다.

5) 문언소설

문언소설은 명대에 새로운 발전을 성취했다. 예술성은 물론이고 그 중요성에 있어서도 명대의 문언소설은 송원대의 문언소설을 훨씬 초월했고 당唐 전기傳奇에 버금가는 성취를 이루었다. 그 성취 중 중요한 한 측면은 바로 상인 및 그들의 생활을 표현하는 데 있어서 명대 문언소설이 중요한 공헌을 했다는 것이다. 수적으로도 크게 증가했을 뿐만 아니라 많은 우수한 작품들이 출현했다. 동시에 명대문언소설의 발전은 또한 명대 백화소설과 희곡의 번영을 위한 기초를 제공해 주어, 백화소설과 희곡 중에서 상인 및 그들의 생활을 묘사한 몇몇 걸작들은 대부분 다 명대 문언소설의 소재를 근원으로 하고 있다.

명초의 문언소설인 구우瞿佑, 1341~1426의 『전등신화剪燈新話』 권1의 「연방루기聯芳樓記」는 상인 집안에서 태어난 한 쌍의 자매가 한 젊은 상인에게 반해서 남몰래 로맨틱한 사랑을 하는 이야기로, 원나라 말 오중吳中 지역의 실화에 근거한 것이라고 한다. 권3의 「취취전翠翠傳」은 『이각박안경기二刻拍案驚奇』 권6의 「이장군착인구 유씨녀궤종부李將軍錯認舅 劉氏女詭從夫」의 모본으로, 이야기 속에 장사를 생업으로 하는 한 명의 옛 하인이 나온다. 이창기李昌祺(이정李禎 : 1376~1452)의 『전등여화剪燈餘話』 권1의 「양천도할원지兩川都轄院志」에도 세 명의 거상이 "값비싼 물건을 싣고 복건과 절강 사이에서 장사했다"(挾重貲, 商閩, 浙間)고 쓰여 있는데, 그 중 두 명은 평강平康의 기생에게 빠져 만금을 다 써버리고 병에 걸려 타지에서 죽는다. 다른 한 명은 두 사람의 관을 들고 고향으로 돌아가 그들의 가족을 도와 어려움을 극복하며 그 자신도 원대 말기의 난세를 평안하게 지내고, 죽은 뒤에는 신이 되어 향불이 끊이지 않았으니 용감하고 의리 있는 좋은 상인의 형상으로 묘사되었다. 이 밖에도 조필趙弼, 1364~1450 이후의 『효빈집效顰集』 등에도 상인을 표현한 작품이 있을 것이다.

명대 중엽의 문언소설인 도보陶輔, 1441~1523의 『화영집花影集』 권1의 「유방삼의전劉方三義傳」은 유방劉方과 유기劉奇의 상업 경영과 혼인을 다룬 이야기로, 『성세항언』 권10의 「유소관자웅형제劉小官雌雄兄弟」의 모본母本이다. 권3의 「사괴옥전四塊玉傳」은 외지에서 장사하는 젊은 상인의 아름다운 여인과의 만남을 다루고 있으며 권3의 「방관노록龐觀老錄」은 '갑부 2세'를 통해 '술과 여색, 물욕物慾과 분노' 중 '재물욕'을 잘 드러내고 있다. 권4의 「개수가시丐叟歌詩」는 돌아온 탕아가 집안을 일으켜 부자가 되지만, 다시 그의 불초不肖한 자식이 돈을 함부로 써서 집안을 망치고 거지가 되는 이야기다. 그 서두의 '안공묘晏公廟' 대목은 어쩌면 『금병매』 제93회의 모본일 수도 있다. 채우蔡羽, ?~1541의 「요양해신전

遼陽海神傳」은 한 휘주 상인이 큰 부를 획득하는 데 도움을 주는 미모의 여인과의 기이한 만남을 다룬 소설로, 『이각박안경기』 권37의 「첩거기정객득조 삼구액해신현령疊居奇程客得助 三救厄海神顯靈」의 모본이 된다. 호여가胡汝嘉의 「위십일낭韋十一娘」[106]은 한 상인이 다른 사람을 기꺼이 도와 검객과 해후하는 기이한 만남을 묘사한 것으로, 『박안경기』 권4의 「정원옥점사대상전 십일낭운강종담협程元玉店肆代償錢 十一娘雲岡縱譚俠」의 모본이 된다. 전여성田汝成, 1503~1557의 『전숙화소집田叔禾小集』 권6의 「아기阿寄」는 늙어서 기력이 쇠했음에도 열심히 장사하여 큰 부를 이룬 한 상인을 형상화한 것으로, 『성세항언』 권35 「서노복의분성가徐老僕義憤成家」의 모본이 된다.[107] 축윤명祝允明, 1461~1527의 『야기野記』 권4의 한 고사와 『전문기前聞記』의 「희어득부戲語得婦」는 『박안경기』 권12의 「도가옹대우유빈 장진경편언득부陶家翁大雨留賓 蔣震卿片言得婦」와 같은 소재로, 상인이 농담조의 말로 부인을 얻는 이야기를 기록해 놓았는데 그 속에는 흔히 볼 수 있는 두 명의 상인 형상이 나온다. 『야기』 권4

106 『박안경기』 권4 「程元玉店肆代償錢 十一娘雲岡縱譚俠」의 말미에 "이는 우리나라 成化 년간의 일로, 秣陵太史 胡汝嘉가 이 일화를 「韋十一娘傳」으로 지었다"고 기록되어 있다. 顧起元의 『客座贅語』 권8의 「秋宇先生著述」 조목에도 "선생은 文雅하고 풍류가 있어 常律에 얽매이지 않았다. 저술한 소설책이 여러 종인데 기묘하고 아름다운 것이 많다. (…중략…) 「女俠韋十一娘傳」은 程德瑜를 기록한 것이라고 하니, 소설을 지어 당사자를 꾸짖은 것이다." 錢謙益의 『列朝詩集小傳』 丁集 上의 「胡參議汝嘉」에서는 먼저 작자를 소개하며 "胡汝嘉는 字가 懋禮이고 남경 사람이다. 嘉靖 乙丑년에 진사에 급제했다"고 하였다. 이어 顧起元이 위에 한 말을 그대로 인용한 후, "지금은 모두 세상에 전해지지 않는다"고 하였으니 이 소설의 저자는 호여가지만 명말청초에 이미 그 작품은 失傳되었던 것이다. 하지만 조선에서는 오히려 이 소설이 조선인이 선집한 『刪補文苑楂橘』에 수록되어 보존되어 오다가 20세기에 이르러 다시 중국에 전해졌다. 나는 한국의 박재연 교수가 사비로 영인한 교주본을 보내 주어 이 소설을 보았으니 이 자리를 빌어 감사드린다.

107 이 밖에 趙善政, 『賓退錄』 권3 「阿寄」와 李贄, 『焚書』 권5 「阿寄傳」, 『明史』 권297의 「孝義・阿寄傳」, 乾隆『浙江通志』 권189 「人物八・義行下・嚴州府・阿寄傳」 등은 모두 田汝成의 「阿寄」에서 나온 것이다.

의 또 다른 한 이야기는 『성세항언』 권36 「채서홍인욕보구蔡瑞虹忍辱報仇」의 모본으로 그 속에는 한 상인 형상이 있다.(다만, 백화소설과는 상인이 좋은 사람으로, 혹은 나쁜 사람으로 형상화되는지의 차이가 있음) 『야기』 권4의 또 다른 이야기는 『이각박안경기』 권25 「서차주승료겁신인 정예주명원완구안徐茶酒乘鬧劫新人 鄭蕊珠鳴冤完舊案」의 모본으로, 장삿길에서 겪게 되는 상인들의 위험을 표현하고 있다. 낭영郎瑛, 1487~1566의 『칠수유고七修類稿』 권45 「심조아沈鳥兒」는 『유세명언』 권26 「심소관일조해칠명沈小官一鳥害七命」과 같은 소재로, 거금을 들여 화미조畵眉鳥를 사려고 하는 휘주 상인이 형상화되어 있다. 황유黃瑜의 『쌍괴세초雙槐歲鈔』 권10 「목란부견木蘭復見」(후대 초횡焦竑의 『초씨필승焦氏筆乘』 권3, 「아조양목란我朝兩木蘭」과 유사함)은 『유세명언』 권28 「이수경의결황정녀李秀卿義結黃貞女」와 같은 소재로, 한 여성 상인이 남장하고 장사하는 이야기를 기술하고 있다. 육연지陸延枝의 『설청說聽』 권하卷下에 있는 한 고사는 『이각박안경기』 권15 「한시랑비작부인 고제공연거랑서韓侍郎婢作夫人 顧提控掾居郎署」의 모본으로 이야기 속에서 한 상인을 언급하고 있다. 육용陸容, 1436~1497의 『숙원잡기菽園雜記』 권8의 한 이야기(후대 전희언錢希言의 『회원獪園』 권16, 「모면인毛面人」과 유사함)는 『박안경기』 권8 「오장군일반필수 진대랑삼인중회烏將軍一飯必酬 陳大郎三人重會」와 같은 소재로, 한 상인이 해외에서 위험을 겪는 이야기다. 진량모陳良謨, 1589~1644는 『견문기훈見聞紀訓』 권하卷下의 한 글에서 어떤 휘주 상인이 선을 행하고 악을 제거하는 이야기를 기록하면서 "『철경록輟耕錄』에 수록된 항주의 상사相士 왕귀안王鬼眼이 진주眞州 상인을 처단한 것과 그 일이 아주 비슷하다"고 적고 있으니, 이는 당시 사람들이 휘주 상인 중에도 착한 사람이 적지 않다고 여겼음을 증명한다. 이 고사는 나중에 『이각박안경기』 권15 「한시랑비작부인 고제공연거랑서韓侍郎婢作夫人 顧提控掾居郎署」의 입화入話로 부연되었다.

명대 후기의 문언소설인 송무징宋懋澄, 1570~1622의 『구약전집九籥前集』 권11 「주삼珠衫」(『구약별집九籥別集』 권2에 중복 출현함)은 상인 아내의 외도로 인해 초래된 한 상인 가정의 변고를 다룬 것으로, 『유세명언』 권1 「장흥가중회진주삼蔣興哥重會珍珠衫」의 모본이 된다. 『구약별집九籥別集』 권4의 「부정농전負情儂傳」[108]은 예쁜 여자를 보고 좋아하는 마음이 생겨 다른 사람의 부부의 연을 파괴하는 한 신안新安 염상의 이야기를 다룬 것으로, 『경세통언』 권32 「두십랑노침백보상杜十娘怒沉百寶箱」의 모본이며 담천談遷, 1594~1657의 『조림잡조棗林雜俎』 의집義集 '동관편彤管篇'의 「의기진씨義妓陳氏」 등이 이를 계승했다. 주원위周元暐의 『경림속기涇林續記』에 있는 한 이야기는 해외무역에서 큰돈을 벌고 기이한 만남을 갖게 된 어떤 상인을 다룬 것으로, 『박안경기』 권1의 「전운한우교동정홍 파사호지파타용각轉運漢遇巧洞庭紅 波斯胡指破鼉龍殼」의 모본이다. 서응추徐應秋는 『옥지당담회玉芝堂談薈』 권10 「여자남식女子男飾」 조목에서, 소설(저자주 : 도보陶輔의 『화영집花影集』 권1 「유방삼의전劉方三義傳」을 가리키는 듯함)과 『성세항언』 권10 「유소관자웅형제劉小官雌雄兄弟」가 같은 소재로 유방劉方·유기劉奇의 상업경영과 혼인 이야기를 다루었다고 인용하고 있다. 소경첨邵景詹의 『멱등인화覓燈因話』 권1 「계천몽감록桂遷夢感錄」은 은혜를 잊고 의리를 저버린 한 상인이 마침내 뉘우치는 이야기를 다룬 것으로, 『경세통언』 권25 「계원외도궁참회桂員外途窮懺悔」의 모본이 된다.

---

108 후대에 조선인이 선집한 『刪補文苑楂橘』("傳"자 없음)에 수록되어 조선에서 유행하였다.

종성鍾惺, 1574~1624의 『명원시귀名媛詩歸』 권28 「오씨녀吳氏女」는 『성세항언』 권28 「오아내린주부약吳衙內鄰舟赴約」과 같은 소재로, 그 중 남주인공이 태원太原 상인의 자제이다.[109]

풍몽룡의 문언소설집 『정사유략情史類略』(혹은 『정사情史』로 약칭)은 상인의 애정상의 갈등을 표현한 작품들을 대량으로 수록했는데, 그 중 수많은 작품들이 개작되어 '삼언이박'에 수록되었다.[110] 가령, 권1 '정정류情貞類'의 「이묘혜李妙惠」, 「김삼처金三妻」, 「장소삼張小三」, 권2 '정연류情緣類'의 「매퇴온賣餽媼」, 「류기劉奇」, 「왕선총王善聰」, 「오강전생吳江錢生」, 「양공楊公」, 「옥당춘玉堂春」, 권3 '정사류情私類'의 「강정江情」, 「설씨이방薛氏二芳」, 「선사녀扇肆女」, 「완화阮華」, 권4 '정협류情俠類'의 「풍접취馮蝶翠」(부기附記된 「장윤전張潤傳」도 포함), 권5 '정호류情豪類'의 「사봉史鳳」, 권6 '정애류情愛類'의 「왕교아王巧兒」, 「남도기南都妓」, 권7 '정치류情癡類'의 「아창啞娼」, 「낙양왕모洛陽王某」, 「악화樂和」, 권8 '정감류情感類'의 「정덕린鄭德璘」, 권9 '정환류情幻類'의 「귀국모鬼國母」, 「황손黃損」, 「잉이孕異」, 권10 '정령류情靈類'의 「매분아買粉兒」, 「추증구처鄒曾九妻」, 「해칠오저解七五姐」, 「초시오녀草市吳女」, 「왕유옥王幼玉」, 「백녀白女」, 권11 '정화류情化類'의 「화녀化女」, 「석우풍石尤風」, 「화철化鐵」, 권12 '정매류情媒類'의 「대별호大別狐」, 권14 '정구류情仇類'의 「두십랑杜十娘」, 「류취취劉翠翠」, 「주적처周迪妻」, 권16 '정보류情報類'의 「진주삼珍珠衫」, 「주정장周廷章」, 「염이낭念

109 이상은 譚正璧의 『三言兩拍資料』(上海 : 上海古籍出版社, 1980)를 조사·이용하였으며 또한 증보한 것도 있다.

110 『情史類略』의 편찬 년대는 미상이지만 『情史類略』과 '三言'에 모두 있는 이야기를 비교하면, 『情史類略』이 먼저 편찬되었고 '三言'이 뒤에 쓰여졌다고 단정할 수 있다. 『情史類略』의 편찬은 '三言'을 쓰기 위한 준비였다고 생각할 수 있다. 『情史類略』에 있는 또 다른 고사들은 淩濛初의 '二拍' 등에 사용되었다.

二娘」, 「목주조씨睦州趙氏」, 권18 '정루류情累類'의 「소어사邵禦史」, 「장신張藎」, 권19 '정의류情疑類'의 「요양해신遼陽海神」, 「연수사延壽司」, 권20 '정귀류情鬼類'의 「황상서녀皇尙書女」, 「장씨자우녀張氏子遇女」, 권21 '정요류情妖類'의 「초토부인焦土婦人」, 「해왕삼海王三」, 「성성猩猩」, 「호정狐精」, 「맹씨孟氏」, 권24 '정적류情跡類'의 「전학탄錢鶴灘」 등은 모두 상인의 애정 갈등을 주제로 한 것이다.

풍몽룡의 『지낭智囊』과 『고금담개古今譚概』에도 상인 소재를 표현한 것들이 적지 않다. 예를 들면, 『지낭智囊』 권10의 「휘상옥徽商獄」은 『이각박안경기』 권28 「정조봉단우무두부 왕통판쌍설불명원程朝奉單遇無頭婦 王通判雙雪不明冤」과 동일한 소재로 음란함을 좋아하다 화를 부른 한 거상을 다룬 이야기인데, 당시의 공안소설에서도 흔히 볼 수 있다. 권27의 「문과文科」는 『박안경기』 권15 「위조봉한심반귀산 진수재교계잠원방衛朝奉狠心盤貴産 陳秀才巧計賺原房」과 동일한 소재(단, 좋은 인물과 나쁜 인물이 서로 반대됨)로, 교활한 선비에게 사기를 당한 한 상인의 이야기를 다루고 있다. 「영가주자永嘉舟子」는 『박안경기』 권11 「악선가계잠가시은 한부인오투진명장惡船家計賺假屍銀 狠僕人誤投眞命狀」과 같은 소재로 그 속에 생강을 파는 한 장사꾼의 이야기가 있다. 『고금담개古今譚概』 권18의 「임안민臨安民」은 『이각박안경기』 권36 「왕어옹사경숭삼보 백수승도물상쌍생王漁翁舍鏡崇三寶 白水僧盜物喪雙生」의 입화入話와 동일한 소재로, 한 탐욕스러운 상인이 신선에게 희롱당한 이야기를 서술하고 있다. 권36의 「일일득이귀자一日得二貴子」는 『유세명언』 권18 「양팔로월국기봉楊八老越國奇逢」과 같은 소재로, 두 지역에 처자식을 두었던 한 상인의 기이한 만남과 헤어짐을 다루고 있다.

명대의 지괴소설 가운데 가령, 주맹진朱孟震의 『하상저담河上楮談』, 『분상속담汾上續談』, 『완수속담浣水續談』, 『유환여담遊宦餘談』과 벽산와초碧山臥樵의 『유괴시담幽怪詩談』 등은 모두 위로는 송대의 『이견지夷堅志』를 계승하고, 아래로는 청대의 『요재지이聊齋志異』가 탄생할 길을 열어주었는데, 그 중에는 또한 상인과 관련된 몇몇 작품들이 있다.

그리고 상인 및 그들의 생활을 묘사한 위의 작품 중에는 비교적 높은 예술적 성취를 보여준 몇몇 이름난 작품들이 있다. 가령 「연방루기聯芳樓記」, 「요양해신전遼陽海神傳」, 「위십일낭韋十一娘」, 「아기阿寄」, 「주삼珠衫」, 「부정농전負情儂傳」 등은 문언소설의 영역에서 획득한 명대문학의 진보성을 드러내고 있다.

6) 희곡

명대에는 백화소설과 함께 희곡도 번영하였다. 송원대에 남방에서 유행한 희문戲文은 여운이 명초까지 계속 이어진 후 전기傳奇로 탈바꿈하여 명대에 전성기를 맞이했다. 반면, 원대에 유행했던 북방의 잡극雜劇은 명대에 이르러 전성기의 기세는 잃었지만 여전히 희곡으로서의 한 부분을 차지하고 있었다. 관련 자료의 통계에 따르면, 현재 명초의 희문으로 알려진 것 중 작자 고증이 가능한 작품은 17명 36종이고, 명대 전기 중 작자 고증이 가능한 것은 361명 743종이며, 명대 잡극雜劇 중 작자 고증이 가능한 것은 122명 480여 종이다. 이 외에 작가의 이름을 고증할 수 없는 작품들이 오히려 많지만, 작자 고증이 가능한 세 가지를 합한 것만으로도 이미 1200~1300종에 달하니 희곡의 번성함이 원대에 못지않다고 하겠다.

이러한 명대 희곡 작품들 중에는 상인 소재와 관련된 것이 적지 않다. 명대 잡극 중 상인 소재를 다룬 것은 아래와 같다.

주유돈朱有燉, 1379~1439의 「청하현계모대현淸河縣繼母大賢」은 『고열녀전古列女傳』 권5 「제의계모齊義繼母」 고사에서 연원한 것으로, 위로는 작자 미상의 원대 잡극 「시인의잠모대현施仁義岑母大賢」 및 소재가 비슷한 관한경關漢卿, 1219~1301(어떤 본은 소천서蕭天瑞라고 하기도 함)의 「포대제삼감호접몽包待制三勘蝴蝶夢」을 계승하였는데, 근세 특유의 상업 경영 내용을 추가했다. 「유반춘수지향낭원劉盼春守志香囊怨」, 「난홍엽종양연화몽蘭紅葉從良煙花夢」은 원 잡극의 전통을 계승하여 선비와 상인 및 여인 간의 삼각관계를 상연해서 현실 속 상인의 금전의 힘과 상인에 대한 선비들의 상상 속 승리(원대에 상연된 것은 당시 변汴 지방의 실화임)를 표현했다. 섭헌조葉憲祖, 1566~1641의 「삼의성인三義成姻」은 『성세항언』 권10 「유소관자웅형제劉小官雌雄兄弟」와 같은 소재로, 유방劉方 · 유기劉奇의 상업 경영과 혼인에 관한 일을 상연했으며, 「회향삼會香衫」(일실됨)은 『유세명언』 권1 「장흥가중회진주삼蔣興哥重會珍珠衫」과 같은 소재로 상인 집안의 혼인 관련 변고를 상연했다. 왕정눌汪廷訥, 1573~1619의 「연렴가비捐奩嫁婢」는 『성세항언』 권1 「양현령경의혼고녀兩縣令競義婚孤女」와 같은 소재로 그 속에 어질고 의로운 한 상인이 등장한다. 부일신傅一臣의 『소문소蘇門嘯』 잡극 12종의 내용은 모두 "이박二拍"에서 소재를 취했다. 그 중 「몰두의안沒頭疑案」은 본사本事가 풍몽룡의 『지낭智囊』에 보이는데, 『이각박안경기』 권28 「정조봉단우무두부 왕통판쌍설불명원程朝奉單遇無頭婦 王通判雙雪不明冤」과 동일한 소재로, 여색을 좋아하는 한 휘주 상인이 남녀간의 잘못된 일로 억울한 사건에 연루되는 이야기를 상연하고 있다.[111]

명대 전기중 상인 제재와 관련된 작품은 아래와 같다.

심경沈璟, 1553~1610의 「합삼기合衫記」(일실됨), 주계유周繼儒의 「합삼기合衫記」(일실됨), 유방劉方의 「나삼합羅衫合」(일실됨) 등은 『경세통언』 권11 「소지현나삼재합蘇知縣羅衫再合」 고사를 각색한 것으로 기꺼이 남을 도와주는 한 휘주 상인이 나온다. 심경의 「홍거기紅蕖記」는 『태평광기』 권152 「정덕린鄭德璘」(배형裴鉶의 『전기傳奇』에 나옴) 고사를 부연敷衍한 것인데, 황도풍월주인皇都風月主人의 『녹창신화綠窗新話』 권상의 「덕린취동정위녀德璘娶洞庭韋女」와 같은 소재로, 정덕린鄭德璘이 염상의 딸과 통혼하는 이야기다. 『박소기博笑記』의 제12~14출出[112]은 『경세통언』 권5 「여대랑환금완골육呂大郎還金完骨肉」과 같은 소재로, 객지에서 오랫동안 귀향하지 못한 한 상인 형제가 "형수님을 파는" 풍자적인 희극을 연출하고 있다. 왕정눌汪廷訥의 「채주기彩舟記」는 풍몽룡의 『정사유략情史類略』 권3의 「강정江情」, 종성鍾惺의 『명원시귀名媛詩歸』 권28의 「오씨녀吳氏女」, 『성세항언』 권28의 「오아내린주부약吳衙內鄰舟赴約」과 같은 소

111 이 밖에 「龐居士誤放來生債」는 『元曲選』에 저자명이 적혀 있지 않지만, 莊一拂은 劉君錫(명초 홍무 년간에 활동)의 작으로 추정했다. 「李素蘭風月玉壺春」은 『元曲選』에는 武漢臣 작으로 적혀 있지만, 莊一拂은 원말명초 사람인 賈仲名의 작품으로 추정했다. 「山神廟裴度還帶」는 보통 關漢卿 작으로 되어 있지만,(예를 들면 『元曲選外編』) 莊一拂은 원말명초 사람인 賈仲名이 지은 것으로 추정했다.(『古典戲曲存目彙考』 390면, 385면, 152면, 383면 참조) 또한 賈仲名의 「荊楚臣重對玉梳記」(『元曲選』) 등등은 모두 상인 소재를 언급하고 있는 원말명초의 작품이지만, 우리는 일단 종래의 설을 따라 모두 원잡극元雜劇으로 간주한다. 각 극의 내용과 특징은 본서의 제3장 제2절 제3항의 관련 부분 참조.

112 [역주] 出 : 중국 고대 희곡에서 독립된 극의 한 대목을 세는 단위.

재로, 상인 자제의 로맨틱하고 기이한 만남을 연출하고 있다. 심자진沈自晉, 1583~1665의 「망호정望湖亭」은 명 만력 년간 오중지역의 실화를 기록한 것인데, 풍몽룡의 『정사유략』 권2의 「오강전생吳江錢生」, 『성세항언』 권7의 「전수재착점봉황주錢秀才錯占鳳凰儔」와 같은 소재로, 선비와 상인 계층이 통혼하는 이야기다. 호문환胡文煥의 「서패기犀佩記」와 왕수王洙의 「시회기詩會記」(일실됨)는 『석점두石點頭』 제2권 「노몽선강상심처盧夢仙江上尋妻」와 같은 소재로, 모두 사인士人의 아내가 억지로 상인에게 시집가는 이야기다. 곽준郭濬의 「백보상百寶箱」(일실됨)은 권32 「두십랑노침백보상杜十娘怒沉百寶箱」 고사를 각색한 것으로, 여자를 보고 딴 마음이 생겨 다른 사람의 부부의 연을 깨뜨리는 상인이 나온다. 왕원수王元壽의 「옥마추玉馬墜」(일실됨)와 유방劉方의 「천마매天馬媒」[113]는 『성세항언』 권32 「황수재요영옥마추黃秀才徼靈玉馬墜」와 같은 소재로 선비와 상인 계층의 통혼 고사를 다루고 있다. 왕원수王元壽의 「제연기題燕記」(일실됨)와 범문약范文若, 1587~1634의 「자웅단雌雄旦」, 황중정黃中正의 「쌍연기雙燕記」(일실됨) 등은 『성세항언』 권10 「유소관자웅형제劉小官雌雄兄弟」와 같은 소재로, 유방劉方·유기劉奇의 상업 경영과 혼인에 대한 일을 다루고 있다. 범문약의 「요번루鬧樊樓」(일실됨)는 『성세항언』 권14 「요번루다정주승선鬧樊樓多情周勝仙」에서 소재를 취한 것으로, 상인 집안 자녀의 연애와 결혼 이야기를 다루고 있다. 추옥경鄒玉卿의 「쌍리벽雙螭璧」은 재산 분쟁으로 촉발된 상인 집안의 살인 사건을 다루고 있는

113 劉方은 명말 청초 사람으로 일반적으로 청대의 극작가로 본다. 하지만 풍몽룡이 일찍이 그의 傳奇를 개정했으니 마땅히 풍몽룡과 동시대거나 혹은 조금 앞 선 시기의 사람일 것이므로 여기서는 여전히 명대에 포함시켰다.

데, 원대元代 무한신武漢臣의 잡극 「산가재천사노생아散家財天賜老生兒」와 유사하다. 『박안경기』 권38 「점가재한서투질 연친맥효녀장아占家財狠婿妒侄 延親脈孝女藏兒」에도 이 이야기가 나오는데, 등장인물의 이름을 바꾸고 관련 대목을 보태고 다듬었다. 동양중童養中의 「연지기胭脂記」, 서림徐霖, 1462~1538의 「유혜기留鞋記」(일실됨)는 곽화郭華가 연지를 사다 상인의 딸을 사랑하게 되는 이야기로, 그 소재는 남조南朝 송대 유의경劉義慶(403~444)의 『유명록幽明錄』, 「매분아買粉兒」에서 유래한 것이다. 이 보다 앞서 금대金代의 원본院本 「감곽랑憨郭郎」, 송대의 화본話本 「분합아粉合兒」, 남송南宋 황도풍월주인皇都風月主人의 『녹창신화綠窗新話』, 「곽화매지모분랑郭華買脂慕粉郎」이 있으며, 원 잡극으로 증서경曾瑞卿의 「왕월영원야류혜기王月英元夜留鞋記」, 증서曾瑞(曾瑞卿, 瑞卿은 자字)의 「재자가인오원소才子佳人誤元宵」, 주경邾經의 「연지여자귀추문胭脂女子鬼推門」이 있으며, 희문戲文으로는 작자 미상의 「곽화매연지郭華買胭脂」(혹은 「왕월영월하류혜王月英元夜留鞋」)가 있다. 동시기 문언소설중에는 풍몽룡의 『정사유략情史類略』 권10 「매분아買粉兒」, 권3 「선사녀扇肆女」 등등이 있다. 완대성阮大鋮, 1587~1646의 「쌍금방雙金榜」은 『유세명언』 권18 「양팔로월국기봉楊八老越國奇逢」 고사를 각색했다. 하지만 시간과 장소가 모두 다르고, 작품 속에서 한 상인이 혼인하여 "동등한 지위의 처와 첩兩頭大"을 두는 이야기를 묘사하고 있다. 각비자覺非子의 「증수기增壽記」(일실됨)는 『성세항언』 권1 「양현령경의혼고녀兩縣令競義婚孤女」 고사를 각색했는데, 주인공 중 한 사람이 은혜를 알고 보답하는 상인이다.

또한, 한한자閑閑子의 「원범루遠帆樓」(일실됨), 유모柳某의 「진주삼珍珠衫」(일실됨), 원우령袁于令의 「진주삼珍珠衫」은 『유세명언』 권1 「장흥가중회진주삼蔣興哥重會珍珠衫」과 같은 소재로, 모두 상인 집안의 혼인 변고를 다루고 있다. 이옥李玉의 「인수관人獸關」은 『멱등인화覓燈因話』 권1 「계천몽감록桂遷夢感錄」과 『경세통언』 권25 「계원외도궁참회桂員外途窮懺悔」 고사를 각색한 것으로, 주인공이 사업에 실패하는 이야기가 나온다. 「점화괴占花魁」는 『성세항언』 권3 「매유랑독점화괴賣油郞獨占花魁」 고사를 각색한 것으로, 진정한 마음으로 명기名妓의 마음을 얻은 기름 파는 소상인이 주인공이다. 「천리주千里舟」(일실됨)는 쌍점雙漸이 차선茶船을 뒤쫓아 소경蘇卿과 재회하는 이야기인데, 송원대의 희문인 「소소경월야범차선蘇小卿月夜泛茶船」 등을 계승한 것이다. 주소신朱素臣의 「십오관十五貫」은 「착참최녕錯斬崔寧」(『성세항언』 권33 「십오관희언성교화十五貫戲言成巧禍」) 고사를 각색했는데, 이야기 속 남녀 주인공이 모두 상인적 배경을 지니고 있다. 「취보분聚寶盆」은 명초의 남경南京 거상 심만삼沈萬三 집안의 '금은보화가 끊임없이 나오는 단지聚寶盆' 이야기를 다루고 있다. 설단薛旦의 「희련등喜聯登」(또는 「쌍배기雙杯記」)은 『성세항언』 권20 「장정수도생구부張廷秀逃生救父」 고사를 다루고 있는데, 주인공이 상인 집안 출신의 젊은 남녀들이다. 장대복張大復의 「쾌활삼快活三」은 주요 내용이 『박안경기』 권12 「도가옹대우유빈 장진경편언득부陶家翁大雨留賓 蔣震卿片言得婦」와 같은 소재로 보통의 상인 두 명이 나온다. 동시에 이 극은 또한 『박안경기』 권1 「전운한우교동정홍 파사호지파타용각轉運漢遇巧洞庭紅 波斯胡指破鼉龍殼」 고사를 추가하여, 두 상인이 "부유하고 고귀하게 되었고 또한 신선까지 되었으니, 「세가지 유쾌한 삶快活三」이라고 이름한 것이다."[114]

저자를 알 수 없는 명청 시대 전기 중에도 상인을 제제로 한 작품이 적지 않다. 예를 들면, 작자 미상의 「천수각天燧閣」은 명초의 남경 거상 심만삼 집안의 취보분聚寶盆 이야기를 다루고 있다. 「옥청정玉蜻蜓」(또는 「부용동芙蓉洞」)은 『박안경기』 권8 「오장군일반필수 진대랑삼인중회烏將軍一飯必酬 陳大郎三人重會」 고사를 추가해 예기치 않게 부자가 된 상인을 묘사하고 있다. 「백라삼白羅衫」(또는 「나삼기羅衫記」)은 『경세통언』 권11 「소지현나삼재합蘇知縣羅衫再合」 고사를 다루고 있는데 그 속에 남을 기꺼이 도와주는 휘주 상인이 나온다. 「재오연再誤緣」(일실됨)은 한 노파가 딸을 어떤 상인에게 억지로 시집보내는 이야기를 다루고 있다. 「백수도百壽圖」(또는 「백수도柏壽圖」, 일실됨)는 『성세항언』 권1 「양현령경의혼고녀兩縣令競義婚孤女」 고사를 다룬 것으로 그 주인공 중 한 사람이 은혜를 알아 보답하는 상인이다. 「금천기金釧記」(일실됨)는 『경세통언』 권24 「옥당춘낙난봉부玉堂春落難逢夫」 고사를 부연하여, 한 상인의 기녀와의 갈등 및 슬픈 결말을 다루고 있다.(풍몽룡의 『정사유략』 권2 「옥당춘玉堂春」에는 "호사가가 「금천기」를 지었다"고 적고 있다) 「금잠기金簪記」(일실됨)는 『환희원가歡喜冤家』 제22회 「황환지모색수관형黃煥之慕色受官刑」과 같은 소재로, 한 젊은 휘주 상인과 몇 명의 비구니들간의 애정행각을 다루고 있다.(이 소설 말미에는 "호사가가 「금잠전기」를 지어 세간에 유행한다"고 적고 있다) 「동정홍洞庭紅」은 『박안경기』 권1 「전운한우교동정홍 파사호지파타용각轉運漢遇巧洞庭紅 波斯胡指破鼉龍殼」 고사를 부연하여, 때가 되어 운수가 트인 한 상인을 주인공으로 삼아 그가 해외무역에서 큰돈을 번 이야기

114 『曲海總目提要』 권28 「快活三」. 袁于令이하 몇 사람은 모두 명말청초 사람인데, 보통은 청대의 극작가로 간주한다. 하지만 袁于令의 「珍珠衫」은 明末의 刊本이 있고 李玉의 「人獸關」, 「占花魁」등은 崇禎刊本이 있으며, 薛旦의 「喜聯登」은 明刊本이 있으므로 여기서는 명대에 포함시켰다.

를 다루고 있다.(「천성복天成福」의 소재와 서로 비슷함) 「다선기茶船記」(일실됨), 「쌍점기雙漸記」는 「소소경월야범다선蘇小卿月夜泛茶船」 고사를 다루고 있다. 「채연시彩燕詩」(일실됨)는 『성세항언』 권10 「유소관자웅형제劉小官雌雄兄弟」와 같은 소재로 유방劉方・유기劉奇의 상업 경영과 혼인에 대한 일을 다루고 있다. 「만배리萬倍利」는 『성세항언』 권35 「서노복의분성가徐老僕義憤成家」 고사를 부연하여, 분한 마음에 상업에 뛰어든 한 의기로운 종이 주인을 위해 큰 돈을 버는 이야기를 다루고 있다. 「잠청삼賺青衫」(일실됨)은 『박안경기』 권11 「악선가계잠가시은 한복인오투진명장惡船家計賺假屍銀 狠僕人誤投眞命狀」 고사를 다룬 것으로 마음씨 좋은 한 소상인이 나온다. 「단오분斷烏盆」(일실됨)은 작자 미상의 원대 잡극 「정정당당분아귀玎玎璫璫盆兒鬼」 고사를 각색한 것이다.[115]

위에 서술한 바와 같이 현존하는 자료만 말해도, 명대의 희곡 작품 중 상인과 관련된 것은 잡극이 약 10종이고(시대를 넘나드는 것을 더하면 10여종임), 전기는 30여종으로(시대 미상인 것을 더하면 40여종임) 그 점유 비중이 비록 크다고 할 수는 없지만 사람들에게 비교적 깊은 인상을 남기기에는 충분하다. 이 중 더욱 주의할 것은 상인과 관련된 그런 희곡 작품 중에 왕왕 명대 단편백화소설을 개작한 것이 있다는 점이다. 이는 둘 간의 밀접한 관계를 반영한 것이며 또한 소설이 희곡에 미친 영향을 반영하고 있다. 그러나 전체적으로 말하면, 명대 희곡의 상인에 대한 표현은 동시대의 백화소설에 미치지 못하며, 또한 원대 희곡에도

115 「金釧記」・「金簪記」를 제외하고 위에 언급한 전기들은 모두 시대를 알 수 없지만, 여기서는 내용과 특징에 기반하여 잠시 명에 포함시켰다. 또, 위 내용은 莊一拂의 『古典戲曲存目彙考』의 조사내용을 참조했다.

훨씬 미치지 못한다. 비단 수량뿐만 아니라 질에 있어서도 그렇다. 「동당노권파가자제東堂老勸破家子弟」와 같은 희곡은 명대의 어느 시기에도 다시 출현하지 못했다. 이는 아마도 원대 희곡과 명대백화소설에 비해 명대 희곡이 상대적으로 문인화文人化되고 고아화高雅化된 것에 기인한 결과일 것이다.

이 밖에도 학자들의 연구에 따르면, 명대 상인의 희곡에 대한 관여가 넓고도 깊은 것이 명대 희곡이 번영한 큰 원인 중의 하나였다. 하지만 상인들이 직접 극단을 조직하거나 극본을 직접 쓰는 등 희곡과의 교섭이 넓고 깊은 것에 비해 그에 정비례하여 희곡의 소재 방면에 반영되지 못한 것은 아마도 명대 상인이 자신을 표현하는데 아직은 자신이 없었음을 보여주는 것이라고 하겠다.

7) 시문詩文

전통 시문 속 상인에 대한 표현은 이미 앞 시대 문학에서 일찍부터 시작되었지만, 명대 문학에 이르러서야 진정으로 비로소 사람들에게 모종의 인상을 남기기에 충분할 정도의 분위기가 형성되었다. 명대문학의 한 가지 기본적인 특색은 통속문학에서 대량으로 광범위하게 상인을 표현했을 뿐만 아니라 전통시문에서도 통속문학에 뒤지지 않을 만큼 상인을 표현했다는 것이다. 어떤 명대 문인의 문집을 펼쳐 보든 거의 다 상인과 관련된 약간의 작품을 볼 수 있다. 이런 현상은 이전에는 없었던 것이고 또한 훗날에도 보기 드문 일이다.

기본적인 원인은 아마도 명대 문인과 상인의 관계가 밀접해졌기 때문일 것이다. 본 장의 제1절에서 이미 지적했듯, 명대 상인의 고상한 풍류 좇기, 명대 문인의 상인과의 교유, 상인 가정 출신의 명대문인은 모두 당시의 보편적인 사회 현상이었다. 이런 사회 현상의 배경 아래 상인을 위해 시와 문장을 지어 주는 것은 자연스럽고 당연한 일이었다. 명대 문인과 상인의 밀접한 관계가 명대 시문에 미친 영향은 명대 통속문화에 미친 영향과 비교하면 사실 더욱 직접적이고 분명하다. 왜냐하면 통속 문학에 비해 시문이 그들 간의 교유관계를 더욱 직접적으로 반영할 수 있기 때문이다.

경제적 요소도 사람들이 상상했던 것보다 더욱 중요할 수 있다. 상인들이 문인들에게 접근하여 고아한 문화생활을 따라할 수 있었던 것은 의심할 바 없이 그들이 문인들에게 경제적으로 만족할 만한 것을 제공하기를 원했던 것과 관련이 있다. 또한 문인들이 상인들과 교유하며 상인을 위해 시문을 써준 것도 상인에게서 경제적 이익을 얻을 수 있었던 것과 관계가 있을 것이다. 문인과 상인간의 경제적 호혜 관계는 평소의 일상적 교유 중에 표현될 뿐만 아니라 시와 문장을 짓는 데서도 드러난다. 약간의 예외를 제외하면 상인 혹은 그의 가족을 위해 지은 명대의 많은 시문들(주로 묘지명과 전傳과 수서壽序 등)은 문인들에게 상당한 경제적 수입을 가져다 준 것이 거의 확실하다. 바로 이러한 이유로 저명한 문인의 문집 중에는 상인을 대상으로 한 묘지명과 전, 혹은 수서가 자주 그리고 더욱 많이 보인다.

다수의 묘지명과 전 및 수서류 작품의 배후에는 위에 언급한 경제적 요소가 존재하기 때문에 그 진실성과 신뢰도를 상당히 의심하지 않을 수 없다. 또한 설령 상인을 전의 주인공으로 삼지 않더라도 이런 문체의 본래적 특성이 '악은 숨기고 선은 드러낼隱惡揚善' 것을 작자에게 요구하니, 하물며 상당한 윤필을 해야 하는 상황에서 문인의 붓놀림이 또한 어찌 자유로울 수 있었겠는가? 이런 까닭에 명대 시문 중 대부분의 상인 비지碑誌·전·수서류 작품은 대체로 어떤 문학적 가치도 없다. 상인 소재의 시문과 통속 문학을 비교해 보면 우리들은 곧 하나의 직관적인 인상을 받을 수 있다. 통속문학 속의 상인 형상은 그 인물이 긍정적이든 부정적이든 대부분 비교적 진실하고 믿을 만하며 풍부하고 다채롭다. 반면에 시문 속의 상인 형상은 자주 긍정적인 형상 일변도로 그려지며 과분한 칭찬의 말로 가득하다. 그 원인은 바로 위에 서술한 바의 그런 이유 때문이다.

그러나 만약 시각을 달리해 보면, 명대 시문에서 상인에 대한 표현이 많아진 것은 결국 일종의 문학적 진보를 구현한 것으로 생각할 수 있다. 그것은 주로 다음 몇 가지 이유에서이다. 우선, 어떤 이유에서 문인이 상인을 위해 시문을 써주었든, 그리고 이런 류의 시문이 본래 문학적 가치를 얼마나 결여하고 있는지와는 상관없이, 상인을 위한 시문이 다수 출현한 것 자체가 이미 상인세력이 자신을 위한 좋은 말과 '묘비와 전기'와 같은 문학작품을 구매할 수 있을 정도의 충분한 재력을 가질 만큼 성장했으며, 동시에 적어도 양적 증가를 통해 상인을 표현하는 것을 중시하지 않았던 예로부터의 시문의 경향을 바꾸었음을 설명해주고 있다. 또한 상인에 대한 문인의 과찬이 설령 진심에서 우러나온 것이 아니라 다만 금전을 위한 것일지라도 '거짓도 오래하면 진실이 되듯' 무의식중에 변화되어 또한 문인의 관념과 사회 풍조에 상당한 정도의 영향을 끼쳤다면 상인에게도 더욱 이득이 되었을 것이다. 게다가 상인에 대한 문인의 과찬이 많든 적든 전체적으로는 얼마간 사실에 근거해야하고, 이러한 사실적 근거를 발견하기 위해 문인들이 상인의 생활에 주목하지 않을 수 없었으니 이 역시 문인들의 가치관념의 변화를 객관적으로 이루어 낸 것이다. 마지막으로, 앞서 서술한 문인의 시민성 때문에 많은 문인들에게 있어서 상인을 위한 좋은 말, 특히 자신의 상인 친구를 위한 좋은 말은 그들 역시 온전히 원하는 바였을 것이다. 이런 이유로 명대 시문에서 상인에 대한 표현이 많아진 것은 하나의 진보이며 이는 명대 통속문학의 경향과도 일치한다고 이해할 수 있다.

명대 시문 속 상인에 대한 표현은 시기가 뒤로 갈수록 증가하는 경향이 있다. 이몽양李夢陽, 1475~1529과 왕세정王世貞, 1526~1590을 사례로 진건화陳建華가 표본조사를 한 적이 있는데, 이몽양의 『공동선생집空同先生集』은 묘지명 총 45편 중 상인을 위해 지은 것이 4편으로 전체의 9%였으며, 왕세정의 『엄주산인사부고弇州山人四部稿』는 묘지명 총 90편 중 상인을 위해 지은 것이 15편으로 전체의 16.6%였고, 『엄주산인속고弇州山人續稿』는 묘지명 총 250편중 상인을 위해 지은 것이 44편으로 전체의 17.6%였다. 『공동선생집』은 가정嘉靖 초에 간행되었고 『엄주산인사부고』는 만력萬曆 초에 간행되었으며 『엄주산인속고』 수록분은 왕세정의 만년작으로 대략 만력 18년(1590) 이전 작품이다. 위에 말한 세 부의 문집을 통해 보면 상인을 위해 지은 묘지와 전은 시간이 갈수록 점차 증가하는 경향이 있다고 볼 수 있다.[116] 물론 매 문집마다 상황이 다 다르기 때문에 당연히 이러한 표본조사는 한계가 있지만, 모든 문집에 대해 조사하는 것은 현재로서는 또한 그다지 가능하지 않다. 하지만 만약 학술연구에서 직관적 인상을 조금이나마 허용한다면 명대 문집에 대한 우리의 직관적 인상은 확실히 위에 서술한 표본조사와 비슷한 현상을 보여주고 있다. 이러한 현상이 나타난 원인은 우리가 생각하기에 명대 문학의 발전 과정과 여전히 관련이 있다. 정체에서 부흥으로, 부흥에서 정점에 이르는 명대문학의 발전 과정이 바로 명대 시문 속 상인에 대한 표현이 날로 증가하는 경향의 배경이며, 더욱 거대한 배경은 쇠락으로부터 번성에 이른 명대 시민사회와 상인 세력의 변천이다.

경제적 측면과 응수문자應酬文字라는 요소를 제거한 후, 명대 문인의 상인에 대한 표현을 다시 보면, 다음과 같은 적극적인 원인을 찾아볼

---

116 陳建華, 『中國江浙地區十四至十七世紀社會意識與文學』, 上海 : 學林出版社, 1992, 335면 참조. [역주] 陳建華의 연구에 기댄 이 통계와 해석은 후속 연구에 따르면 부정확한 것이다. 孫礼祥, 「王世貞商人傳記研究」, 중국 : 安徽大學 碩士論文, 2004, 1～2면에 따르면 이몽양의 상인전기는 8편, 왕세정의 상인전기는 『弇州山人四部稿』에 19편, 『弇州山人續稿』에 45편으로 총 64편이다. 또, 왕세정의 碑誌文만을 조사한 朴京男, 「金昌協의 비판을 통해 본 王世貞 散文의 진면목-商販 碑誌文을 중심으로」, 『韓國漢文學研究』 46집, 2010, 181～184면에 따르면 『弇州四部稿』에는 총 85편의 碑誌文중 13편, 『弇州續稿』에는 총 241편의 碑誌文중 35편이 상인을 위해 지은 것이다. 또한, 명대 작가들 다수가 상인을 대상으로 한 碑誌傳狀類의 작품을 남기고 있지만, 李夢陽(1473～1530)・歸有光(1506～1571)・李攀龍(1514～1574) 등이 각 8편, 汪道昆(1525～1593)이 112편, 王世貞(1526～1590)이 69편을 지었고, 袁宏道(1568～1610) 1편, 鍾惺(1574～1624) 4편, 譚元春(1586～1637)이 2편을 남기고 있으므로, 상인을 위해 지은 묘지와 전이 시간이 갈수록 점차 증가하는 경향이 있다기보다는 상인의 자제인 汪道昆 및 상인의 처지에 특별한 관심을 가지고 있었던 王世貞 등 몇몇 작가에 의해 집중적으로 창작되었음을 알 수 있다. 또한 그 작품들을 엄밀히 분석해 보면, 상인의 생활과 의식에 관한 핍진한 묘사와 함께, 낮은 신분적 지위로 인해 부당한 대우를 받는 상인의 억울한 처지에 공감하면서, 그럼에도 실질적인 많은 선행을 베풀고 있는 현실의 상인들을 발굴・선양함으로써 상인의 가치를 재평가하려는 적극적인 창작의식을 엿볼 수 있다. 이에 대해서는 박경남, 윗 글, 위 책, 2011과 「王世貞의 商人傳記 창작과 復古의 현실적 의미」, 『韓國漢文學研究』 56집, 2014 참조.

수 있다. 하나는 상업 자체가 이미 더 이상 영광스럽지 않은 일이 아니라 사회의 각종 정당한 직업중의 하나라고 생각하게 된 것이다. 아래의 시사적인 사례들은 많은 명대 문인들이 자기 조상의 상업 경력을 말하는 것을 결코 꺼려하지 않고 차라리 흥미진진한 즐거운 일로 이야기하는 경향이 있음을 보여준다. 가령, 자기 가족을 위해 지은 전기에서 이몽양은 감정이 가득 담긴 필치로 일찍이 그의 조부가 상업으로 집을 일으킨 분투의 역사를 묘사한다.

> 정의공貞義公(저자 주 : 이몽양의 증조부)이 돌아가실 때, 처사공處士公(저자 주 : 이몽양의 조부)은 8살이었다고 한다. 이때 처사공의 어머님께서 다른 사람에게 개가를 해서 공은 그 집에서 먹고 살 수 없었기에 고단하고 적막한 신세로 빈녕邠寧 지역을 왕래하며 장사를 배웠다. 소상인이 되어 자기 힘으로 살다가 십여 년 후에는 중상인이 되었다고 한다. (…중략…) 처사공은 오히려 더욱 신중하게 생계를 도모하여 날로 부유해져서 큰 재산을 소유했다. 고을 사람이 돈을 쓰고자 하면 면식이 있든 없든 묻지도 않고 모두 빌려 주니, 고을 사람 중에 처사공을 칭찬하지 않은 이가 없었다. 처사공은 소금을 싣고 동네를 지나면서 집집마다 소금을 문 앞에 놓고 갔고 채소를 싣고 가면 또 동네사람들에게 채소를 나눠 주었다. 해마다 나눠 주는 소금과 채소가 대략 수 십 수레니 동네 사람들이 일 년 내내 다시는 소금과 채소를 사지 않았다.[117]

---

117 貞義公(毅平按 : 李夢陽曾祖父)沒時, 處士公(毅平按 : 李夢陽祖父)蓋八歲云. 是時母氏改爲他氏室, 而公乃因不之他氏食, 零零傍傍, 往來邠寧間, 學賈. 爲小賈, 能自活. 乃後十餘歲, 而至中賈云 (…中略…) 處士公顧愈謹治生, 日厚富, 有貲. 郡中人用貲, 無問識不識, 皆與貲. 於是郡中人亦無不多處士公. 處士公載鹽過閭里, 與閭里門鬥鹽. 及載菜, 即又與

전의 주인공은 '의붓자식'이 되는 것을 바라지 않고 열심히 상업에 종사하여 자기 힘으로 살다가 부유한 '중상인'이 되었을 뿐만 아니라 마을을 위해 좋은 일을 해서 마침내 다른 사람의 존경을 받게 되었다. 위 전기에서 작자는 조부의 상인 신분과 업적을 자랑스럽게 생각하는 심정을 표출하고 있다. 돌아가신 아버지를 위해 도륭屠隆, 1544~1605이 쓴 아래 전기에도 '선친'이 장사하다 실패한 경력을 꺼리지 않고 말하고 있다.

> 선친께서는 사람됨이 소박하고 진솔하였다. 어려서는 마을에서 저포 놀이와 육박전, 말타고 활쏘기 하는 것을 매우 좋아했다. 이 때문에 학교에서 글을 배우다가 이내 그만두었고 장사를 배웠지만 장사에도 실패하였다. 장사하다가 손해를 보았지만 그만두지 않았고, 또 다시 손해를 보았지만 그치지 않았다. 장사에서 실패한 뒤로 4·5년 동안 이익이 없었지만 끝내 그만두려 하지 않고 오히려 당연한 것으로 생각했다고 한다.[118]

왕도곤汪道昆 역시 자신의 부친과 조부를 위해 쓴 행장에서 선인들이 "유학을 널리 공부하다가" "모두 장사를 하게 되었다"고 상업에 종사한 경력을 거리낌 없이 솔직하게 묘사했다.[119] 위와 같은 솔직한 묘사들은 명대 문인들이 더욱 적극적으로 상인을 긍정하는 경향이 생겼음을 설명해주고 있다. 그렇지 않다면 그들이 선조들의 상업 행위를 언급하

閭里菜. 卒歲散鹽, 菜數十車, 於是閭里卒歲不復購鹽菜.(李夢陽, 『空同先生集』 권38, 「族譜·大傳第四」)

118 先君爲人樸茂坦夷, 少居里閈, 頗好樗蒲六博, 挾彈走馬. 以故始學學, 學廢; 已學殖, 殖又敗. 殖失利, 不止, 已又失利, 又不止. 從敗殖之道, 至四五歲不利, 而終不肯輟不爲, 猶謂是適然云.(屠隆, 『由拳集』 권23, 「趙太夫人行略」)

119 汪道昆, 『太函集』 권44, 「先府君狀」; 권43 「先大父狀」.

며 전기에서 그렇게 당당하고도 떳떳하게 드러내지는 않았을 것이기 때문이다.

명대 중후기에 이르면 개성을 중시하는 문예 조류가 출현했다. 명대 문인은 상인을 표현할 때, 그들 자신의 구미에 잘 맞는 개성 있는 상인 친구들에 대해서는 진심으로 찬양하는 태도를 취할 수 있었다. 이런 작품들은 왕왕 경제적인 측면과 응수문자라는 고려사항을 초월해 일정 정도의 문학적 가치를 지녔으니 상인을 대상으로 한 시문 중에서도 뛰어난 작품이라고 할 만한다. 가령, 이몽양이 흡상歙商 포필鮑弼를 위해 지은 묘지명은 상당히 생동감 있는 한 편의 상인전기로 상인 주인공의 개성과 풍모를 그림처럼 묘사하고 있다.

정덕正德 16년 가을, 매산자梅山子가 왔다. 이자李子는 그의 몸이 살찌고 건장해졌음을 보고 기쁘게 악수하며 말했다. "매산께서는 살이 찌셨네요?" 매산이 웃으며 말했다. "제가 의술을 할 수 있게 되었지요" 이자가 "또 어떤 것을 할 수 있나요?"라고 하니 매산은 "풍수가의 일을 할 수 있지요"라고 대답했다. 이자가 "또 무엇을 할 수 있나요?"라고 물으니 매산은 "시를 지을 수 있지요"라고 대답했다. 이자는 크게 놀라고 기뻐하며 주먹으로 그의 등을 치며 말했다. "자네가 오吳 땅의 아몽阿蒙인가? 헤어진 지 몇 년 만에 시를 짓고, 의술을 익히고, 풍수가의 일을 할 수 있다니?"

이자는 귀빈이 와서 매산을 불렀다. 손님이 원래 주량이 크니, 매산도 술을 거나하게 마셨다. 깊고 가는 술잔을 기울이다 보니 해가 지고 달도 졌다. 매산은 취하면 매번 마루에 기대 노래를 불렀는데 그 소리가 유장하면서도 격렬했다. 노래를 마친 후 크게 웃고, 손님에게 술잔을 돌리니 손님도 크게 웃으며 술에 취해 기쁘게 노래로 화답했다. 이자가 또 주먹으로 그의 등을 치며 말했다. “자네와 오랫동안 헤어져 있었더니 자네는 이제 술도 잘 하고 노래도 잘하네?” 손님이 처음에는 매산을 얕보았었는데, 이에 큰 그릇으로 여기며 그를 중시했다.[120]

이와 같은 상인 전기는 앞 시대 문학에서는 아마도 일찍이 출현한 적이 없었다. 위 전기 속에 충만한 문인과 상인과의 우정은 서로 뜻이 맞고 도가 부합하여 의기투합하게 된 기초 위에 건립된 일종의 진정한 지기知己의 우정이라고 할만하다. 그러므로 이런 상인전기는 더 이상 청탁에 응한 것에 국한되지 않고, 마침내 어느 정도의 문학적 가치를 지니게 되었다.

명대 중후기 문학에는 욕망을 긍정하는 조류도 나타났다. 이런 까닭에 향락주의적 인생철학을 숭상하며 음악과 여색에 취해 생활할 수 있는 상인 친구들도 당연히 문인들의 진심어린 찬양과 긍정의 반응을 불러 일으켰을 것이다. 향락에 빠진 상인들의 행위를 표현하는 전기도 왕왕 어느 정도의 문학적 가치를 지니고 있다. 가령 오吳 땅의 거상인 장충張沖은 지극히 특색 있는 상인으로, 이반룡李攀龍, 왕세정, 황보방皇甫汸 등 많은 저명한 문인들도 일찍이 왕래하며 그에게 전기를 써주었다. 그 중 황보방의 전기는 다음과 같다.

---

120 正德十六年秋, 梅山子來. 李子見其體腴厚, 喜握其手曰 : “梅山肥邪?” 梅山笑曰 : “吾能醫.” 曰 : “更奚能?” 曰 : “能形家者流.” 曰 : “更奚能?” 曰 : “能詩.” 李子乃大詫喜, 拳其背曰 : “汝吳下阿蒙邪? 別數年而能詩, 能醫, 能形家者流?” 李子有貴客, 邀梅山. 客故豪酒, 梅山亦豪酒. 深觴細杯, 窮日落月. 梅山醉, 每據床放歌, 厥聲悠揚而激烈. 已, 大笑, 觴客, 客亦大笑, 和歌醉歡. 李子則又拳其背曰 : “久別汝, 汝能酒, 又善歌邪?” 客初輕梅山, 於是則大器重之.(李夢陽, 『空同先生集』 卷43, 「梅山先生墓志銘」)

(장충은) 장년壯年이 되자, "대장부가 이 세상에 살면서 관복을 입고 벼슬하거나 수레를 타고 군대를 지휘하며 자기 뜻을 유쾌하게 펼칠 수 없다면, 마땅히 협객이 되어 사방을 돌아다녀야지 어찌 창문 아래 뻣뻣하게 누워 방 한 칸을 차지하고 있을 수 있겠는가?"라고 탄식하였다. 이윽고 전대 속에 돈을 마련해서 도읍지로 가서 장안長安의 소년들과 투계 · 말타기 · 축국蹴鞠 · 저포 · 박색博塞(雙六과 비슷함) 놀이를 했다. 가끔 고양高陽 지역 무리들과 주점에서 즐겁게 술을 마시며 계집들을 껴안고 앉아 슬픈 아쟁 소리를 들으며 음식 값으로 일만 전을 뿌려대며 귀인貴人보다 돈을 더 잘 쓰면서도 곁눈질하며 동요하지 않았다. 도읍 사람들이 모두 그를 부러워하며 목을 늘여 사귀고자 하지 않는 이가 없었다. 가산을 돌 볼 때는 스스로 근검절약하도록 힘썼고 종들과는 동고동락하였다. 집은 반드시 크고 화려하게 지었고 수집한 기물과 완상품들은 모두 다 정교하여 권세 있는 집안에서도 일찍이 소유한 적이 없는 것이었다. 옷을 재단할 때면 번번이 늘이거나 줄였는데, 세속에서 넓은 옷 · 높은 관 · 곡선의 옷깃 · 넓은 소매를 숭상하면 좁고 작게 입어 풍속을 고치려 하였다. 그가 모자에 장식을 달고 앞치마를 입거나 가죽 주머니를 차면 사람들도 모두 따라했다. 하지만 결국 그에 미칠 수는 없었다. 가까운 친척과 좋은 친구들을 만나면 농담과 해학으로 좌중을 다 귀 기울이게 하고는 마침내 바른 도리로 귀결시키니 사물에 의탁하여 풍자하는 것과 같았다.[121]

---

121 甫壯, 嘗歎曰 : "丈夫處世, 不能冠纓結綬, 乘軒擁麾, 以快其志, 當遊俠四方, 安能僵臥牖下, 事一室乎?" 乃齎橐中裝, 去之京師, 與長安少年爲鬥雞, 走馬, 蹴鞠, 樗蒲, 博塞之戲. 間與高陽之徒酣飮壚肆, 擁姬促坐, 哀箏順耳, 食揮萬錢. 卽貴人過之, 睥睨不爲動色也. 都人士咸向慕之, 莫不延頸願交焉. 及視家人產, 力勤自約, 與童僕同甘苦. 至營堂室, 必華敞. 所蓄器物玩好, 必精巧, 雖巨室未嘗有也. 其衣裳戍削之制, 輒爲增損. 俗尚褒衣高幘曲衿侈袂, 故爲狹小以矯之. 所簪帢帽服襜袷佩鞶囊, 人皆效之, 終莫能及也. 對密親良友, 詼談

위 전기에는 주인공의 사치스럽고 호화로운 생활에 대한 부러움과 호방한 협객 성격의 주인공에 대한 호감 및 주인공의 인생철학에 대한 찬양과 동조의 기운이 넘쳐흐른다. 또, 왕도곤汪道昆이 거상 왕계공汪季公을 위해 쓴 아래 묘지명에도, 산더미처럼 돈을 모아 물 쓰듯 하는 상인을 묘사하며 그의 향락주의 인생철학에 대해서도 큰 찬사를 보내고 있다.

이에 둘째 형을 따라 무주婺州 · 태주台州 · 견주甄州 · 괄주括州 · 고숙姑孰 · 회해淮海 · 금릉金陵에서 장사했다. 어느 땅이 이로운지를 가늠해 지역을 옮겼고, 마땅한 때를 살펴 때를 좇았으며 마음속으로 잘 헤아려 저울 재듯 공평하게 이권利權을 잘 다루었다. 이렇게 수 십 년 동안 살아 억만의 재산을 모았다. 회해 연안 양적陽翟의 많은 거상들은 날마다 음악과 여색을 즐겼다. 계공季公은 "저 간들거리는 가락이여! 거의 달인에 가깝구나!"라고 감탄하며 이내 천금을 써서 가무단을 사서 오릉의 호족[122]처럼 놀았다. 손님이 말했다. "공은 후세 사람들에게 근검으로 사표가 된 찬후酇侯 소하蕭何처럼 행동하심이 어떠신지요? 공께서 사치스럽게 사신다면 어찌 사표가 될 수 있겠습니까?" 계공이 웃으며 말했다. "나는 오히려 보았네. 미앙궁이 폐허가 되고, 한 고조 또한 자기 한 몸 지키지 못했음을. 손님께서는 그만 하시게!"[123]

謔浪, 一坐盡傾. 而卒歸於正, 類托諷焉."(皇甫汸, 『皇甫司勳集』 卷51 「張季翁傳」)

122 [역주] 오릉의 호족 : 권세와 부귀를 누리는 이들을 지칭한다. 五陵은 漢代의 다섯 황제의 능묘로 모두 수도 장안 부근에 위치해 있었는데, 당시의 부자들과 豪族 및 外戚들이 다 이 곳에 거주했다고 한다.

123 乃從仲兄賈婺, 賈台, 賈甄, 賈括, 賈姑孰, 賈淮海, 賈金陵. 卜地利則與地遷, 相時宜則與時逐. 善心計, 操利權如持衡. 居數十年, 累巨萬. 淮海多陽翟大賈, 日以聲色爲娛. 季公歎曰

왕계공의 향락주의 인생철학과 장충의 예법에 얽매이지 않는 생활 태도는 명대 문인들에게 짙은 감흥을 불러 일으켜 전기에 생동감 있게 묘사되었다. 이는 명대문인 역시 욕망을 긍정하며 자신도 늘 상인과 같은 생활 방식을 지향했으므로, 정신적으로나 기질적으로 상인들과 서로 통했기 때문이다. 상술한 이런 류의 상인 전기는 또한 얼마간 문학적 가치도 지니고 있다.

상인의 인생철학, 생활태도와 개성적 특징 외에, 용감히 모험을 즐기며 경영을 잘하는 상인의 또 다른 측면도 자주 문인들에게 인정과 칭찬을 받았다. 이는 상인을 표현하는 데 있어서 명대 시문의 또 다른 특색 및 진보적인 측면을 반영하고 있다. 가령 왕도곤은 위에 인용한 왕계공 묘지명에서 그가 상업 경영을 잘해 부유해졌음을 칭찬하고 있다. 또, 고린顧璘은 어떤 부유한 상인의 묘지명을 쓰며, 이 부유한 상인이 "호남湖南 지역에서 장사해 자산을 크게 불렸다"[124]고 칭찬하고 있다. 포상蒲商[125] 왕현王現을 위해 쓴 묘지명에서 이몽양은 묘지명의 주인공이 "마음속으로 물건 값의 고하경중高下輕重을 잘 헤아려 때에 맞춰 가격을 낮추거나 높여 부자가 될 수 있었다. (…중략…) 또한 시세를 살펴 물량을 늘리거나 줄이기를 잘해서 끝내 그 자신은 함정에 빠지지 않았다"[126]고 칭찬하고 있다. 육심陸深, 1477~1544은 보응寶應 상인

:"彼哉靡靡乎, 庶幾乎達者矣!" 乃散千金, 征歌舞, 爲五陵豪. 客言:"公何如鄭侯, 彼且令後世師吾儉; 公作法於汰, 安足師!" 季公笑曰:"吾猶見未央之爲墟, 赤帝子且不保, 客休矣!"(汪道昆, 『太函集』 卷56, 「明故新安衛鎭撫黃季公配孺人汪氏合葬墓志銘」)

124 又賈湖湘間, 大拓貲產.(顧璘, 『息園存稿』 卷6, 「長洲楊處士順甫與其配呂儒人墓表」)

125 [역주] 蒲商 : 福建 莆田市 商人의 약칭. 중국 십대 商帮의 하나인 閩商에서 갈라져 나온 것이다.

126 善心計, 識重輕, 能時低昂, 以故饒裕 (…中略…) 又善審勢伸縮, 故終其身弗陷於阱羅.(李夢陽, 『空同先生集』 卷44, 「明故王文顯墓志銘」)

범여范畲를 위해 쓴 묘지명에서 "명목과 이치에 모두 밝아 유자들도 그를 따라갈 수 없었다"[127]고 하며 주인공의 '상도商道'를 칭찬했다. 휘주 상인 포광우鮑光宇를 위해 쓴 아래 전기에서 육심陸深은 또한 상업 경영을 잘하고 총명하며 능력이 있는 주인공을 긍정과 칭찬의 필치로 묘사하고 있다.

> 스무살이 되자 사촌 형제들과 함께 장사하며 개봉 지역을 왕래했다. 십여 년 동안 억만의 재산을 저축하니 다른 상인들은 모두 그보다 못했다. 어떤 사람이 비결을 물으니 이렇게 대답했다. "나는 다만 경쟁하려는 마음이 없을 뿐이에요. 물건이 모이면 경쟁하는 사람들은 다 팔리고 없을까봐 다투어 사지만, 나는 남들이 다 사길 기다렸다가 그걸 사지요. 물건을 팔 때도 경쟁하는 이들은 다 팔리지 않을까봐 다투어 팔지만, 나는 다 팔기를 기다려 그걸 팔지요. 무릇 물건을 사려고 경쟁하면 반드시 가격이 폭등하고, 팔려고 경쟁하면 반드시 물건이 쌓이게 되죠. 이는 모두 사물이 순환하는 이치가 아닙니다. 나는 다만 경쟁하지 않고, 사물의 이치를 이치로 삼을 뿐입니다. 그래서 나는 항상 남들이 장사한 뒤에 장사에 나서지만 이익을 취하는 것은 항상 남보다 앞서지요."[128]

명대 문인은 상업 경영의 가치를 긍정할 수 있었기 때문에 위의 서

---

127 陸深『儼山文集』권68,「良沙範先生墓志銘」.

128 甫冠年, 偕其群從行賈, 往來汴中. 積十餘歲, 貲累巨萬, 他賈者咸弗若也. 或請焉, 曰 : "吾惟無競心云爾. 方貨之集也, 競者市之, 惟恐盡. 吾俟其盡取之, 而吾從而取焉. 及其售也, 競者發之, 惟恐不盡. 吾俟其盡發之, 而吾從而發焉. 夫市競焉, 價必湧; 售競焉, 貨必壅--是皆非物之理也. 吾惟無競焉, 而以物之理爲理. 故吾之賈也常居人後, 而操其贏也常先. (陸深,『儼山文集』권61「鮑處士小傳」)

술처럼 경영에 뛰어난 상인들을 성공의 전범으로 삼아 열정적으로 칭찬했다. 그리고 이전 시기의 시문에 보이는 것처럼 상인을 '돈 한 푼에 싸우는' 부정적 인물로 여겨 경시하거나 비웃음을 보내는 일은 다시하지 않았다. 위에 서술한 것과 같은 작품들은 문학적 가치가 상당하다.

대체로 상인을 긍정하기 때문에 장사를 하며 겪게 되는 상인의 곤궁함과 괴로움, 고생스러움과 부지런함들이 명대 시문 속에는 더욱 많이 그리고 더욱 긍정적으로 표현되었다. 가령 허종노許宗魯, 1490~1559가 한 상인을 위해 쓴 묘지명에는 주인공의 고달픈 삶이 긍정적으로 묘사되어 있다.

> 옹翁은 스무살이 되기 전 이미 장사를 시작해, 장사하는 60년 동안 별을 보며 일어났고 비가 새는 집에서 잠들었다. 겨울에는 눈발을 무릅쓰고 나갔으며 여름에는 열병에 걸리기도 하였다. 파도치는 물길을 건너고 험한 산길을 지나 넓디넓은 세상을 분주히 다니며 편안하게 쉰 해가 없었다. 그러므로 자산은 날마다 늘어 샘물처럼 흘러 넘쳤지만, 나는 그가 계속 장사하는 것만 보았지 멈추는 것은 보지 못했다.[129]

윗글에서 긍정하는 것은 사실 일종의 상인의 직업정신으로, 통속문학에서 상업 경영을 긍정하는 것과도 서로 통한다. 그러나 이와 같은 명확한 긍정은 앞 시대 시문에서 반드시 있었던 것은 아니다. 또, 왕도

129 翁未冠卽服賈, 服賈六十年, 見星而興, 中漏而寢; 寒冒霜雪, 暑觸瘴癘; 水犯波濤, 山淩險阻; 渠渠僕僕, 歲無寧處. 故貲日以生, 源源若流泉, 吾見其繼也, 未見其止也.(許宗魯, 『少華山人文集』 권13, 「處士白翁墓表」)

곤이 상인 정쇄程鎖를 위해 쓴 묘표에서도 주인공의 직업정신이 똑같이 표현되고 있다.

> 정장공程長公은 현명하고 호기 있는 종친들 열 명을 구해 삼십만 냥을 서로 모아 연합하여 오흥吳興과 신시新市에서 장사를 했다. 그때 여러 정程씨들이 흥성興盛하였는데 호기로운 소년들은 사치스런 생활로 서로 뽐내려고 하였다. 장공은 열 명의 동업자들과 함께 세태를 따르지 말고 고생스런 생활을 하자고 맹서하고 끊임없이 행상을 나갔다. 한 겨울에도 화로를 피우지 않고 대나무를 잘라 죽통을 만들어 쉬지 않고 수레에 싣고 나가니, 이것이 곧 불을 쬐는 격이었다. 이렇게 오래하다 보니 빠른 속도로 사업이 번창해서 열 명 모두 헤아릴 수 없을 정도로 많은 재산을 모았다.[130]

만약 상인의 상업적 성공을 그들의 직업 정신과 연관시켜 생각해 보면, 장사는 더 이상 일종의 순수한 이익추구 행위가 아니라, 극단적인 엄격함을 요구하는 일종의 정당한 직업이 된다. 따라서 직업정신을 지키기 위한 시련을 견뎌낸 상인은 사람들에게 존경받는 성공한 사람이 된다. 위에 서술한 전기는 저자의 바로 이런 생각을 드러내고 있다.

요약하면, 명대 문인과 상인의 관계가 한 걸음 더 밀접해짐에 따라 상인에 대한 명대 문인의 이해도 더욱 진일보해졌으며, 이에 따라 명대 문인들은 상업 경영의 가치를 긍정하고, 그들의 개성과 욕망에 대

130 長公乃結擧宗賢豪者, 得十人, 俱人持三百緡, 爲合從, 賈吳興新市. 時諸程鼎盛, 諸俠少奢溢相高. 長公與十人者盟 : 務負俗攻苦. 出而即次, 即隆冬不爐, 截竹爲筒, 曳踵車輪, 以當炙熱. 久之, 業駸駸起, 十人者皆致不貲.(汪道昆『太函副墨』 권19, 「明處士休寧程長公墓表」)

해서도 존중하게 되었다. 이러한 이유로 상인을 위해 지은 작품이 명대 문인의 문집에 다수 출현하는 전무후무한 광경이 연출되어 명대 시문의 중요한 특징 중 하나가 되었다. 설령 그 중에 다수의 응수문자와 경제적인 고려에서 나온 작품들이 가득하다고 해도 그 중 우수한 작품들은 또한 확실히 일정한 문학적 가치를 지니고 있다. 따라서 명대 통속문학과 명대의 시문은 서로 멀리서 호응하며 상인에 대한 표현에 있어서 중요하고도 유력한 한 획을 그었다고 할 수 있다.

3. 명대 문학에 표현된 상인의 특징

명대문학 속 상인에 대한 표현은 앞 시대 문학에서 장기적으로 축적된 기초 위에 명대사회와 문화 환경의 직접적인 자극 아래 중국 고전문학사상 최고단계에 도달했다. 이 절에서 우리는 여전히 통속문학을 중심으로 하면서 동시에 전통 시문을 함께 고찰함으로써 명대문학 속에 표현된 상인의 특징에 대한 초보적인 고찰을 시도해 보고자 한다.

1) 상인에 대한 태도

명대 문학 속에 표현된 상인의 중요한 특징 중의 하나는, 이전 시기의 문학과 비교할 때 상인에 대한 태도가 더욱 동정적이고 긍정적으로 표현되었다는 점이다. 물론 상인에 대한 비난과 불만의 소리를 여전히 자주 들을 수 있긴 하지만, 그렇다 하더라도 상인과 상업경영에 대한 명확한 긍정이야말로 의심할 바 없는 명대 문학의 중요한 특색 중의 하나이다.

「증지마식파가형, 힐초약교해진우贈芝麻識破假形, 擷草藥巧諧眞偶」[131] 속의 상인 장생蔣生은 어떤 관리 집안의 딸이 마음에 들었지만, 그녀의 배필이 되기에는 자기 집안이 어울리지 않는다고 걱정했다. 그 딸의 부친이 그를 위로하며 말했다.

> 장사 또한 좋은 직업이니 천한 부류가 아니네.[132]

이는 명대소설 속에서 자주 들을 수 있는 목소리로, 상인 계층의 사회적 작용에 대한 일종의 적극적인 긍정이다. 당시 관료 집안사람들이 진짜 이렇게 말했는지는 알 수 없지만, 적어도 소설의 작자는 이렇게 생각한 것이다. 소위 '좋은 직업'이란 곧 정당한 직업이고, 이는 곧 사회에 공헌하는 바가 있는 직업이다. 이른바 '천한 부류'란 정당하지 않은 일을 행하는 직업이고, 이는 곧 사회에 기생하는 일을 행하는 직업이다. 상업은 전자이지 후자가 아니라는 것이 곧 소설가의 관념이다. 이처럼 명확한 선언은 일찍이 이전 시기 문학에서는 출현한 적이 없다.

「장효기진류인구張孝基陳留認舅」[133]의 입화入話에는 "관직이 상서尙書이고, 재산이 만관萬貫"이나 되는 어떤 귀인이 나오는데, 그는 다섯 명

---

131 『二刻拍案驚奇』 卷29.
132 經商亦是善業, 不是賤流.
133 『醒世恒言』 卷17.

의 아들에게 선비士, 농업農, 수공업工, 행상商, 좌고(坐賈 : 가게 운영)를 각각 하나의 직업으로 삼게 했다. 그 또한 상업이 정당한 직업의 하나라고 생각한 것이다.

> 농 · 공 · 상 · 고는 비록 천하지만,
> 각기 살기 위해 수고를 마다 않네.
> 오랜 노고 모두 습성이 되었고
> 노고가 익숙해지니 근력도 좋아졌네.
> 춘풍에 힘입어 꽃들이 만발하면
> 복사꽃 유채꽃 가릴 게 없다네.
> 자고로 성공하려면 안일해서는 안 되니
> 안락과 향락 탐하면 어찌 성공할까?[134]

이 대목의 '천함賤'은 윗글에 나온 '천함賤'과는 같지 않다. 이 글 속의 '천함'은 지위가 낮다는 의미로, 선비士의 뒤에 위치한다는 것이다. 이 귀인은 농업 · 수공업 · 행상 및 좌고가 비록 지위는 선비보다 낮지만 똑같이 정당한 직업이라고 생각한다. "춘풍에 힘입어"라는 두 구절이 명확히 이 점을 드러내고 있다. "복사꽃"과 "유채꽃"은 비록 품격이 다르지만 똑같이 모두 꽃인 것이다.

이는 상인의 정당성을 긍정하면서도 여전히 상인을 사민四民의 가장 끝으로 여기는 시각보다 더욱 진일보한 것으로, 상인의 지위를 더욱

---

134 農工商賈雖然賤, 各務營生不辭倦. 從來勞苦皆習成, 習成勞苦筋力健. 春風得力總繁華, 不論桃花與菜花. 自古成人不自在, 若貪安享豈成家!

높이려는 명대에 출현한 외침이었다. 가령, 하심은何心隱은 「답작주答作主」에서 이를 명확하게 밝혔다.

> 상인이 농부와 수공업자보다 높고, 선비가 상인보다 높으며, 성현聖賢이 선비보다 높다.[135]

상인을 농부와 수공업자보다 앞에 두고 선비의 바로 뒤에 두었다. 이런 관점은 여전히 선비의 우월감을 표출한 것이지만, 과거의 논법과 비교해 보면 오히려 일종의 진보성을 드러내고 있으며 상인에 대한 선비들의 관점이 변화되고 있음을 반영하고 있다.

이보다 더 진일보한 것은 물론 사민평등四民平等의 관념일 것이다. 명대문학 속에는 이런 종류의 관점도 출현한다. 가령 「장효기진류인구張孝基陳留認舅」의 서두에 나온 시는 이런 관점을 함축적으로 표현하고 있다.

> 선비는 책을 읽고 농부는 씨 뿌리며
> 공인과 상인은 열심히 일해 큰 집을 얻는다네.
> 세상 사람들아, 방탕하게 놀지 말아라.
> 방탕함은 예로부터 젊은이를 망쳐놓았으니.[136]

이는 일종의 사민평등 사상으로 사민이 모두 정당한 직업이며 사회에 모두 유익하다는 사상이다. 그 속에는 당연히 상인에 대한 긍정이

---

135 商賈大於農工, 士大於商賈, 聖賢大於士.

136 士子攻書農種田, 工商勤苦掙家園. 世人切莫閑遊蕩, 遊蕩從來誤少年.

포함되어 있다. 이몽양이 쓴 포상蒲商 왕현王現의 묘지명에는 왕현이 아들을 가르치는 말이 인용되어 있는데, 이 또한 동일한 관점을 표출하고 있다.

> 무릇 상인과 선비는 하는 일은 다르지만 마음은 같다.[137]

상인과 선비를 평등하게 대우했으니 농부와 수공업자는 말할 필요가 없다. 이는 상당히 명확한 화법으로 상인과 여타 계층의 평등함을 긍정한 것이다. 왕수인王守仁은 곤산昆山 상인 방린方麟에게 지어 준 묘표墓表에 더욱 명확하게 동일한 관점을 표현하였다.

> 옛날에 사민四民은 직업은 다르지만 도道는 같았으니 그 마음을 다하는 것은 일치한다. 선비는 통치를 연마하고, 농부는 식량을 구비하며, 공인은 물건을 정교하게 만들고, 상인은 재화를 유통시킨다. 각기 그 자질에 가까우며 힘이 닿는 바대로 나아가 직업을 행하며 그 정성을 다하여 사람을 살리는 길에 보탬이 되고자 함에 있어서는 하나이다. (…중략…) 왕도王道가 사라지고 학문이 무너지자 사람들은 그 마음을 잃고 서로 이익만을 쫓으며 서로를 앞지르고자 하였다. 이에 비로소 선비를 받들고 농부를 낮추며 벼슬길을 영화롭게 여기고 공업과 상업을 부끄러워하게 되었다.[138]

---

137 夫商與士異術而同心.

138 古者四民異業而同道, 其盡心焉, 一也. 士以修治, 農以具養, 工以利器, 商以通貨, 各就其資之所近, 力之所及者而業焉, 以求盡其心, 其歸要在於有益於生人之道, 則一而已 (…中略…) 自王道熄而學術乖, 人失其心, 交騖於利, 以相驅軼, 於是始有歆士而卑農, 榮宦遊而恥工賈.(王守仁, 『王文成公全書』 卷25, 「節庵方公墓表」)

그는 사민평등이 올바른 이치고, 사민불평등은 잘못된 것으로 생각했다. 위에 서술된 그의 발언 속에는 상인에 대한 존중이 체현되어 있다. 아래에 서술된 저권儲巏의 말 속에도 사민평등의식이 동일하게 드러나 있다.

> 옛날에 백성들은 네 부류였는데, 재화를 늘리는 자는 대개 상인들이었으니 왕정王政에 없어서는 안 되는 것이었다.[139]

위에 서술된 문장들은 다 상인을 위해 쓴 것으로, 비록 그 속에 상인들이 좋아할 말을 찾으려는 의도가 섞여 있긴 하지만, 만약 사민평등의식이 없었다면 그들은 전혀 이런 말을 입 밖에 내지 않았을 것이다.

상인 및 사민평등을 긍정하는 명대 문인들의 이러한 생각은 「매유랑독점화괴賣油郎獨占花魁」[140]에서도 기름장수의 입을 통해 표현되고 있다.

> 하물며 나는 장사하는 사람이면서, 청렴결백한 사람이지 않은가?[141]

이러한 스스로의 고백과 위에 서술한 여러 사람들의 말은 그 정신이 일맥상통하면서도 서로 곡조는 다르지만 솜씨는 같은異曲同工 묘미가 있다. 다만 기름 파는 장사꾼의 입을 빌려 말하고 있는 것은 사람들로 하여금 더욱 흥미진진한 맛과 깊고 풍부한 의미를 느끼게 한다.

---

139 古之爲民者四, 貨殖者, 蓋商之流, 王政所不可無也.(儲巏, 『柴墟文集』 卷6, 「贈曾舜善冠帶還莆序」)

140 『醒世恒言』 卷3.

141 何況我做生意的, 靑靑白白之人?

물론 우리들이 반드시 인식해야할 한 가지 점이 있다. 명대 사회를 포함해 과거 전통사회에서 상업을 좋은 직업으로 긍정하며 말예末藝나 천류賤流가 아니라고 하거나, 더 나아가 사민평등을 인정하는 것 자체가 이미 쉽지 않은 일이라는 점이다. 만약 한 걸음 더 나아가 상인을 높이거나 더욱이 선비들보다 위로 높이는 것은 사실상 거의 불가능한 일이다.

상업을 좋은 직업으로 인정하고 상인의 사회적 역할을 긍정하기 때문에 명대문학 속에는 또한 상인에 대한 더욱 분명한 공감과 이해를 표현하는 대목이 나온다. 예를 들면 이지李贄는 「우여초약후又與焦弱侯」에서 더욱 큰 목소리로 상인을 변호하고 있다.

> 상인들이 또한 어찌 비루하다고 하겠는가? 수만금의 재화를 가지고 해풍과 파도의 위험을 넘고 해관 관리들의 모욕을 당하면서 시장에서 교역하며 더러움을 참는다. 온갖 고생을 다하며 무거운 부담을 지면서도 소득은 맨 끝이다.[142]

이는 매우 통쾌한 선언으로 많은 상인들이 마음속에 간직했던 말을 표출한 것이다. 이처럼 분명하게 상인을 긍정하고 그들과 공감하는 말은 이전 시대 문학에서는 한 번도 표출된 적이 없다. 또한 서정경徐禎卿의 「고객사賈客詞」에도 동정의 말이 똑같이 표현되어 있지만, 동시에 약간 부러워하는 기색도 보인다.

---

142 且商賈亦何可鄙之有? 挾數萬之貲, 經風濤之險, 受辱於關吏, 忍垢於市易, 辛勤萬狀, 所挾者重, 所得者末.(李贄, 『焚書』 卷2)

만리 길 배타고 자주 장사하러 다니며
물과 바람 근심하니 또한 고생스럽네.
밤에는 양양襄陽 부둣가 기생집에 들어가
금은보화 던지며 미인을 현혹하네.[143]

또 「양팔로월국기봉楊八老越國奇逢」[144]에는 "홀로 행상하는 고충單道爲商的苦處"을 노래한 고시풍의 시가 한 수 있는데, 그 속에도 상인에 대한 동정심이 흘러넘치고 있다.

살면서 가장 고된 일은 행상이니
처자식 버려두고 고향을 떠나왔네.
풍찬노숙하니 고생스러움 많아도
달과 별 보며 분주히 돌아다니네.
뱃길 풍파는 자못 심하고
뭍에서는 개와 닭소리에 잠 못 이루네.
평소의 호기豪氣 갑자기 사라지니
노래도 안 나오고 술도 못 마시네.
밑천도 없이 박한 이문에도 많은 돈을 벌었지만
보통사람이 보물을 얻으면 장차 화가 되는 법.
우연히 병을 얻어 침상에 누워 있어도

143 萬里長艫轉販頻, 愁風愁水亦勞辛. 綠窗夜倚襄陽泊, 卻擲金珠挑麗人.(徐禎卿, 『徐迪功外集』 卷1)
144 『喩世明言』 卷18.

만 리 길 고향에 편지 부쳐줄 이 누구리?
일년이 가고 삼년이 가도 돌아가지 못하니
꿈에라도 만나면 처자식들 놀라겠지.
등잔불이 홀연 행인이 옴을 알려주니
문을 열고 맞으며 환생한 듯 기뻐하네.
남자가 멀리 떠나 뜻을 이룬다 해도
가족이 서로 모여 사는 것만 못하리.
강가의 저 큰 물새를 보소!
대충 지켜도 끼니 거른 적 있던가?[145]

이는 장사의 고생스러움을 전체적으로 묘사하면서 동정적인 필치로 시를 써 내려간 것으로, 이전 시기 문학 중에 이런 시가는 일찍이 출현한 적이 없었다. 그 정신은 실제로 이지李贄의 말과 일맥상통한다. 양사기楊士奇의 「상부사商婦詞」는 상인 부인의 관점에서 상인에 대한 동정심을 표출하고 있다.

찻잎 팔 땐 가까운 청산 옆에 살았는데
진주 파니 멀리 깊은 바다까지 구하러 가네.
온가족 먹고 사는데 필요한 돈 얼마일까?
아득한 바다 세찬 파도에 근심만 가득.[146]

---

145 人生最苦爲行商, 抛妻棄子離家鄕. 餐風宿水多勞役, 披星戴月時奔忙. 水路風波殊未穩, 陸程雞犬驚安寢. 平生豪氣頓消磨, 歌不發聲酒不飮. 少貲利薄多貲累, 匹夫懷璧將爲罪. 偶然小恙臥床幃, 鄕關萬里書誰寄? 一年三載不回程, 夢魂顚倒妻孥驚. 燈花忽報行人至, 闔門相慶如更生. 男兒遠遊雖得意, 不如骨肉長相聚. 請看江上信天翁, 拙守何曾闕生計!

역대의 상인 아내의 시와 달리 이 시는 장사의 고생스러움을 중점적으로 표현하고 있으며 그런 가운데 또한 상인을 동정하는 마음도 함축하고 있다. 「서안부부별처 합양현남화녀西安府夫別妻 郃陽縣男化女」[147]의 작자 역시 상인의 처 한씨韓氏의 입을 빌려 상인의 고생스러움에 대한 동정심을 표출하고 있다.

> 논밭이 비록 그리 크지 않고 곡식도 잘 자라지 않지만 봄·여름·가을을 바쁘게 보내면, 겨울 한 계절은 유쾌하게 부부와 형제들이 함께 모여 살잖아요. 만약 객상이 되면 혈혈단신으로 풍찬노숙해야 하니 누가 당신을 돌봐주겠어요. 그러니 집에만 계세요![148]

종래의 관점은 모두 농민이 상인보다 고생스럽다고 생각하는데 윗글은 상인이 농민보다 고생한다고 생각한다. 이런 종류의 전도된 인식의 배후에는 상인의 고생스러움에 대한 인식이 함축되어 있으며 이는 명대문학에서 상인을 동정하는 사조와 서로 일치한다.

물론 명대문학에서 상인을 비난하는 목소리가 없는 것은 아니다. 가령 상륜常倫, 1492~1525의 「장안대고행長安大賈行」 같은 작품은 당오대唐五代 시가 이래의 전통을 계승하여 상인의 사치스럽고 호화로운 생활에 대해 비난하는 내용이 나온다. 하지만 당오대 시가와 비교하면 상

146 販茶近在青山側, 販珠遠求滄海潯. 全家衣食需多少, 渺渺鯨波愁妾心.(楊士奇,『東里文集續編』卷57)

147『型世言』第37回.

148 田莊雖沒甚大長養, 卻是忙了三季, 也是一季快活, 夫妻兄弟聚做一塊儿; 那做客餐風宿水, 孤孤單單, 誰來照顧你? 還只在家!

대적으로 비난하는 측면보다 부러워하는 측면이 더 강하니 이는 물욕에 대한 명대문인의 태도가 당오대 문인과 이미 달라졌기 때문이다.

장안의 큰 장사치 도살업에 술장사나 하더만
돈이 많아지자 네거리에 큰 저택을 지었네.
꽃맞이 외출용 가리개가 백여리니
화려한 지붕에 산초향벽도 세울 수 있지.
연꽃은 금빛 병풍 빙 둘러 비추고
봉황은 가만히 긴 벼슬을 드리고 있네.
집 안에 들어가니 많은 요염한 미녀들
이 세상사람 아닌 듯 곱게 차려 입었네.
보요步搖 꽂은 여인들 푸른 양탄자 위를 돌고
여의를 든 사내는 홍산호紅珊瑚를 마다하지 않네.
내실의 푸른 꿈에선 아홉 마리 새가 날고
화려한 등불 아래 운우雲雨의 정 즐겁구나
가끔 패각을 짓고 진귀한 그림 상자 열면
준마 탄 호걸들 문전성시를 이루네.
조나라 거문고에 촉의 칠현금 어우러지고
옥쟁반에 차례대로 낙타유駝酥가 나오네.
연석에서 기개 있게 좌우를 부르니
채색 옷 입은 종들이 분주히 다니네.
술이 거나해진 손님들 먹을 것 내오라 하며
아이와 종들 붙잡고 강호의 무용담을 말하네.

백만 냥을 두 도성으로 실어 나르며
조정의 권세가와 함께 놀던 일 자랑스러우니
유자儒者들과 비교해도 어찌 구차하리오?[149]

위 시와 마찬가지로 명대 문인은 물욕에 대해 더욱 긍정하게 되면서, 상인 아내의 남편에 대한 그리움을 표현할 때, 이별이 고뇌의 원천이 된다는 전통적 시각에 반하여 상인 아내가 더욱 부유한 생활을 할 수 있어 기뻐한다는 식으로 표현하고 있다. 가령 왕세정의 「독곡가讀曲歌」 제6수는 다음과 같다.

남편이 매정하다고 사람들은 말하지만
저는 그렇지 않다고 생각해요.
남편이 오吳의 명주실을 팔면
새 비단옷을 제가 입기 때문이죠.[150]

이반룡의 「삼주가三洲歌」 제2수는 다음과 같다.

남편이 양주揚州에 가서

---

149 長安大賈舊屠酤, 金多甲第開通衢. 花迎步障百餘里, 猶能施錦屋椒塗. 芙蓉照耀金屛紆, 鳳凰不動垂流蘇. 就中妖豔多名姝, 鮮妝袨服世所無. 步搖宛轉靑氍毹, 如意不避紅珊瑚. 曲房淸夢馳九鳥, 華燈夜雨聞歡娛. 有時爲貝開珍廚, 門前雜遝飛龍駒. 趙琴高張蜀弦舒, 玉盤次第來駝酥. 當筵氣岸左右呼, 彩衣奔走蒼頭奴. 酒酣羅列杳啖哺, 撫兒指僕談江湖. 自矜百萬輸兩都, 五侯七貴同樗蒱, 縫掖之子何區區.(常倫, 『常評事集』 卷3)

150 人言歡薄情, 儂道歡不薄. 歡家販吳絲, 新綺是儂著.(王世貞, 『弇州山人四部稿』 卷7, 「讀曲歌」 6)

큰 배의 상두上頭가 되었네.

일 년이면 오백만 냥

이 년이면 천만 냥이 넘겠지.[151]

이전 시대의 시가에서 이별은 항상 상인 아내의 고뇌와 함께, '이익을 중시하고 이별을 가볍게 여기는重利輕別離'는 상인에 대한 비판을 불러 일으켰지만, 위 두 편의 시가에서 이별은 오히려 부유함을 가져다주어 상인 아내를 기쁘게 해 주는 것이다. 서로 모여 사는 즐거움보다 그녀들은 물질적인 부를 더욱 중시하며 정情보다는 이익을 더욱 중시한다. 이는 그 자체로 이미 관념이 변화되었음을 보여준다. 또한 동시에 이러한 관념의 변화로 인해 장사를 하는 것이 더 이상 어떤 결핍된 생활이 아닌 사람들이 부러워하는 생활처럼 되었고, 사실 그 중에는 또한 상인 및 상업 경영활동에 대한 긍정과 선망이 함축되어 있다.

요약하면, 설령 명대 문학 속에 상인을 비난하는 목소리가 있다고 해도 비난하는 부분은 전체적으로 많이 줄어들었고 긍정과 동정 그리고 흠모하는 부분이 증가했으니, 긍정과 동정 및 부러워함의 정도가 이전 시대 문학에 비해 훨씬 더 분명해진 것이다. 이러한 특징은 명대 상인 세력의 증가와 확대 및 명대 문인 계층의 관념의 변화와 밀접한 관련이 있다.

---

151 聞歡楊州去, 大艑居上頭. 一載五百萬, 兩載千萬餘.(李攀龍, 『滄溟先生集』 卷2, 「三洲歌」 2)

2) 상인의 정신세계에 대한 표현

(1)

상인적 가치관에 대한 긍정적인 표현은 송원 문학에서 이미 출현했으니 진간부秦簡夫의 「동당노권파가자제東堂老勸破家子弟」[152]는 이 방면의 대표작이라 할 수 있다. "부유함은 스스로의 능력이며 가난함은 운명과 관계가 없다고 나는 생각한다"는 동당노東堂老의 말은 오직 금전을 숭상하는 상인적 가치관을 정정당당하게 표현한, 중국문학사상 파천황의 논의라고 할만하다. 명대 문학에 이르러서도 이런 종류의 상인적 가치관이 공공연하게 선언되는 경우는 매우 적지만, 오히려 허다한 작품 가운데 체현되어 주인공 행위의 내재적 동력이 되었다. 이런 주인공들 대부분은 다 조국기趙國器와 동당노東堂老처럼 긍정적으로 형상화되고 있기 때문에, 그들이 체현하고 있는 가치관 또한 작자가 긍정하고 있는 것으로 생각할 수 있다. 또한 명대문학에는 조국기와 동당노와 같은 긍정적인 상인 형상이 더욱 빈번히 출현할 뿐만 아니라 그 역할과 지위도 대부분 더욱 중요해졌으므로, 상인적 가치관에 대한 긍정은 그 폭과 깊이에서 모두 명대문학이 송원문학을 초월했다고 할 수 있다.

명대문학에는 상인의 금전지상주의적 가치관이 명대 사회에 얼마나 보편화되었는지, 그리고 상인적 가치관에 대해 문인들이 얼마나 부러워하고 긍정하는 태도를 보이는지를 설명해주는 흥미로운 대목들이

152 『元曲選』.

많이 있다. 가령, 「전운한우교동정홍 파사호지파타룡각轉運漢遇巧洞庭紅波斯胡指破鼉龍殼」[153]은 해외무역에 종사하는 상인들 사이에서 상품의 가치에 따라 좌석을 배치하는 관례가 유행하고 있음을 묘사하고 있다.

> 주인집은 법랑 국화 술잔을 손에 들고 두 손 모아 예를 갖추어, "여러분의 상품목록을 보여주십시오. 좌석을 정해야 되니까"라고 말했다. 독자 여러분, 이게 뭐냐고요? 원래 페르시아 사람은 이익을 중시해서 품목서에 오직 만 냥 이상의 가치가 있는 진귀한 보물이 있는 자만 앞자리에 보내고, 나머지는 상품의 가치에 따라 차례대로 자리에 앉힙니다. 나이나 귀천은 따지지 않고 예전부터 줄곧 이렇게 하는 게 규칙입니다.[154]

이 "규칙"의 가장 큰 의미는 바로 "나이를 따지지 않"는 데 있다. 이는 종법관계에서 신봉해 온 가치 기준을 부정하고 오직 "상품이 싼 지 비싼지를 보고", 즉 금전적 가치가 얼마냐에 따라 상인이 앉을 자리의 선후를 결정함과 동시에 그의 지위의 높낮이를 결정하는 것이다. 이것은 상인 특유의 금전지상주의적 가치관을 반영하고 있으며, 소설가도 이런 가치관에 대해 상당히 명확한 찬성과 긍정의 태도를 보여주고 있다. 그런데 이런 대목은 당오대 문학에도 이미 표현된 것으로, 가령 장적張籍은 「고객악賈客樂」에서 "돈이 많아야 무리 중에 상객이 된다金多衆中爲上客"[155]고 하였고, 또 『태평광기太平廣記』의 「위생魏生」에서도 "호인胡人

153 『拍案驚奇』 권1.

154 主人家手執著一付法浪菊花盤盞, 拱一拱手道: "請列位貨單一看, 好定座席." 看官, 你道這是何意? 元來波斯胡以利爲重, 就送在先席, 餘者看貨輕重, 挨次坐去, 不論年紀, 不論尊卑, 一向做下的規矩.

들의 법에는 매년 한 번 마을 사람들이 크게 모여 각자 보물을 보여주는데, 보물이 많은 사람은 모자를 쓰고 좌석에 앉으며 나머지는 순서대로 나누어 줄을 선다"[156]고 하였다. 하지만 명대문학 속에서 그것은 다시 새로운 생명력과 의미를 얻게 되었다.

「첩거기정객득조 삼구액해신현령疊居奇程客得助 三救厄海神顯靈」[157]에는 상인의 금전지상주의 가치관이 상인들 사이에서 유행하고 있을 뿐 아니라, 상인들을 배출한 휘주 지역의 민간에도 유행하여 하나의 강력한 사회 관념이 되었음이 서술되고 있다. 소설가는 또한 이런 현상에 대하여 상당히 이해심 있고 개방적인 태도를 취하면서 상인적 가치관에 대한 존중과 긍정을 드러내고 있다.

> 휘주 풍속에는 장사가 일등의 생업이고 과거는 오히려 그 다음으로 여겨진다. (…중략…) 휘주 사람은 오로지 장사하는 사람을 중시하니 상인이 집에 돌아오면 밖으로는 종족이나 친구, 안으로는 처첩과 가족들이 오직 상인이 벌어온 이익의 다소로 그 가치를 판단한다. 이익을 많이 남긴 사람은 모두 아끼고 공경하며 받들고 따르며 이익을 적게 남긴 사람은 모두 경시하며 비웃는다. 마치 독서하여 명예를 구하는 사람이 급제나 낙방을 해서 집으로 돌아온 광경과 같다.[158]

---

155 『全唐詩』 권382.

156 胡客法, 每年一度與鄉人大會, 各閱寶物. 寶物多者, 戴帽居於坐上, 其餘以次分列(『太平廣記』 권403)

157 『二刻拍案驚奇』 권37.

158 卻是徽州風俗, 以商賈爲第一等生業, 科第反在次著 (…中略…) 徽人因是專重那做商的, 所以凡是商人歸家, 外而宗族朋友, 內而妻妾家屬, 只看你所得歸來的利息多少爲重輕. 得利多的, 盡皆愛敬趨奉; 得利少的, 盡皆輕薄鄙笑. 猶如讀書求名的中與不中歸來的光景一般.

"장사를 일등의 생업으로 여기"기 때문에 상인이 돈을 얼마나 벌었는지를 이처럼 중시하는 것이고, 또한 돈을 얼마나 벌었는지를 사람의 성공 여부를 판단하는 기준으로 삼는 까닭에 "장사를 일등의 생업으로 여기"는 것이다. 이처럼 돈을 얼마나 벌었는지가 상인의 성공 여부를 판단하는 유일한 기준이 될 뿐만 아니라, 사회적 지위의 고하를 판단하는 중요한 기준이 되었다. 이렇게 되면, 사회 전체에도 중대한 영향을 미치게 되어 사회에서 통행하는 여타의 다른 여러 가치관들은 필연적으로 상인적 가치관 앞에 자리를 내주고 멀리 후퇴하게 된다. 위 인용문에서 소설가는 긍정적인 필치로 적어도 휘주 지역에서는 상인적 가치관이 세력을 얻고 승리했음을 묘사하고 있다. 윗글에 묘사된 현상은 이전 시기 문학에서는 일찍이 출현한 적이 없다.

상인의 금전지상주의적 가치관에 대한 긍정은 다른 작품에서는 다른 방식으로 체현되고 있다. 가령 육심陸深의 「만일거사전晩逸居士傳」은 어떤 사람이 모함을 받아 감옥에 갇혔을 때, 한 부유한 상인이 뇌물로 돈을 주어 그 사람을 무사히 화로부터 벗어나게 했다는 내용이다. 이 사건을 통해 작자는 돈 힘과 이로운 점을 간파하고 상당히 적극적으로 돈의 힘을 긍정하고 있는데, 이는 역대 문학의 돈에 대한 태도와 다른 것이다.

> 옛날에 사마천은 상소를 하다가 궁형에 처해졌는데, 한나라 법에 의해 대속할 수 있었으나 집안이 가난하여 마침내 하옥되어 궁형에 처해지게 되었다. 사마천은 이에 분한 마음으로 「화식전」과 「유협전」을 지어 자신의 숨겨진 뜻을 드러내었다. 만약 그 때 기개를 숭상하는 유력자가 몇 꾸러미의 돈을 주었다면 화를 벗어나기에 충분했을 것이다. 그 글을 읽으며 나

> 는 슬프지 않은 적이 없었다. 무릇 사람에게 재물은 지극히 사소한 것이지만 급할 때는 또한 화를 면하기에 충분할 정도로 아주 큰 것이다.[159]

이 부유한 상인이 있는 힘껏 다른 사람을 도와 재앙에서 벗어나게 할 수 있었던 것은 그의 의협심과 기개 외에 그의 금전의 힘이 있었다. 따라서 돈의 작용이 결코 부정적인 것만은 아니며 긍정적일 수도 있음이 유력하게 증명되었고, 상인이 금전을 끌어안고 있는 것이 더 이상 나쁜 일로 보이지 않고 좋은 일로 여겨지게 되었다. 「육오한경유합색혜陸五漢硬留合色鞋」[160]에서 부잣집 자제인 장신張藎이 모함을 받아 하옥되었을 때 돈의 힘으로 화를 피하게 된 것도 마찬가지로 작자가 금전의 힘을 정면으로 긍정한 것이다.[161] 위에 서술한 고사들은 모두 상인적 가치관에 대한 긍정을 함축하고 있다.

(2)

상인적 가치관과 함께 상인의 직업 정신도 명대문학에서 더욱 많이 묘사되었으며 긍정적인 평가를 받았다.

명대문학에는 직업정신이 투철한 아기阿寄와 같은 좋은 상인이 출현해서 명대문학의 상인 형상에 광채를 더했다. 아기의 형상은 전여성田

---

159 昔司馬遷以言事當腐刑, 漢法得贖, 遷家貧, 竟下蠶室. 遷乃發憤傳「貨殖」,「遊俠」, 以著微志. 若曰:‘當是時, 以金錢數鏹與有力尙氣之人捐數鏹與之, 皆足以脫己於禍.’ 予讀其書, 未嘗不悲焉. 夫財貨於人至薄也, 苟當其急, 亦足以免患而全其大.(陸深, 『儼山文集』 권61)

160 『醒世恒言』 권16.

161 小野四平의 『中國近代白話短篇小說硏究』(施小煒, 邵毅平 등 역), 64~65면 참조.

汝成의 「아기阿寄」[162]에서 먼저 나왔고, 이후 「서노복의분성가徐老僕義憤成家」[163]에도 출현했는데, 후자에서 더욱 생동감 있고 흥미롭게 묘사되었다. 아기는 노인이 다 되어 장사를 배운 상인이지만, 결국에는 큰 돈을 벌었다. 이는 그가 노고를 참고 인내하며 근검절약할 뿐 아니라 상인의 직업 정신을 가지고 있어서였다. 그가 처음 장사를 하겠다는 뜻을 보였을 때, 여주인 안씨顔氏는 "나이가 들어서 고생을 참을 수 없"[164]을 거라고 걱정했지만, 그는 "이 늙은이로 말하자면 나이는 비록 많지만 정력은 쇠하지 않았으니, 아직 길을 걸을만하고 고생도 충분히 참을 수 있어요."[165] "삼낭三娘한테 솔직히 말하자면 늙긴 늙었지만 아직 건강하고 늦게 자고 일찍 일어나니 아마 젊은이도 나만 못할 걸요! 걱정할 필요 없어요"[166]라고 자신 있게 말한다. 그는 나중에 정말 자신이 말한 대로 행하여 아주 부지런히 노력하고 매우 근검절약했으며 돈을 많이 벌어도 한 푼도 제멋대로 쓰지 않았다. "그 노인은 장사를 시작한 이후 개인적으로 좋은 음식을 먹은 적이 없고 스스로 좋은 옷을 만들어 입은 적도 없었으니, 한 치의 비단실과 한 자의 명주천도 반드시 안씨의 명령을 받고서 비로소 감히 사용했다."[167] 비록 주종관계의 시각에서 보면 이는 하나의 충성스러운 종의 행위라고 할 수 있지만 가게를 운영하는 관점에서 보면 원래 이런 근검절약 정신이 필요한 것

162 田汝成, 『田叔禾小集』 권6.
163 『醒世恒言』 권35.
164 有了年紀, 受不得辛苦.
165 若論老奴, 年紀雖老, 精力未衰, 路還走得, 苦也受得.
166 不瞞三娘說, 老便老, 健還好, 眠得遲, 起的早, 只怕後生家還趕我不上哩! 這到不消慮得.
167 那老兒自經營以來, 從不曾私吃一些好飲食, 也不曾自私做一件好衣服, 寸絲尺帛, 必稟命顏氏, 方才敢用.

이다. 그의 근검절약 정신이 가장 잘 드러난 예는 병에 걸려 죽게 되었을 때에도 심지어 약 먹기를 거부한 것이다. "그 노인은 꼬박 여든까지 살다가 병에 걸렸다. 안씨가 의사를 불러 치료하려고 하니 그 노인은 '사람 나이 여든이면 죽는 게 분수에 맞는 일인데 왜 돈을 낭비하세요' 라고 말하면서 고집스레 약을 먹지 않았다"[168] 근검절약이 조금 지나치다고 말할 수는 있겠지만 이것이 바로 근검절약 정신의 필연적인 산물인 것이다. 그가 약을 먹지 않는 이유를 살펴보면, 그의 절약 정신은 필요성과 합리성 여부를 따져 소비하는 상인의 독특한 '합리적' 계산과 연결되어 있다. 서노복徐老僕의 임종 장면은 우리에게 한漢 고조를 연상시킨다. 이들은 모두 죽음에 임박해서도 약 먹는 것과 치료를 거부했다. 하지만 한 고조는 천명을 믿었기 때문이고 서노복은 돈을 절약하기 위해서였으니 이로부터 상인의 직업 정신이 특별함을 엿볼 수 있다. 부지런함과 근검절약하는 성품이 있고, "장사를 비록 일찍 시작하지는 않았지만 그 이치를 다 아는" 기교와 총명함이 있어서 서노복의 가게 운영은 비로소 그렇게 크게 성공할 수 있었다. 소설의 저자는 아래 시를 통해 서노복의 직업 정신을 충분히 긍정하고 있다.

> 부귀는 본래 근본이 없으니
> 모두 부지런함으로 얻는 것이지.
> 게으른 자들을 살펴보시게.
> 얼굴에 춥고 배고픈 기색 있을 테니.[169]

---

168 那老兒整整活到八十，患起病來，顔氏要請醫人調治，那老兒道："人年八十，死乃分內之事，何必又費錢鈔." 執意不肯服藥.

"부지런함"이라는 이 직업 정신이야말로 상인적 가치관의 또 다른 표현인 "부귀"에 이르는 전제 조건이다. 직업정신이 결핍된 "게으름"은 다만 사람들을 "춥고 배고프"게만 할 것이다. 여기서 '부귀'와 '근면함'은 긍정되고 있지만 '나태'와 '굶주림과 추위'는 부정되고 있다. 이는 바로 "부유함은 스스로의 능력이고, 가난은 운명과 관계가 없다고 나는 생각한다"는 동당노의 말과 서로 멀리서 호응한다.

상인의 직업 정신은 명대 전기傳記의 빈번한 주제이기도 하다. 가령, 본 장 제2절 제7항에서 인용한 허종노許宗魯와 왕도곤汪道昆이 상인을 위해 지은 묘지명에서, 작자는 모두 전기의 주인공인 상인들의 직업 정신을 표창하며 긍정하였고, 아울러 이를 그들의 "사업이 빨리 번창하고" "재산이 날로 늘어나"는 근본적인 전제로 여기고 있다. 그 속에 표현된 상인의 직업 정인에 대한 긍정적인 태도는 통속문학 속에 표현된 것과 서로 일치한다.

근면과 절약 정신 외에도 명대문학은 또한 상인의 직업 정신의 또 다른 측면을 자주 표현하고 있다. 예를 들면, 상인의 생활, 특히 행상의 생활은 바쁘게 여기저기를 돌아다녀야만 한다. 그리고 일단 동분서주하는 행상을 시작하면 하나의 습관, 의식 깊은 곳에 뿌리내린 일종의 욕구가 생겨난다. 그리하여 동분서주하는 상인들은 마치 어떤 소리의 부름을 받은 것처럼 집에서 편안하게 살 수 없고 끊임없이 길을 가는 여정을 떠나게 된다. 설령 그들에게 이미 행복한 가정이 있을지라도, 또 낭만적인 사랑의 배필을 이미 얻었을지라도 그들의 마음은 여전히 한 곳에 매어둘 수 없고, 그들의 마음은 여전히 사방팔방에 흩어

169 富貴本無根, 盡從勤裏得. 請觀懶惰者, 面帶饑寒色.

져 있다. 앞 시대 문학은 상인의 이러한 심리를 종종 이해할 수 없어서, "이익을 중시하고 이별을 경시한다"(重利輕別離)고 언제나 상인들을 비난했다. 명대문학에 이르러, 특히 통속문학에서는 상인의 이러한 심리를 자주 표현하면서도 이에 대한 어떤 짧은 비평도 하지 않은 채, 이를 가정의 모순과 비극적인 충돌 속에 내버려 두는 방식으로, 한 곳에 매어있지 못하는 상인 심리의 합리성과 비극성을 표현하여 상인의 직업 정신에 대한 더욱 깊은 인상을 남기고 있다. 이에 따라 직업 정신이 풍부한 진정한 상인들은 비록 그들 자신의 직업정신으로 인해 엄중한 대가를 치르긴 하지만 이제 더 이상 비난을 받는 대상이 아니라 동정심을 일으키는 비극적 영웅이 되었다. 이러한 결과는 상인의 직업 정신에 대한 명대 문학의 더 깊은 이해와 공감이 있었기 때문이다.

「장흥가중회진주삼蔣興哥重會珍珠衫」[170]에 나오는 상인 장흥가蔣興哥는 미모의 아내에게 장가간 후, "확실히 훌륭한 장인이 빚은 한 쌍의 아름다운 배필이 되어 서로 사랑하고 즐거워함이 다른 부부에 비할 수가 없었다. (…중략…) 바깥일은 관여하지 않고 오직 집안에서 아내와 짝을 이뤄 껴안고 밤낮으로 사랑을 나누니 정말로 움직이거나 앉아 있을 때도 서로 떨어지지 않았고 꿈속에서도 함께 했다."[171] 하지만 이처럼 아름답고 원만한 결혼 생활이었음에도 밖에 나가 장사하려는 장흥가의 결심을 흔들 수는 없었다.

170 『喩世明言』 권1.

171 分明是一對玉人, 良工琢就, 男歡女愛, 比別個夫妻更勝十分 (…中略…) 不與外事, 專在樓上與渾家成雙捉對, 朝暮取樂, 眞個行坐不離, 夢魂作伴.

어느날, 장흥가는 부친이 생전에 해 온 광동廣東의 장사를 지금까지 삼년 넘게 그만두어 그 지역에 뿌려 둔 허다한 외상을 회수하지 못했다는 생각이 들어 한번 갔다 와야겠다고 그날 밤에 아내와 상의했다. 아내가 처음에는 "가셔야죠"라고 허락했지만 나중에 여정이 길다는 말을 듣고 사랑하는 부부가 어찌 이별을 참을 수 있겠는가? 아내가 자기도 모르게 눈물을 하염없이 흘리니 장흥가도 스스로 헤어지기 어려워 두 사람은 한 동안 슬픔에 잠긴 채로 있다가 이내 포기했다. 이런 경우가 한 두 번이 아니었다. 세월은 덧없이 흘러 어느덧 2년이 지났다. 그 때 장흥가는 정말로 가야겠다고 결심하고, 아내의 눈을 피해 밖에서 몰래 짐을 챙긴 후 길일을 택해 떠나기 5일 전에 비로소 아내에게 알렸다. "속담에 '앉아서 먹기만 하면 산도 텅 빈다'고 하지 않았소. 우리 두 부부도 가업을 일으켜 세워야지요. 그렇지 않으면 결국 먹고 살 길을 포기하게 될 거에요. 2월이라 지금 날씨가 춥지도 덥지도 않으니 길을 나서지 않으면 또 언제 가겠어요?" 아내는 남편을 붙잡을 수 없다고 생각하니 (…중략…) 눈물이 비 오듯 흘렀다. 장흥가는 옷소매로 아내 대신 눈물을 닦아주면서 자기도 모르게 눈물이 흘러 나왔다. 이별을 원망하고 안타까워하는 두 사람의 분에 넘치는 정을 어찌 한마디 말로 다 할 수 있으리오?[172]

172 興哥一日間想起父親存日廣東生理, 如今擔閣三年有餘了, 那邊還放下許多客帳, 不曾取得, 夜間與渾家商議, 欲要去走一遭. 渾家初時也答應道"該去", 後來說到許多路程, 恩愛夫妻, 何忍分離? 不覺兩淚交流. 興哥也自割舍不得, 兩下淒慘一場, 又丟開了. 如此已非一次. 光陰荏苒, 不覺又捱過了二年. 那時興哥決意要行, 瞞過了渾家, 在外面暗暗收拾行李, 揀了個上吉的日期, 五日前方對渾家說知, 道:"常言'坐吃山空', 我夫妻兩口, 也要成家立業, 終不然抛了這行衣食道路? 如今這二月天氣, 不寒不暖, 不上路更待何時?" 渾家料是留他不住了 (…中略…) 淚下如雨. 興哥把衣袖替他揩拭, 不覺自己眼淚也掛下來. 兩下裏怨離惜別, 分外恩情, 一言難盡.

미모의 아내와 장사치의 사업 사이에서 머뭇거리고 충돌했을 장흥가의 마음을 가히 짐작할만하다. 몇 번의 생각을 거치고 나서야 장흥가는 "이익을 중시하고 이별을 경시하는" 선택을 내렸다. 그리고 이는 진정한 상인이라면 필연적으로 내려야 할 결정이며 선택이었다. 그러나 장흥가가 장사를 마치고 집에 돌아왔을 때, 그의 아내는 오히려 일찍부터 바람이 나 있었고 모든 것은 이미 많이 변해 있었다. 직업정신의 부름을 따르다가 장흥가는 행복한 한 가정을 잃어버렸으니 그가 나중에 후회하는 말을 하는 것은 당연하다. "애초에 우리 부부는 얼마나 사랑했던가? 오직 내가 작은 이익을 탐내 젊은 나이의 그녀를 수절과부로 버려 두어 이런 나쁜 일이 생겼으니 지금 후회해봤자 무슨 소용이랴!"[173] 이는 아마도 유사한 경우를 당한 모든 상인들에게 떠오르는 생각일 것이다. 하지만 만약 그에게 다시 한 번 선택하라고 해도 우리는 그가 여전히 같은 선택을 할 것이라고 믿는다. 그렇지 않으면 그는 진정한 상인이 아닐 터이므로. 이 소설에서 작가는 직업 정신과 가정의 행복이라는 모순과 갈등 속에 장흥가를 처하게 함으로써 직업 정신을 지닌 진정한 상인을 형상화하는 데 성공하고 있다.

빈틈을 타 삼교아三巧兒를 유혹하고 간통한 상인 진상陳商도 실은 이와 같은 직업 정신을 지닌 상인이다. 진상은 설노파薛婆를 매수해 반년 넘게 이리저리 일을 도모하고 나서야 비로소 삼교아를 속여 목적을 이룬 후 삼교아가 자신을 사랑하도록 만들었다. "반 년 넘게 왕래하면서 이 남자는 대략 천금을 썼다"[174]고 하니, 많은 돈을 써야했던 보기

173 當初夫妻何等恩愛, 只爲我貪著蠅頭微利, 撇他少年守寡, 弄出這場醜來, 如今悔之何及!
174 往來半年有餘, 這漢子約有千金之費.

드문 로맨틱한 외도라 할만하다. 하지만 이런 상황에서도 그 신비로운 목소리는 여전히 그를 불러 자발적으로 삼교아와의 외도를 중지하고, 자나 깨나 갈구했던 이 미모의 연인을 포기하면서까지 다시 밖으로 나가는 장삿길에 오르게 했다.

> 진대랑陳大郎은 오랫동안 장사에 차질을 빚었다고 생각하고 고향으로 돌아가고자 하였다. 밤이 되어 부인에게 알리니 두 사람은 은혜와 정이 매우 깊어 서로 아쉬워 헤어지지 못했다. (…중략…) 또 며칠이 지나 진대랑은 배 한 척을 빌려 곡식을 다 싣고 나서 부인에게 이별을 고했다. 이날 밤 사모하는 마음이 더욱 커지니 두 사람은 얘기하다가 울고 또 미친 듯 사랑을 나누며 뜬 눈으로 온 밤을 지새웠다.[175]

진상의 마음속에도 똑같이 머뭇거림과 갈등이 있었을 터이지만 싸움에서 이긴 쪽은 역시나 상인의 직업정신이었다. 나중에 그는 마찬가지로 연인을 잃게 되고 동시에 자신의 목숨마저 잃게 된다. 감정에 충실했던 이 삼교아라는 여자는 아마도 영원히 이해하지 못할 것이다. 자신을 깊이 사랑했던 두 명의 남자가 왜 모두 '사소한 이익'을 위해 자신을 버리고 멀리 떠나가야 했는지를. 선택받지 못한 여인의 입장에서 보면 모든 진정한 상인들은 다 위대한 연인이 될 수 없다. 이는 상인들의 숙명적 비극이며, 동시에 아마도 그들 여인들의 숙명적 비극일 듯

175 陳大郎思想蹉跎了多時生意, 要得還鄉. 夜來與婦人說知, 兩下恩深義重, 各不相舍 (…中略…) 又過幾日, 陳大郎雇下船只, 裝載糧食完備, 又來與婦人作別. 這一夜倍加眷戀, 兩下說一會, 哭一會, 又狂蕩一會, 整整的一夜不曾合眼.

하다. 소설은 생동감 있는 필치로 이점을 드러내고 있다.

「이월선할애구친부李月仙割愛救親夫」[176]에 나오는 상인 왕문보王文甫도 직업정신을 가진 상인이다. 그는 두 번째 결혼 후, 아내 이월선李月仙을 깊이 사랑하였으니 "두 부부가 하루 종일 즐거워하며"[177] "물고기가 물을 만난 듯, 아교에 옻칠한 듯, 매일 낮에는 웃고 즐기며 농담하고 밤에는 봉황과 난새처럼 사랑을 나누었다."[178] 하지만 그도 똑같은 부름을 받아 한 마음으로 집을 떠나 밖에 나가 장사를 하고자 하였다.

> "어진 아내를 잠시 떠나 생계를 도모하고자 하는데 그대 생각은 어떠신지?" 월선이 말했다. "이는 좋은 일이니 제가 어찌 감히 거역하겠어요? 부부의 정 때문에 한시도 떨어지고 싶지 않을 뿐이지요." 문보가 말했다. "이번에 가면, 길면 1년 짧으면 반 년 정도면 곧 돌아 올 거요."[179]

그러나 바로 왕문보가 밖에 나가 장사를 하는 동안 그의 아내가 다른 사람과 외도해 훗날 엄청난 일이 벌어져서 그도 거의 가정과 생명을 잃을 뻔하였다. 여기서도 우리는 동일한 비극, 즉 상인이 자신의 직업정신을 위해 다른 방면의 행복을 잃는 것을 보게 된다.

명대 문학 속에는 상인들이 아내를 남겨놓고 밖에 나가 장사하지만 반드시 비극적 결과를 초래하지는 않는 경우도 묘사되어 있다. 다만,

---

176 『歡喜冤家』 제3회.

177 夫妻二人, 終朝快樂.

178 如魚得水, 似漆投膠, 每日裏調笑詼諧, 每夜裏鸞顛鳳倒.

179 "我意見欲暫別賢妻, 以圖生計. 尊意如何?" 月仙道 : "這是美事, 我豈敢違? 只是夫妻之情, 一時不舍." 文甫說 : "我此去, 多則一年, 少則半載, 卽便回來."

비극적 결과가 발생하지 않는 경우에도 사람들은 똑같이 어떤 유사한 비극 정신을 느낄 수 있다. 가령, 「양팔로월국기봉楊八老越國奇逢」[180]의 상인 양팔로는 이미 행복하고 원만한 가정이 있지만, 여전히 밖에 나가 장사하겠다는 일념으로 아내의 지지를 얻은 후 아리따운 아내와 어린 아들을 남겨 놓고 장삿길에 오른다.

> 아내 이씨가 낳은 아들은 겨우 일곱 살인데, 재능이 남다르고 타고난 자질이 영민하여 세도世道라고 이름을 지었으니, 두 부부가 아이를 아끼고 사랑했음은 두 말할 필요가 없다. 어느날 양팔로가 이씨에게 이렇게 상의했다. "내 나이 거의 서른인데 공부에는 성취가 없고 집안 살림은 점점 줄어들고 있어요. 조상들이 원래 복건 · 광동에서 장사했으니 내가 자금을 조금 모아 물건을 구입하여 장주漳州에 가서 팔아 얼마간의 이익을 남기면 집안 살림이 넉넉해 질 거에요. 부인의 뜻은 어떠하오?" 이씨가 말했다. "치가治家의 근본은 근검이라고 들었어요. 하지만 앉아서 기다리기만 하는 것이 어찌 좋은 계획이겠습니까? 지금은 젊어서 산 넘고 물 건너 먼 길 갈 수 있으니 빨리 짐을 정리하고 머뭇거리지 마세요." 팔로가 말했다. "그렇지만 아이가 어리고 처도 예쁘니 마음이 놓이질 않네요." 이씨가 말했다. "아기가 다행히 잘 크고 있어서 저 혼자 가르칠 수 있어요. 당신이 일찍 갔다 일찍 돌아오기만 바래요." 그 날 의견이 정해지자 길일을 택해 행상을 떠났다. 아내와 이별하고 수동隨童이라는 심부름하는 아이 한 명을 데리고 집을 나서 배를 타고 동남쪽을 향해 출발했다.[181]

---

180 『喩世明言』 권18.

181 妻李氏, 生子才七歲, 頭角秀異, 天資聰敏, 取名世道, 夫妻兩口兒愛惜, 自不必說. 一日, 楊

양팔로도 내심 갈등이 없었던 것은 아니지만, 아내의 이해와 지지를 얻게 되자 결정을 내리기가 조금 더 쉬어졌다. 훗날 그의 가정에 변고가 생기지는 않았지만 아리따운 아내와 어린 아이를 두고 가는 것 자체가 여전히 쉬운 일은 아니었다. 그러므로 소설가는 양팔로에게도 똑같이 상인의 직업정신 및 상인의 직업정신이 대면해야 할 시련을 표현한 것이다.

반면, 만약 「요적주피수야수 정월아장착취착姚滴珠避羞惹羞 鄭月娥將錯就錯」[182]의 반갑潘甲처럼 다른 사람의 다그침 때문에 아리따운 아내를 버려두고 장사하러 나가게 되었다면 그것은 직업정신이 있다거나 진정한 상인이라고 말 할 수 없다.

> 반갑潘甲이란 자는 어느 정도 수준은 되었지만, 이미 스스로 유자儒者임을 포기하고 상인이 된 사람이다. (…중략…) 젊은 부부가 금슬이 지나치게 좋아서 (…중략…) 결혼한 지 2개월이 되자 반갑의 부친이 아들에게 화를 내며 말했다. "너희 둘은 이처럼 사랑하고 탐하면서 부부가 서로 세월만 헛되이 보내려고 하느냐? 어찌하여 장사하러 나가려고 하지 않는 거냐?" 반갑이 어쩔 수 없이 처에게 눈물을 흘리며 말하니 두 부부는 울음을 참지 못하고 통곡하며 밤새 이야기를 나누었다. 다음날 반갑의 아버지는 아들을 다그치며 밖에 나가라고 하였다.[183]

八老對李氏商議道 : "我年近三旬, 讀書不就, 家事日漸消乏. 祖上原在閩, 廣爲商, 我欲湊些貲本, 買辦貨物, 往漳州商販, 圖幾分利息, 以爲贍家之資. 不知娘子意下如何?" 李氏道 : "妾聞治家以勤儉爲本. 守株待兎, 豈是良圖? 乘此壯年, 正堪跋涉, 速整行李, 不必遲疑也." 八老道 : "雖然如此, 只是子幼妻嬌, 放心不下." 李氏道 : "孩兒幸喜長成, 妾自能教訓; 但願你早去早回." 當日商量已定, 擇個吉日出行, 與妻子分別, 帶個小廝, 叫做隨童, 出門搭了船只, 往東南一路進發.

182 『拍案驚奇』 권2.

반갑의 행동은 앞서 서술한 몇 명의 상인과 전혀 다르니 장래성이 없는 사이비 상인이라고 말할 수 있다. 왜냐하면 그는 깨가 쏟아지는 신혼생활에 빠져 그 신비로운 소리의 부름을 전혀 듣지 못하기 때문이다. 바로 이런 상태였기 때문에 그는 장사에도 별로 성공하지 못했다. 이는 또 다른 측면에서 상인의 직업정신이 상인에게 얼마나 중요한지 실증하고 있다. 직업정신을 포기한 상인은 설령 가정생활의 즐거움을 누릴 수 있다고 해도 동시에 완전한 행복을 얻을 수는 없다. 왜냐하면 이러지도 저러지도 못하는 진퇴양난의 경우가 여전히 존재하기 때문이다. 이 모든 것을 묘사하고 있는 소설가는 여전히 직업 정신의 편에 서 있거나 혹은 진퇴양난에 빠진 상인의 처지를 말하면서 똑같이 상당히 예민한 태도를 보여준다.

「요호교합양연 장랑종해항려妖狐巧合良緣 蔣郎終偕伉儷」[184]에서 젊은 상인 장덕휴蔣德休가 외지에 나가 장사하려고 하자 그의 모친은 "그가 나이가 어려 단속하지 않으면 남에게 꼬임을 당해 기생을 끼고 술을 마시면서 본전을 잃을 뿐만 아니라 몸조차 상할까봐"[185] 걱정하며 "그에게 배필을 찾아 주어 굴레를 씌우기를 기다리는 게 낫겠다"고 생각한다. 그러나 그의 부친은 오히려 이 생각에 반대한다. 그 이유는 다음과 같다. "당신은 뭘 몰라. 젊은 애가 장가를 가면 틀림없이 사랑에 빠져요. 그 때 걔한테 장사하러 나가라고 하면 반드시 집을 그리워하며

---

183 這個潘甲雖是人物也有幾分象樣, 已自棄儒爲商 (…中略…) 少年夫妻, 卻也過得恩愛 (…中略…) 卻早成親兩月, 潘父就發作兒子道 : "如此你貪我愛, 夫妻相對, 白白過世不成? 如何不想去做生意?" 潘甲無奈, 與妻滴珠說了, 兩個哭一個不住, 說了一夜話. 次日, 潘父就逼兒子出外去了.

184 『型世言』 제38회.

185 他年紀小小兒的, 沒個管束, 他怕或者被人哄誘去花酒, 不惟折了本錢, 還恐壞了他身子.

장사에는 마음을 두지 않을 테니 한 2년 장사하고 결혼시키는 게 나아요."[186] 처자식을 그리워하는 것은 인지상정이지만, 이 아버지처럼 직업정신을 가진 상인만은 가정이라는 굴레를 돌보지 않고 자식의 온 마음이 장사에만 빠져 있기를 바란다. 위에 서술한 각 편의 소설들을 통해 명대문학은 이런 직업정신을 지닌 상인을 형상화하는데 얼마간 성공했다. 그것은 멀리 당오대 「정소鄭紹」의 전통을 계승한 것일 수도 있지만, 정소보다 더욱 자각적인 성격을 띠고 있으며 더 나아가 직업정신이라는 하나의 기풍을 형성했다.

(3)

송원문학에서 상인이 어떻게 2세를 키우는 지의 과제를 이미 언급했다. 예를 들면, 진간부秦簡夫의 「동당노파가자제東堂老勸破家子弟」는 바로 윗세대 상인들이 고심 끝에 나온 여러 가지 방식을 통해 상인의 가치 관념과 직업정신을 어떻게 다음 세대 젊은이들에게 가르치는지를 묘사했다. 이 방면 관련 묘사는 명대문학에서 더 많이 볼 수 있으며, 그 속에 표현된 상인의 자각도 더욱 명확하다.

명대문학에는 전문적으로 행상에 종사하는 상인들이 흔히 자신의 아이를 옆에 데리고 다니며 어렸을 때부터 장사를 눈과 귀로 익혀 자기도 모르게 장사의 본령을 배우도록 해서 한 명의 적합한 상인으로 성장하게 했다. 가령, 「장흥가중회진주삼蔣興哥重會珍珠衫」의 상인 장흥

186 你不得知, 小官家一做親, 便做准戀住. 那時若叫他出去, 畢竟想家, 沒心想在生意上. 還只叫他做兩年生意做親.

가는 바로 어렸을 때부터 부친 옆을 따라다니며 장삿길에 들어선 사람이다.

> 아버지는 장세택蔣世澤이라고 하는데 어렸을 때부터 광동을 오가며 장사를 했다. 아내 나씨가 아홉 살의 흥가만을 남기고 죽어서 별 다른 형제가 없었다. 장세택은 차마 놓고 다닐 수도 없고 또 광동의 먹고 살 길을 끊어 버릴 수도 없어서 백방으로 생각해 보다가 어쩔 수 없이 아홉 살의 아들을 곁에 데리고 다니며 그가 다른 사람의 사랑을 받을 수 있도록 가르쳤다. (…중략…) 장세택은 다른 사람의 질투를 살까봐 길에서는 친 아들이라고 말하지 않고 처조카 나소관羅小官이라고만 했다. 원래 나씨 집안도 광동에 가서 장사했는데, 장씨 집안은 일대만 하고 나씨 집안은 삼대 째였다. 그 지방의 객점과 거간꾼은 모두 나씨 집안과 대대로 알고 지내서 마치 자기 식구 같았다. 장세택이 장사한 것도 처음에 장인 나공이 그를 데리고 다니며 시작된 것이다. 나씨 집안은 최근 여러 번 억울한 소송을 당하는 바람에 집안 형편이 어려워져서 몇 년 동안 광동에 간 적이 없었다. 객점의 거간꾼들은 장세택을 보고 나씨 집안 소식을 물어보며 깊이 걱정하지 않은 적이 없었다. 이번에 장세택이 한 아이를 데리고 온 것을 보고 물어보니 나씨 집안의 아이인데다가 맑고 수려한 생김새에 대답하는 것도 총명했다. 조부 삼대의 교분에 이제 또 사대 째가 되니 좋아하지 않을 이가 있겠는가? (…중략…) 각설하고, 장흥가가 부친을 따라 장사하며 서너 번 광동에 갔는데 영리하고 총명하게 잘 배워 장사하는 과정의 온갖 일을 다 하니 아버지도 기뻐 어찌할 바를 몰랐다.[187]

위의 묘사에서 볼 수 있듯, 상인들은 후세 양성을 매우 중시하여 거의 모든 윗세대 상인이 나이 어린 상인을 장사에 데리고 나왔던 것이다. 장세택은 그의 장인이 데리고 나왔거나 혹은 먼저 데리고 나왔다가 사위로 삼은 것이고, 장흥가는 또한 그의 부친이 데리고 나온 것이다. 아마도 아홉 살에 이미 데리고 나와 장사를 하게 된 것은 부득이한 경우였겠지만 나중에라도 어쨌든 조금 늦거나 빨리 데리고 나왔을 것이다. 어렸을 때부터 바로 장사의 기술을 배웠기에 후에 장세택이 죽자 장흥가는 순조롭게 그 일을 계승할 수 있었고 어떤 어려움도 겪지 않았다. 또한 상인은 장사의 기술을 대대로 전하며 서너 세대를 잘 이어나가고, 객점과 거간꾼도 대대로 계승하여 상인, 객점, 거간꾼 사이에 세대를 잇는 관계망이 형성되어 상업적 신용의 중요한 보증이 되었다. 상인들의 후세 양성에 관한 이와 같은 묘사는 이전 시대 문학에서는 매우 드물게 출현한다.

다음 세대를 양성하는 상인들의 방법이 이처럼 효과적인 까닭에, 공교롭게도 옆에 데리고 다니지 않을 수 없는 아이가 설령 여자 아이일지라도, 상인들은 한 명의 여상인으로 그녀를 길러냈다. 「이수경의결황정녀李秀卿義結黃貞女」[188]의 여상인 황선총黃善聰의 성장 과정이 바로

187 父親叫做蔣世澤, 從小走熟廣東做客買賣. 因爲喪了妻房羅氏, 止遺下這興哥, 年方九歲, 別無男女, 這蔣世澤割舍不下, 又絶不得廣東的衣食道路, 千思百計, 無可奈何, 只得帶那九歲的孩子同行作伴, 就教他學些乖巧 (…中略…) 蔣世澤怕人妒忌, 一路上不說是嫡親兒子, 只說是內侄羅小官人. 原來羅家也是走廣東的, 蔣家只走得一代, 羅家到走過三代了. 那邊客店牙行, 都與羅家世代相識, 如自己親眷一般. 這蔣世澤做客, 起頭也還是丈人羅公領他走起的. 因羅家近來屢次遭了屈官司, 家道消乏, 好幾年不曾走動. 這些客店牙行見了蔣世澤, 那一遍不動問羅家消息, 好生牽掛. 今番見蔣世澤帶個孩子到來, 問知是羅家小官人, 且是生得十分淸秀, 應對聰明, 想著他祖父三輩交情, 如今又是第四輩了, 那一個不歡喜? (…中略…) 卻說蔣興哥跟隨父親做客, 走了幾遍, 學得伶俐乖巧, 生意行中, 百般都會, 父親也喜不自勝.

이와 같다. 상인 황노실黃老實은 아내가 죽고 장녀 도총道聰은 이미 시집가서 열두 살밖에 안 된 차녀 선총을 대신 돌봐줄 사람이 없어서 어쩔 수 없이 그녀를 곁에 데리고 다녔다. 안전하게 보이려고 남장을 하고 짐짓 장씨 집안의 생질이라고 부르며 "데리고 나와 장사를 배우게 했다."[189]

> 우리 집 생질인 장승張勝이라고 합니다. 제가 아들이 없어서 이 아이를 데리고 다니면서 단골손님들께 인사시키고 나중에 제 장사를 이어 받게 하고자 합니다.[190]

그가 말한 것은 비록 꾸며댄 것이긴 하지만, 상인이 후세를 양성하는 동기와 방법이기도 하다. 생각지도 않게 불행히 황노실의 말은 들어맞아 훗날 과연 그는 병으로 죽었고 그 딸은 혼자 객지에 남겨졌다. 황선총은 보고 들으며 배운 수완에 의지해 결국 장사로 입에 풀칠하기 시작했다. 그녀의 옆집에 사는 향 파는 행상 이수경李秀卿도 역시 "어릴 때 부친을 따라 나와 장사를 했는데 지금은 아버지가 연로하여 풍상風霜의 괴로움을 견딜 수 없어서 본전을 그에게 주어 행상을 하게 된"[191] 젊은이다. 황선총은 그와 같이 동업하면서, "번갈아 한 명은 남경南京에 가 물건을 팔고 한 명은 노주廬州에 머물며 물건을 발송하고 돈을 거

---

188 『喩世明言』 권28.

189 帶出來學做生理.

190 是我家外甥, 叫做張勝. 老漢沒有兒子, 帶他出來走走, 認了這起主顧人家, 後來好接管老漢的生意.

191 從幼跟隨父親出外經紀, 今父親年老, 受不得風霜辛苦, 因此把本錢與小生, 在此行販.

두어들였다. 두 사람이 한 번씩 오가니 장사에도 지장이 없고 아주 편리했다."[192] 그들은 이렇게 6, 7년을 장사해서 상당히 성공하게 되었고, "이 몇 년 동안 부지런히 가게를 운영하여 전에 비할 바 없이 자금 회전이 활발해졌다."[193] 한 세대의 젊은 상인들은 바로 이처럼 성장해 온 것이다.

「요호교합양연 장랑종해항려妖狐巧合良緣, 蔣郎終偕伉儷」에도 상인들이 후세 양성의 측면에서 얼마나 고심하는지를 묘사하고 있다.

> 호광湖廣의 어떤 사람은 성은 장씨蔣氏고 이름은 덕휴德休이며 자는 일휴日休로 집은 무창武昌이다. 부친은 장예蔣譽로 호는 용천龍泉이며, 모친은 류씨柳氏로 덕휴 하나만을 낳았다. 부친을 따라다니며 쌀장사를 했는데 나중에는 부친이 연로하고 그가 스무살이 다 되자 장예는 아들이 경험이 쌓여 노련하다고 생각해 한양에 가서 쌀을 팔라고 하였다. 유씨가 말했다. "얘가 나이가 어려 단속하지 않으면 남에게 꼬임을 당해 기생을 끼고 술 마시며 본전을 다 잃을 뿐만 아니라 몸조차 상할까 걱정 되요. 배필을 찾아 가정을 꾸리기를 기다리는 게 낫겠어요." 장예가 대답했다. "당신은 뭘 몰라요. 젊은 애가 장가를 가면 틀림없이 사랑에 빠져요. 그 때 걔한테 장사하러 나가라고 하면 반드시 집을 그리워하며 장사에는 마음을 두지 않을 테니 한 2년 장사하고 결혼시키는 게 나아요." 유씨가 말했다. "은자 2, 3백 냥이면 책임질 사람이 있어요. 우리 오빠 유장무柳長茂가 예전부터 쌀장사를 하고 있으니 그와 함께 동업해서 아이를 단속하도록 하는 게 낫겠어요." 장

---

192 輪流一人往南京販貨, 一人住在廬州發貨討帳, 一來一去, 不致擔誤了生理, 甚爲兩便.
193 這幾年勤苦營運, 手中頗頗活動, 比前不同.

예가 호응하며 "일리 있는 말이네요"라고 하였다. 곧 유장무를 오라고 해서 양쪽에서 상의하고 계약서를 써서 아들 장일휴에게 유장무를 따라 한양漢陽에 가서 쌀을 팔되, 다만 시세를 살펴보면서 어쩔 때는 단풍진團風鎭이나 남경南京에 가서 쌀을 팔라고 했다. 한양에는 원래 장예와 잘 지냈던 객점 주인 웅한강熊漢江에게 편지 한통을 써서 품목명세서項目淸單를 부탁했다. 조카와 삼촌 두 사람은 곧바로 강을 건너 한양에 도착해서 웅한강의 집을 찾아 갔다. 웅한강은 대별산大別山 앞에 살았는데 전적으로 객상의 쌀을 사서 장예와는 사이가 더 할 나위 없이 좋았다. 장일휴도 어렸을 때부터 그의 집에 머물러 쉬곤 했으니 집안이 다 익숙했다.[194]

모든 일이 다 흠잡을 데 없이 완벽하게 준비되었다. 아들은 원래 장사를 배워 이미 "경험이 쌓여 노련"해졌고, 집안의 아내를 그리워할까봐 모질게도 장가를 보내지 않았으며 처음 집을 나가는데 단속할 사람이 없을까봐 삼촌과 동업하도록 했고 구체적으로 어떻게 일을 해야하는 지도 자세하게 지시했으며, 게다가 전부터 잘 아는 객점의 중간상인에게 연락하여 이미 적당히 준비하도록 했다. 이런 주도면밀한 준비

194 話說湖廣有個人, 姓蔣名德休, 字日休, 家住武昌. 父親蔣譽, 號龍泉, 母親柳氏, 止生他一人. 向來隨父親做些糴糶生理, 後來父親老年, 他已將近二十歲, 蔣譽見他已曆練老成, 要叫他出去到漢陽販米. 柳氏道:"他年紀小小兒的, 沒個管束, 他怕或者被人哄誘去花酒, 不惟折了本錢, 還恐壞了他身子. 不若且爲他尋親事, 等他有個羈絆." 蔣譽道:"你不得知, 小官家一做親, 便做准戀住. 那時若叫他出去, 畢竟想家, 沒心想在生意上. 還只叫他做兩年生意做親." 柳氏道:"這等, 二三百兩銀子, 也是幹系. 我兄弟柳長茂, 向來也做糴糶, 不若與他合了夥計同做, 也有個人鉗束他." 蔣譽連聲道:"有理!" 便請柳長茂過來, 兩邊計議, 寫了合同, 叫蔣日休隨柳長茂往漢陽糴米. 只看行情, 或是團風鎭, 或是南京, 擡糶. 漢陽原有蔣譽舊相與主人熊漢江, 寫書一封, 叫他淸目. 甥舅兩個, 便渡江來, 到漢陽尋著熊漢江寓下. 這熊漢江住在大別山前, 專與客人收米, 與蔣譽極其相好; 便是蔣日休, 也自小兒在他家裏歇落, 裏面都走慣的.(『型世言』 卷38, 「妖狐巧合良緣, 蔣郎終偕伉儷」)

하에 상인이 비로소 처음 집 밖으로 후세를 장사하러 내보내는 것을 통해 그들의 깊고 치밀한 마음을 엿볼 수 있으며, 또한 과감하게 후세에게 장사를 이어가도록 하는 것을 통해 멀리까지 내다보는 그들의 안목을 엿볼 수 있다.

필자가 생각하기에 상인이 후세를 양성하는 방면에서 가장 대표적인 예는 「오장군일반필수 진대랑삼인중회烏將軍一飯必酬 陳大郎三人重會」[195]의 입화 고사다. 이야기 속에서 상인 아버지와 어머니가 일찍 죽는 바람에 다음 세대를 길러내는 일은 작은 어머니가 담당한다. 하지만 후세 양성의 과정에서 작은 어머니 양씨가 사용하는 방법, 도달하고자 하는 목표 및 젊은 상인에게 불어 넣고자하는 정신은 여느 상인과 다르지 않다.

> 한편 근래 소주의 왕생이라는 사람은 보통의 백성으로 아버지 왕삼랑王三郎은 장사하는 상인이고 어머니는 이씨며 작은 어머니 양씨는 과부로 자식이 없었다. 이 네 식구가 같이 살고 있는데, 어렸을 때부터 왕생이 총명하고 재주가 있어서 작은 어머니는 그를 매우 아끼고 사랑했다. 뜻밖에도 그의 나이 7, 8세에 두 부모가 연이어 죽었다. 다행히도 양씨가 있어서 장례식을 다 치른 후 왕생을 자기 아들로 키웠다. 왕생이 점점 자라 눈 깜짝할 사이에 열여덟 살이 되었는데 장사를 영리하게 잘했다.[196]

195 『拍案驚奇』 권8.

196 且說近來蘇州有個王生, 是個百姓人家. 父親王三郎, 商賈營生. 母親李氏. 又有個嬸母楊氏, 卻是孤孀無子的. 幾口兒一同居住. 王生自幼聰明乖覺, 嬸母甚是愛惜他. 不想年紀七八歲時, 父母兩口相繼而亡. 多虧得這楊氏殯葬完備, 就把王生養爲己子. 漸漸長成起來, 轉眼間又是十八歲了. 商賈事體, 是件伶俐.

왕생의 장사 기술은 모두 작은 어머니에게 전수받았음을 알 수 있다. 하지만 그의 작은 어머니는 여전히 불충분하다고 여겨 그에게 바깥에 나가 장사하며 시련을 겪으면서 세상 물정을 알도록 해서 진정한 상인으로 성장하게 했다.

어느날 양씨가 그에게 말했다. "너도 이제 장성한 나이니 어찌 앉아서 먹기만 하겠니? 내게 딸린 가산과 네 아버지가 남긴 것을 모두 가게 운영에 쓰려무나. 내가 천여 냥을 모아 줄테니 너는 강호에 나가 장사를 하거라. 이 또한 바른 길일거야." 왕생이 기뻐하며 말했다. "이게 바로 우리의 본분이지요." 양씨는 천금의 물건을 수습하여 그에게 주었다.[197]

"또한 바른 길일거야"라든가 "바로 우리의 본분이지요"라고 한 것은 상인 집안이 대대로 그 업을 전수하는 속성 및 자신이 종사하는 직업에 대한 자각을 반영한 것이다. 하지만 뜻밖에도 왕생의 시작은 순조롭지 않아서 처음 장사하러 나갔을 때 한 떼의 강도를 만나 강탈당해 한 푼도 남지 않게 되었다. 그가 낭패를 보고 집으로 돌아왔을 때 그의 작은 어머니는 야단치기는커녕 오히려 다시 출발하라고 그를 격려했다.

얼마 안 되어 그가 돌아왔는데 의복은 다 떨어져 어수선하고 얼굴에는 수심이 가득찬 것을 보고 양씨는 이미 사정을 거의 다 알아차렸다. 그는 앞

197 一日, 楊氏對他說道 : "你如今年紀長成, 豈可坐吃箱空? 我身邊有的家資, 並你父親剩下的, 盡勾營運. 待我湊成千來兩, 你到江湖上做些買賣, 也是正經." 王生欣然道 : "這個正是我們本等." 楊氏就收拾起千金東西, 交付與他.

으로 다가와서 공손히 인사를 올리고는 바로 땅바닥에 쓰러져 울기만 했다. 양씨가 사정을 자세히 물어보니 그는 장사 나갔던 일을 다 얘기했다. 양씨가 그를 위로하며 말했다. "얘야, 이 또한 너의 운명이다. 네가 나이 들어 돈을 다 써버린 것도 아닌데 어찌 이렇게 괴로워하니? 집에서 맘 편히 한 이틀 묵다가 다시 자금을 모아 나가면 되지. 지난번보다 나아지려고 노력하면 되는 거야." 왕생이 대답했다. "앞으로는 가까운 곳에서만 장사할까 봐요. 이런 부담을 지면서 먼 곳에는 안 가려구요." 양씨가 말했다. "사내대장부라면 천리 길 장사라도 해야지, 어떻게 그런 말을 하니?"[198]

위험과 좌절 앞에서 왕생은 그만 두려고 하는데 작은 어머니는 오히려 그를 위로하고 지지하며 격려할 뿐만 아니라, 매우 현실적으로 그에게 "지난번보다 나아지려고 노력하면 된다"고 말한다. 이는 모든 기회를 이용해 상인적 가치관과 직업정신을 불어넣어 상인을 훈련시키고 양성하는 하나의 훌륭한 조련자의 형상임에 틀림없다. "사내대장부라면 천리 길 장사라도 해야지"라는 말은 일종의 강력한 모험 정신을 반영하고 있으며, 이 또한 상인을 훈련시키고 양성하는 조련자가 반드시 젊은 상인에게 주입시켜야 할 신조이다. 이에 왕생은 두 번째로 다시 집을 나서 장삿길에 오른다.

198 楊氏見他不久就回, 又且衣衫零亂, 面貌憂愁, 已自猜個八九了. 只見他走到面前, 唱得個喏, 便哭倒在地. 楊氏問他仔細, 他把上項事說了一遍. 楊氏慰安他道 : "兒(口+樂), 這也是你的命, 又不是你不老成花費了, 何須如此煩惱? 且安心在家兩日, 再湊些本錢出去, 務要趁出前番的來便是." 王生道 : "已後只在近處做些買賣罷, 不擔這樣幹系遠處去了." 楊氏道 : "男子漢千里經商, 怎說這話?"

집에서 한 달 넘게 머무르자 (…중략…) 양씨는 또 몇 백 냥의 은자를 모아 그에게 주었다. 송강에 가서 백여 포의 가는 삼베筒布를 사고 독자적으로 큰 배 한 척을 사서 쌀과 콩을 살 몇 백 냥의 은자를 몸속에 지니고 한 명의 동업자를 만나 길일을 택해 출발했다.[199]

결과적으로는 두 번째도 실패하였으니 똑같은 강도떼를 만나 한 푼도 남김없이 강탈당한 것이다. 하지만 작은 어머니는 여전히 그를 격려하며 그의 장사 수완을 믿고 그가 다시 출발하는 것을 지지했다.

양씨는 왕생이 빨리 돌아온 것을 보고 또 한 번 놀랐다. 왕생은 눈물을 글썽이며 양씨 앞에 와서 울면서 그 까닭을 말했다. 양씨는 보기 드문 현명한 사람으로 사람을 보는 안목이 있었다. 조카가 반드시 성공하는 날이 있을 거라고 생각하면서 조금도 원망하지 않고 그를 위로하며 운명을 편안히 받아들이고 다시 상인의 도를 그대로 실천하라고 했다. 얼마 후 양씨는 또 은자를 모아주고 그에게 장사하러 나갈 것을 재촉했다. "두 번이나 강도를 만난 것은 모두 팔자소관이니, 재산을 잃게 될 운명이면 집에 가만히 앉아 있어도 문을 넘어 빼앗아 갈 사람이 있단다. 이 두 번 일 때문에 집안 대대로 전수해 온 생업을 그만두어서는 안 된다." 왕생이 두려워만 하니 (…중략…) 양씨가 말했다. "얘야. 대담하면 천하를 돌아다닐 수 있지만 소심하면 한 발짝도 나가기 어렵단다. 소주에서 남경까지는 불과 6, 7개의 역도 되지 못해서 허다한 행상들이 오가니 애초에 네 아버지나 숙부도 다 다니

199 住在家一月有餘 (…中略…) 楊氏又湊了幾百兩銀子與他, 到松江買了百來筒布, 獨自買了一只滿風梢的船, 身邊又帶了幾百兩糴米豆的銀子, 合了一個夥計, 擇日起行.

면서 익숙해진 길이란다. 네가 불운해서 우연히 두 번이나 강도를 만났지만, 설마 그 사람들이 오로지 너 하나만 지키고 있다가 번번이 강탈할 수는 없을 거야. (…중략…) 그러니 마음 놓고 가거라" 왕생이 그 말을 믿고 전과 같이 짐을 싸서 출발했다.[200]

양씨의 권고는 운명과 도리를 말한 것으로, 참으로 입에 쓰지만 약이 되는 말이라고 할만하다. 운명을 말한 것은 왕생이 좌절을 참아내도록 하기 위한 것이고 도리를 말한 것은 왕생의 모험 정신을 배양하기 위한 것이었다. "대담하면 천하를 돌아다닐 수 있지만 소심하면 한 발짝도 나가기 어렵다"는 말은 정녕 상인이 마땅히 신봉해야 할 신조이다. "집안 대대로 전수해 온 생업"과 "애초에 네 아버지나 숙부도 다 다니면서 익숙해진 길"이라는 말은 계승되어 온 전통과 모범적인 윗세대를 통해 왕생에게 용기와 믿음을 보태주려고 한 것이다. 결과적으로 왕생은 세 번째 나갔을 때도 비록 강도에게 당하지만, 이로 인해 뜻밖의 재물을 얻게 되니 그 금액이 세 번째의 손실은 물론 지난 두 번의 손실을 충분히 메꿀 수 있을 정도였다. 이는 세 번(3은 많다는 뜻이다)의 고난과 시험을 겪은 후 한 명의 젊은 상인이 드디어 상인에 적합한 훌륭한 인재가 되었음을 상징적으로 표현하고 있다.

---

200 楊氏見來得快, 又一心驚. 王生淚汪汪地走到面前, 哭訴其故. 難得楊氏是個大賢之人, 又眼裏識人, 自道侄兒必有發跡之日, 並無半點埋怨, 只是安慰他, 教他守命, 再做道理. 過得幾時, 楊氏又湊起銀子, 催他出去, 道 : "兩番遇盜, 多是命裏所招. 命該失財, 便是坐在家裏, 也有上門打劫的. 不可因此兩番, 墮了家傳行業." 王生只是害怕 (…中略…) 楊氏道 : "我的兒, 大膽天下去得, 小心寸步難行. 蘇州到南京不上六七站路, 許多客人往往來來, 當初你父親, 你叔叔都是走熟的路. 你也是悔氣, 偶然撞這兩遭盜. 難道他們專守著你一個, 遭遭打劫不成? (…中略…) 只索放心前去." 王生依言, 仍舊打點動身.

이후로는 장사하러 나가면 매번 순조로웠다. 몇 년이 안 되어 마침내 큰 부자가 되었다.[201]

이 이야기는 자못 전기傳奇의 색채를 띠고 있고 유머러스한 측면도 적지 않지만 그 숨겨진 의미를 어렵지 않게 이해할 수 있다. 그것은 바로 한 명의 적합한 상인이 되려면 반드시 여러 고난을 겪어야 하고, 반드시 고난 속에서 일어나야만 하며, 반드시 모험 정신을 배양해야 한다는 것이다. 이 과정에서 윗세대의 지도와 격려 또한 반드시 없어서는 안 된다.

상인이 후세를 육성하는 것을 표현한 명대의 이런 이야기는 후세 양성의 필요성과 어려움에 관한 묘사를 통해 우리에게 하나의 신념을 전달하고 있다. 그것은 곧 장사는 녹록치 않은 하나의 직업으로, 장기적인 훈련과 학습을 통해서만 비로소 배울 수 있다는 것이다. 이러한 신념은 장사라는 직업의 정당성을 더욱 더 실제적으로 증명하고, 또한 그 가치관과 직업정신을 더더욱 긍정하게 해준다. 명대문학에서 이런 류의 묘사가 대량으로 출현한 것은 바로 상인에 대한 긍정 및 상인 묘사에 대한 명대문학의 짙은 관심을 설명해주고 있으며, 이는 상인을 표현하는 방면에서 명대문학이 이룬 진보성의 한 측면을 드러내고 있다.

---

201 自此以後, 出去營運, 遭遭順利. 不上數年, 遂成大富之家.

3) 상인의 소망에 대한 표현

일찍이 당오대문학에서 이미 큰돈을 버는 꿈과 아름다운 여인과의 만남 등과 같은 상인의 소망과 환상이 표현되기 시작했다. 그런데 이와 같은 묘사는 당오대문학에서는 아직 상당히 초보적이었고 또 항상 초자연적인 방식을 취했다. 가령, 상인이 큰돈을 버는 데 도움이 된 것은 언제나 어떤 신비로운 보물이며, 그것도 우연한 기회로 얻은 것이다. 상인의 소망과 환상에 대한 묘사는 송원문학에서 내용적으로 더욱 근세적 색채를 띠었을 뿐만 아니라, 수법도 더욱 사실적으로 되었다. 하지만 당오대문학과 똑같이 이런 묘사는 아직은 문언소설에서만 출현했다. 명대문학에 이르러 상인의 소망과 환상은 통속문학의 양식을 빌어 더욱 근세적 색채를 띠기 시작했다. 큰돈을 버는 것, 아름다운 여인과의 만남, 도움을 받는 것 등과 같은 상인의 소망과 환상의 몇 가지 주요한 측면들이 모두 풍부하고 생동감 있게 표현되었을 뿐만 아니라 해외무역이 발전함에 따라 상인의 소망과 환상도 더욱 현란하고 다채롭게 표현되었다. 더욱 중요한 점은 상인의 소망과 환상에 대한 묘사의 배후에 있는 상인과 상업 경영에 대한 명대문학의 긍정 및 이해와 동정을 엿볼 수 있다는 것이다.

(1)

부자가 되고 싶은 상인의 소망을 표현하는 데 있어서 명대문학은 당오대문학과는 그 유형이 조금 다르고 송원문학과는 비교적 유사하다.

상인들이 큰돈을 버는 데 도움이 되는 것은 우연히 획득한 신비로운 보물이 아니라 현실의 인간관계에서 만난 특별한 인연이다. 가령 「오장군일반필수 진대랑삼인중회烏將軍一飯必酬 陳大郎三人重會」[202]에 표현된 부자가 되고 싶은 소망은 상인이 우연히 남을 도와주었는데 나중에 그 사람이 은혜를 갚아 마침내 뜻밖의 재부를 얻는 식으로 실현된다. 소주蘇州 상인 진대랑陳大郎은 어느 날 우연히 "아주 큰 얼굴에 반쯤 수염이 덮힌"[203] 사나이를 만나는데, "저 수염을 어떻게 처리하면 식사할 때 입을 드러낼 수 있을까"[204]라는 호기심이 생겨 "은자를 다 쓰더라도 주점에서 그와 한 자리에 앉아야겠다"[205]고 생각하면서 "그의 행동을 엿보았다."[206] 그런데 뜻밖에도 이 수염 많은 사내는 주산舟山 바닷가의 큰 도둑이었다. 그는 진대랑이 밥 한끼를 대접한 은혜에 감동하여 진대랑의 처자식을 만나게 해주었을 뿐만 아니라 큰돈을 벌게 해 주었다.

세 식구가 감사드린 후 출발하려고 했다. 대왕이 또 부하에게 황금 삼백 냥과 백금 천냥 및 채색 비단을 꺼내게 하니 그 수를 헤아릴 수 없을 정도였다. (…중략…) 이로부터 진대랑 부부가 해마다 보타산普陀山에 가서 향을 피우고 참배하니, 그때마다 오烏 장군은 사람을 보내 해로海路를 따라 이들을 맞이하고 보냈다. 진대랑은 매번 많으면 천금 적으면 수백금 어치의 무거운 짐을 꼭 싣고 돌아왔다. 진대랑도 해마다 다른 지역에 가서 진기한 보

202 『拍案驚奇』 권8.
203 大大一個面龐, 大半被長須遮了.
204 吃飯時如何處置這些胡須, 露得個口出來.
205 拼得費錢把銀子, 請他到酒店中一坐.
206 看出他的行動來.

물을 찾아 바치니 오烏 장군 또한 배로 갚아주었다. 마침내 소주 지역의 큰 부호富豪가 되었으니 곧 밥 한 끼의 보상인 것이다.[207]

윗글에서 사람을 자못 웃기는 일은 밥 한 끼에 대한 두 사람의 이해다. 상인은 그저 "그의 특이한 용모를 보고 장난삼아 한 것인데見他異樣, 要作個耍" 호걸은 상인이 "세상에서 자신을 깊이 알아봐준塵埃之中, 深知小可" 사람으로 오해하고 있다. 이런 종류의 상대방에 대한 오해는 저자의 유머감각을 드러낼 뿐만 아니라 상인의 투기 심리에 대한 저자의 이해를 표현하고 있다. 이 "밥 한끼의 보상一飯之報"은 "적은 본전에 막대한 이익一本萬利"이라는 상업적 신조의 환상적 표현이며 또한 최소한의 투자로 최대의 이익을 회수하려는 상인 심리의 표현이다. 이 이야기는 우리에게 송원 문언소설「포장가布張家」를 연상시키며, 부자가 되고 싶은 소망을 다룬 당오대문학의 이야기들과 비교하면 더욱 더 뚜렷한 근세적 색채를 보여준다. 또한 비록 전체 이야기가 환상에서 출발한 것일지라도 모든 인물과 사건이 오히려 현실적이고 초자연적이지 않다.

이 소설의 입화 고사 역시 횡재를 갈망하는 상인의 심리를 묘사하면서 마찬가지로 자못 희극적 색채가 풍부한 표현 방식을 선택했다. 젊은 상인 왕생王生은 밖에 나가 장사를 하면서 세 번이나 동일한 강도떼에게 강탈당한다. 강도떼들 자신도 조금 미안한 생각이 들어서 다른

207 三口拜謝了要行, 大王又教嘍囉托出黃金三百兩, 白金一千兩, 彩段貨物在外, 不計其數(…中略…) 從此, 大郎夫妻年年到普陀進香, 都是烏將軍差人從海道迎送. 每番多則千金, 少則數百, 必致重負而返. 陳大郎也年年往他州外府, 覓些奇珍異物奉承, 烏將軍又必加倍相答. 遂做了吳中巨富之家, 乃一飯之報也.

상인에게서 빼앗아 온 배 한척에 있는 모시풀苧麻을 인정상 왕생에게 건네주었다. 왕생은 집에 돌아와서야 모시풀 속에 오천 냥의 황금이 감추어진 것을 발견했다. 이렇게 왕생은 원금을 모두 되찾았을 뿐 아니라 오히려 조금 남기까지 하였다. 이 고사에는 횡재를 갈망하는 상인 심리가 여과 없이 드러나고 있다. 또한 부자가 되고 싶은 상인의 꿈이 이기적인 성격을 지니고 있음을 보여준다. 강도떼들의 의기를 칭찬할 때 왕생은 은을 잃은 다른 상인의 슬픔에 대해서는 생각하지 않고 있다. 이 입화 고사에서도 또한 「포장가」의 그림자를 볼 수 있으며, 부자가 되고 싶은 소망을 다룬 당오대문학의 고사와 비교하면 이야기 자체는 충분히 기이하고 특별하지만 여전히 뚜렷한 근세적 색채를 드러내고 있다.

해외무역이 회복되고 번영함에 따라 송원문학의 전통을 계승해서 명대문학은 해외무역을 배경으로 하는 부자가 되고 싶은 소망을 다룬 이야기를 계속해서 발전시켰다. 부자가 되고 싶은 소망을 다룬 일반적인 이야기와 비교하면 해외무역을 배경으로 하는 이야기는 언제나 더욱 아름답고 훌륭하게 느껴진다. 이는 대체로 해외무역에 종사하는 것이 일반무역보다 본래 이익이 더 크기 때문이다. 「전운한우교동정홍 파사호지파타룡각轉運漢遇巧洞庭紅 波斯胡指破鼉龍殼」[208]의 등장인물이 말하듯 "원래 이쪽의 중국 상품을 저쪽 외국으로 가져가면 세 배의 가격이 된다. 저쪽의 물건으로 바꿔 중국으로 가져와도 마찬가지다. 그러니 한 번 갔다 오면 곧 여덟, 아홉배의 이익이 생기지 않겠는가? 그래

208 『拍案驚奇』 卷1.

서 사람들이 모두 목숨을 걸고 이 길을 가는 것이다."[209] 이익이 클수록 부자가 되고 싶은 소망은 당연히 더욱 아름답고 신비로워질 것이다. 동시에 신비롭고 드넓은 바다도 사람들에게 무궁한 상상을 불러일으켜 바다에는 각종 가능성, 특히 벼락부자가 될 가능성이 숨겨져 있다고 여기게 된다. 위에 서술한 이 소설의 주인공 문약허文若虛가 바로 바다에서 그의 운세를 바꾸었다. "지금 말하고자 하는 이 사람은 육지에서 다닐 때는 가는 곳마다 실패해서 지극히 가난하고 고생스러웠다. 하지만 아득한 망망대해를 다니며 꿈에서도 생각하지 못했던 곳에서 뜻밖의 재물을 얻어 거부가 되었다. 이는 예로부터 드문 일이다."[210] 그는 "육지에서" 장사할 때는 "백 번 하면 백 번을 실패했다" "그래서 이 사람에게 하나의 별명이 생겼으니 이름하여 '재수없는 놈倒運漢'이라고 하였다." 이 "재수없는 놈"이 오히려 한 번의 해외무역에서 뜻밖에 큰돈을 벌어 "운수 좋은 놈轉運漢"이 된다. 그가 "운수 좋은 놈"이 되도록 도움을 준 것은 바로 해외무역이었다. 그러므로 부자가 되고 싶은 상인의 꿈과 관련해서 말하자면 바다는 무한한 가능성을 감추고 있는 것 같다.

명대문학에 묘사된, 해외무역에 종사하는 상인들의 부자가 되고 싶은 소망의 첫 번째 부류는 "아득한 망망대해를 다니며 꿈에서도 생각하지 못했던 곳에서 뜻밖의 재물을 얻어 거부가 되는" 것이었다. 위에 서술한 소설 속 상인 문약허는 사람하나 살지 않는 황량한 섬에서 우

---

209 元來這邊中國貨物, 拿到那邊, 一倍就有三倍價. 換了那邊貨物, 帶到中國, 也是如此. 一往一回, 卻不便有八九倍利息? 所以人都拼死走這條路.

210 而今說一個人, 在實地上行, 步步不著, 極貧極苦的; 卻在渺渺茫茫, 做夢不到的去處, 得了一主沒頭沒腦錢財, 變成巨富. 從來希有, 亘古新聞.

연히 거대한 "헤지고 갈라진 등딱지敗龜殼" 하나를 줍게 된다. 보물을 잘 알아보는 페르시아 사람이 그것이 마음에 들어 은자 오만 냥에 사가니 문약허는 큰돈을 벌어 대부호가 되었다. 이 "등딱지"가 값이 나갔던 이유는 만년이나 된 타룡鼉龍의 껍데기인데다, 그 안에 스물 네 개의 갈비뼈가 있고 매 갈비뼈 마디 속에 큰 구슬이 있으며 또 "그 구슬이 모두 밤에 빛을 내는 값을 매길 수 없는 보물其珠皆有夜光, 乃無價寶也"이었기 때문이다. 대체로 해외무역에 종사하는 상인들만이 보물을 줍는 이런 천재일우의 기회를 잡을 수 있었고, 해외무역에 종사하는 상인들만이 하늘이 계시하는 이런 기이한 부자 되는 꿈을 꿀 수 있었을 것이다. 또한 아마도 문인들은 해외무역이 번영하는 배경아래에서만 아름답고 신비로운 부자되는 꿈 이야기를 구상할 수 있었을 것이다. 송원 문언소설에서도 이미 「해산이죽海山異竹」과 같은 작품이 출현했는데 그 이야기 유형이 본편의 소설과 아주 유사하다. 하지만 본편의 소설이 더욱 과장되고 아름답고도 신비로우니, 부자가 되고 싶은 상인의 소망을 다룬 이야기의 업그레이드판이라고 할만하다.

명대문학에 묘사된 해외무역 종사 상인들의 부자가 되고 싶은 소망의 두 번째 부류는 잘 안 팔리는 물건을 해외에 나가 뜻밖에 다 팔고 큰 돈을 버는 것이다. 위에 서술한 소설 속 상인 문약허는 원래 해외에 나가 놀려고만 했다. 그런데 어떤 사람이 그에게 은자 한 냥을 자금으로 주었는데, 그 돈으로 길을 가다가 목마르면 먹으려고 우연히 백여 근의 귤을 샀다. 뜻하지 않게 길영국吉零國에 도착했는데 거기 있는 사람들이 오히려 이를 진기한 물건으로 여겨 은전 한 개를 내고 귤 한 개를 사려고 했다. 이로 인해 문약허는 모두 천 개 정도의 은전을 벌어들이니 대략 8, 9백 냥의 은자였다. 이는 정말 "적은 본전으로 막대한 이익"을 취한 장사였다. 이런 장사 기회는 당연히 해외무역에서만 있는 것이니 어쩌면 이런 아름답고도 기묘한 부자 되는 꿈은 해외에 가는 상인만 꿀 수 있다고 말하는 게 낫겠다. 지역간 교역을 통해 상품 가치가 높아지는 것이 원래 무역의 일반 원칙이긴 하지만, 오로지 해외무역을 통해서만 사람들이 혀를 내두를 정도로 가격이 오르기 때문이다. 희극적 색채가 풍부한 이 이야기를 통해 해외무역 종사 상인의 부자가 되고 싶어 하는 심리가 소설가에 의해 생동감 있게 묘사되었다. 부자가 되고 싶은 소망을 담은 이런 유형의 이야기는 비록 매우 과장되고 기묘하긴 하지만 첫 번째 유형보다는 더욱 현실적이다. 「해산이죽海山異竹」과 같은 송원 문언소설에서는 부자가 되고 싶은 소망을 담은 이런 유형의 이야기를 볼 수 없으니, 이는 명대문학에서 새롭게 출현한 유형으로 훗날 청대 소설 『경화연鏡花緣』에 영향을 미쳤다.

소설가들은 비록 생동감 있게 이야기를 서술하긴 했지만, 그들은 그 이야기들이 또한 부자가 되고자 하는 상인의 소망과 환상을 표현한 것에 불과함을 분명히 의식하고 있었다. 위에 서술한 소설의 말미에 있는 시들은 이점을 지적하고 있다. "운이 다하면 황금도 빛을 잃고, 때가 되면 쇳덩이도 빛을 발하지. 어리석은 이들과 꿈 얘기하며 해외에서 귀갑龜甲을 찾을 거라 생각하지 말게나."[211] 이 시는 장사가 "시운"에 달려 있다고 여기면서도 "해외에서 귀갑을 찾는 것"이 단지 "꿈을 말한" 것에 불과함을 지적한 것이다. 즉 부자가 되고 싶은 상인의 소망

211 運退黃金失色, 時來頑鐵生輝. 莫與癡人說夢, 思量海外尋龜.

과 환상을 표현한 것일 뿐이므로 완전히 진짜라고 할 수 없다는 것이다. 부자가 되고 싶은 상인의 소망에 대한 이런 종류의 질책은 합리적인 사고가 함축되어 있고 분명한 근세적 분위기가 넘쳐흐르는 송원 문언소설 「풍낙루豐樂樓」를 떠올리게 한다.

(2)

이전시기 문학에서도 당오대의 「정소鄭紹」, 송원대의 「남릉미부인南陵美婦人」, 「장객기우張客奇遇」, 「의성객宜城客」, 「낙양삼괴기洛陽三怪記」와 「백낭자영진뇌봉탑白娘子永鎭雷峰塔」 등과 같이 아름다운 여인을 만나고 싶은 상인의 소망을 이미 표현한 적이 있다. 아름다운 연애를 꿈꾸는 상인의 소망을 묘사한 명대문학을 이전 시대 문학과 비교하면, 명대문학 속의 묘사가 더욱 아름답고 감동적이며 근세적 색채도 농후함을 알 수 있다.

「증지마식파가형 힐초약교해진우贈芝麻識破假形 擷草藥巧諧眞偶」[212]는 아름다운 여인과의 만남을 꿈꾸는 어떤 상인의 이야기를 다룬 것으로, 미모의 여인에 대한 상인의 소망과 환상을 표현하고 있다. 절강 상인 장생蔣生은, "물건을 팔러 한양漢陽 마구馬口 지방에 도착한 어느 날" 한 벼슬아치 집안의 아름다운 아가씨를 우연히 만난다. 하지만 서로 정을 통할 연분이 없어 "밤새 춘몽을 얼마나 꾸었는지 모른다."[213] 나중에 기적이 일어나 장생은 여인을 만날 수 있게 된다.

212 『二刻拍案驚奇』 권29.
213 晩間的春夢也, 不知做了多少.

하루는 밤에 방문을 닫고 혼자 자려고 하는데, 방문 밖에서 걸음 소리가 들리다가 방문을 가만히 두드리는 소리가 났다. 장생이 다행히 아직 등불을 끄지 않아 황급히 불을 밝히고 문을 열어보니 어떤 여자가 갑자기 안으로 들어왔다. 눈여겨 자세히 살펴보니 바로 마씨馬氏 집안의 아가씨였다. 장생이 놀라며 '설마 또 꿈을 꾸었나?'라고 하면서 마음을 추스리고 생각해보니 꿈이 아니었다. 밝은 등불아래 엄연히 미모의 아가씨와 마주보고 있으면서도 장생은 참인지 거짓인지 의심하며 당혹스러움에 마음이 불안했다.[214]

사실 위 장면은 미녀로 변한 여우가 장생의 마음을 알고 마씨 아가씨로 변해 환락을 즐기고자 찾아온 것일 뿐이었다. "한편으로는 그대의 환락을 돕고 한편으로는 나의 일을 성사시키려고一來助君之歡, 二來成我之事"한 것이니 쌍방이 다 좋은 일이었다. 훗날 비록 장생은 그녀가 여우임을 알게 되지만 여우는 도리어 우정을 나눌만한 존재였다.

하지만 그대와 왕래한 지 오래되어 정이 없을 수 없습니다. 그대의 몸이 나 때문에 병을 얻었으니 내가 마땅히 치료해 드려야지요. 마씨 아가씨를 그대가 이미 사랑하여 내가 아가씨의 모습으로 변해 오랫동안 그대의 사랑을 받았으니 나 역시 냉담할 수는 없지요. 그대를 위해 아가씨를 그대의 아내로 삼을 수 있도록 도모해서 소원을 이루어주는 것이 내가 그대에게 보답하는 것이겠지요.[215]

---

214 一日晚間關了房門, 正待獨自去睡, 只聽得房門外有行步之聲, 輕輕將房門彈響. 蔣生幸未熄燈, 急忙挑明了燈, 開門出看. 只見一個女子, 閃將入來. 定睛仔細一認, 正是馬家小姐. 蔣生吃了一驚道: "難道又做起夢來了?" 正心一想, 卻不是夢. 燈兒明亮, 儼然與美貌的小姐相對. 蔣生疑假疑眞, 惶惑不定.

215 但往來已久, 與君不能無情. 君身爲我得病, 我當爲君治療. 那馬家女子, 君旣心愛, 我又假

이미 오랫동안 미녀와 함께하는 복을 장생이 누리도록 해 주었고, 또 "정력과 기운이 충만하여 예전처럼 건강하게 되도록精完氣足, 壯健如故" 장생의 몸을 회복시켜 주어서, 미녀로 변한 여우와 외도한 후 생기는 일반적인 후유증도 없게 해주었고, 또 마음에 둔 여자를 취할 수 있도록 대신 도모해 주었으니, 여우는 처음부터 끝까지 아주 세심하게 장생을 돌봐준 것으로 보인다. 이 세 가지 좋은 일이 생긴다면, 아마도 세상에서 이보다 더 좋은 일은 없을 것이다. 그런 까닭에 "사람들은 미담으로 생각하며 서로 전했고, 이 이야기에 푹 빠진 사람들은 어찌하여 나에겐 미녀로 변한 여우를 만나는 이런 기이한 인연이 생기지 않는가 안타까워하며 망상에 빠져 괴로움을 참지 못했다."[216] 이는 아름다운 여인과의 만남을 꿈꾸는 고사가 사람의 마음을 격동시키는 점이 있음을 말한 것이라고 할 수 있다. 이전 시기 문학에서 미모의 여인과의 만남을 꿈꾸는 이야기가 이처럼 아름답고 감동적으로 표현된 적은 없었다.

아름다운 사랑에 대한 상인의 꿈을 묘사한 이야기는 줄곧 역대 문인들의 사랑을 받았다. 능몽초凌濛初가 이 소설의 서두에서 "이번에 쓴 것은 북경京師의 한 노인老郞이 전해준 이야기로 원제는 「영호삼속초靈狐三束草」이다"[217]라고 하였으니 원대元代부터 이미 유행하고 있었던 것 같다. 하지만 이러한 이야기가 명대에 이르러 더욱 많은 문인들의 사랑을 받은 것은 아마도 그 교묘한 환상 때문이거나 혹은 상인의 소망

托其貌, 邀君恩寵多時, 我也不能恝然, 當爲君謀取, 使爲君妻, 以了心願, 是我所以報君也.

216 大家相傳, 以爲佳話. 有等癡心的, 就恨怎生我偏不撞著狐精, 得有此奇遇? 妄想得一個不耐煩.

217 這一回書, 乃京師老郎傳留, 原名爲「靈狐三束草」.

을 표현하기에 적합해서였기 때문인 듯하다. 능몽초의 이 소설 말고도 풍몽룡馮夢龍은 이를 「대별호大別狐」[218]로 개작했으며 육인룡陸人龍은 이를 「요호교합양연 장랑종해항려妖狐巧合良緣 蔣郎終偕伉儷」[219]로 개작했는데, 후자는 아름다운 여인을 얻고 싶은 상인의 갈망을 아주 잘 표현하고 있다.

> 일휴日休는 이 날 방에만 앉아 있었는데, 몹시 쓸쓸하게 보였다. 「오가아吳歌兒」라는 글을 가져다가 새가 지저귀듯 가볍게 낭송했다. "찬바람 쌩쌩 부는 시월, 이불 속은 얼음장인데 잠에서 깨었나요? 그대여, 당신도 외롭고 나도 혼자니 같이 안고 뒹굴어요. 서로 그리워하면 사랑이 곧 이루어지니 남자가 마음이 있는데 여자라고 마음이 없을까요? 그대여, 고양이 강아지도 춘심이 있는데 쇳덩이 같은 마음으로 어찌 홀로 문을 닫고 있나요?"[220]

마침 그가 외로울 때 아름다운 여인과의 만남의 기회가 조용히 다가왔다. "여관이 쓸쓸하니 매일 밤 보살펴 주러 와서 내 적적함을 잠시나마 풀어 주시오"[221]라고 그가 여자에게 요구한 것은, 행상 나간 상인이 타지에서 아름다운 여인과의 만남을 갈망하는 소망과 환상을 생동감 있게 묘사한 것이다.

---

218 『情史類略』 권12.

219 『型世言』 제38회.

220 只見日休這日坐在房中, 寂寞得緊. 拿了一本「吳歌兒」, 在那邊輕輕的嘲道 : 風冷颼颼十月天, 被兒裏冰出那介眠? 姐呀! 你也孤單我也獨, 不如滾個一團團. 相思兩好介便容易成, 那介郎有心來姐沒心? 姐呀! 貓兒狗兒也有個思春意, 那爲鐵打心腸獨拄門!

221 旅館淒涼, 得姐姐暫解幽寂, 正要姐姐夜夜賜顧.

(3)

큰돈을 버는 것과 아름다운 여인과의 만남 외에도, 명대문학은 흔히 볼 수 있는 상인의 또 다른 소망과 환상을 표현하고 있으니, 그것은 곧 도움을 받는 것이다.

상인의 생활은 항상 각양각색의 위험으로 가득 차 있기 때문에 상인의 소망과 환상 중 한 가지 중요한 내용은 바로 도움을 받는 것이다. 상인들은 위험에 처했을 때 어떤 사람이 앞장서서 그들을 보호해주기를 갈망한다. 그들은 여기저기에 은신하고 있는 이런 능력자를 길을 가다 우연한 기회에 만나서 알게 되어, 마지막에는 이 사람에게 의지해 위험에서 벗어날 수 있기를 희망한다. 도움을 받고 싶은 상인의 소망과 환상을 표현하는 것은 명대문학의 한 가지 특색으로, 이전 시대 문학에서는 아직 많이 보이지 않았던 것인 듯하다.[222]

「정원옥점사대상전 십일낭운강종담협程元玉店肆代償錢 十一娘雲岡縱譚俠」[223]은 앞서 서술한 이런 류의 주제를 표현하고 있는 소설이다. "성품이 과묵하고 단정해서 함부로 말하거나 웃지 않으며, 충직하고 노련해서 오로지 사천성四川省과 섬서성陝西省을 오가며 행상으로 물건을 팔아 큰 이익을 얻은"[224] 휘주 상인 정덕유程德瑜는 우연히 한 객점에서 만난 어떤 부인의 밥값을 대신 내준 것을 계기로 몸을 숨기고 있었던 검협劍俠 위십일낭韋十一娘을 만날 수 있었으며, 강도에게 강탈당하게

222 宋元代 文言小說인 「溫州風災」(『夷堅志』 丙志 卷6)도 유사한 주제를 표현하고 있지만, 천지신명에게 소망을 빌고 있어 초자연적인 색채가 비교적 농후하며, 게다가 그 사례는 이 작품 하나뿐이다.

223 『拍案驚奇』 卷4.

224 稟性簡默端重, 不妄言笑, 忠厚老成, 專一走川陝, 做客販貨, 大得利息.

되었을 때 이 위십일낭 부인의 도움을 받게 된다. 사실 부인을 도와주게 된 것도 정덕유의 인품을 검증하기 위해 위십일낭이 일부러 계획한 것으로, 정덕유가 시험을 통과하자 위십일낭이 비로소 그를 도와준 것이다.

나는 검객으로 보통사람이 아닙니다. 마침 이 객점에 잠깐 들렀다가 그대가 고상하고 남들처럼 경박하지 않은 것을 보고 존경하게 되었지요. 그대의 얼굴을 보니 안색이 어두워서틀림없이 우환이 있을 것 같았어요. 그래서 일부러 객점에 줄 돈이 없다고 거짓말하여 그대의 마음을 시험해 보았지요. 그대가 사뭇 의기가 있는 것을 보고 염두에 두고 있다가 그대의 은덕을 갚으려고 여기에서 기다렸지요. 마침 도중에 쥐새끼 같은 무리들이 그대에게 무례하게 굴어 이미 그들을 타일러 보냈습니다.[225]

정덕유의 재물을 강탈한 강도들은 위십일낭의 명령에 따라 조금도 남김없이 그에게 순순히 재물을 돌려주었다.

헤어지고 나서 몇 걸음 가지 못해 어제 만난 강도떼들이 짐과 하인과 말을 돌려주려고 이미 길에서 기다리고 있었다. 정원옥程元玉이 은전의 절반을 그들에게 나누어 주려고 했지만 죽어도 감히 받지 못하겠다고 했고, 술이라도 사먹으라고 몇 푼 쥐어주었지만 결코 받으려 하지 않았다. 이유를

225 吾是劍俠, 非凡人也. 適間在飯店中, 見公修雅, 不像他人輕薄, 故此相敬. 及看公面上, 氣色有滞, 當有憂虞, 故意假說乏錢還店, 以試公心. 見公頗有義氣, 所以留心在此相候, 以報公德. 適間鼠輩無禮, 已曾曉諭他過了.

물어보니 강도떼들은 이렇게 말했다. "위낭자의 명령이니 비록 천리밖에 있어도 감히 어길 수 없지요. 그의 말을 어기면 곧바로 발각되어 우리들 목숨이 위태로워지니 감히 돈 몇 푼에 목숨을 바꿀 수는 없지요." 정원옥은 거듭 탄식하며 예전처럼 행장을 꾸리고 종과 함께 길을 따라 나섰다.[226]

이 이야기는 상인이 집을 떠나 밖에 있을 때 모름지기 다른 사람에게 착하게 대하면 간혹 의외의 보답과 도움을 받을 수 있다는 교훈을 드러내고 있는 듯하다. 또한, 이 이야기는 다음과 같은 일종의 환상, 즉 상인이 장삿길에서 능력자를 만나 자신들의 생명과 재산을 안전하게 보호받고자 하는 갈망을 드러내고 있는 듯하다.

연원 관계로 보면 위 소설은 "시련을 감수하는" 송원 문언소설 「석씨녀石氏女」 등의 주제를 계승하고 있는 것 외에도, 사실 「섭은낭聶隱娘」[227] 등 초기 검협 고사 또한 계승하고 있다. 왜냐하면 이 소설은 「섭은낭」과 같은 검협 이야기를 입화에 수록하고 있을 뿐 아니라 소설에 서술된 위십일낭의 검협 이념 또한 「섭은낭」과 거의 완전히 똑같기 때문이다. 그러나 주목할 만한 것은 「섭은낭」 등 초기 검협 고사에는 상인 형상이 출현한 적이 없는데, 위 소설에서는 남주인공이 상인이고 소설의 주제중 하나도 상인이 도움을 받는 환상을 표현한 것으로 변했다는 점이다. 이런 변화는 바로 명대 상인 세력의 성장이 문학 내용상의 변화

226 才別去, 行不數武, 昨日群盜將行李僕馬已在路旁等候奉還. 程元玉將銀錢分一半與他, 死不敢受; 減至一金做酒錢, 也必不肯. 問是何故, 群盜道："韋家娘子有命, 雖千里之外, 不敢有違. 違了他的, 他就知道. 我等性命要緊, 不敢換貨用." 程元玉再三歎息, 仍舊裝束好了, 主僕取路前進.

227『太平廣記』권194.

에도 영향을 미쳤음을 반영하고 있으며, 이에 따라 검협 고사에도 마침내 상인과의 관계가 발생하게 된 것이다. 구름 낀 잔도와 아득히 멀고 먼 길에서 상인들은 위십일낭과 같은 검객이 자신의 생명과 재산을 안전하게 보호해주는 환상을 갖고 있었다. 위에 서술한 명대문학 작품이 바로 상인의 이런 소망과 환상을 표현한 것이다.

(4)

명대문학에서 상인의 소망과 환상을 가장 전면적이고도 훌륭하게 표현한 작품은 마땅히 「첩거기정객득조 삼구액해신현령疊居奇程客得助三救厄海神顯靈」일 것이다.[228] 이 소설은 상인들의 부자가 되고 싶은 꿈과 아름다운 여인을 만나고 싶은 꿈을 전면적으로 다루면서도, 또한 아주 아름답고도 감동적으로 묘사해서 사람들의 눈길을 끌었다. 상인을 표현한 명대의 수많은 문학 작품들 중에서 이 소설은 섬광처럼 빛나는 하나의 찬란한 보물이라고 감히 말할 수 있으니, 이전 시기 문학에서 아직 이와 유사한 작품은 볼 수 없었다.

소설의 주인공 정재程宰는 휘주 상인으로, "정덕正德 초년에 형 정채程寀와 같이 수천금을 가지고 장사하러 요양遼陽 지방에 가서 인삼·잣·담비가죽·진주 등을 팔았다."[229] 하지만 운수가 좋지 않아 "몇 년을 왕래했지만 가는 곳마다 반드시 가격이 내려 밑천을 다 써버려

---

228 『二刻拍案驚奇』 권37. 이 소설은 蔡羽의 「遼陽海神傳」을 개작한 작품으로 두 소설은 문언소설과 백화소설이라는 차이 말고는 그 내용과 줄거리가 거의 같다. 따라서 여기서 소개하고 평가한 내용은 「遼陽海神傳」에도 마찬가지로 적용된다.

229 正德初年, 與兄程寀將了數千金, 到遼陽地方爲商, 販賣人參, 松子, 貂皮, 東珠之類.

다시는 장사할 수 없었다."[230] 그들은 창피해서 돌아가지도 못해 요양에 머물게 되었다. 그들은 다른 휘상들의 장부를 관리하면서 겨우 입에 풀칠하고 살았는데, 거처도 아주 엉망이었다. "두 형제가 낮에는 점포에서 장부를 정리하고 저녁에는 임대한 집에서 쉬거나 잠을 잤다. 두 칸짜리 집에서 형과 아우가 각각 한 칸씩 쓰면서 중간에는 다만 널빤지로 벽을 대어 놓았다. 방 안에 있는 게 마치 여관처럼 좁으니 무슨 쾌적함이 있겠는가? 어쩔 수 없이 근근히 하루를 살아가는 것이다"[231]

이런 상황에서 어여쁜 여인을 만나는 아름다운 꿈이 실현되기 시작했다. 정재가 머물고 있는 방에 어느날 밤 돌연 밝은 빛이 내리 쬐니 마치 따스한 봄날처럼 따뜻했다. 그리고 나서 여러 명의 미인이 찾아왔는데 그 중 가장 예쁜 한 명이 남아서 정재와 동침했다. "정재가 황량한 객지에서 뜻밖에 이런 맛을 보게 되니 참으로 정신을 잃은 듯 혼비백산하여 뜻밖의 횡재로 미친 듯 기뻐했다."[232] 알고 보니 이 동침한 미인은 요괴도 아니고 구미호도 아닌 요양의 해신海神으로, 그녀는 정재에게 해를 끼치지 않을 뿐만 아니라 오히려 도움이 되었다.

> 미인 자신도 정재를 사랑하고 있어서 침상에서 그에게 이렇게 말했다. "세상의 꽃과 달의 요정과 새와 짐승의 요괴는 왕왕 사람들에게 해를 끼칩니다. 그래서 세상에서 무섭다고 말하기도 하고, 사람들의 증오를 사기도 하지요. 나는 이런 종류가 아니니 그대는 삼가 의심하지 마세요. 내가 그대

230 往來數年, 但到處, 必定失了便宜, 耗折了資本, 再沒一番做得著.
231 兄弟兩人, 日裏只在鋪內掌帳, 晚間卻在自賃的下處歇宿. 那下處一帶兩間, 兄弟各住一間, 只隔得中間一垛板壁. 住在裏頭, 就像客店一般湫隘, 有甚快活? 也是沒奈何了, 勉强度日.
232 程宰客中荒涼, 不意得了此味, 眞個魂飛天外, 魄散九霄, 實出望外, 喜之如狂.

> 를 만나 비록 큰 도움을 주지는 못하겠지만 그대의 몸을 건강하게 하고 자금을 풍족하게 해 줄 수는 있어요. 혹시라도 어려운 일이 생기면 미력하나마 도와줄 수도 있어요."[233]

해신이 그의 몸에 보탬이 되고 자금도 풍족하게 해주고 문제가 생기면 힘써 도와줄 수도 있다면, 타향살이하며 누추한 집을 지키는 상인에게 이보다 더 좋은 일이 있을까? 이때부터 그는 밤마다 해신과 동침하지 않은 날이 없었다.

> 이후 한밤중에 와서 닭이 울면 돌아가니 일상생활이 되어 결국 밤마다 오지 않은 적이 없었다. 매번 오면 떠들썩하게 말하고 풍악을 울렸으니 (…중략…) 이로부터 사랑이 더욱 돈독해졌다. 정재가 마음속으로 어떤 물건을 원하면 너무도 신속하게 곧바로 나타났다.[234]

게다가 더욱 기묘한 것은 이것이 또한 일종의 "밀실의 쾌락"인데도, "오직 벽 하나 사이인 형의 방에서는 그 소리가 도무지 들리지 않았다"[235]는 것이다. 이런 까닭에 아름다운 여인과의 이 로맨틱한 연애는 다른 사람의 질투로 인해 간섭받거나 파괴될 수 없었다.

하지만 상인에게 있어서는 아름다운 여인과의 만남만으로는 충분치

---

233 美人也自愛著程宰, 枕上對他道 : "世間花月之妖,飛走之怪, 往往害人. 所以世上說著便怕, 惹人憎惡. 我非此類, 郎愼勿疑. 我得與郎相遇, 雖不能大有益於郎,亦可使郎身體康健, 資用豐足; 倘有患難之處, 亦可出小力周全."

234 此後, 人定卽來, 雞鳴卽去, 率以爲常, 竟無虛夕. 每來, 必言語喧鬧, 音樂鏗鏘 (…中略…) 自此情愛愈篤. 程宰心裏想要甚麼物件, 卽刻就有, 極其神速.

235 兄房只隔層壁, 到底影響不聞.

않으니, 돈도 많이 벌 수 있어야 한다. 정재는 정소鄭紹와 마찬가지로 사뭇 찬물을 끼얹듯 해신에게 장사하고 싶다는 요구를 제시한다. 하지만 그는 정소보다 운이 좋아서 이로 인해 아름다운 여인을 잃지 않을 뿐 아니라 오히려 신통력이 무궁무진한 해신의 도움을 받게 된다.

> 정재는 스스로 생각했다. "내가 밤에는 이루지 못하는 욕망이 없이 이처럼 즐거운데 낮에는 여전히 다른 사람의 고용인에 불과하니 미인이 어찌 내 심사를 알겠는가?" 마침내 그는 왕년에 무역하며 수 천 금을 다 날리는 바람에 이렇게 전락하게 되었다고 알려주며 탄식했다. 미인은 박장대소하며 이렇게 말했다. "사랑을 나누고 있을 때 갑자기 이런 세속적인 일을 생각하니 어찌 이처럼 초연하지 못하시나요! 비록 그러하나 이는 그대의 본업이니 당신을 탓하지는 않겠어요. (…중략…) 만약 당신이 돈이 필요하면 스스로 장사하러 가세요. 마땅히 제가 길을 인도하며 암암리에 당신을 도울께요. 그렇게 하면 다 잘 될 거에요." 정재가 대답했다. "그렇게만 되면 좋지요."[236]

이에 해신의 '인도'하에 시세 변화를 정확하게 예측하여 정재의 사업은 어디서든 큰 이익을 얻을 수 있었다. "사정이 이와 같았으니 어떤 일에 봉착했을 때 시키는 대로 하면 기이하게도 아주 많은 이익을 남기게 되었다. 이러한 일들이 일일이 기록할 수 없을 정도로 많았다. 사

---

236 程宰自思 : "我夜間無欲不遂, 如此受用, 日裏仍是人家傭工, 美人那知我心事來?" 遂把往年貿易耗折了數千金, 以致流落於此, 告訴一遍, 不勝嗟歎. 美人又撫掌大笑道 : "正在歡會時, 忽然想著這樣俗事來, 何乃不脫灑如此! 雖然, 這是郎的本業, 也不要怪你 (…中略…) 你若要金銀, 你可自去經營, 吾當指點路徑, 暗暗助你, 這便使得." 程宰道 : "只這樣也好了."

오년 동안 사고 팔고해서 오만 내지 칠만 냥을 벌었으니 옛날에 손해본 것보다 오히려 몇 십 배나 많았다."[237] 상인에게 있어서는 "사람과 재물을 둘 다 얻은" 만족할 만한 일이었다.

"가정嘉靖 갑신甲申 년간이 되자 미인이 정재와 왕래한지도 이미 7년이 되었다. 두 사람은 정이 깊어 그 세월이 마치 하루 같았지만, 정재의 주머니 속은 다행히 이미 부유해졌다."[238] 이제 헤어질 때가 된 것이다. 헤어질 때가 되었지만 해신은 여전히 정재를 도와 많은 재난을 피할 수 있도록 해 줌으로써 상인의 세 번째 환상, 곧 도움을 받는 것을 만족시킨다.

> 미인은 정재의 손을 잡고 한편으로는 눈물을 흘리고, 다른 한편으로는 이렇게 당부했다. "그대에게 세 번의 큰 환난이 있을 텐데 이제 그 때가 가까워졌어요. 항상 스스로 경계하며 살피세요. 때가 되면 제가 와서 구해 드릴게요."[239]

정재가 훗날 세 번의 위험에 처했을 때 매번 해신의 도움을 받아 마침내 무사히 고향으로 돌아갈 수 있었다. 게다가 그에게는 아름다운 내세가 보장되어 있었으니 그 까닭은 이별할 때 미인이 그에게 이렇게 약속했기 때문이다. "이후로는 평생토록 복되고 길하며 아흔아홉 살

---

237 如此事體, 逢著便做, 做來便希奇古怪, 得利非常, 記不得許多. 四五年間, 展轉弄了五七萬兩, 比昔年所折的, 倒多了幾十倍了.

238 嘉靖甲申年間, 美人與程宰往來已是七載. 兩情繾綣, 猶如一日, 程宰囊中, 幸已豐富.

239 美人執著程宰之手, 一頭垂淚, 一頭分付道 : "你有三大難, 今將近了. 時時宜自警省, 至期吾自來相救."

까지 사실 거에요. 저는 마땅히 봉래산 정상에서 그대가 오기만을 기다려 이승에서의 인연을 이어가겠어요."[240] 여기까지 이르면 한 상인이 꿈꿀 수 있는 모든 일이 이미 다 만족스럽게, 아니 넘치도록 실현되었으니 이 소설이야말로 상인의 환상을 집대성해서 표현한 작품이라고 감히 말할 수 있을 것이다.

이런 아름다운 환상은 상인뿐만 아니라 보통의 남자들도 대부분 다 가지고 있을 것이다. 그런데 이 소설에서 사람들이 부러워할만한 이런 행운이 한 상인에게 떨어진 것은 또한 무엇 때문인가? 소설가는 백번 생각해도 그것을 이해할 수 없어서 소설의 끝에서 다음과 같이 탄식하고 있다.

> 정재는 한 명의 장삿꾼에 불과한 속인인데 어떤 인연으로 이런 기이한 만남을 가질 수 있었을까? 말해도 못 믿겠지만 오히려 이 일은 분명한 사실이다. (…중략…) 다음과 같은 시가 이를 증명하고 있다.
>
> 변방을 떠도는 한 속된 상인이
> 유달리 신의 보살핌을 받았네.
> 사랑이 무엇인지 어찌 알리오?
> 이야기를 해봤자 애간장만 타는구나.[241]

240 過了此後, 終身吉利, 壽至九九. 吾當在蓬萊三島, 等你來續前緣.

241 但不知程宰無過是個經商俗人, 有何緣分, 得有此一段奇遇? 說來也不信, 卻這事是實實有的 (…中略…) 有詩爲證 : "流落邊關一俗商, 卻逢神眷不尋常. 寧知鍾愛緣何許, 談罷令人欲斷腸."

이 소설은 명대 가정嘉靖 년간의 채우蔡羽의 「요양해신전遼陽海神傳」에 연원을 둔 것으로, 채우의 말에 따르면 「요양해신전」 고사의 출처는 다른 사람이 전해 준 말과 정재가 스스로 한 말에 따른 것이라고 한다.

> 무자년 초여름, 내가 경사京師에서 그 일을 들었지만 여전히 반신반의했다. 마침 아무개 첨헌僉憲과 아무개 총융總戎이 요遼 지역에서 경사로 와서 그 일을 아주 상세하게 말해주었다. 하지만 여전히 그가 대동大同으로 옮긴 후의 일은 듣지 못했다. 올해 병신년에 남원南院에 있었는데 어떤 손님이 정씨가 우화대雨花臺로 놀러 온다고 했다. 이에 초청을 받아 함께 가서 그 일의 시말을 물어 보았다.[242]

이는 무릇 과거 소설의 상투적인 수법으로, 상상한 이야기에 진실이라는 외피를 씌운 것이다. 그러나 다른 사람이 지어냈든, 아니면 정재가 스스로 만든 것이든, 그리고 정말로 이 이야기가 세상에 널리 퍼져 있던 것이든, 아니면 모든 것이 다 채우의 상상에 불과할 것일 뿐이든, 이 모두는 다 하나의 똑같은 사실을 설명할 수 있을 뿐이다. 즉 상인 계층의 역량이 증대함에 따라 그들의 환상도 사람들의 주목을 끌기 시작했으며, 이로 인해 비로소 그들의 환상을 표현하는 전설과 문학 작품이 출현하게 되었다는 것이다.

당오대 문언소설 「임씨전任氏傳」[243]과 비교해 보면, 이 점을 더욱 분

---

242 戊子初夏, 余在京師聞其事, 猶疑信間. 適某僉憲, 某總戎自遼入京, 言之詳甚, 然猶未聞大同以後事. 今年丙申在南院, 客有言程來遊雨花臺者, 遂令邀與偕至, 詢其始末.

243 『太平廣記』 권452.

명하게 알 수 있다. 「임씨전」에 나오는 임씨는 자태가 고와 정자鄭子로 하여금 미녀를 만나는 즐거움을 실컷 누리도록 했을 뿐 아니라, 예측도 잘해서 정자가 큰돈을 벌어 횡재할 수 있도록 했다. 한번은 그녀가 정자에게 오륙천 냥으로 엉덩이에 흉터가 있는 말 한 마리를 사라고 했다. 이 때 "그의 아내와 형제들은 모두 비웃으며, 버리는 물건인데 뭐하러 사냐고 말했다."[244] 얼마 지나지 않아 임씨는 또 정자에게 삼만 냥의 가격을 불러 말을 팔라고 했다. 정자는 과연 비슷한 가격에 이 말을 팔아서 한 번 사고 판 것만으로도 거의 다섯 배의 돈을 벌었다. 이는 전적으로 임씨가 시장의 시세를 예측할 수 있는 특별하고도 신기한 묘책이 있었기 때문이다. 우리는 「임씨전」의 이 대목이 후대의 「요양해신전」에 분명히 영향을 미쳤다고 생각한다. 그러나 「임씨전」 속의 정자는 그저 한 명의 귀한 집 도련님으로 장사로 돈을 벌 필요가 전혀 없었으며, 그런 까닭에 위에 서술한 말을 사고 파는 일은 「임씨전」에서 다만 임씨가 이런 능력이 있음을 보여주기 위해 우연히 한번 해 본 것일 뿐이다. 만약 정자가 상인이었다면 임씨는 아마도 요양 해신처럼 그에게 큰돈을 벌게 해주었을 것이다. 「요양해신전」에 이르러 남자 주인공이 상인으로 변하고, 이로 말미암아 요양 해신이 더욱 크게 신통력을 발휘해 정재의 장사가 모두 이익을 내도록 한 것은 상인의 소망과 환상을 충분히 반영한 것이다. 따라서 남자 주인공의 신분이 상인으로 바뀌고 매매에 관한 묘사의 비중이 증가한 것은 바로 상인 세력의 증대가 문학에 반영된 것으로 생각할 수 있다. 또한 상인에 대한 묘

---

244 其妻昆弟皆嗤之曰: "是棄物也, 買將何爲?"

사의 측면에서 이전 시기 문학보다 명대문학이 진보했다고 생각할 수 있을 것이다.

이제 우리는 소설가가 말한 출처 문제로 다시 돌아가 대답할 수 있게 되었다. 위에 서술한 소망과 환상이 상인 계층에게 있었기 때문에, 그리고 이러한 것들이 강렬하고도 광범위하게 사회적인 주목을 받았기 때문에 요양 해신과 같은 전설이 비로소 세상에 널리 퍼질 수 있었고 또한 예민한 문인들이 비로소 이를 기록할 수 있었다. 그 사이의 인과관계는 문인들의 기록이 먼저 있었다는 소설가의 생각과는 사실상 정반대였던 것이다.

4) 상인의 성애性愛 생활에 대한 표현

상인의 성애 생활은 이미 송원문학에서 묘사되기 시작했다. 상인이 기생집에 출입하는 것, 돈으로 환락을 좇고 웃음을 사는 것은 이미 송원문학의 중요한 주제중의 하나가 되었다. 명대 문학에 이르면, 상인 계층이 명대(특히 명대 중후기)에 더욱 활약함에 따라, 그리고 문인과 상인의 관계가 더욱 더 밀접해짐에 따라, 욕망을 긍정하는 사회와 문학의 흐름이 명대에 흥성함에 따라 상인의 성애생활이라는 이 전통적인 주제도 더욱 빈번하게 묘사되기 시작했고 그 표현의 깊이와 넓이도 모두 현저히 증가했다.

물론 중국문학의 전통적인 모순적 태도는 이 소재 영역에도 여전히 존재했다. 문인들은 한편으로는 흥미진진하게 상인들의 풍류운사風流

韻事를 묘사하면서, 다른 한편으로는 항상 도덕적인 입장에서 이에 대한 비평을 내놓았다. 하지만 표면적으로 비난하는 문인들의 태도를 통해, 우리는 내심으로는 오히려 그들이 상인들의 풍류를 보고 즐기면서 너그러이 받아들이고 있음을 볼 수 있다. 이 소재 영역에서 문인들의 전체적인 경향과 태도는 실질적 측면에서 말하면, 욕망을 긍정하는 명대 중후기의 진보적인 흐름과 호응하면서 어쩌면 간과할 수 없는 일익을 담당했다고도 말할 수 있다.

(1)

"얼마나 많은 손님들이 기생집에서 돈을 함부로 뿌렸던가?"[245] 「양팔로월국기봉楊八老越國奇逢」에 있는 이 말은 명대문학에서 기생을 끼고 노는 상인을 빈번하게 표현한 것에 대해 하나의 상징적 결론을 내려주고 있는 듯하다. 장기간 집을 떠나 밖에서 유동적인 생활을 함으로 인해 생긴 성적 갈망 때문에 어떻게 상인들이 분주하게 기생집을 드나들며 성적 만족을 추구했는지, 그리고 상인들의 충분한 경제적 능력이 또한 어떻게 기생들로 하여금 그들에게 문을 활짝 열도록 했는지, 사회 도덕적 환경이 상인 계층에게 상대적으로 너그러워 또한 상인들로 하여금 어떻게 하고 싶은 대로 할 수 있도록 했는지가 명대문학에는 자주 묘사되어 있다. 상인들이 기생을 끼고 노는 행위에 대해 명대문학의 태도는 상당히 관대했던 것이다.

245 多少做客的, 娼樓妓館, 使錢撒漫.

명대문학 작품 속에서 우리는 거의 항상 상인이 이 곳 저 곳의 기생집에서 풍류를 즐기는 자취를 발견할 수 있다. 혹은 성적 갈망, 혹은 여색을 좋아해서 그들은 기생집의 단골이 되었다. 「여대랑환금완골육呂大郎還金完骨肉」[246]에 나온 상인 여옥呂玉은 밖에 나가 장사하느라 "젊은 시절 오랫동안 혼자 내버려져 기생집에 한두 번 가는 것을 면치 못해"[247] 결국은 "온몸이 매독風流瘡에 걸렸다.[248] 「허찰원감몽금승 왕씨자인풍획도許察院感夢擒僧 王氏子因風獲盜」[249]에 나오는 염상 왕록王祿은 밖에 나가 장사해서 큰돈을 번 후 기생집에 가서 자신의 성욕을 마음대로 풀기 시작했다. "자고로 '등 따시고 배부르면 음욕이 생긴다'고 하였는데, 왕록의 신변이 여유로와지고 또 재물을 쉽게 얻을 수 있다는 것을 알게 되니 곧 음탕한 마음이 일어나기 시작했다. 창녀 두 명을 잇따라 만나니 한 명은 요요夭夭고 한 명은 진진蓁蓁이라 불렀다. 기생에게 푹 빠져 같이 잠을 자며 정이 깊어지니 아예 은자를 지불해서 그녀의 몸을 통째로 사버렸다".[250] 훗날 그는 "밤낮으로 즐겁게 노래하고 주색잡기에 끝이 없더니"[251] 끝내 사망하고 말았다. 「전다처백정횡대운퇴시자사당소錢多處白丁橫帶 運退時刺史當艄」[252]에 나오는 대상인 곽칠랑郭七郎은 온 마음이 경도京都에 가서 기생질 하는데 쏠려 있다. "경도는 번화해서 가는 곳마다 화류계라고 하니, 이러저러한 이유를 들어

246 『警世通言』 권5.
247 少年久曠, 也不免行戶中走了一兩遍.
248 走出一身風流瘡.
249 『二刻拍案驚奇』 권21.
250 自古道:'飽暖思淫欲.' 王祿手頭饒裕, 又見財物易得, 便思量淫蕩起來. 接著兩個表子, 一個喚作夭夭, 一個喚作蓁蓁. 鬮宿情濃, 索性兌出銀子來, 包了他身體.
251 夜歡歌, 酒色無度.
252 『拍案驚奇』 권22.

거기에 한번 가 빚도 받아내고 기생질도 하는 게 낫겠네."[253] 이렇게 말하고 경도에 가더니 빚을 다 받아낸 후 곧바로 기생집에 가서 방탕한 생활을 하며 지냈다. 「서안부부별처 합양현남화여西安府夫別妻 郃陽縣男化女」[254]속 두 명의 젊은 상인은 밖에 나가 장사할 때마다 기생집에 출입했다. "두 사람은 여관에 한 이틀정도 머물렀다. 이양우李良雨가 '거기에 무슨 좋은 것이 있는지 우리 같이 가 보자'고 하니, 이때 여달呂達은 합양郃陽에서 옛날에 사귀었던 난보아欒寶兒라는 기생이 있어 마음속으로 마침 그녀를 보러가고 싶어서 '이 근처에 기생 몇 명이 있는데 나랑 형이랑 가서 한 번 보는 게 어때?'라고 말했다."[255] 명대 문학작품 속 묘사를 통해 보건대, 당시의 사회적 도덕 환경은 이런 일을 하는 데 기본적으로 어떤 제약도 없었다.

창루기관娼樓妓館은 본래 일종의 '인육人肉'시장으로, 돈만 있으면 누구라도 '구매'할 수 있는 곳이다. 조심스럽고 소심한 기름장수 진중秦重도 이 내막에 대해서는 손금 보듯 잘 알고 있었다. "기생 어미들은 오로지 돈만 보니 거러지라도 은자만 있으면 반갑게 받아들인다고 하더군"[256] 거지도 돈만 있으면 다 반갑게 받아들인다면, 돈 많은 상인은 더욱 말할 필요가 없으니 상인들은 기생 어미와 기생들이 더욱 바짝 달라붙은 대상이다. "왕새아王賽兒는 원래 유명한 상청행수上廳行首(관청 소속 기생의 우두머리)로, 가진 건 돈밖에 없는 칠랑七郎을 보고 온갖 수단

---

253 聞得京都繁華, 去處花柳之鄉, 不若借此事由, 往彼一遊, 一來可以索債, 二來買笑追歡.
254 『型世言』 제37회.
255 兩個落店得一兩日, 李良雨道: "那里有甚好看處, 我們同去看一看." 此時, 呂達在郃陽原有一個舊相與妓者欒寶兒, 心裏正要去望他, 道: "這廂有幾個妓者, 我和兄去看一看如何?"
256 我聞得做老鴇的, 專要錢鈔. 就是個乞兒, 有了銀子, 他也就肯接了.(『醒世恒言』 권3 「賣油郎獨占花魁」)

을 써서 그를 완전히 사로잡으니 (…중략…) 칠랑은 그녀에게 헤아릴 수 없이 많은 돈으로 보상해 주었다. (…중략…) 칠랑은 물 쓰듯 돈을 쓰면서도 전혀 아낌이 없었고 (…중략…) 평상시에도 돈을 뿌리고 다녔다."[257] 『금병매金甁梅』에 나오는 서문경도 기생집의 단골로 기생들은 모두 그의 비위를 맞추면서 착 달라붙어 그와 특별한 교분을 맺는 것을 쟁취하여 자기 방에 납시는 것을 영광으로 여겼다. 이는 그가 돈 많은 물주였기 때문이기도 하지만, 돈을 아주 잘 쓰는 손이 큰 고객이기도 했기 때문이다. 상인은 그들의 거대한 경제적 능력에 의지해 기방에서 환영받는 중요한 고객이 되었다.

명대문학은 또한 상인이 기방에 출입하는 것을 마치 그들의 성적 고민을 해결할 수 있는 또 하나의 좋은 방법인양 표현했다. 가령 「요호교합양연 장랑종해항려妖狐巧合良緣 蔣郎終偕伉儷」[258]에서는 젊은 상인 장일휴蔣日休가 "정신은 황홀하고 말은 두서가 없으며 안색은 점점 누렇게 뜰"[259]정도로 구미호에게 빠졌는데, 이때 그의 옆집에 사는 나이든 상인은 그가 성욕을 못 풀어 병이 난 줄로 알고 그에게 기생집에 한번 가보라고 권한다. "일휴야, 내가 보기엔 너는 어리지만 의젓해서 세상을 돌아다니는 게 익숙하니 필시 집을 그리워하는 것은 아닐 텐데, 어찌 며칠사이에 이렇게 마음이 달뜨고 안색도 여위었니? 너를 데리고 기생집에 한번 가고 싶지만, 그러면 어른인 내가 너를 꾀어 기생질 한다고 할거야. 자신의 병은 모름지기 스스로 치료해야 하니 객지인 여기서는

257 王賽兒本是個有名的上廳行首, 又見七郎有的是銀子, 放出十分擒拿的手段來 (…中略…) 七郎賞賜無算 (…中略…) 七郎揮金如土, 並無吝惜 (…中略…) 一般的撒漫使錢.(『拍案驚奇』 권22 「錢多處白丁横帶 運退時刺史當艄」)

258 『型世言』 제38회.

259 精神恍惚, 語言無緒, 面色漸漸痿黃.

네 스스로 헤아려야지."[260] 나이든 상인이 보기에 젊은 상인이 병에 걸린 것은 집이 그리워서가 아니라 남녀 간의 정욕 때문이니 해독제는 "기생집에 가보는 것"[261]인데, 다만 자신이 데리고 가는 것이 불편했을 뿐이다. 이로 보면 당시 상인의 마음속에 기방은 나쁜 곳이 아닐 뿐만 아니라 오히려 유용한 곳이다. 우리가 생각하기에 이는 대체로 당시 문인의 관점이기도 한데, 그들은 다만 병에 걸리거나 혹은 재물을 다 써버리는 것처럼 과분하게 행동하는 것만을 찬성하지 않았을 뿐이다. 그러므로 명대문학은 상인의 기방 출입에 대해 매우 자주 묘사하고 있을 뿐만 아니라 상당히 너그럽게 이해하는 태도를 보여주고 있다.

특히 명대문학은 기방에 출입한 상인이 때때로 기생과 진정한 사랑에 빠질 수 있고, 또 반드시 좋지 않게 끝나는 것도 아니라는 사실을 오히려 자주 표현했다. 예를 들면 「이장군착인구 유씨녀궤종부李將軍錯認舅 劉氏女詭從夫」[262]의 입화는 "송나라 때 당주唐州 비양比陽 출신의 한 부자 왕팔랑王八郎이 장강長江과 회하淮河 지역의 대상인이 되어 어떤 기생과 친밀하게 왕래하며 서로 오랫동안 사귀니 오히려 부인보다 나은 것 같아 매번 기생을 아내로 맞아 집으로 돌아가려고 했다"[263]고 묘사하고 있다. 나중에 왕팔랑은 "결국 회하에서 기생을 데리고 돌아 왔는데, 집까지는 가지 않고 가까운 골목에 방 하나를 임대해 그녀와 같이

260 蔣日休, 我看你也是個少年老成, 慣走江湖的, 料必不是想家, 怎這幾日這等沒留沒亂, 臉色都消瘦了? 欲待同你到妓館裏去走走, 只說我老成人哄你去嫖. 你自病還須自醫, 客邊在這里, 要自捉摸.

261 到妓館裏去走走.

262 『二刻拍案驚奇』 권6.

263 宋時唐州比陽有個富人王八郎, 在江淮做大商, 與一個娼妓往來得密, 相與日久, 勝似夫妻, 每要娶他回家.

살다가"[264] 훗날 아내와 이혼하고 "스스로 기생을 맞이해 집에 돌아와 같이 살았다"[265]고 한다. 이 입화 고사의 간략한 묘사 뒤에는 필시 그 상인과 기생의 진정한 사랑의 감정이 존재하고 있다.[266] 상인과 기생의 감정 및 그 관계를 이상적으로 묘사한 작품으로는 마땅히 「매유랑독점화괴賣油郎獨占花魁」[267]를 꼽을 수 있다. 상인계층 중에서도 가장 주변에 있는 기름장수 진중秦重은 마침내 일대의 명기 화괴낭자花魁娘子의 마음을 얻게 된다. 이 이상적인 이야기의 진실여부를 따지지 않더라도 이는 적어도 다음과 같은 사실을 드러내고 있다. 즉, 소설가가 보기에 상인과 기생들 사이에도 진정한 사랑의 감정이 존재할 수 있고, 또 행복하고도 아름다운 결말이 있을 수 있다는 것이다. 그러므로 상인이 기방에 출입하는 소재를 묘사함에 있어서 이 소설은 한줄기 이상화된 광채를 내뿜고 있다. 이는 일찍이 이전 시기 문학에서는 없었던 것으로 명대문인의 이에 대한 관용과 이해를 드러내고 있다.

(2)

상인의 기방 출입 외에 상인의 '중혼重婚' 현상에 대해서도 명대문학은 상당한 이해와 동정심을 보여준다.

---

264 竟到淮上, 帶了娼婦回來. 且未到家, 在近巷另賃一所房子, 與他一同住下.

265 自去接了娼婦, 到家同住.

266 이 입화 고사는 송원 문언소설 「王八郎」(『夷堅志』 丙志 권14)에서 소재를 취했다. 하지만 「王八郎」에서는 다만 "綢繆[한 몸처럼 얽혀 있다]"라는 두 글자로 둘의 관계를 형용했고 서술과 묘사는 더욱 간략했는데, 이 입화 고사에서 상대적으로 조금 더 자세하고 명확해졌다.

267 『醒世恒言』 권3.

어떤 상인들은 오랫동안 고향에서 멀리 떨어진 곳에서 장사하고, 어떤 상인들은 정기적으로 장사하는 곳과 고향을 왕래하므로, 이런 까닭에 상인들은 자신들의 일상생활 문제를 해결하기 위해 항상 장사하는 곳에 따로 하나의 가정을 꾸린다. 이 또 하나의 가정의 여주인의 신분은 사실상 여전히 첩이지만, 본처와 같이 살지 않으므로 비교적 많은 자유를 누린다. 그래서 당시에는 이를 '양두대兩頭大'로 칭했으니, 즉 양쪽이 모두 본처라는 뜻이다. 본래 일부다처제는 과거에 돈 있는 부유계층에게는 특별한 것이 못 되지만, 이런 '양두대'식의 타향 중혼 현상은 상인계층에게만 있는 독특한 것인 듯하다. 그것의 탄생은 상인 생활의 유동성과 관련이 있고, 또 상인의 풍부한 경제적 능력으로 뒷받침된다. 상인의 이런 타향 중혼 현상에 대해서 명대문학은 무조건 비난하지 않을 뿐만 아니라 그 실제적 정황을 묘사하며 이렇게 하는 상인에 대해 양해와 동정의 태도를 보여준다.

명대문학은 '양두대'식의 타향 중혼이 상인에게 분명한 이익을 가져다준다는 사실을 표현하고 있다. 왜냐하면 중혼은 오랫동안 외지에서 떠도는 상인에게 또 하나의 '집'을 제공해 줌으로써 생활상의 여러 방면에서 그들 모두가 보살핌을 받을 수 있도록 해주기 때문이다. 「양팔로월국기봉楊八老越國奇逢」에 나오는 서안西安 상인 양팔로는 복건과 광동 일대에서 장사를 하다가 어떤 민가에 머물게 된다. 그 집의 어머니 벽마마檗媽媽는 양팔로가 마음에 들어 딸을 그에게 시집보내고 평생토록 자신이 의지하며 살려고 하였다. 그녀가 양팔로에게 자신의 의견을 받아들이라고 하면서 하는 말은 바로 '양두대'식의 타향 중혼이 상인에게는 좋은 것임을 반영하고 있다.

> 양관인楊官人 당신은 타향만리에 나가 장사하는데, 만약 마음에 맞는 친척도 없다면 누가 극진하게 보살피고 매사에 관심을 갖겠어요? 지금 내 딸이 나이도 어리고 관인에게 어울리니 '양두대'로 삼기에 딱 좋지요. 집에 돌아가면 아내가 집에 있고, 장주漳州에 오면 내 딸이 있으니 양쪽을 왕래하면서도 다 외롭지 않고 장사하는 것도 편하고 순조로울 거예요.[268]

이 말은 벽마마 본인의 생각을 반영한 것일 뿐 아니라, 사실 이에 대한 작자의 태도를 함축적으로 반영하고 있기도 하다. '양두대'식의 타향 중혼은 오랫동안 외지에서 생활하는 상인의 불편과 심리적 외로움 등의 문제를 해결해 주며, 상인들이 다른 근심걱정 없이 한마음 한뜻으로 장사를 하게 해 주었다. 물론 그들은 충분한 경제적 능력까지 가지고 있어서 동시에 두 곳에 있는 두 가정을 먹여 살릴 수 있었다.

그러나 만약 상인이 정말로 진지하게 이 두 가정을 대등하게 대한다면, 그는 또한 반드시 중혼한 사람들이 공통적으로 직면하게 될 문제에 부딪치게 된다. 그것은 바로 두 가정이 모두 그를 다투어 차지하려 해서 이로 인해 도리어 그는 편안한 삶을 누릴 수 없게 되는 것이다. 위 소설에서도 상인은 이러한 곤경에 처하게 된다. 양팔로는 벽마마의 권유를 받아들여 그녀의 딸을 아내로 삼아 또 다른 가정을 꾸린 후 이런 난제에 부딪친다.

---

268 楊官人, 你千鄉萬里, 出外爲客, 若沒有切己的親戚, 那個知疼著熱? 如今我女兒年紀又小, 正好相配官人, 做個'兩頭大'. 你歸家去有娘子在家, 在漳州來時, 有我女兒, 兩邊往來, 都不寂寞, 做生意也是方便順溜的.

한편, 양팔로는 고향의 아내가 아리땁고 자식이 어린 것을 생각해서 애초에는 결혼 한 후 일 년이나 반 년이 지나면 곧 처자식을 보러 고향에 돌아가려고 했었다. 하지만 아이를 임신해서 마음을 놓을 수 없었고 나중에 아이가 태어나서는 벽씨가 또한 그를 떠나지 못하게 해서 세월은 화살처럼 흘러 어느덧 머무른 지 삼년이 되었고 아이도 두 돌이 지났다. (…중략…) 양팔로가 어느 날 벽씨에게 잠시 관중關中에 돌아가 처를 한번 보고 곧바로 돌아오겠다고 말했다. 벽씨가 혼신을 다해 만류했지만 어쩔 수 없어서 그렇게 하라고 할 수밖에 없었다. 팔로는 물건을 수습하고 떠날 준비를 하였다. (…중략…) 양팔로는 행운을 빌며 말했다. "삼년동안 맺은 부부의 정이 깊으니 낭자는 아무 걱정 말아요. 이번에 가는 것은 어쩔 수 없어서이니 일 년이나 반 년 후면 다시 만날 수 있을 거에요."[269]

상인이 '양두대'식의 타향 중혼의 이익을 누리면 누릴수록 "도리어 타향을 고향으로 인식하게 되니"[270] 그는 더욱 더 이런 식으로 두 부인兩頭을 걱정하게 되는 골칫거리를 앓게 되고, 양쪽 부인 모두 다 더욱 더 "만나기도 어렵고 헤어지기도 어렵"게 된다. 이 소설은 타향 중혼을 한 상인의 이런 류의 곤경을 아주 잘 묘사했다.

이 소설 및 여타의 소설들은 또한 지위가 비교적 낮은 여성의 입장에서 보면, '양두대'가 사람들이 부러워할만한 혼인의 하나가 될 수도

---

269 卻說楊八老思想故鄉妻嬌子幼, 初意成親後, 一年半載, 便要回鄉看覷, 因是懷了身孕, 放心不下, 以後生下孩兒, 檗氏又不放他動身, 光陰似箭, 不覺住了三年, 孩兒也兩周歲了 (…中略…) 楊八老一日對檗氏說, 暫回關中, 看看妻子便來. 檗氏苦留不住, 只得聽從. 八老收拾貨物, 打點起身 (…中略…) 楊八老也命好道 : "娘子不須掛懷, 三載夫妻, 恩情不淺, 此去也是萬不得已, 一年半載, 便得相逢也."

270 反認他鄉作故鄉.

있음을 보여주고 있다. 실제로 그녀들은 여전히 첩이긴 하지만, 상인의 경제적 능력이 가져다주는 이익을 충분히 향유하면서도 본처의 구속으로부터 비롯되는 괴로움을 오히려 겪지 않는다. 그러므로 많은 여자들은 상인에게 시집 가 '양두대'식의 처가 되기를 희망하고, 실제로 그녀들은 언제나 행복하고도 아름다운 결말에 도달한다. 위 소설에 나오는 벽씨가 그렇고, 「한시랑비작부인 고제공연거랑서韓侍郎婢作夫人 顧提控掾居郎署」[271]에 나오는 애랑愛娘과 「이월선할애구친부李月仙割愛救親夫」[272] 속의 홍향紅香, 「장흥가중회진주삼蔣興哥重會珍珠衫」[273]에 나오는 설노파의 딸, 「감피화단증이랑신勘皮靴單證二郎神」[274] 속 한부인韓夫人 등등이 모두 이와 같다. 이는 혼인시장에서도 마찬가지로 상인이 비교적 강한 경쟁력을 가지고 있음을 드러내고 있는 듯하다.

물론 '양두대'식의 타향 중혼이 문제를 일으키지 않는 것은 아니다. 특히 고향에 있는 본처에게 '양두대'는 상당히 불공평한 것이다. 왜냐하면 그녀가 고향에서 독수공방할 때 도리어 남편은 타향에서 또 다른 가정을 꾸리고 있으니 이는 어찌 되었든 유쾌한 일은 아닐 것이다. 「장흥가중회진주삼蔣興哥重會珍珠衫」에 나오는 설노파는 "집안의 큰 부인家中大娘子"을 대신해 이렇게 억울해 했다.

> 무릇 세상을 떠돌아다니는 사람은 객지를 집으로 삼고 집을 객지로 여기죠. 가령 저의 네 번째 사위 주팔조봉朱八朝奉은 어린 여자가 생겨 객지에서

271 『二刻拍案驚奇』 권15.
272 『歡喜冤家』 제3회.
273 『喩世明言』 권1.
274 『醒世恒言』 권13.

밤낮으로 즐기고 있으니 어디 집 생각을 하겠어요? 삼사 년에 한 번 돌아왔다가 한두 달도 머무르지 않고 또 가버리지요. 집안의 큰 부인은 그를 생각해 외로운 과부생활을 감수하고만 있으니 남편이 바깥에서 하는 일을 어찌 알기나 하겠어요? (…중략…) 시쳇말로 "일품은 벼슬아치고 이품은 상인"이라고 했으니 장사하러 나간 곳에 어디 애정사가 없겠어요? 그저 집에 있는 부인만 괴로운 거에요.[275]

그녀의 말은 비록 속셈이 따로 있긴 하지만 대체로 진실이다. 마음속에 불만을 품고 있는 "집안의 큰 부인"도 항상 이로 인해 바람피우고 싶은 욕망이 분출하고 있다. 가령 장흥가蔣興哥는 밖에 나가 수년 동안 집에 돌아오지 않았고, 실제로 '양두대'식의 타향 중혼을 하지 않았지만, 설노파는 오히려 전력을 다해 이 점을 과장해 장흥가도 밖에서 이렇게 할 가능성이 있음을 암시함으로써, "집안의 큰 부인"인 삼교아三巧兒의 남편에 대한 불만을 유발하고 자신에 대한 경계심을 늦추도록 했다. 이렇게 삼교아를 속여 진상陳商이 쉽게 일을 착수할 수 있도록 도모했으니 그녀가 이용한 것은 바로 "집안의 큰 부인"의 심리였던 것이다. 이 이야기를 통해 저자는 마음속에 불만을 품고 있는 "집안의 큰 부인"이 바람을 피도록 유혹하는 데, '양두대'식의 타향 중혼 제도가 어떤 심리적 촉매작용을 했는지 보여주고 있다.

'양두대'식의 타향 중혼 제도에 대한 불만 때문에 "집안의 큰 부인"이

---

275 凡走江湖的人, 把客當家, 把家當客. 比如我第四個女婿朱八朝奉, 有了小女, 朝歡暮樂, 那里想家? 或三年四年, 才回一遍, 住不上一兩個月, 又來了. 家中大娘子替他擔孤受寡, 那曉得他外邊之事? (…中略…) 常言道 : "一品官, 二品客." 做客的那一處沒有風花雪月? 只苦了家中娘子.

바람을 피우는 데까지 이르도록 한 것은 두 가정을 꾸린 상인에 대한 일종의 풍자다. 하지만, 이로 인해 상인들의 힘겨운 혼인생활에 한층 더 모순을 더한 것 같다. 그러나 다른 한편 명대문학의 적지 않은 작품들은 객관적이고 냉정한 태도로 이 현상을 검토함으로써 상인의 처지를 이해하는 데 많은 유익한 시사점을 제공하고 있다.

(3)

기생질과 중혼 외에 명대문학에서 더욱 많이 묘사된 것은 상인의 외도 행위, 즉 남의 아내와 간통하는 것이다.

명대문인에게 이는 분명히 더욱 도전적인 측면이 풍부한 영역이다. 왜냐하면 기생질과 중혼은 적어도 과거 시대에는 상인들의 경우 여전히 '합법' 행위로 간주되었지만, 외도는 그렇게 간단하지 않아서 대체로는 일종의 '불법' 행위로 간주되었기 때문이다. 「장흥가중회진주삼蔣興哥重會珍珠衫」의 도입부에서는 전자와 후자를 구별해서 취급하는 관점을 드러내고 있다.

> 가령 노류장화路柳墻花와 같은 창녀나 기녀라면 어쩌다 춘흥이 일어나는 게 무슨 대수겠는가? 그러나 만약 온갖 생각을 짜내 계획적으로 풍속을 해치고 자신의 일시적 쾌락만을 도모해 다른 사람의 백년가약을 돌보지 않는다면, 가령 당신의 아리따운 아내와 사랑스런 첩을 다른 남자가 꼬드긴다면 당신의 마음은 어떻겠는가?[276]

위에 말한 두 가지 상황 중 전자는 기생질을 가리키고 후자는 외도 행위를 가리킨다. 쉽게 알 수 있듯, 소설가는 전자에 대해서는 관용적인 태도를 취하고 후자에 대해서는 비난하는 태도를 취하고 있다. 대체로 말하면 이는 명대문인의 일반적인 관점이기도 하다.

하지만 상인이 간통하는 소재는 실로 도전적인 측면이 강해, 한 개인으로서의 문인이 느끼는 내적인 공감을 쉽게 불러일으킬 수 있다. 그러므로 실제로 이 소재를 표현할 때 문인들이 적당한 한계를 지키기는 매우 어렵다. 개인적인 직관과 감정에 충실할 것인가? 아니면 사회 구성원으로서의 도덕적 관념에 충실할 것인가? 비평적 말을 할 때 그들은 항상 후자의 편에 있지만 실제로 묘사할 때는 오히려 항상 전자의 편에 있다. 이로 인해 작품 자체도 늘 모순적 경향을 드러내며 표면적인 비평과 실제적 찬양의 혼재로 인해 언제나 독자들을 곤혹스럽게 만든다.

하지만 저자의 태도가 얼마나 모순되고 작품적 경향이 얼마나 모호하든, 명대문학은 상인의 간통이라는 소재를 강렬하게 보여주고 대담하게 묘사함으로써 사람들에게 이미 충분히 깊은 인상을 주었다. 설령 남의 아내일지라도 자신이 좋아하기만 하면 목숨을 버리는 대가를 치르더라도 온갖 수단과 방법을 써서 손에 넣으려고 하니, 이는 일종의 '불륜지상주의'인 것이다. 이런 '불륜지상주의'를 신봉하는 상인 형상은 명대문학에서 다수 출현했다.

「정조봉단우무두부 왕통판쌍설불명원程朝奉單遇無頭婦 王通判雙雪不明冤」[277] 에 나오는 휘주 상인 정조봉程朝奉이 바로 이런 불륜지상주의자이다.

---

276 假如牆花路柳, 偶然適興, 無損於事? 若是生心設計, 敗俗傷風, 只圖自己一時歡樂, 卻不顧他人的百年恩義－假如你有嬌妻愛妾, 別人調戲上了, 你心下如何?

277 『二刻拍案驚奇』 권28.

> 정조봉이란 이는 엄청나게 많은 재산을 소유하자 마음속으로 오직 여색만을 생각하게 되었으니, 참으로 소위 "등 따시고 배부르면 음욕이 생긴다"는 경우였다. 남의 집 여자가 조금이라도 용모가 있으면 갖은 꾀를 다 써서 반드시 자신의 손에 넣으려고 했다. 당신이 얼마나 많은 물건을 쓰든 그는 아끼지 않고 단지 일이 성사되는 것만을 위주로 행동한다. 그러므로 적지 않은 돈을 써서 헤아릴 수 없을 정도로 많은 여자를 손에 넣었다.[278]

정조봉은 예쁜 여자들 앞에서 어떤 거리낌도 없었으니 그가 이렇게 할 수 있는 것은 역시 그의 경제적 능력 때문이었다. 한번은 그가 술집 주인 이방가李方哥의 아내 진씨陳氏를 보고 마음에 들어 온갖 꾀를 내어 그녀를 손에 넣으려고 하였다.

> 휘주부徽州府 암자가岩子街에서 술을 파는 사람이 있었는데, 성이 이씨라서 이방가로 불렸다. 진씨라는 아내가 있었는데 아주 요염하고 아리따워 그 모습이 사람의 마음을 요동치게 하였다. 정조봉은 욕망이 불같이 타올라, 하루 종일 술을 산다는 핑계로 달콤하고 부드러운 말로 두 부부의 마음을 흔들어 놓았다. 비록 친숙해지긴 했지만 진씨는 성품이 바른 사람이어서 금방 유혹에 넘어오지는 않았다. 정조봉이 말했다. "세상일은 오직 이익으로만 사람 마음을 움직일 수 있는 법이지. 이 집안 식구들은 가난한 사람들이니 내가 재물을 아끼지 않으면 꼬임에 넘어오지 않을 수 없지. 남몰래 구하는 게 공개적으로 사는 것만 못하지!"[279]

---

278 這個程朝奉, 擁著巨萬家私, 眞所謂"飽暖生淫欲", 心裏只喜歡的是女色. 見人家婦女, 生得有些姿容的, 就千方百計, 必要弄他到手才住. 隨你費下幾多東西, 他多不吝, 只是以成事爲主. 所以花費的也不少, 上手的也不計其數.

그가 마음에 든 여자가 분명히 다른 사람의 아내인데도 그는 오히려 상관하지 않는다. 그가 고려하는 것은 오직 어떤 좋은 방법을 써야 비로소 그녀를 손에 넣을 수 있는가이다. 훗날 과연 그는 삼십냥의 은자를 써서 그녀의 "동의"를 얻어 냈다. 다만 마지막 순간에 의외의 일이 벌어져 미인을 차지하려는 그의 꿈은 성취될 수 없었고 오히려 억울한 송사에 휘말려야만 했다.

모든 것을 아랑곳하지 않고 여색을 추구하는 정조봉의 태도와 나중에 발생한 기괴한 일은 확실히 소설가들의 큰 관심을 끌었다. 그래서 세부적인 내용이 각기 다르고 그 선후를 말하긴 어렵지만 많은 공안 소설 속에 이 고사가 실려 있다. 예를 들면, 『황명제사공안皇明諸司公案』 권1 「증대순판설이원曾大巡判雪二冤」, 『곽청라육성청송록신민공안郭青螺六省聽訟錄新民公案』 권2 「정중구출양명井中究出兩命」, 『해강봉선생거관공안海剛峰先生居官公案』 제17회 「탐색파가貪色破家」, 『고금율조공안古今律條公案』 권1 「마대순단문일부인사오명馬代巡斷問一婦人死五命」, 『국조헌태절옥소원신명공안國朝憲台折獄蘇冤神明公案』 권2 「사병헌단문양흉沙兵憲斷問兩凶」, 『국조명공신단상형공안國朝名公神斷詳刑公案』 권2 「진대순단강간살사陳代巡斷强奸殺死」, 『명공신단명경공안名公神斷明鏡公案』 권2 「진대순단강간살명陳大巡斷强奸殺命」 등이 그렇다.[280]

---

279 且說徽州府岩子街有一個賣酒的, 姓李, 叫做李方哥, 有妻陳氏, 生得十分嬌媚, 豐采動人. 程朝奉動了火, 終日將買酒爲由, 甛言軟語, 哄動他夫妻二人. 雖是纒得熟分了, 那陳氏也自正正氣氣, 一時也勾搭不上. 程朝奉道:"天下的事, 惟有利動人心. 這家子是貧難之人, 我拼舍著一主財, 怕不上我的鉤? 私下鑽求, 不如明買!"

280 이 이야기의 원형은 당오대의 「劉崇龜」(『太平廣記』, 권172)에 처음 보인다. 그러나 이야기 속 주인공은 상인의 자제이지 상인이 아니다. 상인이 돈을 써서 간통하는 이런 이야기가 줄곧 소설가의 관심을 끌었음을 알 수 있다.

「장흥가중회진주삼蔣興哥重會珍珠衫」에 나오는 신안新安 상인 진상陳商도 이런 불륜지상주의자이다. 그는 조양현棗陽縣에서 또 다른 상인의 아내인 삼교아三巧兒를 만나게 되자 곧 "미모의 여인을 보고 딴마음이 들었다."

> 진대랑이 일찍이 부인의 눈빛에 영혼을 빼앗겨버렸음을 누가 알랴? 처소로 돌아와서도 머릿속에서 떠나지 않으니 마음속에 이런 생각이 들었다. "집사람이 비록 조금 예쁘긴 하지만 어찌 부인의 반이라도 미칠 수 있겠어? 정을 통하려고 해도 들어갈 문이 없으니 어쩐담? 만약 하룻밤을 도모할 수 있다면 이 돈을 다 쓰더라도 세상사는 데 후회가 없을 거야."[281]

"집사람"이 그의 색욕을 채우는 데 양심의 제약이 되지 않을 뿐만 아니라, 오히려 그의 색욕을 강화하는 비교대상이 되고 있다. 그리고 이용할 수 있는 수단으로 그에게 가장 먼저 생각난 것은 여전히 자신이 소유하고 있는 금전이다. 그의 인생의 꿈이란 곧 아름다운 여인을 차지하는 것이다. 나중에 매파의 입을 통해 마음에 든 여자가 다른 사람의 아내임을 알게 되었지만 그는 여전히 용감하게 앞으로 직진한다.

> 내 목숨을 구하는 보물이 바로 그의 아내이니, 한번 물어보기나 해 주세요.[282]

---

281 誰知陳大郎的一片精魂, 早被婦人眼光兒攝上去了. 回到下處, 心心念念的放他不下,肚裏想道 : "家中妻子, 雖是有些顔色, 怎比得婦人一半? 欲待通個情款,爭奈無門可入. 若得謀他一宿, 就消花這些本錢, 也不枉爲人在世."

282 我這救命之寶, 正要問他女眷借借.

이 말에는 강렬한 개인주의적 경향과 반도덕적 경향이 드러나니, 바로 소설 작자가 도입부에서 지적한 "오직 자신의 일시적 쾌락만을 도모하여 다른 사람의 백년가약을 돌보지 않는" 경우에 속한다. 하지만 소설은 여자를 유혹하기 위해 애쓰는 진대랑의 모습을 핍진하게 묘사함으로써 속으로는 작자가 진상에 공감하고 있음을 동시에 드러내고 있다.

「향채근교장간명부香菜根喬裝奸命婦」[283] 속 진주를 파는 객상 구계수邱繼修도 한 사람의 불륜지상주의자다.

한편, 이 절에는 진주를 파는 구계수라고 하는 광동廣東의 객상이 머물고 있었다. 이 사람의 나이는 이십여 세로 얼굴은 분을 바른 것처럼 하얘 마치 아낙네와 같았다. 광동의 부인들은 자고로 음란한 풍조가 심했으니 이런 미모의 젊은이를 보고 누군들 취하려 하지 않았겠는가? 고향에서 그는 "향채근香菜根"이라는 별명으로 불리웠으니 이는 사람들이 다 좋아한다는 뜻이다. 나중에 그의 부모가 진주를 팔러 강서江西에 가라고 해서 화엄사에 머물게 된 것이다. 이 날 불당을 산보하는데 갑자기 막부인莫夫人이 앞을 가려 혼비백산할 정도로 놀랐다. 부인이 탄 가마를 계속 따라가니 장아전張衙前에 이르러 관아로 들어가는 것이 보였다. 그가 애써 알아보니 장어사張禦史는 외지로 부임해 그녀 혼자 집에 있었고, 그녀는 양주揚州 사람이었다. 절에 돌아와서도 그는 밤새도록 멍하니 그녀를 생각했다. "광동廣東에서 내가 많은 부녀자를 사귀었지만, 이처럼 우아하고 아리따운 여인을 본

283 『歡喜冤家』 제4회.

적이 없어. 어떻게든 꾀를 내어 관아로 들어가서 다시 한 번 만날 수 있다면 죽어도 여한이 없겠어!"[284]

막부인은 '명부命婦', 즉 왕실 종친의 아내로 일단 명부와 간통하는 일이 발생하면 죽을 죄로 다스려진다. 구계수가 이를 모르지 않았음에도 그는 여색에 빠져 대담하기가 그지없어 목숨까지도 돌보지 않았다.

객상 구씨가 말했다. "(…중략…) 먼 일을 염려하지 않으면 반드시 가까운 근심이 생기는 법이지요. 훗날 상공이 댁에 계실 때 갑자기 들통이 나더라도 부인은 오히려 거리낄 게 없지요." 부인이 말했다. "제가 왜 거리낄 게 없지요?" 구씨가 말했다. "관직을 가진 사람들이 걱정하는 건 부인이 조신하지 못해 안 좋은 소문이 나서 벼슬길을 망치는 것이지요. 그러니 명부와 간통하면 저만 결코 용서 받지 못 할 거에요." 부인이 말했다. "그렇게 먼 일이 걱정되면 오지 않으면 그만이죠." 구씨가 말했다. "부인, 이슬부부露水夫妻(정당하지 못한 부부)도 전생에 인연이 있는 겁니다. 옛 분들도 '인연이 있으면 천 리 밖에 있어도 만나지만 인연이 없으면 지척에 있더라도 못 만난다'고 하셨잖아요." 부인이 말했다. "운수는 모두 하늘이 정해주는 법인데, 뭐 그렇게 근심이 많으세요!"[285]

---

284 且說這寺中歇一個廣東賣珠子客人, 喚做邱繼修. 此人年方二十餘歲, 面如傅粉, 竟如婦人一般. 在廣東時, 那里的婦人, 向來淫風極盛, 看了這般美貌後生, 誰不俯就? 因此本處起了他一個渾名, 叫做"香菜根", 道是人人愛的意思. 他後因父母著他到江西來賣珠子, 住歇在華嚴寺中. 那日殿上閑步, 忽然撞著莫夫人, 驚得魂飛天外. 一路隨了他轎子, 竟至張衙前, 見夫人進到衙內. 他用心打聽, 張禦史上任去了, 他獨自在家, 是揚州人. 他回到寺中, 一夜癡想道 : "我在廣東, 相交了許多婦女, 從來沒一個這般雅致佳人. 怎生樣計較, 進了衙內, 再見一面, 便死也罷!"

285 邱客道 : " (…中略…) 只是人無遠慮, 必有近憂. 倘然日後相公在家, 一時撞破, 夫人倒不

나중에 구계수와 막부인은 이 일로 인해 결국 둘 다 죽게 된다. "부인은 절개를 잃었으니 죽어 마땅하고, 명부를 간통한 구계수도 죽어 마땅하다."[286] "명부를 간통한 계수를 참수하라"[287]고 판결한 홍안원洪按院은 그의 대담함에 사뭇 비분강개한다. "색욕에 빠져 대담하기 그지없어 감히 왕실의 명부를 범했으며, 마음이 술 취한 듯 미쳐 날뛰어 제멋대로 재상가의 좋은 배필을 구하고자 하였다."[288] 구계수는 이런 결말을 미리 알았지만, 그럼에도 그는 자신의 목숨을 아끼지 않았다. 최후까지도 그는 "죽음을 달갑게 받아들였으니", "죽기로 작정한 것이 틀림없다." 이는 불륜을 위해 목숨까지도 돌보지 않는 강렬한 욕망을 표현한 것이다.(참고로 이 이야기는 『용도공안龍圖公案』에 나온다. 즉 권3의 「사주실사색死酒實死色」이라는 이야기다. 또 『황명제사렴명기판공안전皇明諸司廉明奇判公案傳』에도 나오니, 즉 권상卷上의 「홍대순구엄사시비洪大巡究淹死侍婢」라는 이야기다) 내친김에 말하자면, 간통을 위해 목숨을 버리는 사람이 또한 어찌 구계수 한 사람에 그치겠는가? 진상陳商도 말끝마다 "이번에 평생의 소원을 이루면 곧 죽어도 편안히 눈을 감겠다"[289]고 하지 않았던가?

「오랑망의원중화 간곤교시운리수吳郎妄意院中花 奸棍巧施雲裏手」[290]에 나오는 항주 염상 오이휘吳爾輝도 일체를 돌보지 않는 색욕 때문에 온갖

妨." 夫人說:"爲何我倒不妨?" 邱客說:"他居官的人, 怕的是閨門不謹, 若有風聲, 把個進士丟了; 只是我奸命婦, 決不相饒!" 夫人道:"旣是這般長慮, 不來也罷了." 邱客道:"夫人, 雖云露水夫妻, 亦是前生所種. 古人有言:'有緣千里能相會, 無緣對面不相逢.'" 夫人道:"數皆天定, 那里憂得許多!"

286 夫人失節理該死, 邱繼修奸命婦亦該死.

287 將繼修奸命婦擬斬.

288 色膽如天, 敢犯王家之命婦; 心狂若醉, 妄希相府之好逑.

289 今番得遂平生, 便死瞑目.

290 『型世言』 제26회.

고통을 다 겪는다.

> 성은 오吳고 이름은 약㿥이며 자는 이휘爾輝라는 한 상인이 있었다. 본적은 휘군徽郡이지만 소금을 판매해서 항주 전교대가箭橋大街에 살았다. 나이는 서른 두세 살로 집안에 수천의 재산이 있었다. (…중략…) 밖에서는 몸을 잘 치장하고 돈 한 푼 안 쓰며 기생집을 돌아다니면서 공연히 차를 마시며 짐짓 여색을 탐하는 척 하였는데, 얼굴이 반반한 부인만 보면 죽도록 바라보았다. (…중략…) 집안에는 다 포악하고 못생긴 나찰파羅刹婆나 귀자모鬼子母와 같은 여자들뿐이어서 그의 눈을 더욱 굶주리게 했으니 예쁜 여자들만 보면 곧 넋 놓고 바라보았다.[291]

한 번은 그가 역시 상인의 부인인 장이랑張二娘을 우연히 만났는데 더 이상 눈을 떼지 못했다.

> (장이랑은) 당시 무표정한 모습으로 누각의 창에 기대어 밖을 보고 있었다. 하루는 마침 오이휘가 지나가니 두 눈으로 그를 우두커니 바라보았다. 부인의 마음에 근심이 있었으니 어찌 그가 보고 있는 것을 알기나 했겠는가? 그는 부인이 틀림없이 자기에게 마음이 있어서 미동도 하지 않고 일부러 몸을 보여주고 있다고 생각했다. 이후 산뜻하게 단장하고 매일 그녀의 집 앞에서 서성였으니 만날 때도 있고 만나지 못할 때도 있었다. 그는 이렇

291 有一個商人, 姓吳名㿥, 字爾輝. 祖籍徽郡, 因做鹽, 寓居杭城箭橋大街. 年紀三十二三, 家中頗有數千家事 (…中略…) 外面恰又妝飾體面, 慣去闖寡門, 吃空茶, 假耽風月, 見一個略有些顔色婦人, 便看個死 (…中略…) 因家中都是羅刹婆, 鬼子母, 把他眼睛越弄得餓了, 逢著婦人, 便出神的看.

> 게 혼자 생각했다. '오늘 살짝 비껴 본 것은 나에게 눈짓한 것이고, 웃은 것은 내게 정말 마음이 있어서겠지!' 만약 그녀가 창가에서 안 보이면 오락가락 서성이며 베틀의 북처럼 하루에도 수천 번씩 왔다 갔다 했다.[292]

그 역시 상대방이 다른 사람의 아내인지는 상관하지 않고 마음 내키는 대로 보러 갈 뿐이다. 나중에 그의 허점을 간파한 어떤 한량이 꾸민 사기극에 넘어가 그는 은자도 잃고 또 아무런 이익도 얻지 못해 사람들의 비웃음거리가 된다. 하지만 윗글에 보이는 그의 불륜지상주의는 앞서 언급한 간통에 성공한 상인과 똑같은 것이다.

송원문학에서도 상인의 불륜지상주의를 묘사한 적이 있지만, 명대문학처럼 그렇게 빈번하고 농도 짙게 묘사한 적은 없었다. 상인의 외도에 대한 명대문학의 묘사는 욕망을 긍정하는 시대 사조의 영향을 받아 상당히 유혹적이고 자극적으로 표현되었다. 따라서 이는 표면적인 도덕적 태도를 넘어 오히려 전통적인 도덕에 대한 도전이 되었다.

(4)

상인의 기생질 및 중혼과 외도 행위를 표현할 때 명대문학의 가장 큰 특색 중의 하나는 배후에서 작용하는 금전의 힘에 민감하게 주의를

---

292 (張二娘) 嘗時沒情沒緒的倚著樓窗看. 一日, 恰値著吳爾輝過, 便盯住兩眼去看他. 婦人心有所思, 那里知道他看? 也不躲避. 他道這婦人一定有我的情, 故此動也不動, 賣弄身分. 以後妝扮得齊齊整整, 每日在他門前幌. 有時遇著, 也有時不遇著. 心中嘗自道: '今日這一睃, 是丟與我的眼色; 那一笑, 與我甚是有情!' 若不見他在窗口時, 便踱來踱去, 一日穿梭般走這樣百十遍.

기울이며 언제나 직간접적으로 그것을 보여줌으로써, 상인의 성애 생활의 본질을 더욱 깊이 있고 섬세하게 이해할 수 있도록 도움을 준다는 것이다.

명대문학은 상인들이 '사랑'의 영역에 발을 들여 놓을 때도, 강력하고도 효과적인 상업 정신을 대동했음을 묘사하고 있다. 그들은 기타 다른 방면의 사회생활에서처럼 '사랑'에 본래 덧씌워진 신비롭고 낭만적인 가면을 벗겨 버리고, 각양각색의 상표와 가격을 표기해서 자신들이 더욱 편리하게 돈으로 그것을 살 수 있도록 하였다. 이런 행위는 특권·등급·가문·도덕관념·시정화의詩情畫意·수치스런 마음 등 여러 측면에서 공격과 비웃음을 받았지만, 상인들은 오히려 늘 그랬던 것처럼 주판알을 튕기며 각기 모양과 색깔이 다른 '사랑'의 가격을 계산하여 넘치는 자신감으로 그들의 은자를 던져 주었다. 아마도 위의 여러 가지 측면보다 상인의 주머니 속에 있는 은자가 미인의 꽃다운 마음을 더욱 쉽게 얻을 수 있었고 그녀들을 상인의 품속에 안기도록 해 주었던 것 같다.

「매유랑독점화괴賣油郎獨占花魁」의 기름 장수는 "종일토록 기름 지게를 매고 다녀도 하루에 몇 푼 버는 데 불과한"[293] 처지인데도, 도대체 무엇이 그로 하여금 "후미지고 음습한 도랑에 사는 두꺼비가 백조 고기를 먹고 싶어 하듯"[294] 명기 화괴낭자花魁娘子를 향해 "과분한 생각"을 품도록 했던 것일까? 그것은 바로 일체를 구매할 수 있는 금전 및 그 돈을 벌려고 팔려 나온 '사랑' 때문이다.

---

293 終日挑這油擔子, 不過日進分文.

294 癩蝦蟆在陰溝裏想著天鵝肉吃.

기생 어미들은 오로지 돈만 보니 거러지라도 은자만 있으면 반갑게 받아들인다고 하더군. 하물며 청렴결백하게 장사하는 나 같은 사람이 만약에 은자까지 있으면 기생들이 받아들이지 않을 수 없지.[295]

이는 하나의 새로운 종교이며 그 하느님은 바로 금전이다. 위로는 왕공귀인王公貴人으로부터 아래로는 장사꾼과 거지에 이르기까지 금전 앞에서 사람들은 모두 평등하다. 돈 밖에는 아무 것도 없는 상인에게 있어서 이는 하나의 새로운 복음 그 이상이다.

그리고 화괴낭자와 같은 명기는 본래 상품화된 '사랑'의 산물이다. 그들은 높고 낮은 가격으로 게시되어 고객들이 시간에 따라 서비스를 구매하여 사용하도록 되어 있다. 화괴낭자의 가격은 하루 밤에 은자 열 냥이니 물론 그 중 고급 상품이라고 할 수 있다. 그러나 설령 화괴낭자가 하루 밤에 은자 열 냥이고, 그녀와 "왕래하는 사람이 모두 거물급이라서 (…중략…) 잔챙이들은 가까이 할 수 없다"[296]고 해도, 기름 장수가 여전히 감히 그녀에게 "과분한 생각"을 품고 있다면 그녀는 어쩔 수 없이 기름 장수를 접대할 수밖에 없다. 이는 그녀가 비록 가격이 높더라도 여전히 하나의 상품으로 반드시 팔려 나가야 하는 물건이기 때문이다.

이 경우 비록 사람들이 기름 장수를 거듭 변론하기 위해 그가 화괴낭자에게 빠진 것은 전적으로 그녀에 대한 사랑에서 비롯된 것이고, 따라서 이는 하나의 '고상'하고 '순결'한 행위라고 말할 수도 있다. 하

295 我聞得做老鴇的, 專要錢鈔. 就是個乞兒, 有了銀子, 他也就肯接了. 何況我做生意的, 青青白白之人, 若有了銀子, 怕他不接?

296 來往的都是大頭兒 (…中略…) 小可的也近他不得

지만 우리는 기름 장수가 화괴낭자에게 접근하기 위해 했던 각종 준비활동이 모두 상업 구매활동과 유사한 행동이었음을 아주 또렷하게 기억하고 있다. "달랑 본전 세 냥을 가지고 있으면서 은자 열 냥으로 명기와 놀아나려 했던"[297] 기름 장수에 대해 말하자면, 그가 이 목적을 달성하기 위해 했던 각종의 노력은 '천로역정天路曆程'과 같은 일종의 고된 순례에 가까웠다. 다만 이는 종교적 성격의 '천로역정'이 아니라 상업적 성격의 '천로역정'이었을 뿐이다.

> 자고로 "뜻이 있으면 일은 끝내 이루어진다"고 했다. 그는 천만번을 거듭 생각한 끝에 계책을 하나 떠올렸다. 그가 말했다. "내일부터 날마다 본전을 빼고 남은 것들을 모아야지. 하루에 한 푼을 모으면 일 년이면 세 냥하고도 여섯 전이니, 삼년 만에 이 일이 성취되지. 만약 하루에 두 푼을 모으면 일 년 반이면 될 수 있지. 그보다 더 많이 저축하면 일 년이면 거의 될 거야." 시간은 빠르게 흘러 어느새 일 년이 넘게 지났다. 어느 날은 많고 어느 날은 적었지만 오직 민은紋銀만을 골라 어쩔 때는 세 푼, 혹은 두 푼, 최소한 한 푼은 저축했고, 몇 전을 모으면 또 은괴로 만들었다. 날마다 조금씩 쌓여 한 포대가 되었으니, 보잘 것 없었던 적은 돈이 자신도 얼마인지 모를 정도로 많이 모였다. (…중략…) 진중秦重이 포대 속의 은을 바꾸려고 저울에 다니 눈금이 적지도 많지도 않게 딱 열 여섯냥이 되었으니 곧 한 근이었다. 진중은 마음속으로 생각했다. '세 냥의 본전을 빼고 남은 돈을 기생과 하룻밤 자는 비용으로 써도 돈이 좀 남는구나.'[298]

297 本錢只有三兩, 卻要把十兩銀子去嫖那名妓.

298 自古道 : "有志者事竟成." 被他千思萬想, 想出一個計策來. 他道 : "從明日爲始, 逐日將本

이는 다른 상품을 구매하기 위해 금전을 모으는 방법과 결코 본질적인 차이가 없다. 바꿔 말하면 이는 완전한 하나의 상업적 구매행위이다.

비록 이런 상업적 구매 행위가 나중에 기름 장수와 명기 사이의 진정한 사랑으로 변했다고 해도 애초의 상업적 본질은 여전히 부인할 수 없는 것이다. 동시에 우리가 더욱 주목할 만한 것은 원래의 상업적 구매행위가 도리어 장애가 되지 않았을 뿐만 아니라, 오히려 훗날 두 사람간의 진정한 사랑을 촉진시켰다는 것이다. 왜냐하면 기름 장수 진중이 "화대를 모으는" 행동 역시 화괴낭자의 마음을 움직인 요소 중의 하나였기 때문이다. 이는 의심할 바 없이 화류계에서의 상인의 승리이자 돈으로 사랑을 구매하는 상인적 원칙의 승리라고 할 것이다.

물론 상인 및 그들의 원칙도 실패할 때가 있다. 가령, 「옥당춘낙난봉부玉堂春落難逢夫」[299]에 나오는 산서山西의 말 장수 심홍沈洪은 비록 본전으로 은자 수만 냥이 있었지만 우둔하여 풍류를 알지 못하고,(이는 그가 기름장수보다 못한 부분이다) 옥당춘玉堂春도 이미 왕삼관王三官을 사랑하고 있었기 때문에 실패하게 된다. 하지만 오히려 그의 불평불만으로부터 돈으로 사랑을 구매하는 상인적 원칙에 대한 강력한 신앙을 엿볼 수 있다.

錢扣出, 餘下的積趲上去. 一日積得一分, 一年也有三兩六錢之數. 只消三年, 這事便成了. 若一日積得二分, 只消得年半. 若再多得些, 一年也差不多了." (…中略…) 時光迅速, 不覺一年有餘. 日大日小, 只揀足色細絲, 或積三分, 或積二分, 再少也積下一分. 湊得幾錢, 又打做大塊包. 日積月累, 有了一大包銀子, 零星湊集, 連自己也不識多少 (…中略…) 秦重盡包而兌, 一厘不多, 一厘不少, 剛剛一十六兩之數, 上秤便是一斤. 秦重心下想道 : '除去了三兩本錢, 餘下的做一夜花柳之費, 還是有餘.'

299 『警世通言』 권24.

> 소인은 산서 사람 심홍으로 수만 냥의 자금이 있으며 여기서 말을 팝니다. 옥소저의 존함을 오랫동안 경모해 왔습니다만 직접 뵙지는 못했습니다. 오늘 보게 되니 마치 구름이 걷히고 맑은 하늘을 본 것 같습니다. 바라건대 옥소저께서는 제 뜻을 저버리지 마시고 서루西樓에 한번 같이 가시지요.[300]

그는 비록 옥당춘에게 "자신의 재력을 과시한다"고 핀잔을 들었지만 "수만 냥의 자금이 있다"는 말은 다른 경우에는 원래 어떤 견고한 것도 다 무너뜨릴 수 있는 것이었으니, 자신의 실패에 대해 깊은 의혹을 느끼며 이 상황을 이해할 수 없었다.

> 왕삼관도 그저 사람이고 나도 사람이며, 그도 돈이 있고 나도 돈이 있는데 도대체 뭐가 나보다 나은 걸까?[301]

그의 갑갑함과 이해할 수 없음으로부터 돈으로 사랑을 구매하는 원칙에 대한 그의 강력한 신념과 이런 원칙이 깨져버린 것에 대한 불평과 불만을 엿볼 수 있다. 돈으로 사랑을 구매하는 원칙에 대한 신념의 측면에서 보면, 그는 사랑에 성공한 진중과 사실상 그 정신이 일맥상통한다. 내친김에 말하자면 이 소설과 동일한 소재의 다른 작품에서 상인들은 모두 다 '구매'에 성공한다.

비슷한 예로 「두십랑노침백보상杜十娘怒沉百寶箱」[302]의 손부孫富가 있

---

300 在下是山西沈洪, 有數萬本錢, 在此販馬. 久慕玉姐大名, 未得面睹. 今日得見, 如撥雲霧見青天. 望玉姐不棄, 同到西樓一會.

301 王三官也只是個人, 我也是個人, 他有錢, 我亦有錢, 那些兒强似我?

302 『警世通言』 권32.

다. 손부는 휘주 신안 염상의 자제로[303] 가산이 어마어마하다. 아름다운 두십랑杜十娘을 보았을 때, 그는 자신 있게 은자 천 냥으로 이갑李甲에게서 그녀를 살 수 있다고 생각했다. 결국 그는 정말로 이갑을 설득하여 두십랑을 자신에게 넘겨주겠다는 대답을 받는다. 사람과 은을 교환하는 이 장면은 바로 상인의 승리를 드러내고 있다.

공자公子가 친히 손부의 배에 와서 그렇게 하라고 회답했다. 손부가 말했다. "은을 지급하기는 쉽지만, 반드시 미인의 패물함을 증표로 해야 합니다." 공자가 또 십랑에게 전하니 십랑은 곧 금박 무늬 상자를 가리키며 "가져가라"고 했다. 손부는 몹시도 기뻐 바로 백은 천 냥을 공자의 배로 보내주었다. 십랑이 친히 검사해보니 색깔과 수량이 딱 맞아 조금도 틀림이 없었다. 이에 한 손으로는 뱃전을 잡고 한 손으로는 손부를 불렀다. 손부는 이를 보고 넋을 잃을 정도였다. 십랑이 붉은 입술을 열고 하얀 치아를 보이며 말했다. "방금 건네준 상자에 이갑의 통행증이 들어 있으니 잠시 돌려주시면 점검하고 돌려드릴게요" 손부는 두십랑이 이미 독 안에 든 쥐라고 여기며 종놈에게 그 금박무늬 상자를 돌려보내라고 하면서 뱃머리에 올려놓았다.[304]

---

303 이 소설의 원류인 宋懋澄『九籥別集』권4「負情儂傳」속에서 그의 신분은 "양주에 소금을 쌓아 놓고 있는"[積鹽揚州]는 鹽商이지 염상의 자제가 아니다. 이 부분은 풍몽룡이 조금 고친 것이다.

304 公子親到孫富船中, 回復依允. 孫富道: "兌銀易事, 須得麗人妝台爲信." 公子又回復了十娘, 十娘卽指描金文具道: "可便抬去." 孫富喜甚, 卽將白銀一千兩, 送到公子船中. 十娘親自檢看, 足色足數, 分毫無爽. 乃手把船舷, 以手招孫富. 孫富一見, 魂不附體. 十娘啓朱唇, 開皓齒, 道: "方才箱子可暫發來, 內有李郎路引一紙, 可檢還之也." 孫富視十娘已爲甕中之鱉, 卽命家童送那描金文具, 安放船頭之上.

뜻 밖에도 "독 안에 든 쥐"가 도망쳐 손부는 한바탕 헛수고를 하게 된다. 후인들에게는 부도덕하게 보이는 구매 행위 중에도 손부는 오히려 돈으로 사랑을 구매하는 상인적 원칙에 대한 강렬한 신념을 가지고 있었고, 또 많은 성공 사례를 폭넓은 배경으로 인식하고 있었다. 그가 성공할 수 없었던 것은 심홍沈洪과 옥당춘玉堂春의 경우와 마찬가지로 다만 두십랑이라는 개인적 원인 때문이지 결코 위에 서술한 원칙이 이미 효과를 상실했기 때문은 아니다. 기름장수 진중처럼 성공하든, 아니면 손부와 심홍처럼 실패하든, 상인들은 돈으로 사랑을 구매하는 원칙에 대해 여전히 깊이 신뢰하고 의심하지 않았다.

위에 말한 것은 모두 상인이 돈으로 기생의 사랑을 구매한 사례다. 따라서 이는 기생집과 같은 장소에서만 상인들이 돈으로 사랑을 구매한다고 오해하게 만들 수도 있다. 왜냐하면, 그런 장소는 원래 매춘에 종사하는 장소이고 다른 장소에서는 반드시 그렇게 하지는 않기 때문이다. 그러나 사실은 결코 그렇지 않다. 돈으로 사랑을 구매하는 원칙은 또한 상인들의 중혼과 외도와 같은 여타의 경우에도 운용되고 있다. 「한시랑비작부인 고제공연거랑서韓侍郎婢作夫人 顧提控掾居郎署」에는 "원래 휘주 사람은 괴팍한 성격이 있는데 관직과 여자, 평생 이 두 가지에는 돈을 아끼지 않지만 다른 일에는 인색하다"[305]라는 말이 나온다. 그래서인지 소설 속의 휘주 상인은 "우연히 잠깐 애랑愛娘의 얼굴을 보고"[306] 어떻게든 첩으로 삼으려고 하면서, "일이 성사되기만 한다면 값이 비싸도 마다하지 않았다."[307] 애랑의 부모는 삼백냥을 부르면서

305 元來徽州人有個僻性, 是烏紗帽, 紅繡鞋, 一生只這兩件不爭銀子, 其餘諸事慳吝了.
306 偶然間瞥見愛娘顔色

도 "제일 비싼 가격"이라고 여겼다. 하지만 "뜻밖에도 여인을 사랑하는 상인의 마음이 깊고도 진중해서 이삼백냥 정도는 마음에도 두지 않았으니, 말이 끝나자마자 승낙하고 삼백냥을 예물 비용으로 드린 후 날짜를 택해 혼인한 후 배를 타고 양주로 가 버렸다."[308] 이는 돈으로 사랑을 구매하는 원칙의 위력을 증명하고 있다. 「여대랑환금완골육呂大郎還金完骨肉」에 나오는 강서江西 상인도 똑같은 정신을 가지고 있다 "아내를 잃은 한 상인이 마침 낭자 한 명을 구하고 있어서, 여보呂寶는 자기 형수가 어울린다고 그에게 소개했다. 그 상인도 여대呂大의 아내가 조금 미모가 있음을 알고 있어서 은자 삼십냥에 팔기를 원했다."[309] 비록 가격은 다르지만 "여인을 사랑하는 마음이 진중하고" "은자를 아끼지 않는" 정신은 오히려 위에 서술한 휘상과 상통한다. 또한 「노몽선강상심처盧夢仙江上尋妻」[310]에 나오는 소금장수 사계謝啓는 "술과 여자를 좋아하여 사방으로 미인을 찾아다녀"[311] 이미 비첩婢妾이 이백여 명이 있었다. 하지만 여전히 만족하지 못하고 있었는데, "이번에 이묘혜李妙惠라는 여자가 아름답고 현명하며 다재다능하다는 말을 듣고, 백금 백 냥과 채색 비단 열 단을 예물로 주고 첩으로 맞이하였으니"[312] 이 역시 돈이 뒷받침되어 첩을 맞아들인 것이다.

설사 남의 아내더라도 상인들은 마음에 들기만 하면 넘치는 자신감

307 只要事成, 不惜重價.
308 不想商人慕色心重, 二三百金之物那里在他心上? 一說就允. 如數下了財禮, 揀個日子, 娶了過去, 開船往揚州.
309 偶有江西客人喪偶, 要討一個娘子, 呂寶就將嫂嫂與他說合. 那客人也訪得呂大的渾家有幾分顏色, 情願出三十兩銀子.
310 『石點頭』 제2권.
311 好飮喜色, 四處訪覓佳麗.
312 今番聞得李妙惠又美又賢, 多才多藝, 願致白金百兩, 彩幣十端, 娶以爲妾.

으로 금전을 사용하여 외도를 속히 성사시켰다. 비록 그들은 자주 실패하기도 하지만, 또 자주 성공하기도 한다. 가령 「장흥가중회진주삼蔣興哥重會珍珠衫」에 나오는 상인 진상陳商은 삼교아가 유부녀임을 뻔히 알면서도 여전히 그녀와 외도하려 한다. 그가 자신감을 가질 수 근거는 바로 그가 가지고 있는 돈 때문이고 따라서 그의 계산 역시 완전히 상업적이다. "만약 그녀와 하룻밤 같이 지낼 수 있다면 이 밑천을 다 써버려도 세상사는 데 후회가 없다."[313] 이 말은 또한 그가 삼교아를 원하는 이유가 "상업적 가치"가 있다고 생각해서임을 보여준다. 그의 계산은 아주 분명하고 그의 판단은 아주 정확하며 그는 행동은 매우 추진력이 있다. 그가 설노파를 찾아가 도움을 요청할 때 내놓는 비장의 카드는 바로 은자다.

> 진대랑은 주변에 사람이 없는 것을 보고 소매 안에서 은자를 꺼내 보따리를 풀어 탁자 위에 펼쳐놓고 말했다. "백은 백 냥을 할멈이 받아야 비로소 감히 말할 수 있겠소." 노파가 일의 경중을 알지 못하니 어찌 받을 수 있겠는가? 대랑이 말했다. "혹시 모자라나요?" 다급하게 금빛 찬란한 금덩이 두 개를 꺼내 탁자에 놓고 말했다. "금 열 냥도 같이 받아두세요. 만약 할멈이 또 안 받으면 일부러 사양하는 것이겠지요. 오늘은 제가 할멈을 찾아 온 것이지, 할멈이 저를 찾아 온 것이 아니에요. 이번 큰 거래는 할머니가 아니면 성사될 수 없어서 특별히 부탁하는 겁니다. 안 되더라도 금은을 그저 받아쓰면 되요. 끝내 못쓰시겠다면 제가 또 와서 찾아갈게요. 우리가 앞으로 다시 만날 일이 없겠어요? 저 진상은 그런 쩨쩨한 사람이 아닙니다!"[314]

---

313 若得謀他一宿, 就消花這些本錢, 也不枉爲人在世.

그는 처음에는 찾아 온 이유를 설명하지 않고 먼저 은을 꺼내들고 아주 맹렬한 기세로 다가오며, 일종의 막대한 경제적 능력을 배경으로 한 자신감과 위엄을 드러낸다. 그의 마음속에 이것은 여전히 하나의 '큰 거래'이지 그 어떤 부드러운 '사랑의 멜로디'가 아니다. 그는 큰 거래인만큼 아낌없이 많은 돈을 써야한다고 굳게 믿었고, 또 그렇게 많은 돈을 쓰면 큰 거래가 반드시 성사될 수 있을 거라고 굳게 믿었다. 설노파가 이 일이 상당히 어렵다고 말할 때 그가 설노파를 설득하는 방법은 여전히 "일이 성사되면 백금 백 냥을 더 주겠습니다"[315]라고 소개비를 올리는 것이다. 그의 '성의', 더 정확히 말하면 성의라기보다는 그가 '중개비'로 준 돈이 설노파의 마음을 움직여서 그녀로 하여금 혼신을 다해 솜씨를 발휘하게 하여 봄과 여름을 지나 마침내 진상의 '큰 거래'를 빠르게 성사시키도록 하였다. 진상이 이를 위해 치른 대가는 다음과 같다.

> 진대랑은 부인과 사귀고 싶어서 종종 좋은 옷과 좋은 머리 장신구들을 설노파에게 보냈고 또 노파가 진 빚의 절반을 대신 갚아주었으며 은자 백냥을 노파에게 사례하기도 하였다. 반 년 넘게 왕래하면서 이 남자는 대략 천금을 썼다. 삼교아도 은자 삼십여 냥 어치의 물건이 있어 노파에게 보내주었다. 노파는 이 의롭지 못한 재물을 얻기 위해 기꺼이 앞장선 것일 뿐이다.[316]

---

314 大郎見四下無人, 便向衣袖裏摸出銀子, 解開布包, 攤在卓上, 道: "這一百兩白銀, 幹娘收過了, 方才敢說." 婆子不知高低, 那里肯受. 大郎道: "莫非嫌少?" 慌忙又取出黃燦燦的兩錠金子, 也放在卓上, 道: "這十兩金子, 一並奉納. 若幹娘再不收時, 便是故意推調了. 今日是我來尋你, 非是你來求我. 只爲這樁大買賣, 不是老娘成不得, 所以特地相求. 便說做不成時, 這金銀你只管受用, 終不然我又來取討, 日後再沒有相會的時節了? 我陳商不是恁般小樣的人!"

315 事成之日, 再有白金百兩相酬.

이는 마땅히 하나의 '큰 거래'로, 대부분의 돈은 '구매대상'인 삼교아에게 쓰였으며 일부분의 돈이 '중개자'인 설노파에게 쓰였다. 그리고 주목할 만한 것은 진상의 돈이 결코 헛되이 쓰이지 않고 마침내 삼교아의 사랑을 '사'냈다는 것이다. 그 결과는 재자才子가 재능을 쓰고, 시인은 시를 이용하고, 귀공자집 자제들은 풍류를 앞세워 여자의 꽃다운 마음을 얻는 것과 어떤 차이도 없으며 오히려 더욱 명쾌하고 효과적이다. 물론 진상이 삼교아의 사랑을 얻을 수 있었던 것이 전적으로 금전적 관계 때문이었다고 말할 수는 없지만, 돈이 이 과정에서 중요한 촉매 작용을 했다는 것은 논쟁의 여지가 없는 사실이다.

『금병매金瓶梅』에 나오는 서문경西門慶은 여자를 하나하나 정복한다. 혹은 더 정확히 말하면 여자들이 달갑게 여기고 기꺼이 원해서 그의 품속으로 들어간다. 그렇게 된 원인중의 하나는 바로 서문경이 돈이 있을 뿐만 아니라 여인들에게 돈을 즐겨 썼기 때문이다. 매파의 소개가 필요할 때 그는 항상 은자로 매파의 마음을 움직인다. 가령, 차를 파는 왕노파에게 자신과 반금련潘金蓮사이에 다리를 놓아주라고 할 때, "여차저차하고 이러저러해서 다리를 놓아 이 일을 성사시키면 내가 은자 몇 냥을 풀어 자네에게 사례함세. 그런 건 뭐 별일도 아니지."[317](제2회) 또한 그는 문씨 아줌마에게 임부인林太太과 통정하게 해달라고 부탁할 때, "소매에서 다섯 냥짜리 한 정錠의 은자를 꺼내 주며 귓속말로 가만히 그녀에게 말했다. '어떻게든 방법을 찾아서 임부인을 자네한테

---

316 陳大郎有心要結識這婦人, 不時的制辦好衣服, 好首飾送他, 又替他還了欠下婆子的一半價錢. 又將一百兩銀子謝了婆子. 往來半年有餘, 這漢子約有千金之費. 三巧兒也有三十多兩銀子東西, 送那婆子. 婆子只爲圖這些不義之財, 所以肯做牽頭.

317 堪可如此如此, 這般這般, 撮合得此事成, 我破幾兩銀子謝他, 也不值甚的.

들르게 해서 잠시 만나도록 해주게. 내 또 사례함세.'"[318](제69회) 은탄銀彈의 공세 앞에 매파들은 언제나 전심전력을 다 해 매번 그가 목적을 달성할 수 있도록 해준다. 그는 하나씩 여자를 손에 넣은 후 신분이 높거나 낮거나를 막론하고 거의 다 약간의 금은이나 현물로 사례하여 이익을 챙겨주었는데 소설은 이런 세세한 대목까지 잊지 않고 다 서술한다. 그와 함께 불륜을 저지르는 여자들의 마음속에 그가 매력적인 이유는 그의 돈 씀씀이가 크기 때문임이 분명하다. 반금련에게 서문경을 소개할 때 왕노파가 했던 아래의 말은 아마도 반금련뿐 아니라 많은 여자들에게 그 어떤 견고한 마음도 허물어뜨릴 수 있는 힘을 가지고 있는 말일 것이다.

> 이 관인官人은 바로 본 현의 물주로 지현知縣과 상공相公들도 그와 왕래하며 서문대관인西門大官人이라 부르지요. 집안에는 수 만관의 재산이 있고 마을 문 앞에서는 생약포를 운영하고 있지요. 집안에 있는 돈은 북두칠성에 닿고, 쌀은 창고에서 썩어 나갈 정도에요. 노란 색은 금이요 흰색은 은이며, 둥근 것은 진주요 빛나는 것은 보석이며 물소 뿔도 있고 코끼리 상아도 있지요. 또 관리에게 빚을 놓으며 사람을 사귀지요.[319]

훗날 문씨 아줌마가 서문경을 임부인과 외도하도록 하면서 임부인에게 서문경을 소개할 때 하는 말은 더욱 큰 규모로 왕노파의 생각을 반

318 向袖中取出五兩一定銀子與他, 悄悄和他說 : "如此這般, 你卻怎的尋個路兒, 把他太太吊在你那里, 我會他會兒. 我還謝你."

319 這位官人, 便是本縣里一個財主, 知縣相公也和他來往, 叫做西門大官人. 家有萬萬貫錢財, 在縣門前開生藥鋪. 家中錢過北鬥, 米爛成倉, 黃的是金, 白的是銀, 圓的是珠, 光的是寶, 也有犀牛頭上角, 大象口中牙. 又放官吏債, 結識人.(第3回)

복해서 서술하고 있다.(본장 제2절 제4항 참조). 물론 반금련・이병아・임부인 등 각각의 여자들이 기꺼이 원해서 서문경의 품속으로 들어간 것은 반드시 서문경의 경제적 능력 때문만은 아니다. "나하고 장태의蔣太醫 그 놈 중 누가 더 강해?"[320]라는 서문경의 질문에 대한 이병아의 대답은 아마도 서문경을 좋아하는 모든 여인의 내심을 드러낸 것이리라.

> 그 사람이 뭘로 당신에게 비하겠어요? 당신이 하늘이면 그 사람은 땅이죠. 당신이 삼십삼 천 하늘 위에 있다면, 그는 구십구지 땅 아래에 있어요. 당신이 의로움을 소중히 여기고 재물을 가볍게 보는 것은 말할 것도 없고, 금쟁반에 옥진주 구르는 목소리에 말주변도 뛰어나며 비단 옷 입고 권세와 복을 누리니, 이는 사람 위의 사람이지요. 당신이 매일 먹고 쓰는 희귀한 물건도 세간에서는 몇 백 년 동안 일찍이 본 적이 없는 것들이구요. 그 사람이 뭘로 당신에게 비하겠어요? 당신은 저를 치료하는 약과 같아서 당신의 손길이 한번 스치면 저는 밤낮없이 당신만 생각하게 될 뿐이죠.[321]

풍부한 경제적 능력을 바탕으로 서문경은 이처럼 애정 문제에서 계속 승리하며 하나하나 마음 가는대로 '거래'를 성사시켰다.

돈으로 사랑을 구매하는 비슷한 사례들은 명대문학 속에 많이 등장한다. 가령, 「육오한경류합색혜陸五漢硬留合色鞋」[322]의 상인 자제 장신張

---

320 我比蔣太醫那廝誰强?

321 他拿甚麽來比你? 你是個天, 他是塊磚. 你在三十三天之上, 他在九十九地之下. 休說你仗義疏財, 敲金擊玉, 伶牙俐齒, 穿羅著錦, 行三坐五, 這等爲人上之人, 自你每日吃用稀奇之物, 他在世幾百年, 還沒曾看見哩! 他拿甚麽來比你? 你是醫奴的藥一般, 一經你手, 教奴沒日沒夜只是想你.(第19回)

322 『醒世恒言』 권16.

蓋은 육노파陸婆에게 자신을 위해 한 여자와 다리를 놓아주라고 부탁하면서 역시 은탄 공세를 취했으니, 아마도 이는 부모형제들의 영향을 받았을 것이다.[323] 또한 「정조봉단우무두부 왕통판쌍설불명원程朝奉單遇無頭婦 王通判雙雪不明冤」에 나오는 휘주 상인 정조봉은 아예 깔끔하게 은자를 써서 "공개적으로 구매"하며 "중개"조차 필요치 않다고 하면서 다음과 같이 말한다. "세상일은 오직 이익으로만 사람 마음을 움직일 수 있는 법이지. 이 집안 식구들은 가난한 사람들이니 내가 재물을 아끼지 않으면 꼬임에 넘어오지 않을 수 없지. 남몰래 구하는 게 공개적으로 사느니만 못하지!"[324] 그는 여색을 "구매"할 때, "얼마나 많은 돈을 쓰든, 아끼지 않고 단지 일이 성사되는 것만을 위주로 행동한다. 그러므로 적지 않은 돈을 써서 헤아릴 수 없을 정도로 많은 여자를 손에 넣었다."[325]

상인들이 돈으로 사랑을 구매하는 장면에서 사람들에게 깊은 인상을 주는 것은 모든 일을 추동하는 것이 오직 돈이고, 각 방면이 다 돈으로 연결된 자발적 협력 관계라는 것이다. 이러한 금전관계 안에서는 모든 것이 다 명명백백하여 폭력도 없고 강권도 없으며 눈물도 없고 감상도 없다. 「김해릉종욕망신金海陵縱欲亡身」[326]에 나오는 해릉왕海陵王 경우, 한편으로는 은자로 다른 사람을 설복해 자신과 외도하게 하고, 또 한편으로는 다른 사람이 난처하게 되었을 때 폭력으로 위협한

323 小野四平, 『中國近代白話短篇小說研究』(施小煒, 邵毅平등 역), 65~66면 참조.
324 天下的事, 惟有利動人心. 這家子是貧難之人, 我拼舍著一主財, 怕不上我的鉤? 私下鑽求, 不如明買.
325 隨你費下幾多東西, 他多不吝, 只是以成事爲主. 所以花費的也不少, 上手的也不計其數.
326 『醒世恒言』 권23.

다. 하지만 상인들은 이런 폭력적 방법을 쓸 힘도 없고 그렇게 하고 싶어 하지도 않는다.

> 이 몹쓸 할망구야, 감히 세 번이나 못가겠다고 말해? 지금 당장 내가 너 같은 늙은 개돼지를 죽여 버릴까![327]

이런 폭력은 정치적 원칙이지 상업적 원칙이 아니다. 이는 상인의 "직업윤리"와 어긋나니 상인들은 이와 같은 방법을 쓰지 않는다. 상인들은 금전의 작용에 대한 깊은 이해와 인간의 약점에 대해 절절한 체험을 가지고 있다. 그러므로 다른 경우와 마찬가지로 그들은 여색을 추구할 때 자신감 있고 강력하게 "경제적 수단"을 사용해서 항상 예상했던 성공을 거둔다. 설령 때때로 "조금 고리타분한" 여자를 뜻밖에 만나더라도 상인들은 다만 "인정에 어두운" 이런 여자들에 대해 생각하는 게 평범하지 않다고 여기지 돈으로 사랑을 구매하는 원칙 자체를 의심하지는 않는다.

송원문학에서도 일찍이 비슷한 주제를 표현하기는 했지만, 명대문학에서처럼 이 주제를 이토록 남김없이 다 드러내어 표현하지는 못했다. 위에 서술한 일련의 이야기로부터 우리는 일종의 강렬한 근세적 분위기, 곧 명대 사회 특유의 호화호색好貨好色하는 기풍 및 상인의 성애생활에 대한 깊은 통찰을 느낄 수 있다.

---

327 你這老虔婆, 敢說三個不去麼? 我目下就斷送你這老豬狗!

(5)

상인이 여색을 밝히는 태도에 대해 송원문학의 표현은 상당히 보수적이다. 송원 문인이 상인의 호색 행위를 찬성하지 않은 것은 이것이 그들에게 재난을 가져올 수 있다고 생각해서이다. 그런 까닭에 송원문학에서 여색을 밝히는 상인 주인공들 중에서 좋은 결말로 끝나는 사람은 거의 없다.

명대문학에서도 우리는 비슷한 현상을 볼 수 있다. 여색을 좋아하는 수많은 상인 주인공들이 좋은 결말을 보지 못했다. 예를 들면, 「허찰원감몽금승 왕씨자인풍획도許察院感夢擒僧 王氏子因風獲盜」에 나오는 염상 왕록王祿은 "밤낮으로 즐겁게 노래하고 술과 여색에 빠져 무절제하게"328 지내다가 일순간 황천길로 간다. 「정조봉단우무두부 왕통판쌍설불명원程朝奉單遇無頭婦 王通判雙雪不明冤」에 나오는 상인 정조봉은 훗날 한 억울한 송사에 휩쓸려 갖은 고통을 다 겪는다. 「장흥가중회진주삼蔣興哥重會珍珠衫」 속의 상인 진상은 훗날 혼자 병으로 죽고 그 아내는 개가한다. 「향채근교장간명부香菜根喬裝奸命婦」의 진주 파는 객상 구계수邱繼修는 훗날 사형에 처해진다. 「오랑망의원중화 간곤교시운리수吳郎妄意院中花 奸棍巧施雲裏手」에 나오는 염상 오이휘는 훗날 은자도 잃고 소송까지 당한다. 「옥당춘낙난봉부玉堂春落難逢夫」에 나오는 상인 심홍은 훗날 아내에게 독살되고, 「두십랑노침백보상杜十娘怒沉百寶箱」 속 염상의 자제 손부는 훗날 놀라서 죽게 되며, 『금병매』의 서문경은 음약淫藥을 먹고 반금련과 관계한 후 죽게 된다. 이런 등등의 사실은 명대 문인

328 日夜歡歌, 酒色無度.

이 얼마간 사회의 편에 서서, 지나치게 여색을 밝히는 상인들을 반대하는 도덕적 입장에 서 있음을 드러내고 있다.

하지만 이와 동시에 우리는 마찬가지로 명대문학에서 여색을 좋아하는 많은 상인주인공들이 반드시 좋지 않은 결말로 끝나지는 않는다는 사실을 알아야 한다. 예를 들면, 「여대랑환금완골육呂大郎還金完骨肉」에 나오는 상인 여옥呂玉과 「서안부부별처 합양현남화여西安府夫別妻 郃陽縣男化女」 속의 상인 이양우李良雨는 모두 기생집에 출입하다 건강을 해지지만 마지막에는 오히려 행복하고 아름다운 결말에 도달한다. 「증지마식파가형 힐초약교해진우贈芝麻識破假形 擷草藥巧諧眞偶」[329]에 나오는 상인 장생蔣生은 비록 한때 사람모양을 한 귀신인 구미호에게 걸려들지만 훗날 몸이 회복되었을 뿐만 아니라 오히려 마음에 두었던 사람과 부부의 연을 맺게 된다. 「매유랑독점화괴賣油郎獨占花魁」에 나오는 기름 장수 진중秦重은 일세를 풍미한 명기와 맺어져 더욱 아름답고 원만한 혼인을 하게 된다. 「노몽선강상심처盧夢仙江上尋妻」에 나오는 염상 사계謝啓는 풍류를 즐기는 호색한이지만 오히려 예쁜 여자와 놀아나는 염복을 다 누린다. 이와 같은 등등의 사실은 여색을 밝히는 상인에 대해 명대문인들이 송원문인보다 더욱 너그러웠음을 드러내고 있다.

더욱 너그러웠을 뿐만 아니라 명대문인들은 일부 작품에서는 여색을 밝히는 상인들을 낭만적인 영웅으로 묘사하기도 하면서, 어쩔 때는 행복하고 아름다운 결말로 끝을 맺기도 하고 어쩔 때는 상인들을 적극적으로 칭송하기도 하였다. 이런 작품들은 이전 시대 문학에서는 일찍

329 『二刻拍案驚奇』권29.

이 출현한 적이 없는 명대문학의 새로운 동향 및 이전 시대 문학에 대한 새로운 진전을 대표하므로 특별히 우리의 주목을 끌만하다.

명초 구우瞿佑의 『전등신화剪燈新話』 권1에는 한 낭만적인 전기 「연방루기聯芳樓記」가 수록되어 있는데, 상인집안의 두 딸 설씨薛氏 자매가 주도적으로 대담하게 젊은 상인 정생鄭生과 외도하는 것을 다음과 같이 묘사하고 있다.

정생은 젊은 나이지만 바탕이 온화하고 기품 있고 우아한 성격이었다. 여름날 달빛아래 뱃머리에서 목욕하는데 두 여자가 창틈으로 그를 엿보다가 여지荔枝 한 쌍을 내려 보냈다. 정생이 비록 그 뜻을 이해했지만, 우러러보니 용마루가 날아갈 듯 높이 솟은 집이 아득히 하늘까지 닿았으니 몸에 날개가 없다면 닿을 수 없는 곳이었다. 이윽고 밤이 더욱 깊고 고요해져 달은 지고 은하수의 별들도 기우니 온 세상이 적막한데 장생은 누군가를 기다리듯 뱃전에 우두커니 서 있었다. 갑자기 다락집 창문에서 침묵 속에 소리가 나서 주위를 돌아보니 두 여자가 그네줄에 대바구니를 달아 그의 앞에 떨어뜨려 정생이 이를 타고 올라갔다. 이윽고 서로 만나게 되자 말할 수 없이 기뻐서 손잡고 침실로 들어가 깊은 정을 나누었다. (…중략…) 새벽이 되자 정생은 다시 대바구니를 타고 내려왔다. 이로부터 밤마다 만나지 않는 날이 없었다.[330]

330 生以青年, 氣韻溫和, 性質俊雅. 夏月於船首澡浴, 二女於窗隙窺見之, 以荔枝一雙投下. 生雖會其意, 然仰視飛甍峻宇縹緲於霄漢, 自非身具羽翼, 莫能至也. 既而更深漏靜, 月墮河傾, 萬籟俱寂, 企立船舷, 如有所俟. 忽聞樓窗啞然有聲, 顧盼之頃, 則二女以秋千絨索, 垂一竹兜, 墜於其前, 生乃乘之而上. 既見, 喜極不能言, 相攜入寢, 盡繾綣之意焉 (…中略…) 至曉, 復乘之而下. 自是無夕而不會.

상인의 딸들이 젊은 상인의 목욕하는 모습을 훔쳐보는 장면은 오감을 자극하는 의미가 넘쳐나니, 로렌스의 『채털리 부인의 연인』에서 채털리 부인이 숲속에 사는 어느 남자가 목욕하는 장면을 훔쳐보는 것을 연상시킨다. 내려 보낸 한 쌍의 여지荔枝 또한 지극히 풍부한 상징적 의미가 있어 다층적으로 이해할 수 있다. 정인情人을 데려오기 위해 그녀들이 설계한 방법도 상당히 독특하며 운치가 있다. 요약하면 이는 한 편의 로맨틱한 청춘극으로, 즐겁고 유쾌하며 명랑한 분위기로 가득 차 있어 『데카메론』 중의 유사한 작품을 연상시킨다. 외도 과정에 대한 이런 종류의 낭만적 묘사에는 이미 그것을 긍정하고 감상하는 저자의 태도가 함축되어 있다. 뿐만 아니라 훗날 작자가 그들을 위해 설계한 아름다운 결말, 즉 설씨 자매의 부친이 열린 마음으로 그들을 도와 일을 성사시켜 두 딸을 모두 정생에게 시집보내는 것은 상인의 낭만적인 전기傳奇에 대한 저자의 적극적인 긍정을 반영하고 있다.

물론 중국문학의 전통에 근거하면, 미혼인 청년 남녀 간의 밀애는 여전히 어느 정도 너그럽게 받아들일 수 있는 것이다. 가령 송원문학에서조차도 한편으로는 여색을 밝히는 상인을 매우 심각하게 비난하면서도 동시에 상인 자제의 순진한 사랑에 대해서는 긍정하고 있다. 이 때문에 이와 대조적으로 상인들의 불륜을 묘사하면서도 이를 오히려 동정적으로 포용하고 감상하는 태도를 보이는 명말에 출현한 몇몇 작품들은 더욱 주목할 만한 가치가 있다.

「황환지모색수관형黃煥之慕色受官刑」[331]에 나오는 휘상徽商 황금색黃金色은 풍류를 즐기는 다정한 젊은이다. "성은 황씨, 이름은 금색이고

331『歡喜冤家』 제22회.

별자別字는 환지煥之며, 올해 스물한 살로 휘주 휴령休寧 사람이다. 좌씨左氏를 아내로 삼으려 했는데 아직 혼사를 치르지 못해 먼저 애첩인 임원화林苑花를 집으로 들였다."[332] 열여덟 살에 항주杭州 임평진臨平鎭에 있는 전당포에 들어가서 "지금은 물주銀主"가 되었다. "미모의 젊은이로 용모가 준수하고 우아하며 무리 중에 뛰어났다. 기개가 있고 풍류를 즐기니 아름답구나! 온축蘊蓄된 바탕이여."[333] 한 번은 그가 관음회觀音會 때 비구니절인 명인사明因寺로 놀러 갔는데, "불전 앞에 도착해 우연히 손님을 맞이하는 지객승知客僧을 보고 바보처럼 취한 듯 홀려 불전 모퉁이를 서성거리며 돌아갈 줄 몰랐다."[334] 성공性空이라는 이름의 지객승과 외도하기 위해 그는 먼저 방법을 강구하여 성공의 사부인 본공本空과 정을 통했고, 운정암雲淨庵의 젊은 비구니인 요범了凡과도 사통한 후 마지막으로 지객승 성공과 통정했다. 뜻밖에도 비구니와의 외도가 건달들에게 들통 나서 항주부에 끌려가 곤장 이십대를 맞게 되니 "항주부 대문 밖에서 목에 칼을 찬 모습을 보려고 구경하는 사람들이 인산인해를 이루었다."[335] 다행히도 나중에 그의 매부이자 지객승의 남동생인 전원田元에 의해 구해져서 겨우 치욕을 면할 수 있었다.

> 이에 연회를 연다는 소식을 전해 함께 모여 기쁘게 축하했다. 환지煥之는 몰래 요범了凡에게 머리를 기르고 환속하게 함으로써 자신과 함께 고생한

---

332 我姓黃, 名金色, 別字煥之, 年已二十一歲, 徽州休寧人氏. 娶妻左氏, 尙未成婚, 先收愛妾林苑花在家.

333 美貌少年, 俊雅超群, 慷慨風流, 美哉蘊藉.

334 一到殿前, 偶見知客, 如醉如癡, 在殿角頭踱來踱去, 那里肯回?

335 枷號於府門之外, 看者排山塞海而來.

정에 보답했다. 일 년여가 지나 처性空와 첩了凡을 데리고 휘주에 가서 부모님께 인사 드렸다. 임원화林苑花는 오랫동안 남편을 보지 못해 진귀한 보물을 얻은 것처럼 기뻐했다. 환지는 나중에 분발하여 부지런히 공부해 휘주부학徽州府學에 들어갔다. 훗날 다시 항주에 가서 명인사明因寺의 본공本空과 현공玄空 및 운정암雲淨庵의 나이든 비구니까지 후하게 대접했다. 호사가가 지은 「금잠전기金簪傳奇」가 세상에 전하는데, 내가 지금 이를 기록해 「옥잠기玉簪記」로 이름하여 세상에 함께 전하면 한 쌍의 아름다운 작품이 될 수 있을까?[336]

세 명의 비구니와 통간한 한 상인, 불륜으로 칼이 씌워져 대중 앞에 끌려 나온 자가 이처럼 행복한 결말에 도달해 작자의 찬사와 인정을 받는 것으로부터 저자의 태도를 어렵지 않게 간파할 수 있다. 저자는 색을 밝히는 젊은 상인의 편에 서서 그의 비윤리적인 외도와 만남에 공감을 표시하고 있으니, 이는 전통적인 비난의 태도와 확실히 상반된다.

또한 「괴이관편낙미인국乖二官騙落美人局」[337]같은 작품은 두 명의 상인과 한 상인 부인 사이에 벌어진 애정 갈등을 묘사하면서 불륜에 대한 찬양과 긍정을 드러내고 있다. 명대의 천계天啓 신유辛酉년 간에 항주부 여항현餘杭縣의 상인 왕소산王小山은 나이가 이미 오십인데도 스물 두 살의 "풍류가 출중하고 용모가 꽃다운"[338] 아내를 후처로 맞았

336 於是開聞喜筵, 團圓歡慶. 煥之密令了凡蓄發, 以報同他受罪之情. 又過年餘, 一妻(性空)一妾(了凡), 隨到徽州, 拜見父母. 那林苑花多年不見丈夫, 如得珍寶一般. 後奮志攻書, 進了徽州府學. 後復往杭州, 厚贈明因寺本空, 玄空, 並雲淨庵老尼. 好事者作『金簪傳奇』行於世, 予今錄之, 與『玉簪記』並傳, 可爲雙美乎?

337 『歡喜冤家』 제9회.

338 風流出衆, 月貌花容.

다. 그런데 왼편에 사는 이웃 장이관張二官은 "풍류를 매우 즐기고 돈도 있으며"[339] 마침 스물두 살의 결혼할 나이인데도, "집안에서는 망문과(望門寡 : 정혼한 뒤 신랑이 죽어서 결혼을 못한 과부)를 아내 될 사람으로 정해 혼인을 기다리고 있었다."[340] 한편, 왕소산은 "젊은 여자를 아내로 삼아 폐백비財禮로 스무 냥을 얻었는데, 축하연을 여는 비용으로 오히려 삼십금 이상을 썼다. 본래 향・초・종이・지마紙馬・기름・소금・잡화 등을 파는 작은 가게를 하고 있는데 돈을 써버려서 자금은 부족해지고 생활비만 늘었으니 가게에 쓰는 장씨만 있고 버는 이씨는 없는 격이어서, 보아하니 가게를 계속하지 못할 것 같았다."[341] 이에 왕소산은 어리석은 꾀를 하나 생각해냈다. 그는 장이관의 약점을 잘 알고 있었기 때문에 아내에게 장이관을 유혹하여 동업자로 가게에 투자하도록 한 것이다. "사람은 착한데 아름다운 부인만 보면 멍청해지거든."[342] 장이관은 풍류를 즐기는 사람으로, "유이저劉二姐의 외도를 노래한 산가山歌"를 즐겨 보며, "외도는 역시 두건을 두른 사람帶巾兒人이 잘한다"[343]고 주장하곤 했다. 어느 날 그는 이랑二娘의 "아름다운 얼굴"을 한번 보고, "진짜 보물을 본 것 같아"[344] "물 한 그릇을 뚝딱 뱃속에 삼켜 넣었으면 하였다."[345] 결국 왕소산의 꼬임에 넘어가 그는 삼백냥을 투자해 왕소산과 가게를 동업하기로 동의했으니 왕소산은 목적을

339 爲人極風流有鈔.
340 自家定了一個妻室, 正待完婚, 又望門寡了.
341 娶這位娘子, 財禮止得二十兩, 置辦酒筵開費倒去了三十餘金. 原開著香燭紙馬油蓋雜貨一個小店兒, 去了這塊銀子, 乏本添生, 以致店中有張沒李, 看看不像起來了.
342 人是乖的, 見了標致婦人, 便要渾了.
343 若論偸情, 還是帶巾兒人在行.
344 便如見了珍寶一般.
345 恨不得一碗水吞他在肚裏.

달성한 셈이었다. 하지만 득의양양한 바로 그 순간에 왕소산은 사정이 잘못되기 시작한 것을 발견했다. 그가 원래 아내에게 요구한 것은 장이관의 욕정을 불러일으켜 냄새는 맡게 하되 먹지는 못하게 하라는 것이었다. 그런데 장이관의 끊임없는 공세에 이랑 자신도 장난이 진짜로 변해 오히려 장이관의 진심에 마음이 흔들린 것이다.

> 그 부인은 비록 남편의 말에 따라 그를 유혹했지만 정말로 마음이 움직였다. (…중략…) 장이관에 대해 마음속으로 '이 사람은 나와 나이도 같고 사람도 재미있다'고 생각했다. (…중략…) 이랑은 날마다 곱게 화장하고 매번 이관을 바라보았다.[346]

한편 장이관이라는 사람도 또한 불륜지상주의자로서 '이 음탕한 부인이 정말 사람을 죽여주는 군'[347] '사람의 생사와 부귀는 모두 전생에서 정해진 것이니 어찌 이 숱한 일들을 두려워하겠어'[348]라고 생각했다. 이에 장이관은 마침내 이랑과 정을 통해 아이도 한 명 낳게 되었다. 왕소산은 분명 이를 알고 있었지만 또한 어쩔 수가 없었다. 이랑의 마음은 이미 장이관에게 넘어가 별별 궁리를 다하여 재산도 몰래 장이관에게 넘겨 버렸다. 장이관은 이 재산으로 가게를 열어 왕소산의 손님을 다 빼앗아 가 버렸다. 왕소산은 부인도 잃고 군사도 잃은 꼴이 되어 화가 나서 갑자기 죽었다. 그러자 이랑은 아예 장이관에게 시집 가

---

346 那婦人, 雖然是丈夫教唆著他, 實實的動著眞火了 (…中略…) 心下想著張二道 : '此人年紀與我相同, 做人有趣.' (…中略…) 那二娘日日打扮得十分俏麗, 每每看著二官.

347 這般一個騷婦人, 眞眞令人死也.

348 人之生死窮通, 都是前生注定的, 那里怕得這許多.

"두 가게의 물건을 한 곳으로 합친 다음 오래오래 부부로 잘 살았다."[349] 상인간의 애정 갈등을 묘사한 이 희극적 이야기에서 저자는 확실히 젊은 상인과 상인 아내의 편에서 공감하면서 어리석고 탐욕스런 왕소산을 비웃고 있다.

> 왕소산에 대해 말하자면, 처음에 그는 아내로 미인계를 써서 장이관을 속여 삼백냥의 본전을 가지려고 했는데, 아내까지 그에게 주게 될 줄 누가 알았겠는가? 결국 그는 장위관을 위해 한바탕 헛수고만 하였으니 "오로지 한가위 달만을 탐하다가, 오히려 쟁반 위의 반짝이는 보석을 잃은 격"이라고 하겠다.[350]

부인도 잃고 병사도 잃고 결국에는 수치스러움 속에서 왕소산을 죽게 했으며, 동시에 작자는 이랑의 아름다움과 요염함, 장이관의 풍류와 다정함, 그리고 그들 간의 불륜과 외도를 찬성하고 감상하는 필치로 묘사하면서 게다가 그들에게 행복하고도 아름다운 결말을 선사했다. 이를 통해 저자의 도덕적 관점이 전통적인 관념과는 전혀 다름을 명확히 알 수 있다. 저자는 젊은 상인과 상인 아내의 불륜과 외도를 긍정하면서 이것이 늙음과 탐욕에 대한 청춘과 애정의 승리라고 여긴다. 송원 문학의 「장객부구張客浮漚」, 「정사처자鄭四妻子」, 「지성장주관志誠張主管」과 같은 비극적인 작품을 회상하면 이는 정말 같은 하늘 아래 논할 수 없는 것이다.

---

349 把兩間店物件並了一處, 倒做了長久夫妻.

350 只說王小山, 初然把妻兒下了一個美人局, 指望騙他這三百兩本錢, 誰知連個妻子都送與他, 端然爲他空辛苦這一番. 正是 : "一心貪著中秋月, 失卻盤中照乘珠."

또 「구봉노정건사개瞿鳳奴情愆死蓋」[351]와 같은 작품도 상인의 외도를 묘사한 이야기인데, 비록 남녀 주인공의 결말은 아주 불행하지만 그들의 애정이 오히려 죽음을 통해 승화되고 있어 이 또한 불륜적 사랑에 대한 저자의 공감과 긍정적인 태도를 반영하고 있다고 하겠다. 이 이야기는 교역이 발달한 어떤 큰 마을에서 발생한 것으로, 남자 주인공은 이미 장가를 가 아들까지 있는 손삼랑孫三郎이라는 젊은 상인이고, 여자 주인공은 "쌀장사를 전업으로 하여 막대한 재산을 모은"[352] 상인의 미망인 방씨方氏와 그 딸 봉노鳳奴다. 방씨는 젊은 나이에 과부가 되어 정욕을 억제하기 어려워 "유한한 세월에 일 년 또 일 년이 지나며 다시 오지 않을 청춘을 그저 안타까워했고, 끝없는 번뇌가 한 가지 또 한 가지 늘면서 야흥野興이 빈번해졌다."[353] 그녀의 인생철학 또한 욕망의 만족을 추구하는 것이어서, "평범한 사람살이에 백가지 즐거운 일들은 다 가짜고, 오직 부부가 함께 사는 것만이 비로소 진정한 즐거움"[354]이라고 여겼으며, "사람이 살아야 한 평생이고, 풀은 살아봤자 가을이면 시드니, 진짜 유쾌한 삶을 도모하지 않으면 인생을 헛 사는 것"[355]이라고 생각했다. 손삼랑이 유혹하자 그녀는 맞장구치며 그와 외도하기 시작했다. 그녀는 시간이 오래되면 얼굴도 쇠하고 애정도 시들까 두려워 딸도 붙여 손삼랑과 엮어서 영원한 쾌락을 도모했다. 뜻밖에 나중에 일이 발각되어 마을 관리가 구봉노에게 다른 배우자를

---

351 『石點頭』 제4권.

352 專於販賣米穀爲業, 家貲巨萬.

353 只可恨有限的歲月, 一年又是一年, 青春不再; 無邊的煩惱, 一種又是一種, 野興頻來.

354 太凡人世, 百般樂事, 都是假的; 只有夫妻相處, 才是眞樂.

355 人生一世, 草生一秋. 若不圖些實在的快活, 可不是妄投了這個人生?

택해 주도록 판결해서 마침내 마을의 큰 부자인 장감생張監生에게 시집가게 되었다. 봉노는 원래 손삼랑의 유혹에 넘어간 것이긴 했지만 나중에는 오히려 손삼랑을 사랑하게 되어 자신이 먼저 개가하지 않기로 마음을 정했기 때문에 혼인한 후에도 절대로 장감생과 동침하려하지 않았다. 손삼랑은 봉노의 진심에 감동하여 결국 스스로 자신을 거세함으로써 봉노에 대한 자신의 충심을 표현한다. 훗날 손삼랑은 이로 인해 죽게 되고 봉노 역시 사랑하는 사람을 따라 스스로 목매 달아 죽는다. 시정 상인의 외도를 다룬 우스꽝스런 골계극임에도 오히려 마지막에는 사랑으로 인한 비장한 죽음으로 끝을 맺었다. 이 뿐만 아니라 두 사람이 죽은 후 화장할 때에도 다음과 같은 기이한 일이 발생한다.

> (봉노가) 이미 다 불태워졌는데, 오직 가슴 앞의 한 부분이 남아 소실되지 않았다. 서너 치 길이의 한 남자모습을 이루어 얼굴과 옷차림이 마치 손삼랑의 형상과 같았다. 돌인가 하여 때려보았지만 깨뜨려 지지 않았고 금인가 하여 불살라 보았지만 녹지 않았다. 무엇보다 이상한 것은 손삼랑이 며칠 먼저 죽어 마침 그날도 화장을 했는데 (…중략…) 가슴 앞의 한 부분이 태워지지 않았으니 바로 봉노의 형상이었던 것이다.[356]

이 소설이 여타의 작품과 다른 점은 정욕으로 충만한 상인 계층의

356 (鳳奴) 盡已焚過, 單剩胸前一塊未消, 結成三四寸長一個男子, 面貌, 衣折, 渾似孫三形像. 認他是石, 卻又打不碎; 認他是金, 卻又燒不烊. 可煞作怪, 孫三郎先死多時, 恰好也在那日燒化 (…中略…) 胸前一般也有一塊燒不過的, 卻是鳳奴形狀. 이 대목은 陶輔의 「心堅金石傳」(『花影集』 권3)에서 가져온 듯하다. 거기에도 비슷한 대목이 있다. 이 소설은 나중에 何大掄의 『燕居筆記』, 작자 미상의 『繡穀春容』 및 풍몽룡의 『情史類略』등에도 수록되어 있다.

불륜과 외도를 묘사한 데 있지 않으며, 또 청춘 남녀 간의 뼈에 사무친 사랑을 묘사한 데도 있지 않다. 그것은 뜻밖에도 이 두 가지를 하나로 합쳐 불륜으로 시작하여 사랑으로 끝을 맺었다는 데 있으니, 이는 이전과 당시의 단편 백화소설에서도 매우 드문 일이다. 이런 독창적인 구상은 설령 정욕으로 충만한 불륜과 외도라도 또한 아름다운 사랑으로 전환되거나 승화될 수 있고, 혹은 뼈에 사무치는 로맨틱한 사랑도 정욕 가득한 불륜과 외도에서 시작될 수 있다는 저자의 생각을 드러내고 있는 듯하다. 요컨대, 감정과 정욕이 완벽하게 하나로 결합할 수도 있는 것이다. 그리고 일단 감정과 정욕이 완벽하게 결합되기만 한다면, 윤리에 어긋나는 사랑도 더 이상 '불륜'이 아니고 인정상으로나 도리상으로도 가장 적합한 어떤 것으로 전환된다는 것이다. 이런 관점은 불륜과 외도를 일률적으로 나쁜 것으로 보는 관점과는 아주 다른 것으로, 비록 손삼랑과 봉노가 좋은 결말에 도달하지는 못했지만 실제로는 저자가 최종적으로 오히려 그들을 동정하고 긍정한 것임을 쉽게 알 수 있다. 이는 여색을 밝히는 상인을 한결같이 비난하는 송원 문학의 태도와 선명한 대조를 이루고 있다.

(6)

불륜과 외도에 대한 유사한 태도가 상인 부인에 대한 표현에서도 나타난다.

정욕에 충만한 상인 부인의 세계는 이미 송원문학에서 표현되었다. 남편이 오랫동안 밖에 나가 장사해서 성욕을 만족시키지 못한 상인 아내들은 좋은 시절이 헛되이 지나가는 것을 원치 않아 주도적으로 자신이 좋아하는 남자에게 몸을 맡겨 외도라는 금단의 열매를 훔치도록 스스로를 내버려 두었다. 하지만 외도하는 상인 아내들을 좋아하지 않는 듯한 송원 문인들은 항상 그녀들에게 어두운 장면과 불행한 결말을 배치하여 스스로의 정욕을 위해 목숨을 바치도록 했다.

명대 문학에도 마찬가지로 비슷한 경향의 작품이 있다. 외도한 상인 아내들은 자주 좋은 결말에 도달하지 못하고 그들의 불륜과 외도 역시 흔히 상당히 어둡게 묘사된다. 예컨대, 「옥당춘낙난봉부玉堂春落難逢夫」에서 산서山西 상인 심홍沈洪의 아내 피씨皮氏는 "참고 견디지 못해" 불륜을 저지르고 주도적으로 성적 만족을 추구한다.

> 한편 심홍의 아내 피씨는 어느 정도 미모가 있어 비록 서른이 넘었지만 이팔청춘보다도 요염했다. 평소에 남편이 어리석고 둔해 풍류를 즐길 줄 모르는 걸 싫어하는 데다, 또 밖에 나가는 날이 많고 집에 있는 날이 적으니 성욕이 아주 강한 피씨는 참고 견딜 수가 없었다.[357]

이에 그녀는 옆집의 감생監生 조앙趙昂과 정을 통하고 집안의 재산까지 정부情夫에게 보태준다. 하지만 그녀는 일이 너무 지나쳐 남편이 돌아와 따져 물을 때 대답할 말이 없을까봐 마침내 악랄한 방법으로 남편을 죽이려고 모의한다. 결국 그녀는 좋은 결말을 맺지 못하고 조앙과 함께 처형된다.

---

357 且說沈洪之妻皮氏, 也有幾分顏色, 雖然三十餘歲, 比二八少年, 也還風騷. 平昔間嫌老公粗蠢, 不會風流, 又出外日多, 在家日少, 皮氏色性太重, 打熬不過.

또한 공안소설 속 상인 아내들의 외도와 그로 인해 발생하는 각종 사건 같은 것들도 상당히 인기 있는 소재였다. 예를 들면, 『포룡도판백가공안包龍圖判百家公案』의 제8회 「판간부오살기부判奸夫誤殺其婦」(『용도공안龍圖公案』 권7 「투속삼승미鬥粟三升米」와 같음)와 제9회 「판간부절도은냥判奸夫竊盜銀兩」(『용도공안』 권3 「음구적陰溝賊」, 『황명제사염명기판공안전皇明諸司廉明奇判公案傳』 권상 「오현존변인간절은吳縣尊辨因奸竊銀」, 『명공안단법임작견名公案斷法林灼見』 권1 「순고변간詢故辨奸」 등과 같음), 제36회 「손관모살동순부孫寬謀殺董順婦」(『용도공안』 권3 「살가승殺假僧」과 같음) 등은[358] 모두 그런 소재를 다룬 이야기다. 『포룡도판백가공안包龍圖判百家公案』 제17회 「신황인원참백견伸黃仁冤斬白犬」과 제88회 「노견변작부주지괴老犬變作夫主之怪」는 상인 아내들의 외도를 짐승 모양을 한 요괴와 성교(초자연적 방식을 취한 것은 『요재지이聊齋志異』와 같은 이야기의 효시이다)하는 기이한 이야기로 바꾸어 상당히 어둡게 표현하였고 그 결말 또한 대체로 좋지 않다.

요약하면, 위에서 말한 송원과 명대의 이런 이야기들은 그 결말이 대체로 다 상당히 극단적이다. 상인 남편이 그 아내와 정부情夫를 살해하거나 아니면 상인 아내와 그 정부가 남편을 살해하는 것이다. 혹은 상인 아내 본인이 정부를 죽여 입을 막거나 정부가 격한 분노로 인해 상인 아내를 살해하기도 한다. 총괄하면, 상인과 상인 아내는 결국 처절하게 갈라설 수 밖에 없을 뿐이며, 어떤 식으로든 그 관계를 회복할

358 「殺假僧」 고사의 유래는 오래되었으니 아마도 唐代로부터 기원한 것 같다. 『集異記』의 「宮山僧」(『太平廣記』 권365)에 보이고, 宋代를 거쳐 流傳하여 司馬光의 『涑水記聞』에도 보인다. 명대에 이르면, 馮夢龍의 『智囊』같은 문언 소설과 『拍案驚奇』 권36 「東廊僧怠招魔 黑衣盜奸生殺」과 같은 백화소설 및 『醒世魔』 傳奇 같은 희곡 등에서도 출현한다. 하지만 오직 『龍圖公案』에서만 이를 한 사람의 상인과 관련된 이야기로 바꾸어 상인 아내의 외도라는 주제를 표현했다.

여지가 없다. 이는 그 속에 여전히 작자의 보수적 관념이 체현된 것으로, 저자들이 용서할 수 없는 절대악으로 이와 같은 사건을 바라보았기 때문에 더욱 복잡하게 형상화될 수 없었던 것이다.

하지만 명대의 또 다른 몇몇 소설에서 우리는 더욱 복합적인 표현을 볼 수 있다. 이 작품들은 더욱 복잡미묘한 상인 아내의 모습을 형상화함으로써 단순히 이것이 아니면 저것이라는 식의 절대적 선택을 강요하지 않는다. 작품 속에서 저자는 더욱 깨어 있는 윤리 의식을 드러내며 외도하는 상인 아내에게 더 많은 공감을 표시하고 있다. 이런 소설의 경우 상인 아내들은 줄곧 자기 남편을 사랑하지만 다른 사람이 고의로 세운 계획 하에 어쩔 수 없이 자신의 정조를 잃게 된다. 그 후 자신의 성적 욕구 때문에, 혹은 자신의 성격상 약점으로 인해 도리어 유혹한 그 사람을 사랑하게 된다. 하지만 남편에 대한 그녀들의 애정이 이로 인해 결코 사라지지는 않는다. 그러므로 남편이 자신들 곁에 돌아오거나 혹은 정부의 문제점을 발견하면 그녀들은 여전히 정부와의 인연을 끊을 수 있으며, 혹은 자신의 진심에 따라 혹은 자신의 속죄 행위로, 또는 자신의 기지로 다시 남편의 애정을 얻게 된다. 그 중 어떤 사람은 또한 아름다운 새 생활을 시작할 수도 있다. 분명한 것은 그녀들의 형상이 이미 단순한 시비선악의 관념을 초월하여 살아있는 인간으로서의 복합성을 지니고 있다는 것이다. 따라서 그녀들이야말로 상인 아내를 묘사한 형상 중에서 가장 진실성 있는 부류라고 말할 수 있다. 마침내 상인 아내의 세계를 형상화한 고전문학에서 중세 시가의 '정제正題'와 근세 소설 및 희곡의 '반제反題'를 넘어 하나의 '합제合題''의 단계에 도달한 것이다.

우리가 먼저 언급할 작품은 「장흥가중회진주삼蔣興哥重會珍珠衫」이다. 이 작품 속 여주인공 삼교아三巧兒는 상인 장흥가蔣興哥와 결혼한 후 부부 사이가 매우 좋았다. 남편이 밖에 나가 장사를 하게 된 후 그녀는 비록 매우 고뇌하며 남편을 기다리면서도 줄곧 수정처럼 순결한 몸을 지켰다. 훗날 또 다른 상인의 의도적인 계획으로 인해 그녀는 어떤 잘못도 없이 간통을 하게 된다. 이때 그녀에게 오랫동안 억제되었던 정욕이 폭발했고, 게다가 그를 유혹한 상인도 꽤나 괜찮은 사람이어서 그녀는 자신을 유혹하여 관계한 그 남자를 사랑하게 된다. 나중에 그녀의 남편이 집으로 돌아와 뜻 밖에 그녀의 외도를 발견하고 분에 겨워 그녀를 쫓아낸다. 그녀 역시 자신의 행위를 매우 부끄럽게 여겨 자살을 시도하지만 성공하지 못하고, 나중에는 한 관리의 첩으로 시집가게 된다. 그 후 장흥가가 어떤 송사에 연루되었을 때 그녀는 옛 남편에 대한 사그라지지 않는 애정에서 출발하여 현재의 남편에게 부탁해 장흥가를 송사에서 벗어나도록 해 준다. 현 남편이 그녀와 장흥가의 관계를 알게 된 후 장흥가에게 그녀를 돌려보내니, 곡절 많은 속죄 과정을 거쳐 그녀는 다시 남편 곁으로 돌아와 새로운 부부생활을 시작한다. 이 소설에서 가장 놀라운 점은 삼교아라는 상인 아내의 형상이 이토록 완벽하도록 진실하게 형상화될 수 있었다는 것이다. 그녀는 먼저 자신의 남편을 사랑했고, 나중에는 자신을 유혹한 사람을 사랑하게 되었지만 동시에 또한 남편에 대한 사랑을 여전히 유지했다. 그녀는 자신의 감정에 충실한 여자였기 때문에 독자의 이해와 용서를 쉽게 구할 수 있었다고 말할 수 있다. 또 바로 이 점으로 인해 그녀는 훗날 "엎질러진 물을 다시 담는" 결말을 맺을 수 있었다. 하지만 이전 시기 문학 작품에서는 상인 아내가 불륜을 저지르고 남편에게 외도가 발각된 후에 "엎질러진 물을 다시 담아" 남편의 사랑을 다시 얻은 적은 없었다. 이는 작자가 삼교아라는 상인 부인의 편에 서서 그녀의 불륜적 사랑에 대해서도 이해와 공감을 보내는 자신의 도덕적 입장을 드러낸 것임을 간단히 알 수 있다.

「이월선할애구친부李月仙割愛救親夫」에서 우리는 비슷한 유형의 또 다른 상인 부인 형상을 발견할 수 있다. 작품 속 여주인공 이월선은 상인 왕문보王文甫와 결혼한 후 "물고기가 물을 만난 듯, 아교에 옻칠한 듯 매일 낮에는 웃고 즐기며 농담하고, 밤에는 봉황과 난새처럼 사랑을 나누며"[359] "두 부부가 하루 종일 즐거워했다."[360] 그러나 왕문보가 밖에 나가 장사하게 되자 그의 집에 입양된 의붓동생 장필영章必英은 먼저 시녀 홍향紅香을 유혹해 정을 통한 후 이월선을 나쁜 길로 끌어들인다. 이 때 이월선은 외도하는 다른 상인 아내들과 똑같이 주도적이고도 대담하게 정욕의 만족을 추구한다.

> 마음속에 정욕의 불길이 일어나자 (…중략…) 곧 억제할 수 없어 이런 생각이 들었다. '시동생과 형수가 정을 통하는 건 세상에 다 있는 일이니, 그와 몰래 만나면 짐작은 해도 아는 사람은 없을 거야.' (…중략…) '홍향은 한 배를 탄 사람이고 더 이상 아는 사람은 없을 테니 삶을 즐겨야지 절개는 무슨!'[361]

---

359 如魚得水, 似漆投膠, 每日裏調笑詼諧, 每夜裏鸞顛鳳倒.

360 夫妻二人, 終朝快樂.

361 心中一動了火 (…中略…) 便按捺不住起來, 想一想 : '叔嫂通情, 世間盡有, 便與他偸一偸兒, 料也沒人知道.' (…中略…) '紅香是一路人, 再無別人知道, 落得快活, 管什麽名節!'

하지만 그녀는 여전히 남편을 사랑해서 일 년 후 왕문보가 약을 팔고 집으로 돌아오자 "따뜻한 말로 부부가 서로 웃고 즐기다가 밤이 되면 여지없이 운우지정을 나눌"[362] 정도로 여전히 사이가 좋았다. 하지만 삼각관계를 유지하고자 했던 그녀의 노력은 장필영이 서너 차례 왕문보를 살해하려고 도모한 후에는 그런 잔혹한 현실로 인해 산산이 부서져 버렸고, 마침내 그녀는 장필영에 대한 사랑을 완전히 포기하게 된다. 훗날 그녀는 옥중에 갇힌 남편을 도와주기 위해 또 어쩔 수 없이 다른 남자에게 몸을 팔다가 그 남자를 사랑하게 된다. "두 달이 지나도록 매일 밤 껴안고 놀면서 물고기가 물을 만난 듯 아교에 옻칠한 듯 진짜 사랑을 나누며"[363] "하룻밤 사이에도 아름답고 화락한 때를 보냈다."[364] 그 남자는 득의양양하여 자신이 바로 장필영이고, 왕문보를 해치려고 모의했던 전후 경과를 다 말해버린다. 이월선은 당시에는 차마 말하지 못하고 있다가 다음 날 바로 장필영을 고발해 왕문보를 억울한 감옥살이에서 벗어나게 한다. 바로 그 장필영과 다시 한 번 "아름답고도 화락하게"지내는 것이 정상적이지 않다고 여긴 까닭에 그녀는 "옛사랑을 차마 버리지 못하고 남편을 구했割愛救親夫"으니 확실히 더욱 실행하기 어려운 소중한 일을 한 것이다. 그녀는 자신의 정부를 고발함으로써 자신의 남편을 구하고 지난날의 잘못을 속죄함으로써 다시 남편의 곁으로 돌아갔다. 그녀가 더욱 기지를 발휘하는 대목은 당초 장필영과 외도한 일을 끝내 그녀의 남편에게 감추는 것이다.

---

362 夫妻笑語溫存, 到晩, 二人未免雲情雨意.
363 過了兩個月日, 每夜盤桓, 眞個愛得如魚得水, 如膠投漆.
364 一夜間, 弄得暢美之際.

> 문보가 말했다. "현처賢妻께서는 어떻게 나의 목숨을 구할 수 있었소?" (…중략…) 술을 마시는 동안 월선은 정인情人과의 만남에 대한 말은 이야기하지 않고 나머지는 처음부터 끝까지 분명하게 다 얘기해 주었다. 문보는 손으로 하늘을 가리키며 말했다. "하늘이 알아보시고 나를 가련하게 여겨 아내에게 억울함을 씻어주라고 하시지 않았다면 나는 죽어 황천길로 갔을 터이니 이 억울함도 밝힐 수 없었을 게요!" 월선이 말했다. "상자 안에 아직 칠팔십 냥의 은자가 있으니 응당 우리 것이에요. 지금부터 집안을 재건해서 다시 편안하게 살아요."[365]

이월선은 정욕을 탐했지만 감정을 중시하고 기지도 잃지 않아서 여러 난관을 극복하고 결국 행복한 생활을 자신에게 되찾아 줄 수 있었다. 이 또한 단순한 시비선악 관념을 넘은 복잡미묘한 성격의 상인 아내 형상으로, 소설가의 성숙한 윤리 의식 및 인간의 정욕과 정감의 세계에 대한 통찰과 관용을 동시에 드러내고 있다.

「목지일진탁처기자木知日眞托妻寄子」[366]에서 소설가는 또 다른 상인 아내 형상을 만들어 내는 데 성공할 뻔했다. 다만 마지막 순간에 도덕적 의식에 대한 요구를 거역할 수 없어서 끝내 자기 노력의 전부를 다 쏟아 붓지는 못했다. 소설에 나오는 여주인공 정씨丁氏는 상인 목지일木知日의 아내로 "스물한 살의 꽃다운 용모를 가졌으며 온화하고 상냥하며 곱고도 얌전해서, 두 부부는 물고기가 물을 만난 듯 애정이 아주

---

365 文甫道: "賢妻怎生樣得救我的性命?" (…中略…) 飲酒之間, 只把七夕之言不講, 從根到底講一個明白. 文甫把手向天指道: "皇天有眼, 可憐我若不是妻子雪冤, 我死於九泉, 這冤也不得明白!" 月仙道: "箱中尙有七八十兩銀子, 每應是我們的. 如今重整家園, 再圖安享."

366 『歡喜冤家』 제19회.

깊었다."[367] 목지일은 밖에 나가 약재를 팔게 되자 집안일을 보살펴 달라고 친구 강인江仁에게 부탁했다. 뜻밖에도 강인은 사람의 탈을 쓴 짐승같은 놈이어서 목지일이 떠난 지 얼마 안 되어 목씨 집안의 재물을 훔쳤을 뿐만 아니라 정씨에 대해서도 예법에 어긋난 일을 도모했다. 정씨는 강인이 "불량한 마음을 품고 있다"는 것을 잘 알고 있어 줄곧 그를 엄격하게 대하며 경계했다. 그러나 강인은 여전히 의도적으로 계획을 세워 정씨가 깊이 잠 들었을 때 그녀를 강간한다. 일이 이렇게 되자 정씨는 아예 정조 관념에 대한 부담에서 벗어나 강인과 마음껏 외도한다. "이로부터 정씨는 중문을 닫지 않고 강인을 멋대로 집에 출입하게 했다."[368] 정씨의 변화에 사람들은 깜짝 놀라겠지만 자세히 생각해 보면 또한 아주 자연스러운 일이다. 원래 그녀가 강인의 무례한 행동을 엄하게 거절했던 까닭은 다만 정조 관념에서 비롯된 것에 불과하니, 일단 강인의 계획 하에 정조를 잃게 되자 그녀는 더 이상 이를 고려할 필요가 없어졌고, 오직 자신의 정욕과 본능에 순종하면 되었다. 정조 관념과 성적 본능 사이에서 머뭇거리는 이런 상인 부인 형상은 물론 당시에 '발을 잘못 디딘' 대다수 상인 부인에 대한 사실적인 묘사이다. 그녀들은 정조 관념을 위해 자신을 지키지만 일단 지킬 수 없다는 생각이 들면 바로 완전히 포기해 버린다. 하지만 정씨가 직면한 곤경은 비단 여기에 그치지 않았다. 남편이 돌아 와 그녀의 외도를 알게 되자 그녀는 자신의 행위에 대해 해명함으로써 남편의 양해 하에 자신이 "엎지른 물을 다시 담으려고" 시도할 필요가 있었기 때문이다. 이

---

367 只得二十一歲, 生得一貌如花, 溫柔窈窕. 夫妻二人如魚似水, 十分恩愛.
368 丁氏自此中門不閉, 任從出入家中.

때 그녀는 넘치는 기지를 발휘하여 자신을 유혹한 강인에게 모든 책임을 떠넘긴다.

> 그 사람이 나쁜 마음을 품고 일을 계획할 줄 누가 알았겠어요. 유월 초구일, 밤에도 날씨가 더워 방문을 닫은 채로 옷을 벗고 잤어요. 그 사람은 미리 침대 밑에 숨어 내가 깊이 잠든 것을 확인한 후 저를 강간했어요. 그때 소리를 지르려고 했지만, 제 몸은 이미 그에게 더럽혀져 버렸어요. 당시에 바로 죽는 게 옳았지만 두 아들을 챙겨 줄 사람이 없고 제가 죽으면 틀림없이 재산을 다 훔쳐 갈 거라고 생각해서 부끄러움과 치욕을 참고 당신이 오기만을 기다렸어요. 이제 마음이 놓이니 이 한 잔이 영원한 이별주가 되겠지요.[369]

하지만 우리는 그녀가 말한 것이 모두 다 사실은 아님을 알고 있다. 왜냐하면 그녀는 강간을 당하게 된 후 달가운 마음으로 기꺼이 계속 외도했던 사실을 숨기고 있기 때문이다. 다만 사실을 숨김으로써 자신의 곤경에서 벗어나고자 했던 그녀의 고충을 우리도 이해한다. 그녀는 매우 성공적으로 일을 처리하여 남편이 마침내 그녀를 용서하도록 한다. "지금 당신 말을 듣고 생각해 보니 다 사실이네요. 이치를 따지면 모두 죽어야 마땅하지만 저 놈의 계략으로 당신이 간통하게 된 것이니 진실로 당신 뜻은 아니잖아요. 당신도 이제 나쁜 마음 먹지 마세요. 내

369 誰知他計深心陰. 六月初九日, 夜間天熱, 赤身睡著, 房門閉的. 他預先伏於床下, 後知我睡熟, 被他奸了. 彼時要叫起來, 此身已被他玷汙了. 當時就該尋死方是, 我想兩個兒子無人管他, 一死之後, 家資必然偸盡, 含羞忍恥, 等待你歸. 今已放心, 這一杯是永訣酒了.

가 알아서 처리할께요."[370] 밤이 되자 정씨는 또한 남편을 사로잡기 위해 일부러 놓아 주는 척 했다.

> 정씨가 말했다. "수고하셨으니 이제 방에 들어가 편히 쉬세요. 저는 오늘 당신 곁에 같이 못 있겠어요." 지일知日이 말했다. "왜요?" 정씨가 말했다. "무슨 면목으로 다시 당신과 동침하겠어요?" 지일이 말했다. "괜찮아요. (…중략…)" 정씨는 하는 수 없이 남편 옆에 엎드려 잠이 들었다.[371]

나중에 강인이 미친 듯 날뛰자 그의 아내 방씨가 목씨 집으로 도망오니 정씨도 남편에게 똑같이 복수하라고 권하며 이 틈을 타 방씨와 관계를 가지라고 했다.

> 정씨는 술과 안주를 준비하여 손님을 맞이하는 예를 다 갖추었지만, 남편을 옆으로 데리고 와서는 이렇게 말했다. "저 여자 남편이 꾀를 내어 나를 함정에 빠뜨렸는데, 그 아내가 우리 집까지 왔으니 어찌 인과응보가 아니겠어요?"[372]

정씨는 남편도 방씨를 강간해서 자신의 죄책감을 줄이고 남편과 동등해짐으로써 남편의 징벌을 피할 수 있기를 바랐다. 하지만 도학자

---

370 今據汝言, 想來也是實的. 論理俱該殺死, 然這奸情出彼牢籠, 實非你意. 你今也不可短見, 我自有處.

371 丁氏道 : "你辛苦了, 進房安歇, 我今不得相陪了." 知日道 : "爲何?" 丁氏道 : "有何顔再陪枕席?" 知日說 : "不妨 (…中略…)" 丁氏只得伏侍丈夫睡了.

372 丁氏整治酒肴, 盡他客禮, 一邊扯了丈夫道 : "他丈夫用計陷我, 他妻子上門來湊, 豈不是個報應公案?"

같은 남편은 그녀의 말을 듣지 않았다. 외도를 들키고 난 후의 정씨의 여러 가지 행태를 두고 볼 때, 그녀는 확실히 혼신을 다해 해결 방법을 찾고 있어서 매우 가련하게 보인다. 우리도 그녀가 자신의 총명과 기지로 곤경에서 벗어나 다시 남편의 사랑을 얻을 수 있기를 희망한다. 그렇게 되면 그녀도 위에 서술한 삼교아와 이월선의 형상과 어떤 차이도 없을 것이다. 그러나 소설가는 도리어 정씨를 용서하고 싶지 않았던지 그녀를 귀신에 씌워 병에 걸려 죽도록 한다. 이는 실로 하나의 억지스러운 결말로 소설가는 여기서 자신의 도덕적 욕구를 충족시키고 있지만 소설가로서의 책임은 방기했다. 동시에 그는 원래 정씨를 더욱 성공적으로 형상화할 수 있었기 때문에 또 한 번의 성공의 기회를 놓친 것이다. 그렇긴 하지만, 설령 지금과 같다고 해도 정씨가 곤경에 처해 발버둥치는 모습은 우리에게 잊지 못할 깊은 인상을 주었다. 이는 외도를 한 작품 속 상인 아내에 대해 소설가가 한마디로 부정하지 않고 적지 않은 이해와 공감을 보여 준 데에 그 공을 돌려야 할 것이다.

요컨대, 명대문학은 상인 및 상인 아내의 성애 생활을 묘사함에 있어서 여전히 사회 도덕적 입장에 서 있는 상당히 진부한 견해로 가득 차 있지만, 실제 묘사되는 전체적 경향을 통해 보면 오히려 앞 시대 문학보다 더욱 깨어 있고 너그러운 태도를 보여주고 있다. 이는 명대 중후기에 성행했던 욕망을 긍정하는 진보적 사상 조류와 서로 부합한다. 정情과 욕欲은 송원 문학에서처럼 더 이상 그렇게 뚜렷이 분리되어 있지 않고, 불륜적 사랑도 반드시 액운을 당하거나 불행해 지는 것은 아니다. 아울러 남녀의 성애 관계에 있어서의 돈의 미묘한 작용과 불륜에 빠진 사람의 복잡한 심리 및 곤경에 대한 묘사는 이전에 없었던 섬세한 표현에 도달했다. 이상의 여러 방면에서 명대 문학이 도달한 성취는 후대의 청대문학에서도 성취하지 못한 것이다.

5) 상인의 사회적 처지에 대한 표현

송원문학은 각종 문학 양식, 특히 통속문학 양식을 이용해서, 상인이 장사하며 겪게 되는 위험과 그들이 처한 불공정한 사회 환경이 어떻게 상인에게 여러 가지 손해를 입히는지에 대해서 이미 광범위하게 표현했을 뿐만 아니라, 위험과 불공정한 사회 환경에 처한 상인에 대해서 인도주의적인 동정도 동시에 드러내고 있다.

명대문학은 한편으로는 송원문학을 계승하여 각종 문학양식, 특히 통속 문학양식을 계속 이용하면서 상인의 불행과 고통을 광범위하게 표현했고, 다른 한편 표현하는 범위와 경향성의 측면에서는 다소간 새로운 변화를 보여주며 명대문학의 신경향을 드러냈다.

(1)

송원문학과 마찬가지로 명대문학도 상인이 장사하며 겪는 각종의 위험을 묘사하고 있다. 명대문학이 송원문학과 다른 점은, 대부분 통속문학의 양식을 이용해 상인이 장사하며 겪는 여러 위험들을 표현했다는 것이다. 그러므로 송원문학과 비교하면 그 표현이 더욱 생동감이 있다.

상인이 장사할 때 노상, 뱃길, 검은 객점黑店(불법적이거나 나쁜 짓을 하는 가게), 검은 절黑寺 등에서 만나는 위험은 명대 단편 백화 소설과 공안 소설의 인기 있는 주제다. 「서차주승료겁신인 정예주명원완구안徐茶酒乘鬧劫新人 鄭蕊珠鳴冤完舊案」[373]속 한 이야기는 상인이 길에서 만날 수 있는 위험을 전형적으로 반영하고 있다. 하남河南 개봉부開封府 기현杞縣 출신의 객상 조신趙申과 전사錢巳는 "본전을 합해 소주와 송강에 함께 가서 장사 해 많은 이익을 남기고 이제 막 돌아가려고 하였다."[374] 어떤 지역을 지나는데 우연히 한 우물에서 구해달라는 소리를 듣고 두 상인은 서로 상의하여 그를 구해주기로 하였다. 이에 전사는 위에서 받아주고 조신은 우물에 내려가서 사람을 구했다. 원래는 모든 것이 다 순조로와 좋은 일 하나가 곧 이루어질 순간이었다. 하지만,

> 무릇 사람은 사심이 있어서는 안 되니, 사심이 한번 일어나면 곧 천리에 어긋나는 짓을 하게 된다. 처음 전사와 조신이 사람을 구하려고 상의한 것은 본래 좋은 마음에서였다. 순식간에 구해놓고 보니 미모의 여자여서 혼자 독차지하려는 마음이 일어나 이런 생각이 들었다. '만약 조신이 나오면 틀림없이 나와 다툴 것이니 여자를 독차지할 수 없을 거야. 하물며 그의 주머니 속 본전은 다 써버렸음에랴! 지금 그의 생사가 내 손에 달려 있으니 내가 그를 올려주지 않으면 이 여자와 봇짐 속 물건들은 다 내 것이 되겠지.' 나쁜 생각이 막 드는데 우물 아래에서 "왜 줄을 안 내려 줘?"라고 큰 소리로 말했다. 전사는 '그를 끝내버려!'라는 비뚤어진 생각이 들었다. 우물

373『二刻拍案驚奇』권25.
374 合了本錢, 同到蘇, 松做買賣, 得了重利, 正要回去.

옆에서 큰 돌 하나를 주워 와 우물 속을 향해 "내려간다"라고 외쳤다. 가련한 조신은 위에서 줄이 내려오기만을 간절히 바라고 있었으니 어찌 돌인 줄 알았으랴? 조심할 생각이 없었으니 피하지도 못해서 두개골을 맞고 즉시 머리가 깨져 죽었다. 아아. 슬프구나![375]

본래 두 사람은 장사에 함께 돈을 투자한 동료였는데 그 중 한 명이 우발적으로 나쁜 마음을 먹자 다른 한 명의 상인이 아무런 잘못도 없이 목숨을 잃었다. 장사를 함께 하는 동업자도 갑자기 죽이려는 마음이 생기는데 길을 떠도는 상인이 또 어떤 사람을 믿을 수 있겠는가? 위 소설은 이런 공포감을 몸서리치게 표현했다.

상인이 길을 가는 도중 마주치는 위험은 명대 공안 소설에서 가장 많이 묘사되어 하나의 중요한 주제가 될 정도였다. 예를 들면, 『포룡도판백가공안包龍圖判百家公案』 제21회 「멸고주적신객원滅苦株賊伸客冤」(『용도공안龍圖公案』 권2 「조환고객鳥喚孤客」과 같음), 제28회 「판이중립모부점처判李中立謀夫占妻」(『용도공안』 권7 「지음地窨」과 같음), 제32회 「실은자론오리패失銀子論五裏牌(『용도공안』 권8 「패하토지牌下土地」와 같음), 제38회 「왕만모병객인재王萬謀並客人財」, 제46회 「단모겁포상지원斷謀劫布商之冤(『용도공안』 권8 「목인木印」, 『국조명공신단상형공안國朝名公神斷詳刑公案』 권6 「서대순단창겁단객徐代巡斷搶劫段客」, 『명공신단명경공안名公神斷明鏡公案』 권3 「진풍헌판모포객陳風憲判謀布

375 大凡人不可有私心, 私心一起, 就要幹出沒天理的勾當來. 起初錢巳與趙申商量救人, 本是好念頭. 一下子救將起來, 見是個美貌女子, 就起了打偏手之心, 思量道 : '他若起來, 必要與我爭, 不能夠獨享; 況且他囊中本錢盡多. 而今生死之權操在我手, 我不放他起來, 這女子與囊橐多是我的了.' 歹念正起, 聽得井底下大叫道 : "怎不把繩下來?" 錢巳發一個狠道 : '結果了他罷!' 在井傍掇起一塊大石頭來, 照著井中, 叫聲 : "下去!" 可憐趙申眼盼盼望著上邊放繩下來, 豈知是塊石頭? 不曾提防的, 回避不及, 打著腦蓋骨, 立時粉碎, 嗚呼哀哉了!

客」과 같음), 제55회 「단강쾌이석포복斷江儈而釋鮑僕」(『용도공안』 권5 「홍의부紅衣婦」와 같음), 제60회 「구거와정득사시究巨蛙井得死屍」(『용도공안』 권2 「구입폐정龜入廢井」과 같음), 제87회 「와분자규굴지이瓦盆子叫屈之異」(『용도공안』 권5 「오분자烏盆子」와 같음),[376] 제96회 「도전론주록판관賭錢論注祿判官」과 『용도공안』 권1 「접적도接跡渡」, 『황명제사공안皇明諸司公案』 권1 「증대순판설이원曾大巡判雪二冤」, 권3 「웅주부착모인적熊主簿捉謀人賊」 및 『곽청라육성청송록신민공안郭青螺六省聽訟錄新民公案』 권2 「정중구출양명井中究出兩命」, 『해강봉선생거관공안海剛峰先生居官公案』 제44회 「가급제형모명탈재본假給弟兄謀命奪財本」, 『고금율조공안古今律條公案』 권1 「진부윤판문악복모주陳府尹判問惡僕謀主」(『명공안단법임작견名公案斷法林灼見』 권2 「복인동모가주僕人同謀家主」, 『국조명공신단상형공안』권1 「진부윤판악복모주陳府尹判惡僕謀主」와 같음), 『국조명공신단상형공안』 권6 「오추부단벽산창살吳推府斷僻山搶殺」, 「완현윤단강도로겁阮縣尹斷强盜擄劫」 등등은 모두 같은 주제를 묘사한 이야기다. 이런 공안 소설 속 이야기들은 대부분 서로 베낀 것이어서 각각 중복된 곳이 많이 있지만 저자와 독자는 오히려 피로함을 모를 정도로 이런 이야기를 즐겨서 이 주제에 대한 그들의 큰 관심을 반영하고 있다. 이런 류의 이야기들은 어쩌면 아무런 문학적 가치도 없겠지만, 명대 상인 생활의 위험을 묘사한 측면에서는 모종의 분위기와 환경을 조성하여 우리가 상인의 처지를 더욱 절실하게 이해하는 데 충분한 도움을 준다.

376 이 이야기의 기원은 자못 이른 편이어서 작자 미상의 戲文 「包待制判斷盆兒鬼」와 잡극 「玎玎璫璫盆兒鬼」 등 송원 희곡 중에 이미 출현했다. 청대에 이르러 京劇 「烏盆記」로 발전되어 石玉昆이 『龍圖耳錄』(「三俠五義」)에 편입시켰다. 본서 제3장 제2절 제2항의 관련 소개 부분 참조.

명대 문학에 자주 묘사된 행상 중 상인이 겪게 되는 위험은 특별히 물 위의 배에서도 발생한다. 가령, 당대唐代의 문언소설 「사소아謝小娥」 등에 근거해 창작된 「이공좌교해몽중언 사소아지금선상도李公佐巧解夢中言 謝小娥智擒船上盜」[377]는 상인이 물 위의 배에서 살해당하는 장면을 몸서리치도록 무섭게 표현하고 있다.

> 두 집안은 일가를 이루어 같은 배에 화물을 싣고 오吳와 초楚 사이를 왕래했다. 두 집안의 형제, 조카, 동복童僕 등 수십여 명의 사람들이 모두 배 안에 있었다. 무역은 순조로왔고 배에 실은 짐은 가득했다. 서너 해를 이와 같이 지내니 강호江湖의 사람들에게 사謝씨 집안의 배가 눈길을 끌었다. (…중략…) 그러던 어느 날, 배가 파양호鄱陽湖 입구에 이르렀을 때 해적들이 탄 몇 척의 배를 만났는데 그들은 각자 기구나 연장을 잡고 배 주위를 겹겹이 에워쌌다. 우두머리인 두 사람이 선두에 서서 배로 뛰어 넘어와 먼저 사옹謝翁과 단거정段居貞을 한 칼에 베어 죽였다. 이후 무리들이 일제히 움직여 다투어 죽여 대니 이 한 척의 배 안에서 어디 숨을 데가 있겠는가? 어쩌다 급히 선실 밖으로 도망친 사람들도 또한 해적선의 뱃사람들에게 죽임을 당했다. 간혹 물속에 뛰어든 사람들도 호수의 물살이 급해 전혀 살 방법이 없었으니 그저 죽기를 도모한 것에 불과했다. 사소아謝小娥는 다행히 미끄러지듯 빠져나가 해적들이 사람을 죽이는 틈을 타 황급히 스스로 방향키가 있는 곳으로 도망쳤지만 발을 헛디디어 물에 빠졌다. 해적들은 배에 있는 보물과 금과 비단을 모조리 챙겨 가져가 버렸고 시체들을 호수에 던져 버린 후 배를 버리고 떠났다.[378]

---

377 『拍案驚奇』 권19.

손에 땀을 쥐게 하는 이 단락의 묘사는 도망갈 데가 없는 물 위 배에서의 위험을 아주 잘 표현했다. "이 한 척의 배 안에서 어디 숨을 데가 있겠는가?"라는 표현은 물길을 가는 배안에서의 위험을 잘 설명하고 있다. 도망갈 곳이 없는 이런 위험에 자주 처하는 명대 문학 속 상인들은 언제나 매우 불쌍하게 보인다.

「오장군일반필수 진대랑삼인중회烏將軍一飯必酬 陳大郎三人重會」[379]의 입화 고사는 비록 얼마간 유머감과 희극적인 측면이 있지만 물길 위 배 안에서의 위험을 생동감 있게 표현했다. 이 고사는 처음 집을 나온 한 젊은 상인이 밖에 나가 세 차례 행상을 하였는데 세 번이나 같은 무리의 해적떼에게 강탈을 당하는 이야기이다. 이 해적떼들이 사람을 죽이지 않겠다고 맹세한 것은 다행이지만, 그들은 매번 조금도 남김없이 화물을 가져갔다.

하루도 되지 않아 아침 일찍 경구京口(현 江蘇省 鎭江)에 도착해 동풍을 타고 강을 건넜다. 황천탕黃天蕩 안에 이르자 갑자기 괴이한 바람이 불어 온 강에 하얀 파도가 하늘 높이 솟구치며 배를 때리니 어디로 갈 줄 몰랐다. 하늘은 이미 컴컴해져 뱃사람들이 고개를 들어 바라보아도 사방은 대부분 다 갈대뿐이었고, 앞뒤로 다른 객선은 보이지 않았다. 왕생과 같은 배를 탄

378 貿易順濟, 輜重充盈. 如是幾年, 江湖上多曉得是謝家船, 昭耀耳目 (…中略…) 忽然一日, 舟行至鄱陽湖口, 遇著幾只江洋大盜的船, 各執器械, 團團圍住. 爲頭的兩人, 當先跳過船來, 先把謝翁與段居貞一刀一個, 結果了性命. 以後衆人一齊動手, 排頭殺去. 總是一個船中, 躱得在那里? 間有個把慌忙奔出艙外, 又被盜船上人拿去殺了. 或有得跳在水中, 只好圖得個全屍--湖水溜急, 總無生理. 謝小娥還虧得溜撒, 乘衆盜殺人之時, 忙自去攛在舵上, 一個失脚, 跌下水去了. 衆盜席卷舟中財寶金帛一空, 將死屍盡抛在湖中, 棄船而去.

379 『拍案驚奇』 권8.

> 사람들이 당황하고 있을 때 갈대숲 속에서 갑자기 징소리가 울렸다. 서너 척의 작은 배들이 물길을 가로 질러 나와 각각의 배 위에 있던 일곱 여덟 명의 사람들이 한꺼번에 왕생이 탄 배로 뛰어 올라 왔다. 왕생 등은 하나같이 숨을 몰아쉬며 머리를 조아리고 봐달라고 하였다. 해적떼들은 와서 말도 걸지 않고 목숨도 해치지 않았으며 다만 배 안에 있는 모든 금은보화와 재물을 다 자기들의 배로 노략질해 가며 "실례 했소"라고 소리치고 양 편의 노를 일제히 저어 나는 듯 물길을 가르며 가버렸다. 배에 가득한 사람들은 혼비백산할 정도로 놀라 눈을 동그랗게 뜨고 벌린 입을 다물지 못했다.[380]

왕생이 탄 배가 모두 다른 곳에서 세 번 강도를 만난 것은 물길 위 배에서의 위험이 거의 어디에나 있음을 설명하고 있다. 각각의 묘사를 통해 볼 때, 수적水賊들은 거의 다 제멋대로 굴고 거리낌이 없었지만, 그들을 상대할 만한 어떤 힘도 없었기 때문에 상인들은 그저 고분고분 속수무책으로 잡혀 있어야만 했다. 이는 당시 상인이 물에서 근본적으로 어떠한 보호도 전혀 받지 못하고 무력하게 운수와 하늘에 자신의 운명을 맡길 수밖에 없었음을 반영하고 있다.

명대 공안소설도 이와 비슷한 주제를 표현하고 있으니, 즉 배 주인 자체가 악당인 해적선에 의해 상인들이 피해를 당하는 것이다. 가령, 『용도공안』 권1 「협저선夾底船」(『고금율조공안古今律條公案』 권1 「오추부단문

380 不則一日, 早到京口, 趁著東風過江. 到了黃天蕩內, 忽然起一陣怪風, 滿江白浪掀天, 不知把船打到一個甚麽去處. 天已昏黑了, 船上人抬頭一望, 只見四下裏多是蘆葦, 前後並無第二只客船. 王生和那同船一班的人正在慌張, 忽然蘆葦裏一聲鑼響, 劃出三四只小船來, 每船上各有七八個人, 一擁的跳過船來. 王生等喘做一塊, 叩頭討饒. 那夥人也不來和你說話, 也不來害你性命, 只把船中所有金銀貨物盡數卷擄過船, 叫聲"聒噪", 雙槳齊發, 飛也似劃將去了. 滿船人驚得魂飛魄散, 目睜口呆.

선호모객吳推府斷問船戶謀客」, 『국조명공신단상형공안國朝名公神斷詳刑公案』 권1 「오추부단선호모객吳推府斷船戶謀客」, 『명공안단법임작견名公案斷法林灼見』 권2 「초공흑야모상梢公黑夜謀商」과 같음), 권7 「삼낭자三娘子」(『명공안단법임작견』 권2 「초공모사객상梢公謀死客商」과 같음), 『곽청라육성청송록신민공안郭青螺六省聽訟錄新民公案』 권2 「쌍두어살명雙頭魚殺命」 등의 이야기는 모두 상인이 뱃사람들에게 피해를 당하는 내용을 묘사했는데, 마찬가지로 참담하고 공포스런 느낌을 주어 불행을 당하는 상인에 대해 동정심을 느끼게 한다.

이 밖에 명대의 공안소설 속에는 검은 객점과 검은 절이 상인에게 끼치는 위험이 자주 묘사되어 있다. 예를 들면, 『곽청라육성청송록신민공안』 권2 「단나오칠상명斷拿烏七償命」, 『해강봉선생거관공안海剛峰先生居官公案』 제23회 「이연살인以煙殺人」, 『국조명공신단상형공안』 권1 「위공단오옥독사마태魏公斷吳玉毒死馬泰」(『용도공안』 권9 「토대모兎戴帽」와 같음) 등등은 모두 일부의 검은 객점이 혹은 담배나 혹은 독주로 투숙한 상인을 죽인 후에 그들의 재물을 취하는 이야기다. 『해강봉선생거관공안海剛峰先生居官公案』 제32회 「대사암승大士庵僧」은 어떤 검은 절에 관해 묘사하고 있다. 상인 조진趙秦이 이 절의 대사암大士庵에 투숙했는데, 암자에 있는 스님이 그가 돈이 많은 것을 알고 갑자기 해치려는 마음이 생긴다. 나중에 조진은 구해져서 죽음을 모면하지만 이미 경악할 만한 사건이 벌어진 것이었다.

단편 백화소설에서도 동일한 주제가 출현했다. 가령, 「염관읍노마매색 회해산대사주사鹽官邑老魔魅色 會骸山大士誅邪」[381]의 입화에는 한 상인이 검은 절에서 목숨을 잃는 이야기를 다루고 있다.

381 『拍案驚奇』 권24.

어느 날, 한 휘주 상인이 연자기燕子磯 아래에 배를 대고 발길 닿는 대로 홍제사弘濟寺로 구경하러 갔다. 스님이 나와 맞이하며 성명을 물어보고 차를 마시자고 하였다. 차를 마신 후 스님이 물었다. "길손께서는 어디에서 오셨소? 지금 가는 곳은 어디신지요?" 휘상이 대답했다. "양주揚州에서 강을 건너왔습니다. 자금을 조금 마련해서 경성京城의 작은 가게에 가려고 합니다. 하늘빛이 곧 어두워져 여기서 머무르며 구경이나 좀 하려고 올라왔습니다." 스님이 말했다. "여기서 더 가면 바로 외라성外羅城 관음문觀音門이니 경성은 이십 리에 불과합니다. 길손께서는 봇짐을 옮기고 작은 방에 가서 주무시지요. 내일 봇짐 하나만 짊어지고 착실히 가다보면 이른 아침에 도착할 수 있습니다. 배에 오르면 또한 용강관龍江關을 지나면서 검문도 받아야 하니 시간이 많이 지연될 겁니다. 밤에는 이곳 돌섬 주위의 바람과 파도가 가장 세서 배 안에서는 쉴 수가 없습니다." 휘상은 일리가 있다고 생각해 스님의 말대로 배 있는 쪽으로 가서 배를 떠나보냈다. 짐을 옮겨 스님의 방에 도착했다. 편히 쉬었더니 스님이 그를 데리고 누각에 올라 경치를 구경시켜 주었다. (…중략…) 원래 휘주 사람은 심성이 인색할 정도로 검소한데도 오히려 이기기 좋아하고 이름나는 것을 기뻐해서 불사佛事에는 충실했다. 수많은 사람들이 왕래하는 곳이어서 아무개라는 사람이 관음각을 혼자 수선했다는 소문이 널리 퍼질 것을 생각하고는 마음이 즐거워져서 단숨에 삼십 냥을 시주할 것을 허락했다. 방에 가서 짐을 풀고 삼십 냥을 꺼내 스님에게 드렸다. 스님이 한 손으로 은을 받으며 힐끗 보니 뜻밖에도 남은 은이 아주 많아 보여 마음이 끌렸다. 동자승에게 저녁밥을 준비해 대접하라고 하면서 은근히 권유하여 휘상을 만취하게 해서 밤이 깊어 인기척이 없을 때 그를 죽였다. 그의 행낭을 열어 보니 요대 안에 있는 건 다 은으로 대략 오백

여 냥이나 되어서 마음속으로 매우 기뻤다.[382]

이 이야기가 사람을 깜짝 놀라게 하는 것은 사건의 우연성과 돌발성 때문이다. 다만 은자를 보게 되었다는 이유만으로 손님을 좋아하고 정성스럽게 대했던 스님이 본래의 공손한 마음을 바꾸어 살의를 가지게 되었고, 평소 사람들이 노닐며 관람하는 장소가 순식간에 사람을 죽이고 재물을 강탈하는 검은 사찰로 바뀐 것이다.

상인의 '재물을 강탈'하는 것도 명대 공안 소설의 주제 중 하나다. 예를 들면 『포룡도판백가공안包龍圖判百家公案』 제11회 「판석패이추객포判石牌以追客布」(『용도공안』 권8 「석패石牌」와 같음, 『고금율조공안』 권4 「풍현윤단목비추포馮縣尹斷木碑追布」, 『국조명공신단상형공안』 권6 「풍현윤단목비추포馮縣尹斷木碑追布」 및 「등현윤판로방실포鄧縣尹判路傍失布」 등과 비슷함), 제16회 「밀착손조방공인密捉孫趙放龔人」(『용도공안』 권3 「전투객氈套客」과 같음), 『황명제사공안皇明諸司公案』 권6 「최지부판상유금崔知府判商遺金」, 『곽청라육성청송록신민공안』 권2 「문석나취겁적問石拿取劫賊」, 『명공안단법임작견』 권1 「명화겁략明火劫掠」 등은 모두 상인이 '재물을 강탈당하는' 경우를 묘사

382 一日, 有個徽商某, 泊舟(燕子)磯下, 隨步到弘濟寺遊玩. 寺僧出來迎接著, 問了姓名, 邀請吃茶. 茶罷, 寺僧問道 : "客官何來? 今往何處?" 徽商答道 : "在揚州過江來. 帶些本錢, 要進京城小鋪中去. 天色將晩, 在此泊著, 上來耍耍."寺僧道 : "此處走去, 就是外羅城觀音門了, 進城止有二十里. 客官何不搬了行李, 到小房宿歇了? 明日一肩行李, 脚踏實地, 絶早到了. 若在船中, 還要過龍江關盤驗, 許多擔閣. 又且晩間此處磯邊風浪最大, 是歇船不得的."徽商見說得有理, 果然走到船邊, 把船打發去了. 搬了行李, 竟到僧房中來. 安頓了, 寺僧就陪著登閣上觀看 (…中略…) 元來徽州人心性儉嗇, 卻肯好勝喜名, 又崇信佛事. 見這個萬人往來去處, 只要傳開去, 說觀音閣是某人獨自修好了, 他心上便快活, 所以一口許了三十兩. 走到房中, 解開行囊, 取出三十兩一包, 交付與寺僧. 不想寺僧一手接銀, 一眼瞟去, 看見餘銀甚多, 就上了心. 一面分付行童整備夜飯款待, 著地奉承, 殷勤相勸, 把徽商灌得酩酊大醉. 夜深人靜, 把來殺了. 啓他行囊來看, 看見搭包多是白物, 約有五百餘兩, 心中大喜.

함으로써, 또한 상인이 마주치는 위험의 한 측면을 드러내고 있다.

이전 시대 문학 속의 관련 표현과 비교할 때, 명대 문학은 약간의 새로운 특색을 드러냈다. 예를 들면 송원 문학이 문언 소설의 형식을 많이 이용하여 표현한 것에 비해 명대 문학은 백화 소설의 형식을 많이 이용하여 표현했다. 또한 당오대 문인도 상인 생활의 위험에 대해 비록 인도주의적인 동정심을 표명했지만, 이러한 동정은 대체로 방관자적 입장으로 높은 곳에 앉아 아래를 내려다보는 방식이었으며, 또한 자주 비판과 무시의 요소도 섞여 있어 상인적 가치관에 대한 근본적인 거리감을 표출했다. 하지만 명대문학은 상인 생활의 위험을 묘사할 때, 송원문학의 전통을 계승하여 대부분 일반 시민의 입장에서 상인적 가치관을 존중한다는 전제 하에 상인을 평등하게 대하고 이해하는 태도를 취했고, 위험에 처한 상인 자체에 대해서는 어떤 비판도 하지 않았다. 다만 약간의 명대문학 작품, 특히 공안소설들 중에서는 일반 시민의 저속한 취향에 영합해 오로지 '신문 사회면'처럼 표현하는 경향이 있어 작품의 문학적 가치가 떨어지는 것도 있다.

(2)

상인 생활의 위험성에 대한 묘사와 비교해 탐관오리에게 억압받는 상인을 묘사하는 데 있어서 명대 문학은 더욱 명확한 애증의 경향을 드러내고 있다. 즉, 상인이 당한 핍박을 동정하고 상인을 억압하는 탐관오리를 비난하는 것이다.

이전 시대 문학에서도 이 주제를 언급하긴 했지만 명대 문학은 이에 대한 경향성이 더욱 뚜렷해졌고, 통속문학 양식의 도움을 받아 그 표현도 더욱 생동감을 얻었다. 이 주제를 표현할 때, 명대 문인의 인도주의적 정신 또한 그들의 선배들과 마찬가지로 강렬하다.

가령, 「탐람한육원매풍류貪婪漢六院賣風流」[383]라는 소설은 상인들의 정상적인 경영 활동이 어떻게 관리들의 방해에 의해 파괴당하는지를 묘사하는 동시에, 그런 관리들에 대한 상인들의 정의로운 분노와 질책을 표현하고 있다. 오로지 상인을 박해하기만 하는 나쁜 관리 오애도吾愛陶는 형호로조례사감세제거荊湖路條例司監稅提擧가 된 후에 곧 상인을 착취하는 방법을 고안해 낸다. 그는 왕래하는 객상들이 규정상 모두 통관 신고를 하고 무슨 물건이든 다 십분의 일의 세금을 내야 하며, 만약 숨긴 것이 있으면 그 절반을 관청에서 압수한다는 한 가지 명령을 내린다. 또한 그는 폭력배들을 고용해 상인들에게 권력을 행사해서 재물을 빼앗고, 그것을 다 자신의 호주머니에 넣었다.

> 무릇 객상의 물품목록投單은 실물과 대조해 보고하고 반복해서 점검하도록 했다. 만약 대상인을 만나면 머리카락까지 불어 흉터를 찾아내듯 단서를 샅샅이 찾아내 정해진 액수를 넘으면 처벌했다. 세금으로 납부한 은은 매일 사저私邸로 보내 하나하나 몸소 점검해서 터럭만큼도 누락되는 게 없도록 했고, (…중략…) 추호도 틀림없게 다 계산해서 빠져 나갈 틈이 없었다. 타지의 상인들은 수로와 육로에서 이미 계산을 하니 이익이 새는 법이 없었다.[384]

---

383 『石點頭』 제8권.

384 凡客商投單, 從實看報, 還要覆看查點. 若遇大貨商人, 吹毛求疵, 尋出事端, 額外加罰. 納

왕래하는 객상들이 끊임없이 죽는 소리를 할 정도로 일을 처리했으니 상인들은 그를 뼈에 사무치도록 미워했다.

> 이러한 방침이 한번 나오자 사람들이 시끄럽게 멀리까지 전하니 놀라지 않는 이가 없었고, 물건을 사고 파는 사람들은 날마다 고통을 호소하지 않는 이가 없었다. (…중략…) 이 때문에 지방에서는 오애도吾愛陶를 '오애전吾愛錢' 또는 "오박피吾剝皮"로 불렀다. 호사가들은 익명의 연명장을 써서 상인들을 모아 관가에 불을 지르고 그를 쫓아내자고 하였다. (…중략…) 운이 나빠 오애도와 부딪치면 역병이나 강도떼를 만나는 것보다 더 심하게 당했다. 그에 대한 원성이 길에 가득했으며 사방에 다 퍼졌다. 강호의 상인들은 "속이는 자, 반드시 오박피를 만나리라!"라고 하며 맹서하거나 소망을 말했다. 이런 맹서와 소망은 분명 천둥번개가 쳐서 죽거나 강물에 빠져 죽으라는 큰 저주의 말과 같았으니 얼마나 무서운 말인가! 요충지인 길목이라서 강과 바다를 출입하는 화물은 반드시 이곳을 지나야 했을 뿐만 아니라, 몸을 숨길 데도 없어서 그저 그의 박해를 감수해야만 했다.[385]

오애도吾愛陶의 박해를 받은 상인 중 왕汪씨 성을 가진 휘주 상인이 있었는데 그 손실이 참담할 정도로 특별히 컸다. 그 때 그는 소주와 항

下稅銀, 每日送入私衙, 逐封親自驗拆, 絲毫沒得零落 (…中略…) 眞個算及秋毫, 點水不漏. 外邊商民, 水陸兩道, 已算無遺利.

385 這主意一出, 遠近喧傳, 無不駭異. 做買賣的, 那一個不叫苦連天 (…中略…) 爲此地方上將吾愛陶改作"吾愛錢", 又喚作"吾剝皮". 又有好事的投下匿名帖, 要聚集商民, 放火驅逐 (…中略…) 沒造化的, 撞著吾愛陶, 勝遭瘟遭劫. 那怨聲載道, 傳遍四方. 江湖上客商, 賭誓發願便說 : "若有欺心, 必定遭遇吾剝皮!" 發這個誓願, 分明比說天雷殛死翻江落海一般重大, 好不怕人! 不但路當沖要, 貨物出入川海的, 定由此經過, 沒處躲閃, 只得要受他荼毒.

주에서 수 천 금의 비단을 구입하여 천중川中에 가서 팔려고 오애도의 세관 앞을 지나갔다. 관례에 따라 세은稅銀을 내니, 그 폭력배들이 또 재물을 뜯어내려고 하였다. 휘주 상인 왕씨가 승복하지 않고 폭력배들과 말다툼을 했다가 그들에 의해 관아로 끌려가게 되었다. 오애도는 꼬투리를 잡아 휘상이 세금을 누락시켰다고 하면서 화물의 절반을 몰수해야 한다고 했다. "이제까지 관에 들어오는 화물은 매 열 건 당 다섯 건을 관부에서 취했으니 이것이 바로 화물의 절반이 관에 들어온다는 말이다. 오애도의 새로운 조례는 비단, 면포, 털옷 등을 막론하고 매 필匹마다 똑같이 나누어 반은 관에 납입하고 반은 상인에게 귀속시키는 것이었다. 안타깝게도 몇 천 금의 화물이 모두 잘라지고 파손되어 둥근 무늬가 새겨진 비단조차도 결국에는 그저 반 토막의 지는 노을이 되고 말았다."[386] 이 사건을 통해 또한 오애도의 악행의 일부를 볼 수 있다. 그리고 이런 탐관오리는 이 한 사람에 그치는 것이 아니었다. 소설 속에서 일찍이 좋은 관리로 언급되었던 '호서신임제거滸墅新任提擧'는 "오애도에 비하면 정말 천지차이"[387]긴 하지만, 오애도처럼 그렇게 지나치지는 않은데 불과한, 좀 더 나은 나쁜 관리임을 알 수 있다. 이전 시대 문학에서도 탐관오리가 상인을 억압하는 것을 폭로한 작품이 있긴 하지만 이 소설만큼 이렇게 심각하고 철저하지는 못했으니 이 작품은 감히 이 방면의 대표작이라고 할 만하다.

상인은 일반적으로 관부에 대적할 수 없으므로 그들 대부분은 다 관

386 從來入官貨物, 每十件官取五件, 這叫做一半入官. 吾愛陶新例, 不論綾羅綢緞布匹羢褐, 每匹平分, 半匹入官, 半匹歸商. 可惜幾千金貨物, 盡都剪破, 總然織錦回文, 也只當做半片殘霞.

387 比著此處, 眞個天差地遠.

리들과 어떤 갈등이 발생하는 것을 두려워하며 차라리 관리들을 존경하되 멀리하는 태도를 취한다. 「소지현나삼재합蘇知縣羅衫再合」[388]에서 의리를 지켜 사람을 구한 한 상인 도공陶公은 피해를 당한 사람이 관리에게 소송을 건다는 말을 듣자 안색이 다 변할 정도로 놀란다.

도공은 사람이 살아 있는 것을 보고 황급히 밧줄을 풀고 생강차를 먹여 깨어나게 한 다음 그 까닭을 물어 보았다. 소지현蘇知縣은 산동山東 왕상서王尙書의 뱃사공에게 물건을 뺏겨 지금 상급 관청에 가서 고소하려고 한다고 자세히 알려 주었다. 도공은 그 본분이 장사꾼이어서 산동 왕상서댁과 소송을 하겠다는 말을 듣고 그 일에 연루될까 두려워 후회하는 마음이 생겼다. 소지현은 도공의 안색이 변하는 것을 보고 불화가 있을까봐 바로 말을 바꾸었다. "지금은 여비가 한 푼도 없고 증빙할 문서도 잃어 버려 이 몸이 거처할 곳도 없으니 안신처가 마련되면 다시 생각해 봐야 되겠어요." 도공이 말했다. "선생께서는 제 말을 언짢게 여기지 마세요. 당신께서 고소하고 싶다면 제가 쓸데없이 참견하기는 어렵지만, 안신처가 필요하시다면 우리 마을에 시학市學이 하나 있으니 이곳에서 지내시는 게 괜찮으시다면 한 동안 임시로 머무르실 수는 있습니다." 소지현이 "대단히 감사합니다!" 라고 말했다.[389]

388 『警世通言』 권11.

389 陶公見是活的, 慌忙解開繩索, 將薑湯灌醒, 問其緣故. 蘇知縣備細告訴, 被山東王尙書船家所劫, 如今待往上司去告理. 陶公是本分生理之人, 聽得說要與山東王尙書家打官司, 只恐連累, 有懊悔之意. 蘇知縣看見顔色變了, 怕不相容, 便改口道: "如今盤費一空, 文憑又失, 此身無所著落, 倘有安身之處, 再作道理." 陶公道: "先生休怪我說, 你若要去告理, 在下不好管得閑事; 若只要個安身之處, 敝村有個市學, 倘肯相就, 權住幾時." 蘇知縣道: "多謝多謝!"

나중에 도공은 소지현을 집으로 모시고 와서 그에게 아이들을 가르치며 "문 밖에 나가지 못하게 했는데" 이렇게 머무른 지 십구 년이 지났다. 소지현이 밖에 나가 가족의 소식을 알아보려고 하니, "도공은 운명에 맡기고 일을 만들지 말라고 애써 권했다."[390] 이로 보면 일반적인 상인들이 관부와 갈등이 생기는 것을 얼마나 두려워했는지 알 수 있다. 도공처럼 의를 보면 용감하게 나서는 훌륭한 상인일지라도 자신이 관청에 가서 대질하는 것은 감히 원하지 않았고 차라리 피해자를 자신의 집에 안주하게 했던 것이다. 그들은 모두 화살에 놀란 새처럼 관리의 핍박을 무서워했으니, 위에 인용한 대목은 하나의 전형적인 묘사라고 할 만하다.

탐관오리의 용인과 비호 하에 무리한 악당들은 마음대로 상인들을 못살게 굴었다. 「탐람한육원매풍류貪婪漢六院賣風流」에는 다음과 같은 모습이 묘사되어 있다.

호서滸墅에 새로 부임한 제거提擧는 이곳의 관리와 비교하면 정말 하늘과 땅 차이이다. 그저께 한 객상이 작은 배에 옷감을 조금 싣고 한 순간의 이익을 탐해 세금을 내지 않고 장가교張家橋 해관을 통과했다. 밥만 축내고 있던 무뢰배들이 배에 올라 수색하며 벌떼처럼 달려 들어 때리거나 강탈하면서 순식간에 입고 있는 옷도 벗겨갈 정도로 물건들을 다 털어 갔다. 그 상인은 다급한 마음에 죽기 살기로 괴로움과 억울함을 호소했다. 제거提擧가 마을의 손님을 배웅하고 돌아오는 길에 마침 그 배가 장가교 주변을 지나

390 陶公苦勸安命, 莫去惹事.

> 며 억울함을 호소하는 것을 듣고 사람을 보내 관아로 그들을 잡아 오라고 할 줄 어찌 생각이나 했겠는가? "비록 실은 양은 얼마 안 되지만, 작은 배가 항만의 세관을 몰래 지나며 세금을 안낸 것은 마땅히 처벌받아야 한다"고 심문하며 객상에게 열다섯 대의 곤장을 치라고 했다. 무뢰배들에게는 또 이렇게 말했다. "이미 법에 근거해 사람을 잡았으면 어찌 관원에게 맡겨 다스리지 않고 사적으로 때리고 강탈하는가? 그 죄는 탈세보다 심하니 모두 대곤장 오십대를 치고 삼개월 동안 큰 칼을 채워 백성들이 구경하게 하라."[391]

만약에 모든 관리가 다 이와 같다면 무뢰배들은 틀림없이 뜻을 이루지 못할 것이다. 그러나 이런 관리는 실제로 극히 드물고 대부분 다 오애도와 같은 탐관오리다. 그러므로 상인은 탐관오리의 핍박 외에 무뢰배의 횡포도 참고 견뎌내야 한다. 위 소설 역시 그런 현상을 폭로한 것이다.

탐관오리가 상인을 핍박하는 것에 대해 명대 문인은 자주 분노를 표출하며 동시에 상인에 대한 동정심을 표현하고 있다. 위에 서술한 몇몇 소설에서도 모두 이 점을 볼 수 있었는데 명대의 시문에도 때때로 이런 경향의 작품을 볼 수 있다. 가령, 왕치등王穉登, 1535~1612의 「고객악估客樂」은 상인을 핍박하는 환관에 대한 질책과 환관에게 핍박당한

---

391 若說滸墅新任提擧, 比著此處, 眞個天差地遠. 前日有個客人, 一只小船, 裝了些布匹, 一時貪小, 不去投稅, 徑從張家橋轉關. 被這班吃白食的光棍上船搜出, 一窩蜂趕上來, 打的打, 搶的搶, 頃刻搬個罄空, 連身上衣服也剝幹淨. 那客人情急, 叫苦叫冤, 要死要活. 何期提擧在郡中拜客回來, 座船正打從橋邊經過, 聽見叫冤, 差人拿進衙門? 審問道 : "小船偸過港門, 雖所載有限, 但漏稅也該責罰." 將客人打了十五個板子. 向衆光棍說 : "旣然捉獲有據, 如何不稟官懲治, 私自打搶? 其罪甚於漏稅. 一概五十個大毛板, 大枷枷號三月."

상인에 대한 동정심을 표시하고 있다.

환관들이 으르렁거리며
제멋대로 사람들을 물어뜯고
껍질과 뼈를 벗겨내니
온몸이 피폐해져 죽고 말았네.
금지옥엽 같은 당신이
모래와 티끌이 되었으니
옛날엔 그토록 즐거웠는데
지금은 얼마나 고통스러울까?
떠도는 혼 돌아가지 못해
산귀신과 이웃이 되었네.
누가 하느님께 알릴까?
슬프고도 황공하네.
……
상인의 삶 비록 즐거워도
그 화는 잔혹하니
돌아가 농사지으며
도륙을 면하는 것만 못하네.[392]

392 中官咆哮, 橫道咥人, 摧膚剝髓, 糜軀喪身. 爾金爾玉, 爲沙爲塵, 昔何婾快, 今何苦辛? 遊魂不返, 山鬼爲鄰. 誰告上帝, 哀哉主臣! (…中略…) 估客雖樂, 其禍也酷, 不如歸田, 幸免屠僇.(王穉登, 『南有堂詩集』 卷1)

당대의 백거이는 이미 그의 신악부 「매탄옹賣炭翁」에서 환관이 상인을 핍박하는 행위에 대해 폭로한 적이 있다. 왕치등이 이 시에서 폭로한 내용은 「매탄옹」과 비교해 더욱 가혹하고 직설적이며, 동시에 환관에게 핍박당한 상인에게도 또한 진심어린 동정심을 표현하고 있다.

(3)

탐관오리에게 핍박을 당한 상인을 묘사하는 것 외에 명대 문학은 또한 이에 대한 상인의 임기응변을 표현하기 시작했다. 위에 서술한 탐관오리의 여러 가지 핍박에 직면했을 때, 상인들의 대응과 반응도 각양각색이다. 일반적인 보통의 상인들은 대체로 참고 감수하거나 혹은 자신들을 위해 책임을 다하는 좋은 관리를 만나기를 바란다. 어떤 상인들은 장사를 버리고 벼슬길에 들어섬을 통해 자신의 사회적 지위를 바꾸기도 하고, 어떤 상인들은 온갖 방법을 써서 관청에 줄을 대어 관리들을 이용해 자신을 보호하고자 하면서 심지어 관청을 이용해 다른 상인을 핍박하기도 한다. 그러나 이러한 여러 가지 대응 방식은 대부분 그저 소극적인 저항일 뿐이며 일종의 독립적인 주체 의식이 결여되어 있다. 이는 중국 상인 계층이 선천적으로 체질이 허약한 것과 상당히 밀접한 관계가 있다.

상인들의 대응 방식 유형중 하나는 장사를 버리고 벼슬길에 들어서는 것을 통해 자신의 사회적 지위를 바꾸는 것이다. 그들은 이렇게 한 후 즉시, 사실상 장사라는 직업을 버리고 관료기구의 일부분이 된다. 「탐람한육원매풍류貪婪漢六院賣風流」 속의 휘상은 오애도의 핍박을 지

겹도록 받은 후, 특별히 장사를 그만두고 벼슬길에 올라 먼저 권력을 잡은 다음 오애도를 찾아 오애도와 똑같은 방식으로 오애도를 다스림으로써 보복하기를 희망했다.

> 이런 지독한 핍박을 받은 후 그는 마침내 장사하지 않겠다고 맹세하고, 경사京師에 가서 돈을 기부하고 기어이 감생監生이 되었으며, 또 관직을 얻어 관서關西 지역에 가서 오애도를 찾아 이 억울함을 씻고자 하였다.[393]

만약 그가 법에 따라 운영되는 건전한 사회에 살고 있었다면 처음부터 법률에 따라 소송할 수 있었을 테지만, 그는 법률의 보호를 받을 방법이 없었으므로 다만 장사를 포기하고 벼슬길에 들어서지 않을 수 없었다. 하지만 이렇게 해서 설령 그가 복수의 목적을 이룰 수 있다고 해도, 그것은 여전히 관리 계층의 승리일 뿐이지 상인 계층의 승리는 아닌 것이다. 왜냐하면 그 때 그 순간 이미 그는 더 이상 상인이 아니기 때문이다.

상인의 대응 방식 가운데 과거에 비교적 흔히 보이는 또 다른 유형은 영리하고 일 잘하는 상인들이 관청과 결탁함을 통해 대수롭지 않은 관직 하나를 얻어 관리의 핍박을 피하고 심지어 다른 상인을 억압하는 것이다. 이는 중국 전통 사회에 있었던 특별한 현상으로, 중국 상인 계층의 비독립성과 중국 전통 상업의 봉건성을 증명하고 있다. 『금병매』에 나오는 서문경이 바로 이런 길로 나아갔다. 그는 원래 무뢰배

---

393 爲受了這場荼毒, 遂誓不爲商, 竟到京師納個上舍, 也要弄個官職, 到關西地面, 尋吾愛陶報雪這口怨氣.

출신의 한 상인으로 관청과 여러 갈래로 얽히고설킨 매우 긴밀한 관계를 맺고 있었다. "요즘 출세한 부자들은 오로지 현縣에서 약간의 공무를 관할하면서 사람들과 함께 일을 꾸며대어 돈을 보내 관리와 친교를 맺는다."394(제2회) "동경東京 채태사蔡太師는 그의 의부義父이고 주태위朱太尉는 그의 위주衛主이며 적관가翟管家는 그의 사돈이고 순무巡撫와 순안巡按 대부분 다 그와 교분이 있으니 지부知府와 지현知縣은 말할 필요도 없다."395(제69회) 나중에 대수롭지 않은 관직을 얻었는데, "현재는 제형원提刑院의 장형천호掌刑千戶가 되어"396(제69회) 벼슬도 하고 장사도 하는 생활을 하고 있다. 다른 상인들은 재수 없는 일들이 끊이지 않았지만 그의 장사는 갈수록 확장되었으니, 이는 그가 요령 있게 가게를 경영하고 교묘한 수단과 힘으로 재물을 빼앗는 것 이외에도 관부와 서로 내통할 수 있는 상인이자 관리였기 때문이다. 그는 관부와 내통함으로써 화자허花子虛를 도와 송사에서 이기고 동시에 또 화씨 집안의 재산을 암암리에 차지할 수 있었다.(제14회) 그는 "당시 조정의 우상右相인 자정전태학사겸예부상서資政殿大學士兼禮部尙書" 이방언李邦彦에게 뇌물을 주어, 탄핵하는 문건에서 자신의 이름을 삭제할 수 있었고,(제18회) 하제형夏提刑과의 특별한 관계로 인해 이병아李瓶兒를 넘어뜨려 점유할 수 있었을 뿐만 아니라 생약포 장사하는 장죽산蔣竹山을 밀어낼 수 있었다.(제19회) 그는 채경蔡京에게 뇌물을 주어 감금된 양주 염상 왕사봉王四峰 등을 대신해 통사정해서 그들을 전부 놓아주도록 했으며 자

394 近來發跡有錢, 專在縣里管些公事, 與人把攬說事過錢, 交通官吏.

395 東京蔡太師是他幹爺, 朱太尉是他衛主, 翟管家是他親家, 巡撫､巡按多與他相交, 知府､知縣是不消說.

396 如今見在提刑院做掌刑千戶.

신도 은자 이천 냥의 뇌물을 받았다.(제25회, 제27회) 그는 장수를 축하하는 풍성한 선물을 채경에게 바쳐 산동제형소이형부천호山東提刑所理刑副千戶라는 관직을 얻었으며,(제30회) 미리 채장원蔡狀元과 친교를 맺어 채장원이 어사가 된 후에 남보다 한 달 더 일찍 염인鹽引을 받을 수 있도록 승낙 받았다.(제36회, 제49회) 그는 뇌물로 은자 천 냥을 받고 강도와 내통하여 재물을 탐내고 사람들을 해쳤던 묘청苗青을 놓아주었다.(제47회) 채경에게 또 다른 풍성한 축수祝壽 예물을 드려 '의붓아들'의 자격을 얻었고,(제55회) 동창부東昌府의 뇌병비雷兵備에게 사정하여 황사黃四의 장인과 처남을 석방함과 동시에 자신도 백미 일백석을 뇌물로 받는(제67회) 등 일일이 다 열거할 수 없을 정도다. 서문경 자신의 말에 따르면, "나는 비록 무관이지만 가게 하나를 열어 이를 빌미로 경성京城 안팎의 허다한 관리들과 사귀었으며, 최근에는 또 태사太師의 문하생이 되어 서로 안부를 묻는 편지들이 흐르는 물처럼 오고갔다."[397](제56회). 그의 '추석 선물 장부'를 얼핏 봐도 평소 관리들과의 왕래가 긴밀했음을 알 수 있다.

응백작應伯爵이 책 한 권을 가져와 펼쳐 보니 상단에 "채로야蔡老爺, 채대야蔡大爺, 주태위, 동태위童太尉, 중서中書 넷째 채로야蔡老爺, 도위都尉 다섯째 채로야蔡老爺, 본 고을의 지현知縣과 지부知府 네 댁宅"이라고 쓰여 있다. 두 번째 책에는 "주수비周守備, 하제형夏提刑, 형도감荊都監, 장단련張團練, 유劉·설薛 두 내상內相"이라고 적혀 있었다. 모두 금단金段과 주단綢緞, 저주

397 我雖是個武職, 恁的一個門面, 京城內外也交結的許多官員, 近日又拜在太師門下, 那些通問的書柬, 流水也似往來.

> 豬酒와 금병金餠, 준치와 해초海酢, 닭과 거위 등 후한 선물을 보내되 각자 경중의 차이가 있었다.[398]

이 대부분은 다 비경제적 활동이지만, 그의 사업에 오히려 막대한 도움이 되었다. 한편으로는 충분한 경영 자본을 얻을 수 있게 했고, 다른 한편으로는 정치적 보호자를 얻을 수 있게 했다.

상인 계층 가운데 서문경과 같은 사람은 과거에도 그 수가 적지 않았다. 그들은 비록 반드시 부상대고인 것은 아니었지만 그 역량은 오히려 아주 거대했다. 엄격히 말하면 그들은 순수한 상인이라고 할 수 없고, 탐관오리의 억압 아래 그 상황에 적응하여 상인 계층에게 잉태된 일종의 기형아라고 할 수 있다. 서문경과 같은 상인의 출현은 물론 그들 본래의 성격에 기인한 것이기도 하지만 전통적인 봉건적 사회 구조에서 비롯된 것이기도 하다. 『금병매』는 한 상인의 임기응변과 그 변화 과정을 지극히 잘 형상화하여 중국 봉건 사회에 있었던 특정 유형의 상인을 매우 생동감 있게 묘사했다고 감히 말할 수 있다. 『금병매』는 서문경이라는 상인 형상을 통해 과거 중국의 사회 환경 속에서 상인이 자신을 보호하려면 반드시 관료 기구와 결탁하여 금전의 일부분을 권력으로 전화시켜야 함을 표명했다. 그러나 일단 상인 계층이 이렇게 한 후에는 오히려 재난을 초래하는 결말로 끝나는 게 많았다. 이는 쌍방향의 부패과정이라고 할 수 있으니, 금전은 정치조직의 공정

398 應伯爵取過一本, 揭開觀看, 上面寫著 : 蔡老爺, 蔡大爺, 朱太尉, 童太尉, 中書蔡四老爹, 都尉蔡五老爹, 並本處知縣, 知府四宅. 第二本是 : 周守備, 夏提刑, 荊都監, 張團練, 並劉, 薛二內相. 都是金段尺頭, 豬酒金餠, 鮒魚海酢, 雞鵝大禮, 各有輕重不同.(『금병매』, 제34회)

한 운영을 타락시켰고 권력은 상업교역의 공평한 원칙을 훼손시켰다. 따라서 이는 중국 관료 기구의 비극이자 중국 상인 계층의 비극이기도 하다. 『금병매』는 바로 이런 비극을 형상적으로 잘 표현한 것이다.

중국의 상인 계층은 몇 천 년 동안 계속 발전하고 강대해졌으며 근세에 이르러서 자못 융성하기도 했다. 하지만 전통적인 사회 구조의 제약으로 인해 오히려 서양 역사에서 일찍이 출현했던 것과 같은 하나의 독립적인 '제3계급'을 형성하지는 못하고 시종 종속적인 사회적 위치에 처할 수밖에 없었다. 따라서 비록 상인 계층이 상당히 강한 경제적 능력을 소유하고 있었지만, 어떠한 정치적 시스템과 사회적 역량도 없었기에 각종 위험과 골칫거리로부터 상인 계층 스스로를 보호할 수는 없었다. 따라서 극소수의 부상대고 및 상업과 관직을 겸하는 일부 상인을 제외한 대부분의 보통 상인들은 모두 시시각각 마음을 조마조마하게 하는 환경에 처해 모두들 아무 도움도 받을 수 없는 고립무원의 상태에 놓여 있게 되었다. 명대 문학에서 위에 언급한 작품들은 앞 시대 문학의 전통을 계승하면서, 또한 깊이 있게 그리고 효과적으로 이 점을 표현하고 있다.

6) 사인士人과 상인 관계에 대한 표현

송원문학에서 이미 사인士人과 상인 관계의 몇몇 새로운 동향을 표현했다. 가령, 사상士商 간의 신분 이동이 출현한 후 갈수록 활발해지면서 순수하고 진실한 사랑이 가문이라는 편견과 싸워 승리를 거두었고, 몰락한 사인들은 상인의 지원과 도움을 바랐으며 기방에서는 상인이 선비들보다 더욱 환영을 받는 단골이 된 것 등등이 바로 그러한 예이다. 명대에 이르러 사인과 상인 관계가 더욱 밀접해짐에 따라, 그리고 명대의 독특한 과거제도가 확립됨에 따라, 또한 상인에 대한 문인의 관심이 증가함에 따라 명대문학의 사인과 상인 관계의 표현에도 새로운 돌파구가 생겼다. 사상 간의 신분 이동 현상에 대한 표현이 더욱 빈번해졌고, 혼인 방면에서 사인과 상인 간의 밀접한 관계가 드러났으며, 그들의 상호 부조와 관련된 묘사는 더욱 아름답고 감동적인 모습을 띠었고, 상인들은 기방에서 실제로 여전히 선비들보다 우세한 위치를 차지했다. 물론 기본적인 사회 구조가 달라지지 않았고 또한 문인이 끝내 사인 계층으로서의 편견을 가지고 있었으므로 명대 문학의 사인과 상인 관계에 대한 표현도 여전히 기본적으로 제약이 있었다. 이는 고전문학의 거의 피할 수 없는 숙명이다.

(1)

송원문학에서 이미 사인과 상인간의 신분 이동에 대한 묘사가 나타났는데, 명대에 이르러 이와 관련된 묘사가 더욱 빈번하게 출현했다.

이는 우선 명대사회에서 사인과 상인간의 신분 이동이 더욱 빈번해지고 흔해졌기 때문이다. 명대에 새로운 과거제도가 확립됨에 따라 생원生員 계층이 만들어져 사인의 가장 낮은 등급이 되었다. 생원의 수는 계속 늘어 명초의 3만 명에서 명말에는 50만 명까지 증가했는데, 다만, 거인擧人과 진사進士의 정원은 제한이 있어서 절대 다수의 생원들은 평생 동안 관직을 얻지 못했다. 이렇게 됨에 따라 그들은 하나의 특별한 사회 계층을 구성하여 통치계층의 예비군으로 불리웠고 또한 다른 계층의 저수지 역할을 하였다.[399] 서통徐熥은 일찍이 복건福建의 상황을 다음과 같이 언급했다.

> 나라에서 경술經術로 선비를 뽑으니 선비들은 모두 유학 경전 공부에 힘썼는데, 경술 공부를 하는 사람이 많은 지역으로 우리 복건성을 으뜸으로 칭하니, 책 읽는 소리가 거리마다 끊이지 않았다. 하지만 배움을 시작하면서부터 경전을 접하기 시작해서 늙도록 생원이 될 수 없었던 자가 열에 아홉이었고, 설령 생원이 되었어도 3년마다 있는 회시會試에는 해마다 정원이 있는데, 위에서 요구하는 기준에 맞지 않으면 성과 없이 나이만 먹었다. 운 좋게 궁궐에서 전시殿試를 볼 수 있어도 문장이 품격에 맞지 않으면 해진 옷에 파리한 말을 끌고 속된 세상을 절뚝거리며 춘명문春明門을 바라보면서 눈물만 흘릴 뿐이었다. 그러므로 비록 집집마다 예악과 시서를 공부하지만 관직의 뜻을 이룬 선비는 오히려 너무도 적었다![400]

399 [역주] 명의 과거제도는 송대와 같이 각 지방에서 실시되는 鄕試와 京師에서 거행되는 會試, 황제가 친히 시험을 보는 殿試의 3단계의 절차를 거친다. 生員은 秀才라고도 하는데, 각 지역의 제학관이 주관하는 입학시험에 합격해서 향시의 응시 자격을 갖춘 사람이며, 擧人은 향시의 합격자이고, 進士는 會試의 합격자이다. 송대에는 해당되는 과거 시험에만 그 자격이 유지되었지만, 명대에는 한번 합격하면 평생 동안 그 자격이 유지되어, 명대에 士계층이 대량으로 양산되는 원인이 되었다.

400 國家以經術取士, 士皆騖於經術, 而經術之富則首稱吾閩, 佔畢之聲, 闤闠不絶. 然束發受經, 老而不能靑其衿者什之九; 卽靑其衿矣, 然三載所貢士, 歲有定額數, 上不中程, 則顚毛種種; 卽幸得試南宮, 然爲文一左其格, 則有敝衣羸馬蹩躃於風塵之間, 望春明門而泣耳! 故閩雖家禮樂而戶詩書, 然士之得志於有司者抑何寥寥也!(徐熥, 『幔亭集』 卷17, 「送陳起文赴京序」)

전국의 상황도 실은 마찬가지니 이는 선비로서 성공할 수 있는 기회가 좁음을 반영하고 있다.

그러나 다른 한편 명대의 상품경제가 번영함에 따라 장사로서 성공하는 비율은 오히려 상당히 높았다. "선비로서 성공하는 자는 십분의 일이고, 상인으로서 성공하는 자는 십분의 구다"[401] 이처럼 과거 시험에서 뜻을 이루지 못한 다수의 사인士人들은 곧 자발적으로 혹은 어쩔 수 없이 "유학을 그만두고 상업에 종사하는棄儒從商" 길을 택했으니 이는 명대의 중요한 사회 현상이 되었다. 당시 복청福清 사람들은 "공부하다 이루지 못하면 포기하고, 이문吏文을 익히거나 아니면 사방에 나가 장사를 해서 다른 마을보다 재산이 넉넉했다."[402] 그런 까닭에 장사하는 사람이 독서하는 사람보다 많아서 복청 사람 섭향고葉向高는 "우리 마을은 3할이 유학을 하고, 7할이 장사를 한다"[403]고 말했다. 휘주 지역 또한 그러하니, 「첩거기정객득조 삼구액해신현령疊居奇程客得助 三救厄海神顯靈」[404]에서 언급한 것처럼 "휘주 풍속은 상인을 제1등의 생업으로 여기고 오히려 과거 급제는 그 다음에 두었다."[405] 명대 중엽의 소주 지역도 마찬가지여서 "소주의 진신縉紳 사대부들은 대부분 화식貨殖을 긴급한 일로 여겼다."[406] 명대 문인의 문집에 실린 묘지명이나 전기에는 상인 주인공들이 유학을 버리고 상업에 종사했다는 이력이 자

---

401 士而成功也十之一, 賈而成功也十之九.(吳自有, 「百歲翁狀」, 이는 吳吉祜輯, 吳保琳校, 『豐南志』 권6 「藝文志」 上에 실려 있음)

402 學不遂則棄之, 習文法吏事, 不則行賈於四方矣, 以其財饒他邑.(何喬遠, 『閩書』 권38, 「風俗志」, '福州 · 福清')

403 餘邑什三治儒, 什七治賈.(葉向高, 『蒼霞草』 권9 「林參軍傳」)

404 『二刻拍案驚奇』 권37.

405 卻是徽州風俗, 以商賈爲第一等生業, 科第反在次著.

406 至今吳中縉紳士夫, 多以貨殖爲急.(黃省曾, 『吳風錄』)

주 언급된다. 예를 들면, 소주 사람 원자袁鼒는 어려서는 독서를 했는데, 나중에는 "공부를 포기하고 곧 상인이 되었다."[407] 또 오인吳人 도개陶凱는 "어렸을 때 유학 공부를 하다가" 나중에는 유업儒業을 버리고 상인이 되었는데, "무릇 도시를 오가는 큰 상인들이 소주에서 장사를 할 때는 대부분 군君을 객주로 삼아 큰 자금을 맡겼다."[408] 장주長洲 사람 김의金儀는 그 집안이 "송원대부터 대대로 유업을 계승하여"[409] 이름난 선비들이 배출되었는데 김의에 이르러 유학을 버리고 상업에 종사하였으니 이는 "집안이 점점 쇠미해져 마침내 학업을 끝마칠 수 없어서 장사에 뛰어든 것이다."[410] 상인 나역羅繹은 그 집안이 "대대로 유술儒術을 지켜왔는데" 본인은 도리어 "상업에 종사해", "자산이 점점 커져 사방의 상인들이 날마다 모여 교역하게 되니 공이 물건 값을 조절하게 되었다"[411] 이러한 예들은 바로 당시 사회 현상의 반영으로 볼 수 있다.

"유학을 버리고 상업에 종사하는" 사회 현상은 명대문학에 매우 뚜렷한 영향을 미쳤다고 말할 수 있다. 명대문학 중에 직접적으로 이런 현상을 표현한 작품이 적지 않게 출현하거나, 혹은 적지 않은 작품에서 이런 현상을 언급함으로써, 이는 명대문학에서 상인을 묘사하는 하나의 특징이 되었다. "유학을 버리고 상업에 종사하는" 현상이 형성된 원인에 대해서 명대문학은 그 경제적 요소에 비교적 관심을 기울였다.

---

407 棄去卽賈服.(王寵, 『雅宜山人集』 권10 「方齋袁君室韓孺人行狀」)
408 凡通都大賈商於蘇者, 多主於君, 以重貲托(袁袠, 『胥台先生集』 권16 「陶舜擧墓志銘」)
409 自宋元以來, 世以儒術承傳.
410 家向微, 遂不克畢其業, 去治貨殖.(祝允明, 『懷星堂全集』 권17 「處士金君墓碣」)
411 居殖益雄, 四方商日集爲貿遷, 公爲裁平物價.(祝允明, 『懷星堂全集』 권18 「吳羅公壽藏之銘」)

명대문학에 묘사된 "유학을 버리고 상업에 종사하게 된" 사람들은 그 신분상 대체로 세 가지 부류로 나눌 수 있다. 하지만 어떤 부류든 대부분 다 경제적 이유 때문에 유학을 버리고 상업에 종사하게 된 것이다.

첫 번째 부류는 원래 대대로 권세 있는 가문의 자제였는데, 집안 형편이 나빠져서 자식들을 양육하며 공부시킬 힘이 없어 출사의 길을 그만두고, 생계를 유지하기 위해 어쩔 수 없이 유학을 버리고 장사를 하게 된 경우다. 가령 「요적주피수야수 정월아장착취착姚滴珠避羞惹羞 鄭月娥將錯就錯」[412]에 나오는 반갑潘甲이 바로 이런 이유로 유학을 버리고 상업에 종사하게 된 사람이다. "둔계屯溪 반潘씨는 비록 대대로 권세 있는 가문이었지만, 지금은 몰락한 집안으로 살림이 어려워져서 (…중략…) 반갑은 얼마간 소양이 있는 사람인데도 이미 스스로 유학을 버리고 장사를 하였다."[413]

두 번째 부류는 원래 상인의 자제인데 경제적인 여유가 있어 유학 공부를 했다가 경제적으로 궁핍해지자 다시 상인이 된 사람이다. 가령 「범거경계서사생교範巨卿雞黍死生交」[414]에 나오는 범거경은 "원래는 대대로 장사를 했는데" "근래에 장사를 그만하고 과거시험을 보러 낙양에 왔으니"[415] 상인에서 유자儒者가 되었다고 할 수 있다. 하지만 나중에는 생계가 어려워져서 어쩔 수 없이 유학 공부를 그만두고 장사를 하게 되니 "처자식을 먹여 살리기 위해 장사에 투신한 것이다."[416] 또,

---

412 『拍案驚奇』 권2.

413 那屯溪潘氏雖是個舊姓人家, 卻是個破落戶, 家道艱難 (…中略…) 這個潘甲雖是人物也有幾分像樣, 已自棄儒爲商.

414 『喻世明言』 권16.

415 世本商賈, (…中略…) 近棄商賈, 來洛陽應擧.

416 爲妻子口腹之累, 溺身商賈中.

「양팔로월국기봉楊八老越國奇逢」[417]의 양팔로 같은 경우는 "선조들이 원래 복건과 광동에서 장사했던"[418] 상인 자제이면서도 공부를 했다. 다만 책을 읽어도 성취가 없어서, "내 나이가 서른이 다 되어 가는데 공부에는 성취가 없고 살림은 날마다 줄어드니 (…중략…) 자금을 조금 모아 물건을 구입해서 장주漳州에 가서 장사해 얼마간 이익을 도모해 집안 살림을 넉넉히 하고 싶"[419]어 했다. 또한 「이월선할애구친부李月仙割愛救親夫」[420] 속 상인 왕문보王文甫 같은 경우, "그의 조상들 삼대가 모두 사천四川과 광동廣東에서 약재를 팔아 작은 집 하나를 마련할 정도로 돈을 벌어"[421] 그는 장사를 그만두고 공부를 했는데, 하지만 마찬가지로 성공하지는 못했다. "예기치 않게 왕문보는 스물 다섯이 지나도 오히려 출세의 꿈이 멀어 보였다. 명예를 추구한다는 말만 생각해도 정말 머리가 어지럽고 복잡했다. 조부께서는 평소 아주 궁핍하게 살았기에 문장 공부를 그만둘 수 밖에 없었다. 그는 조부의 삶을 배워 명예를 얻을 수 없게 되자 이익을 추구하고자 했다."[422] 나중에 그 자신도 이렇게 말했다. "할아버지께서 살아계실 때 사천과 광동에 가서 오로지 약재를 팔아 집안 살림이 부유해졌다. 6년이 지난 지금까지 놀고먹기만 해서 곳간도 텅 비니 마음이 크게 편치 않았다."[423] 또한 「허찰원

417『喻世明言』권18.
418 祖上原在閩廣爲商.
419 我年近三旬, 讀書不就, 家事日漸消乏 (…中略…) 我欲湊些貲本, 買辦貨物, 往漳州商販, 圖幾分利息, 以爲贍家之資.
420『歡喜冤家』제3회.
421 他祖宗三代, 俱是川廣中販賣藥材, 掙了一個小小家園.
422 不期王文甫過了二十五歲, 尙然青雲夢遠. 想到求名一字, 委實煩難, 因祖父生涯, 平素極儉, 不免棄了文章事業, 習了祖上生涯, 不得其名, 也得其利.
423 我祖父在日, 專到川廣販賣藥材, 以致家道殷實. 今經六載, 坐食箱空, 大爲不便.

감몽금승 왕씨자인풍획도許察院感夢擒僧 王氏子因風獲盜」[424]의 상인 왕록王祿은 부친이 염상이었다. 그는 형제인 왕작王爵과 함께 "어려서는 둘 다 공부했다." 왕작은 "생원으로 진학했고" 왕록은 "학업을 그만두어 성취가 없었지만, 물건을 매매하고 계산하는 상인의 일은 잘해서" "그의 부친은 그를 데리고 산동에 가서 염상의 일을 돕게 했다. 그가 일을 잘 하는 것을 보고 나중에는 부친은 가지 않고 은 천 냥을 그에게 맡겨 혼자 산동에 가서 염상을 하라고 했다."[425]

세 번째 부류는 일반적인 선비로서 성공할 가망은 아득하고 종종 먹고 살기도 어려워서 마찬가지로 어쩔 수 없이 유학을 버리고 장사를 하게 된 경우다. 예를 들면, 「괴이관편락미인국乖二官騙落美人局」[426]의 장이관張二官이 바로 "이룬 것 없이 나이만 들어" 유학을 버리고 상인이 된 사람이다. "나는 나이만 먹고 이룬 것이 없으니, 책을 버리고 평생토록 장사하고자 한다."[427]

위 세 부류의 상인들은 유학을 버리고 상업에 종사한 후 대개 다 성공하여 그들의 선택이 옳았음을 증명했다. 가령, 「괴이관편락미인국乖二官騙落美人局」의 장이관은 유학을 버리고 장사를 하게 된 후, 먼저 동업으로 가게를 운영하다 나중에는 스스로 가게를 열어 장사도 아주 잘 되었다. 또 「허찰원감몽금승 왕씨자인풍획도許察院感夢擒僧 王氏子因風獲盜」의 왕록도 유학을 버리고 장사를 한 이후 모든 것이 순조로왔다. "왕록은

---

424 『二刻拍案驚奇』 권21.

425 幼年俱讀書, (…中略…) 進學爲生員, (…中略…) 廢業不成, 卻精於商賈榷算之事, (…中略…) 其父就帶他去山東相幫種鹽. 見他能事, 後來其父不出去了, 將銀一千兩, 托他自往山東做鹽商去."

426 『歡喜冤家』 제9회.

427 我事已老大無成, 把書本已丟開了, 正要尋生意做, 以定終身.

산동에 도착한 후 주인과 점원 세 사람 다 눈치도 빠르고 동작도 빠르며 계산도 남보다 뛰어난데다 시운도 따라 모든 일이 순조로와서 장사만 했다 하면 곧 싼 물건을 구해 많은 이익을 남겼다."[428]

유학을 버리고 상업에 종사한 사람들에 관한 위의 서술로 볼 때, 그들이 유학을 버리고 장사를 하게 될 당시에는 모두 내리막길에 들어서 어쩔 수 없는 느낌을 가지고 있었다고 말할 수도 있겠지만, 일단 그들이 그 길을 선택한 후에는 그들의 생활은 오히려 이러한 선택으로 인해 개선될 수 있었다. 그들이 선택한 결과가 나쁘지 않았기 때문에, 오히려 선택 그 자체도 좋아 보이는 것이다. 따라서 유학을 버리고 상업에 종사하게 된 사람들에 관한 위의 서술로부터 우리가 알 수 있는 것은, 바로 명대 사회라는 특수한 환경 아래, 사인과 상인이 서로 신분 이동하는 사회적 분위기 속에서 출신이 다양한 많은 선비들이 경제적 이익에 끌려 과감히 유학을 버리고 상업에 종사하는 길을 선택했다는 것이다. 이는 송원문학에서 유학을 버리고 상업에 종사하는 것이 더욱 내리막길을 걷는 것으로 표현된 것에 비하면 훨씬 더 적극적이고 성공적인 의미를 띠고 있다. 이는 또한 유학을 버리고 상업에 종사하는 현상이 명대 사회에서는 하나의 완전한 소극적 후퇴가 아니라 때로는 하나의 적극적이고 진취적인 행위였음을 증명하고 있다. 이는 또한 물질적 향유를 중시하는 당시의 시대조류와도 상당히 밀접한 관계가 있다.

이 점을 설명할 수 있는 것으로 또한 명대에 성행했던 유자儒者와 상인을 겸하는 '역유역상亦儒亦商' 현상이 있다. 이 현상은 하나의 새로운

428 王祿到了山東, 主僕三個眼明手快, 算計過人, 撞著時運又順利, 做去就是便宜的, 得利甚多.

시대적 경향을 드러내고 있으니, 즉 보통의 선비가 통치계급에 진입하려고 다투는 동시에 또한 물질적 부에 대한 추구도 포기하지 않는 것이다. 가령 휘주 지역의 여러 가문은 역유역상의 전통을 가지고 있다. "유업儒業은 느슨하게 하고 장사에 힘쓰다가" "장사를 느슨하게 하고 유업에 힘쓰니" "한번은 풀어주고 한번은 당기면서 번갈아 활용한다"[429]거나 "다리를 양쪽 배에 하나씩 걸치고 있다脚踩兩條船"는 것은 양 쪽의 좋은 점을 다투어 얻으려는 것이다. 동기창董其昌도 강소성과 절강성 지역의 유사한 현상을 지적하고 있다. "근세의 선비들은 뜻은 모르고 암송만을 일삼으니, 어찌 다시 집안의 치산治產을 묻겠는가? 또 농사를 입에 올리는 것도 부끄러워하니 하물며 장사를 하겠는가? 재능 있는 자식이 있어 장사를 잘 하면 부모형제를 위해 학문을 하라고도 권하니, 이는 한 번 져 주고 두 번 이기는 소위 손무孫武의 삼사법三駟法인 것이다."[430] 소위 '손무의 삼사법'은 휘주 사람의 "한번은 풀어주고 한번은 당긴다一張一弛"는 것과 서로 같으니, 모두 "다리를 양쪽 배에 하나씩 걸치고 있어서" 양쪽에서 이익을 본다는 생각을 지적한 것이다.

가족들이 이런 생각을 가지고 있으니 개인도 마찬가지 생각을 가지게 된다. 육심陸深이 지은 한편의 묘지명에는 유자이면서 또한 상인인 상해의 태학생 교화喬禾를 다음과 같이 기록하고 있다. "어려서부터 영리해서 글공부하고 남은 시간에는 곧 치생治生에 마음을 두어서 전곡錢穀, 전부田賦, 서산書算, 법률法律, 미염米鹽, 포백布帛 등을 깊이 공부하여,

429 弛儒而張賈, (…中略…) 弛賈而張儒, (…中略…) 一弛一張, 迭相爲用.(汪道昆, 『太函集』 권52, 「海陽處士金仲翁配戴氏合葬墓志銘」)

430 近世士人一事佔畢, 何能復問家人產? 且恥言耕, 況賈乎? 有佳子弟能服賈, 爲父兄勸學, 此孫武三駟之法, 所謂一不勝而再勝者也.(董其昌, 『容台文集』 권8, 「王隱君墓志銘」)

물건을 쌓아두거나 교역하면서 십분의 일의 이익을 취하도록 모두 조절할 수 있었다. 흙으로 터를 닦고 나무로 얽어매고, 쇠와 돌과 벽돌을 고르는 세세한 것에까지 더욱 심혈을 기울여 계획했다. 이 때문에 집과 방이 정갈하고 뜨락과 밭의 구분이 모두 법도가 있었다. 당시에 부유하다고 일컬어진 사람 중에서도 교씨가 훨씬 부유했다."[431] 이렇게 공부도 하고 장사도 하는 것은 물질적인 재산을 추구하는 것 이외에 다른 이유는 없었다.

명대 통속문학에서도 이 방면에 대한 묘사를 볼 수 있다. 가령, 「곽정지방전인자郭挺之榜前認子」[432]의 서생 곽교郭喬는 여러 번 시험에 떨어져 마음이 울적해서 광동廣東 소주부韶州府 낙창현樂昌縣 지현知縣인 외삼촌에게 가 갑갑한 마음을 달래고 있었다. 여비와 생활비를 해결하려고 가족들에게 오백금의 물건을 사 가지고 광동의 한 객점을 찾아 가 좋은 값에 물건을 팔게 하니 이로 인해 적지 않은 돈을 벌었다.

> 곽교가 곽복郭福에게 물건이 잘 팔렸냐고 물으니 곽복이 말했다. "객주 덕분에 가져온 물건 시세를 아주 좋게 해서 금방 다 팔았어요. 원래 본전은 오백 냥인데, 지금 여비를 제하고도 잔고가 칠백 냥이니 실제로는 4할의 이익을 얻은 셈이죠." 곽교가 듣고 기뻐하며 말했다. "내가 처음 여기에 왔을 때 왕 어른께서 머무르라고 해서 아직도 고향에 돌아가지 못하고 있지.

431 自少穎銳, 讀書業文之餘, 卽留心治理, 故凡錢穀, 田賦, 書算, 法律, 米鹽, 布帛等等精練, 雖居積貿遷, 奇贏十一, 咸能操切. 至於土木基構, 鐵石瓴甓之細, 尤善心計. 是故堂室整潔, 園田部分, 悉有法. 一時號稱饒裕, 而喬氏益大焉.(陸深, 『儼山文集』 권75, 「九槐喬君夫婦合葬墓志銘」)

432 『石點頭』 제1권.

네가 공연히 은자를 많이 지키고 있어 봤자 여기서는 이익이 없어. 차라리 얼마가 되든 여비를 나에게 주고 남은 돈으로 물건을 다 사서 돌아가 팔고 다시 물건을 사가지고 와서 나를 만나도 늦지 않아. 주모主母에게 곧 편지를 써서 네가 간다고 알려줄께." 곽교의 명을 받자마자 곽복이 물건을 사러 갔음은 두 말할 것도 없다.[433]

비록 곽교는 직접 일을 하지는 않지만, 그가 오히려 사장이고 가족은 다만 점원일 뿐이다. 이는 우발적으로 장사를 하게 된 것이지만 또한 아주 쉽게 장기적으로 변할 수도 있으니, 이렇게 되면 곽교 또한 유자이면서 상인인 사람이다. 당시에 유자이면서 상인인 이런 사람들이 반드시 소수는 아니었을 것이니, 당시 사회에서 장사하는 풍조가 보편적이었음을 간단히 알 수 있다. 이처럼 우발적인 장사 행위는 물론 경제적 이익을 위한 것이기도 하지만, 다른 측면에서 보면 또한 장사에 대한 관념이 얼마간 바뀌었기 때문이라고 생각할 수도 있다.

하지만 "유학을 버리고 상업에 종사하는"것과 "유자이면서 또한 상인이 되는" 현상이 다수 나타난 것은 결코 사인과 상인의 지위가 이미 역전되었음을 의미하지는 않는다. 설령 상인 세력이 가장 강하고 상인의 지위가 가장 높았을 때조차도 그들은 여전히 사인 계층의 아래에 있었다. 이는 중국 전통 사회의 구조가 오직 일부의 사인만이 통치 계

433 郭喬因問郭福貨物賣的如何? 郭福道:"托主人之福, 帶來的貨物, 行情甚好, 不多時早都賣完了. 原是五百兩本錢, 如今除去盤費, 還淨存七百兩, 實得了加四的利錢, 也算好了." 郭喬聽了歡喜道:"我初到此, 王老爺留住, 也還未就回去. 你空守著許多銀子, 坐在此也無益. 莫若多寡留下些盤纏與我, 其餘你可盡買了, 回頭貨去賣了, 再買貨來接我, 亦未爲遲. 就報個信與主母也好." 郭福領命, 遂去置貨不題.

층에 진입하는 것을 허락하고 일반 상인에게는 근본적으로 그것이 불가능하도록 했기 때문이다. 그러므로 만일 상인이 정치권력을 얻고 통치 계층에 들어가고 싶다면, 거의 유일한 방법은 바로 "상인에서 유자로 진입"하는 것이다. 명대 사회에서는 이 또한 상당히 보편적인 현상이었다. 많은 가문과 개인이 "유자이면서 상인인 것" 역시 아마도 이러한 고려에서 나온 현상일 것이다.

가령, 왕신중王愼中의 증조인 왕서王瑞는 스스로 장사를 잘했지만 최소한 한 명의 자식은 책을 읽는 선비가 되어 온 가족의 사회적 지위를 향상시켜 주기를 바랬다.[434] 또 왕세정王世貞의 「첨처사묘지명詹處士墓志銘」에 나오는 묘주墓主인 첨걸詹傑은 장남에게는 장사를 시키고 차남에게는 공부를 시켰다. 하지만 작은 아들이 고문을 좋아하고 시문時文을 공부하지 않자 첨걸은 아들을 이렇게 책망했다. "과체문科體文을 널리 공부하지 않고 내팽겨 두면 출세할 수 있겠니? 지금 나라에서 바야흐로 과거를 중시하여 호걸들을 거의 다 모집하고 있는데 우리 첨씨만 하나도 없으니 첨씨라고 하기가 부끄럽구나. 내가 장사를 포기하지 않은 이유가 무엇 때문이었겠니?"[435] 과거를 그만두면 스스로 출세할 수 없다는 것, 이는 하나의 잔혹한 현실로써 상인 계층의 숙명을 결정했다.

명대문학에서도 "상인에서 유자가 되는" 주제를 자주 다룸으로써, 통치 계층에 대한 상인 계층의 영원한 동경 및 자신의 사회적 지위를 바꾸고자 하는 상인들의 꾸준한 노력을 드러내 보여주고 있다. 가령

434 王愼中, 『遵岩先生文集』 권37 「易直王處士墓志銘」.
435 若薄制科業不爲, 若能舍而自取通貴乎? 今國家方重科第, 以籠豪傑殆盡; 而吾詹獨寥寥焉, 使我愧稱詹! 且吾所以不棄若賈者, 何意也?(王世貞, 『弇州山人續稿』 권91)

「왕감생탐재취과부汪監生貪財娶寡婦」[436]에 나오는 한 상인은 자신의 사회적 지위를 바꾸려는 생각으로, 가망 없는 아들을 일념으로 공부시켜 과거에 응시하도록 했다.

> 가정부嘉定府 수수현秀水縣의 어떤 감생監生은 성이 왕汪씨고 이름은 상문尙文이며 호는 운생雲生으로 나이는 서른이다. 그의 아버지 왕예汪禮는 재주財主로서 원래 휘주徽州에 살고 있었는데 가흥嘉興에 와서 전당포를 여는 바람에 수수에 거주하게 되었다. 왕예는 부유하게 되자 예의를 생각하게 되었고 아들을 수재秀才로 만들기 위해 온갖 방법을 다 썼다. 어찌하랴, 운생의 학문이 성취가 없으니, 부현府縣에 얼마간 은자를 써서 연납捐納 증서를 끊고 수재로 등기했지만, 도고道考(省級 아래 지방관이 주관하는 시험)에 가자마자 바로 산통이 깨져버렸다. 이 때문에 왕예는 곧 그에게 부학附學의 자격을 돈으로 사 주어 남경감南京監의 감생으로 들어가게 하니 오히려 수재들과 우열을 가리지 않고도 남경에 가서 감생이 된 것이다.[437]

이 상인 아들은 머리가 나빠서 돈으로 사인 신분을 살 수 밖에 없었다. 그가 의지한 것은 당연히 금전이었으니, 이는 상인이 상인에서 유자로 진입하는 데 필요한 기본적인 무기였다. 공부하는 사람들이 생계의 압박으로 인해 어쩔 수 없이 유학을 버리고 장사하게 되는 현상과

---

436 『歡喜冤家』 제12회.

437 話說嘉定府秀水縣, 有一個監生, 姓汪, 名尙文, 又號雲生, 年長三十歲了. 他父親汪禮, 是個財主, 原住徽州, 因到嘉興開當, 遂居秀水. 那汪禮有了錢財, 便思禮貌, 千方百計, 要與兒子圖個秀才. 怎奈雲生學問無成, 府縣中使些銀子, 開了公折, 便已存案. 一上道考, 便掃興了. 故此汪禮便與他克買附學名色, 到南京監裏納了監生, 倒也與秀才們不相上下, 就往南京坐監.

이는 아주 선명한 대조가 되었으니, 이런 상인들은 당시에 그 수가 적지 않았을 것이다.

상인에서 유자가 되기를 바라는 대다수 상인 자제들이 반드시 모두 왕감생처럼 금전의 힘으로만 벼슬을 샀던 것은 아니며, 그들 중에는 아마도 머리가 충분히 좋은 사람도 있었을 것이다. 하지만 여전히 돈의 힘이 그들이 "유자가 되는 데" 강력한 뒷받침이 되었다. 그들 중 많은 사람들이 다들 성공해서 사인 계층에 신선한 기운을 가져다주었다. 가령, 전겸익錢謙益의 「조부군묘지명曹府君墓志銘」 속 한 상인 가족은, 선조들은 십분의 일의 이익을 좇아 절강浙江에서 장사를 했지만, 훗날 아버지는 국자감의 학생이 되고 그 자신은 진사가 되어 마침내 상인에서 사인으로 진입하는데 성공해 유업儒業을 닦아 고귀해질 수 있었다.[438] 또, 소주蘇州 동정洞庭 사람들은 "산 속에 부잣집이 많아 장사를 익혔지만", 부유한 상인 갈일룡葛一龍은 "책을 읽고 옛 것을 좋아하였다. 그래서 그는 재산을 다 써서 돈을 헌납해 낭중郎中이 되었고 바라던 하급 관직이라도 얻어 어머니를 위로하였으니"[439] 이 또한 성공적으로 상인에서 사인으로 진입한 것이다.

물론 그들 중 대다수는 「범거경계서사생교範巨卿雞黍死生交」의 범거경과 「양팔로월국기봉楊八老越國奇逢」의 양팔로, 「이월선할애구친부李月仙割愛救親夫」의 왕문보王文甫, 「허찰원감몽금승 왕씨자인풍획도許察院感夢擒僧 王氏子因風獲盜」의 왕록王祿처럼 여전히 실패했는데, 이는 경제적 조건의 압박 때문이거나 혹은 장사하는 전통을 차마 포기할 수 없었기

438 錢謙益, 『牧齋初學集』 권53.

439 山中多富室, 習爲行賈 (…中略…) 以讀書好古, 盡破其産, 入貲爲郎, 冀得一命, 以慰其母 (錢謙益, 『列朝詩集小傳』 丁集 하 「葛理問一龍」)

때문이다.

하지만 성공하든 실패하든 통치 계층에 진입하고자 했던 그들의 소망은 결코 바뀌어 질 수 없는 것이었다. 이러한 심리는 「전다처백정횡대 운퇴시자사당소錢多處白丁橫帶 運退時刺史當艄」[440]에 가장 생동감 있게 표현되었다.

> 소생의 집안에 있는 것은 돈이요 없는 것은 벼슬입니다. 게다가 저에게 지금 돈이 있지만 아무래도 집까지 가져가는 것은 불편하고, 또 사람의 인생이란 가을이면 시드는 초목과 같으니 돈을 좀 써서 벼슬자리라도 하나 취하는 게 낫지 않겠습니까? 돈을 못 벌 때도 소생의 집안은 원래 돈을 귀하게 여기지 않았습니다. 설령 성공하지 못하더라도 관리가 한번 되어 보고 바로 그만 두더라도 그 영광은 남는 거겠지요.[441]

이 소설은 당오대 문언 소설 「곽사군郭使君」을 본받아 그 주제와 정신이 기본적으로 일치하지만, 위에 인용된 말은 오히려 백화 소설에만 있는 것이니 관리가 되고자 갈망하는 명대 상인의 심리를 사뭇 잘 반영하고 있다. 그러나 이 밖에도 상인에서 유자가 되는 주제를 표현하고 있는 위의 작품들은 사람들에게 특별한 한 가지 깊은 인상을 주는데, 그것은 상인 계층이 자신의 경제적 능력에 대한 자신감을 가지고 정치적 지위를 추구하는 것이, 이성간의 사랑을 추구할 때 그들이 했

---

440 『拍案驚奇』 권22.

441 小弟家裏有的是錢, 沒的是官. 況且身邊現有錢財, 總是不便帶得到家, 何不於此處用了些, 博得個腰金衣紫, 也見人生一世, 草生一秋. 就是不賺得錢時, 小弟家裏原不稀罕這錢的, 就是不做得興時, 也只是做過了一番官了, 登時住了手, 那榮耀是落得的.

던 모습과 똑같다는 것이다. 이는 확실히 명대 상인의 기세를 보여주는 한 측면이다.

명대문학 역시 상인에서 유자가 되는 것은 오르막길을 가는 것이고, 유학을 버리고 상업에 종사하는 것은 내리막길을 가는 것이라고 표현했듯, 기본적인 사회 구조가 바뀌지 않았기 때문에 명대 문학에서 표현된 사인과 상인간의 신분 이동의 기본양상 및 그에 대한 명대문학의 태도는 여전히 송원 문학과 상당히 비슷한 부분이 있다고 말할 수 있다. 비록 그렇지만 더 깊은 층위에서는 송원문학과 다른 여러 가지 새로운 요소를 볼 수 있다. 가령, 사인이 유학을 버리고 상업에 종사하도록 이끈 것이 물질적 부의 유혹이라는 것, 그리고 상대적으로 더욱 농후해진 상업 중시의 사회적 풍조, 또 상인에서 유자가 되는 것을 뒷받침했던 상인의 금전적 배경 및 돈의 힘에 대한 자신감 등등이 바로 그것이다. 이상의 여러 측면들이 바로 새로운 시대적 분위기를 드러내며 명대 문학의 진보적인 측면을 표현하고 있다.

(2)

일찍이 송원 문학에서 사인과 상인간의 가문의 경계 및 가문 관념에 도전하는 젊은이들의 사랑을 표현한 적이 있다. 명대 문학에서는 사인과 상인관계의 새로운 변화에 따라 사상간의 혼인 관계도 새로운 특징을 드러내었다.

명대 사람의 마음속에 사인과 상인간의 가문의 경계가 여전히 존재하고, 언제나 사인 계층이 상인 계층보다 상대적으로 위에 있었음은 두 말할 필요가 없다. 그러나 구체적인 상황을 말하자면 그렇게 간단하지는 않다. 가난한 사인들은 결코 부유한 상인의 눈에 들어오지 않았고 설사 그들이 상인과 혼인 관계를 맺고 싶어도 상인들이 항상 그렇게 원했던 것도 아니다. 상인도 물론 사인과 혼인을 하고 싶어 하긴 했지만, 오히려 그들 스스로가 선택의 주도권을 가지는 경우가 많았고 그 선택의 조건도 상당히 엄격했으니, 즉 사인이 통치계층에 진입할 희망이 있어야 했던 것이다. 한마디로 말해서 이전 시대에 비해 명대의 상인 계층은 결혼 시장에서 더욱 흡인력이 있었고 선택의 여지가 있었다. 그 원인을 따져보면 그들이 경제적 능력을 갖추고 있었을 뿐만 아니라 이전 시대와 달리 상대적으로 무시당하지 않았기 때문이다. 명대문학은 이런 변화를 표현하고 있으니, 이 때문에 새로운 시대적 정취가 흘러넘친다.

가문에 관한 상인 계층의 열등감은 명대 문학에도 여전히 묘사하고 있다. 가령, 「증지마식파가형 힐초약교해진우贈芝麻識破假形 擷草藥巧諧眞偶」[442]의 절강 상인 장생蔣生은 "호광湖廣과 강서江西 지역에서 장사했는데"[443] "나이는 이십 여세로 용모가 준수했으며 수려한 눈매는 사람을 설레게 했다."[444] 객지에서 한 아름다운 여인이 마음에 들어 외모와 재주가 모두 배필로 삼을만하다고 스스로 생각했지만 다만 가문상의 장애가 존재했다.

---

442 『二刻拍案驚奇』 권29.

443 專一在湖廣, 江西地方做生意.

444 年紀二十多歲, 生得儀容俊美, 眉目動人.

그녀는 벼슬한 집안이고, 나는 일개 상인인데다 또한 다른 마을 사람이지. 그러니 혼인을 허락한 남자는 없다 해도 내가 그녀의 남편이 될 수는 없을 거야. 만약 얼굴만 따지면 부부가 되는 게 딱 맞지. 어떻게든 인온대사氤氳大使(혼인을 주관하는 신)께서 우리를 맺어주시면 좋을 텐데![445]

나중에 그가 그 아가씨를 만날 기회가 생겼을 때, 여전히 열등감에 싸여 "장사하는 사람이라 유업을 익히지 않았으니 가풍을 더럽힐까 염려됩니다"[446]라고 털어 놓는 것을 보면, 그 열등감이 깊음을 엿볼 수 있다. 그가 나중에 그녀를 얻을 수 있었던 것은 초자연적 요소의 도움을 받아서였다. 나중에 나온 「요호교합양연 장랑종해항려妖狐巧合良緣蔣郎終偕伉儷」[447]에서 그 젊은 아가씨의 가문이 아예 상인으로 바뀐 것은 이런 가문의 장애 요인을 피한 것이다.

「황수재요영옥마추黃秀才徼靈玉馬墜」[448]의 여주인공 한옥아韓玉娥는 휘주 상인 한옹韓翁의 딸인데, 배에 오른 황생黃生이라는 서생을 보자마자 그를 마음 속 깊이 사랑하게 된다. 그러나 그녀의 낭만적이고 열정적인 사랑 속에도 자신이 속한 계층을 얕보며 자기 신분을 바꾸고자 하는 의식이 뒤섞여 있다.

나는 상인 집안에서 나고 자라 상인의 아내가 되는 것을 부끄럽게 여겼으니 만약 이 서생과 혼인할 수 있다면 어찌 간절한 소망을 이룬 것이 아닐까?[449]

---

445 他是個仕宦人家, 我是個商賈, 又是外鄉. 雖是未許下丈夫, 料不是我想得著的. 若只論起一雙的面龐, 卻該做一對才不虧了人. 怎生得氤氳大使做一個主便好!
446 又是經商之人, 不習儒業, 只恐有玷門風.
447 『型世言』 제38회.
448 『醒世恒言』 권32.

나중에 황생이 과연 과거 급제하여 그녀는 마침내 소원을 이루었고 자신의 신분을 바꾸어 사대부의 아내가 되었다. 이를 통해 가문에 대한 상인 계층의 열등감이 얼마나 뿌리 깊은지를 또한 엿볼 수 있으니, 이처럼 낭만적인 사랑에서조차도 그런 흔적이 물들어 있었던 것이다.

또한 똑같은 열등감 때문에 「한시랑비작부인 고제공연거랑서韓侍郎婢作夫人 顧提控掾居郎署」[450]의 휘주 상인은 혼인 문제에 있어서 관리에게 그토록 아부했던 것이다. 그는 한시랑韓侍郎이 첩을 한 명 들이려 한다는 말을 듣고, "관직을 탐해" "오히려 예물을 딸려 주며"[451] 수양딸을 시집보낸다.

> 원래 휘주 사람에게는 괴벽이 있으니, 바로 오사모烏紗帽와 홍수혜紅繡鞋다. 일생동안 벼슬과 신부 이 두 가지에 대해서는 돈을 아끼지 않지만 그 나머지 여러 일들에는 쩨쩨하고 인색하다. 한시랑이 첩을 들이려고 반쯤은 정신이 나가 축 늘어졌다는 말을 듣고, 꿈자리가 딱 맞다고 스스로 우쭐대며 혼사가 성사되길 간절히 바랬다. (…중략…) 휘주 상인은 재물을 아끼지 않고 오히려 자기 딸과 함께 예물을 딸려 보내 다만 관직 하나를 얻으면 된다는 생각을 하며 마음속으로 스스로 흡족해했다. (…중략…) 그는 혼사 일을 크게 벌려 스스로 결혼 예복을 입고 요란하게 풍악을 울리며 애랑愛娘을 관선官船에 태워 보냈다. (…중략…) 휘주 상인은 한시랑의 의붓아비로 불리며 계속 왕래가 끊이지 않았다.[452]

---

449 我生長賈家, 恥爲販夫販婦, 若與此生得偕伉儷, 豈非至願?

450 『二刻拍案驚奇』 권15.

451 貪個紗帽往來, (…中略…) 反賠嫁裝.

452 元來徽州人有個僻性, 是烏紗帽, 紅繡鞋, 一生只這兩件不爭銀子, 其餘諸事慳吝了. 聽見

이 휘주 상인의 심리에 본래 열등감이라는 요소가 있었기에 이런 식으로 일을 처리한 것이다.

이상의 몇몇 소설들은 비록 상인 계층의 가문에 대한 열등감을 표현했지만 주목할 만한 것은 그 가운데 묘사된 사인과 상인간의 혼인이 오히려 대부분 다 아름답고 원만한 결말을 맺었다는 것이다. 이는 비단 애정상의 요인뿐만 아니라 상인 계층이 경제적 능력을 갖추고 있었기 때문이기도 하다. 바로 이 경제적 능력은 또한 사인 계층에게도 상당한 매력이 있었다.

「황수재요영옥마추」에 나오는 황생은 "원래 벌열 명문가"였고, 자신도 "학식이 풍부하고 문재文才가 출중하여 동년배 가운데서 재자才子로 꼽혔지만" "부모가 일찍 죽어 집안이 쇠락해져서"[453] 일시에 의지할 데 없이 가난해졌다. 그래서 한옥아를 우연히 만나 사랑하게 되었을 때는 오히려 자기가 상대방에게 어울리지 않는다고 생각했다.

> 아가씨는 존귀하신 어르신의 사랑하는 따님이고, 소생은 객지를 떠도는 가난한 유생이니 설사 어르신께 중매를 넣더라도 반드시 허락하지는 않으실 거에요.[454]

說個韓侍郎娶妾, 先自軟攤了半邊, 自誇夢兆有准, 巴不得就成了 (…中略…) 徽商認做自己女兒, 不爭財物, 反賠嫁裝, 只貪個紗帽往來, 便自心滿意足 (…中略…) 徽商受了, 增添嫁事, 自己穿了大服, 大吹大擂, 將愛娘送下官船上來 …中略… 那徽商認作幹爺, 兀自往來不絕.

453 原是閥閱名門 (…中略…) 學富五車, 才傾八鬥, 同輩之中, 推爲才子. (…中略…) 父母早喪, 家道零落.

454 小娘子乃尊翁之愛女, 小生逆旅貧儒, 即使通媒尊翁, 未必肯從.

그가 혼인의 성사여부를 비관적으로 말하는 까닭 역시 상대방은 부유한 상인 집안 출신이지만 자신은 가난한 서생에 불과하기 때문이다. 더 나아가 말하자면, 상대방의 경제적 조건이 그에게도 암암리에 흡인력이 있었는지에 대해서 소설은 비록 명확하게 서술하고 있지 않지만, 또한 미루어 짐작할 수 있는 것이다.

「한수재승란빙교처 오태수련재주인부韓秀才乘亂聘嬌妻 吳太守憐才主姻簿」[455]의 가난한 한수재는 "우리 집안이 만약 조금만 나아지면, 명문가에서 혼인을 맺으러 오지 않겠어? 이 부유한 상인도 명문대가는 아니지만 귀한 편이긴 해!"[456]라고 말하는 것에서 알 수 있듯, 비록 고귀한 집안과 혼인을 맺고 싶지 않은 것은 아니었지만, 그렇다고 상인을 반드시 안중에 둔 것도 아니었다. 하지만 그는 찢어지게 가난했기 때문에 "똑같은 유생 집안의 딸"도 그와 혼인하기를 원하지 않아서 결국 상인 집안과 혼인을 맺는 것에 동의한다. 그가 당시에 사심이 생긴 것은 상인의 딸이 예쁘다는 것을 알았을 뿐만 아니라 상인 집안 "아내의 재산"에도 욕심이 났기 때문이다. 나중에 그가 자신의 혼약을 포기하지 않으려 한 것도 대체로 같은 이유에서였다. 이로 보면, 사인과 상인간의 혼인에 있어서 설령 사인이 가문상 우위를 점하고 있다 해도, 경제적 측면에서는 상인이 우세를 점하고 있어서 양자가 서로를 끌어당기면 성공할 가능성이 있었다.

자격지심으로 인해 상인이 한결같은 마음으로 사인과 혼인을 맺고 싶어 하긴 했지만, 모든 사인들이 그들의 안중에 있었다고 말할 수는 없다. 그들이 혼인을 맺고 싶은 사인은 통치계층에 진입할 희망이 있

455 『拍案驚奇』 권10.

456 吾輩若有寸進, 怕沒有名門舊族來結絲蘿? 這一個富商, 又非大家, 直恁稀罕!

는 사람이지, 그저 그런 평범한 인재가 아니다. 이 때문에 적합한 사람을 선택하는 것이 바로 하나의 중요한 일이 되었다. 적당한 후보를 고를 때 상인들은 충분히 주도권을 가지고 있었으며, 일반적인 사인들은 종종 선택을 받는 위치에 있었다. 이 점은 애초 상인이 사인과 혼인을 맺고 싶어 하는 열등감과 맞물려 아이러니한 의미의 전도를 만들어 내고 있다. 이런 의미에서 상인은 혼인 시장에서 사인이 돌아봐 주기를 갈망하는 구애자라기 보다는 차라리 더 많은 이익을 얻고자 갈망하는 투자자와 같다고 할 수 있다. 그들은 전도유망한 사인과 혼인을 맺음으로써 장래에 배가된 이익을 회수하기를 바랐다. 바로 이 점에서 명대 상인 계층의 상당히 강한 역량을 볼 수 있으며, 이는 송원 문학에서는 볼 수 없는 것이다.

가령, 「전수재착점봉황주錢秀才錯占鳳凰儔」[457]의 상인 고찬高贊은 "빼어나게 아름다운" 딸이 있었는데 상인 계층의 열등감으로 인해, 그리고 지위와 처지를 개선하고자 하는 소원 때문에 일념으로 자신의 딸을 자기 계층의 상인이 아닌 사인에게 시집보내고자 하였다. 이를 위해 그는 엄격한 조건을 마련하여 사인을 선발했다.

> 고찬은 딸의 인물됨이 단정하고 또 총명해서 비슷한 집안의 사람을 그녀의 배우자로 원하지 않았고, 반드시 책 읽는 군자들 중에서 재능과 용모를 겸비한 배우자를 간택하고자 하였다. 예물의 많고 적음은 상관하지 않고 만약 상대방의 조건이 좋으면 스스로 혼수를 더 보태어 시집보내기를 원

457 『醒世恒言』 권7.

했다. 얼마나 많은 부호 집안이 날마다 와서 구혼했는지 모르지만, 고찬은 그들 자제의 재능이 무리를 압도하지 못하거나 용모가 출중하지 않으면 일찍이 허락한 적이 없었다.[458]

나중에 그가 마침내 선택한 사람은 "집안 대대로 책의 향기가 있고", "시서詩書를 배불리 읽어 고금의 일을 널리 아는, 게다가 풍채까지 빼어난 인재"[459]인 수재秀才 전청錢青이었다. 비록 전청은 당시에 이미 "재산은 미미하고 불행히도 부모도 일찍 죽어 더욱 초라한 신세가 되어", "스무 살이 되도록 아내를 맞이할 능력이 없었다."[460] 고찬의 면접 기준은 두 가지에 불과했는데, 첫째는 "외재外才", 곧 외모와 생김새였으며, 둘째는 "내재內才", 즉 학문의 기초를 보는 것이었다.

고찬이 생각했다. '외모는 수려하지만, 학식이 어떤지는 모르잖아. 일단 선생과 그 아이를 서로 만나보게 해서 한번 따져 물어보면 바로 학식이 있는지 없는지 알 수 있지.'[461]

면접의 결과는 물론 합격이었다. 고찬이 그의 "내재"를 시험하고자 했던 까닭은 바로 그가 과거에 성공하여 통치 계층에 진입할 희망이

---

458 高贊見女兒人物整齊, 且又聰明, 不肯將他配個平等之人, 定要揀個讀書君子, 才貌兼全的配他, 聘禮厚薄到也不論, 若對頭好時, 就賠些妝奩嫁去, 也自情願. 有多少豪門富室, 日來求親的, 高贊訪得他子弟才不壓衆, 貌不超群, 所以不曾許允.

459 家世書香, (…中略…) 飽讀詩書, 廣知今古, 更兼一表人才.

460 産微業薄, 不幸父母早喪, 愈加零替, (…中略…) 年當弱冠, 無力娶妻.

461 高贊想道 : "外才已是美了, 不知他學問如何? 且請先生和兒子出來相見, 盤他一盤, 便見有學無學."

있는 지를 보기 위해서였다. 훗날 전청은 혼인한 후 과연 "일거에 명성을 얻어" 상인 고찬의 소원을 마침내 실현시켜 주었고, 당초의 '투자'도 헛되지 않게 해주었다.

또한 「장정수도생구부張廷秀逃生救父」[462]의 부유한 상인 왕원외王員外가 다른 사람의 반대를 무릅쓰고 한결같이 소목장小木匠의 아들을 사위 삼으려 했던 것도 그 젊은이가 독서를 잘 해서 장래에 "과거 급제하여" 집안에 이익을 가져다 줄 것이기 때문이었다.

> 왕원외는 사랑하는 딸인지라 재주와 용모를 겸비한 사위를 선택하고자 하였다. 하지만 그토록 많은 집안과 혼사를 논했음에도 마음에 든 사람이 아무도 없었다. 장정수張廷秀가 부지런히 독서하는 것을 보고 오히려 그를 사위로 삼으려는 마음이 생겼다. 공부에 성취가 없을까 염려하여 몰래 선생께 여쭈어 보니, 선생은 두 아이의 문장을 극구 칭찬하며 반드시 큰 인물이 될 거라고 말했다. 왕원외는 선생의 칭찬이 너무 과분한 것을 보고 그냥 면전에서 아첨하는 말이라고 생각해 오히려 마음을 놓지 못하고 몇 편의 문장을 받아 잘 아는 노학老學에게 보여주니 선생의 말과 부합했다. 기분이 좋아 아내와 상의하니 서씨徐氏도 그가 재능이 출중하고 책 읽는 것도 좋아한다고 하면서 힘껏 부추겨서 왕원외의 생각은 이미 정해졌다.[463]

---

462 『醒世恒言』 권20.

463 王員外因是愛女, 要揀個有才貌的女婿. 不知說過多少人家, 再沒有中意的. 看見廷秀勤謹讀書, 到有心就要把他爲婿. 還恐不能成就, 私下詢問先生. 先生極口稱贊二子文章, 必然是個大器. 王員外見先生贊揚太過, 只道是面諛之詞, 反放心不下, 即討幾篇文字, 送與相識老學觀看, 所言與先生相合. 心下喜歡, 來對渾家商議. 徐氏也愛他人材出衆, 又肯讀書, 一力攛掇. 王員外的主意已定.

상인 고찬처럼 왕원외도 전도유망한 선비를 사위로 맞이하고 싶어서 이를 위해 "철저한 테스트摸底測驗"를 했고, "철저한 테스트"에 합격한 후에야 마침내 결심할 수 있었다. 다음과 같이 그는 자신의 생각을 말하고 있는데, 이는 곧 장래의 이익을 위한 것이었다.

> 속담에 "혼사를 잘 하는 이는 결혼상대자와 혼인하고, 혼사를 잘 못하는 사람은 가문과 혼인한다會嫁嫁對頭, 不會嫁嫁門樓"고 했지요. 내가 이 혼사를 위해 그렇게 많은 자제들을 보았지만 결코 한 사람도 눈에 들어오지 않았어요. 그는 비록 보잘 것 없는 집안 출신이지만, 용모가 당당하고 재능이 출중하며 또 독서를 좋아하여 짓는 문장마다 사람들이 다 칭찬하면서 반드시 과거에 급제할 거라고 말하지요. (…중략…) 지금 비록 비웃는 사람이 있더라도 한때일 뿐이고, 만약 훗날 어떤 좋은 일이 생기면 내가 선견지명이 있었음을 알게 되겠죠.[464]

나중에 이 사위는 과연 기대를 저버리지 않고 진사에 급제하여 관리가 되었고 "관직은 상서에까지 이르렀으며" "자손들도 과거급제가 끊이지 않았다."[465] 이 상인의 '선견'은 실증된 셈이고 그의 '투자'도 보답을 받았다.

또 「병송균열녀유방 도려질치아수화秉松筠烈女流芳 圖麗質癡兒受禍」[466]의 정옹程翁은 "구주衢州 등지에서 나무를 채벌하여 절서浙西와 남직南直

---

464 常言道:"會嫁嫁對頭, 不會嫁嫁門樓."我爲這親事, 不知揀過多少子弟, 並沒有一個入的眼. 他雖是小家出身, 生得相貌堂堂, 人材出衆; 且又肯讀書, 做的文字人人都稱贊, 說他定有科甲之分 (…中略…) 如今縱有人笑話, 不過是一時; 倘後來有些好處, 方見我有先見之明.

465 官至八座之位 (…中略…) 子孫科甲不絶.

466 『醉醒石』 제4회.

에 판매하는"[467] 목재상으로 한 쌍의 총명한 아들딸이 있었는데 한결같이 사인과 혼인을 맺고 싶어 했다.

> 일개 상인인지라 문장과 서예에 조예가 깊지 않지만, 문묵지사文墨之士들을 지극히 사랑하여 집안에 서화가 쌓이는 것을 즐거워한다고 스스로 말했다. 아들딸들은 어려서부터 선생님을 청해 가르쳐서 국영菊英은 곧 글을 이해하고 글자를 알았으며 서예를 잘 했으니 (…중략…) 재예才藝로는 또한 여자 중의 최고였다. 정옹 부부는 항상 "우리 딸은 분명 속인의 아내가 되지는 않을 거야"라고 말했다. (…중략…) 정식程式이 먼저 유생儒生 집안의 딸에게 장가 들었고, 또 딸에게도 유가 집안의 아들을 선택해 주고자 하였다.[468]

그가 직접 고른 사위는 같은 마을 장수재張秀才의 아들이었으니, "눈매가 수려하고 행동은 단아하며 지극히 총명하였고, 또 책 읽는 것을 아주 좋아했다. 다만 집안이 매우 가난하였다." "정옹은 그의 인품을 보자 그의 재주와 학식을 알아보고 장차 딸을 그에게 시집보내고자 하였다."[469] 원래 그도 고찬과 왕원외처럼 '선견지명'에 의지해 훌륭한 사위를 얻을 수 있었지만 나중에 오히려 뜻밖의 사건이 발생하여 이 혼인은 비극으로 끝을 맺었다. 하지만 정옹의 생각도 사실 사위 선택을 통해 장래에 있을 법한 이득을 얻고자 한 것이었다.

---

467 常在衢處等府采判木植, 商販浙西, 南直地方.

468 且自道是個賈豎, 不深於文墨, 極愛文墨之士, 家中喜積些書畫. 兒女自小就請先生教學, 故此菊英便也知書, 識字, 能寫 (…中略…) 只才藝也是姬人領袖. 程翁夫婦常道: "我這女兒, 定不作俗子之妻." (…中略…) 先爲程式娶了一個儒家之女, 又要爲女兒擇一儒家之男.

469 程生得眉目疏秀, 擧止端雅, 極聰明, 卻又極肯讀書. 只是家事極甚清寒 (…中略…) 翁見了他人品, 訪知他才學, 要將女兒把他.

사인과 혼인을 맺는 것은 일종의 '투자'였으니, 사인의 앞길은 언제나 예측하지 못할 정도로 변화가 심했다. ─그들은 하루아침에 벼락출세할 수도 있지만 평생토록 가난하고 초라하게 지낼 수도 있었으니 어떻게 적합한 후보를 선택할 지가 곧 하나의 풀기 어려운 문제가 되었다. 고찬과 왕원외는 모두 성공한 사람으로 선견지명이 있었다. 그들은 한결같이 딸을 사인에게 시집보내려 했고 또 정말로 전도유망한 '젊은 인재'를 발견할 수도 있었다. 하지만 결코 모든 상인들이 다 그들처럼 행운이 따르고 그들처럼 사람의 능력을 알아볼 수 있는 것도 아니었다. 안목이 없는 상인들은 아마도 장래성이 없는 사인을 선택하거나 전도유망한 상인을 놓쳐버렸을 것이다. 「한수재승란빙교처 오태수연재주인부韓秀才乘亂聘嬌妻 吳太守憐才主姻簿」의 휘주 상인 김조봉金朝奉 이야기는 바로 상인들의 이런 곤란한 처지를 상징적으로 반영하고 있다. 김조봉은 황제가 궁녀들을 선발하려고 한다는 소문을 듣고서 황급히 딸을 가난한 수재인 한자문韓子文에게 주기로 하였다. 나중에 소문이 가라앉자 김조봉은 "점점 더 후회하는 마음이 생겨" "딸을 가난한 유생에게 시집보내는 것이 아쉬웠다."[470] 왜냐하면, "그는 가난한 유생으로 얼굴에 가득 입가 주름餓文이 있는 걸 보면 평생 출세하긴 글러먹어서 (…중략…) 아무리 생각해도 과거에 급제하지 못할 테니 내 딸을 어떻게 그에게 시집보내겠나?"[471]는 생각이 들었기 때문이다. 이때 마침 같은 휘주 상인인 정조봉程朝奉을 우연히 만났는데, 그는 김조봉에게 딸을 자신의 아들에게 시집보내라고 힘껏 권유했다. "제 자식 놈

470 漸漸的懊悔起來, (…中略…) 不舍得把女兒嫁與窮儒.

471 那人是個窮儒, 我看他滿臉餓文, 一世也不能夠發跡 (…中略…) 料想也中不成, 教我女兒如何嫁得他?

이 비록 재주는 없지만 그래도 가난에 찌든 아귀餓鬼보다는 낫지요."[472] 이에 김조봉은 약혼을 파기하려고 생각했지만, 뜻밖에도 태수가 한수재의 편을 들어 소송에서 져서 어쩔 수 없이 딸을 한수재에게 시집보내야했다. 예상과 달리 나중에 한수재가 "봄과 가을 두 번의 시험에서 연달아 갑제甲第로 등과하니 김씨의 딸은 저절로 부인夫人의 칭호를 얻었다. 장인은 예전 일을 생각하며 부끄러워 몸 둘 바를 몰랐다. 만약 오늘 같은 날이 있을 줄 알았다면 기꺼이 첩으로라도 딸을 그에게 보냈을 것이다."[473] 김조봉은 동시에 두 가지 곤경을 경험해 본 듯하다. 먼저 그는 급한 마음에 장래성 없는 가난한 사인을 선택해 딸을 시집보낼 것을 허락했다. 나중에 그는 또한 그 가난한 선비가 가망이 없다고 잘못 생각하여 하마터면 앞길이 탄탄한 선비와 혼인을 맺을 좋은 기회를 놓칠 뻔 했다. 이 때문에 그는 소설가에게 안목이 없다고 비웃음을 받는다. 하지만 설령 그가 고찬과 왕원외의 안목에 미치지 못한다고 해도 사인과의 혼인에 관한 기본적인 생각은 오히려 고찬과 왕원외와 어떤 차이도 없다. 그것은 바로 전도유망한 사인과 혼인을 맺어야 하며 장래성이 없는 사인을 배제해야 한다는 것이다.

바로 김조봉의 예에서 드러나듯 적합한 사인을 배우자로 선택함에 있어서 모든 상인이 결코 성공할 수 있는 것은 아니다. 대부분의 상인이 다 평범한 속인이니 차라리 '식견이 좁은' 문제점을 피하기 어렵다고 하는 게 낫겠다. 이는 바로 위 소설에서 다음과 같이 말한 바와 같다.

472 犬子雖則不才, 也强如那窮酸餓鬼.
473 春秋兩闈, 聯登甲第, 金家女兒已自做了夫人. 丈人思想前情, 慚悔無及. 若預先知有今日, 就是把女兒與他爲妾, 也情願了.

> 지금 세상 사람들은 권세와 이익에 대한 생각으로 뱃속이 가득 차 있다. 과거에 새로 급제한 거인擧人이나 진사進士를 보면, 그가 딸을 낳으면 며느리로 삼겠다고 다투어 오고, 아들을 낳으면 사위로 삼겠다고 비집고 온다. 만일 사돈을 맺은 사인이 관직이 낮고 봉급이 적거나 하루아침에 요절이라도 하면, 그대로 가난한 공자나 가난한 아씨에 머무르니 그 때가서 후회해 봤자 이미 늦은 것이다. 가난한 서생에 불과한 자가 부잣집 딸에게 청혼하면 캄캄하고 축축한 하수구에 살면서 하늘을 나는 백조 고기 먹을 생각을 한다고 하면서 그를 비웃는다. 그러다가 갑자기 젊은 나이에 그가 높은 성적으로 과거에 급제하면 사람들은 후회하면서 자신의 안목 없음을 원망하거나 아니면 딸이 박복하다고 한탄한다.[474]

위 이야기는 아마도 당시 혼인 시장의 상황을 반영하고 있는 듯하다. 새로 급제한 거인과 진사 및 그들의 자녀는 잘 팔리는 인기 상품이고, 가난한 서생은 쉽게 팔리지 않는 적체 상품이다. 상인의 관념은 대체로 이랬던 것 같다. 다만 사인의 앞길이 변화무쌍하여 그들의 시세도 항상 기복이 심한 것일 뿐이다. 대부분의 상인들은 사인들의 시세를 파악하기 어렵기 때문에 매순간 기회를 놓쳐 후회할까 염려할 뿐이다. 그래서 소설가는 아래 대답처럼 상인들에게 앞뒤 가리지 말고 먼저 딸을 가난한 서생에게 시집보내고 나서 다시 생각해 보라고 권유한다. 이는 바로 복권을 사는 것과 비슷하다. 아무리 희망이 아득하다고

---

474 如今世人一肚皮勢利念頭. 見一個人新中了擧人, 進士, 生得女兒, 便有人搶來定他爲媳; 生得男兒, 便有人捱來許他爲婿. 萬一官卑祿薄, 一旦夭亡, 仍舊是個窮公子, 窮小姐, 此時懊悔, 已自遲了. 盡有貧苦的書生, 向富貴人家求婚, 便笑他陰溝洞裏思量天鵝肉吃. 忽然靑年高第, 然後大家懊悔起來, 不怨悵自己沒有眼睛, 便嗟歎女兒無福消受.

해도 희망이란 늘 존재하는 법이니까.

> 여보게 이야기꾼아, 당신은 또 틀렸어. 세상의 선량한 이들도 끝내 가난한 경우가 있으니, 설마 사람들 모두가 다 벼슬할 수 있겠나? "외상은 현금만 못하다"는 속담이 옳으니 딸을 부잣집 노인에게 시집보내 현재의 유쾌한 삶을 누려 봄이 낫지 않겠나?
>
> 여보소 당신이 모르는 게 있어요. 바로 사위 고르는 법이지요. 모든 건 다 운명을 따라 가는 법이니 한번 먹고 마시는 것도 미리 정해지지 않은 것이 없지요. 필시 글 읽는 선비에게 시집가는 것보다 못할 겁니다. 완전히 가망이 없는 사람은 없으니까요.[475]

하지만 소설가가 말하기는 쉽지만 상인이 결심하기는 어렵다. 만일 사위가 정말로 "끝내 가난한" "선량한 이"로 머문다면 딸의 일생도 그와 함께 끝난 것이므로! 따라서 소설가의 말은 사인의 일방적인 바람에 불과한 것일 뿐, 상인이 그의 바람대로 아무 선비에게나 딸을 시집보내지는 않을 것이다.

사인과 상인이 혼인을 맺는 내용을 묘사한 위 소설들은 한편으로는 비록 상인의 열등감을 표현하고 있다고 말할 수도 있겠지만, 다른 한편으로는 사실 상인이 자신의 경제적 능력에 의지해 사인 계층에게 도전장을 내밀고 통치 계층을 넘보는 경향을 우회적으로 표현했다고 말

---

475 說話的, 你又差了. 天下好人也有窮到底的, 難道一個個爲官不成? 俗語道得好 : "賒得不如現得." 何如把女兒嫁了一個富翁, 且享此目前的快活? 看官有所不知, 就是會擇婿的, 也都要跟著命走, 一飮一啄, 莫非前定, 卻畢竟不如嫁了個讀書人, 到底不是個沒望頭的.

할 수도 있다. 이런 측면에서 보면, 사상간의 혼인을 다루고 있는 명대 문학의 표현은 이전 시대 문학과는 상당히 다른 독특한 점을 보여주고 있다. 만약 사인과 상인의 혼인을 사상 관계의 좋고 나쁨을 보여주는 징표로 볼 수 있다면, 명대 문학은 확실히 이러한 징표를 매우 인상적으로 묘사했다.

(3)

송원문학에서 일찍이 출현했던 일련의 작품에는 사인과 상인 관계의 또 다른 측면이 표현되어 있다. 즉 현실 생활에서 상인 계층에게 심리적 압박을 느낀 문인들은 상인 계층에 대한 우월감과 이런 압박을 결합하여 일련의 환상적인 작품을 창조했는데, 이들 작품에는 기방에서의 상인에 대한 사인의 환상적인 승리가 표현되어 있다. 명대 문학에서도 사인의 이런 환상을 표현한 작품은 계속 출현했는데, 그 속의 상인은 여전히 사인의 상대가 되지 못하는 것으로 묘사된다. 하지만 때때로 생각지도 못한 상황이 출현하기도 해서 문학 바깥의 현실에서는 소설과 상반된 사실이 존재했음을 드러내기도 한다.

「중명희춘풍조류칠衆名姬春風吊柳七」[476]은 「유기경시주완강루기柳耆卿詩酒玩江樓記」를 개작하여 기방에서의 유영柳永의 완전한 승리를 묘사한 것으로, 사인의 환상을 표현하고 있는 전형적인 작품이다. 그 중 특히 상인과 관련된 대목이 둘인데, 모두 사인과 상인의 '애정 관계'를 둘러싼 각축 및 문인의 각색에 의한 사인의 필연적 승리를 묘사하고 있

476 『喩世明言』 권12.

다. 그 중 하나는 명기 주월선周月仙과 사인 황수재黃秀才 및 상인 유이원외劉二員外간의 삼각관계다. 유이원외와 황수재가 주월선을 놓고 다투는데, 주월선 본인은 황수재와 서로 사귀며 좋아하지만 능력에 있어서 황수재는 유이원외의 적수가 되지 못한다. 하지만 마침 황수재가 실패할 즈음 더욱 능력 있는 다른 한 명의 사인 유영의 개입으로 이 상황에 근본적인 변화가 발생한다. 이는 원잡극元雜劇의 상투적인 수법으로, 사인이 재능에만 의지해서는 돈 많은 상인에게 대항할 수 없지만 권력을 더하면 반드시 이긴다는 원칙이 이 소설에도 여전히 적용되고 있는 것이다. 다만, 원잡극은 사인의 재능과 권력이라는 두 측면을 동일한 한 사람의 전후 변화로 처리했는데, 이 소설은 이를 두 명의 배역에게 분담시켜 표현하고 있다. 이 소설의 전신인 「유기경시주완강루기」는 원래 주월선과 상인의 사이가 좋았는데, 나중에 권력을 얻은 유영이 그 권력을 이용해 그녀를 상인에게서 빼앗아 오는 내용이다. 서로 다른 이 두 종류의 이야기 전개는 유영과 상인의 인물 형상화와 크게 관련이 있지만,[477] 사인과 상인이 기생을 두고 다투는 주제에서 문인인 작가가 항상 사인을 우위에 놓는 경향이 있다는 점에 있어서는 두 편의 소설이 사실상 어떤 차이도 없다.

이 소설 속의 또 한 명의 상인 및 여인과 사인의 삼각관계 이야기는 강주江州 기생 사옥영謝玉英과 신안新安의 대상인 손원외孫員外 및 사인 유영 사이에서 벌어진 일이다. 강주를 지나며 유영은 명기 사옥영을 우

---

477 쉽게 알 수 있듯, 후자(「衆名姬春風吊柳七」)가 전자(「柳耆卿詩酒玩江樓記」)에 비해 더욱 사인다운 경향을 띠고 있다. 전자는 이 때문에 녹천관주인綠天館主人의 「喩世明言敘」에서 "비루하고 천박하니 구취가 향기롭지 않다."[鄙俚淺薄, 齒牙弗馨.]는 비판을 받는데, 이는 사인들의 공통적인 느낌으로 볼 수 있다.

연히 만나 첫 눈에 서로 사랑하게 된다. 그러나 공무가 있어아쉽게 이별하게 되어 유영이 임기가 끝나면 장안으로 함께 돌아가기로 하고, 이 기간 동안 사옥영은 "문을 닫고 손님을 받지 않으며 기다리겠다"고 약속한다. 하지만 유영이 삼년의 임기를 끝마치고 귀경길에 다시 강주에 도착해 사옥영과의 약속을 지키려고 했을 때, 오히려 그녀가 이미 예전의 약속을 저버리고 신안의 대상인과 사귀고 있다는 사실을 알게 된다.

> 원래 사옥영은 기경耆卿(유영의 字)과 헤어지고 처음에는 정말로 문을 닫고 손님을 거절했다. 일 년이 지난 후 기경의 안부를 알 수 없게 되자 이별의 슬픔을 견딜 수 없었고 게다가 생계를 꾸려 나갈 방법도 없게 되었다. 날마다 말과 수레를 타고 문 앞에 진을 친 손님들은 그녀에게 돌아와 떠날 줄 몰랐다. 닷새간의 부부생활을 생각해 보면 기경의 말이 진심인지 거짓인지 모르겠고, 또 한량들이 옆에서 부추기니 풍랑에 배가 뒤집히듯 마음이 바뀌어 예전처럼 손님을 접대하게 되었다. 신안 대상인 손원외는 자못 고상하고 교양이 있었는데 그녀와 일 년 넘게 사귀면서 천금이 넘는 돈을 썼다. 기경이 옥영의 집에 도착해 안부를 물을 때, 마침 손원외가 옥영을 불러 함께 호구湖口에 배를 타고 유람하러 가고 없었다.[478]

이는 '애정 관계'에서 사인이 경험한 첫 번째 큰 좌절로서, 상인이 항

478 原來謝玉英初別耆卿, 果然杜門絶客. 過了一年之後, 不見耆卿通問, 未免風愁月恨. 更兼日用之需, 無從進益; 日逐車馬塡門, 回他不脫. 想著五夜夫妻, 未知所言眞假; 又有閑漢, 從中攛掇. 不免又隨風倒舵, 依前接客. 有個新安大賈孫員外, 頗有文雅, 與他相處年餘, 費過千金. 耆卿到玉英家詢問, 正値孫員外邀玉英同往湖口看船去了.

상 패배자였던 것은 아니라는 사실을 드러내고 있다. 그러나 소설가는 당연히 사인이 끝까지 실패하는 것을 보고 싶지 않았기에 예상할만한 이야기의 반전을 이루어 낸다. 유영은 불쾌한 마음으로 벽에다가 사詞 한 수를 써서 사옥영이 신의를 저버렸음을 책망한 후, "소매를 떨치고 가버림"으로써 사인의 위엄을 보여준다. 사옥영은 돌아와 그 사를 본 후 부끄럽고 후회하는 마음이 그치지 않아 곧 상인을 버리고 동경東京으로 유영을 찾으러 간다.

> 그녀는 호구에서 뱃놀이를 하고 돌아와 벽에 써 있는 「격오동擊梧桐」이라는 사詞를 보고 거듭 읊어 보았다. 기경은 과연 정이 있는 사람으로 예전의 약속을 저버리지 않았다고 생각하니 스스로가 부끄럽고 참담했다. 손원외를 속여 집안의 짐을 수습해 배를 하나 빌려 곧장 동경으로 찾아 왔다.[479]

게다가 그녀는 "집안의 모든 집기를 가지고 와서 유영에게 조금의 부담도 주지 않았다."[480] 이렇게 사인은 저절로 큰 수확을 얻으며 완전히 승리하였고, 상인은 여지없이 참패하였다. 주목할 만한 것은 이 소설의 토대가 된 원래 소재에서는 "신안 대상인 손원외"라는 배역이 없었으며, 원나라 관한경關漢卿의 「전대윤지총사천향錢大尹智寵謝天香」에도 위의 대목이 없었다는 점이다. 이는 애정관계에서의 사인의 승리라는 주제를 표현하기 위해 전적으로 명대의 소설가가 추가한 것이다.

---

479 他從湖口看船回來, 見了壁上這只『擊梧桐』詞, 再三諷詠. 想著耆卿果是有情之人, 不負前約, 自覺慚愧. 瞞了孫員外, 收拾家私, 雇了船只, 一徑到東京來.

480 帶著一家一火前來, 並不費他分毫之事.

이 소설은 사인의 환상이 최고봉에 이른 작품이라고 할만하다. 유영의 장례식에는 "소복을 입은 온 도성의 기생들이 한 사람도 빠짐없이 와서 슬피 우는 소리에 땅이 흔들릴 정도였다." "장례를 치른 후 매년 청명 즈음에 화창한 봄바람이 불면, 약속이나 한 듯 온갖 명기들이 함께 모여 각자 제사 예물을 갖추어 유칠관柳七官(유영)의 묘지에 와서 종이돈을 붙여 놓고 성묘를 하니, 이를 '유칠을 조문한다吊柳七'고 부르거나 '풍류총에 오른다上風流塚'고 하였다."[481] 이와 같은 묘사는 바로 사인의 환상을 드러내고 있다. 문인들의 붓 끝에서 영원히 상인들은 이러한 특별한 영예를 향유할 자격이 없었던 것이다.

상인이 '애정 관계'에서 사인에게 패배하는 이야기로는 또 「옥당춘락난봉부玉堂春落難逢夫」도 있다. 그 속의 명기 옥소저玉小姐는 온 마음이 사인 왕공자王公子에게 쏠려 있어서 다른 손님을 접대하려고 하지 않아, 산서山西 객상 심홍沈洪 역시 그녀를 만나려고 했지만 단호히 거절당한다.

> 서루西樓에 있는 한 손님은 산서山西 평양부平陽府 홍동현洪同縣 사람으로, 은자 만냥을 가지고 북경에 와서 말을 판매했다. 이 사람의 성은 심沈이요 이름은 홍洪인데, 옥당춘玉堂春의 명성을 듣고 특별히 찾아왔다. (…중략…) 옥소저가 크게 놀라 "어떤 분이신지요?"라고 물으니 이렇게 대답했다. "소인은 산서 사람 심홍으로, 몇 만 냥의 자금을 가지고 이곳에서 말

481 只見一片縞素, 滿城妓家, 無一人不到, 哀聲震地. (…中略…) 自葬後, 每年清明左右, 春風駘蕩, 諸名姬不約而同, 各備祭禮, 往柳七官人墳上, 掛紙錢拜掃, 喚做'吊柳七', 又喚做'上風流塚.'

을 판매합니다. 옥소저의 명성을 듣고 오래전부터 사모해왔는데 얼굴을 뵙지는 못했지요. 오늘 만나게 되니 마치 먹구름이 걷히고 하늘이 갠 듯합니다. 바라건대 옥소저께서 저를 내치지 마시고 함께 서루에 가셨으면 합니다." 옥소저는 화를 내며 이렇게 말했다. "당신은 나와 전혀 모르는 사이인데, 어찌 이 야심한 밤에 찾아와 스스로의 재력을 과시하며 함부로 사단을 일으키시는지요?" 심홍이 애처로이 말했다. "왕삼관王三官도 그저 한 사람일 뿐이고 나도 한 사람일 뿐입니다. 그가 돈이 있다면, 나 또한 돈이 있지요. 도대체 나보다 어디가 나은 건가요?" 말을 마치자마자 앞으로 다가가 옥소저를 껴안으려고 하였다. 옥소저는 얼굴에 침을 뱉고 서둘러 문을 닫고서 집 안으로 들어가며 하녀에게 야단을 쳤다. "간도 크구나. 어쩌자고 이런 들개 같은 놈을 안으로 들여 놓았어?" 심홍은 아무 소득도 없이 돌아갔다.[482]

나중에 심홍이 돈으로 기생 어미를 매수하여 옥당춘을 사서 수중에 넣었지만, 옥당춘은 여전히 그를 상대하지 않으며 아예 안중에도 두지 않았다. 같은 종류의 다른 기사들과 비교하면 이 소설의 상인이 특별히 무례하다는 것을 알 수 있다. 예를 들면, 『정사유략情史類略』 권2 「옥당춘玉堂春」에서는 "얼마 안 되어 산서상인이 명성을 듣고 찾아와 만나고자

482 卻說西樓上有個客人, 乃山西平陽府洪同縣人, 拿有整萬銀子, 來北京販馬. 這人姓沈名洪, 因聞玉堂春大名, 特來相訪 (…中略…) 玉姐大驚, 問:"是甚麽人?" 答道:"在下是山西沈洪, 有數萬本錢, 在此販馬. 久慕玉姐大名, 未得面睹. 今日得見, 如撥雲霧見青天. 望玉姐不棄, 同到西樓一會."玉姐怒道:"我與你素不相識, 今當夤夜, 何故自誇財勢, 妄生事端?" 沈洪又哀告道:"王三官也只是個人, 我也是個人. 他有錢, 我亦有錢. 那些兒强似我?" 說罷, 就上前要摟抱玉姐. 被玉姐照臉啐一口, 急急上樓關了門, 罵丫頭:"好大膽, 如何放這野狗進來?" 沈洪沒意思自去了.

했는데, 그 일을 알고 더욱 현명하다고 생각해 일백금의 돈을 주고 그녀를 기적妓籍에서 빼냈다. 이듬해 머리카락이 자라나 얼굴이 예전과 같아지니 고향으로 데리고 와서 첩으로 삼았다"[483]고 하였고, 『해강봉선생거관공안海剛峰先生居官公案』 제29회 「투첩성옥妒妾成獄」에서는 "얼마 되지 않아 난계蘭溪 사람으로 성은 팽彭이고 이름은 응과應科인 한 절강浙江 객상이 기생의 명성을 듣고 찾아와 만나보고자 하였다. 전의 일을 알고 더욱 현명하다고 생각해 일백금의 돈을 주고 그녀를 기적妓籍에서 빼냈다. 이듬해 머리카락이 자라나 얼굴이 예전과 같아지니 고향으로 데리고 와서 첩으로 삼았다"[484]고 하였다. 또, 『청루소명록青樓小名錄』 권6 「옥당춘玉堂春」에서도 "산서상인이 그 일을 현명하다고 여겨 첩으로 삼았다."[485] 모두 상인이 옥당춘의 행동을 존경하여 그녀를 고통에서 벗어나게 해 주었고, 그녀도 상인을 따라갔다는 사실을 언급하고 있으니 백화 소설에 쓰여진 내용은 소설가가 특별히 창작한 것임을 알 수 있다. 기타 각종 기사와 비교해 어느 것이 진짜고 어느 것이 가짜인지의 여부와 관계없이 사인과의 경쟁에서 상인이 패배하도록 하는 것이 이 소설 특유의 것임은 분명하며, 그 속에는 상인과 싸워 이기기를 갈망하는 사인의 심리 및 현실 생활에 존재하는 상반된 사실이 표현되어 있다.

「조사호천리유음 소소연일시정과趙司戶千里遺音 蘇小娟一詩正果」[486]도 똑같이 상인이 '애정 관계'에서 사인에게 패배하는 주제를 표현하고

483 未幾, 山西商聞名求見, 知其事, 愈賢之, 以百金爲贖身. 逾年發長, 顔色如故, 攜歸爲妾.
484 未幾, 有一浙江客, 蘭溪人, 姓彭, 名應科, 聞妓名, 求見. 知前事, 愈賢之, 以百金爲贖身. 逾年發長, 顔色如舊, 攜歸爲妾.
485 山西商賢其事, 納爲妾.
486 『拍案驚奇』 권25.

있다. 전당錢塘의 명기 소반노蘇盼奴는 태학생 조불민趙不敏과 사귀었는데, 조불민이 과거에 급제하여 양양襄陽 사호司戶로 부임하게 되어 몇 년이 지나도록 소반노를 데려 올 수 없었다. 소반노는 "두문불출하며 손님을 한 명도 받지 않았는데"[487] 이 때 한 상인이 나타나 소반노와 사귀고자 했다. 하지만 소반노는 그를 상대하고 싶지 않았다.

어느날 갑자기 어잠於潛 상인 한 명이 서너 상자의 관견官絹을 가지고 전당錢塘에 왔는데, 반노盼奴의 명성을 듣고 반드시 한번 만나고자 하였다. 몇 번을 귀찮게 굴었지만 반노는 아프다는 핑계로 그를 만나지 않았다. 나중에는 정말로 심하게 아팠는데 상인은 그저 핑계로 여겨 마음속으로 화를 내고 원망했다. 소연小娟이 비록 두 번 접대하긴 했지만 어리석은 풋내기인 것을 알고서는 그녀 또한 눈길도 주지 않았다. 소연의 방에서 몇 번 자려고 했지만 소연이 회피하면서 "언니가 심하게 아파서 밤에 같이 있으면서 탕약시중을 들어야 해서 손님이 머무를 수는 없어요"라고 말했다. 결국 같이 있지도 못하고 상인은 혼자서 다른 기생집에 투숙하러 갔다.[488]

나중에 "어잠 객상은 관아의 비단 비용으로 기생집에 드나들었다고 동료들에게 처음 고발을 당해 관아에 잡혀갔는데, 구원舊怨을 품고 반노와 소연을 같이 연루시킨다."[489] 이 또한 동일한 주제의 이야기로 기

487 足不出門, 一客不見.

488 一日, 忽有個於潛商人, 帶著幾箱官絹, 到錢塘來. 聞著盼奴之名, 定要一見. 纏了幾番, 盼奴只是推病不見. 以後果然病得重了, 商人只認做推托, 心懷憤恨. 小娟雖是接待兩番, 曉得是個不在行的蠢物, 也不把眼稍帶著他. 幾番要砑在小娟處宿歇, 小娟推道:"姐姐病重, 晚間要相伴, 伏侍湯藥, 留客不得." 畢竟纏不上. 商人自到別家闞宿去了.

489 客人被同夥首發, 將官絹費用宿娼, 拿他到官, 懷著舊恨, 卻把盼奴, 小娟攀著.

생이 상인을 안중에 두지 않음을 묘사함으로써 사인과 문인의 기를 살려준 것이다. 그러나 소소연蘇小娟을 다룬 다른 기사에서는 이런 대목과 내용이 전혀 없으며, 이와 반대로 상인들을 다 "반노가 좋아하는盼奴所歡" 것으로 되어 있고, "관견 백필을 가진 상인을 유혹하는 것誘商人官絹百匹"도 "반노의 일"이다.[490] 이로 보면, 소반노가 결코 상인을 거절하지 않았으며 상인과 사귀어 관견을 쓰도록 유혹한 것임을 알 수 있다. 다만 이 소설에서 반노가 상인을 거절하도록 하고, 또 상인이 다른 기생집으로 관견을 가지고 가도록 유도한 것은 그 목적이 오직 하나이다. 그것은 바로 '애정 관계'에서 상인이 패배하고 사인이 승리하도록 하기 위해서이니, 이 또한 문인의 환상이 빚어낸 산물인 것이다.

하지만 「두십랑노침백보상杜十娘怒沉百寶箱」[491]에서는 이 주제에 모종의 변화가 발생한다. 그 속의 명기 두십랑은 공자 이갑이 마음에 들어 평생토록 그와 함께하길 원했다. 뜻밖에 이갑은 엄격한 아버님을 내심 두려워했고, 밖으로는 간사한 말에 홀려 일천 냥의 은자를 위해 두십랑을 신안상인 손부에게 팔아넘긴다. 이는 상인의 승리를 보여주는 듯한데, 그 이유는 상인이 돈도 많고 예법에도 구속되지 않았기 때문이다. 하지만 소설가는 상인이 승리하는 것을 원하지 않았기 때문에 두십랑이 스스로 물에 빠져 죽도록 한다. 비록 이갑과 같은 이런 사인은 오히려 "눈은 있지만 진주를 알아보지 못해서眼內無珠" "첩은 낭군을 버리지 않았지만, 낭군이 스스로 첩을 저버리게妾不負郎君, 郎君自負妾"된다. 반면, 두십랑이 죽을 때 한 유언은 그녀가 상인을 사랑할 수 없으

490 梅鼎祚, 『青泥蓮花記』 권8 「蘇小娟」은 『武林紀事』에서 인용한 것임.
491 『警世通言』 권32.

며 사인만을 사랑할 수 있음을 표명하고 있다. 따라서 기방에서의 상인에 대한 사인의 승리는 본질적으로 어떤 변화도 없었던 것이다.

위에 서술한 소설들을 종합해 보면 거의 한 가지 공통점이 있다. 그것은 바로 문인들의 붓끝에서 기생들은 거의 다 사인을 좋아하고 상인을 좋아하지는 않으며, 항상 문인의 재능을 좋아하지 상인의 재물을 좋아하지는 않는다는 것이다. 이런 까닭에 항상 사인이 승리하고 상인은 패배한다. 설령 상인이 어떤 승리의 자취가 있더라도 그것은 기생어미가 돈을 좋아해서였든지 사인이 눈은 있지만 진주를 알아보지 못해서였든지 등의 다른 이유때문이고 기생 본인과는 무관한 것이다. 만약 사인이 기생집에서 여전히 한 사람의 승리자일 수 있다면 바로 기생의 마음속에서 영원히 한 사람의 승리자였던 것이다. 그러나 이는 오직 이러한 주제의 문학 작품 속에 있는 특별한 현상일 뿐으로, 이 주제를 표현하고 있지 않은 다른 문학 작품에서는 상인이 거의 항상 '애정 관계'에서의 승리자로서, 가난하고 초라한 사인을 산산히 무너뜨린다. 바로 이러한 이유로 우리는 이상의 여러 문학 작품 속에 표현된 상인에 대한 사인의 승리가 단지 문인의 환상의 산물일 뿐임을 더욱 확신한다.

그러나 유사한 주제를 표현하고 있는 송원 문학 작품과 비교하면 그래도 상당히 다른 특징들을 엿볼 수 있다. 그 중 중요한 차이점 중의 하나는 다수의 원잡극에서 표명하고 있는 것처럼 송원문학에서 이런 주제의 이야기는 종종 그 자체로 이미 하나의 완전한 작품으로 구성되지만, 명대 문학에서 이런 주제의 이야기는 위 소설들이 모두 그랬던 것처럼 오히려 대부분 하나의 완전한 작품으로 구성되지 못하고 전체 작품 중의 하나의 삽화나 부분일 뿐이라는 것이다. 이는 설령 똑같이 한결같은 마음으로 환상적으로나마 승리하고자 했던 명대 문인들조차도 사회적 현실을 지나치게 무시하면서 원잡극같은 작품을 만들어 사인, 상인, 기생의 삼각관계가 전체 작품의 주제를 이루도록 할 수는 없었고, 다만 '적당한' 부분에서 '적당히' 수식을 가하여 은밀하게 함축적인 방식으로 자신의 경향성을 완곡하게 드러낼 수밖에 없었을 뿐임을 표명하고 있는 듯하다. 이는 또 다른 측면에서 명대 사인과 상인 관계의 본질을 설명하는 상당한 시사점을 제공하고 있다.

(4)

물론 사인과 상인간의 이상적인 상호 협력 관계도 그들 쌍방이 여전히 동경하는 것이다. 명대문학에서도 이전 시대 문학과 같이 사인과 상인간의 이상적인 상호 협력 관계를 표현하고 있다. 그러나 이전 시대 문학과 비교하면, 명대문학은 상인에 대한 사인의 보답에 편중되어 있는 듯하고 특히 사인의 보답을 받고자 갈망하는 상인의 심리를 묘사하는 데 더욱 치우친 듯하다. 이는 아마도 명대의 사회 현실과 관련이 있을 것이다. 명대 사인의 지위는 당연히 원대보다 높으니, 상인이 그들에게 준 도움에 대해 원대 사인들처럼 지나치게 민감한 것 같지는 같다. 명대 상인의 역량 역시 상당히 강대해서 자주 통치 계층의 권리를 소유하고자하는 바람이 있어 이런 측면에서 사인의 도움을 얻기를 희망했다. 요약하면, 비록 이는 여전히 하나의 전통적인 주제이긴 하지만 명대문학에서도 역시 새로운 양상이 출현했다.

「제궁도협사연금 중보시현신취의濟窮途俠士捐金 重報施賢紳取義」[492]는 이상적인 사인과 상인 관계라는 주제를 명대 방식으로 표현한 소설인 듯하다. 그 속의 한 상인 포순부浦肫夫는 곤경에 빠진 서너 명의 거인擧人을 도와준 결과, 그들이 출세한 후에 큰 보답을 받아 통치 계층의 일원이 된다.

포순부는 날을 택해 은자를 허리춤에 차고 배를 불러 상주常州에 갔다. 오강吳江을 지나 오룡항五龍港에 도착할 즈음 강기슭에 배 한 척만이 가로 놓여 있는데, 세 사람이 마주 보며 통곡하고, 또 앉아 있거나 누워 있는 서너 명은 땅에서 신음하며 고통을 호소하고 있었다. 포순부가 말했다. "강도들한테 당한 게 틀림없어. 어디로 가려고 했을까? 날씨도 추운데 옷도 다 벗겨져 있으니 얼어 죽지 않으면 병이 날거야. 저 사람들을 마땅히 구해줘야겠어." 뱃사공이 말했다. "문을 나서자마자 이런 좋은 징조를 만나게 되네요. 상관하지 말고 그냥 가지요." 포순부가 소리쳤다. "멈추라고 하면 멈춰야지. 아직도 노를 젓나?" 뱃사공은 배를 정박시킬 수밖에 없었다. 포순부가 뛰어 올라가 물어 보니, 원래 복건성福建省의 거인擧人으로 한 명은 임씨林氏, 한 명은 황씨黃氏, 한 명은 장씨張氏였다. 이 곳에서 강도를 만나 짐을 뺏기고 하인들도 다쳤으며 옷도 다 벗겨져서 경성京城에 가거나 복건으로 돌아가려 해도 돌아갈 돈이 없어 이렇게 서럽게 울고 있다고 호소했다. 포순부가 "여러분이 경성까지 가는데 은자가 얼마면 충분하지요?"라고 물었다. 임 거인이 말했다. "여비는 한 사람당 삼십 금인데, 지금은 옷과 침구도 없어 십여 냥이 더 필요합니다." 포순부가 말했다. "제가 다 부담할

492 『醉醒石』 제10회.

테니 여러분은 걱정하지 마세요. 소주蘇州가 가까우니 여기서 다 마련해서 북상하도록 하지요." 가까운 마을에서 술을 조금 사 주어 몸을 녹이고 추위를 이기도록 하였고, 자기 이불을 주면서 바람을 막도록 했다. (…중략…) 소주에 도착하자 창문閶門(蘇州 古城의 西門) 옆에 그들이 머물 곳을 구해 주었다. 담요를 사 주고 명주로 이불을 만들어 주었으며 세 명의 거인에게는 옷을 만들어 주었다. 통행증도 잃어 버려 관부에 알려 주었고, 또 여비 삼십 냥도 주었다. 세 사람은 그의 이름과 주소를 물어 보며 "훗날 반드시 보답하겠습니다!"라고 하면서 서로 헤어졌다.[493]

여기까지 묘사한 것은 모두 포순부라는 상인이 사인에게 베푼 호의로써, 이는 사인의 이상을 반영하고 있다고 할 수 있다. 하지만 소설가의 목적은 훗날 그가 사인에게 받는 보답을 쓰려고 한 것이니, 이는 상인의 이상을 반영하고 있다고 할 수 있다.

세 사람의 거인은 이런 생각이 들었다. '어려울 때는 설령 친한 친구라도 꼭 돌봐주지는 않는데, 그는 터럭 하나라도 아끼려고 음식도 아까워서 잘

---

493 浦肫夫擇了個日, 腰了銀子, 叫了只船, 走常州. 過得吳江, 將到五龍港, 只見一只船, 橫在岸邊, 三個人相對痛哭, 還有三四個坐的臥的, 在地下呻吟叫痛. 浦肫夫道: "這一定是被劫的. 不知要到那里去? 天色寒冷, 衣服都被剝, 不凍死也要成病, 這須救他."船家道: "才出門, 遇這彩頭, 莫要管, 去罷."浦肫夫喝道: "叫住就住, 還搖?" 船家只得攏了. 浦肫夫跳上去問. 原來是福建擧人, 一個姓林, 一個姓黃, 一個姓張, 訴說到此被盜, 行李劫去, 僕從打傷, 衣服剝盡, 往京回閩, 進退無資, 以此痛哭. 浦肫夫道: "列位到京, 可得銀多少方夠?" 林擧人道: "路費一人得三十金; 到如今, 衣服鋪陳, 也得十餘兩." 浦肫夫道: "這等列位不必愁煩, 都在學生身上. 相近蘇州, 就在此制辦, 以便北上."就在近村, 打些水白酒, 與他蕩寒; 又把自家被褥, 與他禦風 (…中略…) 到了蘇州, 在閶門邊, 與他尋了下處; 爲他買氈條, 綢布做被褥, 爲三個擧人做衣服; 失了長單, 爲他府中告照; 又贈盤費三十兩. 這三個問了姓名居址, 道: "異日必圖環報!" 兩下相別.

먹지 않고 옷도 아까워서 잘 입지 못하는 장사꾼인데도 어째서 일면식도 없는 우리에게 백여 냥의 금을 주는 걸까? 이는 진실로 하늘이 우리 세 사람을 살려 그의 고귀한 마음이 사라지지 않도록 하려고 한 것이 아닐까? 만약 지금 우리 세 사람 중 한 두 명이라도 성공하면, 그에게 보답하러 가는 게 좋겠어.'[494]

"공교롭게도 그 해 세 사람이 일제히 과거에 급제하니"[495] 주변 사람들은 모두 포순부에게 "이제 평생토록 먹고도 남겠네요"[496]라고 말했다. 이 말은 맞는 말이었다. 그 세 사람은 출세하자마자 곧 포순부를 보살피고 돌봐줄 생각을 하였다.

과거 급제한 이 세 사람은 오히려 갈수록 더욱 포순부가 생각났다. "그 때 그가 여비를 주지 않았다면 어떻게 경성에 올라와 이런 명예와 지위를 얻을 수 있었겠어? 그가 옷을 만들어 주지 않았다면 벼슬은커녕 얼어 죽었을 꺼야!" 세 사람은 절강성과 남경 관할 지역 중에서 그의 거처와 가까운 곳을 찾아 그를 돌봐주기로 상의했다.[497]

이에 진사가 된 이들 중 한 명은 그가 관청의 일로 고생할 때 그를 곤

---

494 就是這三個擧人想起 : '窮途間, 便是親友, 未必相顧; 他做生意人, 毫厘上用功夫, 吃不肯吃, 穿不肯穿的人, 怎爲我一面不識人捐百餘金? 固是天不絶我三人, 他這段高情, 不可泯滅. 如今我們三人中, 發得一兩個去, 去報答他才好!'

495 巧巧這年, 三個人一齊都中了.

496 這等你一生一世吃著不盡了.

497 只是那三個中了的, 倒越想起浦肫夫來, 道 : "當日沒他贈盤纏, 如何得到京, 成此功名? 沒他做衣服, 凍死了也做不官成!" 三個計議, 要在浙直地方, 尋個近他處, 照管他.

경에서 벗어나게 해 주었고 좋은 배필과 혼인을 주선하였으며 적지 않은 은자도 보내주었다. 또 한 명의 진사는 그를 대신해 감생監生의 자격을 사 주어 앞길을 열어주었고, 다른 한 명은 좋은 관직을 얻어주었다. 요컨대 포순부는 많은 이익을 얻은 것이다. 여러 문학 작품 가운데서도 이 작품은 아마도 사인과 상인이 서로 돕는 이상적인 관계를 묘사한 가장 아름다운 이야기로, 사인과 상인 쌍방의 이상을 남김없이 모두 다 표현한 것일 것이다. 동시에 이는 가장 명대다운 방식의 이야기로 명대 사회의 특징이 선명하게 드러나 있는 듯하다.

위에 서술한 소설과 비교하면 「궁마주조제매퇴온窮馬周遭際賣䭔媼」[498] 속의 이야기는 더욱 고전적 색채를 띠고 있는 듯하다. 하지만 설령 그렇다고 해도 그 속에는 의심할 바 없이 상인 쪽의 이상, 그리고 '적은 자본으로 큰 이익一本萬利'을 얻고자하는 보상 심리가 더욱 많이 표현되어 있다. 신풍시新豐市에 있는 객점 주인 왕공王公은 투숙하러 온 몰락한 선비 마주馬周를 보고서 그가 평범한 사람이 아님을 알아보고 그에게 더욱 예우를 갖추고 자신의 생질녀를 소개해 주기까지 한다.

> 왕공은 그가 평범한 사람이 아님을 알고 속으로 탄복했다. (…중략…) 다음 날 왕공은 일찍 일어나 숙박비를 받고 길 떠나는 손님들을 보냈다. 마주는 돈도 없고 날씨도 점점 더워질 거라고 생각하고는 여우 털외투를 벗어 왕공에게 술값으로 주려고 했다. 왕공은 그가 기개 있는 선비고, 여우 털외투도 고가라고 생각해 거듭 사양하고 받지 않았다. (…중략…) 왕공은 그의 문장이 대단한 것을 알고 마음속으로 공경하며 그에게 물었다. "마선생

498 『喩世明言』 권5.

께서는 지금 어디로 가시는지요?" 마주가 대답했다. "장안長安에 가서 이름을 떨치려고 합니다." 왕공이 물었다. "거처할만한 지인이 있는지요?" 마주는 "없습니다"라고 답했다. 왕공이 말했다. "마선생은 큰 재주를 가졌으니 이번에 가면 반드시 부귀를 얻을 것입니다. 하지만 장안은 쌀이 진주처럼 비싸고, 땔감은 계수나무처럼 비싼 곳인데 선생은 돈이 없으니 장차 어떻게 사시려고 하는지요? 이 늙은이에게 생질녀 하나가 있는데 그 곳 만수가萬壽街에서 떡을 파는 조삼랑趙三郎 집안에 시집갔으니, 제가 편지 한 통을 써서 선생을 거기 머물게 해달라고 부탁하면 다른 집을 찾는 것보다 수고를 덜 거에요. 백은 한 냥이 있어 여비로 보태드리니 박하다고 여기지는 마세요." 마주는 그의 후의에 감사하며 돈을 받을 수밖에 없었다. 왕공이 편지를 써서 마주에게 건네주었다. 마주는 "훗날 조금이라도 나아지면 결코 이 은혜를 잊지 않겠습니다"라고 감사의 말을 한 후 헤어졌다.[499]

훗날 마주가 과연 출세하니 왕공 역시 보상을 받았다.

신풍 객점 주인 왕공은 마주가 출세하여 부귀영화를 누리는 것을 알고 특별히 그를 만나 보러 장안에 갔다. (…중략…) 상서부尙書府에 문의해 마주 부부와 서로 만나 옛 이야기를 나누었다. 한 달 넘게 머물다 작별 인사

---

499 王公暗暗稱奇, 知其非常人也 (…中略…) 次日王公早起會鈔, 打發行客登程. 馬周身無財物, 想天氣漸熱了, 便脫下狐裘, 與王公當酒錢. 王公見他是個慷慨之士, 又嫌狐裘價重, 再四推辭不受 (…中略…) 王公見他寫作俱高, 心中十分敬重, 便問 : "馬先生如今何往?" 馬周道 : "欲往長安求名." 王公道 : "曾有相熟寓所否?" 馬周回道 : "沒有." 王公道 : "馬先生大才, 此去必然富貴; 但長安乃米珠薪桂之地, 先生資釜既空, 將何存立? 老夫有個外甥女, 嫁在彼處萬壽街賣餱趙三郎家, 老夫寫封書, 送先生到彼作寓, 比別家還省事. 更有白銀一兩, 權助路資, 休嫌菲薄." 馬周感其厚意, 只得受了. 王公寫書已畢, 遞與馬周. 馬周道 : "他日寸進, 決不相忘!" 作謝而別.

를 하고 떠나려고 하였다. 마주가 천금을 주었지만 왕공은 받으려하지 않았다. 마주가 말했다. "벽에 쓴 시구가 아직도 남아 있습니다. 한 끼 밥이 천금이니 어찌 잊을 수 있겠습니까!" 왕공은 그제서야 돈을 받고 감사하며 돌아가 마침내 신풍의 부자가 되었다. 이는 모과를 주고 아름다운 옥을 받은 것으로 은혜를 베풀어 은혜로 보상받은 것이다.[500]

"세인들이 보물을 알아 볼 눈이 없어서 명주明珠가 헛되이 속세에 섞여 있었는데時人不具波斯眼, 枉使明珠混俗塵" 오직 왕공과 같은 상인이 혜안을 가지고 영웅을 비로소 알아보았으니 사인들이 감탄하지 않을 수 없었고, 왕공도 결국 천금의 보답을 받았으니 숙원을 이루었다고 말하지 않을 수 없다.

(5)

이전의 어떤 시대보다도 명대의 사인과 상인 관계가 가장 밀접하긴 했지만, 그들 간에도 사실 기본적으로 여전히 뚜렷한 경계가 존재하고 있었다. 이 경계는 당시의 사회 구조로 인해 조성된 것으로 개인의 의지로는 바꿀 수 없는 것이었다.

뚜렷한 경계가 존재하고 있을 뿐 아니라 중국 전통 사회에서 사인의 지위는 언제나 상인보다 높았으니 이는 명대도 예외가 될 수 없었다.

---

500 那新豐店主人王公, 知馬周發跡榮貴, 特到長安望他 (…中略…) 問到尙書府中, 與馬周夫婦相見, 各敘些舊話. 住了月餘, 辭別要行. 馬周將千金相贈, 王公那里肯受? 馬周道 : "壁上詩句猶在, 一飯千金, 豈可忘也!" 王公方才收了, 作謝而回. 遂爲新豐富民. 此乃投瓜報玉, 施恩報恩.

개별적 사례로 보면 다소 차이가 있고, 시대적 차원에서 말하면 얼마간 변화가 있을 수도 있으며, 관념상으로도 다소 진보적일 수는 있겠지만, 기본적인 형세는 오히려 바뀔 수 없었다.

이는 명대의 사회구조가 중국의 다른 시대와 마찬가지로, 통치계층이 되는 문이 오직 사인 계층에게만 열려 있고 상인 계층에게는 개방되지 않았기 때문이다. 때때로 금전이 권력으로 전화될 수 있는 희망이 보이는 듯했지만, 이러한 기회는 상당히 드물었고 그렇게 얻은 지위도 매우 제한적이었다. 이 또한 기본적인 구조를 바꿀 수 없기는 마찬가지였으며 사인 계층도 결코 이 구조가 바뀌는 것을 희망하지 않았다.

「전다처백정횡대 운퇴시자사당소錢多處白丁橫帶 運退時刺史當艄」는 통치계층으로 진입하고자 하는 상인이 얼마나 많은 곤경을 겪어야 하는지를 설명하는 상징성이 가득 찬 이야기인 것 같다. 또한 이 이야기 속에는 사인의 심리도 반영되어 있는데 그들은 이 고사를 통해 통치 계층은 여전히 사인의 세습영지이며 돈의 힘을 빌려 상인이 침입하는 것을 결코 허락하지 않겠다는 경고를 상인에게 보내고 있는 것이다. 소설 말미에 있는 산가山歌「괘지아掛枝兒」 역시 이런 심리를 표현하고 있는 것처럼 보인다.

곽사군郭使君에게 묻노니
당신이 왜 횡주군橫州郡에 못왔겠어요?
분수를 어기고 유자儒者인 척 함을
하늘이 허락치 않고 가산을 풍랑에 날린 거에요!
배의 키를 홀판笏板으로 생각하고

닻줄을 인끈으로 여기세요.
이는 영예로운 결말이니
배의 키나 꽉 붙들고 계세요.[501]

이 이야기는 당오대부터 명대까지 전해졌으니 사인과 상인 관계의 역사적 연속성을 반영하고 있는 듯하다. 이로 보면 역사 전체를 통틀어 사인이 상인보다 줄곧 지위가 높았으며 상인은 사인보다 줄곧 지위가 낮았음을 알 수 있다. 공업과 상업은 '말예末藝'가 아니긴 하지만, 그렇다고 '수예首藝'도 아니었으니 사민평등은 이론상 그런 것이었지 현실과 맞지는 않았던 것이다.

지위상의 뚜렷한 경계와 차이는 관념상의 차이를 가져 온다. 사인과 상인적 가치관이 비록 서로 침투했다고는 해도 여전히 각자의 특징을 완강히 유지하고 있었다. 사인은 상인 앞에서 언제나 우월감을 가지며, 상인은 사인 앞에서 항상 열등감을 느낀다. 황희수黃姬水, 1509~1574의 「설주오처사묘지명雪舟吳處士墓志銘」의 주인공 오전吳銓은 원래 유업儒業을 익혔는데 과거에 급제하지 못해 유학을 버리고 상업에 종사하게 된다. 하지만 도시에서 "한 방에 같이 있어도 책을 펼쳐 읊조릴 뿐 상인 및 거간꾼과는 한 마디 말도 섞지 않았으니"[502] 사인의 우월감을 여전히 포기하고 싶지 않았기 때문이다. 이는 많은 의미를 담고 있는 하나의 상징적 사례다.

501 問使君, 你緣何不到橫州郡? 元來是天作對, 不許你假斯文, 把家緣結果在風一陣! 舵牙當執板, 繩纜是拖紳. 這是榮耀的下梢頭也, 還是把著舵兒穩.

502 則屛居一室, 展籍吟諷, 不與販夫駔儈交一語.(黃姬水, 『黃淳父先生全集』 권23, 「雪舟吳處士墓志銘」)

「한수재승란빙교처 오태수련재주인부韓秀才乘亂聘嬌妻 吳太守憐才主姻簿」 속의 이야기도 마찬가지의 사실을 설명하기에 충분하다. 가난을 싫어하고 부유함을 좋아하는 휘주 상인 김조봉金朝奉이 한수재韓秀才와의 혼약을 파기하려고 할 때, 한수재의 학교 친구들은 크게 분노하여 김조봉에게 한바탕 호되게 욕을 퍼붓는다.

> 그 두 사람은 듣자마자 곧 분한 마음이 들고 속에서 악이 받쳐 욕을 해댔다. "죽으려고 환장했어 이 미련한 영감태기야! (…중략…) 태학에 있는 친구들을 동원해서 상사上司를 찾아 가면 너 같은 미련한 영감태기의 다리를 절단 못 낼 것 같애. 반드시 네 딸이 평생 시집을 못가도록 해주마." 김조봉은 오히려 변명을 했지만 두 사람은 그를 거들떠보지도 않았다.[503]

설령 그들이 이치에 맞다 해도 이렇게 위협적이고 기세등등할 수 있는 것은 역시 상인에 대한 사인의 우월감에서 비롯된 것이다. 훗날 태수는 한수재를 도와 김조봉이 지는 판결을 내렸고, 또 다른 상인 정조봉程朝奉에게도 호되게 곤장을 친다. 한수재도 정조봉을 신나게 욕하며 실컷 조롱하고 풍자했다.

> 정조봉은 일이 성사되지 않자 부끄럽고 참담한 기색이 얼굴에 가득했다. 오는 내내 한자문韓子文은 이 미련하고 머저리 같은 영감태기야라고 하며

503 那二人聽得, 便怒從心上起, 惡向膽邊生, 罵道 : "不知生死的老賊驢! (…中略…) 我們動了三學朋友, 去見上司, 怕不打斷你這老驢的腿! 管教你女兒一世不得嫁人." 金朝奉卻待分辨, 二人毫不理他.

욕을 해댔고, 또 "잘 했네! 과연 일을 잘 했구만! 몇 대 맞았다고 그게 아프겠어!"라고 하며 조롱했다. 정조봉은 화를 꾹 참고 삼키기만 할 뿐 감히 한 마디도 대꾸할 수 없었다.[504]

설령 상인이 아무리 돈이 많더라도 사인의 눈앞에서 상인은 여전히 무시당했으며, 사인은 멋대로 그들을 꾸짖을 수 있었지만 상인들은 감히 입도 뻥끗할 수 없었다. 이런 소소한 일을 통해서도 상인에 대한 사인의 우월감의 흔적을 엿볼 수 있다.

사인 계층의 일원으로서 작가인 문인도 당연히 마찬가지의 심리를 가지고 있다. 비록 그들이 상인 가정 출신이거나 혹은 교유하는 상인 친구들이 많거나, 심지어 자기 자신이 장사의 경험이 있거나 혹은 상인에 대해 상당한 동정심을 가지고 있다고 해도 그들은 결국 상인 계층에 속하지 않았으며, 이미 상인 계층의 허물을 벗고 마침내 사인 계층으로 진입한 사람들이었다. 그런 까닭에 문인들이 상인을 묘사하는 것은 아무래도 근본적인 한계가 있었고, 불가피한 편견을 노출하며 그 표현에도 영향을 끼쳤다.

명대 문학 속에 묘사된 사인과 상인 관계가 이전 시대 문학과 비교해 가장 밀접하다는 바로 그 이유 때문에 위에 말한 각각의 특징들에 더욱 주의할 필요가 있다.

504 程朝奉做事不成, 羞慚滿面, 卻被韓子文一路千老驢萬老驢的罵. 又道 : "做得好事! 果然做得好事! 我只道打來是不痛的!" 程朝奉只得忍氣吞聲, 不敢回答一句.

4. 소결

요약하면, 상인 생활에 대한 표현에 있어서 명대문학은 이전 시대 문학보다 장족의 발전을 이루어 중국 문학사상 절정에 이르렀다. 상인은 이미 송원 문학 속에서 '주인공 가운데 하나'였지만, 명대 문학 속에서는 그로부터 '중요한 주인공'으로 성장했다. 당시의 각종 문학 양식들은 대부분 다 상인의 생활을 광범위하고 깊이 있게 묘사하고 있다. 상인 형상과 상인 생활을 묘사한 명작이 끊임없이 출현할 정도로 단편 백화 소설의 성취는 매우 눈부신 것이었다. 장편 소설 중에서 주목할 만한 성과는『금병매』로 이는 상인 생활을 반영한 전무후무한 백과전서적 작품이다. 명대 희곡에서도 마찬가지 현상을 볼 수 있는데, 일반 상인들의 생활과 운명이 희곡작가들이 주목하는 주제 중의 하나가 되었다. 줄곧 보수적이었던 전통 시문에서조차 상인과 관련된 작품이 다수 출현하여 이전 시대 시문과는 완전히 다른 모습을 보여주었다. 여러 가지 의미에서 명대는 상인이 폭넓게 주목을 받은 시대였고 명대 문학은 상인에게 특별히 많은 관심을 보여준 문학이었다고 할 수 있다.

그 어떤 시대의 문학도 아직까지 명대 문학처럼 그토록 생동감 있게 다수의 상인 형상을 창조할 수 있었던 적은 없었다. 그들은 과거의 교조적인 선악 관념을 초월하여 살아 있는 문학의 전형이 되었다. 장흥가蔣興哥, 진대랑陳大郎, 양팔로楊八老, 여대랑呂大郎, 매유랑賣油郎, 서노복徐老僕, 문약허文若虛, 정재程宰, 장일휴蔣日休, 장이관張二官, 서문경西門慶, (…중략…) 이들 모두는 상인 신분으로 문학에서 스타의 자리를 차지하며, 중국문학 속 인물 전시관에 이채를 더했다. 그들 본인뿐 아니라 그들을 둘러싼 주변 인물인 처첩과 애인, 형제와 자녀, 친구 및 동료들도 충분히 생기 있게 묘사되어 스타가 된 상인 인물들과 함께 다채롭고도 풍부한 상인 세계를 형성했다.

그 표현 범위도 아주 넓어져서 상인 생활의 모든 측면이 다 거론되어 명대 문학의 표현 범위 속에 포함되지 않은 것이 거의 없었다. 상인의 경영 활동, 그들의 가치관념, 그들의 직업 정신, 상인들이 후세대를 양성하는 방법, 그들의 희노애락, 그들의 환상과 심리적 고뇌, 그들의 위험한 처지, 다른 계층과의 모순, 관리들에게 받는 핍박, 그들의 임기응변과 기교, 그들의 일상생활과 유흥생활, 그들과 여인들 간의 갈등 그리고 그들 자신들끼리의 갈등, (…중략…) 명대 문학에는 이러한 모든 것들이 전면적으로 표현되어 있다. 단지 『금병매金瓶梅』 하나만으로도 우리는 상인 생활의 거의 모든 측면을 곧 이해할 수 있다.

상업을 중시하는 관념이 명대에 성행하고 명대 사인들과 상인과의 관계가 한 층 더 밀접해짐에 따라, 명대 문학은 이전 시대 문학에 비해 상인에 대한 존중과 긍정의 태도가 더욱 분명해졌고 상인 및 그들의 생활에 대한 이해와 공감도 더욱 깊어졌다. 이 모든 것은 상인 생활에 대한 묘사와 상인 형상의 창조에도 알게 모르게 영향을 미쳐 상대적으로 명대 문학 속 상인세계를 가장 긍정적이고 진실한 색채로 가득 차게 했다.

물론, 명대 문학이야말로 상인 묘사의 절정기라고 감히 말할 수 있긴 하지만 그 표현에 있어서 여전히 한계가 없지는 않다. 명대 문인들은 한편으로는 상인 계층을 사랑해서 그들을 묘사하는 데 온 힘을 기울였고, 충분한 관심과 긍정의 태도로 진보를 향한 이성의 눈빛을 보냈다. 하지만 동시에 또한 통치계층으로서의 전통적인 책무를 짊어지고 계층적 문화적 우월감을 품고서 상인 계층과 일정한 거리를 두며 그들과 다른 생활 관념 및 심미적인 정취를 드러내었다. 이 때문에 설령 그들이 상인 세계를 광범위하게 표현했다고 해도 그 표현은 오히려 상인의 본래 모습과 완전히 부합하지는 않으며 사인 계층이 지닌 편견의 흔적을 얼마간 지니고 있었다.

5장 | 청대清代 문학 속 상인에 대한 표현 |

중국문학이 상인을 표현해온 역사는 고전과 전통이라는 의미에서 보자면 명대 중후기에 최고조에 이른 이후 청대에 오면 이미 끝자락에 가까워진다. 청대 중기에 잠시 회광반조回光返照의 시기가 있기는 했지만 전성기에 비할 수는 없었다.

왕조의 흐름은 역사의 윤회를 가져왔고 명대의 상황은 청대에도 다시 한 번 반복되는 것처럼 보였다. 청대 초기 전체적으로 좌절을 겪었던 시민사회는 청대 중기로 오면서 차차 회복되기 시작했고 상인계층의 역량 또한 회복되었다. 상품경제가 발전하고 문학이 상인을 표현해내는 상황 역시 마찬가지였다.

중국의 상인계층과 문장가들은 만명晩明 시기의 상황을 다시 한 번 맞이할 기회가 있는 것 같았지만 역사는 이미 그것이 되돌아오는 것에 염증을 느끼고 있었다. 전혀 다른 서양문명이 낡고 오래된 중국을 찾아왔고 상인계층과 문장가들은 도전에 맞닥뜨려야 했다. 응전은 비록 고단

했지만 굴곡을 겪으며 천천히 진행되었다. 고대의 전통적인 상인을 대체한 것은 자본주의의 성격을 가진 근대의 새로운 상인이었다. 소설 속에서, 그리고 문학 속에서 새로운 상인 형상이 등장하기 시작했다. 『신루지蜃樓志』는 아마도 그러한 맹아가 엿보인 초기작 중 하나일 것이다. 현실에서든 문학 속에서든 고대의 상인 세계는 붕괴되고 있었고 근대의 상인 세계가 그것을 대신하기 시작했다. 그러나 이러한 근대의 상인 세계는 이 책의 범위를 벗어나는 것이므로 다루지 않기로 한다.

청대의 문학 사료는 수없이 많은데다 상인과 관련된 수많은 묘사는 대부분 비슷하게 나타나므로 본 장에서는 서술의 방식을 바꾸어 몇 개의 주요 작품에 초점을 모으고자 한다. 예컨대 『요재지이聊齋志異』, 『유림외사儒林外史』, 『기로등歧路燈』과 『경화연鏡花緣』을 청대 문학에서 상인을 표현한 대표작으로 보는 것이다. 이 작품들을 선택한 이유는 각각의 작품이 상인을 표현하는데 있어 새로운 시도를 보여주기 때문이다. 구체적인 작품으로 들어가기에 앞서 청대의 다양한 문학 양식이 상인을 묘사하는 전반적인 상황부터 살펴보기로 하자.

1. 각종 문체에서의 상인에 대한 표현

1) 단편백화소설

청대에도 소설가들은 단편백화소설을 창작하고 있었고 그 수량 역시 명대에 못 미치는 것은 아니었지만 원래의 젊은 활기는 상당 부분

사라지고 있었다.

명말 단편백화소설의 전성기를 계승하는 청대 단편백화소설은 끊이지 않고 계속해서 등장했지만, 그 수준은 이미 하강하고 있었고 '삼언이박三言二拍'에 견줄만한 걸작은 더 이상 나오기 어려웠다. 청대의 단편백화소설에서 상인은 여전히 상당히 중요한 등장인물 중 하나였고 상인의 삶 역시 중요한 내용 중 하나였지만 상인형상에 있어서나 상인의 삶에 있어서나 어떤 새로운 의미를 찾기는 힘들었다.

청대 단편백화소설 중 상인과 연관이 있는 작품은 대체로 다음과 같은 것들이 있다. 『원앙침鴛鴦針』 제4권(『쌍검설雙劍雪』 제2권과 동일), 『청야종淸夜鐘』 제7회, 『무성희無聲戲』(일명 『연성벽連城璧』) 제4회와 제6회, 『십이루十二樓』 권5 「귀정루歸正樓」와 권6 「췌아루萃雅樓」, 『재화선載花船』 권2, 『조세배照世杯』 권3, 『인중화人中畵』 제3권, 『십이소十二笑』의 제3소笑·제6소, 『생초전生綃剪』 제1회·제6회·제11회, 『진주박珍珠舶』 권1·권6, 『운선소雲仙嘯』(일명 『운선소雲仙笑』)의 「평자방平子芳」·「후덕보厚德報」, 『두붕한화豆棚閑話』 제3칙則, 『성몽병언醒夢駢言』(일명 『성세기언醒世奇言』) 제2회·제4회, 『이각성세항언二刻醒世恒言』(일명 『성세항언이집醒世恒言二集』) 상함上函 제4회·제8회, 하함下函 제1회, 『우화향雨花香』 제2종·제3종·제7종·제18종·제28종·제34종·제40종, 『통천락通天樂』 제2종·제6종, 『팔동천八洞天』 제4권, 『오경풍五更風』의 「성개편聖丐編」, 『오목성심편娛目醒心編』 권1·권3·권8, 『팔단금八段錦』 제5단段·제7단 등이다.

이상의 단편백화소설집에는 모두 상당한 수량의 상인 관련 이야기가 실려 있다. 그러나 대부분은 어떤 새로운 발전을 보이지 않았고 걸작을 내놓는데 공헌하지도 못했다. 게다가 대다수의 단편백화소설집은 그 자체에 그다지 큰 명성이 없어 그 안에 실린 상인 이야기도 어떠한 영향력을 갖지는 못하였다.

2) 장편소설

청대 단편 백화소설이 나날이 쇠락해갔던 것과 달리, 청대 장편소설은 지속적으로 발전하고 있었고 청대 중기에 오면 또 다른 전성기를 맞이하여 수많은 휘황찬란한 걸작들이 등장하게 된다. 상인과 상인의 삶을 표현하는 데 있어서도『유림외사』,『기로등』,『경화연』과 같은 청대의 유명한 여러 장편소설들은 각자의 방면에서 나름의 공헌을 하고 있다. 어떤 것은 표현의 범위를 확장했고 어떤 것은 새로운 요소들을 증가시켰으며 어떤 것은 새로운 형상을 만들어냈다.

그러나 청대 장편소설에서는 상인의 생활을 백과전서식으로 묘사하는『금병매金瓶梅』와 같은 걸작이 다시 나오지 않았다.『홍루몽紅樓夢』은 어쩌면 역사와 문학의 이토록 씁쓸한 변화를 증명하기에 충분한, 상징성이 다분한 예일 것이다. 일반적으로 모두 공인하는 바이지만 예술수법과 인생에 대한 홍미로부터 본다면『홍루몽』은『금병매』를 계승하여 발전시킨 작품임에 틀림없다. 그러나『홍루몽』에는 상인에 대한 관심이 완전히 사라져 있으며, 상인의 생활도 거의 언급되지 않는다. 작품 속에서 우연히 제시되는 상업 활동은 설薛씨 집안의 전당포들과 설반薛蟠이 한 차례 외지로 나가 상업 활동을 하는 장면 등인데 그조차도 전당포나 상업 경영에 관해 구체적으로 묘사되고 있는 것은 아니다. 설반과 설보차薛寶釵는 이 일에 대해 이렇게 상의를 한다. "지금 제대로 사람 노릇을 하며 본업을 세우려면 장사하는 걸 배워야겠어如今要成人立事, 學習着做買賣" "오라버니가 과연 제대로 된 일을 하려 하시니 정말 잘 되었어요哥哥果然要經歷正事, 正是好的了"(제48회) 상업 경영을 "제대로 사람 노릇을 하며 본업을 세우는成人立事" "제대로 된 일經歷正事"로 여기는 것은 나름대로 상업을 중시하는 관념을 보여주고 있는 부분이다. 그러나 이 역시 다만 스쳐지나가는 한 장면으로 설씨 집안의 목소리를 반영하는 것일 뿐 소설 전체의 주된 줄거리와는 거리가 있다. "도성 안에서 골동품 매매를 하는都中在古董行中買賣" 냉자흥冷子興(제2회)도 등장하지만, 그는 다만 독자에게 영국부榮國府와 녕국부寧國府의 상황을 소개해주는 소설 속 나레이터의 역할을 할 뿐 그의 골동품 장사가 직접 언급되지는 않는다. 『홍루몽』에는 또한 향료 가게를 하는 소상인 역할로 가운賈芸의 외삼촌 복세인卜世仁이 등장한다. 작가가 그에게 어떠한 형상을 부여했는지는 "사람도 아니다不是人"[1]라고 발음되는 그의 이름으로부터도 알 수 있다. 복세인은 자신의 조카에게도 인색하기 그지없는 인물로, 비열하고 옹졸한 전통적인 상인 형상의 복제판이라 할 수 있다. 이 인물을 통해 작가는 냉혹한 세태에 대한 철저한 이해와 비열한 인성에 대한 혐오를 드러내고 있다.(제24회) 그러나 비록 이와 같은 짤막한 에피소드들이 중간 중간 끼어 있다 해도『홍루몽』속에서 상인 생활을 묘사한 부분은 거의 제로에 가깝다고 봐야 한다. "봉건사회의 일대 백과

---

1 [역주] 복세인卜世仁의 이름은 중국어로 '부스런'이라 발음되는데 이것은 "사람도 아니다[不是人]"라는 뜻의 '부스런'과 발음이 같다.

전서"라는 찬사를 받는 『홍루몽』도 상인 생활에 관해서는 "한 측면을 결여하고" 있다고 밖에 할 수 없다.

3) 문언소설

청대 문학에서 문언소설은 다시금 만개하였다. 『요재지이』, 『자불어子不語』, 『열미초당필기閱微草堂筆記』, 『우대선관필기右臺仙館筆記』, 『야우추등록夜雨秋燈錄』, 『송은만록淞隱漫錄』 등 수많은 명저가 다채롭게 등장했다. 이들 작품은 이미 예전 작품의 단순한 복제를 넘어서 여러 요소들을 새롭게 추가하고 있었다. 상인과 그들의 삶에 대한 묘사가 늘어난 것은 그 구체적인 표현 중 하나라 할 수 있다. 가장 유명한 『요재지이』에 상인과 상인의 삶이 묘사된 부분이 많은 것은 이전의 문언소설에서는 찾아보기 힘든 점이며 멀리는 『태평광기太平廣記』, 『이견지夷堅志』의 전통을 계승하면서 그것을 뛰어넘는 것이었다. 게다가 묘사된 분량의 증가는 물론 묘사의 경향성에 있어서도 『요재지이』는 진일보된 일면을 보여준다.

그러나 장편 · 단편 백화소설의 전성기를 지나 문언소설의 형식으로 또 다시 상인 생활을 표현하고자 하는 것은 아무래도 이미 낡고 유행이 지난 것처럼 보인다. 소설가들이 한층 더 노력을 기울였다 해도 이전 문학의 울타리를 근본적으로 돌파하는 것은 아마도 거의 불가능했을 것이다. 『요재지이』 등에서 상인과 관련된 이야기는 이와 같이 그 한계를 인식해야만 할 것이다.

4) 희곡

청대에는 전기傳奇를 대표로 하는 희곡이 계속해서 번창했고 상인과 상인의 삶을 언급하는 작품들도 볼 수 있다. 명대 희곡의 특징이 여전히 남아 있었는데 곧 희곡이 소설, 특히 단편백화소설의 영향을 받아 그 속의 이야기를 다수 연출해내는 것이다. 상인과 상인의 삶을 다루는 이야기도 자연히 그 안에 포함되고 있었다. 그러나 이러한 종류의 희곡 작품 수량은 이미 명대에는 비할 바가 못 되었다.

전기로는 노술순路術淳의 『옥마패玉馬珮』, 장견張堅의 『옥사추玉獅墜』가 『성세항언醒世恒言』 권32 「황수재요영옥마추黃秀才徼靈玉馬墜」 고사를 각색하고 있으며 그 중 여주인공 배옥아裴玉娥는 상인 가정 출신이다. 악단岳端의 『양주몽揚州夢』, 호개지胡介祉의 『광릉선廣陵仙』은 『성세항언』 권37 「두자춘삼입장안杜子春三入長安」 고사를 각색했는데 그 중 주인공 두자춘은 양주 거상이다. 하병형夏秉衡의 『팔보상八寶箱』, 황도필黃圖珌의 「백보상百寶箱」은 『경세통언警世通言』 권32 「두십랑노침백보상杜十娘怒沉百寶箱」 고사를 각색했다. 여기에서는 이기적인 호색한 상인이 원래는 사이가 좋았던 연인을 갈라놓는다. 그밖에도 이두李斗의 『기산기奇酸記』는 『금병매』 이야기를 각색하고 있으며 악단의 『죽록리竹漉籬』, 손선孫埏의 『양생천兩生天』(일명 『양중천兩重天』, 일실됨)은 원元 잡극雜劇 「방거사오방내생채龐居士誤放來生債」 이야기를 각색하였다. 장옥곡張玉谷의 『재생연再生緣』은 어느 양주 염상鹽商 아들의 두 번의 생애에 걸친 인연 고사를 각색하였다. 이 작품들은 모두 다소간에 상인과 관련이 있다.

잡극으로는 왕부지王夫之의 『용주회龍舟會』가 『박안경기拍案驚奇』 권

19「이공좌교해몽중언, 사소아지금선상도李公佐巧解夢中言, 謝小娥智擒船上盜」와 같은 소재로, 상인의 딸 사소아가 살해당한 가족의 원수를 갚는 이야기를 다루고 있다. 조식증趙式曾의 「비파행琵琶行」과 곽성郭誠의 「비파정琵琶亭」은 백거이白居易의 『비파행』 이야기를 계승하여 사인士人과 여성, 상인 사이의 삼각관계를 그리고 있다.[2]

이들 작품 외에 청대 희곡에서 상인과 그들의 삶이 참신하게 표현된 것은 그리 많지 않아 원 잡극이나 명 전기에는 비할 수 없다.

5) 시문詩文

명대 시문에서 상인을 묘사하던 현상은 청대 시문에도 일정 정도 계속해서 존재하였다. 이는 청대 시민사회의 본질이 명대 시민사회와 다르지 않았기 때문이며 또한 문인과 상인 사이의 밀접한 관계도 청대에 여전히 존재했기 때문이다.

그러나 명대 시문에서 상인을 표현할 때 자주 보이던 자신감, 즉 상인과 그들의 활동을 존중하고 그 가치를 긍정하는 동시에 문인으로서의 자긍심을 잃지 않던 태도는 청대 시문에서는 오히려 거의 찾아보기 힘들게 되었다. 그 대신 더욱 많아진 것은 아마도 양극화일 것이다. 문인 스스로의 자존심을 다시 내세우거나, 아니면 부유한 상인 앞에 납작 엎드리는 것이다.

후자의 경향을 보여주는 일례로 유대괴劉大櫆, 1698~1779를 들 수 있

2 이상의 조사는 莊一拂의 『古典戲曲存目匯考』를 참고함.

다. 유대괴는 안휘安徽 동성桐城 사람으로 동성파 고문 명가이다. 그는 『유림외사』의 작가 오경재吳敬梓와 거의 비슷한 시기인 18세기 중기에 살았다. 그의 친구들 중 수많은 이가 『유림외사』 속 인물의 원형이 되었다. 유대괴의 문장의 중요한 특징은 상인을 위해 지은 글이 특히 많다는 점이다. 학자들은 유대괴 자신이 반드시 쓰고 싶지는 않았다 하더라도 부유한 거상들의 기분에 맞춰 아첨하는 묘비문을 썼을 것이라고 비난하기도 한다. 그러나 만약 『유림외사』 속의 묘사와 연결시켜 본다면, 부유한 거상을 위해 글을 쓰는 것은 그 보수가 상당했을 것이 분명하며 당시 사풍士風으로는 문인들도 부유한 상인들을 위해 글을 쓰는 것을 당연히 원했을 것이므로 유대괴 역시 흔쾌히 이러한 글들을 썼을 수도 있다. 그의 문집에서 권4 「방정수육십수서方庭粹六十壽書」, 권5 「증통봉대부정군전贈通奉大夫程君傳」, 「향음대빈금군전鄉飮大賓金君傳」, 「증대부방군전贈大夫方君傳」, 「봉대부방군전封大夫方君傳」, 「오의사전吳義士傳」, 권7 「증자정대부오부군묘표贈資政大夫吳府君墓表」, 「금부군묘표金府君墓表」, 「방기림묘표方榿林墓表」, 권8 「왕부군묘지명汪府君墓誌銘」, 「오악천묘지명吳萼千墓誌銘」, 「장표림묘지명張豹林墓誌銘」, 「오금회묘지명吳錦懷墓誌銘」 등은 모두 상인을 위해 쓴 비문들로, 그 중 몇 편은 특히 염상을 위해 쓴 것이다. 그가 쓴 70여 편의 비문 가운데 상인을 위해 쓴 것이 거의 1/6을 차지하고 있다. 이런 글들은 부유한 염상을 위해 쓴 비문으로 고관대작을 위해 쓴 비문 사이에 끼어 있는데 일대의 산문대가 문집 속에 이러한 글들이 병존한다는 것은 매우 주목할 만한 현상이다. 이는 시대가 확실히 변하였다는 것을 보여준다. 부유한 염상들이 자신들을 위해 문인이 글을 써주기를 요구하는 것이다. 염상을 위해 지은 이러한 비문은 대개가 아부하고 떠받드는 내용으로 작가는 이런 글로 적지 않은 은자를 받았을 것이다. 『유림외사』에 등장하는 일부 묘사에서 이를 확인할 수 있다.

문인의 자존심을 내세우는 전자의 경향은 정판교鄭板橋, 1693~1765에게서 찾아볼 수 있을 것이다. 전반적으로 말하자면 정판교는 상인의 사회적 작용을 전혀 부정하지 않았다. 그의 「범현서중기사제묵제사서范縣署中寄舍弟墨第四書」에는 다음과 같은 내용이 있다.

> 나는 천지간의 첫째가는 사람은 다만 농부만이 있을 뿐이고 선비는 사민의 말단이라 여긴다네 (…중략…) 기술자는 기물을 만들어 이용하게 하고 장사치는 있는 것을 옮기고 없는 것을 운반해오니 모두 백성을 편하게 하는 점이 있다네. 그러나 선비 혼자만이 백성을 크게 불편하게 하니 사민의 말단에 있는 것도 이상할 것이 없네![3]

그는 상업 경영 역시 정업正業임을 인정하며 나라의 정책과 민생에 이익이 있다고 여기는데 이러한 생각은 명대 문인과 상당히 비슷하다. 상인들이 부당하게 대우받을 때에는 그들을 위해 공정한 이야기를 하기도 했다. 예를 들어 「유현죽지사사십수濰縣竹枝詞四十首」 중 한 편에서 그는 염상의 실업에 대하여 동정심을 표하였다.

> 소금 장사는 본래 상인이 하는 일인데

---

3 我想天地間第一等人, 只有農夫, 而士爲四民之末 (…中略…) 工人製器利用, 賈人搬有運無, 皆有便民之處, 而士獨于民大不便, 無怪乎居四民之末也!(『鄭板橋集』 一)

> 그 상인들이 어찌 이다지도 가난한가.
> 사사로이 소금 팔기는 관이 두렵고 관매를 할 길은 끊어졌으니
> 바닷가 굶어죽은 소금 부뚜막 원혼이 되었네.[4]

그러나 당시 상인을 중시하고 문인을 경시하는 사회풍조에 대해서는 정판교는 내심 반감을 느끼고 있었다. 법곤굉法坤宏의 『서사書事』에 기록된 바에 따르면 "유현의 풍속은 상인을 중시했다!濰俗重賈!"[5] 정판교는 유현에 부임해 왔을 때 이러한 풍속을 못마땅하게 여겼다. 역시 「유현죽지사사십수」 중 한 편에서 그는 유현의 수많은 세도가 자제들이 부귀를 좇아 유학을 버리고 상업에 종사하는 세태를 불만스럽게 여기고 비판하는 태도를 보였다.

> 시서로 입신출세 더디다고 원망하랴, 근래 풍속은 문사를 비웃으니.
> 지체 높은 집안 총명한 자제들 모두 낯빛 불그레한 장사치 되었다네.[6]

이러한 불만과 비판의 근본적 이유는 아마도 상인을 중시하는 풍조가 성행하여 문인 혹은 사인의 자신감이 이미 실추되고 그들로 하여금 차라리 유학을 버리고 상업에 종사하게 하거나 부유한 거상들에게로 달려가게끔 했기 때문일 것이다. 「여강빈곡강우구서與江賓谷江禹九書」에서 정판교는 당시 문인들이 상인에게 빌붙어 아부하는 행태를 단호하게 질책한다.

---

4 行鹽原是靠商人, 其奈商人又赤貧. 私賣怕官官賣絶, 海邊餓灶化冤磷.(『鄭板橋集』 六)
5 『國朝耆獻類徵初編』 卷233.
6 莫怨詩書發迹遲, 近來風俗笑文辭. 高門大舍聰明子, 化作朱顏市井兒.(『鄭板橋集』 六)

> 학자는 마땅히 스스로 그 기치를 세워야 합니다. 무릇 쌀과 소금, 선박과 셈하는 일은 상인에게 동향을 물어야 하지만, 문장과 학문까지도 상인된 자들에게 동향을 묻는다는 것을 나는 들어본 적이 없습니다. 우리 양주의 선비들이 상인들의 집으로 달려가 종종걸음을 치며 그들의 한마디 말의 시비에 기뻐하거나 슬퍼하고 있으니 이처럼 사인의 기품을 해치고 사인의 기개를 손상하고 있는 것이 참으로 다시는 입에 담지도 못할 일입니다![7]

만약 이러한 관점으로 유대괴의 상황을 본다면 유대괴 역시 상인에게 아부하는 문인들 중 하나일 것이다. 또한 정판교는 이 문장을 건륭乾隆 무진戊辰년(1748)에 썼는데 이는 유림외사의 원고가 완성된 시기(1750년 전후)와 비슷한 때이다. 정판교도 양주 사람으로, 그가 쓴 양주 문인들의 풍조를 『유림외사』의 관련 묘사와 함께 비교해 보면 "사인의 기품을 해치고 사인의 기개를 잃은損士品而喪士氣" 당시 사풍의 일면을 짐작할 수 있다. 말할 필요도 없이 정판교는 오경재와 마찬가지로 사풍이 나날이 쇠락하는 것에 비통해하며 상인 세력이 주는 압박감에 저항하는 마음을 스스로 억누르지 못했던 것이다. 이는 청대 시문에 나타나는 또 다른 경향을 대표한다.

어떤 경향이든 상관없이 이는 고전적인 문인과 상인의 관계가 바야흐로 끝나고 새로운 국면이 형성되고 있음을 보여준다. 또한 이것은 고전적인 문인과 상인의 관계가 근본적으로 전복되고 있음을 암시한

7 學者當自樹其幟. 凡米鹽船算之事, 聽氣候于商人, 未聞文章學問, 亦聽氣候於商人者也. 吾揚之士, 奔走躞蹀於其門, 以其一言之是非爲欣戚, 其損士品而喪士氣, 眞不可復述矣! (『鄭板橋集』 六)

다. 정판교와 유대괴 등의 인물은 모두 당시의 이러한 변화를 민감하게 느끼고 있던 문인이었다. 오경재 역시 또 하나의 예민한 문인으로 『유림외사』에서 이러한 변화를 포착해내고 있다.

2. 『요재지이聊齋志異』

청대 문언소설의 명작으로 『요재지이』는 줄곧 광범위한 관심을 받아왔다. 그러나 이 작품의 또 다른 특징은 지금까지 사람들에게 별로 주목받지 못했는데 그것은 바로 『요재지이』가 상인과 그들의 삶에 상당한 수준의 관심을 보이고 있다는 점이다.

『요재지이』에는 상인과 관련된 이야기가 매우 많으며 이는 이전의 문언소설에서 찾아보기 힘든 현상이다. 완전하지는 못한 우리의 통계에 근거해도 다음과 같은 여러 작품들이 많건 적건 상인과 관계가 있다. 「시변尸變」, 「견간犬奸」, 「왕성王成」, 「고아賈兒」, 「아보阿寶」, 「야차국夜叉國」, 「노도老饕」, 「뇌조雷曹」, 「나찰해시羅刹海市」, 「쌍등雙燈」, 「아두鴉頭」, 「목조미인木彫美人」, 「포객布客」, 「금영년金永年」, 「운취선雲翠仙」, 「미인수美人首」, 「혜방蕙芳」, 「유성劉姓」, 「우성장牛成章」, 「아수阿繡」, 「상부商婦」, 「세류細柳」, 「야명夜明」, 「곽녀霍女」, 「전복무錢卜巫」, 「시언詩讞」, 「장불량張不量」, 「부옹富翁」, 「의견義犬」, 「유부인劉夫人」, 「진생眞生」, 「포상布商」, 「연지胭脂」, 「아섬阿纖」, 「항랑恒娘」, 「제천대성齊天大聖」, 「임수任秀」, 「백추련白秋練」, 「왕십王十」, 「대남大男」, 「갈객蝎客」, 「모대복毛大福」, 「노룡선호老龍船戶」, 「청성부靑城婦」, 「효조鴞鳥」, 「인침紉針」, 「금슬錦瑟」, 「신정송

新鄭訟」, 「방문숙房文淑」 등 대략 50편에 이르는 이 숫자는 『요재지이』 전체의 근 500편 작품 중 차지하는 비율이 적지 않다. 다루고 있는 제재만 해도 상당히 풍부하여 상인과 그들의 삶에 대한 작가의 폭넓은 흥미를 반영하고 있다. 일정한 의미에서 『요재지이』는 매우 훌륭한 상인 사료집이라 할 수 있으며, 흥미진진한 상업 풍속도를 숱하게 보여주고 있기도 하다.

『요재지이』가 상인과 그들의 삶에 깊은 흥미를 보이고 있는 까닭은 어쩌면 작가 자신의 출신, 그리고 본인이 처해 있던 환경과 관계가 없지는 않을 것이다. 포송령蒲松齡 집안은 이전에는 '대를 이어 과거급제科甲相續'를 해왔으나, 포송령의 아버지 포반蒲槃에 오면 부득이하게 유학을 버리고 상업에 종사하게 된다. 이 같은 집안에서 성장한 포송령은 유학 대신 상업을 선택한 아버지의 처지를 이해하면서 자연히 상인에 대해 편견을 가지지 않았고 사인의 우월감을 고집스럽게 견지하지도 않았다. 포송령이 살았던 요성聊城 일대는 또한 당시 상업의 집결지이기도 했다. 이러한 생활환경은 자연스럽게 그가 상인의 삶에 주의를 기울이도록 자극하였다. 포송령은 공명을 좇지 않고 수재秀才 신분으로 훈장 노릇을 하며 여생을 마쳤는데 평소 일반 백성들과 가깝게 왕래하여 보고 듣는 것이 대부분 시정의 자질구레한 일들이었다. 이 때문에 그의 문언소설에 그렇게 많은 보통의 상인 형상이 등장할 수 있었던 것이다.

1) 상인에 대한 태도

포송령의 상인에 대한 태도는 정곡을 찌르면서도 꾸밈이 없고 어떤 특정한 편견도 없다. 그가 증오했던 것은 백성을 벗겨 먹는 악덕 상인이었고 그가 동정했던 것은 근면하게 노력하는 선량한 상인이었다. 예를 들어 「유성」에서 그는 실존인물이었던 어느 정직한 상인에 대해 이렇게 평한다.

> 이취석李翠石 형제는 모두 관직은 없어도 부유한 자들이다. 그 중 취석은 특히 성품이 순박하고 근실하며 베풀기를 좋아했다. 부유하다는 이유로 스스로 뽐낸 적도 없는 조심스러운 몸가짐의 성실하고 진지한 군자였다. 다툼을 해결하고 착한 일을 권하는 앞의 이야기를 보면 그의 평생이 어떠했을지 알 수 있다. 옛 사람들이 말하기를 "부유하면 어질지 않다"고 하였다. 그렇다면 취석은 원래 어질었는데 나중에 부유해진 사람일까? 아니면 부자가 된 다음에 어질어진 사람일까?[8]

전통적으로 상인들에 대해 사람들이 갖는 편견 중 하나는 상인이 "부유하여 어질지 않다爲富不仁"는 것이었다. 그러나 작가가 보기에 '부유함富'과 '어진 마음仁'은 함께 있어도 상충되지 않을 수 있었다. 이것은 전통적인 상인관에 대한 일종의 도전이었고 작가는 이를 통해 상인에 대한 동정, 그리고 상인들의 가치관에 대한 이해를 드러냈다.

---

8 李翠石兄弟, 皆稱素封. 然翠石又醇謹, 喜爲善, 未嘗以富自豪, 抑然誠篤君子也. 觀其解紛勸善, 其生平可知矣. 古云: "爲富不仁." 吾不知翠石先仁而後富者耶? 抑先富而後仁者耶?

포송령이 유학을 버리고 상업에 종사하는 사인의 행위를 좋다고 인정하고 이를 긍정적으로 묘사했던 것은 그가 상인들의 가치관을 이해하고 있었기 때문이다. 예를 들어 「나찰해시」의 마기馬驥는 본래 상인 가정 출신이지만 고을의 학교에 들어가 공부를 하다가 아버지의 권고를 듣고 다시 가업에 종사하게 된다.

> 그는 열네 살에 고을의 학교에 들어가 이름을 날렸다. 아버지는 늙고 쇠약해져 장사 일을 그만두고 집안에 머무르고 있었는데 아들에게 이렇게 일렀다. "책 몇 권 읽는다고 배고플 때 밥이 나오느냐, 추울 때 옷이 나오느냐. 너는 아비의 장사 일을 잇도록 해라." 마기는 이에 차차로 장사를 배우기 시작했다.[9]

마기 아버지의 말 속에는 장사를 중시하고 유학을 경시하는 상인 계층의 가치관이 드러나 있다. 작가는 이처럼 사인 계층과는 다른 상인들의 가치관을 이해하는 태도를 분명히 견지하고 있는 것이다. 「백추련」의 상인 자제 모생慕生은 "총명하고 유순하며 글 읽기를 좋아했지만聰惠喜讀", "나이 열여섯이 되었을 때 그의 아버지는 글 읽는 일이 고루하다고 여겨 그에게 공부를 그만두고 장사 일을 배우게 하였다年十六, 翁以文業迂, 使去而學賈" 여기에 담긴 생각도 마찬가지로 상인 계층의 가치관을 보여준다. 그들은 자식이 가난한 서생의 삶을 살기를 원하지 않았고 사업을 경영하여 부유해지기를 바랐다. 이에 대해서도 작가는

---

9 十四歲, 入郡庠, 卽知名. 父衰老, 罷賈而居. 謂生曰: "數卷書, 饑不可煮, 寒不可衣. 吾兒可仍繼父賈." 馬由是稍稍權子母.

이해하는 태도를 갖고 있다. 「방문숙」의 서생 등성덕鄧成德은 훈장 노릇을 하며 생계를 이어가지만 여기에 별로 만족하지 못한다.

> 등성덕은 훈장 자리를 사임하고 이전천李前川의 아들과 함께 장사하러 떠나기로 의논하고는, 여자에게 이렇게 말하였다. "내 생각에 선생 노릇으로 장부책을 적어봐야 부자가 될 기약이 없소. 지금 물건을 지고 객지를 돌며 장사하는 방도를 배워두면 고향으로 돌아갈 날도 있을 것이오."[10]

등성덕이 부귀를 구하기 위해 유학을 버리고 상인이 되려는 심정을 작가는 완전히 이해하고 있는 것이 분명하다. 또한 「뇌조」의 서생 악운학樂雲鶴은 "과거시험을 볼 때마다 매번 실패하였는데潦倒場屋, 戰輒北" "원래 살림도 넉넉하지 못하여恒産無多" "안으로 가계를 돌아보면 나날이 궁핍해졌다!內顧家計日蹙!"

> 그는 탄식하면서 말했다. "평자平子처럼 글재주가 뛰어난 이도 보잘 것 없이 죽었는데 하물며 나 같은 사람이야! 인생의 부귀영화도 때가 맞아야 하는데 평생토록 근심걱정만 하다 개나 말보다도 먼저 길거리 구덩이에 묻혀 이번 생을 저버릴지도 모르니 차라리 일찌감치 스스로 살 길을 도모하느니만 못하다." 그리고는 글 읽기를 그만두고 장사를 시작했다.[11]

---

10 鄧解館, 謀與前川子同出經商. 告女曰:"我思先生設帳, 必無富有之期. 今學負販, 庶有歸時."

11 乃歎曰:"文如平子, 尙碌碌以沒, 而況於我! 人生富貴須及時, 戚戚終歲, 恐先狗馬塡溝壑, 負此生矣, 不如早自圖也." 於是去讀而賈.

상술한 악운학의 말은 그의 인생관을 보여주는 것이고 수많은 서생들의 속마음을 털어놓은 것인데 작가는 이를 대단히 높이 평가한다.

> 악자樂子는 문장으로 일세를 풍미했지만 하늘이 나에게 정해준 자리가 제 자리가 아님을 문득 깨달아 헌 신짝 버리듯 붓을 곧장 버렸으니 제비 같은 턱을 가진 반초班超가 붓을 내던진 일과 어찌 조금이라도 다르겠는가?[12]

뜻밖에도 작가는 악생樂生이 유학을 버리고 상인이 된 것을 후한後漢의 반초가 붓을 버리고 군인이 된 것에 비유하고 있다. 이를 통해 작가가 장사 하는 것을 종군하여 '장수로 이름을 드높이는將擧' 일에 못지않다고 생각하고 있음을 알 수 있다. 물론 그 속에는 과거시험에 실패한 작가 자신의 고독과 분노가 스며들어 있겠지만 상업을 중하게 여기는 작가의 의식도 분명히 드러나고 있다.

위에서 이야기한 유학의 길을 버리고 상인이 된 서생들은 이후 대부분 성공을 거두게 된다. 예를 들어 「방문숙」의 등성덕은 학문을 버리고 상인이 된 다음 "다시 3년이 지나 이익을 남기고 행장을 꾸려 고향으로 돌아갔다." 또한 「뇌조」의 악운학은 학문을 버리고 상인이 된 이후 "반년동안 장사를 하자 집안 형편이 다소 나아졌다." 이러한 묘사 속에도 작가의 경향이 반영되었음을 알 수 있다. 포송령은 그들이 학문을 버리고 상인이 되는 행동에 찬성하였기에 그들이 성공을 거두게끔 애쓴 것이다.

---

12 樂子文章名一世, 忽覺蒼蒼之位置我者不在是, 遂棄毛錐如脫屣, 此與燕頷投筆者, 何以少異?

『요재지이』에는 "유생이면서도 상인亦儒亦商"인 사람들도 등장한다. 그들 대부분은 부귀를 좇는 것을 인생철학으로 삼고 있으며 "양쪽 배에 발을 딛고 있는" 우세한 점을 잘 이용하여 스스로를 위해 두 방면의 이점을 모두 취한다. 예를 들어 「임수任秀」의 서생 임수는 부친이 상인이다. 부친이 세상을 떠난 뒤 그는 한편으로는 "학교의 우등생으로 관가의 식량보조를 받으면서", 다른 한편으로는 외숙부 장張씨와 함께 장사를 한다.

> 그에게는 외숙부 장씨가 있어 경사에서 장사를 하였는데 임수에게도 도시로 가라고 권유하면서 자신이 데리고 가는 것이니 여비는 쓰지 않아도 된다고 했다. 임수는 기뻐하면서 그를 따랐다 (…중략…) 이 돈으로 장씨와 동업을 하여 북으로 갔고 그해 연말에 여러 갑절의 이익을 얻었다. 이리하여 그는 관례대로 돈을 내고 감생監生의 자격을 얻었다. 이익을 계속 늘려 십년 사이에 그 일대의 제일가는 부자가 되었다.[13]

임수는 유생이면서도 장사에 뛰어들었고, 나중에는 돈을 내고 감생의 자격을 얻고 또 "이익을 계속 늘렸다." "양쪽 배에 발을 딛고 있는" 유생이면서 상인인 것이다. 게다가 그가 "관례대로 돈을 내고" 감생이 될 수 있었던 것 역시 장사로 번 돈과 무관하지 않을 것이다. 유생이나 감생의 자격은 또한 그로 하여금 뒷일을 걱정할 필요가 없게 하였다. 이것은 참으로 일거양득의 좋은 일이다. 임수의 이러한 "영리한" 수법

13 有表叔張某, 賈京師, 勸使赴都, 願攜與俱, 不耗其資. 秀喜, 從之 (…中略…) 乃以資與張合業而北, 終歲獲息倍蓰. 遂援例入監. 益權子母, 十年間, 財雄一方.

을 작가는 그야말로 흥미진진하게 이야기한다. 왜냐하면 이것은 스스로를 부유하게 만들 뿐 아니라 사인 신분도 계속 유지할 수 있게 해주기 때문이다. 「유부인劉夫人」의 유부인도 유생 염생廉生에게 장사에 뛰어들 것을 권유하는데 이렇게 해야 부귀를 얻을 수 있기 때문이다.

> 다른 일은 아니고 내게 약간의 모아둔 돈이 있으니 공자가 갖고 강호로 나가서 장사를 해주시오. 이익금을 나누게 되면 책상머리의 반딧불로 말라죽는 것보다는 나을 것이오.[14]

> 글공부에 뜻을 두었더라도 그에 앞서 생계를 해결해야 하오. 공자는 총명하니 무엇인들 못하겠소?[15]

> 나도 공자가 장사에 익숙하지 않다는 걸 알아요. 그저 한 번 시험이나 해보시길, 해로운 일은 없을 것이오.[16]

> 그리하여 염생은 독서와 장사를 병행하는데 그 결과는 대성공이었다.

> 그들의 발길은 호북湖北의 형주荊州와 양양襄陽 일대에까지 이르렀으므로 연말이 되어서야 겨우 돌아올 수 있었는데 결산을 했더니 세 배의 이윤이 남았다.[17]

---

14 無他煩, 薄藏數金, 欲倩公子持泛江湖, 分其贏餘, 亦勝案頭螢枯死也.
15 讀書之計, 先於謀生. 公子聰明, 何之不可?
16 妾亦知公子未慣懋遷, 但試爲之, 當無不利.
17 往涉荊襄, 歲抄始得歸, 計利三倍.

그들은 회하淮河 연안으로 나가 허가를 받고 염상이 되었다. 일 년이 지나자 이익은 다시 몇 배가 되었다. 그러나 염생은 글 읽기를 좋아했기 때문에 주판알을 튕길 적에도 서책을 손에서 놓지 않았고 사귀는 친구들은 모두 독서인들이었다. 벌어들인 돈이 이미 충분했으므로 염생은 은근히 만족하며 일들을 차츰 오吳씨에게 넘겨주었다.[18]

나중에 염생은 향시에 합격했고 자손들은 벼슬 없이도 대대로 부귀를 누렸다.[19]

유생이면서 상인인 염생은 운수대통이었다고 할 수 있다. 그는 독서하는 문인으로서의 소망을 실현했을 뿐 아니라 탄탄한 경제적 기반까지 마련했다. "양쪽 배에 발을 잘 디딘" 이 서생은 작가의 마음 속에서 시대적 영웅이 되었다.

위에서 서술한 유생이자 상인인 이 사인들은 사인의 가치관을 신봉하면서도 상인의 가치관도 신봉했다. 그들이 보기에 이 두 가치관은 대립하지 않을 뿐 아니라 상호보완도 가능했다. 교묘하게 서로 보완한다면 그들은 두 방면의 이점을 모두 취할 수 있었다. 이는 일찍이 상인인 부친을 두었지만 스스로는 서생이었고 가난으로 인해 많은 고통을 겪어 상인에 대한 부러움이 없지는 않았던 포송령의 내면이 반영된 것이라고 할 수 있다.

---

18 往客淮上, 進身爲鹾賈, 逾年, 利又數倍. 然生嗜讀, 操籌不忘書卷, 所與遊皆文士. 所獲既盈, 隱思止足, 漸謝任於伍.

19 生後登賢書, 數世皆素封焉.

2) 상인의 직업정신에 대한 표현

포송령은 상인적 가치관을 이해하고 존중했기에 『요재지이』에서 상인의 직업정신을 긍정적으로 표현했다.

「세류細柳」에서 세류가 아들을 훈육하여 상인으로 키워내는 이야기는 작가가 상인의 직업정신을 긍정하는 태도를 반영하고 있다. 세류는 모자란 아들에게 글공부를 시켜보지만, 천성이 "너무나 우둔하여", "몇 년을 공부하고도 자기 이름조차 쓰지 못했다." 이리하여 세류는 다시 "책을 버리고 농사를 짓게" 하지만, 아들은 "게으름만 부리면서 고된 일 하기를 꺼렸다." 세류는 화를 내며 "사민四民이 각자 본업이 있는데 글공부도 못하고 농사도 짓지 못하니 빌어먹다 굶어죽을 셈이냐?" 라고 호통을 쳤다. 사농공상 모두 정당한 직업이니 아들이 마땅히 그 중에서 하나를 택해 스스로 생계를 유지해야 한다고 여긴 것이다. 글공부와 농사일이 모두 소용없자 세류는 또 "자금을 주어 봇짐장사를 배워보게" 하며 아들이 상인이 되기를 바랐다. 그러나 뜻밖에도 변변치 못한 아들은 "도박에 빠져 수중에 들어오는 돈을 모두 날려버리고 강도에게 재수 없게 털렸다고 핑계를 대며 어머니를 속이려 했다. 어머니가 알아차리고 그를 죽기 직전까지 몽둥이로 때리며 꾸짖었다." 그러나 아들은 그래도 변하지 않았다. 그리하여 세류는 계책을 세워 아들이 한바탕 고생을 하도록 만들었고 아들은 그제야 이전의 잘못을 철저하게 고쳐 어엿한 한 명의 상인이 된다.

> 이때부터 그는 지난 일을 후회하며 집안의 잡무를 부지런히 처리했다.

가끔씩 게으름을 피우기도 했지만 어머니 역시 그를 나무라지 않았다. 몇 달이 지나가도록 결코 장사에 대해서는 서로 이야기를 꺼내지 않았다. 마음속으로는 부탁하고 싶었지만 감히 말을 꺼내지 못해 형에게 먼저 그 뜻을 알렸다. 어머니는 그 말을 듣자 몹시 기뻐하면서 힘껏 돈을 변통하여 밑천을 대주니 반년이 지나자 그 돈이 배가 늘었다 (…중략…) 재물이 늘어나 수만 냥의 거금을 쌓았다![20]

세류가 아들을 길러낸 기본 방식은 직업정신을 갖추도록 하는 것이었다. 이러한 점에서 「세류」는 원대 잡극 「동당노권파가자제東堂老勸破家子弟」와 비슷한 점이 있고 세류의 형상은 동당노와도 비슷하다. 그러나 세류의 아들이 후에 "재물이 늘어나 수만 냥의 거금을 쌓은" 등의 묘사에서는 부귀를 긍정하는 포송령의 독특한 관점을 찾아볼 수 있다. 포송령이 보기에 어엿한 상인이 되는 것은 부귀영화에 이르기 위한 수단에 불과하다.

「왕성王成」에서 포송령은 상인의 직업정신이 보여주는 또 다른 측면을 표현하고 있다. 상인은 반드시 장사하면서 시련을 견뎌내고 여러 가지 정신적 좌절을 겪은 후에야 비로소 좋은 기회가 찾아와 장사에서 성공하게 된다는 것이다. 상인 왕성은 온갖 실패를 겪으면서 많은 것을 배우고 난 다음에야 성공으로 나아가게 된다. 그의 첫 번째 실패는 삼베를 팔러갔다가 입은 손해이다.

20 由是痛自悔, 家中諸務, 經理維勤. 即偶情, 毋亦不呵問之. 凡數月, 並不與言商賈, 意欲自請而不敢, 以意告兄. 母聞而喜, 並力質貸而付之, 半載而息倍焉 (…中略…) 貨殖累巨萬矣!

왕성은 그에 따라 오십여 필의 삼베를 사서 돌아왔다. 노파는 어서 행장을 꾸리라고 하면서 6, 7일이면 연경에 도착할 수 있을 것이라고 했다. "게으름 피우지 말고 부지런히 가고 늑장 부리지 말고 서둘러 가라. 하루라도 늦으면 후회해도 이미 늦을 거다!"라고 당부했다. 왕성은 공손하게 대답하고는 짐을 싣고 길을 나섰다. 도중에 비가 내려 옷과 신발이 모두 젖었다. 태어나서 한 번도 풍상을 겪어본 적이 없는 왕성은 고단함을 견디지 못하고 잠시 여관에 들러 쉬었다. 그러나 주룩주룩 내리는 빗소리는 밤새도록 그치지 않았고 처마에서 흐르는 빗줄기는 새끼줄처럼 굵었다. 하룻밤이 지나고 나니 땅은 더 질척해졌다. 오가는 행인들이 정강이까지 빠지는 진흙길을 걷는 것을 보고 왕성은 마음속으로 고생할까 더욱 두려워졌다. 점심에 비가 멈추기까지 기다렸더니 길은 점차로 말랐지만 먹구름이 다시 몰려들며 또 한 차례 장대비가 쏟아졌다. 이틀 밤을 묵고 난 다음에야 길을 떠날 수 있었다. 서울 근방에 이르렀을 때, 삼베 값이 폭등했다는 소문을 듣고 왕성은 속으로 은근히 기뻤다. 성 안에 들어가 여관에 짐을 풀었는데 여관 주인이 그를 보더니 늦게 왔다고 애석해하는 것이었다. 이보다 앞서 서울의 남쪽 도로가 처음 뚫렸을 당시에는 운반되어 들어오는 삼베의 양이 대단히 적었다. 패륵貝勒의 저택에서 긴급하게 삼베를 사들이자 그 가격이 갑자기 뛰어올라 평소의 세 배나 되었다. 그런데 왕성이 도착하기 하루 전날 필요한 양을 다 사들였으므로 나중에 삼베를 팔러 온 사람들은 모두 실망만 하게 되었던 것이다. 여관 주인이 이런 상황을 왕성에게 알려주자, 그는 잔뜩 풀이 죽어 우울해했다. 하루가 지나자 삼베를 운반해 온 사람들이 더 늘어나 가격은 더욱 떨어졌다. 왕성은 손해를 보고 팔 수는 없었다. 십여 일을 지체하니 밥값도 적지 않아 고민이 더 깊어졌다. 여관 주인은 그에게 싼값에라도 삼베를 팔아버리고 다른 계획을 세우라 권유했다. 왕성은 그의 말에 따라 본전보다 열 냥이 넘는 손해를 감수하고 전부 팔아버렸다.[21]

왕성이 삼베 장사에서 손해를 본 것은 그가 처음으로 집을 떠나 "생전 풍상을 겪어본 일이 없었고" 상인의 직업정신을 아직 갖추지 못하여 노파狐仙가 일러준 대로 "게으름 피우지 말고 부지런히 가고 늑장 부리지 말고 서둘러야 한다"는 교훈을 따르지 못했기 때문이다. 결국 그는 돈을 벌 기회를 그대로 날려버리고 말았다. 그러나 그 속에서 충분한 교훈을 이끌어낼 수만 있다면 이 좌절이 그에게 아무런 좋은 점도 없었던 것은 아니었다. 그의 두 번째 실패는 메추리 장사에서 뜻을 이루지 못한 것이다.

마침 메추리 싸움을 구경하게 되었는데 한 번 내기를 걸 때마다 수천 푼의 돈이 오가지만 정작 메추리 한 마리의 값은 백 푼에도 미치지 못했다. 홀연 마음이 동한 그는 주머니 속 돈을 계산해보고 메추리를 사기에 충분하다는 것을 알고는 여관 주인과 상의했다. 여관 주인은 적극적으로 왕성을 부추기면서 먹고 자는 값을 받지 않겠다고 약속했다. 왕성은 기뻐하며 곧 그 말대로 했다. 메추리를 한 광주리 가득 사서 다시 서울로 들어갔다.

21 王從之, 購五十餘端以歸. 媼命趣裝, 計六七日可達燕都. 囑曰:"宜勤勿懶, 宜急勿緩. 遲之一日, 悔之已晚!" 王敬諾, 囊貨就路. 中途遇雨, 衣履浸濡. 王生平未歷風霜, 委頓不堪, 因暫休旅舍. 不意淙淙徹暮, 簷雨如繩. 過宿, 濘益甚. 見往來行人, 踐淖沒脛, 心畏苦之. 待至停午, 始漸燥, 而陰雲復合, 雨又大作. 信宿乃行. 將近京, 傳聞葛價翔貴, 心竊喜. 入都, 解裝客店, 主人深惜其晚, 先是, 南道初通, 葛至絶少. 貝勒府購致甚急, 價頓昂, 較常可三倍. 前一日方購足, 後來者並皆失望. 主人以故告王. 王鬱鬱不得志. 越日, 葛至愈多, 價益下. 王以無利不肯售. 遲十餘日, 計食耗煩多, 倍益憂悶. 主人勸令賤鬻, 改而他圖. 從之. 虧資十餘兩, 悉脫去.

여관 주인은 기뻐하면서 메추리가 잘 팔리기를 빌어주었다. 밤이 되자 큰 비가 새벽까지 쏟아졌다. 날이 밝자 길은 온통 강처럼 되었는데 빗방울이 여전히 그치지 않았다. 날이 갤 때까지 머무를 수밖에 없었지만 며칠이나 비는 그치지 않았다. 몸을 일으켜 새장을 들여다보자 메추리는 거의 죽어 가고 있었다. 왕성은 크게 걱정했지만 방법이 없었다. 다음 날 죽은 메추리는 더 많아졌고 몇 마리밖에 남지 않아 새장 하나에 합치고 먹이를 주었다. 하룻밤이 지나고 다시 들여다보니 메추리 한 마리만 살아남아 있었다. 여관 주인에게 이를 말하며 왕성은 자기도 모르게 눈물을 뚝뚝 흘렸다. 여관 주인도 그의 팔목을 잡고 위로했다. 왕성이 스스로 생각하기에 돈도 다 날리고 돌아갈 길도 없었으므로 다만 죽기만을 바랄 뿐이었고 여관 주인은 그를 달랬다.[22]

"구멍 뚫린 지붕에 비까지 밤새 내리듯", 장사하는 위험은 늘 이와 같다. 그러나 왕성이 더 이상 출로가 없는 지경에 이르렀을 때, 운이 트일 좋은 기회도 조용히 다가오고 있었다. 그는 다 죽고 한 마리 남은 메추리를 이용하여 도박장에서 본전을 되찾는다. 장사의 시련을 겪어 내고 실패 속에서 직업정신을 배우면서 그는 마침내 성공한 상인이 될 수 있었다. 이 이야기 속에서 작가는 상인이 실패에서 성공으로 나아가는 고된 역정을 그려내며 이러한 과정의 필요성을 충분히 긍정적으

22 適見鬥鶉者, 一賭輒數千. 每市一鶉, 恒百錢不止. 意忽動, 計囊中資, 僅足販鶉, 以商主人. 主人亟慫之, 且約假寓飮食, 不取其直. 王喜, 遂行. 購鶉盈儋, 復入都. 主人喜, 賀其速售. 至夜, 大雨徹曙. 天明, 衢水如河, 淋零猶未休也. 居以待晴. 連綿數日, 更無休止. 起視籠中, 鶉漸死. 王大懼, 不知計之所出. 越日, 死愈多, 僅餘數頭, 並一籠飼之. 經宿往窺, 則一鶉僅存. 因告主人, 不覺涕墮. 主人亦爲扼腕. 王自度金盡罔歸, 但欲覓死, 主人勸慰之.

로 표현하고 있다. 이로써 상인의 직업정신을 이해하고 긍정하는 것이다.

3) 상인의 사회적 처지에 대한 표현

포송령은 상인적 가치관과 직업정신을 이해하고 중시하여 『요재지이』에서 상인이 맞닥뜨리는 갖가지 위험과 고난에 대해 마음에서 우러나오는 동정심을 표하며 상인을 박해하고 억압하는 행위에 대해서는 분노어린 질책을 하였다.

예를 들어 「의견義犬」 이야기는 강도질을 하는 배黑船에서 상인이 맞닥뜨리는 위험을 묘사한다.

> 주촌周村에 가賈씨가 살았는데 무호蕪湖에 장사를 하러 갔다가 많은 돈을 벌었다. 배를 빌려 고향으로 돌아가는데 (…중략…) 뱃사공은 원래 도적질을 하던 자로 손님의 짐을 훔쳐보고 배를 수초가 우거진 곳으로 몰아 칼을 들이대고 죽이려 했다. 가씨가 시신이라도 온전하게 해달라고 애원하자 도적은 가씨를 담요로 말아 강 속에 빠뜨렸다.[23]

비록 나중에 가씨는 의로운 개의 도움으로 목숨을 구하고 강도도 잡게 되지만 강도질하는 배가 상인에게 가하는 위험은 독자들에게 깊은

23 周村有賈某, 某貿易蕪湖, 獲重資, 賃舟將歸 (…中略…) 舟人固積寇也, 窺客裝, 蕩舟入莽, 操刀欲殺. 賈哀賜以全屍, 盜乃以氈裹置江中.

인상을 남긴다. 「포상布商」 이야기에서도 상인이 강도질 하는 절黑寺에서 맞닥뜨리는 위험을 묘사하고 있다.

> 어느 포목상이 청주青州 관내에 이르렀다가 우연히 퇴락한 절에 들르게 되었다. 사원의 건물이 영락한 것을 보고 그가 연신 탄식했더니 승려가 옆에서 말했다. "지금이라도 불심 깊은 신도가 산문이라도 세운다면 부처님 얼굴에 빛이 날 텐데요." 포목상은 흔쾌히 자신이 맡겠다고 나섰다. 승려는 기뻐하며 그를 방장으로 청하며 은근히 환대하였다. 이윽고 안팎의 전각들을 하나하나 열거하며 수리를 청했다. 포목상이 능력이 되지 않는다고 거절해도 승려는 억지로 강요하며 말투와 얼굴빛도 거칠어졌다. 포목상은 두려워서 있는 돈을 다 털어 시주하겠다면서 행장에서 쏟아낸 돈을 모두 승려에게 주었다. 막 떠나려고 하는데 승려가 그를 막아서며 말했다. "당신이 가진 돈을 다 내놓기는 했지만 사실은 원하지도 않는 걸 다 내준 것이니 나한테 좋은 감정이 있겠는가? 내가 먼저 손을 써주지." 곧 칼을 쥐고 달려들었다. 포목상이 간절히 애원했지만 승려는 듣지 않았다. 스스로 목을 매기를 청하자 그것은 허락해주었다. 포목상을 암실로 몰고 가더니 목을 매라고 재촉했다.[24]

상인의 호의에 되돌아온 것은 살해 위협이었다! 비록 이 포목상도

---

24 布商某, 至青州境, 偶入廢寺, 見其院宇零落, 歎悼不已. 僧在側曰:"今如有善信, 暫起山門, 亦佛面之光." 客慨然自任. 僧喜, 邀入方丈, 款待殷勤. 既而擧內外殿閣, 並請裝修. 客辭以不能. 僧固强之, 詞色悍怒. 客懼, 請卽傾囊, 於是倒裝而出, 悉授僧. 將行, 僧止之曰:"君竭資實非所願, 得毋甘心於我乎? 不如先之." 遂握刀相向. 客哀之切, 弗聽, 請自經, 許之. 逼置暗室而迫促之.

나중에 운 좋게 위기를 모면하지만 이미 강도질하는 절에서 무시무시한 일을 겪은 것이다. 「노룡선호老龍船戶」도 강도질하는 나루터黑渡에서 상인이 맞닥뜨리는 위험을 묘사하였다. 이것은 상인의 위기를 그려낸 지금까지의 작품들 중 가장 공포스러운 장면이라고 할 수 있다.

주휘음朱徽蔭 공이 광동을 순시할 때, 이 지역을 오가는 상인들이 원인 모를 억울한 사건들을 많이 호소했다. 천 리 길을 온 나그네가 죽었지만 시체를 찾을 수 없고, 여러 명의 객상이 함께 길을 떠났는데 전혀 소식이 없게 된 사건들이 책상 가득 쌓였는데도 자세한 내막을 알 수 없었다. 처음에는 고발장을 내면 담당 관리가 공문을 발송하고 수배령도 내렸다. 하지만 고발장이 많아지면서 한쪽에 치워놓은 채 돌아보지도 않게 되었다. 주공이 그 지방에 부임하자 묵은 사건을 하나하나 살펴보았는데 소장에는 죽었다는 사람이 백 여 명 이상이었고 천리 밖에서 와서 연고자가 없는 사람도 부지기수였다. (…중략…) 원래 광동성의 동북쪽에는 소령小嶺이니 남관藍關이니 하는 곳들이 있는데 강물이 노룡진老龍律을 발원지로 하여 남해로 흘러들었고 고개 바깥쪽에서 들어오는 거상들은 언제나 이곳을 통과하여 광동으로 들어왔다. 주공은 무사들을 파견하여 비밀리에 계책을 알려주고 노룡진의 뱃사람들을 잡아들이게 했다. 차례로 잡아들인 자가 오십 여 명인데 모두 고문도 받지 않고 죄를 인정했다. 이들 도적은 강을 건네준다는 명목으로 객상들을 속여 배에 태우고는 몽혼약을 먹이거나 마취향을 피워 정신을 잃게 만들었다. 그런 뒤 이들의 뱃가죽을 갈라 돌멩이를 집어넣고 물속에 가라앉혔으니 억울함과 참혹함이 극에 달하였구나! 원한이 깨끗이 풀리자 멀고 가까운 곳에 사는 백성들 모두가 환호했고 그를 찬미하는 노

래가 가집歌集이 될 정도였다.[25]

작가는 이 기이하고 처참한 사건을 폭로할 뿐만 아니라 이 참사를 불러온 원인을 깊이 파헤친다. 그는 목석처럼 무관심한 관리들에게 책임이 있음을 지적한다.

> 배를 가르고 돌을 채워 물에 빠뜨렸다니 그 참상과 원통함이 이미 극에 달했지만 목석같은 관리들은 백성들의 고통에 조금도 관여하지 않으니 어찌 광동만이 빛도 없는 어둠에 싸여 있겠는가![26]

이전에 비슷한 제재를 다룬 문학작품에서 이처럼 관부의 책임을 추궁하는 목소리가 표현된 적은 거의 없었다. 이는 예리한 비판의식과 깊은 인도주의 정신을 가진 이 작가가 상인의 고통을 외면하지 못하고 관부의 무감각에 수수방관 할 수 없었음을 보여준다. 「노룡선호」에 표현된 이와 같은 비판의식과 인도주의 정신은 「효조鴞鳥」 이야기에도 드러나고 있다. 당시 관부가 나귀와 말을 징발한다는 명목으로 현지 상인과 상점을 수탈했던 악행은 다음과 같이 폭로된다.

---

25 朱公徽蔭巡撫粵東時, 往來商旅, 多告無頭冤狀. 千里行人, 死不見屍, 數客同遊, 全無音信, 積案累累, 莫可究詰. 初告, 有司尙發牒行緝, 迨投狀旣多, 竟置不問. 公蒞任, 歷稽舊案, 狀中稱死者不下百餘, 其千里無主, 更不知凡幾 (…중략…) 蓋省之東北, 曰小嶺, 曰藍關, 源自老龍律以達南海, 每由此入粵. 公遣武弁, 密授機謀, 捉龍津駕舟者, 次第擒獲五十餘名, 皆不械而服. 蓋此等賊以舟渡爲名, 賺客登舟, 或投蒙藥, 或燒悶香, 致客沉迷不醒, 而後剖腹納石, 以沉水底. 冤慘極矣! 自昭雪後, 遐邇歡騰, 謠頌成集焉.

26 剖腹沉石, 慘冤已甚, 而木雕之有司, 絶不少關痛癢, 豈特粵東之暗無天日哉!

> 장산현長山縣을 다스리는 양현령楊縣令은 성격이 유독 탐욕스러웠다. 강희康熙 34년 을해乙亥년, 서쪽 국경에서 변란이 일어나자 조정에서는 민간의 나귀와 말을 사서 군량을 운반했다. 양현령은 이 틈을 타 수탈을 자행하니 지역에서 기르던 가축이 모두 동이 날 지경이었다. 주촌周村은 원래 상인들의 집합지였기에 장사하는 사람들의 수레와 말이 몰려들었다. 양현령은 건장한 장정들을 데리고 가서 상인들의 말을 모조리 빼앗았는데 그 숫자가 수백 마리 이상이었다. 사방에서 온 장사치들은 억울함을 고발할 곳도 없었다.[27]

이들 상인은 나귀와 말을 빼앗기고 "먼 곳에서 생업을 잃어 돌아가지도 못하는" 지경에 이른다. 작가의 표현에 따르면 "말을 구입하는 사업이 진행되던 당시 짐승을 뜰에 가득 채운 현령이 열에 일곱이었다. 하지만 수백 수천 마리나 되는 짐승을 모아놓고 말 장사를 한 자는 장산현령 외에는 보기 힘들었다." 장산현령처럼 심한 것만 아니었지 당시 대다수의 현령들이 모두 이 기회를 빌어 수탈을 했음을 알 수 있다. 이와 같은 관부의 통치 아래 상인들은 당연히 원통함이 있어도 호소할 곳이 없었다. 상인이 늘 관부의 억압을 받았기 때문에 포송령은 심지어 관부가 상인에게 가하는 위해가 다른 악인들의 그것보다 더 심하다고 여기기도 했다. 노룡진의 뱃사람들이 상인을 살해한 악행을 기록한 다음, 포송령은 다음처럼 엄중하게 항의한다.

---

27 長山楊令, 性奇貪. 康熙乙亥間, 西塞用兵, 市民間騾馬運糧. 楊假此搜括, 地方頭畜一空. 周村爲商賈所集, 趁墟者車馬輻輳. 楊率健丁悉簒奪之, 不下數百餘頭. 四方估客, 無處控告.

저들의 거만함이여! 밖에서는 창칼을 휘두르더니, 집안에서는 난초와 사향 향기에 취해 있구나. 존귀함이 지극하다 하지만, 노룡의 뱃사공들과 무엇이 다르단 말인가![28]

이것은 이때까지의 문학작품 중 상인을 박해하는 관부에 대한 가장 통렬한 항의이다. 『요재지이』는 이처럼 인도주의의 빛을 발하면서 상인에 대한 작가의 깊은 동정을 보여준다.

4) 상인의 소망에 대한 표현

『요재지이』에서 포송령은 독특한 필치로 상인의 소망과 환상, 그리고 그에 대한 통찰을 보여준다.

큰돈을 벌고 싶어 하는 상인의 꿈은 물론 『요재지이』의 주제 중 하나지만, 초자연적 색채가 더 많이 섞여 있어서 한층 더 모호하면서도 화려하고 다채롭게 표현되어 있다. 예를 들어 「나찰해시羅刹海市」는 해외무역에 종사하는 상인이 용궁에서 많은 보물을 얻는 이야기를 그리고 있다. 비록 이야기를 서술하는 방식이 당대唐代 문언소설 「유의전劉毅傳」과 비슷한 부분도 있지만 그 주인공은 각각 상인과 서생이라는 차이가 있다. 게다가 「유의전」에서 서생은 용녀龍女에게 은혜를 베풀어 용녀의 사랑과 용궁의 보물을 얻지만 「나찰해시」에서 상인은 오로지 바다 건너 해외로 장사를 나갔기 때문에 운 좋게도 똑같은 모든 것을

28 彼巍巍然, 出則刀戟橫路, 入則蘭麝熏心, 尊優雖至, 究何異於老龍舡戶哉!

얻게 된다. 이러한 대조는 의미심장하다. 「나찰해시」에서 용녀는 당연히 "진짜 선인仙人"이고, 재물 또한 "몇 대가 써도 다 못 쓸 정도"이다. 그래서 마지막에 작가는 "부귀영화는 신기루 속에서 얻어야 하는 것일 뿐!"[29]이라고 탄식한다. 그 진짜 의미는 아름다운 환상세계를 통해 추악한 현실을 부정하는 것으로 이해할 수도 있지만, 해외무역을 통해 부를 얻고자 하는 상인의 갈망을 통찰한 것으로 볼 수도 있다.

「백추련白秋練」에서 작가는 초자연적 수법으로 부를 얻고자 갈망하는 상인의 은밀한 심리를 표현하고 있다. 신녀神女 백추련은 상인의 아들이자 본인 역시 상인인 모생慕生과 서로 사랑하지만 모생 아버지의 반대에 부딪히게 된다. 이후 모생은 상사병에 걸리고, 그 아버지는 아들의 목숨을 구하기 위해 백추련과 한 번 만나는 것을 허락한다. 그러나 아들의 병이 낫자 아버지는 또 그들의 혼사를 반대한다. 그러자 백추련은 마지막으로 비장의 솜씨를 보여주는데 그것은 바로 시장의 시세를 예측할 수 있는 능력이었다. 이것으로 그녀는 모생 아버지의 마음을 사로잡고, 마침내 혼사를 허락받는다.

> 백추련이 말했다. "무릇 상인의 뜻은 이익에 있지요. 저는 물건의 시세를 아는 능력이 있답니다. 마침 배 안의 물건을 보니 작은 이익이라도 얻을 만한 것이 없군요. 저 대신 아버님에게 말씀하세요. 어떤 물건을 사두면 세 배의 이익이 남고, 어떤 물건은 열 배의 이익이 남는다고요. 집에 돌아가서 제 말이 틀림없다는 걸 아시면 저를 곧 좋은 며느리로 여기시겠지요. 내년에 다시 오면 당신은 열여덟 살이고 저는 열일곱이니 함께 행복하게 살 날

29 顯榮富貴, 當於蜃樓海市中求之耳!

이 많은데 무슨 걱정이겠어요!" 모생은 추련이 말한 물건 값을 아버지에게 알렸다. 아버지는 별로 미더워하지 않으며 남은 자금 중 절반만 써서 그 말을 따랐다. 고향에 돌아와 보니 스스로 사들였던 물건에서는 크게 손해가 났지만 다행히도 백추련의 말을 들어 산 물건에서는 많은 이익을 봐서 그것으로 대강 손해가 상쇄되었다. 이로써 추련의 신통력에 감탄하였다. 모생은 더욱 과장하여 추련이 자기들을 부자로 만들어줄 것이라 자신했다고 말했다. 아버지는 이에 더 많은 자금을 가지고 남쪽으로 갔다. 호수에 이르렀지만 며칠이 지나도 추련의 어머니 백노파를 볼 수 없었다. 다시 며칠이 지나서야 백노파가 버드나무 아래 배를 정박한 것을 보고 예물을 보내 혼사를 청했다. 백노파는 아무 것도 받지 않고 다만 길일을 골라 딸을 그들의 배로 보냈다. 모생의 아버지는 따로 배를 하나 빌려 아들의 혼례를 치러주었다. 추련은 시아버지에게 더 남쪽으로 내려갈 것을 권하며 사들여야 할 물건을 모두 적어 건네주었다. 백노파는 사위를 불러 자기 배에 머무르게 했다. 모생의 아버지는 석 달 후에 돌아왔다. 물건을 호북湖北에 가져오자 그 값이 몇 배가 되었다.[30]

"상인의 뜻은 이익에 있다"는 이 말은 상인 가치관의 핵심을 찌른다. "물건의 시세를 아는 능력이 있다"는 말은 상인의 영혼을 흔드는 주문

30 女曰: "凡商賈之志在利耳. 妾有術知物價. 適視舟中物, 並無少息. 爲我告翁, 居某物, 利三之. 某物, 十之. 歸家, 妾言驗, 則妾爲佳婦矣. 再來時, 君十八, 妾十七, 相歡有日, 何憂爲!" 生以所言物價告父. 父頗不信, 姑以餘資半從其教. 旣歸, 所自置貨, 資本大虧. 幸少從女言, 得厚息, 略相准. 以是服秋練之神. 生益誇張之, 謂女自言, 能使己富. 翁於是益揭資而南. 至湖, 數日不見白媪, 過數日, 始見其泊舟柳下, 因委禽焉. 媪悉不受, 但涓吉送女過舟. 翁另賃一舟, 爲子合巹. 女乃使翁益南, 所應居貨, 悉籍付之. 媪乃邀婿去, 家於其舟. 翁三月而返, 物至楚, 價已倍蓰.

과도 같다. 작가는 상인의 소망과 환상의 가장 깊은 곳까지 남김없이 통달해 있는 것이다.

현실과 환상을 넘나드는 『요재지이』의 독특한 스타일로 포송령은 아름다운 여인과의 만남을 그린 이야기를 그려낼 기회도 놓치지 않았는데 여기에는 당연히 상인의 사랑 이야기도 포함되어 있다. 「쌍등雙燈」은 술 파는 상인 위운왕魏運旺이 숙식하던 주점에서 만나게 되는 반년 간의 사랑 이야기를 묘사한다.

어느 날 밤 위운왕이 혼자 주루에 누워있는데 갑자기 아래층에서 발걸음 소리가 들렸다. 그는 깜짝 놀라 두려워하며 귀를 기울였다. 발소리는 점점 가까워지더니 계단을 따라 올라오기 시작했고 한 걸음 한 걸음 더 크게 들렸다. 이윽고 두 명의 하녀가 등불을 받쳐 들고 침상 앞에 이르렀다. 그 뒤로 나이 어린 서생이 한 낭자를 데리고 침상 가까이에 와서 미소를 지었다. 위운왕은 놀라 괴이하게 여겼다. 여우라는 데 생각이 미치자 모골이 송연해져서 고개를 푹 수그린 채 감히 쳐다볼 수 없었다. 서생은 웃으며 말했다. "그대는 의심을 품지 마십시오. 제 누이동생과 전생의 인연이 있으니 마땅히 맺어드리려고 합니다." (…중략…) 서생은 하녀들을 이끌고 등불을 남겨둔 채 가버렸다. 위운왕이 여자를 자세히 보니 선녀처럼 아름다워 속으로 몹시 기뻐했다. (…중략…) 마침내는 함께 잠자리에 들었다. 이튿날 새벽을 알리는 타종이 울리기도 전에 두 하녀가 와서 여자를 데리고 가며 밤에 다시 오겠다고 약속했다. 밤이 되자 여자가 정말로 오더니 웃으며 말했다. "바보 같은 남자가 복도 많네요. 돈 한 푼도 안 쓰고 이렇게 예쁜 아내가 밤마다 스스로 찾아오니." 위운왕은 다른 사람이 없는 것을 기뻐하며 술상을 차려 여자와 함께 마시고 쌈치기藏枚 놀이를 하며 (…중략…) 밤새도록 즐겼다. (…중략…) 이로부터 이런 일들이 일상이 되었다.[31]

차가운 이부자리에 혼자 누운 야심한 밤에 홀연 계단 발걸음 소리가 들려오더니 아름다운 여인이 자청하여 따뜻한 애정을 바치는 것만큼 외로운 상인을 만족시키는 일이 또 있을까? 게다가 "돈 한 푼도 쓰지 않고", 귀신도 모르게 말이다. 그녀들의 신분이 여우인 것은 이러한 류의 이야기의 도덕적 검열에 대비하는 일종의 필수적인 위장이다. 동시에 이는 『요재지이』의 독특한 풍격을 반영하는 장치이면서 그 몽환적인 분위기를 자아내는 도구이기도 하다.

「혜방蕙芳」도 같은 주제의 이야기를 그리고 있다. 여기에서 국수를 파는 소상인은 선녀의 사랑을 얻어 함께 십여 년을 살면서 인간세의 염복艶福을 실컷 누리고 천상의 기연奇緣을 두루 경험한다.

마이혼馬二混은 청주青州 동문 안에 살았는데 국수 파는 것을 업으로 했다. 집도 가난하고 아내도 없이 어머니와 고생스럽게 살았다. 하루는 그의 어머니가 혼자 있는데 갑자기 한 미인이 왔다. 나이는 십육칠 세 정도에 거친 무명옷이 소박했지만 눈부시게 아름다웠다. 마이혼의 어머니가 놀라 바라보며 이것저것 묻자, 여자는 웃으며 말했다. "저는 아드님의 성실함에

31 一夕, 魏獨臥酒樓上, 忽聞樓下踏蹴聲. 魏驚起悚聽. 聲漸近, 尋梯而上, 步步繁響. 無何, 雙婢挑燈, 已至榻下. 後一年少書生, 導一女郎, 近榻微笑. 魏大愕怪. 轉知爲狐, 發毛森豎, 俯首不敢睨. 書生笑曰: "君勿見猜. 舍妹與有前因, 便合奉事." (…中略…) 書生率婢子遺燈竟去. 魏細瞻女郎, 楚楚若仙, 心甚悅之 (…中略…) 遂與狎昵. 曉鐘未發, 雙鬟卽來引去. 復訂夜約. 至晩, 女果至, 笑曰: "癡郎何福, 不費一錢, 得如此佳婦, 夜夜自投到也." 魏喜無人, 置酒與飮, 賭藏枚 (…中略…) 通夕爲樂 (…中略…) 自此, 遂以爲常.

반해서 제 몸을 어머님 댁에 의탁하고 싶답니다." (…중략…) 마이혼이 돌아오자, 어머니는 그를 맞이하여 상황을 알려주었다. 마이혼이 기뻐하며 집으로 들어왔더니 비취빛 대들보와 조각한 서까래가 궁전 같았다. 방안의 탁자와 병풍, 휘장도 눈부시게 빛났다. 그는 너무 놀라 감히 들어갈 수가 없었다. 여자가 침상에서 내려와 맞이하며 웃었는데 마치 선녀와도 같았다. 마이혼은 더욱 놀라 뒷걸음쳤다. 여자가 그를 끌어당기며 앉히고 따뜻하게 말을 걸었다. 마이혼은 분에 넘치는 기쁨에 정신이 멍해지는 것 같았다. 몸을 일으켜 술을 사오려고 하자, 여자가 "그러실 필요 없어요" 라고 말했다. 그리고는 두 시녀에게 상을 차리라 명했다. 시녀 추월秋月이 가죽 주머니를 하나 꺼내더니 문 뒤로 들고 가서 달그락거리면서 주머니를 흔들었다. 그리고는 손을 깊숙이 넣어 술이 가득 찬 호리병과 구운 고기가 가득한 쟁반을 꺼냈는데 손에 닿는 것마다 뜨끈뜨끈하게 김이 올라왔다. 술을 다 마시고 침상에 들자 꽃무늬 담요에 비단 이부자리가 몹시도 따뜻하고 부드러웠다. 날이 밝아 문을 나서니 초가집은 예전 그대로였다. 마이혼 모자는 이상하게 여겼다. (…중략…) 마이혼은 아내를 얻은 뒤에 바로 예전 일을 그만두었고 집안은 완전히 달라졌다. 옷 궤짝 안에는 담비 가죽과 비단옷이 수없이 많아 마음대로 걸칠 수 있었다. 그러나 문 밖을 나서면 옷은 곧바로 소박한 무명옷으로 변했고 그래도 가볍고 따뜻했다. 여자가 입은 옷도 마찬가지였다.[32]

---

32 馬二混, 居青州東門內, 以貨面爲業. 家貧, 無婦, 與母共作苦. 一日, 媼獨居, 忽有美人來, 年可十六七, 椎布甚樸, 而光華照人. 媼驚顧窮詰, 女笑曰:"我以賢郎誠篤, 願委身母家." (…中略…) 旣而馬歸, 母迎告之. 馬喜. 入室, 見翠棟雕梁, 侔於宮殿. 中之幾屏簾幕, 光耀奪視. 驚極, 不敢入. 女下床迎笑, 睹之若仙. 益駭, 卻退. 女挽之, 坐與溫語, 馬喜出非分, 形神若不相屬. 卽起, 欲出行沽. 女曰:"勿須." 因命二婢治具. 秋月出一革袋, 執向扉後, 格格撼擺之. 已而以手探入, 壺盛酒, 柈盛炙, 觸類熏騰. 飮已而寢, 則花罽錦裀, 溫膩非常.

아름다운 여인과의 이런 만남이 즐거움을 주는 이유는 미녀와 미식, 좋은 옷, 좋은 집 때문만은 아니다. 이것은 일종의 "밀실의 쾌락"이기도 하다. 주변 사람이 볼 수 없고 그래서 질투를 불러일으키지도 않는, 절대로 훼손되지 않을 즐거움인 것이다. 머무는 집과 의복의 "안팎이 다른 것"이야말로 가장 상징적인 예이다. 아름다운 여인과의 만남을 그린 이야기 속에서 포송령은 이전의 이야기들과 다른 새로운 풍격을 창조했고 지위가 비교적 낮은 소상인의 심리를 상당히 잘 반영해냈다.

도움을 얻고자 갈망하는 상인이라는 주제는 『요재지이』에서도 표현되며 다만 환상적 색채가 더 풍부하게 가미되어 있다. 「뇌조」가 바로 이러한 주제를 표현하고 있는데 상인 악운학은 금릉金陵에 갔다가 기이한 경험을 얻게 된다.

> 어느 날 금릉으로 장사를 갔다가 객점에서 쉬게 되었다. 키가 훌쩍 크고 뼈마디가 앙상하게 튀어나온 사람이 머뭇거리다 옆자리에 앉았는데 낯빛은 어둡고 수척한 모습이었다. 악운학이 "뭐라도 드시겠습니까?"하고 물었더니 그 사내는 아무 말도 하지 않았다. 악운학이 자기 음식을 밀어주며 먹게 하자 곧 손으로 움켜쥐고는 눈 깜빡할 사이에 다 삼켜버렸다. 악운학이 다시 두 사람 몫의 음식을 주문하자 이것도 다 먹어치웠다. 객점 주인을 시켜 돼지 앞다리를 잘라오게 하고 찐빵도 잔뜩 시켰더니 또 몇 사람 분을 다 먹어치우고서야 배가 불러 악운학에게 감사하며 말했다. "삼 년 동안 이렇게 배부르게 먹기는 처음입니다."[33]

天明出門, 則茅廬依舊. 母子共奇之 (…中略…) 馬自得婦, 頓更舊業, 門戶一新. 笥中貂錦無數, 任馬取着, 而出室門, 則爲布素, 但輕暖耳. 女所自衣亦然.

이것은 상인 이야기에 자주 등장하는 상투적인 수법이다. 마음씨 좋은 상인이 기이한 낯선 사람을 만나 시시콜콜한 계산은 잠시 미뤄두고 선의와 인내심으로 그를 친절하게 대해주어 낯선 사람의 호감을 얻는 것이다. 똑똑한 독자는 당연히 상인이 곧 보답을 얻게 된다는 것을 안다. 왜냐하면 상인의 호의는 상업상의 투자나 마찬가지여서 반드시 상당한 이윤을 회수할 수 있기 때문이다. 과연 예상을 벗어나지 않고 이 기이한 낯선 사람은 상인을 도와주게 된다.

악운학이 짐을 꾸려서 가려고 하자 이 사내도 따라오더니 못내 아쉬워하며 떠나지 못했다. 악운학이 작별인사를 하자 그는 이렇게 말했다. "당신에게 큰 어려움이 있을 텐데 저는 밥 한 끼의 은덕을 차마 잊을 수가 없군요." 악운학이 이상하게 여기고 결국 그와 함께 가기로 했다. (…중략…) 다음날 강을 건너는데 바람에 파도가 세차게 일어나 장삿배들이 모두 뒤집어지고 악운학과 그 사내도 강물에 빠졌다. 잠시 후 바람이 멈추자 사내는 악운학을 등에 업은 채 물결을 타고 나와 객선 위로 올려주더니 다시 파도를 헤치고 갔다. 조금 있다 배 한 척을 끌고 와서 악운학을 부축해 배에 타게 하고 누워서 기다리고 있으라고 당부하고는 다시 강물로 뛰어들었다. 양쪽 겨드랑이에 짐을 끼고 나와 배 안으로 던져 넣고는 다시 물속으로 들어갔다. 몇 번을 들어갔다 나왔다 하자 배 안은 화물로 가득 차게 되었다. 악운학이 감사하며 "그대가 나를 살려준 것만으로도 충분한데

33 一日, 客金陵, 休於旅舍. 見一人頎然而長, 筋骨隆起, 彷徨座側, 色黯淡有戚容. 樂問 : "欲得食耶?" 其人亦不語. 樂推食食之, 則以手掬啖, 頃刻已盡. 樂又益以兼人之饌, 食復盡. 遂命主人割豚肩, 堆以蒸餅, 又盡數人之餐, 始果腹而謝曰 : "三年以來, 未嘗如此飫飽."

어디 재물까지 되찾을 거라 생각했겠습니까!" 장삿짐을 살펴보니 하나도 잃은 것이 없었다. 악운학은 더욱 기뻐하고 놀라며 사내를 신인神人처럼 여겼다. (…중략…) 악운학이 웃으며 말했다. "이번 풍랑으로 잃은 것은 금비녀 하나뿐이군요." 사내가 다시 물로 뛰어들어 찾으려 했다. 악운학이 말리려 했지만 이미 강물로 뛰어든 다음이었다. 깜짝 놀라 한참을 있는데 사내가 홀연 웃으며 나타나더니 비녀를 악운학에게 주며 말했다. "다행히 분부를 어기지 않았군요." 강물 위의 사람들이 모두 놀라 기이하게 여겼다.[34]

이 능력자는 사실 벌을 받아 인간 세상에 내려온 "천둥을 담당하는 관리雷曹"였기 때문에 그렇게 많은 음식을 먹어치우고 또 그렇게 커다란 능력을 가졌던 것이다. 생명과 재산의 안전만큼 상인에게 중요한 것이 또 어디 있겠는가? 우연히 만나 고난을 이겨내도록 도와준 능력자만큼 상인이 갈망하는 존재가 또 있겠는가? 밥 한 끼를 아끼지 않고 베풀었기 때문에 이 상인은 목숨을 구원받았을 뿐 아니라 재물도 잃지 않았으니 이것은 그야말로 적은 자본으로 큰 이익을 얻는 투자였다. 그러므로 이 이야기는 상인의 소망과 환상을 반영했을 뿐 아니라 상인에게 매우 의미 있는 교훈을 포함하고 있다. 어쩌면 그들 중에 훗날 꼭 필요한 인재가 있을 지도 모르니 우연히 만난 사람을 함부로 대하지

34 樂整裝欲行, 其人相從, 戀戀不去. 樂辭之. 告曰: "君有大難, 吾不忍忘一飯之德." 樂異之, 遂與偕行 (…中略…) 次日, 渡江, 風濤暴作, 估舟盡覆, 樂與其人悉沒江中. 俄風定, 其人負樂踏波出, 登客舟, 又破浪去. 少時, 挽一船至, 扶樂入, 囑樂臥守, 復躍入江, 以兩臂夾貨出, 擲舟中, 又入之. 數入數出, 列貨滿舟. 樂謝曰: "君生我亦良足矣, 敢望珠還哉?" 檢視貨財, 並無亡失. 益喜, 驚爲神人(…中略…)樂笑云: "此一厄也, 止失一金簪耳." 其人欲復尋之. 樂方勸止, 已投水中而沒. 驚愕良久. 忽見含笑而出, 以簪授樂曰: "幸不辱命." 江上人罔不駭異.

말라는 것이다. 이 이야기는 위로는 명대 『박안경기』 권4의 「정원옥점사대상전 십일낭운강종담협程元玉店肆代償錢 十一娘雲岡縱譚俠」과 권8의 「오장군일반필수 진대랑삼인중회烏將軍一飯必酬 陳大郎三人重會」의 전통을 계승하면서 『요재지이』 특유의 해학적이면서도 기묘한 풍격을 지니고 있다.

「제천대성齊天大聖」에서 포송령은 상인의 소망과 환상의 또 다른 측면, 즉 신앙에 대해 새롭고 깊이 있는 표현을 보여준다. 상인 허성許盛은 "형을 따라 복건에서 장사를 했는데 재산을 모으지는 못했다."[35] 제천대성이 영험하다고 이야기해준 사람이 있었지만 그는 믿지 않았고 결국 제천대성의 벌을 받게 된다. 나중에 형이 병으로 죽자, 제천대성은 그가 "평생 강직했던一生剛鯁" 것을 생각하여 법력을 펼쳐 그의 형을 되살아나게 해주었고, 허성은 그때서야 진심으로 탄복하여 "세간의 풍속보다 갑절로 제천대성을 신봉하게"[36] 된다. 이 때문에 "다른 사람의 기도는 늘 그렇게 영험한 것은 아니었지만, 허성이 기원하는 것은 응답되지 않는 것이 없었다."[37] 제천대성은 또 허성을 하늘로 데려가서 재성財星을 만나게 해준다. 그는 "열 두 배의 이익을 하사받았고"[38], "후에 재물을 싣고 돌아왔을 때 그 이익이 몇 배에 달했다."[39] 이 이야기에는 당연히 초자연적 색채가 농후하지만 사실은 신을 진심으로 믿으면 그 신령들에게 속기만 하는 것이 아니라 재성의 보살핌을 받을 수도 있다

35 從兄成賈於閩, 貨未居積.
36 信奉更倍於流俗.
37 他人之禱, 時不甚驗, 盛所求無不應者.
38 賜利十二分.
39 後輦貨而歸, 其利倍蓰.

는 상인의 소망과 환상이 반영되어 있다. 허성이 처음에 신을 믿지 않았던 것은 훗날 신앙이 더욱 깊어지는 것에 대한 복선에 불과하다. 그러나 그가 신을 믿은 것은 다만 보답을 얻기 위한 것, 특히 재성의 보살핌을 바라는 것에 지나지 않는다. 여기에서 작가는 유머러스한 방식으로 상인의 신앙이 갖고 있는 실리적인 색채를 드러내고 있다.

5) 사인士人과 상인 관계에 대한 표현

본 절의 제1항에서 서술한 여러 작품 속에서 우리는 포송령이 유생이 학문을 버리고 상인이 되거나 유생과 상인을 겸하는 행위를 긍정하는 것을 볼 수 있었다. 포송령은 그 배후의 부귀를 쫓는 인생철학을 긍정하고, 상인계층의 가치관을 긍정했다. 그러나 이와 동시에 우리는 그의 주된 착안점이 가난한 삶을 바꾸고 인생의 즐거움과 만족을 추구하는 사족의 입장을 고려한 것임을 알 수 있다. 장사는 알맞은 처방으로써 사족들에게 정중하게 제시되었다. 그러므로 그 기본적 입장은 사실상 여전히 사인을 중심으로 한 것이지 상인을 중심으로 하는 것은 아니었다.

그러므로 전통적인 사인, 여성, 상인 사이의 삼각관계를 그린 아래 작품에서 작가의 경향이 관례대로 사인 쪽에 치우친 것을 발견했을 때, 작가가 그의 기본 태도를 바꾸었다고 생각하면서 놀랄 필요는 없다. 사실 작가의 기본적인 태도는 변하지 않았고 다만 다루는 대상이 달라졌을 뿐이다.

『경세통언警世通言』 권32의 비극적인 「두십랑노침백보상杜十娘怒沉百寶箱」 이야기를 기억할 것이다. 거기서 이갑李甲이 손부孫富와 거래하는 것은 특히 사람을 실망시킨다. 이것은 사인과 상인, 여성의 삼각관계 경쟁에서 사인이 처음으로 자신의 동맹자를 팔아넘긴 사례이다. 그러나 역사는 종종 한 번은 장엄한 비극으로, 또 한 번은 익살맞은 희극으로 되풀이된다. 문학의 주제도 매번 그러하다. 『요재지이』, 「곽녀霍女」에서 사인 황생黃生과 곽녀, 그리고 거상의 아들 사이의 삼각관계 역시 「두십랑노침백보상」과 비슷한 장면을 연출하고 있다. 그러나 그 결말은 「두십랑노침백보상」과 매우 다른 유쾌한 희극으로 바뀐다.

> 양주揚州 근처에 도착하여 배를 강가에 정박시켰다. 여자는 마침 배의 창가에 기대어 있었는데 거상의 아들이 지나가다 그 미색에 놀라 배를 돌려 그 뒤에 댔지만 황생은 그것을 몰랐다. 여자가 갑자기 말했다. "당신의 집안이 지극히 가난한데 그 가난을 면할 방법이 지금 있어요. 그렇지만 따르실 수 있을지 모르겠네요?" 황생이 캐묻자 여자가 말했다. "제가 당신을 따른 지 수년이 되었는데 당신을 위해 아이도 낳지 못했으니 하나도 제대로 마친 일이 없지요. 저는 비록 미천하지만 다행히도 아직 늙지는 않았어요. 천금을 줄 수 있는 사람이 있다면 저를 팔아버리세요. 그 돈으로 아내와 밭이 있는 집을 모두 구할 수 있을 테니 이 방법이 어떤가요?" 황생은 무슨 영문인지 몰라서 얼굴색이 달라졌다. 여자가 웃으며 말했다. "놀라지 마세요. 세상에 예쁜 사람이 얼마나 많은데, 누가 천금으로 저를 사겠어요? 사려는 사람이 있나 없나 바깥사람들한테 농담 삼아 말해보지요. 팔든 안 팔든 당신 마음이니까요." 황생은 동의하지 않았다. 여자가 직접 뱃사람의 아내에게

말을 하니 그 아내가 황생을 쳐다보았다. 황생은 마지못해 고개를 끄덕였다. 뱃사람의 아내가 갔다가 얼마 안 있어 돌아와서는 말했다. "옆 배에 상인의 아들이 있는데 팔백 냥을 내놓겠답니다." 황생은 일부러 고개를 저으며 난색을 표했다. 얼마 안 있어 다시 와서는 원하는 대로 다 줄 테니 곧 배로 건너와 돈과 사람을 맞바꾸자고 전하니 황생이 미소를 지었다. 여자가 말했다. "좀 기다리라고 하세요. 내가 황랑에게 몇 마디 말 좀 하고 곧 가게 할 테니까." 여자가 황생에게 말했다. "제가 천금짜리 몸으로 당신을 섬길 거라고 날마다 얘기했는데 이제 알겠지요?" 황생이 물었다. "무슨 말로 거절을 한단 말이오?" 여자가 말했다. "바로 가서 계약서에 서명을 하세요. 가고 안 가고는 제 마음이지요." 황생이 거부했지만 여자는 그를 재촉했고 황생은 어쩔 수 없이 갔다. 곧장 돈을 받고 그것을 봉하고 계약서에 이렇게 쓰도록 했다. "가난 때문에 결국 이렇게 갑작스레 아내를 저버리게 되었소. 만약 아내가 원치 않으면 원금을 그대로 돌려주겠소." 돈을 들고 배로 돌아오는데 여자는 이미 뱃사람의 아내를 따라 선미에서 상인의 배로 옮겨 타는 중이었다. 멀리서 돌아보며 작별인사를 하는데 쓸쓸하게 아쉬워하는 기색이라고는 없었다. 황생은 놀라 정신이 나가는 것 같았고 목이 메어 한 마디도 할 수 없었다. 잠시 후 상인의 배는 닻줄을 풀고 쏜살처럼 가버렸다. 황생이 큰 소리로 부르며 그 배를 따라가려고 했지만 뱃사람이 들어주지 않고 배를 남쪽으로 몰았다. 순식간에 진강鎭江에 다다라 돈을 들고 뭍에 오르니 뱃사람은 급히 배를 저어 가버렸다. 황생이 우울하게 짐을 지키고 앉아서 갈 곳 없는 사람처럼 강물이 흐르는 것만 바라보고 있으려니 수많은 화살이 온몸을 찌르는 것 같았다. 얼굴을 감싸고 우는데 갑자기 아리따운 목소리로 "황랑" 하고 부르는 소리가 들렸다. 놀라 사방을 돌아보니 여자가 이미 길 앞에 있었다. 너무나 기뻐서 짐을 짊어지고 뒤따라가며 "어떻게 이렇게 빨리 온 것이오?"라고 물었다. 여자가 웃으며 "조금만 더 늦으면 당신이 의심할까봐서요" 라고 말했다. 황생은 여전히 이상하게 여기고 사정을 자세히 물었다. 여자가 웃으며 말했다. "저는 평소에 인색한 자가 있으면 파산시켰고 사악한 자가 있으면 골탕을 먹였죠. 만약 곧이곧대로 당신과 의논을 했으면 당신은 분명 따르지 않았을 거고 그러면 어디서 이런 천금을 얻었겠어요? 수놓은 주머니에 돈이 가득하고 잃었던 사람도 돌려받았으니 당신도 만족해야죠. 꼬치꼬치 캐물어 뭘 해요?" 그리고는 짐꾼을 시켜 돈주머니를 짊어지게 하고 함께 떠났다.[40]

「두십랑노침백보상」과 비교하면 이 이야기는 완전히 반대로 되어 있다. 곽녀는 혼자서 이 희극을 연출하며 주도적으로 자신을 거상의 아들에게 팔게 해서 황생이 천금을 얻게 한다. 황생은 사랑을 돈보다

---

40 至揚州境, 泊舟江際. 女適憑窗, 有巨商子過, 驚其豔, 反舟綴之, 而黃不知也. 女忽曰 : "君家綦貧, 今有一療貧之法, 不知能從否?" 黃詰之, 女曰 : "妾相從數年, 未能爲君育男女, 亦一不了事. 妾雖陋, 幸未老耄. 有能以千金相贈者, 便鬻妾去, 此中妻室, 田廬皆備焉. 此計如何?" 黃失色, 不知何故. 女笑曰 : "君勿急, 天下固多佳人, 誰肯以千金買妾者? 其戲言於外, 以覘其有無. 賣不賣, 固自在君耳." 黃不肯. 女自與榜人婦言之, 婦目黃, 黃漫應焉. 婦去無幾, 返言 : "鄰舟有商人子, 願出八百." 黃故搖首以難之. 未幾, 復來, 便言如命, 卽請過船交兌. 黃微哂. 女曰 : "教渠姑待, 我囑黃郎, 卽令去." 女謂黃曰 : "妾日以千金之軀事君, 今始知耶?" 黃問 : "以何詞遣之?" 女曰 : "請卽往署券, 去不去固自在我耳." 黃不可. 女逼促之, 黃不得已, 詣焉. 立刻兌付. 黃令封志之, 曰 : "遂以貧故, 竟果如此, 遽相割舍. 倘室人必不肯從, 仍以原金璧趙." 方運金至舟, 女已從榜人婦從船尾登商舟, 遙顧作別, 並無淒戀. 黃驚魂離舍, 嗌不能言. 俄商舟解纜, 去如箭激. 黃大號, 欲追傍之. 榜人不從, 開舟南渡矣. 瞬息達鎭江, 運貲上岸. 榜人急解舟去. 黃守裝悶坐, 無所適歸, 望江水之滔滔, 如萬鏑之叢體. 方掩泣間, 忽聞嬌聲呼"黃郎". 愕然四顧, 則女已在前途. 喜極, 負裝從之, 問 : "卿何遽得來?" 女笑曰 : "再遲數刻, 則君有疑心矣." 黃乃疑其非常, 固詰其情. 女笑曰 : "妾生平於吝者則破之, 於邪者則誑之也. 若實與君謀, 君必不肯, 何處可致千金者? 錯囊充牣, 而合浦珠還, 君幸足矣, 窮問何爲?" 乃雇役荷囊, 相將俱去.

중하게 여겼기에 곽녀가 계책을 세워 그를 속여야만 했지만, 결국 그는 손 하나 까딱 하지 않고 사람과 재물을 모두 얻게 된다. 오로지 거상의 아들만이 늘 그렇듯 미색을 위해 천금을 아끼지 않았음에도 비극을 초래하는 「두십랑노침백보상」의 손부와는 달리 속임을 당하는 가련한 배역이 되어버렸다. 쉽게 알 수 있듯 작가는 여기서 패러디 수법을 사용하여 「두십랑노침백보상」 이야기를 쇄신시켰다.

그러나 사인이 상인과 싸워 이겨 여성을 차지한다는 전통적인 주제는 여전히 변하지 않았고 좀 더 이상적으로 표현되었을 뿐이다. 곽녀는 재능과 용모를 갖추고서도 기꺼이 가난한 사인과 함께 하며 거상의 아들을 따르고자 하지 않는데 이처럼 사인을 중시하고 상인을 경시하는 태도는 이전의 문학 속에 나오는 기녀들과 일맥상통한다. 다만 그녀가 이전 문학 속의 기녀들보다 이상화된 부분은 감정적으로 서생에게 절개를 지킬 뿐 아니라 실질적으로도 서생에게 도움을 줄 수 있어서, 거상의 아들을 속여 천금을 가져온다는 것이다. 이런 여성은 이전 문학 속의 "어디에도 쓸모가 없는一無用處" 기녀와 비교했을 때 당연히 사인의 기호에 더욱 잘 들어맞는다. 만약 이갑이 저승에서 이 사실을 알게 된다면 아마도 매우 불공평하게 여길 것이다. 왜냐하면 두십랑은 돈상자를 스스로 던져버릴 줄만 알았지 그를 위해 천금을 속여서 가져오지는 못했기 때문이다. 물론 곽녀는 행동을 취하기 전에 서생의 진심을 시험해보는 것을 잊지 않았다. 서생이 과거시험에 통과한 뒤에야 비로소 그녀는 한 발 더 나아간 행동을 취한다. 이것은 그녀의 뛰어난 기지를 보여주는데 아마도 두십랑의 교훈을 흡수한 것이 아닐까? 사랑의 세계에서 승리를 얻으려는 사인들의 환상은 상인에게서 여성을 돌려받는 갈망에만 그치는 것이 아니라 그들로부터 돈까지 빼앗아오는 욕망으로 발전한 것으로 보인다. 그러나 이렇게 업그레이드된 환상은 오히려 실상이 그 반대라는 것을 잘 보여준다. 현실에서 사인은 이미 나날이 연약하고 무력해져서 상인들로부터 여성도 돌려받지도 못했고 금전도 빼앗지 못했다. 심지어는 어쩔 수 없이 『유림외사儒林外史』의 심대년沈大年처럼 자신의 딸을 상인에게 첩으로 바치기까지 했다.

포송령이 이런 작품을 썼기 때문에 우리는 그가 기본적으로 사인의 입장에 서 있지 상인의 입장에 서 있지는 않다고 여기게 된다. 이는 아마도 전통적인 중국 문인의 숙명이었으니, 그들은 자신과 시대의 한계를 영원히 넘어설 수 없었던 것이다.

6) 초자연적 표현 수법

『요재지이』가 상인을 표현하는 스타일이 비교적 특별하게 보이는 것은 그것 역시 "요재지이"식의 초자연적이고 기괴한 수법을 사용했기 때문이다. 상인 생활의 위험을 표현하기 위해 포송령은 초자연적인 방식을 자주 사용하여 일종의 공포스러운 분위기를 연출해냈다. 예를 들어 「시변尸變」과 「미인수美人首」는 행상 길에서의 두려움, 낯선 객점에 대한 공포, 타향에서 보내는 깊은 밤에 대한 두려움을 무시무시한 귀신 이야기로 탈바꿈시켜 『요재지이』 특유의 기괴한 분위기를 만들어낸다. 이는 위로는 당오대唐五代 「판교삼낭자板橋三娘子」의 전통을 이으면서도 기괴함이나 공포의 강도는 그것을 훨씬 뛰어넘는다. 상인의 소망이나 환상을 표현할 때에도 포송령은 기괴한 내용으로 구성하는 것을 좋아했다. 예를 들어 제천대성이 상인에게 영험함을 보이거나 (「제천대성」), 상인이 죽은 후에도 계속 가게를 열고(「우성장牛成章」), 음계의 귀신이 상인과 대화하고(「포객」), 신녀神女가 시장 물가를 예측하고 (「백추련」), 여우가 미인으로 변해 외로운 상인을 위로하고(「쌍등」), 천상에서 천둥번개를 관장하는 관리가 액운을 겪는 상인을 돕는다(「뇌조」). 「나찰해시」, 「야차국夜叉國」, 「야명夜明」 등에서는 신기한 해외무역 장면과 괴담을 상상해내어 해외무역에 종사하는 상인들이 모험을 겪게 한다. 「장불량張不量」과 「아섬阿纖」에서는 도처를 여행하는 상인의 특징을 살려 그들을 위해 기이한 만남과 괴이한 소문을 고안해낸다. 「견간犬奸」과 「고아賈兒」에서는 상인 아내의 성적 고민과 그 해소가 동물 혹은 요괴와의 교합으로 표현된다. 종합하자면, 표현에 있어 초자연적이고 기괴한 수법을 자주 사용하는 것은 『요재지이』의 상인 관련 이야기가 갖는 특징 중 하나이며, 이는 다른 문학작품 속의 상인 이야기와 선명한 대조를 이룬다.

3. 『유림외사儒林外史』

『유림외사』는 주로 사인을 묘사한 소설이지만 그 안에는 상인과 관련된 묘사도 매우 특별한데, 특히 염상鹽商의 모습을 처음으로 집중적으로 그려냈고, 또한 사인과 상인 관계의 역사적 전도를 보여준다.

여러 상인들 가운데 막대한 이익을 얻는 염상은 상인들 중에서도 특히 힘이 있었다. 그들 대부분이 호화스러운 생활을 누릴 수 있었고 이 때문에 사회적으로나 문학적으로 상당한 주목을 받았다. 중국문학에서 염상이 묘사된 역사는 대략 당대唐代부터 시작되는데 예를 들어 백거이白居易의 「염상부鹽商婦」는 염상의 사치스러운 생활을 비판하며 유우석劉禹錫의 「고객사賈客詞」에서는 "세상 장사치들이 재산을 서로 뽐내지만 염상이 제일이라네"[41]라는 구절이 당시 염상의 기세를 잘 보여준다. 이후 원말元末의 시문에서도 장욱張昱의 「고객估客」, 양유정楊維禎의 「염상행鹽商行」 등이 염상의 사치스러운 생활을 질책하고 있다. 명대 단편백화소설로 오면 염상의 모습이 끊임없이 등장하기 시작한다. 『경세통언警世通言』 권32 「두십랑노침백보상杜十娘怒沉百寶箱」의 손부孫富는 "휘주 신안 사람으로, 재산이 어마어마했는데 양주에서 대대로 소금 장사를 하는 집안이었다."[42] 그는 두십랑을 보고는 곧장 천금으로 그녀를 사들일 계략을 꾸미는데 이는 원하는 것은 뭐든지 하는 염상의 위세를 잘 보여준다. 『성세항언醒世恒言』 권37 「두자춘삼입장안杜子春三入長安」의 두자춘도 "대대로 양주에서 소금 장사를 하여 거대한 재산과 넓은 땅을 갖고 있는"[43] 염상인데 그 역시 한 번에 큰돈을 쓰는 기세를 보여준다. 『이각박안경기二刻拍案驚奇』 권21 「허찰원감몽금승 왕씨자인풍획도許察院感夢擒僧 王氏子因風獲盜」에도 "산동에 가서 소금 장사를 하는"[44] 염상이 등장하는데 함부로 정욕만을 좇다가 타향에서 객사한다. 『석점두石點頭』 제2권 「노몽선강상심처盧夢仙

41 五方之賈, 以財相雄, 而鹽賈尤熾.(『全唐詩』 권354)
42 徽州新安人氏, 家資巨萬, 積祖揚州種鹽.
43 世代在揚州做鹽商營運, 眞有萬萬貫家資, 千千頃田地.
44 往山東做鹽商.

江上尋妻」 역시 염상의 사치스러운 생활을 묘사하고 있다. 청초淸初 장편소설 『후수호전後水滸傳』에는 온갖 나쁜 짓을 저지르는 사악한 염상이 등장한다. 거의 모든 문학작품에서 염상은 대개 부정적인 인물로 그려지고 있다.

염상을 묘사하는 이런 전통을 계승하여 『유림외사』는 양주 염상인 만설재萬雪齋와 송위부宋爲富, 오하현五河縣의 염상 방노륙方老六 등 몇몇 염상의 모습을 집중적으로 그려내고 또한 염상의 생활상도 상당히 자주 묘사했다. 이것은 『유림외사』가 상인을 표현한 하나의 특징을 형성했다. 이와 동시에 눈길을 끄는 것은 『유림외사』가 사인과 상인 관계의 역사적 전도까지 함께 묘사하여 염상의 기세와 사인의 몰락을 그리고 있다는 점이다. 이러한 시각의 표현은 이전 문학작품에서는 등장하지 않았던 것으로 시대적 분위기를 강하게 보여준다. 이는 『유림외사』가 상인을 묘사하는 또 다른 특징이자 가장 중요한 특징이라고 할 수 있다.

『유림외사』가 사인과 상인 관계의 역사적 전도를 민감하게 그려낼 수 있었던 것은 작가 오경재 자신이 몰락한 가문 출신이었기 때문이다. 선조들이 한때 부유하게 살았지만 지금은 안하무인인 염상을 눈앞에서 보아야 했고 이것이 그의 울분을 촉발시켜 소설 속에 이와 같이 표현하도록 했다.[45] 그러나 더 넓은 범위에서 보자면, 『유림외사』에서 사인과 상인 관계의 역사적 전도를 묘사한 것은 작가의 자전적인 의미뿐 아니라 대변동의 시대가 임박하여 사인과 상인의 관계가 더 이상

---

45 정진방程晉芳(회안淮安 염상, 후에 파산한다) 사이의 교우관계는 작품과는 별개인 특수한 사례로 보아야 할 것이다.

원래 구도대로 유지되지 않을 것임을 미리 보여주는 것이기도 했다. 이러한 의미에서 오경재는 귀족의 몰락과 자산계급의 흥기를 묘사했던 발자크와 마찬가지로 일종의 유례없는 근대적 감수성을 갖추었다고 할 수 있다. 비록 발자크와 마찬가지로 작가가 원하는 바는 아니었지만 『유림외사』는 이로 인해 사인계층의 만가이자 상인계층의 개선가가 되었다. 바로 이러한 점에서 『유림외사』는 여타 작품과는 다른 특징을 보여주고 있으며, 상인을 표현하는 측면에서의 또 다른 가치를 보여준다.

1) 염상鹽商의 기세

일찍이 당대唐代 문학에서 이미 염상의 사치와 기세가 표현된 바 있다. 예를 들어 유우석의 「고객사」는 당시 염상의 큰 배가 보여주는 장관을 언급한다. "큰 배가 통천에 떠가니 배 위의 높은 누각은 시루市樓에 버금가네."[46] 백거이의 「염상부」는 염상 아내의 사치스러운 생활에 주목한다. "염상의 아내는 금붙이와 비단이 많고 농사일이나 양잠은 하지 않는다네 (…중략…) 본디 양주 가난한 집 딸이었는데 서강의 큰 장사치에게 시집을 왔네. 새카만 쪽머리 풍성하니 금비녀가 넘치고 흰 팔뚝에 살이 쪄 은팔찌가 꼭 끼네. 앞으로는 사내종을 부르고 뒤로는 계집종을 꾸짖네 (…중략…) 배불리 먹고 짙게 화장하고 타

46 大艑浮通川, 高樓次旗亭.

루에 기대, 붉은 두 뺨은 꽃봉오리 피어오르는 듯. 염상의 아내, 운 좋게도 소금장수한테 시집와 매일같이 좋은 음식 먹고 일 년 내내 좋은 옷만 입는다네."[47] 그러나 당나라 때에는 염상의 세력이 아직 그리 크지 않아 사인의 기득권을 위협하기에는 부족했다. 사회적 분위기를 전환시킬 힘도 없었기에 문인이 염상에게까지 주의를 기울인 경우는 그다지 많지 않았다.

그러나 근세로 오면서 염상의 세력은 나날이 증대했고 사회 분위기에 대한 영향력도 점차 커졌으며 사인계층에 대한 위협도 점점 심해졌다. 이에 문인은 이들에게 점점 더 많은 주의를 기울였고 염상에 대한 묘사도 더욱 자세해졌다. 『석점두』의 「노몽선강상심처」는 어느 염상의 모습을 표현하면서 그의 사치스러운 생활을 묘사한다.

> 이 사람은 성은 사謝씨, 이름은 계啓인데 강서江西 임천臨川 사람이었다. 조부 때부터 대를 이어 양주揚州에서 소금 장사를 했는데 재산이 매우 많았다. 성격이 호탕하고 나이는 이제 삼십 남짓이었는데 술 마시기 좋아하고 여색을 즐겼다. 사방으로 예쁜 여자를 찾으러 다니며 후원에는 상등 희첩 삼사십 명, 예쁜 여종 육칠십 명, 기타 중간 수준의 여종 백여 명을 두었다. 임천의 저택은 건물이 넓고 커서 왕후의 것에 버금갔다. 양주에 또 큰 집을 구해놓고 별장으로 삼았다. 소금 나르는 배는 수백 척에 달했다. 아무 때나 첩들을 데리고 큰 배를 타고 두 지역을 왕래했다. 돈을 물 쓰듯 쓰는 거상이면서 재물을 풀어 남도 도울 줄 아는 부자였다.[48]

47 鹽商婦, 多金帛, 不事田農與蠶績 (…中略…) 本是揚州小家女, 嫁得西江大商客. 綠鬟富去金釵多, 皓腕肥來銀釧窄. 前呼蒼頭後叱婢 (…中略…) 飽食濃妝倚柂樓, 兩朵紅腮花欲綻. 鹽商婦, 有幸嫁鹽商, 終朝美飯食, 終歲好衣裳.(『全唐詩』 권427)

염상 사계의 "무적함대"가 정박해 있을 때의 모습은 자못 장관이어서 "고개를 들어 멀리 바라보면 강 아래 정박해 있는 소금 나르는 배가 수백 척이 넘었다. (…중략…) 배 위에 탄 사람은 천 명 만 명이었다."[49] 게다가 그의 첩과 여종 무리의 기세 또한 "함대" 못지않아서 이미 왕후에 버금갔으니 "으리으리한" 임천 저택에서만 그런 것도 아니었다. 그는 이미 상업 시대의 부자들 중 왕이라고 할 수 있었다. 『후수호전』의 악당 역시 염상으로 그 위세는 앞서 말한 사계 못지않다.

> 지금 우리 매파 두 사람이 어떤 집안의 중요한 부탁을 받고 왔답니다. 최근 황제께서 금金나라 사람들에게 공물을 보내는 일을 도운 분이 있는데, 그 일로 관직을 하사받으셨지요. 성 안의 크고 작은 관원들 중 그 분과 왕래하지 않는 이가 없답니다. 광릉廣陵에는 소금가마가 천백 여 개나 있고 점원은 백 명이나 되지요. 재산을 다 합치면 산처럼 쌓이는데 올해 나이가 딱 스물다섯이고 (…중략…) 그 분이 지금 성 안의 해각항蟹殼巷에 사시는데 동경東京에서 이름난 부자 원외員外로 성은 동董씨요 이름은 색索이며 호는 경천敬泉이라 한답니다.[50]

이 소설에서는 부유한 염상이 돈의 힘을 빌어 자기 멋대로 저지르는

---

48 此人姓謝名啓, 江西臨川人. 祖父世代揚州中鹽, 家私巨富. 性子豪爽, 年紀才三十有餘, 好飲喜色. 四處訪覓佳麗, 後房上等姬妾三四十人, 美婢六七十人, 其他中等之婢百有餘人. 臨川住宅, 屋宇廣大, 擬於王侯, 揚州又尋一所大房作寓. 鹽艘幾百餘號. 不時帶領姬妾, 駕着巨艦, 往來二地. 是一個大揮霍的巨商, 會幫襯的富翁.

49 抬頭望見, 鹽船停泊河下, 不止數百 (…中略…) 那鹽船上人千人萬.

50 今我二人, 奉着一個家私千萬, 目今助了官家一項輸納金人餉銀, 欽賜冠帶, 城中大小官員, 無不往來, 廣陵鹽灶有千百餘處, 伙計整百, 一應錢財, 堆積如山, 今年二十五歲整 (…中略…) 他今住城中蟹殼巷, 東京馳名的財主員外, 姓董, 名索, 大號敬泉.(제25회)

못된 행적이 묘사된다.

『유림외사』에 이르면 염상의 사치와 기세가 한층 더 본격적으로 묘사된다. 수많은 염상과 그들의 사치스러운 생활이 그려졌을 뿐 아니라, 묘사 자체도 더욱 핍진해져서 이전의 애매모호한 묘사와는 상당히 달라진다. 예를 들어 양주의 대염상 만설재는 "스스로 소금 장사를 했는데 장사가 또 잘 되어 십여 만을 벌어들였고,"[51] 또 "하하河下 흥성기興盛旗의 풍馮씨는 집에 십여 만의 은자를 갖고 있어서"[52] 모두 돈깨나 있다고 으스대며 기세등등했다.

그들은 막대한 경제력으로 사치스러운 생활을 할 수 있었다. 사는 것을 보자면 어떤 염상이든 매우 호화스러운 저택에 살았다. 먼저 만설재의 저택을 살펴보자.

> 크고 높은 문루가 하나 있고 그 앞에는 일고여덟 명의 점원들이 걸상에 앉아 있었는데 중간에 유모가 하나 끼여서 같이 앉아 한담을 나누고 있었다. (…중략…) 호랑이 석상이 있는 문루로 들어가 벽돌이 깔린 마당을 지나 대청에 이르렀다. 고개를 들어 보니 중간에 커다란 편액이 걸려 있었는데 금색 글씨로 '신사당愼思堂' 세 글자가 적혀있고 그 옆에는 한 줄로 '양회염운사사兩淮鹽運使司 염운사鹽運使 순매荀玫 씀'이라고 적혀 있었다. 양쪽에는 금전지에 쓴 대련이 걸려 있었는데 "공부도 좋고 농사도 좋지만 뭘 하든 잘 배우는 것이 더욱 좋다네", "창업도 어렵고 수성도 어렵지만 어려운 걸 알면 어렵지 않다네"라고 적혀 있었다. 그 사이에는 예찬倪瓚의 그림이

51 自己行鹽, 生意又好, 就發起十幾萬來.(제23회)
52 河下興盛旗馮家, 他有十幾萬銀子.(제28회)

하나 걸려 있었고 책상 위에는 다듬지 않은 큰 옥돌이 놓여 있었다. 자단목 의자가 열두 개 있고 왼쪽에는 육척 높이의 큰 거울이 놓여 있었다. 거울 뒤로 걸어 들어가니 두 짝 문이 열려 있고 자갈을 깐 바닥이 이어졌다. 연못을 따라 나있는 길옆에는 모두 붉은 난간이 둘러져 있었다. 안으로 들어가자 세 칸짜리 화청花廳이 있고 입구에는 무늬 있는 대나무 주렴이 걸려 있었다. 어린 하인 두 명이 그곳에서 시중을 들다가 두 사람이 들어오는 것을 보고는 주렴을 걷어 올리고 안으로 들어오게 했다. 눈을 들어 둘러보니 그 안에 펼쳐진 것은 온통 반질반질한 녹나무 탁자와 의자였고 가운데에 흰 종이에 먹으로 쓴 작은 편액이 걸려 있는데 '꽃을 주제로 시구를 뽑다課花摘句'라는 네 글자가 쓰여 있었다.[53]

이것은 그 저택의 일부분에 지나지 않는다. 이번에는 송위부의 저택도 보자.

(심경지는) 곧 계집종을 따라 대청 뒤 왼쪽으로 걸어 들어갔다. 작은 규문圭門을 통해 들어가자 세 칸짜리 녹나무 대청이 있고 넓은 뜰이 있었는데 태호석 가산假山이 가득 서 있었다. 가산을 따라 왼쪽의 좁은 길로 걸어가니 화원으로 이어지는데 대나무가 우거지고 널찍하고 탁 트인 정자와 누

53 見一個大高門樓, 有七八個朝奉坐在板凳上, 中間夾着一個奶媽, 坐着說閑話 (…中略…) 當下走進了一個虎座的門樓, 過了磨磚的天井, 到了廳上. 擧頭一看, 中間懸着一個大匾, 金字是"愼思堂"三字, 傍邊一行"兩淮鹽運使司鹽運使荀玫書". 兩邊金箋對聯, 寫"讀書好耕田好學好便好", "創業難守成難知難不難". 中間掛着一軸倪雲林的畫. 書案上擺著一大塊不曾琢過的璞. 十二張花梨椅子. 左邊放著六尺高的一座穿衣鏡. 從鏡子後邊走進去, 兩扇門開了, 鵝卵石砌成的地. 循著塘沿走, 一路的朱紅欄杆. 走了進去, 三間花廳, 隔子中間, 懸著斑竹簾. 有兩個小厶兒在那裏伺候, 見兩個走來, 揭開簾子, 讓了進去. 擧眼一看, 裏面擺的都是水磨楠木桌椅, 中間懸着一個白紙墨字小匾, 是"課花摘句"四個字.(제22회)

> 대가 있었다. 아주 큰 금붕어 연못이 있고 연못 옆이 모두 붉은 난간으로 둘러져 있는데 그 사이로 회랑이 쭉 이어졌다. 회랑 끝까지 가니 작은 월동문月洞門이 있고 금칠을 한 네 쪽짜리 문이 있었다. 안으로 들어가자 세 칸짜리 건물이 나왔는데 한 칸은 방으로 꾸며놓아 기물이 모두 가지런히 갖춰져 있고 따로 호젓한 정원도 딸려 있었다.[54]

이 역시 저택의 일부이다. 마지막에 나온 "따로 호젓하게 딸린 정원"은 새로 들인 첩을 위해 준비한 것인데 송위부는 "일 년에 적어도 일고여덟 명의 첩을 들이니"[55] 그 저택의 규모를 상상할 수 있을 것이다.

염상들의 씀씀이는 모두 대단히 "호탕해서", 어쩔 때는 그 호탕함이 혀를 내두르게 할 정도였다. 예를 들어 만설재의 첩이 병들었을 때 그는 은자 삼백 냥을 주어 약에 쓸 "눈 두꺼비雪蝦蟆"를 사오게 한다.

> 일곱째 첩이 병에 걸렸는데 의원은 한증이라고 하며 약에 눈 두꺼비를 써야한다고 말했단다. 양주揚州에서는 수백 냥을 주고도 살 수가 없었는데 듣자하니 소주蘇州에서는 구할 수 있다고 해서 그가 은자 삼백 냥을 주고는 나더러 사다 달라고 하더라.[56]

---

54 (沈瓊枝)便跟着丫頭, 走到廳背後左邊, 一個小圭門裏進去, 三間楠木廳, 一個大院落, 堆滿了太湖石的山子. 沿着那山石走到左邊一條小巷, 串入一個花園內, 竹樹交加, 亭台軒敞. 一個極寬的金魚池, 池子旁邊, 都是朱紅欄杆, 夾着一帶走廊. 走到廊盡頭處, 一個小小月洞, 四扇金漆門. 走將進去, 便是三間屋, 一間做房, 鋪設的齊齊整整, 獨自一個院落.(제40회)

55 一年至少也娶七八個妾.

56 因他第七位如夫人有病, 醫生說是寒症, 藥裏要用一個雪蝦蟆, 在揚州出了幾百銀子也沒處買, 聽見說蘇州還尋的出來, 他拿三百兩銀子, 托我去買.(제23회)

"눈 두꺼비" 하나에 은자 삼백 냥을 쓸 정도니 다른 소비는 어떠했을지 상상할 수 있다. 또 다른 염상 하나도 은자 팔십 냥을 써서 대련 하나를 구한다.

요 며칠 전 하하河下의 방方씨 집에서 제게 대련을 하나 써 달라고 청했는데 모두 스물 두 자였지요. 그 자가 하인을 시켜 은 팔십 냥을 보내 사례하더군요.[57]

염상들이 이렇게 호탕하게 돈을 쓰는 것에는 사실 위세를 부리려는 의도가 있다. 이렇게 위세를 부리는 행위를 통해 그들은 자신의 허영심을 만족시키고 남들을 굴복시키는 것이다.

물론 염상들에게는 문화적, 계급적 열등감이 뿌리 깊게 존재하고 있었다. 이러한 열등감을 보상받기 위해 그들은 경제적인 힘을 이용했다. 예를 들어 대염상 만설재는 자신의 경제력으로 높은 가문과 사돈을 맺는다.

작년에 만萬씨 집에서 며느리를 얻었는데 그 며느리가 한림학사의 딸이라 만씨 집안이 은자 수천 냥을 써서 데려왔답니다. 그날 나팔 불고 북 치고 등롱을 든 집사들이 거리를 온통 메워서 얼마나 떠들썩했는지! 사흘째 되는 날 신부 집에서 인사를 하러 온다고 집안에서 공연도 하고 술상도 차리고 했지요.[58]

---

57 前日不多時, 河下方家來請我寫一副對聯, 共是二十二個字. 他叫小廝送了八十兩銀子來謝我.(제28회)

58 去年萬家娶媳婦, 他媳婦也是個翰林的女兒, 萬家費了幾千兩銀子娶進來. 那日大吹大打,

여기서 결정적인 역할을 한 것은 금전이다. 금전은 가문의 차이를 상쇄시키고 계층 사이의 거리를 메웠다. 이 혼례식에서 사치와 허세는 염상의 열등감을 보상시켜주었고 세상 사람들에게 그들 자신의 성공을 과시했다.

혼인 외에도, 염상은 경제력을 이용해 문화적인 차이를 없애고 교양을 갖춘 사인이 오히려 그들에게 봉사하게 만들었다. 그들은 사인과 교류하기를 좋아했으며 애써 고상한 척 하면서 시를 읊고 그림을 그렸다. 대염상 만설재는 제22회에서 자기도 무슨 "시고詩稿"가 있다며 국공부國公府의 서徐씨 댁 둘째 공자에게 보여주려고 한다. 돈의 힘을 빌려서 그들은 문화적인 열등감을 보상받을 수 있었다.

염상들은 바로 이런 경제적 능력에 의지해 갖가지 부귀하고 사치스러운 행위를 통해 생활 속에서나 문학 속에서 사람들의 눈길을 끄는 역할을 맡게 되었다.『유림외사』는 섬세하고 신랄한 필치로 바로 이런 전형적인 몇몇 염상 형상을 창조하고 그들의 사치스러운 생활을 묘사해냈다.

2) 사인士人의 몰락

염상의 막대한 경제력 앞에서 일반적인 사인들은 이미 저항할 힘을 잃어버렸으니 이것은 소설 속에서 두소경杜少卿이 하는 말 그대로이다.

執事燈籠就擺了半街, 好不熱鬧. 到第三日, 親家要上門做朝, 家裏就唱戲, 擺酒.(제23회)

염상의 부귀와 사치를 보고 얼마나 많은 사대부들이 혼을 빼앗겨버렸던가요![59]

원래는 상인들만이 느끼던 열등감을 이제는 사인도 느끼게 된 것이다. 이것은 일종의 인과응보일 뿐 아니라 하나의 순환이기도 하다. 사인과 상인 관계의 이 같은 역사적인 전도를 사인, 문인, 그리고 작가 본인 모두가 가슴 아프게 느낄 수밖에 없었다.

사회적 분위기와 사풍士風은 이렇게 모조리 바뀌었다. 『유림외사』에는 오하현五河縣이 나오는데 여기 사는 방方씨 염상의 집안은 돈이 아주 많았다. 그래서 오하현 사람들은 모두 그에게 아첨을 했고, 세도가인 여佘씨와 우虞씨 집안에서도 "염치없고 무능한 몇 명이 나와" 사인의 자존심을 모조리 버리고 시도 때도 없이 방씨 집안에 아부를 한다. "방씨가 아니면 사돈을 맺지 않고非方不親", "방씨가 아니면 마음에 두지 않으며非方不心", "권세에 아부하는 것이 몸에 배어버린다勢利透了心." 처음에는 방씨 집안이 여씨, 우씨 집안과 사돈을 맺고 싶어 하지만, 이 두 집안은 사인의 체면을 지키기 위해 거절한다. 후에 방씨 집안이 돈으로 공세를 퍼붓자 이 두 집안에서 "방씨 집안의 지참금을 탐내는"[60] 자들이 "방씨 집안의 딸을 며느리로 삼아 사돈을 맺게 된다."[61] 나중에는 방씨 집안이 기선을 잡고 오히려 여씨, 우씨 집안을 깔보면서 이 두 집안과 다시 사돈을 맺을 때에는 "후한 지참금을 보내지 않았

59 鹽商富貴奢華, 多少士大夫見了就銷魂奪魄! (제41회)
60 貪圖方家賠贈.
61 娶了他家女兒, 彼此做起親來.

을 뿐 아니라 이 두 집안이 자기네가 돈이 많은 것을 부러워하여 사돈 맺기를 구걸했다고 말하고 다닌다."[62] 더 나중에는 이들이 방씨 집안과 사돈을 맺고 싶어 해도 방씨 집안이 거절한다. "그 교활한 자들은 속으로는 방씨 집안과 사돈을 맺고 싶은데 방씨 집안이 원하지 않으면 그런 사정은 사실대로 말하지 않고 거짓말로 둘러대며 사람들에게 허세를 부렸다."[63] 이것은 참으로 상인이 하나하나 승리해가고 사인은 차례로 패퇴하는 형국이다.

이에 사인도 "타락"해갔다. 자존심을 잃고 그들은 방씨 집안의 위세를 빌려 사람들에게 허세를 부리려 한다. 수재秀才 당삼담唐三痰은 "방씨 집에서 평소 술이나 식사 초대를 할 때 거인擧人인 그의 형만 부르고 그는 부르지 않았기 때문에 늘 방씨 집안이 언제 손님을 초대하는지, 그리고 누구를 부르는지 소식을 알아보고 다녔다."[64] 그러면서도 사람들에게는 "아침 일찍 방씨 집안의 여섯 번째 댁 여섯째 나리와 국수를 먹고 그분을 성 밖으로 배웅하고 나서야 여기에 온 것"[65]이라고 말끝마다 허풍을 친다. 요姚씨네 다섯째 나리는 분명히 다른 집에서 점심을 먹어놓고도 남들에게는 "인창전 방씨 댁 여섯째 나리 집에서 식사를 하고 나오는 길"[66]이라고 말한다. 성成씨 노인도 "글피에 방씨 댁 여섯째 나리 집에서 점심 초대를 하셨으니 그분께 폐가 되겠지만 가야

62 方家不但沒有分外的賠贈, 反說這兩家子仰慕他有錢, 求着他做親.
63 那些奸滑的, 心裏想着同方家做親, 方家又不同他做, 他卻不肯說出來, 只是嘴裏扯謊嚇人.(제44회)
64 因方家裏平日請吃酒吃飯, 只請他哥--舉人, 不請他, 他就專會打聽, 方家那一日請人, 請的是那幾個.(제47회)
65 我絶早同方六房裏六老爺吃了面, 送六老爺出了城去, 才在這里來.(제45회)
66 在仁昌典方老六家吃了飯出來 (제46회)

한다"[67]고 허풍을 떤다. 그들 마음속에는 염상 방씨와 식사 한 번 하는 것이 아주 번듯하고 체면 서는 일이었다. 그러나 우리가 보기에 그들이 방씨와 식사를 하고 싶어도 못하는 것이야말로 상인의 면전에서 사인이 패하는 상징적인 모습인 것이다.

상인의 승리와 사인의 패배가 가장 집중적으로 묘사된 것은 방씨 집안과 여씨, 우씨 두 집안의 제사가 대비되는 장면일 것이다. 여씨, 우씨 두 집안의 사인 자제들은 염상 방씨 집안에 아부하기 위해 방씨 노마님의 위패가 사당에 모셔지는 제사에는 앞 다투어 찾아가지만 자기 집안 종조모從祖母, 백모, 숙모의 제사에는 오지 않는다. 이 때문에 자기 집안의 제사는 몹시 초라해진다.

> 초사흘이 되자 우화헌虞華軒은 새 옷으로 갈아입고 새 모자를 쓰고는 하인들을 시켜 제사상을 들게 하고 본가의 여덟째 집으로 갔다. 문을 들어서자 집안은 썰렁하게 비어서 손님 한 명도 보이지 않았다. 여덟째 집의 친척 동생은 가난한 수재여서 머리에 다 해진 두건을 쓰고 낡은 난삼襴衫을 입은 채 나와서 인사를 했다. 우화헌은 들어가서 종조모의 위패에 절을 올리고 위패를 받들어 수레에 실었다. 그의 집에서는 낡은 위패 안치대 하나와 멜대 두 개를 빌려 왔는데 시골 사람 네 명이 비뚜름하게 멜대를 메고 집사는 없었다. 위패 안치대 앞에 악사 네 명을 세워 띨릴리 연주를 하며 길로 싣고 나갔다. 우화헌은 친척 동생과 함께 그 뒤를 따라 사당 입구까지 운반해 가서 잠시 멈추었다. 멀리 바라보니 두 개의 낡은 위패 안치대가 악사도 없

67 外後日是方六房裏請我吃中飯, 要擾過他才得下去.(제47회)

이 실려 왔는데 여대余大 선생, 여이余二 선생 두 형제가 그 뒤를 따라 사당 입구까지 와서 멈춰 섰다.[68]

그러나 방씨 집안의 제사는 몹시 떠들썩하다.

사당 문 앞의 존경각尊經閣 위에는 등이 내걸리고 오색 깃발이 걸렸는데 술자리도 마련되어 있었다. 그 누각은 높다랗게 거리 한가운데 세워져 사방이 다 내려다보였다. 배우들이 짐 상자를 하나하나 지고 올라가니 위패 안치대를 나르던 사람이 "방 나리 댁 배우들이 왔다!" 하고 말했다. 그리고 잠시 서 있다가 서쪽 성문에서 총소리가 세 번 들리자 위패 안치대 나르는 사람은 "방씨 댁 노마님 위패가 출발합니다!" 하고 말했다. 잠시 후 거리에 징 소리와 음악 소리가 울려퍼졌다. 노란 일산 두 개와 여덟 개의 깃발, 네 줄의 말 행렬이 등장하고 패 위에는 금색 글씨로 "예부상서禮部尚書", "한림학사翰林學士", "제독학원提督學院", "장원급제狀元及第" 등이 적혀 있었는데 모두 여씨와 우씨 두 집안에서 보내준 것이었다. 집사가 지나가고 시끄럽게 울리는 요라腰鑼, 마상취馬上吹에 향로를 든 사람들이 노마님의 위패 안치대를 빽빽하게 에워싸고 전족을 하지 않은 하녀 여덟 명이 옆에서 떠받치고 있었다. 방씨 댁 여섯째 나리는 오사모를 쓰고 깃이 둥근 예복을 입고 위패 안치대를 뒤따랐다. 그 뒤쪽의 손님 무리는 둘로 나뉘었는데 하나는

68 到初三那日, 虞華軒換了新衣帽, 叫小廝挑了祭桌, 到他本家八房裏. 進了門, 只見冷冷清清, 一個客也沒有. 八房裏堂弟是個窮秀才, 頭戴破頭巾, 身穿舊襴衫, 出來作揖. 虞華軒進去拜了叔祖母的神主, 奉主升車. 他家租了一個破亭子, 兩條扁擔, 四個鄉裏人歪抬着, 也沒有執事. 亭子前四個吹手, 滴滴打打的吹着, 抬上街來. 虞華軒同他堂弟跟著, 一直送到祠門口歇下. 遠遠望見, 也是兩個破亭子, 並無吹手, 余大先生, 二先生弟兄兩個跟着, 抬來祠門口歇下.(제47회)

향신들이었고 다른 하나는 수재들이었다. 향신들로는 팽彭씨 집안의 둘째 나리, 셋째 나리, 다섯째 나리, 일곱째 나리가 있었고 그 밖에 여余씨와 우虞씨 집안의 거인擧人, 진사進士, 공생貢生, 감생監生 등 육칠십 명이 있었는데 모두 오사모와 깃이 둥근 예복 차림으로 엄숙하게 그 뒤를 따라왔다. 다른 한 무리는 여씨, 우씨 집안의 수재들로 역시 육칠십 명 되었는데 난삼 차림에 두건을 쓰고 허둥지둥 그 뒤를 쫓아왔다. 향신들 맨 뒤에 있는 사람은 당봉추唐棒椎였는데 손에는 장부를 하나 들고 거기서 뭔가 기록하고 있었다. 수재들 맨 뒤에서는 당삼담唐三痰이 손에 장부를 들고 기록하고 있었다. (…중략…) 모두들 방씨 댁 노마님의 위패 안치대를 둘러싸고 사당으로 들어갔다. 그 뒤로 지현知縣, 학사學師, 전사典史, 파총把總이 집사들을 거느리고 왔다. 음악이 연주되며 위패가 안치되자 지현, 학사, 전사, 파총, 향신, 수재가 차례로 제사를 올리고 주인 집안에서도 제사를 올렸다. 제사가 끝나자 향신들은 우르르 몰려나가 존경각에 마련된 연회자리로 갔다.[69]

이 두 장면의 대비는 매우 풍자적인 의미를 담고 있다. 염상 방씨 집

69 看見祠門前尊經閣上, 掛着燈, 懸着彩子, 擺着酒席. 那閣蓋的極高大, 又在街中間, 四面都望見. 戲子一擔擔挑箱上去, 抬亭子的人道："方老爺家的戲子來了!" 又站了一會, 聽得西門三聲銃響, 抬亭子的人道："方府老太太起身了!" 須臾, 街上鑼響, 一片鼓樂之聲. 兩把黃傘, 八把旗, 四隊踹街馬, 牌上的金字打著"禮部尚書", "翰林學士", "提督學院", "狀元及第", 都是餘, 虞兩家送的. 執事過了, 腰鑼, 馬上吹, 提爐, 簇擁着老太太的主亭子, 邊旁八個大脚婆娘扶著. 方六老爺紗帽圓領, 跟在亭子後. 後邊的客做兩班, 一班是鄕紳, 一班是秀才. 鄕紳是彭二老爺, 彭三老爺, 彭五老爺, 彭七老爺, 其余就是余, 虞兩家的擧人, 進士, 貢生, 監生, 共有六七十位, 都穿著紗帽圓領, 恭恭敬敬跟著走. 一班是余, 虞兩家的秀才, 也有六七十位, 穿著襴衫, 頭巾, 慌慌張張在後邊趕著走. 鄕紳末了一個, 是唐二棒椎, 手裏拿一個簿子, 在那里邊記帳. 秀才末了一個, 是唐三痰, 手裏拿一個簿子, 在裏邊記帳 (…中略…) 大家簇擁著方老太太的亭子進祠去了. 隨後便是知縣, 學師, 典史, 把總, 擺了執事來. 吹打安位, 便是知縣祭, 學師祭, 典史祭, 把總祭, 鄕紳祭, 秀才祭, 主人家自祭. 祭完了, 紳衿一哄而出, 都到尊經閣上赴席去了.(제47회)

안의 경제력 앞에 모든 향신과 수재가 이미 항복했고, 여씨와 우씨 이 두 명문집안의 자제들 역시 자존심과 자신감을 버리고 자기들 조상의 영광까지 모조리 방씨 집안의 재력을 돋보이게 하는 용도로 바치고 있다. 돈에 굴복하지 않으려는 우화헌과 여대 선생, 여이 선생은 도리어 시의를 따르지 못하는 사람이 되고 자기 가문 사람들에게조차 "시대에 뒤떨어진다"는 조롱을 받는다. 그들 집안의 제사는 마치 사인 계층의 장례식 같고, 방씨 집안의 제사는 상인 계층의 축제처럼 보인다.

염상의 부귀영화 앞에서 사인들은 자존심을 잃었을 뿐 아니라 인격까지 잃어버리기도 했다. 결국 우옥포牛玉圃 같은 괴상한 이가 등장하여 염상의 힘과 명의로 호가호위하며 권세를 믿고 남들을 업신여기는 상황도 생긴다.

> 그 자는 가마에서 내려 뱃사람들에게 분부했다. "나는 양주揚州 염원鹽院의 큰 나리에게 드릴 말씀이 있어서 가는 것이니 너희는 조심해서 나를 잘 모셔야 한다. 양주에 도착해 따로 상을 줄 것이다. 만약 조금이라도 태만한 것이 있으면 강도江都 현청에 첩지를 보내 엄벌하도록 할 것이야!" 뱃사람들은 연신 "예, 예" 하며 팔을 부축해서 그를 배에 오르게 하고 짐 나르는 것을 도왔다.[70]

하지만 이것은 염상의 세력이 너무도 강해져서 이미 남들이 그 힘을

70 那人走出轎來, 吩咐船家道 : "我是要到揚州鹽院太老爺那裏去說話的, 你們小心伺候, 我到揚州另外賞你, 若有一些怠慢, 就拿帖子送在江都縣重處!" 船家唯唯連聲, 搭扶手請上了船. 船家都幫著搬行李.(제22회)

이용해먹는 지경에 이르렀다는 것도 보여준다. 우옥포는 사실은 염상의 집안에 이런저런 명목으로 돈을 뜯으러 가는 길이었지만 그럴 듯하게 말을 둘러댄다.

> 솔직히 말을 하자면 내가 알고 지내는 높은 벼슬아치들이 얼마나 많은지 몰라. 다들 나를 자기 관아에 못 불러서 안달인데 내가 문 밖 출입을 좀 싫어해서 말이지. 이번에 일을 맡긴 만설재萬雪齋라는 사람도 별로 대단한 인물은 아닌데, 내가 알고 지내는 관청 사람들이 많고 명성이 좀 있는 것을 알고는 매해 나를 여기로 초청해 은자 몇 백 냥을 주면서 대필을 해달라지 뭐야. 대필이라는 것도 그냥 명분이 그렇다는 거고. 나도 그 자의 집처럼 속된 곳에 머물기도 귀찮아서 자오궁子午宮이라는 곳에 혼자 묵지.[71]

그러나 어리석은 우옥포는 '종손' 우포牛浦에게 속아 넘어가 만설재의 환심을 잃으면서 돈을 뜯으려던 것도 수포로 돌아가고 창피를 당하게 된다.

그렇지만 이렇게 허풍을 칠 재주도 없는 사인들 중 적지 않은 수는 아예 염상 밑에서 일하는 고용인이 되어버린다. 수재 등질부鄧質夫는 염상을 위해 소금을 판매하는 일도 하고 있다. "제가 백부님과 헤어지고 나서 최근 4, 5년 동안 양주에서 지냈습니다. 얼마 전 주인집에서 제게 장강 상류의 식염을 파는 일을 맡겨서 조천궁에 머무르고 있습니

71 我不瞞你說, 我八轎的官也不知相與過多少, 那個不要我到他衙門裏去? 我是懶出門. 而今在這東家萬雪齋家, 也不是甚麽要緊的人, 他圖我相與的官府多, 有些聲勢, 每年請我在這裏, 送我幾百兩銀, 留我代筆. 代筆也只是個名色. 我也不奈煩住在他家那個俗地方, 我自在子午宮住.(제22회)

다."[72] 수재들은 염상 집에서 빌붙어 사는 문객으로 지내는 경우가 많았는데, 염상들이 타지로 나갈 일이 있을 때에는 그들을 데려가 일을 거들게 하곤 했다. 예를 들어 양집중楊執中은 원래 국자감에 들어가기를 기다리는 늠생廩生挨貢인데, 염상인 주인집의 위탁을 받아 신시진新市鎭의 소금가게 일을 대신 맡아보고 있었다. 그러나 장사를 하는 수완도 없을 뿐 아니라 장사에 흥미도 없어 가게 일을 다 망쳐놓았다가 크게 혼쭐이 난다.

> 양선생이 장사꾼 출신이기는 하지만, 가게의 장부는 전혀 신경 쓰지 않았지요. 밖에 나가 유유자적하지 않으면, 가게 안에 있을 때에도 그저 발을 내리고 책만 보면서 점원이 멋대로 하게 내버려 두었답니다. 그래서 가게 사람들이 다들 양선생을 '머저리 선생'이라고 불렀다나요. 원래 주인은 양선생이 사람됨이 반듯하다고 해서 가게 일을 다 맡긴 것인데 나중에 상황이 엉망이라는 말을 듣고 주인이 직접 가게로 와서 장부를 다시 계산해보니 은자가 칠백 냥이 넘게 비어 있었답니다. 주인이 물어봐도 돈 쓴 곳을 못 대면서 주인 면전에서 문자나 써대고 삿대질을 하며 자기 잘못을 인정하지 않았지요. 그래서 주인이 화가 나서 덕청현德淸縣 현청에 고소장을 내버렸어요. 지현知縣 나리가 보고 소금 사업에 관한 일이라 다 끄덕끄덕 승인을 해주고는 이 양선생을 감옥에 가둬놓고 모자란 금액을 배상하라고 다그쳤답니다. 감옥에 있었던 게 벌써 1년 반이 다 되어 가지요.[73]

72 小侄自別老伯, 在揚州這四五年. 近日, 是東家托我來賣上江食鹽, 寓在朝天宮.(제48회)
73 楊先生雖是生意出身, 一切帳目卻不肯用心料理, 除了出外閑遊, 在店裏時, 也只是垂簾看書, 憑著這夥計胡三, 所以一店裏人都稱呼他是個"老阿呆". 先年東家因他爲人正氣, 所以托他管總. 後來聽見這些呆事, 本東自己下店, 把帳一盤, 卻虧空了七百多銀子. 問着, 又沒

이런 이야기는 일종의 상징과 같다. 사치스럽고 부유한 염상 앞에서 사인은 이미 심부름꾼으로 몰락했으며, 심지어는 '현청'으로 아무 때나 잡혀 들어갈 수도 있다는 것이다.

3) 사인士人의 저항

보통의 사인은 "부유하고 사치스러운" 염상을 보면 "넋을 잃고" 완전히 고개를 숙이고 굴복했지만, 자기 계층의 자존심을 굳게 지키는 사인들도 몇몇 있었다. 그들은 이미 사라져버린 영광을 붙들고 염상들의 압력에 "비장하게" 저항했다. 그렇지만 그들의 저항은 대부분 연약하고 무력해서 염상에게 반드시 어떤 손상을 가할 수 있는 것도 아니었으며, 오히려 그들 자신을 심리적으로 비틀리게 만들기까지 했다. 게다가 그들이 애써 저항할수록 그것은 사실 염상의 세력이 그만큼 막강하다는 것을 역으로 보여주기도 했다. 사인의 투항이든 저항이든 이는 모두 그들의 몰락이 보여주는 두 가지 다른 측면에 불과했다.

사인 가정 출신으로 나중에는 또 사인들과 교유하는 심경지沈璟枝를 "사인"이라고 간주할 수 있다면, 염상의 첩으로 시집가기 싫어서 염상의 집에서 도망친 그녀 역시 저항하는 사인의 전형이라고 할 수 있다. 그러나 그녀가 저항하는 것은 부모가 모든 것을 결정하는 "구식 혼인"

處開消, 還在東家面前咬文嚼字, 指手畫脚的不服. 東家惱了, 一張呈子送在德淸縣裏. 縣主老爺見是鹽務的事, 點到奉承, 把這先生拿到監裏坐着追比. 而今已在監裏將有一年半了.(제9회)

도 아니고 "애정이 없는" 결혼도 아니다. 다만 스스로의 지위가 너무 낮아지는 것을 거부하는 것이다. "사대부 반열에 드는 사람衣冠中人物"의 가치관에 따르자면 그녀는 염상의 첩이 되어서는 안 되고 반드시 "정실正室"이 되어야만 했기 때문이다. 심경지와 그녀의 아버지가 따지는 것은 오로지 처냐 첩이냐 지위 문제일 뿐이었다. "우리 상주常州 심씨 가문은 그런 비천한 집안이 아니다. 나를 아내로 맞이하는데 어째서 등롱에 채색 비단을 걸어놓고 길일을 받아 혼례를 올리지 않는 것이냐? 사람을 몰래 가마로 실어오니 이건 첩을 들이는 모양새가 아니냐?"[74] "심대년은 상주 공생이고 사대부 반열에 드는 사람인데 어찌 딸을 남한테 첩으로 준단 말이냐?"[75]라면서 지현이 그들을 도와주지 않았다면 그들의 저항은 완전히 실패하고 말았을 것이다. 그렇지만 비록 그들이 승리했다고 해도 그것은 너무나 약하고 무력한 것이었다.

두소경도 굳건하게 저항하는 사인의 또 다른 전형으로, 작가 자신의 화신이라는 평가를 받는다. 그는 심경지가 도망쳐 나온 것을 칭찬하며 그녀가 "비록 연약한 여자지만", 염상을 "하잘 것 없이 여기는 것은 매우 존경할 만한 일"[76]이라고 말하는데 이는 그가 심경지와 같은 입장에 있음을 보여준다. 두소경은 몰락한 세도가의 자손으로 거드름 피우던 예전의 티를 벗지 못했다. 그래서 그는 염상에게 매우 불손한 태도로 잘난 척 하면서 완강하게 저항한다.

---

74 我常州姓沈的不是甚麽低三下四的人家. 他既要娶我, 怎的不張燈結彩, 擇吉過門, 把我悄悄的抬了來, 當做娶妾的一般光景?(제40회)

75 沈大年既是常州貢生, 也是衣冠中人物, 怎麽肯把女兒與人作妾? (제40회)

76 視如土芥, 這就可敬的極了.(제41회)

털보 왕王씨가 서찰 하나를 또 들고 와서 알렸다. "북문北門의 염상 왕汪씨 집의 내일 생일잔치에 지현 나리를 초청하면서 작은 나리도 손님으로 오십사 부탁했습니다. 작은 나리더러 꼭 오시라고 합니다." 두소경이 말했다. "그 자에게 우리 집에 손님이 오셔서 못 간다고 전하게. 정말 웃기는 사람이군. 그렇게 대단한 잔치를 벌일 것이면 현의 벼락출세한 거인이나 진사를 불러다 동석시킬 일이지? 내가 어디 시간이 나서 남의 잔치에 가서 관리들이나 모시겠는가?" 털보 왕씨는 "알겠습니다" 대답하고 물러갔다.[77]

염상이 자기 생일잔치를 벌이면서 지현과 세도가 자제들을 불러 배석시키는 것은 대단히 위세가 있는 일이었다. 그러나 두소경의 거절은 이러한 염상의 기세에 저항하기 위한 것이다. 하지만 두소경이 말하는 "벼락출세한 거인, 진사"라는 말에는 몰락한 가문의 자손이 품고 있는 옹색함이 드러난다. 이것 역시 그의 저항이 얼마나 연약하고 무력한지를 잘 보여주는데, 소극적으로 허세를 부리는 것 말고는 다른 방도가 없었기 때문이다.

오하현의 여대 선생과 여이 선생도 계속 저항했던 사인이다. 그들의 선조 대에는 거인, 진사가 적지 않게 나왔지만 그들에 이르면 이미 가문이 몰락한 상태였다. 그러나 그들은 다른 사인 친척들처럼 염상 방씨 같은 벼락부자의 발밑에 엎드리지는 않으려고 한다.

77 王胡子又拿一個帖子進來, 稟道 : "北門汪鹽商家明日酬生日, 請縣主老爺, 請少爺去做陪客, 說定要求少爺到席的." 杜少卿道 : "你回他, 我家裏有客, 不得到席. 這人也可笑得緊, 你要做這熱鬧事, 不會請縣里暴發的舉人, 進士陪? 我那得功夫替人家陪官?" 王胡子應諾去了.(제31회)

> 여유달余有達, 여유중余有重 두 형제는 조상의 가훈을 지키면서 문을 걸어 닫고 독서만 하면서 남의 재산이나 권세에는 신경 쓰지 않았다.[78]

그래서 다른 사람들은 이들이 세태의 변화를 이해하지 못하고 새로운 대세에 적응하지 못한다고 말했다.

> 형님댁 어르신께서는 평소 성격이 좋지 못하셔서 미움 산 사람이 너무 많습니다. 인창전仁昌典 방씨 댁 셋째 나리나 인대전仁大典 방씨 댁 여섯째 나리만 해도 두 분 다 우리 오하현 인근에서 쟁쟁한 향신들이고 왕王 지현 나리도 그들과 한통속인데 그 어르신은 굳이 그들에게 미움 받을 소리만 하신단 말입니다.[79]

그러나 그들의 저항은 어떤 작용도 하지 못했고 단지 남들 눈에 괴상하게 비칠 따름이었으며 세태에 아무 영향도 끼치지 못했다.

그들의 이종사촌 우화헌은 더 완강하게 저항했기 때문에 성격이 약간은 괴상하게 변하기까지 했다. 그는 "증조부가 상서, 조부는 한림, 부친은 태수인 참으로 대단한 집안"[80] 출신으로, 세도가 자제로서 허세가 매우 심해 벼락부자들을 눈에 거슬려 했다. 그는 사촌형 여유달에게 이렇게 말하기도 했다. "거인이니 진사니 하는 것은 저희 집안에나 형님 집안에나 너무 많아서 뭐 대단한 것도 못 되지요."[81] 그래

---

78 這余有達, 余有重弟兄兩個, 守著祖宗的家訓, 閉戶讀書, 不講這些隔壁帳的勢利.(제44회)
79 你家大爺平日性情不好, 得罪的人多. 就如仁昌典方三房裏, 仁大典方六房裏, 都是我們五門四關廂裏錚錚響的鄉紳, 縣裏王公同他們是一個人, 你大爺偏要拿話得罪他.(제45회)
80 曾祖是尚書, 祖是翰林, 父是太守, 眞正是個大家.(제47회)

서 "수십 년 된 좋은 가문에 대한 말이 나오기라도 나오면 콧방귀를 뀌는" 오하현의 풍속은 그의 괴상한 성질을 울컥 돋우게 만들었다.

> 우화헌은 이처럼 풍속이 고약한 곳에서 태어났는데 몇 마지기 땅을 지켜야 해서 다른 곳으로 떠날 수도 없었기에 울컥하고 화를 잘 내곤 했다. 태수였던 그의 부친은 청렴한 관리여서 관직에 있을 때에도 청빈한 생활을 했다. 우화헌은 집안에서 먹고 쓰는 돈을 절약해 약간의 은자를 모았다. 이때 그의 부친은 연로하여 벼슬을 사직하고 집에 있었는데 집안 사정은 돌보지 않았다. 우화헌은 매년 은자를 약간씩 어렵게 모으고는 전답을 중개하는 사람을 불러서 땅을 사겠다, 집을 사겠다며 흥정을 했다. 그러다 흥정이 거의 다 되면 그들에게 한바탕 욕을 퍼붓고는 사지 않겠다고 하는 식으로 기분을 풀었다. 현의 사람들은 그가 정신이 좀 나갔다고 말하면서도 그가 가진 몇 냥 은자가 탐이 나서 우화헌에게 친근하게 굴었다.[82]

염상의 거대한 압박 아래에서 우화헌 같은 사인의 완강한 저항은 이미 약간은 비틀려있음을 알 수 있다.

심사가 꼬인 사인들은 그 말고도 많았다. 예를 들어 '양주의 명사名士' 신동지辛東之는 양주 염상에게 돈을 뜯어보려다가 안 되자 정신승리로 스스로를 위로한다.

---

81 擧人, 進士, 我和表兄兩家車載鬥量, 也不是甚麽出奇東西.(제46회)

82 虞華軒生在這惡俗地方, 又守着幾畝田園, 跑不到別處去, 因此就激而爲怒. 他父親太守公是個淸官, 當初在任上時, 過些淸苦日子, 虞華軒在家省吃儉用, 積起幾兩銀子. 此時太守公告老在家, 不管家務. 虞華軒每年苦積下幾兩銀子, 便叫興販田地的人家來, 說要買田, 買房子. 講的差不多, 又臭罵那些人一頓, 不買, 以此開心. 一縣的人, 都說他有些痰氣, 到底貪圖他幾兩銀子, 所以來親熱他.(제47회)

돈푼 좀 있다는 양주揚州 소금 장수 놈들은 정말 가증스럽지요! 하하河下 흥성기興盛旗의 풍馮씨 같은 놈은 은자를 10만 냥도 넘게 갖고 있는데 그가 휘주徽州에서 나를 청하기에 그 집에 반년이나 있었답니다. 내가 그랬죠, "나한테 사례를 하고 싶거든 다 합쳐서 은자 2, 3천 냥을 주면 된다"고 했는데 그놈이 한 푼도 안 내놓지 뭡니까! 내가 나중에 다른 사람들한테 말했지요. "풍가 놈이 그 정도 은자는 나한테 줘야지, 죽을 때 10만 냥이 있어봤자 한 푼도 못 갖고 가는데 저승 가면 가난뱅이 귀신이지 않나! 염라대왕이 삼라보전森羅寶殿을 짓는데 이 네 글자 현판을 쓰려면 나 말고는 청할 사람이 없을 테니 적어도 은자 1만 냥은 주겠지. 그때 가서 내가 풍가 놈 용돈으로 쓰라고 몇 천 냥 줄지도 모르는데 어찌 그렇게 쩨쩨한지!"[83]

스스로를 위로하는 것이 저승에서의 상상으로까지 이어지는 그의 정신승리법은 참으로 가련할 지경이다. 그러나 글재주를 과시하는 옹색함이나 큰소리치는 추태는 역겹지 않을 수 없다. 양주의 또 다른 명사 금우류金寓劉도 염상과 한바탕 다툼을 벌인 적이 있다.

얼마 전 하하河下의 방씨 집에서 저를 청해 대련을 써달라고 하는데 모두 스물두 자였지요. 그자가 하인을 시켜 은자 80냥을 제게 사례금으로 가져왔는데 제가 그 하인을 앞에다 불러놓고 이렇게 일렀지요. "너희 나리에게

83 揚州這些有錢的鹽呆子其實可惡! 就如河下興盛旗馮家, 他有十幾萬銀子. 他從徽州請了我出來, 住了半年. 我說 : "你要爲我的情, 就一總送我二三千銀子." 他竟一毛不拔! 我後來向人說 : "馮家他這銀子該給我的. 他將來死的時候, 這十幾萬銀子, 一個錢也帶不去, 到陰司裏是個窮鬼. 閻王要蓋森羅寶殿, 這四個字的匾, 少不得是請我寫, 至少也得送我一萬銀子, 我那時就把幾千與他用用也不可知, 何必如此計較!"(제28회)

말씀드려라. 이 금우류 나리의 글씨는 경사 왕부에서 값을 평가하기를 작은 글씨는 한 글자에 한 냥이요, 큰 글씨는 한 글자에 열 냥이라고 말이다. 이 스물두 자는 시세대로 받으면 은자 220냥은 족히 나가겠구나. 220냥에서 한 푼이라도 모자라면 대련을 가지러 올 생각은 마시라고 해라." 그 하인이 집에 돌아가서 그렇게 말하자 그 짐승 같은 방씨 놈이 돈 자랑을 하려고 가마를 타고 내 처소에 와서 은자 220냥을 나한테 주더군요. 그래서 대련을 넘겨줬더니 그, 그놈이 두 손으로 대련을 쫙쫙 찢어버리는 겁니다. 나도 바로 화가 나서 은자 주머니를 열어 길에다 몽땅 뿌려버렸지요. 소금 짐꾼, 똥 지게꾼이나 주워가라고 말입니다. 여러분, 이런 소인배가 어찌 가증스럽지 않겠습니까?[84]

이것은 돈과 '사인의 기개士氣' 사이의 힘겨루기다. 금우류는 염상에게 명사의 위세를 부려보지만 염상은 그러한 명사의 위세를 산산조각 내버린다. 금우류가 은자를 다 내버리지만 그래도 그는 우위에 설 수 없다. 그는 노기등등해도 어쩔 도리가 없다. 때로 그들은 우스갯소리를 하면서 염상에 대한 불만을 토로한다.

국수가 나오자 네 사람은 함께 먹었다. 포정새鮑廷璽가 물었다. "제가 듣

---

84 前日不多時, 河下方家來請我寫一副對聯, 共是二十二個字. 他叫小廝送了八十兩銀子來謝我. 我叫他小廝到跟前, 吩咐他道 : "你拜上你家老爺. 說金老爺的字是在京師王爺府裏品過價錢的, 小字是一兩一個, 大字十兩一個. 我這二十二個字, 平買平賣, 時價值二百二十兩銀子. 你若是二百一十九兩九錢, 也不必來取對聯." 那小廝回家去說了. 方家這畜生賣弄有錢, 竟坐了轎子到我下處來, 把二百二十兩銀子與我. 我把對聯遞與他. 他, 他兩把把對聯扯碎了. 我登時大怒, 把這銀子打開, 一總都摜在街上, 給那些挑鹽的, 拾糞的去了. 列位, 你說這樣小人豈不可惡?(제28회)

자니 돈 많은 염상들은 국수집에 가서 한 그릇에 여덟 푼짜리 국수를 시켜서는 국물만 한 모금 마시고 나머지는 가마꾼한테 줘버린다는데 정말 그렇습니까?" 신辛 선생이 말했다. "어디 안 그러겠습니까." 금金 선생이 말했다. "어디 그놈들이 진짜 다 먹을 수가 없어서 그러겠습니까? 집에서 먼저 누룽지 한 그릇 불려먹고 국수집에 오니까 그렇지요!"[85]

여기에는 염상의 사치와 위세에 대한 부러움과 못 먹는 포도는 신 포도라고 말하는 심리, 그리고 고리타분한 상상과 비난이 깔려있다. 염상에 대한 이런 식의 저항은 염상을 털끝만큼도 다치게 하기는커녕 그들의 비틀린 심리를 보여줄 뿐이었다.

앞서 이야기한 사인들의 무력한 저항은 그들의 선천적인 부족함을 반영한다. 이것은 그들을 창조한 소설가 자신도 무력한 저항가일 뿐이기 때문이다. 몰락한 세도 가문 출신의 오경재는 그가 묘사한 사인들과 마찬가지로 가세와 문벌에 대한 자부심으로 가득하여 염상의 기세에 굴복하지 않으려고 했다. 그러나 그는 '풍자와 욕설' 외에는 다른 방법을 갖지 못했다. 그러므로 거의 처음부터, 이것은 질 수 밖에 없는 경쟁이었다. 그러나 다행히도 오경재는 "모든 것을 문장으로 써서" 소설 안에서라도 약간의 분노를 쏟아낼 수 있었다. 하지만 문인의 승리는 책 속에 있는 것이었고 염상의 승리는 삶 속에 있었다.

중국문학사에서 사인과 상인 관계의 역사적 전도를 표현한 작품으

85 捧上面來吃. 四人吃着, 鮑廷璽問道 : "我聽見說, 鹽務裏這些有錢的, 到面店裏, 八分一碗的面, 只呷一口湯, 就拿下去賞與轎夫吃. 這話可是有的麽?" 辛先生道 : "怎麽不是有的." 金先生道: "他那里當眞吃不下? 他本是在家裏泡了一碗鍋巴吃了, 才到面店去的!"(제28회)

로『유림외사』는 유일무이한 작품이라고 할 수 있으며, 이로써 청대 문학의 상인에 대한 표현에 약간은 쇠락했지만 여전히 상당히 뚜렷한 한 획을 그었다.

4.『기로등岐路燈』

『유림외사』와 마찬가지로『기로등』역시 상인생활을 주제로 하는 장편소설은 아니다. 그러나 그 속에 묘사된 상인 형상은 매우 성공적으로 그려져 있으며 그 수준 역시도 앞서 나왔던 대부분의 소설을 뛰어넘는다. 사인에 대한 지나친 공손함과 열등감을 제외한다면, 소설 속에 나타난 상인 왕춘우王春宇의 형상은 상당히 사실적이고 신뢰할 만하다. 그는 평소에는 사람됨이 공손하고 온화하며 속마음을 잘 드러내지 않는다. 그러나 장사를 할 때에는 영리하고 유능하며 두뇌회전이 빠르다. 이런 것들은 성공하는 상인이 반드시 갖추어야 하는 품성이다. 소설 속에 등장하는 다른 상인들 역시 대부분 이러한 품성을 갖추고 있다. 일종의 진정한 상업정신을 체현하고 있는 이들은 근세 상인 계층의 대표라고 할 수 있다. 이들과 비교하면 앞서 등장한 다른 여러 소설 속의 상인 형상은 지나치게 단순하고 심지어는 희화화되었다고도 할 수 있다.

『기로등』의 작가 이록원李綠園은 상인들의 생활에 매우 익숙했던 것으로 추측된다. 그래야만 상인과 상업에 관한 각종 소재를 지극히 전문적인 수법으로 그려낼 수 있었을 것이기 때문이다.

> 내가 근래에 강호를 많이 돌아다녔고 경험한 것도 많소. 도성의 상점에서 장사를 하는데 남의 집 자제들이 제멋대로 구는 것을 보면 입 밖으로 말하지 않지만 점원들이 뒤에서 몰래 이러쿵저러쿵한다오. 그러다가 또 직접 대면하면 아부하는 말을 하지요. 장사하는 사람들이 뭘 아느냐고들 하지만 사람들 오장육부를 하나하나 다 꿰뚫어보고 있다오.[86]

이와 같은 상황은 일반적인 사인은 알 수 없는 것으로 상인들과 오랫동안 함께 지냈던 사람만이 이해할 수 있는 것이다. 또한 이는 일반적인 문인이 써낼 수도 없는 내용으로 그 사정을 잘 아는 문인만이 쓸 수 있는 부분이다. 『기로등』이 상인 형상을 비교적 성공적으로 그려낼 수 있었던 이유는 아마도 작가가 상인의 생활을 잘 알고 있었던 것과 밀접한 관련이 있는 것으로 보인다.

1) 상인의 직업정신에 대한 표현

상인의 직업정신에 대한 표현은 상인을 묘사하는 문학의 전통적인 주제였고 그 묘사의 사실성에 있어 『기로등』의 성취는 종전의 작품들을 뛰어넘는다. 그 중에서도 가장 큰 특징과 가장 성공적인 부분은 작가가 거의 완전히 상인의 입장에서 상인의 언어와 관점으로 그것을 표현하고 있다는 점이다.

---

86 我近來江湖上走的多了, 經曆的也多了. 到了鎮店城埠住下做生意, 見人家那些子弟胡鬧, 口中不言, 背地裏夥計們卻行常私自評論, 及至見了, 還奉承他. 他只說生意人知曉什麽, 其實把他那腸子肚子, 一尺一尺都丈量清了.(제27회)

상인 왕춘우는 장사로 큰 성공을 거두었다. 만년에 이르러서는 장사 규모가 점점 더 커져서 각지에 상점을 내게 된다. "장사로 이미 큰 재물을 벌어들여 다 계산하면 수십만 냥 이상이었다."[87] 그러나 그의 이러한 성공은 고생으로부터 얻어낸 것이었다. 그는 "어려서는 부유하지 못했고",[88] "반평생 동안 가난했다."[89] 온갖 고생을 다 하면서 장사를 해서 마침내 만년의 부를 이뤄낸 것이다. 나이가 들어서도 그는 여기저기 분주히 다니며 쉬지 않았다. 그의 아들 왕융길王隆吉은 이렇게 말했다. "제가 늘상 아버님께 바깥 일 하실 필요가 없다고 말씀드리지요. 연세도 드셨고 우리 집안도 꽤 잘 살게 되었으니 이제 집에 계시는 것이 낫다고요. 그렇지만 아버님은 가만히 앉아계시려 하지 않고, 사람이 앉아서 먹기만 하면 산 같은 재산도 다 없어져서 살기 힘들어진다고 말씀하십니다."[90] 자기가 장사를 했던 경험을 돌이켜 보면서 왕춘우는 다음과 같이 감개무량해 한다.

> 나는 장사하는 사람이지. 강호를 오래 떠돌면서 진짜로 겪은 풍파를 말하면 다들 놀라 자빠질 거야! 슬프고 괴로웠던 일들을 말하면 다들 가슴 아파하겠지. 고작 먹고 살기 위해 아등바등하면서 몇 푼 돈 벌겠다고 고생했던 그 일들은 이루 다 말할 수가 없어.[91]

---

87 生意已發了大財, 開了方. 竟講到幾十萬上.(제108회)
88 幼年不是富厚日子.(제100회)
89 受了半輩子淡泊.(제100회)
90 我常常勸爹爹不用出門罷, 上了幾歲年紀, 家中也頗可以過的日子, 不如在家. 爹爹不肯靜坐, 只說坐吃山空, 日子便難過.(제74회)
91 我是生意人, 江湖上久走, 眞正經的風波, 說起來把人駭死! 遇的淒楚, 說起來令人痛煞! 無非爲衣食奔走, 圖掙幾文錢, 那酸甜苦辣也就講說不起.(제49회)

내가 살아온 날들은 쉽지가 않았어. 어려서부터 집에 돈이 없어 일 년 내내 옷이나 먹을 것이 모자라곤 했지. 길을 지나다가 음식점의 술이나 고기를 보면 속으로는 먹고 싶었지만 가진 돈이 부족하니 마른 침만 두어 번 삼키다 지나갔지. 살면서 이런 얘기를 난 너희들 엄마한테는 한 번도 해본 적이 없단다. 장사를 하다보면 어떤 날은 백 냥을 벌 때도 있고 또 어떤 날은 십여 문 밖에 남는 게 없을 때도 있었지. 어떤 날은 마수걸이도 못 하고 간혹 가다 본전을 손해 볼 때도 있었지. 조금이라도 남는 것이 있으면 기뻐서 너희들 엄마한테 말해주며 나랑 같이 고생하는 걸 위로했지. 본전을 손해 볼 때는 속으로는 괴로웠지만 너희들 엄마한테는 좀 벌었다고 말하곤 했어. 사람들이 외상을 달아도 큰 소리 한 번 내지 못했지. 나중에서야 하늘이 그 고생을 알아주는지 장사가 조금씩 잘 되더구나 (…중략…) 장사밑천이 점점 많아지면서 다른 지역에 장사하러 가는 걸 배웠지. 강남에 가서 한구漢口를 지날 때는 배 위에서 풍랑도 무섭고 도적도 무서웠지. 큰 지방에 가면 배도 많고 무서울 것도 없어. 그러다 우연히 작은 동네에 도착해 배를 정박시켜두었는데 물가에서 연극 공연을 하더구나. 사람들은 남녀노소 할 것 없이 좋다고 연극 구경을 하는데 나는 사람들 속에 도적이 있을까봐 무서워서 배 안에만 있었지. 우리 짐을 실은 배가 두세 척이었는데 뱃사공이 도적일까 두려워서 밤새 눈도 못 붙였지! 해가 떠오를 때까지 겨우겨우 버티고 나는 이제 살았구나 했었다. 또 한 번은 한구에서 3리도 안 떨어진 곳에서 갑자기 큰 폭풍이 불어서 우리 짐을 실은 배는 강 위를 마구 표류하고 다른 사람들 배는 세 척이나 물속으로 가라앉는 걸 눈으로 똑똑히 봤지. 뱃사공과 조타수도 종적 없이 사라졌단다. 이제 우리 자손들이 고기도 먹고 좋은 옷을 입는 걸 보면 얼마나 기쁜지, 너희 할아버지처럼 반평생 고생만

> 하지 말고 복을 누리거라, 마음속으로 그렇게 생각한단다. 문 앞에 무대를 설치하고 연극 공연을 한다는데 오늘이 내 생일이라지. 강호를 떠돌 때가 생각나는구나. 그때는 언제가 생일인지도 몰랐단다![92]

왕춘우가 성공을 거둘 수 있었던 것은 젊은 시절의 근면함과 절약, 그리고 고생과 위험을 마다하지 않는 정신 덕분이었다. 우리는 작가가 상인의 생활을 상당히 깊이 이해하고 있었음을 추측할 수 있는데, 그렇지 않다면 작가는 왕춘우의 온갖 고초를 그토록 절실하게 묘사할 수 없었을 것이고, 그의 직업정신도 그렇게 감동적으로 그려낼 수 없었을 것이다.

『기로등』에는 상인이 다음 세대를 양성하는 묘사도 사실적으로 그려지고 있다. 왕춘우의 아들 왕융길은 원래 고모부의 집에서 공부를 했는데 왕춘우는 아들의 공부를 억지로 그만두게 하고 장사를 하게 했다. 왕춘우가 이렇게 한 것은 본인의 말에 따르면 돈을 절약하기 위해서였다. "네가 고모부 집에서 공부를 하는데 선생이나 네 고모부 모두 네가 집으로 돌아가지 않기를 바랐으니 내 어찌 그분들의 호의를 몰랐

---

92 我的日子不是容易的. 自幼兒睛的產業薄, 一年衣食都有些欠缺. 從街上過, 看見飯鋪酒肉, 心中也想吃, 因手裏錢短, 把淡唾沫咽兩口過去了. 這話我一輩子不曾對你娘說過. 做個小生意, 一天有添一百的, 也有一天添十數文的, 也有一天不發市的, 間乎也有折本的. 少添些, 我心裏喜歡, 就對你娘說, 哄他同我扎掙, 折了本錢, 自己心裏難過, 對你娘還說是又掙了些. 人家欠賬, 不敢哼一點大氣兒. 後來天隨人意, 生意漸漸的好了 (…中略…) 本錢漸漸大了, 學出外做生意. 到江南, 走漢口, 船上怕風怕賊. 到大地方, 還有船多仗膽, 偶然到個小地方, 灣了船, 偏偏岸上有戲, 人家男男女女歡天喜地的聽唱, 我在船上怕人雜有賊, 自己裝的貨船兩三只, 又怕水手就是賊, 一夜何嘗合過眼! 單單熬到日頭發紅時, 我又有命了. 又一遭兒, 離漢口不過三里, 登時大風暴起了, 自己貨船在江水裏耍漂, 眼看着人家船落了三只, 連水手舵工也不見個蹤影. 如今看見咱家孩子們吃肉穿花衣裳, 心裏委實喜歡, 心裏說, 你們享用, 也不枉你爺爺受半輩子苦楚. 若是門前搭台子唱戲, 說是我生日哩, 我獨自想起我在江湖中, 不知那一日是周年哩!(제100회)

겠느냐? 다만 생활비 10냥 때문에 모질게 네 공부를 그만두게 했던 것이다."[93] 이것은 물론 상인의 절약 정신을 보여주는 하나의 이유이다. 그러나 더 중요한 이유는 왕춘우에게 자기의 사업을 이어받을 후계자가 필요했기 때문이었을 것이다. 그 후 왕융길은 과연 그의 기대를 저버리지 않고 아버지의 사업을 이어나갔다.

> 왕융길은 공부를 그만두고 난 다음부터 장사를 시작했는데 총명한 사람이 하나를 보면 열을 아는 법이라 십오륙 세가 되었을 때에는 가게 하나를 맡을 수 있을 정도였다. 왕춘우는 아들이 능숙하게 장사를 하며 돈을 버는 것을 보고서 안심하고는 아들에게 집을 맡기고 자기는 외지로 나가 일 잘하는 점원을 데리고 소주蘇州, 항주杭州에서 물건을 매매해서 변성汴城까지 물건을 납품하는 일에 전념했다. 그때부터 장사가 흥해서 '춘성春盛'이라는 큰 간판을 내걸게 되었다.[94]

『기로등』은 장편소설이기 때문에 젊은 상인이 성장하는 과정의 묘사를 전개해나갈 수 있었고, 이러한 성장 과정을 앞서 나왔던 같은 주제의 작품들보다 더욱 구체적이고 상세하게 그려낼 수 있었다.

상인의 직업정신에 대한 표현에서 『기로등』은 외재적인 시각을 거의 사용하지 않고 상인 본인의 시각을 취했다. 이로써 모종의 진실성

---

93 你在姑夫家念書, 先生, 姑夫都不願意你回來, 我豈不知是好意? 只爲十兩身錢, 就狠一狠叫你下了學.(제100회)

94 卻說王隆吉自從丟了書本, 就了生意, 聰明人見一會十, 十五六歲時, 竟是一個掌住櫃的人了. 王春宇見兒子精能, 生意發財, 便放心留他在家, 自己出門, 帶了能幹的夥計, 單一在蘇杭買賣, 運發汴城. 自此門面興旺, 竟立起一個"春盛"大字號來.(제15회)

과 설득력을 얻었고 적극적이고 긍정적인 인상을 주었다. 이는 상인을 표현하는 측면에 있어 『기로등』이 갖는 특징이자 성취 중 하나이며 이 작품 스스로 공헌한 부분이기도 하다.

2) 상인적 가치관에 대한 표현

상인적 가치관에 대한 표현에서 『기로등』은 나름의 새로운 공헌을 했고 그 성취는 앞서 등장한 작품들을 넘어선다. 『기로등』의 가장 중요한 특징과 성취는 상인적 가치관을 표현할 때 상인 자신의 입장과 시각을 취했다는 것이다. 그 덕분에 『기로등』은 사실적이고 설득력 있는 묘사를 할 수 있었고 적극적이면서 객관적인 색채를 가질 수 있었다.

부잣집 도련님 몇몇은 충동적으로 장사를 배우고 싶어 하면서도 장사를 너무 쉽게 생각해서 밑천만 있으면 누구나 할 수 있다고 여겼다. 그러나 장사의 쓴맛 단맛을 모두 아는 상인 만상공滿相公은 그게 아니라고 하며 아래와 같은 말로 그들이 정신을 번쩍 차리게 만든다.

> 무릇 장사를 하는 사람은 '돈'이라는 글자 하나를 제일 중하게 여기고 다른 것은 전부 상관하지 않지요. 우리처럼 장사하는 사람도 선대에는 서너 명 관직에 있던 조상도 있는데 하남에 와서 이 돈이라는 걸 벌다 보니 이미 공자公子니 공손公孫이니 하는 것은 다 궤짝 구석에 처박아 둔지 오래고 더는 그런 것들로 거드름부리지 않는답니다. 하물며 상인들 중에도 글을 아

는 이가 많고 학당에서 글공부를 해본 이도 있고 과거시험을 본 자도 있는데 결국 집이 가난했기 때문에 여기 와서 이 돈이란 것을 벌면서 온갖 고생을 할 수 밖에 없답니다. 길을 이리저리 뛰어다니며 거친 음식을 먹고 객지에서 홀로 밤을 지내지요. 매년 설날이 되면 부모님과 처자식이 그리워 밤에 몰래 눈물 흘리며 각자 자기 베개를 적시면서도 점원들끼리 이런 얘기는 서로 하지 못하지요. (…중략…) 결국은 돈, 돈, 돈, 어렵고, 어렵고, 어렵답니다! 시시각각 돈에 마음을 집중하지 않는다면 재물신이 돈을 벌게 해주지 않지요. 글공부 하는 사람이 언제나 책에 집중하지 않으면 옛 성현이 대신 글을 써주지 않는 거나 마찬가지랍니다.[95]

이상의 말은 상인적 가치관 입문 제1과로, 본래 다른 가치관을 갖고 있던 부잣집 도련님들에게 들려주는 이야기다. 만약 그들이 원래 하던 일을 버리고 장사를 하고 싶다면 원래의 가치관도 반드시 버리고 상인적 가치관을 지녀야 한다. 그러나 저 부잣집 도련님들에게 이것은 너무 어려운 주문이었다. 왜냐하면 그들이 잘 하는 것은 돈을 쓰는 것이지 돈을 버는 게 아니었기 때문이다. 그래서 결국 그들은 상인이 되지 못했다. 여기까지의 말에서 가장 중요한 지점은 흔히 볼 수 있는 일반적인 수법처럼 상인적 가치관을 그저 한바탕 욕하는 것이 아니라 상인

95 總之做生意的人, 只以一個錢字爲重, 別的都一概兒不管他. 卽如我們生意人, 也有三五位先世居過官的, 因到河南弄這個錢, 早已把公子公孫折疊在箱角底下, 再不取來拿腔做勢. 且如生意人, 也有許多識字的, 也是在學堂念過書的, 也有應過考的, 總因家裏窮, 來貴省弄這個錢, 少不得吃盡辛苦, 奔走道路, 食粗咽糲, 獨床獨枕的過. 每逢新年佳節, 思念父母妻子, 夜間偸哭, 各人濕各人的枕頭, 這夥計不能對那夥計說的 (…中略…) 總之, 錢, 錢, 錢, 難, 難, 難! 這心若不時時刻刻鑽到錢眼裏面, 財神爺便不叫你發財, 就如讀書人心不時時刻刻鑽到書縫裏面, 古聖賢便不曾替你代過筆.(제69회)

스스로의 말을 통해 그들의 가치관을 인정과 도리에 맞게 해석하고 확실하게 설명했다는 것이다. 바로 그 때문에 상인적 가치관은 더는 일종의 '죄악'으로 비춰지지 않았고 다른 직업의 가치관과 마찬가지로 긍정할만한 하나의 직업적 신념이 되었다.『기로등』이 이를 표현하는 방식은 확실히 독특하면서 참신한 면이 있었다.

『기로등』은 또한 당시 사회에서 다른 가치관과 상인적 가치관이 충돌할 때 상인들이 어떻게 "돈만 바라보고一切向錢看" 행동했는지, 어떻게 단호하게 다른 가치관을 거부하고, 또 어떻게 교묘하게 다른 가치관을 이용하여 상인적 가치관을 위해 봉사했는지를 생동감 있게 묘사하고 있다. 소설 속의 말을 빌리자면 이것은 바로 "돈에 모여드는 것錢上取齊"이다.

예를 들어 사회적으로 통용되는 '인정人情'이라는 원칙이 돈을 버는 데 도움이 될 때 상인은 그것을 잘 이용한다. 그러나 돈을 버는 데 장애가 되면 그들은 전혀 주저하지 않고 그것을 저버린다.『기로등』에는 상인의 이러한 책략에 대한 좋은 예가 등장한다.

> 원래 객상을 하는 자들은 본디 돈에 모여드는 법입니다. 만약 객주의 사정이 좋을 때는 "함께 하자相與"는 말을 달고 살며 자기 것을 외상으로 해도 그리 닦달하지 않고 오히려 객주의 뜻을 거스를까 두려워하는 것처럼 보이지만 사실은 다음 번 계약을 고려하는 것이지요. 만약 객주의 사정이 안 좋아지면 "함께 하자"는 말을 일단 취소하고선 장부를 뒤져서 덜 받거나 못 받은 것을 독촉해 받아내는 일에 박차를 가하는데 그저 혹시 조금이라도 손해를 볼까 걱정하는 거지요 (…중략…) 객상을 하려면 고향을 떠나 가족

들을 버리고 풍상을 무릅쓰고 궁핍함도 달게 여겨야 하니 이익만 보고 모여드는 것도 탓할 것이 못 됩니다.[96]

이른바 "함께 하자"는 것은 인정을 뜻하는데 이것도 상인이 돈을 버는 수단으로 쓰인다. 함께 하거나 함께 하지 않는 것은 돈을 버는데 유리한지 아닌지에 달려있다. "함께 하는 것"이 이득이 되면 함께 하고, "함께 하지 않는 것"이 이득이 되면 함께 하지 않는다. 그러나 작가가 상인의 이러한 책략에 대해 오히려 상당히 관용적인 이해를 보이는 것은 다른 작품에서는 보기 드문 특징이다.

『기로등』은 상인의 이러한 책략이 늘상 성공을 거두어 순진한 보통 사람들이 그들에게 속임을 당하는 것을 묘사한다. 사람들은 상인의 인정 공세를 진짜 인정으로 착각하고 그 결과 상인이 인정을 돌보지 않는 행동을 할 때에는 크게 놀라고 만다. 예를 들어 부잣집 아들 성희교盛希僑도 이런 착각을 했다. 그는 상인이 자기와 왕래하는 것이 자기와 잘 지내기 위한 것이라고 오해했다. 그래서 그가 후에 상인의 '진면목眞面目'을 발견했을 때, 속은 느낌을 받지 않을 수 없었다.

그 자들에게 인정을 보이라 하라고? 이 객상들에겐 하늘의 도리도 없는데 어디 인정이 있겠는가? (…중략…) 내가 올해 3월에 그들에게 은자 몇 냥을 빌렸는데 예전과 똑같이 예의범절을 차리며 왕래하고 술잔도 서로

---

96 原來這做客商的, 本是銀錢上取齊. 若是主戶好時, 嘴裏加上"相與"二字, 欠他的也不十分勒索, 倒像是怕得罪主顧的意思, 其實原圖結個下次. 若是主戶頹敗, 只得把"相與"二字暫行注銷, 索討賬目少不的而於此又加緊焉, 只是怕將來或有閃損 (…中略…) 要之作客商, 離鄕井, 抛親屬, 冒風霜, 甘淡薄, 利上取齊, 這也無怪其然.(제66회)

나누려고 생선요리가 나오는 연회를 준비했지. 장부를 계산하고 빚진 것을 갚은 다음 정오에 한 잔 하려던 거지 그들에게 봐달라고 할 생각은 조금도 없었다네. 그런데 사람이 잠자리에서 일어나기도 전에 꼭두새벽부터 두세 명이 들이닥칠 줄 누가 알았겠는가. 나는 세수를 하고 급히 나가 그들을 맞이했다네. 그자들이 차를 다 마시자 내가 말했지. "오늘 누추한 제 집까지 오시게 했으니 이전에 빚진 것을 깨끗이 다 갚도록 하겠습니다." 그들이 한 명씩 말하더군. "돈도 얼마 없으신데 그냥 없던 일로 하지요. 누가 나리더러 마음에 담아두라 했습니까?" 말은 그렇게 하면서 어떤 자는 소매에서 장부책을 꺼내고 어떤 자는 주머니에서 계약서를 꺼내더군. 내가 하인 노만老滿을 시켜 주판을 가져오게 하고 그들의 장부를 보고 계산해보니 다 합쳐 천 팔구백 냥이나 되지 뭔가. 내가 입도 열기 전에 그자들은 어떤 것은 반 개월 손해 보는 걸 양보해주겠다는 둥 어떤 것은 3냥 2전 7푼 우수리를 제해주겠다는 둥 지껄여댔지. 내가 은자를 꺼내오게 해서 봉한 것을 열고 탁자 위에 놓았더니 얼굴색이 다들 하얗게 질리더군. 나는 예전처럼 함께 잘 지내보자며 몇 냥 되지 않으니 다들 잘 살펴보시라고 했지. 그랬더니 이번엔 은의 순도를 따지고 들 줄 누가 알았겠는가. 나는 원래 은자를 잘 모르는데 그자들은 이 은덩이는 은 함량이 4할 밖에 안 된다는 둥 저 은괴는 1할이나 2할 밖에 안 된다는 둥 말하더군. 그 안에는 어머니가 보태주신 원보元寶가 몇 개 있었는데 그 자들은 원보에는 관심도 두지 않으며 은 순도가 겨우 2할 밖에 안 된다는 거야. 나는 짜증이 나서 말했지. "이 은자들의 순도에 따라 계산하시오. 만약 순도가 부족하다고 생각되면 제가 감히 손해를 보시게 할 순 없지요." 그랬더니 이러더군. "원래 저희 주인이 계약서를 쓸 때 은의 순도를 일괄적인 표준대로 하라 하셨지요. 만약 저희 주인이 계약서에 명확하게 써두지 않았다면 저희도 한 번에 다 계산을 할 테고 그럼 당연히 이걸로 되겠지요." 내가 짜증이 나서 말했지. "예전에 번藩의 창고에서 풀어서 받은 나라 돈인데 어떻게 당신들 주인의 표준에는 안 맞을 수가 있소? 됐으니 저울이나 들고 오시오, 당신들 멋대로 재보면 될 거 아니오!" 그들은 한참이나 따져보더니 2냥이 부족하다더군. 내가 허리춤에서 2냥 남짓한 은덩이를 꺼내 저울 접시 위에 던졌는데 그래도 그게 2냥인지 확실하지가 않다는 거야. 내가 말했지. "당신들이 그냥 가져가시오. 난 배가 고파서 밥 먹으러 들어가야겠소." 사실 연회를 위한 식탁보 씌운 탁자며 과일접시며 잔이며 젓가락이 다 준비되어 있었지. 나는 후원으로 돌아갔는데 그 작자들이 어떻게 집에 갔는지는 모르겠어. 어디 그런 놈들한테 줄 음식이 있단 말인가![97]

그러나 사실은 이 부잣집 도련님 자신도 너무 순진해서 평소 상인들

---

97 你說叫他們顯個人情? 這個客商們沒天理, 那有人情? (…중략…) 我今年三月裏, 也是欠他們幾兩銀子, 爲一向禮節往來, 杯酒交好, 也備了一席參魚席兒, 不過算完了賬, 交割淸白, 晌午吃一杯兒, 原不萌心叫他們讓. 誰知我沒起來, 兩三個極早到了. 我洗了臉, 急忙出來陪他. 他們吃了茶, 我說 : "今日奉屈舍下, 把前日那個欠項淸白淸白." 他們個個說 : "有限銀子, 丟着罷, 誰叫大爺掛心裏?" 說着說着, 這個袖中掏出賬本子, 那個袋中取出文約. 我叫老滿取算盤, 依他們算將起來, 全不料共算了一千八九百兩. 我並沒開口, 他們還說, 某宗讓了半個破月, 某宗去了三兩二錢七分零頭. 我叫取出銀子來, 解開包封, 放在桌面, 只見他們臉上都變成白色. 我原說一向相與, 少稱幾兩, 大家好看些, 誰知他們撥起成色來, 我原不認的銀子, 他們說, 這一錠子只九四, 那一個錁兒只九一二. 內中有家母添出來幾個元寶, 他們硬說元寶沒起心, 只九二. 我心裏惱了, 說 : "你們就照這銀子成色算, 想是不足色, 也不敢奉屈." 他們還說 : "原是敝東寫書來, 要起一標足色的, 若不是敝東書子上寫的確, 咱們這一號至交, 自然將就些兒." 我心裏煩了, 說 : "當年藩庫解得國帑, 今日起不得你們財東的標? 也罷麽, 只抬過天平, 隨你們敲就是了!" 他們敲了一陣子, 還說差二兩不足平. 我腰中又摸出二兩多一個錁兒, 丟在盤子裏, 他們卻說使不淸. 我說 : "你拿的走罷. 我餓了, 我回去吃飯去." 其實圍裙桌兒, 果碟兒, 杯箸已擺就了. 我回後院去, 也不知他們怎走了. 那有飯給他們吃!(제84회)

의 인정 공세를 진정한 우정으로 착각하고, 인정 공세 뒤에 상인들 최고의 가치관이 숨겨져 있다는 것을 망각했던 것이다. 비록 상인들은 계산을 할 때 "냉혹하고 무정하게" 보이지만 이것은 다만 "돈을 보고 모여드는" 그들의 가치관이 그렇게 만들었을 뿐, 부잣집 도련님이 말하는 것처럼 "하늘의 도리도 없는" 것은 아니며 생활 속 다른 측면에서도 그렇게 인정이 없는 것은 아니었다.

이런 순진한 부잣집 도련님들과는 대조적으로, 평범한 하층 인물들은 상인적 가치관을 더 잘 이해했다. 예를 들어 소설 속에 등장하는 어느 하인은 다음과 같은 말 한 마디로 정곡을 찌른다.

> 저 객상들을 매일같이 나리, 나리 하면서 돈독하게 지내는 것으로만 보지 마십시오. 그들은 모두 돈을 향해 모여드는 것이지요. 주판알을 굴릴 때에는 털끝 하나도 남에게 양보하려 들지 않는답니다. (…중략…) 사실 산동山東, 섬서陝西, 강소江蘇, 절강浙江에서 저들이 부모를 버리고 처자를 뿌리치고 하남河南까지 온 것이 그저 남들과 잘 지내기 위해서였겠습니까? 저들이 산동, 섬서, 강소, 절강에 일가친척 하나 없는 것도 아니고, 몸 붙일 곳 하나가 없는 것도 아닐 텐데 하필 우리 하남 사람을 고르고 또 우리 상부현祥符縣의 사람을 찾아온 것은 자기들 뜻대로 함께 할 수 있어서가 아니겠습니까? 그저 재물신의 은덩이를 보고 모여든 것일 뿐이지요.[98]

---

98 休看那客夥們每日爺長爺短, 相處的極厚, 他們俱是錢上取齊的, 動了算盤時, 一絲一毫不肯讓人 (…中略…) 其實山, 陝, 江, 浙, 他們拋父母, 撇妻子, 只來河南相與人麽? 他山, 陝, 江, 浙, 難說沒有個姑表弟兄姐夫妹丈, 難說沒有個南村北院東鄰西舍, 一定要揀咱河南人, 且一定要尋咱祥符縣的人, 才相與如意麽? 不過是在財神爺銀錁兒上取齊.(제36회)

간단하기 그지없는 이치지만 사람들은 잘 이해하지 못한다. 그러나 "돈을 보고 모여드는 것"은 다만 상인적 가치관일 뿐, 도덕적인 옳고 그름의 문제와는 아무 상관이 없다.

『기로등』의 이와 같은 묘사는 상인적 가치관과 그들의 내면세계를 드러내는 데 상당히 중요한 가치와 의미를 갖는다. 앞선 시대의 다른 문학작품 속에 상인생활을 이처럼 깊숙이 들여다본 표현은 없었다.

3) 사인士人과 상인 관계에 대한 표현

상인의 직업정신과 가치관을 표현함에 있어서 『기로등』이 이전 시대를 능가하는 많은 성취를 거둔 것은 사실이지만, 사인을 중시하고 상인을 경시하는 작가 자신의 가치관은 이 작품이 상인 생활을 묘사한 또 한 편의 『금병매』와 같은 걸작이 되는 것을 방해했다. 물론 작가의 이와 같은 한계는 과거의 전통으로부터 온 것이고, 유감스럽게도 작가는 이것을 뛰어넘지 못했을 뿐 아니라 오히려 더욱 보수적으로 표현했다. 이러한 한계와 앞서 서술한 참신한 부분은 선명한 대조를 이루면서 이 소설 속에 공존하고 있다.

위에서 말한 것처럼 『기로등』의 작가는 확실히 상인과 교류한 경험이 풍부하여 상인의 심리와 행동을 그토록 생생하게 묘사할 수 있었다. 다만 그는 시종일관 사인의 티를 벗을 수 없었고 상인이 사인 앞에 비굴하게 무릎을 꿇게 하려고 했다. 왕춘우는 이제까지의 문학 작품 중 의심할 여지없이 상인의 열등감을 가장 노골적으로 그려낸 전형이라고 할 수 있다. 소설에서는 왕춘우의 부친이 원래는 "학식 있는 명사能文名士"였지만 왕춘우 대에 이르러 유학을 버리고 상인이 되었고 이 때문에 그는 사인 친구 앞에서 늘 고개를 못 드는 것으로 묘사된다.

> 선친이 살아 계실 때는 학교 친구였지만 저는 공부할 재목이 못 되어 책을 던져버리고 장사 일에 뛰어들었습니다. 남들 볼 면목이 없어 사람들 앞에는 잘 나서지 않았지요. 매부 계시는 곳에도 제 스스로가 부끄러워서 자주 오지 못했습니다. 오늘 매부의 체면을 빌어 겨우 누婁 선생께 오셔 달라 감히 청해봅니다. (…중략…) 책 몇 줄 읽지 못했으니 아무래도 스스로가 창피해 남들에게 말도 잘 못 꺼냅니다.[99]

> 저는 공부를 하지 못한 사람이고 날마다 장사하는 틈에서 몰려다니며 제대로 된 사람은 가까이 해본 일이 거의 없고 점잖은 말도 들어보지 못했으니 무슨 도리 같은 걸 알겠습니까 (…중략…) 이렇게 올바른 친척 분을 두어 겨우 몇 마디 제대로 된 말을 들어봅니다.[100]

그는 늘 자신이 한 푼 값어치도 없다며 "책을 몇 줄 읽어보지 못해서 함부로 구니,"[101] "체면이 있는 늙은이가 아니다"[102]라고 말한다. 사인

---

99 先君在世, 也是府庠朋友. 輪到小弟, 不成材料, 把書本兒丟了, 流落在生意行裏, 見不的人, 所以人前少走. 就是姐夫那邊, 我自己惶愧, 也不好多走動的. 今日托姐夫體面, 才敢請婁先生光降 (…中略…) 少讀幾句書, 到底自己討愧, 對人說不出口來.(제3회)

100 我是個沒讀書的人, 每日在生意行裏胡串, 正人少近, 正經話到不了耳朵裏, 也就不知什麽道理 (…中略…) 有了這正經親戚, 才得聽這兩句正經話.(제3회)

101 少讀兩句書, 所以便胡鬧起來.(제3회)

102 我也不是有體面的老子.(제8회)

친척 앞에서 그는 늘 조심스럽게 행동한다. "왕춘우는 장사에 기민한 사람이라 곧 말을 취소했다. (…중략…) 왕춘우는 누婁 씨와 공孔 씨 두 사람에게 대답할 말이 없자 더는 묻지 못했다."[103] 그래서 그는 사인들 사이에서는 늘 불편함을 느낀다. "왕춘우는 사람들이 말하는 것을 들었지만 잘 이해할 수 없어서 그저 눈을 크게 뜨고 바라보며 감히 말하는 데 끼어들지 못했다."[104] 사인 친척들 집안의 일에 대해서도 그는 자신을 낮추며 감히 상관하지 못한다. "우리는 장사하는 소상인 집안이고 너희 고모부는 대대로 벼슬하며 독서하는 뼈대 있는 가문이니 그분 집안의 일은 우리와 종이 한 장 떨어진 것 같아도 만 겹의 첩첩산중 너머에 있는 거나 마찬가지다."[105] 만년에 이르러 그는 수십만 냥의 재산을 갖고 온 나라 곳곳에 상점을 낸 대상인이 되었지만 여전히 열등감을 느낀다.

> 누님, 이 동생은 글공부를 못 해봐서 남들 앞에만 가면 제대로 몸 둘 바를 모른답니다! 아버지가 살아 계실 때는 아주 당당한 수재秀才였지요. 집안 형편이 넉넉하지는 않았어도 집에 오고 가는 이들은 모두 의관을 갖춘 사람들이었지요. 이제 제가 돈을 벌어 날마다 장사 하는 가게에 있으면서 점원들을 거느린 나리가 되었습니다. 아버지가 타시던 것보다 좋은 노새를 타지만 애석하게도 점잖은 사람 댁 앞에 노새를 매어본 적이 없습니다. 집

103 王春宇是生意乖覺人, 便把話兒收回 (…中略…) 王春宇被婁, 孔二人說的無言可答, 就不敢再問了.(제12회)
104 這王春宇聽衆人說話, 也不甚解, 只是瞠目而視, 不敢攙言.(제14회)
105 咱是小戶生意人家, 你姑夫是官宦讀書世族, 他家的事, 咱隔著一層紙, 如隔著萬重山.(제100회)

> 에서 먹는 술과 고기는 아버지 계실 때보다 좋은 것이지만 안타깝게도 연회 탁자에 제대로 된 손님을 모셔본 적이 없답니다. 정월 초하루에 향을 사르고 청명절에 성묘할 때마다 아버지의 신주와 무덤을 보면 제 눈물이 등줄기를 타고 내리는 것만 같은데 누님은 그걸 아십니까?[106]

왕춘우의 열등감은 다소 지나친 느낌을 준다. 아마도 그가 처한 주위 환경과 왕춘우 본인의 천성이 그로 하여금 이러한 열등감을 느끼게 하는 듯하다. 그러나 그의 열등감 뒤에는 소설가의 보이지 않는 손이 작동하고 있다. 그러므로 왕춘우의 이와 같은 모습 속에는 현실 생활에서 상인이 느끼는 열등감과, 소설가가 일부러 "천하게 만든作賤" 상인의 의식이라는 이중적 요소가 동시에 응축되어 있다. 『기로등』에 등장하는 사인들은 아마도 이와 같은 작가의 태도의 화신일 것이다. 그들은 입으로는 "사농공상은 모두가 제대로 된 일"[107]이라고 말하지만 상인을 낮은 사람으로 보는 시선이 뼛속 깊이 남아있다. 그들 대부분은 상인에게 강한 우월감을 갖고 있고 대개 높은 곳에서 아래를 내려다보는 식의 태도로 상인을 대한다. 그중의 어떤 사인은 유가를 버리고 상인이 된 왕융길을 훈계하는데, 그 말 속에 이러한 생각이 나타나있다.

---

106 姐姐呀, 兄弟不曾讀書, 到了人前, 不勝人之處多着哩! 像如咱爹在日, 只是祥符一個好秀才, 家道雖不豐富, 家中來往的, 都是衣冠之族. 今日兄弟發財, 每日在生意行中, 膺小夥計的爺. 騎好騾子, 比爹爹騎的强, 可惜從不曾拴在正經主戶門前, 家下酒肉, 比當日爹爹便宜, 方桌上可惜從不曾坐過正經客. 每當元旦焚香, 清明拜掃時節, 見了爹爹神主, 墳墓, 兄弟的淚珠, 都從脊梁溝流了, 姐姐你知道麽?(제74회)

107 士農工商, 都是正務.(제3회)

> 네가 최근에 장사를 한다니 너의 자질이 아깝구나. 그것도 좋기는 하지, 나는 네가 갈 길을 바꾼 것을 비난하지 않는다. 상인이란 나라의 양민이고 재물을 낳는 요체니까. 다만 너는 총명한 사람이니 매사에 열심히만 하면 되겠지.[108]

도리에 통달한 것처럼 말하지만 상인을 멸시하는 뜻이 분명히 드러나고 있다. 그들은 왕춘우에게도 똑같이 행동한다. "왕춘우는 사람들이 책에 대해 말을 하기 시작하자 화장실에 간다는 핑계로 누이를 보러 가버렸다. 별로 신경 쓸 필요가 없는 사람이 자리를 비우고 간 것이어서 사람들 역시 개의치 않았다."[109] 『기로등』의 사인과 작가의 마음속에서 상인은 이렇게 "별로 신경 쓸 필요가 없는 사람"일 뿐이었다.

상술한 『기로등』의 사인과 상인 관계에 대한 표현은 『유림외사』와 분명한 대조를 이룬다. 그러나 『유림외사』가 차라리 현실생활을 반영했다고 한다면, 『기로등』은 다만 작가의 이상을 반영했을 따름이다. 바로 이 점에서 『유림외사』보다 나중에 나온 『기로등』은 『유림외사』가 갖춘 근대적인 예민함에 미치지 못했다. 물론 사인을 중시하고 상인을 경시하는 가치관에 있어서 이 두 작품의 소설가는 모두 오십보백보로 비슷하다고 할 수 있다.

앞서 서술한 대로, 『기로등』의 작가 이록원은 상인의 생활에 상당히 익숙했으며 상인의 직업정신과 가치관에도 상당 수준의 이해를 보여

---

108 你近日做了生意, 可惜你的資質. 也很好, 我也不嫌你改業. 既作商家, 皆國家良民, 亦資生之要. 但你是個聰明人, 只要凡事務實.(제15회)

109 王春宇當是衆人講起書來, 推解手去看姐姐走訖. 席上走了不足著意之人, 衆人也沒涉意.(제14회)

주고 있다. 만약 이록원이 『금병매』의 작가처럼 상인 생활을 묘사하는 것이 문학적 가치가 있고 자신의 인생을 걸만한 가치가 있다고 믿었다면 그는 아마도 상인 생활을 묘사한 또 다른 걸작을 써낼 수 있었을 것이다. 그러나 아쉽게도 그의 가치관은 이와 정반대여서 그의 소설에는 진부한 느낌이 가득했으며 상인 역시 소설 속의 단역이나 배경이 되고 말았다. 그러나 비록 이와 같더라도 앞서 서술한 여러 특징에 의거한다면 『기로등』은 상인과 그 생활을 묘사하는데 있어 청대 문학과 중국 문학에 상당한 공헌을 했다고 할 수 있다.

5. 『경화연鏡花緣』

해외무역에 종사하는 상인이 주인공 중 하나이고, 해외무역에 대한 묘사를 주요 내용의 일부로 삼은 장편소설이 청대 문학에서 최초로 출현했으니 그것이 바로 『경화연』이다. 『경화연』의 성격에 대해서는 재학소설才學小說이라 하거나 항해소설이라 하는 등 갖가지 서로 다른 견해가 있어 왔다. 이것은 소설 자체의 내용이 매우 방대하면서도 복잡해서 한 마디로 정의내리기가 어렵기 때문이다. 그렇지만 『경화연』이 해외무역과 그에 종사한 상인들을 묘사한 소설이기도 하다는 점은 종종 홀시되곤 했다.

해외무역과 그에 종사하는 상인에 관해서는 이전의 문학에서도 많은 묘사가 등장했다. 『이견지夷堅志』에는 해외무역을 제재로 하는 문언소설이 적지 않게 실려 있고, 『박안경기拍案驚奇』 권1의 「전운한우교

동정홍 파사호지파타룡각轉運漢遇巧洞庭紅 波斯胡指破鼉龍殼」은 해외무역을 묘사한 유명한 단편 백화소설이다. 또한 『성세항언醒世恒言』 권14의 「뇨번루다정주승선鬧樊樓多情周勝仙」에서 주승선周勝仙의 부친 주대랑周大郎이 바로 "해외무역을 하는 장사꾼做販海生意"인데, 본인이 해외무역을 한다는 이유로 그는 주점을 운영하는 상인을 무시하기도 한다. 청대 문학에서는 『경화연』보다 먼저 등장한 『요재지이聊齋志異』에도 이러한 제재에 관한 문언소설이 적지 않다. 그러나 『경화연』에 와서야 비록 그 비중이 크지는 않지만 해외무역을 묘사하고 해외무역에 종사하는 상인을 주인공 중 하나로 삼은 한 편의 장편소설이 등장했다고 할 수 있다. 이런 소설은 이전에는 없었던 것이었다.

소설의 주인공 중 하나인 임지양林之洋은 해외무역에 종사하는 상인이다.

> 원래 임지양은 하북河北 덕주德州 평원군平原郡 사람인데, 영남嶺南에 기거하면서 평소 해외무역을 하였다.[110]

> 제가 요 몇 년 병이 많아 바깥출입을 못했답니다. 근래에 다행히 몸이 건강해져서 자잘한 물건을 팔러 외국으로 나가 재운을 좀 시험해보려고 합니다. 집에 있으면 앉아서 재산을 축내기밖에 더하겠습니까. 이게 원래 제 직업이니 고생 좀 하더라도 할 수 없지요.[111]

110 原來林之洋乃河北德州平原郡人氏, 寄居嶺南, 素日作些海船生意.(제7회)

111 俺因連年多病, 不曾出門. 近來喜得身子强壯, 販些零星貨物, 到外洋碰碰財運, 强如在家坐吃山空. 這是俺的舊營生, 少不得又要吃些辛苦.(제8회)

모르는 것이 없는 다구공多九公 역시 반쯤은 해외무역 상인이다.

> 우리 배에 조타공이 하나 있는데 (…중략…) 그 사람은 오랫동안 바다 항해에 익숙해져서 해외의 산천에 대해서는 모조리 잘 알고 있답니다. 기이한 풀과 신기한 꽃, 들새와 괴수까지 모르는 것이 없지요 (…중략…) 젊은 시절에 수재가 되었지만 과거에 합격하지 못하자 책을 버리고 해외무역을 시작했답니다. 그러나 본전을 다 잃어버려서 지금은 남의 배 조타수 노릇을 하면서 생계를 잇느라 선비 생활은 잊은 지 오래지요. 사람됨이 성실하고 재주와 학식이 많습니다.[112]

이와 같이 해외무역에 종사하는 상인의 모습은 이전의 장편소설에서는 등장한 적이 없었고 그들이 주인공인 경우는 더더구나 없었다.

상인을 주인공으로 하는 이전의 장편소설로는 『금병매金瓶梅』 하나가 있을 뿐이다. 이러한 점만 놓고 보자면 『경화연』은 『금병매』에 비견될 수 있다. 그러나 『경화연』과 『금병매』는 분명히 다르다. 『금병매』가 묘사하는 것이 국내 무역에 종사하는 상인이고 『경화연』이 그려내는 것이 해외무역을 하는 상인이기 때문만이 아니다. 『금병매』는 상인의 일상생활 속의 갖가지 측면을 묘사하고 있고, 『경화연』은 상인이 해외에서 맞닥뜨릴 수 있는 갖가지 위험을 그려내고 있다. 또한 이 두 소설의 창작 목적 역시 근본적으로 다르다. 『금병매』의 작가는 상

112 俺們船上有位柁工 (…中略…) 他久慣飄洋, 海外山水, 全能透徹. 那些異草奇花, 野鳥怪獸, 無有不知 (…中略…) 幼年也曾入學, 因不得中, 棄了書本, 作些海船生意. 後來消折本錢, 替人管船拿柁爲生, 儒巾久已不戴. 爲人老誠, 滿腹才學.(제8회)

인 생활의 사회풍속사를 그려내고자 했지만, 『경화연』의 작가는 상업 활동을 이야기를 풀어나가는 하나의 실마리로 삼았지만 집중적으로 표현하고자 하는 의도는 따로 있었다. 그러므로 이 두 소설은 상인을 표현하는 데 있어서도 자연스럽게 서로 다른 가치를 지니게 되었다.

이여진李汝珍이 이러한 장편소설을 쓰고 또한 해외무역에 종사하는 상인을 주인공 중 하나로 삼은 것은, 본인의 재학을 드러내고자 하는 동기 외에 그의 특별한 이력과도 연관이 있는 것 같다. 청년 시절부터 그는 오랫동안 해주海州(지금의 연운항連雲港)에 머물렀다. 해주는 당시의 큰 바다 항구로, 이여진은 친구들을 따라 여러 차례 항해를 나갔다. 그와 함께 항해를 했던 친구들 중에는 적지 않은 해외무역 상인이 있었던 것으로 보인다. 그들로부터 이여진은 외국의 기이한 소문을 들을 수 있었고 적지 않은 항해지식을 얻을 수 있었다. 『경화연』에서 그는 자신의 항해지식을 여러 곳에서 드러낸다.

> "그렇지만 바다는 내륙의 강과는 비교할 수가 없습니다. 우리야 항상 다니니 아무렇지 않지만 만약 담이 작은 사람이 바다에 나가는 배에 처음 올라 풍랑을 만나면 매우 놀라고 두려워하지요. (…중략…) 배에 오르면 목욕 뿐 아니라 모든 걸 간소하게 해야 하고 매일 마시는 찻물도 그저 목이나 축일 수 있을 뿐 마음껏 마시고 싶어도 못 한답니다. (…중략…) 바다로 나가면 바람이 모든 걸 결정하니 갔다가 돌아오는데 3년이 걸릴지 2년이 걸릴지는 예측하기 힘들지요……." 얼마 뒤 준비를 마치고 작은 배에 나누어 타고 항구로 갔다. 선원들이 물건을 옮기고 난 후 일행은 삼판三板을 타고 가서 본선에 올랐다. 순풍을 타고 돛을 날리며 배가 출발했다.[113]

이러한 묘사는 아마도 그가 직접 경험한 것에서 나오지 않았을까? 이전 시대의 문학에 나오는 비슷한 묘사들과 비교해보면 『경화연』의 묘사는 확실히 더욱 사실적이다.

그러나 이여진이 정말로 다른 나라에 가보았거나 해외무역에 종사하지는 않았을 것이다. 왜냐하면 소설에 등장하는 외국에 대한 묘사는 모두 일종의 환상적인 상상의 색채를 띠고 있기 때문이다. 이런 의미에서 『경화연』은 사실을 그린 소설이 아니라 다만 환상을 그린 소설일 뿐이다. 또한 작가는 소설 속 인물 당오唐敖처럼 사인의 우월감을 가지고 우월한 위치에서 상인을 관찰했으며, 스스로가 설정한 이 장애물로 인해 상인을 거침없이 표현하지는 못했다. 이는 『경화연』의 상인을 표현하는 수준을 떨어뜨렸고, 『기로등』과 마찬가지로 그 수준은 『금병매』에 비하면 한참 부족했다.

1) 해외무역에 대한 표현

몇 가지 측면에서 『경화연』은 이전 시대의 문학 전통을 계승하였고 또한 새로운 발전과 변화를 더했다. 상인이 돈을 벌기 위해 투기하는 심리에 있어서 『경화연』은 『박안경기拍案驚奇』「전운한우교동정홍 파

113 但海外非內河可比, 俺們常走, 不以爲意. 若膽小的, 初上海船, 受了風浪, 就有許多驚恐 (…中略…) 上了海船, 不獨沐浴一切先要從簡, 就是每日茶水也只能略潤喉嚨, 若想盡量, 卻是難的 (…中略…) 到了海面, 總以風爲主, 往返三年兩載, 更難預定 (…中略…) 不多時收拾完畢, 大家另坐小船, 到了海口. 衆水手把貨發完, 都上三板, 渡上海船. 趁着順風, 揚帆而去.(제8회)

사호지파타룡각轉運漢遇巧洞庭紅 波斯胡指破鼉龍殼」의 영향을 받은 것으로 보인다. 문약허文若虛가 흔한 귤 덕분에 뜻밖의 큰 재물을 얻은 것처럼, 『경화연』에는 상인이 원래는 돈이 안 되는 인기 없는 물건을 가지고 갔다가 해외에서 우연한 기회를 만나 이 물건으로 생각지도 못한 큰돈을 버는 이야기가 자주 등장한다. 예를 들어 당오가 가지고 간 물건은 화분과 생철生鐵인데, 처음 봤을 때는 모두들 의아해하는 물건이었고 그것이 뜬금없는 정도는 문약허가 내다 판 귤 "동정홍"을 능가했다. 그래서 임지양은 그에게 이렇게 물었다. "매부가 가져온 이 화분은 이미 인기가 없는 물건이라 내다 팔기가 힘들다오. 이 생철도 내가 보니 외국에 가면 아무데나 다 있던데 이렇게 많이 가지고 가서 어디에 쓰려고 하오?"[114] 당오의 대답 역시 현실과 매우 동떨어진 것이었다.

> 화분은 비록 인기 없는 물건이지만 외국이라고 꽃을 아끼는 사람이 없겠습니까? (…중략…) 생철은 만약 사줄 사람을 만난다면 좋은 것이고 혹시 팔기 어렵다 하더라도 배 안에 이걸 가지고 있으면 수많은 풍랑을 막아주겠지요. 몇 년을 아무렇게나 보관해도 상하지도 않을 테고요. 제가 오랫동안 심사숙고해서 이것들이 가장 좋은 품목이라 사가지고 온 겁니다. 다행히 돈을 많이 쓰지는 않았으니 형님께서는 걱정하지 마십시오.[115]

그러나 똑똑한 독자들은 "돈을 많이 쓰지는 않은" 이 인기 없는 물건

114 妹夫帶這花盆已是冷貨, 難以出脫. 這生鐵, 俺見海外到處都有, 帶這許多, 有甚用處?

115 花盆雖系冷貨, 安知海外無惜花之人? (…中略…) 至於生鐵, 如遇買主固好. 設難出脫, 舟中得此, 亦壓許多風浪, 縱放數年, 亦無朽壞. 小弟熟思許久, 惟此最妙, 因而買來. 好在所費無多, 舅兄不必在意.(제8회)

이 나중에 적당한 때가 되면 주인에게 큰 재운을 가져다줄 것이라고 이미 짐작했을 것이다. 과연 생철은 여인국女人國의 하천 정비 공사에서 쓰이게 되었고 공사의 상금으로 은자 일만 냥을 벌게 해주었다. 화분은 장인국長人國에서 수도 없이 팔렸다.

> 그때 아버지께서는 큰 화분을 아주 많이 가지고 가셨는데 그곳 사람들이 보고는 비싼 값으로 사들일 줄 누가 알았겠어요. 화분 바닥의 둥근 구멍을 마노瑪瑙로 막아서 그걸 우안牛眼 소주잔으로 만들었다니까요.[116]

이것은 그야말로 적은 자본으로 큰 이익을 얻는 장사였다. 사실 임지양이 가져간 화물에는 이 두 품목처럼 이상야릇한 인기 없는 물건이 또 있었는데 하나는 누에고치였고 다른 하나는 술 단지였다. 물론 임지양도 이것들로 뜻밖의 큰돈을 벌게 된다.

> 저희 외삼촌이 누에고치를 갖고 가신 이유는 평소에 눈병을 앓아서 바람만 쐬면 눈물이 나시거든요. 그래서 좀 가지고 나가신 건데 누에고치를 태워서 눈병에 그 김을 쐬기도 하고 또 운 좋게 그걸 사겠다는 사람을 만난 거지요. 외삼촌은 또 술 드시는 걸 좋아하는데 주량도 커서 매번 해외에 나갈 때마다 반드시 소흥주紹興酒를 아주 많이 갖고 가십니다. 몇 년 동안이나 돌아오지 못할 때 이 술을 마시면서 소일을 하고 또 적막함도 달래시는 거죠. 그래서 몇 년을 마셔서 빈 술 단지가 배 안에 아무렇게나 굴러다니는데

116 那時家父曾帶了許多大花盆, 誰知他們見了, 也都重價買去, 把盆底圓眼用瑪瑙補整, 都做了牛眼小燒酒杯兒.(제70회)

> 그게 산처럼 쌓여 있지요. 재운이 형통하려니까 장인국에 갔을 때 그 술 단지가 큰돈을 벌게 할 줄 누가 알았겠어요. 그 다음에는 소인국으로 갔는데 누에고치로 또 큰 이문을 봤지요. (…중략…) 원래 이 소인국 사람들이 성정이 거칠어서 옷이나 모자나 잘 만들지를 못해요. 그런데 누에고치가 얇지도 두껍지도 않고 아주 정교하니까 그걸 다 사가서 중간을 둘로 쪼개고 비단으로 가장자리를 덧대거나 바느질로 입구를 아무려서 수박 껍질 모양의 작은 모자를 만든다고 아주 비싼 값에 사갔답니다. (…중략…) 원래 그 장인국 사람들은 코담배를 다들 좋아하는데 술 단지를 사가서 장식도 좀 하고 끈도 달아서 그 안에 코담배를 넣고는 아주 훌륭한 코담배 항아리라나요. 그리고 오래 되면 그걸 '노배아老胚兒'로 치고, 만약 붉은 색을 띠면 '와과양아窩瓜瓤兒'라고 하지요.[117]

그래서 임지양은 이렇게 탄식한다. "이 두 가지는 전혀 값어치가 없는 물건들인데 저들이 지극한 보물로 여겨 이익을 보게 될 줄은 몰랐소."[118] 상인들에게는 팔릴 가망이 없는 비인기 상품으로 큰돈을 벌어들이는 것만큼 기쁜 일이 없을 것이다. 비록 위의 이야기가 기기묘묘하기는 하지만 상인이 돈을 벌기 위해 투기하는 심리를 묘사했다는 점

117 我母舅帶那蠶繭, 因素日常患目疾, 迎風就要流淚, 帶些出去, 旣可熏洗目疾, 又可碰巧發賣. 他又最喜飮酒, 酒量極大, 每到海外, 必帶許多紹興酒, 卽使數年不歸, 借此消遣, 也就不覺寂寞. 所有歷年飮過空壇, 隨便撂在艙中, 堆積無數. 誰知財運亨通, 飄到長人國, 那酒壇竟大獲其利. 嗣後飄到小人國, 蠶繭也大獲其利 (…中略…) 原來那些小人生性最拙, 向來衣帽都制造不佳. 他因蠶繭織得不薄不厚, 甚是精致, 所以都買了去, 從中分爲兩段, 或用綾羅鑲邊, 或以針線鎖口, 都做爲西瓜皮的小帽兒, 因此才肯重價買去 (…中略…) 原來那長人國都喜聞鼻煙, 他把酒壇買去, 略爲裝潢裝潢, 結個絡兒, 盛在裏面, 竟是絶好的鼻煙壺兒. 並且久而久之, 還充作老胚兒, 若帶些紅色, 就算窩瓜瓤兒了.(제70회)

118 這兩樣都是並不値錢的, 不想他們視如至寶, 倒會獲利.(제20회)

은 상징적이면서 시사하는 바가 있다. 또한 이전 문학에 등장했던 비슷한 소재의 이야기와 비교했을 때에도 그 상상력이 생동적이고 흥미롭다.

그밖에도 작가가 상인의 투기 심리를 관찰한 것으로 보이는 다른 예들이 있다. 임지양이 가지고 간 물품 목록에는 가격이 적혀있지 않다. 당오는 그에게 물었다. "목록에 물건 이름은 다 적혀 있는데 어째서 가격은 적지 않으십니까?"[119] 임지양은 이렇게 대답했다.

> 해외에 물건을 파는데 어찌 가격을 먼저 제시할 수 있겠소? 그들에게 무엇이 부족한지를 보고 그만큼 비싸게 불러야지요. 그때그때 상황을 보고 행동하는 것이 우리들이 바다를 건너 장사를 하는 비결이라오.[120]

또한 임지양이 쌍두조雙頭鳥를 기설국歧舌國 사람에게 팔 때, 사려는 사람의 하인이 훼방을 놓자 다구공은 기설국의 말로 하인의 속내를 들춰내 하인이 그들의 뜻대로 움직이게끔 만든다. 다구공은 이렇게 말한다.

> 다행히 우리가 그 자와 또 거래할 일은 없겠죠. 그리고 누가 또 쌍두조를 가지고 와서 팔겠습니까? 몇 냥 은자를 벌었으니 다들 술이나 며칠 실컷 마시면 그만이지요.[121]

---

119 單內既將貨物開明, 爲何不將價錢寫上.

120 海外賣貨, 怎肯預先開價? 須看他缺了那樣, 俺就那樣貴. 臨時見景生情, 卻是俺們飄洋討巧處.(제32회)

121 好在我們並不圖他下次生意, 那個還販雙頭鳥兒再來貨賣? 樂得且多幾兩銀子, 大家多醉

이 두 가지 예는 매우 사실적으로 상인의 말투를 묘사하며 그들의 심리를 그려낸다. 임지양 등은 진정한 상인 형상이라고 할 수 있는데 왜냐하면 그들 모두가 이와 같은 상인의 심리적 특징을 갖고 있기 때문이다. 임지양이 하는 다음의 말은 그들의 심리에 대한 가장 훌륭한 고백이다.

> 우리가 이 먼 길을 온 것은 다 돈을 벌기 위해서지 돈을 갖다 바치기 위해서가 아니오. 그들이 어떻게든 한 푼이라도 더 가지려 하겠지만 우리는 그럴 수 없소![122]

소설 속에서 이렇게 통쾌한 말을 함으로써, 소설이 상인을 표현하는 것에 의심할 여지없이 명쾌하고 힘 있는 한 획을 더하는 동시에, 이 환상적인 소설에 일종의 현실적인 분위기를 가미하고 있다.

2) 이상적인 상업 원칙에 대한 표현

『경화연』에서 가장 유명한 내용 중 하나는 군자국君子國에서의 장사를 묘사한 장면이다. 이 기상천외한 이야기에는 상업 원칙에 대한 작가의 깊은 생각과 상업행위 배후의 기본적 인성에 대한 관심이 드러나 있어 『경화연』에서 상인을 묘사한 장면 중 가장 절묘한 부분이라고 할 수 있다.

幾日, 也是好的.(제30회)

122 俺們千山萬水出來, 原圖賺錢的, 並不是出來舍錢的. 任他怎樣, 要想分文, 俺是不能!(제26회)

군자국의 상인은 장사를 할 때 최대한 손해를 보려고 한다. 그리고 손님은 물건을 살 때 어떻게든 비싸게 사려고 한다. 이것은 현실의 상업 원칙과 완전히 상반되는 일종의 환상적이고 이상적인 상업 원칙에 속한다.

말하는 중에 번화한 시장에 도착했다. 관아의 심부름꾼 하나가 거기에서 물건을 사고 있었는데 손에 물건을 들고 말했다. "주인장은 이렇게 좋은 물건을 너무 싼 값에 팔려고 하면서 저더러 사가라고 하시니 어찌 제 마음이 편하겠습니까? 가격을 높여야만 따르겠습니다. 계속 손해 보려고 하신다면 물건을 팔지 않으시려는 걸로 알겠습니다." (…중략…) 장사꾼이 이렇게 대답했다. "이리도 생각해주시니 제가 감히 따르지 않을 수 있겠습니까? 허나 방금 제가 염치없이 너무 높은 가격을 말해버렸는데도 손님께서 물건은 좋고 가격이 싸다 말씀하시니 제가 어찌 부끄럽지 않겠습니까? 하물며 이 물건 값은 제가 손해 보는 값도 아니고 그 안에 이문이 붙은 가격입니다. 흔한 말로, '세상에 밑지는 장사는 없으니 무조건 값을 깎으라' 하는데 손님께서는 깎기는커녕 값을 더 올리라 하시니 그렇게 사양하시려거든 청컨대 다른 가게로 가서 사십시오. 저는 참으로 말씀을 따르기가 어렵습니다." (…중략…) 심부름꾼이 말했다. "주인장은 좋은 물건을 싸게 팔면서 제가 사양한다고 하시니 이는 충서忠恕의 도에 어긋나는 것이 아니겠습니까? 모든 일은 서로 속이는 것이 없어야 공평 타당한 것이지요. 누군들 마음속으로 주판알을 굴리지 않겠습니까? 제가 바보같이 당할 수는 없죠." 한참을 이야기했지만 장사꾼은 한사코 물건 값을 올리려 하지 않았다. 심부름꾼은 울컥해서 돈은 그대로 주고 물건은 반만 가지고 가려 했다. 심부름꾼이 막 발걸음을 옮기려고 하자 장사꾼이 어디 가만히 있었겠는가? 물건에 비해 값을 너무 많이 치렀다면서 단단히 붙들고 놓아주지 않았다. 길에 지나가던 노인 둘이 시비를 가려주며 공평하게 정해서 심부름꾼에게 값의 8할에 해당하는 물건을 가져가게 한 뒤에야 이 매매가 끝이 났다.[123]

일반적인 매매에서는 "파는 사람이 물건 값을 제시하면 사는 사람이 그것을 깎는데,"[124] 여기서는 "파는 사람이 값을 제시해도 사는 사람은 값을 깎기는커녕 값을 더 쳐주려고 한다."[125] 또한 "세상에 밑지는 장사는 없으니 무조건 깎아야 한다는 것"[126]은 "원래 물건을 사는 사람이 늘 하는 말"[127]이고 "손해 보는 값이 아니라 그 속에 이문이 꽤 포함되어 있다"[128]는 것은 "역시 물건 사는 사람의 말"[129]인데, "여기서는 이런 말이 뜻밖에도 물건을 파는 사람의 입에서 나온 것이다."[130] 또한 일반적인 매매에서 사는 사람은 늘 적은 돈으로 많은 물건을 가

123 說話間, 來到鬧市. 只見有一隸卒在那裏買物, 手中拿着貨物道 : "老兄如此高貨, 卻討恁般賤價, 教小弟買去, 如何能安? 務求將價加增, 方好遵教. 若再過謙, 那是有意不肯賞光交易了." (…中略…) 只聽賣貨人答道 : "既承照顧, 敢不仰體? 但適才妄討大價, 已覺厚顏, 不意老兄反說貨高價賤, 豈不更教小弟慚愧? 況敝貨並非言無二價, 其中頗有虛頭. 俗雲 : '漫天要價, 就地還錢.' 今老兄不但不減, 反要加增, 如此克己, 只好請到別家交易, 小弟實難遵命." (…中略…) 只聽隸卒又說道 : "老兄以高貨討賤價, 反說小弟克己, 豈不失了忠恕之道? 凡事總要彼此無欺, 方爲公允. 試問那個腹中無算盤? 小弟又安能受人之愚哩!" 談之許久, 賣貨人執意不增. 隸卒賭氣, 照數付價, 拿了一半貨物, 剛要擧步, 賣貨人那裏肯依? 只說價多貨少, 攔住不放. 路旁走過兩個老翁, 作好作歹, 從公評定, 令隸卒照價拿了八折貨物, 這才交易而去.(제11회)

124 只有賣者討價, 買者還價.(제11회)

125 賣者雖討過價, 那買者並不還價, 卻要添價.(제11회)

126 漫天要價, 就地還錢.(제11회)

127 原是買物之人向來俗談.(제11회)

128 並非言無二價, 其中頗有虛頭.(제11회)

129 亦是買者之話.(제11회)

130 不意今皆出於賣者之口.(제11회)

져가려 하고, 파는 사람은 물건은 조금 주고 돈은 많이 받으려고 하는데, 여기에서는 완전히 반대다.

또 다른 두 차례의 매매에서도 상황은 이와 같았다. 일반적인 매매에서 파는 사람은 늘 자기 물건이 좋으니 값을 크게 쳐줘야 한다고 말하며, 사는 사람은 파는 사람의 물건이 좋지 않다고 싼 값을 치르려고 한다. 물건을 가져갈 때에 사는 사람은 상등품을 골라 가려고 하고, 파는 사람은 하등품을 섞어주려고 한다. 일반적으로 돈을 낼 때에는 사는 사람은 안 좋은 은을 내려고 하고 파는 사람은 좋은 은을 받으려고 한다. 사는 사람은 한 푼이라도 적게 내고 싶어 하고 파는 사람은 한 푼이라도 더 받으려고 하며, 사는 사람은 외상으로 사고 싶어 하고 파는 사람은 현금으로 받으려고 한다. 그렇지만 군자국에서는 이것이 완전히 반대로 되어 있다.

상술한 이 묘사들에서 작가는 현실 속의 상업 원칙에 대한 불만과 이상적인 상업 원칙에 대한 동경을 표현하고자 했다고 할 수 있다. 『경화연』의 군자국에 대한 일반적인 관점은 지금까지 모두 이러했다.

그러나 이러한 이야기는 '상식'을 위반했기 때문에 또 다른 관점을 불러올 수밖에 없다. 우리는 이 이야기가 순전히 환상에 속한다고 보는데, 그 근거는 이것이 인성의 기본적인 원리를 위배한다는 데 있다. 인성의 기본 원리는 이기적인 것이다. 현실의 상업 원칙이 수많은 결함을 갖고 있는 것은 인성이 이기적이기 때문이다. 그러나 군자국의 이상적인 상업 원칙은 오히려 인성의 이기적인 기본 원리를 아예 위반하며, 그러므로 근본적으로 일종의 환상일 뿐이다. 한 마디 더하자면 만약 정말로 군자국 사람들처럼 물건을 사고판다고 해도 갈등은 다만 다른 방향에서 시작될 뿐 여전히 그대로일 것이다.

이 군자국의 이야기는 오히려 이상적인 상업 원칙에는 당연히 한계가 있으며, 응당 인성의 이기적인 합리성에 호소해야 한다는 것을 일깨워준다. 만약 거기서 한 걸음 더 나아가버리면 황당무계해질 것이다. 사실상 어떤 이상적인 원칙도 모두 마찬가지이다. 인성의 기본적인 원리를 과도하게 위배하고 인성의 실제에서 너무 멀리 떨어진다면 모두 황당무계해질 뿐이다. "진리가 한 걸음 더 나아가면 곧 황당무계로 바뀐다." 이상적인 상업 원칙 역시 마찬가지다.

그러므로 작가가 여기에서 표현하고자 한 것은 아마도 현실의 상업 원칙에 대한 불만 뿐 아니라 환상 속의 이상적인 상업 원칙에 대한 풍자이기도 하다는 것을 추측해볼 수 있다. 인성의 늪에 탐닉하는 현실과, 인성의 일반적인 원칙을 위배하는 환상 모두에 작가는 냉소를 보내고 있는 것이다. 군자국에 대한 묘사가 갖는 의미는 아마도 이렇게 이해해야 할 것이다.

군자국의 이러한 묘사 바로 다음에 나오는 희극적인 작은 에피소드 하나가 우리의 생각을 더 잘 뒷받침해주는 것 같다. 뱃사람들이 진귀한 제비집을 잔뜩 손에 넣고도 이것을 당면으로 착각하자, 임지양은 당면 값만 주고 제비집을 전부 사들인다.

> 임지양이 그 말을 듣고는 속으로 몰래 기뻐하면서 다구공을 시켜 당면 값에 맞게 돈 몇 관을 주고 그들로부터 제비집을 사들여 배에 옮겨놓고는 말했다. "어쩐지 요 며칠 까치가 아침마다 나를 보고 울어대더니, 이렇게 재물 복이 터지려고 그런 거였구나!"[131]

상인의 이러한 투기적인 매매는 현실 속에서나 문학 속에서 흔히 볼 수 있는 것이다. 다만 이 에피소드는 군자국의 이야기 바로 뒤에 등장하여 익살스러운 느낌을 준다. 이런 익살스러운 느낌은 우리가 황량지몽黃粱之夢에서 깨어나 전과 다름없는 현실을 발견했을 때 느끼는 감정과 비슷하다. 희극성이 다분한 이러한 대조야말로 작가의 독창성을 반영하고 있는 듯하다. 인성에 지나치게 탐닉하든 아니면 인성을 지나치게 위배하든 상관없이, 작가는 현실을 풍자하면서 동시에 이상을 조롱하고자 했다

3) 사인士人과 상인 관계에 대한 표현

상인을 대하는 태도와 사인과 상인의 관계를 표현하는 측면에 있어서 『경화연』은 『기로등』과 마찬가지로 보수적인 선입견을 벗어던지지 못한 채 상당한 한계를 보이며 그것이 얻을 수 있었을 성취를 제한했다.

『경화연』은 적어도 그 전반부는 원양 항해를 그린 소설이다. 이치상 그 안의 주인공은 해외무역에 종사하는 임지양이 되어야겠지만 소설가는 오히려 사인 당오를 첫 번째 주인공으로 삼고 임지양을 당오 다음에 놓는다. 이러한 인물 안배 자체가 작가의 경향성을 반영한다. 구체적인 묘사에 있어서도 작가는 곳곳에서 임지양을 당오 아래에 놓고 상

131 林之洋聞知, 暗暗歡喜, 卽托多九公, 照粉條子價錢給了幾貫錢, 向衆人買了, 收在艙裏, 道:"怪不得連日喜鵲只管朝俺叫, 原來卻有這股財氣!"(제12회)

인이 사인에게 응당 가지게 되는 열등감과 존경심을 표현하고 있다.

> 임지양은 당오가 독서하는 군자라서 평소에도 존중한데다가 그가 본디 풍류를 좋아하는 것을 알고는 배를 정박할 만하면 꼭 그가 뭍에 오르도록 해주었다. 먹고 마시는 것도 모두 아내 여씨呂氏가 잘 보살펴주었다. 당오는 이들 부부가 이렇게 잘 대해주자 매우 만족스러워 했다.[132]

재미있는 것은 『기로등』에는 상인에게 사인 매형이 있고, 『경화연』에는 상인에게 사인 매부가 있다는 것이다. 상인은 사인인 매형이나 매부를 "평소에도 존중하고", 사인 매형이나 매부는 이에 "매우 만족스러워 한다." 이것은 작가 마음속에 있는 이상적인 사인과 상인의 관계, 혹은 이상적인 사회질서를 보여준다. 임지양은 평소에도 말끝마다 열등감이 가득하다. "제 뱃속에는 그저 술 주머니나 밥통만 들어있으니, 책을 내봐야 주경酒經 아니면 식보食譜겠지요. 어찌 두 분과 비교하겠습니까?"[133] 그밖에도 그의 딸 완여婉如가 "마음속으로 원래부터 글 공부하기를 원했던 것"[134] 역시 사인 생활에 대한 갈망을 보여준다. 바로 이러한 경향성 때문에 『경화연』은 다만 환상을 그린 항해소설, 또는 작가의 재학을 보여주는 소설이 되었을 뿐, 진정한 항해소설이나 해외무역을 묘사하는 소설이 되지는 못했다. 비록 상인 역시 이 소설의 주인공 중 하나지만 그 중요성은 사인에게 크게 눌리고 만다.

---

132 林之洋因唐敖是讀書君子, 素本敬重. 又知他秉性好遊, 但可停泊, 必令妹夫上去, 就是茶飯一切, 呂氏也甚照應. 唐敖得他夫妻如此相待, 十分暢意.(제8회)

133 俺這肚腹不過是酒囊飯袋, 若要刻書, 無非酒經食譜, 何能比得二位?(제9회)

134 心心念念原想讀書.(제7회)

6. 소결

이상에서 서술한 몇 편의 작품들은 대략 몇 십 년의 간격을 두고 17세기 말부터 19세기 초까지 차례대로 완성되거나 출판되었다. 『요재지이』는 17세기와 18세기가 교차되는 시점에 완성되었다. 『유림외사』는 1750년 전후에 완성되었으며 『기로등』은 1777년 전후에 완성되었다. 그리고 『경화연』은 1818년에 세상에 나왔다. 이 시기는 청대 전기에서 중기로 넘어가는 시기에 해당하며 중국 봉건사회의 마지막 단계이면서 중국이 근대사회로 진입하기 직전이기도 하다. 등장한 시기로 보나 내용과 제재로 보나 상술한 이 작품들은 상인의 표현에 있어 청대 문학의 대표작이 될 자격이 있다.

이 작품들을 통해 청대 문학은 상인을 표현하는데 있어 대체로 진보적인 일면을 갖고 있었음을 알 수 있다. 『요재지이』는 유가를 버리고 상업에 종사하는 행위와 그 배후의 부귀를 추구하는 인생관을 분명하게 긍정했으며, 상인적 가치관과 직업정신을 적극적으로 평가했고, 상인을 핍박하는 관부의 책임은 분노에 차서 추궁했으며, 특유의 초자연적인 표현 수법으로 장면을 묘사했다. 『유림외사』는 근세 염상의 모습과 그 생활을 묘사하면서 사인과 상인 관계의 역사적 전복을 예민하게 포착했다. 『기로등』은 근세 상인의 모습을 더욱 정확하고 생동적으로 그려내고 상인적 가치관과 직업정신을 더욱 객관적이고 공정하게 서술했다. 『경화연』은 해외무역에 종사하는 상인을 주인공 중 하나로 삼아 해외무역을 소설 전반부의 주요 줄거리 중 하나로 서술하고 현실적이면서 또한 이상적인 상업 원칙을 고민하고 또 비판했다…… 이 모두는 이전 시대의 문학 전통을 기초로 하여 진일보한 창조성을 발휘한 것들로서, 상인을 표현하는 측면에 있어 청대 문학이 도달한 수준을 구체적으로 보여준다.

그렇지만 어떻게 이야기하든 중국문학의 상인에 대한 표현은 전통적인 의미에 있어서 중국의 봉건사회 및 시민사회와 함께 청대에 이미 마지막에 가까워지고 있었다. 이전 시대의 문학 속에 있었던 생기발랄함과 거칠고 속되지만 명랑했던 기운, 명쾌하고 힘 있는 묘사와 표현이 청대 문학에서는 이미 찾아보기 힘들어졌다. 『금병매金瓶梅』처럼 상인 생활을 반영한 백과전서식의 장편소설이 더 이상 나오지 않았음은 물론, 『유세명언喩世明言』 권1의 「장흥가중회진주삼蔣興哥重會珍珠衫」처럼 상인 생활을 반영한 주옥같은 소품조차도 찾아보기 힘들게 되었다. 따라서 전체적으로 보았을 때 상인을 표현하는 것에 있어 청대 문학의 성취는 명대 문학에 미치지 못한다고 할 수 있다. 마치 높은 물결 다음에 오는 여파처럼 그 형세가 아직은 상당히 컸지만 상승기에만 있던 기세는 이미 확실히 사라져버린 것이다.

결론

1.

중국문학에서 상인을 표현한 역사를 되돌아보면서 우리는 어떤 결론과 시사점을 얻을 수 있는가?

먼저 우리는 중국문학에서 상인을 표현한 역사가 부단한 진보를 향한 역사이며, 아래와 같은 측면에서 그 진보가 구체적으로 체현되었다고 확실히 말할 수 있다.

선진 문학에서 청대문학까지 상인을 묘사한 작품의 수는 부단히 증가하였다. 선진 문학에서 드물게 보였던 몇 편의 단편적인 고사와 우언들로부터 한대의 악부시가와 『사기』에 수록된 몇 편의 산문, 그리고 위진남북조 문학 속의 수십 편 및 당오대 문학 속의 백여 편의 작품, 송원대 이후 문학에서의 헤아릴 수 없이 많은 작품들까지 그 수량 자체가 부단히 증가했음은 상당히 주목할 만한 사실이다.

상인을 표현한 작품의 문학 양식 역시 끊임없이 확대되었다. 최초로 상인을 묘사한 작품은 시가와 산문에서 출현했으며, 나중에는 문언소설로 확대되었고 희곡과 단편백화소설, 장편소설에까지 확대되었다. 새로운 문학양식으로 끊임없이 확대되는 동시에 원래의 문학양식에서도 그 창작이 멈추지 않았던 것이다.

본서의 여러 곳에서 지적한 바와 같이 상인을 표현한 문학 양식의 확대는 그 표현의 범위와 한계까지 확장시켰다. 한 편의 시는 하나의 관점을 드러내고 하나의 장면을 묘사하며 한 편의 산문은 하나의 사건을 기술하고 한 개인의 평생을 소개한다. 한 편의 소설 혹은 한 편의 희곡은 극적인 갈등을 전개하면서 심리 묘사를 진행하며, 한 편의 장편 소설은 드넓은 인생의 여러 장면과 한 개인의 삶의 역사를 더욱 잘 표현할 수 있다. 상인을 묘사하는 측면에 있어서도 우리는 마찬가지의 사실을 지적할 수 있다.

양적인 변화는 질적인 변화를 일으킬 때도 있고 그렇지 않을 때도 있다. 하지만 적어도 상인을 표현하는 데 있어서 작품 수의 증가는 작품의 질적 향상을 동반했다. 또 시대가 지날수록 문학 속 상인에 대한 표현 범위는 부단히 확대되었다. 선진 문학에서는 상인의 애국정신, 장사하며 겪는 일화, 혼사 갈등 등등이 표현되었고, 한대의 악부시가와 『사기』에서는 상인이 행상하며 겪는 괴로움, 상인의 장사 기술, '부를 중시하는' 관념, '정치'와 '상업'을 유용하게 활용하는 수완 및 사인과 상인간의 혼인 등에까지 그 표현 범위가 확대되었다. 위진남북조 문학에서는 상인의 이별과 상인 아내의 그리움, 장사꾼으로서의 삶의 불안정성, 사회적 지위를 바꾸고자 하는 상인의 소망 등등을 표현하는 데까지 그 범위가 확대되었다. 당오대 문학에서는 불안정하고 위험에 처하거나 괴롭힘을 당하는 상인의 사회적 처지, 큰 부를 이루거나 아름다운 여인을 만나고자 하는 상인의 소망, 상인 아내의 그리움과 기다림, 사인에게 무시당하는 상인의 현실 등등에까지 그 표현 범위가 또한 확대되었다. 송원문학에서는 상인적 가치관과 직업정신 및 가치관의 충돌과 같은 상인의 정신세계, 욕정에 빠져 여색을 밝히는 상인의 성애생활 및 상인 자제들의 아름다운 사랑, 황제와 관청 및 강도들에게 핍박받는 상인의 사회적 처지, 인내하며 기다렸던 상인 아내의 외도, 사인과 상인 관계의 역사적 변화 등등에까지 그 표현 범위가 확대되었다. 명대문학의 상인에 대한 표현 범위는 대체로 송원문학과 같지만, 표현의 구체적인 내용에 있어서는 충분히 성숙된 근세적 상인세계를 보여줄 만큼 확충되었다. 청대문학에서는 송원명이래 대체로 정형화된 표현범위 내에서 사인과 상인의 처지와 관계가 역사적으로 뒤바뀐 것 등을 묘사하는 측면에서 새로움을 드러내었다. 요약하면, 중국문학에서 상인을 표현하는 범위는 수천 년 동안 줄곧 부단히도 확대되며 확충되었고, 근세에 이르러서는 충분히 성숙된 상인 세계를 구축하였다.

시대가 흐를수록 상인 형상에 대한 묘사도 끊임없이 나아졌다. 당오대 이전의 문학에서는 설령 상인에 대한 표현 범위가 계속해서 확대되었다고 해도 문학 양식 자체의 한계로 인해 어떤 구체적인 상인 형상이 출현했다고 말하기 어렵다. 송원대 문학 및 그 이후에 이르러서야 백화소설과 희곡 등 통속문학양식이 등장하고 산문과 문언소설의 표현력이 증진됨에 따라, 동당노東堂老에서부터 장흥가蔣興哥, 서노복徐老僕,

서문경西門慶, 만설재萬雪齋, 왕춘우王春宇, 임지양林之洋에 이르기까지 갈수록 더 많은 상인 형상이 출현하여 비로소 눈부신 보석으로 가득 찬 상인 인물 전시관이 구축되어 다른 유형의 인물 형상들과 자웅을 겨룰 수 있게 되었다. 특히, 『금병매』에 묘사된 서문경은 중국문학 속 상인 형상의 절정에 도달해서, 마침내 중국문학 속 상인 형상이 영웅호걸·재자가인·유생문인 형상과 어깨를 나란히 할 수 있게 되었다.

시대가 변화함에 따라 중국문학의 상인에 대한 태도 역시 끊임없이 변화했다. 당대 이전의 문학에서 상인은 기본적으로 '보이지 않는 인물'로, 거의 주목받지 못하는 상태에 처해 있었다. 당오대 문학에서 상인은 마침내 보이기 시작했지만 상당히 눈에 거슬리는 존재였고, 그들을 보는 시각도 한층 더 높은 곳에서 아래를 내려다보는 것이었다. 송원문학에서 상인은 더욱 많이 보일 뿐 아니라 마음에 드는 존재가 되기 시작했고, 그들을 바라보는 시각도 높은 곳에서 내려다보는 것이 아니라 비교적 평등한 마음으로 그들을 이해하고자 하는 것이었다. 명대문학에서 상인은 한 걸음 더 나아가 심지어 사뭇 총애를 받기까지 하는 등 긍정적으로 받아들여졌고, 상인에 대한 이해도 상당한 정도에 이르렀다. 청대 문학에서는 상인과 사인의 처지와 관계가 역사적으로 뒤바뀜에 따라 상인이 또다시 눈에 거슬리는 존재가 되었다. 하지만 이는 당오대 문학에서처럼 높은 곳에서 아래를 내려다보는 방식이 아닌, 몰락하기 시작한 사인 계층이 눈꼴 사나운 상인들을 아래에서 올려다보는 처지가 된 것이었으니, 대변동의 시대가 임박했음을 암시하고 있었다. 상인을 대하는 태도가 변화하는 이런 중국문학의 역사는 갈수록 더 나아지는 상인 역사의 한 측면을 드러내고 있다고 할 것이다.

요약하면, 중국문학에 표현된 상인의 역사는 끊임없이 한층 더 나아지는 역사였다. 상인은 당대 이전의 문학에서는 '엑스트라'였고, 당오대 문학에서는 '조연'으로 성장했으며 송원문학에서는 '주연의 하나'로 다시 성장했고, 명대문학에서는 '중요한 주인공'으로 또다시 성장했으며, 청대문학에서는 '주인공'의 지위를 계속 유지했으니, 이러한 변화발전 과정이야말로 상인의 처지가 계속해서 나아졌음을 보여주는 가장 유력한 증거이다.

중국문학에 표현된 상인이 더 나은 지위를 획득할 수 있었던 것은 여러 가지 원인이 복합적으로 작용해서 촉진된 것이다. 우선 당연히 상인 계층 자체가 끊임없이 성장한 결과였다. 상인 계층이 부단히 성장했기 때문에 비로소 문인들의 주목을 점점 끌기 시작했고, 상인을 표현하고자 하는 욕망을 불러 일으켰으며, 또한 일반 독자의 흥미를 끌어 문학작품을 통해 상인의 생활을 이해하고 싶도록 하였다. 그 다음은 마땅히 문학사 자체의 진보의 산물이라고 해야 할 것이다. 문학사 진보의 중요한 한 측면은 문학양식의 부단한 갱신과 개량으로, 이는 이미 지적했듯 상인을 표현하는 문학적 범위와 한계를 확장시켰다. 문인과 상인의 관계가 날이 갈수록 밀접해 진 것도 상당히 중요한 하나의 원인이다. 이는 상인에 대한 문인들의 이해를 촉진시켰을 뿐만 아니라 상인에 대한 문인의 태도를 변화시켰고, 이 모든 것은 문학 작품 속에 반영되어 자기도 모르는 사이에 자연히 영향을 주었다. 이 밖에도 사회와 역사의 끊임없는 변화는 하나의 커다란 배경이 되었으니 당연히 소홀히 할 수 없다. 특히 근세 이래 시민 사회의 발육과 성숙은 상인을 묘사한 문학을 수용하는 적절한 환경을 조성했다. 이 밖에도 다른 요소들이 여전히 많겠지만 중요한 것들은 대략 위에 언급한 것과 같다.

중국문학에 표현된 상인의 진보는 상인을 묘사한 문학의 진보일 뿐만 아니라 중국문학사 전체에 있어서도 중요한 의의가 있다. 이는 상인 형상이 중국문학의 인물 전시관을 풍성하게 했을 뿐 아니라 상인 세계가 중국문학의 표현 범위를 확대했기 때문이며 또한 상인을 표현한 문학 속에 체현된 어떤 정신이 중국문학 자체의 발전에도 상당히 적극적인 자극을 주는 작용을 했기 때문이다. 가령, 상인의 불안한 생활 및 위험하고 괴로운 처지에 대한 당오대 문학의 동정은 확실히 역으로 당오대 문학의 인도주의 정신이 고양되도록 자극했고, 상인 아내의 그리움과 기다림에 대한 당오대 문학의 표현 역시 '아내의 원망閨怨'을 제재로 한 당시 시가의 발전을 역으로 촉진시켰음이 분명하다. 상인적 가치관과 직업정신에 대한 송원문학의 표현은 새롭게 일어나는 당대 시민 문학의 내면을 충실하게 한 것이 분명하며 욕정과 색욕에 빠진 상인과 상인 아내의 성애 생활에 대한 표현은 의심할 바 없이 시민 문학의 세속적인 경향을 자극했다. 여색과 재산을 좋아하는 상인의 정신세계를 대담하게 묘사하고 은밀히 긍정했던 명대문학이 명대 중후기 문학에 출현했던 인간의 욕망을 긍정하는 진보적 조류에 파란을 일으키는 작용을 했음은 의심의 여지가 없다. 이러한 등등의 사실로 인해 우리는 중국문학 전체의 발전이 상인을 표현한 문학의 발전을 제어했을 뿐만 아니라, 상인을 표현한 문학의 발전이 중국문학의 전체적 발전을 촉진시켰다고 말할 수 있다. 이는 일종의 부분과 전체의 상호 작용 관계였던 것이다.

2.

하지만 설령 중국문학에 표현된 상인의 역사가 끊임없는 진보의 역사라고 해도, 더욱 폭넓은 각도에서 보면 이는 또한 결핍과 한계로 가득 찬 역사였다.

가장 기본적인 한계와 결핍은 중국문학에서 상인을 표현함에 있어 역사상 그 어떤 시대를 막론하고 상인에 대한 편견으로부터 완전히 벗어나 상인을 긍정적인 진정한 영웅으로 표현하지는 못했다는 것이다. 상인이 '엑스트라'와 '조연'이었던 당 이전의 문학과 당오대 문학뿐만 아니라 상인이 '주연'이었던 송원대 이후의 문학에서조차도 그러했다. 당 이전의 문학에서는 기본적으로 상인이 '보이지 않으니' 더 말할 필요가 없다. 당오대 문학에서는 눈에 거슬리는 상인을 볼 수 있는데, 비록 상인에 대한 흥미와 동정심이 있었긴 하지만 상인을 진정으로 존중하고 이해할 수는 없었다. 송원문학에서는 상인적 가치관과 직업정신을 긍정적으로 표현하고 있긴 하지만, 동시에 또한 가치관의 모순과 충돌 가운데에 상인을 위치시키고 있다. 원잡극에서는 비록 동당노와 같은 긍정적인 상인 형상이 출현하고 있지만, 대다수 상인들은 오히려 무한신武漢臣의 「산가재천사노생아散家財天賜老生兒」에 나오는 상인처럼 자신감이 결여되어 있거나 마치원馬致遠의 「강주사마청삼루江州司馬青衫淚」 등에 나오는 상인처럼 쩨쩨하기 그지없는 모습으로 묘사되고 있어 상인에 대한 작가의 상당히 강한 편견이 드러나고 있다. 단편백화소설 속 상인 형상 역시 대체로 이와 같아서 여색을 좋아하는 상인이 결국에는 몸을 망치는 것으로 묘사된다. 명대문학은 비록 상인의 가치를 더욱 많이 긍정하고는 있지만 여전히 편견을 자주 드러내며, 긍정적이거나 혹은 중간자적인 상인 형상이 다수 나타나긴 했지만, 여전히 부정적인 다수의 상인 형상이 희화적으로 묘사되어 있다. 또한 설령 긍정적인 상인 형상이라고 해도 서노복과 같은 소수의 예외적인 경우를 제외하면, 진정한 '상업 영웅'으로 그들을 묘사한 경우는 거의 없고 대부분은 그들의 다른 측면의 생활을 묘사하고 있다. 전체적으로 상인 계층의 관점에서 쓰여진 장편 거작 『금병매』조차도 비록 서문경과 같은 전형적인 상인 형상을 창조하는 데 성공하고는 있지만, 적어도 겉으로 드러나는 목소리는 여전히 부정적인 것이었다. 청대 문학의 사정도 이와 크게 다를 바가 없다. 『유림외사』는 사인과 상인의 처지와 관계가 역사적으로 뒤바뀌고 있음을 민감하게 의식하고는 있었지만, 오히려 무의식적으로는 기세등등한 염상들의 내면세계를 이해하고자 하지 않았다. 『기로등』은 진정한 '상업 영웅'을 형상화하는 데 성공할 뻔 했지만, 작자의 사인으로서의 우월감이 오히려 그가 최후의 한 걸음을 딛는 데 방해가 되었다. 『경화연』의 작자는 똑같은 이유로 임지양林之洋을 해외 무역에 종사하는 상업 영웅으로 형상화함으로써, 뜻하지 않게 해외 무역을 묘사한 작품으로 소설을 발전시켰다. 중국문학의 다른 제재 영역에서는 완전히 긍정적인 인물 형상을 다수 찾을 수 있지만, 상인을 제재로 한 영역에서는 오히려 이런 경우를 찾기 어렵다. 상인을 표현한 황금기의 문학에서조차 상인은 온전히 긍정될 수 없었고, 여전히 그들에 대한 유보 조항이 있었다. 이로 인해 중국문학 속 상인 형상은 영웅적인 기질이 명확히 결여되어 있다. 당오대 문언 소설 속에 나오는 보물을 알아보는 페르시아 상인 고사의 분위기가 아랍

문학 속의『아라비안 나이트』같은 작품과 약간 비슷한 것을 제외하면, 중국문학에서는 이와 흡사한 다른 작품을 찾아볼 수가 없다.

중국문학에 표현된 상인의 역사는 이러한 한계와 결핍으로 가득 차 있다. 그 원인을 찾아보면 아래와 같이 고려할만한 몇 가지 요소가 있는 듯하다.

중국문학에 표현된 상인의 근본적인 한계는 우선 중국 상인 계층 자체의 한계에서 비롯된 것인 듯하다. 상업 경영이 가장 발달했던 시대에도, 그리고 '자본주의의 맹아'가 출현했던 시기에도 중국의 상인 계층은 봉건 제도의 울타리를 뛰어 넘어 독립된 정치적 지위를 가진 사회 계층으로 성장할 수 없었고, 아울러 서양의 '제3신분'처럼 봉건 제도의 무덤을 파는 사람이자 자본주의의 개창자로서의 사회적 역량을 소유한 적이 없었다. 이런 까닭에 중국문학의 상인에 대한 표현은 이런 현실적인 사회 역사적 환경의 제약을 받아 시종일관 그 층위와 수준이 제한되어 상인 계층의 영웅상을 철저하고도 뚜렷하게 만들어 낼 방법이 없었다.

그 다음으로는 중국 문인의 한계에서 비롯된 듯하다. 중국 문인들은 대부분 사인 계층에 속하고, 사인 계층은 또 통치계층의 예비군인 까닭에 전체적으로 사회적 지위가 상인계층보다 훨씬 높다. 이 때문에 설령 문인과 상인간의 관계가 가장 밀접했을 때에도 두 계층 사이에는 항상 하나의 기본적인 뚜렷한 경계가 가로놓여 있어서 둘 사이의 완전한 소통과 이해에 한계가 있었다. 그러므로 상인에 대한 문인의 표현은 더욱 근본적인 제약을 받아 표현 수준에까지 영향을 미쳤다.

위에 서술한 중국 상인 계층과 문인의 한계는 사실상 중국 전통 사회 구조의 한계에서 비롯된 것이다. 중국은 역사적으로 줄곧 하나의 농업 국가로서 사회경제구조상 상업은 시종 종속적인 지위에 처해 있었다. 바로 이런 이유로 사회 각 계층의 가치 서열에서 상인 계층은 언제나 가장 낮은 위치에 있었다. '사농공상'이라는 전통적인 말은 이 점을 가장 분명하게 표명한 것이다. 전통 사회 구조 자체의 이러한 한계는 상인과 문인을 막론하고 모두 벗어날 수 없는 숙명적인 것이었다. 중국문학에 표현된 상인의 한계와 결핍은 최종적으로는 이러한 근본적 요인으로까지 거슬러 올라갈 수 있다.

일찍이 중국과 유사한 사회 구조를 가진 일본과 조선과 같은 동아시아 각국에서도 상인을 표현한 문학은 비록 그 정도는 서로 다를지라도 대체로 유사한 한계와 결핍을 가지고 있다.(일본문학의 상황은 중국보다 조금 낫고, 조선 문학의 상황은 중국보다 더욱 심각하다) 사회구조가 중국과 상당히 다른 유럽과 중동은 역사상 대체로 무역입국이었던 까닭에 상인을 표현한 문학이 설령 한계와 결핍을 가지고 있을 지라도 그 한계와 결핍의 구체적 내용은 오히려 중국문학과 상당한 차이가 있다. 위에 언급한『아라비안 나이트』는 하나의 좋은 사례로서 위에 서술한 생각을 강력하게 증명하고 있다.

중국 사회 자체의 완만한 발전으로 인해, 위에 서술한 중국문학에 표현된 상인의 한계와 결핍은 훗날 중국 근대 문학과 현대 문학에도 계속 나타났다. 모순茅盾의「자야子夜」와 주이복周而復의「상해의 아침上海的早晨」등이 비교적 전형적인 사례라고 할 수 있다.

3.

이상으로 중국문학에 표현된 상인의 역사를 돌아보고, 그것이 이룬 성취와 특유의 한계를 총괄해 보았다. 이것이 향후 중국문학을 전망할 때 상인을 제재로 한 이 영역의 발전 방향에 대해 어떤 시사점을 줄 수 있을까?

본서의 '서론'에서 일찍이 언급했듯 현대 사회와 현대 세계는 이미 전지구적 무역이 가능한 새로운 시대로 진입하였으며, 상업 교역은 더욱 더 핵심적인 지위를 차지하며 갈수록 중요한 작용을 하게 되었다. 그러므로 경제 발전과 사회 번영에 대한 현대 상인 계층businessman의 작용은 더욱 분명해졌으며, 그들은 이미 의심할 바 없이 현대 세계와 현대 사회의 시대적 영웅이 되었다. 이런 새로운 시대 조류와 상황은 상인을 표현하는 새로운 문학을 중국문학과 세계문학 모두에 요청하고 있다.

이런 까닭에 중국문학은 완전히 새로운 도전에 직면하였고 또한 동시에 보다 새로워질 수 있는 기회를 얻었다. 이는 아마도 중국문학사상 처음으로 기존과는 다른 사회 구조와 참신한 세계 조류 및 새로운 형태의 상인 계층에 직면하여, 문인들에게 과거의 한계를 철저히 뛰어넘어 상인을 표현하는 일종의 완전히 새로운 문학을 창조하라고 큰 소리로 요청하는 것일 터이다.

상인을 표현하는 완전히 새로운 문학은 상인의 업적을 기리는 찬송가를 의미하지는 않는다.(우리는 문화혁명기에 노동자 · 농민 · 군인을 찬양하는 공농병工農兵 문학의 뒤를 계승한 상인에 관한 새로운 신화를 보는 것을 원치 않는다) 이 새로운 문학은 상인에 관한 과거의 여러 가지 편견에서 벗어나 상인을 사회 군체群體의 한 사람으로 표현하여 그 내면 세계와 행동 방식을 이해하고 통찰할 수 있도록 노력해야 한다.

가장 중요한 임무는 상인에 관한 과거의 여러 가지 편견에서 철저히 벗어나 상인에 관한 우리의 기존 관념을 수정하고 새롭게 만들어 가는 것이다. 이러한 측면은 학술계가 짊어져야 할 회피할 수 없는 책임이다. 하지청夏志淸은 일찍이 20세기 미국문학의 상인에 관한 표현의 변화와 미국 학술계의 연구 동향이 밀접한 상관관계에 있음을 지적했는데, 이는 생각해 볼만한 하나의 사례라고 할 만하다.

> 싱클레어 루이스Sinclair Lewis, 1885~1951 및 30년대의 좌파 작가들의 선도적인 작품 이후 보통의 미국 소설가들은 상업계나 기업계에서 성공한 사람들을 모두 경시하거나 풍자하는 태도를 가지게 되었다. 최근 6·7년간 이런 분위기가 비로소 바뀌어 여러 편의 소설들이 중상 계급 상인들의 고민을 동정적으로 묘사하고 있다. 이런 사정은 데이비드 리즈먼David Riesman, 1909~2002의 사회학 명저 『고독한 군중*The Lonely Crowd*』의 출판과 관계가 없지 않은 듯하다. 이는 미국의 상업계를 혐오한 로버트 트라셀Robert Tressell, 1871~1911과 루이스 등과 같은 한 세대 이른 소설가들이 자기도 모르는 사이에 소스타인 베블런Thorstein Veblen, 1857~1929의 미국 유한계급에 대한 비판에 영향 받지 않을 수 없었던 것과 같다.[1]

1 夏志淸, 『愛情·社會·小說』, 臺北: 純文學出版社, 1970, 1~2면.

이 책에서 시도한 것 역시 상인에 대한 우리의 관념을 수정하고 새롭게 만들어 가기 위해, 상인에 관한 과거의 관념을 회고하고 총괄하는 작업의 한 부분이었던 것이다.

우리는 이 책에서의 연구가 전통적인 편견에서 벗어나 상인에 대한 오래전부터 내려온 관점을 개선하고, 상인을 새롭게 표현한 새로운 중국문학을 창조하는 데 얼마간 촉진 작용을 할 수 있기를 진심으로 희망한다.

우리는 중국문학사에서 상인을 표현한 기존의 모든 작품을 뛰어 넘어 완전히 새로운 생각을 가지고 상인을 대하는 작품이 출현하기를 기대하고 있다. 아마도 지금이 바로 그 때일 것이다.

초판후기

이 원고의 전신은 나의 박사논문으로 제목은 『중국문학에서 상인을 표현한 역사에 관한 연구中國文學表現商人的歷史的硏究』이다. 이 논문은 1990년에 쓰기 시작하였는데, 그해부터 나는 장페이헝章培恒 선생님의 지도 아래 학교에 재직하며 박사 공부를 시작한 것이다. 대략 그 즈음에 나는 복단대학 역사학과 구샤오밍顧曉鳴 교수가 주편을 맡은 『중국전통상인中國傳統商人』 총서에서 중국문학 속 상인 형상을 내용으로 작은 책을 하나 쓰기로 약속했다. 그때 나는 위 제목이 학위논문에도 적합하다고 생각하고 지도교수의 동의를 얻어 일단 이 제목으로 학위논문을 작성하기로 결정했다. 계속해서 나는 대략 1993년 상반기 완성을 예상하며 총서의 책과 학위논문 작업을 동시에 진행했다. 그러던 중 1992년 8월부터 나는 한국 울산대학교에 초빙되어 가게 되었는데, 그렇게 가서 몇 해나 머무르게 되었다. 시간과 자료 등의 제약으로 인해 원래 계획은 수정할 수밖에 없었다. 이후 『전통 중국 상인의 문학 속 표현傳統中國商人的文學呈現』이라는 작은 책이 학위논문의 '부산물'로서 1993년 상반기에 완성되어 그해 말 해천海天출판사에서 출판되었다. 그러나 학위논문은 뜻대로 되지 않아 논문 제출을 1년 연기할 수밖에 없었고, 다음해인 1994년 3월에야 마침내 완성하게 되었다. 당시 학위논문은 대략 30만자였으나 경비와 편폭의 한계 때문에 전부를 인쇄할 수 없어 그 중 제4장, 즉 전체 학위논문 중 편폭이 가장 길고 내용도 가장 풍부한 '명대 문학 속 상인에 대한 표현' 부분 10만 자 정도만 인쇄하였다. 이미 정한 학위논문 제목을 다시 바꿀 수는 없어서 원래 제목 아래 '명대 문학을 중심으로'라는 부제목을 달았고, 목록은 전체를 그대로 두되 인쇄하지 않은 부분은 '略'자를 붙여 논문 심사위원들이 학위논문의 전모를 알 수 있도록 했다. 당시로서는 정말 어쩔 수 없는 방법이었다. 1994년 6월, 나는 학위논문 심사에 통과하여 얼마 후 박사학위를 받았다.

학위논문의 '전언前言'에서 나는 이렇게 썼다. "본 논문을 작성하는 기간에 나는 한국의 한 대학에서 학생들을 가르치고 있었기 때문에 시간과 자료 등의 측면에서 여러 가지 제약을 받았다. 가장 큰 어려움은 당연히 자료의 부족이었다. 필요한 고적古籍을 찾기도 힘들었고 어떤 때는 꼭 필요한 공구서조차 없었다. 이로 인해 본 논문은 부족한 점이 매우 많은데, 어떤 부분에서는 논의를 좀 더 발전시키지 못하기도 했고 어떤 부분은 아직 부족한 그대로 두기도 했다. 이 부분들은 향후 조건이 좀 더 나아지면 다시 수정·보충하고자 한다." 그래서 논문심사에 통과한 후 나는 전면적인 수정과 다시쓰기에 들어갔다. 처음에는 금방 완성할 수 있을 것이라 생각했는데 이런저런 잡무에 시달리게 되면서 10여 년이 지난 지금에서야 제1장 「당대 이전 문학 속 상인에 대한 표현」(앞쪽 3절 전체와 4절 4항을 위주로 원래 1만여 자에서 6만여 자로 늘림)을 완성하고 나머지 각 장 인용문의 대조 작업과 오류 수정 작업을 끝낼 수 있게 되었다. 이 속도를 고려하면 앞으로 전체에 대한 수정과 다시쓰기에는 얼마나 많은 시간이 소요될 지 알 수 없었다. 그러나 처음

학위논문을 쓸 때부터 제1장은 내용이 가장 소략했던 터라 전체를 다시 써야 했던 것이고, 나머지 장들은 그래도 나은 편이라 전체를 다시 쓸 필요가 없이 조금만 수정하면 될 것이라 생각이 들었고, 또 아예 먼저 책을 세상에 내놓아 학계의 의견을 광범위하게 들은 다음 더 발전된 모습으로 수정하고 다시쓰기를 하면 어떨까 하는 생각도 들었다. 이에 과감하게 이 책을 내놓기로 결심한 것이다.

이 10여 년 동안 나는 해천출판사에서 먼저 『傳統中國商人的文學呈現』을 출판한 외에도 본 원고(학위논문)의 몇몇 부분들을 국내외 학술지에 계속 발표하였다. 이 글들을 발표 순서에 따라 나열하면 다음과 같다.

① 「淸代文學對於商人的表現」, 『人文論叢』(韓國蔚山大學校) 第10輯, 1996年 8月.(본 책 제5장)
② 「唐五代文學對於商人的表現」, 『人文論叢』(韓國蔚山大學校) 第11輯, 1996年 12月.(본 책 제2장)
③ 「『聊齋志異』對於商人的表現及其意義」, 『古田敬一教授頌壽紀念中國學論集』, 東京, 汲古書院, 1997年 3月.(본 책 제5장 제2절)
④ 「明代文學對於商人的願望與幻想的表現及其意義」, 『中國典籍與文化』 1, 1997年 第1期.(본 책 제4장 제3절 제3항)
⑤ 「先秦文學對於商人的表現」, 『中國語文學』(韓國嶺南中國語文學會) 第29輯, 1997年 6月.(본 책 제1장 제1절)
⑥ 「論漢代文學對商人的表現」, 『上海大學學報』 第10卷 第5期, 2003年 9月.(본 책 제1장 제2절, 발표 시 일부 삭제)
⑦ 「魏晉南北朝文學對於商人的表現」, 『上海大學學報』 第11卷 第5期, 2004年 9月.(본 원고의 제1장 제4절)

그밖에 학위논문으로 제출한 본 원고의 제4장 「명대 문학 속 상인에 대한 표현」 부분은 1994년부터 소량으로 인쇄되어 아름아름 전해지기도 했다. 즉, 제3장 「송원 문학 속 상인에 대한 표현」만 제외하고 원고의 대부분이 그 전에 이미 세상에 나와 있었던 것이다.

본 원고를 쓰던 당시를 돌아보면, 이 분야는 '새로운 길을 개척한다'고 생각될 만큼 아무런 관심을 받지 못하고 있었다. 그런데 이후 10여 년 동안에는 마치 반가운 손님처럼 비슷한 종류의 논저들이 계속 나왔다. 하지만 수정 작업이 계속 미뤄지고 전체 원고에 대한 수정과 다시 쓰기가 원래 계획대로 끝나지 않아 새로 등장한 이 논저들에 대해 본 원고는 바로바로 반응을 할 수 없었다. 뿐만 아니라 새로 나온 이 논저들 중에는 이미 출판되거나 발표한 나의 저서와 논문을 참고했으면서도 의식적 혹은 무의식적으로 출처를 밝히지 않은 것도 적지 않았다. 시간과 정력의 한계 때문에 이에 대해서는 일일이 따지지 않는다.

본 원고의 정식 출판에 임하여 여러 분들께 마음으로부터 감사를 표하고자 한다.

우선 지도교수이신 장페이헝 선생님의 엄격한 가르침에 감사를 드린다. 이 엄한 가르침으로 인해 나는 교직과 박사 공부를 함께 했던 시절 뿐 아니라 그 이후에도 많은 것들을 얻을 수 있었다.

박사논문을 비평해 주신 여러 전공학자와 심사위원들께도 감사드린다. 논문에 대한 그분들의 고귀한 의견은 본 원고를 수정할 때 중요한 나침반이 되었다. 성함은 다음과 같다. 항주대학 중문과(지금은 절강대학 중문과) 쉬숴팡徐朔方 교수, 산동대학 중문과 위안스숴袁世碩 교수, 중국사회과학원 문학연구소 덩샤오지鄧紹基 연구원, 남경대학 고전문헌연구소 저우쉰추周勳初 교수, 화동사범대학 중문과 궈위스郭豫適, 치선화齊森華 교수, 상해사회과학원 문학연구소 쉬페이쥔徐培均 연구원, 상해고적출판사 웨이통셴魏同賢 편집위원, 복단대학 중문과 왕수이자오王水照, 리핑李平, 장쥐롱江巨榮 교수, 복단대학 중국언어문학연구소 구이셩顧易生, 황린黃霖 교수, 복단대학 고적정리연구소 마메이신馬美信, 천광홍陳廣宏 교수.(각 직책은 당시 상황을 따름)

천정홍陳正宏 교수, 황이黃毅 부교수께 감사드린다. 두 분은 내가 학위를 신청할 때 많은 측면에서 도움을 주시고 여러 번거로운 일들을 해결해주셨다.

구샤오밍顧曉鳴 교수께 감사드린다. 구 교수는 창의적인 계획과 진심 어린 원고 청탁으로 내가 이 흥미로운 연구영역에 발을 디딜 수 있게 해주었다.

소중한 출판의 기회를 마련해주신 복단대학출판사 허셩수이賀聖遂 사장과 편집 작업에 많은 공력을 들인 책임편집 한제건韓結根 박사에게도 감사드린다.

일부 출판지원을 해준 '211프로젝트' 그리고 이를 위해 귀한 도움을 주신 뤄위밍駱玉明 교수께 감사드린다.

원고의 인쇄와 대조 작업에서 큰 수고를 해준 장이정蔣逸征 군에게도 감사를 드린다.

끝으로 학위논문 '전언'의 끝부분을 다시 인용하며 이 글을 마치고자 한다.

배움의 바다는 끝이 없으나 돌아보면 곧 바닷가 언덕이다. ―그러나 언덕은 어디에 있고? 바다는 또 어디에 있는가?

소의평邵毅平

2005년 4월 9일

상해 원방각圓方閣에서

재판설명

이번에 『복단박학논총復旦博學論叢』을 재판하는 기회에 새로 발견된 오자를 바로잡고, 일부 변동 사항이 있어 몇몇 장절의 발표 상황에 대한 '후기'의 설명 중 제8항을 삭제했다. 그 외 나머지는 바뀐 부분이 없다. 오자를 찾아주신 많은 분들 그리고 본서를 애독해주신 독자 여러분께 진심어린 감사를 드린다.

소의평邵毅平

2006년 9월 4일

복단대학 광화루光華樓에서

3판 후기

2005년 본서가 처음 출판된 후 어느새 10년의 세월이 흘렀다. 그 사이 초판이 단기간에 판매가 완료되어 2007년 재판을 찍게 되었는데, 이 때는 판형을 바꾸고 몇 글자 정도만 고쳤을 뿐 다른 수정은 가하지 않았다. 이번 제3판을 출판하면서도 나는 다시 한 번 원고를 자세히 읽고 몇 가지 잘못된 곳을 고치고 '참고문헌'에서 몇몇 문헌의 판본을 바로잡고 새로 나온 문헌을 보충하긴 했지만, 책 전체의 내용에 대해서는 별다른 수정을 하지 않았다.

3판을 내놓으면서 나는 지금으로부터 한참 전의 두 가지 일을 언급하고자 하는데 모두 선배 학자들과 관계있는 일이다. 한 분은 항주대학 중문과(지금은 절강대학 중문과) 쉬숴팡徐朔方 교수이다. 1994년 6월 쉬 교수는 장페이헝章培恒 선생의 초청으로 상해에 와서 내 박사논문의 심사를 주관했다. 심사가 끝나고 기차역까지 쉬 교수를 모셔다드리는 길에 그는 아주 간곡하게 내게 말씀을 해주셨다. 내 논문이 이미 출판할 수준까지는 되었지만 학술서적의 출판이 매우 힘든 지금은 일단 책이 나오면 다시 수정할 기회를 갖기 힘들다는 것, 그리고 만족하지 못한 상태로 급히 출판하면 나중에 분명히 후회하게 될 테니 좀 더 시간을 두고 잘 다듬은 후에 출판해야 안심이 될 것이라는 말씀이었다. 나는 선생님의 말씀을 듣고 이 원고를 무려 10년이나 갖고 있으면서 그 기간에 부단히 원고를 수정하고 다듬었다.(사실 나는 선생님 말씀의 정신을 이 원고 뿐 아니라 다른 원고에서도 실현하려 했고 나 자신 뿐 아니라 후배 연구자들에게도 같은 정신을 전해주곤 했다) 2005년 본서가 출판된 후 나는 논문 심사위원들께 책을 보내드렸고 당연히 여기에는 쉬 선생님도 포함되었다. 당시 쉬 선생님은 병세가 위중한 상태였고 얼마 후인 2007년 초에 세상을 떠나셨기 때문에 아마 어떻게 내가 이 책을 수정했는지 자세히 보지 못하셨을 것이다. 개인적으로는 참으로 안타까운 일이었다. 그러나 선생님의 충고와 노파심을 생각할 때면 항상 마음속에 따뜻함과 친절함이 느껴졌다. 이 책이 그동안의 시련을 충분히 견뎌낼 수 있었던 것은 모두 선생님의 가르침 덕분이다.

다른 한 분은 화동사범대학 중문과 궈위스郭豫適 교수이다. 그는 내 논문의 심사위원 중 한 분이었고 그 후에도 계속 나의 연구에 관심을 가져주셨다. 2005년 본서가 출판된 후 그는 열정적으로 추천을 해주시고 관련 연구의 중요성과 필요성에 대해 이렇게 말씀하셨다.

> 지난날을 돌아보면 우리 학계에서 '상商'과 '문文'의 관계에 대한 논의가 전혀 없었던 것은 아니다. 1980년대 후반과 90년대 초에 일부 학자들이 고대문학 특히 장편 장회소설의 전파와 출판 기술의 발전과 상업 경영의 관계에 대해 이미 관심을 가지면서 문학 작품은 문화의 산물이자 일종의 상품이라는 생각을 갖게 되었다. 또 일부 학자들은 고대문학 속 상인, 상인과 사인士人, 상인과 사회 풍조 같은 주제에 대해 연구를 진행하여 주목할 만한 저작들을 계속 출판했다. 여기서 내가 특별히 언급하고 싶은 책은 얼마 전 출판된 소의평 선생의 『중국문학 속 상인 세계中國文學中的商人世界』이

> 다. 40여만 자에 이르는 이 책은 중국문학에서 상인을 표현한 역사를 다섯 시기로 나누고 각 시기를 한 장章으로 하여 당 이전 문학, 당오대 문학, 송원 문학, 명대 문학, 청대 문학 속 상인 관련 표현에 대해 체계적인 서술과 비평을 내놓음으로써 중국 고대문학 속 상인을 연구한 역작이 되었다. 이 책은 2005년 6월에야 복단대학출판사에서 출판되었지만, 사실 그 전신은 1990년부터 장페이헝 선생에게 지도를 받아 1994년에 심사에 통과한 저자의 박사논문이다. 물론 지금의 이 저작은 10년이 넘는 기간을 거치면서 부단히 수정・보완된 것이다. 이보다 앞서 그가 17만자로 저술한『전통 중국 상인의 문학 속 표현』은 이미 구샤오밍顧曉鳴 선생 주편의『중국전통상인총서中國傳統商人叢書』중 하나가 되어 1993년 11월에 이미 해천海天출판사에서 먼저 출판되었다.[2]

당시 궈 선생님은 이 글을 쓸 때 나의 15년 연구를 보다 정확하게 소개하기 위해 일부러 전화를 걸어와『전통 중국 상인의 문학 속 표현』도 보내줄 것을 요청하였다. 나의 연구에 대한 궈 선생님의 오랜 관심과 신중한 추천은 내게 깊은 인상을 주었고, 또한 감격스럽기도 했다.

한편 선배 학자들의 학술 풍모와 달리 지금 학계는 갈수록 무질서해지고 있다. 나는 본서의 '초판 후기'에서 이미 이렇게 원망한 적이 있다. "새로 나온 이 논저들 중에는 이미 출판되거나 발표한 나의 저서와 논문을 참고했으면서도 의식적 혹은 무의식적으로 출처를 밝히지 않은 것도 적지 않았다." 본서가 출판된 이후 10여 년 동안 상인과 상업을 제

2 郭豫適,「古代文學研究要開拓新視野--談一個硏討會和一本論文集」,『文藝理論研究』第3期, 2006.

재로 한 연구가 갈수록 활발해져 이런 나쁜 현상은 그전보다 더 심해지게 되었다. 특히 수많은 석박사논문에 이런 병폐가 만연하여, 대놓고 혹은 몰래 베끼기도 하고, 겉모습만 그럴싸하게 바꾸기도 하고, 한 가지만 인용하면서 다른 부분은 모두 빼먹기도 하고, 참고를 했으면서 아예 모른 척하기도 했다. 결국 금광을 캔 사람과 돈을 번 사람이 달라진 꼴이니 갈수록 추락하는 학풍과 예전 같지 않은 인심에 탄식하지 않을 수 없었다. 시간과 정력의 한계로 인해 여기서는 일일이 따지지 않지만 내가 가진 변론의 권리만은 그대로 남겨두고자 한다.

본서가 3판을 낼 수 있도록 큰 지원을 해주신 순징孫晶 주편, 그리고 세심하게 편집을 맡아주신 송원타오宋文濤 부편집인과 우잔吳湛 박사에게 감사의 뜻을 전한다. 또 자료 조사와 대조에 도움을 준 량잉梁穎 선생, 리잔李岑, 리우창劉暢, 인잉닝殷嬰寧 등에게도 감사를 드린다.

한국 고려대학교 민족문화연구원의 박경남朴京男 교수가 이끄는 '동아시아 문명과 한국' 팀의 본서에 대한 번역 건의는 내가 수정 작업에 속도를 낼 수 있도록 직접 영향을 주었고 본서 3판의 출판에도 간접적으로 영향을 주었다. 본서의 전신인 나의 박사논문이 바로 20여년 전 내가 한국의 한 대학에서 근무할 때 완성되었다는 사실이 갑자기 생각난다. 아무래도 이 책과 한국 학계 사이에는 어떤 묘한 인연이 있는 것 같다.

소의평邵毅平
2015년 7월 30일
복단대학 광화루光華樓에서

소의평邵毅平 저서 · 역서 목록

저서

『中國詩歌：智慧的水珠』, 杭州：浙江人民出版社, 1991年 初版; 臺北：國際村文庫書店, 1993 年初版; 上海：復旦大學出版社, 2008年修訂版(『詩歌：智慧的水珠』로 제목을 바꿈).

『洞達人性的智慧』, 杭州：浙江人民出版社, 1992年 初版; 臺北：國際村文庫書店, 1993年 初版; 上海：復旦人學出版社, 2008年 修訂版(『小說：洞達人性的智慧』로 제목을 바꿈)

『傳統中國商人的文學呈現』, 深圳：海天出版社, 1993年 初版; 上海：上海古籍出版社, 2010年 修訂版(『文學與商人：傳統中國商人的文學呈現』으로 제목을 바꿈).

『論衡研究』, 韓國蔚山：울산대 출판부, 1995年 初版; 上海：復旦大學出版社, 2009年 修訂版.

『中國文學史』(合著), 上海：復旦大學出版社, 1996年 初版.

『中國古典文學論集』 初集, 韓國蔚山：울산대 출판부, 1996年 初版; 初集 · 二集 合集版, 上海：上海古籍出版社, 2013年 初版.

『韓國的智慧：地緣文化的命運與挑戰』, 臺北：國際村文庫書店, 1996年 初版; 上海：上海古籍出版社, 2005年 修訂版(『朝鮮半島：地緣環境的挑戰與應戰』로 제목을 바꿈).

『中日文學關系論集』 韓國 河陽：대구효성카톨릭대 출판부, 1998年 初版; 上海：上海古籍出版社, 2011年 修訂版.

『無窮花盛開的江山：韓國紀遊』, 上海：復旦大學出版社, 2001年 初版.

『黃海餘暉：中華文化在朝鮮半島及韓國』, 昆明：雲南人民出版社, 2003年 初版.

『中國文學中的商人世界』, 上海：復旦大學出版社, 2005年 初版, 2007年 第二版, 2016年 第三版.

『胡言詞典』(筆名'胡言') 初集, 上海：上海文化出版社, 2006年 初版; 初集 · 續集 合集版, 上海：復旦大學出版社, 2013年 初版.

『詩騷一百句』, 上海：復旦大學出版社, 2007年 初版.

『東洋的幻象：中日法文學中的中國與日本』, 上海：上海錦繡文章出版社 · 上海咬文嚼字文化傳播有限公司, 2010年 初版.

『馬賽魚湯』, 上海 : 復旦大學出版社, 2015年 初版 · 東亞漢詩文交流唱酬硏究(편), 上海 : 中西書局, 2015年 初版.

역서

吉川幸次郎, 『中國詩史』(공역), 合肥 : 安徽文藝出版社, 1986年 初版; 上海: 復旦大學出版社, 2001年 初版, 2012年 第二版.

吉川幸次郎, 『宋元明詩槪說』(공역), 鄭州 : 中州古籍出版社, 1987年初版, 1999年 初印; 上海 : 復旦大學出版社, 2012年 初版.

小尾郊一, 『中國文學中所表現的自然與自然觀』, 上海 : 上海古籍出版社, 1989年 初版, 2014年 第二版.

王水照等 編選, 『日本學者中國詞學論文集』(공역), 上海 : 上海古籍出版社, 1991年 初版.

小野四平, 『中國近代白話短篇小說硏究』(공역), 上海 : 上海古籍出版社, 1997年 初版.

村上哲見, 『宋詞硏究(南宋篇)』(공역), 上海 : 上海古籍出版社, 2012年 初版.

참고문헌

1. 경전

『周易正義』, [魏] 王弼・韓康伯注, [唐] 孔穎達等正義, 北京 : 中華書局, 『十三經注疏』重印原世界書局縮印清阮元刻本, 1982.

『尚書正義』, [漢] 孔安國傳, [唐] 孔穎達等正義, 同上.

『毛詩正義』, [漢] 毛公傳, 鄭玄箋, [唐] 孔穎達等正義, 同上.

『周禮注疏』, [漢] 鄭玄注, [唐] 賈公彦疏, 同上.

『儀禮注疏』, [漢] 鄭玄注, [唐] 賈公彦疏, 同上.

『禮記正義』, [漢] 鄭玄注, [唐] 孔穎達等正義, 同上.

『春秋左傳正義』, [晉] 杜預注, [唐] 孔穎達等正義, 同上.

『春秋公羊傳注疏』, [漢] 何休注, [唐] 徐彦疏, 同上.

『春秋穀梁傳注疏』, [晉] 范寧注, [唐] 楊士勳疏, 同上.

『論語注疏』, [魏] 何晏等注, [宋] 邢昺疏, 同上.

『孝經注疏』, [唐] 玄宗注, [宋] 邢昺疏, 同上.

『爾雅注疏』, [晉] 郭璞注, [宋] 邢昺疏, 同上.

『孟子注疏』, [漢] 趙岐注, [宋] 孫奭疏, 同上.

『詩三家義集疏』, [清] 王先謙撰, 北京 : 中華書局, 1987.

『韓詩外傳集釋』, [漢] 韓嬰撰, 許維遹校釋, 北京 : 中華書局, 1980.

『大戴禮記解詁』, [清] 王聘珍撰, 北京 : 中華書局, 1983.

『春秋經傳集解』, [晉] 杜預集解, 上海 : 上海古籍出版社, 1988年新一版.

『春秋左傳注』, 楊伯峻編著, 北京 : 中華書局, 1981.

『春秋繁露義證』, [漢] 董仲舒撰, 蘇輿義證, 北京 : 中華書局, 1992.

『四書章句集注』, [宋] 朱熹撰, 北京 : 中華書局, 1983.

2. 역사서(읍지(邑誌)/족보(族譜))

『史記』, [漢] 司馬遷撰, [宋] 裴駰集解, [唐] 司馬貞索隱, [唐] 張守節正義, 北京 : 中華書局, 1959.

『漢書』, [漢] 班固撰, [唐] 顔師古注, 北京 : 中華書局, 1962.

『後漢書』, [宋] 范曄撰, [唐] 李賢等注, 北京 : 中華書局, 1965.

『八家後漢書輯注』, 吳謝承等撰, 周天遊輯注, 上海 : 上海古籍出版社, 1986.

『三國志』, [晉] 陳壽撰, [宋] 裴松之注, 北京 : 中華書局, 1959.
『宋史』, [元] 脫脫等撰, 北京 : 中華書局, 1977.
『明史』, [淸] 張廷玉等撰, 北京 : 中華書局, 1974.
『古本竹書紀年輯證』, 方詩銘・王修齡輯證, 上海 : 上海古籍出版社, 1981.
『兩漢紀』, 上冊 『漢紀』, [漢] 荀悅撰, 下冊 『後漢紀』, [晉] 袁宏撰, 北京 : 中華書局, 2002.
『後漢紀校注』, [晉] 袁宏撰, 周天遊校注, 天津・天津古籍出版社, 1987.
『汲塚周書』(『逸周書』), [晉] 孔晁注, 『四部叢刊初編』 影印明嘉靖章檗刻本.
『逸周書彙校集注』(修訂本), 黃懷信・張懋鎔・田旭東撰, 黃懷信修訂, 李學勤審定, 上海 : 上海古籍出版社, 2007.
『世本八種』, [漢] 宋衷注, [淸] 秦嘉謨等輯, 北京 : 中華書局, 影印商務印書館1957年排印本, 2008.
『東觀漢記校注』, [漢] 劉珍等撰, 吳樹平校注, 鄭州 : 中州古籍出版社, 1987.
『國語』, [吳] 韋昭注, 上海 : 上海古籍出版社, 1978.
『國語集解』(修訂本), 徐元誥撰, 北京 : 中華書局, 2002.
『戰國策』, [漢] 劉向集錄, 上海 : 上海古籍出版社, 1978.
『晏子春秋集釋』, 吳則虞撰, 北京 : 中華書局, 1962.
『古列女傳』, [漢] 劉向撰, 『續列女傳』, 작자미상, 『四部叢刊初編』 影印明刻本.
『吳越春秋輯校彙考』, [漢] 趙曄撰, 周生春輯校彙考, 上海 : 上海古籍出版社, 1997.
『越絶書』, [漢] 袁康・吳平輯錄, 上海 : 上海古籍出版社, 1985.
『越絶書校釋』, 李步嘉校釋, 北京 : 中華書局, 2013.
『華陽國志校注』, [晉] 常璩撰, 劉琳校注, 成都・巴蜀書社, 1984.
『華陽國志校補圖注』, [晉] 常璩撰, 任乃强校注, 上海 : 上海古籍出版社, 1987.
『高麗史』, [朝鮮] 鄭麟趾等撰, 臺北 : 文史哲出版社, 1972.
『太平寰宇記』, [宋] 樂史撰, 北京 : 中華書局, 2007.
乾道『四明圖經』, [宋] 張津等撰, 北京 : 中華書局, 『宋元方志叢刊』 影印淸咸豐『宋元四明六志』刻本, 1990.
『閩書』, [明] 何喬遠撰, 『四庫全書存目叢書』 影印明崇禎刻本.
『閩都記』, [明] 王應山纂輯, 臺北 : 成文出版社, 『中國方志叢書』 影印明萬曆間修淸道光十年重刻本, 1967.
嘉靖『龍溪縣志』, [明] 劉天授等修纂, 上海 : 上海古籍書店, 『天一閣藏明代方志選刊』重印中華書局上海編輯所1965年影印明嘉靖刻本, 1982.
崇禎『海澄縣志』, [明] 梁兆陽等修纂, 北京 : 書目文獻出版社, 『日本藏中國罕見地方志叢刊』影印明崇禎六年刻本, 1992.
乾隆『泉州府志』, [淸] 懷蔭布等修纂, [淸] 乾隆二十八年刻本.
乾隆『福州府志』, [淸] 徐景熹 · 魯曾煜等修纂, [淸] 乾隆十九年刊本.
乾隆『浙江通志』, [淸] 嵇曾筠等監修, 『景印文淵閣四庫全書』本.
同治『德化縣志』, [淸] 陳鼒等修纂, 南京 : 江蘇古籍出版社, 『中國地方志集成』 影印淸同治十一年刻本, 1996.
『豐南志』, [民國] 吳吉祜輯, 吳保琳校, 上海 : 上海書店出版社, 『中國地方志集成』鄕鎭志專輯影印1981年安徽省圖書館抄本, 1992.
『水經注校證』, [北魏] 酈道元撰, 陳橋驛校證, 北京 : 中華書局, 2007.
『西湖遊覽志』, [明] 田汝成輯撰, 上海 : 上海古籍出版社, 1980年 新一版.
『西湖遊覽志餘』, [明] 田汝成輯撰, 上海 : 上海古籍出版社, 1980年 新一版.
『洛陽伽藍記校注』, [北魏] 楊衒之撰, 范祥雍校注, 上海 : 上海古籍出版社, 1978年 新一版.
『東京夢華錄注』, [宋] 孟元老撰, 鄧之誠注, 北京 : 中華書局, 1982.
『東京夢華錄箋注』, [宋] 孟元老撰, 伊永文箋注, 北京 : 中華書局, 2007年 第二版.
『夢粱錄』, [宋] 吳自牧撰, 杭州 : 浙江人民出版社, 1984.
『武林舊事』, [宋] 周密撰, 『叢書集成初編』本.
『吳風錄』, [明] 黃省曾撰, 『續修四庫全書』重印民國27年商務印書館影印明隆慶刻萬曆增刻百陵學山本.
『島夷志略校釋』, [元] 汪大淵撰, 蘇繼廎校釋, 北京 : 中華書局, 1981.
『四庫全書總目』, [淸] 永瑢 · 紀昀等撰, 北京 : 中華書局, 1965年影印淸杭州刻本.
『寶文堂書目』, [明] 晁瑮撰, 上海 : 古典文學出版社, 1957.
『名跡錄』, [明] 朱珪纂輯, 明隆慶戊辰錢穀抄本.
『國朝耆獻類征初編』, [淸] 李桓輯, 臺北 : 明文書局, 『淸代傳記叢刊』 影印淸光緒刻本, 1985.
『永樂大典』, 北京 : 中華書局, 1986年影印殘存本.
『萬姓統譜』, [明] 淩迪知撰, 明萬曆七年刻本.
『鳳池林李宗譜』, 淸抄本(원서는 보지 못하고 다른 자료에서 참고).

3. 제자(諸子)
『孔子家語』, [魏] 王肅注, 『四部叢刊初編』 影印明覆[宋] 刻本.
『荀子』, [戰國] 荀況撰, [唐] 楊倞注, 『四部叢刊初編』 影印 『古逸叢書』本.
『荀子集解』, [戰國] 荀況撰, [淸] 王先謙集解, 北京 : 中華書局, 1988.

『孔叢子』, [漢] 孔鮒撰, 『四部叢刊初編』 影印明覆[宋] 刻本.
『新語校注』, [漢] 陸賈撰, 王利器校注, 北京 : 中華書局, 1986.
『新書校注』, [漢] 賈誼撰, 閻振益・鍾夏校注, 北京 : 中華書局, 2000.
『鹽鐵論校注』(定本), [漢] 桓寬撰, 王利器校注, 北京 : 中華書局, 1992.
『鹽鐵論簡注』, [漢] 桓寬撰, 馬非百注釋, 北京 : 中華書局, 1984.
『新序校釋』, [漢] 劉向編著, 石光瑛校釋, 陳新整理, 北京 : 中華書局, 2001.
『說苑校證』, [漢] 劉向撰, 向宗魯校證, 北京 : 中華書局, 1987.
『法言義疏』, [漢] 揚雄撰, 汪榮寶義疏, 北京 : 中華書局, 1987.
『潛夫論箋』, [漢] 王符撰, [淸] 汪繼培箋, 彭鐸校正, 北京 : 中華書局, 1979.
『申鑒』, [漢] 荀悅撰, [明] 黃省曾注, 『四部叢刊初編』 影印明嘉靖文始堂刻本.
『中論』, [漢] 徐幹撰, 『四部叢刊初編』 影印明嘉靖青州刻本.
『新論』, [漢] 桓譚撰, [淸] 嚴可均校輯『全後漢文』本.
『政論』, [漢] 崔寔撰, [淸] 嚴可均校輯『全後漢文』本.
『昌言』, [漢] 仲長統撰, [淸] 嚴可均校輯『全後漢文』本.
『六韜』, 『四部叢刊初編』 影印覆宋抄本.
『孫子集注』, [春秋] 孫武撰, [宋] 吉天寶輯, 『四部叢刊初編』 影印明嘉靖刻本.
『十一家注孫子校理』, [春秋] 孫武撰, [三國] 曹操等注, 楊丙安校理, 北京 : 中華書局, 1999.
『孫臏兵法校理』, 張震澤撰, 北京 : 中華書局, 1984.
『吳子』, 『四部叢刊初編』 影印覆宋抄本.
『司馬法』, 『四部叢刊初編』 影印覆宋抄本.
『尉繚子』, 『景印文淵閣四庫全書』本.
『管子』, [唐] 房玄齡注, 『四部叢刊初編』 影印宋刻本.
『管子輕重篇新詮』, 馬非百撰, 北京 : 中華書局, 1979.
『管子校注』, 黎翔鳳撰, 北京 : 中華書局, 2004.
『鄧析子』, 『四部叢刊初編』 影印明刻本.
『商君書注譯』, 高亨注譯, 北京 : 中華書局, 1974.
『商君書錐指』, 蔣禮鴻撰, 北京 : 中華書局, 1986.
『韓非子集解』, [戰國] 韓非撰, [淸] 王先愼集解, 北京 : 中華書局, 1998.
『韓非子新校注』, [戰國] 韓非撰, 陳奇猷校注, 上海 : 上海古籍出版社, 2000.
『齊民要術』, [北魏] 賈思勰撰, 『四部叢刊初編』 影印明抄本.
『太玄集注』, [漢] 揚雄撰, [宋] 司馬光集注, 北京 : 中華書局, 1998.

『鬻子』, 明萬曆四年刻本.
『墨子城守各篇簡注』, 岑仲勉撰, 北京 : 中華書局, 1958.
『墨辯發微』, 譚戒甫撰, 北京 : 中華書局, 1964.
『墨經分類譯注』, 譚戒甫編著, 北京 : 中華書局, 1981.
『墨子間詁』, [淸] 孫詒讓撰, 北京 : 中華書局, 1986.
『子華子』, 明嘉靖刻本.
『尹文子』, 『四部叢刊初編』 影印明覆宋刻本.
『愼子』, 『四部叢刊初編』 影印江陰繆氏藕香簃抄本.
『鶡冠子』, [宋] 陸佃解, 『四部叢刊初編』 影印明覆宋刻本.
『公孫龍子形名發微』, 譚戒甫撰, 北京 : 中華書局, 1963.
『公孫龍子懸解』, 王琯撰, 北京 : 中華書局, 1992.
『鬼谷子』, [梁] 陶弘景注, 『四部叢刊初編』 影印明正統『道藏』本.
『呂氏春秋新校釋』, [戰國] 呂不韋撰, 陳奇猷校釋, 上海 : 上海古籍出版社, 2002.
『呂氏春秋集釋』, [戰國] 呂不韋撰, 許維遹集釋, 北京 : 中華書局, 2009.
『淮南鴻烈集解』, [漢] 劉安等撰, 劉文典集解, 北京 : 中華書局, 1989.
『淮南子集釋』, [漢] 劉安等撰, 何寧集釋, 北京 : 中華書局, 1998.
『人物志』, [魏] 劉邵撰, [北魏] 劉昞注, 『四部叢刊初編』 影印明正德刻本.
『顔氏家訓集解』, [北齊] 顔之推撰, 王利器集解, 上海 : 上海古籍出版社, 1980年版; 增補本, 北京 : 中華書局, 1993.
『白虎通疏證』, [漢] 班固撰, [淸] 陳立疏證, 北京 : 中華書局, 1994.
『論衡校釋』(『論衡集解』附), [漢] 王充撰, 黃暉校釋, 劉盼遂集解, 北京 : 中華書局, 1990.
『論衡注釋』, [漢] 王充撰, 北京大學歷史系『論衡』注釋小組注釋, 北京 : 中華書局, 1979.
『風俗通義校釋』, [漢] 應劭撰, 吳樹平校釋, 天津 : 天津人民出版社, 1980.
『風俗通義校注』, [漢] 應劭撰, 王利器校注, 北京 : 中華書局, 1981.
『老子校釋』, 朱謙之撰, 北京 : 中華書局, 1984.
『列子集釋』, 楊伯峻撰, 北京 : 中華書局, 1979.
『莊子集解』, [淸] 王先謙撰, 『莊子集解內篇補正』, 劉武撰, 北京 : 中華書局, 1987.
『抱朴子內篇校釋』(增訂本), [晉] 葛洪撰, 王明校釋, 北京 : 中華書局, 1985年 第二版.
『抱朴子外篇校箋』, [晉] 葛洪撰, 楊明照校箋, 北京 : 中華書局, 上冊, 1991年版, 下冊, 1997.

4. 문언문 / 문언소설

『山海經校注』, 袁珂校注, 上海: 上海古籍出版社, 1980年版; 增補修訂本, 成都, : 巴蜀書社, 1993.
『穆天子傳』, [晉] 郭璞注, 『四部叢刊初編』 影印明天一閣刻本.
『師曠-古小說輯佚』, 盧文暉輯注, 上海 : 上海古籍出版社, 1985.
『燕丹子』, 작자미상, 『西京雜記』, [晉] 葛洪撰, 北京 : 中華書局, 1985.
『博物志校證』, [晉] 張華撰, 范寧校證, 北京 : 中華書局, 1980.
『拾遺記』, [晉] 王嘉撰, [梁] 蕭綺錄, 齊治平校注, 北京 : 中華書局, 1981.
『搜神記』, [晉] 干寶撰, 汪紹楹校注, 北京 : 中華書局, 1979.
『搜神後記』, [晉] 陶潛撰, 汪紹楹校注, 北京 : 中華書局, 1981.
『新輯搜神記』, [晉] 干寶撰, 『新輯搜神後記』, [晉] 陶潛撰, 李劍國輯校, 北京 : 中華書局, 2007.
『幽明錄』, [宋] 劉義慶撰, 『叢書集成初編』本.
『世說新語』, [宋] 劉義慶撰, [梁] 劉孝標注, 上海 : 上海古籍出版社, 1982年影印淸光緖刻本.
『世說新語箋疏』, [宋] 劉義慶撰, [梁] 劉孝標注, 余嘉錫箋疏, 北京 : 中華書局, 1983.
『世說新語校箋』, [宋] 劉義慶撰, [梁] 劉孝標注, 徐震堮校箋, 北京 : 中華書局, 1984.
『八代談藪校箋』, [隋] 陽玠撰, 黃大宏校箋, 北京 : 中華書局, 2010.
『遊仙窟校注』, [唐] 張文成撰, 李時人・詹緖左校注, 北京 : 中華書局, 2010.
『博異志』, [唐] 谷神子撰, 『集異記』, [唐] 薛用弱撰, 北京 : 中華書局, 1980.
『裴鉶傳奇』, [唐] 裴鉶撰, 周楞伽輯注, 上海 : 上海古籍出版社, 1980.
『玄怪錄』, [唐] 牛僧孺撰, 『續玄怪錄』, [唐] 李復言撰, 北京 : 中華書局, 1982.
『酉陽雜俎』, [唐] 段成式撰, 北京 : 中華書局, 1981.
『雲仙散錄』, [後唐] 馮贄撰, 張力偉注釋, 北京 : 中華書局, 2008.
『劍俠傳』, [明] 王世貞輯, 『叢書集成初編』本.
『劍俠傳校證』, 楊倫校證, 鄭州 : 中州古籍出版社, 2012.
『唐人小說』, 汪辟疆校錄, 上海 : 上海古籍出版社, 1978年 新一版.
『唐人小說校釋』, 王夢鷗撰, 臺北 : 正中書局, 1983.
『唐宋傳奇選』, 張友鶴選注, 北京 : 人民文學出版社, 1964年 初版, 1979年 初印.
『太平廣記』, [宋] 李昉等編, 北京 : 中華書局, 1961年 新一版, 1986.
『稽神錄』, [宋] 徐鉉撰, 『括異志』, [宋] 張師正撰, 北京 : 中華書局, 1996.
『靑瑣高議』, [宋] 劉斧撰輯, 上海 : 上海古籍出版社, 1983.
『綠窗新話』, [宋] 皇都風月主人編, 周楞伽箋注, 上海 : 上海古籍出版社, 1991.
『夷堅志』, [宋] 洪邁撰, 北京 : 中華書局, 1981.

『續夷堅志』, [金] 元好問撰, 『湖海新聞夷堅續志』, 작자미상, 北京 : 中華書局, 1986.
『醉翁談錄』, [宋] 羅燁撰, 上海 : 古典文學出版社, 1957.
『剪燈新話』, [明] 瞿佑撰, 『剪燈餘話』, [明] 李昌祺撰, 『覓燈因話』, [明] 邵景詹撰, 周楞伽校注, 上海 : 上海古籍出版社, 1981年 新一版.
『效顰集』, [明] 趙弼撰, 上海 : 古典文學出版社, 1957.
『花影集』, [明] 陶輔撰, 『鴛渚志餘雪窗談異』, [明] 周紹濂撰, 北京: 中華書局, 2008.
『遼陽海神傳』, [明] 蔡羽撰, 『叢書集成初編』本.
『九籥前集』, [明] 宋懋澄撰, 『續修四庫全書』 影印明萬曆刻本.
『九籥別集』, [明] 宋懋澄撰, 『續修四庫全書』 影印清初刻本.
『燕居筆記』, [明] 何大掄編, 『古本小說集成』 影印明寫刻本.
『輪回醒世』, [明] 작자미상, 北京 : 中華書局, 2008.
『稗家粹編』, [明] 胡文煥編, 北京 : 中華書局, 2010.
『古今譚概』, [明] 馮夢龍評輯, 南京 : 江蘇古籍出版社, 1993.
『情史』(『情史類略』), [明] 馮夢龍評輯, 南京 : 江蘇古籍出版社, 1993.
『智囊』, [明] 馮夢龍評輯, 南京 : 江蘇古籍出版社, 1993.
『明代文言短篇小說選譯』, 黃敏譯注, 章培恒審閱, 成都 : 巴蜀書社, 1991.
『聊齋志異』, [清] 蒲松齡撰, 會校會注會評本, 張友鶴輯校, 上海 : 上海古籍出版社, 1978年 新一版; 全本新注, 朱其鎧主編, 北京 : 人民文學出版社, 1989.
『堅瓠集』, [清] 褚人獲撰, 上海 : 上海古籍出版社, 2012.
『子不語』, [清] 袁枚編撰, 上海 : 上海古籍出版社, 1986.
『閱微草堂筆記』, [清] 紀昀撰, 上海 : 上海古籍出版社, 1980.
『右臺仙館筆記』, [清] 俞樾撰, 上海 : 上海古籍出版社, 1986.
『夜雨秋燈錄』, [清] 宣鼎撰, 上海 : 上海古籍出版社, 1987.
『淞隱漫錄』, [清] 王韜撰, 北京 : 人民文學出版社, 1983.
『刪補文苑楂橘』, 朝鮮人選編, [韓國] 朴在淵校注, 韓國天安 : 成和大學校出版部, 1994.

5. 필기잡록

『北夢瑣言』, [宋] 孫光憲撰, 上海 : 上海古籍出版社, 1981.
『涑水記聞』, [宋] 司馬光撰, 北京 : 中華書局, 1989.
『明道雜志』, [宋] 張耒撰, 『叢書集成初編』本.
『嬾眞子』, [宋] 馬永卿撰, 『景印文淵閣四庫全書』本.

『二老堂雜志』, [宋] 周必大撰, 『叢書集成初編』本.
『雞肋編』, [宋] 莊綽撰, 北京 : 中華書局, 1983.
『雲麓漫鈔』, [宋] 趙彦衛撰, 北京 : 中華書局, 1996.
『南村輟耕錄』, [元] 陶宗儀撰, 北京 : 中華書局, 1959.
『說郛三種』, [元] 陶宗儀等編, 上海 : 上海古籍出版社, 1988年影印本.
『郁離子』, [明] 劉基撰, 上海 : 上海古籍出版社, 1981.
『菽園雜記』, [明] 陸容撰, 北京 : 中華書局, 1985.
『雙槐歲鈔』, [明] 黃瑜撰, 北京 : 中華書局, 1999.
『寓圃雜記』, [明] 王錡撰, 北京 : 中華書局, 1984.
『見聞紀訓』, [明] 陳良謨撰, 『叢書集成初編』本.
『野記』, [明] 祝允明撰, 『四庫全書存目叢書』 影印明毛文燁刻本.
『前聞記』, [明] 祝允明撰, 『叢書集成初編』本.
『玉壺冰』, [明] 都穆撰, 上海 : 上海古籍出版社, 『說郛三種』 影印『說郛續』本, 1988.
『庚巳編』, [明] 陸粲撰, 北京 : 中華書局, 1987.
『說聽』, [明] 陸延枝撰, 『筆記小說大觀』本.
『松窗夢語』, [明] 張翰撰, 上海 : 上海古籍出版社, 1986.
『七修類稿』, [明] 郎瑛撰, 北京 : 中華書局, 1959年版; 上海 : 上海書店出版社, 2009.
『涇林續記』, [明] 周元暐撰, 『叢書集成初編』本.
『少室山房筆叢』, [明] 胡應麟撰, 上海 : 中華書局上海編輯所編輯, 北京 : 中華書局, 1958
上海 : 上海書店出版社, 2009.
『青泥蓮花記』, [明] 梅鼎祚撰, 『續修四庫全書』 影印明萬曆刻本.
『焦氏筆乘』, [明] 焦竑撰, 上海 : 上海古籍出版社, 1986.
『客座贅語』, [明] 顧起元撰, 北京 : 中華書局, 1987.
『賓退錄』, [明] 趙善政撰, 上海 : 上海古籍出版社, 1983.
『金陵瑣事』·『續金陵瑣事』·『二續金陵瑣事』, [明] 周暉撰, 北京 : 文學古籍刊行社, 1955年影印明萬曆刻本.
『蓬窗日錄』, [明] 陳全之撰, 『四庫全書存目叢書』 影印明嘉靖刻本.
『獪園』, [明] 錢希言撰, 『四庫全書存目叢書』 影印清抄本.
『玉芝堂談薈』, [明] 徐應秋撰, 『景印文淵閣四庫全書』本.
『棗林雜俎』, [明] 談遷撰, 北京 : 中華書局, 2006.
『青樓小名錄』, [清] 趙慶楨撰, 清 咸豐二年師竹書屋刻本.

6. 화본(話本) / 백화(白話) / 장회(章回) / 공안(公案) 소설

『宋元平話集』, 上海 : 上海古籍出版社, 1990.

『宋元小說話本集』, 歐陽健 · 蕭相愷編訂, 鄭州 : 中州古籍出版社, 1987.

『水滸傳』(明容與堂刻百回本), [元] 施耐庵 · 羅貫中撰, 上海 : 中華書局上海編輯所, 1965年影印本; 上海人民出版社, 1975年重印本; 上海古籍出版社, 1988年 標點本.

『水滸全傳』(120회본), [元] 施耐庵 · 羅貫中撰, 上海 : 中華書局上海編輯所, 1962; 上海人民出版社, 1975年 新一版.

『清平山堂話本』(『雨窗集』 · 『欹枕集』 포함), [明] 洪楩編, 譚正璧校點, 上海 : 上海古籍出版社, 1987年 新一版.

『清平山堂話本校注』, [明] 洪楩撰, 程毅中校注, 北京 : 中華書局, 2012.

『京本通俗小說』, 上海 : 上海古籍出版社, 1988年 新一版.

『熊龍峰四種小說』, [明] 熊龍峰刊行, 王古魯蒐錄校注, 上海 : 上海古籍出版社, 1987年 新一版.

『古今小說』(『喩世明言』), [明] 馮夢龍編, 許政揚校注, 北京 : 人民文學出版社, 1958.

『警世通言』, [明] 馮夢龍編, 嚴敦易校注, 北京 : 人民文學出版社, 1956.

『醒世恒言』, [明] 馮夢龍編著, 顧學頡校注, 北京 : 人民文學出版社, 1956.

『拍案驚奇』, [明] 淩濛初撰, 章培恒整理, 王古魯注釋, 上海 : 上海古籍出版社, 1982.

『二刻拍案驚奇』, [明] 淩濛初撰, 章培恒整理, 王古魯注釋, 上海 : 上海古籍出版社, 1983.

『歡喜冤家』, [明] 西湖漁隱主人撰, 瀋陽 : 春風文藝出版社, 1994.

『石點頭』, [明] 天然癡叟撰, 上海 : 上海古籍出版社, 1985年 新一版.

『型世言』, [明] 陸人龍撰, [韓國] 朴在淵校注, 韓國春川 : 江原大學校出版部, 1993.

『西湖二集』, [明] 周清原撰, 周楞伽整理, 北京 : 人民文學出版社, 1989.

『貪欣誤』, [明] 羅浮散客鑒定, 『古本小說集成』 影印明刊本.

『醉醒石』, [明] 東魯古狂生編, 上海 : 上海古籍出版社, 1985年 新一版.

『金瓶梅詞話』(『金瓶梅』), [明] 蘭陵笑笑生撰, 北京 : 人民文學出版社, 1985年初版, 1992年初印.

『包龍圖判百家公案』(『包公傳』이라고도 함), [明] 安遇時編集, 『古本小說集成』 影印明萬曆甲午朱氏與耕堂刊本.

『龍圖公案』(『龍圖神斷公案』, 『包公七十二件無頭奇案』이라고도 함), [明] 편자미상, 清同治戊辰天平街維經堂刻本.

『皇明諸司廉明奇判公案傳』, [明] 余象斗集, 『古本小說集成』 影印明萃英堂刊本.

『皇明諸司公案』(『續廉明公案』이라고도 함), [明] 余象斗編述, 『古本小說集成』 影印明萬曆三台館刊本.

『郭青螺六省聽訟錄新民公案』, [明] 편자미상, 『古本小說集成』 影印日本延享元年抄本.
『海剛峰先生居官公案』, [明] 李春芳編次, 『古本小說集成』 影印明萬曆丙午金陵萬卷樓刊本.
『古今律條公案』, [明] 湯海若彙集, [明] 陳玉秀選校, 『古本小說集成』 影印明書林蕭少衢師儉堂刊本.
『國朝憲臺折獄蘇冤神明公案』, [明] 편자미상, 『古本小說集成』 影印明萬曆金陵刊本.
『國朝名公神斷詳情公案』, [明] 편자미상, 『古本小說集成』 影印明刊本.
『國朝名公神斷詳刑公案』, [明] 京南歸正寧靜子輯, 『古本小說集成』 影印明刊本.
『名公案斷法林灼見』, [明] 湖海山人清虛子編輯, 高陽生刊本(원서는 보지 못하고 다른 자료에서 참고).
『名公神斷明鏡公案』, [明] 葛天民 · 吳沛泉彙編, 『古本小說集成』 影印明三槐堂刊本.
『杜騙新書』, [明] 張應兪撰, 『古本小說集成』 影印明存仁堂刊本.
『鴛鴦針』(『一枕奇』와 『雙劍雪』로 나뉨), [清] 華陽散人編輯, 『古本小說集成』 影印東吳赤綠山房刊本.
『清夜鍾』, [清] 薇園主人述, 『古本小說集成』 影印南明隆武杭州刊本.
『無聲戲』(『連城璧』이라고도 함), [清] 李漁撰, [清] 杜濬批評, 北京 : 人民文學出版社, 1989.
『十二樓』, [清] 李漁撰, 上海 : 上海古籍出版社, 1986.
『載花船』, [清] 西泠狂者筆, 南京 : 江蘇古籍出版社, 『中國話本大系』本(『珍珠舶』 · 『雲仙笑』 · 『人中畫』와 합간), 1993.
『照世杯』, [清] 酌元亭主人編, 上海 : 上海古籍出版社, 1985年 新一版.
『人中畫』, [清] 風月主人書, 『古本小說集成』 影印清乾隆四十五年泉州尚志堂刊本.
『十二笑』, [清] 墨憨齋主人新編, 『古本小說集成』 影印清初寫刻本.
『生綃剪』, [清] 편자미상, 『古本小說集成』 影印清初花幔樓活字刊本.
『珍珠舶』, [清] 煙水散人撰, 『古本小說集成』 影印日本抄本.
『雲仙嘯』(『雲仙笑』라고도 함), [清] 天花主人編次, 『古本小說集成』 影印清初刊本.
『豆棚閑話』, [清] 艾衲居士編, 上海 : 上海古籍出版社, 1983.
『醒夢駢言』(『醒世奇言』이라고도 함), [清] 守朴翁編次, 『古本小說集成』 影印清稼史軒刊本.
『二刻醒世恒言』(『醒世恒言二集』이라고도 함), [清] 心遠主人編次, 『古本小說集成』 影印清雍正原刻本.
『雨花香』, [清] 石成金集撰, 『古本小說集成』 影印清雍正刻本.
『通天樂』, [清] 石成金集撰, 『古本小說集成』 影印清雍正刻本.
『八洞天』, [清] 五色石主人編述, 『古本小說集成』 影印原刊本.

『五更風』, [清] 五一居主人編, 『古本小說集成』 影印清初寫刻本.
『娛目醒心編』, [清] 草亭老人編, 上海 : 上海古籍出版社, 1988.
『八段錦』, [清] 醒世居士編集, 樵叟參訂, 『古本小說集成』 影印清初醉月樓刊本.
『巫夢緣』, [清] 작자미상, [韓國] 朴在淵 정리, 서울 : 學古房, 1995.
『後水滸傳』, [清] 青蓮室主人輯, 瀋陽 : 春風文藝出版社, 1981.
『儒林外史』, [清] 吳敬梓撰, 北京 : 人民文學出版社, 1977.
『歧路燈』, [清] 李綠園撰, 欒星校注, 鄭州 : 中州書畫社, 1980.
『紅樓夢』, [清] 曹雪芹 · 高鶚撰, 北京 : 人民文學出版社, 1982年版; 三家評本, 上海 : 上海古籍出版社, 1988.
『鏡花緣』, [清] 李汝珍撰, 張友鶴校注, 北京 : 人民文學出版社, 1955.
『龍圖耳錄』, [清] 石玉昆述, [清] 작자미상, 上海 : 上海古籍出版社, 1981.
『三俠五義』, [清] 問竹主人改編, 上海 : 上海古籍出版社, 1980.
『蜃樓志』, [清] 庾嶺勞人撰, 石家莊 : 花山文藝出版社, 1993.

7. 희문(戲文) / 잡극(雜劇) / 희곡(戲曲)

『全元戲曲』, 王季思主編, 北京 : 人民文學出版社, 1999.
『全元散曲』, 隋樹森編, 北京 : 中華書局, 1964.
『元曲選』, [明] 臧懋循編, 北京 : 中華書局, 1958.
『元曲選外編』, 隋樹森編, 北京 : 中華書局, 1959.
『新校元刊雜劇三十種』, 徐沁君校點, 北京 : 中華書局, 1980.
『永樂大典戲文三種校注』, 錢南揚校注, 北京 : 中華書局, 1979.
『[宋] 元戲文輯佚』, 錢南揚輯錄, 上海 : 古典文學出版社, 1956.
『元明雜劇』, 北京 : 中國戲劇出版社, 1958年影印本.
『孤本元明雜劇』, 北京 : 中國戲劇出版社, 1958.
『六十種曲』, [明] 毛晉編, 北京 : 文學古籍刊行社, 1955.
『墨憨齋定本傳奇』, [明] 馮夢龍編, 北京 : 中國戲劇出版社, 1960年影印本.
『雜劇三集』, [清] 鄒式金編, 北京 : 中國戲劇出版社, 1958年影印本.
『董解元西廂記』, [金] 董解元撰, 淩景埏校注, 北京 : 人民文學出版社, 1962.
『集評校注西廂記』, [元] 王實甫撰, 王季思校注, 張人和集評, 上海 : 上海古籍出版社, 1987.
『金聖歎批本西廂記』, [元] 王實甫撰, [清] 金聖歎批改, 張國光校注, 上海 : 上海古籍出版社, 1986.
『彙校詳注關漢卿集』, [元] 關漢卿撰, 藍立蓂校注, 北京 : 中華書局, 2006.

『白朴戲曲集校注』, [元] 白朴撰, 王文才校注, 北京 : 人民文學出版社, 1984.
『元本琵琶記校注』, [元] 高明撰, 錢南揚校注, 上海 : 上海古籍出版社, 1980.
『湯顯祖戲曲集』, [明] 湯顯祖撰, 上海 : 上海古籍出版社, 1978.
『牡丹亭』, [明] 湯顯祖撰, 徐朔方・楊笑梅校注, 北京 : 人民文學出版社, 1963.
『邯鄲夢記校注』, [明] 湯顯祖撰, 李曉・金文京校注, 上海 : 上海古籍出版社, 2004.
『沈璟集』, [明] 沈璟撰, 徐朔方輯校, 上海 : 上海古籍出版社, 2012.
『李玉戲曲集』, [清] 李玉撰, 上海 : 上海古籍出版社, 2004.
『桃花扇』, [清] 孔尚任撰, 王季思・蘇寰中・楊德平合注, 北京 : 人民文學出版社, 1959.
『長生殿』, [清] 洪昇撰, 徐朔方校注, 北京 : 人民文學出版社, 1958.
『吟風閣雜劇』, [清] 楊潮觀撰, 胡士瑩校注, 上海 : 上海古籍出版社, 1983.
『曲海總目提要』(附補編), 董康撰, 北婴補編, 北京 : 人民文學出版社, 1959年版, 2014年印.
『中國古典戲曲論著集成』, 中國戲曲研究院編, 北京 : 中國戲劇出版社, 1959.

8. 시문(詩文)

『楚辭校釋』, 蔣天樞校釋, 上海 : 上海古籍出版社, 1989.
『文選』, [梁] 蕭統編, [唐] 李善注, 北京 : 中華書局, 1977年影印清嘉慶胡克家刻本; 上海 : 上海古籍出版社, 1986年標點本.
『六臣注文選』, [梁] 蕭統編, [唐] 李善等注, 北京 : 中華書局, 1987年重印『四部叢刊初編』影印宋刻本.
『樂府詩集』, [宋] 郭茂倩編, 北京 : 中華書局, 1979.
『玉臺新詠箋注』, [陳] 徐陵編, [清] 吳兆宜注, [清] 程琰刪補, 北京 : 中華書局, 1985.
『先秦漢魏晉南北朝詩』, 逯欽立輯校, 北京 : 中華書局, 1983.
『漢魏六朝詩選』, 余冠英選注, 北京 : 人民文學出版社, 1978.
『全上古三代秦漢三國六朝文』, [清] 嚴可均校輯, 北京 : 中華書局, 1958年影印清光緒刻本.
『全唐詩』, 北京 : 中華書局, 1960.
『全唐詩補編』, 陳尚君輯校, 北京 : 中華書局, 1992.
『全唐五代詞』, 張璋・黃畬編, 上海 : 上海古籍出版社, 1986.
『全唐文』, [清] 董誥等編, 北京 : 中華書局, 1983年影印清原刻本.
『全宋詞』, 唐圭璋編, 北京 : 中華書局, 1965.
『全宋詞補輯』, 孔凡禮輯, 北京 : 中華書局, 1981.
『全金元詞』, 唐圭璋編, 北京 : 中華書局, 1979.

『宋元詩會』, [淸] 陳焯編, 『景印文淵閣四庫全書』本.
『全遼文』, 陳述輯校, 北京 : 中華書局, 1982.
『名媛詩歸』, [明] 鍾惺撰, 『四庫全書存目叢書』影印明刻本.
『列朝詩集』, [淸] 錢謙益編, 北京 : 中華書局, 2007.
『列朝詩集小傳』, [淸] 錢謙益撰, 上海 : 上海古籍出版社, 1983年 新一版.
『雪橋詩話』, [淸] 楊鍾羲撰, 『求恕齋叢書』本.

9. 문집

『蘇軾文集』, [宋] 蘇軾撰, 北京 : 中華書局, 1986.
『滹南遺老集』, [金] 王若虛撰, 『四部叢刊初編』影印舊抄本.
『雁門集』, [元] 薩都拉撰, 上海 : 上海古籍出版社, 1982.
『揭傒斯全集』, [元] 揭傒斯撰, 上海 : 上海古籍出版社, 1985.
『弁山小隱吟錄』, [元] 黃玠撰, 淸抄本.
『金華黃先生文集』, [元] 黃溍撰, 『四部叢刊初編』影印元刻本.
『林外野言』, [元] 郭翼撰, 淸抄本.
『九靈山房集』, [元] 戴良撰, 『四部叢刊初編』影印明正統刻本.
『玉山璞稿』, [元] 顧瑛撰, 臺北 : 臺灣商務印書館, 影印『宛委別藏』本, 1981; 北京 : 中華書局, 2008.
『鐵崖先生古樂府』(『鐵崖先生復古詩集』附), [元] 楊維禎撰, 『四部叢刊初編』影印明成化刻本.
『鐵崖古樂府補』, [元] 楊維禎撰, 『景印文淵閣四庫全書』本.
『東維子文集』, [元] 楊維禎撰, 『四部叢刊初編』影印鳴野山房抄本.
『鐵崖文集』, [元] 楊維禎撰, 明弘治十四年馮允中序刻本.
『可閑老人集』, [元] 張昱撰, 『景印文淵閣四庫全書』本.
『張光弼詩集』, [元] 張昱撰, 『四部叢刊續編』影印明抄本.
『鄧伯言玉笥集』, [元] 鄧雅撰, 淸抄本.
『東皐先生詩集』, [元] 馬玉麟撰, 臺北 : 臺灣商務印書館, 影印『宛委別藏』本, 1981.
『藍澗詩集』, [明] 藍智撰, 明嘉靖丙戌刻本.
『高靑丘集』, [明] 高啓撰, [淸] 金檀輯注, 上海 : 上海古籍出版社, 1985.
『靜居集』, [明] 張羽撰, 『四部叢刊三編』影印明成化刻本.
『王徵士集』, [明] 王彝撰, [淸] 康熙三十九年寫刻本.
『耕學齋詩集』, [明] 袁華撰, 明抄本.
『東里文集續編』, [明] 楊士奇撰, 明嘉靖二十九年黃如桂刻本.

『宜秋集』, [明] 周玄撰, 明刻本.
『李東陽集』, [明] 李東陽撰, 長沙 : 岳麓書社, 1984.
『匏翁家藏集』, [明] 吳寬撰, 『四部叢刊初編』 影印明正德刻本.
『震澤先生集』, [明] 王鏊撰, 明嘉靖刻本.
『柴墟文集』, [明] 儲巏撰, 明天启三年翻刻本.
『懷星堂全集』, [明] 祝允明撰, 清宣統二年中國書畫會鉛印本.
『空同先生集』, [明] 李夢陽撰, 明萬曆六年刻本.
『息園存稿』, [明] 顧璘撰, 明嘉靖十七年刻本.
『王文成公全書』, [明] 王守仁撰, 『四部叢刊初編』 影印明隆慶刻本.
『六如居士全集』, [明] 唐寅撰, 清 嘉慶六年翻印明萬曆刻本.
『唐伯虎全集』, [明] 唐寅撰, 北京 : 中國書店, 大道書局1925年排印本 재출판, 1985.
『唐寅集』, [明] 唐寅撰, 周道振・張月尊輯校, 上海 : 上海古籍出版社, 2013.
『文徵明集』, [明] 文徵明撰, 周道振輯校, 上海 : 上海古籍出版社, 1987.
『雅宜山人集』, [明] 王寵撰, 明隆慶壬申刻本.
『儼山文集』, [明] 陸深撰, 明嘉靖丙午刻本.
『徐迪功外集』, [明] 徐禎卿撰, 晚清刻本.
『常評事集』, [明] 常倫撰, 明刻本.
『少華山人文集』, [明] 許宗魯撰, 明嘉靖戊申刻本.
『泰泉集』, [明] 黃佐撰, 清 康熙二十一年序刻本.
『蘇門集』, [明] 高叔嗣撰, 明嘉靖四十七年序跋刻本.
『何翰林集』, [明] 何良俊撰, 明嘉靖刻本.
『田叔禾小集』, [明] 田汝成撰, 明嘉靖刻本.
『徐渭集』, [明] 徐渭撰, 北京 : 中華書局, 1983.
『遵岩先生文集』, [明] 王愼中撰, 清 康熙辛卯刻本.
『陸子餘集』, [明] 陸粲撰, 明嘉靖甲子刻本.
『覽餘雜集』, [明] 朱紈撰, 『四庫全書存目叢書』 影印明萬曆刻本.
『皇甫司勳集』, [明] 皇甫汸撰, 明萬曆甲戌刻本.
『滄溟先生集』, [明] 李攀龍撰, 明隆慶刻本.
『太函集』, [明] 汪道昆撰, 明萬曆金陵徐智督刻本.
『太函副墨』, [明] 汪道昆撰, 明崇禎癸酉刻本.
『景璧集』, [明] 李光縉撰, 明崇禎十年諸葛羲武林刻本.

『沈靑門詩集』, [明] 沈仕撰, 民國戊午影印西泠印社仿宋聚珍版本.
『王百穀集十九種』, [明] 王穉登撰, 北京 : 北京出版社, 『四庫禁毀書叢刊』 影印明刻本, 2000.
『南有堂詩集』, [明] 王穉登撰, 明崇禎九年丙子曹能始刻本.
『弇州山人四部稿』, [明] 王世貞撰, 明萬曆五年序刻本.
『弇州山人續稿』, [明] 王世貞撰, 明刻本.
『濟美堂集』, [明] 吳文華撰, 明刻淸印本.
『胥台先生集』, [明] 袁袠撰, 明萬曆刻本.
『王奉常集』, [明] 王世懋撰, 明萬曆己丑刻本.
『何心隱集』, [明] 何心隱撰, 容肇祖整理, 北京 : 中華書局, 1960.
『焚書』·『續焚書』, [明] 李贄撰, 北京 : 中華書局, 1975.
『李中麓閑居集』, [明] 李開先撰, 明隆慶 · 萬曆間刻本.
『李開先集』, [明] 李開先撰, 路工輯校, 北京 : 中華書局, 1959.
『震川先生集』, [明] 歸有光撰, 上海 : 上海古籍出版社, 1981.
『由拳集』, [明] 屠隆撰, 明萬曆八年刻本.
『少室山房集』, [明] 胡應麟撰, 『景印文淵閣四庫全書』本.
『黃淳父先生全集』, [明] 黃姬水撰, 明萬曆十三年序刻本.
『蒼霞草』, [明] 葉向高撰, 明萬曆丙午序刻本.
『湯顯祖詩文集』, [明] 湯顯祖撰, 徐朔方箋校, 上海 : 上海古籍出版社, 1982.
『白蘇齋類集』, [明] 袁宗道撰, 上海 : 上海古籍出版社, 1989.
『容臺文集』, [明] 董其昌撰, 崇禎庚午刻本.
『袁宏道集箋校』, [明] 袁宏道撰, 錢伯城箋校, 上海 : 上海古籍出版社, 1981.
『西樓全集』, [明] 鄧原岳撰, 明崇禎元年重刻本.
『謝肇淛集』, [明] 謝肇淛撰, 南京 : 江蘇古籍出版社, 2003.
『曹學佺集』, [明] 曹學佺撰, 南京 : 江蘇古籍出版社, 2003.
『隱秀軒集』, [明] 鍾惺撰, 上海 : 上海古籍出版社, 1992.
『譚元春集』, [明] 譚元春撰, 上海 : 上海古籍出版社, 1998.
『珂雪齋集』(『遊居柿錄』附), [明] 袁中道撰, 上海 : 上海古籍出版社, 1989.
『瞿式耜集』, [明] 瞿式耜撰, 上海 : 上海古籍出版社, 1981.
『幔亭集』, [明] 徐熥撰, 明萬曆辛丑刻本.
『陳子龍詩集』, [明] 陳子龍撰, 上海 : 上海古籍出版社, 1983.
『張岱詩文集』, [明] 張岱撰, 上海 : 上海古籍出版社, 1991.

『牧齋初學集』, [淸] 錢謙益撰, [淸] 錢曾箋注, 上海 : 上海古籍出版社, 1985.
『牧齋有學集』, [淸] 錢謙益撰, [淸] 錢曾箋注, 上海 : 上海古籍出版社, 1996.
『吳梅村全集』, [淸] 吳偉業撰, 李學穎集評標校, 上海 : 上海古籍出版社, 1990.
『顧亭林詩文集』, [淸] 顧炎武撰, 北京 : 中華書局, 1983年 第二版.
『歸莊集』, [淸] 歸莊撰, 上海 : 上海古籍出版社, 1984年 新一版.
『蒲松齡集』, [淸] 蒲松齡撰, 路大荒整理, 上海 : 上海古籍出版社, 1986年 新一版.
『戴名世集』, [淸] 戴名世撰, 王樹民編校, 北京 : 中華書局, 1986.
『鄭板橋集』, [淸] 鄭燮撰, 上海 : 上海古籍出版社, 1979年 新一版.
『方苞集』, [淸] 方苞撰, 上海 : 上海古籍出版社, 1983.
『劉大櫆集』, [淸] 劉大櫆撰, 上海 : 上海古籍出版社, 1990.
『惜抱軒詩文集』, [淸] 姚鼐 撰, 上海 : 上海古籍出版社, 1992.
『小倉山房詩文集』, [淸] 袁枚撰, 上海 : 上海古籍出版社, 1988.

10. 연구논저

『中國小說史略』, 魯迅撰, 北京 : 人民文學出版社, 『魯迅全集』本, 1981.
『古小說簡目』, 程毅中撰, 北京 : 中華書局, 1981.
『中國文言小說書目』, 袁行霈・侯忠義編, 北京 : 北京大學出版社, 1981.
『中國文言小說參考資料』, 侯忠義編, 北京 : 北京大學出版社, 1985.
『戲曲小說叢考』, 葉德均撰, 北京 : 中華書局, 1979.
『話本小說概論』, 胡士瑩撰, 北京 : 中華書局, 1980.
『三言兩拍資料』, 譚正璧編, 上海 : 上海古籍出版社, 1980.
『古本稀見小說彙考』, 譚正璧・譚尋撰, 杭州 : 浙江文藝出版社, 1984.
『話本與古劇』(重訂本), 譚正璧撰, 譚尋補正, 上海 : 上海古籍出版社, 1985.
『戲文概論』, 錢南揚撰, 上海 : 上海古籍出版社, 1981.
『古典戲曲存目彙考』, 莊一拂編著, 上海 : 上海古籍出版社, 1982.
『中國通俗小說總目提要』, 江蘇省社會科學院明淸小說研究中心・文學研究所編, 北京 : 中國文聯出版公司, 1990.
『中國近代白話短篇小說研究』, [日本] 小野四平撰, 施小煒・邵毅平等譯, 上海 : 上海古籍出版社, 1997.
『愛情・社會・小說』, [美國] 夏志淸撰, 臺北 : 純文學出版社, 1970.
『中國古典小說史論』, [美國] 夏志淸撰, 胡益民等譯, 陳正發校, 南昌 : 江西人民出版社, 2001.

『中國文學槪論』, [日本] 前野直彬等撰, 洪順隆譯, 臺北 : 成文出版社, 1980.
『中國文學史』, [日本] 前野直彬主編, 駱玉明・賀聖遂等譯, 上海 : 上海古籍出版社, 1995.
『中國文學史』, 章培恒・駱玉明主編, 上海 : 復旦大學出版社, 1996.
『中國文學史新著』(增訂本), 章培恒・駱玉明主編, 上海 : 復旦大學出版社, 2011年第二版.
『中國江浙地區十四至十七世紀社會意識與文學』, 陳建華撰, 上海 : 學林出版社, 1992.
『明代福建地區城市生活與文學』, 陳廣宏撰, 上海 : 復旦大學博士學位論文, 1990年, 미출간.
『明代中期文學演進與城市形態』, 鄭利華撰, 上海 : 復旦大學出版社, 1995.
『傳統中國商人的文學呈現』, 邵毅平撰, 深圳 : 海天出版社, 1993年版; 上海 : 上海古籍出版社, 2010年 修訂版에서는 책명을 『文學與商人 : 傳統中國商人的文學呈現』으로 바꿨었다.
『中國古典文學論集』, 邵毅平撰, 韓國蔚山 : 蔚山大學校出版部, 1996; 上海 : 上海古籍出版社, 2013年 合集版.
『小說面面觀』, [英國] 佛斯特撰, 역자미상, 廣州 : 花城出版社, 1981.
『明代社會經濟史料選編』, 謝國楨選編, 福州 : 福建人民出版社, 1980~1981.
『中國文化地理』, 陳正祥撰, 北京 : 生活・讀書・新知 三聯書店, 1983.
『明淸徽商資料選編』, 張海鵬・王廷元主編, 合肥 : 黃山書社, 1985.
『中華古文明大圖集』 第四部 『通市』, 北京 : 人民日報出版社, 1992.
『絲綢之路--中國-波斯文化交流史』, [프랑스] 阿里・瑪札海里(Ali .Mazahéri)撰, 耿昇譯, 北京 : 中華書局, 1993.
『中外交通與交流史硏究』, 黃盛璋撰, 合肥 : 安徽教育出版社, 2002.
『中國古代都城制度史硏究』, 楊寬撰, 上海 : 上海人民出版社, 2003.

* 첨부 : 참고문헌 목록 중 일부 총서의 출판 정보
『四部叢刊初編』・『續編』・『三編』, 上海 : 上海書店, 1984~1989年 重印本.
『叢書集成初編』, 上海 : 商務印書館, 1935~1937年版; 北京 : 中華書局, 1991年補印.
『景印文淵閣四庫全書』, 臺北 : 臺灣商務印書館, 1986.
『四庫全書存目叢書』, 濟南 : 齊魯書社, 1995~1997.
『續修四庫全書』, 上海 : 上海古籍出版社, 2002.
『筆記小說大觀』, 臺北 : 新興書局, 1-45編, 1978~1987.
『古本小說集成』, 上海 : 上海古籍出版社, 1994.

찾아보기

인명

/ㄱ/

/ ㄴ /

/ ㄷ /

/ㅇ/

/ ㅈ /

책명·작품명

/ㄱ/

/ㄴ/

/ ㄷ /

/ ㅁ /

/ ㅅ /

/ㅇ/

/ ㅍ /

/ ㅎ /

지명

/ ㄱ /

/ ㄴ /

/ ㅅ /

/ ㅇ /

/ ㅈ /

/ ㅊ /

/ ㅌ /